中国社会科学院
老年科研基金资助

中国社会科学院老年学者文库

"中国现代文学与韩国"
文献补编

（上 册）

李存光　〔韩〕金宰旭/编

社会科学文献出版社
SOCIAL SCIENCES ACADEMIC PRESS (CHINA)

编辑说明

一、收文时限和内容。

1. 十卷本《"中国现代文学与韩国"资料丛书》（金柄珉、李存光主编，金宰旭、崔一副主编，延边大学出版社，2014。以下简称"十卷本丛书"）出版后新发现的1917—1949年的小说、诗歌、散文、戏剧等创作和译作（个别作品因故未能收录）。

2. 十卷本丛书未收录的1917—1949年发表的旧体诗词和文言小说、章回小说等。

3. 2015年后中韩两国新发表的和十卷本丛书漏收的部分学术论文，以及对十卷本丛书的相关报道和评论。

二、收文所据版本和排列。

1. 所收创作、译作和1950年前的评介，均以初刊本或初版本为准。各类下的篇目以初刊（版）时间为序，个别公开发表较晚的作品按写作时间列入。同一作者不同时间发表的旧体诗词置于首篇之后连排。

2. 创作和译作均以体裁排列，其中创作中的游记（参观记、考察记），既可视为"散文"亦可视为"纪实"，故单列一类，置于散文、纪实之间。

三、收文的文字及技术处理。

1. 原文的繁体字、异体字均改排现行简化字。原文明显的文字和标点错漏，由编者订正；不尽符合现行语法规范的字句，一般不予改动。原文疑似错字后加［　］标出拟改文字，衍字用（　）标出，遗漏文字用【　】补足，无法辨识的文字用□表示。

2. 小说、散文和诗歌已有分段、空格的按原刊格式，个别明显不当的略有调整。戏曲按原格式，话剧、歌剧的人物称谓和格式按原刊。

3. 旧体诗词、文言小说和散文、章回小说原文无标点或只标句读，大部分无分段。为便于阅读，本书编者增加了标点和分段，其中或有不当，望识者指正。

4. 部分旧体诗词有作者的夹注，现按原貌用六号字标示。旧体诗词以外的原作注释，或注于篇末、章节末，或为脚注。为便于参阅，现统一为当页脚注。本书编者所加题注和其他注释，后加"本书编者"以示区别。

5. 原文章节号各异，现统一标为"一、二、三……"；原作段落之间的分隔号纷繁，现统一为"＊"号。

6. 为节省篇幅，做了以下处理：其一，旧体诗词连排，不同作者的诗作之间空二行，同一作者的多首诗作之间空一行；其二，2000年后的论文删去原刊的作者简介、摘要、关键词和注释，已标注的另附参考文献（注释见"参考文献"的则予以保留）。

四、其他未尽事项及特殊情况参见正文相关注释和书末"索引"中的按语。

五、本书的文献搜集、文字录入得到金柄珉教授的大力支持和热心帮助。在此，深表谢忱。

目　录

诗　歌

散　文（小品　杂感　随笔）

游　记（考察记　参观记）

通讯　纪实

戏　剧

译　作　◀

小　说

诗　歌

❈ 评 介 ❈ ◀

综合评论

作家作品评介

韩国作家评介韩国现代文坛

索　引　◀

附　录　◀

前　言

李存光

2014 年 12 月出版的《"中国现代文学与韩国"资料丛书》①（以下简称《资料丛书》），以十卷五百余万字的篇幅，首次汇集了中韩研究界三十余年间合力发掘的中国现代有关韩国人和韩国题材的文学著译及评介。经过艰辛的收集、整理、校核、编排，大量基本文献终于以原初文本的面貌结集呈现。作为中韩现代文学关系和交流研究的重要基础建设工程之一，这项成果受到学界的欢迎、好评和鼓励。

聊感慰藉的是，《资料丛书》出版五年来，又陆续搜集到相关新小说、新诗、散文、纪实、剧本等著译和评介文章 160 余篇（首、部），新的研究论文 10 余篇，加上《资料丛书》未及收录的旧体诗 260 余首和文言小说、章回小说 10 余篇（部），总计 450 余篇（首、部）。这些成果的取得，除编者不懈的钩沉，中韩其他研究者也做出了贡献。新发掘的这些文献，弥补了十卷本《资料丛书》的若干不足和缺漏。整理汇总并出版这批新文献，是学界的期盼，因为从中会看到中国现代时期有关韩国人和韩国题材文学著译更众多的作者、更丰富的内容、更可观的侧面和更多样的艺术表现，必将为这一课题的研究带来某些新的视角和启示。

旧体诗词和文言小说、章回小说

旧体诗词和通俗小说以适当的位置进入现代文学史，已经成为学界共识。十卷本《资料丛书》的一大遗憾是未及收入这类作品，以致留下一个文献空白。

---

① 金柄珉、李存光主编，金宰旭、崔一副主编《"中国现代文学与韩国"资料丛书》，延边大学出版社，2014。

鉴于旧体诗词除散见于各地多种报刊外，有的仅刊于石印本、木刻本或铅印本的个人或多人诗词集中，头绪纷繁，数量众多，寻觅打捞不易。当前搜集到的260余首，是从近百种期刊、报纸及书籍中查到的。这些诗作，五绝、七绝、五律、七律、古体和词作，各体皆备；绘景抒情、咏物言志、即事感怀，类别多样。或悲叹韩国亡国之哀之痛，或恸悼烈士追怀英豪，或描绘半岛风物景观，或议论时政抨击黑暗，或赠别友朋学生，或祝贺在华韩刊，题材内容不一而足。无须一一归类点评，仅诗作者便可举出夏敬观、柳亚子、于右任、康白情、钱锺书、王敖溪、周癸叔（岸登）等诗界大家名宿，以及兼具"诗人"身份的学界、政界、商界、军界等各界硕学鸿儒，如教育家、政治家黄炎培（任之），学识广博的编辑家、学者胡怀琛（寄尘），国学大师黄侃（季刚），书画家翁廉（铜士），医学家姚伯麟（鑫振），学者、书法家景梅九（老梅），文物收藏鉴赏大家、学者吴瀛（景洲，剧作家吴祖光之父），以及晚清状元、实业家兼政治家、教育家张謇，辛亥革命先驱黄介民，史学家、语言学家吴贯因（杜国庠之师），教育家、学者、书法家、南开系列学校创办者严修（范孙），学者、教育家江瀚（叔海），银行家、实业家、教育家潘仰尧，美术教育家姜丹书（敬庐，丰子恺、潘天寿之师），回族名画家、教育家曹恕伯（鸿年），政治家邹鲁，近代佛教领袖圆瑛法师，京剧艺术家汪笑侬，民国奇才女吕碧城，词学宗师夏承焘，数学家、教育家李国平，教育家王越，医学家汪企张等。可观的作者群，不仅铸就了这批诗作内容的多样和艺术的精美，且为了解中国现代"精英"人士对韩国的认识提供了又一个可资审视的角度。

旧体诗词中，特别要提及的是寓居上海的姚伯麟历时15年完成的史诗式作品《抗战诗史》。姚伯麟精于医学，诗学造诣亦深，他热切关注国家大事、民族存亡。作者从1931年4月的"万宝山事件"写起，至1946年5月封笔，饱含爱国情感写出近两千首诗作，用"诗+史"的体例，以诗咏史，以史证诗，全景式地记录咏唱出一部中华民族抗战史。本作品堪称"文章合为时而著，歌诗合为事而作"的现代典范。更难能可贵的是，诗人在关注祖国命运的同时也格外瞩目韩国，写出《壮烈哉尹奉吉》《高丽重见天日》《重庆韩国临时政府》《台湾收复高丽独立日本投降有感》《金九返国后之新表示》《朝鲜亟宜重建新临时政府》《韩文复活矣》等24首有关韩国的诗，记载韩国政局的变化并抒发自己的感怀，成为目前所见写作有关韩国题材最多的一位旧体诗诗人。此外，赋诗较多的诗人还有黄越川（广）（《金刚山杂咏》15 首）、邹鲁（《釜山即事》《韩京杂咏》《谒箕子陵》等 12 首）、梁鸿耀（《过朝鲜海峡》《秋风岭》等 10 首）、黄炎培（《朝鲜道中七首》等 9 首）、王敖溪〔《一击歌（为李昌奉作）》《赠尹奉吉义士》《吊安重根》等 9 首〕、商生才（《悼英魂》8 首）、辽东漫郎（《赠朝鲜女郎》8 首）、曹恕伯（《高丽牛黄清心丸》《谒靖武祠》等 6 首）、景梅九（《义士行》等 6 首）、颖人（《初入朝鲜》等 5 首）等。对中国现代文坛和各界人士关涉韩国人和韩国旧体诗的解析和论述，在已有的研究中尚属空白，本书所汇集的诗词必会引起研究者的兴趣，受到研究者的关注。

　　叙述韩国亡国的史著，自 1911 年起在中国陆续出现，报刊文章更是层出不穷。与此同时，用民众喜闻乐见、便于接受的文学手法展现韩国亡国经过，警醒国人从中汲取深刻教训的作品应运而生。文言小说和章回体白话小说，便是其中最重要的文学样式。

　　文言小说或立传颂扬韩国反日英豪，或抒写韩国人深怀亡国之痛的个体无力抗争，均是寄寓深沉的愤懑之作。（周）瘦鸥的文言小说《记高丽女子》先后载于上海《新民报》和天津《大公报》（前报题《说高丽女子》），讲述一个出身于大家的韩国女子流转到日本，为伊藤博文歌舞并被纳为姬，此女常以国亡家破为恨，歃血加入安重根等组织的社团，密报伊藤将赴哈尔滨的行期并送去伊藤照片，安重根预伏于车站，击毙伊藤。事成后女子流寓中国蛰伏，每每流泪与人说起祖国之事。故事文辞简练，叙写生动传神。辛文锜的《亡国恨》，描写一个心忧国事的中国少年邂逅坐石哭泣的憔悴朝鲜女子，女子曾为大官吏的祖父因谏维新被罢黜，父亲参与独立运动事泄被捕自杀，两个哥哥也被害，孑然一身事奉寡嫂抚养弱弟。女子大嫂故去后，少年与这姐弟结下友谊。天津《大公报》先后载录洪叔道的《箕子镜》和养庵的《泠泠》。前者讲述朝鲜王族女子李琼花与明末流亡至汉城的华人巨商后人郭敬一两小无猜，亲爱成婚。琼花之父李托与李完用同朝为官，二人格格不入。自觉处境危险的李托将先世遗宝箕子镜交付郭敬一，要他们夫妻在自己死后携镜到中国。李托遭李完用陷害入狱瘐死。郭敬一因岳父亡故不能进李家，东游到东京。琼花准备刺杀李完用为父报仇，败露后逃亡山中举义，负重伤，死前留下啮指所作的血书。郭敬一久不得妻子音讯，回汉城寻觅踪迹，得见血书，后以谋划"恢复"被抓，不屈，用箕子镜自杀。后者写韩国咸镜道某偏僻村庄有葛吕两姓望族，吕家的儿子绍箕与葛家的女儿泠泠为表兄妹。泠泠随父到奉天经商，与寄寓葛家的绍箕相见。二人暗生恋情。吕绍箕与同志安重根谋刺，安逃脱而绍箕殉国，泠泠勉强苟活，后得悉安重根刺杀伊藤博文牺牲，遂投江自尽。人物对话和细节描写简洁生动是这两篇小说的艺术特色。董云裳的《朝鲜金刚山之奇人——现代之伯夷、叔齐》载于著名报人严独鹤主编的《新闻报》副刊《新园林》，小说虚构"友人"亲历亲见，演绎出朝鲜亡国后贵族金姓一家"耻食周粟"，隐匿金刚山二十余年的"现代之伯夷、叔齐"故事，既展现李朝遗民的仇日情怀，又宣示中韩文化的关联。

胡寄尘（怀琛）的《朝鲜英雄传》载于中国第一本专门以侦探小说为主的杂志《侦探世界》，叙写任侠好客的奉天张仲泉，收留长髯客申岳，申岳劝张托名垦殖，阴结党徒，待天下大乱时将关东三省据为己有，张仲泉犹豫不决，申岳遂离去，几年后得申岳书信，才知道他是朝鲜人，不甘在韩沦为奴隶，来中国暗结草泽英雄以图复国，但奔走辽沈京津吴越，均无所获，只得独自行猎于深林与虎狼同处。《侦探世界》编者用"有声有色，跃跃纸上"八个字称赞这篇小说。资弼的《安重根外传》据安重根的事迹虚构，塑造了一个虎虎有生气的无畏爱国志士形象；绮缘的《奴隶痛》借朋友韩人金某之口，痛陈韩国亡国之因。这两篇小说都刊于著名的"鸳鸯蝴蝶派"代表性小说刊物《小说新报》。"鸳鸯蝴蝶派"另一个代表性刊物《礼拜六》发表的懒公的《朝鲜烈女》，声称是韩国人李太希给"我"讲述的故事：面对亡国之耻，仁川世家女郑芝英规劝甘当亡国大夫的舅舅不成，寻求富豪资助救国遭拒，深含悲愤投河自尽。仅从刊发《安重根外传》《奴隶痛》《朝鲜烈女》这类表现韩国义士的"爱国小说"看，"鸳鸯蝴蝶派"刊物并非只有"游戏文学"。

章回小说有《绘图朝鲜亡国演义》和《朝鲜遗恨》。[①] 杨尘因的《绘

---

① 另有两部章回小说未收入本书。一为闲闲居士（卢天牧）的《三韩亡国史演义》，1915年连载于上海《新闻报·快活林》，后经严独鹤、陈天随润色，由钱曾缘出资，1919年8月由上海杞忧社印行，当属于1915年的作品。二为痴公（程道一）的《消闲演义》，1919—1925年连载于北平《小公报》，曾以《历史小说　消闲演义》之名出版（1923年6月，出版者不详）。阿英摘出其中第51、52回，命名为《中东之战》，收入阿英编《甲午中日战争文学集》第二集"小说"（上海，中华书局，1958）。此书是中日甲午之战的文学呈现，虽写到东学党之乱和韩国国王李熙，但一带而过，未做具体描写。

图朝鲜亡国演义》（又名《爱国英雄泪》），书前王大错、张冥飞所撰的两篇序言，揭示出作者的写作动机和小说的意义。王大错说："其详叙高丽亡国之惨，无一事非吾中华国民前车之鉴。"张冥飞说："今日本又将以对三韩之手腕，日益加诸我躬，我人可自觉乎？此《爱国英雄泪》之所以作，阅者毋作等闲说部观焉可也。"对日本灭韩过程和仁人志士复仇义举的叙写比较生动并注重细节描绘，是这部小说的看点。九一八事变后上海沪报馆发行的沈桑红著、蓝剑青评《朝鲜遗恨》，假借作者两年前在轮船上得到一个韩国人偷藏的日记作为资料来源，怀着"唇亡齿寒，兔死狐悲"的悲情，力图从韩国灭亡中寻求借镜。小说从大院君摄政写起，直至日韩"合并"、韩王受日"册封"为止。每一回后，都有蓝剑青对该回人物、内容的点评和联系中国、世界局势所做的议论。采用中国古代文学批评独具特色的"评点"方式加深和延伸读者对小说内容的理解，是本书的一大特色。

其他创作和译作

新小说有太阳社重要成员郑伯奇以笔名"周裕之"发表的《奸细》、孙陵的《春天的怅惘》、碧野的《花子的哀怨——一个女俘虏的遭遇》、刘蛰叟的《亡国泪》和田鲁的《朝鲜女人》5 篇短篇，以及夏芬佩的《可怜的亡国少年》、敏子的《韩国的女儿》2 篇故事。《奸细》发表于丁玲主编的"左联"机关刊物《北斗》。论者评介说："《奸细》以朝鲜记者金李生的遭际为线索，用纪实的笔触，通过由'东省'寄来的相关报纸上的新闻和金利生日记的组接，揭露了'万宝山事件'的真相……对此，主编丁玲表现出了高度的敏感和极大的关注。稍后，正是在丁玲的'授意'下，李辉英于 1932 年 3—5 月间创作了长篇小说《万宝山》。"①《春天的怅惘》描写"我"与在咖啡店当下女的韩国姑娘林瑛是同租一所房屋的邻居，"我"对林瑛的态度从烦厌、轻蔑到熟识而无隔阂；林瑛得知在"间岛"组织游击队的哥哥牺牲后，留下一封信悄悄离开，去"间岛"为哥哥复仇。《花子的哀怨——一个女俘虏的遭遇》描写"我"主

---

① 　秦林芳：《左联机关刊物〈北斗〉中的民族话语——兼谈左联叙事策略调整的内因》，《中国现代文学研究丛刊》2014 年第 9 期，第 13—14 页。

动结识被俘朝鲜"营妓"花子，得知她从故乡朝鲜釜山被骗卖到日本，又被日本丈夫卖到千叶沦落为妓女，后被征调到中国当"营妓"。正当"我"与她日渐熟识时，她却在接受教养的小村庄不幸被日本轰炸机炸死。《亡国泪》的情节是：中国男子、清华大学学生林晚邨在北平北海公园救起翻船落水的韩国女子——毕业于女燕大的季秀禾，两人自此订交，交往渐密。季秀禾的父亲是朝鲜李王的远族兄弟，亡国后逃到吉林，加入中国国籍，暗中参与独立运动，后回国被捕牺牲；林晚邨为台湾人，日本割占台湾后逃到厦门。两人同病相怜，彼此同仇，惺惺相惜，遂恋爱结婚。《朝鲜女人》是从韩国逃到中国的朝鲜青年文君在火车上对中国朋友郁达、林南讲述的故事，他同未婚妻金枝从中国回故国期间，加入爱国团体，金枝执行刺杀新任总督的任务时牺牲。《可怜的亡国少年》和《韩国的女儿》两篇故事情节都很简单，前者写韩国一个边哭边说誓死复国的少年却遭同胞殴打，原来亡国前他富有的祖父不愿捐钱支持复国运动，亡国后家中财产被搜刮殆尽，祖父后悔莫及自杀；后者写朝鲜亡国前的朝臣尹吉敦之女流落到中国青岛做妓女，不堪日本士兵的侮辱鞭打杀死日本士兵，自己也身亡。

从艺术描写的角度看，以上小说和故事中，《春天的怅惘》在艺术上较为圆熟；《花子的哀怨——一个女俘虏的遭遇》围绕"我"对花子的热情关心与深切理解展开叙写，笔调优美细腻；《奸细》为增强真实感采用新闻报道和主人公日记的纪实笔触，有新颖之处；《亡国泪》除对北海公园的描写可圈点外，主要情节流于概念，但刻意设置男女主人公的特殊身份，自有深意；《朝鲜女人》《韩国的女儿》显得粗疏，《可怜的亡国少年》则基本是说教话语。

新诗中白萍的《赠朝鲜的友人》哀叹韩国人亡国的悲怆和中国的危急，呼吁用尽全副精神为自由奋斗；杜衡之的《亡了国的人》大声斥责那些亡国后屈服忍辱躲在中国的可怜的韩国"顺民"，其立场和态度在现代诗中罕见；谷望的《亡国恨》用通俗的歌谣体历数朝鲜亡国苦痛，"望我同胞都醒起，齐心努力打鬼子"。雪原的《北行者》、毓华的《献给小明弟弟》、陈旧的《光复之歌》是《韩国青年》诸多诗作中与韩国人有关的三首。其中《献给小明弟弟》一诗特别值得一读。据金柄珉教授考辨，诗作者"毓华"为李毓华，是韩国志士柳子明在上海立达学园任教时最得意的中国学生，他极为钦佩敬仰柳子明的人品和学识，与他终生保持着师生情谊，晚年在纪念文章中称柳先生是"圣人"。诗中的"小明"指柳子明的大儿子柳基元，他 1940 年病逝于福建，年仅 6 岁，李毓华参加了他的葬礼并写出这首情深志坚之作。① 柳子明是巴金小说《发的故事》主人公的原型，1894 年生于韩国忠清北道，1919 年 6 月来中国后，将自己的一生献给了韩民族的独立事业和中国的教育、农业科学事业，他不仅是韩国独立运动的功臣，也是中国人民尊敬的挚友。

散文作为与诗歌、小说、戏剧相对的文体，情况复杂。但凡小品、随笔、杂感、短评、速写、游记、通讯、特写、报告文学、书信、日记、传记、访问记、回忆录等都可纳入广义的散文范围。"散文""游记""通讯""纪实"均可标为广义的"散文"。为便于阅读研究，本书将叙事与抒情并重的小品、随笔，偏重议论的杂感、短评和偏重叙事的日记，归入"散文"；将偏重纪实的通讯、特写、报告文学、传记、访问记归入"通讯　纪实"。游记或偏重叙事，或叙事与抒怀兼顾，且数量较多，故而单列为一类。

载含小品、随笔、杂感、短评和日记的散文中，首先要提及的是阳翰笙关于《槿花之歌》创作和演出的记述，这是编者从阳翰笙 1943 年 1 月 1 日至 1945 年 11 月 18 日两年十个月的日记中挑选摘抄的，计一万余字。从作者真实朴素的记述中，可以窥见剧本《槿花之歌》从构思、写作、修改到排练、演出整个过程的来龙去脉，以及与此相关联的台前幕后种种细节。作者的这些私人记载，有助于从不同方面加深研究者对这一重要剧作的了解。此外，著名作家无名氏的《"檀君子孙"在西北》借表彰韩国光复军第二支队，披露了支队长李范奭复杂多彩的经历。陈宏绪的《阿里朗——抗战回忆之一》，则以《阿里朗》歌声引起的深情回忆，描绘出曾在豫北共处的一位韩国战友——年青文弱诗人的感人形象。王炳成的《观朝鲜女乐》系作者数次观看朝鲜韶光社女乐在上海的歌舞表演后所作，以行家里手的笔墨，详细记述了所演舞名、歌名和知名舞女、乐师及乐器，生动描绘出舞女的服饰、舞姿以及舞乐的配合等。其他随笔、杂感，则多是赞扬安重根、尹奉吉等韩国义士的感兴之作，表现出作者对韩国仁人志士的由衷钦佩和对中国人起来抗争的急切呼唤。

---

① 以上文字据金柄珉教授 2016 年 12 月致编者的信整理而得。

记叙在半岛"足迹所经，观感所及"的游记多达 30 余篇。作者或赴日本途中顺道游览，或受命赴韩参观考察，或结伴到半岛参观旅行，或被派赴韩境传教布道。有的逐日记载见闻观感，有的截取片段目睹耳闻，篇幅或长或短，叙写或细或粗，半岛南北的秀美山川和风俗人情、市井乡村、学校工场、古迹文物等人文景观，一一展露在作者笔下。一些篇章虽如实叙写了道路建设、学校设施等的优越和规章制度的健全，但"此大好江山，究系谁家故物，茫然者久之"是作者们共同的感慨。比如，直隶教师刘崇本的《旅行日韩日记》（1917 年 4 月），名画家、教育家曹恕伯（鸿年）的《考察日韩江浙教育笔记》（1918 年 9 月赴朝），南京教育工作者张援的《民国八年日鲜旅行记》（1919 年 4 月），上海中学教师梁鸿耀的《日鲜游记》（1919 年 4 月），满蒙考察员马君的《朝鲜京城观察记》（1920 年 8 月），教育家、实业家和社会活动家胡石青的《三十八国游记》一书中的《朝鲜》（1921 年 10 月），女作家庐隐的《扶桑印影》（1923 年 4 月），铁道工程师张钟山的《韩国游记》（1924 年夏），胡友斐的《韩京纪游》（1925 年 5 月），学者、诗人越川（黄广）的《平壤谒箕子陵记》《游金刚山记》（1927 年 10 月），轮船无线电职员某的《仁川汉城之一瞥》（1928 年 2 月），牧师张凤鸣的《朝鲜游行布道记》（1930 年 4 月），留学日本的王雨亭的《东北印象记》一书中的九个节次（1930 年 5 月），留日学生留东生的《随日人旅行团考察东北朝鲜记》中的朝鲜部分（1930 年 7 月），实业家、教育家潘仰尧《从辽宁到日本》一书中的朝鲜部分（1931 年 4 月），考古学家、北京大学教授姚鉴（太坚）的《平壤一日记》（1940 年春），香港左翼刊物《自由丛刊》所载白莲的《南朝鲜纪行》（1947 年 11 月）等。不同地区、职业和身份的中国人这些亲历亲见之作，从不同视角记载了 1917 年至 1947 年（绝大多数在 1931 年九一八事变前）在半岛南北各地各处的见闻感受，虽是一己之见闻，或限于管中窥豹，但记述的真实、自然、琐细，使之兼具某些文学的和历史的双重价值。

通讯纪实有的叙写壮士仁人的感人事迹，有的赞扬英雄人物的精神品格，有的记述在华韩国人士和战士的各种活动，还有的叙说流落在中国的不幸舞女、"营妓"。名记者子冈的特写《朝鲜人民的吼声》记录了金九、金白渊、玄何竹等韩国人士和中国的沈钧儒、曾琦等出席重庆"三一"运动二十周年纪念会的盛况。以报道朝鲜义勇队著称的刘金镛所撰《"三一"纪念在桂林》《良辰美景遇嘉宾》《人生自古谁无死 留取丹心照青史》等，展现了英武的朝鲜义勇队战士在敌后桂林多彩生活的另一侧面。

6部剧本中2部同题为《亡国恨》，都以韩国国内生活为题材。一部是老枢、髯公合编的七幕话剧，描写警察总监的公子三太郎向高丽官僚白无用之女秋英强迫求婚，誓死不从的秋英加入高丽秘密党，与同志闵时中担负在阅兵式上刺杀总督的任务，未遂，闵时中被捕。秋英以向三太郎示好为烟幕求得特别探狱券，入狱绑缚狱警救出闵时中。该剧的弱点在于言词说教强于性格展现。另一部为上海城东女学社的四幕剧，标明"警世新剧"，实际是以对白为主的戏曲。剧情为隐居韩国某处深山古庙中的革命团体"中兴社"成员金仇日与战友李克阳意外相会，他俩请庙中的乌巢禅师约来安重根的几位战友，在庙中举行安重根殉国成仁十周年追悼会，被警察抓捕。编者在前言中说，该剧"编者有音乐家，有戏剧家，有文学家，互相研究，卒采用普通文字，解放一切昆腔及西皮二簧之格调。而又可歌可泣，为激昂慷慨之声"，"诚可谓开剧曲之创格也"。剧本情节简单，道白过长，但编者探索戏曲表现邻国现实生活并"警醒国人"的用心，实属可贵。词学家、诗人周癸叔的《野祭》（又名《韩民血史》），是据朴殷植《韩国独立运动血史》构思编写的戏曲，描写赵容复等四位韩国遗臣从福州到厦门，怀悲愤之心上洪济山游览，巧遇深切同情韩国的乌有先生携先兄留下的朝鲜闵妃照片，在山上弹奏自谱的《闵妃三叠》，"为无告的韩人搔首问天"，四人大受感动，一同祭奠闵妃并畅叙各自家世和韩亡史实。该剧对白和唱词感情深厚，文辞醇厚。作者说，他之所以"演其血史"，是为了表明"彼亡矣，犹犯万难为之，吾愧彼矣。吾不自图，将求为韩人不得也"。上海城东女学社的四幕剧《亡国恨》和《野祭》这两部用中国戏曲演绎韩国亡国血泪史的台本，为韩国题材的现代戏剧增添了话剧、歌剧之外的新品种。

北京师范附属小学《红庙教育》的三幕剧《朝鲜恨》描写屠杀同胞的朝鲜政府，和妄图武力统一全国的腐败中国都督，先后派人到"东洋领事馆"乞求借款，日本人为了"用朝鲜人攻朝鲜人，支那人治支那人"，欣然答应。结果都督失败，被众人乱刀刺死。剧本名为"朝鲜恨"，只是隐喻，重点抨击的是中国军阀。该剧直白表达对不顾民意卖国求荣者的激愤之情，人物流于脸谱和概念。上海敬业附小高级组知耻中心的

《高丽童子》，选取徐学文、陈伯吹所作同名话剧①中的主角、韩国孩子白坚的六段话谱曲，使之作为歌词演唱。两剧的艺术表现乏善可陈，但京沪两地小学教师力图通过文艺形式对小学生进行爱国反日的"知耻"教育，其良苦用心值得称道。

翻译过郑荣水《在东海上》一诗的著名艺术考古学家、东方艺术史研究专家、诗人常任侠发表于兰州《新西北月刊》的四幕歌剧《亚细亚之黎明》是"以抗战必胜的信念写成"的。为剧中的歌词配曲的是著名作曲家冼星海、张曙。尽管韩国人在剧中出现不多，但第一幕第一场时事讨论座谈会上的留日朝鲜学生金民助、李拔吾，第三幕第二场在某战地后方医院高唱《朝鲜青年革命歌》的朝鲜青年群，都给读者留下了鲜明的印象。

翻译作品②中，民歌有中国新文化运动先驱、著名文学家、语言学家和教育家刘复（刘半农）翻译的《高丽民歌》和沙坪、悠韩翻译的韩国民歌《思故乡》。新诗有同据世界语翻译的 Mr. Sin 所作《新时代的青年》的两个译本：上海《绿野》上的明夷译文和延安《中国青年》上的庄栋译文。小说有龙骚翻译的玄镇健《披霞娜》、叶君健翻译的张赫宙《荒芜地》、绿漠翻译的安寿吉《富亿女》、叶泰迺翻译的金东仁《乞丐》。上述译作为韩国民间文学和现代小说的译介增添了新译品。此外，还有《韩国青年》所载歌剧《啊哩朗》的插曲《韩国进行曲》。

著译评介和对韩国现代文坛的评介

新搜集到的对韩人题材创作的评介，都出自期刊编者：《侦探世界》主编赵苕狂对胡寄尘（怀琛）的文言小说《朝鲜英雄传》的评点，太阳社主办的《新流月报》主编蒋光慈对张萍川（戴平万）的短篇小说《流

---

① 徐学文、陈伯吹《高丽童子》（二幕话剧）已收入《"中国现代文学与韩国"资料丛书》⑤。

② 1930年5月10日出版的《拓荒者》第1卷第4—5期合刊刊登牛步的六幕八景话剧《台湾》。编者称："诗歌戏剧方面，有特别指出必要的，是朝鲜的作家牛步的《台湾》很深刻的表现了朝鲜的革命运动的浪潮。"（《编辑室消息》）"牛步"系韩国小说家、翻译家闵泰瑗（민태원，1894－1935），号牛步，出生于忠南道瑞山。《拓荒者》第1卷第4—5期合刊出版后被国民党政府查禁，《台湾》只刊出第一幕（一景）、第二幕（二景），其中没有韩国人出场，也无有关韩国革命运动的情节和对白。

浪人》① 的评点和《生活》编者邹韬奋读廖世承《游东杂感》②，《新亚细亚》编者读于右任《舟出东朝鲜湾》后的感言。均寥寥数语，却言简意赅。

译文评介有杨善同评介胡风编译的朝鲜和中国台湾短篇小说集《山灵》，萧叔明评介张赫宙的散文集《朝鲜春》，编者介绍了该刊揭载的叶君健所译张赫宙小说《荒芜地》，以及《大东报》和《盛京时报》所载克名、陈因的两篇评介王赫选编《朝鲜短篇小说选》③ 的文章。有关《荒芜地》和《朝鲜短篇小说选》的评介文章，新增了译作的评介对象。其中，现代时期收录韩国现代小说最多的《朝鲜短篇小说选》1941 年 7 月甫出版，8 月和 10 月就有论者接连予以评介，殊为难得。如果不以发表处所废言，这两篇出自伪满洲国报纸的评介对韩国现代小说的总体认识和一些具体作品的评说，仍富参考价值。

还有一组比较特殊的评介文章。继 1939 年初朝鲜义勇队在桂林演出《阿里朗》《朝鲜的女儿》之后，1940 年 5 月，韩国青年战地工作队在西安劳军公演四场歌剧《阿里朗》和独幕话剧《国境之夜》《韩国一勇士》，同样引起热烈反响。遗憾的是，这些剧本都未能公开发表。西安各报先后发表的五篇评介，不仅可使后人知晓三部剧作的剧情及演出情况，还获悉中文本《阿里朗》除朝鲜义勇队文靖珍编剧并发表的独幕歌剧外④，还有后来加入韩国光复军的韩悠韩编剧作曲的四场歌剧这个重要版本。此外，无名氏的《记韩国歌剧〈阿里朗〉》以抒情的笔调介绍韩悠韩本《阿里朗》1944 年 3 月在西安的再度重演，散文化的译介，别具韵味。这些评介有助于我们全面了解《阿里朗》演出在中韩两国现代歌剧史及中韩戏剧文化交流史上的重要意义。

对韩国现代文坛的评介有苏吉甫的《一年来大东亚各地文艺动态·二　朝鲜》、叶菲的《北朝鲜的文学和艺术　作家·诗人·艺人》。此外，还有廉想涉、李斗山、天均、高在骐等韩国作家评介韩国现代文坛的文章，以及金光洲用汉语撰写的 1922—1934 年韩国电影状况简介。中韩两

---

① 《流浪人》据戴平万《都市之夜》文本已收入《"中国现代文学与韩国"资料丛书》①。时当未查明该小说又载 1929 年 3 月《新流月报》第 1 期，作者戴平万署笔名"张萍川"。

② 廖世承《游东杂感》第二节《朝鲜之一瞥》已收入《"中国现代文学与韩国"资料丛书》④。

③ 王赫选编《朝鲜短篇小说选》全书已收入《"中国现代文学与韩国"资料丛书》⑥。

④ 文靖珍《阿里朗》已收入《"中国现代文学与韩国"资料丛书》⑥。

国论者从不同角度撰写的上述评介，无疑有助于增进中国文学界对 20 世纪前半期韩国文坛及影坛的认知。

以上对本书所收文献的简要梳理介绍，止于蜻蜓点水。尽管编者竭尽所能搜寻并吸纳近四年中韩学者的发现，本书所收篇目仍难免遗珠之憾，特别是散见作者自印诗词集的旧体诗词，还有进一步发掘的空间；另有一些跨近代现代诗人的诗作，虽发表于 1917 年后，但因准确的创作时间难于辨析，为谨慎起见未予收录。鉴于此，编者不得不说：文献发掘未有穷尽之时，尚需同仁慧眼再识。

2019 年 7 月

【本文据《现代中国文化与文学》第 24 辑所载《"中国现代文学与韩国"新文献扫描》增补改作】

◎ 创　作

小　说

可怜的亡国少年

夏芬佩

有天晚上，月色惨淡，呼的一声风过，吹得那树上刷喇喇的作响，枝稍上吱喽喽的发声，连那些寒鸦宿鸟，都惊飞起来。这时候有个少年，靠着一家的门口，一面哭，一面喃喃的蹬足说道："我定要报这大仇！……我定然要报这大仇！……我虽死总要恢复我们的祖国！恢复我们的自由！恢复我们的真正自由！"

正说着，忽然后面门里跑出一个人来，身长不过四尺，两个眼睛圆而且大，恰似铜铃一般，便大声的对这少年说道："你在此地做什么？你说的是什么？你竟敢对着我家门口，说这叛逆无道的话么？你罪当死！快跟着我走。"唉！可怜的少年，就此被他一拳一脚的拖去了。

诸君：你们知道吗？这人是谁啊？唉！我想这人着［除］了那"暗无天日"的亡国奴，还有谁呢。他原来是一个朝鲜人，他的祖父，是一个极有钱的"富翁"。当时朝鲜没有亡国的时候，他的祖父是做洋货生意的，家产却有几十万，所以他们一家的人，都是"鲜衣美食""婢仆成群"，非常的享福。后来日本兵到了朝鲜，立刻要把朝鲜亡了。那朝鲜的许多爱国青年，便急得无法可想，只得到处劝捐，来充做兵饷；到处演说，来惊醒国民。有几个人，知道少年家里很有钱，便去劝捐。那知这少年的祖父，非但不肯，并且大骂道："你们这般人真是胡闹，国家灭亡，和我们有什么关系呢？我们只要有了钱，便可尽我吃用，亡国不亡国，不关我们的事！有什么怕呢？我所有的钱，我可买衣裳穿，买东西吃，捐结［给］你们做什么？你们不晓得自己去做做生意，管什么闲事呢？"这般青年，听了千言万语去劝他，但是他终不动心，这般人"无法可施"，便长叹一声去了！

到了不多几时，日本人便把朝鲜尽行灭掉，且把朝鲜的人家，一家家搜索起来，所有的家产和钱银搜得一些儿没有，连日用的东西，也一起收去。那少年家里的财产，也被搜得干干净净。他的祖父，到了这个时候，便悔恨以前的错误，然而已经来不及了。后来只得自寻短见。唉！可怜的"守财奴"，还有钱看见么？从此以后，他们的家里，种种情形也不忍写了。

那自主国的乞丐，还可以自由说说唱唱。他们呢，都有人看守着压制着！今年春上这般朝鲜人，实在苦得不耐，觉得亡国真是痛苦，要想打算光复祖国，但是"手无寸铁"，那里能够抵抗倭奴呢？到了此刻，送了无量数的生命，但是终不能够达到目的。这少年的父母兄姊，因为这番的独立运动，也被日本人定了叛逆的罪名杀掉了。咳！可怜的少年呀！我不知道到明天晚上，你的灵魂，可还和你的身体在一块儿吗？

（载上海《通俗丛刊》第 3 期"小说"，1920 年 1 月 15 日）

亡国泪

刘蛰叟

在近数百年来，中国京城，都是建在北平。那以前皇家的建筑物，如宫殿园林，以及载在祀典的，坛坫庙宇，都觉得规模宏大，气象巍峨。但城里的地势平坦，没有天然风景。前几年市政公所，将北海开放，改作公园。漪澜堂五龙亭等处，都租与商人，开设茶楼酒肆，要算这城里第一个消忧的所在了。

北海原是从前禁苑，不知道费了多少民脂民膏，全用人力开成这样大湖，并且堆起一座土山，种栽树木。山顶建筑白塔，环着山脚，造了曲榭回廊，宛似蓬莱小岛。那规模风景，比什刹海大多了。又制造许多小艇，招载游人。有两三人共坐一船，分工合作的；也有一人独摇双桨，自由进退，领略那荷花香气，于游戏之中，寓有运动体力的意思。这是欧美士女最流行的生活。北平土著人们，轻易见不着船只，得了这个机会，人人都想试试那乘船的风味。就是南方人，对于坐船一层，原是司空见惯；但久寓北平，终日在马足车尘里，呼吸那秽浊空气，忽见这样波平如镜，莲叶接天，瓜皮小艇，来往如梭，不觉见猎心喜，想起家乡钓游之乐，也要租一只船儿，荡入水云深处，就当回了故乡一次。所以北海里游船营业，夏季非常发达。北平游客的目光，也渐渐转换，不像从前那种陈腐的脑筋，除了听戏听落子以外，就没有消遣的法子了。

有一天午后，风日晴和，游人如织，看那荷花荷叶，铺满水面，那花底游鱼，来来往往的川流不息，引得那些嘴长尾短的水鸟，上下飞鸣，馋涎欲滴，大有饥不择食的光景。惟有那岸上宫槐古柳，最高的枝儿上，抱着几个残蝉，随风摇曳，一声一声的，你唱我和，高不可攀，好像笑那来往游人，悠悠忽忽，与那些觅食的水鸟，一样可怜。

有一只小船上，坐着一个西服青年，听那断续蝉声，不住的点头叹息。忽见狂风四起，那极浓厚的黑云，一阵阵卷上来，把那将落未落的斜阳，遮得一丝不透。各船游客，看见大雨将来，都纷纷争先靠岸。只有西南角上，荷花深处，一个少年女士，独自摇着小船，向前猛进，打算要环绕北海一周，才尽她的游兴。听见各船喧嚷，仰望天空景象，知道顷刻就要大雨倾盆，急忙调转船头，想从斜刺里，飞奔北岸。没想到忙中有错，右手那枝桨，被水草缠住，稍微一失神，桨已脱手飞去，船身左侧，这女士翻身落水，大声呼救。别的船都离得很远，只有那听蝉叹息的青年，他坐的那只船，离女士失事地方，不过七八丈远的光景。他听见有女子呼救，连忙脱去外衣，跳下水去，用田鸡式分水法，游泳到花丛里，把落水的少女救起，再泅到自己船边，送她上岸。自己披上外衣，才扶着出了北门，问明居址，雇一辆马车，亲自送她回去。

原来那女士住在一家公寓的小跨院里，先将这位青年让进客座，自入卧室，换去湿衣，复出周旋道谢。这青年才知女士名季秀禾，延吉人，现在女燕大肄业。因回送了一张名片，女士看上面写着"林蔚字晚邨福建人"。问他的职业，知是清华大学学生。坐谈片刻，晚邨辞别。他两人自此订交，常到北海同游。感情就一天比一天的厚，渐渐发生恋爱。晚邨几次想脱口求婚，但不晓得季女士有无婚约，只好旁敲侧引，探听口风。那秀禾总持着不即不离的态度，没有切实答复。可是秀禾女士住的小院里，常有晚邨足迹。那秀禾的女仆，见晚邨常来常往，知道是主人的好友，来时也不大通报。

有一天傍晚，月光初上，又有微微的凉风，晚邨想去约秀禾到公园踏月。走到小院门首，静悄悄的，没有一点人声，再看院门是虚掩的，以为她主仆都出去了。立了一会，没情没绪的，正要转身，忽见那客座里，射出一线灯光，有个人影儿，忽起忽落，仿佛长叹一声，接着断断续续的，好像读书一样，却一字听不出来，心里好生奇怪。因轻轻推开院门，顺着墙阴里，蹑足走近去。定睛细看，果是秀禾女士，却穿一件圆领宽袖的长衣，墙上交叉式挂了两面小旗，都画着八卦，点了两枝素烛，手执一张纸，朝着那小旗，喃喃祷告。总听不是中文，又不是英，美，德，法，俄，日诸国语言。心想这样的文明女子，难道迷信异教，崇拜什么神道吗？忍不住将玻璃窗敲了几下。秀禾大惊，忙想吹灭双烛。晚邨道："密司季！是我呀！请开门罢！"秀禾知是晚邨，只得开门让进，面色颇觉不安。晚邨道："你怎么穿这种服色！？方才所念的是否佛经？

或为咒偈，我却要请教呢。"就伸手要她那张纸，秀禾无法，交与晚邨，一看是高丽文，虽每行里夹杂许多汉字，却看不出语气来。因问道："你为什么研究韩国文字呢？"

秀禾哽咽道："这是我们国语，怎能抛弃呢！我父亲与李王是远族兄弟，我们亡了国，不几年，我父母就逃到吉林，入了中国籍，经营商业。暗中却联络本国的志士，运动革命，总没有机会起事。到我十岁的那一年，我父亲又私自回国，实行那革命的工作。不幸被万恶的总监伊藤知道了，派侦探破获几处机关，将我父亲和那些同志，一网打尽，拘禁在日本兵营内，严刑拷问。每二十人用长绳联贯做一串，当做射击的靶子。同时被害的，有二百余人。还与中国官吏交涉，要引渡居留延吉的党人家属。我母亲得了警信，悲伤惊恐，停止营业，将现金存放美国银行，带我隐藏在教会里，我就受了洗礼。从此以后，那总监虐待韩国人民，格外惨无人理，各家铁器，一概没收。用那秦始皇的老法子，每十家公用一柄菜刀，锁在木柱上，钥匙存在警署。无论城乡的住户，每礼拜由警察行清洁检察，翻箱倒箧，实在防人民私藏武器。所有财产，全由总监登记。现金存入银行，支款到五百元者，就得查明用途，呈报总监，才能支付。大小学校，纯用日文，不准私授韩文，要消灭韩国古来文化，永远做日本的奴隶。稍犯警章，轻则禁锢，重则死刑。遍地都是侦探。有一次一个韩国青年，与我家有点亲戚关系，他在北平某学校毕业，满口北平话，说得非常浏亮。改穿中国衣服，冒作华人，私行回国。才入韩国境，走到一座大桥上，一个侦探看着他有点疑心，冷不防抓他衣领，那青年仓皇失措，叫声'阿噶'（这两字好像中国话'哎呀'口气），侦探认定是韩国人，化装归国，有不利政府的行为，捕送警署，定了十年禁锢。自此事宣传后，我母亲就打断归国的念头了。又过两年，我母亲也忧郁死了。她临危的时候，托付老牧师，做我的保护人，并代我经理财政。我到二十岁，在女中学毕了业，老牧师把财权交还我，介绍我到北平女燕大，学习神科。我不愿和亡国的李王同姓，所以加上一撇，改为姓'季'，这'秀禾'二字，是引用我们老祖宗微［箕］子，作的麦秀之歌，'禾黍离离［油油］'的意思。我自入燕大，就抱独身主义，不愿意代那帝国主义的日本人，生育再传的奴隶。所以你每次谈话，涉及爱情，我就用话支开了，不肯搭上本题。怕是拒绝了，伤了彼此感情，又万不能抛弃向来主义，违心应允。我这万种伤心，有谁知道呢？这八卦旗，你应该知道是韩国的国徽。自从亡国以后，那万国旗图样里，就把它除掉，只有我韩国人民，脑海中还印着国旗小影。今天是韩日合并，国耻纪念日，我将女仆支开去，做了几句惨痛的文字，大概说：'我那国旗呀！我们列祖列宗，这几千年来，都在这八卦国旗的影子里，呼吸自由空气。怎到今天，高丽国的锦绣河山，都被那些穿木屐的矮子，到处践踏！！把韩国人看做牛马一般，随意宰杀！京畿道的旗杆上，也看不见八卦旗。王族子孙，都做了人家奴隶！！我虽然流落异国，可是我身上，还有韩国王族亲宗的血脉。可怜这八卦国旗，除了我这三间小屋，天空中没有你的影子了。可怜！！可怜！！'私挂国旗，吊我那亡去的国魂，不想被林先生看见，你应该代我们亡国遗民伤感哪。"

晚邨听她这一席话，先对她那国旗行了三鞠躬敬礼，也是双泪交流。歇了一会，用极诚恳的声音安慰道："密司季，你这样志气，真真可钦可敬，我与你同病相怜，不由得动了兔死狐悲的念头了！"秀禾诧异道："你福建并未亡国，怎说与我同病呢？"晚邨道："我这福建籍，也与你吉林籍是一样来源，不瞒你说，我本姓麻，是台湾人。从割归日本后，那人民所受痛苦，比韩国更甚。凡是知识界的人，一言一动，都有人监视。我好容易逃到厦门，把'麻'字帽儿除去，改为姓'林'，因福建姓林的极多，免人注意。先到上海补习两年英文，再到北平考入清华大学。希望将来留美。自与密司订交，渐渐动了求婚的痴念，料不到彼此同仇。但你独身主义的理想，实在错误，那欧战发生，威尔逊不是主张'民族自决'吗？世界上弱小民族，深表同情，我们复仇的日子，当然不远。既然讲到'民族主义'，第一要我们民族，生殖发达，才能抵抗那些帝国主义的国家，倘若青年男女，都抱独身主义，不肯结婚，那已失的祖国，不能恢复，并且要灭种了。你不听见那法国人，因为人口不甚发达，现在奖励生育。我们亡了国的人，还能节制生育吗？我两人应将消极变为积极，约会本国的同志，宣传'民族主义'。如果弱小民族，都联合起来，打倒那些帝国主义的国家，你那八卦旗，就要复活，不必躲在小屋悬挂了。"

秀禾听罢，眉飞色舞，不像先时懊丧，就握着晚邨的手，坐在一张沙发上，亲切长谈。等一会，她女仆回来，晚邨才辞别出去。又过几个礼拜，他们已正式结婚。过了蜜月，就出京到各处工作。北海公园，游船队里，就没见这一双比翼鸳鸯了！

（载北平《三民半月刊》第 1 卷第 2 期，1928 年 9 月 16 日）

奸　细

周裕之（郑伯奇）

万宝山事件……韩境华侨惨案……中村失踪事件……连贯下来到辽吉侵占……黑龙江攻击……满蒙独立国设立……这日本帝国主义一贯侵略政策，已引起全世界的革命的和反革命的两大势力的注意。第二次世界大战的前哨战已经爆发了。在喷火山的中国民众还在挣扎着准备自己的力量。有一枝秃笔的人，谁都应该持笔挺起做唤醒民众的工作。记者能力薄弱，只把这些大事件中的一段小小的插话写出来给大家看看。

说是写，我连这点心理的余裕都没有。好在我有一位朋友由东省给我寄了许多材料，他原是叫我拿给上海的文学家做创作的材料的，现在不文的我把它公开出来。

真的，创作！大战的狂风暴雨眼看着袭近我们的身上，谁还有闲情逸致去创作！

一　金利生的谢罪声明

七月十五月哈尔宾［滨］国际公报专载：
朝鲜日报长春支局记者韩人金利生之谢罪声明书

敬启者：在万宝山事件发生之时，鄙人因为不会中国话，不能往访中国人探知事情，而迫于急速报道之必要，采用长春日本各机关的宣传材料，转送登报于朝鲜京城"朝鲜日报"上矣。奈这些材料究竟都与事实有所差违，而在今想及这些讹报，大有影响于在朝鲜各地演出之排华暴动，深甚痛恨。所以鄙人痛感这些过失有所重大，兹将本事件之经过上重要若干点，列举发表如左，并为声明，深致谢罪如是。

（一）以长春亲日派机关朝鲜人居留民会为背景之李阳昶（民会评议员）为名等九人，与中国人郝永德者，于今年三月关于万宝山荒地垦耕的租子契约一事，取二重契约之形式，向与多数地主订立租买契约，又且订立水道掘开使用土地租买契约矣。而现在所争之土地中如未经收订买约者尚多，又且前记两种契约，原是附记以该契约呈请县政府立案完事方生效力云云之附带条件矣。

（二）问题之发端，从前记未尽收买约之水沟，用土地之开掘上起来。该地方的地主全部及中国官吏主张，以为前记两种契约，因未往县政府立案，故不生效力，因而要求中止工事。而亲日派朝鲜人民会及日本领事馆警察对于契约效力之有无，姑付不问。藉口农期方张，主张使鲜农先着手耕作，再谈善后交涉解决之意。又且主张前记契约必须追收当然实施立案，履行条约之意，仍于日警庇护下积极进行工作矣。

（三）中国官吏，原非排斥韩农取得土地耕作，本只不过排斥其将未生效力之契约强迫行使之日警横暴，一则亦不过拥护自家之法律，防止自国人民之损害而已。又有一理排斥日本人之利用亲日朝鲜人作器具，深展侵略之毒手也。

（四）在表面为此事件中心之鲜农，毫无关系，于前记契约，只不过被前记该农团九人之报来为小作人，就役垦土开沟工事而已。中国人及中国官司亦能知悉此情，由始至终，未对此等鲜农为敌，只不过阻止鲜农在日警指挥下之开沟工作，此亦仅只掣肘，绝无加暴行于彼等之事。至于世间宣传之鲜农死伤云云等情，本无是事，亦日人及亲日鲜人之诱发凶案之虚伪宣传也。前记韩农，固不愿被利用为不合理之斗争器具，既有自退现场者，多数残余鲜农，被日警之制止，不得自由退出，现正陷于进退不得的苦境。日警以为鲜农退去不留现场，即无对中国交涉之材料，故非但携带武器，威镇现场，且用经济力积极援助。此次鲜农团及鲜农，已将种稻七十余石（日石）经南满铁道会社配付，向金融会领到现金数百元，又向劝业公司（日本机关）借到日金二千元（日本领事馆之转旋）。事实真相如右，敝人受日领之使嗾，讹报敝国，遂至两民族冲突惨境，因悔前过，敢先声明敝人之罪过，以谢中韩两民族。

朝鲜日报长春支局金利生启
中华民国二十年七月十四日

二　远东号楼上之血案

七月十六日《哈尔滨国际公报》的记载：

吉林商埠地之血案

金利生死状甚惨

凶手当场被获

吉林电讯，昨日（十五日）正午吉林城外商埠地日本领事馆附近之远东号楼上突然发生一骇人听闻之惨案。被害者为驻在长春之韩人新闻记者金利生，身中数枪，死状至惨，金氏自万宝山事件以来，其言动颇为当地中日韩三国人士所注目。此次之惨死盖亦含有深刻之政治意义。凶手虽开枪拒捕，终被我国警察当场捕获。现该凶等已移解至副部营行军法处审讯，案情真相行将水落石出。惟当局以其关系重大关防至为严密。记者煞费苦心从各方面刺探所得之结果，颇可供读者之参考。兹特为详细披露于左。

（一）金氏之履历　死者金利生为韩京汉城朝鲜日报长春支局之特派通讯员，驻长春盖有年矣。平日交际极广，日本领事朝鲜人居留民会会长等均甚熟识，即中国人方面亦颇多来往。氏既擅长交际又为新闻记者故对于东省韩侨情形至为熟悉。惟韩国民党中人似颇不满于彼，至有诋之为奸细者。氏则泰然若无所闻，即民党中人亦一例交际。盖其为人非常圆满，行径亦似甚磊落。不意今竟遭此意外之不幸，识者颇为惋惜云。

（二）万宝山事件　金氏之记者才能颇见重于韩国报界。其职务虽只为朝鲜日报之通讯员，然以消息灵通材料丰富，故其所发之消息，韩国各报竞为转载。最近似更兼任仁川平壤各地报纸之通讯，而氏之电报遂成为韩国民众视听之中心矣。

万宝山事件，金氏大肆活动，凡与事件有关之消息，无论大小巨细，均电告韩国各报。其报告有时荒诞无稽，迹近故意造谣，如谓中国官厅将驱逐韩民出境也，如谓中国农民屠杀韩侨也，如此之类不一而足。此等肆意挑拨之结果，至酿成韩国本土人民惨杀各地华侨之暴举，此则金氏莫能辞其咎者也。

（三）韩人之非难　然居留东省之韩人，对于金氏此种挑拨离间之举，颇感不满，而以民党中人为尤甚。及汉城仁川各地惨杀华侨之事发生，中国全国震动，东省负当事之责任对此尤为愤慨。居留韩人深悉韩国各地暴动，出于民众被骗。日本平素对于韩人不许其集会示威，此次特别允许则其出于日本政府之操纵指使，毫无疑义。韩侨中有识之士以为金氏故意伪造电报激动民众，实与此次暴动有直接之关系，因之非难金氏之声甚嚣尘上矣。

（四）谢罪声明书 金氏受韩侨责难，颇感不安，而高丽各地暴动发生以后，长春日警对金氏监视甚严，金氏益深进退失据之感。于七月十三日，金氏乘间赴吉林，拟稍避锋头，不料该地韩国民党中人复严词诘金促其自白。金氏迫不得已，始于十四日草就一文分寄中韩各报，即昨日本报端所登金利生署名之谢罪声明书是也。本报昨已刊登该文，兹不赘述。今此文发表不及半日，金氏即惨遭杀身之祸，其中蛛丝马迹显然可寻。

（五）被害之情形 金氏到吉后，原住牛马行韩国友人处。昨晨始至城外商埠地日本领事馆附近之远东号楼上。被刺以前尚有韩人数名来访。正午突来长短装之韩人六七名拥至楼上与金问谈声音甚厉。未几即闻枪声连发，叫声骂声身体倒地之声嘈然大作。时盖金已身中数弹仆卧血泊中矣。时正值午中往来正盛，行人陡闻枪声，纷然逃避秩序大乱。行人张鸿宾竟中流弹有性命之虞云。

（六）凶手之被捕 楼上枪声大作时，无人敢冒险上楼。幸值我警察方面公安局侦缉队队长侯其昌等，正在率队巡逻，一闻枪声，驰往围拿。讵凶手见势不佳，竟然开枪还击。我警官奋勇不屈，卒将该凶捕获，计当场捕获四名，旋又捕获两名，共六名。

（七）审讯之经过 当该犯等被捕押登马车送公安局时，道旁窜出多数无赖韩人，意欲行劫，幸押送警官力抗未果。解至公安总局审讯时，该凶坚不承认刺金之举。正凶为韩人朴昌，公然自承系吉林日本总领事馆巡查，并谓彼等往远东号乃受命令保护金者，不意至时金已被人枪杀云云，言时态度倨傲不逊，毫无悔祸之色。然问其手枪子弹何以用罄，既系奉命保护何以枪击中国警察，该凶又茫然语塞无以答辩。公安局讯后立即转解驻吉东北边防副军司令官公署军法处审讯，卒以朴犯等证据确凿，即晚九时派队送监狱收押矣。

（八）本案之推测 查金利生自万宝山事件发生，滥发电报，激动韩民，至惹起韩境发生仇华惨案。事后证明金氏种种骇人之报告全属子虚，一般有智识之韩人，一面纷发通电，表示对我道歉之意，一面诘责金利生甚烈。金氏迫不得已始有谢罪声明书之发表，自承从前之虚伪宣传系长春日领授意嗾使，于是真相大白。日方以金氏揭穿黑幕恼羞成怒并惧其贻祸后日于交涉不利，遂生杀以灭口之决心。朴昌及少数之无赖韩人懵然为人利用，不知自己将来亦有蹈金利生覆辙之危险也。然此案关系外交甚大，日方未始不出而捣乱，望我军政当局持以强毅精神，万勿为彼所屈可也。

三　死者的日记

A兄：

　　前几天寄上哈尔滨国际公报两份，一份登载韩人记者金利生的谢罪声明书，一份登载金利生惨死的新闻，收到了没有，念念！这事件的经过，又离奇，又紧张，实在含有戏曲的兴味；听说上海的朋友想做些反日的戏曲，像这金利生之死，不能作一个题目？近来我因事来吉林又发现了一些关于这事件的材料，现在这信中所得的"金利生的日记"便是这些材料的一部，其他我耳目所得的，以后再写给你罢。这日记是公安局的一位朋友给我看的。原文是日文和韩文夹杂写起来的。因为我懂日文和韩文，这位朋友叫我讲给他听。我顺便借来把它翻译出来，而把有趣的几段抄出来寄给你看。

　　上海近来如何？文化运动文学运动斗得热闹么？这里被战争的谣言搅得人心不安。不过当局还很镇静好像没有什么的样子。总之这里沉闷得很，我也许回到上海来。

　　江南秋色想来已竟很可观了。松花江的灿景也不坏，只是天气已经渐渐冷起来了。

　　再会！上海的消息望常常告诉我。

× 上　九月十日

＊　＊　＊　＊　＊

五月一日

　　今早照例到领事馆和居留民会去探访消息。田城领事笑着说，今天是五一节，东京的工人学生恐怕又在闹什么示威游行，开什么群众大会，警察要忙得不亦乐乎。中川警部说，只要为天皇为国家，警察忙一点也不要紧。说着，他的脸上浮出追从的微笑。领事又说，说起忙来，莫斯科恐怕还要忙呢，只有这满洲夹在日俄之间，却是天下太平。警部说都是帝国政策运用得当的结果，不然那里会有这样太平。领事看着警部低声说，帝国政府从来是好的，币原外交固然有点软弱，然而不过是一时的权宜，军部的人却骂得一塌糊涂，叫我们做外交官的听得刺耳。不过我告诉你，政府的态度也慢慢地强硬起来了，我们遣外的官员也得有点准备。警部带点怀疑的神气回答道："是的，准备是什么都准备好的。"领事临了又说，这都是后话，彼此明白着罢了。不过近来满洲的情形也得注意。满铁的下级职员居然有人赤化，组织什么共产党。再还有"不逞鲜人"……领事讲到这里，忽然瞅了我一眼，我不禁打了一个寒噤。

居留民会的干事告诉我，李阳昶前此派人去韩，调大批农民来开辟万宝山水田，不日可到。据说由马家哨口开一条大模的沟渠来灌溉。经费已由领事斡旋，向劝业公司借用。干事又说长农公司的郝永德是个地痞只要钱，中国方面的运动费已完全交他办理去了。

六月三日

领事馆得万宝山韩人警报，请长春县公安局鲁绮派人来说，县长因马家哨口乡民控告韩人擅挖沟渠伤害良田，着他前来驱逐韩人出境去，他因与民会会长相熟，故暂示观望，韩人可速请日警保护云云。领事馆即派警察若干人前往。中川警部告我，这回事件，帝国决不放过，你可速向朝鲜各报发电，称东省官民压迫韩侨，事实无妨虚构。我当下答应，但心中不免踟蹰。这次万宝山开垦，条约并未成立，日领催促韩人急急动工，显有阴谋。我将事实真相报告到韩，日领决不肯饶我。况且我受人津贴，怎样好去讲话？中国的公安局局长都那样亲日，我又何必傻呢？好罢，明天起我就要着手加紧宣传了。

七月一日

今早七时，万宝山一带数十村农民，七百余人，各持锹锸，到马家哨口，自动平沟毁坝，日警以人少不能阻止。领事闻报大怒，马上派中川警部率领武装警察五十名，携带步枪手枪及大宗子弹，决定对中国农民扫射。并编预备队，以便陆续接济。

中川警部去后，田中警部拍我的肩说，本领署已下了最后决心，你的宣传也应该加油了。我答道："是的是的。我自己的责任，我决不敢放弃。不过应该怎样做，总还希望领事馆诸位先生指导的。"田中警部做了个手势，我便跟他到一间小屋子去。田中掩了门，从洋服里边的布袋，取出一束电报稿纸，塞在我的手里。我很机械的把这一束纸紧紧地放在西装裤的靠臀部的布袋里面。因为什么，我这样谨慎？这不是很明白的吗，也许这一卷电稿纸里面来的有老头票哩。固然领事馆很少给我们油水吃，可是我们是干什么的？我们岂能不想这一点意外的洋财吗？哎呀，我怎么讲了这么多闲话？真的是这五百圆钞票叫我这样快乐么？这当然也不错，晚上我不是到扶桑馆大醉了一场么？想了好久不能到手的牡丹姑娘不是很驯顺地睡在我的怀里吗？这都不是金票的力量是什么？

　　确实，我昨晚酒吃得太多了。不，也许是昨夜我太快活了。不然昨天的事为什么我总记不大清楚呢？啊！是的，我记起了，田中警部给我那些电报稿子我统统拍发了。我一出了领事馆的门，我便飞跑到电信局去拍发了。是的。"万宝山惨案"，"支那农民大施屠杀"，"韩人被惨死者数百名"，"支那当局决驱逐全体韩人出境"，这些震骇人心的消息，我借电线之力，一一送到汉城去了。昨天下午朝鲜全国的大报馆都已经纷纷散发号外了。韩人看了这些电报怎么样呢？派代表去请宇垣总督出兵么？打电报请东京政府实行保护韩侨么？领事为什么要这样激动朝鲜民众？我真莫明其妙。

　　七月二日

　　今天去领事馆遇见田中警部。他看见我，光作个有意义的微笑，我倒有点不好意思起来。

　　"怎么样？昨晚快活么？今早你来得很迟呀。"

　　田中不客气地说了，我由不得用手去搔头。田中不 [还] 说：

　　"这样的事你好好去干，你以后还有好处呢。"

　　"谢谢。关系于日鲜民族的事，我总是尽力的。"

　　"孩子，你错了，这里只有大日本帝国！"

　　田中严厉地说，我吓得噤止了口。

　　今天我又得了一卷电报稿子，照例拍发了。回家后，把昨天今天的电报稿子敷衍起来，又写了一封长的通讯。

　　疲倦极了，又去扶桑馆一泊。

　　七月三日

　　老实说，这雨天，我真怕有些被酒色（？）迷惑得糊涂了，万宝山方面真正的消息简直一点也不知道！但是朝鲜全国的报纸用特号字登载我所拍发的至急电报，他们也许以为我是一个国士在枪林弹雨之中冒险拼命探听着宝贵消息呢！算了罢，酒底的国士，美人傍边草草写成的宣传文，韩鲜的人民却流泪地在流泪，扼腕地在扼腕，热心地捧读着呢！唉，大众，又蠢又老实又可怜又可笑的大众！

但是事实却有点不妙。领事署今天非常紧张。听说前天昨天两天，双方的冲突是很激烈的。昨天尤其利害，有几百中国农民看见警察开枪，居然回家取来枪炮应战。若不是中国的公安分局极力排解，恐怕真要发生流血的惨剧呢。

领署和民会的人都很奇怪，中国人从来只是一团散沙，怎么现在会有这样有组织的行动呢？并且那些老百姓完全不听他们官长的话，也不害怕日章旗。怪不得有人说东三省近来有点赤化。我还记得有一次张作相司令出了布告说："长此以往，必成第三国际。"真的，那些农民的举动怕有些第三国际的味儿罢。他妈的第三国际要来的话，我金某人这一碗饭可吃不稳了。

午后又去领署，看见他们都有点高兴似的。田中警部一看见我先满面堆笑说道："功臣来了，功臣来了。"新到的井上书记补说道："金君，你利害呀！值得赏一个金鵄勋章！"我简直摸不住头脑。后来田中先生才拿出几张电报给我看，他拍着我的肩说道："孩子！你成功了！我们成功了！"

我一看见电报，暗暗吃了一惊：原来仁川汉城各地韩人大大示威，开始暴动，屠杀华人，击毁华人商店，形势非常严重的。电报简单，并没有讲起什么原因，令人莫明其妙。我晓得韩人对华人的感情，素来并不十分坏的，何以现在突然发生了这样的事情呢？我一面看电报，心中不住在这样想，忽听见田中警部拍我背上，呵呵大笑，说道："怎么样？你奇怪么；都是你的药灵应呀！"井上书记补接着说："灵应是灵应的，怕有点太过火了。"田中警部说："什么？太过吗？你才来这里还不晓得情形。像这样还嫌不够呢？非得朝鲜全国起来大大屠杀支那人不可。"话说完，他又转向我说："金君！帝国的满鲜政策你是晓得的，你还得再加上些马力！"

我真奇怪起来了。难道这回朝鲜暴动是我的力量么？开会示威，本来政府是不允许韩人做的，这一次为什么能够各地一齐举行。难道这也是我金某人的力量吗？管它的！他们说是我做的，就算我做的罢，横竖靠官吃饭，不怕惹祸的。将来运气好，说不定有金鵄勋章……我真痴了，朝鲜人能得金鵄勋章么？好罢，一不做二不休，今天我又给内地发了几封至急电报。

七月五日

今天早晨田中警部告诉我，晚上八点钟到大和旅馆来，所以晚上同居留民会的李阳成申东光一同去。等了一会儿，田中警部，中川警部，三上书记，井上书记补还有几个人都来了。大家坐定，三上书记报告这次宴会是慰劳中川警部和庆祝朝鲜民众的。田中警部补着说，金君这次的功绩也是值得酬劳的。不晓得为什么，他老人家对我颇有好感。我当时觉得脸上都有光荣了，但是极力谦逊着说，这都是田中警部的指导，我不过是个机械罢了。田中听了我的话，并不高兴，反瞅了我一眼，我不觉愣了半天。

酒摆上来，长春一流的艺妓都打扮得花枝招展地来了。有万龙，有桃代，有梅香，有团子，还有许多，大约十多个人。桃代是我最喜欢的，可是今天又偏偏坐在井上的傍边，动也不动。我傍边侍酒的是千代叶，真是名符质〔其〕实，一个长了千年的枯叶。酒过了几巡，我有点醉意，我大胆调戏桃代，那晓得她只说了一句"讨厌的！"把身子更靠紧井上了。当然，井上又年青，又漂亮，又是书记官，而我又是个朝鲜人，凭什么和他拼。但是这个朝鲜人不是这一次事件的功臣么？今天不是祝贺我的宴会么？我怕什么？我硬着头皮，持酒杯走到井上面前和他拼酒。

"书记官，怎么样！来一杯罢！"

"景气很好啦，呀，来罢。"

井上便举起了酒杯：

"为金鵄勋章干杯罢！"

他在嘲笑我，我瞟了桃代一眼，叫道：

"为美人干杯罢！"

桃代回转头去，看着梅香，做了一个轻侮的冷笑。酒涌上来了，我给她酌了一杯酒：

"喂，桃代姐，美人儿，你也吃一杯罢！"

她身子向旁边一躲，我扑了一个空，酒洒在她淡青色的衣服上。

"讨厌的鲜人！"她叫起来了。

"喂！不要动粗！"井上也抓着我的肩膊喊了。

"什么！区区我也是主宾之一呢。你不用多嘴。"

我的话还没有讲完，一个巴掌飞到我脸上，清脆地发响。

"不知高低的东西，你再讲一遍看看！"这是井上的声音。

"喂！金利生，不许撒野！这是什么地方你晓得么？帐混〔混账〕东西！"

田中警部还正在骂着，中川警部的拳头已经到我的身上来了。还有几个警官要送我到领事馆去，三上书记再三制止才幸免。民会的人替我说了许多好话，终于由我赔罪，这件事才算了结。

什么宴会，什么奖励有功，讨了一场无趣！

七月十三日

长春真住得无趣了。领事馆方面和以前大不相同，大家都是白眼相待。警察有时好像跟着我监视我的样子。没有法子，我只得民会去玩玩，可是民会的一伙老头子把我当赤党一样看待。讲到赤党更讨厌，他们说我是日本警察的走狗，声言要打倒我。如今我觉得天地窄了，只〔至〕少长春是住不下去了，没法子，我只得且躲躲。今天早晨便到吉林来了。

这里比长春清静一点，可是日本人和朝鲜人还是一样地很多。并且一个个都像认得我都像晓得我为什么到这里来似的。认得我便怎样，晓得我又能怎样。不过最讨厌的那一批左倾分子，他们晓得我来，必定会有麻烦。

我还是回韩国去罢。他妈的，日本警察不承认我了，至少韩国的老百姓总承认我是他们的功臣罢。

七月十四日

今天早晨，有几个赤党找到我这里来了。他们逼迫我发出一种声明，揭破万宝山事件和韩国屠杀华人惨案的黑幕。我拒绝了，他们拿出一张纸，纸上应该声明的几点，叫我照办。

"金先生，请你要想想，你是犯了破坏革命之罪。"一个好像领袖的人在讲。

"你若不肯写，你应该晓得你的罪是有相当罪罚的。"一个年青的说。

他妈的，到处不讨好。这些赤党最难惹，恐怕都是些杀人不眨眼的东西罢。英雄不吃眼前亏，我就给他们写了罢。

晚上那个青年拿稿子回去的时候，我忽然心生一计，约他们明天上午到远东号来。若是他们来的时候，老子自有道理。

运气好的（说）话，我回长春去的礼物又有了。

四　结尾

后来哈尔滨的朋友来信说，打死金利生的不是日本警察。据说日本警察是金利生叫去捉什么人去的，不料警察正要进门，就听见枪声，及至跑到楼上，金利生已经卧在血泊中了。恰好中国公安局的警察也赶到，日本的私服警察便放枪拒捕，所以被拿获了。

我在上海也问过几个由东北来的朋友，关于这件事，也是各不一致。到底这金利生是怎样死的？

现在我想没有研究的必要了。一个走狗，主人打死也好，敌人打死也好，管我们的什么事呢？

关东旷野的炮声，把我这小有产者的侦探趣味，已经轰击得无形无影了。

（载《北斗》第 1 卷第 3 期，1931 年 11 月 20 日）

韩国的女儿

敏　子

尹吉敦，朝鲜亡国前的朝臣，他是在亡国的那一天朝臣中执刀自刎的唯一的正人君子。他这样地尽忠死了之后，因为国亡了，受不着朝廷的封赠，好像死了一条狗一样的无声无臭，现在，就是他的第三代女儿圆君也流落到中国的青岛操皮肉生涯了。

圆君虽然不很明白自己的家世，因为她的祖父自死时她刚刚从母亲的肚子里爬出，三岁死了父亲，五岁的时候，母亲也死了，剩下来的是她同家里一个雇妈，圆君好像记得她在八岁或者九岁的时候，被雇妈卖到神户一个妓院里，十五岁，她便跟着妓院的老板和两个妹妹淘气，由神户搬到中国的青岛来。

到青岛的第二年，圆君刚巧十六岁，老板用暴力威逼她同一个日本男子发生肉体的关系，此后，老板便命她仿效姊妹们的规矩，每到华灯初上的时候，打扮得花花绿绿地站在门口招揽生意。当时圆君竭力反抗，但是结果圆君是屈服了的，屈服到现在，整整八个年头了。

一个晚上，青岛市上来了许多大日本帝国的海军陆战队的士兵，这些士兵有大半是去逛妓院的，圆君就在这一天毫不费力的接到一个士兵。

圆君伏侍这个士兵喝着酒，士兵一边喝着酒，圆君一边唱着歌，后来士兵渐渐地有些醉了。他说：

"喂！你是不是朝鲜人？"

"是的，先生！"圆君说。

"哈！哈……哈……真够做咱们的奴隶！"士兵仰着头狂笑起来，他一手把圆君拉到自己的腿子上。他接着说：

"喂！你喜欢我吗？……你们的主人！"

亡国，本来不关圆君什么事，当妓女的亡了国也是当妓女，不亡国的也是当妓女，圆君院里的姊姊她便是日本人，但是她也是当妓女，一样地接客，一样地跟人睡觉，可是此刻，圆君有些难堪了。自己的祖国是亡在日本的手里，自己此刻却在这个祖国的仇人面前奉承色笑，倒被仇人大大的侮辱一顿，这不是可耻到了万分吗？

圆君突然用力地推开了那个士兵，从他身上立了起来，望向床里一摔，便呜呜地哭起来了。

"哭，哭，哭什么啦！"士兵咽下一口酒，骄傲地说：

"来！来陪我喝酒。"

圆君越哭得凶了，哭声里夹着悲愤说道：

"恶魔……强盗……仇人……"

"什么？！"那个士兵的眼睛睁得圆圆地。接着又"哈……哈……哈……"的狂笑了。

"恶魔……强盗……仇人……我们要报复！"

"报复？！看我来报复吧！"那个士兵立了起来，拿着皮鞭子狠狠地望圆君的腿子上抽了一下。

老板在隔房进来了，她劝着那个士兵坐下来喝酒，一只大手把倒在床上的圆君拖了起来，用力地牵着她底头发仍旧把她送到那个士兵的怀里。

"你如不好好地陪这位先生玩，明天抽死你！"老板凶恶的对圆君说过，又向那个士兵奉承了一番才退出去。

"好！嘴巴上来，咱们亲一个吻。"那个士兵的两只手捧着圆君的头颅饥饿似的接了一个吻。接着他又"哈……哈……哈"的狂笑了。他心里想你这亡国的女儿不容你不在我的面前屈服了呢。

那个士兵喝得很多了，酒气醺醺地对圆君说道："好！来陪我睡，咱们痛痛快快的玩一下，明天我得要拼命去！"于是他告她他们的陆战队奉到命令要开到秦皇岛去对中国作战，他又说，不久又要开回来，那时候他把胜利品拿来买一切修饰衣服送给她，不过今晚她须得好好的跟他玩一夜。

* * * * *

第二天清早，老板叫使女打水送圆君的房里给他们洗脸，使女刚进去便慌张的跑出来叫道：

"阿妈，他们死了！"

（载《空军》第 25 期，1933 年 4 月 30 日）

春天的怅惘

孙　陵

一

东风又将苦闷的春天送到人间了！

这忧郁的，伤逝的春啊；一遇到春天，我的心就会苦闷地，痛楚地，忆起一段美丽的故事来。但是这值得追悔的眷恋的故事终于消逝了；连一点尾巴也不留地消逝了。

那美丽的，幸福的故事啊，想起来我就会心痛的。

二

这是五年前的一个春天；学校已经成为敌军的兵营了，我只得从宿舍迁出来，住到学校旁边，一个俄国老太太底家里。她是一个白系流浪人，没有丈夫，也没有子女。她只有一所房子，——是一所很小的砖房；除去她自己和我占用的以外，另外还租给了一个高丽姑娘一间房子，在咖啡店当下女的。

我不爱跳舞，并且讨厌舞女或者下女一类人；因此，那高丽姑娘和我虽然是只隔一堵墙壁的邻居，我们从来不谈一句话。因为许多高丽人这时正帮同敌人到处摧残中国人，我就越觉烦厌起这个邻居来。

"你告诉她搬家不好吗？"

一次，我和房东老太太这样说。但是，她并未能接受我的话，她问我说：

22

“为甚么呢？”

“她一个高丽人，当下女的……”

“嗬，先生。”老太太不自然地一笑，又很端详地看看我。“你们现在并不比高丽人强啊……你们全是……”

“你！……”

我说不出别的话来了。我只感到了无限地气愤和羞辱；我能说甚么呢！她的话像蛇一样咬伤了我的心，我找不出遮羞的语言来，只是沉默着。在我面前没有镜子，但是我知道我的脸色很难看。

我过度的气恼，倒使老太太和善起来。她慈祥地微笑着安慰我说：

“你为甚么要动气呀！先生。我们全是一样的人，我也是……我们这样生活着吧……彼此好好的……”

这以后，我们就更少谈话了。新的苦痛压住我；寂寞和空虚，雾一样笼罩了整个的心灵。没有人知道，也没有人了解，我这人间的孤独者。

三

一次，我从学校的门房里找到一封信；一个朋友从关内寄来的，封皮上印着缄寄学校的名称。这朋友并不知道我的通信地址已经更换了，因为我们的学校被敌军占为兵营这还是最近的事情。而且我们的学校也并未取消，只在校舍门旁多挂了一块××步兵第几联队的牌子。

我刚想拿信往回走，事情就发生了；一个××士兵叫住我，我不懂××话，但从他的态度和动作上，我知道是要检查这封来信的。当时，我心跳了；若果这信上有不慎的谈话被他看到了，可当怎么办？——我想。但是我不能反抗，在这时候，我第一次身受敌军直接压迫侮辱，我觉到了不可制止的愤怒和羞耻，我还终于忍耐着将信给他拆看了。还好，并没如我想像的那样字句被他看出来，我想这总可以平安地回去了，但是并不，他不因为看过了我的来信而满足，他还要到我家里去检查。

检查的事情我早就想到的，我家里已经没有一本可读的书籍；就连一册极不重要的《社会科学词典》一类书也已送到别处，可是，仍然被他查出毛病来。

“这个……”这次他说出两个中国字，看样子，像是方才学会的。

从讲义中被他发现了一张小幅国耻地图。这是在学校时随便用铅笔画着玩的，可不想竟在这时候被他看到了。我开始抱怨起个人的粗心，同时我更被过度的羞耻所激动了。我一把从他手中将那地图拿过来，随即扯成了碎片，搓做一个纸团抛到一边去。

他竟咆哮了起来，狠狠地一拳击打在我的书桌上，随着发出一声巨大的回音。我这时站立的距离离他稍微远一些，若果在他身前，我想这一拳定当击到我的身上的。这时候房东老太太不在家，但隔壁的那个高丽姑娘过来了。

"甚么事？先生！"她现出了惊讶的神气问我说。

一看到她，我就更气了。我很烦燥地命令她说：

"去！你不要管！"

但是，她并不去，而且也不恼。她离开我又去和那××兵谈话，她说的是×语，我不懂说的些甚么，但我知道也是和这事情有关系的。她很和善地和那××兵谈了几句以后，那××兵像似不再和从先一样气恼了。他开始到墙角将那纸团拾起来，一块块地舒展开，仍然凑成一幅整的地图给那高丽姑娘看。她看完后，忽然她笑了。她笑得很美丽地和那××兵说了几句话，又过来对我说：

"你怎么这样不谨慎？在这时候你还能稍微有一点大意吗？"

她如同一个良善的导师在训导一个学生一样安详地向我说道：

"你不要太任性了，我对他说……"她又看着那××兵淡淡地一笑。"你很年青，不懂事；也许他再不会有麻烦。"

她这样热情地帮助我，为我顾虑着一切，使我大大地感动了。原来高丽人并不全是可恨的——我想——我反而为了当初种种对她的轻蔑而觉到了无限惭愧和懊恼。

果然，她又和那××兵谈了几句话，好像这事就完全了结了。她给他一支烟，又为他点了火；她还要为他去倒茶，那××兵并未接受就去了。

"谢谢天爷，他还是一个好人。"

那××兵去了以后，她坐下来说道。

"好人？"我问她说："你说他是好人吗？"

"要不然，你可想到能发生甚么结果吗？"

当时我不曾回答她的话。我只对她说：

"我很感谢你！"

“客气甚么呢，大家全是一样的人！”她扬扬那弯曲的头发道。

同样是这么一句话，但是当她这次说“大家全是一样人”的时候，我不但已不像第一次房东老太太说这话时那样愤怒，反之，我觉到了非常的体贴，恰当，如同一颗安慰底石子般，一下就击打到我那苦痛的心坎上去了。——很准确的。

“你为什么要在咖啡店里当下女呢？”

突然，我兴奋了起来，这样没头没脑地问她。

“我？——”

她盯直地看我一眼，又像和自己商量着似的：

“就是这么一回事，我想要当下女。”

那声音低晦而暗涩。从那声音里我听出了一种深沉的悲痛。

“你没有父母吗？”我又问道。

“没有，全死了……”她底声音更低小了。看样子如同我底话句击痛了她记忆中的创伤，她的脸色蒙上了一层灰白的阴影，用那疲乏的和懒怠的一种低音向我说：“我只还有一个哥哥。”说完就又沉默了。

“那么你哥哥在甚么地方作事呢？”

我这时完全像一个刚刚懂事的孩子那样贪婪地问她这个那个；并且叫她告诉我。

“不要问我这些吧！”

她像不耐烦答我的话了，然而我又看出了并不是这么回事。

“你生气了吗？或者，你不喜欢谈起你的哥哥？”

她惨然地一笑，停一停，然后又说：

“自然，我是爱你［他］们的。”

说完，她就出去了。

四

这以后，渐渐地我们就更熟识了。我知道了她姓林，她告诉我说她的名字叫林瑛。无事时我们便尽情地谈论着一切问题，没有一些隔阂。只是她的哥哥是甚么一种人，或她的父母几时死去的，我们从未谈到这事情。

这时候，每天夜里我还学俄文，因此常常在林瑛从咖啡店回来的时候我还未睡眠。只要她从门外看出了我的屋里仍然有灯光，总是招呼一声"夜安"，才走进她的屋去。夜安这两个字她并不说中国话，永远是用俄语说出来。

就从这时候起，我又觉到新的恐惧了，每逢她向我说着夜安的时候，我总要心跳。我担心，我害怕；我怕陷进不可知底漩涡里。

爱情这时在我看来总是像一个神秘的果子，我不敢咬破它。因为不知道是苦涩的还是甜蜜的。但是她总如同一颗星，在我面前晃耀着。照着我苦痛的心，照着我漂泊的生命。

一天夜里，差不多又是林瑛回来的时候了。我听到她开门的声音，我静等着听熟了的"夜安"这句俄语，但是没有，我只听到几声异常急促而凌乱的脚步声响以后，就回到她的屋子里去了。起初我听到了她轻轻啜泣底声音，我想她是在咖啡店里受了屈。但那哭声竟越来越沉痛，越来越悲哀，最后终于大声哭起来。我不能再忍耐，我匆促地跑到她的屋子里，这时房东老太太也来到这里。

"哭甚么？你这样哭，是为甚么呀？"我和房东老太太全问她。

"你看吧……"

她哭泣着从皮夹里取出一件东西扔给我。这是一封电报，从临江发来的。我查看那投递的时间还是方才才送到。报纸已经被她揉成一团了，我从封皮里边拿出来，舒展开，上面只有两个字：

"雄死。"

这是已经译好的两个字。房东老太太这时不停地问我是甚么事，然而我也不详细。

"雄是谁呢？"我问道。

"我的哥哥……我的哥哥……"她仍然哭得接不上气来，回答道。

"啊……她的哥哥死了！"我转过头去向老太太说。

当时我和老太太劝慰了她一些话，也就不再哭了。老太太出去以后我又问她：

"你哥哥早就有病吗？"

"不，他从来就很健壮的。"说完了，她抬起头来看看我，我看出她的眼圈仍然那么红，眼睑全肿了起来。

"这电报太简单。"我说："至少也应该说明……"

"这还用说明吗？"她像生气似的向我说："我的父亲，我的母亲，你以为全是病死的吗？"

　　奇怪——我想——先前问她的时候不肯说，现在自动的全告诉我了。她说道：

　　"我的父亲是独立党，被××警察在台湾捕获枪杀了。我的母亲就因为痛念父亲的原因不久也死了……我的哥哥，他是事变后从南方赶回满洲的。他在间岛一带组织独立游击队，和满洲义勇军互相联络着……当然……"

　　她停一停，低下头，又落下几粒泪珠来。

　　"他是被××军队打死的……你……以为我当真甘心在咖啡店当下女吗？"

　　"那么你？……"

　　我听着她那沉痛的，激动的语言，使我对她起了更大的尊敬和感动。她问我的话，我答不出来了，我完全像似方才作醒了一个梦。我这才明白她。我说：

　　"是有更重要的工作的，是不？"

　　"工作……"说到工作，她的嘴角微微披［掀］动了一下，如同要笑，但是没能笑出来。"一点不错，我是有工作的。他们曾由我得到几次很小的胜利，但是现在我决定要去了。……"

　　"你？"

　　"是的。"

　　我看出了她的意志很坚定，于是我又问道：

　　"到间岛去吗？"

　　"不一定。"她扬起头来无所视地看看窗外漆黑的天，看看这屋子里的一切，最后，她的目光在我脸上停住了。"你，——也想做点事情么？"她向我说。

　　"我恐怕作不出甚么来。"我对她说道。"我太年青，但我想要学习作一点……"

　　"这很好，那么你……"这时她已完全和先前一样了，没有一点悲哀，很兴奋地踱了两个小圈，然后才说："随我去……你想……"

　　这句话她说得很吃力。说完了，她又静静地看着我，等我回答。但是，我并没有听从她的话，我告诉她这时正和几个同学计划着另外一件事。听完了我的谈话后，她说：

"这个也好，你们去作你们所能作到的。但是我想不会有多大成就，并且我劝你要谨慎……"

看样子她还有话未说完似的，但是忽然她将嘴闭上了。默默地注视着我，许久许久也不说一句话。我看着她像似倦了，同时我也要休息。但是她留住我说：

"再过一刻不好吗？"

"明天见。"我说。

当时她的嘴角抽动了一下，脸上起了一层微微痛楚的痉挛，甚么话也没说。转过脸去沉默了一回，然后伸出一只手来。

"再见！"

当时和她握了握手，我就走出来了。

五

第二天早晨，天刚亮我就醒了。看着窗外的天，天阴着，正在下细雨。忽然房东老太太在门外喊：

"先生……先生……"

"怎么的？"我问一声，穿上衣服走出来。

"林小姐走了，林小姐……"

"林——"忽然我记起昨夜的事情。

"走了……走了……"老太太叹息着。

一种痛楚的悲哀刺进我的心，我也叹息着。停一刻老太太又向我说："你看，这是她留下的一封信。"我看出那是一封用俄文写成的短信。"你看，这还有一封信，是给谁的我也不知道。"老太太又说——这是中文写的信，我看出了信皮上写着我的名字。

"这是给我的。"我说。我伸手去接那信时，我的手颤动了。信口并未封，我抽出信笺来，那上边写着这样的话：

我去了！

我告诉过你我要离开这地方，但是你也许想不到我会离开的这样快。或者我的走也能使你觉得突然吗？

我就是这样突然地去了。我必须即刻离开这里，为了我要作一点事情，为了我自身的安全。同时我劝你，先生，可能的时候，你也快些离开吧。

　　我的父亲，我的母亲，还有我们那无数的同胞，全在亡国的悲惨压迫下牺牲了；现在再加上我的哥哥。但是我并未死，我仍然强健地生存着，我忘不了那悲痛的仇恨，我就不会忘记了造成我们这种仇恨的敌人。我将生命许给了复仇的工作上，我要使我的热血为复仇开出一朵灿烂的花。

　　不要忘了，先生：我们全是同路人。在一条道上，我们可以将我们底力量接联起来去应付我们那共同的敌人。你不是说过你们也有一个计划么？我希望你们的计划能够实现，我希望你们能够作出一点事来。我尤其希望你，先生：你可以允许我说一句话么？这话我从早就想向你说，但是你并不曾给我一个机会。现在我必需向你说，因为我已经要去了。我希望你能够为你的理想而努力，我愿意你可以成为一个忠实地有用的人。因为有一个时期，我曾经在精神上面爱过你。

　　啊！夜深了，我无力再多写甚么了。想到明天这时我们又不知经过了多远的分离，这使我如何痛心啊。

　　但愿在奋斗的途程上，将来再见。

林　瑛

六

　　现在又是春天了。五年悠久的时光里，我没能作出一件满意的事情来。一遇到细雨霏霏的朝晨，我就会记起在这样天气中离我去了的林瑛，她在甚么地方呢？

　　不错，我们都是走在奋斗的途程上；但谁知道我们几时还能再见？

（载《中流》第 2 卷第 2 期，1937 年 4 月 5 日）

花子的哀怨

——一个女俘虏的遭遇

碧　野

一天，当我把绿色的窗幔拉开来的时候，我发现一个美丽的姿影在楼下的花丛中逍寂地漫步着。等我把惺忪的睡眼用手拭了拭，才看出那在曦茫中的是一个年青女子，她穿了一身镶了黄边的草绿粗军装，由于这种标记，我知道她是一个俘虏。

她的短发黑而卷曲，可是有点蓬松；她的眼睛是奇异的美，在长睫毛底下，闪射出秋星似的光芒，但是眼梢边却有些红肿。也许她长夜在失眠，或为她的飘零的身世而哭泣过。……

我站在窗边，感觉到我的心有点轻跳，我恐怕被她发觉，我望了望东边天际的淡红的云，细叹了一声，把身子缩进了楼房。

我想着：少女的命运就像是东方的晨天，由白嫩而红艳起来，但当朝曦消失在太阳光中的时候，红艳的云霞也就逝灭了！……

从此，每天清早我都看见她在楼下的花丛中走着，好像她永远是带着沉伤的心事，在她的默默的步调中，是多么的凄怆呵！

一直等到那玫瑰花已经凋落了红瓣，香玲草也逐渐在秋风中萎黄了，我才由一个投诚的日本医官的介绍认识了她。

那是一个月圆的秋夜，风从荒野上送来微寒。我和投诚的日本医官，以及这个成了女俘虏的少女坐在烛影摇曳的窗边矮桌上，我以新知的资格给她斟酒，一杯又一杯，我惊异她为什么酒量这样大，照她的清瘦的体格看起来，她真有点反常。

"花子，你应该注意你的身子！"日本医官轻声劝阻。

"不要紧的，来！我的中国朋友！"她把喝干了的酒杯举到我的面前。

我知道她有着沉重的悲哀，酒会燃烧起她的狂野，于是我也照着日本医官的称呼，说：

"花子，酒会烧坏你的心。用言语来表达你的情意吧……"

"你！……"花子颓然地坐了下去，她哭了。她把身子伏在桌沿，卷发因为伤心而抖动着，好像是一朵风中的墨牡丹。她的凄伤的哭声令我的心起了一阵哀颤，突然我的眼泪滴落到酒杯里，我端起了酒杯，把渗泪的剩酒倒进了喉咙，我急急地离开了桌边。

花子是日本军营里的一个随营营妓。

她的少女的心已经灌进了多量的苦液，可悲的遭遇使她认识了人生的深层痛苦。

花子原来是高丽人，她的家在南尚庆的釜山。花子出世的时候已经没有了父亲，剩下年老的患着不可医治的失盲症的母亲。她的大哥在早年因了争取国族的自由被杀害在汉城，她的二哥是一个茁壮的渔夫，可是被对马岛的海涛卷去了，她的三哥在"九一八"的时候，被征调到中国作战，他的白骨埋在长城边。由于这家中连年的不幸，失盲的母亲因悲哀而病倒了。

就在五年前的春天，花子不过是一个十七岁的少女，她当了釜山湾里的船娘，她用一只租来的画舫招揽游客，用她的青春博取贱价的报酬……

不久后，她的母亲死去了，而同时她被釜山湾南边的绝影岛上的一个恶媒婆所骗，把她卖给了一个日本农夫，而且被硬迫着上船到日本去。

花子和着她的异国丈夫住在浅间山下的一个乡村里。她常常为她的不幸的命运而哭泣，就因为这，她的粗暴的丈夫常常在深夜里鞭打她，甚至在冬季的雪夜，把她驱逐在屋外，一直冻饿到天明！

日本国内经济崩溃的浪花，也一样扫激到这浅间山来。花子的家一天天的穷困，收获不好，租税增加，这一切都使到〔得〕她的丈夫对她愈加粗暴。终于她又被卖到千叶了。

千叶，是东京湾边的一个都市，这里和东京一样支度着畸形的繁荣。从此，花子在一座有名的"花院"里操着可悲的神女生涯。……

"七七"事变后，她被日本政府征调到中国当日本随营营妓，她随着日本军到过上海，到过南京，也到过徐州、广州。

是今年的初夏，花子在晋南的中条山中被中国游击队俘虏了，只隔了三天，她便被解送过黄河南岸来。

像秋后的苹果一样，我和花子一天熟似一天。

花子的生活是不很充裕的，每月，她和其他的俘虏一样，只能够在战区政治部领到七八元的生活费，鞋袜和汗衫是公家发的，不过除了五六元的伙食费以外，剩下的零花钱最多不过两元。由于她的困苦，我常常给她一点资助。

她在日本千叶的时候，有一个中国青年曾长时间的爱过她，因此她认识了不少中国字，普通文字她是看得懂的。我介绍给她一部分中国抗战鼓词和一些通俗小说。她答应她将把她的一切遭际细细的告诉我，并且希望我给她写一本书。

秋已凉了，广场上的洋槐落叶纷纷。花子住在斜对过的楼下，她只有一条由公家发下来的军毡。因为她身体的娜弱，恐怕她感染寒凉，我送给她一条从北平带出来，跟我已经有两年奔波历史的薄被。

"谢谢哪！"花子低羞地颤声地说。

为了要报答我给她的热情的关切，她赠给我一条日本绣巾。

每逢星期日，花子和她的同伴们是被允许作一次远足旅行的。

又是一个星期日。

花子是爱吃蓝柿子的，一早我便到街上给她买了十来个蓝柿子，和一些蛋糕、花生、瓜子，放进我的干粮袋里。

我是被俘虏主管人应允跟随他们出去旅行的。同行的同伴一共有十八个人，十二个俘虏，五个护兵，我。

秋阳刚露出了醉红的圆脸，我们就向着邱［邙］山的野径进发了。

高粱收割了，遗留下深红色的枝茎，辽阔的田野呈显出火般的艳红。远山像少女的清爽的眉宇。

……花子除了仍然穿着那身滚有黄边的绿军装以外，头上还戴了一顶黑色的飘巾帽，她的眼睛永远是浮现着难灭的红晕，从她的打扮，眼睛，以至她的细微的动作上，都深含着一种忧郁的妩媚。

在登邙山的时候，我递给花子一支手杖。大家都精疲力竭了，才在一个谷坳边休息。

我用小刀给花子削了一个蓝柿子，她要求我分着吃。

她把一块石头滚落到谷底的涧溪里去，静静地说：

"让我的过去像石头般的滚掉吧，我需要它呵！……"她用手轻轻地指着太阳。

我告诉她等到中国抗战胜利后，她就可以得到自由，得到无限的光和热。……

她说她不愿再回到日本去。我说到那时便可以随意飞翔，就好像蓝空的云雀一样；我并且说愿意伴她到高丽去走一遭，看看鸭绿江是怎样的自由地奔流，汉江是怎样的迸溅着银白的浪花，釜山湾是怎样的柔美发蓝。……

为了求得教养和保护的方便起见，花子和她的同伴们离开了这城市，被送到龙门左近的一个小村庄里去住了。

我每隔三天总要去看花子一次，每次我都带给她一点食物和一些零用品。我每次的去，总是给她多量的安慰。

一天下午，蔚蓝的辽阔的天空，飞来了三十五架太阳徽的重型轰炸机，在震撼山岳的大轰炸声中，我遥望见大野的极南边冲起了漫天的黑烟。

忽然我的心一悸痛，我预感到一种悲哀的不幸事件将呈现在我的眼前。……

我借乘了救护车，和救护员们一同驰往花子居住的小村庄。

一跳下车，我便向花子居住的农舍奔去。我的眼睛撩乱了，我只看见一片破栋残砖，一阵黑烟，一大堆烬火……

等到我清醒过来的时候，我才发现我自己被一个须发斑白的老农夫扶着，身子靠在一棵被炸断了枝干的柿子树下。

花子和着她的三个同伴躺在一片荒草地上。尸体已经给芦席盖住了，我用力睁大了眼睛，只看见花子的披散的短发，和一滩污紫的血。……

我嗓子酸梗了，我发不出哭声，两行清泪流落腮边。

呵，你这武士道的刽子手！……

（载香港《大公报·文艺》第 724 期，1939 年 10 月 27 日）

朝鲜女人

田　鲁

　　许是因为天气太寒冷的缘故，亦许是因为第一班"急行车"开得太早的缘故，今天二等车厢内，不但没有往日那般拥挤，反而异常的寂寥。一排排地绿绒沙发似的三十多张坐位，在衔接头的等车的一头，只有一个商人式的俄国商人，身子笔挺的坐在那里看报，一动都不动，活像一座大理石的雕像。在相反方向的这一头靠近车门，便是郁达，林南和文君了。

　　火车不断的向前奔驰，好像一匹猛兽似的，又不知道饥饿，不知道疲乏，也不知道寒冷；虽是铁轨上，枕石上两旁的碎石小径上，田野上，都已洒遍了雪花。

　　外面虽是遍地已洒满了雪花，然而车厢内热气管，却很蒸发得温暖，车窗的玻璃上，都已蒙上了一层薄薄的雪雾。从车窗中望出去，可以隐约的看见飞一般的田野，小河枯树回到过去生活的漩涡里。

　　沉默在他们中间有四五分钟之久，林南似乎是耐不住这凄楚的氛围的压迫终于先打开闷局：

　　"郁达，过去的已像梦一样的逝去了。还有什么值得留恋的：舍去你的旧梦来追寻新的幸福吧！"

　　郁达只扭转头来看看林南一眼，没有作声。

　　"你不要以为我惯说风凉话。"林南接着说："现在我虽是比较快乐一点，可是在三四年前我亦会有过骸［刻］骨的迷恋的。那时我比你现在还要颓伤，还要堕落，整天沉醉在醇酒里；醉了就哭，就闹，就睡，醒了又去喝酒。我总是和你一样的固执己见，不肯接受朋友们的劝慰，但是不多久，我便觉悟了。"

　　"觉悟了，又怎样？"郁达蓦然的插进这一句，切断了林南的话："天下老鸦一般黑，女人总是女人，一个模子里出来的东西，难道会有两样的不成？"

"不然……"

"有什么不然哩！"郁达好像讨厌林南的噜苏似的，又很快的切断了他的话："你不要以为你现在是很幸福了，看吧，不久的将来，你那位爱人的狐狸尾巴，亦会露出来的；到那时候她领略了你的新奇，明白了你的秘密，就不会再这样热烈的爱你，再顾全你的意志……我知道现在这些话，你决不会入耳的；好吧，败兴的话我不说了，还是听文君的吧。"

"好吧；文君，你说你的恋爱史吧。"林南脸上透出勉强的样子。

文君仍是沉默的靠在椅背上，不作声。过后眼眶〔怔〕住在玻璃上，用着郁悒的声音：

"即有约言在先，当然我不能违约的。"眼光移过了一个地方，声音仍是幽幽的："郁达是幸福的，令人嫉妒的聚合，林南是怜楚酸鼻的生离，至于我自己呢，这里等你们两位来下结论的。不过我自己却以为是悲壮的；令人灰心，亦令人起决心的死别！"

文君略移动了下身子，喝了口茶，继续着道：

"我的爱人名叫金枝。金枝的父亲是我父亲的诗友，酒友，同时又是志友。听我母亲说：他两位老人家，自从日本强占了我们高丽以后，便相约辞官隐迹在家，无论如何不再出仕。金枝的家和我的家，相隔只有一道五尺高的竹篱，后来这竹篱亦拆除了，便成为一家了。在家中他们两位老人，老是吟诗，喝酒；但是他们并不是为做雅人高士来做的，他们是胸中块磊太多了，不得不藉诗寄怀，以酒浇愁，所以在诗里酒后，都是一些忧愤的话。有的时候，譬如当月明风清之夕，或是空中飘着雪花的日子，他们酒喝醉了，便高唱国歌，相抱痛哭，在力竭声嘶之后竟以利刃刺胸，假如不是我母亲常常责以大义，他们两老早就自刎了。然而不幸的很，在一九二五年五月里，他们两位老人，虽未自刎而死，却被日本强盗捉去枪毙了。

"那时候我们一班朝鲜有血气的爱国青年，都起来秘密的作复国运动，在京城中，他们两位老人便是这运动中的主动者，我家便成为他们集会通信的机关。他们的言论行动纵是万分秘密，万分小心，但是像猫狗一般的日本侦探已早嗅到有不稳的气息了；过了不久，两位老人就被藉故逮捕，第二天清晨便陈尸在刑场上。

"我和金枝这时年纪都很小，什么事情都不大明了，母亲连夜带了我们化装逃走，先逃到东三省，后来才由平汉铁路辗转来到这里。

"因为找到了安身的处所，经济方面又有母亲的哥哥肯帮助，不致发生什么大恐慌。所以我们便安安稳稳在这里住下来了。当我们逃出京城的时候，那时我和金枝都还只是小学毕业，到了北平后，读书便发生困难。日本学校在北平的只有小学，而我母亲又不主张再学日本教育，这中国学校哩，事实上不但我们不认识中文，而且连一句中国话都不会说，当然是不行的。后来没有法子，我母亲就自己教我们国文；一方面又认识了一位中国的大学生教汉文，这样一直到一九三五年。

"一九三五年，我刚好二十岁，金枝比我小两岁。

"金枝的母亲和长次两兄，都早已死了，在京城的时候，她只有一个亲人——老父亲。在北平除了我和我的母亲以外，第三个人她都不认识的。于是我母亲便成为她的保护人，唯一的亲人了。她对我母亲很孝顺、很柔和，好像对自己生母似的；我母亲亦把她当自己女儿般，什么地方都尽力的帮助她，指导她；待她同待我从来没有一丝一毫的差别。

"可是我们的年纪到底不小了，明白我们并不是真的同胞兄妹，更明白另外许多事情。于是我们平日的言语行动，都不能无拘无束的。由此就生出了许多不方便来。后来终于我母亲征得她的同意，我们便订了婚。

"当然我们亦明白我们是国家已被残破的遗民，当然我们亦懂得恢复国家的责任比自己的婚姻，要重大十万倍，但是事实上飘零在异国除了这样还有什么好的办法？我母亲曾说过她所以如此的道理：'这实在是万不得已的啊！金儿可说是家破人亡，她没有一个保护人，更没有一个亲人，而且我们现在不但受着政治的压迫，且还受着经济的压迫，我们无力典赁宽大的房屋，同样亦无力使她入学校，老是这样下去如何行呢？你父亲和她父亲又是那样要好，在我尚有一息之前，我不能不替她找一个归宿，了却我一番心愿。'

"订婚的那一天，我母亲按照故国的风俗，弄了一点较为丰盛的吃食，来祝我和金枝两人前途的光明。

"记得是这么一天，外面榴花似的阳光，撒遍了大地，风像已死去了似的，树叶子大都无生气的低着头，一动亦不动的。房里郁热得叫人不舒服，身上穿了一件汗衫还是热汗直流。但是为了行那种慎重的仪式起见，我们亦不得不穿着礼服。

　　"当我母亲替我们祝福过以后，金枝是伏在桌子上啜泣着，我也忍不住流了一些眼泪。可是母亲在这时候，却严肃地说道：'金枝，你从今天起是我的儿媳了，我已把文君的终身幸福和作为，都交给你，你从今天起应该代替我尽力的帮助他，爱护他，纠正他；文君，你从今天起已变成大人了，你既然成了大人，你就应该知道怎样去爱护你的妻子，怎样使你的妻子不受疼苦，更应当知道怎样去作你的事业。要晓得我们是有国难归，有家难回的，我们是千辛万苦从自己家里，从自己国里逃到这异国来的，更要常常的记起你们的父亲，两个不到五十岁的中年汉子，是被日本鬼子捉去枪毙的，是尸首都没有人替他们收拾的殉国者，死有什么要紧？枪毙又有什么要紧？人活到一百岁终是要死的，咽气在床上，不同样是个死吗？我那时所以不顾他们的尸骨，而携着你俩偷偷逃走，这完全是为了两家的骨血，谅你们也是知道的。

　　"'当我常看［带着］你俩不顾一切逃走的时候，在我心里有了这么一个感想，我觉得我所携带的两条小生命，并不是两家的子孙，乃是他们两位殉国者的灵魂，是我们大韩国的生命，我本来是个何等懦弱的妇女，但当想到这些时，我腿亦不抖，心亦不悸，竟能够勇敢的安静的把你俩带出虎口到中国的东三省，又到北平，又到武汉，又到这里，直抚育到现在。

　　"'现在你俩是一天比一天长大了，一天比一天强壮了，而我却一天比一天老了，一天比一天衰弱了；然而我终于把我们大韩国的生命抚育大了。这，我觉得不但对得起我自己的良心，对得起他们两位殉国者，而且亦对得起全国的同胞，现在我的责任是卸除了，而你俩肩上所负的担子却重了，文君，金枝，记牢你俩的责任，记牢已经殉国的你们的父亲，记牢完全死在水深火热中的同胞们，记牢恢复我们的大韩国啊！这不但我希望你俩，不但你们父亲在天之灵希望你们，就是全国的同胞，亦是这样的希望着你们两人哩。

　　"'我的子女是勇敢的誓死为国者，你俩假如承认是我的子女，就要听从我的话。'接着她很快的割断了她左手的食指，裂撕了一块麻布，血书了七个大字：'大韩国独立万岁。'

　　"我和金枝虽然没有什么才能，但不是木石，我俩血管里久已沸腾了热血，久已私下里决定誓死去救国的；在那个时候，我俩感动着浑身都颤动着，流着泪，跪在母亲——伟大的母亲面前，吻她的手，谢她的养育，谢她的教训。

"从此我俩的热血更沸腾，我俩誓死为国的心更坚定。

"一年以后，母亲终于弃我俩而死了。

"我真不明白上帝为什么这样，年幼的时候，夺去我们的父亲，和我们的国家，现在又夺去唯一爱护我们的慈母！我们从这以后，就一面诅咒上帝，一面痛哭我们命运乖离。

"我母亲弥留之际，还嘱咐我们不要忘记责任，别的，我们或者会忘记，至于我母亲的话，那我们永远不会忘记的，想起她留给我们的话来，我便不由地哭了，哭有什么用？我们忍着心痛，在眼泪倒向腹中流去的时候，便把它葬了。

"大概在武汉过了一个多月光景，我们曾动身回故国一次。

"到了京都，因了母亲哥哥的介绍，得住在离总督署很近的李君家里。李君亦是个爱国志士，他还负着一个支团的领袖责任。所以他的家庭便成了支团的办公处，同样亦便是支团的议事室，自然这是个很危险的地方，不过危险虽然免不了，却从来没有被获过。因为李君是一个非常机警的人，对于任何事都万分慎重的。

"一夜，那时是上月天气澄清的天空中，杂乱地悬着几颗小星，在那儿一闪一闪地吐出一点微光来。新月的光辉，泻满了大地，显得路灯格外灰黄暗淡了。街上市声渐渐地冷静下来，许多商店都闭上大门。路上异常冷落，只有几辆车子载着幸福的归去的人们。街头暗陬里躲着一两个警察，靠在墙边上打盹。

"时候是一点钟，李君家中的地下室里，挤满了从地道爬来的二十多位支团中的高级同志；他们都是日里看到李君在二楼窗口所摆的一盆兰花标语，而来参与临时紧急会议的。会议中所讨论的案子，便是：'如何去对付次晨五时来替换的新总督。'

"自然我们懂得革命的方法是应该联合同胞一起起来共同奋斗，才能达到目的。注目于总督个人，似乎不是一种好的策略。但是，你们要明白，我们处在种种压迫之下，是没有别的国家可以援助的。像中国，虽是我们万分希望能帮助我们独立，可是中国本身还在受帝国主义的压迫，受列强的欺凌，自顾尚且不暇，还说什么帮助别人呢？

"我们处在这样的环境中，要想做一次具体的反抗，要想做一次大规模的示威运动，那是千难万难的，所以我们不得不转移目标，从全体仇人而移到个人身上了，不过我们并不是盲目的随便移动，也不肯使一个无谓的人牺牲。我们挑选一个目的物时，是必须经过会议讨论，看看这个目的物有否使我们同志流血的价值，否则我们不乱干的。

　　"这次新来的总督，是一个残暴成性的军人。对于我们是有着更进一步压迫的计划。因之我们会议中，便决定由一位同志拿炸弹去行刺，做一次示威运动，这当然是一种重大工作，虽然二十多位同志中个个都能胜任；但是既然担负了这责任，十分之九是不能生还的，所以主席亦不好指派。

　　"后来决定用摸纸团的方法，是拿一张白纸，裁做三十个小方块，在一块上写着：'为了国家我来担负这个责任。'谁摸到谁就去。

　　"大家顺着次序从一顶呢帽里摸出一个纸团，放在面前以后，主席斟了一杯酒在台子中间，说：'摆开来看吧，谁得到荣幸的纸团，谁就站起来喝这杯代表大韩国人民血汗的酒。'

　　"天，天，天，谁料想到立起来喝那杯酒的，竟是我金枝呢！

　　"那时我心痛得好像刀割一般，几乎放声大哭起来。但是金枝，她竟庄严地立着，脸上放射出我从来没有看见过的纯洁的光辉，让主席在她胸口悬上国旗，让同志们恭祝她，让同志们向她行敬礼。后来她又极郑重地说：'同志们，我非常欢喜，为了国家来担负这重大的责任，有这样好的机会使我们尽一点力。不过此去是非常危险的，是没有回来再和诸位聚会的希望，所以此刻我便给诸位一句临别赠言：祝诸位继续努力。'

　　"这么，我俩好像新婚，只是紧紧地拥抱着，吻着，流着泪。……

　　"有什么办法？这是我们的任务啊！

　　"最后的时间终于到了，她又紧紧的拥抱着我，给我一个最后的吻，便拿起李君送来的一个沉甸甸的布袋。

　　"那时我完全痴了，坐在一张椅子上，两手抱着头，眼睛直视着。

　　"我听到她下楼的脚步声，听到门的启闭声。过了三十分钟，我听到远远的马路上传来一种汽车的喇叭声，接着听到惊天动地的一次爆炸声。听到一阵排枪声。然而我还像【之】前一样，一点都没有改变——因为我已完全痴了啊！

　　"从这天以后我就没有再看见过我的金枝了！

　　"金枝是和我永别，为着恢复国家的使命……"

　　文君结束了语句！一滴一滴的泪珠，顺着面颊流下来。

文君的演述，好像一个将要咽气的病人的喘息似的，渐渐地迟缓了轻微了终于消失在一阵轰轰地车轮声中。早已噙了满眼睛的泪珠水，这时如同寻着了决口般的流了下来，落在厚呢的黑色大衣上。他幽长的叹了口气，瞥了身旁的郁达和靠在对面座位上的林南一眼，偏转头去，揩了揩眼泪，接着又吐了口长气。

郁达和林南都低垂着头，沉默着。

车轮仍就［旧］轰轰不停的向前奔驰着。

（载《防空军人》第 2 卷第 5 期，1940 年 3 月 1 日）

箕子镜

洪叔道

　　大风扬尘闭户，无聊寻败麓中，得友人寄赠手编新剧《箕子镜》，一引激昂慷慨读之兴作。辑其事迹，遂以成章，仍以友人一引冠篇前，自知简陋，不过聊以游戏云耳。

　　引曰：战血玄黄，摧兰折蕙，怒潮苍碧，震亚惊欧。惨矣哉，虫沙浩劫。伟矣哉，儿女英雄也。三韩乃箕子故封，中华旧服，权奸窃柄，王政不纲，订合并之阴谋。恨虎伥甘心卖国，据堂奥而肆虐，痛鸥夷攫我危巢，庙社为墟，感兴禾黍，宗臣仗义誓复河山，欲施博浪之椎，不惜一夫发难，愤击自由之鼓，无如万马皆暗，继志有英雄李膺，以嫌疑被逮，忠骸填犴狴，广汉则钩距，偏多以致亡命绿林，红颜草檄埋香，黄土锦字留缄。惨兹游子归来，求凤中野，使彼敌人所在射我辽东，义愤填胸，审判台时关祖国，心致到鼻，箕子镜光烛重霄。吁！铁树无花，琼枝已萎，丹忱亮节，冰玉交辉，绿惨红愁，鸯鸳恶劫，人间何世，天地无言。此时闲话兴已，望汉城于日暮，他日唤醒幻梦，愿殷鉴之常悬。

　　琼花李姓，朝鲜王族女也，才貌如仙，好读诗书，尝慕木兰之为人，虽巾帼犹丈夫也。文〔父〕托，国之大臣，时有中国人郭姓者，山东蓬莱人也，其先为明遗民，明末亡至韩，居汉城数世矣。郭为巨商而托则世旧，相交结久而益密。

　　郭有子名敬一，幼尝与女同塾读，两小无猜，久乃亲爱。郭子虽慧不女若，然好舞刀弄兵，尤投女所好，引为知己。积数年渐长，女隐以终身托生，生亦心许会。郭父命子留学日本，居年余来，归谒托并视女，托为生置酒食相欢，言间颇露缔婚意，生拜允，其后遣冰纳采，遂成秦晋。

一日，托出其先世遗宝箕子镜以授生，曰：君虽中土人，然寓居已久，身家在是，我朝自权奸弄柄，盗卖重器，大好金瓯，行见破碎，小女既附女萝，惟君是赖。老夫耄矣，恨不食贼之肉而寝其皮，且晚且死，吾死后，尔夫妇速入中土，别寻安乐窝可耳。此间俟某一了，朝士无人，便见荆棘没铜驼矣！

郭恶其语之不吉，亦泪下，勉慰之。怀镜趋出，途中遇女，屏从人哽咽而言曰：郭郎，郭郎，可悲之事莫今若矣！自完用当国，老父与共朝政，愤郁不平，恒与龃龉。日前犹廷批其颊，妾谏之者数矣，终不移，恐家族不保，夫国之不存，家何足计然，妾自知难望久奉侍君子，况君亦奇男子，岂尽为儿女私情害人大义。此时望君速东渡，号召同志与举义师，共勤王室。若是，则奸佞可诛，而三韩可复，而会合又长也。不然，恐无相见之日矣。言讫，泪如缕。俄顷，郭仆奔白太翁逝世，郭匆匆便别，未遑细话。

丧仪既毕，郭在制中不敢往托家。盖三韩诚礼乐之邦，人皆知进退之道也。制中无聊又复东游，未暇与托为别也。托自许女郭氏，日饮醇醪，遇事寻隙，力与宵小争，人人畏之。时李完用方唱亲外策，阴害其掣己，谗之大国之监，遂下托狱。女奔走号呼，讫无应者，盖举朝尽豺狼，谁复能顾忠直之士也。托瘐死于狱，女大悲，恨思乘间刺完用。适完用吊其丧，女伏绖苦怀刃。事泄，女逃亡之山中，屡举义师不抗，众大溃。女负重伤潜行至苏村，自知创剧不可疗，乃以刀断襟袖作笺，龈指作书，遗村人，遂殁。村人共葬之。

初，郭自抵日寓东京，久不得女耗，问心知有变，弃业西归，始知岳丈已惨死，而女逃逝无踪，大悲，出游四方，将以阴联有志，藉觅女踪迹。一夕，道过苏村，宿逆旅，睹女诗留壁上，墨迹淋漓，情词悲感，急询之村人，村人指示女墓，则已玉碎香沉矣。郭自是若狂，其后卒以谋恢复被执，不屈，出箕子镜自挝死。

外史氏曰：悲哉！女也有托翁之父，郭君之夫，女居两者间，以孝事其亲，以死许其国，而以义酬其夫，虽儿女情长而终，令英雄短气也！嗟夫！吾闻之，商之将亡也，箕子佯狂而为奴，托也者，诚不愧为箕子之后矣！

（载天津《大公报》1917 年 2 月 23、24 日

"报余丛载·短篇小说"）

记高丽女子

瘦　鸥

韩之亡，于今多年矣，汉水滔滔浪，淘尽多少英雄？虽有一二志士，乘时崛起，而锦绣山河，卒陷于万劫不复之境，亦可伤矣！畴昔之夕，宴饮万家春，酒酣耳热，谈兴飙举。友人某君为吾道高丽女子事，泚笔记之，亦足见高丽之非无人也。

高丽女子者，本大家女，工诗书，有艳名，少小知大义，常以国亡家破为恨，流转至日本。挟瑟作大道倡，娴日语，以日人自讳。灯红酒绿，一曲清歌，眉黛间往往有楚色，盖其一寸芳心，初未尝一日忘国也。

时日相伊藤博文方当国。退食之余，辄作平康游，走马看花，兴复不浅，一时艳史流传，因得"牡丹侯"之称。一夕宴客征歌选色，以花符招女，女挟瑟而至。式歌且舞，宛转尊前，歌声沥沥如莺簧。伊藤大悦，宠锡有加。居未久，即纳为姬。于是女时以巧笑美盼蛊惑于侧，红闺月夜，然脂写韵，伊藤所为诗，皆女为之。由是宠之益深，日夕非女不欢。而女报国之志，未尝或忘。

时韩志士方秘密结社，有所规划。女亦歃血入社，指天日为誓。社员凡十五人，皆少年英俊，安重根即十五人中之一也。

女日侍伊藤，谋刺之苦不得当。会伊藤膺日皇命，为韩总监，女即以行期私报社中，俾预为备。社中举安重根为实行委员，伺于哈尔滨。女复贻以伊藤小影，期在必杀。行有日矣，女日夕祷天不已。

伊藤既行，至哈尔滨。安重根已预伏车站中，出手枪殪之，数发皆中。卒亦被获。右手握枪，左手中则赫然一伊藤小影也。女见大事已成，乐乃不翅。恐祸及己，遂易服遁，流寓中国，蛰伏可数载。每与人道祖国事，泪涔涔下。偶弹瑟为歌，恒作激楚之音。尝以臂示人，瘢痕隆起，即当年与诸义士歃血之迹云。

（载天津《大公报》1917 年 9 月 14、15 日"小说"）

安重根外传

资　弼

　　安重根，朝鲜人，乳名英七，以胸前有七黑子也。其父泰动，读书有奇节，即太皇中起兵击东学乱徒者也。先本顺兴人，徙居黄海道海州，世为州吏。

　　重根少时，从父读，性豪爽，英拔任气，不惯久居窗下，逃去，游猎山中。工射击，飞鸟应手落。年十四，随英侨入耶教。

　　光武九年，日俄战起，日卒获逞，得保护朝鲜权，遣大臣伊藤博文为驻韩统监。重根衔之切骨，愤然有恢复之志。以关西民俗劲悍，乃移居平壤，散万金之产，纳交豪杰，延聘名士，广兴学校。越二年，伊藤胁太皇内禅。重根大惊曰："日人何无顾忌，若是也？"乃微服入京，集会演说，痛陈国家危急状，声泪俱下，满座为之动容。因在江原道纠义兵，杀日侨，焚板屋，为日警所执，囚七昼夜不得饮。卒月计逸归，仰天大号曰："噫，井深而绠短，奈何？"继思："己身幸脱虎口，是天不欲亡韩，而寄以重任，其速尽而心，努而力，百折勿回，灭此朝食。西北间岛，国人苦苛政而逃侨者，不下数十万；以统监事出而避居者，亦往往而有。若辈伉爽男子，义气丈夫，教之皆兵也，吾可往乎！"临行，忽悟日人方索己，恐被执，遂易西装，请英教师与俱，为若宣教者。

　　历间岛，至海参威，前后纳交豪杰数十人，立中兴会，相誓救国。为作盟词曰："汝必出力复大韩独立，即雷火落汝之头上，焚烧汝之身体，并累及汝之五族，勿违此约。"重根拔刀击案，作声铿然。随断左手第四指，血书盟词如人数，各执一。侨众咸为激起，作义兵队，己为参谋，更推众中长者为大将，从众望也。操练既久，遂率数千人渡鸭绿江，入咸镜道，与日兵遇。于是重根身先士卒，大呼驰下，日兵皆披靡。千里转斗，多所杀伤。里吉州，日本援军骤增，义军始败。

朝鲜本中华属国，间岛为中韩交界地。日本既得韩国政权，以兵胁我，责还间岛。时清廷外交尚得人，克不辱命。日本见势难胜，愿让间岛，请借清满铁路权，清廷许之。各国闻而怒曰："利益均沾，我辈亦当各得土地少许。"清廷大震。

是时伊藤欲与英俄使臣，秘会于我地哈尔滨，谋所以操纵我国之事。未几，从数人往。时重根居海参威，闻言大喜曰："行吾素志，此其时矣。吾盍先除伊藤？"告同盟人禹德淳，德淳愿从去。德淳者，原业银匠，性慷慨义烈，感物易哀，嫉不义如仇，喜为人鸣不平。愤统监事，寓海参威。重根与德淳各携手枪，向哈尔滨进发，至布克拉厄齐亚车站。是地俄侨最多，欲窥伊藤动静，非通俄语不可。重根乃于本站求得韩人通俄语刘东夏者，秘其事而语之曰："伊藤，人杰也，吾欲瞻风采者久矣。闻今将至哈尔滨，君能偕吾一往乎？"东夏如其请。既而东夏以事辞，不果行。倩洗濯商曹道先代之。道先，江原人也，素耳重根名，一见如旧相识。重根乃悲歌慷慨，自为词曰："丈夫处世兮蓄志当奇，时造英雄兮英雄造时。东风吹寒兮摇动汉水，愤慨一往兮吾必反尔。惟我同胞兮速恢大业，万岁万岁兮大韩之独立。"歌数阕，德淳以俚歌和之。道先明重根意，击其手掌曰："吾敬闻君之志矣。时已迫，请偕行，赴汤蹈火，与君同命。"重根即与德淳、道先同往蔡家沟，以探伊藤来信。既至，税居逆旅。日久，资金告尽，嘱东夏代假资于韩人侨住哈尔滨者，不得。重根乃谓德淳等曰："二公可留此待我，我往办资，行即复来。"遂独还于哈尔滨。

则有报云："伊藤以明日至矣。"街谈巷议，惟"伊藤"二字，足令人注意。重根闻之，不啻以针刺心，痛莫堪言。夜间，绕室行不休，晨兴即诣俄车站，立俄欢迎军后以待之。重根已易西装，故俄人认为日人，而莫之疑也。及伊藤至，下火车观军容，距重根数十武，重根本不识伊藤，以曾于报纸所载小像见之，遂从容取枪遥射，三发，中右腹及背，伊藤乃死。重根掷帽狂舞，高呼大韩万岁。私念苟为所获者，必受惨刑，方欲以枪自击，已为日人围执，夺枪去，缚之。问何为杀伊藤，重根笑对曰："伊藤，吾大韩万世之仇，安得不杀？"又问谁与共事者，重根哂曰："杀伊藤，犹杀鸡犬耳，此易事，尚欲与人共乎？欲杀我，杀而已矣。"问此何为，遂闭目不再言。

日人囚之月余，移于旅顺。道中，日人待重根礼稍衰，重根瞋目视之，头发上指，眦尽裂，曰："我虽为汝俘，乃大韩义兵将员也，尔等何敢无礼？"至旅顺，大步从容入狱。数日，日本法院长真锅宣期开公判。美国律师屋克皮登、英国律师德雷施、俄国律师米罕伊若夫，以及西班牙律师等，闻判期，曰："安重根，爱国志士也，不可杀。吾可往为辩论。"各自绝大洋，越万里而来。日本律师纪志，亦躬竭〔谒〕真锅，自请为辩论士。曰："此判不公，是使我国轻于一羽也。"真锅决欲杀重根，斥纪志不用，以其爪牙二人为辩护，且斥他国律师曰："不通日本语者，不得与判。"由是西洋各律师皆裹足不得前，真锅引重根出于庭。

重根受判时，意气安闲，两手横交于胸，数数以巾拭面。真锅循律师例，首问姓名籍贯，次及杀伊藤事。重根侃侃对曰："溯日俄之战也，贵国天皇致宣战书于俄国，复与清廷约，谓将助大韩独立，我国上下，胥为心感。及战事告终，伊藤竟食前言，违天皇意，逞一己雄心，希图禄位，以兵胁我，而败我独立，夺我自由，奈何者？"真锅曰："闻尔党有义兵队，参谋中将究谁也？"重根扼腕曰："所谓参谋中将者，我是也。向使伊藤不来此，吾侪将使义兵围击于途，杀之不得，亦当聚我大韩好身手，以戎舰问津于对马之岛。"如是讯者数次，卒无词可罪重根。真锅遂再引重根出。重根曰："伊藤之败我独立，固我大韩臣民万世之仇，而又擅废我太上皇。夫伊藤之于我太上皇，外臣也。外臣亦臣，以臣废君，宁能免诛乎？"语至此，声益状，侠气飞扬，精烈迸越。真锅面青口瞪，痴坐四顾，不知所措。重根则嗔目以视，怒发上指，斥伊藤为乱臣，而叱之曰："伊藤之罪，上通于天。迫我大韩皇帝之废立如此，堕我大韩国家独立如此，败东亚之和平如此，破世界之公理又如此。更考之昔日，则我明成皇后闵氏之弑谋，伊藤实为主动；贵国之先皇帝……"真锅闻言，惊骇继绝，左右咸瞠目吐舌，舌久不能收。急挥手止之，令勿声，且令旁听者退，故其词终无闻者。其云贵国先皇帝者，谓伊藤行弑也。

重根自入狱，廷讯者凡六，始终坚一词，无少屈色。狱中尝以女色媚之，冀得以私仇害伊藤语，而重根不为色动；又伪重根挚友，强劝饮酒，使醉时书"私仇"二字。重根知是意，佯醉，奋笔疾书曰："大丈夫身可杀，志难夺。"真锅计穷，乃曰："安重根所言之主义，悉系误解，名为复仇，其实否也。况我关东法院，有裁判保护国之权，则安重根当以死论。"论定，真锅复使人谓重根曰："子之死不远矣。若子言误解主义者，尚可求生。"重根闻言大怒，挥之令出，曰："尔侪所言之主义谓何？误解二字，更作何解？伊藤所谓［为］，背人道，违天理；我之所为，践正道，行大义。三尺童子亦能知此，而乃谓我为误解乎？汝侪欲杀我，其早杀耳。不然，我生一刻，则汝国有一刻之忧，而真是非之表白于天下，必有日矣。"闻者咸为叹息，日人亦有为之感动。

英律师德雷施，尤器重根为人，揽衣劝令再诉。重根笑执其手曰："感君侠义，来世愿酬大德。志士男儿，贵得死所。彼山之陬，水之涯，黄土秋坟，埋没英雄几许，皆抱志莫伸，九泉含恨。今伊藤已去，吾事已完，死瞑目矣。"德雷施曰："君亦有遗嘱否？"重根曰："人情谁不爱其父母妻子？请代函达吾家。"谢之者三，昂首从容入狱。

明日，法院宣其罪。重根母率重根二弟定根、恭根来诀，不肯面重根，但令定根等代告之曰："向汝父谕汝忠心报国，拯救万民。今汝幸能如父志，行将见汝父于地下，庶几有报辞，吾诀止此矣。"日人以二月十五日缳死之。正命时，年三十有二。有二子一女。

初重根闻判期，贻书定根曰："天助大韩，国仇已复。么魔小丑，尚要吾命。吾死不足惜，所不能忘者，慈母多病，子女无依。再则国事日艰，后起无人，茫茫前途，何堪设想？望吾弟卧薪尝胆，亟起谋之。吾死之后，勿埋吾骨于仇人治下之土，可葬之哈尔滨，以成吾之志。吾在黄泉，感且不朽。"是时定根将践兄遗言，日人不许，即葬于旅顺狱内。后检搜重根箱笼，得在狱中所著《东洋平和论》数万言，伟言正议，各国人争以万金购之。德淳、东夏、道先，次弟为日人所获。公判之时，德淳切齿而对，亦颇慷慨，日人处之监狱三年。东夏、道先皆言未与此事，罪次与德淳。

异史氏曰：重根一布衣也，其所为能惊天骇地，如于深夜好梦中，骤鸣雷霆，使闻声者能不色变？较之闵泳焕、赵秉世、洪万植、实秉璇诸人，或受国恩，或承使命，先后立节者，亦足多矣。我国今日，江河日下，外侮频乘，安得有重根其人者出，一为吾国民雪此大耻乎？

（载上海《小说新报》第 5 年第 1 期
"说汇·爱国小说"，1919 年 1 月）

奴隶痛

绮缘（吴惜）

嗟乎！国事蜩螗，每况愈下，今日何日，非所谓存亡绝续之交乎？吾国民苟能万众一心，力自振作，或犹可以自保。然事固犹不易为也。苟于此千钧一发、岌岌可危之际，犹复醉生梦死，若秦人视越人之肥瘠，或则不知奋勉于常日，而徒叫嚣于一时，事既变迁，心亦沉寂，不复忆及危亡之在即，则窃恐彼么麽小丑，且视为黔驴之技穷，而窃笑于后，方秣马厉兵，以期遂其蚕食鲸吞之志，我数千里锦绣河山，四百兆神明遗胄，能勿贴然就范，入其掌握？当此之时，人为刀俎，我为鱼肉，纵力竭声嘶，而世方尊崇强权，宁有公理？又谁复来相援者乎？他固勿论，彼三韩者，拒〔讵〕非吾同文同种而为属国者乎？不幸为强邻所迫，竟召灭亡。综视其亡国之原因，皆与吾现状相肖。然当韩之亡也，有仗义执言者乎？殷鉴不远，实为寒心。作者谫陋不文，何敢冒言无忌，顾亦同为国人，同具爱国之心，狂草露布，犹未及时；告诫国人，责不在我，则惟有托诸说部，以警世耳。因是而忆及韩亡之痛史，此得之于余友韩人金某之口，录之以飨国人，当洒一掬同情之泪，而引以为鉴也。

金为韩之全罗道求礼郡人，自言亡国以还，已忘其名，惟以国魂为字。非谓国魂寄于其身，特其一身已与国魂相凭藉。苟国魂而终不得返者，则亦惟有蹈海以死耳。金为人伉爽，能诗擅饮。国亡后，来客吾乡，与余颇相得。惟泪痕竟日界面，无时或干，盖蕴亡国之痛深矣。某夜，酒酣耳热，盈腔幽愤，益不能自抑，则倾囊倒箧，宣之于余前，于是而数千之恨史，有所来矣。

其言曰：我韩国之必出于亡也，凡有识者，无不知之。夫以地狭民懦如我国，处以弱肉强食，灭绝公理之时代，且介于强邻之间，犹不励精图治，固自有取死之道，而不必归咎于他人也。然以佛家因果报施之说证之，则和善如吾民，绝不人侮。数千年来臣服中华，以藩自居，比诸他族，已觉可怜，岂犹终必晋以亡国奴之头衔而后已耶？天道无常，固吾人所不可得而知已。试论亡国之因，则首为尚文轻武。国人舍劳力者外，多好钻研文字，工诗赋书画者，多不悉数。苟举世而尽弃武事，致力于此，则犹可引以自炫，不失为佼佼者。无如我方呫唔窗下，人已磨刀霍霍而入，秀士与剧盗相抗，宁有幸者？而彼吞灭吾国之邻邦，土地人民，皆与吾相若。其所用文字，且至简陋，恒为吾人所哂。然徒以尚武故，虽蕞尔三岛，已骎骎乎称雄全球，非特吾国与琉球诸邦不足供其一蹴，相继而入版图，即素号地大民众之中华，数十年来，为所攫得之利益，亦不可胜计，且有朝不保夕之势矣。

　　吾国固有必亡之道，然推原祸始，为之导线者，则固官吏也。吾国人素多纯良，对于官长，无不俯首下心，顺其意旨，惟命是从，无敢稍抗。而官吏所以治民者，亦当兢兢业业，无忝政声。乃十九利欲熏心，不顾民瘼，图一己之利，忘万姓之害。顾一国之脂膏有限，终不足偿此辈之欲壑。则又相偕以国赠诸邻邦，而获其重酬，营菟裘以终老，且召敌人之欢心，博得虚衔，因以炫于国人，国终已亡，身殊不苦，以是据高位者，几无不以卖国鬻民为事。一夫首倡，百僚风从，虽有少数廉洁者流，惓怀邦国，力起与争，亦终于事无济，于是国家即为此辈断送矣。世人不察，徒知李完用力［为］卖国贼，孰知以一人之力，胡能举国而尽卖之？彼黑幕中与李志同道合而力助之者，尚不知有几许在，李特为之魁耳。语云："国家将亡，必有妖孽。"若此辈者，殆即所谓妖孽也。

　　吾大韩之亡，不仅是也。党争之烈，亦其一端。以内乱频仍，外侮乃随之而起。阋墙之争不已，即无强邻侵入，亦未必能复保其宗社。而当局者耽于利禄，不惜以国家为孤注，从而攘夺之。敌兵压境，乱犹未休，转为之所利用，因而长驱直入，无一与抗。苟能万众一心，尽屏私见，激于义愤，努力杀敌，则天下事成败犹未可知。犹忆国濒亡时，朝中党徒，纷争方烈，党自为谋。甲党甫建一策，而乙党以为无利于己，必尽力破坏之。他日乙党或有所计划，则甲党必亦从而效之。扰攘无已，谁起拒敌？殆天地间之戾气，钟于此辈耶？若李完用、朴齐纯权重显辈，同具圆颅方趾，独非人类，而乃枭獍之不若，是诚不可得而解矣。吾仅一儒士，曾未授职，虽亦惓怀邦国，而手无尺寸之权，纵有空言，何裨于事？吾少时，亦懵懵昧于天下大势。及后从同里黄云卿先生游，深获其训诲，而热血盈腔，遂时时勃发，恒诵"天下兴亡，匹夫有责"两语以自勖，固未尝一日忘也。先生文章气节，冠冕词林，曾有《梅泉集》行世。及后合并事起，知大事之终不可为，不忍更托庇他人宇下，乃仰乐以死，且赋四绝以见志。句曰：

> 乱离又到白头年，几度捐生却未然。
> 今日真成无可奈，辉辉风烛照皇天。

> 楚氛掩翳帝星移，九阙沉沉昼漏迟。
> 诏敕从今无复有，琳琅一纸泪千丝。

> 鸟兽哀鸣海岳嚬，槿花世界已沉沦。
> 秋灯掩卷怀千古，莫作人间识字人。

> 曾无支厦半椽功，只是成仁不是忠。
> 心境仅能追英谷，当年愧未蹑陈东。

余尝坚志勿忘，至今犹时诵之。俾时得奋励，他日可以见先生于泉下而无愧也。

当祖国邱墟之日，余方远游吉林，未获一睹此惨目惊心之状况，而心终悬悬莫释。星夜遄归，而国事已定，仅见木屐儿无数，回旋道上，意气张甚，而我国人则无不囚首垢面，涕泣甚哀。间亦有作欢颜者，则惟一般卖国贼耳。斯时君王虽未下殿，而已无统治国民之权。彼强邻则诏派总监，以其若干人隶之，声势远过帝王。吾王虽仍拥有尊号，而自实际言之，则且不敢忤强邻一狗。朝中旧臣，胁肩谄笑，逞其故智，一似不知国亡者。草野间之俊杰，则争攘臂而起，义声四布，视倭人为不共戴之仇。虽属以卵击石，而其心良苦，其志堪嘉，足以愧据高位食厚禄，而甘为异姓之奴者矣。余虽不谙武事，未娴弓马，当仁不让，宁甘委曲求全，则亦惟有涠迹此中，舍身杀贼。其初逞血气之勇，冒死直前，义不返顾。惜乎敌势嚣张，举国已无干净土，挥腕无地，终难奏功。其后仇人防备甚严，民间寸铁，搜括无存。即至厨刀用具，且以索维诸井畔，合五姓而共有之，有私藏者，必杀无赦。国人举木揭竿，胡能驰骋于枪炮丛中，与之相抗？坐是虽响应者多，而旋起旋灭，转授敌以诬陷屠戮之机。暴兵每过，城郭为墟，杀人过多，流血成溪，百里外水犹作殷红色。且每于数户委一敌人为监察，设有妄动，一乡连坐。职是之故，响应綦难。吾侪虽沉舟破釜，尽于一击，而军器之来源已竭，徒手疾呼，不能有为，然犹无一屈服者。余本不忍即弃同侣以走，徒以虽死无益，且恐继起无人，故亟易胡装潜逃，盖犹冀他日结合国人，肃清夷狄，还我河山，而固未尽抱悲观也。敌以我非主谋，且无姓氏可得，则亦置之，遂得安然为亡国之奴，而无限惨象，亦于此际亲见之矣。

吾国赋税，素不甚重。乃自国亡以还，横征暴敛，绝无厌足，竟有收入值百之六十与七十者，可谓骇闻。然例须照章献纳，或稍迟缓，立絷其人去，科以重罪，或为苦工以赎之。设竟抗违，则不测之祸立至。此固为亡国人民应尽义务，言之又复何为？国人遇敌国人士，类须低首下心，或致敬礼，然犹时无故为所责斥。与抗者必论死，即受责而报以怒容，其罪亦必相等。虽一衣一食之微，亦不得私脱如其意，则立索之去。予取予求，何敢稍忤。盖以无法律保障之故也。嗟乎国亡之惨，惨何如乎？宜乎李完用辈虚为国人所窥伺，而强邻之惟一功臣伊藤博文，终死于安重根之弹丸也。吾国妇女素以贞节为美德，乃自敌兵入境以来，时为所污辱，虽髫龄少女，白发老妪，亦罕有得免。宛转悲鸣，觅死不得。此辈何辜，乃来诞生吾国，受兹奇辱，以快国仇之兽欲。且时露其轻蔑之态，自以能侮辱妇女为殊荣。彼国人下贱性成，淫风素炽，好为兽行，固不足奇。而吾国妇女，素断断于廉耻者，胡能堪此，故死者常比比也。最可痛者，则攘我土地，奴我人民，犹以为未足，且欲绝我语言文字，灭我种族人类以为快。遍设学校，强令吾人就学，而所授者多属敌国之文。人非木石，孰能琅琅上口？然大势所趋，固不得不然。婚嫁亦须课以重税，日益加增，终必至无以相偶乃已，其计城［诚］不可谓非狡恶。然世之灭人国者，亦无不以同类之手腕相加，正不待言而可知也。种种苦痛，罄竹难书。约而言之，则待遇亡国奴，决无人道而已。余初亦有良好之家庭在，徒以国既灭亡，家亦随以俱逝。父母年高，不忍见祸之及于己身，竟同时仰药死。一兄一弟，奔走呼号，尽力国事，一则奋身杀敌，中弹以殁；一则为敌所生缚，碎切为糜，且火焚而扬其尸。时盖适在行合并政策之后，诸志士前仆后继，厉兵策马时也。妯娌三人，皆因被敌人所辱，先后自戕。其后存者，仅吾一人。固可即死，然以一息尚存，未忍瞑目，仍乘隙出走，冀乞师来援，复吾宗社。顾亦外患交迫，自顾不暇，更何有出一矢一兵之望。于是吾始知求人之终不足恃。吾以是知他日之继吾覆亡者，必为此数千余年之古国，来日大难，殊为之抱隐忧也。

　　上所记载，悉述金君之言，拉杂记之，百感交集。偶念我国风雨飘摇，去亡已近，卖国巨奸，更多如鲫，恐未必仅李完用辈三数人在。吾国虽广，亦将不胜其卖也。然而韩之将亡，尚有若干志士奔走号呼，虽至屠肠裂胆，投缳蹈海，或为重囚，或受惨戮，犹不知返。虽昊天不谅，所志未遂，然已气壮河岳，义贯日星矣。窃恐吾国人心，犹未必若是也。幸而晚近以来，激刺既得，抗御斯烈，自章氏被击，全国士子，义不顾身，誓为邦国后盾，稍可为偌大民国解嘲。然犹恐贻蛇虎之诮，而为邻邦所笑，一如前岁之故态，为录此作以勖之。其中所储，莫非韩民之血泪也。

（载上海《小说新报》第 5 年第 4 期
"说汇·爱国小说"，1919 年 4 月）

亡国恨

辛文锜

夕阳西下，乌雀归林，一少年徘徊于山南岩下，手执《朝鲜亡国史》，若有深忧者。既而叹曰："外患日迫，内政不修，外债供中饱之资、赎武之具，呜呼，朝鲜已矣！前车之覆，后车之鉴，我不知……"言未毕，忽闻有声自西南来，低而凄恻，若不胜忧者。

少年寻声而往，既至其地，见一女子，形容焦瘁，衣冠黯淡，手执旧纸一卷，坐石上而泣。少年奇发于心，而不能止，遽问曰："女郎恕我冒昧，观女郎之色惨怛，必有深忧巨痛，停蓄于心者，愿语我，或能为力。"女郎欲言而止者数。既而毅然曰："汝中国人也，我之忧，非中国人所能代解。"少年闻其音，知为朝鲜人，触景生悲，不觉长叹。女郎乃曰："察君之貌，亦有心者。盍坐，吾将取胸中之块垒，一一为君倾吐之。"

少年乃坐石上，肃襟敬听。女郎曰："侬乃朝鲜亡国人，周英华之女也，名翠亭。祖越然，曾为大吏，谏韩王维新事被黜。及朝鲜并于日人，祖父殉难。我父乃继祖志，率家游中美等地，期乘机而起也。适欧战发生，日人方力攻青岛，我父语诸同志曰：'此吾韩复活之机也。'乃回国运动独立。临别之时，语吾辈曰：'我此行也，生死不定。若天佑朝鲜，则吾辈可复吸自由之空气，否则有死而已。我死之后，汝辈努力前进，继余未竟之志，则余死且瞑目。余今行矣，汝曹勉之。'既行至朝鲜，事泄被执，乃自杀。噩耗传来，母以忧死，兄伯豪再接再厉，欲竟父志。遂与二兄仲由，游学美国。近日朝鲜以李太君丧，复谋独立，兄遂与二兄由美返韩。昨阅报端，悉独立失败，两兄均被害。我嫂闻之，忧郁成疾，今尚在床褥。呜呼！我何不幸而至此乎！此后我以一身事寡嫂，抚弱弟，来日方长，能不悲哉！"言毕泪如雨下，少年不觉已泪满沾襟矣。

既而曰："女郎手中旧纸果何物乎？"女郎曰："此吾兄手书也。君如不弃，可取一阅也。"生敬谢女郎。时女四弟季实跑至曰："姊，大嫂死矣。"女郎遽曰："信乎，呜呼命矣！我此后又失一良伴也。"乃回首语少年曰："君可否至敝寓一行乎？"少年曰："敬如命。"三人遂速行。

既至，则后事已备。女哭嫂甚哀，时乳母抱其侄至，哭声不已，若知其母之死者。呜呼，此景此情，读之者亦为泪下，当之者又将何如耶！已而钟鸣七下，女留少年晚餐。餐毕，女郎乃叩生姓名，生一一答之。至十时始归。自此以后，少年常至女家，女弟季实与生尤善。此后有二少年携手同行，一女子面现忧色，随其后，即少年与彼姊弟二人也。

（载北平《癸亥级刊》"杂俎·小说"，1919 年 6 月）

朝鲜烈女

（思本学校主人征求所得小说之五）

懒　公

　　李君太希，朝鲜人也，业参。民国二年，与予同寓于上海三马路同安里仁和公【馆】。茶余饭后，时相聚谈。一日，予询问朝鲜近状，渠太息者三，继之以泣，并为予述郑芝英烈女事。

　　女士，朝鲜仁川人也。父早世，其曾祖尝为朝鲜相，固朝鲜赫赫有名之世家也。女士年廿二，游学东瀛，对于各种科学，罔不研求精熟。时日韩合并说起，女士力显其非，谓"合并"二字，即"亡"之代名词，尝著一文，名曰《合并即亡论》，登载于朝鲜人所发行之《东瀛录》。无何，日倡日盛，几成事实，女士奔走呼号，不遑宁处，凡在日本之朝鲜人，女士因国事无不谋面者。无效，遂辍学归国。

　　归国后，寄寓某旅馆，行装甫卸，即往谒其舅。其舅现尚作亡国大夫，当时固执政柄中之一人也。见面后，力陈合并非计，谓力苟不及，宁为俘虏，不可自行断送。舅曰："国家事，政府自有主宰，何劳汝尽越俎代谋？我亦朝鲜人，讵有不爱朝鲜者？"女士曰："非谓舅不爱朝鲜，盖恐见解之误也。国家譬如人，人死不能复生，国家亡不能复存。药石误投，嗟悔莫及，印度往事，可为前车，不能不请舅及当国诸公慎重之也。"舅曰："政府大计，审慎再三，庸有误？我辈经历数十年，一年一事，较汝多见数十事。速回校用功，不必喋喋。"女士曰："学为国用，国苟亡，学何用？仍请舅原宥。"舅怒，不答，女士乃含泪而出。

　　女士出后，念政府如此麻木，舅尚如此，他人可知，或从社会方面鼓吹能见效，亦未可知。道以亡国之祸，亲至各界演讲。讵知各界之中，党派纷歧，意见杂出。赞助合并者，反谓女士为多事，非此不足以救亡。反对者则受赞助者种种牵掣，甚至为军警所干涉。其余均仗马寒蝉，不敢作一言。女士虽舌敝唇焦，竟不能醒人迷梦。

女士愤甚，遂至同学某女士家。某女士，乃女士之总角交也，其父某君，则为朝鲜著名之巨富。女士访某女士后，并请见其父，痛陈亡国在即，希其赞助。某君云："国家自国家，我自我；我无食，国家不能食我，我无衣，国家不能衣我。且即使救国，有执政者在，于我何与？"女士闻之，不待言毕而即辞去。

女士返寓后，忧心如焚，百思不得其计。适其友某君来访，女士具以告。某君曰："政府之不足有为，余知之久矣。余返国后，对政府即不作希望，乃从反对政府之某方面进行，以为或可侥幸有为。庸讵知彼辈之恶与政府相比，犹三七之与二十一。彼辈之目的，希望朝鲜速亡，以为朝鲜亡，政府即随之亡，彼辈即大可发展。吾不知彼辈果何居心也。"女士闻其言，呆若木鸡，不能作一言。有顷，放声大哭，谓："朝鲜之亡，非日本人亡之，乃朝鲜人自亡之。不知前生犯何罪戾，上天竟使伊生在朝鲜也！"遂援笔作绝命词一首，投河自尽。其友某君亦随之而去。乃卖国者反指女士与某君为情而死，冤矣。

其绝命词，予友太希君不能全记，予又不能记太希君之所记，仅记其中有"宁葬江鱼之腹，不作矮鬼之奴。江鱼腹里尚得安眠，矮鬼奴中必无幸处"及"卖国偏言爱国，佞臣指为忠臣"等语。嗟乎，朝鲜半岛之国，尚有如此之烈士烈女，未识吾国民对之作何感想耶！

（载《礼拜六》第 15 卷第 151 期，1922 年 3 月 4 日）

朝鲜英雄传

胡寄尘（怀琛）

张仲泉，奉天人，或谓其先本山东蓬莱人。闻满洲农林矿产之利，易谋生计，遂携家出关，居于奉天，而为奉天人。经营数岁，甚有所积蓄，称小康。而仲泉任侠好客，东鲁好事男儿，及亡命之徒，与夫落拓无归者，咸往依焉。仲泉一一厚遇之，门下食客，以数百计。视客之能而指使之，或垦或猎，且至开矿采珠，使各有所事事。及获利，听客自携取而不过问。然客之至者，多武夫莽男儿，无解文义者，仲泉辄引以为恨事，尝仰天叹曰："嗟夫，吾幼而失学，未得遍读古人书。然塾师尝授我《史记》游侠刺客传，吾读之而慕其人。又尝读孟尝君信陵君传，而知天下英杰、奇特之士，多自隐于卖浆屠狗之间。吾是以倾家以结天下士，然客皆碌碌，而如冯煖、毛遂之流，尤未一见也。武夫不知诗书，终无足取。吾幼失学，今安得遇一老师宿儒，日为吾讲古今治乱得失之故，兴亡成败之由，以及特立独行之士之高风亮节，奇行异事，慷慨淋漓，以快吾意？嗟夫！是今日之无士耶，抑士之不我就欤？"

一日者，仲泉方燕居，忽有长髯客投刺来谒。视其名，曰申岳，貌温雅若儒者，髯长及腹，双目炯炯有光，衣褐冠笠，如古画图中人。见仲泉，长揖，意气扬扬，曰："闻足下好士，故来归也。"仲泉曰："先生年几何矣？"曰："六十二。"仲泉闻言自惊，窥其颜，若四十许人。因复问曰："先生知诗书乎？"曰："少尝习之，弃之久矣。"仲泉曰："何处人？"曰："中国人也。"仲泉笑曰："吾固知汝为中国人也。中国何地人？"客怒曰："四海之内，皆兄弟也。即非中国人，亦不必问，而况中国人？足下视申岳为何人可也，而于地何与哉！吾闻足下好士，不远千里而来，而今始知足下所好者非真士也，犹叶公所好，非真龙也！"仲泉闻其言而异之，改容谢曰："吾开罪于先生，幸先生其弗弃。吾方欲求一老师宿儒，为讲经史，先生其能之乎？"客掀髯曰："何不能。"于是仲泉大喜，执弟子礼甚恭，而客亦以师自居，无少让焉。

仲泉待岳厚，其他客见而嫉之，争谗岳于仲泉。有刘裕昆者，仲泉之疏远戚也。素无赖，以赌为业。一日者，赌负，与人争，继之以斗，死一人焉。因亡命匿仲泉所，改姓名曰陆金山。仲泉虽知其不肖，而姑容之。是时金山尤嫉申岳，屡言于仲泉曰："彼迂腐书生，何用也。"仲泉笑置之，而待申岳愈恭。

群客相与谋曰："申岳不去，吾等无啖饭地。谁能去之者？"言未已，金山跃起曰："吾能！"于是遂密定杀申岳之计。而是时仲泉问于岳曰："吾门下客多矣，然未见有魁梧奇杰之士。先生以为何如也？"岳徐对曰："粪用之于衣则秽，用之于田则肥。碌碌无能之人，与夫阴险奸诈之小人，惟在用之者何如耳。鸡鸣狗盗之为用，其功岂逊于冯煖、毛遂、蔺相如辈哉。"仲泉曰："然则吾门下岂无冯煖、毛遂、蔺相如之流乎？"岳哑然笑曰："有胜于冯煖、毛遂、蔺相如万万者，而足下不知也。"仲泉惊曰："何人？"既而悟曰："先生是也，先生是也。"言已，相与拊掌大笑。申因顾仲泉屏左右，语之曰："吾所受于子者多矣，无以报子，今为子计，宜急招党徒，托名垦植，而阴教以兵法，不出五年，天下将大乱，足下乘时而起，关东三省地，足下囊中物也。"盖时为清之季世，朝政不纲，革命军时起时仆，而民心涣散，无复归向满洲。故申岳早知五年内天下必大乱，而力劝仲泉阴结党徒，以据关东三省之地为己有也。而是时仲泉闻言，踌躇不遽决。申岳曰："足下无此志，吾又何必多言！长铗归来乎，吾去矣！"仲泉又改容谢曰："吾虽不才，然幸蒙先生辱教矣，何遽言别？曷少留，以叙宾主师生之谊而后行，可乎？至先生所言，其事体大，待熟计之，又安知其不可？"申曰："善！吾姑留旬日可也。"而是夜金山乃直入申岳室以刺申岳。

时已夜午，遥望见岳室灯光未息，金山逡巡不敢即进，恐有备也。伏窗下，自门隙窃窥之，见岳坐灯下读书，书简累累然置案上，岳方披览，神不他属。金山意其无能，以利刃破扉而入，门固薄板，应手而倒，岳呼曰："盗！盗！"而神色不稍变，随手取案上铜镇纸尺，击案，声如雷霆，而案已洞穿。金山一足方跨入户，闻声惊悸失措，欲返身退伏暗陬，以避其锋而观其异。然户内一足已着地不能举，初亦不知痛，但麻木而已，是盖为断铜尺所飞中也。金山知事急，伏地乞赦。岳笑曰："谁教汝来，老夫非易与也。今且去，后其慎之。"于是为抚其足，良久，血脉流动，足乃能伸缩自如。金山伏地叩头而去，岳掩扉读书如故，而他人未有知其事者，惟岳室中一童子知之，岳戒勿言，童子亦不敢泄。明日，岳见仲泉，绝不言昨夜事，见金山，与握手谈笑如初。金山且感且愧，然此事终不能对人言。他客初见金山慷慨自言能去申岳，久之无动静，或笑金山怯，徒作大言而已。或曰："金山方与申岳日愈亲昵，其人险诈，不可信也。"于是群客日疑金山，而恐金山泄其去岳之秘于岳之前也，愈不自安。于是乃先谋杀金山，金山死，而岳亦以他故辞仲泉去。岳去，童子始敢为人言金山刺岳事，他客惧且悔，然已无及。初群客之疑金山也，饮之酒，推而堕之井。事发，相与归罪于申岳，曰："申先生怨金山深矣！"仲泉曰："何也？"客曰："金山不尝短仲泉［申岳］于君前乎？"仲泉曰："若然。"既而曰："申先生未尝言金山短，而申先生欲去久矣，吾苦留之。申先生何如人，岂与金山争宠者耶？若勿多言，多言者，即杀金山者也。"客乃不敢复言，而仲泉遇申岳愈恭。

申岳见仲泉徒负游侠之名，而碌碌不足与成大事，颇郁郁不自得。旬日之期既届，乃谓仲泉曰："前日之言，何如耶？"仲泉默然。岳曰："吾去矣。"仲泉起，牵其裾曰："去何之？"岳勃然曰："举世无知己，将入山林与鹿豕游耳。"仲泉曰："先生之力，不胜耕猎，此戏言也。"顾左右取金帛珠玉赠之，岳皆辞不受，只取一石砚去。曰："他日分别，以此为纪念，可也。"而亦以折断之铜尺赠仲泉。仲泉知必有故，而不敢问，岳亦不言。问行期，曰："未定。"问临别将何言，曰："无有也。"固请之，曰："我在而不听我言，我去而肯听我言乎？"仲泉不能再问，因置酒相饯。与门下酣饮，岳大醉，数人扶掖之入寝，人皆以为申先生今日不能行矣。

明日童子起，不见申先生，索之不得，以为他出散步，日中不归，走告仲泉曰："申先生得毋行乎？"仲泉曰："申先生昨夜饮酒醉，何能行也。"复视其衣履书籍，则皆挟以去，于是知申先生真行矣。不知其以何时行，不知其去何之也，于是不得其消息者五六月。

申先生去，仲泉愈无侣，而群客日以狗马声色之乐以进仲泉。数年，清鼎既革，改专制而为共和。仲泉一日忽得书，盖自申岳投来。书曰："足下不听吾言，坐失事机，不然，足下亦今日之革命伟人也。嗟夫！足下知我为何如人耶？我朝鲜遗民也。国家之沦亡，而不甘为某某之奴隶，托言中国人，思欲阴结草泽英雄，以恢复我祖国，亦以振积弱之中华。奔走辽沈津京吴越间数年，而所如不合。闻足下名，远道来访，而又复如是，尚何言哉！此去决不返国，盖侦者多，必为所得也。中华虽大局粗定，然隐患四伏，他日暴发，其为害当过于专制之世，小民流离痛苦，无端而遭涂炭之灾，言之痛心。吾此去决不归国，吾将行猎于鸡林之森林中，与虎狼同处。足下以我为不武耶？非也，吾不妄用耳。足下宁知我哉，足下宁知我哉！已矣，勿多言。强弱盛衰，若循环然，五六年后，世局将一大变，强者弱，富者贫，合者分，亡者兴。即今恃其势以凌我者，十年而后，亦必自败。已矣，勿多言。足下拭目俟之，努力自爱，幸勿念我亡国遗黎也。"仲泉得书，始知申岳之身世，为之慨叹不已，而四出觅之，终不知其踪迹。越五六年，而有欧洲之大战，所谓强者弱、富者贫、合者分、亡者兴，申岳之言果验。于是仲泉愈思申先生，而苦不得见之。

又越一年，仲泉行猎至长白山下，大风雨，不得宿处，走长林丰草间，见一石洞，就以避雨。于洞中得破砚一方，怆然忽忆临别赠石砚事，拾而视之，果当日赠申岳者也。因大索洞中，亦不得申之踪迹，甚郁郁。雨止而返，抵家。越数日，又得一信曰："足下至我洞中，我知之，故避之也。他日毋再来，来亦不相见，徒冒豺虎之险耳。"署名曰"岳"。仲泉得书狂喜，与猎者数辈，裹粮再去，竟迷途，不得至其处。

（载《侦探世界》第 14 期，1923 年 11 月 15 日）

泠 泠

养 庵

朝鲜咸镜道某村，僻处乡陬。山水映带，秀色夺目。宅村而居者未百户，耕耘以外，咸不辍读，以是名娟〔媛〕骚士，纷然代作。韩京考试，当判殿最，时村人士辄盘踞上游，芬馨久播，靡不啧啧称之。

葛吕两姓者，村之望族也，望衡对宇，相隔一带水，而轻舫小舫，昕夕不停其楫。葛有女小字泠泠，芙蓉初发，的可假以为咏，父母以无兄弟故，特恩遇倍常，遂苟于相攸。韶华冉冉，年逾罗敷。韩人文教与吾同，而缓带轻裘之故态，墨守有过吾人。女质极超轶，通文事，磊落英秀，不着迹象。每睹韩女踬步瑟缩，故故弗行之状，大有慨此积俗，谁能矫之之概。吕生绍箕者，毕业于韩京日人所组某校，葛与吕为中表，生于女则表兄行，生固丽于表而颖于资，宗之潇洒不能专美于前。校居时，每聆盛替之迹，鉴于世界潮流之所趋，辄奋然思起。尝谓重文轻实，为东西洋两大文明之殊点，而吾韩流俗，蕴酿尤深，因草《拯亡论》十帧寄于家，冀以广布。父怖其有暴行，欲火之，适葛翁在侧，谓是儿才具开展，幸语气未及于谬，留置庋阁可也，父始宁。翁因袖两帧，希归而指摘文字，以示儿辈。初无牖启爱国正旨也，女于焉得辙睹，乃于其家国身世之感，益深其孤鸾对镜之心。韩人雅重男女防，女之望生，其情愫无由以款曲，生固懵然未审也。

先是葛翁设商肆于吾奉省会，会主计者给之，因而中辍，翁以盘错初逢，必躬，履其境，虞有他也。遂束装作内渡计，女亟欲偕侍，翁颇踌躇，而小蛮腰卒然偎于翁之胸腹间，两颊绯红，娇憨见于眉宇。慈父爱女，谁复能坚拂，乃偕女兼程，至奉则吕生先在焉。

生以葛之戚属，亦侨寓翁肆中，礼叙以次，知女为泠泠，特讶其艳绝，自忖几度星□，遽尔如此。女见生之修伟挺秀，溯及生小红牙小妹夜樗蒲之况，心怦怦然不禁赧于面，而涩于言。旧时之犀利溜亮，斯则不克吐一字，□英雄儿女之良知邪。少顷，翁谓生曰："此为汝泠妹，儿辈当非健忘者，其仍相识否也？"复以目注生，转谓女曰："阿兄嗣应，捷而不絷，亟欲汝曹效之。"生悚然作谦状。乃曰："晚别父母，远托异邦，原为求学计，人事关节，初无功力也。闻此间女□虽在萌芽，然于古训颇不背驰，长者轩豁，久着乡曲，阿妹妙龄，苟从而锻炼者，巾帼中蔑以加矣。"翁颔之，而顾左右以言他，生即兴辞出。女聆此伟论，脑海中热潮沸腾，一缕香魂，仿佛吸入生之胡卢壳中，神形如失。翁审知就理曰："学校意旨良美，异日功成，泛驾家庭中，难以驰驱。吕生囿于一孔，岂识阿父爱汝之挚也？"女默然。

时三韩政策泯棼，内讧外衅，相因迭作。生拟至芝罘习海军，诚以韩为半岛，湾港错综，因利乘便，此为中坚。会关节綦严，不果行，乃愤惋欲死，因以致疾。生所栖，隔女仅数椽，韶颜咫尺，蓬山几重。女闻生疾，颇审知其蕴，盖所佣媪为女自遴，质而敏，女藉以习华言者也。穷诘之，知某日生有友来，为华人，曾述海军招考事，生亟欲应试，继友复至，谓所谋不臧，客去，生疾作矣。乃浼媪侍汤药，谓生苟询及，则承老主人委也。媪会趋生所，生方凭榻前，凝目作思，视媪至，度必视疾来，曰："主人归未？"媪曰："归矣，承遣来耳，少君淹疾，旅况寂然。"比瘳，媪不即去。生曰："泠姑需人否邪？"媪沉顿须臾曰："不需。"

薄暮，葛翁来视生。翁颇能压息，为立方，越日愈矣。生往答意，并谢遣媪，藉可面泠泠，而泠泠乃竟不见。清兴大减，怅惘而归。亭午翁出，媪持书来，发之则簪花妙格，泠泠笔也。书意慰生暂休养，勿过事操劳。绿鬓红颜，心心相印。生回书付媪，略曰："世界大同，欧亚一家，默察今日之势，似当减少宋儒之束缚，而不违其旨，溶冶周代之文化，不可轶其纯，虽高加索人，当俯首师吾也。吾人失之于钳制，欧美失之于开放，二者未始不相须也。近世纪东西人士，皆思起而矫之，不外厥旨。我人墨守程朱之道，而蒸淫不绝西方，不绳色相，夫妇无终身之爱者，滔然不戢。彼所以日趋于发达者，实科学的进步，非文化的纯粹也。苟能融会贯参，虽世界可几于平，岂限于爱情一部分哉！"女得书不怿者累日，良以翁性胶执，局于成见，于生虽喜其敏，而短其行，以为浮夸躁进，终非礼法。女觇其由，怏怏者此耳。

某日奉省阅兵，生往睹，益壮其敌忾之心。时三韩国社方屋，生与其同志安重根等，日伺岛国要人。事泄为逻者捕，安逃而生逮，先安死国。女闻耗，死而复苏，欲以身殉。既思父母垂老，晚无儿息，又拟为蜀法之髡，长斋合十，苦无名分，且伤亲心，遂勉强苟活。后数年，父纳簉室，竟征梦兰。会安重根刺伊藤事出，女乃于江干设祭，投身汨罗。

（载天津《大公报》1924 年 12 月 23 日）

朝鲜金刚山之奇人

——现代之伯夷、叔齐

董云裳

日本吞并朝鲜，屈指计之已二十四年于兹矣。在此二十四年中，不乏爱国之士，力谋反抗，其中殊多可歌可泣可敬可悲之英雄事迹。昨得北平友人书，知彼顷自朝鲜漫游归来，在朝鲜金刚山，得悉有奇人金某者，自韩亡以后，即率妻挈女，隐居山中，效伯夷、叔齐耻食周粟故事，在山自耕自食。二十余年来，无人注意及之。最近始被日人中西伊之助，在无意中发觉，一时轰动全韩，咸以奇人目之。余友亦于上月二十九、三十及本月二日造访三次，因得悉一切。兹摘录其事如下。

日人发现　遐迩轰动

朝鲜金刚山为著名胜地。山势险峻，景物幽茜，向为世界人士所交誉。上月中，日人中西伊之助慕该山名胜，偕朝鲜青年金氏、柳氏，来兴往游，在无意中发现此逝世之奇人。盖奇人亦金姓，为金氏之远房族叔。自朝鲜亡于日本后，此奇人与其家族，即告失踪。当时金氏以为其叔痛国亡而阖家蹈海。亡国无告之民，亦无法招寻踪迹，只得听之。不意于二十余年后，此久别之叔侄，竟相见于金刚山中也。当时，中西伊之助亦誉为奇人而致敬焉。事后并为遍刊朝鲜各报。余友恐其再远飏也，于发现之翌日（十一月二十九日）天未黎明，即登山造访。倾谈之下，得知其家世略历。

夫妇偕隐　皈依佛门

奇人姓金，叩其名，则坚不肯吐。再询之，则喟然曰："亡国之人，何劳再叩名字?"盖金本为朝鲜贵族,自日本吞并朝鲜后,即率其妻孥,退隐金刚山中。当时识金者,咸以为金蹈海殉国矣。后金在山中自筑一庵,位于灵源洞上之望军台。庵后更辟地半亩,为金藉以耕作之地。其妻及女,则削发为尼,皈依佛门。金则除耕作外,辄在山谷狂游。翌日余友再往访时,金已先时外出,金妻赵氏及其女,正在室中作针线。见余友又至,咸相顾愕然,后以素餐及蜜汁飨客。询金踪迹所在,则笑云:"彼终日狂游山间,踪迹靡定,有时更一二日不返。今晨吾女赴山深处采药时,见金斜倚山壁上,狂吟诗句。余女欲叩其今日返家否,则匪特不答,且匆匆向山巅跑去,莫知所之。汝苟疑余言,可讯此小妮子也。"

女更奇逸　下笔成诗

余友因回顾其女,见其风姿绰约,皓齿明眸,年龄约十七八许。望之如天人,而眉宇间更多英爽气概。笑谓余友曰:"先生欲知家父之踪迹乎?吾告先生以唐人诗句'只在此山中,云深不知处'。"余友见其吐属隽雅,因知其凤具慧根者,乃叩其何以举家迁此。其母聆言,则黯然曰:"先生真欲穷究竟耶?秀儿(谅即其女名)不妨隐约答之。"女聆言,急走笔成七言一绝,举以授余友,字迹秀逸。诗曰:"当时叩马谏言非,余父忠怀日月晖。草木亦添周雨露,自惭独食首阳薇。"后女更疾书:"凿井而饮,耕田而食,帝力于我何有哉!"余友以久待奇人不返,而金乌西坠,暮色苍茫,急辞归下山。翌日再访,则已举家他迁矣。

(载上海《新闻报·新园林》1934 年 12 月 19 日)

绘图朝鲜亡国演义[*]（爱国英雄泪）

杨尘因

序

余读新小说二十年，眼花撩乱，但见小说名称之上，头衔种种，迄不知"小说"二字究当作何解，其界说中究含有何种意义。及受杨尘因先生所著《爱国英雄泪》一稿，读之，而后始窥小说之初，实为羽翼正史而作，且为历史界所专有之一种名目也。所以名之曰"小"者，以别乎"大事记"言之，而仍对于"大事"言之也。盖历史记大事但纪大要，小说记大事，则当叙其详而琐，分析言之，以使天下人皆得动魄惊心，知所鉴戒焉。历观宋元以来所流传不敝之旧小说，如《三国》《水浒》《说岳》种种，无不本斯意义而作。今先生此著，痛哭陈词，字字有血，庶几得"小说"之本旨，而足为国人备鉴戒者欤！其详叙高丽亡国之惨，无一事非吾中华国民前车之鉴。试观彼爱国运动之失败，何莫如吾国志士之现状；彼官僚之卖国，何莫非吾国党派中之暗幕；彼人民之义愤，何莫如吾国四万万人之心理。措词在彼，而着眼在此。吾国民其苟有浏览小说之暇晷者，万不可不先观此《爱国英雄泪》。

民国八年　吴下王大错识

---

    * 本书有两个版本，一为 16 开本，平装二册；一为 32 开本，线装六册。出版时间均为 1920 年 4 月。两书回目、正文的文字（手写楷体）和每一回的插图相同，扉页都有篆书阳文印章"毋忘国耻"。16 开本封面署"谯北杨尘因著 爱国英雄泪 益新书社印行"，内封及目录署"绘图爱国英雄泪"，版权页署"印刷兼总发行 益新书局"。32 开本封面署"绘图朝鲜亡国演义"，内封署"杨尘因先生著 朝鲜亡国演义"，版权页署"上海大成书局"。两书当为同一出版者所为，32 开本为 16 开本的缩印本。——本书编者

序

　　余读《爱国英雄泪》，不禁废书长叹曰：世界上亡国之惨剧，果若是欤？或疑其为著者伤时之心遇激，故作斯说，以警阅者之见闻。若是则负著者之苦心，其见识亦至微鲜。要知世界之惨剧，莫胜于亡国；人民受亡国之痛苦，尤莫胜于三韩。未二十年，事迹昭著；志士之血，至今犹温。斯为世界人目所共睹。著者以簪花之妙笔，和泪而书。回首河山，吾其知必兴无限之感慨，又奚得已哉！然而吾又为阅者进一解：三韩之亡，盖吾国之前鉴耳。苟吾人读是卷书，而能自觉焉，则奋力自振，犹未之晚。不幸而言中，则三韩即我国未来之影矣！国不患亡，而患亡国如三韩者。他如波斯、印度、安南等国，咸亡于三韩之前。迨此番欧战告终，彼咸跃然欲树之帜，而三韩之志士，一再奔走呼号，求占欧会一席地而不可得，故其亡国之痛苦，尤甚于波斯、印度、安南者也。世界新潮，日益澎湃，凡欲立于世界争雄长者，莫不以行动自由，为处身之初级。今三韩人士，果克行动自由乎？故其亡国之痛苦，尤甚于古今万国者也。悲夫！三韩之亡，亡于日本，固三韩之民气懦弱，亦日本专制之特虐迫使之也。今日本又将以对三韩之手腕，日益加诸我躬，我人可自觉乎？此《爱国英雄泪》之所以作，阅者毋作等闲说部观焉可也。

中华民国九年元旦　长沙张冥飞叙

序

　　年来尘市说部，汗牛充栋，求其有关于世道人心者，几如凤毛麟角。若求关于家国存亡、人民痛苦者，尤觉罕见。余嗜说部如命，然拈毫不能作一字。逐年以来，坊间新刊之说部，不下万千百种。余因于损失金钱，荒掷岁月，亦屡年矣，而克恰意者綦鲜。独观《爱国英雄泪》一书，不禁拍案叫绝曰：斯足以为说部光矣！是卷以村谈巷议之笔，写亡国破家之惨，淋漓隽致，栩栩若生，岂仅关于世道人心者！余深愿后来之作说部者，应熟读斯卷，而加注意也。余尤愿读者不可负著者之苦心，尤应加意。凡以读黑幕说部之眼光，不可以读是卷；以读言情说部之眼光，不可以读是卷；以读神怪荒诞说部之眼光，不可以读是卷。读是卷者，应先具一片爱国至诚心，然后展卷而读，庶不负作者之苦心。即读是书者，果具一片爱国之热忱，而莫能会著者之意，固不足言能读是书。即使能会其意，而不能兴弦外之感，谋分内之强，亦不足言能读是书。若是衡之，著是类书者固难得，而能读是卷书者亦难得。噫，莽莽神州，能读是书者有几人哉！然而余深愿吾人多读是书也。

中华民国九年一月十三日　淮南张海渔序

序

《爱国英雄泪》何由而作耶？为一般醉生梦死不知爱国者而作也。作而可能警人自觉爱国乎？吾知其必不尽能，然而作者之天职尽矣。全卷都十万言，其间直写权奸之误国，懦主之殃民，终而英雄崛起草莽，一洗国耻而不果，卒以身殉。苌弘碧血，色惨千年，乱世为英雄发现之际，吾盖信矣。当彼之时，苟无懦主坐于朝，奚至为一般权奸所舞弄，以致大局不可收拾？夫人必自侮，而后人侮之；物必自腐，而后虫生之。旨哉斯言！噫，内乱频仍，即是引导外侮之媒介，又岂仅三韩已哉！惟知其不仅于三韩，故著此书，以为前车之鉴。世之如李熙者有人，世之如李完用辈者有人，世之如安重根者亦必有人，斯在阅者之感想何如耳。吾知阅者之感想，必不乐一国政朝中，有如李熙、李完用辈；不幸而竟有李熙、李完用辈，又将何如？安得什佰千万之安重根，甘殉身一洗国耻？虽然，安重根千古奇侠也，世界不必尽如此人，即人人咸以安重根之心为心，虽有什佰千万之李熙、李完用等，亦奚足为祸？悲夫！我中华民国，今不患有李熙、李完用之流，而患无安重根之继起者。爰是国事蜩螗，乱流澎湃，此《爱国英雄泪》之所由而作也。

中华民国九年一月三日　淮北杨尘因序

目 录

第一回

感往事志士捐躯　创新猷英雄遂愿

亚细亚洲东南，突出半岛，东滨沧海，西临黄海，北枕鸭绿江。其位置自东经一百二十五度五分，至一百三十五度五十分，横起于北纬三十三度四十六分，尽四十三度二分，地面约八万方里，人口约二千万众。山川明秀，土地膏腴，乃古代文化之邦、敦朴之域。不料一转眼之间，那四千三百余年的大好河山，无端受狂风骤雨摧折，将偌大个庄严灿烂之区，顿时扫得如一片焦土。

登白头山之巅，遥望日本之九洲东南，忽见一片乌浓浓黑雾，冉冉自对马岛横飞而来。那海面的风潮，顺着这一团黑雾，蓦地波翻涛涌，直向汉京狂奔怒吼，卷一时飞沙走石，鹤唳猿啼。那汉京内外，自天子以至于庶人，莫不吓得魂飞魄丧，兔突狼奔。直到大难过去，那乌浓浓的黑雾也散了，莽萧萧的恶风也息了，怒汹汹的狂涛骇浪也平了，天末透出一线残阳，反映着汉城的城影，东处如一段颓垣，西处如一段破壁，好像大劫之后的废垒一般，那还有什么赫赫巍峨气象。

再看那荒野之间，一片惨绿的秋草，挂着一星星残露，闪灼在斜阳之里，好似一缕一缕的血痕。那林梢栖着三五点失群的小鸟，时向道旁垒垒的白骨哀啼。老者死于沟壑，壮者散四方。那林梢屋角之间，炊烟早冷，就有几个丧家的饿犬，蜷伏在那短墙矮屋之下，奄奄将死。时或有几个人影儿，也都是耸肩曲背的，倏隐倏现，一个个都皱着眉头，含着一包眼泪。倒是那宫殿之中，光彩灼灼，城廓之下，气象森森，五光十色，虽然绕得人眼花，要晓得那旗帜上的符号，早将八卦模型，改换做一丸赤日了。街市中橐橐踏来，都是木屐儿的痕迹，那纱巾芒履的古衣冠，早匿身深窟中如死囚，怎敢在街市上自由行动咧。极目河山，共洒新亭之泪；漫天风雨，同招故国之魂。人世间最凄惨的景况，没有过胜这等的形状了。

此时幸州城外，有一所矮屋，绳桓［枢］瓮牖，檐高不盈七尺，双扉紧闭。适当夕阳西沉，黄昏月上，从那窗隙之中，隐约射出一线灯光，恍见那屋里四壁空空，席地铺了两条破草席，中央安置一张矮脚桌儿，桌上只设了一盏油灯，一把缺嘴儿的红土茶壶，还有一对拳大的茶盅，那茶盅里面，各盛着半盏冷茶，被那如豆的灯光，照在茶盅里面，鲜滴滴泛赤紫色。那案头对坐着两人，一人年约五旬，须眉十分清秀，乃是朝鲜旧式的打扮；一人年约三旬，气宇轩昂，体格魁梧，乃是中国满式的打扮，只脑后缺少一条辫儿。

二人默坐了良久，那长者，忽长叹了一口怨气道："嘻，黄公警先生，你可知这幸州是个何等的所在，我权永昌是何等人的子孙么？想我朝鲜，自檀君立国，授神人天符之器，垂享四千三百余年。不料遭此浩劫，丧于侏儒之手。如今囚在这二椽矮屋之中，言语不能高声，行动不能自主，枯对着一盏残灯，听四壁啾啾的虫声诉苦。一饮一酌，都要受他等干涉，使我生不能安身，死不能瞑目，有家不能归，有产不能守，有妻孥儿女伯叔兄弟，不能团聚。眼见白头山之麓，已是他等的牧牛场；天池之畔，已是他等的饮马地；汉京之宫殿，已似［是］他等公共游戏的俱乐部。我二千万的伯叔兄弟为牛为马，已是供给他等鞭挞，供给他等驱使。遍行八万方里，都是咱们的祖产祖业，如今都被他人侵占，那有尺寸之地，能任咱们行动自由呢。可怜我这八万里的大好河山，二千万的文秀人士，无时无刻不在凄风苦雨之中，对着那绿毵毵的草木、碧滔滔的波浪，都含得有许多愁痕怨色。那枝头的小鸟，野外的飞鸿，也都惨凄凄的向着天公叫苦。就是那半天的空气，都阴沉沉没有一线鲜明。加着那如狼似虎的军官警士，时刻来检查行动，闹得人梦寐之中，都是忘魂失魄。嗳，到今天我才晓得亡国人的痛苦，乃是人世间第一种的痛苦咧。我才晓得人世间的事，莫如亡国，尤莫如我朝鲜亡国最凄惨！我何不幸，生在朝鲜！我更何不幸，生在朝鲜做亡国人！尤何不幸，天使我文化敦朴的古国，沦亡在亘亘岛民之下，供给那岛民为奴为隶，为牛为马，为罪犯为死囚！似这等的岁月，如何能挨得过去咧？"说着，那泪珠儿，扑簌簌［簌簌］的向怀里滚个不住，衬在那灯光之下，一点一滴洒到茶盅里面，越显得惨红可怜，也分辨不清是泪是血。接着又说道："回想我高祖大破倭兵，筑大捷碑在这山城之北，一时名满三韩，功垂百世。谁知今日那屹然巍巍的大捷碑，已被蓬蒿蔓草长埋。我高祖权慓的碧血丹心，早化做一坏［抔］黄土，白骨磷磷。他那一缕幽魂，怎知道后世子孙惨遭亡国之痛咧。"说罢，呜呜咽咽，哭得险些出声。

当时黄公警，对着这般凄凉景况，听他这一番伤感的言语，也禁不住鼻头儿一酸，洒了几点眼泪。正想开口去慰劝他，忽听门外橐橐的一阵木屐声，权永昌赶忙将那盏灯光吹熄，伸手捺着黄公警嘴唇，俏［悄］声连说道："来了，来了，咱们睡着罢。"说时，二人倒身躺下。

黑暗之中，也看不清白，只觉权永昌的四肢瑟瑟作抖。悄悄向窗外听去，只听那木屐声，革履声，纷纷的走来走去。时或有人说道："似这等亡国奴，必须将他杀得鸡犬不留，方能免除后患。"又有人说道："你这个政策大差，杀尽亡国奴，算得什么本领。如今他的国权，已在我天皇掌握之中，土地财产生命文学，哪一种不受咱们天皇的支配。虽然他那二千万人民，要晓得手脚都被咱们捆绑住了，不能练兵，不能行政，不能创实业，不能兴教育，不能结党聚会，并铁制的刀儿铲儿，都不许他购用，还不如行尸走肉吗？咱们何必杀尽他，使他们死得快乐咧。何必不将他等当做牛马，牺牲他等汗血，给咱们筑金山银窟咧。你们要晓得，东亚的膏沃之地甚广，他国如朴齐纯、李完用这等卖国的人材甚多，我天皇的谋略远大，不过借着他这块土地，做过兵的路径，何必不在他等身上，加几点恩泽。"又有人说道："无论如何，他们这国里的童子，长得很俊，咱们总得捉几个来耍一耍。"又有人说道："小姑娘们也生长得很美。"又有许多人说道："你们别说罢，可恨他等这些亡国奴，死在头上，还不自觉。昨天咱们去捉小伙子小姑娘，他们还上前来救护。他就不明白亡国的人民，应该要受别人耍弄的，这不是自寻死路吗？所以咱们气恼不过，都将他等活埋了。"又有人问道："咦，这里还有一所房屋，咱们何不去检查一回，或者可寻找些须财帛。"又有人拦着道："这等破落户，黑洞洞都没有一线灯光，想是人已跑尽了。咱们还是去喝几杯太阳啤酒，品一品敷岛烟罢。"你言我语，纷纷向前走去，渐次寂静无声。

权永昌的惊魂始定，翻身坐起，复将那一盏油灯燃着，瞅了黄公警两眼。比时黄公警也坐起身来，因听着窗外那一番话语，禁不住发现了一种切肤之痛，双锁眉头，默默不语。半晌，权永昌方说道："适才那一番言语，你可听着吗？"黄公警便将脑袋点了两点，喉管里也回答不出来，先时要想劝慰权永昌的话儿，此时一字也说不出来了。权永昌接着又叹道："物必自腐，而后虫生。想我大韩，若不出了朴齐纯、李完用等甘心卖国的奸佞，我们一般人民，又何至受这等痛苦。黄先生你可听着么，东亚的幅员甚广，他等野心，还不止在三韩咧。"这句话猛将黄公警提醒，不觉脸皮上红了一阵，仿佛耳听权永昌所说的痛苦，目睹权永昌所受的痛苦，都似自己身临其境一般，心坎里一阵酸痛，那泪珠儿如雨般洒下来，嚅嚅的说道："权先生你也不必如此伤感，似这等愁惨的天日，恐我国人民，也将要身受了。你们这国里，只有朴齐纯、李完用等五贼七贼，已将这如饰似绣的河山，白白卖干净。如我国峨冠厚履的卿士大夫，具朴齐纯之才，行李完用之事者，不知凡几。嘻，你何必伤心，我也快与你为伍了！"说时，呜咽已不能接续。权永昌忽地站起身，拍案狂笑道："你也明白么？你也明白那些卖国求荣的官吏，是不顾全人民的么？如此这救国救民，救自己的生命财产，那种种责任，不必仰仗他们指挥保护，快些自作主张罢。果然你们四万万国民，人人能够自强，个个能够自觉，不遭我大韩之劫。我今虽是一个亡国人，他时也含着眼泪，向你们爱国诸君，也要大呼万岁了。"说罢满脸顿换了一副欣悦的神采，取出腰间一根尺来长烟斗，抽了几口。二人又谈了许多闲话。

　　眼见寒月当窗，万籁沉寂，权永昌便拖着黄公警出门道："今夜月色甚好，横竖这时咱俩也不能安眠，不如出去，对着这一片月光，吐一吐咱们的不平怨气罢。"黄公警也很乐意。二人携手出了矮屋，见无边草木，被月光照得冷悄悄的可怜，越发显得沉沉如睡。

　　二人信步徘徊，不觉走了有一二里之远，忽见道傍一座【碑】，巍然高插在草深之处，约略三丈有余。权永昌指着说道："这就是征败倭兵的大捷碑，如今已长埋在蓬蒿蔓草之里了。"二人又走到碑侧，摩抚了一回。只见苔痕斑驳，字迹模糊，早分辨不清直画。黄公警正向那碑碣上瞅得发怔，猛听砰然一声，好似天崩地裂。黄公警大骇，掉脸一看，哪里还有权永昌的影儿。忙着也不知向那方寻找才是，只好低着脑袋出神。半晌，只听那碑碣之侧，有人气喘吁吁，黄公警顺着那喘声寻去，见权永昌斜躺在碑侧。借着月光看去，他那头脸衣襟等处，已渲得鲜血淋漓。忙着将他扶起来，脸色业已灰白，牙关紧闭，不能作声了。又过了片刻，权永昌挣着说了两个"好"字，便将腰儿一挺，腿儿一伸，呜呼，向极乐世界里去了。比时黄公警急得手足无措，独身站在那夜深荒野之中，守着这一个才死的尸骸，也不知怎样才好。要想脱身避去，却有失朋友之义，最后想着孤守这一个尸骸，也非善策，不如向最近的村庄里面，邀集几个乡邻，再作计较罢。于是将附近的乡邻邀了几个人，便把他与权永昌如何的感慨，权永昌如何邀他出来赏月，如何与他摹抚碑文，如何捐躯殉国，仔细说了一遍。那许多乡邻，平日就知权永昌是一个苦心爱国的志士，早就想以身殉国的，如今听黄公警这番话，都深信不疑。只可怜在强邻威挟之下，那敢再研究什么殡葬的礼仪，大众都趁着天色未明，就将这一个捐躯殉国的志士掩埋在大捷碑畔。彼此吞声暗洒了几点酸心泪，各自回去安寝。

次日，黄公警再到那大捷碑畔追悼故人。只见新土一坏［抔］，血痕狼藉，加增了一种凄凉景况。黄公警凭吊一回，仍回到那间矮屋。不多几日，又向汉京游历了一番，也无心留恋，便由安东县乘南满铁路火车归国，复又绕道奔往北京。在关外风尘中，沿途见的那许多风景，仿佛都似在朝鲜游览的相同。转眼再看北京城里，冠盖纷纷，都是醉生梦死在那里寻乐。不因不由的一腔怨愤，加增许多说不出来的烦恼。当时奔出京城，寻觅了一处幽静的所在，就将那三韩亡国的惨状，一一笔写出来，准备给那将亡未亡的国民，做一个前车之鉴。从此黄公警跳出字里行间，接叙三韩亡国的惨状了。

且说日本国明治初年，那西京市中，出了一个阴谋神手、野心魔王。此人姓伊藤，名儿叫做博文。自幼读书时节，就蓄了一个纵横万里、任我指挥的志向。平时在乡党之中，目空一切，常常的向着邻舍朋友，发一种议论。他说人生在世，手刃匹夫，力驱猛兽，都算不得是英雄好汉。必须名振全球，夺取万人之产，那才算得是英雄好汉咧。一时乡党中都笑他大言不惭。谁知他这一番议论，虽有人笑他是大言不惭，却也有人称奇道异，暗暗钦佩他有将相之才。因此一传十，十传百，渐渐将"伊藤博文"四字，居然广布到东京市里。

活该伊藤博文的时运亨通，不久这种消息传进了宫阙。比时天皇正在日夜焦思想扩张他日本国的殖民地，又想派人往欧美各国调查政治，急急想谋维新，准备统一亚洲，做一洲之主。后因满朝文武，多非维新之才，因而求才益急。忽听西京出了一个伊藤博文，有这等浩大的志向，暗恃［忖］这必定是一个治国安邦之器。当日坐朝的时节，就询问列班的文武将相。谁知那些衣锦食肥的大臣，按日除朝拜而外，早在家里偎红拥绿的寻乐，那还关心到草莽中有什么英雄奇士咧。所以被天皇问得目瞪口呆，半晌不能够回奏。幸而那内阁有个尚书，叫做木户，出班奏道："陛下若问伊藤博文的为人，臣等也只耳闻其善。倒是臣有个密友，名唤麦田春，他与伊藤博文交谊最厚，待臣退朝后，仔细询问一番，再来覆奏。"天皇大喜道："如此你快些回去。麦田春既是伊藤博文的好友，必也是一个良材，将来我也得要重用的。"言罢，各自退朝。

　　木户忙着去寻找麦田春，将天皇求才若渴，殷殷垂问伊藤博文的话儿细述了一番。麦田春听说，自不待言，也给伊藤博文暗喜。便将他平日的为人，称赞了一回，无非是擎天驾海之材，换斗移星之手。这且不去说他。次日，天皇临朝。木户就将麦田春的话儿，一一奏覆。喜得天皇说道："如这等奇材，如何使他淹没在草野咧。方今治国需才，须赶快邀他前来要紧，朕想就命麦田春上去迎贤如何？"木户奏道："陛下爱才如命，麦田春焉敢不即刻奉旨登程。"天皇大悦，当时备了一份厚礼，又办了一份求贤的聘书，就命木户转派麦田春【做】去聘请贤才的御史。

　　麦田春奉命之后，那敢怠慢，当日登程。时值暮春天气，莺花乱飞，他也无心去赏玩道傍的红桃绿柳、野草闲花。一路上晓行夜宿，不多日已到了西京。奔到伊藤博文的庄院门首，只见数椽矮屋，蛤瓦如鳞，门前围绕着一片木栅，古苍入画。栅傍栽着十来本苍松虬柏，看来却十分雅隽。阶下站着一个十六七岁的下女，手擤着一把竹帚扫落花。一眼瞥见道傍走来一个人，乃是麦田春。他也知道麦田春与他主人，是莫逆的好友，便不先去通报，就领着麦田春，一同进了大门。

　　比时伊藤博文正在书屋里午梦，忽被下女惊醒，见接踵随着进房的一个人，是他好友麦田春。二人相见已罢，共叙离衷，那一番亲热，真有说不出来的快乐。渐次麦田春就将来意表明，伊藤博文益发欣喜，当时收了聘书赠礼，又慨论些天下大势。麦田春就在他的庄院里，休息一天。

　　次日二人便束装就道，赶到东京。谁知这时天皇已向着木户，询问过几次了。这日麦田春率领伊藤博文来见木户，木户喜道："哎呀，怎耽搁这许多时日，可把天皇陛下盼望坏了。"忙着请了几个文武卿士，给伊藤博文洗尘。

　　第二天清晨，木户就带领伊藤博文晋见天皇。天皇一见他气宇昂然，十分欢喜，当时询问了些治国的政策。伊藤博文便大展厥能，翻起如锋似剑的利舌，侃侃奏对道："草莽小臣，本不敢言天下事，既承陛下垂爱，不敢不略献刍荛。想我日本国，地仅三岛，偏于海隅，若不设法急谋开展，改故鼎新，终不能与世界万国争雄长。况弱肉强食，万古不易之训。故小臣日伏于草茅之间，栗栗为惧。小臣鄙见，方今日渐文明，决非闭关自守者，所能巩固国基，富强国本，莫如派一二识时之俊，周游欧美各国，调查宪政。倘若获得一二利国之法，应随时一一改良，不患无雄跨亚洲左右清韩之日。"天皇大喜道："卿见正与朕同，这确是富国的根本。不如就劳贤卿辛苦一趟罢。"伊藤博文忙稽首谢恩，退朝待命。当晚天皇就下了一道特旨，一时哄动全国人民，没有不称赞伊藤博文是一个特出的奇士，没有不希望漫游归国后，将一个日本国，改造做世界第一等的强国。试观他等人民的爱国心，如何坚厚。回望神州，怎不将人愧死咧。欲知伊藤博文归国后，怎么维新，且听下回分解。

第二回

麦田春秘密外交　云在霄奋勇驱敌

话说伊藤博文受了天皇的特命，第一步就飞渡大西洋，在美国勾留了一年，然后又在英国住了四五年，接次俄国法国意国奥国，遨游一度。转瞬已越十年，便将各国的政治军旅工商教育风俗等学术，满载而归。朝拜天皇，就将他目睹耳闻的，覆奏了一遍，并历说日本国若求维新，非从根本上维新不可。天皇听他奏的有条有理，即时就特授他总枢之职，宰治一切新政。

不多几年，果然国里的各种制度，顿觉刷新，那人民爱国的思想，日渐膨胀，什么政治军旅工商教育，也渐渐向文明界里进步。于是那鲸吞蚕食的野心，渐渐就想打高丽国的主意了。一时驻日的法领事札林，美领事安泥氏，突见伊藤博文归国，做了大宰相，他俩都很觉奇异。后见日本的政治，日渐维新，那一种骄姿厉气，却很有雄跨亚洲之势。他俩瞅着这般举动，便秘密电报本国政府。法美两国政府里，骤接了这个密电，都吃了一惊，各忖若任他如此猖狂，那亚洲的权利，将来必落在他的掌握之中，咱们怎能够放弃呢？便迭召阁议，筹画进行方法。最后还是美政府议决了一条妙策，密派些耶稣教徒，送往高丽，以传教为名，藉此开化高丽的民智，使高丽国民，自觉维新强国，不受日本人所欺，那来日的权利，就不能被日本占有。这传教自由，日本人却也如何干涉的。主意打定，他两国都秘密进行，且不细表。

再说当我国满清同治初年，高丽国王晏驾，殿前没有太子嗣位。后经各大臣公议，便将太院君李罡应的儿子李熙嗣立。其时李熙年才七岁，那能够执掌政事咧。于是又推李罡应监国，做了摄政王。比时做大丞相的，就是那贪赃枉法的金宏集。自金宏集握得大权之后，就将他的衣带中那些狐群狗党，如那郑秉夏、朴永孝、金玉钧等，全行任了当道的要职。列位试想，如这等牛鬼蛇神执政，怎能谋什么国利民福咧。自然是狐假虎威，横征暴敛了。加着李罡应本是一个无用的庸人，一旦做了摄政王，也不知是如何的荣幸。在他的心理中想着，业已做了摄政王，总算得是一人之下，万人之上，应当朝夕躲在深宫院内里，偎红拥翠，从脂粉丛里寻快乐，那还顾得什么河清海晏、国泰民安咧。金宏集率领那一班爪牙，也就因为摄政王这般昏庸，大胆的为所欲为，把全国人民，都囚得奄奄待毙，毫无一丝儿生气。国之将亡，必有妖孽。这也是高丽人民，应遭亡国之惨，方产出这许多魔星乱国的。

闲言不叙。一天早朝，忽有一个黄门官赴前奏道："启奏万岁，现有新自美法两国来了一班耶稣教士，约有五百名之多，同在宫门外候旨，要求在国内传教。"李罡应猛听这一番情节，便大吃一惊道："这便如何是好。听说外国的教士，都是些取心挖眼之徒，倘若任他胡为，咱们国里的童男童女，岂不被他搜尽吗！这事万万不可承认的。"正要下旨拒绝，御案前忽传出一个大员，乃是兵部尚书云在霄，奏道："传教乃是法美两国的好意，我主万不可以拒绝，损失外交。那些挖眼取心的谣传，都是愚民误会，实在没有此等事的。"李罡应道："他等既然是好意，与咱们有什么好处咧？"云在霄奏道："那耶稣传教，乃是上帝的一片慈心，想拯救人民的痛苦，无非劝人行善，劝人自强。所以欧美各国的民智益高，民气益壮，最初都是仗着这些教士开化的。方今日本也变法维新，力求猛进。我国若不趁此机会，使人民沾染些须欧美的文化，日谋自强，将来必受日本人挟制。如我国人民能趁此机会，人人扫除旧习，个个获得新智，从此巩固国基，何惧那侏儒小国咧。"李罡应听他说得很有理，便命他传旨准行。云在霄奉了圣命下殿，就与那两国的教士接洽，随时赞诵了一番。又招呼各处地方官吏，时加照应。

似水流光。约过数载，那高丽十三道地方教士业已布满了。消息传到日本国，那首先禀这个消息的，乃是日本九州的一个商人，名儿叫做吉隆。这日伊藤博文正在相府里，研究那并吞朝鲜的政策。忽门丁报道，外边有一个商人求见，并说有紧要的消息报告。伊藤博文听说，就知这其中必有原故，忙着招呼传见。见门丁去不多时，引着一个商人进房，吉隆便行了一个磕头大礼，站立一旁。伊藤博文便问他报告的原故。吉隆禀道："只因前几年小人在欧美各国贸易，见那些耶稣教士，纷纷东渡而来。听说都想在东方占一部分势力，要破坏我国的侵袭主义。今年小人又在仁川贸易，果见许多教士在那里传教，想一定是不利我国的。故特趋前报告。"伊藤博文听说，也不动声色，便将脑袋点了两点道："你倒很有爱国的思想，做国民的应当如此留心。此后如这等消息须时时来报告，我必有重赏。"复又取了十五元金币，赏给吉隆。吉隆坚辞不受。伊藤博文笑道："那报告乃是你们人民对于国家应尽的义务，这金钱乃是国家对于你们人民应奖的权利，可以不必推辞罢。"吉隆这才领谢辞去。

当时伊藤博文进宫，与天皇密谋那图韩政策。筹划妥帖，便回到府里，密遣他的亲信家奴伊禄，专请麦田春进府。直待麦田春奉召前来，彼此相见已毕，伊藤博文便将他领到一间密室里，各自坐定。也不待麦田春询问，便说道："麦田兄，你可知法美两国，密派许多教士，散布在三韩传教么？"麦田春道："我也曾略有所闻。但是这等举动，与我国进行的政策很不利的。"伊藤博文道："谁不是这般焦虑呢！如今抵制方法，必须要釜底抽薪，从他们内部里运动，破败他等信教的行动。然后再从外交上着手，使他内无实力，外无援助，不怕他不为我所有的。听说李罡应乃是个昏乱庸夫，不知什么叫做国事；金宏集等都是贪婪之辈，不管子孙痛苦。咱们若用金钱去利用他，包管他拼命的给咱们做走狗。只可恨的，就是那兵部尚书云在霄，不易运动。好在大权掌在金宏集手里，总可有钳制他的方法。我想你与那金宏集是相识的，不如借着友谊探望的话儿，去调查他们的现状。今上已备了一份厚礼，由你送给金宏集，若能寻找一个机会，在那传教里面挑起一种风潮，咱们就越发的好进行了。"麦田春听说，默忖了一回道："我看总得借一桩事故前去正大些，不然反惹着他们在朝的文武注意，越发不易进行。"伊藤博文听他说得很不错，思忖了片刻，忽地笑道："今上正想派使，前去修订商约。你何不借着这桩事儿前去咧？"麦田春道："果能如此，就分外的好进行了。"伊藤博文当时进宫，请了一道圣命，交给麦田春携去。不多几日，那阴谋派的先锋官出了国门，直向高丽国奔去。

披星带露，破浪乘风，不多几日，就到了汉京。首先寻了一个安身的旅邸，忙着就到相府里，专谒金宏集。其时金宏集正闲坐在办事室里纳闷，因为他这几天，事事被云在霄攻击得很不遂心，怀着一肚皮闷气，无处发泄。忽见家丁金顺进前禀道，今有日本国钦使麦田春特来求见。金宏集猛听说麦田春访他，暗忖这乃是我多年不见的好友，如今他奉了圣命前来，必定又有什么好消息，这真难得的紧。接着说了两声"快请，快请！"，已站起，迎将出来。金顺忙抢先一步，引着麦田春进府，他俩都走到阶下，遇着了，携手登堂，那一种相亲相爱的神情，真是一笔写他不尽。

二人进房坐定，又寒暄了几句，各叙罢别后的离情，渐渐谈到政事。麦田春便将那奉命特来要求修订商约的事儿，说了一遍。金宏集便将双眉皱着道："这事头绪纷烦，恐怕不是一朝一夕所能商榷的。"麦田春道："修订商约，乃彼此互有利益，并非独利于敌国的条件。"说时，便招呼他随身来的两个仆人进房，捧上四色礼物。麦田春忙指着道："这是敝国天皇，特赠的薄礼，也不过是咱们两国亲善外交上联络感情而已。"金宏集瞥见看去，只见辉煌灿烂，堆积盈案，乃是最上品的军服一袭，佩刀两柄，明珠五十粒，金章一枚。看得心里翕翕的乱跳，若似捉拿不住的样儿，连称了两个"谢"字。复又提到商约的事儿，道："修订商约，我是极端赞成，无奈敝国大院君不识时务，加着兵部尚书云在霄，竭力的破坏日韩亲善，也不知他是何心肝，因此恐怕这桩事儿难得措手。只是贵国天皇圣意殷殷，老兄又不远千里而来，下官只好明日上朝碰他一碰，若说成败，却不敢预定的。"麦田春笑道："老兄总理百揆，简在帝心，还怕不言必有中吗？"二人又谈了许多闲话，才分手而散。

次日午后，麦田春又到相府里探听消息，金宏集便将脑袋摇了几摇，半响方说道："摄政王却也很情愿的，不料又被那个云在霄，三言两语的破坏了。"麦田春听了这番话，忙问道："这云在霄究竟是个何等人，如何这般利害咧？"金宏集道："若说他的威风确实不小，慢说别的，就说他最近主张的一桩事，已是惊天动地。不知他如何与美法两国，联络得感情很厚，竭力主张什么传教自由，如今那两国的教士，纷纷前来，已将敝国十三道地方布满了。"麦田春骤听他说，暗忖正是破坏他们信教好机会，便不待他说完，忙抢着说道："哎呀，那些丧国的教徒，果真流布到你们国界里么？那些人都是些不法之辈，快些驱逐他出境要紧，倘若你们贵国之民被他迷惑住了，那才是受累无穷呢！"金宏集听他说得这般利害，也就暗吃一惊，忙问他的为害原故。麦田春道："他们这些不法之徒，名是传教，劝别人尊重道德，实则挂了一个上帝牌儿，说神道鬼，煽惑人心。你不曾听说那英国大皇帝，也曾受他们驱逐的么，那法国大臣，也曾遭他们残杀的么。那两国曾经了这两次风潮，生灵涂炭，险些把一个国家送掉了。若论他们的宗旨，乃是专心破坏国家，反对官吏的。贵国如今沾染了这种邪气，若不设法除去，此非国家之幸，亦非文武百僚之幸也。"金宏集大骇道："那邪教居然有这等利害吗？最初他等人都，要求传教的时节，敝国摄政王曾说他有取心挖眼的邪术，那时云在霄力辩，他说都是愚民之谣。"麦田春道："阁下何不出班反对咧？"金宏集道："我因为他们挖心取眼的，乃是对着小孩儿们的妖术，对着咱们身为大臣者，没有什么利害，所以就不去管他。如今既有切肤之痛，我一定要挺身反对的。"麦田春见他已堕入术中，越发怂恿道："是呀，似这等乱国的妖魔，应当驱逐出国境。云在霄尊权擅政，很可将他调作外用，使他不能干预朝政。如此贵国方能富强。我与阁下的私交，真算得亲如手足；就论公义，咱们两国乃同洲同种，唇齿相关，应当彼此相亲，彼此相爱，方算得是正理。若贵国现在不亲近邻，反求远友，已是不祥之兆，况加着这些妖党作乱咧。我看不早为设法，贵国人民不能安乐还是小事，恐怕阁下等安富尊荣的幸福，也不能享受长久呢。为今之计，一面驱逐教士出境，一面迁调云在霄他往，一面咱们修订商约，彼此实行亲善，并力外防，国家享受的利益，且不必说，就是敝国政府里，对于阁下，也可以特别优待，按年津贴三五千元的奖金。你说不肯相信，我真可与你订生死合同。"金宏集听他这番议论，越发惊喜，后来听说他还有额外的利益，便等不及他说到合同两个字，就连连说道："是的是的，我准拼着老命去反对，决不使他等自由。"二人谈到天近黄昏，方各散去。

金宏集便在相府里，筹划了一夜，次日早朝，可巧云在霄未曾到班，金宏集便将昨日与麦田春计议的事儿，一一上奏了。那利害之中，复又加上几分，说得李昰应心旌摇摇，便问道："这又如何是好呢？"金宏集奏道："我主若要富国强民，必须赶紧驱逐各方教士出我国境；若想实行驱逐教士，必先调云在霄出京外用，方不至有阻碍。"他的狐群狗党如郑秉夏、朴永孝、金玉钧等，都一时出班相助。李昰应见大众都是如此上奏，便说道："我也很不情愿云在霄在朝供职。既然如此，我准如卿等所奏就是了。"大众又碰头连称了几声"圣明有道"，方才退朝。

未隔三日，果然颁了一道圣旨，命兵部尚书云在霄镇守平壤。云在霄奉了这道特旨，早知是遭小人嫉妒的，无奈圣意难抗，只好谢恩出京，绝口再不谈朝内的政事。直待云在霄出了都门，李昰应又特下一道圣旨，令全国的人民，群起驱逐教士。倘能打杀一个教士者，奖银五两；倘有隐藏教士者，应与教士同等，格杀勿论。可怜那些头脑不清的小民，谁不爱的是金钱，怕的是杀戮。自这道圣旨颁发后，哄动全国，一时那些好动的人民，也不分青红皂白，就肆意搜教，将那许多传教的教士，闹得如丧家之犬，失群之鸿，各都纷纷的归国。那高丽地面上，已没有教士的足迹了。李昰应得了各方报告，越发心喜，时与金宏集的雄谋大略，毕竟不差。金宏集也自觉得计。从此李昰应执政，益发倚重金宏集了。

这日李昰应将金宏集特召进宫，计较那修订商约的办法。忽接了法美两国哀的美敦书，质问那无故残杀教士的原因，限二十四小时答覆，不然就大兴问罪之师。李昰应骤然接了这般凶耗，好似半天空响了一个霹雳，将他吓得三魂飞散了二魂半，忙向金宏集道："这这怎么了咧？"金宏集一见这事业已闹糟，自己也有些害怕。要晓得奸佞做事，向来不知什么叫做自觉，什么叫做自悔，低垂着脑袋，默忖了良久，忽想到云在霄身上。暗道，眼见这一场事，是免不了的，不如将这一盆祸水，泼在云在霄顶上。若战胜，我也居一半保荐之功；若战不胜，这乃是云在霄之罪，与我毫不相干。打定主意，便奏道："我主圣鉴，事已如此，这场战争，是万不能免的。臣以为与其对他说理，不如对他用兵。今云在霄镇守平壤，曾统带有十万雄兵，足可备战。不如调他把守仁川，再从黄海道调闵泳骏把守华阳。倘他两国兴问罪之师，必经此两条道路而进，那时高架大炮猛攻，还怕他们的问罪之师，不沉埋海底，化为鱼鳖吗?"李昰应默忖道："只好再试一试罢。"忙颁了两道特旨，一道飞调云在霄移节仁川，一道飞调闵泳骏移节华阳，说明要与法美两国交战的原故。

云闵二人同时接了特旨，各自长叹道："这又是奸臣误国，好好的外交，偏要驱逐教士，惹是撩非，将来必要闹得不可收拾呢!"复想道，如今既是战衅已开，咱们又不得【不】舍身护国了。于是顷刻就下了动员令，双方都遵旨移节，星夜赶到仁川华阳两处，沿着海岸，扎下大营，复又筑了炮台数十座。直待法美两国的兵舰，刚要进港的时节，他等也顾不得与敌军说理，就将那惊天动地，直向前攻。比时敌军的军旅，都不深悉战线上的形势，蓦地被他这一场恶攻猛击，早已乱了手脚，不知如何对付。所以不多几时，便被云在霄、闵泳骏等打得水流花谢，丢盔卸甲而逃。迷信家必说这是天助成功，实在乃是云在霄、闵泳骏等一腔爱国的勇气，拼命战胜的。

奏凯表章打到汉京，李昰应一见大喜，便传谕嘉奖了一番，顿时就升任云在霄充十三道提督，命闵泳骏不必班师，就镇守华阳的海岸。金宏集虽得些须保荐之奖，心坎里终是闷闷不乐。这是什么缘故呢？因为保荐云在霄乃是想陷害云在霄的，如今未曾被他害得，反而加官晋爵，教他的心里如何不闷？然而阴谋人行事，不到破败决裂，没有已时，想他必再接再厉，别有一番破坏的作为。欲知下事如何，且听下回分解。

第三回

金相贪婪订商约　闵后献策夺国权

话说麦田春自与金宏集秘密交涉之后，那修订商约，虽然未得最后的结果，但是那破坏传教的阴谋，总算达到目的。未久那调遣云在霄外用的圣旨已颁，未久又通谕全国驱逐教士。他见各事已办得心满意足，便辞别金宏集归国缴命。天皇见他办事有功，便升擢他做外务部侍郎，麦田春那一番欢喜，自不待言。

那知不多日法美两国派兵攻打高丽，伊藤博文便向天皇奏道："高丽的外交，业已开了战衅，料想他万难战胜的，我国军事上也应早为筹备，倘到口的肥脂，被别人夺去，那就很难下手了。"天皇听说，急命海军部作军事的筹备，兵工厂日夜赶造器械。又隔许久，探听法美两国业已战败，天皇得了这个消息，便召集满朝文武，特开御前会议。当时也有主张缓攻，也有主张急取，也有主张还是秘密破坏他国内的政事，闹得天皇不能决定。还是伊藤博文挺身奏道："各大臣这三种主张皆有至理，何妨合并进行。若论此番战事，高丽取胜，并非实力上的关系，想是一股奋勇之气，侥幸成功。天下事决无不从学术上战胜而能得持久者，臣恐高丽之祸，近在眉睫。日久法美两国必须卷土重来，雪此奇辱的。此时我国乘虚而入，借此调查他国海线上的形势。如其有可攻之隙，咱们不妨寻一些小事进攻，直夺他全国的大柄；如其果有实力，咱们就说是巡海，也可借此示威。那派人秘密扰乱他的朝政，也不妨分道进行的。"天皇道："此计却是很妙，只恐大清国未必肯让咱们长驱进行，不加干涉罢?"伊藤博文笑道："他能自保全疆土，已不容易，那有余力保护属国。臣恐他酣然大睡，还未曾醒咧。"天皇听他说得很有理，便密派一艘头号军舰，二千名海军，五百名陆战队，又派最勇于奋斗的大山崖统率军舰，乘风破浪，飞也似的直向华阳湾奔来。

此时镇守华阳湾的闵泳骏，日夜在军港上逡巡，惟恐法美两国战败的海军，卷土重来，乘虚报复，故日夜寝食不安，只拿着一只千里镜，向海面上瞭望。这日活该有事，闵泳骏正在瞭望时节，隐隐见海面水平线上，透出一点黑迹，愈逼愈近，原来是一艘军舰，鼓浪前来。闵泳骏误认做敌军前来复战的，当即下令开炮。只听霹雳一声，火光闪处，那炮弹已越舰而过，将海水打得喷起，远望如白练般飞腾散落，再从烟水迷漫之际，遥见那军舰上的旗帜，乃是一丸赤日，分外的忿火中烧，怒骂道："彼小鬼也想来欺人。我国受他之害，已擢发难数，我既开了一炮，也只好将错就错，打他一个片甲不归。无论如何，现在军事戒严的所在，他不应该派军舰前来，必定是不怀好意的。"便命炮手接续攻击。谁知第二炮，仍是扑空，急得闵泳骏亲自去发火。

记者再说大山崖受了天皇密命，浩荡进行。初量区区高丽人，决不敢突然反抗，所以未曾戒备，直待受了那第一炮攻击，才下令还攻。谁知他才准备发火，那第三炮的炮弹，已盖顶奔来，哗啦一声，正击中船头，炸了一个大窟窿，足有方丈大小。大山崖见势不妙，便拨军舰，飞奔回国，去再筹报复的进行了。

接说天皇自派大山崖去后，日日盼望捷音。这天又是群臣聚议的时节，黄门官进前奏道："大山崖求见。"天皇听说大山崖归国，忙命进见。大山崖见了天皇，就将那被攻事儿，源源上奏。天皇听了，圣颜大怒，当时就要兴问罪之师。伊藤博文道："我主不必动怒。杀鸡焉用牛刀，臣自有方法处治他的，劳师动众，反觉不仁。"天皇便询问他的方法，伊藤博文奏道："听说法美两国派专使与大清国交涉，大清国的政府一概推开不闻问，想是他已牺牲这个属国，咱们又何必不承认高丽是独立国呢，一切事咱们正好与高丽直接交涉了。想那修订商约的要求，至今还是悬案吗？不如乘着这次风潮，再密约金宏集，与他政府里严重交涉。倘若他能许可，咱们之得亦可偿失。只要占了他们的商权，一切进行，就越发容易了。倘若他不如我愿，再兴兵问罪也不迟。臣想只要使重金贿赂金宏集，此事万无不成的。"天皇道："这也是一个办法。"便命麦田春携带三千两银子，秘密前去。伊藤博文又奏道："还须加派一个熟习高丽景况的人同行。"天皇问他这是什么原故。伊藤博文奏道："倘若交涉办好，就可任他充高丽国的领事，一切起行的事件，岂不更易进行么？"天皇大喜。当即派了花房随麦田春同行。二人奉命，那敢少缓，忙着束装就道，做那第二次的使臣去了。

接说闵泳骏将大山崖击退，私心庆喜道："这总算吐了我一口不平之气。"遂急报进京。李昰应一见大骇，便自言自语的说道："怎么又惹出一国的风潮咧？现今法美两国的战事，尚不知如何了结，再加上这日本国的交涉，就是将国亡了，也不够赔他们损失的。"说时皱着眉头，短叹长吁不已。比时金宏集正站在御案之侧，得了这个消息，他的心理，却与李昰应不同。他不以为忧，反以为喜，暗忖道："我这才能够给日本国了。"所以他乐的原故，乃是自庆每年津贴的三千元，从此可以按年支取了。彼此各怀异想，发了半晌怔，李昰应方询问道："眼见又惹出一件外交，怎么外交上掣肘的事儿，都对着咱们国里发现咧。这又如何是好？这又如何是好？"金宏集道："我主圣意，还是主战，还是主和咧？"李昰应摇头道："哎呀，前番虽然打了一个胜仗，如今我的心里还发慌。我生平最怕听的是战争字样，何能再说主战，还是和得好些。"金宏集奏道："既然要和，却有一个最好的机会。"李昰应惊喜道："愿和也有好机会吗？"金宏集奏道："就是前次那修订商约的条件，不是至今还是个悬案吗？臣看这次风潮，日本国必定特派专使来交涉的，咱们就将这种条件许他实行，量他也没有别的话说了。"李昰应道："只求他没有别的话说，我无事不可以允许。今全权就交给你，等他专使前来，你直接与他交涉就是了。"金宏集听他这番话，越发乐得心痒难挠，叩辞出宫去了。

不多几日，麦田春果然领着花房投府求见。金宏集见麦田春前来，好像接财神似的，迭迭的说"请"。彼此相见后，麦田春又给花房介绍了一会。各自坐定，金宏集便满脸堆着笑容道："流光似流水，一转眼之间，咱们又相聚一处了。但是我的私心，却很愿常常劳兄枉顾的。"麦田春笑道："我也很愿与阁下常常的聚会在一处，但是将来必达这个目的才好。"二人又谦叙了一回，金宏集忽说道："前番闵泳骏的举动实是出于误会，今上至今犹抱歉忱。无奈闵泳骏也是一个贵族，且有重兵在握，不便急急的处治他，将来总得设法降罪的。"麦田春大笑道："说到误会，也可以不必了。好在咱们两国，都是抱切实亲善主义的，将来国土都可以牺牲，这牺牲一两艘军舰，算不得什么事。敝国虽小，如这等军舰，却也很足供贵国大炮攻击几年。这件交涉，可以作为悬案罢。"复又说道："倒是那修订商约的要求，如何办理呢？"说时，便携出三千元奉上道："这是前次允许的津贴费，敝国是尊重信用的。"说着两眼觑定了金宏集，伸手拈着那两撇八字胡须，嘻嘻的冷笑。金宏集忙接着说道："那商约的事，敝国摄政王是极端赞成的。如今没有别的磋商，只待贵专使前来，起草画押。"麦田春笑道："足下却很豪爽的。"随手向衣袋掏着道："草约业已有一个稿儿，未知可能合用否？"说着，双手献上。金宏集忙接着向腰里一塞道："这些须小事，有什么合用不合用，何必去研究呢，咱们明天就同到御前画押罢。"麦田春诺诺称了两个"是"字。金宏集问道："花先生此次枉顾，可是别有外交么？"花房还未及回答，麦田春便代他说道："倘若通商约订下，必须特设一个专使，敝主因花房兄很熟习情状，将来这一缺，就是命他充任的。"金宏集道："哦，原来花先生因此而来的。将来咱们伙在一团，更外〔加〕好办事了。"大众说得笑逐颜开。金宏集又挽留他俩晚膳，直到夜静才散。

次日散朝之后，金宏集便领着麦田春、花房二使晋谒摄政王，就在御案之下，忙着就画了那通商条约的押。就是画押之后，若问他君臣，究竟这条约里面，写的是些什么，恐怕他们君臣，也说不出来半个字，那利害的关系，更外〔加〕不必提了。

商约签定，麦田春便携约归国。花房就任了驻韩的领事，开端着手就在仁川元山泽，开了两个大商埠。最初还是在商业范围里经营，渐次就扩张殖民地，渐次就在行政上着手了。当时在朝的士大夫，有几个正直君子，忽听大院君、金宏集二人，已与日本国密订了商约，大众愤不顾生，便上殿净谏。李昰应便轻言淡语说道："外交应守秘密，朝廷自有主张，尔等各守其职，不得越权预闻。"这番话，说得大众忍气吞声，只好在暗地里挥泪。

由此金宏集见李昰应十分回护他的行动，越加猖狂，肆意作恶了。可怜一般苦百姓，无辜受其荼毒，真是呼天不应，呼地不灵。大众只好自怨不幸生在韩国，他那晓世界上与他相同的苦百姓，还不少呢。

转眼又度过数年，李熙已经二十岁，便选了闵泳翊的妹子为皇后。这一位娘娘，可算得是贤淑万能，有谋有断，真是高丽的女中之圣。自进宫伴驾之后，见朝内朝外的政事，被摄政王闹得一塌糊涂，若不励精图治，眼见就要沦亡。她便日夜愁虑，暗中就命她胞兄闵泳翊在朝内外，密结许多文武大臣，准备夺回国权，给他丈夫李熙执掌。八面筹谋妥贴了，这日李熙进宫，又见闵娘娘粉颈低垂，翠眉不展，便询问道："爱卿贵为天子之妇，尚有何事多愁，终日眉头双蹙咧？"闵娘娘强作笑颜道："臣妾得侍圣躬，可算得极世间的无上幸福了。但是国权仍执掌在他人之手，我主只戴虚衔。听说现在朝政，被几个权奸，闹得异常紊乱，贤者退避山林，恶者高居朝市，真是牛马含怨，鸡犬为愁。若常此任他等胡为，将来闹得国亡家破，我主尚睡在梦中呢！"这番话将李熙提醒，他便皱着眉头道："朕也知常此终非善策，况朕处于虚君的地位，好似待罪之囚，动辄反遭他等白眼，我也早想临朝，无奈权奸当道，恐怕不易甘心，退还我的朝政。"闵娘娘奏道："我主不必自懦，臣妾已命闵泳翊联合文武百官，对待奸党。他等如金宏集虽有几个爪牙，参与政事，然他的势力，只在外交一方面活动，幸喜坐拥众兵如云在霄、闵泳骏等，皆不受他等利用。实力的反对，若辈毫无把握。臣妾之见，我主可向［在］朝参之际，索回国政。若摄政王及金宏集等，知机退避，我主再以虚荣笼络着他等；若他等果不识时务，那时群臣中自有与他等反抗的。我主不必多虑，决计进行要紧。"李熙大喜道："爱卿真是朕的股肱之臣了。"闵娘娘又将朝内朝外布置停当，一日临朝，李熙便向在朝各大臣宣谕道："摄政王代行国权，已十几载，午夜筹谋国事，心血俱枯。今已年老，急须修养，朕不忍心再令其劳瘁。朕因爱惜摄政王起见，此后一切国事，朕亲临政，尔等宜各凛遵。"接着就下了一道圣谕，颁布全国。于是群臣班中，抢先走出来几个大臣，如闵泳翊、金炳之、朴定晨、李完用、李允用、赵丙稷等，俯伏丹墀，庆祝万岁。

李昰应骤然听李熙这番宣谕，好似半空中打了一个霹雳，正中他的脑顶门。明知是他的媳妇阴谋，又不便当众宣白，包着一肚皮酸水。正在借父子的名义去抗旨，回头瞪了金宏集两眼，见金宏集如噤口寒蝉，一声也不敢发响，他便冷了半截，只好碰头谢恩，随班庆祝万岁。金宏集自不待言，也将平日献给李昰应的笑脸儿，转而向着李熙了。

退朝之后，李昰应密召金宏集埋怨道："你也是身为大臣，位居首相，如何不领班反抗咧。"金宏集笑道："王爷也太不知机了。新帝骤然临政，必是闵氏从中做鬼。试看新帝宣谕才罢，闵泳翊等就出班庆祝万岁，可见他们是早有筹备。我们军旅中又无可靠的实力，仅恃外交的手腕，如何能反抗内政咧？"李昰应道："白白的让了他不成吗？这一口冤气，实在令我难得下去。"金宏集道："王爷不必心急，少待时日，相机而起，总有报复的机会。"李昰应见大势业已如此，也只好自解自叹道："这就要倚靠你了。"

再说闵氏当道，那一班新人物，拥戴李熙登基，闵后加冕，通谕全国，大赦囚徒，真是家家弦诵，户户赓歌，一霎时却有国泰民安之象。接着就封金炳之任总理大臣，朴定晨任内务部大臣，李完用任外务部大臣，李允用任兵部大臣，赵丙稷任法部大臣。闵泳翊因与闵后有兄妹之嫌，故暂且封任内阁侍郎。再如李昰应，便封为兴宣君，一条冷板凳，就将他囚在深宫内院，使他不能干预政事。次如金宏集等，自不必说是比较平民多一个虚衔，终日躲在家里吃饭困觉。

试想李昰应平日的威武，俨如九五之尊，如今从第一把金交椅，跌到冷板凳上，他如何受得惯这等凄凉咧。于是朝思暮想，总想革他儿子的命，仍恢复他的原状，便天天与金宏集密谋，加着金宏集的官禄心志，也不比李昰应少弱，所以他俩都谈得合式。密谋日久，总想不出一条妙策。

这日李昰应又召金宏集前去密谋。李昰应道："我并非还与儿子争竞权利，实在这一碗冷饭，再也吃不下去了！我如今主意业已拿定，宁使玉碎，不图瓦全，闹他个玉石俱焚，大家同坐这一条冷板凳，我也是称心的。"金宏集道："王爷既然如此慷慨，倒有一个方法可行。"李昰应急问道："什么方法？快说，快说罢！"金宏集道："还是在外交上设法去破坏他。"李昰应道："岂不是又要惹外国人兴问罪之师吗？"金宏集道："如今咱们自己没有势力破坏国政，只好借重外交。"李昰应默忖了片刻道："只要能泄我这一口愤气，无论什么事，都可牺牲。你说罢。"金宏集道："臣有一个亲戚，现任飞虎营总兵，名儿唤做牛全忠。他统带的兵士，虽不能够打仗，捣乱却很有余。不如密派他攻打日本领事府。"李昰应道："此事与日本领事什么相干咧？"金宏集道："这乃是起衅之由。若牛全忠将花房打死，岂不又惹出外人的交涉么，那时日本自然要派人前来问罪的。莫看云在霄、闵泳骏那等威武，都是乌合之众，不能与日本兵战争，自然又得要求和。那时不但日本人要说新帝临政不如王爷，就是全国也都要积怨于新帝，称颂王爷；再设法联络群僚反抗圣命，不怕新帝不退位的。"李昰应道："方法却想得很好，恐怕国权上，又要损失些利益。但是我也顾全不得许多了，你赶快调他前来，实行捣乱罢。功成之后，我自有重赏的。"

金宏集便叩辞出府，赶忙寻着牛全忠，将这番计划，向他说了。牛全忠一听大喜道："这乃是咱们本分的事。兄弟即刻就齐备人马，前去攻击。"金宏集道："事儿也不急在一时，咱们还是见了王爷再举动罢。"二人商量已定，次日金宏集便领着牛全忠，晋谒李昰应。他三人又密议了一回，牛全忠就叩辞出府，当晚将步［部］下将士传集演武厅，然后说了许多杀仇灭敌的正大光明话儿，将那密议的事，一字不提。说得人人切齿，个个竖眉，恨不能立时三刻，已将日本领事府焚毁，杀得他鸡犬不留，方消心头之恨。这也是他们的一腔爱国热血，结构而成的，却也不能说他等不是。不过他等未将条理分清，全是被别人利用，以致闹得不可收拾，反将大局败坏。嘻，可见得爱国的人，也应从公理上爱国，不能从私愿中利用爱国的。欲知后事如何，且听下回分解。

第四回

分党派昧心祸国　闹风潮拼命求荣

话说牛全忠向着全营将士，痛说日本人如何的逞强，如何的行霸，平日虐待韩人，如牛如马等话，听得大众磨拳擦掌，恨不能立刻捉住日本人，拼一个你死我活，方足消恨。牛全忠见军心已被他扇动，接着就下了一道攻打日使馆的动员令。大众忽奉这个动员令，正遂心头之愿，谁不争先恐后的一拥上前。于是点齐全军人马，摇旗呐喊，飞奔日本领事馆进攻。直待到了日使馆门首，也不分青红皂白拥进大门，什么门窗槅扇，都被他们打得零落纷飞，就是墙里面的砖块儿、屋角上的瓦片儿，也被他们翻弄得粉碎。那保护日使馆的兵卒人等，先时未曾得获消息，临时戒备，如何能够咧，所以那些日本人，遇着这许多韩兵，直扑上前，慢说无战斗之能，就是招架的力量，也早失却了。那少强的见势不妙，都抱头鼠窜逃避；力弱的早在乱刀之下，闹得头破胸穿，血花飞溅。还有分尸碎骨，狼籍在地面上，也不知其数。至于那府里的陈设器具，自不待言，是一毁罄尽了。最可怜还有几个本国人，西服打扮，正在日使馆里，办什么商业上的外交，也被那许多乱兵，将他冤冤枉枉，送在阴曹地府里去了。

比时日使花房，总算不该受这番惊骇，他正在金宏集府里飞觞觅醉。

忽听阍人报告飞虎营攻打日使馆，他也不知原故，只吓得瑟瑟作抖，恨不能哀求金宏集救命，那里还敢开怀畅饮咧！其实金宏集请他过府饮酒，就有卖功的用意了，迨听了阍人报告，又见花房那般惊慌，便转脸道："这又不知是那个不懂外交亲善的人捣乱，将来这个交涉，又不知是怎样的收场呢。嘻，看事容易做事难，如我当道的时节，就办了这许多外交，真不知费了多少心血。这就是新帝的丰功懋绩。"说着又冷笑了一回，复见花房也不去理会他，便转脸笑道："大使不必害怕，他们都是乌合之众，不能闹成大事的。请暂住敝寓一宵，明日准保护大使脱险。"花房听他这番话，方敢放心坐下。

当夜金宏集照应花房，越发的殷勤小意。次日清晨派人四方打听，才知那捣乱的风潮，业已平息。可巧那日有英国商船过埠东渡，花房便换了一套韩服，乘英国商船，逃回日本国去了。花房逃回日本国，未及朝见天皇，首先就晋谒伊藤博文，将那飞虎营无故攻打领事馆的事儿，详细报告了一遍。伊藤博文便拈胡须笑道："这桩事却是个很好的机会。不过我国那些侨民，很受痛苦的，但他等总算是开国的功民，将来国家的权利，自可重重追奖他。倒是你绝受虚惊。"花房忙接说道："只求国家有利，其他都算不得什么。"伊藤博文笑道："阁下的眼光却很长远，这也是应该如此的。"复又引着花房朝见天皇，伊藤博文代他转奏了一遍。天皇怒道："这是他有意挑衅，此次万不能放松他。"伊藤博文奏道："这正是我国的进行机会，臣等怎敢放松！"当时就保荐井上馨任外交特使，附带要求的条件：第一须赔偿损失五十万元，第二此后领事馆须由日本国自由派兵保护，第三须发给侨民死后的赡养费，第四须派专员赔礼。复又保荐陆军大将大山崖，统兵助威。天皇询问道："此次何不再派麦田春前去咧？"伊藤博文奏道："此次外交，却与前不同，这必须严重交涉，麦田春手腕只能阴谋，却不能强硬，因而此次交涉，非他所能。"天皇听他说得不错，便一一如奏施行。

此时中国大清朝特派驻日的领事黎庶昌，骤然得了这个消息，不觉大吃一惊。暗忖这事与我大清国，很有莫大的关系。像伊藤博文自秉政以来，野心很大，曾有并合亚洲的主义。高丽乃是咱们的属国，他竟敢眇视咱们，直接与高丽交涉，这就是目中没有我大清朝。咱们若不趁此派兵平高丽的内乱，将来高丽非我所有，这东北一带边疆，恐怕要受他蹂躏的。想到这里，越发着慌，便将这种种利害，密报清廷。

那时北洋大臣李鸿章，可巧在丁忧期内，北洋大臣的职务，暂由直隶总督张树声代理，兼理外交内政，一切事务，清帝都与张树声商量。一日清帝接了黎庶昌的密奏本章，当即传召张树声进宫，筹划这番交涉。张树声奏道："黎使所奏甚是。彼伊藤博文居心叵测，臣亦深以为忧。趁其大兵未伐，不如密派海军提督丁汝昌，偕同马建忠，统兵先平高丽内乱，借此示威，也可使他自觉。"清帝颇以为然，当即密使丁汝昌、马建忠二将统兵五千名，驾驶铁甲舰两艘，直向渤海口出发，行抵汉京。

那时日兵尚未运到，丁汝昌、马建忠便向八方打听起衅之由，方知乃是李昰应争权攘政，金宏集等阴谋祸国，牛全忠率队助奸。于是勒令李熙废去李昰应王位，逮捕金宏集全家正法，然后通缉牛全忠。不料牛全忠自那日捣乱后，就奔到金宏集府里，想去邀功求赏。那晓得这时的金宏集，却非求他捣乱时的金宏集了，深藏在府中，给他一个闭门大吉。牛全忠一见大事不妙，转身看飞虎营的兵卒，业已东流西散，不能收束，他便实行那三十六着第一着政策，暗自溜到美国去了。此时丁汝昌通缉，那里有他的影儿咧。于是捉了一百七十名附逆，枭首示众，总算将大乱敉平，归国覆命。

谁知丁汝昌去不多日，井上馨又与大山崖统兵前来问罪。可怜李熙本是一个懦弱无能之辈，如今一再经此风潮，早吓得不知如何是好。闵后办事虽很英敏，然对于这等纠缠的外交，却也没有了主意。暗忖一国之风潮，已经受不住，若再加一国的交涉，越发为难了。因而井上馨前来交涉，她也不敢向清廷呼救，只好允许赔偿他损失经费五十万元，允许他自由在领事馆附近驻兵，又允许专使赔罪。交涉停当，无奈那赔款一时无出，于是外务部大臣李完用，再四与井上馨商量，作为借款另立条约，息金以三分计算，指奎山作为抵押品。高丽的土地权，从此就渐入日本人的掌握中了。井上馨、大山崖二使，心满意足，接着就另派竹节太郎任驻韩领事，又分留三千兵驻扎汉京，这才班师归国。不多几日，李熙果派金玉钧任赔罪的专使，直向东京而去。

接说韩国受了这番外交上的激刺，那些人民，虽然痛刺入骨，无奈各人的力量太薄，都是敢怒而不敢言。如那一朝人王地主李熙，那平日就不知什么叫做焦虑的，依然是浑浑噩噩，混着再说。倒是闵后受了这一番苦痛，终日愁闷，不展眉头。这日她实在忍耐不住，便向李熙启奏道："此次外交失败，我主可知乃是韩国莫大的辱点么？"李熙道："事过境迁,何必再去说他咧。"闵后奏道:"此番若再不图治,将来国家的损失,恐还不止于此的。"李熙不耐烦道:"朕也不明白,什么叫做图治,爱卿你就代朕施行罢。"闵后见事儿说不明白,也就不再接奏,果然奉命代理行政。不久就兴办教育,各道设立学校。又因保守治安,创设警察,将飞虎营改做陆军筹备处,火药局改做工程局。接次什么审判厅、咨议院、蚕桑局、官银行等等,继续进行。一时朝市中哄传,都赞闵后是女中豪杰,那朝市中各种政事,也就焕然一新了。

暂且慢言,再说那赔罪专使的行动。若说"专使"两字,本是最荣幸的头衔,但是充任了赔罪的专使,那一种羞辱,再也没有比较他强胜了。幸而是金玉钧充任,他本是金宏集一流人物,早就不知什么叫做羞耻,一路上遭人的白眼,受人的冷气,若是少知羞耻的人,对着这般景况,早就奋身跳入黄海,怎还有面目去见天皇呢。金玉钧非但没有这种感想,并且受命之后,反欣欣自荣,自以为做了君王的代表,比较摄政只低一级,将来归国献功,那总理百揆的大宰相,还不是操在掌握之中吗?再说他还有一种隐情,总想秘密联络日本的外交家,暗给金宏集报仇雪忿咧。

于是他到了东京,晋谒天皇,行罢了赔罪的大礼,就在驿馆里安息了几天,瞻仰异国的风光,早就将故土忘坏[怀]了。长天短日,就在伊藤博文、井上馨等左右,联络感情。若论伊藤、井上两人的气焰,此时对着赔罪的使臣,本可置之不顾,不屑下交,只因未来的利益很多,也就落得与他亲热亲热。闲话的时候,就劝他归国效法日本,力求维新,又劝他独立自主,与中国脱离附属的关系,并且劝他实行与日本亲善,日本可以随时辅助他的金钱军火,以及兵队等项。金玉钧见他这般优待,喜出望外,暗忖金宏集死后的怨气,我可以替代他报复定了。接着又与伊藤博文密约了许多条件,方束装归国。

直待回到汉京,见闵后的一番新政,已渐次成立。此时清廷因知李熙与日本国私订条约,又派陆军提督吴长庆,率同委员袁世凯,统带三千人马常驻汉京。闵后深明大义,又竭力与清廷联络。金玉钧归国一看,朝政大变,不由得暗自吃惊,大失所望。但是那一种奸谋,总不甘心放弃,便结合他旧有的私党朴永孝、郑秉夏、赵义渊、禹范善、李东鸿、李万来、李臣孝、权荣镇等,组合了一个亲日团体。同时闵后的一班臣僚,平日倾向清廷的,如闵泳翊、闵泳骏、寇儒臣,亲王李应佐、李应藩等，也组合了一个亲清的团体。一方面恃仗外交，一方恃仗皇后；一方面借着日兵示威，一方面借着清兵助势；一方面在朝，一方面在野；一方面明做，一方面暗行。这两党成立之后，可怜一个高丽国，就从此多事了。

　　这日，金玉钧正在私邸里筹他等亲日派的进行方法，忽见阍人递上一简，乃是日本领事官竹节太郎寄来的。拆阅一回，乃是竹节太郎邀他去，有秘密的外交商议。金玉钧如奉了丹诏纶音，怎敢怠慢，忙着换了一套礼服，直向领事馆里走去。与竹节太郎相见之后，各自入座，竹节太郎便问道："你们进行的计划如何咧？"金玉钧皱着眉头道："计划是早已周备，无奈时机太不顺手。"竹节太郎笑道："英雄造时事，何尝管什么顺手不顺手咧。闵氏当道，献媚清廷，不图独立自强，紊乱国政，此害不除，终非你等之福。眼见吴长庆等，屯拥重兵，大有监国之意。昨天敝国伊藤相曾密简询问，并嘱我派兵援助，如足下等再不进行，敝国却要自由行动了。"金玉钧道："果然大使能派兵援助，咱们是决计进行，先杀闵氏兄弟，然后逼新帝废后，驱逐清兵。"竹节太郎大喜道："就是这等办法。你快去要约同志，我即刻就下动员令。"金玉钧忙辞竹节太郎出府，便与朴永孝等集合密议了一会，然后会合日兵三千众，直往皇宫奔去。一时哄动全城，又不知闹出什么祸事，于是妻啼子哭，大众如丧家之犬一般。也有关门闭户的，也有东逃西窜的，闹得风雨满城。

　　再说金玉钧等会合日兵，直扑到皇宫，恰好闵泳翊、闵泳骏散朝出宫，冤家路儿窄，正碰了一个满怀，早被金玉钧瞅着，大声连嚷"杀贼"，可怜他兄弟二人，瞥眼之间，就死在乱刀之下。风声传到宫里，吓得李熙早已三魂荡荡七魄悠悠，出离了躯壳，呆坐在一旁，眼泪如串珠般直洒。闵后虽听说他的手足，都丧在乱刀之下，此时也顾不得伤感，也吓得坐在一旁发怔。幸喜亲王李应藩处事敏捷，突闻此等凶耗，也不进宫去护驾，一直飞奔到吴长庆辕门，颁兵求救。好个吴长庆军门，不少怠慢，奋勇当先，点齐了全军人马，拔队进攻。迨到了皇宫前面，见金玉钧等正率领日兵攻击宫门，十分紧急的时候，吴长庆便下令开火，一时就与日兵交战起来。硝烟弹雨之中，两军乱战了半日，日兵渐不能支，竹节太郎便率领残军，直向仁川海岸败去。吴长庆的大军，把他逐出汉京，眼见他等东逃西散，也就不再穷追，拔队进城。

那时皇宫左右，战后余腥，一堆一堆的白骨磷磷，一团一团的赤血片片，真使人惨不忍睹。吴长庆忙着收拾了战后的惨劫，一面安民平市，一面飞奏清廷，一面派人逮捕金玉钧的家属正法。八方搜捕，可巧把个作乱的正凶金玉钧脱网了。原来清日两军交战的时节，金玉钧正率领几个同志，已进了宫门，直向后宫去谋害闵后。谁知宫外传来消息，说日兵已被吴长庆打得大败而逃。金玉钧大骇，忙调转身儿，也不敢再与闵后去作对，就从侧门溜出宫外，先一步就向海岸逃去。到了仁川海岸，再看他同谋的志士早已不见一个影儿，也不知是被乱兵冲散，或是杀害，也不知是畏罪先逃。举目见烟水茫茫，海天寥阔，忽良心里面，发了一线光明，不因不由，洒了几点眼泪道："我乃是钟鸣鼎食之家，何必闹得这般痛苦咧！倾家破产，无家可归，想这时我的慈母娇妻弱子，业已上了断头台，做刀下鬼了。嘻，我就是千刀万剐，也是咎由自取的。但是我那个慈母娇妻弱子，何故这般血酸魂痛咧！我如今已是无国无家一个游萍，就活在世间上，又有什么乐趣。我如今才知道世间上最痛楚的莫如我，我如今才知道世间上痛楚的事，都是自己去寻找的，我如今又何必再向痛楚里寻找去呢？"想着，忽见那大海之中，滔滔翻起来的浪花，幻出许多冤魂厉鬼，奔向他索命。那风卷云涌的涛声，都向着他呼"国贼"。逼得金玉钧分外恐惧，便将牙龈咬定，奋身就想钻入龙宫，去做那龟丞相鳖大夫。

正要投水的时节，忽身后一人捉住他的手腕道："金大人，你害得我好寻呀！"金玉钧骤觉有人捉住他的手腕，大吃一惊，急转身来一看，原来是日使馆里的一个翻译官，叫做松井，他才放心喘了一口气。松井问道："金大人，你在这海岸上闲逛些什么？"金玉钧便将脑袋摇了几摇道："嘻，事儿闹到这般地位，我也没有的说了。如今似我这等人，无国无家，无权无势，还活着做什么咧。不瞒你说罢，你快些不必拦阻我，我是不愿活在世间上的人了。"松井大笑道："金大人你这句话说得大错。天下事不可以成败论英雄，只要有一个人，还怕把不着权势吗？若说家国，分外没有关系了。天下之大，何处不能存身，何处不能做事呢？若有国家拘束着，还不能自由咧。我看金大人，这正是你做事的机会。"金玉钧听他说得很离奇，转脸问道："这是一句什么话？"松井道："往日大人还有一个家属累着，如今脱然无累，越发能够做事。再说敝国这一次交涉，必定不肯罢休的，你何妨到敝国走一趟，咱们那伊藤丞相，款待人是宽厚的，如大人前去，还不奉为上宾吗？你还愁没有报复的日子吗？"金玉钧听他这番解说，心坎里渐渐有几分活动了，那想奔往水晶宫的心事，转而又想进伊藤博文的相府。默忖了片刻道："闹得这般破败决裂，总有些难为情罢！"松井道："这算得什么事！现在你就是死了，也是白死的，谁说你是为国尽忠、为子尽孝的。就是说你为国尽忠、为子尽孝，那也不过是书呆子的作为，与你的实权实利，又有什么利益咧。"金玉钧忽地被这句话提醒，顿时转过笑脸道："果真伊藤丞相好客，我只好跟着你去走一遭罢。"说毕便随着松井寻了一个避静所在，周身换了日本人的装饰，直待东渡商船入港，二人就连袂而去。

　　行抵东京，先去寻访了竹节太郎，然后晋谒伊藤博文。此时伊藤博文见了金玉钧，果然十分的优待，并用一番极柔媚的话儿，劝慰金玉钧道："足下也不必焦虑，大丈夫百折不磨，何患无复仇的时候。如今可在我国休息几年，一切的事，我总给你设法，包管你总有吐气的日子。"金玉钧千谢万谢才辞出相府。不多几日，伊藤博文就将他安插一个所在，每月津贴他二百元，还赏他两个唇红齿白的下女。金玉钧从此就沉醉在温柔乡，不知天日，无形中就占得亡国奴的优先权了。欲知后事如何，且听下回分解。

第五回

龙虎岭父子脱险　仁义村兄弟出亡

　　话说竹节太郎，被吴长庆打得丢盔卸甲而逃，拖带着些残兵败将，奔回东京，就在天皇御案前哭诉了一场。天皇见事儿业已失败，除继续兴师之外，别无他法挽回，便好言安慰了竹节太郎一番，然后密召伊藤博文进宫，筹划兴师问罪的事。伊藤博文忙奏道："此次交涉很难，清将吴长庆奋勇过人，不可轻视。倘若此次再失败，非但关系外交，恐我国还要蒙不可思议的大辱。以臣之见，不如舍忍几时，养精蓄锐，俟他国有可乘之隙，一鼓而攻，受那最后之采，那享受的权利分外加厚咧！"天皇道："那赔偿损失的经费，也可牺牲么？"伊藤博文奏道："想要谋日后的大权，不得不牺牲眼前的微利。"天皇道："领事一席如何呢？"伊藤博

文奏道："竹节太郎当然不能继续就职，可派井上馨去代理职权，将此次的交涉，不必提及。我国若不提出条件，臣量彼必不敢向我为难。只是闵后主政，实与我国进行，大有妨碍，将来必先除此大害，方可进行。"天皇默忖道："如卿所奏，再设法进行罢。"当时下了一道圣旨，特任井上馨驻韩大使，对于那战争上的事，果然一字不提。

再说李熙与闵后二人，无端受了这一场惊吓，对着吴长庆这番战功，自然是铭心刻骨的感激。然转脸望着日本国，又不觉各捏冷汗，都想这番交涉的条件，不知又要损失了几千万呢。待井上馨就职的时节，将那战争交涉的事儿，一字不提，彼此都喜出望外，还存了一种妄念道，想必他是畏难而止，那晓得伊藤博文是志在远大呢。于是闵后抖擞精神，益发大胆襄理国政。那亲清派的文武群僚，也都昂然自得；那亲日派的蛇神牛鬼，那里再敢出头；就是城市中的人民，也都默默的颂太平万岁了。

国事蜩螗，多说恐阅者读之，闷闷不乐，今从一村一邑，夹叙高丽社会的景况。

距离汉京约二十余里，有一村庄，名为安家镇。镇内有一位老先生，名唤安悦生，乃是个读书君子，苦守一生，不好多事的。娶妻张氏，就是那云在霄的表妹。夫妇都有四十余岁，膝下只有一个儿子，取名重根，真是生得头角峥嵘，气宇英隽。老夫妇爱惜这一团活宝，好似连城之璧、不夜之珠，这也是人之恒情，不必细说。那安悦生见这两次兵燹之后，时时的暗自挥泪，总说是韩国不长，要丧在一般权奸之手。每想挺身直谏，无奈自己是一介平民，不能够参与政事。然他那一颗爱国心，真没有一时半刻安逸，长天短日的淌眼泪。有时张氏劝他，他便叹道："你晓得什么！我们这一个韩国，眼见是快要送给别人了。嗐，世间最苦的是小百姓。想那一国的好河山好物产，都是那国小百姓们公共所有的，忽被几个少数的奸人，霸占在手里，已使咱们有苦无处诉了。如今他等还想将这个国土，送给外人，兑换他等自己的利益，咱们小百姓睡在大梦之中，已做了他们的礼物。害得咱们有嘴不敢说，有手不敢动，白白的快要给别人做牛做马。夫人你想一想罢，世间上最苦的动物，还有比咱们更狠的么？"张氏劝道："听说闵后襄理朝政，很英明的。你也不必这般焦虑，我看'亡国'两个字，一时还说不到的。"安悦生便将脸色沉着道："亡国不亡国，乃是咱们小百姓各人的责任，何必靠着闵后。现在咱们小百姓，都不明白自己振作，只靠着闵后一人，就是闵后万能，也不易撑持这个大厦的。况且闵后越肯忠心护国，越遭奸人之忌，我看她个人的生命，还恐不能保全长久呢。"张氏又劝道："你我夫妇已四五十岁的人，打量这等熬煎日子，也过不长久的，我劝你还是不必多愁罢。"安悦生不悦道："你这说的是什么话？就是咱们死去，难道咱们的儿孙，就不是韩国的百姓么？"

其时安重根已九岁，正从房外走进来，骤见他父母，都皱着眉头，他便笑嘻嘻的，一头栽到他父亲怀里道："阿爷阿妈，又是什么事，做出这个样儿，叫我看着怪难受的。"安悦生道："你们小孩子懂得什么。"安重根道："阿爷不要这般说。儿子如何不懂得咧，不过儿子还未到那个时候，儿子若是长大成人，自然有法儿处治他们的。"安悦生听说大喜道："你晓得什么，可说来给我听听。"安重根道："我只要自己明白就是了，何必挂在嘴巴上常说咧！这些事说来也是无益的，我只晓得将相本无种，男儿当自强。我将来做事的时候，问心不欺天地鬼神，还怕什么为难的事儿办不到，何必的发愁！"又叫道："好阿爷好阿妈，你老还是放宽了心，休养休养罢。"安悦生顿时笑展眉头道："好好，如今我有了你这个儿子，我不愁了，我不愁了。嘻，我惟愿你将来果真这般去做人，我更惟愿我们韩国的小百姓，个个都是你这等的思想，我俩夫妇就是死了，也是笑得合不拢嘴的。"说罢，又抚摸着安重根的脸儿，狂笑了一阵。老夫妇二人，顿释愁怀。

不觉又过了几天，那汉京内外，谣言四起。有的说日本国又调来大军，想并吞韩国；有的说吴军门，被清朝大皇帝调回去了；又有人说，那亲日党还要寻着闵后捣乱咧。风风雨雨，闹得鸡犬不宁。安悦生便与张氏商量道："是非之地，不可久居。眼看这人心惶惶，必定还要遭大劫，咱们不如投奔云在霄表兄，暂避几天风浪。好歹他的手下，还有许多兵将，咱们虽不说去保国，总能够保身的。"张氏也然其说。便将家中一切粗笨器具，交给家丁安祥掌管，复又将细软行囊，收拾停当，携带家丁安富、儿子安重根，一直奔往平壤，投奔云在霄去了。

车马风尘，那有闲心去赏道旁的桃红柳绿。晓行夜宿，业已行了三天，这日走到龙虎岭之下。张氏带着安重根，坐在车上前行，安悦生跨马随后，安富挑着一担行李，紧随在马侧。此时安悦生骑在马上，见迎面山势巍峨，那一带松林，乌浓浓的含烟结雾，兜着一林的北风，瑟瑟如吼，加着赤日已被游云所蔽，黄沙障天，那一团杀气，真使人对着不寒而栗。安悦生忙勒住马头，向身旁的车夫马卒说道："前面道路很险，恐有歹人暗藏着剪路，大家要小心些进行。"大众还未答应一个"是"字，忽听松林内，砰然一声，冒出一股白烟。安悦生忙说道："不好不好。"正要勒转马头，向回路走去，那松林内早拥出十来个莽汉，身条虽不高大，形像却很凶恶，也有长枪，也有短刀，也有木棒，各人掮在手里，同围着安悦生等道："搜搜搜。快些献上来，饶你等一条性命！"这时那些车夫马卒，以及张氏、安富等，业已吓得脸如土色，两脚早不能随着自己主张，那里还敢答话！安悦生也知这时没有理说了，便捺着性儿道："我们是行路的人，那里有什么财帛咧。"为首一人道："你们都不是好人，若不给你尝尝滋味儿，你等是不知道利害的。"说时一棒扫来，将安悦生打跌在马下。这一旁怒恼了安重根，一撅劣站起身，埋头碰过去道："你们这些小鬼，也敢在这里逞强吗？"那些莽汉，忽见这一个小孩儿，说出这两句大胆话，大众都将安悦生扔在一旁，笑捉住安重根两臂道："你这个小孩子，敢有这大的胆量。你可知咱们都是些什么人？"安重根依然挺身骂道："你们都是些不知自爱的强盗。"那强盗伙中，忽出来一人道："原来你这个小孩子看错人了。老实对你说罢，咱们都是大日本的军国民。"安重根不待他说完，早气得两眼发直道："你们大日本的军国民，就是这般的行动！"那莽汉笑道："此乃是军人的天职。这算得什么，将来你们的国土，还要双手捧着，送给咱们呢。"安重根听着，越发愤怒。正要与他拼命，忽听路旁山峡中，奔出一枝人马，足有一二十人，大嚷着奔来。为首一个少年，乃是武装打扮。头扎一顶黑纱巾，足蹬一双战履，短衣窄袖，慓悍绝伦。手端一只乌枪，身跨一匹赤骝马。后拥二十余人，直奔前来。张氏一见身陷在贼围，安悦生已躺在马下，吁吁喘气，其余的人，都吓得如陈死人，忽又添了强人奔来，暗自叫苦道："这一定是没有活命了。"复又听那少年嚷道："什么强人，胆敢在这里剪路？"不觉喜出望外，已知是救星来了，忙拼命的大喊救命。那少年率领人众奔来，这一群东洋强盗，也知大事不妙，忙扔了安重根，就与那少年等战斗起来。按这群强盗，本是竹节太郎麾下，在宫门前打败下来的残兵，怎是那班少年英雄的对手。所谓惊弓之鸟、漏网之鱼，未战早就有几分害怕。因而交手不久，被那些少年英雄，打得落花流水。腿快的抱着脑袋逃走了，那短命的，都死在枪棒之下。

大战安靖，天近黄昏。那少年忙近前来，询问安悦生的原故。这时安悦生已恢复原状，领着家属人等，叩谢那少年，又将他避难遇贼的原委，略叙了一遍。接着又叩问那少年姓氏。原来那少年姓侯名弼，表字元首，自幼父母双亡，只有一个胞兄，单名一个佐字，外号元良。兄弟二人，自幼读书习剑，真是文有安邦之才，武有定国之艺。胸罗锦绣，生不逢辰。也因恨宵小争权，不愿问世，就隐居这龙虎岭左境仁义村里，务农为业。闲间就召集远近的村民练武，时常在龙虎岭前后打猎，以游戏为名，实则是提倡尚武精神，为保护地方而组。这日也是安悦生等活该遇着救星，当他等急难之时，正是侯弼整队野猎之际，因而巧遇着了。侯弼听了安悦生这番话，分外气得心痛，转悔不该放走那几个腿快的。掉脸招呼众村民，将那些打死的尸骸，掩埋在松林之内。复又向安悦生等说道："寒舍距此不远，不如且到寒舍宽住几天，再向前去罢。"安悦生见天色将晚，左右又无村店，也就不与他客气，道："这就越发的心感莫铭了。"

大众遂同向仁义村奔去。进了侯家的村院，安悦生又与侯氏兄弟，重行了相见大礼，然后又将避难遇贼逢救等事，向着侯佐复叙一遍，重行谢礼，方各自归坐。那侯佐却也是一个豪爽人，生平最爱济人之困，解人之围的，加着安悦生又是一个读书君子，故彼此一谈，就情投意合了。这一夜他三人直谈到夜色苍茫，隔邻鸡唱，方各就枕。次日清晨，安悦生就想告辞登程，侯氏兄弟都有些依依不舍。可巧天也有情，刮了一夜的东北风，直到天明的时节，即萧萧瑟瑟下了一把留客雨。安悦生此时，虽然急想就道，恨不能一翅飞到云在霄营里才好。无奈侯氏兄弟殷殷的挽留，加着漫天下了这一把留客雨，也就不便坚却，不觉又混了[几日]，彼此的友情，谈得益密。说来可也奇怪，侯氏兄弟都爱上了安重根，盘桓了五天，真是无时无刻，不将安重根的模样儿，深印在脑壳里，仿佛安重根一言一笑一举一动，莫不都有奇男子大丈夫的气概。安重根却也古怪，他虽然是一个小孩儿，但是他这时心里，忖想着自他眼光里所见的人，只有侯氏兄弟，尚有做人的模样，若要他说出如何的好处，他也说不出来。因而他自觉一身之外，除了亲生的父母，只有侯氏兄弟二人。此时不但侯氏兄弟，离不了安重根，就是安重根，也好像不愿离侯氏兄弟的。

又过了两天，安悦生偕领眷属，告辞登程。侯氏兄弟苦留不住，只好特派四个乡人护送前去。临行的时节，侯氏兄弟又送了安悦生许多乡礼，安悦生也不便推辞，只好留下。分袂的时节，各人都洒了几点别离泪。安重根忽从项下，解了那所佩的一个玉如意，赠给侯氏兄弟道："此非敬礼，乃因两位叔叔爱待之隆，特留此作为后会的纪念，并希望两位叔叔，从此杀贼立功，处处如意。然而此物虽微，乃是小侄贴身之物，谨赠叔叔，也可表白小侄推崇之诚了。"侯佐道："这如何能受。"安悦生听他的儿子这番话，也自觉高兴起来，忙插说道："两位叔叔若是不纳，这就是不爱我家重根了。"侯弼忙说道："既是老侄这一番好意，咱们也不必推辞。"复从怀里掏出一把利刃，宝气生寒，灼灼夺目，还赠安重根道："这也是我兄弟常佩之器，还赠老侄作一个纪念罢。"安悦生与张氏二人，正想推辞，安重根一把将利刃拿在手里，跳着笑道："我有这一把利刃，就好杀东洋小鬼了。"说罢，也不道谢，就将利刃向腰里一塞，得意非常。安悦生夫妇因爱子心切，见他的动作很古怪，也就不去拦阻。

他分别之后，不多几日，就赶到平壤，与云在霄见面，那一番亲热的景况，不再赘言。次日打发那四个乡人回仁义村，又重重的送了一份谢礼。从此云在霄就留安悦生教授他兄弟云在岫的文学，安悦生也顺代〔带〕自课他的安重根，倒也不十分寂寞。

再说那竹节太郎所统辖的那许多残兵，自被吴长庆打得东逃西散，兔走乌飞，死的血肉横飞，那活的也险些要做了饿莩，因此就有许多残兵，做了绿林中的好汉啦。如龙虎岭下那一伙强盗，也就是这其中所变的。那日藏在松林里面，远远见着安悦生等车儿马儿的，直奔前来，都喜这几只肥羊，已是咱们的口中食了。谁知他正在耀武扬威时节，突然来了那不做美的侯弼，与他恶战一场，打得他水流卸。此时逃走了五人，当那天近黄昏时候，各向松林里一钻，逃出了罗网。直待侯弼邀着安悦生去后，浪静风平，他等复又团聚在一处，就在松林里面，开了一个露天会议。为首的二人说道："这一群小崽子，倒很厉害的。想不到他们韩国人，还有这样的少年，我们却不可善让他。若是这等善让他，他等的威风更足，我们又何必来谋他国土咧。"次席说道："这事还须赶快打主意，不然他等报告官府，说咱们拦路打劫，那时就很难分辨了。"三席说道："主意却很好想的，只是这为首的小崽子是谁，咱们也得打听了他的姓名，才好交涉。"五席道："我曾瞥见了一眼，他是仁义村的首户，叫做侯弼，他还有一个胞兄侯佐，听说很有钱的。"四席说道："有钱就更好打主意了，就说他是啸聚山林，窝藏贼盗。咱们都是行路的商人，钱财行囊货物，被他抢去不算，还杀死同行七人，还怕那些外交官吏，不定他一个死罪，赔偿咱们几十万元。"各人听说大喜，同声赞道："此计最妙！此计最妙！咱们就是这样进行罢！"那为首的又说道："我看还要调查确实才好。"四席说道："这些儿小事，何必调查，究是冤死他几个人，也算不得什么大事。"为首的说道："我并非调查他冤枉不冤枉，乃是调查仁义村里有无侯氏兄弟二人，侯氏兄弟可是有钱的富户。咱们究竟在这里不多日，倘若闹错了，岂不是一个大笑话么。"大众听他说得有理，也就赞成他这条议案道："好在早迟他等总死在咱们手里，也不急在这两天，还是调查一回妥贴些。"议罢，各自寻了一个古庙中，安身去了。

又隔了几天，调查清白，于是一同奔到黄海道交涉局里。那里任交涉局长的，叫做任忠，他乃是朴永孝的外甥，纯粹一个亲日派。平日见金宏集、金玉钧所谋的事失败，他还窃笑二金的手腕太差，自恨官卑职小，不能当权，不然他就早做张松第二了。一日他接了那五个日本兵的报告，暗庆这乃是我指日高升的机会，当即派了两个公差，叫做刘兴、陈泰，星夜赶到仁义村，逮捕侯氏兄弟。这时侯氏兄弟刚送罢安氏一家去后，各自正咀嚼那别离的滋味，那知道大祸快要临身咧！阅者看到此处，必定要抛书长叹道："天下事，好人真做不得！"侯氏兄弟若不路见不平，做这一场好人，何至于混上啸聚山林、窝藏贼盗的头衔，眼见就要生命不保咧！要晓得侯氏兄弟，若不遭这番折磨，必不肯高飞远走。来日的英雄豪杰，又不能大聚会了，实则暗中还有人保护他呢。欲知后事如何，且听下回分解。

第六回

破奸计直劝良朋　设逆谋巧赚表弟

话说那交涉局长任忠，得了这五个乱兵报告，一见是大日本国的交涉，他心坎里早闹得半惊半喜。若问他惊的什么缘故，喜的又是什么缘故咧，这其中却非一言所能说得透彻。要晓得他惊的原故，是因为又惹着日本人的交涉，将来国家人民又不知要受许多的损失，复又想到"亲日派"三个字，接着又想到朴永孝，不觉暗喜道："这不是我加官晋爵的好机会吗？我何不趁此结交几个外国人实行我平日的主义？什么国家，什么人民，我又何必管那些闲事？"想到这里，眉头一皱，计上心来，便满脸堆着笑容道："诸位先生，不必着急，请暂在敝局小住几天，下官深知贵国人民，不是无赖之辈，这必定是敝国的人民不法，下官就去缉拿严办，下官就去缉拿严办。"那五个日本浪人，见任忠百般孝顺，便进前一步说道："这等事，不是'严办'两个字，能够马糊了结的。可知咱们来你等国里行商，并非是来图谋利益的，乃是来给你等维持市面，开通风气的。如今你们不知感谢，反加残害，已是不顾邦交，咱们也没有什么法律上的谈判。好在咱们的生命也损失不少，金钱也损失不少，你若能有相当的赔偿，咱们或可从感情上了结。不然，咱们只好回国诉诸武力了。若说贵国的法律，实在不敢相信的。"任忠听他这番话，都是笑里藏刀，越发的惊怕，连连的称说道："是是是，且请诸位先生休息几天，一切事，没有不可遵命的。下官乃是朴永孝外甥，一向都是很钦仰贵国的，将来下官的前程，还希望贵国政府里提拔，怎敢不尽心竭力，给诸位先生办事咧。"那五个日本浪人，听他说乃一个亲日派，大众也就改换了面目，同声说道："既然是一家人，这交涉就不难办了。就是咱们的希望圆满，你也可以少得些须利益的，请你快些办理罢。"

任忠听说大喜，忙收拾了一间特别招待室，将那五个浪人安置妥贴。当即派了刘兴、陈泰，率领八名差役，直奔仁义村，去逮捕侯氏兄弟。

事有凑巧，那交涉局里，有一位管理文件的先生，姓黄，名唤伯雄，为人忠直多谋，也是一个志士。他与侯氏兄弟，乃是总角之交，自幼就在一处玩耍，结拜为异姓兄弟。长成之后，彼此的行为意见都相合，因而交情越觉浓厚。这日那几个浪人，与任忠交涉之际，他以为又惹出什么日本人的交涉，他便暗匿在窗下窃听。忽听到侯氏兄弟啸聚山林、窝藏盗贼等话，暗吃一惊道："侯氏兄弟都是爱国好友的义士，他俩与我都是肝胆之交，怎说他是绿林赤眉之辈咧！"复又听说要逮捕他兄弟二人，接着又说了许多卖国求荣的话，黄伯雄益发暗急道："这必是他俩又有什么事儿，得罪小鬼了。咱们情如手足，却不能看着他吃苦的。"想到这里，也顾不得接听他等密谋，赶忙回到自己房里，将一切文件检点清楚，备了匹赤骝马，飞奔到仁义村。

这时侯氏兄弟，正在遥念着安氏父子，一瞥眼忽见黄伯雄已站在他俩面前，忙着起身让坐道："老大哥你怎得闲来逛逛的？哎呀，你何不早来几天，咱俩新结交一个小朋友，真算得咱们韩国的一个奇士，咱们兄弟真自愧不如。"黄伯雄一倒身，就坐在窗前那张矮榻上，也不听他俩说什么奇士能人，便低着脑袋，喘了一会气，突然问道："我且问你等，这几天，你俩多些什么闲事吗？"侯氏兄弟骤然听他这般询问，彼此相觑，发了半晌怔。侯佐道："咱们兄弟俩，天天坐在家里闲磕牙，并打猎已隔了许多天不去了，那里还管得什么闲事呢！"黄伯雄便将脑袋摇着道："我不相信，你俩再想一会罢。"侯弼道："就说安氏父子的事儿，也隔了许多天，打死几个小鬼，算得什么。"黄伯雄忽地坐起身来问道："究竟因为什么事儿，快说快说。"侯氏兄弟听他询问得很急，已明白惹出祸事来了。侯弼便将前番的事儿，细说了一遍。黄伯雄又问道："那些强盗小鬼，可全体打死了么？"侯弼道："奋斗时间，那能分辨得清白？只是杀贼的时间，仿佛他伙中有十多个人，后来事平，掩埋贼尸，却只有七人，大约漏网了四五人，也说不定。"黄伯雄一撅劣跳将起来，跺脚说道：

"一些儿也不错，就坏在漏网的这几个强盗。"接着就将他在窗下所听的话儿，约略说了一遍，恼得侯氏兄弟气冲牛斗。侯佐便说道："事儿已闹得这个地步，料想就是害怕也怕不了的，我等生长这等国家，早就不准备善终了，何必等他来逮捕。咱们不如点齐庄丁，也还有四五百人，先将他等贼窠捣毁，杀了卖国奴，与那几个小鬼强盗，然后再与他等政府里算账，就是大家拼死了，也死得冠冕。"侯弼拍手赞道："哥哥这话，说得极是，事不宜迟，咱们就是这般做去。"急忙站起身，就要出庄下动员令。黄伯雄忙拦住道："事儿不是这般办的，并非我破坏你俩的义举。你等若是这般做去，必定有损无益。"侯氏兄弟同说道："这等的世界，那能顾得什么损益厉害咧！"黄伯雄忙道："话却不是这般说的。但凡一个人为国捐躯，必先将对于国家的利害看透了，然后方可下手。自己的利害，当然不必去计较的，如今那些小鬼，一再向咱们政府里寻事，尚恐没有好机会，如今你俩因这些儿小事，与他等争斗，眼前的胜利，自然他等不是你等对手，但是最后解决，他等不与咱们说话，又向政府里办交涉，可怜政府里，又没有实力抵抗，免不了又是割地求和，这不是有损无益吗？"侯氏兄弟听他这般说，那一腔奋气，已平了一半下去。侯佐道："如你所说，怎么办咧？"黄伯雄道："若如我之见，两弟暂忍一时忿气，先避这番风波。大丈夫志在远谋，只要我心不死，总有强国的时机，可不必急在这一时片刻。"侯氏兄弟听他这番话，半晌，各洒了几点英雄泪道："不幸生在这个时候，也只好暂忍一时疼痛了。"黄伯雄又催促道："两弟这次避祸，准备向那处藏身呢？"侯佐又想了一会道："我有一个表叔，姓李单名一个正字，现任平壤提法司，也是一个正直之臣。他与十三道提督云在霄，友谊甚厚，安氏父子，又在那里安身，我想兄弟二人去投奔表叔，或者还能够设法救国。"黄伯雄连连点头道："此举甚好。赶忙收拾动身罢，恐怕那两个公差就要来的。"侯氏兄弟被他逼得无奈，只好检点行囊，将家中一切琐碎，托付邻舍照管，然后又将他俩避祸的原因，与同村的父老兄弟说了一遍，大众又代他不平了一会儿，方洒泪辞别而去。

接着黄伯雄也赶回交涉局里去了。直待次日清晨，刘兴、陈泰领着八名差役，奔到仁义村。忽见侯氏的寓所，业已双扉紧闭，阒寂无人，便寻问左右邻舍，方知他兄弟二人，早在云在霄的麾下当差。实则侯氏兄弟，尚在风尘中急急的奔走，邻舍那番应答的话，都是黄伯雄谆谆嘱咐的，彼差役那里晓得这个中秘密咧。刘兴、陈泰二差见左邻右舍，都是这般说，也就不再加疑，率领那八个伙计扫兴而返。任忠见刘陈二人复命，当时就想调兵去抄剿仁义村。复听说侯氏兄弟，都在云在霄麾下，也就倒抽了一口冷气，暗忖日本人虽然不是好惹的，云在霄却也不是好惹的，只好捺住大头，一面去敷衍那几个浪人，一面将这桩案子虚悬着，不结而结。就是那几个浪人，本是想借故生风，敲一笔小小竹杠，填一填眼前的饥荒。后来见任忠十分优待，他衣食居住，都很适意，虽仇人未曾捕到案，他等也落得虚悬着，多过几天快活日子，所以他等也不急急的追人了。

再说那时驻韩的日本领事，乃是井上馨。那井上馨阴谋的手腕，虽然不及伊藤博文，却也没有第二人比较他强的。他这时默睹韩国的政治，日渐隆盛，益非李熙的能力，乃是闵后暗助、维持。他便暗自思忖，若不设法谋害了闵后，日本的势力，在韩国必无发展的地位。加着驻韩的清朝提督吴长庆，又是一员能战的虎将，也算得是日本进行的障碍物。左思右想，便密奏天皇，请派委员设法将清朝拢住，一面他再设法陷害闵后。天皇接了这道奏本，当即密召伊藤博文计议。伊藤博文奏道："釜底抽薪，臣早有此意，无奈使臣的人才，很难物色，既然时势如此，也不能再缓，臣愿密往中国一行，见机而进，决能设法拢住他的。"天皇大喜道："若能得卿一行，这交涉越发好办了。"

伊藤博文谢恩出宫。未隔三日，就奉命往中国而去。怒涛狂浪之中，不多几日，就到了天津商埠。此时李鸿章，业已开复出山，仍任北洋大臣之职。伊藤博文晋谒李鸿章，又将什么维持东亚和平，什么中日亲善的热米汤，一盏一盏向李鸿章嘴巴里直灌，灌得李二先生头昏目眩，自己拿不住主张。渐次谈到韩国，他就引证韩国迭次内乱，如何不能够自治，如何不能够自强，说得天花乱坠，最后就要求日清两国互相派兵援助，彼此立定条约，各自遵守，各自维持。李鸿章听他说得很有条理，便马马糊糊，与他定了一个互相维持的条约，早就将那高丽乃中国附属国，附属国不应受他国保护的事儿忘怀了。其时清帝本不知这其中的利害，一任大丞画了十字，就算将这附属国的利权，白白的送去了一半。所以甲午战后，国人多埋怨李二先生，这也是他有自取之道咧。

那伊藤博文得了这一个条约，心满意足，归国后就此放开手段，拼命的图韩。接说井上馨得了中日条约的消息，越发大胆进行，当日就大开筵宴，将满城的亲日派，都请到了，借说是联络感情，就在领事府里，畅饮了一夕。直待酒阑人散的时候，井上馨便向朴永孝、郑秉夏二人，使了一个眼色，朴郑二人也知他有密事商量，便退后一步。井上馨将诸位宾客送过之后，复将朴郑二人，引到一间议事室里。各自入座，井上馨便咳嗽了两声，将肩头耸了两耸，嘻嘻笑道："今挽留二位大人，并无特别的原故，还是因贵国政治上的关系。你想这几年迭遭内乱，若是政治上略有条理，何至如此咧？敝国的侨民商业，屡次无故的遭殃，真因彼此都是唇齿之邦，不忍心调兵前来交涉的。若是欧美各国，早就调兵打得你们国里，血肉横飞，还不知你等属于何国咧。嘻，这些外交上的事，倒也算不得什么，但是贵国的内政，常此紊乱，终非良策。你们贵国的大皇帝，却是一个有道明君，无奈皇后太好自用了，牝鸡司晨，乃不祥之兆。我看贵国紊乱，就是害在闵后一人身上。若论两兄的宏才，真能够文可安邦，武可定国，若在敝国，早列于五爵之首，怎能让你闲处在草野间咧！并非我说一句不平的话，这全害在闵后一人手里。这与两位大人的得失，却很有限，但是关系一国的盛衰隆替，却狠不小的。两位大人纵不为个人官禄计，也应当为国家存亡计，想个方法，除了这一大害才是。"朴永孝、郑秉夏二人，听他这一番挑拨，真是感激得五体投地。伏在地席上碰了几个头，连声说道："这真是金玉之言，晚生等真心感不尽了。"井上馨便拈着两撇八字胡儿笑道："我这个人是狠尊崇友谊，彼此相交情厚，什么利害事儿，我是都肯直说的，并且还能量力帮助。"朴郑二人听说，越发的钦心。朴永孝接着叹了一声长气道："晚生何尝不知为害，扰乱国政。慢说国事紊乱，应当早除这害物，就是二金失败之仇，我等不能扬眉吐气之恨，也想早一时将他害死，方算得遂心。"郑秉夏道："我也是这样的暗想，无奈大权都掌在他们的私党手里，捆得咱们手无缚鸡之力，怎能进行咧？"井上馨狂笑道："谋事在人。如这等事，也用不着千军万马长枪大戟的攻击他，就是荆轲聂政之流，豫让专诸之辈，匹夫之勇，就能够死他的。"郑秉夏道："法儿却是想得很妙。如这等人，一时又向何处寻找咧？"井上馨笑道："重赏之下，必有勇夫。你若能舍得花钱，自然有人舍得拼命的。"这一句话，猛将朴永孝提醒，一撅劣站起身说道："我有一个人，这个人是千妥万妥的。妙！妙！我就是这个办法，我就是这个办法。"说时将两手直搓，眉毛眼珠儿都笑的生彩。井上馨与郑秉夏二人，见他这般发狂，已知他心坎里早想定了一个刺客。但是这个刺客毕竟是谁，他俩都还夹在闷葫芦里，不能明白。于是四只眼珠儿，觑定他发了一回狂。井上馨忍耐不住，便询问道："你究竟有个什么办法咧？"朴永孝又伸头向左右瞅了几眼，见屋内只有他三人，复又悄声说道："我有一个表弟，叫做霍建修，现在宫门充头等武卫之职。我这桩事，若是托他去办理，岂不是百发百中吗？"井上馨又问道："如今可时常往来，一向可是同志咧？"朴永孝道："往来是自他进宫之后，就很疏淡了。若说到行为上，他虽不是同志，却也不反对咱们宗旨的。"井上馨将脑袋摇着道："不妥，不妥！如今这个年头，父子兄弟尚有异心，亲戚那能说靠得住呢？如他所站的这等地位，确是再好也没有了。我看办这些事，不必用什么感情去笼络，简直公事公办，用金钱去做大炮，没有轰不动他心的。"郑秉夏道："这话说得不错。咱们既然办大事，也不惜这几个金钱，还是与你们令亲说明白妥当些。"朴永孝便将眉头一皱，尚未开口，井上馨已明白他的心事，忙说道："你尽管大胆去商量。若金钱不能凑手，我拼命也得给你设法，并非我有野心，实在咱们朋友的关系，这时若不帮忙，还到什么时候帮忙呢？"朴永孝忙展开眉头大喜道："果能蒙你老人家金钱上帮助，这事就不怕不成了。"谈着说着，业已夜阑，朴郑二人方告辞返寓。

　　次日清晨，朴永孝忙奔到霍建修私邸。可巧这日正请了一天病假，躺在家里休息，忽然门丁报道："朴表老爷来了。"霍建修顿吃一惊，暗忖朴永孝他与我虽是表兄弟，但是许久不通往来的，听说他业已入了亲日党，这早来访我，必定有鬼谋。正想招呼门丁挡驾，忽见门帘儿一闪，他那可憎的老表兄，业已闯进房门。霍建修满肚皮不乐意，只好改了一个笑容，勉强去敷衍他，便迎着彼此入了座。朴永孝道："老弟，咱俩好久不见了。我总想时常来看看你，并非我的事忙，实在恐怕你的事多，没有闲暇。好在我又是闲着，平常最不会势利的，想老弟也可以原谅。"霍建修笑道："老大哥你这句话可真说外了，我乃是你的表弟，应当我时时到尊府请安，才是道理，怎能说见怪老大哥呢？"二人又虚套了一会，渐渐谈到国事上。霍建修早知他是一个亲日派，便不好在他的面前，夸奖闵后的贤能。当时改换了一种口气，长叹了一声道："嗐，如今国事不谈也罢，闹得不男不女的，也不知是一套什么把戏。还是老大哥有先见之明，不问朝事，倒也享受得些须山林的真正乐趣。如小弟天天做一条看门狗，眼见许多不平正的事，若直说又没有那说话的资格，若是不说，实在心坎里闷得有些难受。似这等说不出来的苦味儿，还不知尝到那一天才出头咧！我若不是被妻孥儿女许多官亲官眷拖累着，我早就甩开穷忙，奔回家吃老米饭去了。"霍建修洋洋洒洒，发了这一篇大议论，一半虽是随嘴敷衍他老表儿，一半却也是他自己的牢骚话。因为跟着新帝辛苦了几年，与他同时的朋友，都直上青云，心满意足，只有他还是一个把门大将军，所以心坎里总有抱屈，不因不由的就发泄出来。但是听到朴永孝的耳朵眼里，就简直当他是一种肺腑之言，听着也不知怎样的快活，暗忖我何不趁此打动他，不难钻进我的圈套。欲知朴永孝如何去打动他，且听下回分解。

第七回

卖国奴谋杀闵后　　昧心贼舞弄韩王

话说朴永孝听了霍建修那番话，顿时跳起来笑道："老弟，你可是说的真心话么？"霍建修见他骤然跳起来，业已吃了一惊，复又听他问了这句没头没尾的话，越发闹得不清白，便接着说道："咦，老大哥，你这句话问得真稀奇，我几时说过假话的？我生来就是一条直肠子，不知什么叫做假话，难道对着老大哥说话，还要改换我的本性么？"朴永孝笑道："你果然有这一团真意，我敢向你夸句嘴，管保你立时就能够升官发财。"霍建修听说"升官发财"四个字，也就将最初厌恶他的念头忘怀了，不觉眼底一清，精神顿振，好像周身也不疲倦，笑着说道："我早就算就老大哥多日不来，忽地今天光临，必定有什么喜信见示的，果然小弟能够升官发财，真是生当衔环，死当结草，就感谢老大哥不尽了。"复问道："不知是什么事儿，可能够告知一二咧？"朴永孝见他急急的询问原故，已知他的心有些儿活动了，但是心里总不敢直说出来，恐怕临时变卦，反弄巧成拙。于是左思右想，疑难了半晌，突然询问道："老弟，我先请问你一两个困难问题。譬如咱们这个国家已亡了，你持如何的态度咧？"霍建修想了片刻道："这国家也不是我一个人的私产，果真大家都情愿亡国，我又何必不情愿咧。"朴永孝道："譬如别人杀了咱们的大皇帝，或是皇后，你又持如何态度咧？"霍建修道："国家都能够情愿亡，这皇帝皇后，又有什么不情愿牺牲？"朴永孝忽将两眼觑定霍建修道："譬如别人使金钱买你做刺客，你便如何咧？"霍建修忽听这句话，脸色顿时变作灰白色，半晌言说道："这个么，也要量代价的厚薄。"朴永孝顿时将脸色沉下来，一把封着霍建修的领口，冷笑了两声道："好得很，好得很，这该被我探听着了。咱们到皇宫里说理去，看你有多大的威风。"说时拖着霍建修就走，霍建修被他这一吓，心坎里倒有些忐忑不安，便哭丧着脸儿说道："这不过是一句玩笑话，老大哥你就是这样的保举我么？就是将我问了罪，你又有什么好处？若说升官发财，用不着我给你做垫子，你们亲日派的势力很大，将来还怕没有官做，没有财发吗？"朴永孝这才止住脚步儿，狠狠的说道："你若求我，不与你为难，但是我有一种交换，须要求你助我一臂。"霍建修道："你快些说罢，我总是能够遵命的。"朴永孝便将眉头竖起道："就是要你去做刺客。"霍建修顿吃一惊道："那有这一桩事儿？你少要闹玩笑罢。"朴永孝道："谁与你闹玩笑，你若情愿，咱们就设法进行，那升官发财等事儿，管保你如愿；你若不情愿，我也不能勉强你。"说时又去封霍建修的领口道："咱们还是到宫里去说理罢。"霍建修实在被他闹得无法道："你何必这般性急咧？到底是一桩什么事儿，刺杀的是谁，手续上应当如何的进行，咱们也得研究研究。怎能不分青红皂白，就这般进行咧？"朴永孝道："这些还是第二步的计划，如今第一步须解决你肯与不肯的问题。"霍建修听说，又默忖了许久，方决然说道："无论什么事，我都可办。只是我办了这桩事儿，乃是牺牲一切去冒险的，倘若事儿失败了，应如何设法养我的家？事儿侥幸成功了，应如何的奖酬？我只求比较做看门狗胜些，我就是牺牲了性命，也是情愿的。"朴永孝大喜道："这都容易办理。倘若事败，我筹十万元给你养家；若是成功，必加谢你一个爵位。你可情愿么？"霍建修想了片刻道："这就没有问题了。但是未进行之先，须双方立一个合同，还要请你筹二万元的安家费。并非我不相信你老大哥，这也是手续上关系。"朴永孝又想道："筹二万元的安家费，却不甚难。只是这合同的手续，我看可以从缓。"霍建修正明白他的心理，忙说道："你莫要不放心，我决不拿你这个合同去邀功的。你真不相信，我也有一个合同给你。再不然打了合同之后，就将家眷交给你。这该可以放心罢？"朴永孝一想这个办法却很好。那时天色业已过午，朴永孝便站起身来说道："横竖总不是今天的事，咱们明天再会罢。"说着，反身就告辞要走，霍建修一把拉住道："究竟是谁，究竟是谁，这时该可以说明了。"朴永孝佯作不解道："不瞒你说，这也不是我的事，我这时尚不知是谁咧，好在明天咱们总得见面的，这桩事无论如何，我决不再寻找第二个人的。"霍建修见他不愿说出来，也就不便追问。打量这桩事儿，与闵后总有些关系，他也决寻不着第二个人。二人这才散去。

朴永孝别了霍建修，也顾不得回寓，忙邀了郑秉夏一直去访井上馨。朴永孝便将运动霍建修的事，仔细说了一遍，又加了许多艰难困苦的话儿，横插在事里说出来，仿佛是替代井上馨做事的。最后说到办法，朴永孝便说道："他的欲望甚大，他想此事若失败了，他若保全不了生命，必须筹给他养家费二十万，若是成功也得酬他二十万元，还要赏给他一个爵位。眼前做事，就要先支给他五万元，方能够进行。"井上馨便将眉头一皱道："要求却算不得过分。只是你们贵国皇后的身价，恐怕值不了这许多罢？"郑秉夏忙说道："我也很觉他的欲望太奢，不过是这等大事，却也很不易办的。一劳永逸，就是这等要求，也只好将就他些儿。"井上馨半晌不作声，又问道："可与他立订契约咧？"朴永孝道："这是当然的手续。"井上馨忙问道："咱们这方面是谁人咧？"朴永孝道："这事特来请示的。"井上馨道："我看这等事不必牵上外交，由你们两人画押就得了。你俩请放心，我无有不暗助的。"朴永孝又询问道："这一笔经费如何？"井上馨又想了半晌方说道："我代你们借一万元罢。"朴永孝大失所望，便与郑秉夏二人发了一会怔，彼此都啧啧的说道："这怎么办？这怎么办？"井上馨见他俩那般形状，实在难看，慢慢的问道："难道你俩一个大钱也筹不着吗？"朴郑二人同说道："咱俩出了宦途，赋闲这许久，不做官那得有钱呢？若是有钱，咱们早就进行了。"井上馨叹了一口长气道："嘻，可见得官是不可【不】做的。中国人说，不怕一日无钱，就怕一日无权，这句话说得真不错。闲话也不必多说了，目前的进行费，我担任借给你们罢。后来的事，你们要自己打主意的。"朴永孝还要接说下去，郑秉夏忙向他使了一个眼色，朴永孝这才不作声。二人辞了井上馨，一同前去进行。走出领事府大门，朴永孝便摇着脑袋道："小鬼办事真利害，明明他承认我经济上，可以任意活动的，如今他居然不认话了。"郑秉夏埋怨道："你就是这般不伶巧，如今弄着一个是一个，何必思前想后的空打算。将来大事成功，有的是金钱，咱们也不必去求他。"朴永孝道："倘若失败了咧？"郑秉夏道："两条腿是活的，什么地方跑不了？"朴永孝被他说得闭口无言。当晚二人就与霍建修订了刺杀闵后的合同，各自秘密的进行。

一日霍建修奔到朴永孝的寓所里，慌慌张张的说道："事儿已有了一个好机会，就在这几天可以成功，你快些秘密的运动军队，前来助威，倘若我的事败，也好逃一条性命出来。"朴永孝连连应允，忙着四方奔走。这也是活该闵后遭劫，汉京城里，自吴长庆一战之后，加着闵氏兄弟同时殉难，御前的军队，寥若晨星，就有些须，也不过虚张声势，摆一摆样子好看的。可巧那统辖兵权的金大昌，虽然挂了一个后党的招牌，实则还是一个亲日派，日常不断与朴永孝等往来。此时朴永孝忽然想着金大昌，当时就设法运动他去助威。似那等两头蛇，只要有重重的金钱去运动他，没有不指挥如意的。所以不劳什么唇舌之力，金大昌已死心贴地的帮助他了。

皓月一轮，空悬天表，维时正是中秋时候，桂子飘香，槐花吐艳。那韩宫深院之中，百花献瑞，寒露瀼瀼，晚风习习。那金阙玉阶之下，一阵一阵的秋蛩，叫得凄凄戚戚，好像预先哀悼闵后似的。绿草平铺，娇嫩欲滴，直似一副织锦氍毹。

闵后夜来无事，便领着四个宫娥，徘徊在草茵之上赏月。两眼觑定那一丸冷月道："这月儿圆得真可爱，若能长悬在天空，不遭云遮雾掩，千载团圆，那就分外有趣了。可惜它一月能得几回圆，日常还遭云雾遮掩，可见'幸福'两个字，万难圆满。人间天上，都是相同的了。"她正在呆想的时候，忽听阶下一阵秋蛩声唧唧的，叫得人不耐听，仿佛千条万缕的愁绪，被它牵动，兜上心来。一时又想到国事，一时又想到家事，一时又想到君王懦弱，不能扫尽妖魔，一时又想到时事艰难，不能刷新政治。那种种的思潮，直从她的脑海里灌去，都觉没有什么快意的事儿。顿时将那一所大好园林，都变做凄凉惨淡的景况。想着走着，不觉已踱过花阴。迎面只见有十数株松柏，路旁还有一方石井，苔痕砌满了井栏，斓斑可爱。

闵后正靠在一堆假山石畔，忽见松林内一闪，跳出十来个大汉，都是赳赳武夫的形状，直扑闵后而来。闵后心知不妙，忙转身回走，谁知早被那些大汉捉住了两臂，失却行动自由。再说那四个宫娥，也被那些大汉擒住了两个，所逃去的，便飞报到后宫去了。

此时闵后以及两个宫娥，被那十来个大汉捉住，早吓得魂飞天外，战兢兢的一个字也说不出来，白睁着六只秋波似的媚眼儿，只见那十来个大汉，将她等两臂反剪，横竖捆着有许多麻绳。还是闵后的胆力少壮些，此时业已视死如归，料想是求活不得了，便大声向众人说道："我这时也不多说了，到底我因甚中仇于你等？你等究竟是什么人？因为什么事儿这般恨我？望你等简单告知我几句，我就是死了，也还死得个明白。果然是我的差错，我死后的幽魂，也好忏悔的。"那群大汉都垂头不语，仍是恶狠狠的结绳头儿。忽大众之中，闪出一个少年，周身乃是武卫的打扮。闵后一眼瞥见，原来就是霍建修。闵后大异道："我待你并不薄，你如何这般报答我呢？你就有什么艰难，也应当向我直说，何必施这等手段！你扪心想一想，怎能够进宫供职的？嘻，我待你的恩惠，你就一概抹煞了吗？"霍建修猛听闵后这番话，良心顿觉发现，脸色一红，就想解放了闵后。复又想道，擒虎容易放虎难，我若将她放了，一面有生命之忧，一面还得不着偌大的权利。想到"权利"的两个字，那良心又不见了。便将牙龈咬紧，脑袋一偏道："从前许多的旧话，可不必说罢。我也不是好意害你的，这也是无可如何，你也不必怪我，只怪你与亲日派太反对的原故。如今就是你自觉转来，也来不及啦，还是请皇后早早升天，臣今报厚待之恩，不加刀斧就是了。"说罢，也不由闵妃分辨，便叫了一个"下"字，只听咕咚咕咚咕咚三声，那许多大汉就将闵后及两个宫娥塞进了古井。于是薛涛、银瓶、张丽华诸人，不能专美于前，而闵后及那两个宫娥，已向大罗天上飞去。虽然不能享受那皇室的荣华，却也不受那亡国的痛苦了。

霍建修率领他的亲信爪牙，将闵后等结果之后，依然不慌不忙的混出宫门。那两个逃走了的宫娥，奔到李熙的御案前面，哭奏了一番，吓得李熙只将眉头皱起，连连的说道："这怎么好！这怎么好！"他也不派人去救闵后，也不派人去捕捉凶人，呆呆的只管发怔。还是两个宫娥奏道："娘娘现在万急之际，我主应当派人去救护要紧。"李熙便将眉头展开笑道："娘娘还未死么，你等何不早说咧？"当时派了四十名御前的武卫，奔到御花园里，八方的搜捡了一会。慢说没见有一个凶人，并闵后及两个宫娥的影儿，也没曾见着。迨搜到那松林之下，古井之侧，忽见宫人们所插戴的钗钿，散掷在地面上，大众由此猜疑娘娘与两个宫娥，必定死在井里。于是有那奋勇的武卫，攀着一条麻绳下井打捞。半晌果然得了三个尸身，早已冷得彻骨。一时宫里闹得人倒马翻，纷纷的八方捉拿凶犯。那里晓得凶犯，还混在他们伙子里做好人咧？混闹了半晌，看看夜色已深，只好将闵后的尸身，扛进正宫，一面准备办理丧事，一面传召满朝的文武百官，追究那谋杀皇后的凶犯。

一时满城风雨，没有人不说是宫里出了妖魔。就是那些文武百官知道其中原故的，都暗自笑得肚皮疼。那不知其中原故的，也是狐疑不解，彼此都秃着嘴巴发怔。召见了一会，直到天色大明，依然没有一个结果。班中只有一个老臣寇儒臣，他乃是闵后的党羽，忠心爱国，真是在韩国朝政之下，数一数二的，当时也在召见之列，班中见群臣都默默无言，心坎里老大不乐意，暗忖道："亲日派的奸党，可不去论他，他一向是卖国求荣，反对闵后的。但是寻常受闵后雨露之恩的群臣，这时也不敢出头说话么？唉，人情淡薄，也太难堪了。"复又想闵后死得离奇，这必定是亲日派买通宫里的奸细，陷害她的。想到这里，就想出班参劾那些亲日派的群臣。忽地灵机一动，暗忖道："哎呀，我险些又将事儿冒失了。我如今是孤掌难鸣，空拳莫敌，只有一个侄儿，虽是个中将，并未掌什么兵权。倘若我做了众矢之的，白白把老命送掉，于事无济，岂不又做了一个冤鬼吗？还是回家从长计议的好。"想到这里，也就将嘴巴秃住了。

散朝回去，时已赤日当空。他也顾不得什么吃喝忙，将他的侄儿寇本良叫到房里，便悄声说道："如今闵后业已被人谋死了，早晚朝政不定有什么大变故。我给你一封密书，你赶快奔到平壤云叔叔辕门，请他赶快的拨兵护驾要紧。"寇本良道："侄儿几时动身咧？"寇儒臣道："即刻就要登程！"说时就拈笔写了一封颁兵求救的密书，交给了寇本良。说也古怪，寇儒臣有一个儿子，叫做寇本峰，年纪才一十八岁，平日与本良兄弟二人，十分的友爱，真是形影都不肯远离一步。如今听说他哥哥要到云叔叔那里去，他也不明白，因为什么事儿，拼死拼活要拖着同去。寇儒臣一再的阻拦，他总不相信。寇儒臣复想到汉京的市面，打量是不能够平安的，让他去避两天风浪也好，也就不十分的拘禁他。于是寇本峰欢天喜地的，跟着他的哥哥本良，一同去了。一路上那敢少停，真似人不扎眼，马不停蹄，飞也似的奔去。因而记者的笔头儿，也追赶不上，只好将他暂且不提。

再说霍建修的那一番作恶景况。当霍建修率领八个亲信的爪牙进宫的时节，朴永孝、郑秉夏二人业已暗藏在宫门霍建修的休息室里，准备大事失败后，他等好去调兵。不多一会，只见霍建修横眉竖眼的，笑嘻嘻的奔进房，一口气吁吁的喘个不住。刚才坐下身，朴永孝忙道："如何？"霍建修点着脑袋道："妥贴了。"朴永孝道："可要去调兵助威咧？"霍建修忙拦阻道："我做得很干净的，还是不露形迹的好。"朴郑二人忙向霍建修拱着手道："恭喜恭喜！"忽听后宫一片喧嚷，霍建修已知这事发动了，忙催朴郑二人出宫道："你们赶忙去罢，有事咱们明天再计较，我还要进去混混咧。"朴郑二人那敢怠慢，趁着乱声之中，溜出了宫门。接着李熙下了一道密旨，选了四十名武卫，进宫捉拿凶犯。这时霍建修也混在里面，胡闹了一回。然后传召文武百官，他也混在其内。那时见文武百官，都默默无言，始终不曾说出什么道理，只有老臣寇儒臣站在一旁，怒目横瞋，仿佛要给闵后报仇雪忿的模样。虽然见他也没有什么动作，但是见他那一番形状，很觉不好看的，由此就将他记在心坎里。散朝之后，他就奔到朴永孝处，密议他等亲日派的进行办法。欲知后事如何，且听下回分解。

第八回

冤外冤惨杀老臣　计中计残害大将

话说霍建修，见大功业已告成，那无边的风浪，眼前总算是平静了，次晚就抽了一刻的闲空，就奔到朴永孝的寓所里，一则是想算那笔酬功的账，一则也想密谋那接续进行的办法。朴永孝见霍建修来访他，当时迎到一间秘密室里，彼此落了座，朴永孝忙问道："昨晚召见群臣，可讨论得什么办法呢？"霍建修笑道："谁也不敢说一句话。我看这也是他们见机，如今大树已倒，寒鸦失荫，他们自然顺着风头，俯首归降，当真谁不晓得保全性命吗？"朴永孝也笑道："将来未必能遂他等心愿罢！似这等东西两面倒的奴才，终久总要使他尝尝滋味，方晓得咱们的利害。"霍建修听说，禁不住脸上飞霞，半晌，方说道："人非圣贤，谁能无过？日后真是他们能热心给咱们办事，又何必计较前非呢？"此时朴永孝也自觉话儿说唐突了，赶忙掉转说道："那不过是防备他等变心的办法。"

二人又默坐了片刻，朴永孝也不提那酬金的事，霍建修实在忍耐不住道："老大哥那一笔经费如何办法咧？"朴永孝佯作不懂道："还有什么经费？前次不是过了手么？"霍建修听说大异，暗忖道："咦，过河拆桥的本领真不差。"想着便从鼻孔里哼了两声道："我却也不是一个好孩子，有条约的交涉，总好办的，大不了我再牺牲一条生命，也算不得什么！"朴永孝冷笑道："眼见就是要升官的，这几个钱也值得拼命吗？"霍建修道："咱们为的是什么？我又与闵后有甚仇恨？做官又为的是什么呢？眼见这等乱世，还不知闹到什么样儿，后来的事多得紧，我幸喜没曾说出来，咱们再走着看罢。"说时脸色沉下来，翻身就要告辞，复又自言自语道："我很赞成他们举动的。"朴永孝猛听这句话，顿时满脸堆着笑容道："老兄弟咱俩闹玩笑的，你当真动气吗？"说时，就在怀里掏出一张八万元的日本银行支票，给霍建修道："谁敢少得你一个咧。"霍建修一见那张支票，两只眼珠儿睒睒的转了两回，早将那一肚皮的穷气转下去了，忙接了那张支票，将收讫的手续，完结清楚。二人复归原座。朴永孝道："那一个爵位，却不能一时半刻给你的。"霍建修也笑道："这乃是大权在手的事儿，谁来这时逼你？"二人说说笑笑，朴永孝复又询问道："究竟那些后党的人，如今失去了长城之靠，未必能如此甘心罢？"霍建修道："别人却没有什么动静，只有那老贼寇儒臣，他在群臣班中，竖眉瞪眼的，很流露些不平的形色。我看这个老不死的，必定要来破坏咱们的大事。"朴永孝听说寇儒臣三字，顿时将两眼瞪着道："这个老东西还不死吗？他就是不与咱们为难，我也得想个法儿杀他才好，给金玉钧那一班烈士雪愤咧。"霍建修道："不错，金玉钧那一伙同志都是他监斩的。听说他很反对亲日

派，咱们若不趁着这个机会，设法将他除了，终久是咱们之害。"朴永孝
忽又皱着眉头道："难难！他有一个侄儿，叫做本良，也是一个军人，听
说他的能力不小。他还有一个儿子，叫做本峰，也是一条好汉。咱们若
将这个老贼害死，那两个小汉子，岂不要来报仇？"霍建修笑道："这一
次要害他，还不是害得他灭门绝户，鸡犬不留！本良也虽然是一个军人，
如今也没有兵权掌在手里，怕他怎的！"朴永孝忽又说道："哎呀，险些
又将事儿做差错了，那老贼他与云在霄的私交甚厚。云在霄如今拥兵十
万，坐镇平壤，倘若怒恼了云在霄，如何抵挡得住呢？我看这桩事儿，
须得特别想个妙法方妥。"

　　霍建修听说，狂笑了一阵。正待接说下去，忽听门外一阵木屐声，
接着一个人问道："朴先生可睡了吗？"朴永孝一听那人的声音，知道是
井上馨来访，他忙截断了话头，迎出房门道："还没有睡呢，还没有睡
呢。"便将井上馨迎进房，朴永孝复又给霍建修介绍了，彼此行了一个握
手礼，都虚套了一番你钦我慕的客气话。井上馨复又夸奖道："霍先生你
真算得是一个大英雄大豪杰，贵国若能多出几个如先生这般勇义的人，
何怕不能够强国咧！"霍建修听得越发高兴。又谈了许多闲话，井上馨便
问朴永孝说道："如今霍先生也不是外人，咱们不妨再计划一两桩进行的
事。贵国的大害，业已除了，然以我的眼光看去，汉京内外，并未驻多
兵，就是闵后的几个私党，现在已失了护庇，打量不能兴波鼓浪，眼前
的政局，是没有什么大变的。何不趁着这个好机会，进前一步，将政治
上的大权，夺在手里，将来一切的事，就易如反掌了。"朴永孝大喜道：
"晚生正在与霍表弟磋商，总想不出一个好方法，大人可能赐教一二咧？"
井上馨笑道："这时也没有别的方法，驱逐余孽，夺回政权，是最要紧
的。但是驱逐余孽，那些能说不能做的卿士大夫，还不十分障碍，只要
咱们的势力膨胀，不怕他不俯首归降。倒是那些提督大将军，拥兵自卫，
却很不容易敷衍的。类如云在霄拥兵十万，又是后党的强健份子，若不
想一个法儿，将他推倒了，将来为害怕还比较闵后强得多咧。"朴永孝忙
答道："咱们正在这里计较，只可惜想不出一个好法儿。"复又将寇儒臣
那一番的景况，又向井上馨说了一遍，井上馨道："这正是一个好机会，
我看最好想个法儿，将他等一网打尽。这桩事还得快快的设法，不然恐
怕他们掉转头来，那就有力也无处使了。"说得朴霍二人，都暗自佩服。
稍停，朴永孝说道："这番若再用暗杀的政策，恐怕不易得手。"井上馨

笑道："何必用暗杀？我看最好在'倾陷'两个字上做文章，是最妙的。譬如这次闵后被害，朝野人士，都知是被人谋杀的，但是他们并不知凶犯是谁，何妨就在这个上面要些儿手腕呢？"这句话猛将霍建修提醒，当即抢着说道："我却有一个绝妙主意了。如今主子不是要急急的逮捕凶犯吗？咱们何妨捏造一封假信，作云在霄给寇儒臣的口气，就说云在霄暗约寇儒臣刺杀闵后，然后云在霄领兵反攻汉京，威迫今上退位，云在霄接登大宝，寇儒臣任国务大臣，还要杀尽李氏等话。写得有条有理的，迨今上朝见的时节，就由大哥叩阍上奏，还怕那云寇二贼，不杀得灭门绝户吗？"井朴二人听说，同声大喜道："此计妙极！此计妙极！赶快的照此去做罢。"霍建修当时就起了一个信稿儿，朴永孝就招呼他的一个亲信书记，抄写齐备，彼此又研究上朝那一番应对的话儿。夜色已阑，井霍二人才告辞去了。

　　次日清晨，李熙临朝，文武百官，都围在御案前面，参议闵后办丧的事务，并研究那逮捕凶犯的法儿。忽见霍建修趋前跪奏道："今有朴永孝叩阍，说有紧急的要事须面奏万岁。"李熙听说，默想了一会道："什么朴永孝？朕就没曾听说过这个名儿。"霍建修奏道："草野之臣，许久未曾朝拜的。"李熙道："既然他有要事叩阍，召他上殿。"霍建修奉旨，将朴永孝带领上殿。大礼参罢，朴永孝便将那一封假信献上御案道："臣该万死，只因这一封书信，关系很大，故敢冒昧叩阍。"奏罢，又碰了几个头，跪在案侧。李熙将那一封假信，看了一遍，龙颜大怒，便问道："朴永孝你是从那里得来的?"朴永孝奏道："臣昨晚自外归寓，路过寇儒臣后院，偶拾得一封开口的书信，回寓拆开一看，方知有绝大的关系，故敢冒死上奏，伏乞圣裁。"李熙道："原来你是一个爱国忠臣。"转脸向左右看去，可巧寇儒臣这一次未曾列班，李熙益发动怒道："哦，怪不得这个老贼不来朝参，乃是藏在家里，做这等鬼事。"当时派了四十名御前武卫，随同朴永孝，逮捕寇儒臣就地正法。朴永孝复又碰头奏道："寇儒臣有一儿一侄，皆是善战多谋之将，若不除去，恐有后患。"李熙道："无论什么子侄，全家问斩就是了。"朴永孝碰头谢恩，带领四十名武卫，一溜烟就奔到寇儒臣的住宅。大众都是弓上弦，刀出鞘，威风凛凛，杀气昂昂，就将寇儒臣的前后门，围得如铁桶一般，早截断了出入的路径。此时寇儒臣盥沐已毕，正在他那间办公室里，还痴心妄想，要给闵后报仇，那里晓得"莫须有"三字埋冤，已惹了灭门之祸咧！

闲话不说，且说寇儒臣坐在案前，独自默默的发怔，暗忖他的侄儿两个，这时想已到了平壤，云在霄若得了这个凶耗，必定怒发冲冠，要调齐人马前来，扫尽妖氛，救我主子急难的。那时将一般亲日派枭首示众，一切丧辱国体的条约，恢复转来，白头山下，高树一面八卦旗，合我等二千万人民，欢呼"大韩万岁"！我想闵后她虽遭惨死，也死在九泉是含笑的。想到这里，不觉眉飞色舞，好像许多人都围在一处，欢呼"大韩万岁"的样儿。忽见那两个门丁寇珍、寇宝，慌慌张张的奔进来，吁吁喘着道："禀告老爷，大大大事不不好了！"寇儒臣也惊道："什么事呢？"寇珍道："今有朴永孝带领四十名御前武卫，将前后门紧紧的围住，他说老爷是谋害闵后的正凶，如今已奉圣命，要全家问斩。"

寇儒臣听说大惊，正待发言的时候，那些如狼似虎的御前武卫，直扑进来，已将寇儒臣两臂反剪。再看朴永孝圆睁着两只鼠眼，高撅着两撇虾须，洋洋得意道："寇大人事儿既闹到这步地位，只怪你当初不该那般胡闹，如今追悔也来不及了。"寇儒臣一见朴永孝，只知这桩事儿，是中了亲日派的奸计，越发的忿怒道："原来是这个狗子来拿我，好好的大韩国，就亡在你等卖国奴手里。如今将闵后害死了，还要将我等谋害。"朴永孝不待他说完，便冷笑道："你等将死的囚犯，还敢在钦命大臣的面前弄嘴么！顺我者昌，逆我者亡，如今你就是顺我，我也用不着你等老奴！还敢这等的逞强吗？"复又吩咐左右道："押了走！"这一声吩咐，大众就将寇儒臣横拖竖拽直向法场飞奔而走。朴永孝又带领许多武卫，在他的前厅后院，搜掠了一番。那些金银财宝，被朴永孝搜得颗粒俱无，自不必说，就是那些鸡儿狗儿，也被他等闹得魂飞魄散。不多一会，寇儒臣的全眷二十三人，已被他逮捕了二十一口，一同拖到法场。慢说身受痛苦如寇儒臣的那些妻孥婢仆，都闹得呼天不灵，吁地不应，就是那沿街争看热闹的老少男女，都是一个一个愁着眉头，暗代寇儒臣叫屈道："寇大人他乃是一个热心爱国的大大忠臣，如何也遭这等惨劫？可见世界上的好人，真做不得。难道说世界上的好人，都是要遭惨劫的么？怨不得世界上做好人的少，做歹人的多咧！"又有人替代慨叹道："如那爱民爱国的皇后，尚且无故被害，似这等忠心赤胆的老臣，自然也容留不住的。"这个如此的想，那个如彼的想，都给寇儒臣不平，但是都闷在心坎里，不敢作响一声。那片愁云惨雾，团团把个汉京笼住，也不知何等的凄凉！如寇儒臣身处其中，尚不知若何的苦恼！

那知寇儒臣进了法场，一眼瞥见他的妻孥婢仆，都被绑在左右，便仰天狂笑了一阵，连声说了两个"好"字，接着又说了两声"干净"。其中就有他的夫人白氏，低头挂了两行眼泪，淡淡的叹了一口气。忽被寇儒臣瞅着，大怒道："生死人人都有一定的，这算什么！难得这般热闹，咱们还死在自己人的手里，还不值得吗！生在这等时节，活着的人，那如死着的人快乐呢！"说时又狂笑了一阵。朴永孝见他这般形状，便嘻嘻的冷笑道："寇大人你可记得监斩金玉钧那许多烈士吗？还是那般威武，还是这般威武咧！"寇儒臣笑道："那时有那时的威武，这时有这时的威武。只愿你将来的收场，能如我这等干净，就算是万幸的了！"朴永孝笑道："你死在眼前，还不自悔吗？"寇儒臣道："我无事可悔，我的身躯虽死，我的灵魂却不死。我虽看不着你等收场，你却有追想我的日子咧！"说时又狂笑了一阵。朴永孝听他说得实在讨厌："你到临死还不自觉自悟，真算得是一副铁骨头。"寇儒臣道："这才算得是男儿的价值咧！"朴永孝也不去理会他，吩咐绑上断头台。不多一会，都魂飞碧天，血飞黄壤，死在鬼头刀之下。在这一刹那时，少有一点儿人心的，没有不皱着眉头，替代寇氏全家呼冤叫屈，就是那执刑的刽子手恐怕也都有几分不乐意。个中只有朴永孝一人，见寇儒臣这等下场，真喜得心花怒发。若问朴永孝与寇儒臣有多大的冤仇，也不过是政治上的关系，他想争权夺利而已。嘻，因为这"权利"两个字，就不知什么叫做公理，什么叫做大义，可见那争权夺利的人，早就没有心肝了。

闲言少说。那朴永孝狐驾〔假〕虎威将寇儒臣全家杀了，检验尸身，总寻不着本良、本峰兄弟二人，心坎里暗惊道："怎地将这两个小畜生，放走了呢！"又想他等必定又奔到云在霄处去了，一不做，二不休，我何不请主子，派人调云在霄全眷，携同寇氏兄弟进京，给他个迅雷不及掩耳的手段，一网打尽，岂不痛快吗！主意打定，当即进宫缴旨。

再说李熙一时听朴永孝播弄，下了那条问斩的特旨，复后想到寇儒臣平日的为人，反觉有些儿懊悔。但是特旨业已颁下，又收回不了，独自紫思，心里老大的过不去。忽见侍卫奏道："朴永孝进宫缴命。"李熙越发不耐烦道："知道了。"侍卫又奏道："他说还有要事奏闻。"李熙道："真讨厌得紧，他陷害朕一个老臣，还不足么？召他进来。"侍卫奉命出去，不多时领着朴永孝进宫，行了君臣大礼，朴永孝也不待李熙动问，便奏道："臣启奏我主，寇儒臣全家业已伏诛，惟有其子本峰、其侄本良，此二人智足多谋，素不安分，想已逃往云在霄处，颁兵谋叛，我主应当筹一完善方法除之，以杜乱国之患。"李熙不耐烦道："寇儒臣为人忠朴，朕所深知。此番谋叛弑后之案，未必无小人陷害。今他的全家已死，总算是将他惩办了，只留他一儿一侄，何必再与他计较咧？朕看让这两个小孩子，逃一条生路罢。"朴永孝听了这番话，倒抽了一口冷气，暗忖道："这必定又有什么奸党，从中下了烂药。"复将牙龈咬定道："事到这个地步，我也顾不得什么君臣了。"又奏道："事有实据，谁敢陷害老臣？方今既然如此，若放这两个小贼逃生，倘向云在霄处颁兵谋叛，那时又将如何处置？"李熙笑道："这是尔等多虑，云在霄谋叛的事儿，朕却不敢相信，尔等少要多事罢。"朴永孝见话不投机，顿时不敢进谏，忽又想道："我若退后一步，此时岂不坐实是我等诬良么？"想到这里，便将他的金钟罩捧出来道："臣非与寇云二氏有深仇重恨，不过因国家大局起见。如今外交上事事掣肘，东邻西舍都是虎视眈眈，惟恐我国无事。倘若云在霄那时有谋叛的行为，我主御前，既无重兵能平内乱，又无重兵抵御外侮，外交上进兵保护侨民，叛贼又进兵侵夺国政，我主将何以自处？万家奔散，九庙震惊，亡国之惨，瞬息可见，那时虽想拔他一根毛，恐怕都不容易。并非臣迷信日本人，彼日本人却有这等魄力，将来他必得用武力迫杀云在霄的。倘若日后因云在霄一家，外交上再赔偿数十万金，终不能挽救云在霄的生命，云在霄他时再反戈谋叛，我主又将如何？"说时脸色已沉将下来。李熙听说"日本人"三字，顿时大恐，暗忖果然如他所说，将来的事，就越发难办了。复又叹着想道："我因救国之故，只好照他所说的办去。"当时派霍建修带领四十名御卫，捧一道密旨，特调云在霄偕同全家，及寇氏兄弟，一同进京，共商国事。一面派了八个大臣，办理闵后的丧事，分道进行。那一般亲日派的卖国奴，自然都扬眉吐气，都觉这一次，可以打尽了异类的人物。但是云在霄拥兵在外，究竟能否攒［钻］他的圈套儿，尚不敢必。且听下回分解。

第九回

霍武卫弄巧反拙　云将军仗义锄奸

话说安悦生老夫妇二人，领着他的爱子安重根，寄居云在霄府里，

朝兴暮宿，不觉已三度月圆。终日
与云在霄纬武经文，谈得却不十分
寂寞。

　　一日天近黄昏，云在霄公事已
毕，正在书屋里与安悦生闲谈，忽
见门官进房禀报道："辕外有两个
少年，自称寇姓，从汉京赶来，还
说有什么紧要大事，须面禀大人。"
云在霄骤听这句话，顿吃一惊，已
知大事不妙，忙问道："可知他俩
叫什么名儿？"门官禀道："他说
是兄弟二人，兄名寇本良，弟名寇
本峰。"云在霄又默忖了片刻，便
向安悦生说道："想必是寇儒臣的
子侄辈来了，我倒要询问汉京的景
况，究竟糟成个什么样儿。"说着便向门官接说一个"请"字，忙起身走
出书房，直向会客厅走去。

　　不多一刻，那门官便将寇本良、寇本峰引将进来，彼此相见，原来就
是寇儒臣的一子一侄。三人坐定，寇本良就将闵后被害的事，细说了一
遍。然后又将他叔父寇儒臣，想颁兵杀贼的话儿，接次也说了一遍。云在
霄听罢，顿时就要下令发兵。忽听帐前一阵喧嚷，暗忖难道又来了什么祸
事吗，复向寇氏兄弟说道："尊大人的苦心，我已明白了。二位贤侄远道
而来，就在我署里休息休息，咱们再作计较罢。"话刚说了，忽见门官又
慌慌张张进来禀道："门外又来了一个什么姓霍的名儿叫做建修，带领许
多御前武卫。他说奉了皇上圣命，特调大人星夜进京，商量什么机密大
事。现在辕外立候大人接旨咧。"云在霄尚未开口，恰好寇氏兄弟都在座，
寇本良忽听霍建修来了，也就料定他的来意不佳，汉京又不知有了什么变
故，就是他的叔父寇儒臣，还不知处的是什么景况，想必一定是害多福少
了，于是不待云在霄作声，忙接说道："霍建修他就是陷害闵后的元凶。
这番前来，必定又是设的什么鬼谋奸计，此人阴险异常，今来定不怀好
意。"云在霄听他这番话，便冷笑道："原来陷害闵后的就是他吗？我正想
寻访这一个'大英雄'，领教领教他的本领，他居然敢大胆来我这里做鬼，

这就免得我再去寻他了。"便下令传齐了左右侍从，武装接旨。

一时那些护兵卫士，忙着冠盔披甲，排列在辕门内外，大家都是弓上弦，刀出鞘，威风凛凛，杀气昂昂。云在霄还未出辕接旨的时节，已将霍建修吓得暗捏了一把冷汗。但是势成骑虎，要想调转马头，也不能够了，只好硬着头皮，冒险去碰他一碰。等候了许久，云在霄方衣冠齐楚的出辕接旨。霍建修就在马上宣读了圣谕，便将那煌煌圣旨交给过了。霍建修也不下马，就在马上拱了两拱手道："本使有王命在身，不敢进辕拜见，今上盼大人进京甚急，就请大人起程罢。"此时云在霄业已行罢大礼，站起身来了，猛听他这番言语，又见他这般抗不为礼的模样，便将脸色沉下来道："今上圣旨已交过，你这时已没有钦使的资格，如何说你是王命在身？我这平壤，却不是汉京，不能由你等这些卖国贼自由进出的。"接着又冷笑了两声。霍建修见来势不好，便忍了一口气，掉转笑脸儿说道："大人不可误会，出口骂人，下官身侍今上左右，并未参与政事，我国今有圣主当朝，群贤辅政，八方安靖，四海不波，谁敢卖国咧！就是此次调大人进京，乃是圣意想计划筹边防外侮的。"云在霄不待他说完，大喝道："将在外，君命有所不受，圣意岂奈我何？"霍建修仍不自觉，也冷笑了两声道："下官是奉君命而来，去与不去，并不与下官相干，大人何必向着下官动怒咧！自己不受君命，反骂别人卖国，这乃是大人的公理，下官也不敢久停了。"便在马上行了一个拱手礼，掉转马头，就想跳出这个是非圈子。谁知云在霄早已准备，今见霍建修反身想逃，便大喝道："拿下来！"一声喝出，那左右的武卫一拥上前，将那许多御前武卫团团围住，将那如狼似虎的御前武卫，都困得有力无处使，早就失却了战斗力。再说那皇皇钦使，被那些丘八老爷七手八脚，早将他拖下马来，吓得脸皮上的颜色，红一块，青一块，但是他那一张利嘴，还不让人，连声说道："好好好，咱们总有说理的地方，咱们总有说理的地方。"云在霄也不理会他，便招呼左右，反剪他两臂，捆绑起来，然后蜂拥似的，将他拥进辕门。

云在霄便升了虎帐，将霍建修捺跪在阶下。一声呵喝，把个皇皇钦使，三魂已吓走了二魂半。这时霍建修匍匐案前，也不似从前那般形状了。脸皮已变成灰白色，下颔瑟瑟价发抖道："大大大人息怒，下下下官实实不不不明白犯罪的原原原故。"云在霄便将惊堂一拍道："你到这个地位还不实说么？我也久仰你的大名了，那不给你尝些儿滋味，你是不

晓得我的利害！"转脸向左右说道："抬大刑伺候！"说时迟，来时快，早
有四个竖眉瞪眼的武夫，扛上来一盆烈火。那火内还煅炼了一条赤灼灼
的铁链儿，好像金龙一般，那股凶气，瞅着真有些刺目。此时霍建修越
发的心慌，连连向着案上碰头道："下官实在不明白原故，请大人说明
罢。果然小人有应得之罪，就是死在大人的虎帐之下，也是甘心的。"云
在霄冷笑道："你想死么？我这平壤地方，乃是一块干净的土地，决不容
你这几点臭血污染的。老实对你说罢，闵后何仇于你，谁是［给］你那
一点荣禄，是闵后所赐，满朝文武，谁不知晓咧！如今你不以为德，反
以为仇，送闵后性命的仇人，就是你，你到底是个什么心肝、什么思想
咧？"霍建修听说，仍是连连碰头道："冤枉呀，冤枉呀，闵后娘娘他待
我有天高地厚之恩，粉身碎骨都难报答。下官心非草木，怎能这般昧心
咧？不瞒大人所说，如今下官既到了这个地步，也不得不直说隐衷了。
闵后斗遭惨死，实被一般亲日党的狗子所害。现今乱臣当道，奸贼掌权，
就是今上也无法对待。下官久想代闵后雪恨，无奈孤掌难鸣，空拳莫敌，
就有报恩之心，也没有问罪之力。所以再四思量，密请今上降一道圣谕，
特召大人星夜进京，并无别的原故，就是想共商杀贼的办法，给闵后报
仇。"云在霄佯笑道："如你这般说话，我倒很冤屈你了。"霍建修碰头
道："不敢说大人冤屈，下官实在是一个好人。"说时就将腰儿伸直，要
想站起身来。云在霄复将脸色沉着道："倘若有人作证说你是一个坏人，
这又怎办咧？"霍建修听说，顿吃了一惊，暗忖道：有什么人敢来做证，
难道说寇家那两个小子，业已先我跑来了么？默默的暗忖，禁不住又有
些儿作慌，便随嘴应道："这个……"云在霄便将虎眉竖起，拍案大喝
道："快讲！"霍建修依然低下脑袋呵着腰道："下官的仇人很多，那是不
足为证的。"云在霄冷笑道："你既然是一个好人，还结什么仇怨咧？我
想你若不见着对证，打量也是不肯实说的。"掉脸向左右说道："请寇家
二位少爷出堂。"霍建修猛听"寇家二位少爷"六个字，好像当头打了一
个霹雳，这一惊非同小可，赶忙拦阻道："寇氏兄弟也是误会的。实在他
的全家，都死在亲日党手里，与下官并不相干。"这句话在霍建修嘴里说
出来，不过是想自白的意思，他那知寇儒臣全家被难的消息，非但云在
霄不知，并寇家兄弟二人也尚未曾晓得。如今他说将出来，不但不能够
自白，反自加了一重罪过。这也是天网恢恢，可见贼人心虚，那心术上
的好恶，是勉强不来。

闲话少说。再说那寇氏兄弟二人，见云在霄出帐接旨，彼此都暗忖道："霍建修这个狗子前来，必定又与那些奸党，定了什么鬼计，或者与咱们的身上，有什么关系。"复听云在霄升帐，他俩就藏在帐后，窃听霍建修的口供。直听到云在霄要他俩出帐做证，各自暗喜道："这时正好除奸了。"刚要准备出帐，忽听说全家遭难，这一惊也顾不得什么礼节，兄弟二人，直扑到帐下，争着去揪霍建修的领口，大声嚷道："你这个狗子，居然敢害了我一家吗！"说时两泪如散珠般纷纷而落，恨不能一口将霍建修活吞下肚。霍建修这时也无置喙的余地。云在霄忙招呼左右将他三人解开，后向寇氏兄弟说道："二位世兄也不必这般悲愤，尊府既然遭难，这也是一场大数，好在元凶尚未漏网，待我详加审问，自然可以给尊府报仇的。"寇氏兄弟忙倒身下拜，同声说道："一切都仰仗老伯大人做主，小侄等心乱如发，此时也不能自决了。"说时起身就要告辞，奔回汉京去收尸捡［殓］骨。云在霄忙拦阻道："在理我却不能挽留你等，论势我却不能放你二人先行。你要晓得现的汉京，就是今上，也处在危险的地位。尊府遭此大难，必定是老大人忠直不屈的原因，祸及全家，这关系必定是很大的。斩草除根，恐两位世兄都不能免祸。方今汉京，乃是他们奸贼的势力范围，果然前去，不异自投罗网。留此有用之身，将来不难为国效力，为父母报仇，何必眼见着前去送死呢？再说尊大人的尸骸，此时想业已收殓，就算此时到京，恐也晚了。"寇本峰大哭道："此时也顾不得生死了。"寇本良也接着哭说道："家难不能顾，怎能叫侄等为人咧？"云在霄忙说道："两位世兄不可误会，我并非挽留两位世兄不使返京。似这等妖魔当道，我也得领兵去护国的，我想两位与其单行，不如与我同行，我也是急要进京的。"寇氏兄弟听他这番言语，也不便再说，只好含着一胞［泡］眼泪，默站在案旁。云在霄又向霍建修说道："如今人证俱在，你们那些狗党，又害了他们全家，打量你这次前来，必定又是想在我身上打主意，看来你们这番计划，却打错了，还有别的话说么？如再不直吐真言，我一定是用重刑拷问的。"

此时那一盆烈火，与那一条赤红的红链儿，已扛到他的面前，那些左右的差役，都摩拳擦掌，跃跃欲试。霍建修一见这般形状，转又懊悔不该将寇家被害的事，轻说出来，如今抵赖，也来不及了。打量这一条性命，是活不长久的，与其零碎去受痛苦，不如早些吃他一刀。主意打定，便向云在霄说道："你们既然晓得了，我也没有别的话说。只是这桩事儿，却不是我的元凶，这一道圣谕，也不是我假造的。"接着就将与朴永孝、郑秉夏等密谋，陷害闵后、寇儒臣全家等事，大概说了一遍，接着又说了几声"该死"。云在霄冷笑道："这番做作，真亏你们想得出来！可惜残害，还是替代外人帮忙，就是你们本身的富贵，也未必能容你们长久享受，这也太不合算了。"便命左右武卫，将霍建修钉了镣械。一面将那许多御前武卫传到帐下，又将霍建修欺君弑后、卖国求荣的罪状，向着大众又宣布了一番。大众这才如梦初醒，一个个都咬牙切齿，指着霍建修痛骂卖国贼，骂得霍建修真是无地可容，只好低着脑袋，吞声忍气。还有那性情激烈的人，拔刀就想取霍建修的五脏，云在霄忙拦阻道："我这平壤地方，却没有他的葬身之地，还是将他押进汉京，留一个活证，好杀尽那些卖国贼，给闵后、寇大人报仇。"大众同声赞了一个"好"字，各自就在云在霄的行辕里，休息下来，准备兴师去讨那些卖国贼。当晚云在霄就命安悦生做了两件通告：一面在清日两国的外交上，表明他兴师是平内乱的原故；一面通告全国，宣布朴永孝等卖国党的罪状。然后又将一切琐碎事务，对着安悦生交代了一番。

次日清晨，云在霄就披挂整齐，带领寇氏兄弟以及他麾下诸将士，亲率大军，押着囚徒霍建修，一路人不歇足，马不停蹄，直向汉京进行。如他那堂堂正正的军旅，到底是与乌合之众不同，沿途所过的地方，真是秋毫无犯，鸡犬不惊。那时大清国驻兵统帅吴长庆，得着这个消息，平日又深知云在霄是一个好人，当然不去干涉他的内政，就是那井上馨平日最好寻事的，这时也不好从中再起交涉。

途中无话，一直赶到汉京。云在霄也不说二话，当即派兵，将朴永孝、郑秉夏、赵义渊、禹范善、李东鸿、李万来、李臣孝、权荣镇等，那一群奸党的住宅，团团围住。然后又换了冠带，押着霍建修上朝。那许多御前武卫，也随着上朝缴旨，此时一同参见国王。云在霄便将闵后埋冤的故事，奏了一遍。可巧这时也正是李熙怀想闵后的时际，无奈他因权奸当道，无力发泄这一口怨气。今听云在霄这般上奏，越发的心里悲伤，半晌，方瞅〔皱〕着眉头说道："朕也深知他死得很苦的，但是他业已死了，这桩事，叫朕又怎么办咧？"云在霄不悦，复又直言奏道："我主乃一国之君，自有近贤远奸之权，赏罚分明，早应诛尽那一群奸党，为闵后伸冤，为韩国除害才是。"李熙发愁道："哎呀，朕何尝不想这般办法，无奈外国人的势力太大，倘若闹出外交，又要割地求和赔款了事，这不是又惹出烦恼么？"云在霄听说，禁不住肝气上冲，忙奏道："倘若军心因此变乱，又将如何？"李熙摇头道："我也是没有办法。"云在霄又奏道："民心暴动咧？"李熙点头道："这却可以用武力挟制他人的。"云在霄这时实在忍耐不住了，便大哭奏道："我主果然这般行政，这韩国的国权，何不双手捧着，送给别人执掌，还干净些咧！"奏罢，放声大哭起来。李熙被迫得忙了手脚，也就掉下几点没奈何的泪珠儿，连连说道："你何必如此，你何必如此咧！你若这般大哭，越发使朕没有主张了。事已闹到这个地步，从前的事，朕也明白是自己错办了。但是这以后的事，我实在没有主张。爱卿你乃是朕的依赖重臣，朕也很相信你是忠心耿耿，一切事你就代朕主张罢。只求不闹出外交上的事来，那就是万幸了。"云在霄见李熙这般胆怯，也知是再说不清的，打量这番要想救国，要想杀贼，要想替代贤后良朋复仇，不代他作主，是万办不到的，便忍住哭声，碰头谢恩道："蒙我主圣爱，小臣敢不捐躯护国！方今国家存亡危急之时，臣早不知什么外交内政，臣只知拼命杀贼，救国除奸，就是家亡身死，只要死后见得我朝先皇先圣、列祖列宗，就问心无愧了。"李熙听奏，只是摇头叮咛道："外交上总得要谨慎小心，外交上总得要谨慎小心！"云在霄也不去理会，叩辞出朝。当即下了一道命令，严拿奸党，复又将朴永孝等全眷，无论大小男女，逮捕得一个不遗，同绑到午朝，并那死囚霍建修一同正法。当时满城的小民，大家都扶老携幼，争着前来看热闹。没有不赞扬云大人，是一个敢作敢为的大忠臣；没有不指着朴永孝等，骂他们是狗彘不食之物。欢腾万姓，德颂八方。那自命神算的井上馨，见韩国的民气不衰，也就不敢挺身干涉，只好暗暗的叫苦了。

再说云在霄，将那群奸党，斩杀干净，凡在闵后未死之时，满朝所用的群臣，全都复了旧职。然后又邀同文武群僚，携带着诸贼的首级，直奔到闵后、闵泳翊、寇儒臣等陵墓前，祭奠了一番。那一种凄凉景况，自不待说，是悲惨的了。事毕复又入朝，李熙也改变了先时的模样，将群臣又加了一番封奖，又赏了寇氏兄弟各人一个官儿。于是那汉京城里的草木森林，都觉得欣欣向荣，顿添了许多的生气。云在霄将大事办清，忙着要率师回驻平壤，复想到寇氏兄弟二人，虽然都得了一个官儿，无奈年纪皆小，不能因官废学，再看他的家里，业已是蛛网尘封，无人可靠，便想将他二人，依然带到平壤，与安重根、云在岫二人，一同求学，将来若有出头的时候，总算提拔了两个俊才，并且对着死去的故人，也算是问心无愧了。想到这里，便将他的用意，直向寇氏兄弟说了一番。寇氏兄弟，自然是感激涕零，那有不愿的道理，于是一同仍旧回到平壤。欲知后事如何，且待下回分解。

第十回

热心人结党兴师　卖国贼献策借债

话说天下太平，做书的人，只好搁笔。这句话，并非做书人起心不良，惯好捣乱，乃因物不平则鸣，这是天然公理。果然事事皆平，物物皆平，写出来又有什么趣味咧？又有什么关系咧？还有一句最简单的譬语，如寻常人起居日食，若天天总叫他过的是家常日子，他虽然不操心，不劳力，总觉得没有什么滋味。若是要他朝东暮西，忙个不住，他虽然吃辛受苦，反觉这其中的滋味深长。所以寻常谈话的时节，如若叙到家常，其中并不加什么艰难困苦的事，别人听着，大半就要思困。若说到东家狐狸西家鬼，包管人人听了，都抖擞精神。这也是一般普通人的心理。因而做书人，也就不能从平处落笔了。

且将闲话丢开。再说高丽全罗道境内，有一读书不能得志的少年，姓金名唤有声。家产虽不算得豪富，却也可称为小康，父母双亡，独撑门户；平日手不释卷，专在文学上做工夫；目空一切，仿佛天下事，没有一桩遂他意的，但是范文正以天下事为己任的话儿，却被他读熟了，时常抱着书本儿，总说些什么忧国忧民。社会上一般普通人民，都叫他"狂生"，他也就以狂生自况，平时就将他的钱财，任意挥霍，长天短日价坐在一间酒楼上，开怀畅饮。他结交朋友，也不择人，虽不似孟尝君门前朱履三千，但是那些鸡鸣狗盗之徒，他却也可与若等呼兄唤弟。有时也有那快嘴的人，劝他不必这般滥用，他便狂笑道："你们晓得什么！金钱乃身外之物，算不得是宝贵东西，一旦国亡家破，无物不送给别人，独与他有什么恋爱咧？还是趁着这时，我自己用了好些。"大众听他这番话似疯似癫，也就不去劝他，落得与他裹吃裹喝。

伙中他有两个好友，一人叫做钱群，一人叫做尧厚，乃是他生平最相信的。可也古怪，这两个人的性格都与他相似，就是金钱没有他丰裕。就有人说他俩乃是金有声的门客，有时他们也抢着花钱。俗语说得好："人以类聚，物以群分。"这两句却很有至理的。一日他三人又坐在一所酒楼上开怀畅饮，那酒楼的名儿，用得却很古雅，叫做"醁瓯"两字，本地人说这两字，就是金有声代他想的，因此那酒楼上的座位，也就与众不同。

这日他三人畅饮，业已入了醉乡，金有声也就失了常态，端杯的时节，忽将两眼一瞪，向着钱尧二人说道："二位老兄，咱三人总算得是相交莫逆，但是两兄可知我究竟是个什么人，我这人与韩国有什么关系，与世界有什么关系咧？"这句话，顿将钱尧二人问住，半晌不能作声。金有声便狂笑说道："想不到两兄与我相共了许多年，还算不得是我的朋友，从今后我就难得有知我的朋友了。"说时，赤留赤留的，仿佛要哭将起来。钱群听他这番话，便忙劝道："金兄你少吃一杯酒罢，怎说出这些话儿，莫不是醉了么？"金有声听钱群说他醉了，越发的作恼，抢起一个碗口大的拳头，扑着钱群打去道："你才是吃醉咧，这是什么时候，你还不醒么，我今天非打死你们这伙醉鬼不散场的！"说时抢起那个拳头，死活要扑着钱群打。尧厚见势不佳，恐怕闹出事来，便起来托住金有声手腕道："这是钱兄醉了，何必去打那个醉鬼，岂不污了你的手腕儿。好好好，金兄你是丝毫没有醉的，咱们吃酒，咱们吃酒。"金有声听说也就将手掌放下，转过笑脸儿说道："我可是没醉么？"又问道："我可是真没醉么？"尧厚自然顺着他说去。金有声又狂笑了一阵道："你这才是我的好朋友，你这才是知我的最好最好朋友。"接着又饮了一会儿酒，钱群实在撑持不住，便伏在桌面上，昏昏价睡去。金有声仍是大杯大盏般畅饮，半晌又指着钱群骂道："这个醉汉，真是朽木不可雕也，生在这危急存亡的时代，不能自立图强，尚在这里酣然大睡，岂不是一个废人么？嗳，不可与谋，不可与谋！"转脸又向尧厚说道："你既然是知我的好朋友，今天我也不妨将我的心事，与你谈谈。你可知咱们生存在社会上，究竟是一个什么人？"尧厚想了片刻，方接应道："咱们乃是国民一份子。"金有声便长叹了一口气道："不说是国民一份子，咱们还能够多吃几杯，说到国民一份子，简直要将咱们羞死。请你仔细想一会，现在咱们这个国家，是一个什么国家，咱们这个社会，是一个什么社会，再说咱们这些人民，又是些什么人民。若在眼前的现状看起来，全国上下，捣乱得神鬼不安，事事都要被外国人干涉，咱们的君王是不敢说话，官吏非但不敢说话，并且帮着外国人，破坏自己的大局。难道咱们这一般平民，也都是瞎子哑子，听着他们将我等送进火坑吗？我等也就甘心将自己的生命，送给他们替代牺牲么？我等就不想救国，并救咱们的生命么？所以我提了国民一份子的话儿，心坎里真如刀刺的一般，所以我就不愿再提这几个字儿。"说罢又接着叹了几声长气，不禁洒下几点伤时的泪儿，也不再倾杯倒盏了。尧厚接着说道："你这番话，说得固然不错，但是天下最艰难的事，没有无办法的。咱们既知国事紊乱，也很想一个法儿，挽救才好。似这等空发牢骚，实在没有什么利益。"金有声猛听他这般说，顿时转过脸色大笑道："我何常不想组织一个民意机关，为国家谋须些实在利益咧！无奈那有许多同志，帮助进行！"这时钱群也有些酒醒了，便从旁岔说道："事在人为，就是咱们三个人，首先发起组织一个民意机关，似这等救国救民的事，自然有那些热心人，来与咱们表同情的。"金有声大喜道："如此咱们就商量一个名儿罢。"尧厚道："我想咱们是重在实行，名儿不必激烈，反惹那些官吏注意。"钱群道："最好是在'学[兴]'字上着想，依旧是能动人的。"金有声忖思了一会道："如此就叫做兴东会罢。"尧钱二人都同声赞好。

　　当时在那所酒楼上，接着开了一个谈话会，尧钱二人就公举金有声起草，做那些缘起简章。钱群担任了外交，尧厚担任了财政，一时那"兴东会"就算成立了。

　　他三人正闹得高兴之际，忽见左厢桌前，站起来一个人笑道："你们这般大胆，难道说都是想造反么？"金有声等猛听有人说出这等话来，这一惊非同小可，都也站起身来，掉头一看，原来不是外人，乃是多时不见面的老友黄伯雄。大家这一相见，反惊为喜，于是合拢坐在一处，更杯换盏，又大饮起来。金有声笑道："伯雄兄你也太恶作剧了，兀的不将人吓煞！如何咱们没瞅着你呢？你又因何跳到这里来的？"黄伯雄便叹了一口气道："我也是因为朋友的事而来的。"接着就将在仁义村如何搭救侯氏弟兄，那侯氏兄弟如何仗义，如何奋勇，如何是两条好汉，如何因他俩避祸逃出黄海道，然后大病在剑水驿，直待他的病好了，才奔到平壤，在李正身旁，当了一个普通科长，现在李正升做全罗道的按察使，所以他跟着来的。这番话约略说了一遍，大家这才明白，然后各自又说了一番近况，以及这兴东会的用意。黄伯雄本是一个爱国的热心人，怎得不表同意呢，于是他四人谈到日近黄昏，方各自散去。

从此那兴东会就创办起来。可也古怪，自这兴东会发现之后，那入会的会员异常发达，加着金有声平日又是好交游，那交友的信用，在社会上是很浩大，如今他办了一个兴东会，自然他那一般朋友，也都和作一团。就是平常仰慕他为人的人，也都纷纷奔来入会。虽然金有声的人缘固好，但是这兴东会的宗旨若不纯正，那些入会的会员也未必如此踊跃。可见爱国心乃是人人都有的。现在抱厌世观的人，动辄都骂人没有爱国心，这可将一般小百姓冤枉煞了。

闲话少说。自那兴东会发现之后，那韩国的一般官吏，虽然奉行故事，照例派几个侦探爪子，打听他们的行动。最后打听得兴东会乃是一般书呆子结合研究学术的团体，也就不十分注意了。由此大家放心大胆的，你往我来，团体的势力一天比一天浩大。渐渐那些受官吏压迫的人，也渐渐进入这兴东会。数月之中，居然积聚了好几万众。

此风吹过东洋大海，那日本首宰伊藤博文得了这个消息，当即命他的亲信家人伊禄将金玉钧请进相府，就将那兴东会的消息向他仔细说了一遍。金玉钧骤听不禁大喜，转又皱着眉头，长叹了一口怨气，再也不作声。伊藤博文顿时诧异道："这乃是一桩最好的事，你如何发闷咧?"金玉钧方说道："事儿我也知是很好的，但是对于我的身上，并没有什么利益。"伊藤博文哈哈大笑道："你可把事儿看得大错了！你可知他们兴东会的宗旨，是因为什么创办的，我业已切实调查明白，他们并不是研究学术的团体，乃是借着研究学术为名，暗地乃是反对当道的一般官吏，并且他们的志向还想推翻政府，改造国家咧。我想这个团体发现正是你归国做事的好机会，你何不更改一个名姓，乔装归国，钻进了他们的伙子里，正好借他们的势力做事。好在贵国当道这一般官吏，也是与你反对的，不借着这个民字的团体，前去反对，那还有别的力量与他抵抗?"金玉钧道："下官也曾想到这一着，只恐他们反对官吏的宗旨，不能与我们相同。"伊藤博文笑道："你未免太小心了，这时初入他们伙里，不必研究他们的宗旨，无论他们这个什么举动，总给他一个拍掌赞成，直到自己在里面占了势力，再放手做事不迟。"金玉钧又问道："倘若那时他们不受我的利用如何？"伊藤博文笑道："只要你有金钱，人心没有买不转的。我大胆说一句不怕见怪的话，贵国人心若真是金钱都买不转来，那大局也不至糟到这个地步了。即或那时伙中都反对你的行为，你也可以自己联合一部分势力从中捣乱的，还亏你自命是一个政治大家，总想在官场里活动，怎么这些儿政客的手腕都没有？我看你还是赶紧归国的好，失了机会，很不容易再寻的。只要你是热心去办事，经济上有什么不足，我可一力担承，你尽管放心，咱们都是自家人，将来的账总好算的。"金玉钧一听大喜，当时就改名儿叫做王振，那敢怠慢，次日就辞别伊藤博文归国去了。

再说黄伯雄与金有声等创办兴东会，他四人又结拜了生死之交。眼见那些入会的人，一天比一天踊跃，那泰仁、古埠两县人民，已有十分之八人了兴东会。黄伯雄见这声势浩大，那顾得再到衙门里办公！于是将那衙门里的事儿辞去，专心办理会务。但是偌大一个团体，那有这大的会场容载得下咧！于是就在泰仁县地方，将那座完山占着了。这时大众见自己的势力已可与官吏抵抗了，也都将态度一变，便公举金有声做完山的督统，又举尧厚、钱群、黄伯雄三人做分部的首领。接着招兵买马，聚车囤粮，俨然就是宋三郎在梁山泊的气概。那泰仁、古埠县里两个芝麻大的官儿，只求来给他们把守山门，还不能够，那敢与他们为难咧！因而他们霸占一方，真似得了一部分的小天下。

这日金有声与那三个分部首领，同在中军帐里议事，忽有小校进帐报道："外面有一个东洋式汉子求见，他自己报名叫做王振，说有要事须面见督统。"金有声当时就命传见。不多一会，那小校引进来一个东洋式的汉子。金有声见他仪表非凡，暗自就十分高兴。王振行罢大礼，金有声又给他介绍，见了三个分部首领，王振这才侧身入座。金有声复问他的来意，王振便大展其三寸不烂之舌，痛骂当道官吏如何误国如何殃民，国民如何的受痛苦，政治如何的不改良，险些自己说下眼泪来。就是三国中那黄盖所献的苦肉计，也没有他这舌头说得动人。一时金有声等都被他说得眉飞色舞，惊为奇才，自不消说，就挽留他在山上补了一个首领。当晚大家给新首领那一番热闹自不必说。

光阴迅速，不觉又过了一旬。王振暗地就在完山上面仔细调查众会友的学识成［程］度。原来都是些有口无心的好汉，大半都是凑在一处，抱热闹主义的。只有金有声等四人，却真是热心爱国，但是他们的心虽热，智却不精。王振他自量本领在他等之上，只费些须唇舌工夫，不难将他等牢笼住。于是放心大胆，展开他的手腕舞弄起来。不多几日，金有声等居然被他说得心动了。

一日，金有声又集合四个首领在中军帐里会议，王振挺身说道："按本会的宗旨，乃是救国诛奸，卫民除害的，现在完山器械是很充实的，人马是很强健的，大可实行起义，何必徒作空谈咧！"金有声道："王兄之见，诚哉不错，我们也久想吊民伐罪，但是用兵之道，首贵粮饷富裕，方可直行无忌。想我们虽然在此大举占霸一方，究非草寇可比，又不能剪路劫财，这一种行军的用项，又从何处筹办？所以迟迟不能进行的，就是这个原故。"钱尧二人也接着说道："咱们若不是这个原故，那能迟到今天咧！"王振佯笑了一阵道："原来因为这些儿小事哟！现成有的是外债，咱们何必不去借用咧？那政府里就能借外债来挟制咱们人民，难道说咱们人民，就不能借些儿外债推倒政府？"金有声道："话虽说得不错，只是我们现在的地位，哪里有借外债的信用咧？再说又有那个外国热心家花钱帮助咱们除内患咧？"王振道："话却不可这般说，如今外国的慈善家，对于咱们国事热心的人很多。即如日本人，他对于咱们国事就很热心，很想拿出许多钱来帮助帮助，只要咱们去求他，总是有求必应的。不说别人，就是我王振也敢代表办这个外交。"黄伯雄从旁摇头道："恐怕他们却不怀好意罢，前次几番的交涉，咱们政府赔偿几十万，这个亏吃得真不小，那能再与他交结咧？"王振顿时脸色一红，许久方说道："他那是对于政府的行为，然他对于咱们国民决不能如此的。再说那些事实在不能怨外人，还是怪咱们的官吏办理不善，自己不能治国，还要请什么清兵保卫。那时若不是清兵胡闹了一团糟，何至于赔偿出去几十万？我想那时大权若掌在咱们手里，包管太平无事。现在咱们人民借外债，怎能与那时官吏比较咧？"黄伯雄被他说得闭口无言，心坎里也暗自佩服他，这一番话，说得很有道理。金有声忙说道："既然他们不存歹意，咱们也何必不借水行舟？如今咱们就小试一回，特委你去办理。倘若将来真有利益，一定要重重酬劳你的。"王振暗自心喜，佯说道："为国捐躯，死而无憾，这是我们国民应尽的义务，何必说酬谢呢！"大众复又计议了一番，遂表决暂借外款五十万，以二十万购办他的军火。

王振奉命之后，那敢怠慢，次日就告辞下山。要知他与伊藤博文早就定了密约，经济上任他活动的。待到东京，那费得吹灰之力，就将那借款五十万顺带回山。金有声等见他有这般能耐，越发将他看得如天神一般。当时也不说二话，准备出师。金有声正要颁发动员令，尧厚忽上前阻拦道："如今财政军械上固然是充足了，但是军事上也得计划一个进行取胜的方法。"金有声听他这番话，也就停住了动员令不发，道："依你的意见如何呢？"尧厚道："我想汉京乃是一个帝王都，必有重兵屯扎，如咱们这许多人，若在山头上，自然是无人能敌，若与那些王者之师相抗，似较力量太薄。"钱群不待他说完，顿时不悦道："你莫要长他人的志气，灭自己的威风！照你这般说，难道就永久停止不进取么？"尧厚也就笑着道："钱兄不必性急，听我慢慢的说来。"要知尧厚又献出什么计策，且听下回分解。

第十一回

小令尹带印避祸　大将军颁兵遭殃

话说尧厚打断了钱群的话头，不慌不忙的说道："我并非是长他人的志气，灭自己的威风，也不是反对兴师伐罪。欲善其事，必利其器，总得想做［出］万全方法，预料可以战必胜，攻必克。古人说的好，'运筹帷幄之中，决胜千里之外'，这也是咱们用兵的人应该如此。"钱群笑道："这乃是老生常谈，谁也能够说几句。"尧厚接说道："你莫要断章取义，我的本意尚未发表出来咧。"黄伯雄道："你不必慢慢做文章，快些切实说几句罢。"尧厚方说道："我的意思，必须在那些官僚派

之中，预先安插一个暗线，那时咱们在外边进攻，他在里面内应，这事就越发容易了。"金有声听他说罢，便点了两点脑袋道："这话却是说得不错。但是那些官吏，早知咱们是去打翻他的饭碗，与咱们的仇恨，真是不共戴天，怎肯帮着咱们去坏自己的事咧？"尧厚摇头道："我看是不尽然，不尽然。想现在的那些官吏，所以那般蝇营狗苟的，为着什么，无非为的是一个'钱'字。只要有钱给他，包管他的祖宗牌子，也肯卖给人，那里有见钱不要，去顾团体的事咧！果然他们明白团体要紧，也就可以明白国家要紧了。"黄伯雄忙说道："尧兄这番话极有道理，我却是很佩服的，这桩事却也实在是一条妙计。"这时钱群见他说得很有理，也就不再作声。金有声便皱着眉头道："法儿我也知道是很好的，但是这的去寻找谁人咧。似这等事，乃是秘密行动，又不能明来明去的。再说咱们向来与那些官僚派，没有什么来往，也不知道他们的势力，谁人有的，谁人没有的，谁人能受咱们指挥，谁不能受咱们指挥，茫茫宦海，又向哪里去摸针咧？"这时王振挺身说道："重金之下，必有勇夫。只要督统舍得花钱，办一份厚礼，我却有一个好友，可以重托的。"金有声又道："既然想办国家大事，怎能够说怕花钱咧！我要你寻得着妥当内应，无论许多用项，咱们都能够承认，你快些说罢。"王振不慌不忙，就将李完用说出来。金有声骤然听说是李完用，默忖了一会，方说道："这个人恐怕靠不住罢。听说这个人的性格，是很阴险的，他最初本是亲日派，后来因为闵后的势力扩大，他又跳将过去，做了反对亲日派的人。如今闵后的势力倾倒，听说他又进了亲日派。这等朝三暮四的人，还是不与他亲近的好，再说那一股亲日派的官僚，究竟没有一个好货。"王振听说，顿时脸色红了一阵，半晌冷笑道："咱们本来是用他做鬼事，并不是用他做人事的，又不是想他天长地久般共事。真到将来大事规定，用他不用他，大权还在咱们手里，今与他去研究仁义礼智，岂不是多管闲事吗？再说日本人，却不能说他尽是坏人。果真咱们极端反对他，又何必求他经济上帮助，这岂不是咱们也都成了不是好货咧！"说罢，大笑了一阵。金有声听他这般说，也明白自己的话儿说大意了，连连说道："不错不错！你快些去写信罢，我再去准备厚礼。事不宜迟，咱们救国要紧。"说罢，各自散去。王振暗自欣喜，当时写了一封密书，报告伊藤博文，然后聚精会神，写了一封运动内应书。金有声又拿出两万元，办了一份厚礼，次日就派了四个亲信的家丁，星夜直向汉京而去。

　　不多几日，那送书人带了李完用的复信，回到完山。金有声接着复信，大众拆开，合观了一回，果然如他们所请，并且还骂了一阵官僚。金有声一见大喜，当时就升了中军帐，发了两个命令，点齐人马，分作两路，一路进攻泰仁，一路直取古埠。人皆横眉瞪眼，马都扬鬃亮蹄，摇旗呐喊般飞奔下山，分道而去。

　　再说泰仁县知县于澄，本来的胆量极小，寻常在衙署里闲逛，尚怕风吹树叶儿打头，若使他听着起兵打仗的话儿，他也不知吓得怎样才好。这日正在衙署里办公，忽见差役慌慌张张禀道："老爷大事不好了！"于澄猛听"大事不好"四个字，业已吓得瑟瑟作抖道："什什什么事事咧？"那些差役禀道："现有北城完山的山主金有声，倡兴什么兴东会，招集许多人马，前来攻打县城，老爷须得早些准备要紧。"于澄越发吓得脸色发灰道："这时我我手无无无寸寸铁，教教我怎么办办咧？唉，我我只只说他他他们办办什什什么学会，那那晓得他他们是是造造造反咧！"说时那头上的汗珠如菜豆般大小滚流个不停。接着又进来几次报告的差役禀道："老爷快些打主意罢！现在金有声业已兵临城下，再要这般不打主意，还怕有性命之患咧！"于澄急得两手捶头道"这这这这这这这这这这"，"这"字才说了十来个，猛的灵机一动，翻身就进了后堂，嘴巴里还说道："我有主意了了了！我有主意了了了！"众差役见于澄忽地神色安静进了后堂，暗忖这个老爷，必定想着什么退兵之计了。

　　谁知大众等候了许久，也不见于澄出来，加着那些狗腿差，如飞雨般前来报警，闹得大众也没有了主意。大众这时也忍耐不住，一同拥进后堂，八方寻找，那里有于澄的影儿？再看箱笼之中，那些细软珍贵的物件，都一掳而空，再看印信也没有了。接着进后院一看，那两扇后门大开，这才知道于澄早已由后门溜之乎也。

　　大众这一气转身回到后堂，便将于澄所不能带去的物件，瓜分干净，纷纷的嚷道："想不到这个老爷的腿，比咱们跑的还快些！横竖他那些东西，都是在小百姓身上挖取的，咱们落得瓜分了，享受享受。"其中又有人说道："你们莫要分得高兴，金有声的大兵进城，咱们的性命尚且不敢说保得住，要这些东西做什么？"又有人笑道："你这句话说错了，咱们也不是老爷，又不是大人，况且并不与他们争权夺利，走遍天下咱们仍是伺候人的差役，无论他什么人来，咱们都对着他开欢迎大会，那里有什么性命之忧咧？"大众猛地被此人提醒，于是放着胆量，将那些七零八碎的物件，分卷得寸草不留。然后大众结了一个团体，忙着去迎接金有声。那满城的小百姓此时听说县太老爷业已逃走了，众差役又准备迎接什么新大人，他们那敢反抗呢？只求那些进城的新大人，不掳掠他们的财产，伤害他们的性命，他们就是感恩不尽，自然人人都不敢高响一声的。因此金有声率领人马长驱直入，真算得是不折一矢，不伤一兵，太平无事似的，就将那座泰仁县城占住了。

且不说金有声占了泰仁县，分兵进取的事。再说于澄自从在泰仁县衙署里，携儿带女，逃出火坑，一路夹在人群里混出了泰仁县城，一路直奔全州而去。比时全州有一个督统，名儿叫做洪肇勋，他手下统带有三千兵，镇守全州，本来就是防备这些捣乱派的。但是他自统兵之后，就没有见过干戈，所以听说"打仗"二字，心里就有些寒栗。这日听说泰仁县知县求见，他暗忖这必定又是送些什么礼物来了，赶忙传见。

他二人相见之后，洪肇勋忽见于澄神色惊慌，心想这一定有特别事故。后听泰仁县城已被金有声占去了，顿时双眉紧皱道："这事怎么办咧咧咧？怎么办咧咧咧？"接说道："我并非怕去打仗，实在好好的过着太平日子，何必又动干戈呢？"话刚说了，忽门官又进帐禀道："古埠县知县徐尊求见。"洪肇勋骤听便一惊道："他来又做什么事咧？"当即传了进帐。原来那徐尊与于澄乃是害的一种病，同是一个弃官逃走的大老爷。相见之后，也是说了一番金有声占霸县城的话儿。洪肇勋忽听他仍是说的这番话，脸上虽然勉强镇定着，不露惊慌之色，但是心坎里业已劈突劈突的发毛，暗忖他当真有多大的能傺［耐］吗，哎呀，果能他们这打仗的本领高强，我倒很难进退的。心里虽然这般想，脸上又不愿失去了他的大将军威风。可恼于澄、徐尊二人好像催命鬼一般，逼着他发兵去打仗，逼得洪肇勋无奈，只好挺着肚皮，下了一个紧急动员令，点起三千人马，准备出发去讨金有声，实在他的居心是不想出发的。

接说金有声出兵之后，总算得是旗开得胜，马到成功，得了泰仁、古埠两县，就将大兵会合在一处，准备直捣黄龙府，向汉京进取。一日，正在军事计划时候，忽见小卒报道："全州洪肇勋已帅领三千人马，将要来克复泰仁、古埠了。"金有声得了这个传报，便与黄伯雄等计定准备与洪肇勋开仗。当时即派王振做先锋官，攻打头阵，又令黄伯雄打接应。后又命钱群看守老营。金有声便带着尧厚包围敌人。各事吩咐已毕，那洪肇勋已统带大兵，浩浩荡荡而来。金有声便领着尧厚，一同迎上前去。

两军遥对，直待都看着两军的旗帜，洪肇勋便下令发大【炮】，炮声震地，火光接天，于是冲锋对战起来。那烟雾迷漫之中，也不知谁是英雄谁是好汉，自清晨酣战到午正，眼见金有声的人马死伤很多，渐渐抵当不住。这时金有声大惊，顿时乱了手脚。正在为难之际，忽听左右枪声震耳，烟雾中隐隐闪出旗号，原来是黄伯雄、王振两路人马合攻前来。金有声一见救兵来了，复又抖擞精神，镇住了阵脚。这一场恶战，可就将洪肇勋的人马打得丢盔卸甲，兔走乌飞。洪肇勋见势不妙，也顾不得大队人马，勒转马头就跑，一口气逃出战线，远远只见自己的军队都打得马倒人翻，分散四野，那敌军如风催云拥般直扑前来。洪肇勋见大势已去，不能挽回了，他也就不敢再回全州，一直向汉京奔去，再打颁兵复仇的主意了。按下不提。

且说金有声见洪肇勋大队人马，被他打得死的死伤的伤，已算得是全军覆没，也就不再穷追了，会齐各路的人马，打着得胜鼓，唱着得胜歌，一直进了全州，安营扎寨。这时他又抢夺了许多枪械，收伏了许多降兵，那势力越发强健了，便大排筵宴，杀猪宰牛，合军庆贺。那一番热闹，不待记者深谈，也可预料它是无可伦比的了。

庆贺已罢，金有声又会齐四个头领，特开军事会议，筹划那直捣黄龙的计策。这时黄伯雄起身说道："我看如今筹划直捣黄龙的事，还是第二步问题。想那洪肇勋平日尚算得是善战的大将军，这番被咱们打得丢盔卸甲，虽然逃去，必不甘心，我想他必定奔往汉京颁兵去了，一旦他再率领大军前来，咱们也得想个抵御的方法才好。"金有声笑道："乌合之众，没有什么利害的！"黄伯雄道："我看还是不可小量他的好。"金有声便问道："依你如何办理咧？"黄伯雄道："我的意思，也没有别的打算，难得咱们出手总算是很顺遂的，'人强粮足'这四字，咱们总算得是有把握了。只是咱们弟兄之间懂得军事的人很少，我想再添一两个军事上的同志，岂不势力越发加厚了吗？"金有声等大喜道："这不但防备洪肇勋，就是进攻汉京，也是用得着的。你可有相信的人么？请你就举荐几个罢。"黄伯雄便道："说来这两个人也都是草昧英雄，当初在仁义村，路打不平，救了安氏父子的侯氏兄弟，老兄叫做侯佐，老弟叫做侯弼，真算得是文武全才。"王振忙岔嘴说道："可是那退了日本人，险些闹出外交的那两个姓侯的么？"黄伯雄忙点头道："是的，是的，就是他们哥儿俩。"王振便将眉头一皱道："他哥儿俩年纪太轻，脾气太暴，未必能

137

够做大事罢。"金有声忙道："这两个好汉，我是早就闻名了，如何说他不能做大事呢？"复向黄伯雄道："你赶快写信去请他，他现在什么地方呢？"王振见金有声这般殷勤，也不敢再接着说下去了。黄伯雄便说道："他哥儿俩现在平壤云在霄那里做事。"金有声益喜道："云在霄也是一个好人，很有本领的。他哥儿俩既然在云大人部下，必定能倚〔耐〕不小了，快些飞信去请他俩罢。"王振实在忍耐不住，便在鼻孔里哼了两声道："他们都是想做官的人，还肯来入咱们的伙子里做乱党么？"金有声那里晓得他是有意反对的，便忙接着说道："这些事咱们不可臆断，还是将他俩请来再说罢。"王振也不好再作声。大众又闲谈了一会，看着天色已晚，进行各事只得暂时停顿下来。黄伯雄便回到自己卧房里，去写请侯氏兄弟的书信。不多一会，那书已写就。金有声又派了两个亲信的家丁，赍书发去，按下不表。

再说洪肇勋一马奔出战线，人不喘气，马不停蹄，一直奔到汉京。见了李熙就碰头大哭，把那兴东会的情形一一略说了大概。李熙一听大惊，闹得也没有主意了，当时将兵部尚书李完用立传上殿。按：这时云在霄业已领兵回驻平壤，所有一切兵事，概归李完用调遣。这也是他们亲日派暗中要的手段，此时也不暇详细说他。接说李熙见李完用上殿，便将洪肇勋颁兵平乱的事儿说了一遍，又将兴东会如何作乱的事也说了一遍，命李完用赶快派兵给洪肇勋去平乱杀贼。李完用听了李熙一番言语，心坎里早已明白，暗笑这正是我将来升官发财的好机会，如何来给你们这些糊涂东西帮忙咧！当时勉强称了两个"是"字，下殿就派了许多老弱残兵给洪肇勋领去打仗。可怜这个洪大将军死在眼前，尚不自觉，带领了这许多老弱残兵一直向全州奔去。

沿路好像赶牛的一般，慢腾腾价走去。直到战线上，人人都累得死了半截，那里还能够打仗呢，勉强上阵，真是十人就有八人送死。连次打了两仗，又打得瓦解冰消。急得洪肇勋没有主意，只在乱兵中闯来闯去，不消一个小时，就被一个送命的流弹穿胸而过，就将他送到森罗殿上去了。接着，全罗道的地方，也被金有声占去。由此，兴东会的势力越发广大。

这消息飞报到汉京，李熙听了只急得连连叹气，李完用站在一旁，暗自庆贺，也不作声。半晌，急了亲王李应藩，忙转身禀道："眼见这事闹大了，若不趁早设法扑灭，将来还不知是如何变幻呢！"李熙皱着眉头道："兵力不能抵御，这也是没有法儿的。"李应藩禀道："现有清兵，咱们何不求救呢？"李熙正待开口，李完用忙抢着禀道："清兵也是外表好看，没有什么能俦［耐］。况且自己国乱，力不能平，转求外人来平内乱，这是吴三桂的行为，恐怕要贻笑万邦罢。"李应藩顿时不悦道："清朝与我国，本是有唇齿的关系，那能算是外邦？与其去求教［救］日本，不如求教［救］清朝。再说这等大乱，若不设法扑灭，难道还想坐视国亡吗？你不主张借兵，你可能担圣驾不惊的责任么？"李完用被李应藩抢白了一阵，见他又是一个亲王，又不敢与他强辩，便低着脑袋，再也不作一声。李熙见他的叔父既然说得这般强硬，也就不作别议，便接着说道："我只求平安，亲王怎说怎办就是了，朕是没有不允许的。"李应藩便谢恩，各自退朝。

　　李完用包着一肚皮闷气，回到私邸，就将李应藩的意思秘密报告了金玉钧。再说李应藩下朝之后，当时就去拜访吴长庆，将兴东会作乱，迭次失败，洪肇勋阵亡以及韩王想要平乱的话儿，一一叙述个大略。吴长庆得了这个消息，忙回答道："这是敝国应当帮忙的。再说敝国在贵国经营各种事业的侨民，也不在少数，敝国即不能为贵国平乱，就是保护自己的侨民，也是应该的。"一口就允许了。待李应藩去后，便电奏了清帝。这时清帝就将这桩事儿，交给国务大臣办理。比时国务大臣李鸿章，也不敢怠慢，就派后军提督丁汝昌，先带两艘军舰，赶往仁川保护侨民。又派直隶提督叶志超、太原镇总兵聂士成，带领步兵三千人、大炮二十尊，一同向高丽进发，准备与那些兴东会的人马，决一胜负。晓行夜宿，不觉闹了许多天，方将人马带进了韩境。这一场战事，是胜是败，如何的作战，且待下回分解。

第十二回

劝良友侯氏入伙　骂汉奸王振失机

　　话说侯佐、侯弼兄弟二人，自从仁义村避祸之后，暗自奔到平壤，去投奔李正，谁知李正因他俩都有外交上的嫌疑，不敢十分重用，后来因他升任全罗道，便双手将这两个火团儿，送到云在霄部下。在李正乃是敷衍的政策，谁知侯氏兄弟，反得着出头的机会了。那时云在霄见侯

氏兄弟仪表非凡，就知他俩都不是凡辈，将来很有作为的。可巧安氏父子，也在云在霄的公署里，彼此相见，那一番亲爱，真是描写不尽。最高兴的，就是安重根，他本来与侯氏兄弟就异常要好，今一旦见面，回想到别后的相思，也不知向那一句说起了，只喜得在侯氏身旁，转来转去，一句话也说不出来了。最后还是安悦生，又将仁义村遇难，蒙侯氏兄弟解围的话，重向云在霄细述了一遍。云在霄这才明白安氏父子夫妇遇救的人，就是这两个少年，于是越发尊敬侯氏兄弟。因他俩年纪皆在少年，便就将他兄弟二人，当作自己的子侄看待，那午餐夜宿的起居琐事，且略不提。

光阴迅速，侯氏兄弟在云在霄左右，不觉已过了十一年。一日，侯氏兄弟二人，正在慨叹国家大事，忽门官进房禀道："门外有两个下书人求见，说书信须得面呈。"侯佐想道："这又是谁人派来的呢？"侯弼道："不管他是谁人派来的，传他进来再说罢。"当时门官将那两个下书人引着进房，那下书人见了侯氏兄弟，便将黄伯雄的书信呈上。侯氏兄弟一同拆了，略看两遍，便大吃一惊，想要当时翻脸，又碍着黄伯雄的情面，不便作声，要想如他所请，实在与大局上，很有些为难。他兄弟二人，踌躇了一会，方向下书人同声说道："你俩先出去休息休息，有事再派人来传信罢。"

那两个下书人告辞出房，侯佐便将舌尖儿一伸道："哎呀，这个乱子，险些闹得不能下台，这事怎么办咧？"侯弼道："若论那兴东会的宗旨，却是很正大的，我却很赞成他们那般举动。"侯佐道："恐怕是被日本人利用，那就不成话了。听说他们这番举动，一切金钱军火，都是仰仗日本人接济，还听说有一个隐姓埋名的亲日派首领，在伙子大权独揽。似这等行为，何异将自己的国家，双手捧着送给外人咧！我看这桩事儿，还是不去理会他们的好。"侯弼便将眉头一皱道："黄伯雄的为人，却是一个很有肝胆好汉。再说金有声、尧厚、钱群三人，我也曾听说，都是热心爱国的好汉。咱们就不与他共事，能将他这三个人说醒同来，给国家做些儿实益的事业，就将那个捣乱的团体解散了，一则咱们对于黄伯雄，总算得是报恩知己；一则咱们对于国家，总算是介绍了几个人材；就是咱们对于金有声等，也总算聊尽些须友谊。这岂不是一举三得么？"侯佐又想了片刻道："这话你都说得不错，但是云在霄他待咱们兄弟，真如自家子侄一般，咱们既然在他们部下做事，又如何能办这等事儿？再说这等事，是非亲往全州不可。若云在霄见疑咱们兄弟，反说咱们兄弟私通草寇，就是咱们到了全州，一旦言语不和，金有声反疑咱们是汉奸，岂不双方都不落一个'好'字么？"侯弼笑道："大哥你这句话说得大错。咱们兄弟办事，只求良心上对得住天地鬼神，对得住国家人民就结了，性命丢了也算不得什么要紧，何必管那些飞长流短的是非？再说大丈夫做事，是不能思前想后的，天下事也决没有八方圆满的。我想这桩事，咱们先禀报云大人，咱们兄弟二人的意见，也不妨说明。倘若云在霄与咱们同意，咱们就如法进行，否则咱们回一封信给黄伯雄，在个人的感情上，劝他设法脱离关系就是了。"侯佐又想了片刻道："只有这样的办法妥当些。"

二人便拿着黄伯雄的书信，一同见了云在霄，又将他俩的私意，报告了一遍。云在霄听罢大喜道："这正是爱国爱民的大政策，我是很相信你们贤昆仲的。但是前途的风浪很高，你俩这番去，须得要逐步小心要紧。虽然为国捐躯，乃是一种成仁的事业，只是自己捣乱，想这有用之身牺牲了，却可惜的。事不宜迟，你俩打定主意，就快些去罢。"侯佐又说道："倘若这事能够如愿，如金有声等，大人可能代奏免罪，量材任用呢？"云在霄道："这事我一力担任，你们放手去做，如有什么为难的事，我总可与你俩商量办法的。"侯氏兄弟听云在霄这番慷慨好义的话，心坎里越发愉快，便同声说道："只要大人能给我们兄弟做主，就是舍身拼命，我们兄弟也不辞劳瘁，去走一遭，只凭这三寸不烂之舌，必定要将金有声等说转来几个的。"云在霄连连点头道："好极好极，这也是关系国家大体的事，不宜迟缓，你们赶快去罢。"

侯氏兄弟，遂辞别了云在霄，回到自己房内，彼此又商量了一回办法，方将那两个下书人传进来，随手给他俩十两银子道："你俩先赶回去，咱们也不写回信，随后就到，有话那时再当面谈罢。"那两个下书人，辞谢登程。他兄弟二人，也就接着放马扬鞭，直向全州奔去。那一路上花明柳暗，燕语惊啼，不必细表。

一日赶到全州，此时那下书人先到了一步，将侯氏兄弟前来的话儿，报告了一遍。金有声等自然欢喜非凡，预先就在全州郊外，准备了接官厅。约计侯氏兄弟快到的时候，金有声便带领黄伯雄、尧厚、钱群三个首领，一同接出郊外，军中只留下王振一人，看守老营。立待侯氏兄弟到了，大家相见已罢，黄伯雄又从中介绍了一回，方各自回营。当晚杯酒言欢，大家都说得情投意合。

不觉又过了三天，金有声便将他的心事，向侯氏说了一遍，黄伯雄也从旁敲了几锤边槌鼓，怂恿侯氏兄弟入伙。侯氏兄弟默忖了半晌，侯佐方说道："这桩事儿，承列位厚情，我兄弟二人的私心，实在感激的了不得。但是这救国问题很重大，我们不能不先加研究这一种性质，究竟与咱们国家，是何等的利害关系，然后还要研究进行方法。对于外交上，第一要小心谨慎，莫要惹得外人进兵干涉。那时不但不能谋国利民强的幸福，反要招一番误国殃民的大罪，可就不是咱们爱国爱民的人，所应做的事了。"金有声忙说道："咱们正因为这些事儿，没有主见，所以特请贤昆仲到此，赐示方针。总总咱们的宗旨，是在推倒一切贪官污吏，扶助我皇治国，使百姓大家都享受自由的幸福。咱们就是牺牲了性命，也是甘心情愿的。"侯弼忙抢先说道："如兄这般计划，我兄弟真是佩服得很，但是将那般贪官污吏推倒了，兄等可是代行职务呢？"黄伯雄不待金有声答复，接着说道："咱们骂别人是贪官污吏，如何能将他们推倒，咱们上台，这不是变做与他等竞争权利吗？"侯佐也说道："既然兄弟不是与他们竞争权利，可物色有一般替代他们的人才咧？"

金有声等一时都回答不出来，各自面面相觑。又久，王振便岔嘴说道："那都是后来的事，真到了那个地步，自然就有一般治国安邦的人才发现。这事如何能够预筹？"侯弼冷笑了两声，正要与他争辨，侯佐便觑他的兄弟，暗暗使了一个眼色，后又淡淡说了两句道："破坏的事固然要紧，建设的事，也是要紧的。这且不去说他了，请问现在发兵，是如何的计划咧？"尧厚说道："现在全州业已占领，自然第一步是攻取汉京。"侯弼问道："军队编制如今是些什么人？兵士有几年成绩？军事上的知识如何？"钱群道："若论现在的军队，乃是一般旧有的同志，与各方投降的散兵合组而成的，'成绩'两字是说不到。至于军学知识，以我的眼光窥察，恐未必能够说懂得。不过一团义气，结得尚坚固罢了。"侯佐又问道："那财政、器械咧？"金有声听他这般问，顿时发了一会怔，后又向左右瞅了两眼，方说道："横竖这里也没有外人，我就实对你说罢。如我等赤手空拳做事，又不能去做绿林英雄、赤眉豪杰，在苦百姓的身上打主意，只好特别想了一个方法，由王振兄介绍，现在日本的资本家手里，借了三十万金，军械也是从日本赊欠来的。"说罢，侯氏兄弟二人，同向王振瞅了两眼，王振赶快接着说道："这乃是小弟个人私交，并没有国际上交涉，并且他们都是热心朋友，也不取丝毫利息的。"侯佐、侯弼都冷笑了两声，许久侯佐方说道："诸君的志向，我兄弟二人是极佩服的。但是这其中有许多组织法，我兄弟却有些不敢赞同，并且对于这番举动，我兄弟还有几种疑问，未知可能研究么？"大众同声说道："特请二兄就是要求指教的，如有什么高见，务请发表，我等无不遵从的。"

　　侯氏兄弟听他等说了这番话，后又暗察他等颜色，大都很表示诚恳，只有王振的形容，仿佛有几分勉强的意味。侯佐也不去理会他，便向大众说道："列位的宗旨，是在救国救民，因为救国救民，方要驱逐那些害国殃民的贪官污吏了。但是古今的官吏，不能说他尽是些害国殃民的东西，倘若有几个贤官良吏，咱们又如何对待他咧？"金有声忙道："那是咱们尊敬的好人，还要请他给国家办大事咧。"侯佐忙道："如此诸位是反对贪官污吏，不是反对一概的官吏了。再说诸君乃是反对一般狐朋狗友的官吏误国殃民，不是反对今上皇帝，想谋什么民主政治的。"尧厚道："如今人民的知识太薄弱，还说不到民主问题咧。"侯佐道："是呀，我也很赞成这一句话。只是那些贪官污吏，究竟在人民之中，还是占得最少的数目，我们很可以设法用别种办法，驱逐他等，何必因为这几个少数坏东西，大动刀兵，而使庶民蒙兵燹之灾、流难之苦咧？"王振忙说道："这也是迫不得已的行动，因为没有别法驱逐他们，才如此办理的。"侯弼便从旁笑道："天下就没有无办法的事，将来咱们详细研究，自然能想得出善策来。"王振便摇着脑袋说道："我个人的意思，如今想要驱逐这一般贪官污吏，非用武力不可。"侯佐正待开口，侯弼便将脸色沉下来道："就说是用武力解决，试问现在所有人马，可能称为正式军队？人人正于军事上又没有经验，又没有计划，又没有普通常识，全恃着一团义气，积合成群的，一旦受了几项波浪，那团意气消沉，顿时就可以冰消瓦解。并且这等没有常识的人，最容易受外感，倘若自溃，诸君还有杀身之祸，若使他等常常的风餐露宿，冲锋对敌，那是万难保险的。"王振也就将脸色沉着道："老兄这句话可不能说过分罢！你若说他们没有军事上的学术知识，这句话我却不敢与你争辨；若说他等不能打仗，未免是专制的言论。试问这番攻泰仁夺古埠得全州，战退洪肇勋的健旅，势必〔比〕破竹一般，这不是他等的战功？难道是洪肇勋等拍手欢迎的吗？"钱群忙说道："是呀，这都是他们血战得来的。"

侯弼听罢，便扑嗤一笑道："洪肇勋的兵士，你们将他当作雄兵健旅看待，这也是你们的眼光太小。若论他的那些人马，真如纸扎一般，大风一吹，就要睡倒的，那能算得是军旅咧？倘若调了平壤的兵来，包管你们就抵挡不住了。"黄伯雄道："云在霄的部下，乃是仁义之师，决不肯来与咱们为难的。"侯佐道："这句话我却不敢担保。若论诸位的宗旨咧，老云他不但不反对，并且还可与诸位表同情；若是诸位领兵真捣黄龙，那时天子蒙尘，九庙震惊之际，老云未必不调兵与诸君战场相见了。听说如今亲王李应藩，已向清使吴长庆借兵平乱，吴长庆当即禀请清廷，清廷业已准奏，特派后军提督丁汝昌，先调两只军舰，驻泊仁川，又派直隶提督叶志超、太原镇总兵聂士成，带领数千人马，大炮数十尊，前来帮助。似这等战事，诸君可有把握，操必胜之权咧？"

大众得了这个消息，彼此都吃一惊，半晌不能回答。又久，金有声方问道："这事可是真确么？"侯佐道："我们又何必借重外人的势力，来吓自己咧！"此时怒恼了王振，便将两道虎眉倒竖，一双鼠眼圆睁，站起身来，拍案大骂道："你们这两个臭小子，必定是云在霄的侦探，有意来惑乱军心么？你可知本部的军法利害，本首领最恨的就是汉奸，如今落在咱们手里，是没有活着回去的。什么清兵不清兵，我们兄弟伙子的力量，纵然抵挡不住，难道说不能去借日本兵吗？"这句话刚才说了，侯氏兄弟二人，都同声狂笑了一阵。侯弼道："王君这句话，真是说得不错，但不知指的是谁人？如说咱们兄弟二人是汉奸，咱们乃是给云在霄做汉奸。云在霄的为人，究竟是好是坏，究竟他是韩国人。如王君介绍借日本人的金钱，赊日本人的器械，还要去向日本人借兵，试问那些日本人的眼光，谁不想沦没我们韩国？如前番几次的外交，咱们受日本人的闷气，难道还不痛苦吗？日本人对于韩国的野心，难道还不明白吗？你说借款赊械，乃是你个人的私交上感情，将来没有国际交涉，可知以前那些狐群狗党的亲日派，入手之初，谁不说是个人私交上感情，没有国际上交涉，直到后来闹得不可收拾？那一桩事了结，不是国际上污点，小百姓吃亏？你说他借钱不要利息，可晓得他借钱目的，是想在土地上分肥，自然是不要你这区区微利。唉，世界上没有强权压公理，可以亡国灭种的，只有借外债赊军火可以亡国灭种的。如今还想借他们的兵来杀自己人，这乃是引贼人入室，自速其亡。我看你的误国殃民罪过，比那些贪官污吏还要加重的多咧！如今你不明白，自己已是一个汉奸嫌疑犯，还想反嗜别人，真是可笑得紧。"说罢，又哈哈狂笑了一阵。

侯佐见他的兄弟业已翻脸直骂出来了，他那一股无名火，也就不因不由，从脑顶门直冲出来道："这番话已被舍弟说完了。但是我也有一番意见，要在诸君面前表白一番，诸君相信与否，这是我们兄弟二人所不敢要求的。诸君须知我们兄弟二人，今日既单骑独马，特奔前来，就不准备活着回去的。今从极简单上表白，诸君的宗旨，非但我兄弟二人表同情，就是云大人也称赞诸君是爱国义士。如诸君的行动，以武力驱逐权奸，伤生害命，这是我兄弟二人不敢赞同的。若说借日本人的金钱、器械、势力，来与自家人为难，这是我兄弟二人根本反对的举动。话也说完了，如今杀也在诸位，剐也在诸位，汉奸不汉奸，将来总有水落石出的时候，公理上自然可以明白的！"

说罢，二人都将双目紧闭，再也不作一声。此时气得王振两眼发直，脸色白里泛灰，恨不能立刻将侯氏兄弟碎尸万段，方消得心头之恨。再如金有声、尧厚、钱群三人，听侯氏兄弟二人所说的，都是很知大体的，虽然听着刺耳，实在可以清心。想要糊里糊涂，将他兄弟二人处于死地，实在公理上很有些说不过去的。要想将就再去敷衍他，又恐王振坐在一旁吃飞醋。各自默坐，只管不住的叹气。座侧还有一个人最难堪的，就是黄伯雄。接侯氏兄弟前来，本是黄伯雄介绍，夸奖他俩如何多才，如何多艺，而今言语上总算是很不合的，将他一人夹在其中。两方面皆是至好的朋友，皆是问心无他，只知爱国的好朋友，从中要他判断曲直，真不知向那一方面说起，垂头丧气，坐在一旁，只得哎唷哎唷哎唷哎唷的叹气，心坎里早暗埋怨自己做事太卤莽，对于朋友，不应如此热心。最后还是金有声从中落台道："侯家二兄，今日风尘劳碌，想是很疲倦，有什么妙策，咱们明天再计较罢。"说罢，各人都站起身来，回到自己房里，侯氏兄弟，便跟着黄伯雄去了。欲知后事如何，且待下回分解。

第十三回

三寸舌劝走英雄　一窝蜂变成强盗

话说侯氏兄弟与王振言语不合，彼此争得脸红耳赤，都有骑虎不能下背之势。金有声、尧厚、钱群三人，虽然左右为难，尚不觉十分难受。只有黄伯雄的心里，莫如刀刺的一般，他因侯氏兄弟，乃是他介绍来的，如今闹到这番地位，也不知怎样才好。幸亏金有声从旁将话头岔开了，各人方才散步［去］。

当晚侯氏兄弟都宿在黄伯雄房里。直待夜深人静的时候，黄伯雄便悄悄的埋怨道："你俩这番来，究竟为的是什么？何必这般与他们争论咧？常言说的好听，合则留，不合则去，你只管你自己的事罢了，何必给别人论什么短长呢？"侯弼道："老哥你这句话说得大错！我兄弟这一次来到这里，就是很想做大事的，并且赞成你们诸位的主义。这不但是咱们哥儿俩的意思，就云大人的意思，也是如此。自从到了此地，与金钱尧三君接谈了几天，很觉他们的热心毅力，都比我兄弟高强。再说他们的才识，真是很能做大事的，我兄弟二人也很愿与他等亲近。只是那一个王振，明明是亲日派的小鬼，利用他等捣乱。这不但与国家前途有莫大关系，就是与他三人做事处世的前途，也很有莫大的关系。我们因为爱他等品学心术，不忍使他受那小鬼利用，所以不能不揭穿那小鬼的黑幕，可使他三人早些自觉回头，为国为民做些儿实在的事业，论友谊我们才算对得住他等三君咧！"黄伯雄道："唉，我看你哥儿俩混到今天，怎么还说的古话？如今的人心业已大变了，你们虽然如此说，他等未必能如此相信的。"侯佐道："相信不相信，那是他们的主权。但我等若见到不说，这就是我等不重朋友之义了。"这番话刚才说罢，忽听窗外一阵响声，接着有三个大汉冲进房门，倒身就向侯氏兄弟二人，行了一个特礼。吓得侯氏兄弟忙乱了手脚，也不知怎么才好，都站起身来，迭迭还礼。彼此迎面仔细的一看，原来进房来的三条大汉，乃是金有声、尧厚、钱群三人。

　　再说金有声等自与侯氏兄弟谈论之后，见侯氏兄弟被黄伯雄央到自己房里去，复又与王振接谈了一会。此时王振的态度，迥异从前形状，趾高气扬，大有万山皆小，唯我独尊的气慨〔概〕。那言语之间，自然大骂侯氏兄弟是汉奸乱党卖国贼。金有声等听他那一番议论，仿佛理由都不十分充足，但是他三人的心坎里，对于侯氏兄弟，却也不敢相信他是两个好人。直待月满中庭时候，王振也不在左右，金有声便向钱群、尧厚道："两位贤弟，方才侯氏兄弟与王振争辨的事儿，究竟是谁人有理咧？"尧厚说道："若以我个人的评论，自然是侯氏兄弟的理长。无论如何，他兄弟二人，总算得爱国的份子。如那借外人的钱债，赊外人的器械，一旦打了败仗，还想去借外国兵帮助，这等举动，也实在很像引狼入室，自残同类的意思。起初我也不十分赞成，不过因为一时的金钱所困，不得不借重这一着棋，助我一臂，如今被他俩提醒了，越发觉这桩事儿是很危险的。我看这桩事儿，咱们须得打点一个主意，与那些日本人的关系脱离了才好。"钱群道："这话还须研究。日本人殷殷想与咱们联络，他是不存好心，想谋取最后的利益，这句话，我却很相信的。王振他拼命拉日本人进来，甘心媚外，不是一个好人，这句话，我也是很相信的。但是侯氏兄弟，发出这一番议论，他乃是从衙门里出来的人，究竟有无政治上作用，现在人心很难测，我却不敢十分相信他俩都是好人。"金有声便皱着眉头道："如此这桩事怎么办法咧？"钱群又进一步说道："倘若他哥儿俩心怀叵测，受了一般吃饭的官僚密命，特来破坏咱们的团体，咱们岂不因他俩这一番空谈，耽误了大事么？"尧厚忙说道："我看他俩那一番气度，必不至于给别人做小鬼的，况且他俩这次前来，并非是自己寻找上门，乃是咱们请他来的。"钱群只管摇着脑袋，表示他不敢相信的意思。闹得金有声，适居其中，也拿不定主意，半晌忽说道："那日本人联络咱们，居心不良的事，两弟都看得很透澈。我也很觉日本人这般热心，不是一种良善举动。再说王振那因为这些儿做鬼的功劳，如今态度顿变，大有喧宾夺主的气概，似这等事，咱们可以不必去研究，也实在没有研究的价值。现在咱们急须研究的是侯氏兄弟究竟他俩是好人，还是歹人，咱们如何的处置他俩，这应当早些解决才好定咱们的进行方针。"钱尧二人见他发了这一个大问题，彼此都鼓着嘴巴不答一字。又久，还是金有声说道："我却想了一个法儿，此时业已夜静了，想侯氏兄弟与黄伯雄乃是患难之交，今一旦相见，自然是剪烛细谈，倾吐肺腑的，对于咱们的事，必定有一种议论。咱们何妨去密探一回，倘若他俩也是前来做鬼的，咱们就老实不客气，并黄伯雄伙在一处，给他个军法从事；倘若他俩别有一番苦心，咱们再打主意与他俩交给〔结〕，也就不至于冤枉好人了。"尧钱二人听了这番话，都觉得很有理，于是一同悄步走到黄伯雄住室的窗前，平息静听。果然他三人都说的是那些话，各人都仔细听去，谁知大众都越听越发心动，越听越发心感。就是钱群他不甚相信侯氏兄弟的人，如今也动了真情，甘心折服。最后听侯佐说道："但我等若见到不说，这就是我等不重朋友之义了。"大众的心里都又感又愧，金有声这时实在忍耐不住，便悄声说道："如这两个好朋友，咱们还要猜疑他是歹人，可又向何处去寻觅好朋友咧！两位贤弟，你等这时可还有研究么？"钱群、尧厚同声道："这时还有研究，除非是王振一流的小鬼了。"接着三人闯了进房，倒身就拜，吓得侯氏兄弟手脚无措，前事业已叙过了。

再说金有声与大众坐定，突口便说道："日间两兄的意见，甚是高明得紧，我等鲁莽做事，一时计划不周全，若非两兄直言训诫，我等空赍一片至诚爱国心，反坐个误国的祸首了。"这番话听得黄伯雄也有些不懂，侯佐正待回说，金有声忙止住道："老哥也不必再说，两兄的苦心，我等业已明白了。"接着，就将他三人那一番举动，又说了一遍。侯氏兄弟与黄伯雄三人，这才明白。大众接着又笑了一阵，尧厚便说道："已往的话，咱们可不必再去研究了。倒是将来的事，咱们究竟是如何打算，我个人现在确实没有了主意，还是请两位侯兄，给咱们想一个完善方法。只要能表示咱们兄弟是真心爱国，就是牺牲了性命，也心甘情愿的。"侯佐忙道："你这话，也说得太重了。"钱群不待他说完，忙抢着说道："这并不是尧兄谦词，实因咱们自听训诫之后，一时心急，没有丝毫主张，所谓迷路之人，很盼望路旁人指导的。"黄伯雄道："大家既然同心，彼此都知道黑白真伪，也可不必说那些训诫的客气话，有什么意见，彼此老老实实研究一个妥当办法就是了。闹客气，反而不能利事实，还是将一切空［客］套的名词蠲免了罢。"大众都拍掌，连说了几个"赞成"。侯弥接说道："我看诸兄既然安国爱民，出诸肺腑的诚意，何不择人而事，从正路上去谋改造方法，那时对于国家说话，也可有几分信用。就是政府人民，双方对于诸兄，也就不敢小视了。并且那时去谋改造，都是从和平方法入手，农不废耕，廛不废市，庶民又不遭兵燹之灾、流离之苦，岂不比以武力去谋改造，好得多么！"金有声忙说道："不瞒两位老兄说，择人而事的宗旨，我等早有此心，并非澎涨自己的势力，想做大将军大元帅。就是此时总算占得一部分势力，果然有那爱国爱民的大好老，我等也很愿牺牲这一部分，依傍他做事，就是执鞭之役，我们也很愿往的。但是寻找不着这一个人，教咱们又如何去依傍咧？"侯佐忙说道："这个问题，尚不难解决，倒是王振这个人，应想个什么方法，使他离开才好。"金有声皱着眉头，半响回答不出一字。尧厚也摇着脑袋道："这个人倒真不易撇开他。若说向着他下逐客令，他自然就要说这一宗外债是他经手借的，军械又是他经手赊的，别样不说，只要求了清他经手未完的事，一时没有办法了。"侯弥道："这有什么为难，糊里糊涂将他杀了，岂不除了一个误国殃民的小鬼吗？"金有声连连摇手道："哎呀，这桩事却万做不得，因为他一身本领，就在那一张外交的老虎皮上。伤他一个人的性命，本算不得什么绝大的事，但是惹出日本人的外交，岂不又给国民加增了一桩害事吗？"侯佐又问道："这军中兄弟伙子，与诸兄的感情何如？究竟可有十分实力？"金有声叹了一口长气道："再也没要提起了。我如今受了这番经验，才知我国所以不能够富强，动辄受强邻外侮，并非坏在别样事故，就是坏在人心太鬼祟了。那军人的心，若比较平常人心尤坏。就是咱们军中这些弟兄伙子，若问他们的军事学，恐怕一百人之中，没有一两个人回答出来；若问他们的奸淫掳掠，恐怕人人都能考专科博士。幸而我们兄弟都严禁这些举动，所以他等眼前尚不敢放肆。但是他们普通心理，看着钱眼都红了。况且他们只要打了一个胜仗，也不知有多大的能倲［耐］，如我们做指挥的，尚不敢自视太贵，他们弟兄伙子，对于丘八太爷的牌调儿，都摆得十足，仿佛都是神圣不可侵犯似的。如这等军人，真是乱国有余，治国不可。我就是想直捣汉京的时节，也很想渐渐将他等解散，再训练能守军纪的新兵。无奈王振那一个小鬼，放手遍洒金钱，拼命的联络他等，这一般见钱心跳的丘八太爷，那能受得人这般笼络，于是日久时长，就投入他的势力范围。所以对于咱们的事业，大概都是漠不相关，那有什么感情可言，实力可恃咧！但是他等对于王振，却日渐亲密，这乃是早日王振对于他等金钱法律，种种都不认真取缔的原故。"侯佐忙说道："这就是他包藏祸心的手腕。"金有声忙应声道："我这时也明白了。只是对于王振的问题，实在不易解决。"侯氏兄弟听了这番话，也给他踌躇了半晌，还是尧厚从旁说道："我看这个问题也不难解决。真是咱们有路可走，能偿咱们救国救民的素志，何妨牺牲了这个团体，让他去称霸称王？他也很心愿。将来他若能够自觉，就可以自行解散，若仍迷而不悟，那时涂毒生灵，乃是他的罪过。眼前咱们总算跳出火坑，不使人民涂炭了。"

大众听他这番话，都诺诺连声赞道："好极！好极！咱们只好是这等下场，若再长久拖延下去，还不定是怎样的结局咧！"黄伯雄又说道："王振的问题是解决了，但是咱们又向那条道路上走去呀？"说时便与金尧钱三人，八只眼珠儿，只盯在侯氏兄弟身上。侯弼也不待他老兄开口，便忙着说道："云在霄他是热心爱国的好人，并不是贪财利己的猾吏，并且他爱才如命，诸兄如在他的部下做事，不怕不能够如愿遂心。"金有声大喜道："云在霄的为人，咱们都是很崇拜他的，他果能容纳咱们吗？"侯佐便拍胸说道："这都包在咱们兄弟身上，决不令诸兄屈才的！"侯弼又抢着说道："我今说一句老实话罢，老云他也很称赞诸兄的。我兄弟这一次前来，乃已禀明了老云。临行的时节，曾殷殷向咱们兄弟叮咛，总说须劝诸兄往他那里做事，就是有什么风浪，他都能替代抵挡的。"大众听他兄弟二人，又说了这番话，彼此益发感激云在霄的情义，由此再也不打别的主意了。接着大众又商量些脱身办法，不觉天色大明，各自方才归房安寝。

转眼又过两天，王振此时尚不知他等密谋脱身的计划，还时时刻刻去催促金有声下动员令。金有声总是用好言去敷衍他，按兵不动，一再支吾。王振的心里也渐渐猜疑他等，有什么变故，于是暗自思寻，虽然料定是侯氏兄弟做鬼，但不知他等究竟是如何变动，对他是如何处治，总揣度不出真相。

一日，他实在闷得不耐烦，比时红日初升，夜露仍湿之际，便披衣下了卧榻，心坎里暗自思忖道：无论如何，我今天是要用强迫手段，逼着他下动员令，他果再与我支吾，我决计自由行动，先杀了侯氏兄弟与黄伯雄，然后再与金有声等说话，不怕他们不死在我掌握之中。打定了这个主意，于是密召他的爪牙，又将他的主意在军中散布了一回，无非是骂金有声拥兵私利，不顾大公等话。果然金军之中，有一班弟兄伙子，被他轰动，很想反戈自乱，推倒金有声再作道理。王振得了这个消息，越发有所恃而不恐了。于是带领十来个亲信爪牙，先扑到黄伯雄房里。迎脸看去，乃是一间空屋，那有什么侯氏兄弟的影儿，并黄伯雄也不见了。王振一见大惊道："咦，这是什么原故，难道我那个团体里的份子，也出了汉奸么，不然这间房里，如何空空的，无一件存在咧？"又呆怔了半晌，最后想道："眼见这桩事儿，已泄露消息了，我今若不制人，人必转身制我。一不做，二不休，我就趁此与他等做一个对头。现在实力全掌在我手里，量他也没有绝大抵抗力的。"于是带领他的那些狐群狗党，直向金有声的房里扑进去。谁知刚才跨进房门，王振便大吃一惊，原来金有声也不见了。接着寻找，钱群、尧厚都没有一个影儿。王振当时发了一会怔，便向大众说道："这必是侯氏那两个小鬼，又用什么功名利禄的虚荣，将他等骗走了。"后又叹了一口气道："走得也好！走得也好！似这等不能患难相共的人，就是同处在一处，也没有什么利益的。"说罢两眼向着左右，只管出神。

当时那伙中有一个最聪明最伶俐的人，平日王振很宠爱他的，名儿叫做殷保禄。此时殷保禄见王振这般情状，早就明白他的心理，便趁势逢迎道："金有声等，我早就料定他们都是卖嘴的郎中，没有好药。如今他等不辞而去，总算是他等见机，免得全军暴动，使他难得下台。如今他等既去，常言说得好听，蛇无头不行，这督统一席，是不可一刻片时能够缺席。"后又向着大众说道："咱们就公举王首领升任罢。"那左右大众，本来就是王振的爪牙，早就想拥戴王振坐了正位，他等都是开国功臣，也好高升一步了。如今听殷保禄提出这一条议案，自然不少加商议，一体拍掌通过了。王振此时真喜出望外，心痒难挠，那口中还假意谦逊道："我的才识谫陋，如何能负这大的重任咧。"大家也不由他谦逊，一同就将他推入了正座，然后又晓谕全军，接着就宣布金有声等罪状，说得狗彘不如，这也是例行公事。

于是王振半推半就坐上了正位，那第一步政策，自然是封功赏爵了。如那一般狐群狗党，凡是拥举他做督统的元勋，都一概酬赠了个首领。全军里弟兄伙子，也全体记功一次。杀猪宰牛，直开了三天酒肉大会。

横竖在外国人手里借来的钱，好像不十分吃力，落得逍遥自在。胡混了几天，大庆已罢，王振就要颁布动员令，直取汉京。不料刚开军事秘密会议，那新任首领殷保禄偕同两个首领袁中、马宾，都极力请从缓颁布，一口同声都说兵士太劳，应当容许他等休息数月，这才是督统爱兵之道。王振见他们几个首领都是这般主张，料想违抗他等不能的，也就将那动员令暂缓颁布了，朝夕与几个首领酒地花天，倒也觉十分的快乐。阅者诸君可知，殷保禄等要求缓颁动员令，果真是爱惜兵士么？咳，他等那里有这团好意！早将他等属下的弟兄伙子，秘密领到小路之旁、孤村之里，实验那奸淫掳掠的本领去了。那远近一带的居民，受他等灾害，真是呼天无救，吁地不灵，只好忍声饮恨，远避它方去了。欲知后事如何，且听下回分解。

第十四回

借乱事乘虚谋利　失战机忍辱议和

话说日本首相伊藤博文，自将金玉钧说归韩国，老大的放心不下。他因金玉钧那第一次失败，闹得一团糟，所以这次对于他的信用就不能十分坚固。无如兴东会发现，乃是乱韩的一个绝大机会。当时左右除却金玉钧，又没有第二人可以委托的，于是就劝他回国，办这一桩捣乱的事。但是既委托之后，心坎里又有些放不下来，便常常密派他左右亲信的人，暗探韩国兴东会的举动。

一日，伊藤博文正在相府里着棋，忽一密探进前报道："韩国兴东会业已发动，先占泰仁、古埠二县，攒走了县令徐尊、于澄，如今又将全罗道占领，洪肇勋阵亡。官兵迭次打仗，早晚兴东会就下动员令，直捣汉京。听说高丽亲王李应藩已奏请借用清兵，代平内乱。"伊藤博文骤听这番紧急报告，当时乱了棋局，问道："这事可打听实在么？"那人禀道："千真万真，小人不敢妄报的。"伊藤博文便笑了两声，当时起身换了礼服，去参见天皇。那时就将密探报告的情状一一转奏。天皇听他禀了这番事，还不明白他的用意，便问道："他那国里内乱，又未向我国借兵求救，咱们如何无端插入咧？"伊藤博文禀道："此时乃强权战胜公理的时代，可不必与他在'理'字上说话。清国与他国是近邻，然我们日本国亦与他相隔不远，唇齿痛痒相关，都是很亲密的。如今清国既然派兵代他平内乱，主子也应派兵代他平内乱的。乘此长驱直入，非但可以鲸吞三韩，并且还可以蚕食清国呢。这乃是千载一时的好机会，主子万不可失过的。"天皇被他这番话提醒，当即派陆军大将山县有朋，带领三千人马，又拖了三十尊大炮，直向高丽进发。按下不提。

再说清将叶志超、聂士成，领了人马，直入韩境。一路上人不离蹬，马不停蹄，那日赶到全罗地界，扎了大营，架了大炮，接着就派人密探敌军，准备开火攻击。那时，兴东会里密探也纷纷飞报王振。王振本是一个惊弓之鸟、漏网之鱼，猛听了这番报告，早吓得忙了手脚，还是殷保禄从旁说道："督统何必忧虑，想那洪肇勋何等利害，一战也使他丢盔卸甲而逃，再战就使他魄散魂飞而死。想那叶志超、聂士成的威武，不过与洪肇勋相等，何足惧哉！"王振连连摇头道："那可比较不得的。"袁中又说道："日本人他不是将清国人与我们韩国人一样的看待么，如何清国的兵，就比咱们韩国的兵利害咧？"王振道："话不是这样说的，日本人作同等看待，他是别有一种眼光。咱们用兵却不能拿他做比例的。我看他等来势汹汹，咱们还是退一步让他，不开仗乃是最幸的事。"马宾顿时不悦道："督统何必这般胆小，即使咱们战斗力不能与他相抗，凭着督统这大的面子，向日本国特调几万人马来，吓也要将他等吓跑了。"王振仍是摇头道："远水那能救得近火？我看总是危险得很。"说着，只管叹气不已，心坎里很悔不该做这个督统，如今要想缩头，也来不及了。后又暗骂伊藤博文，害人不浅。独自低垂着脑袋，只管五思六想。半晌，袁中道："势逼至此，就是怕也怕不了事的，咱们就是退一步让他，他未必不进一步追赶。要死也是应该的，还是与他拼一拼尚［上］算些。"说时，也不待王振下动员令，便偕同马宾、殷保禄等出了中军帐，点齐人马，直向前敌迎上去。

此时清军早就备战停当，忽见远远扑来了一支人马，知是敌军前来讨战，忙吊起开花大炮，迭次轰了两响。远远见那一枝人马打得四奔八窜，血肉横飞。接着又轰了几响，只见迎面的烟雾漫天，再也看不见敌军的影子。可怜这一班爱国志士，都被这几响大炮，轰进了枉死城，只余鲜血淋漓，白骨暴露而已。叶志超、聂士成等见前敌已没有动静，就知已被大炮轰散了，顿时下令穷追。不到三四小时，就将那煌煌兴东会，打得片瓦无存。督统王振也打跑了，头领袁中、马宾也打死了，殷保禄打得没有下落。昙花一现，顿时闹得雾散云消，惹得全罗道住家的小百姓，反复连遭了几次兵劫，白送了许多财产生命，吞声忍气的叫苦罢了。

不说战后余腥，接说那日本陆军大将山县有朋，带领三千人马，三十尊大炮，赶入韩国地境，满想赶在清军之先，扫平韩国内乱，就可即止清军，不准入韩境一步，任他等随意横行，遂偿私愿。那里晓得他等刚入韩境，清军已将兴东会扫平，驻扎金罗道一带，安然无事了。山县有朋一见这般情状，早气得发昏，但是情理上，只可怨自己来迟，却不能怨别人不应该早到。所以这一腔愤气，只好闷在心里，再打别的主意。当时就将他所带领的军队，驻扎全罗道前面，与清军相隔不过二三十里之遥。静驻了几天，山县有朋忽想出一条妙策。当时就发了一道密令，命他那全军中大小将士，如此如此的照令实行。那全军的兵士，奉了山县有朋的命令，大众都手舞足蹈，色动眉飞，就在街市之中，有意的捣乱，直闹得那些居民都寝食不安，起居不定，当时向官厅衙门里叫冤。那些官吏照例见了外国兵士，好像见了森罗殿上活阎王一般，那里敢代这些小百姓伸冤泄愤咧！因而那些日本兵，半奉公令，半图己利，越发的猖狂。日久时长，一般小百姓实在忍受不住，也就不向官吏面前呼冤，大众邀约成群，拼命与那些日本兵抵抗。愤激之中，一时伤了日本几个小卒，从此就闹出外交来了。山县有朋得了这个消息，顿时飞奏天皇。

不多几日，伊藤博文就命外交部大臣，向韩国政府提出严重质问，那时驻韩领子〔事〕井上馨，亲谒韩皇李熙，就说道："贵国内乱纷纭，自兴东会发现之后，闹得鸡犬不宁，人民涂炭，眼见就要大乱。我国天皇有好生之德，特派大将山县有朋，统领大兵，前来替代贵国扫平内乱。

今贵国人民不以为德，反以为仇，举动野蛮，太无文明的知识。这休怪我国天皇，用强硬手段对待。似贵国这等腐败的政治，若不经我国天皇代行改革的职权，是永久不能太平的。"这番话说得李熙两眼发直，半晌回答不出话来，脸色只管红一阵青一阵，闪灼不定。又久，还是亲王李应藩说道："敝国小民无知，实属罪当万死，请贵国天皇仍须念邻国的邦交，宽贷过去。一切损失，由敝国政府偿还就是了。"井上馨笑道："一次再次，总说是偿还损失，可知我国的国民，乃是最有价值的国民，不似你们那些不值半文钱的国民，你们拿什么代价能赔偿得起呢？如今明白说了罢，这次的要求，并不是赔偿问题，乃是替代行政的问题。贵国承认也是如此，不承认也是如此，这时也没有别种的问题研究了！"说罢便转身告辞而去。

那李熙率领文武群臣，同在殿中听他那一番大言欺人的话，真闹得哭也不是，笑也不是。眼见他下殿走去，不见了影儿，方敢君臣会合计议。彼此讨论了半晌，始终想不出一条妙策。最后还是李应藩奏道："想日本天皇，他如此挟迫我主，就是想恃仗武力，灭亡我国。我主如今若是与他抵抗，武力实在敌不过他；若是遵从他的条件，那就是将一切国权，送与他等执掌，恐永远地球上，就没有韩国的旗帜了。"李熙忙道："朕何尝不知他等，乃是有心灭亡我国的，但是现在要急想条救亡之策，究竟应如何办法咧？"文武群臣那时都不敢奏对，李应藩后又奏道："此时只有请御驾亲临清领事府，求他援助，或者还能够救亡。不然，只好束手待毙。"

李熙听了这番话，本不愿亲自去求人的，无奈国家存亡关系太大，也不便安富尊荣，专做一个快乐皇帝，当即传旨伺候。不多一会，李熙便亲自拜访清使。那时，清使业已换了袁世凯，忽听韩皇御驾亲临，就知韩国的政治上必发生了绝大变故，忙着将李熙迎接进府。谈话之间，李熙就将井上馨的话儿，仔细说了一遍。袁世凯听了，也有些代他不平，忙说道："陛下暂请回宫，此事我自有道理，不难解决的。"李熙听说，顿时心安了一半，接着又叮咛嘱咐了一回，方才辞去。

再说袁世凯待送李熙去后，顿时就去拜访井上馨。可巧这时山县有朋，也在领事府里。三人坐定，渐渐谈到兴东会作乱的事，接着又向〔为〕李熙说了许多好话，最后就向山县有朋说道："高丽的内乱，现在已经敝国的陆军，将他扫平了，贵使可以乘此撤兵归国，免得那一般无知识的小民，又生误会。今兄弟特来要求，想两位大人都是很表同情的。"山县有朋便将脸色沉下来道："兄弟是完全军人，只知服从命令，不敢妄谈政治。"说罢，就将脸儿掉转过去。井上馨接着冷笑了两声道："贵使难道忘却当初《天津条约》的时候么？那时曾双方约定，高丽如有乱事，我两国互相派兵征剿。今高丽兴东会作乱，贵国既然派兵代平内乱，敝国也应派兵入境的。贵使既劝我国撤兵，免使人民误会，贵使如何不先自撤兵呢？再说敝国现与高丽又发生了特别交涉。"袁世凯佯作不知，忙惊问道："又发生什么交涉？"井上馨道："想敝国派兵前来，代他扫平内乱，这乃是一种好意，并未蓄得有歹心。他们那般野蛮人民，不知好歹，反聚集成群，殴打敝国的兵士，劫掠敝国的财产，此时兵士也死伤了不少，财产也损失了不少，推原其故，皆是该国的内政不良。敝国天皇，现已向韩国提出严重条件，并不要他赔偿损失，准备实行替代他改革内政。这也是希望他等将来文明，将来富强的用意。"袁世凯哈哈大笑道："如此举动，这乃是并吞他们国权国政。今贵天皇尚说希望他等将来文明，将来富强，这也未免太客气了。但是这其中尚有一个问题，二君可知高丽本是大清国的属国么？"说时便将脸色沉下来，摆出很不高兴的模样。井上馨冷笑道："这个问题，我们却不敢承认。果然高丽是贵国的属国，何以他们国里的内治紊乱，贵国政府诸大臣，都置之不管呢？如今我国天皇，热心好义，派兵来给他改革内政，足下又挺身出来干涉，这不是有意要破坏天津约法么？"他三人说到这里，彼此的脸色都不好看。袁世凯一见势成骑虎，恐怕闹得不能够下台，便勉强掉转一个笑容道："好在这等重大问题，不是三言两语，可以解决的，咱们再计较罢。"说时，起身告辞。出了日本领事府，兜着一肚皮闷气，回到自己使馆里，就将方才那一番情状，飞奏清帝。

这时光绪在位。甲午之年，大宰相李鸿章，对于外交上也是很有手腕的。此时袁世凯飞奏到京，光绪爷一见，龙颜大怒，就将这番情节，通谕满朝文武群僚，并要大众共想对待的方法。大众听有这番举动，真是人人气得瞪眼，个个恼得竖眉，一口同声的骂道："这等么魔小丑，居然也敢跳梁！他如今侮辱高丽，就是侮辱中国。我朝乃仁义之邦，不可听他这等蹂躏，我主应急发大兵驱逐这一般么魔于三岛之外，方可展我大国的威严。"光绪爷见群臣的公意，都是主战，后向李鸿章问道："你看如何咧？"李鸿章碰头奏道："彼国人鬼计多端，不可小视。我主兴兵征伐，似宜慎重为佳。"光绪爷尚未张口，群臣都同声奏道："此时若不示威，给他一个教训，将来他还不知如何的轻举妄动咧！"光绪爷见大众都主张征讨，也就不愿和平了事。那时，李鸿章见大众与他的政见不同，也不便十分阻挠，但是心坎里总觉此举有些不妥，然亦无可如何。次日朝参的时节，光绪爷就命左宝贵、卫汝贵二人，统兵六万，直向高丽进发。又命丁汝昌率领军舰十二艘，把守黄海。然后通牒各国，准备与日本国以武力相见。这个通牒发表之后，全国震惊，从此东亚风云，又闹出一场血战了。

接说光绪爷分派六万人马直进高丽，那统兵大将，就是左宝贵、卫汝贵、聂士成三人，各人统带二万人马，直进到高丽平安道，就在牙山之下，扎驻了大营，准备进攻山县有朋。第一步的计划，就想将日本兵驱逐出境。谁知山县有朋也早有准备，他自在使馆里，与袁世凯三言两语说翻了，就知大事不好，当即也飞奏天皇。此时天皇得了这个消息，心里倒有些着焦，接着清国的哀的美敦书业已颁发，也知这桩事儿，不可收拾了。伊藤博文忙奏道："我主不必惊恐，清国的军队，表面虽很像威严，实力上确［却］很薄弱，没有什么强大的战斗力，只要用重兵与敌，一战就可以杀得大败而逃。"天皇道："事儿还是慎重的好。"伊藤博文奏道："臣却有把握。"天皇道："事到今日，不战也不得下台。一切全权，就委托你去指挥罢。"

伊藤博文奉旨之后，当即就调齐三十万人马，分作三队，第一队派东乡平八郎率领，第二队派山县有朋率领，第三队派伊东左亨带领，先往高丽进发，后又令大山岩，统带铁甲军舰二十艘，直扑黄海攻击丁汝昌。那双方的海陆军上了火线，于是硝烟弹雨，虎斗龙争，恶战起来。

一瞬之间，两国交战，足有一年余，眼见老将宋庆、叶志超都相继战死，吴长庆也病故了，左宝贵阵亡，卫汝贵打得不知下落，海军也打沉没了三艘军舰，丁汝昌仰药身亡，清国的兵士渐渐支持不住，退入奉天地界。接着日本的海陆军，直逼前进，那九连城金川镇、凤凰城大连湾益州，都被日本军队占领了。那时若再接战下去，恐怕还有天子蒙尘之祸。光绪爷与文武群臣，都急得手足无措，就是办外交的老手李鸿章，此时也急得摇头，想不出一条妙策。

事有凑巧，此时中日交战的时节，德美两国各派了一员大臣，从旁观战。那德大臣叫做苏林哥尔，美大臣叫做福世德。他俩观战的时际，见中国屡打败仗，眼看着支持不了，福世德便向苏林哥尔说道："眼见中国的兵力是支持不住了，长此再战，中国真有不可收拾的现状。虽然他们交战，本不与我等相干，但是日本人近来的态度大变，战势汹汹，野心勃勃，很有睥睨世界，惟我自强的气概。但是此等人不能使他圆满得意，若是使他圆满得意，将来咱们若实行那远东政策，也是要受他牵制的。不如咱们两国乘此机会，做一个和事老人，息了双方的战争，也总算是一桩慈善的举动，你看如何咧？"苏林哥尔拍手赞成。当时彼此都将说和的主意，各报自己的政府，那美德政府也很以他俩的主意为是，立刻就委任他俩做调和的大使。福苏二人各奉了政府的任命，便向中日两国政府，提出调和的意见来。当时日本天皇与伊藤博文都不情愿说和，无奈美德两国的声势，非中国可比，都是欧美洲称雄称霸的，因而他等先蓄了几分畏惧心，也就不敢十分抗拒。

再说清国正打得焦头烂额，难得有美德两国大使出来调停，自然是唯唯听命了。这时一局残棋难得收拾，李鸿章才出来含羞忍气，去向日本说和。千言万语，又经福世德、苏林哥尔二人从旁协助，最后议定条件：第一就是应许高丽为独主国，第二就是赔偿兵费四百兆，第三就是割让澎湖、辽东、台湾为日本属地，第四就是准他在重庆、沙市、苏州、杭州开通商埠。磋商已定，双方就在马关押字立约，然后双方才下停战令。这乃是清国对于外交上第一次失败的大污点。可怜这一次战争，清国耗了无数的金钱，损失了无数的人命，战斗时际，担了许多惊恐，议和时际，受了许多侮辱，最后的结果还降列世界上第三等国，反将日本国挑到第一等国的地位上。自然此时日本人都顾盼自雄，这也是中国那些不争气的军人，将他制成这般鬼样。记者也是一个中国人，故对于这桩事，不愿仔细的深说。然一般爱国之士，不待我说，也都早引为痛心的事了。要知此时韩国的内政，究竟是何等景况，且听下回分解。

第十五回

安重根含忿求学　云在霄爱国丧身

话说那年中日交战的时节，兴东会已打得落花流水、兔走乌飞了。此时金有声、钱群、尧厚、黄伯雄等，都随同侯氏兄弟，直奔平壤而去。追到云在霄的辕下，云在霄便用好话，重重的安慰他等一回，真是推己

待人，礼贤下士。金有声等见云
在霄十分优待，也就感激铭心，
肝胆涂地了。加着侯氏兄弟、安
氏父子，都是好义勇为的志士，
朝夕团聚一处说古谈今，讲文习
武，倒也很觉快乐。只是大家心
里，还有一种疚心之痛，一时不
能摆脱的，就是那中日交战的事，
人人都闹得忧心如焚。

　　这日，云在霄将金有声、钱
群、尧厚、黄伯雄、侯氏兄弟、
安氏父子，以及他的属僚等，足
有二十余人，召集在他的办公室
里，开了一个谈话会。首先，云
在霄就向着大众发言道："嗳，若
说这番中日交战的事，乃是我们韩国人民最痛心的事。果然我们韩国的
政治不紊乱，教育能普及，人民能知爱国，官吏不贪钱财，军务可以自
强，事业可以发达，财政因此就不至于恐慌。由此君臣人等，以及王侯
将相卿士大夫，人人都向着'爱国'两个字上做事，人人都实心拼命的
爱国，何至迭次受外人欺侮，惹出许多闲是闲非？自己不能争一口气，
与日本人拼命，还要借重清兵，把别人引到自己家里来打仗。如这等形
状，可真把咱们统兵的大将羞死，这等举动，那里还有什么国体咧？再
转一句说，并非咱们自己轻减罪过，如今上这般懦弱，权奸当道，任意
横行，国民不能疗［聊］生，自然是群起捣乱。似这等时局，咱们当军
人的，不愿出去趁火打劫，已是天地良心，那里还有能力，与外国人奋
斗咧？但是这一句话，国民总不能原谅咱们的。常言说得好听，'养兵千
日，用兵一时'，这是国家危存的关系，咱们不能挺身杀贼，怎样对得住
国民咧？"大众听他这般说，便同声说道："大帅不必忧虑，我们看现在
这个时局，打量是没有好结果。咱们动了固然是死多活少，就是不动，
也是死多活少。与其束手待擒，不如与日本人，做最后的决斗，也不遵
守什么政府的命令，也不顾全什么亲善的外交，就以救国救民的问题，
与他决一死战，就是死在战场上，也是很甘心的。"云在霄便摇着脑袋

道："这话还得仔细研究。若在理论上说咧，这等举动，实在是很圆满的；若在实事上说，这等举动，总须要慎重进行。须知现在打仗，并不是全赖武力，是要有学术指挥的。再说器械罢，乃是军务上的要品，大概战事上胜败，多半都在器械上取决。试问我们这些军队之中，有多少新式的枪械呢？打仗总得有几分把握，若徒手白白的去送死，那就失着了。"安悦生忙说道："以我的愚见，现在清兵业已入境，日兵也如狂涛猛浪般涌来，打量这一场恶战，是不能免的。果然清兵胜了，我们就趁着这个空儿里拼命去求自治。"侯氏兄弟又问道："倘若日兵胜了咧？"安悦生道："这个……"安重根见他父亲一时回答不出来，坐在一旁，实在闷得不耐烦，便抢先说道："这也没有什么要紧的事，大家准备做亡国奴就是了。"大众听他骤然说出这句话，好像是负气的样儿，一个个都向他翻白眼。安悦生忙掉头喝叱道："你是个年纪轻轻的小孩子，乱说些什么！"云在霄忙笑道："你莫要吓他，我看他这一句话，说得很有用意，想他的心中，一定另有什么打算。"又掉脸向安重根问道："你有什么方法，快说出来，咱们好大家来计较计较。我晓得你的年纪虽小，志向倒是很大的，一定有什么主意，快些说罢。"

安重根听了云在霄这番话，也就不理会他父亲，便向云在霄说道："靠着别人帮忙，本就不是善策。此时中日交战，清兵战胜，固然是比日兵战胜好些，根本上就是我们自误了。若是我们不知自误，还要借着别人的兵力，作长城之靠，那还是与自寻死路一般的痛苦。若说我们自己挺身御敌，兵力又嫌太单，器械又嫌太弱，实在是打不过人。但是我们也不能因为打不过人，就闭着眼缩着手，听着人家宰割的。我今天想了一个最容易实行的主意。"大家听他说有什么很容易实行的主意，各人的心里都很觉异怪，于是都两眼圆睁觑定他，要想听他说出什么好主意。安重根也自觉这时很惹大众注意的，便亮了两声嗓子道："我看这时也不必说救国，也不必说救民，就是国体真亡了，民族果灭了，我们都可不必热心去干着急。倒是咱们现在对着自己的地位，却要想个方法，使他安身，就是寻一条死路，也要使它死得干净快乐。嗳，那些豫让、聂政、荆轲等，难道不是人么？想我们韩国要想杀贼洗耻，并不少什么强兵健将，就是缺少几个豫让、聂政、荆轲之流。果然我们韩国的国民、大众都可做豫让、荆轲、聂政，就将这国政完全送给了外国人，也不难将他恢复转来的。无奈大众都舍不得这一条命，何必再热心，说什么救国救民咧?"侯佐听罢,忙说道:"老弟你这句话,说得却很痛快,倒也是一个绝好的主意。但是这等事,只能各人凭着良心自由去行动的。"安重根忙抢着说道:"国家业已紊乱到这等地步,大家再不拿出良心来办事,当真等着去做亡国奴吗?"大众见他这般激昂,也就不与他辨论。虽然大众都觉他这一番话,事实上难得通行,然他这一腔忠毅之义,人人都暗自佩服他的。云在霄接着夸奖道:"想不到你这小的年纪,还有这高的思想。"掉脸向安悦生笑道:"老大哥,这才算的是你的好儿子咧。"说着讲着,不觉已天近黄昏,方各散去。

不多几日,清兵大败的消息传到了。接着又得了李鸿章与伊藤博文马关议和的消息,伊藤博文又统领大兵,实行干涉韩国内政的消息,雪片价飞来。云在霄见大事不妙,又将他部下许多人,召集在一处密议。这时云在霄淌了两点眼泪道:"国事闹到如此地步,不必细说,已是亡定了的。大清国调来那许多雄兵,尚被这日兵打得冰消瓦解,如我这部下几个人,那能与他去抵抗咧?徒伤人命,与事无济,此等事我是很不忍心做的。我想不必等待敌人,用武力前来干涉,我们预先解散,弃甲归农,真到了雪恨的时机,再群起杀贼。只好〔要〕大众的人心不死,不怕此仇不能报复。但是诸位皆在英年,志气远大,我是老了,也未必有为。将来这番大事业,还倚赖诸君努力。如此这大好光阴,是不可荒废的,我想诸君何不向欧美各国游学几年,采取些世界上真正富强的学术,准备将来为国报仇,为民雪愤。要晓得楚不亡三户,只要咱们自己的良心上,时时不忘却'国家'两字,总有死灰复燃的时日,诸君以为如何咧?"大众听元帅已是这般,也不便再说别的话,彼此面面相觑,半晌都回答不出来。最后还是黄伯雄说道:"老帅既有这一番好意,我等焉能不感激遵守的,但是……"云在霄不待他接说下去,忙抢说道:"经费我早筹备了十万金,若有不敷的时候,只要我云在霄在生一日,总得拼命与诸君筹备接济的。"大众听说,越发感谢,都打定主意,暂忍一口怨气,出洋求学。比时只有安悦生的心里,益加难受。他暗忖若不令他的儿子,随着大众出洋求学,眼见这破碎山河,真没有插足的余地。况且他那个儿子,志气很高,是与众不同,若由着他的主意,冒险冲锋,去杀国贼,无奈英雄无用武之地。他的儿子年纪又小,也并非做这等事业的时候。若令他远道长征,别亲求学,心坎里总觉有些舍不得,禁不住两道眉儿,就双皱起来。安重根在这时也明白他父亲的心事,便掉脸向他的父亲说道："你老人家也不必发愁。论理呢，父母都有这大年纪，儿子是不能远离，但是儿子的一生事业很大，不能不暂违侍养，还得求你老人家原谅些儿。"安悦生被他说得无话可答，只好忍着眼泪，点了两点脑袋道："只要你一心去求学，想做将来救国的英雄，我也不能拦阻你的。只是你的性情太暴燥，千万不可求学未成之前，就要着急去报仇雪恨，那就辜负云大帅期望你的一片美意了。虽然救国的事大，侍亲的事小，但是男儿做事，也不可任意孟浪的。"云在霄听了这番话，也就从旁说道："这话说得真不错。安先生就算代我说的一篇临别的赠言，我很愿诸君都不忘却安先生这一番才好。"大众接着称了几个"是"字，这才散去。

又过了几天，云在霄先将那十万银子，汇到美国银行里，准备他们到纽约之后，随时支用，复又给他们每人一千两银子的路费。当时自愿去美国求学的【有】寇本良、寇本峰、岳公泰、金有声、黄伯雄、钱群、尧厚、侯佐、侯弼、孙子奇、王慎之、萧鉴、赵通中、陈圣恩、云在岫、云在峰、安重根等十七人。云在霄复又想道，一切事情虽然办好，只是尚缺一件学部的公文，我们虽觉韩国业已亡了，但是表面上，还有一个天子在位，究竟算不得是正式的亡国，既然未曾正式亡国，那外交上的官样文章，是不可缺少的。想到这里，复又将那十七个志士挽留了几天，当即备了一道公文，将那十七人的姓氏列成一表，报到学部。

此时学部大臣李完用，也是一员亲日派的大将，平日见着这一般志士，都是很头痛的，如今听说他等要出洋求学，中了下怀，暗喜道："这一般祸害，总算是很识时务的，不等我设法处治他们，他们也就知道自行躲避，这倒是他们自觉的好事。"当即批准，各人又给了一个例行护照，各自分领到手。这才定日登程，那些离情别绪，一笔也写他不尽。谁知这时，草野之中也有几个爱国英雄，与他等不谋而合。那几个英雄是谁呢？记者这时也不必将他等写出来，好待将来他等做事的时候，再细细的表扬了。

不说安重根等十七人奋志求学，那种种苦况。再说伊藤博文，自与清国大宰相李鸿章马关订约之后，班师回朝，这时日本天皇，真将他当做神圣般看待，那一番殷勤安慰，自不必说，是特开异典了。转瞬又隔了十来天。这一日，伊藤博文正闲坐在相府里，与一个棋会里的朋友敲枰，日本天皇忽地密召他进宫，计划对韩的大事。伊藤博文骤然得了这消息，暗自也吃了一惊，私忖道："当真老李他还敢卷土重来么？"心坎里只管狐疑不定，草草收了残局，应召进宫。天皇也未升殿，就在一间御室之中，传伊藤博文入室。行罢大礼，方入了座，天皇便笑着说道："韩国的事，总算赖你的大功，百战百胜，将他擒在掌握之中，永远为我国的属国。你可晓得他们最近的举动么？"伊藤博文听了这句话，越发的惊异，半晌方问道："又有什么举动？可是清兵不能甘心订约，放弃韩国的权利，他又卷土重来唡？"天皇笑道："清兵算得什么要紧，他那敢再来交战呀！方才我接到李完用的密书，他说云在霄的部下，那一群勇于爱国的少年，都纷纷向欧美各国去求学，听说是准备造就人才，将来报仇雪恨。我想这几个少年，倒比清兵厉害得多，倘若他们毕业归国，那时世界的知识，都被他们明白了，欧美各国的学术，也被他们得着了，再进一步说罢，就是欧美各国外交上的感情，也被他们联络好了，借着众力来与我国为难，那倒是一个劲敌，并且与朕的统一东亚大立义，很有妨碍。所以我得了这个报告，很觉得疚心，特寻你来，总得想一个方法，抢先下手才好。"伊藤博文听说，也就皱着双眉，又久方说道："《马关条约》只是要求韩国脱离了清国的关系，永远独立，并没有要求一定由我国保护的条文。如今就要将韩国灭了，一时万难做到。必定强勉进行，那两个调停国一定要前来干涉。眼前又要与调停国动刀兵，这不是自寻苦恼么？"天皇道："朕也深知这其中困难，不过势逼处此，不能不积极的推行。我想再运动他们执政的大臣，来与我们联络，我们再特设一个最高级的外交官，常驻在汉京，表面上就说我们因邻国之谊，敦促他们维新，内里就是监督他们行政上的举动。只要束缚住他们的行动自由，将来一切的事都好下手。朕想这等进行，只要他们行政官不起来反对，就是调停国，也不得出来多事的。"伊藤博文忽被天皇提醒，便大喜奏道："我主所见极是，一定是这等办法。臣以为那最高明的外交官，也不必再想什么新样的名称，就可定名叫做'总监'，取其总理监督的意思，就可以实行干涉他国的内政。虽韩王之尊，也只好徒拥虚名，做一个傀儡皇帝。倒是这个总监，须得有深谋远虑之才、纬武经文之职，方能够任职呢。"天皇笑道："这却没有第二人，将来还得要你去维持的。"阅者要明白，伊藤博文满嘴里说得天花乱坠，他正是想坐这一把椅子，将来好独当一面为王为霸。他也明知天皇是注意于他的，有意说得这般艰难。果然天皇出口就要他前去，表面上虽不能将那无限快乐，形诸颜色，那心坎里早已痒得有手难挠了。接着谦让了两句，就默认下了。然后君臣二人，又密议了许多进行方法，伊藤博文方叩辞出宫。

光阴迅速，不觉又过了一月有余。秘密之中，伊藤博文已与李完用等几个亲日党接洽好了，方由天皇正式宣布。特颁了一道圣谕通布全国，钦授大宰相伊藤博文，任韩国总监。这一道圣谕颁布出来，轰动全国人民，无论男女老少，没有不晓得伊藤做了高丽国的大皇帝。也有称赞能俫［耐］的，也有颂扬他本领的，街谈巷议没有不是喜笑颜开。再说韩国的那一般人民，得了这个消息，自然是悲愤交集，一个个摩拳擦掌，又想起义兴师。无奈那个不知死活的韩王，受了李完用那一群亲日派的卖国贼愚弄，反觉伊藤博文若能前来做总监，韩国一定可以富强，不但不加拒抗，反希望他早日前来就职，好减轻他许多烦恼。于是通告全国，外交各事，自有政府主持，此后无论男女老幼，不准妄谈国事，倘有不遵，则以乱党叛逆议处，格杀勿论。这一道通谕发布了，吓得那些小百姓，都守口如瓶，再也不敢乱说，只各人含着一包眼泪，仰天长叹罢了。

此时怒恼了云在霄，不由分说，就做了一道本章，请李熙逮杀权奸，抵抗伊藤博文入国。说来真要活活把人气煞，那李熙接了一道奏本，便哈哈狂笑了一阵道："这个老儿，也实在太不识时务了。想日本国兵强将勇，那般利害，就是大清国那许多兵马，都被他打得马倒人翻，如我们小小的高丽，那有什么武力，敢与大日本国抵抗！再说你既然这般爱国，何不首先自平内乱咧！既然自己无力能平内乱，去请邻国相助，这也是应当的事。况伊藤博文这次特来就总监职守，乃是代我国改良政治，力求维新，并没有什么歹意。倘若辜负别人一片好心，再惹出外交上战事，那时可真要亡国了。"李熙就照这个意思，亲自批了一段，接着又大骂了几句，说他是惑乱人心，意在叛国。云在霄奉了这一道批谕，真气得呼冤无路，叫苦无门。顿时又上了一道表章，自请解除兵柄。李熙就立时批了一个"准"字。这一道批谕下来，那全军将士，都愤懑不平，当时就要兴师，为国除害。还是云在霄从中解劝，好容易才将全军将士解散了。倒是云在霄一再的受苦受气，最后还成一个气膈［嗝］病，解职不满一月，就瞑目遁入了幽界，向闵后诉冤去了。此时李完用听说云在霄气嗝而死，好像拔去了一个眼中钉，也不知怎样快乐才好。于是放心大胆，在李熙左右日进谗言，把满朝文武大官，少有些儿爱国心的人，一体驱逐干净。唉，这虽是李完用等作奸，然李熙昏瞶糊涂，却也不能自辞其咎的。欲知后事如何，且听下回分解。

第十六回

丧国权损失外交　清债务监理财政

话说云在霄一愤而死之后，李完用那一伙亲日派的卖国贼，都放开胆量，朝夕在李熙左右，颠倒是非，排斥异己的同僚。不多几日，那满朝文武官，都换了那一伙亲日派。各事布置妥当，李完用复又密报了伊藤博文，将他一切进行的事务，略说了一个大概，最末还写了许多精疲力倦、舌敝唇焦等话儿。原来，伊藤博文当与日本天皇初议特设总监的事时，就曾密约李完用，要他在李熙左右，代他弥缝，并且要他将许多障碍，随时驱逐干净。待他就职之后，自然有一种绝大的酬劳。李完用奉了这一道密谕，真如奉了丹诏纶音，怎敢怠慢咧？加着那书末又有"绝大酬劳"四个字，越发看得他心痒难挠，暗忖："伊藤博文他现在总算是日本国的一个伟大人物，就是明治天皇，还要倚仗他调和鼎鼐，定国安邦。将来这个老英雄，还不知要做出多大的事业咧！如今他要我帮他做事，这正是将我当做一个人才，况且他还有绝大的酬劳。这个机会，别人要寻觅也寻觅不着，我怎能够放弃这等权利咧！"于是拼命给伊藤博文做打先锋的走狗，满想那开国功臣的簿儿上，还不是我居首席么，那里还记念什么国家人民及已往的祖宗、未来的子孙咧！

当伊藤博文在日本东京，刚要起程的时候，李完用得了这个消息，

165

时时就领着几个亲信的同党，跑到海岸边迎接。好容易将伊藤博文迎接到了，大众欢天喜地，暗自都抱了无穷的希望，以为伊藤博文这第一次登台，开幕不是先演一出大赐福么！这一日，伊藤博文到了汉京，与李完用等相见之后，开口就灌了李完用等许多米汤，夸奖他们许多忠君爱国的话，顿时将李完用等笼络着，也说不出来是怎样的快乐。

次日又去谒见李熙，那时伊藤博文就换了一种态度，色正词严的说道："敝国天皇，今命我特来贵国任总监一职，并无别样的野心，请皇上不必误会。想我两国，迭受清国鱼目，年日很深，彼此都有唇齿相关的痛苦，若不力求自新，改良政治，将来世界之上，就恐没有我两国立脚的余地了。回想最近这十数年，贵国政治上迭起风潮，自相争斗，可算得是没有一年安静，屡次牵涉敝国外交，累敝国损失了许多的人命财产。敝国从未正式与贵国交涉，皆因是唇齿之邦，不忍以干戈相见，失了两国感情。不料皇上听信谗言，不以为德，反以为仇，嫉视敝国侨民，如同仇寇，最后兴东会作乱，依旧是敝国派兵平定的。那清兵虽然蜂拥前来，何能替代皇上安邦定国，恐怕人民的财产，更加受他的蹂躏咧！"李熙不待他说完，忙抢着说道："这这这是误误会，这这是误误会，朕也很知贵贵国天皇，对于敝敝国一一切政治，是很热心维持的。那都是朕一时不明，妄信那几个乱臣谗谏，朕现在也自知失礼，还请贵国天皇，千万不可介怀。如今贵大丞相特来任敝国总监，朕今代表全国人民，极端欢迎的。将来一切政治，还须请大丞相热心维持，不可再执前见，漠视不顾，那就是敝国人民的万幸了。"伊藤博文听说，也就佯笑了两声说道："已往的事，我也不过代表天皇重述一遍，既然想敦促我两国的感情，自是不深究的。如今皇上圣明，敝国天皇也很想与贵国重联旧好，所以派我前来，正是不忍漠视贵国政治紊乱，协助维新的。此后总监对于皇上，并没有别的要求，只求在贵国各行政机关里面，任用敝国一人，作为高等顾问，那一切腐败的政治，就不怕不容易维新了。再说贵国政治，既是这等腐败，还须仰仗外国人维持，那外交上种种事务，也可不必去联络，方免贻笑大方，惹出许多风浪。我看可将派驻各国外交大臣，全行调回，就是各邦在贵国所驻的领事，也可以请他们政府里调回国去。一切外交上事务，自有总监替代维持，那交际上种种经济，不须贵国政府筹备分文，都由敝国完全担任。贵国每年省了这一大宗外交经费，招兵练将，十年之后，岂不也是一个富强的大国吗？"李熙一听大喜，暗自忖道："世界上那有这样的好人，甘愿牺牲金钱特来帮助我国行政，鼓吹我国一切维新！似这等好人，咱们再疑他有什么野心，可真把好人冤煞了。唉，可见前番那些奸党，反对与日本亲善，那都是些误国之徒。"想到这里，便满脸堆着笑容道："大丞相既然这等热心，朕今代表全国人民，也不知如何的心感。现在只求敝国能够富强，那行政上的事，没有什么为难，总可听贵国天皇主裁的。不过是拜领厚情，将来还不知是怎样的报答才好呢。"伊藤博文佯笑道："我两国乃唇齿之邦，胜败兴亡，都有密切关系，这也是我们应尽的义务，何必说什么报酬咧！"彼此又闲谈了一回，伊藤博文方辞退，回到领事衙门。这时因他来得仓促，未曾特筑总监府，就在领事衙门暂做个临时办公所在。

再说李熙自伊藤博文下殿之后，复又召集满朝文武群僚，特开了一个御前会议。李熙就将伊藤博文所要求的条件，与他自己感激日本人的那一番私意，向着大众说了个一字不遗，最后还征求群臣之意见。那时文武百僚之中，最有势力的人，就是李完用、赵丙稷、朴定阳、尹用求等，这几个人，都是亲日派的魁首，平日已得了日本奴隶的优先权，恨不能早将三韩地土，双手捧着，送给日本人才好。如今听韩皇这般论调，怎不拍烂了手掌，连呼"我主圣明""我皇睿智"呢？再说那些没有势力名分细小的群僚，虽然其中未必不深明这事利害的，但是平日承仰李完用等鼻息，方混得一官半职，不受饥寒，如今那敢挺身上前，与他的衣食父母反对？所以大家不因不由，顺嘴都是说赞成的字样。李熙见满朝文武群僚没有一人破坏这个政策，心里越发自信不差。接着就将那各外交大使，次第调归，又请各国将驻韩领事，各调回国。他那通告上的措辞，果然将伊藤博文的语意，一一写上去了。各国见他这一篇通书，都暗笑他自寻死路。于是世界各国的公论，都道李熙他求亡国，我们何必替代他争辩，便各将驻韩大使调回，也不将他当做一国看待了。

此时只有清国看着痛心，恨不能立刻威迫着李熙收回成命。无奈刚与日本人打了一个大败仗，又不敢挺身再进，只好吞声忍气，敢怒而不敢言罢了。那伊藤博文见李熙已自投了他的阱陷之中，那一番高兴，自不必说。当时就奏请天皇拨款，建筑了一座总监府，规模宏大，真是不让王宫。星夜修造，不多时日，居然汉京城里，蓦地又突起一座未来帝王的宫殿了。伊藤博文迁进总监府之后，那一番威武，真是直越公侯之分，实施君王之权，且不必细述。他正式受了总监职守，当即派野军正雄任韩国兵部顾问官，伊藤增雄任韩国内宫、农工、学三部顾问官，三岛奇峰任韩国法部顾问官，贺田种太郎任韩国财政局顾问官，币原坦任韩国学部参与官，丸山重俊任警察顾问官，又将韩国各处人民的诉讼事件，全行夺归日本领事官，替代判断。一句话说结了罢，就算将韩国种种紧要政事，一手夺来，大权独揽。那时韩王李熙，总算实行做了木偶皇帝，终日领着文武百僚，吃饭困觉，没有丝毫事做，倒也落得一个安闲自在。不过那韩国种种权利，从此也就不能让他们自然享受了。记者也不忍深说，默想这几年来，那日本人对待我们中国人，又何尝不是用对待韩国的那一番手续咧！

闲言少说，那伊藤博文自做了韩国的总监，转眼已过了一年有余。各方行政机关里面，他已将自己的人，安置停妥，他便暗忖道："这时若不下手进行，还待何日咧！"左思右想，忽地想到了几笔旧账，正好借此节外生枝。当时李完用也升任了韩国大丞相，他因为这时任的荣典，全是从引狼入室上面得来的，所以他对于伊藤博文，总算是感恩知己，对于一切行政事务，异常巴结，没有不以总监之命是听的。

这日李完用正在相府里批阅文件，忽门丁禀报总监拜访。李完用忙将文件丢开，迎接出去与伊藤博文相见。各施了一个常礼，携手同进客堂，彼此入座。李完用暗窥伊藤博文的神色，好像不似往日和蔼，不觉心里就突突跳将起来，捏着一把冷汗忖道："难道说又有什么掣肘的交涉吗？"正待询问，伊藤博文徉笑了两声道："老夫来到贵国，业已一载有余了，对于贵国各种政事上改造，真是忙得力倦神疲。"李完用忙答谢道："敝国皇上也曾时常说道，真是感激铭心，莫可言喻。"伊藤博文徉笑道："这等客气话，也不必向着老夫说了，横竖是我自己的事，千难万难，也不能够推诿的。今天老夫特来拜访，倒有一桩最要紧的事儿，要与你交涉，说来可也不难，谅你也不能推诿。"说时，脸色渐渐沉下来。李完用听他这番言语，见他这般形状，越发惊慌，两眼觑定了伊藤博文，再也不敢高声询问。伊藤博文有意摆出那不死不活的架子，低垂着脑袋，搭郎着眼皮。又寻思一回，自言自语道："这并不能怨我们追索太紧，只怪你们的财政太紊乱了。"李完用听了，仍是摸不着头脑。又久，伊藤博文方说道："这并不是新发生的交涉，乃是前次你们无故攻打我国的领事府，还要杀害我国的领事官，那一笔赔款五十万；还有金玉钧图谋变法向我国借兵那一案，前后亏空我国军饷十三万，每月乃规定三分利息，曾订有约章，如今已有十年，本利合算，恰好共计三百万两。现在军糈紧急，我国天皇特地密谕老夫，向你们政府里清此两宗旧账，彼此早日了清，免得日久生镠镯。我想这些须小事，也不必去谒见你们主子，所以老夫特来与你商量。大概三日之限，未免太促，如今限你十天，快些与我筹备罢。"说罢，仍将两张眼皮儿搭郎着，捻着了一根自来火，便大抽起敷岛烟来。

李完用骤然听他这般说，好似半空中猛击了一个霹雳，怔了半晌，方说道："哎呀，敝国财政困难，谅已久在总监洞鉴之中，如今限期十日，令晚生筹备三百五十万金巨款，就是点石成金也来不及，总得请你老人家原谅几分才好。"伊藤博文顿时沉下脸色道："这乃是国际交涉，如何能够原谅呢？你们财政困难，那是你们没有清理本领的原故，埋怨不得外人，也不能因你们财政困难，就要求不还外债。若是你们国家的财政，千秋万世都困难，然则这两笔外债，就没有归还的希望么？"李完用正待要回答他，伊藤博文又说道："老实对你说罢，正因你们财政紊乱，在国际交涉之中，没有确实信用，所以才来与你算账。果然你们财政上，一切都有秩序，不现恐慌状况，我们也可以少缓时日。如今你还拿这句话来推辞，真是太不懂得外交了。"李完用央求道："总监不必动怒，晚生实因一时性急，择言不慎，该死该死。敝国财政紊乱，此时也不敢自讳。但是既然紊乱，自现恐慌，如今处在这恐慌时候，骤然筹三百五十万巨款，实在是无法可施。"伊藤博文冷笑道："须到什么时候，财政才不恐慌呢？"说时，两眼觑定李完用，异常凶恶。李完用道："这个……"还未接说下去，伊藤博文接说道："什么这个那个这个，你们国里的财政，我敢代你们判断一句：从今以后，就没有不恐慌的希望了。如今老夫也懒得与你多说闲话，十日之内，若能偿还此账，那是彼此都落得一个干净结果，免得伤了感情；若是不能，还有两种条件，可以替代的。"

李完用忽听说有替代条件，不觉大喜，忙问道："什么替代条件，请你老人家快快吩咐，只求不伤我两国的感情，总可以遵命的。"伊藤博文道："果然你能遵约，我也只好拼着一副老脸皮，去向天皇求缓了。第一你们若能将京畿这一带地方让给我们，这三百五十万凤债，就可作为买地金，彼此都没有什么找欠，你们可能遵约么？"李完用听说，又将双眉皱起道："哎呀，这桩事晚生却不敢专主的。若是别的地方，总能够设法办理，无奈这京畿道，乃是汉京咽喉大道、首都之地，似不相宜卖与外邦。不怕你老人家见怪，只好再研究第二条罢。"伊藤博文冷笑道："大丞相也知爱地土，我恐怕你业已觉悟迟了。第二条谅你们也是办不到的，但是我也不能不说出来，完结我要求的手续，就是将你们全国财政权，都由我国监理，什么出入收支各款，都不与你们相干，你们也不必过问。果能如此允许，那两宗借款，或者可以少缓的。"

李完用又听他这一条要求，也是想亡韩国的条件。左思右想，真没有一条路儿能够下脚的。独自怔了许久，忽想到李熙身上，便向伊藤博文说道："总监要求条件，并非晚生不愿遵从，现因国权并非操在晚生手里，财政土地等关系，也是很重大的，晚生还得转奏敝国皇帝，方能够定夺咧。"伊藤博文笑道："你们那个皇帝，算得什么东西！你就是与他商量，还不是你做主么？我今天大胆向你说一句罢，如你们这等国家，横竖是闹不好的，与其这样奄奄的自己困死，何不早些让给别人调治，或者还有转死回生的时候。若靠着你们那个宝贝大皇帝，永远就没有兴隆的希望了。"说时，那声音渐渐低将下去道："这财政上事，你落得赞成老夫经理，一则在你的任上，我决计要求天皇，不再索还外债；二则果然我清理得有利益，除了国家不说，就是你个人的分上，我也得给你弄几个的。人生百年，为的是什么？亏你还是一个聪明人，对着这桩事儿，如何这般呆笨咧？"这一番【话】忽将李完用提醒，暗忖他这番话，倒也说得真不错，什么叫做忠君，什么叫做爱国，看来都是白费精神，给别人做走狗，与自己真没有丝毫的关系，何不占在这个地位上，放开手捞他几个现钱，就是将来亡了国，我就迁移到外国去，还怕没有高大洋房居住吗！想到这里，不觉又转了利己的念头，复向伊藤博文说道："这第二条，晚生是极端赞成的，料想今上未必不赞成，但是手续上也须让知道才是。你老人家的事，晚生无不拼命帮忙，将来晚生还有许多事，须得你老人家帮助呢。"伊藤博文笑道："只要有利无损，没有办不到的事。"说时便起身道："我可也不多坐了，这桩事很要紧的，你赶快去办罢。"说毕，便告辞去了。

接说李完用送伊藤博文出了相府，那时已是下午三点钟时候，他也不暇接办别的公事，忙着换了礼服，晋谒韩皇。与李熙相见之后，就将伊藤博文索债的事儿，从头至尾，转奏了一遍。李熙一听，吓得两眼发直，便向李完用说道："你可有什么主意，使咱们不还这两宗巨款才好。"李完用听说，又不敢将自己的私意直说出来，便说道："小臣正因无法抵御，才特来请训的。"李熙急得双眉紧蹙，两手频搓道："这是从那里说起！这是从那里说起！京畿道乃是我汉京的出路，怎能自断咽喉，塞了出路呢？这是万万办不到的。那财政也是养命之源，若是交给外人经管，那岂不是求速死么？朕意他两条要求，皆不能承认的。"李完用又奏道："如此，他限定十日之内，要求还他三百五十万旧债，可能偿还呢？"李熙道："这个，眼前那有这些银钱呀？"李完用道："既然没有钱还他，恐怕就得要承认他那要求的。"李熙道："请他少缓十年如何呢？"李完用道："臣已要求至再，他一天也不肯少缓，那能说到十年咧？"李熙听了这番话，越发没有主意了，嘴巴里只管打哆嗦，回答不出一个字。究竟这桩事儿，如何解决，且待下回分解。

第十七回

韩王片言害万民　倭商一枪伤二命

话说李熙与李完用君臣二人，研究那外债交涉，左思右想，总没有一个完善方法。又久，李熙便说道："那五十万金，既然是我们政府里承认下来的，自然由我们政府偿还。那三百万金外债，乃是金玉钧那一伙乱党经手，也不知他们借来做什么用途，难道也要咱们政府里偿还吗？"李完用笑道："我主圣鉴，固然不差。但是如今日本人，他只认我国政府说话，那肯再向我国分别这些细账呢？"李熙便将脸色沉下来道："无论如何，这一笔账，我们是万不能承认的。岂有此理！那伊藤老儿，他欺人未免也太甚了！"说时，气得两眼圆睁，吁吁价作喘。李完用见李熙动了真气，也就不再作

声。半晌，迨李熙的气头平下了，李完用便跪在御案前面，碰头奏道："臣该万死，我主且请息怒。打量这一番交涉，也算不【得】什么艰难，无奈臣自知才拙，不能办理，实在有负圣心。况最近臣因力拙多劳，百疾俱发，惟请我主特开天恩，赐臣归里休养疾病，臣感荷天开，生死不没的。"说时，又碰了几个头，接着眼泪如串珠般纷纷直洒下来。李熙见他这等形状，心坎里又转有些恐慌了，忙双手去扯李完用的衣襟道："有话起来好说，你何必如此咧！"

李完用见李熙已中了他的苦肉计，益发撒娇道："我主若不开放天恩，准臣归里，臣就死在御案之下，也是不起来的。"李熙发急道："这乃是外交上的事，怎么又牵到内务呢？就是有什么困难的问题，总好商量办理，就是寡人将话说错了，并未正式与日本人交涉，也可挽回得转来，你何必顿萌退志，这不是明明见交涉难办，撒身他往么？"李完用听了这番话，也知自己已有了进谗之路，便顺势谢了一个恩，站起身来奏道："并非是臣知难而退，实因这个交涉的结果，万难办得公平。如金玉钧那一项借款，臣已向伊藤博文再四争辨，他总说韩人借款办韩国的事，不论事的是非成败，应当由韩国政府偿还的。最后臣拟与他决裂，趁此断绝国交，一吐不平之气。无奈断绝国交之后，必定是要大动干戈，我国武力，又如何能与他抵御呢？就是再去请求清兵，甲午之战，前车可鉴，岂不又是节外生枝么？再说即便他承认那三百万外债，不归国还，但是这五十万外债，他即时就要偿还，这也是他口边应有的话。如今我国库府已空，仓廪不实，财政异常困难，就是这五十万借款，一时也难得偿还的。不能偿还，他自然要求实行那两种条件，一件是阻塞我主的门路，一件侵夺我国的财源，论理皆不能够承认。无奈柔软对待，他不与我撕缠；强硬对待，我又不能与他抵敌。最后恐怕还得如他的要求。那时国民能原谅的，自然说臣等行政当道，都是不得已而为之。倘若不能原谅的，还骂臣等欺君卖国，似这等大罪，小臣怎敢担得下咧？"

李熙听他这话，说的也很有理，踌躇了许久，便说道："依你的意思，如何对待呀？"李完用道："臣正因毫无主见，方特请训的。"李熙又想了许久，便叹了一口长气道："嗳，横竖这个国事也办不好了，朕也不耐烦呕这许多闷气。果然他真逼迫得紧，就允许他监理财政就是了。"李完用忙奏对道："这乃是我主的明鉴。监理财政究竟比较变卖京畿道强得多了。宁可金钱上受些约束，免得受人家讥诮卖国啦。"李熙连连点头道："寡人也是这样的打算，你赶快去办理罢。"李完用心满意足，叩辞出宫，急忙就奔到总监府里，密报喜信。见了伊藤博文，就将他与李熙奏对的一番景况，如何李熙反对那三百万外债，如何他与李熙力争，如何他动怒，如何李熙又掉头来将就他，说得天花乱坠，将自己的功劳，抬得很高。伊藤博文听着，真暗自笑得肚皮痛，但是表面上，又不能不恭维他几句，无非是深明大义识时知机的话儿，记者也不耐烦细说了。

　　不多几日，伊藤博文就正式将韩国的财政权，争夺到手。暗中只谢了李完用十万元，早将他哄得欢天喜地。只可怜那一般苦百姓，自韩国的财政权，掌在伊藤博文手里之后，他们就越发困穷了。这又是什么原故咧？阅者诸君要明白，那伊藤博文争夺韩国的财政权，并不是单纯对着政府监视的性质，乃是实行财政一切事务的性质，只要关于金钱的事儿，他都能够任意加减。所以执行之后，不多时日，他就将民间的各种赋税，直行加了几倍，又将社会上一切有利益的事，都渐渐换了他们日本人去经营，劳力苦心不能赚钱的事，仍迫逼韩人去做。每年他横征暴敛的金钱，也不归入韩国的国库。就是韩主李熙要想办什么学校，创什么教育，向他取些儿经费，都万分艰难。转眼过了三年，他对于财政上收入支出，也没有丝毫。有时李熙也派人去询问他，可笑那伊藤博文说得实在好听，他说："本总监自有权衡，要你们查问做甚？这几年我因替代你们改良政治，业已代垫经费数百万金。你们放心，自然有算账日子的。再说那三百五十万的外债，如今加利照算，也不知有几多万了，你们也应当明白些。"这番话顶得李熙敢怒而不敢言，只好静处深宫，暗自流泪。

　　寂寞隋宫雨，凄凉汉苑花。那韩王李熙，朝夕困在深宫里面，除却吃饭困觉之外，不能行动自由，那生人乐趣，也就渐渐消磨干净了。就是那满朝的文武群臣，只有李完用、赵丙稷、朴定阳、尹用求等，得了些金钱上的利益，其余那群无名小卒，也都捆得焦头烂额了。最可怜的，就是前说的那些小百姓，吃米，菜捐是加重的，喝水，水捐也是加重的，什么鸡鱼鸭狗牛马猪羊，都有很大的捐税，渐渐就困得生活为艰。再说他们平日的事业，少可寻找几文的事，又被日本人一手夺去。那贫苦之家，少壮之子，或者还能够充当苦力，可怜那文秀之家，力弱之士，手不能提，肩不能担，渐次都变做饿殍了。嘻，照这般景况，何尝不比亡国还痛苦咧！至于社会上的细事，那韩国人受日本人总总虐待，真是一枝秃笔也写他不清。

今且说汉京城东关外，有一家居户，兄弟三人，最长的叫做周忠，次的叫做周孝，最幼的叫周义。兄弟三个，都是商人，后因各种捐税加重，市面上买卖也清淡，就将一个小杂货店儿停了，甘愿闲在家里，胡混过去。但是他那一个小店停歇，那一间门面的市房，也就闲空下来了。这时周孝想道："我们兄弟三人，都闲守在家里，坐吃山空，却也不是长久的计策。"便向他大哥、三弟商量道："横竖这一间门面是闲空着，何不将他租赁出去，每月得些儿租钱，不无小补。"周忠、周义都觉周孝这句话，说得很有道理，便随时写了一个召租条儿，贴在门板上面。可也奇怪，这召租条儿，没曾贴了两天，就有一个日本人叫做吉田，前来租赁他的房子，开一个药铺。此时周忠就有些不愿意，他说道："日本人乃是我们的仇寇，租给千万人是不能租给他的。"这句话虽然不曾对着吉田说出来，但是已用韩国的土语，向他两个兄弟说了。周孝忙说道："我看这桩事儿，咱们还是将就下来罢，想我国大皇帝也不能够驱逐伊藤老儿，靠着咱们几个小百姓抵制，岂不是以蝼蚁之力去撼泰山么？兄弟的意见，眼前生活要紧，不如租赁给他，总可混他几个钱，添补着买些儿柴米，也是好的。"

周义本来是很年幼的，也不明白什么国家的利害，只说房子能租赁出去，可以换得几多钱一月的进项，他就觉得这话说得好听，便从旁接说道："二哥说得很有理，大哥何必这般拘泥？若照你这样的热心爱国，恐怕人人都爱得饿死了，也是没有益处的。"周忠见他两个兄弟这般说法，也就不再坚持。当月就与吉田定交，说明每月房租洋三十元，必须先付后住。吉田却也爽快，随手挖出三十元，交给周忠，说定三日后，就得要搬来开市。吉田去后，周义便向着周忠笑道："还是二哥的计策高妙，若依照你的性儿，三个小钱也混不到手用。"周忠也不回答他。

光阴似箭，转眼已到了第三天。吉田果然搬了许多瓦罐儿、钱匣儿、玻璃瓶儿来，上上下下，将那一间门面撑满了。又忙了两天，才正式开张。周家兄弟因为已结宾主之谊，也就送了他四色例礼。从此你来我往，总算处得很和睦，渐渐就将那国际上的恶感忘却了。一日，周忠忽然得了一个儿子，生长的模样很有趣，四五天之上，那小孩儿嘴巴上，忽然起了一个疙瘩，眼见那小孩儿就失了神态。周忠因为平日与吉田相处得很好，便向他买了些儿药料，给他的小孩儿调治。那吉田倒也热心热意，忙着给那小孩子诊治了一回，随即就给他配了些儿药料。当时周忠就要给他的医费，吉田决意不受，反说道："我们医家乃是以慈悲为本，这些须小事，那能说到金钱？况你我乃有宾主之谊，更外［加］不必再说了。"周忠见他的心意很诚，也就不便辜负他的好意了。由是彼此感情渐次就浓厚起来。不多几日，那小孩儿依旧没曾治好，仍是一命呜呼，长辞他父母去了。幸而生长只有十多天，尚未满月，所以周忠也不十分的悲感。

这且不表，再说那吉田。自从开了这一个药铺，生意却很发达，天天忙得都笑逐颜开。

不觉又过了四个月，周忠见他的生意虽好，只是对于他的房钱，却一字不提，心里却异常的不乐意。这日周忠闲踱到他的铺儿里面，有意无意之间，就开口说道："吉田先生，现在我有一笔急款，目下必须偿还人家，我想在先生手下，借我百数十元，解这回眼前的围困，我却是感激不尽的。"吉田听他说罢，又将脑袋瓜儿扬起来，两眼望着屋梁道："周兄，借钱倒是很容易的事，只是那手续上、条件上，咱们总得要研究研究才好咧。"周忠听他这番话，不觉吃了一惊，暗忖道："我乃是说了一句客气话，他怎么就认真了？岂是他将'房租'两字忘却了么？"转又想道："或者他是与我调笑的，我不免也与他戏耍几句。"便问道："请问先生什么叫做手续，什么叫做条件咧。"吉田便正色说道："你们这些穷汉子，真太没有常识了。金钱那能是容易借给人的？你若借钱，必须先要写一张借约，还要两个切确的保证人，将那抵押品运来，先由资本家审查那抵押品的价值，可能保得住借款本利，然后在总监衙门里存了案，这就叫做手续。借款利息，每月言明几分，须从资本家先行扣除几月预付，若到期不还借款，那抵押品就为资本家所有，这就叫做条件。你真要借钱，目下可不必与我说空话，先将这种种手续、条件办妥，咱们再商量罢。"说毕，将两眼一闭，早就装出那大肚罗汉样儿。

周忠听他这番话，仿佛不是调笑的，不由的脑顶门上就冒出一股穷火，便将两眼一瞪说道："吉田先生，你是闹顽笑，还是说真话咧？"吉田道："借钱的事，乃是将本求利，谁与你闹什么顽笑呀！"周忠益发冒火道："我拿房钱作抵押品如何呢？"吉田便将两眼一翻道："谁欠你的房钱！谁欠你的房钱！"周忠道："哎呀，吉田你可是吃醉酒了吗？想你开张之后，已在我的房子里住了四个多月。只算初进门时，付了我三十元，此后就没见过你一个钱的影儿。当时双方说明，每月三十元房金，必须先付后住。如今你欠我三个多月的房钱，你的生意又做得发达，我今问你借百数十元，乃是一句客气话，难道你欠我的房钱，就不应该还给我么？"吉田听他这般说，也就两眉竖起，勃然大怒道："咦，你这个人说话，好不懂事，我这个生意，做得这般发达，你放开两眼看清白，可是欠你房钱的人呀！今天你无故想来骗诈，倒是一个什么用意？姓周的你既然不仁在先，我可就要不义在后了。前次你那小孩子的医药费，理应给我二百元，照我们大日本的利息计算，是加二的扣利，如今四个月，应当给我三百六十元。限你五天偿还，若是逾期不缴，莫怪我就要到总监衙门里追欠去了！"周忠听他这一番蛮话，越发气得发昏，暗想这真正暗无天日咧，怎么我向【他】讨钱，反讨出这大的重债来了！此时也不顾得什么外交，就与他三言两语嘴斗起来。

穷人的事，是越吵越动火。一往一来，分辨不到十来句，二人就动起拳头，扭作一团，打了一个十八滚。四方邻舍，都纷纷前来解劝，那里劝解得开？这一天活该有事，周孝、周义兄弟二人，正从街市上回家，刚走到自家门首，忽见左邻右舍围作一团，好像看什么热闹。他兄弟二人，都是年轻力壮的汉子，各人都有两臂蛮力，一见这般景况，不由分说，都挤到人丛里来。抬头一看，原来是他的老兄与吉田二人撕打，眼见他的老兄臂力不敌，就要被吉田打倒了。他俩那能待分别什么青红皂白，抡起四只拳头，甩开大步，同声喝道："谁敢打我的哥哥，我倒来数一数你的骨头！"说时直扑上前，就来扭吉田的衣领。吉田这时眼珠儿也打红了，忽然扑上来两个猛虎似的汉子，心知是寡不敌众，眉头一皱，巧计顿生，暗想这时已打得不能解决，先下手为强，后下手遭殃，我何不打倒他两个再说咧。想定主意，忙从腰里拔出来一只白郎林，啪啪两声，只听随着那枪声咕咚咕咚，在那火光之下，一片白烟之中，又呼噜一声，那些看热闹的人，都连滚带扒的散开了。烟雾迷漫之里，已有两个人斜倒在门前，"哎唷哎唷"呻声不止。吉田定睛一看，乃是周孝、周义兄弟二人，不由得一喜道："看你等可能再逞凶赌狠么！"转眼忽想到"人命"两字，复又惊吓起来，暗忖道："哎唷，打死两条人命，不是好耍的。"想到这里，越发害怕，奋力一掌，将周忠推了一个饿虎扑食，跌在街前，他掉头不顾，直向后街奔去。这里周忠站起身，正想再去扭吉田，那里还有吉田的影儿？低头一看，忽见他两个兄弟，斜躺在门旁，胸前鲜血淋漓，瞪着眼珠儿，只有出气，没有进气。周忠顿时大哭道："哎呀，你们两个是几时来的，怎闹得这个样儿咧?"接连喊了几声，也不见他俩答应，周忠分外惊慌道:"哎唷，不能了，你俩就是这样的死了么!"

那四邻听见哭声，都知祸事业已闹出来了，谁也不敢出头，这时只有几个十一二岁的小孩儿，拥在门前看热闹。那时周忠的婆子白氏、周孝的婆子李氏，也都哭倒门前。周孝早已一命呜呼，魂飞魄散;周义喘了半晌气，长哼了一声，将牙龈咬紧，两腿一伸，也随着他二哥去了。他一家男女，都哭得天地为愁，鬼神叹气，足足闹了半天。四邻中有那年纪长大的人，见这桩事儿，闹得不能够下台，不得已都硬着头皮儿，前来劝周忠收殓两弟。伙中又有那不平之人，力劝周忠控诉吉田。又有那胆小的人，从中拦阻道:"吉田他是一个日本人，如今日本人的势力是很大的，想我国大皇帝，还要听他那总监的指挥，你如今告他打伤二命，岂不是向老虎嘴里拔牙么? 我看还是省事的好些。"又有一伙人说道:"我看这桩事，若不与他闹个你黑我白，将来日本人越发将我们不当做人类了。这桩事就是周老大他不敢出头，我们也应当维持公论，给他一个利害才是道理呢。"那些胆量小的人，听了这一番话，渐渐都溜走了。就是这般主张的人，见大众只有听着溜走的，没有听着赞成的，他也就不敢接说下去。倒是李氏听了这一番话，急想替她死鬼丈夫伸冤，便哭着说道:"什么日本人，什么日本鬼，害得我一家人这等模样，他就是一个老虎，我也要去与他碰一碰的!"说罢，站起身来就走，周忠一把拦阻道:"弟妹你不必这等性急，我也是不肯放松他的。总得将两个兄弟死尸安顿好了，再与他拼命也不迟。"大众见周忠这般说，也就伙在堆里劝阻李氏，李氏听他等说得很有理，只好止住哭声，将两个尸骸搬进屋里，安顿好了，这才准备去控诉吉田。欲知这场讼事的结果，且待下回分解。

第十八回

闹是非人亡家破　贪酒色虎斗狼争

话说周中将他两弟尸骸，安顿停妥，便求人做了一个状子，就奔到外交部衙门喊冤。那时外交部大臣赵丙稷，本来是一个亲日派的走狗，如今见了这个状子，乃是与日本人人命交涉的事，便将眉头一皱，向周忠说道:"你恐怕认错人罢，日本人那能是这等野蛮咧!"周忠急得又将

那经过的情形，复诉了一遍。赵丙稷见这桩事，虚掩不下，便将状子收下来道："听你这般说，一定是日本人闯的祸了，但是本部堂还不能深信你一面之辞，状子现暂存案，待我调查明白，再定期提讯罢。"说毕，站起身来，气冲冲说了"退堂"两个字，转身就下了公案。周忠仍高叫道："大人明鉴，小的两个兄弟的尸骸，尚停在家里，专候大人验看咧。"赵丙稷大怒道："是否真假，日本人尚未调查明白，谁来给你验尸，还不回去赶快的收殓。"便将惊木一拍，转身退堂，任你再哀求苦告，他也是不理的了。周忠告了一肚皮愤气，回来与他弟媳李氏，说了个明白，只好将两个尸骸收殓起来，听候外交部大臣传讯。谁知直候了十多天，那里有什么传讯的消息？实在候得不耐烦，前去催讯了两次，无奈侯门似海，任你什么急风暴雨，他总是给你个不见不闻，闹得周忠无法，也只好忍气吞声，就将这一棒［桩］人命重案，虚掩下去了。

再说吉田自那天逃避走了，就躲在一个卖鸡蛋饼的店里，再也不敢出头露面。后来听说周忠在外交部里告他，未曾告准，又将两弟的尸骸收殓了，他益发胆壮起来，便灌了两瓶白菊花酒，醉醺醺大摇大摆，回到自己店里，仍想去开张营业。可巧碰着李氏从后堂出来，一见了吉田，不由得眼珠里火星直冒，伸手去抓吉田拼命。吉田这时却不是前次那般蛮野了，便伸手抓了一个饭碗，打碎了几块，就在自己脸皮上摸了几摸，摸得满脸鲜血淋漓。接着又把那些药厨［橱］里瓶儿罐儿，打得粉碎，然后才一把扭着李氏的手腕，愤愤的说道："好好，你们欺负外国人，就是这等样儿么！"这时周忠夫妇也奔出来，自然是帮助李氏，打了他一阵乱拳。吉田就趁势向地下一躺，大喊救命。那四邻的人，见周忠前次控告，没曾闹出什么黑白，就知这桩事儿，是很不容易讨好的。如今又听见喊救命，大众都吓得躲避也来不及，谁敢出头去寻惹是非咧！

　　事有凑巧，忽有三个日本人，打从他门前经过，听那店堂里面有人呼喊救命，忙着进店一看，原来那喊救命的，也是一个日本人，不由得愤火填胸，一齐拥上前道："你们如何这等大胆，光天化日之下，也敢谋财害命么！"说时也不分什么男女，那三个日本人，就封住他妯娌伯婶三人的衣领，直向街前拖道："这里也不是说理的地方，咱们到总监衙门里去再说。"此时吉田也哼声叹气的站起身儿，紧随在身后，一同直向总监衙门奔去。这时周忠心坎里，已知上了他的圈套，自悔不该那般卤莽的。但是事已临头，悔已无益，只好硬着头皮儿，前去闯他一闯，横竖莫打死人，总不能要我偿命，我那两个兄弟冤枉死了，我也正好趁此机会，给他俩伸冤的。于是放大了胆儿，与他们一同奔到总监衙门，传达投报进府。

　　不多一刻，伊藤博文便派了一个执法官代讯。公堂之上，那里还有周氏夫妇妯娌说诉的时间？只听吉田与那不知姓氏的三个日本人，哇啦哇啦，说得不曾住嘴。直待他等说罢，那问官也不分皂白，便向周忠将两眼一瞪道："周忠这就是你等不是了，欠他的药账，至今不还分文半钞，还要一家男女群起，打得他头破血流，砸碎他许多器具货品，须值三千多金，还损失他的营业，这是什么理由咧？"周忠听审官说了这一番话，简直将这一重冤案，说得他罪该万死了，忙分辩道："哎呀，大人呀，这可冤煞小的了。"接着就将他俩的交涉，又说了一遍，白氏、李氏也在一旁呼冤叫屈。那审官冷笑着说道："真亏你强辩得出来，如今吉田说你无故逞凶，殴打房客，乃有这过路的三人做证；你说他将你两个兄弟打死，谁敢前来做证呢？吉田他告你亏欠他的药账，说有底账可查；你说他亏空你的房钱，又可有底账呢？再说你两个兄弟，被他既然两枪打死，何以不当时控告他？自己收殓尸骸，显系你控告不确。他如今控告你们野蛮，你看他头上的血迹尚未干，店里的器具货品都毁坏，这件件都是你一家男女行凶的铁证，你还强辩些什么？我也明白了，你们这些不知大体的奸民，只知欺侮异邦人，恨不能将天下大权，霸占在你等手里才好。如今又欺侮到我们日本人头上，如今若不办你一个黑白，你还不知日本人的利害咧！"此时周忠急得连连分辩，那审官再也不理会他一声，只管低着脑袋，做他的判文。直待判文做好，便当堂宣布道："周忠全眷无故逞凶，打伤吉田，应代偿医养费二百元，毁坏一切器具货品，以及营业上损失，应赔偿二千元。前欠吉田医药费三百六十元，亦应如数偿还。限期一月，如不缴纳，即将该屋房产，抵偿伤者。周忠信手逞凶，殊属藐视法律，姑念初次犯律，从轻惩办，监禁一年。如再不改过自新，重惩不贷。"

宣布之后，就勒逼周忠签字。周忠那里肯从，他一家三人拼死拼活，始终呼叫冤枉。不料将审官怒恼了，吩咐左右扛了两箱洋油，直向他三人鼻孔里灌去，灌得他等五脏六腑都翻筋斗，实在熬他不过。周忠便向白氏、李氏说道："这也是我们生长的时候太不好了，我那两个兄弟，总算他该死，我们这些儿房产，譬如一场天火烧了的。事闹到这个地步，料想也没有我们伸冤的所在了，早也是如此，晚也是如此，有我这一个人在，将来总可领着你们过日子的。"说时就将字签了，又向白氏、李氏道："你们赶快回家去，将两个兄弟安葬好，就看定一间房儿，搬出去住，不必等到一月之后，再受别人的闲气了。"白氏、李氏见周忠业已画了押签了字，已知这事是争不转来的，也就呜呜咽咽，不再作声。直看周忠进了监狱，他妯娌二人，方回到家里料理丧事，这且不提。

再说那吉田在日本国，并不是什么医学博士硕士，他乃是一个真正的浪人，只学会做几颗仁丹，配两粒薄荷锭，封几袋牙粉，就到韩国充大医士。实在他的居心，本是想借着这一块招牌，混些儿意外利益的。谁知他在这四个月之中，居然发了这一笔大财，在他那吃萝卜干儿饭的浪人眼里，看着这几千元的房产，真不知快乐得怎样才好，于是一切行动，越发的放纵起来了。三朋四友，结党成群，就在街市上横冲直撞。可怜那一般韩国的小百姓，因为周家的命案闹得家破人亡，谁怎敢再与他等厮混，见鬼神而远之，只要看见他等影儿，大家都躲避过去了。吉田见韩民都向他这般惧怕，越发猖狂了，就是那帮他骗人的三个日本人，此时也结成莫逆的好友，那汉京城里，什么料理店、活动写真馆、歌舞妓馆，无日没有不见他等的。

这日吉田邀了两个好友，一人名叫松井，一人名叫三崎太郎，都是好顽好笑的浪人，一同从千叶馆料理店酒醉出来。走到汉京北城御书坊，忽见前面一家门首，婷婷玉立着两个小姑娘，虽未曾抹粉涂脂，却也生长得眉俊目俏。这两个女子年纪都在十五六岁左右，天赋他一种憨态，越发的爱人。二人闲站在门前，数天空的星斗，那里晓得暗中有人注意他俩的姿首咧！此时是松井先瞅着的，顿时就向吉田、三崎太郎递了一个眼色。吉田赶忙抢前几步，就在那两个女子周身上下，约略打量了一回。谁知这一回打量，又是引祸之媒。那吉田不知不觉就将周身三百六十骨节都软化了，要想举步前行，那两条腿儿，如棉似絮，再也撑持不起来，嘴里不住嘻嘻的笑。再说三崎太郎与松井二人，虽不似吉田这般色狂，却也是心摇摇如悬旌，行动不能自主，见吉田这般如痴如傻，也就落得在身后打边捶鼓儿，上去调笑几句，疗饥解渴。吉田也因有他二人随在后面，胆量就分外壮强，不由分说，悄步走到那两个女子身后，就伸出手指，在那年纪稍小的女子腮边掠了一下，笑道："你这个妹妹，站在这里候谁咧？可是候着我么？"说时，又伸手去挽那年长的女子手腕。那两个女子本是无心站在门前闲散的，忽腮边伸出一只手指头，便大吃一惊。急掉脸看去，只见三个醉汉，歪歪倒倒，走近他的身旁，做出许多鬼相，吓得那两个女子，"哎呀"一声，一同奔进大门。吉田见他俩躲避，那里甘心松放，接脚跟着进门。松井、三崎太郎二人见吉田业已做了开路神，落得紧随在身后，做两架马后炮，也不放松半步。好像那第一步滋味，恐怕被吉田先占去的样儿。

再说那两个女子，奔进大门，刚一转身，正想去关闭那两扇板门，吉田业已跨进门槛，恰好那年纪少大的女子，与吉田撞了一个满怀，吉田趁势就将双手一抱，搂紧了那女子纤腰，一副猪肝色脸皮，镶在那粉团团的颊上，随意行了两个接吻礼。这时松井、三崎二人看得眼珠里冒火，嘴角边流漩［涎］，也就抢先一步，同将那年幼的女子拖住，都做出那饿虎扑食的样儿，吓得那两个女子，哇啦哭将起来，大喊"救命！"，一时惊动了他家里的人，从后堂出来一个妇人，年纪约在三十左右，虽然是过景的黄花，那姿色却还有几分风韵。出堂见那两个女子这般形状，顿时也吓得周身瑟瑟作抖。尚未待他发声，早被那几个醉汉瞅着了。三崎太郎忙丢了那个年幼的女子，向松井笑道："这一个嫩货，我让给你罢。"后又指着那妇人道："这个老货也还长得美貌，我看若要实用起来，还比你们那两个滋味肥厚些咧。"说时就直扑到妇人面前。那妇人见事不妙，赶忙躲避。那里躲避得开，一眨眼之间，已被三崎搂在怀里。这时他三人虽未闹得月缺花残，然早已吓得魂消魄散了。争嚷之际，那四邻的居民，都纷纷赶来，这才将吉田等冲散。

原来那两个女子，乃是姑侄二人。年纪少长的是姑，名叫申瑛，年纪少小的是侄，名叫申玉侬。申瑛的父母早就过世了，只靠他的兄嫂度

日。他哥哥名叫申国忠，平日在云在霄部下，当了一个队兵。自云在霄
死后，他见国事闹得真不成个样儿，也就不愿再谋国事，闲住在家里，
抱了一个厌世主义，准备胡混一生，落得个眼前清净。他的妻子吕氏，
就是前述的那个妇人，膝下无子，只有这玉侬一个女儿，夫妇都宠爱得
如掌上明珠，平日也不知怎样娇养才好，所以把个女儿娇养得如同粉捏
似的，秀媚爱人。这日申国忠闲在家里怪觉心闷，便随步出门去，寻找
他的旧友白大生。刚走到白家门首，忽听他家堂里面一阵哭嚷，申国忠
顿吃一惊，赶忙奔进大门。只见白大生的妹子，跪在他母亲面前，嚎啕
大哭，白大生站在一旁，也气得摩拳擦掌，只管哼声叹气。申国忠赶忙
抢前一步，挽着白大生手腕问道："又嗨些什么闲气呢？"白大生转脸见
是他的好友来了，便摇摆了两下脑袋，将申国忠央到客房里。二人入座，
白大生就将他的妹婿周忠，如何遭吉田欺辱，如何迭丧二弟，如何闹得
家破人亡，从头至尾，仔细说了一遍。听得申国忠拍案大怒道："我们韩
国尚未亡，韩人尚未灭，怎地就受他这等痛苦咧！"白大生接着洒了几点
眼泪道："老兄，我劝你不必虚要门面。你说韩国没亡，韩人没灭，别人
可早将我们灭了亡了。国家大事，我们今上大皇帝，尚没有方法自己安
排，还要招一个仇人进来做总监，如我们这些小百姓，还不是生死宰割，
都听着别人自由么！嗐，这不过是一场开幕戏，将来还不知要演些什么
惨剧咧！"申国忠道："你们就准备这等下台吗？"白大生道："人也死过
了，财也破过了，押产的字也签过了，打人的罪也定过了。强权之下，
何求不得，若不这等下台，也是没有方法的。"申国忠便长叹一声道：
"嗐，这事是临在你们的头上，生怕招风播浪，若是临在我申国忠的头
上，我决计拼着一条命不要，也得与他争一个长短。人生百年，早晚总
得要死的，这一条性命，算得什么咧！"白大生被他说得不作声，只管将
脑袋直摆。

　　转眼日向西沉，黄昏灯上，申国忠便辞别白大生回家。一人在街市
上闲逛，暗自忖道："我正因家里太闷，方出来散散心的，那知反闹出一
肚皮闷气回去咧？"接着又想了一会国事，又想了一会家事，又替代周忠
不平，想了一会朋友的事。归家的时候，业已钟鸣九点了。刚才进门，
忽见玉侬迎面就扑到他的怀里，喊了一声"爹呀！"，大哭起来。接着他
的妹子申瑛、妻子吕氏，也哭起来，一时哭得天昏地暗，把个申国忠哭
到五里雾中，不知为的是什么事，忙询问道："怎的怎的，有话好好的

说，这等哭像个什么样儿咧！"吕氏道："若不是左右邻居，伯伯叔叔们前来，越发不像个样儿咧！"说时他三人分外哭得利害，申国忠一听，顿时大怒，暗忖道："又是那一群小鬼来欺辱我么？"便发急道："哭也哭不了事的，还不快快说个明白，就有天大的祸事，也得说一个明白方好办的。"大众这才忍住哭声，他妹子申瑛方呜呜咽咽，将那三个醉汉调戏他等事儿，一一说了一个大概。申国忠这时已气得发抖，忙问道："你们可知道那三个强盗，都是什么人咧？"吕氏接着说道："当那个时候，性命也顾不周全，吓都要被他等吓死，那还能够去问他等名姓？"玉侬接着说道："我倒约略看了他等两眼，好像不是咱们高丽的，身干儿矮矮的，脑袋瓜儿小小的，脚底下都拖着两块木板儿，脸皮赤红，满嘴巴酒臭，可没将我吓死了。"说时又大哭起来。申国忠听到这几句话，忽觉眼前一花，只听"咕咚"一声，那申国忠业已晕倒在地下。吕氏等见申国忠晕倒，益发忙了手脚，喊的喊，叫的叫，哭着〔作〕一团。左右邻人也被他等这番乱闹，闹到申国忠家里，把那间厅堂，挤得真没有托足之地。你呼我唤，好容易才将申国忠喊醒转来。大众也都明白，因为那三个醉汉的事，你言我语，大众乱劝了一番，申国忠总是低垂着脑袋，一声不响，直到入夜，大众见申国忠业已安然无事，也就纷纷散去了。

要知申国忠心里的愤气，果真是和平么？嘻，这不过是表面上做得好看，心坎里早如刀攮的一般，痛苦得说不出口。直待大众走尽，他一人在自己房里打磨旋，也不与他的妻女、妹子说话，独自只管嘻吁频频的流泪。

再说吉田等借酒发疯，被那一伙邻人轰散了，都回到松井家里。那松井乃是个卖鸡蛋饼儿的，小小门面一间，与三崎太郎打伙营业。他三人席地坐定，彼此的酒意，也都醒了八分，于是煮了一壶热茶，松井捧出一盘鸡蛋饼儿，三人就闲谈那申家三个妇女，这个称赞那小的有沉鱼落雁之容，那个称赞那大的有闭月羞花之貌，彼此谈得脸红耳赤。吉田便说道："实不相瞒，我的魂魄已被那个小东西勾去了。若说我们日本名古屋，总算是出产美人之区，如今我看了那个小东西，仿佛什么天仙月姊，都没有他那般标致的，我今天若不与他亲一亲，这长的子夜一定是挨不过去。好朋友，咱们还是一道儿去看看，夜深人静，更外〔加〕容易下手。打量他家是没有男子汉，咱们一人搂抱一个，还怕不快乐死么！"松井摇头道："这总是一桩危险的事，还是不必去罢。"吉田不悦道："这有什么危险，我一枪打死两人，还混来几千元家产，就是他家有男子汉，咱们有三人同行，也是不怕得的。"三崎太郎心里，也有些想去，便说道："说来也没有什么危险，男女交合的事儿，咱们日本的法律上，也算不得什么大事，况且对着这一般亡国奴，何必与他谈法律，强占过来就是了。"松井见他二人同意，自己心坎里也有些作痒，于是三人又抖擞精神，前去寻乐。若问这事如何结果，且待下回分解。

第十九回

伤人命冤中叫苦　办交涉节外生枝

话说吉田与松井三崎等，准备冒险去做偷香贼，沿途就趁着星光，冒着露水，高一脚，低一脚，三人摸到申家门首。吉田醉眼朦胧，从黑暗之中，恍见那门侧一棵树影儿，玉立婷婷，好像是申玉侬的模样，便不顾性命，抢步上前，一把搂定那棵大树，迸口连声的呼道："摩司美，摩司美，可真将我想坏了。"刚说到"了"字，定睛一看，原来抱的是一棵大树。这时松井、三崎都追上前来，一眨眼见吉田抱着一棵大树叫"摩司美"，都知他业已是色迷心窍，同声笑道："这算个什么样儿，你也未免太性急了。"吉田见自己抱着一棵大树，已觉自己太荒唐，忽地又被松井、三崎等调笑了这两句，越发又羞又恼，那探色的胆量，不觉又增长了几分。转身举起那碗口大的拳头，就在申家大门上，咚咚擂了一阵乱拳。

说来也是活该有事。此时申国忠正在房里摇来摆去打磨旋，默想那报仇泄忿的方法，忽听一阵打门声，打得十分紧急，申国忠听着便吃了一惊，暗忖深更半夜，又有什么紧急事咧！后又想到日本人的身上，便忖道："当真他们的贼心不死，又来寻闹么？哼！想那群野蛮小鬼，可是办得到的。"顺手便撅了一根木杠儿，也不作声，俏〔悄〕步走到门侧，只听门外嘻嘻哈哈的一阵狂笑，抢〔接〕着又纷纷嚷道："你去寻我那个小的，我是不要那个老的。"又有人说道："那老的还老得不讨厌，我还说生姜是老的辣。如这些事儿，货越老滋味越好咧！你看那两个年纪小的，他们晓得些什么！"又有人说道："老的也好，小的也好，横竖今晚时候很早的，咱们随便着轮流尝些儿滋味，也可得的。"说着，嘻嘻哈哈，又狂笑了一阵。门里听得申国忠忿火中烧，恨不能立时将那门外的狂奴，一一送到阿鼻地狱里去，方可消怒。转又想道，门外人声嘈杂，又怕寡不敌众。想到这里，转将牙龈咬紧道："事到这等地步，我也顾不得什么利害了。"一言不发，便将门闩一拔，将身向门后闪避，只见一个醉汉，歪步儿跨进大门，正待要与开门的人说笑，申国忠藏在门后，瞅得清清白白的，当头就给那为首的少年一棒，那少年顿时"哎呀"一声，栽倒门侧。申国忠正想赶上前去，再给他个右传之二章，忽见接着又进来两个矮汉子。申国忠明知他们是同伙而来的，正待举棒迎将上去，不防那第二个矮汉子，那手一扬，只见火光闪处，"啪"得一声，申国忠的头脑一昏，也倒身躺下。要想这两个躺倒的汉子，再哼一声，除非是投胎转世了。阅者可知那被申国【忠】一棒打倒的，究竟是谁呢，那就是陡发横财，杀人闯祸的吉田。这也是他恶贯满盈，转眼就死在申国忠棒下。

　　再说松井、三崎二人，见申家大门一开，门后飞出来一棒，将吉田打倒，就知这事不妙。三崎顺手就在衣袋里，掏出来护身的白郎林，恍眼见迎面摸来一个黑汉，其势汹汹，举棒就打。他也不分青红皂白，扬起白郎林对准申国忠就是一下，恰好打了他个脑花迸裂。这时松井、三崎二人，见转眼之间，已伤了两条人命，顿时那一副色胆，渐渐的缩小了。转又想到自己身上，暗忖我们原想来这里寻快乐，如今已站在是非窝里，闹出了两条性命，虽然我们都没有杀人的凭据，但是嫌疑犯的烦恼，也免不了跟着受罪的。猛的想到"受罪"两个字，不觉有些害怕起来。什么千娇百媚的念头，早从根本上打消干净，那两条穷腿，不因不由就向门外渐次退着，好容易退出大门。转脸八方瞅去，只觉万籁无声，很远只见一条白线似的大道，没有一星星活动的影儿。他俩这才放心，甩开两条腿，不稍停留，埋头飞奔到自己家里，才安心适意，向梦里寻找美人去了。

　　不谈他俩梦里的春痕。再说吕氏在吉田等打门时节，她虽然业已解衣就枕了，但是她午间受了那一番蹂躏，惊魂尚未安定，加着那一腔怨气，片刻却不能消化的，不过见她的丈夫那般形状，不忍再在他左右唠叨，只好在枕边向着床公床母，诉冤道苦去了。追听着有人打门，那一阵乱拳，异常凶猛，心中也吃了一惊。正待起身询问她的丈夫，此时申国忠业已掂了一条木棍，迎将出去。吕氏见来势这般不平，打量是凶多吉少，也就披衣下榻，靠着房门框儿，呆候了许久，并不见有什么动静。又久只听见"啪哒"一声，好像是枪响，心里越发的惊慌，更想出房查问一个明白，无奈那两条腿，如同铜浇铁铸的一般，再也莫想他动半步，周身忽觉打了一个寒禁，瑟瑟发抖，喉管里不住的倒抽冷气。半晌，方将申瑛与申玉侬姑侄二人喊到房里，就将她心里的事儿，约略说了几句。大众也都吓得发怔，但是三人同在一处，究竟比较一人的胆量大些，又筹商了许久，仍不见申国忠进来，于是三人也顾不得害怕，打亮了灯火，一同迎出堂外，直走到外堂阶下。只见两扇头门大开，阴风惨惨，直向堂前吹来，却没有一个人影儿。吕氏旋走旋说道："这真有些奇怪，难道他又被什么党会约去议事么？唉！自己家务，都闹得不可收拾，还爱些什么国呢！"说声未已，猛觉脚边有一个很大的东西，绊了他一下。吕氏忙低头看去，谁知不看还可，这一眼看了去，便"哇呀"一声，向后栽倒，那手里擎的灯火，已扔到一二丈外。申瑛姑侄二人，见吕氏陡然晕倒在地，也都吓得不知所从，便发开嗓音，大呼救命。

四方邻舍都在梦中被她等惊醒了，就有那胆量大些的人，翻身下榻，开了自己大门，奔到申家院子里。只见两个小姑娘，两眼角上都挂着泪珠儿，拼命的大喊救命，业已喊得脸色如灰。这时四方邻舍，相续而来的人，足有六七十个。首先将他姑侄二人劝住，再向四方寻看，谁知刚一低头，只见有三个人斜躺在门侧，细看乃是两男一女，那两个男子，早已打得脑花迸裂，声息全无，只有一个妇人躺在地下喘气。大众忙将吕氏救醒，然后再看那两个男尸，一个乃是申国忠，大众不须细辨，都看出来了。还有一个男尸，身长不满五尺，周身乃是日本人的打扮，一时都分辨不清是谁。就有那眼力利害的说道："这不是日间来他家蛮闹的那个醉汉么？"有的说："我看很像害周忠倾家破产的那个小鬼呢。"又有一两个年纪少长的从中说道："这都不是急须研究的问题。如今既成了一桩人命相关的大事，我们应当询问这两人死的原故。眼看这桩事，又要惹出外交来了，怎么偏偏总是在日本人的头上出祸咧！"说时，都将双眉紧皱，转脸去询问吕氏的原由。这时吕氏她姑嫂母女三人，都知申国忠被那个日本人打死了，正哭作一团，闹得天昏地暗，好容易众邻人才将她等劝止，住了哭声，争着去询问吕氏的原由。吕氏便将经过的事，呜呜咽咽说了一遍。大众仍是不能明白，又向尸旁寻找了一回，只寻出一根木棍儿，又哭起来说道："这是我家大爷他拖着防身的，可怜没曾打着人，反将自己的命送掉了。我的天呀！我的人呀！我的苦儿呀！"又诉说了一阵。那些邻人接着又劝止了她的哭声，研究这人命的道理。就有那年长的说道："这木棍乃是申兄防身的，可见这个日本人，乃是他打死了的，但是他这一条性命，又被谁人打死的咧？"又有人争辩道："我看日本人的心肝是很毒的，一定他见申兄拖了这根木棍出来，两人言语不合，那日本人就顺手夺过木棍，将申兄打死了。"又有人摇头道："我看不然，如这般说，那日本人又是怎样死的咧？"吕氏从旁听着他等争辩，便哭着说道："我家丈夫是不会打死人的，这一定是那个日本人，将我家丈夫打死了。我丈夫死得好苦呀，还靠着诸位叔叔伯伯们给他伸冤咧！"说罢就领着申瑛姑侄二人，倒身跪拜下去，大众被他缠得也不敢再加研究。

直到天色大明，大众就举了四个邻人代表，奔到巡察总厅里报案。那时厅长金炳之，也是一个亲日派的好汉，当时接了那个报告书，便将眉头一皱道："怎么又与日本人捣乱咧，这总是你们这些小百姓太不安分了。"顿时就将四个代表看管起来，又向总监衙门里查了那日本人的姓名，这才明白是个药店里的主人，名唤吉田。然后又将吕氏等传到案，约略询问了几句，便将脸色沉下来，冷笑了两声道："天下事那有这等的冤枉，自己拖着棍儿防身，反被别人打死的道理。你也不必巧辨，这一定你等一家大小，狼狈为奸，图财害命，将一个日本人谋死的。这何必反口噬人，你可知道本厅长的刑法利害？还不快快实招，免得皮肤受苦。"吕氏等听他这般判断，都吓得魂飞天外，也不知怎样的分辨，只急得连声呼冤叫屈。金炳之见吕氏等，都是些弱不禁风的妇女们，越发做出那老虎般形状，厉声厉色的大喝道："抬大刑！抬大刑！"左右那些狼驾〔假〕虎威的狗爪子们，一声呵喝，早将些火链、火砖、藤条、夹棍、神仙架，都搬上堂来。吕氏一见都是她的对头，暗忖既然到了这个地方，料想也没有活着回去的道理，死也要死得明白，方对得住我那个死鬼丈夫，何必受他的苦刑咧！主意打定，反觉得心里快乐一阵，并没些须惧怕，便抗声向堂上说道："事儿冤枉不冤枉，我不必向你说了！我这时也明白，就是向你说也是无益的。我如今也没有别的恨事，就是我的丈夫，无论他冤枉不冤枉，总算死得很痛快，料想他这时心里，比较我安乐得多。唉，我只恨当初出世的时节，何不投做日本人！你无非要我一死，好办你那顺手的外交，如今我就牺牲一命，成全你的荣幸罢！"后又冷笑了两声，转身就向阶下一颗石柱儿上栽去，左右差役忙向前去拦救，已来不及了。可怜这个贤烈妇人，顿时闹得脑浆四溅，血花乱飞，那一缕冤魂早寻找她的丈夫去了。

此时金炳之见吕氏当堂碰死，也知这事闹坏了，加着申瑛、申玉侬两个女子，见吕氏这般形状，也顾不得什么惧怕，便在案下乱滚，嚎啕大哭起来。金炳之虽然是一个多年做官的老吏，到此也有些着慌，双眉一皱，计上心头，当时向左右大喝道："这个有神经病的疯妇，如何领她上堂，还不快些将她的尸首拖下去成殓！"又向申瑛姑侄二人说道："本厅长好意成全她，她竟敢咆哮公堂，藐视官长，虽死也不受人怜恤的。如今这个人命重案，本厅不审也明白了，想一定吕氏夫妇同谋，不然吕氏何以畏刑而死咧？姑念尔等乃是年幼女子，不忍再加重刑，今从轻惩办，监禁十年。"说时，就命几个差役，将她姑侄二人前拖后拥，直向大狱里送去。可怜她俩都是弱质姗姗的女子，那里挣得脱身，就是想觅一条死路，也不能够啦。

不说申瑛姑侄二人，被那些恶狼猛虎，在云天雾地之中，将她等拥进大狱里，是如何的状况。再说那四个邻人代表，无故被金炳之看管起来，大众都不知身犯的是什么罪，只好大众坐在一团，你埋怨我倒楣，我埋怨他晦气。半晌又进来几个差役，将他四人带领到堂上。那时吕氏等已结果了，大众见吕氏等都不在堂上，各自暗异道："咦，难道这一场官事，都打到咱们邻人身上么？"正在怀疑之际，金炳之便睁睁如铃似镜的圆眼，向那四人说道："如今申吕氏等业已招供，那日本人乃是他等同谋而死的，本厅已将他等照法定罪了。你等身处邻近，不能排难解纷，如今反帮助凶人多事，正是平日为人也非善类，本厅若不惩办，不足以儆刁风。尔等四人应各罚金二百两，作为收殓那日本人的经费；如不甘心认罚，各人应办监禁四年。"那四个邻人还要分辨，金炳之大怒道："本厅业已判决了，你等服判也是如此，不服判也是如此！"大众这时暗忖道："好人不与官斗，好鸡不与狗斗，我们何必吃他的眼前亏。若是申国忠夫妇果真同谋杀人，我们这一次报告，却也是被他等卖了。"于是这个自认破财，那个自认消灾，每人遵示认罚。

这一场公案，眼前总算得是结局了。那日本人的尸骸，便由他同国人领去收殓，申氏夫妇由他的家族领去收殓。金炳之将各种手续料理清白，自觉这一桩事儿，办得倒很圆满。他当即就进了总监府，见了伊藤博文，他就将这桩事儿，仔细报告了一遍。然后又将他自己判断的结果，接着说了个五光十彩。在他的用意，原是想在总监面前邀功，他自觉这桩事儿，总算很帮助日本人的，论功就是赏他一个大勋位，也应得的，谁知惹火烧身，反将交涉闹大了。那伊藤博文听金炳之这一番报告，便将眼皮儿低垂着，老大的不作声。半响，方冷笑了两声道："偏偏这才过了几天，又出了人命的交涉，可见你们韩国人，仇视我们日本人太过分了。这些儿八百两银子，就能了结一件人命的重案，厅长先生，你也太将我们日本人的性命，看得不值价了。并非我今天有意为难，若照贵国这等法律，将来就是我这个堂堂总监，一旦若被人陷害，也是几百两银子可以了事的吗？哼，我自有办法。"说罢，依旧将两眼一闭，再也不作声。可笑那金炳之本是想来邀功的，猛的听了这一番话，好像半空打了一个霹雳，顿时将三魂打飞了二魂半，两眼直视着伊藤博文呆呆的发怔。相待足有三十分钟，伊藤博文方说道："你回去办公罢，这桩事我晓得了。"金炳之听着这两句，也不知他是好意歹意，又不敢与他分辨一个青红皂白，只好捏着一把冷汗，退出了总监府，暗忖道："人生宁可做强国的狗，万不可做弱国的官。日本人实在真难伺候，料想我这个厅长的命运，也快到尽头了。"一路想着，回到警察衙门里，也不作什么加官晋爵的希望，垂头丧气，准备着交卸差务。

不多几日，果然李熙下了一道特旨，将金炳之革职，另委了一个日本人，叫做中村正雄，前来接事。那金炳之虽然见了伊藤博文之后，就料定这一个饭碗儿，是捧不长久的，但是他最后的希望，总想在接事的新官手里，混他些须交代费。谁知接他手的，乃是一个日本人，顿时就将这一种妄想打消，再也不敢高声说半个"不"字，便将一切事务交代过去。但是他的心里，总有些儿不平，暗忖这巡警厅长，也总算得是我们韩国的法官，如何委给了一个日本人来充任职务咧，我虽然办事不善，究竟还是一个本国人，无论这事儿的好歹，总算是利权没曾外溢，如今一切事，都托付与外国人，我看不但这个警察厅长牺牲了，就是这大韩国的人民土地，牺牲的日子也快了。独自空发一阵牢骚，也就将这桩事儿放下。

再说那中村正雄，如何做了韩国的警察厅长。这乃是伊藤博文小题大做，他想侵夺韩国的警察权，以及地方裁判权，正在无法生事，可巧金炳之前来报告这一种人命案件，正好给他个导火线。伊藤博文得了这个消息，于是与李完用合拢在一处，一个吹箫，一个拍板，就在李熙左右半吓半诈，便将韩国的警察权、地方裁判权，完全夺在手里。中村正雄就是因此才做了灭韩的先锋官。当时中村正雄做了警察厅长之后，将那满城的高等巡士，完全换了日本人。列位请掩卷默想一回，那些日本人，自从进了韩国境界，如那吉田、松井、三崎等，平日在行政界里，并无丝毫势力，尚且任意横行，如今他们都有这大的威风，怎么不为所欲为，闹得个落花流水咧！可怜社会上，骤然添了这一群猛兽，那些奸淫掳掠的事儿，一天总得见十数起，谁也不敢呼冤，谁也不敢叫屈，真是闹得鸡犬不宁，神鬼也哭。要知后事如何，且听下回分解。

第二十回

安重根报仇殉命　李完用卖国求荣

安重根报仇殉命
李完用卖国求荣

话说中村正雄做了韩国的警察厅长，一时闹得民怨沸腾。虽然有一个吃饭不敢做事的大皇帝，高坐在金銮殿上，但是一般小百姓的心目中，早觉有荆棘铜驼之感了。这时，那美洲留学的志士，如安重根等，业已相继归国。满想各拼擎天的能力，归来同挽狂澜，谁知这破碎河山，早舞弄在日本人的掌上。这一番痛恨，真不知怎样去处治这个总监才好。于是大众也不进汉京，就在仁川择了一处僻静所在，秘密开了一个救国谈话会。当时议论纷纭，也有主张以武力对待的，也有主张向邻邦呼吁的，也有主张鼓吹民气，同组国民军，先行讨伐卖国贼的。你言我语，各执一词。最后安重根说道："救国的方法，决不是这等筹划的，果然诸兄若是这般的举动，就想救国，我个人的意见，自己甘愿做亡国奴，只好自己去谋单独行动，却不敢与诸君表同情了。"大众听他这一番话，彼此都互相诧异，瞪目对视。金有声道："这不过是计划的聚会，若说办法，须得诸位研究一个完善的。"安重根不待他说毕，便将两眼一瞪道："这是什么事业？现在是什么时候？咱们平日所抱的是什么志愿？男儿汉做事，只要对得住自己，不欺天地鬼神，就可以埋头去做，成败那里是我们做事的人所能够预决的么？"侯佐道："你的主见，应当如何进行咧？"安重根道："我的意见，先须求自己的决心，自量可能舍得这一条性命。这等主意打定了，再解决那救国问题。我今再进一步说罢，如今已到了生死关头，靠着团体做事，我却是丝毫没有这个希望，还是在自己身上打主意，尚靠得住些。"

大众听他这一番话，依然没有个办法。大众也都不去理会他，依然研究他们的进行方法，半晌方研究出一个头绪来。侯佐、侯弼、黄伯雄、岳公泰四人，担任办一个报馆，专心的鼓吹民气；金有声、钱群、尧厚、寇本良、寇本峰、云在岫、陈圣恩七人，担任组织国民军；王慎之、云在峰、孙子奇、萧鉴、赵通中五人，担任各方筹款，与联络同志那些事务。还有那在美国相识的同志李树森、李范允、金洪畴、李纬钟、高云、周庄、姜树坚、吴佐车、曹存、李俊、姜述伯、陈圣叚等十二人，担任一切奔走联络的事。大众定了计划，只余安重根一个人闲着。云在岫看着心里很有些过不去，便向他说道："安大哥你到底担任一个什么职务呢？"安重根便将鼻孔儿哼了两声，冷笑道："这又不是做官，什么职务不职务？我只晓得你们做你们的事，我做我的事，就是啦。"云在峰忙问道："你究竟做的什么事儿，好在这里也没有外客，何妨宣布一二！若真到了为难的时候，咱们也可以帮助你些。"安重根便将两眼一瞪道："我个人做事，也不劳诸位帮助，这乃是我个人的行动，也没有宣布的必要，你也不必要求。我向来个人做事，绝对不愿向第二人宣布的。"大众见他这般严守秘密，加着他平日为人做事，很有许多举动与人不同，也就不敢再向他穷追苦问，但是大众都很相信他，不是一个汉奸。

闲话少说。大众便分道进行时，隔不多日，果然各方的成绩都很可观。这时不但城市中那商人，都觉要想过太平日子，非从根本上革命，就是田野间那些愚夫愚妇，也都知道亡国的痛苦，恨不能一时片刻，将伊藤博文逐出汉京，恢复韩国的民权才好。再进一步说，就是那些官僚，曾经受过伊藤博文闷气的人，这时也主张人民革命，并且很情愿捐出些钱米来，暗中助他们起义的。若照这般看去，韩国的民气，却是很可复生。谁知社会上的人类不齐，好人固多，坏人却也不少。不知如何，他等这许多计划，早有人报到伊藤博文的耳边去了。伊藤博文得了这个消息，当时就去谒见李熙，他说这次美国的留学【生】归国，大多都有捣乱的行为，如不趁早一网打尽，恐怕野火出头，安危关系大局，就是大皇帝，也未必能安于位的。李熙骤听这话，顿时大吃一惊，暗忖果然这事真确，我的地位，固然不能保守，就是性命也在呼吸之间，此等乱萌，确是不能让他增长的。当时就特颁了一道通谕，遍告各道各县，如有妄谈国事者，格杀勿论。这道通谕颁下，伊藤博文接着也发了一道通书，勒令居户商家一切人等，不许三人以上的聚会，不许开办报纸，不许藏用铁器，凡居家日用之器，全用竹木代铁，收检后若一经查出，概以谋乱论死。这两道催命符通布之后，各处地方官，那敢少懈，大家都如狼似虎的搜索起来。可怜乡间老百姓，也不知死了多少，那森罗殿上，却添了无量数的冤魂。那时侯佐等所创办的报纸，只好无形消灭；金有声等所组织的国民军，也都不能正式集合，只好静坐待时。又隔几日，王慎之等五人与李树森等十二人，渐次都被官家逮捕，宣布死刑了。一瞬之间，那韩国的民气，又奄奄垂死。可怜那全国人民遭了这一场打击，那社会上直闹得如槁木死灰，说不尽的一种凄凉景况，都被那卖国贼李完用，密与伊藤博文狼狈为奸，方演出这一场恶剧。这时韩国上下人等，只有伊藤博文与那些新任韩国各要政的日本官吏，并李完用等十来个卖国党，笑展眉头，喜藏心府，其余人等，谁不是泪眼愁眉，现出那坐以待毙的形状。伤心惨目至此，也算是到尽头的路了。

闲话少说。一日伊藤博文闲在总监衙门里打棋谱，心里觉百无聊赖，便将李完用、赵丙稷、朴定阳、尹用求四人请到，特制了几色美味的菜，又备了一樽白菊花酒，接着将野军正雄、伊藤增雄、三岛奇峰、贺田种太郎、币原坦、丸山重俊、中村正雄等邀到，大家杯酒聊欢。座中伊藤博文便问［向］大众说道："今日咱们这一场聚会，真可算得最愉快的聚会。虽然杯酒聊欢，却也是很不容易结合在一处的。"说时便高举起一盏白菊花酒道："我今这一杯酒，乃是代表天皇的圣意，对于已往的事，是

给诸君贺功；对于未来的事，是预祝诸君受爵。我很希望诸君的大勋业，
将来都百倍胜我伊藤博文。那时各人仍聚会在一处，杯酒聊欢，如今日
这等盛会，那就越发愉快了。"说罢，将满杯白菊花酒，一饮而尽，大众
也都站起来，各人陪饮了一杯，依旧入座。伊藤博文复又长叹道："话儿
虽是这般说，如我偌大年纪，乃是风烛草霜，真到诸君立奇功创大业的
时节，我伊藤博文的骨头，还不知在土里朽坏得若何模样咧。如今日这
等聚会，你我等能多聚一次，就算得是多一次的愉快了。"说罢，又"噫
吁"了两声，不禁洒了几点老泪。大众也都因此闷闷不乐。李完用见这
一场欢喜，蓦地变了一种凄凉的景况，便从旁解慰道："老总吉人天相，
福寿而康，天降斯人，是为苍生造无量的幸福，来日必转耄而童的。"大
众接着也恭颂了许多吉祥康泰的话儿，彼此这才展了眉头，仍旧嬉笑起
来。直迫酒散之后，伊藤便向大众宣布道："昨日奉天皇的密谕，须得向
南满一带调查防务，这等事关系很大，须我自己一行。但是此地的各种
政务也很吃紧，如今烦诸君偏劳，万不可放松一步，因为此地的人类太
杂，若是放松一步，并定有非常的变动，那时诸君苦卒这许多年，就因
之全功尽弃了。"大众连称了几个"是"字。赵丙稷复又询问道："老总
准备几时动身？"伊藤博文道："就在这三五日内。你们也不必声张，大
家办事要紧，迟则半年，早则三月，我们还是要相见的。"大众也就不接
说下去，各人告辞四散。

　　虽然伊藤博文他不许那一般狐群狗党声张，但是那些狐群狗党，平
日都以欢迎欢送为能事的，那能够不乘着这个机会，再灌他一盏米汤呢？
于是第二天，就闹得风雨满城，社会上无论男女老少，没有不知伊藤博
文要去降伏大清国。

　　那日伊藤博文动身的时节，真是街巷之间，无尺寸余地，都被欢送
的人占满了。那一场热闹，恐怕就是韩国大皇帝李熙出行，也没有这般
威武的。伊藤博文见了这般盛会，心坎里也暗自欣喜道："就是南面王又
何荣于我咧！"当时只率领随员四人、护卫八人，登轮而去。沿途那许多
风景，不去细说。然这时伊藤博文心目中，只怀想什么亚细亚大主义，
什么大清国的总监的滋味，那里还有心去领略什么山灵水秀咧，所以记
者也不枉费笔墨。在他的心目中描写风景，就是勉强写他几句，也是毫
无滋味的。这日轮泊哈尔滨，伊藤博文便领着他的随员护卫等一同登岸。
这时我国的哈尔滨，业已属于俄罗斯的租界了，那街市上一切布置，全

都变成俄国式。除却少数的商人，长拖着辫儿，在街市上摇来摆去，其外简直就是俄罗斯的势力范围。伊藤博文一见那些广场大道、高阁崇楼、往来百商，天天都是云集潮涌，心坎里越发艳羡，口角上越发流涎，暗忖道："我若做了大亚细亚的总监，坐享这些山川人物的厚利，那还不知是怎样的愉快咧！"

接说伊藤博文到了哈尔滨，心想只住两三日，就往奉天，再进山海关，直抵燕京，秘密调查清国的政治。无奈自到哈尔滨，那哈尔滨的行政官吏，都因为他是中日交战之间一个最大的人物，怎好不加意的招待咧！加着曾在哈尔滨那些营业的日商，听说伊藤博文道过哈尔滨，谁不想攀辕挽辙，一亲颜色为荣幸咧！于是杯酒之间，转瞬又过了十数日，方乘坐火车直向奉天前进。临行的那日，虽然没有在汉京动身的时节热闹，但是各种恭送他的官吏，究竟比较寻常迎送诚敬得多。再说那八方来看热闹的人，仍旧如云翻浪拥，呜呜汽笛连声，如唱阳关叠曲。伊藤博文辞别了送行的各官吏，刚一转身，忽见一个少年，从他的身旁一溜过去。伊藤博文的眼光一花，顿觉心潮向上直涌，转眼之际，猛听"啪啪啪"连响了六七声。一时车站前面，沙飞尘卷，那左右的人众，陡然呼声鼎沸，如狂涛怒浪一般，闹得天翻地覆。当时那些负地方维持责任的官厅，忙遣所带的警士兵卒，极力排解，方算将那无边的声浪镇定。再向车站前面看去，那轰轰烈烈的大总监，业已倒在地面上，胸前鲜血斑斓，那一缕幽魂，早飞向西天去了。

一时当道的官吏大惊，忙下了特别戒严令，一面将伊藤博文的遗骸，扛舁到休息所里，一面八方逮捕刺客。想那人海迷漫之中，又没有一个拘限的范围，各人都不知向什么地方着手。说来可也古怪，大众正在纷忙之际，忽在人丛里面，发现出一种最怪的声音，大呼了几声"韩国万岁！"。那些警士兵卒，陡然听着这一种声浪，顿时直扑前进。原来是一个韩国的少年，乃是西洋打扮，手里拿着一只白郎林，指天划地的呼"韩国万岁！"。众兵卒拥上前去，将他两臂倒剪起来，直涌前走。那少年笑道："你们何必这般利害，我若是想逃走的，早就不知飞奔到那方去了。正因这桩事儿关系很大，并且连带得有国际交涉，大丈夫做事，不愿累人，所以我站在这里，乃是专候你们的。"大众听他这一番话，说得正大光明，决不是寻常刺客的口吻，也就不敢以拿寻常罪犯的手段去对待他，便将他拥到哈尔滨俄国民政长案前。

那时俄国民政长名唤毕鲁尔尼斯，一见刺客被捕到案，也就转忧为喜。转眼一看，见是一个韩国少年，心坎里就明白了几分，向那少年问道："你叫什么名字？因甚要刺杀总监咧？"那少年便将两眼一翻道："我叫安重根，伊藤博文与我乃是国仇，我想谋杀他，也不是一朝一夕了。如今自汉京暗随到此地，也不知费了许多心血，今天才算报了大仇，尽了我国民的天职。我的话对你也只能说到这里，至于别的话，你也不必问我，我也没有别的向你说的。"毕鲁尔尼斯又问道："你们同伙还有多少人呢？"安重根不耐烦道："大丈夫做事，何必要第二人帮忙呢！"毕鲁尔尼斯见他很抗直，也不便提问下去，当时将他看管起来，忙着飞电报告俄国政府，转又分电日本、高丽两国。接着由那四个随员，将伊藤博文的遗骸厚殓起来，专候日本、高丽两国的消息。

再说李熙与李完用等接了这个电报，大吃一惊，各人都痛恨安重根，恨不能立时将他千刀万剐。当时就派朴定阳去迎接伊藤博文的灵柩，并要提安重根归国正法。朴定阳刚才奉旨前去，日本天皇就派了一个新总监寺内正毅，直到汉京见了李熙。首先并不问及安重根一言，就将李熙挟住道："伊藤博文大丞相，为你们韩国政治煞费苦心，你等如何派遣刺客谋他的生命呢？"这一句真冤得李熙不知怎样回答他才好，顿时大哭起来，连连的只管叫屈，始终不能答复一个字。最后还是寺内正毅说道："无论如何，总是你们国里的政治不良，我们却也有别的计划，如今也不必与你谈话，将来再与你们大宰相交涉就是了。"说罢便告辞出宫。李熙也知此事闹得不可收拾，当时传召李完用等，谁知李完用等这一群亲日派，早被寺内正毅笼络住了，大家都准备去做日本的贰臣，谁也不来应召，急得李熙枯禁深宫，生死存亡，却不敢自决。

不多几日，那伊藤博文的灵柩，与安重根的囚车，都相继到了汉京，哄动汉京的小民，莫不向着安重根的囚车大呼万岁。这时寺内正毅虽以兵力压制，也塞不住众民之口，还有寇本良、寇本峰、侯佐、侯弼那一班同志，也混在人丛之中，暗向安重根挥泪，大家这才明白安重根乃是一个奇男子。说也奇怪，安悦生夫妇得了这个消息，当然悲痛得不堪言状了，谁知这二老得了这个消息，反异常的快乐，彼此都互相自庆道："有儿如此，方算的是有儿咧！我二老虽然后死，也可瞑目了！"大家都觉他俩的言语很古怪。要知他俩果真是快乐么，这也是伤心到了极地，方如此的。

闲话少说，安重根到了汉京，不多几日，就由寺内正毅会同李完用等，开特别法庭审问。可怜那人世间所未曾见的苦刑，一一都施用过了，闹得安重根死去活来，身无片肉。他还是抱定"国仇"两个字，终始不拖累第二人。寺内正毅实在无法，才将他定案。

临刑的那一日，安重根自监狱里绑出来，真是骨瘦如柴，只有奄奄一息的呼吸气。到了法场，抬头只向李完用等，冷笑了两声，瞑目待死。枪声之下，烈士魂飞，碧血千年，长埋黄土。安重根虽然牺牲一命，那韩国却增加了无限的光荣，一时世界的言论，没有不传颂安重根千秋万岁的，虽然他这一身之荣，仍不能洗尽全国之辱。寺内正毅自将安重根处死之后，便将伊藤博文的棺柩送回东京，然后复与李完用等商量处治韩国的方法。直到明治四十三年八月二十九日，由日本总监韩国寺内正毅与韩国总理大臣李完用，在总督府里订下条约，废除韩国国号，凡韩国一切政事，概归日本府政〔政府〕执掌。封李熙为昌德公，永远不许干预政事。发布之后，从此韩国就算是亡了。

那韩国亡后，日本人管束韩人如何的痛苦，韩人中如寇本良、寇本峰、侯佐、侯弼之流，如何集合革命，如何一再密谋一再失败，韩太子如何出奔，贵族妇女如何忍受日本人的虐待，韩人如何痛哭于国际联盟会中要求独立，那其间种种苦况，真是写来令人惨不忍睹。记者待稍暇的时候再接述于续编。但是记者写到这里，也不得不再续几句余波，希望阅者注意。外交多侮，我国也在荆棘之中，回首三韩，前车可鉴，韩国幸而出了一个安重根，不幸而出了一个李完用。然则我们看了这一部书，须在这两个人的身上着想：诸君是想做安重根咧，还是想做李完用咧？请仔细思量，就可明白做书人的苦心了。

（上海益新书局，1920 年 4 月）

朝鲜遗恨

沈桑红 著　　蓝剑青 评

序

　　作小说难么？不难。既说不难，何以出名的所谓小说大家，只有寥寥可数的几位？我道要知做小说表面上似乎不难，实骨子里却很难咧。但是难可难在什么地方，难在作者的见识少，经历浅，不能走万里路，不曾读万卷书，有时候虽有很好的资料，因为作者不会运笔，结果把好好的一篇小说，弄得牛头不对马嘴。

　　我友沈君桑红，他曾走过万里路。比得好些，好似孔老二先生的周游列国，比得坏一些，说他是闯过关东，走过关西的老江湖，也何独不可。现在因为他不肯把真名印出，读者如果以为本书不是名小说家的作品，故而把他忽略过去，那么这种观念就错了。因为读小说只看是否名家的小说，而决定看不看的，这种读者，可以算是不会看小说的读者。至于本书的作者是（否）名家，或是非名家，现在我们且不去管他，因为作者作这书的动机，是在日人侵占我们东北之后，要知日人从前灭亡朝鲜的种种狠毒计划，和现在的亟亟谋我，好似同出一辙，韩人的亡国奴滋味，当得差不多至矣尽矣了。唇亡齿寒，兔死狐悲，我们大中华民族，到了这种生死关头，如果还不及早振作起来，那么朝鲜就是我们中国的前车。所以凡我国人，应该人手一篇，以资借镜。阅此书后而不流泪叹息者，此人之血，必冷之久矣。是以我人看了此书，应该立刻发奋自励励人，同心同力，亟谋抵制之策，方然不负作者的动机了。

在下又承本书的发行人郁君之托，嘱为加评校正，因固辞不获，所以不得不胡乱大胆落笔。佛头着粪之讥，自知在所难免，还乞读者和著者诸多原谅。

中华民国二十一年五月五日

大埔蓝剑青序于沪报馆编辑室

目　录

第一回

骇奇俗疑读山海经　披遗编重增沧桑感

话说中国的东北方面，日本的西面，其间却有个半岛，突出在黄海与日本海的当中，这便是地理上有名的朝鲜半岛。在这半岛上，有个二千多年的古国，就是历史上有名的朝鲜国。

那朝鲜国的起根发源，还是远在中国殷朝末年。那时有个殷朝皇帝宗亲，名叫箕子，因避殷朝帝王暴乱，来至这半岛上居住，后来爱着此处清静幽绝，索性建立邦家，才有了朝鲜国。所以朝鲜国立国之后，历朝都归顺中国，远的且不去说他，单就将前清甲午以前二三十年，李鸿章办理朝鲜王交涉，这时的外交函件，若取出来看时，便知道那时的中国，是何等的威风，处何等的地位。

谁知道弄到后来，朝鲜竟会罹亡国的惨祸，这真是哪里想得到呢。现在若是查那最新地图，仔仔细细从日本海外面留心找去，什么地方还有朝鲜国的旧时政府，什么地方还有朝鲜国的旧时言语，什么地方还有朝鲜国的旧时文字，什么地方还有朝鲜国的旧时宗教，什么地方还有朝鲜国的旧时典章，什么地方还有朝鲜国的旧时文物，什么地方还有朝鲜国的旧时衣冠，什么地方还有朝鲜国的旧时制度，但只见鸭绿江的水，仍是滔滔东去，但只见白头山的雪，仍是点点下滴，但只见金刚山的风景，仍与当年一般，却不料地图上早已变了颜色，历史上早已换了名称。朝鲜人自己对于亡国惨祸，心里是怎么的感想，我们且不去管他，只是我们的大中国，向来和朝鲜有了这么的几千年交情，又有同种远亲的关系，眼睁睁地看着朝鲜亡国，未免也要落下一点伤心之泪。

朝鲜的亡国惨祸，说来也有来源。原来在中国的汉献帝年间，那时朝鲜曾经分为三国，一国叫高句骊，一国叫百济，一国叫新罗，三韩的名目，也是从这时叫起来的。这三国又分为三派，高句骊是与中国和好，新罗却去和日本交好，百济介在中间，与中国、日本都很和气。这般的直到唐朝以后，高句骊、百济、新罗三国忽然合并了一国，大家一心的臣服中国，一直到明朝万历年间，日本忽然来和中国争夺朝鲜，因此酿成兵戎相见，狠狠的打了一仗，日本却没讨得一些便宜。

　　明朝社稷覆没之后，满洲人乘势入关，居然做了中国的皇帝。在清朝初叶之时，确乎声势显赫，朝鲜国自然依旧的臣服，这时候的日本，还在考究自己国里的文教，没有再问国外之事的心肠，于是朝鲜反而安安逸逸的，过了三百多年又太平又快活的日子。到了清朝中叶的时候，朝鲜还是把国门紧紧闭着，不与别国通往来，国内的事，仍是件件照着五六百年前规矩，不曾有些变更。就是衣服制度，也还是和戏台上伶人所穿的戏衣相同，猛然间见了，倒有些像做过中国洪宪八十三日皇帝袁世凯所定的祭天礼服，不过朝鲜人多戴一顶马鬃的帽子而已，然而在帽子里面，又结了一束头发，这又好像在前清末年时，一班奉旨出洋考察法政的大臣，在头上盘了一条辫结一般，这么的奇形怪状，自然叫人看了有些诧异。

　　虽说朝鲜平日不与别国通往来，但是天下的事，越是平淡的，倒反没人顾问，越是特别的，却便越惹起人家的注意，凭你朝鲜国将国门关得紧，总免不了有心人的留意侦探，况且在二十世纪中的时代，世界各国，那一个不讲求维新，不讲求力行新法，那一国的人民，不想争求上进，偏是朝鲜蕞尔小国，竟会与众不同，一般好奇的人，少不得要千方百计，探明其中的原故。朝鲜国的命运，大家都将他作一件猜疑的事看，可是谁也不能断定他是吉是凶。凡是到亚洲来游历的政客，大多数脑海内记着东方有这么一个奇怪的朝鲜国，定要设法进去，看看他闭门自守的情形。据一般到过朝鲜国里面的人说，觉得汉城仁川等处，那里的风土人情，衣冠制度，实在特别奇怪。本来朝鲜已是无形中成了世界的一个又秘密而又神秘的国家，再加着进去过的人，加上那四个字的评语，便更引起别人的注意，于是朝鲜一来因注意的人太多，二来因世界大势驱迫，三来到底不能拒绝他人走进他们国中去，因此国门无形中渐渐的关不牢了，国里的内容，也给人家看穿。原来朝鲜国的表面，虽说风俗古朴，然而在政治家的目光看去，却说"腐败偷懒"四字。当时有个政治家著了一篇朝鲜考察记，说朝鲜国因为政府腐败，所以横征暴敛，贿赂公行，以致一举一动，到处都是弊端，因为人民偷懒，所以事事靠托别人，样样守着旧制，直到现在，仍旧把长烟管看作宝贝，君子髻死守着不肯剪掉，社会上常常演出怪状，还有因人民善于偷懒，弄得有田不能耕种，实业不能发达，这就是朝鲜后来罹亡国惨祸的大病根。

　　讲到朝鲜人民的本性，倒是一个老实的本色，并没有什么大奸大恶，也不是和生番野夷一般，全然不懂道理。朝鲜国的男子，多是驯善好学，可以做人群忠友义伴；朝鲜国的女子，多是能守贞操，偶然有淫荡不守妇道的女子，给人家发觉了，便引为非常的奇耻大辱。社会上一般生活，虽说不见十分宽裕，但是在朝鲜国内，乞丐却不多见，倘使朝鲜没有腐败偷懒的毛病，再好好的有别国来教导一下，何尝不可以做个有势力的一等大国呢？无奈朝鲜国先是自己改革不掉病根，又是没人教导，终至弄到亡国。正是：

屋漏更遭连夜雨，破船又遇顶头风。

欲知朝鲜亡国原由，且看下回分解。

评

做长篇小说，最难的是什么，就是开头。从前往往有很多著作家，把全篇的情节，格局，穿插，衬托，都把腹稿打好了，可是提起笔来，恰好似捐起了一副千钧重担，不知怎样落笔写第一个字才好。本书所叙述的，是朝鲜亡国的历史，但是要知道朝鲜怎样会被日本灭亡，则一定先要知道朝鲜隔开着日本有多少距离，这是地理上所必要先行交待的。本书的开场，就是这样叙述的。殷朝的箕子，因避帝王暴乱，建立了这朝鲜国。想不到数千年后，竟会亡于日本，这是恐怕箕子在当时立国之时所万万没有想到的。不要说殷朝的箕子想不到，就是后来满清皇帝，恐怕也想不到吧。所以天下之事，往往竟会出人意料之外。总而言之，朝鲜之亡，无论如何，我们中国，应当也要负多少的责任咧。

朝鲜国向来是抱闭关主义的，可是世界趋势，日渐维新，致一般好奇的外国人，都要来一探他的秘密。后来纸老虎一戳穿，就罹了亡国之祸，但是他们唯一的祸根，却就是"腐败偷懒"四字。反观现在我们中国的情形是如何呢，偷懒虽还说不到，可是腐败却似乎比了朝鲜，尤过之而无不及。目下日人正在亟亟谋我，如果我们再不万众一心的向前去防御它，恐怕做朝鲜第二之日，就在眼前了。同胞们，速醒吧！

第二回

大院君摄政结私党　景福宫择日兴大工

话说朝鲜亡国的祸根，原已种了几百年之久，并不是一日间猝然发出来的，这祸根就是上回书说的"腐败偷懒"四字。

如今再说亡国的引线，论到朝鲜亡国的引线，第一个须应该轮到大院君，这是读过历史的看官们，大概都知道的。那大院君姓李名昰应，是朝鲜国王李熙的生身父亲。大院君的为人，有一桩极不好的毛病，就是欢喜播弄事端，他自己心中，又是没有什么主张，却又很爱夸耀自己的聪明，只管卖弄能耐，全不管事情的大体，性子又是十分残酷，性质更是骄傲，习性偏是欢喜懒惰，从来所做各事，不肯认错的，遇事便猜神疑鬼。李熙登基做朝鲜国王的时候，那时候李熙才只一十三岁，等到李熙十八岁的一年，封李昰应为大院君，摄理朝政。李昰应做了大院君之后，名分上虽是李熙做国王，实际上却是大院君李昰应专政擅权，朝里的文武官员，不论职位大小，个个都是大院君李昰应的私人。那时正是中国清朝同治三年，中国和外国订了通商条约，开了五处通商口岸，日本向来是不肯落人之后，也跟着开辟了三处市场，中国的国境内，顿时似乎热闹了不少，世界的大势，也从此一天一天的改变。向以秘密著名的朝鲜国，再也不能闭关自守，欧洲各国，争着都设法踏足进去，那戴着宗教面目的教士，便是变相政治侦探队。最先踏进朝鲜国的，是法国天主教的教徒，几乎朝鲜全国上下，无处不见天主教教徒的踪迹，天主教的势力，在那时最为宏大，随后日本，俄国，美国，英国，德国，各国教士，也络续前往，后来索性遣派使臣，订立条约，却是日本首先开端。当时日本遣派使臣来到朝鲜，见了国王李熙，提出订立条约的要求，大院君李昰应第一个不赞成，一面在国王李熙面前，说了日本许多坏话，一面暗地派出许多心腹的人，在外放造谣言，劈头就说外国人来了之后，便却要服从他们的邪教。大院君李昰应的本意，想煽惑民间起来反对，谁知国王李熙，心中早已打定主意，偏不听从大院君李昰应的话，自和外国遣派来的使臣，订立条约。大院君李昰应结果弄得一场没趣，仗着自己是国王李熙的生身父亲，背地里竟说李熙年少，做事毕竟还脱不了孩子气。这句话渐渐的由人传到国王李熙耳朵里，国王李熙也有些不自在起来，因李昰应是自己的生身父亲，不好怎样的去难为他，但是觉着自己虽然做朝鲜国的国王，却宛如做了一个傀儡，从此李熙和李昰应父子之间，无形中隐隐存了芥蒂。恰巧朝臣中又有国王派和大院君派之分，两派的人，又在从中播弄，说长道短，越发的弄得李熙和李昰应成了水火不相融了。大院君李昰应在第一次摄政时，所行的政策，是一意拒绝外国人，而且自不量力，常想逞志用兵，很想同别国开一次战，却全不想别国的炮火，是何等利害，别国的战术，是何等考究，他仍是想着一刀一枪和几杆后镗火枪，兵士再穿着一件厚棉衣，就是世界纵横无敌的常胜军了，若是在城门楼上，或是在山岭山巅上，架着一尊旧式的红衣大炮，便能守得境地和铁桶相似了，无论什么军队，休想攻得进来呢。尤其是大院君李昰应摄政时的朝鲜内政，糟得不可言状，内政有二桩大弊，便是赋税和贵族。赋税由各地官吏包揽，官吏包揽赋税，须用钱向政府买来，然后再从百姓身上收回买来的本钱，于是百姓便遭了说不出的晦气。朝鲜的制度，贵族和寒门，分别得很严，连衣服都有分别的标帜，贵族有贵族穿的衣服，百姓不许胡乱穿着的，贵族有许多的专利，做官的一途，更属贵族独占的，寒门的人民，想个出身，是很难很难，全国上下，弄成暗无天日。大院君李昰应后来也有些明白起来，居然发一个狠，把全国的赋税，清理一下，不管是贵族，不管是平民，一概照例征收赋税，接着又发了一个狠，再把官场整顿一下，遇事居然亲自查点，不论官职大小，一般的不放他含糊过去。

经大院君李昰应发了这二次狠，那时朝鲜国便小小的有些改变了。本来朝鲜人的帽子，帽沿是阔阔的，后来帽沿改变的狭窄些了；本来朝鲜人的衣服，袖口是宽博宏大的，后来衣服的袖口，改变的小了一些；本来朝鲜人穿的鞋子，黑色的，只有贵族可穿，后来平民也可以穿了。就在表面上看，大院君李昰应很有整顿的精神，与从前大不相同，然而大院君李昰应发这二次狠，另有他的用意，也许还是他的奸计，想在这当中，显出自己的本领，夸耀自己的能干，好叫朝中官吏都来归附自己的一派，叫平民们感激他的恩德，他的政权，便能稳稳当当的执掌，不会再发生什么问题。果然这个法子很灵，朝鲜国的朝野上下，又多了许多大院君李昰应的党羽。大院君李昰应见这个计划有了效验，心中十分喜欢。自古道：富贵思宫室之美。大院君李昰应自然跳不出这圈子的，便想造一座精美宫殿，以便纳福安居。只要大院君李昰应有这个意思，稍稍露些口风出去，顿时就有一班附翼的人，争先趋奉不迭，立刻择日大兴土木，修筑宫苑。单是一座景福宫，足足的前后修了五年，方得完工。其余尚有许多的宫殿，一时也说不尽许多。这宫殿都是靠山起屋，高楼峻阁，虽不能不［比］前清的颐和园，但是一切式样工程，皆照着中国古时宫殿而造，雕刻髹漆，精美非常。宫外围起一带高墙，一宫便占地数亩，宫内有湖有台，有回廊，有转屋。工程完毕之后，一算用了许多钱，然而大院君李昰应却不曾破钞一文，都是附翼他的一班人，想些希奇新鲜的名目，刮了百姓的钱，来替大院君李昰应做门面。据说当时因为大院君李昰应修造宫殿，特地临时增出了许多赋税。有二种名目，最是可笑，一种叫做什么结头钱，一种叫做什么愿纳钱。那结头钱便是人民带上了辫结，便须纳税，愿纳钱是人民自己愿意所纳的税，因此弄得朝鲜人民，大半妻离子散，家破人亡。大院君李昰应虽有闻见，只因是他自己的事，只得装着不闻不见了。好在也没有人敢当面去质问他，后来他自己觉得再也不能不说一句门面话，便说依照朝鲜国的历朝成规，宫苑现在是不能不修的，照气数上讲，若不修宫苑，怕要与国王有些不利，做百姓的略略化些小钱，是为君王造福，也是极应该的事，这几句话，把君王的大题目，做了大帽子压将下去。朝鲜国向来又是极相信迷信的，谁能够再说一个不字呢，只苦了百姓们，刮得叫苦连天，人心无形中愤恨起来，愁苦悲痛的冤声，全国到处可闻，国内便种下了扰乱的祸根。偏是无巧不成书，不早不迟的，正在这时，突然又钻出一个人来，与大院君李昰应来做对头。这人是谁呢？就是朝鲜国历史上有名的美人闵妃。那闵妃是闵太后的侄女，朝鲜国王李熙的嫡配。至于闵妃如何会做朝鲜国王李熙的嫡配呢，其中另有一段情形，须要略略的写些，看官们看了方可明白。正是：

腐败偷懒种祸根，而今懊悔已不能。

欲知闵妃如何会配给国王李熙，且看下回分解。

评

四书上说，国家将兴，必有祯祥，国家将亡，必有妖孽。朝鲜国将亡的时候，就出了一个大院君李昰应。他的性情，就是喜欢夸大和播弄是非，当他摄理朝政时，植党营私，无所不为，后来中日开战，他的心内，一刻儿又想附从中国，一刻儿又想联络日本。这样反复无常的小人，叫他挑这么一副摄理国家大事的重担，请问如何能胜任呢，所以我说大院君李昰应是亡朝鲜国的第一个大妖孽。

天主教徒借了传教的假面具，实行窥探他国的秘密，说他是变相的"政治侦探队"，的是确论。不独从前朝鲜国内无处不见天主教徒的踪迹，就是现在我们中国的内地各小市镇之上，也无处没有高高矗起的天主教堂咧，可见天主教的流传之广，教徒之多。而且传教教士之不畏艰难，以大无畏之精神，到处传教，他们的勇敢和毅力，实在令人钦佩。

赋税为国家之命脉，所以做百姓的人，本来是应该缴纳的，不过征收的时候，应该先体察百姓们的担负是否胜任，才［然］后方能征收。如果政府执政诸公，一味要想括了民脂民膏来肥自己的腰包，横征暴敛，不管小民的死活，或由官吏包揽了，穷凶极恶的叫小百姓们担负，那么弄得小民异常怨恨，恐怕国家亡起来，也要快些咧。

阶级观念，世界各帝国，至今尚还没有打破，我们中国现在虽然已经讲平等了，可是暗中的阶级观念，也仍未打破。富贵思宫室之美，不要说大院君李昰应难逃此关，比他更自爱之辈，尚且难免，所以这倒不能怪他咧。

第三回

承继统李熙拥皇图　扣军饷饥民烧使馆

却说朝鲜国王李熙的为人，性情原本懦弱，不能振作精神，又因年纪太轻，登了王位之后，遇事疑惑不定，缺少断才，往往不明是非，轻听人言，左右宠幸的，多是奸诈小人，国家大事，置之不问。

论到朝鲜皇室的统系，原是轮不到李熙来身登王位。李熙本是宗藩支子，那时候大院君李昰应穷得可怜，穷得没念头可想，却转出一条异想天开的念头。恰巧朝鲜国的前王，不曾有太子生下，王位无嗣，正要找个承继的人。大院君李昰应得了这个信息，就托了许多宫里妃嫔和太监，求他们竭力在前王面前，替自己儿子李熙游说。又不知在哪里借到了一笔钱，暗地里着实运动一番，才算如愿以偿。李熙竟入嗣大统，等到前王晏驾，李熙就容容易易登了大位。大院君李昰应又托人在闵太妃面前使了手脚，第二年①便封了大院君，摄理朝政。闵太妃原说这是一时权宜之计，将来国王年纪大了，国事朝政，便不须人代理了，不料那李昰应正了大院君的位，专权独行，国王李熙，也有些制他不住。

闵太妃看着样子不对，心内便另打主意。想着自己这个侄女，年纪和国王李熙同庚，容貌却甚是美丽，性情脾气，恰和国王李熙大不相同，确是女中的出色人才，不如把这侄女配给国王李熙，不怕国王李熙，将来不俯首听命，更不怕（不）难对付大院君了。当下闵太妃暗暗先定了这主意，也不和人说知，借故将这侄女唤进宫内，就留着住下，不放出宫去，慢慢的叫他留心朝政国事。一面吩咐几个心腹的人，在国王李熙面前，常常提起闵太妃这个侄女，生得怎样的美丽，怎样的贤惠。国王李熙原本是好色的人，禁不得这班人的从旁怂恿，终日价在耳畔絮刮，那得不怦然心动？闵太妃又在有意无意间，常使闵妃和国王李熙见面，闵妃早受了闵太妃的指导，不见国王李熙的面便罢，见了面时，便使出全身本领，万分精神，益发把个国王李熙，弄得有些意马心猿了，再也打熬不住。

有一天乘着向闵太妃说话的机会，见侍立的宫人不多，而且都是心腹，便突向闵太妃跪下，求闵太妃允许将这侄女许配自己。闵太妃正中下怀，一口的答应，国王李熙方才欢欢喜喜的站起来。闵太妃也算大功告成，然而闵太妃尚怕多搁日子，大院君李昰应又来从中作梗，事情或有变卦之虞，就急急的吩咐钦天监大臣，在最近数日内，选择了一个黄道吉日，宣告国王大婚。大院君李昰应猜不透闵太妃心事，倒也没有什么话，这就是闵妃做国王李熙嫡配的大略原因。

且说闵妃和国王李熙结婚之后，慢慢的施展手段，把一个堂堂朝鲜国王李熙，管得服服帖帖。国王李熙因闵妃生得美貌，心中非常的爱他，渐渐儿由爱生惧，竟至不敢违拗闵妃的话。起初闵妃还只是专擅宫闱的事，一切都由他摆布，久而久之，慢慢的干预朝政，再慢慢儿引进私人。等到闵妃生下了太子，那时已是势力澎涨，朝堂上闵妃的私人，也已有了不少。大院君李昰应这时虽然觉着有些势头不好，要想法抵制，可惜

---

① 李熙 13 岁登基，18 岁时李昰应被封为大院君，并非第二年，但原文如此，故保留。——本书编者

来不及了。这风声早有人传进宫去，闵妃闻知之后，觉得先下手为强，慢下手遭殃，就怂恿国王李熙亲政。这句话正是对症发药，一拳打在国王李熙心坎中。国王李熙正苦着遇事受大院君李昰应的压制，因苦自己没有势力，不敢和大院君李昰应翻脸，这番禁不得闵妃一怂恿，顿时鼓足勇气，立时听从闵妃之主意。

过了几天，闵妃将外边朝堂上一班自己引进的私人臣子都摆布好了，国王李熙登时一道旨意下来，将大院君李昰应上了一个尊奉的尊号，面上虽然优养大院君李昰应，暗中就是摘除大权，不许再预朝政。一面又是一道旨意，将闵星河平空提升了首相。这闵星河是闵妃的兄弟，闵星河升任了首相，朝政一切实权，都由大院君李昰应手中移转到闵星河身上。闵星河接着又举行清党，凡是朝中官员，不论官职大小，只要是大院君李昰应一派的，就登时免了职，把自己一派的人来填补。不上几天功夫，朝堂上便换了一番气象，成了清一色的闵派，大院君李昰应的一派人，自然一个都不见了。大院君李昰应宛如平空闻了青天霹雳，遭个措手不及，却也没法反对国王亲政，只好快快地下台，肚内不免添了怨望，想我这个老头儿费了许多精神力气，挣成这个地盘，如今让给小孩子受用，一口气如何肯消呢。但是政权既削，有力没处使，只得暂且忍住，等候机会再说。

这样的一年一年过去，直到前清光绪八年，大院君李昰应的机会来了。这年朝鲜大旱，赤地遍全国，田中一些收成都没有，甚至赋税也没处收，弄得官吏的俸给，也发放不出，上下困窘，真是一言难尽。正在这困难时候，朝鲜的全国百姓，忽地传出一个谣言道：这是上天垂象，有意来罚朝鲜国的，因不该允许外国人进来。原来在这年五月，朝鲜正和美国签订通商条约，因为百姓少见世面，便传出这种带有迷信性的谣言来。大院君李昰应的一班党徒，自大院君李昰应失势后，树倒猢狲散，早把国王李熙恨得牙痒痒地，也钻头觅缝般寻首相闵星河的事。

这个谣言一起，大院君李昰应的一班党徒，竭力从中播弄，画蛇添足般加些言语上去，说这次的天灾，确是君相不得人，所以上天垂象示儆。这时恰巧有一个神武营督练总兵官，很不识进退，在这种危迫情形之下，仍然克扣部队的军饷，一班禁卫兵全体不服，便蠢然思动。大院君李昰应的党徒闻知信息，赶着去煽惑一下，于是就在六月十七日这一天，禁卫兵登时叛变，各地的军队，闻风响应，饥民从而附和，大院君李昰应的一班党徒，却躲在背后主持。第一个口号是扫除君侧小人，第二个口号是拥护大院君李昰应复职。一时声势浩大，国王李熙急得手足无措，首相闵星河也想不出个平乱办法。闵妃在宫中得信，就叫国王李熙赶紧向中国告急，请兵求援。国王李熙依了闵妃的话，修下了告急本章，差了一个心腹的大臣，飞向中国来请援借兵。谁知这个心腹大臣刚动身，变兵饥民竟把朝鲜的京城围住。七月二十三日这一天，京城失守，变兵饥民分两路而进，变兵直扑宫门，饥民却专去杀日本人，连一座日本使馆，都被饥民放火烧掉。凡是闵派的官员，更是抓着便杀。日本人有几个在混乱中逃得性命的，溜到仁川，由仁川坐渔船回国，向天皇去哭诉。大院君李昰应见烧了日本使馆，知道事情闹大，慌忙出来弹压，哪里还弹压得住，气得大院君李昰应双脚乱跳，也没法可想。这一路变兵，将宫门围得水泄不通，口口声声只要闵妃出来，国王李熙吓得抖做了一团，那闵妃却就想出了一条脱身妙计来。正是：

世事如棋高一着，英豪毕竟女中多。

欲知闵妃如何脱身逃得性命，且看下回分解。

评

一个人如果缺少了断才，遇事踌躇不决，不能毅然审定是非，却也是一个人的短处。朝鲜国王李熙，就是坏在遇事疑惑不定，缺乏判断，不明是非，轻信人言，性情又异常懦弱，起先吃了大院君李昰应的苦，后来又听了闵妃之话，和大院君作对起来，你争权，我夺利，结果弄得同归于尽。所以我说看了此书，可以作一般争权夺利的大政客的当头棒。

闵太妃见大院君李昰应摄政后，专权独行，炙手可热，势力之大，罕与伦比。闵太妃看他样子不对，把她的侄女唤进宫来，使国王李熙先和她似有意似无意的厮混着，才〔然〕后又施了那欲擒故纵的法子，毕竟把国王李熙，给闵妃收服得服服帖帖，所以闵太妃倒不失是一个有先见之明的有心人咧。

语云：一朝权在手，便把令来行。请看闵妃怂恿着国王李熙，亲自理政后，便把自己兄弟闵星河升为首相，接着又举行清党，把大院君李昰应的私人一概免了职，成功了闵派清一色。朝堂上的气象虽换，奈大院君的一口怨气，却更加厉害了，不过势力方面，有所不逮，所以只好待时而动。

到了国家多事之秋，什么兵灾啊，水灾啊，旱灾啊，自然而然会踵接而至。朝鲜那年有了旱灾，赤地千里，收成全无，又加谣言四起，闹得举国上下，惶惶不可终日，更加无知的愚民，附会其说，上天有象，有意罚我朝鲜，于是大院君李昰应静极思动的机会来了，恰又碰着神武营督练总兵官克扣军饷，登时哗变起来，闹得京城失守，吓得国王手足无措。这起头引线的人，却又要怪着这大院君李昰应的［这］老妖孽了，变兵一烧日本使馆，就牵动了日本派兵到朝鲜来的动机，我国庚子一役，和此举仿佛，结果只割地赔款，还算幸事，否则恐怕也早被各国瓜分完了，现在哪里还有我们中国存立在世界上的地位啊！

第四回

桃僵李代宫女轻生　积虑处心日皇降旨

话说闵妃在变兵围住宫门忙乱时，取出一樽上品鸩毒粉，斟了一杯茶，将药粉在茶内混合了，叫过一名与自己面貌相仿佛的宫女，逼着她当面将毒茶喝了下去。可怜这个宫女，喝了这杯毒茶，不到一刻工夫，登时呜呼哀哉。闵妃才叫心腹的宫监，将宫女的尸身，从宫楼上掷将出去，一面叫道："闵妃服毒自杀了！"外面的变兵，没有认识闵妃面目的，又见这宫女，穿了妃子的衣服，认做闵妃真的服毒自杀，生时因恨闵妃不过，就把尸身来出气一番，一阵乱刀，早将宫女的尸身斩成肉泥，更没有什么真假可以分别了。

闵妃自己换了起码宫女的服装，一面叫开了宫门。变兵见宫门开了，直拥进来找国王李熙，闵妃跟着一个心腹的宫监，乘乱混出宫去。国王李熙也混在人丛中，逃出宫来，谁知刚出宫门，恰被变兵认出，发声呐喊，立时生擒活捉，押回宫中，在一间小屋中，幽禁起来，即时去请了大院君李昰应进宫。大院君李昰应进宫之后，先去见了闵太妃，说了不是的话。闵太妃只有流泪的份儿，哪里还有什么说话。变兵在外面又把首相闵星河的府第放火烧个精光，闵星河也被杀死乱兵之中。

大院君李昰应正想仍把国王李熙来做傀儡，自己重行摄政。谁知中国接到朝鲜告急本章，立时派了二个提督，火速带兵前来接应。这二个提督，一个是北洋水师提督丁汝昌，一个是北洋新军陆路提督吴长庆，共带了四千部队，四艘兵舰，飞一般和朝鲜差去的使臣赶来。赶到朝鲜，才知来迟一步，已闹得沸反盈天了。躲在民间的闵妃，闻得中国救兵到了，便投到营中来哭诉。吴丁两提督一齐大怒，立刻升帐发令，派兵捕捉变兵。只四五天光景，早将乱事平定，杀了一百多名为首的乱徒，将国王李熙放出来复位，闵妃由吴丁两提督亲送进宫。因首相闵星河已死，便任命闵泳翊继任首相。闵泳翊也是闵妃的兄弟，朝政的大权，仍归闵派执掌，只剩下一个大院君李昰应，空自高兴了几天，仍是弄成一个光杆。

到了八月，乱事已平定，那日本的兵，方才来到。你道日本兵为何来得这样迟，其中有个原由，当时的日本，不比现在的日本，朝鲜逃归的日民，虽向他们的天皇哭诉，天皇也觉得自己百姓吃了大亏，非兴师讨韩，替百姓出气不可。无奈第一件事，是国里很穷，这一笔军饷，没处可以筹措，所以很踌躇不决。日本的百姓，闻得日本在朝鲜的使馆被烧，民气倒非常激昂，因天皇没处筹措军饷，致不能出兵，百姓便大家齐了心，有钱的出钱助饷，没钱的投身应征义勇兵，好容易拼拼凑凑，方才舒齐。天皇降旨派一个武官名叫端本佐的，带着八百名军士，率了三艘小兵舰，向朝鲜而来。及至到了朝鲜，恰是无事可做。端木佐明知来迟，给中国抢了头筹，但是一想带了这许多兵丁，难道是白白的来逛一下朝鲜么，况且这次出兵既属不易，空手回去，尤难交待。看中国的军队，虽比自己带来的多，端木佐却不放在心上，中国的吴丁两提督，也不把端木佐放在眼里。端木佐一半儿羞，一半儿恼。恰巧大院君李昰应因中国吴丁两提督不曾有好面目待他，便私下来和端木佐殷勤，诉说自己不是变乱人物，也曾用力平乱，因力量不够，不曾平定，中国的军队，只来凑个现成功劳。这端木佐得了大院君李昰应这句话，登时有了计较，就提出四条条件，要朝鲜国王李熙承认，倘有一条不依，就立刻开火。朝鲜国王李熙没头没脑接了这个火辣辣的要求，不知如何是好，还是闵妃有主见，叫国王李熙和中国的丁吴两提督商量。国王李熙依了闵妃的话，请了吴长庆、丁汝昌两个提督，进宫商议。原来这四条条件：第一条，此次叛乱的犯人，由朝鲜国按法治罪；第二条，朝鲜国赔偿日本使馆被焚及出兵损失费，共计洋五十万元；第三条，朝鲜国派遣使臣，到日本向日本天皇谢罪；第四条，日本在朝鲜国的公使馆，此后许驻防兵队，自行保护。

吴丁两个提督，到底是个武官，不知道政治的大势，见了这四条条件，以为是没甚紧要的，反劝朝鲜国王李熙道："多一事不如少一事，好在日本人的条件，不甚利害，就依了他罢，省得重起干戈。"国王李熙一想这句话不错，便在条约上签字承诺。这就是《济物浦条约》，条约签好之后，端木佐便带着原来的八百名兵丁，三艘小兵舰，唱着凯旋歌回国，朝鲜国王李熙，派了首相闵泳翊跟着同去，向日本天皇谢罪。

吴丁两提督在朝鲜宫中出来，忽然想着这日本人提出来的条约，不要又是大院君李昰应在那里弄鬼。回到营中，差人去打探时，果然探得大院君李昰应常常在端木佐那边走动，这越发无疑是他弄鬼了。吴长庆顿时咆哮大怒道："这个老不死的老贼，上次不曾难为了他，放了他的便宜，这次须给些利害给他瞧。"依着吴长庆的性子，立刻就要掌号齐队，把大院君李昰应活活抓来。反是丁汝昌劝住了，说大院君李昰应是朝鲜摄过政事的摄政王，又是朝鲜国王李熙的生身亲父，若齐了大队去把他抓来，恐朝鲜的百姓不服，那时反而不美。吴长庆仔细一想，丁提督的话不错，才休了齐队抓人的念头。丁汝昌又想出一个主意，由吴长庆、丁汝昌二人出面，送了一个请帖给大院君李昰应。这时正是中秋前后，借庆赏中秋为名，邀大院君李昰应到营中赴宴。

大院君李昰应接了这个请帖，一来不疑有他，二来不敢不去。吴长庆早派了一名随营听调副将，备好本章，丁汝昌调了一艘兵舰，升火相候。大院君李昰应到了，吴长庆就一声令下，也不由分说，登时由这副将带了五十名兵士，押着大院君李昰应，来到兵舰上，立时开驶，竟把大院君李昰应送到中国来了。

再说日本欲谋夺朝鲜，积虑处心，暗地里早已着手经营，无奈朝鲜人没有眼光，竟看不出来。就在这《济物浦条约》之前，那时日本正是将军掌权时代，遇到与朝鲜交涉，将军府的幕府，总是委了一个名叫马守宗的去办。日本明治天皇登位，这年是中国前清同治七年，朝鲜大院君李昰应摄政的第四年，在这一年上，日本对朝鲜已改变政见方针了。有一天明治天皇特在便殿召见马守宗，垂询对朝鲜交涉的计策。马守宗因常办朝鲜交涉，朝鲜人的性情，他早摸熟，这回明治天皇召见垂询，自然据实奏上。君臣二人在便殿议论了许多时候，方才议毕。次日一道御旨降下，派马守宗任专使，前往朝鲜，劝朝鲜国王维新。接着又有一道密旨，只要朝鲜国王肯依从日本明治天皇的话，实行维新，便算大事成功，朝鲜和别国的关系，千万不要去过问。马守宗心内自然明白，当下领了日本天皇的玺书，径往朝鲜而来。到了朝鲜，这时因大院君李昰应摄政，马守宗先去谒见。大院君李昰应，素来主张拒绝外国人到朝鲜来的。维新的第一条，就是订通商条约，是大院君李昰应最不赞成的事，所以如何肯依呢？马守宗却另有手腕，渐渐的花言巧语，说得大院君李昰应心思活动了，又答应倘然朝鲜维新之后，和日本订成了通商条约，日本另外再有好处给他。大院君李昰应吃了马守宗这一服药，方一口答应，替他把日本玺书，进呈上去。马守宗以为大事稳稳成功，谁知日本国玺书呈递上去时，却在玺书上出了一桩毛病，弄得马守宗前功尽弃，仍然空着一双手回日本去。原来日本因讨好朝鲜国王起见，凡是玺书上写朝鲜国王的地方，都改写朝鲜皇帝。谁知这一下马屁，偏拍在马脚上，朝鲜的几位大臣，都很不以为然，便说日本国的玺书，有意挑拨朝鲜与中国不和，朝鲜向来臣服中国的，那能可以僭称皇帝？这事倘被中国的大清同治皇帝知道，岂不要大大的见怪。这议论居然很有力量，日本专使马守宗，只得如入宝山空手而回，垂头丧气的回去，朝见明治天皇复旨称罪。正是：

派使遣臣商条约，称皇道帝露马脚。

欲知明治天皇是否见怪专使马守宗，且阅下回分解。

评

变兵围城，闵妃用了李代桃僵之计，叫一个面貌和自己相仿佛的宫女代饮毒茶不算外，还要从宫楼上掷出去给变兵斩成肉泥，可怜那无辜的宫女，请问死得是否值得。

日本何以能成为强国，他们就是能上下一心，戮力对外，百姓们均富爱国之心，有钱的出钱，有力的出力，民众的团结精神，异常坚固，所以奋斗了数十年，竟一跃而为世界上的一等强国，回顾我们中国怎样，对之真要自己愧死咧。

日本国提出的四条条件，吴长庆和丁汝昌因不知政治的大势，所以力劝朝鲜国王李熙多一事不如少一事，贸然依允，省得再起干戈，重见兵祸，不知吴丁两人是否也很怕死，借庆赏中秋为名，把李昰应骗到船上，马上押送到中国来，吴丁两人用这种手段对人，似乎很不冠冕堂皇。

第五回

草梁馆藉词频拒使　江华湾问罪忽兴师

　　却说明治天皇一些都不怪马守宗，次年又派了一个专使，是外务省署理大录官佐田伯茅，仍到朝鲜来请国王维新，订通商条约。佐田伯茅到了朝鲜，住在专待外宾的草梁馆中，费了一个多月的时光，又费了许多气力，依旧济不得什么事。虽然这次的玺书不曾再写朝鲜皇帝，然而终因为上次写了朝鲜皇帝的根，免不了朝鲜人的疑心，佐田伯茅做了第二个马守宗，也是空手回国。佐田伯茅的为人却有火气，回国之后，一肚皮气没处发，于是逢人便说朝鲜国王待慢使臣，太无礼貌。这么的好好和他说，是没有用的，除了用兵要盟之外，再无别法呢。无奈明治天皇肚内自己早有主意，不肯轻信别人的话改变。又过了几时，仍旧再派使臣到朝鲜，然而派到朝鲜的使臣，都是学了马守宗和佐田伯茅二人的样，没有结果回来。自前清同治七年到十二年，在这六年之中，日本派到朝鲜上维新书的使臣，总共不下三十余人，朝鲜那座专待外宾的草梁馆，几乎做了日本使臣的外室。末了朝鲜人见日本使臣越来越勤，觉着有些讨厌，索性不去理会了。后来的几个日本使臣，讨了没趣回去，益发在国内嚷得利害，要明治天皇立时出兵。几个政客为了此事，也分做二派：一派是主张马上用兵，这一派是西乡隆盛和副岛种臣二人为首领；一派是主张俟有机会，再行出兵，这一派是大久保利和大隈重信二人为首领。这朝鲜问题那时在日本国内，确是闹得乌烟瘴气，不可收拾，只是明治天皇不肯听两派的话，独自屹立不动。

　　又过了二年，是前清光绪元年，不知如何，大隈重信和大久保利二人，居然说动了明治天皇的心。于是便要找出兵的机会，由明治天皇下了一道密旨，着海军省派了一只不大不小的兵舰，从日本海向西驶去，驶近朝鲜海岸相近，细细地一五一十测量海道。兵舰未曾开出之前，日本海军省故意透个消息出去，让朝鲜知道。朝鲜国王不知就里，忽地听得日本派了兵舰出来，认做日本有意来威吓的，想我们也会显些威给日本看，免得被日本看得一文不值。登时朝鲜国王李熙，也降了一道旨下来，吩咐沿海各守臣，留心日本兵舰行踪，倘然有日本兵舰发见，须立刻撑出去。沿海各守臣接着了旨意，自然是钦此钦遵。那只日本兵舰一路测量过来，这天驶到江华湾口的永宗岛。永宗岛上，原有一座永宗炮台。永宗炮台的台长，自接了朝鲜国王李熙的御旨，早吩咐守值的台兵，留心海口外的日本兵舰。

这日守值的台兵，瞧见海口外忽有一艘兵舰驶来，忙用望远镜仔细看时，舰尾后挂着白地红日的日本国旗，这不是日本兵舰是什么，守值兵士好似得了宝贝，忙去报与台长知道。台长得报，也是欢喜得如同天上掉下明珠来一般，急急的登台瞭望，亲自用望远镜看过，确是日本兵舰不错。台长马上传令，吩咐将台上正中一座镇台过山大炮，卸去炮衣，旋转炮口，向日本兵舰瞄准了。叵耐这艘日本兵舰，好似预知永宗炮台要开炮的一般，舰身只是左右游移不定，炮手费了九牛二虎之力，好容易总算瞄准了准头。一面台上就升起红旗，一面就开炮，轰天价的一声响，但见远远一股浓烟，在海面上往上直冒，一片海心波涛，也轩然而起。炮台上的台兵，只道这一炮定把那艘日本兵舰打沉了，大家都十分欢喜。那知等到烟消波平时，再仔细一看，不料这艘日本兵舰，仍是好好的在那儿，那一炮只打坏了日本兵舰上的一只小舢板。炮台上的兵士，见了未免有些奇怪，这个开炮的炮手暗想，我准头瞄得很准，怎样会打不沉这日本的兵舰呢？台长正要传命，再放第二炮，说时迟那时快，只见日本兵舰的前桅顶上，高高的扬起一面红旗，炮台上台兵看得清楚，大家齐嚷道：“日本兵舰也要开炮打我们了。”台长忙着传令开第二炮，炮手来不迭的重行瞄准了准头，正在大家手忙脚乱时，忽然海面上一道亮光，雪亮的照射过来，永宗炮台上的台长和台兵，大家都没看见过大世面，猛然间吃这一道亮光照得面面相觑。就在这班人目瞪口呆时，随着就轰然一声，宛如青天里起个霹雳，在轰声未绝声里，炮台上早已瓦飞石走，炮垒陷落了一大方。台兵只恨爹娘少生着两只脚，赶紧向后转身就跑，台长走得慢了一步，便被飞起来的瓦石，在额角上着了一下，不曾磕破头皮，还算大幸。接着日本兵舰又开了二三炮，轰得炮台和营房，变成一片烟雾。炮台上那尊过山大炮，没有人大胆再敢上去还击日本兵舰一炮。日本兵舰开过炮之后，见炮台上不曾开炮还击，便长鸣了几声汽笛，就一路驶过去了。炮台上的台兵，好容易渐渐再聚集拢来，一看海口外没有了日本兵舰的踪迹，那台长方始放心，重新掌起集队军号，把台兵集齐了，点一点名，幸喜不曾伤得一人。台长一面修缮好被日本兵舰开炮打坏的炮垒营房，一面修起一角紧急报捷文书，倒填了日期，先用二百里加紧，飞报警信进京，然后再跟着报告开炮击走日本兵舰，最后又报告日本兵舰开炮还击，炮台略有损失，请求拨款修理炮垒营房，末后又保举了几个开炮有功的员弁。

朝里连接了永宗岛永宗炮台台长这三封表章。这时朝中既是闵派主政，闵星河好生欢喜，自然转奏国王李熙。国王李熙心上，也觉高兴，当下即降谕旨，将永宗岛永宗炮台的台长夸奖一番，一面准他所奏，拨款修理炮垒营房，又格外的添了赏银，犒劳出力的台兵，开炮有功的员弁，也依奏升格。这件事闹得朝鲜全国皆知，都觉着是武功赫耀，大将威风哩。

且说日本兵舰在永宗岛开炮和永宗炮台打过之后，舰长早有海军省大臣面授的机宜，当下也不再测量，马上驶回日本。舰长即向海军省递了紧急报告，海军省大臣接着这个报告，怎敢怠慢，立刻进宫，面奏明治天皇。不一时宫里传出御旨，传外务省大臣、陆军中将黑田清隆、议官井上馨三人立时进宫，面见明治天皇。这三个大臣接着这道旨下，不知为的何事，怀着鬼胎，先后赶进宫去，直等到半夜里，才一齐出宫。次日明治天皇御殿上，也不和首相商议，便降旨下来着海军省派遣兵舰六艘，着陆军中将黑田清隆为全权大臣，着议官井上馨为全权副大臣，前往朝鲜，诘问永宗炮台无故开炮，轰击日本兵舰，轻侮日本的罪，并将昨夜在宫中拟定的条件带去，务要胁逼朝鲜一一依从。黑田清隆和井上馨，受命下来，海军省的六艘兵舰，早已升火待发，只候二个专使一到，马上开船，直向永宗岛而来。到了永宗岛，就在岛内江华湾中抛锚下碇。这位永宗岛永宗炮台台长，上次吃了一艘日本兵舰一道电光的苦头，这次见日本兵舰，竟来了六艘，吓得魂灵出窍，急切间没得办法，更不敢再行先行开炮。谁知日本兵舰在江华湾下碇之后，更不和永宗炮台台长说话，单用全权大臣出面的照会，送到炮台中，着他转到朝里去。永宗炮台台长接着全权大臣的照会，宛如接着了阎王的请帖，暗想这次我完了，又不能不转呈，赶紧加急五百里，飞一般送入朝中。这照会一到，急得朝鲜国的君臣，一齐慌了手脚。正是：

虽想无事闭门坐，竟会祸从天上来。

欲知朝鲜国怎样对付日本，且看下回分解。

评

朝鲜乃中国之属国，所以没有称皇帝之资格，日人偏欲恭维他，在玺书上称为朝鲜皇帝，马屁拍在马脚上，给朝鲜的几位大臣几句话，就把专使马守宗哄走了，可是日人的心终归未死，到后来三翻四复，仍给他达到目的，可见日人的处心积虑及大无畏之精神，实在令人叹服。

假测量而寻衅，永宗炮台的台长，竟会堕入他们的鬼计，忙自开起大炮来，可又打不着日舰，及日舰回击过来，便把营房炮垒，轰得瓦飞石走。可笑那不知羞耻的台长，还敢倒填了日期，飞奏国王，谎报把日舰击走，并保举了很多开炮有功的员弁。碰着那国王李熙，也会糊里糊涂的不加调查，信以为真，准他所请，马上拨款修理营房炮垒，犒赏出力台兵，闹得全国人民，面上似乎都很光荣，谁知此事给永宗炮台的台长一谎报，朝鲜国的大祸，已经临头了。

日本兵舰开炮还击了几下，便长鸣了几声汽笛而驶得无影无踪，要知这种计划，早已由海军省的军机大臣面授过机宜，所以他们能够按步就班，从容不迫的进行着。可见日人之谋人诡计，均有精密的步骤，使人捉摸不定，容容易易中了他们的奸计，自己还不知不觉。

日舰二次驶入江华湾，大兴问罪之师，永宗炮台的台长接着了全权大臣的照会，当时的窘态，虽请了几十个名画师，恐怕都描摹不出他的形态于万一罢。

第六回

闵星河舰上订条约　　开化党暗中启争端

话说朝鲜自从永宗岛永宗炮台击走日本兵舰之后，只认做并无下文了。谁知这日首相闵星河陡的接了永宗炮台台长转来的照会，才知这次之事，闯下了大祸，慌忙袖了这封照会，进宫求见。好在他是闵妃的兄弟，宫中出入惯的，较别的大臣，便利不少。朝鲜国王李熙正在宫里，和闵妃寻快乐，却不道来了这封大煞风景的照会，把朝鲜国王李熙的一天快乐，化作了一天忧愁。闵妃虽属能干，急切间也没有主意，三人竟半响都说不出话来。后来仍由闵妃先开口道："这时日本只来了一封照会，要我们答复，江华湾中虽有六艘日本兵舰在【等】着，想来不会马上就开炮的。这时候我们三个人，急也急不出主意，且等明日早朝，与朝中众大臣商议了再说。"国王李熙一想，也只有依闵妃的话。闵星河将这封照会留在宫中，自己退了出去。

这夜国王李熙也不曾好好儿入睡，在枕边只求闵妃替他划策。闵妃道："这没有多说话的，一件是日本打过来的照会上所提的条约，只要一一依从了，日本自然会卷旗退兵。一件是不依日本打过来的照会上所提的条件，和日本开一次战，且等打了胜负出来再说。我国打胜了日本，自然万事全休；若是我国竟被日本打败了，那时再依从照会上所提的条约，但是比不和日本开仗，就依从照会上所提的条约，强硬得许多了。"国王李熙听了，一时心上也决不下如何是好，闵妃道："那么看明天早朝，朝中众大臣是怎样的主意。"

国王李熙挨到天明，忙忙的坐出朝来，登时开了一个御前会议。凡是有资格够在国王面前说话的大臣，都参与会议，自然各人有各人的主见。闵星河昨日在宫中见闵妃仍旧决不定主意，今日御前会议，虽是他的职位最尊，但是不敢说一句话。议了半天，仍议不出头绪。国王李熙见了这个模样，只有叹气的份儿。闵星河自己不敢说话，闵派的一班人，便主张不必轻易用兵，成了主和一派。大院君李昰应这时虽不执掌政柄，然而遇到这种天大的祸事，名义上不得不请教他，所以这个御前会议，也请他加入。一听大家都是主和，大院君李昰应素来坚守排外主义的，便一力的主张开战，和日本打一次仗再说。上次永宗岛永宗炮台的大炮，能够打走日本兵舰，这次岂有打不走的道理。闵星河听了，只是皱眉头。议到后来，大院君李昰应的主战，几乎可以打倒闵派的主和。无奈却是没有人敢领头向日本开战，于是大院君李昰应的主战，宣告失败。一场御前会议，也不曾议出结果来，就草草的散了。

不想第二日日本全权大臣的照会，又有一封来了。国王李熙上朝时再开御前会议，不料仍是议不出结果，回宫叫闵妃决主意。闵妃因御前会议不能议出结果，便劝国王李熙主和。国王李熙依了闵妃的话。次日早朝，正要开口说话，谁知首相闵星河又把日本全权大臣的照会呈了上来。接着大院君李昰应也到朝，还是一力主张开战，把国王李熙逼得开不出口。又过了一日，到了第四日，除了日本全权大臣又是一封照会之外，又多了一道永宗岛永宗炮台台长的告急文章，说日本水兵已经登岸了。国王李熙见时机已经危急，就硬硬头皮，批了主和两字。大院君李昰应得着信息，料想争也无益，只索罢了，背后却说国王李熙太不中用，经日本人这样一吓就吓出尿来。

那日本全权大臣黑田清隆和副大臣井上馨，知道国王李熙肯主和，自然说不尽的欢喜。朝鲜国派了首相闵星河为和议大臣，到江华湾日本兵舰上，与日本二全权大臣来议和。日本这次提出十二款条件，第一条便是朝鲜为自主之邦，与日本有平等之权。闵星河虽是首相，却不知这一条的利害所在，反认做是日本尊重朝鲜。条约签定之后，六艘日本兵舰，二个日本全权大臣，就一齐回国。这年正是前清光绪二年，是朝鲜和别国自订条约的第一张条约，叫做《江华湾条约》。日本在同治七年至光绪二年，费了九年的心力，才到手这张《江华湾条约》。那时候国际法是怎样，"自主平等"四个字的意义，在国际法上是怎样解释，不但朝鲜国上下君臣人等，不曾知道，就是中国清廷当权的大员，也不知道到底是怎样的释义。朝鲜自日本退兵之后，都说日本算了糊涂账，风雷火炮般兴师前来，只订了一张白纸黑字的条约，便卷旗自退，岂不是糊涂透顶吗？

那时中国正闹荒年，自己料理内政，已甚觉困难，却无暇来顾问朝鲜的事。日本兵舰到江华湾胁逼订约，清廷的军机大臣，虽然也有报告接着，但是都认做不是件大事，糊里糊涂的一搁，就搁过一边。后来《江华湾条约》订成，日本退兵，几个军机大臣闻得《江华湾条约》内容，不外是开商港，辟租界，设立日本官等的几条，又是中国常常和别国订惯的，不足为奇。再说《江华湾条约》第一条，朝鲜为自主之邦，与日本有平等之权。这一条清廷的几个军机大臣，更有一番妙论，说朝鲜是中国的属国，日本自愿和他讲平等，这是尊重朝鲜，也就是尊重中国，从此之后，日本也自居为中国的属国了。然而哪里想得到将来朝鲜半岛翻起掀天波浪，演出惨恶风云，朝鲜竟致亡国，都是这张《江华湾条约》伏下的种子呢。

且说《江华湾条约》订成之后，日本自然依照条约行事，派遣一个使臣，驻在朝鲜。第二年为了一件教士的案件，朝鲜和法国起了交涉，日本驻在朝鲜的领事，就从中调停，少不得订了一张《法韩条约》。约文中有"大清上国"字样，日本却出来不依。那时中国忽然也出来和朝鲜说话，与日本辩论，说朝鲜是中国的属国，一面又说朝鲜是自主之国，日本接着了这奇妙文章，也就含糊按下，然而留了一个笑柄。

过了几年，美国，德国，英国，先后都和朝鲜订了条约，这几张条约，是中国驻在朝鲜的使臣马建忠、丁汝昌等会同各国使臣，在朝鲜签订的。条约的内容，和日本派兵要挟的自是不同，日本就疑心生暗鬼，心中有些大不舒服，恰巧撞着大院君李昰应的党徒扰乱，日本得了机会，勉强出了一次兵，又订了一张《济物浦条约》，就是上回书中所说的。

单说《济物浦条约》订成之后，日本人到朝鲜的便一天多一天。到朝鲜来的目的，都是调查物品，考察社会，暗地里准备他日殖民办法。朝鲜哪里猜得透，只道日本人跑到朝鲜来玩玩而已。这时朝鲜人也有到日本去的，到日本去的目的，是寻快乐，所以到日本去的朝鲜人，都是那般达官贵人，只见日本街道清洁，住在那里时，官员招待周到，下女服伺殷勤，真是有生以来，不曾享过的福，心上着实有些羡慕。回转朝鲜时，逢人便说在日本如何舒服，尤其是下女服伺殷勤一语，很能打入年轻的心坎中去。日本招待朝鲜人，又是因人而施手段，年轻的朝鲜人一到日本去时，先把嫖玩两字去引诱。因此年轻的朝鲜人一到日本之后，就觉着日本如天堂般好，朝鲜如地狱般苦，后来凡是曾在日本留过学的朝鲜人，年轻的居然成了一种党派，专门依着日本政治，要改革朝鲜。这班留学生抱了这个主见，回国来时，自然与朝里的一班贵族老臣，意见大不相同，这一种党派叫"日本党"，又叫"开化党"。那党中有几个有名人物，后书中多少与他有些关系，如今先把这几个人名提一提，如徐光范、徐载弼、朴泳存、朴泳教、金玉均、洪英植等。还有一班人，因这开化党要改革朝鲜，特地也结个党来反对，这党叫"中国党"，又叫"守旧党"，这个党的主见，一看他党名的标题，就可以明白，不必细细的再说了。闵台镐、赵宁夏这二个人，却是守旧党的重要人物。

开化党与守旧党主见既不相同，争斗自然甚烈。但是两党的势力，因这时中国在朝鲜还有势力，清廷派在朝鲜的使臣，专一治军事的有提督吴长庆，总理交涉通商事宜的有同知袁世凯，外交顾问有德人马灵脱夫，办理海关的有英人马兰杜，差不多朝鲜全国重要政权，都在中国几个使臣手里。朝鲜官员凡是热心功名的，个个都来附和，"中国党"的人物，自然也在其内，有了这座靠山，"开化党"自然势力不敌"中国党"。

光绪十年，中国在马江打了一次败仗，"开化党"便有些瞧不起中国。就在这年的秋季，日本驻朝鲜公使竹天进一郎，忽然回国去了一次，约摸过了一个月光景，才重返朝鲜。过了几天，竹天进一郎专诚去谒见朝鲜首相闵泳翊，说日本为顾念朝鲜邦交起见，知道朝鲜现在正在改革行政，需费浩紧，因此日本明治天皇情愿把《济物浦条约》内所订的赔款，退还四十万，请首相转告国王。闵泳翊也不知日本葫芦里卖什么药，只因朝鲜正在没钱的时候，平空有这四十万元进来，倒是出于意料之外。等竹天进一郎前脚出门，闵泳翊后脚就进宫，奏闻国王李熙。有钱进门，国王李熙也没有不要之理。闵妃虽料知日本这笔钱送来，必有另外用意，但是一时猜不透，也是枉然。不上十日，果然由竹天进一郎将四十万元送过来。这么一来，"开化党"和"中国党"越发暗斗得起劲了。正是：

主见纷歧丧利权，无耻党人如水乳。

欲知两党暗斗到怎样的地步，且阅下回分解。

评

日本只来了一封照会，非但把永宗炮台的台长吓得面无人色，连国王李熙正和闵妃在宫中寻快乐的兴致，也化作一天忧愁，于此可见国王李熙的生性懦弱，只知声色，不知国事。综观历史上的亡国君王，差不多都难逃此例，所以我说朝鲜之亡，一半虽亡于老妖孽大院君李昰应身上，一半也亡于昏王李熙之手。

再观历史上所有妃后弄权之朝，如商纣王之与妲己，周幽王之与褒姒，唐明皇之与杨贵妃等，非但妃后之性命，即连君王之性命，差不多也都同归于尽。近一些的，如清朝出了一个慈禧太后，极尽奢侈之能事，把练海军造军舰的国帑，拿来大造其颐和园，庚子年八国联军攻我北京，满清一朝即受根本摇动之影响，所以满清之亡，说是亡于西太后之手，亦何不可。朝鲜国王自纳了闵妃，也事事由她参政，结果弄成了闵党清一色，但是前后也都没有好结果，可见妃后参政的危险，较之奸臣弄权，其害尤烈。

国内有了党派，于是你争权，我夺利，你要望东，我要走西，政见一不合，国内就此多事矣。

日本费了九年的心血，方才和朝鲜订了一张《江华湾条约》，便卷旗息鼓而去，不知他们诡计的，必误为是日本算了糊涂账走了，谁知好戏文还有很多在后面咧。

留学生到日本去，先研究身心娱乐，不知其他，这是留学生中之败类，大家应该鸣鼓而攻之。

第七回

刺闵相客兵哗宫外　轰地雷党人走海滨

这时正值朝鲜试办邮政，新邮政局就在这年秋季落成。因是第一次，那开局典礼，便异常郑重，各国驻在朝鲜的使臣，都有请柬，请他们参预落成典礼。到了开局这一天，朝鲜满朝文武显贵，自然个个都到，各国驻在朝鲜的使臣，也都到齐。单单一个日本驻在朝鲜的公使竹天进一郎，不曾前来，据说是患病不能出外。当时大家都不关心，以为没甚紧要的。行过开局礼后，因备有酒宴，大家便让座入席。酒至半酣，忽从外面喘吁吁的跑进一个人来，直走到首相闵泳翊身旁，在耳边不知说些什么话。闵泳翊突然变了颜色，呆了半晌，方悄悄的向那人说了两句话，那人面有难色。座上许多人，见了这副光景，都觉有些奇怪，却又不便动问。只见闵泳翊似乎不得已的样儿，匆匆立起身离席，也不向座上宾客告辞一声，跟着那人出外去了。座上许多人见了益发诧异。不到十分钟，猛听得局外一片喧哗声，宛如海啸一般，局内这班宾客，大家都吃了一惊，争着到窗前，观看究竟。只见离局不远，约摸一箭路不上，火焰熊熊，红光直起。局前局后，不知哪里来的人，聚集了许许多多，万头攒动，纷扰非常。局内这班宾主，见了这个情形，知道事有奇变，都没有心思吃酒，各自找着了带来的护卫，争先逃了出去。英国公使由几个使馆卫队保卫着，从人丛中逃了出来。走不上多路，却看见首相闵泳翊，被十几个人围住，用刀乱刺，身上鲜血直流。那动手的几个人，都有些像留学日本的朝鲜武备学生。英国公使逃命要紧，又因自己卫队不多，料想是救不得的，就一直走了。

这事一经传出，好似大炮点着了药线。中国驻在朝鲜的使臣袁世凯、吴兆有、张光第等三人，这天也在邮政新局参预开局典礼，当下也急急逃去，知道内中定有特别原因。袁世凯刚逃回自己营内，便接着英国公使送来的信，说在路上看见首相闵泳翊被人杀死。袁世凯知事情闹大了，赶忙下令，命军士准备一切，候令出发，一面即行派人出去探访。单说日本驻朝鲜公使竹天进一郎，这天虽推说有病，不曾出去，其实正在暗地里调兵遣将，安排一切。火头一起，开化党的朴永教、洪英植二人，立刻飞奔入宫，闯到里面，寻见了国王李熙，便哭着说大清兵在外作乱，放火抢掠，首相闵泳翊已被杀死，宫门外乱兵声势浩大。国王李熙一听，吓得呆了，闵妃急切中也乱了主意。朴永教又哭告道："现在情势危急万分，除了请日本公使带兵进宫卫护外，实无办法了。"国王李熙和闵妃一提"日使"二字，心中终觉有些不安，不肯随便答应。闵妃定了一定神道："还是先将袁世凯请来，求他出去弹压。"朴永教、洪英植知道此事若非强逼，万难成功。洪英植接口道："大清兵变了，他们的官长如何弹压得住？而且首相闵泳翊已被杀死，这仇更是不能不报的。"朴永教不由国王李熙再行分说，立逼着草了"日使入卫"四字，印了一颗小玺。由洪英植持了这张国王李熙亲笔的条子，飞一般前往日本使馆。日本公使竹天进一郎得着这个证据，立刻将预备好的一中队兵士，吩咐马上随本人进宫。不到一时，已到宫内。中国党方面，也有得着消息的人，闵台镐、赵宁夏、李渊、尹泰骏四人，先后赶进来。谁知已经来迟一步，宫门口早布满了日本兵士，除了开化党党人之外，谁也不许入内。闵台镐第一个到，仗着闵妃是他的妹妹，硬要进宫，恰巧金玉均在宫门里面望见，对宫门口日本兵士说了几句话，日本兵士就朝闵台镐砰砰开了二枪。一枪打在胸前，一枪打在头上，闵台镐登时一命呜呼。赵宁夏、李渊二人随后也到，看见闵台镐横尸宫门之外，血流满地，好不惨烈。赵宁夏、李渊一齐大怒，拼着性命不要，齐来抢日本兵士的枪。日本兵士老实不客气，一枪一个，将二人也结果了性命。尹泰骏到得最迟，见势头不好，想转身回去，正撞着朴永教，朴永教就从怀中摸出手枪，迎头一枪，尹泰骏躲避不及，一枪打个正着，便跟着闵台镐、赵宁夏、李渊三人一路去了。

　　这时宫门内的兵权政柄，尽被开化党党人自行夺取。日本公使竹天进一郎入宫之后，且不和国王李熙见面，先与一般开化党的党人开了会议。带兵入卫的日本公使竹天进一郎，反做了会议的主席。金玉均提议道："这次我们一不做二不休，务须将中国党连底推翻。只是中国党所恃的，就是中国军队，要制伏中国军队，必须有国王李熙的御旨，然后方能动手。目前最紧要的事，应先把国王李熙安顿起来，再说别的。"朴永教道："中国军队不过人多些，其实兵士的能力，也没有什么大不了。"

日本公使竹天进一郎道："我们使馆中的卫队，虽然只有三百人，却都是一可当十，枪械子弹，粮食用品，也可支持三个月。事情倘然紧急，我可以调卫队来相助。"金玉均道："如今宫里只管安置防卫，国王李熙的行动，也总须格外留心，免得坏我们的事。"日本公使竹天进一郎道："你们倘能设法将国王李熙送到仁川，我便有法送他到日本去。"金玉均对左右看了一看，吩咐尽行退了出去。室内只有他们几个开化党重要人物和一个日本公使竹天进一郎，在那里秘密会议。等到秘密会议散了，日本公使竹天进一郎，即将使馆卫队，尽数调入宫来。不多一时，朝鲜宫门前后，除了日本兵士之外，还有开化党的军队，一一都设防置伏。又在宫门口出入要道上，埋设了地雷。

朴永教、洪英植二人，领了一班朝鲜留日武备学生，拥到景福宫来。国王李熙见来势汹涌，又是老大吃了一惊，眼中眼泪直流。闵妃看势头不好，避到后宫去了。洪英植挺身向前开口道："外面大清兵实在闹得不成样了，国王在宫，恐有不便，还是出去躲上一躲。臣已预备了许多日本兵，不愁没人保护，不愁走不出去，请国王速速更衣。"国王李熙自幼儿安富尊荣，征歌逐舞，过惯安乐快活日子，哪里见过这种威吓，哪里曾经过这种委屈，索性掩面大哭起来。朴永教见这般光景，深恐延迟误事，反而着急道："事情已是紧急到这种田地，国王须自己有个决断，学这种儿女的哭哭啼啼样儿，又济何事。"洪英植也恐多延时光，清兵到来，那时要费手脚，便连连顿足道："事情不是啼哭可以了的，也不是空口白话可以办的，你们侧着耳朵听听，外面已经动手开火了。"国王李熙听了这句话，一面哭一面留心细听，果然隐隐有枪炮之声，约摸是在敦化门外，遂弄得越发没有主意。金玉均知道这事不强做不成，便吩咐跟来的人，将带来的白色衣服取出来，拿到国王李熙面前道："愿王恕臣无状，现在外面枪炮之声，已渐渐逼近宫门，宫内是万万再留不得了，再延迟时，恐怕走都走不出了。这件衣服，吾王速速穿了起来，暂避他人的耳目，臣等自有万全之策。"国王李熙听了这话，心里格外悲伤，知道不能不依。这时恰巧太子从外面哭着跑进来，国王李熙一把拉住了，索性抱着又大哭起来。这时宫门外枪炮之声，又近了许多，越发听得清楚。开化党人明知清兵已到，心内也格外着急，于是不由国王李熙分说，强逼着换了这套白色衣服，大家一窝蜂簇拥着，便要逼驾出宫。国王李熙一手拉着太子，只顾哭着，哪里肯走。

　　闵妃躲在后宫，闻知这个消息，要想出来阻挡，却苦没有帮手，孤伶伶的一个女人，料想也阻挡不住。于是急中生智，急出一条计来，忙吩咐一个心腹宫监，赶快换了服色，混在开化党人队中，看他们把国王送到什么地方去。这宫监领了闵妃的命，急急的去依计行事。外面朴永教、洪英植、金玉均等一班人，簇拥着国王李熙，正要出宫，宫门已给中国军队攻破，清兵如潮水般涌进宫来。朴永教、洪英植、金玉均，见事情逼紧，吩咐手下人小心守住了国王李熙，自己忙忙的冲了出来，指挥日兵和清兵作战。清兵出了全队，一齐有四千多人，提督吴长庆，亲自一马当先，统率部队。宫内的日兵，只有三百余人，哪里抵挡得住。宫门攻破之后，提督吴长庆，立马宫门口，指挥部卒闯将进去，日兵和开化党人，兀自抵死不退。弹飞石走，屋震瓦鸣，喊呐之声，远近皆闻，日兵和开化党人如何敌得住。清兵逼将过来，杀到院山坡下，把景福宫围得铁桶相似。猛然间一声怪响，宛如半天里起了一个霹雳，又如天崩地陷一般，霎时浓烟密布，清兵却轰死了不少。就在这浓烟里，闯出一大队人马，直杀出宫门去了。提督吴长庆在宫门外听得这一声响得厉害，知道里面有地雷爆发，又怕外面也有埋着［伏］，传令暂且后退。这一大队日兵和开化党人，乘着这个时机，就拼命的闯过去。提督吴长庆还想追上拦住，却被袁世凯劝住道：“穷寇莫追，我们且寻朝鲜国王的下落要紧。”正是：

　　今番斩草不除根，明年春时必再发。

　　欲知朝鲜国王李熙的下落如何，且看下回分解。

评

　　要人装病，也可以说是我国现时代的一种时髦风气，凡事有什么办不了了，或是带着一些神秘的色彩在内，那么一装了病，非但可以延缓空气，而且还能趁此机会，在暗中活动一切。本回书中说日本驻朝鲜的公使竹天进一郎，偏在新邮政局举行落成典礼那天，忽然装起病来，不和其他各国公使一同前来参预，当时大家还不知他已在暗中准备了一切，调兵遣将，指使了留学日本的朝鲜武备学生，却把首相闵泳翊，用乱刀刺死在血泊之中了。可见日人的诡谋，他们在事前没有一件，不先准备好了，方才按着步骤做的，竹天进一郎的装病，也就是一个例。

语云：物必自腐而后虫生之，人必自侮而后人伐之，可说旨哉斯言。朝鲜国内，因为分了二个党派，一是日本党，一是中国党，大家你争我夺，纠纷不已，日人就藉此以利用，结果中国党的重要人物闵台镐、赵宁夏、李渊、尹泰骏四人，就牺牲了性命。

我们观平剧观到那出逍遥津曹操逼宫，眼见汉献帝给曹操和华歆二人逼得走投无路的时候，我们在台下看戏的观众，谁不把那戏台上的人物恨得牙痒痒地，最好跳到台上去，把那假曹操、假华歆，一刀一个，方出我们胸中之恨。现在我们观到这回书中，眼见那开化党党人金玉均，逼着叫朝鲜国王李熙，穿着那带来的白色衣服，逼他出宫，接着那太子，又从外面哭着进来，国王李熙，一把拉住了，抱着痛哭的情形，请问此情此景，与平剧中的逍遥津，有什么两样，我看到这里，险乎流下泪来。唉，真是亡国之君的不幸啊。

第八回

大院君登朝摄国政　各公使联袂谒韩王

话说袁世凯从新邮政局出了变故，接着英国公使的信，知道朝鲜首相闵泳翊被杀，袁世凯料知定是开化党人和日本人串通一气闹的把戏。后来果然不出所料，差去探听的人回来报道："日公使进宫之后，将使馆卫队尽行调到宫中，现在宫门口都是日本兵把守，除了开化党党人之外，谁也不许进出。闵台镐、赵宁夏、李渊、尹泰骏，都被日兵在宫门外杀死，尸身也没人去收。"袁世凯听了大怒，提督吴长庆跳将起来道："日本公使馆只有三百名卫队，济得什么事，我们马上传令出队，包管不上二个钟头，就可以将他们赶个干净。"袁世凯道："吴提督的话不错，且救国王李熙要紧。"

吴长庆一个将令传下去，吩咐预备战队。这时中国驻在朝鲜只有四千余名兵丁，此次却如数出去。大队人马，来攻宫门，排枪如雨点般往上打，三百名日本公使馆卫队，如何再守得住宫门？中国军队只开了十几排枪，早把宫门攻开。想不到杀到院山坡下，围住了景福宫，竟遇着了地雷，伤了一百多名兵士。开化党人和日本公使馆卫队及日本公使竹天进一郎，趁此得以突围逃走。当下依着提督吴长庆就要追上去，袁世凯拦住道："穷寇莫追，且进宫寻国王李熙下落要紧。"

　　当下袁世凯、吴长庆、张光第、吴兆有四人，一齐到了宫里，叫人分头去寻国王李熙。找遍了全宫，哪里有国王李熙的踪迹，倒把闵妃寻了来。闵妃哭着将开化党党人如何威逼国王李熙，如何国王李熙带了太子被他们簇拥出去，告诉了一番。提督吴长庆听了顿足道："不好了，方才突围而去的一队人马中，定有国王李熙在内。"袁世凯道："事不宜迟，赶紧派队去追。"吴兆有、张光第二人，自告奋勇，愿领兵去搜寻。提督吴长庆马上拨了一千名军士，吴兆有、张光第每人各领五百名，立刻分头出去，满城搜寻。袁世凯又和吴长庆道："我们自己辛苦些，也去走一遭，寻得国王李熙下落，大家都好安心，兄弟在营中候信。"吴长庆道："袁同知说得是。"便也亲自领着部队出去搜寻。袁世凯把宫里诸事，略略安顿一下，又留下些军队，守住宫门，自己方回大营。

　　这时朝鲜京城，已是满城鼎沸，知道国王李熙失踪，百姓们乱成一片，大家把日本人恨入骨髓。吴兆有、张光第领着军士，分头访问搜寻，只寻不着国王李熙的踪迹，问问百姓们，都说不曾见过。吴张二人，各自着急。再说提督吴长庆一路寻将过来，在十字街头，和张光第、吴兆有二人碰在一处，大家勒住马，正没理会处，只见一个人向提督吴长庆马前跪下哭道："启禀吴提督，国王李熙，被几个朝鲜留日武备学生，禁在关帝庙里，望吴提督速去。"吴长庆道："你是何人，怎么知道的？"那人道："我是内宫监洪启勋，奉闵妃娘娘懿旨，扮做平民模样，暗地跟着他们，所以知道。"吴长庆闻了，忙吩咐洪启勋带路，大队人马直向北门关帝庙而来。

　　到得庙前，但见关帝庙庙门紧闭。吴长庆吩咐只管打门进去，一声令下，军士们四下散开来，将关帝庙团团围住，发一声喊，早将庙门打破。冲将进去看时，里面静悄悄并无一人。洪启勋道："定是他们将国王李熙藏过了，请吴提督传令搜寻。"吴长庆叫军士四下里仔细搜查，果然不多一会，一个千总领着人在后殿一间密室里，寻着了国王李熙，还有太子也在一起，尚有三个开化党党人一同在内。当下这千总叫军士守住密室门口，先将三个开化党党人，绑了押到前殿，来见提督吴长庆。吴长庆急急赶到后殿密室，一见果是国王李熙，大喜道："如今好了。"一面差人去请袁同知来，一面叫人预备些食物，给国王李熙和太子二人吃，又查见了庙祝，被开化党党人在后园杀死。

不一时袁世凯来了，见了国王李熙，就请国王李熙先到清营暂住，择日再行回宫。这时国王李熙感激清兵救助，就依了袁世凯的话。袁世凯又差人先到宫里报知闵妃，说国王李熙寻着了，顺便取了衣服来，与国王李熙更换。提督吴长庆问袁世凯这三个开化党党人怎样处置，袁世凯想了一想道："这事却问不得，问了反而难于处置，又惹出许多麻烦，不如糊里糊涂杀了再说。"吴长庆就叫刚才这个千总，将三个开化党党人拖到庙外，一刀一个杀了，方才排齐队伍，将朝鲜国王李熙拥护到清营中。择了个黄道吉日，仍由袁世凯、吴长庆二人，领队将国王李熙送回宫中。袁世凯前后忙了几日，才把这场大事办好。

国王李熙回宫之后，念着袁世凯的好处，和闵妃商量另外在宫中收拾了一间屋子，请袁世凯进来居住。袁世凯起初不肯，禁不得国王李熙再三相请，便也允诺了。袁世凯住到宫里之后，晨夕和国王李熙谈论些国事，处理机务。国王李熙遇事也和袁世凯商量，请教怎样办理。袁世凯在朝鲜的声势，一时煊赫了许多。朝鲜的满朝文武，大小官职，那一个不来捧袁世凯，耳有听听袁世凯，目有视视袁世凯，口有道道袁世凯，个个争先恐后来奉承使命。后来日本伊藤博文做朝鲜总监，也不过如此威风。不料袁世凯，正在一团热腾腾高兴时候，忽然平空来了一下当头棒，把他一团高兴敲个干净。这却不是袁世凯不及后来的日本伊藤博文，其中却另有个原因呢。

单说日本驻在朝鲜的公使竹天进一郎，和一班开化党党人，乘着地雷爆发，在浓烟中拼命闯将过去，杀出宫门，又幸得袁世凯劝住了提督吴长庆不要追，才逃得性命，回到公使馆。卫队也陆续逃回，点了点人数，却死亡了二百多人。金玉均、朴永教、洪英植，大家都顿足叹息道："好好的一场事，又被清兵占了上风去，我们这番却吃了大亏哩。"竹天进一郎想了半晌道："你们且不要急，候着机会，徐图再举。这时外面风头很紧，且都不要出去。倘然在外面撞着了清兵营里的官员，给他们抓了去，那是自去送死的。我们死了二百多个卫队，自然要叫朝鲜国王来料理的。"开化党党人依了竹天进一郎的话，大家躲在日本公使馆内，所以清营里虽在悬赏缉拿，也没处可拿哩。竹天进一郎亲自将这事前后起源，细细的做了秘密报告，寄到日本外务省去。外务省大臣接着了，转奏明治天皇。

不多几时，日本外务省就发出二封照会：一封是给中国的，说朝鲜这次扰乱，全是清营生事；一封是给朝鲜的，说此次扰乱，日本公使馆受了很大的损失，要朝鲜国王赔偿损失。又特地派了一个专使，到朝鲜来办理交涉。中国接了日本外务省照会，一班军机大臣，未免有些抱怨袁世凯，不该把这事揽在中国头上，入奏上去，添了几句话。降旨下来，派吴大澂、续昌二人，前往朝鲜查办交涉的结果。朝鲜又赔偿了日本损失费，再派大臣道歉谢罪，这事才含糊了结。袁世凯正在高兴头上，遭了这盆冷水浇背，心内很不自在。又因朝旨命他回国一次，袁世凯一肚皮抑郁没处发泄，路过天津，便到直隶总督衙门禀见。这时直隶总督是李鸿章，还兼着北洋大臣。袁世凯见了李鸿章，将［讲］朝鲜内政纷乱，祸机四伏，外而敌国，内而党徒，都时时乘机寻隙，中国治理朝鲜，此时急宜变更政策。李鸿章听了，只当是袁世凯因这回事，很受了些委屈，所以大发牢骚，只敷衍了些门面话，便算了事。袁世凯到京之后，很受了些军机大臣们的抱怨，幸而圣眷还好，不曾再有什么处分，降旨下来，只申斥了一顿，着仍回朝鲜出使大臣原任。袁世凯郁郁而来，郁郁而去。

到了第二年三月，日本忽又重翻旧案，和中国交涉道，上次朝鲜乱事，清兵曾炮轰日本公使馆，派了伊藤博文和西乡从道二人，做了交涉的正副专使，到中国来交涉。清廷便派了李鸿章、吴大澂二人办理，就在天津谈判。李鸿章的北洋大臣和直隶总督的架子搭的很不错，会议场就在直隶总督行辕里。开会议时，辕门外排列了不少的军队，十分的威武。会议结果，订了一张条约，这条约只有三条条件：第一条朝鲜驻兵，两国皆应撤退；第二条朝鲜练兵，两国都不派教练官；第三条朝鲜若有乱事，两国皆不派兵平乱，如遇必要之时，两国须互相知照。这条就叫《天津条约》。从《天津条约》的表面上看来，似乎是很公平，义务权利，都没一些偏重。然而朝鲜本是中国的属国，如今属国有事，中国竟不能管理，岂非是大笑话么！自此之后，一连四五年间，中国、朝鲜、日本三国之间，倒也无什么大事发生。

且说朝鲜国王李熙，忽然想着大院君李昰应，自被提督吴长庆送往中国，留居在天津，虽没有什么不便的地方，但是自己终究是大院君李昰应亲生的儿子，生身亲父有了这一把年纪，羁留异国，心上有些不忍。二来朝鲜国体上，似乎也不十分体面。所以这事却不和闵妃商量，在进呈贡物之时，另附了一张恳切的呈表，求释放大院君李昰应回国。再备了些珍贵宝物，孝敬了西太后身边的总管太监李莲英。果然李莲英虽是太监，却很有点道理。西太后听了李莲英的话，降旨着李昰应归国。

大院君李昰应回到朝鲜，因离国日久，一时也不想活动。闵妃知道大院君李昰应释放了回来，倒又多着了一桩心事，少不得自己事事留心，免得再闹出上次这般乱子来。谁知朝鲜国王李熙，实在是个昏聩糊涂的东西，万事只知靠着中国使臣袁世凯。闵派一班人物，虽然掌着朝鲜政柄，然而也都是捧着袁世凯，借势横征暴敛，卖官鬻缺，弄得朝无数月之饷，野无隔宿之粮，一时咨嗟怨叹之声，遍地皆是。大院君李昰应看在眼里，知道这是机会来了，先设法和袁世凯接近，然后再在袁世凯之前献些殷勤。渐渐的在袁世凯面前，说国王李熙的坏话。这时袁世凯因居住在宫里，与国王李熙相处得日子久了，也知道国王李熙实是难捧上台的人物，不由见风使舵，便和大院君李昰应商量补救办法。因此开了几次秘密会议，决定大致办法：以政治不进步为名，请国王李熙自行退位，另立李竣镕为朝鲜国王，由大院君李昰应再摄朝政。专等朝中几个重要大臣，疏通明白，便要实行。不料事机不密，这废君立君的消息，却被闵妃探得。闵妃这一气非同小可，因关着袁世凯也在其内，倒不能随便发作。

有一天有几个闵氏兄弟，上朝退了出来，路上撞着了大院君李昰应。那几个人故意装做惶惧失措的样子，让大院君李昰应过去，又和旁人低声说道："大院君李昰应不日就要重摄朝鲜国政，我们敢不敬畏么！"此话一出，不上几日，传播得远近皆知。大院君李昰应出入之间，便有人在他的身后指点说话。袁世凯知道事情泄露，叫人示意大院君李昰应，把原议计划，暂时中止，不要在此时造次进行。大院君李昰应一片热辣辣的希望，登时变做泡影，觉着专靠袁世凯一人，总不济事，谋为摄政王的心思，如何肯轻易放弃。于是想从百姓身上入手，无奈百姓都不相信他。大院君李昰应正在无法可想之时，这个消息给开化党党人知道，认做是好机会来了。由金玉均偷偷的去见了几次大院君李昰应的面，二个人在密室里，不知谈些什么。过了几天，金玉均独自离了朝鲜，竟向日本而去。

说也奇怪，自从金玉均到日本去了之后，大院君李昰应似乎非常高兴。又过了几时，朝鲜忽然多了许多许多的日本兵，都是整队而来，声势汹汹。朝鲜人见了，举国上下，都惊惶不定。闵妃也觉事情有些不妙，想和袁世凯商议个对付办法。偏是袁世凯在这时候生起病来，不住在宫内，在清营中服药调理。闵妃只得自己一心提防，一连三四日，倒也无甚动静。七月二十二日这一天，朝鲜又新到了一批日本兵。这日夜间，是个黑夜，天上没有月色，半夜时候，有一小队日本兵，在黑暗里，人衔枚，马摘铃，飞一般疾走，直到宫门口。领队的军官，一声令下，兵士都从怀中摸出绳梯，丢上墙头，抓着直上，一转眼间，已开了宫门。随后又有一队日本兵，泼风般赶到，如浪涌潮翻，直向宫中而去。守门的官兵，哪里拦挡得住。日兵闯入宫中，寻着了国王李熙，不由分说，推推拥拥，竟把他囚了起来。宫外有日兵看守，谁也不许进去。那日兵里面有开化党党人混着在内，不多一时，宫里传出朝鲜国王李熙的旨来，请大院君李昰应重摄朝政。这道谕旨传出来，竟没有人敢说（声）一个"不"字。大院君李昰应也就马上入宫，却不去见国王李熙的面，只在殿上视事。一面差人到宫里去搜寻闵妃，不料闵妃早已乘混乱时，带了心腹内监，逃出宫外去了。不多几时，朝鲜国王李熙被囚，大院君李昰应重摄朝政的消息，各国驻在朝鲜的公使，都知道了。大家听了这个出于意料之外的变故，一个一个先后进宫，探视被囚的朝鲜国王李熙。可怜国王李熙，身体生得矮小，素来又少精神，这时囚在小屋中，哭得满面是泪。见了各国公使，作揖打躬，苦苦的哀求他们救他一条性命。正是：

天作孽时犹可违，自作孽是〔时〕不可活。

欲知朝鲜国王李熙的性命如何，且看下回分解。

评

日军占据了朝鲜的皇宫，非但叫士兵们把守宫门，还要在院山坡景福宫等处，埋下了地雷，以防意外。后来清兵把宫门攻开，正要杀得日军片甲不留的时候，他们就把预伏的地雷一轰，借此突围而出。不过恐怕那座景福宫，也要遭一下鱼池之殃罢。当老妖孽李昰应大兴土木，建筑这景福宫时，劳民伤财，万民抱怨，想不到仍为地雷所轰毁，将来如再修葺起来，一定又是小百姓们的晦气。

日本公使竹天进一郎，率了开化党人及使馆卫队狼狈退出宫门之时，满清提督吴长庆，本拟追上杀他一阵，偏会碰着袁世凯说了一声穷寇莫追，就种下了朝鲜亡国的遗恨。语曰：一言伤邦，其斯之谓乎。

李昰应幽禁在天津，朝鲜国王李熙又曾念起生身亲父之情，买通了清朝的太监李莲英，在慈禧太后前说了好话，竟把他发放回国。往时听人说李莲英的如何擅权，如何得宠，观此益信矣。一太监而能有此权力，实出人意料之外。

谚云：纵虎容易缚虎难。请看大院君李昰应自从恢复自由之后，他的摄政欲又旺了起来，只管了自己的权利，连国王给人侮辱囚禁也都置之脑后。我真恨西太后之轻信人言而给他自由了，才闹出这乱子啊！

第九回

便私图记名开国会　悬新禁有意拂舆情

话说各国公使见朝鲜国王李熙这般可怜，大家少不得安慰了几句，就出宫去了。国王李熙满望各国公使替他出头说话，谁知抑强扶弱，仗义执言，这种事情，在外交史上，实在少见得很。那日本公使竹天进一郎何等的人物，不等各国公使来质问，早已先向众人声明道："日本这次出兵，全是迫于公义，并无丝毫贪图权利，拓张疆土，自私自利的思想在内。"德国公使听了这个声明便有些不大满意，马上质问日本公使道："既是日本这次出兵，全是迫于公义，并无丝毫贪国权利，拓展疆土，自私自利的思想在内，那么为什么将朝鲜国王李熙囚禁在宫内？"竹天进一郎想不到会碰德国公使这个顶子，倒有些回答不出，就叫开化党党人通知大院君李昰应，速将国王李熙释放。一面勉强答复德国公使道："朝鲜国王李熙并不是日兵将他囚禁的。因为当时宫内很乱，怕一时分不清皂白，反而闹出大乱子来，所以特地请朝鲜国王李熙暂时避一避。日本又为郑重护卫起见，还特地派着兵士在宫外守卫呢。"德国公使接着了这个奇妙的答复，倒觉得有些好笑，又听得朝鲜国王李熙已经释放了，便懒得多管闲事，也就按下不提了。

且说袁世凯正在清营养病，猛然闻得日本出兵，拥护大院君李昰应重摄朝政，不由大怒道："大院君李昰应这个老贼，我叫他等着机会，慢慢儿再干，谁知道他竟等不及，会串通了日本，自去干了出来。往后这个老贼，若再落在我的手里，我定不饶他了。"有人将袁世凯这几句话传给大院君李昰应听了，未免有些担心。然而从此之后，日本仗着曾出兵拥护大院君李昰应重摄政的力，渐渐儿要干涉朝鲜内政。但是终因尚有中国使臣袁世凯在着，大院君李昰应还不敢十分听从日本公使竹天进一郎的话。闵妃因这次日兵入宫，袁世凯不肯出头说话，知道自己的靠山，有些摇动，心上也着实担忧。幸得日本不知存着什么念头，一连四五年间，竟无声无息，便宜了朝鲜国王李熙，过了四五年的快活日子。

这一年是前清光绪十五年，朝鲜忽然大旱，国内闹着无米可食的大恐慌，于是下令禁止米粮出口。不料这一来，又给日本找着了寻事的机会，马上提出抗议，说日本商人在朝鲜境内营米粮生意的，因这禁米粮出口之令，损失不少，都要朝鲜赔偿。朝鲜吃怕日本的亏，国王李熙如何敢不依。大院君李昰应益发说不出话，连忙将禁米粮出口的令取消，又将禁米粮出口的官员改革，再三和日本商议，商量赔偿的数目。一连议了几年，竟议决不下，直议到光绪十九年，方才议定，由朝鲜赔偿日本禁米粮出口所受的损失十一万元，日本方才罢手。朝鲜人又吃了这一次亏，当时就恼了一个朝鲜义士，这人姓洪名钟宇，见开化党党人这般的替日本为虎作伥，便立志要刺杀一个开化党党中的重要人物，也叫开化党知道中国党的厉害。洪钟宇存了这条心肠，便暗地里留心机会，好趁机下手。果然不多几时，洪钟宇知道开化党重要人物金玉均，有事和日本外务省接洽，因须避着他人的耳目，特地绕道上海而行。洪钟宇知道了详细，急急的赶到上海，再一打探时，恰巧金玉均正在上海等候日本外务省的信息，住在日本人开的一家东和旅馆里。洪钟宇怀了一柄毒药刀，半夜里撬开东和旅馆的大门摸进去，寻着了金玉均的房间，推开房门进去，金玉均正在梦中，洪钟宇一刀将他结束了性命，神不知鬼不觉的逃走了。次日东和旅馆才知出了血案。这个消息传到朝鲜，朝鲜国王李熙，登时将洪钟宇授了一个官职，一面又下令戮金玉均的死。上海的一般日人，却替金玉均发丧，并不知道金玉均是被洪钟宇所刺。查知洪钟宇有个故人，名叫李逸植，正居住在东京，借个事故，将李逸植捉了去，重重治罪，也算给金玉均报仇。这么一来，朝鲜百姓益发觉得日本人是万分可恶。

光绪二十年三月，朝鲜金罗道古埠县，忽然有一种党徒，自称"东学党"，对人说党里的人，都能够呼雷成阵，撒米成兵，不怕日人的大炮。堂皇的张起二面大旗，一面写的"讨日忠清"，一面写的"保国攘夷"，专门的和日本人作对。那时朝鲜人都把日本人恨入骨髓，竟然一呼百应，东学党的声势，便十分浩大。朝鲜国王李熙派招讨使洪启勋，带兵进剿，在日山地方，和东学党开战。谁知招讨使洪启勋竟打了一个大败仗，带去的几千兵士，几乎全军覆没。败报到京，朝鲜国王李熙急得了不得，只得请中国使臣袁世凯进宫商量。这时袁世凯因大院君李昰应重摄朝政，不便再住在宫中，仍搬回清兵大营。起初袁世凯不肯答应出主意，国王李熙再三哀恳，袁世凯方才勉强答应，向清廷告急请兵。袁世凯告急的折子去后，清廷便派了扬威、操江、平远三只兵船，又派提督叶志超、总兵聂士成，领了大军，星夜赶到朝鲜。一面照着《天津条约》，行文知照日本。不料日本接了中国的通知，竟不认朝鲜为中国的属国，亦立时派了七只兵船，抢在中国前面，先开到仁川。兵船一到仁川，马上由特派来的公使大岛圭介，领着五百陆战队，二门大炮，急急的赶到朝鲜京城。袁世凯见这般情形，便据《天津条约》，向特派日本公使大岛圭介力争。大岛圭介却不来答复。日本兵反而源源的越来越多，不到几日，朝鲜京城中，到处都有日本兵踪迹。这时提督叶志超、总兵聂士成，带着兵到了，袁世凯忙请叶提督、聂总兵严戒兵士，不许轻易开火，免得日本说衅由中国自开。日本兵见中国兵只是紧守大营，于是便去占据要塞。后来索性梭巡朝鲜京城的街道，守住城门，在城楼上架起大炮，大有立刻开炮的光景。甚至朝鲜人走在路上，撞着日兵，都须被日兵一一检查过后，方许放行。

朝鲜举国上下，本来见着这许多日兵，已是惶惑不定，如今又见日兵这般举动，更加起了恐慌。朝鲜国王李熙益发急得寝食不安，闵妃见了这般光景，心知非仍去请教袁世凯不可，叫国王李熙用条苦肉计，把袁世凯请进宫来。国王李熙哭着向袁世凯求计，闵妃在旁边也说了许多好话。袁世凯见了，心上便有些不忍，索性慨然道："朝鲜是中国的属国，朝鲜有乱，中国理应派兵援助，这次日本明明是师出无名。倘朝鲜自能据理力争，这交涉就不难办理呢。"国王李熙依了袁世凯的主意，马上行文诘问日本特派专使大岛圭介。那知大岛圭介甚是刁钻，接着了这个诘问，却不说日本出兵的理由，单把朝鲜来文中"属国"两字抓住了，反诘问朝鲜道："现在朝鲜的地位，究竟是中国的属国呢，还是独立之国呢？"朝鲜国王李熙接着了这个反诘问，倒有些摸不着头脑。想想袁世凯的言语，对于属国和独立国这一层，不曾出过主意。还想再去问袁世凯，实在怕见他的面。不知如何，见了袁世凯，终觉得凛凛的有些心上不安。勉强挨过了三天，想寻句回答的话，尚没有想出来。那日本特派专使大岛圭介，早已等得有些不耐烦，便行文来催促答复。朝鲜国王李熙没奈何，就糊里糊涂答复道："朝鲜是独立之国。"大岛圭介接着这个答复回文，见朝鲜自认是独立之国，这正是求之不得的，立时又行文来道："朝鲜既是独立之国，现在必须改革政治，日本为顾念日韩两国邦交，提出政纲五条，请朝鲜立即实行。"朝鲜国王李熙接了这个行文，才知"朝鲜是独立之国"这句话，又闯下大祸。欲想和日本挺硬，却苦这次中国来的军队，大营偏偏扎在汉江对面，中间隔着一条汉江，似乎并不肯毅然前进的意思。日本兵倒都在城内，只要说声不依，便马上就可动手开火，反吃他的眼前亏。若是依了日本，朝鲜到底是中国的属国，中国见怪起来，如何是好。国王李熙急了几天，倒会在急中急出一个智来，特地派人将日本特派专使大岛圭介请到宫中，对大岛圭介说道："贵公使所提出的条件，自可从长计议。但是用兵威逼，一来与朝鲜国体有关，二来朝鲜人民也有些疑惑。贵使若能推诚相见，请先行撤兵，再行开议。"国王李熙以为这几句话，既不得罪日本，又不妨碍中国，确是延宕的妙策，也是外交手腕的一种，必定有八九分可以济事。那大岛圭介是何等样人物，怎肯依朝鲜国王李熙的话，先行撤兵，然后开议？大岛圭介的回答，更是奇妙，他道："日本并不曾用兵威逼朝鲜，因恐中国用武力来干涉朝鲜的自由。"说了这几句奇妙的话，便不多说，径自走了。回去之后，却又行文来催逼道："朝鲜既为独立之国，所有以前与中国订立的条约，有不合于独立性质的，应立即废除。"朝鲜国王李熙接着这封来文，觉得格外万分为难，不知怎样回答，才能两面顾全，自然更是踌躇不下。大岛圭介料知这事非再进一步，表示威风出来，决不会成功的。当下叫带来的几个随员，设法买通了宫里的内监，乘着一个冷不防，竟带兵直入宫内，把那座景福宫团团围住，逼着朝鲜国王李熙立时答应。

清营袁世凯接着日兵入宫的信，知道大事〔势〕已去，忙领着在朝鲜京城内的军队，连夜便行，退过汉江，和大营并在一处。一面急急的飞奏入朝，请旨定交。朝鲜国王李熙经这一逼，也不由他不答应。大岛圭介只等朝鲜国王李熙答应了日本所提条件，便照着预定计划，一件一件的做起来。名义上仍把李熙做朝鲜国王，叫他权当傀儡，大岛圭介主持。把惯叫做滑头的大院君李昰应，依然尊他摄政王。第一步先借着朝鲜国王李熙名义，降下一道旨，将在朝鲜的中国人，大加驱逐。第二步又用朝鲜国王李熙名义，通告各国驻在朝鲜的公使，说朝鲜立志维新，决意改革政治。一面又提出许多条件，逼着朝鲜国王李熙一一承认。这时除了开化党之外，又有一班号称急进党的，趁着机会，都来假献殷勤，向大岛圭介上条陈。大岛圭介也乐得做着〔这〕顺水人情，拣着可用的条陈，都采用了。这班急进党人便觉十二分的高兴。大岛圭介将从前朝鲜的政治成规，一例改革，全行废止，一切尽照日本政治成规，另行换一个新局面，居然立国会，改官制，分设八大部。那八大部是内务部，外务部，军务部，法务部，农务部，工务部，商务部，学务部。又设立议政府，统辖一切，所有从前在朝的闵派官员，不论官职大小，尽行淘汰，叫开化党党人金玉均之弟金宏集，做了总理大臣。其余八大部官长，和一切重要职官，尽是开化党人。次要的职官，才轮及急进党党人。在朝鲜的日本人，凡有人向大岛圭介处说项一声，就立刻聘任顾问。朝鲜京城一处，单是日本人任顾问的，多至二百余人。

在形式上看来，朝鲜真有些像锐意维新，改革政治，其实内幕里还是和从前一样。议政府虽已设立，那八大部的官长，都是少年后进，起初倒也每日开会，议得十分热闹，过了几日，大家觉着每日开会，未免议得有些讨厌，便改为隔几日开一次，议到后来，因为议无可议，开会时大家聚拢来，闲谈一阵，便算议过事了，宣告散会。有几个开化党党人，实在有些闲得慌了，将日本维新时宪法，枝枝节节的抄了下来，在开会时提出来，议了一阵，就算是宪法议定了。又学着学校里速成科办法，把日本维新时印成的政治老文章，抄袭下来，不管事实可以做到，不能够做到，只管在会议上提出来，也只管议决通过。于是今日下一号令，明天布一章制，也不管前后自相矛盾，只由着性子乱干，弄得朝鲜百姓，啧啧的都有些烦言。金宏集知道了，便说维新本不是平常的容易事，这班庸人，哪里知道党中道理，尽可不必去理睬他们。有几个负气的，索性主张进行变本加厉，立即发布号令道："朝廷力行新政，一切风俗习惯，概应从事改良，所有长管烟袋，宽阔衣服，及头顶盘髻等，俱〔俱〕为不文明习惯，应予限一月，一体禁革，倘有不遵即以违反论令论罪。"这个布告张贴出去后，朝鲜人民，更是对着头痛起来，恰巧这时中国的大军也来了。正是：

充耳竟甘今古骂，横胸漫喜甲兵坚。

欲知中国军队到后，是否和日本开战，且看下回分解。

评

朝鲜国王李熙被囚之后，满望各国公使来者替他说几句公道话，谁知抑强扶弱，仗义执言的死冤家，谁也不肯做。我们瞧到这里，禁不住兴起了兔死狐悲，物伤其类的感慨。请看近来人亟亟谋我东北各省，我国除抱定了不抵抗及镇静主义，丧失我国土，不计也，侮辱我人民，不计也，抢掠我金钱，不计也。一切的一切，均任他为所欲为，我政府执政诸公之唯一愿望，就是乞怜于国际联盟会，哪里又想得到国联的组织，却是变相的列国瓜分弱小民族的总机关。所以任你怎样的去乞怜哀求，他们总是用狰狞可怕的假面具来对付你，所以得着的结果，丧失的国土，仍不能收复，受辱的人民，仍不能雪耻，掠去的金钱，仍在他们囊橐之中，而且还有鲸吞我们全国的野心。请想这种情形，和朝鲜国王李熙，因被禁而乞怜于驻朝鲜各国公使说句公道话，有何分别？

大院君李昰应重摄朝政，日本因仗着出兵拥护他的缘故，所以渐渐儿地要干涉朝鲜内政。平心而论，这倒也不能只怪日本的野心勃勃，应怪老妖孽李昰应的私通外国，引狼入室，引鬼上门的不该。

朝鲜因国内大旱，所以下令禁止米粮出口，不料日人又会借此等事，提出抗议，硬要赔偿损失，交涉了数年，毕竟赔了十一万元，方才罢手。可见日人之坚持手段，非常厉害，势必达到了胜利的目的，才肯死心。反观我国外交家之外交手段，对之真要坏死咧。

金玉均给洪钟宇刺死了，却把洪钟宇的友人李逸植来抵命，这种报仇的法子，可说是生面别开，也可以说是岂有此理，李逸植真死得连口眼都不闭吧。一笑。

日人三翻四复派了专使到朝鲜，要朝鲜改革政治，力行维新，又要他成为独立国，先脱离了中国的属国范围，方能提出条件，慢慢地用手段来灭亡他。可怜朝鲜国王李熙识不透日人的诡谋，竟中了这奸计，宣称独立。结果非但不能独立，且做了日本的属国，这恐怕李熙在睡梦中都没想到吧！

第十回

袁世凯督师驻平壤　李昰应遣使递密书

　　话说朝鲜京城自从被日兵占据之后，朝鲜国王李熙的行动，已不得自由，满朝的官员，黜革的黜革，驱逐的驱逐，一切由日本特派专使大岛圭介作主。换了一班青年学生，都是开化党党人及急进党党人，立时将管制法规，尽皆更改，又任用日本人做顾问官。实际上的一切权势，自然由日本顾问官操着。这般日本顾问官，比较旧时朝鲜的官僚，却高明了许多，所发布的条文，看来虽是不违反文明通例，只是过于急躁，几乎要把日本维新三十年的政治成绩，想在一二月中，便见效果。

　　当时日本还不知各国对于朝鲜是怎样的主见，万事尚须顾自己门面，所以专用遮人耳目的手腕，仍将朝鲜国王李熙和大院君李昰应二人，来做傀儡。别国不知内幕细情，只道日本果然是厚爱朝鲜，用了本国辛辛苦苦训练的兵队，耗费了本国许多许多从艰难中筹划得来的钱财，却用在帮助朝鲜，整理万难有效的政治，真不愧是善与人同的大国哩。偏偏朝鲜百姓，最是谨愿，最能忍受苦辱，平日受贪官污吏的敲剥，尚且不则〔发〕一声，此番日本借着改革政治为名，强行压制，又有许多许多日兵在朝鲜京城驻扎着，哪里还有人敢挺身出来，领头反对？因此内幕情形，别国一些都不知道。驻在朝鲜各国的公使，虽冷眼看得清楚明白，却因有中国在着，何苦出头多管闲事，乐得装作痴聋，并不来理会。那时日本人在朝鲜的权势，便一天大一天起来。这个大岛圭介，更是人人见了他惧怕。大院君李昰应虽说是日本人扶起来，重叫他做摄政王，只是一些官权都没有，没有一件事能够由他作主，比较从前做摄政王时，状况自是大不相同。那大院君李昰应，又是人老心不老的人物，生平最喜欢揽权势，性子又是反复无常的。这时见自己竭力替日本人帮忙，日本人却不给他一些实在好处，于是大院君李昰应的心，夜长梦多，渐渐的有些活动了。想着不如再在中国方面弄些手段。暗暗地差人打听袁世凯的消息，看有什么动静，好乘机而行。

　　且说袁世凯自带兵渡过汉江，和大营并在一处，一面急行飞章入奏，一面与提督叶志超、总兵聂士成，准备军马，只等朝旨到来。果然清廷接了袁世凯这个奏章，觉得日本实在太欺中国，许多朝臣，都主张与日本开一次战。朝旨决如所议，派袁世凯做钦差督师大臣，除了已在朝鲜的提督叶志超、总兵聂士成之外，又派左宝贵、丰伸阿、卫汝贵、马玉昆一共满汉四员大将，领了一万大队，再赶到朝鲜来，在平壤驻下，高高竖起三军司令的大旗。提督叶志超、总兵聂士成保着袁世凯做了中军；左宝贵、丰伸阿二人领着军马，做了左翼，镇守在平壤城北；卫汝贵领军做了右翼，在平壤城南镇守；马玉昆领军做了后卫，守住平壤城东及大同江岸一带，一时确乎声势赫赫。和日本相较，只有四五百名陆战队，真相去和天壤了。大院君李昰应探得仔细，想到底还是中国，大军云集，日本这次和中国开战，决不会战胜的。俗语说得好：识时务者为俊杰，大丈夫能屈能伸。我虽然从前吃过中国的亏，在天津受些委屈，然而事到如今，也顾不得了。倘再不向袁世凯那里做些手脚，中国战胜了日本，我的摄政王地位，就怕立刻摇动哩。大院君李昰应越想越怕，赶紧写了一封赔罪的信，差了一个心腹的人，改了打扮，吩咐他混出城去，往平壤清军大营，递给袁世凯。这封信内说的是日本如何作难，朝鲜国王李熙如何受逼，没奈何只好承认日本特派专使大岛圭介所提出的条件，也是朝鲜国君臣一时措手不及所致，不得已权与日本虚与周旋，决不敢忘中国天朝盛德。但愿大兵连发雷霆，扫荡丑夷。那时朝鲜君臣，自当于内中接应，总可事半功倍。兹恐怕道路传开，或有不实，特达寸简，表白私衷。

谁知这封信送去后，一连过了几天，不见袁世凯有复书送来，连那送信之人，也不见回转。大院君李昰应怀了一肚皮鬼胎，心上忐忑不定，又闻得中国和日本已经开战。稍为开了二仗，都是中国占了上风，日本吃了败仗，大院君李昰应越发捉摸不透袁世凯对他是怎样态度。又过了几日，闻得日本援兵来了，共分四大队，一路由陆路大道前来，一路由黄州渡江而来，一路由江东县出发，一路由日本渡海。四路日本军队，约定十六日会齐，合力攻打平壤。大院君李昰应闻知日本援军将到的消息，不觉心思陡的又转变了，巴望中国战胜日本的念头，便冷了大半截。又过了几日，知道中国的援军，也出发了三大支人马，一路是四川提督宋庆，一路是提督刘盛休，一路是将军依克塘阿。三路人马，也有一万多人，二员汉人大将，一员满洲大将，都是久经战阵，勇字号里的人物，现在正在路上，泼风一般赶来。只要清军平壤大营，再能支持三五日，这援军便可赶到。那时不怕日本兵多，腹背受敌，岂有不败之理？于是大院君李昰应伸长头颈，天天盼望开战的信息。谁知一连过了十日，开战信息，一无所闻。中国军队和日本军队，竟各自按兵不动。差去清营送信的人，仍旧不见回来。好在大院君李昰应原是寒微出身，外面的街道，中下社会的情形，向来是很熟悉的。这次扮了一个做小买卖的人模样，在路上行走，不认识他的人，哪里知道他就是摄政王，大院君李昰应呢！

这时朝鲜京城之中，撞来撞去都是日本人，哪里探得出什么消息？大院君李昰应信步而行，心中未免有些快快不乐。走到一处，只见一大队日兵吆喝而来，大院君李昰应赶紧躲过了，不料已经给一个人瞧见，这人就是日本特派专使大岛圭介。大岛圭介领着军队，亲自巡街，想不到竟会碰见大院君李昰应。当下大岛圭介也不去喊住大院君李昰应，自管自领着军队过去。大院君李昰应低倒头走，却不会瞧见大岛圭介。见日本军队过去了，生怕第二次再撞着，不敢再在大街行走，抄着小路而回。大院君李昰应一面走，肚内寻思道，看光景，也探不出什么消息来，不如回宫去，慢慢再作道理。想着一路寻路回来，仍从后门而入，刚走过回廊，却听得二个宫监在屋内说话。大院君李昰应不由的立住脚，在窗下潜听他们说话。只听得一个宫监说道："日本打了一个大胜仗，清军几乎全军覆没，你可晓得么？"那一个宫监答道："日本打胜仗的消息，我早已知道，只是我不敢说话，怕给大院君身边的人听得，传给大院君知道那就该死了。"这一个宫监道："这就奇怪了，大院君是日本人扶起来的，难道听见日本打胜仗，他心上还不喜欢么？"那一个宫监道："这事真有些奇怪，有人告诉我，前几天日本特派专使大岛圭介拿住了一个奸细，是被城外日军查获的，据说是清军大营里过来的奸细。"这一个宫监道："是清军大营里过来的奸细，那又有什么关系呢？"那一个宫监道："这奸细虽说是清军大营里过来的，却在他身上搜出一封信来，你猜一猜，这信是何人写的。"这一个宫监道："我猜一定是袁世凯给我们国王的。"那一个宫监摇摇头道："不是，却是大院君写给袁世凯的，这人就是大院君的一个心腹。"

大院君李昰应听到这里，宛如一盆冷水，浃背浇下，知道事情已经坏了，也不愿再听下去，便闷沉沉的走了进去，把衣服换过。正要想差人再去探听前番送信的人的下落，一个宫监进来禀道："日本特派专使大岛圭介来了。"大院君李昰应听了，打了一个寒噤，还不曾说个"请"字，只听得外面革履之声，那日本特派专使大岛圭介，竟自闯将进来。大院君李昰应，怀着鬼胎起身相迎。偷眼看大岛圭介的脸色，觉着冷森森的，非常严厉。大院君李昰应一面和大岛圭介分宾主坐定，寒暄了几句话，一面心上惊疑不定，正不知自己是凶是吉。大岛圭介忽地厉声道："近来外面的谣言，实在太厉害，清营里袁世凯的诡计，也着实很多。摄政王，你请看，袁世凯的诡计，厉害不厉害呢？"一面说，一面在衣袋中摸出一封信，递给大院君李昰应。大院君李昰应听了大岛圭介这几句话，心上已经忐忑不宁，便战战兢兢的将这信接过来，打开看时，正是自己写给袁世凯的一封信。大院君李昰应脸上一阵红，一阵白，忽又一阵热，一阵冷，心上说不出的苦，宛如小鹿在心内乱撞，却又万万不能直认。迟疑了半晌，方忸怩答道："这话从哪里说起，真是大笑话。"大岛圭介道："这信自然是别人捏造的。"大院君李昰应道："我哪里写过这封信！定是清营里的袁世凯，故意捏造了来害我。"大岛圭介朝大院君李昰应望了一望，似笑非笑，似怒非怒，现出了一种神气，慢慢的说道："想来定是清营里袁世凯陷害摄政王的诡计。那个送书的人，本使早已按军法处置，刚才已把他杀了，摄政王你也可放心了。只是这信已经宣布，闹得通国上下皆知，信内又是摄政王你自己署名，应该怎样办法呢？"大院君李昰应嗫嚅道："照贵使的意思，昰应该怎样办法呢？"大岛圭介道："这个本使不能说，须得摄政王你自己斟酌，应该怎样办，就怎样的去办。"大院君李昰应吞吞吐吐道："贵使大概是要我自己表明心迹，又不肯说出办法来，敢是因我现在所处的地位，不合宜么？"大岛圭介笑了一笑道："这话不是本使应该说的，摄政王你自己去仔细思量。"大岛圭介说完了这话，脸上突然又转变了颜色。大院君李昰应偷眼看时，只见大岛圭介的脸色非常严厉，坐在那里，宛如活阎王相仿佛。大院君李昰应不觉倒抽了一口冷气，想着大岛圭介已经意在言之外了，但是自己倒不好当面再说什么，于是二人都没有说话。彼此闷了一盏茶时，大岛圭介便告辞去了。临行还说："摄政王早些自己斟酌，给本使一个信。"大院君李昰应送出来道："我理会得了。"过了三天，大院君李昰应果然借个小故，自行宣告请退政权，并立时搬出宫来，仍住到孔德里自己的府里去，而且闭门谢客，虽是故旧亲友，都一概回绝不见。大岛圭介见了，也不好再说别的话。

这时中国和日本，已经接连开战了几次，中国竟占不到便宜，清廷便下令停战。一面另行和日本开战，朝鲜的事，反搁在一边了。于是日本人在朝鲜的势焰，越增越高，一日一日的扩张起来。日本国中一班穷汉都忙不迭的到朝鲜来，想在朝鲜寻些头路和机会，好吃这块新鲜的天鹅肉。

单说朝鲜京城南门外大街上，有一所停车场。在这停车场左近，是一处三角形的街市，素来街市上甚为热闹。有一天午间，这街市上还在上市时候，忽然路边一家店铺中一片哭声，闹得鼎沸异常，接着又有顿足声，吵嚷声，扑刺扑刺的皮鞭打人声，喧拢得闹成一片。过路的人听了，不知店铺里为了何事，都争着拥进去观看。只见那开店的老人倒在地上，满地尽是血，一个日本人满面恶气，一脸怒容，着实狰狞可怕，执着一条皮鞭，兀自不住手雨点般向那开店的老人身上抽打。店铺中的杂物，摔满了一地。这日本人一面嘴里还操着日本话骂人。大家见了这副情状，都有些心上不安，抢着过来解劝。好不容易才将这日本人劝住了手，看那开店的老人，早已打得浑身是伤，只存一口如游丝不绝的气了。好不容易将这日本人劝走了，才将那开店的老人扶了起来。那老人慢慢的回过一口气来哭道："天下那有这种道理，他拿了我的货物，不给钱，还说是我不肯给他，索性遇物即摔，拿出皮鞭便打。难道现在世界上，竟没有道理可讲么？"众人见那老人实在可怜，便安慰了几句，又说现在日本人是不好惹的，还是忍耐些，说着大家渐渐散去。这件事一传十，十传百，百传千，千传万，传得通国皆知，各国驻在朝鲜的公使，也都知道了，都说日本人太野蛮。过了几时，日本明治天皇也会知道了，登时一道御旨，叫大岛圭介即日回国。正是：

不须窥豹见全身，识破昭心有路人。

欲知大岛圭介何事回国，且看下集分解。

评

大院君李昰应就坏在反复无常之上，见日人胜利了，就想依附日人，见中国胜利了又想依附中国。心思的活动，可说无出其右。我真恨他的运气好，偏会碰着西太后忽发慈悲之心，把他放了回国，否则一直幽禁在天津，恐怕朝鲜之亡，还不会这样之速咧。

清廷派袁世凯做了钦差督师大臣，又加着提督叶志超、总兵聂士成，还有左宝贵、丰伸阿、卫汝贵、马玉昆等一共七员汉满大将，竖起了三军司命的大旗，领了一万大队人马，分做了几路进兵，浩浩荡荡，声势赫赫，想不到竟和日本的四五百名海军陆战队相拼，看起来未免有些小题大做。后来日本的援兵一到，大家总以为要开火了，又哪里想得到会按兵不动呢？何怪大院君李昰应的心思要忐忑不宁，不知道要投到那一面去才好咧。

日本特派专使大岛圭介带了兵士，巡查街道，眼见大院君李昰应扮着平民模样，他却不去招呼他，这是大岛圭介的鬼精灵处。

大院君李昰应派遣到清营袁世凯那里去递密书的心腹，给大岛圭介捕去当奸细杀了，却用暗写法，有二个官监互相问，答中补叙，这也是小说中的另外一种笔法。

大岛圭介来见大院君李昰应，假说外面谣言很盛，袁世凯用诡计故意捏造了密书，来诬害大院君，现在把那奸细杀了，想大院君也可放心了。这几句冷嘲热哄的言语，恐怕比用了利刃刺他的心还要厉害。著者虽不怕繁琐地叙来，却已把大岛圭介的阴险神气，已活跃于纸上矣。

本回末段夹叙朝鲜京城南门外大街上一个店铺中的哭声。骤视之虽无关亡国大事，然细味而细读之，却是著者要极力描写日人之蛮横，如："那老人倒在地上，满地是血，一个日人，狰狞可怕的执着一条皮鞭，兀自不住雨点般向那老人身上抽打。……"我们看到这里，不平之气，油然而生，恨不能跳到纸上，把那日人剐了，方出我们胸中的不平咧。

第十一回

井上馨辣手办外交　　朝鲜王腼颜称新帝

话说大岛圭介自从威逼朝鲜国王李熙，承认了日本所提出的条件，又战胜了中国大兵，日本明治天皇论功行赏，将原任朝鲜公使竹天进一郎调回国去，大岛圭介由特派专使坐升了朝鲜公使。虽然这时的大岛圭介确实威权很盛，究竟乱事初平，朝鲜的开化党和急进党，倾轧的十分厉害，在朝鲜商场中的日本人，又是骄横恶劣，暗无天日，弄得朝鲜人怨声载道，各国驻在朝鲜的公使，也都有些愤愤不平。渐渐的有些风声吹到日本外务省大臣耳朵里，明治天皇也知道了，觉着大岛圭介既是不利于众口，不如调了回来，另换别人前去。不过继任的人物，一时很难选择，选了好久才选着了一个可以继任大岛圭介的人，这人便是井上馨。井上馨在订《江华湾条约》时候，曾做过一次全权副大臣，朝鲜事务，也算是个熟手的人，所以井上馨可以继任大岛圭介。明治天皇马上降旨，将大岛圭介调回本国，派井上馨接任朝鲜公使。井上馨到了朝鲜，大岛圭介交代清楚，自回国去了。

井上馨接任朝鲜公使之初，便碰见一桩辣手事情。那时各国驻在朝鲜的公使，因日本人在朝鲜商场中，垄断商市，自己国里的商人，都受了影响，一些得不着好处，各国公使大家商议一阵，先后都提出抗议。恰巧井上馨任朝鲜公使，正撞在风头上，接了各国公使的抗议，知是犯了众怒，事情十分难办。亏得井上馨是（有）能干的。一面立刻去拜访各国公使，用好言安慰了他们一番，先将各国公使都稳住了，然后再用公使名义，发出布告，谕诫在朝鲜的日本人，此后一律须安分守己，不得再行惹出是非来，尤其对各国在朝鲜的商人，大家俱是经商，务须平等相视。一面又明察暗访，果然查知许多日本商人有不是处，访得许多日兵有暴戾恣睢行为。井上馨也有些大怒，就详详细细写了报告书，递呈给日本外务省大臣。说在朝鲜的日商日兵，一切行动，真有些不免出乎情理之外，不但朝鲜的百姓，怨愤异常，因此各国公使俱有不平意思。若是真的惹出各领事干涉，很妨碍日本在朝鲜的发展计划，宜转奏明治天皇，急颁禁令，履行制止。日本外务省大臣便据以入奏明治天皇。明治天皇闻奏，很以井上馨的话为是，立刻风火雷霆般下了一道严旨，着井上馨将在朝鲜的不法日商日兵，都按法严行惩办。果然从此之后，在朝鲜的日商日兵，都畏怕着井上馨，敛迹了不少。井上馨把这辣手案件，先对付过去，然后全神专注在朝鲜政治上。

有一天井上馨带着一个通译官，到宫里去见朝鲜国王李熙。这时日本公使在朝鲜，真是锋芒锐露，国王李熙见了，便会吓得手足无措。井上馨和国王李熙相见过了，先谈了几句应酬话，才提到政治上来。井上馨沉着脸色道："大院君李昰应勾通敌国，谋危朝鲜，前任公使大岛圭介执有实据，这是罪大恶极了。"国王李熙见井上馨脸色不十分好看，提心吊胆的先应了一声道："是。"再战战兢兢的道："大院君李昰应因此已自请退政了。"井上馨鼻管里哼了一声道："这不能因他自请退政，便可含糊了事。应须再降谕旨，革除职位，万不能以亲灭义的。"国王李熙那敢分辩一句，只有连声应"是是"的份儿。井上馨又朗声道："日本天皇为顾全邦交起见，特遣本使到朝鲜来，帮助贵国改革内政。本使自到朝鲜之后，留心察看内情，现已代拟改革条件二十款，应请从速降谕施行。"井上馨一面说，一面在衣袋里，摸出一卷文件，递给国王李熙。国王李熙慌忙立起身来接着，心上宛如得了一件宝贝般欢喜，连声称谢。井上馨见国王李熙事事依从，倒不好十分过于吹求，便又说了几句话，辞了出去。

国王李熙无端受了这一肚皮气又没处去发泄，便独自一人在内殿上，走来走去，长吁短叹。有两个小太监十分好事，见国王李熙这般情形，便悄悄的走到后宫，一五一十报知闵妃，却不会说日本公使井上馨进宫。闵妃听了，想着前几天有人进了一个女子与国王，国王甚是宠幸，封了嬉嫔，怎地忽然忧闷起来？敢是这嬉嫔在国王面前，有了什么言语，这倒不能不防一下。马上添香敷粉，整髻饰发，对镜仔细打扮好了，扶了二个宫女，巡转到内殿来。国王李熙正在烦闷，冷不防闵妃从殿后转出，心上吃了一惊，忙把脸色变过来了。闵妃参见已毕，国王李熙便道："妃子请坐，这时恰巧闲暇，可谈谈消遣。"闵妃坐了下来，说了些不相干的话，心中暗想道，看国王的脸色，似乎有些遮遮掩掩，不能唐突动问嬉嫔这一层，不如在别方面探一探口气，便可明白了。谈了一回，闲闲的问国王李熙道："妾妃有二个侄儿和二个表兄弟，闲居无事，有朝没晚的常来缠人。倘然朝里有一官半职，能够把他们安顿一下，这都是主上的洪恩呢。"国王李熙笑道："那算得什么大事，朝里换几个官员，下一道谕旨就可以了，妃子你尽管将名单送来。"闵妃见国王李熙这般说，知道并没改变旧情，心上暗自欢喜。又坐着谈笑了一会，方辞回后宫。过了三天，果然谕旨下来，内务部，法务部，农务部，商务部四部的协办官，同时奉旨罢官，接着又是一道谕旨，升补四个新协办官，都是和闵妃有密切关系的人物。朝中诸人，知道闵妃的利害，谁敢说句话。

不料这事给日本朝鲜公使井上馨知道了。正因朝鲜国王李熙不曾把他所拟的改革条件二十条款实行，有些不甚快活，忽然又见了这种举动，不由得勃然大怒，立刻进宫，来见国王李熙，当面质问。国王李熙做梦也不会想到，以为总是寻常误会，不料井上馨竟变了脸道："朝中新换了四部协办官，这是什么原因呢？"国王李熙见井上馨来势汹汹，自己犯有心病，便红着脸支吾道："这都是总理大臣金宏集奏请的，少停问他，就可明白原由了。"井上馨哼了一声，似笑非笑的道："原来贵国用人行政的大权，既〔竟〕然都是凭总理大臣一人作主，本使这次奉着天皇之命前来，却是白走一次了。上回代拟的改革条陈，更是枉费心思，就请立刻掷还。本使明日起程返国，向天皇复命哩。"井上馨说完了这几句话，立起身来便要走。国王李熙见了，吓出一身冷汗，知道他是认真了，不是空言所能搪塞下去，又恐井上馨真的去了，事情越发闹僵。只得顾不得什么体统，起身拦阻道："贵公使且请息怒，有话尽管慢慢儿商量。"井上馨装着勉强模样，重又坐了下来。国王李熙陪着笑脸道："贵公使若有高见，只管请从实指教，朕自当乐于听从的。"井上馨大声道："这一次更换四部的协办官，外面人都说是闵妃主意，殿下反说是总理大臣奏请，可见贵国对于本公使，绝无一点诚意呢。"国王李熙听了，忸怩一会，硬着头皮说道："千不是，万不是，都是朕事前没有通知贵公使，才弄出误会来。如今须贵公使原谅一下，朕就在这里向贵公使告罪。"说着立起身来，朝着井上馨，一揖到地。井上馨身子也不抬一抬，口中却说道："既然如此，本使也不再问过去的事了。"国王李熙见井上馨转了口风，才放了心，又怕井上馨再说别的话，抢着说道："不论外面传说是真是假，从今以后，朝内一切政事，朕不许闵妃再来干涉。"井上馨笑道："殿下肯诚信求治，本公使自然竭力相助，只是殿下几时可以实行本公使所拟的改革条件呢？"国王李熙吃井上馨当面逼住了，沉吟一会道："十二月十二日，是冬至节气，朕照例须往祭太庙，就在这日誓庙宣告，贵公使意下如何？"井上馨道："这个任凭殿下。"又说了一回话，井上馨方辞了出去。闵妃知道了这事，着实在枕边埋怨了国王李熙一顿。只因知道自己努力敌不过井上馨，没法奈何他，也权且按下。

光阴迅速，转眼已到了十二月十二日，冬至祭祖。朝鲜国王李熙，领着满朝文武官员，齐到太庙上祭。因答应了井上馨，特地作了一篇誓庙词，又附带洪范十四章。国王李熙行礼奠爵已毕，赞礼官把誓庙词取将出来，高声朗诵道：

惟开国五百三年，十二月十二日，朝鲜嗣王熙，敢昭告于皇祖列圣之灵曰：

惟朕小子，粤自冲年，嗣守我祖宗丕基，迄今三十有一载。惟敬畏于天，亦惟我祖宗时式时依，屡遭多难，不荒坠厥绪。朕小子其敢曰，克享天心，亶由我祖宗眷顾庇佑。惟皇我祖，肇造我王家，庇佑我后人，历有五百三年，逮朕之世，时运丕变，人文开畅，友邦谋忠，廷议协同，惟自主独立，乃厥巩固我国家。朕小子曷敢不奉若天时，以保我祖宗遗业，曷敢不奋发淬励，以增光我前人，烈继自今，毋他邦是恃，恢国步于隆昌，造民生之福祉，以巩固自主独立之基，每念厥道，毋泥于旧，毋狃于嬉，惠迪我祖宗宏谟，监察宇内形势，厘革内政，矫厥积弊。朕小子兹以洪范十四条，誓告我祖宗在天之灵，仰藉祖宗之遗烈，克底于绩，罔或敢违，惟明灵降鉴。

赞礼官读毕了誓庙词，又朗声读那十四条洪范道：

（一）割断附依清国虑念，确建自主独立基础。（二）制定王室典范，以昭大位继承，既宗亲分义。（三）大君王御正殿视事，政务亲询，各大臣裁决，后嫔宗戚，不容干预。（四）王室事务，与国务政事，须即分离，毋相混合。（五）议政府及各衙门职务权限，明行制定。（六）人民出税，皆有法令规定，不得妄加名目，滥行征收。（七）租税课征，及经费支出，皆由度支衙门管辖。（八）王室费用，率先减节，以为各衙门及地方官员模范。（九）王室费用，及各官吏费用，预定一年预算，确立财政基础。（十）地方官制，亟行改定，以限制地方官吏职权。（十一）国中聪俊子弟，广行派遣，以传习外国学术技艺。（十二）教育将官，本征兵法，确定军制基础。（十三）民讼刑法，严明制定，不可滥行监禁惩罚，以保全人民生命及财产。（十四）用人不拘门第，求士遍及朝野，以广人才登庸。

这篇誓庙词文章，很是堂皇可观，那十四条洪范，也都切中当时朝鲜利弊。虽是郑重其事般告庙宣誓，可惜并不会真个依着办去。井上馨在日本是第一流政治名家，他哪里有真心思整顿朝鲜政治，最注意的是洪范第一条，割断附依清国虑念，确建自主独立基础，至于誓庙之后，是否实行洪范的条件，又哪里在井上馨心上呢？这时中日战事刚了，《马关条约》甫告定妥，朝鲜国王李熙眼见日本处处占着上风，日本又来亲近朝鲜，他竟认为朝鲜国运转变，所以才会如此呢。誓庙过后，接着满朝文武官员，由几个元老领衔，连上几次奏折，除了乔丽辉煌的大文章之外，后面却说朝鲜如今国运隆昌，政治休明，邻邦赞助，是千载一时的良机。劝国王李熙乘此时机，改为帝制。国王李熙见了这几个奏折，正暗合自己心意，自是十分高兴。退朝下来，袖着这几道奏折，到后宫来和闵妃商量。闵妃正在午睡，国王李熙进来时，跟着的二个小太监，要赶前一步，去通报驾到。国王李熙挥手叫小太监出去，二个小太监甚是知趣，便溜了出来。国王李熙走到里面，将一班妃嫔太监们，挥手示意，叫他们一齐退出，独自一人，蹑手蹑足，轻轻走到闵妃榻前，一面伸手去撩锦帷，一面心内暗想道，这幅绝妙的海棠春睡图，不知怎样的耐人观看呢。不料锦帷还没有撩起，帷内却嗤的一笑，国王李熙冷不防倒吃了一惊，只见锦帷中跳出一个云鬓半偏，花冠不整的美人来。国王李熙定睛看时，正是闵妃，不觉也笑了。闵妃向国王李熙行下礼去道："贱妾孟浪，有忤上旨，罪该万死！"国王李熙见了闵妃这种妖媚神情的色相之后，愈发令人心醉，便笑着道："妃子何罪，是朕的不是，扰醒了妃子的好梦。"说着挽了闵妃的手，在榻旁椅上叠股坐了。闵妃一眼瞧见国王李熙袖里笼着奏折，不觉脸沉了一沉，立时又转换了一副笑脸道："敢是朝中又有什么参案，不知与贱妾可有关系么？"国王李熙摇头道："不是参案，却是一桩大事，正要来和妃子商量呢。"说着取出袖笼里的奏折，递与闵妃。又说道："这折子上说得很是冠冕堂皇，妃子你仔细看了，直说赞成不赞成便了。"闵妃接过奏折，一声不响先看了一遍，才微笑道："这事须得与日本公使井上馨商量为是。"国王李熙道："妃子说得是，然而我们自己也须先行斟酌一番，才是道理。"闵妃道："既是国人的公意，又是吾王福德所感，贱妾安敢有异词呢？只是日本公使井上馨处，必须要弄得妥当些，不然怕又有枝节生出来。"国王李熙点头道："妃子高见甚是，且想得很是周到。"当下与闵妃鬼混了一阵。午后重再出殿，差了一个法部大臣，特地到日本公使馆，征求日本公使井上馨对于改称帝制的意见。

井上馨因朝鲜改称帝制，与日本的权利，并无妨碍之处，自然顺风推舟，并不难为，一口应允。国王李熙得着这个信，知大事成功，不胜欢喜。过了几日，居然谕旨下来，准元老所奏，改称帝制，王称皇帝，妃称皇后，太妃称皇太后，太上王称太上皇帝，满朝文武百官，尽皆加官晋爵，赏赐有加，倒真的有些像太平气象。闵妃居然变了皇后，掌昭阳正宫。日本公使乘着这个时机，保举一个开化党党人，这人姓朴名容汉，是前朝鲜国王的女婿，曾经出力帮助大院君李昰应复职摄政，大院君李昰应失败，朴容汉因在朝鲜站立不住，便逃往日本。这回日本公使井上馨要想利用朴容汉，特地保举出来，国王李熙见是井上馨保举的人，如何敢说个不字，更不敢有所怠慢。这时总理大臣改成首相，忙将首相金宏集另调他职，把首相位置给了朴容汉。谁知朴容汉接任首相之后，便做出了一番惊天动地的大事来。正是：

弗以人才拘一格，独凭孤愤辟群非。

欲知朴容汉做出什么事来，且看下回分解。

评

我真不知道，何以国内有了党派，就要大家倾轧起来。你想消灭我，我想消灭你，弄得不好，甚而两败俱伤。好比鹬蚌相争一般，反被渔翁容容易易得了利益而去。试观朝鲜国内的开化党和急进党的互相倾轧，而且双方暗斗得甚为厉害，结果朝鲜亡了国之后，虽想不再倾轧，不再暗斗，恐怕这时国内的大权，掌在日本人手内，由你团结了实力，消除了纠纷，哪里还能得到一些自由呢？

回观我国近来党与派的倾轧，也暗斗得异常厉害。不知他们各党派的领袖大人物，所居何种心肝？将来一日国亡家破，朝鲜的前车，就是我国目下的殷鉴。真的到了这种日子，就想懊悔，要嫌太晚了。唉，我不妨就在这里，高唤着请大人物们的党派之争，还是早除成见。因为国难已经临头，再不醒悟，国亡指日可待矣。日本人还有一桩很鬼精灵的手段，就是遮掩国际间的外人耳目。他们也知犯了众怒，是很难对付的，所以他们总在事前或事后，惯做稳住各国的遮掩手段，请看当时日本人在朝鲜的横凶霸道之后，掉换驻朝鲜公使啊，惩戒侨居朝鲜的日人啊，什么花样也做得出来，日人的卑鄙恶毒手段，真令人佩服。

国王李熙的懦弱无能，并少决断，上集书中，早已叙述得很详细了。此番日使井上馨袖了代拟的改革条件二十款来朝见，早就应该毅然拒绝才是，想不到他竟会吓得接受了之后，真会腼颜称帝，誓庙告祖，闹得不亦乐乎。欲国不亡，其可得乎？

第十二回

飞短流长首相被谤　临歧话别夫人伤心

　　且说朝鲜新任首相朴容汉，虽是开化党党人，在日本留学，受日本保护，可是朴容汉的眼光，与别个开化党党人不同，很知爱国，早瞧透世界各国能够扶助朝鲜的，不是中国，更不是日本，反是远隔重洋的美国。原来朴容汉逃往日本时候，正是光绪八年，那时朝鲜国事，一天紊乱一天，朴容汉伏处日本，一面在学校中研究科学，一面却入了美国的青年会，信奉耶教，受了洗礼。每逢礼拜日讲经说道，朴容汉风雨无阻，必定是虔诚往听。教会中美国人，久而久之，知道朴容汉是个不忘祖国的亡命客，又是道德高尚，且也热心宗教，不由得大家十分敬爱起来。有时常把美国革命史，革命政府成立的缘起，细细的和朴容汉谈论。于是朴容汉渐渐地起了倾向美国的意念。

　　这次由日本驻朝鲜公使井上馨特别保护，朴容汉容容易易的做了朝鲜首相。在井上馨以为朴容汉这番能够回国，不但祖宗坟墓保全，又是自己得了高官厚禄，照恩仇报复常情而论，想来朴容汉定与日本出力的。那知道朴容汉的意见，正是相反呢？朴容汉接任首相之后，首先注重教育，因自己受过教会中的熏陶，对于耶稣教徒，也十分优待。那时恰巧有个美国新闻记者名唤克南佐治，正游历到朝鲜。闻知朝鲜新任首相和美国人感情很好，克南佐治听了，不觉有些奇怪。便用新闻记者名义，到首相私邸，去谒见朴容汉。朴容汉见是美国新闻记者，就立刻接见。克南佐治谈了几句应酬话后，从容问道："朝鲜政治，久待整理，首相自日本帝国，膺此重寄，不知政治方针，是取何种态度？"朴容汉道："美国政治修明，名闻全世界，这是朝鲜久所欣慕。鄙人在日本之时，常常与贵国人士晤谈，深知世界各国中，能讲公理，酷爱和平，有大国民风度的，只有美国。朝鲜现时大势，非从教育入手，期望根本改革。世界上最热心教育，最能以公益道德为重的人，自然是教会中人，美国与朝鲜，虽是重洋远隔，然以邦交而论，朝鲜殊觉十分钦仰美国的。"克南佐治听了点点头道："首相的识见，确知世界大势，首相所言，也切中时弊。"当下又谈论一会，克南佐治方辞了出来。

　　朴容汉所抱的政策，在和克南佐治闲闲的几句谈话中，已流露了不少。朴容汉因是日本公使井上馨特别保举的人，一般朝鲜人，未免有些不信任，背地里给朴容汉上了一个卖国贼的徽号。渐渐"卖国贼"三字，弄得通国皆知。这风声传入朴容汉耳中，把朴容汉一番热心，一团高兴，一齐打个顿挫，觉得闷闷的没兴趣再问政事。有知道朴容汉为人的，多方劝解。经他们一劝，朴容汉转念道："我是不是卖国贼，须看我的作为如何，倘使我施行的政事，能将朝鲜从新振兴起来，我这一点报国丹心，后来自会有人知道，千秋万岁之后，总有公论的，现时的流言毁誉，我又何必介意呢。"朴容汉主意一转，果然又振起精神，照旧真心实意的努力做去。

　　谁知一波未平，一波又起，有一天一个日本顾问官忽地来见朴容汉，朴容汉不得不接见他。见面之后，寒暄方毕，日本顾问官就单刀直入的说道："现时朝鲜所聘的顾问官，各国人士皆有，未免国籍太分歧，人类太混杂，每遇到议事，意见便不能一致。因此不能收相当的效果，不如一律改聘日本人，那么议事时，不致有意见冲突。目前像定改制，整军伍，铁路邮电诸事，都急待整理，况且均须借重日本人。朝鲜皇帝的意旨，我知道是无可无不可的，首相若能自定主见，这事自然一妥百妥了。日本向来对朝鲜的政治，是诚意相助，首相久居日本，总能深信无疑的。"日本顾问官一面说，一面只管把眼睛盯在朴容汉面上。朴容汉听了冷冷的道："这事关系很大，且等议政府开会时，提出会议，慢慢儿磋商。"日本顾问官不觉焦急道："提出议政府会议，太费事，太慢了，不如请井上馨公使说一句，要爽快许多。首相受过日本的好处，怎样也和我打起官话来了呢。"朴容汉听了这话，便沉下脸色道："国家大事，总须依着规矩办的，至于私人情谊，又是另外一个问题。万不能将国家大事与私人情谊，牵混在一处，弄得公私分不清楚。"日本顾问官万不料朴容汉竟会铁面无私，便无精打采的去了。这时在朝鲜的日本人，都知朝鲜首相是日本人栽培起来的，大家都想得些好处，甚至今日有日本人来见首相，想谋一个官职，明日又有日本人来见首相，想借些借款，首相私邸和首相官邸，日本人的踪迹川流不息，于是益发引起朝鲜人民的疑虑。大家说朴容汉决不能忠于朝鲜，定是偏向日本。朴容汉和日本人的感情，虽十分冷淡，但是在表面上，却不能不顾着日本面子，虚与委蛇，一面又听了朝鲜人这般的话，心中的愤懑，自有说不出的苦了。

　　偏是那时候政局风潮，闹得异常剧烈，那风潮中主动有力人物，却是俄国驻朝鲜公使魏尔白，魏尔白是个外交界的好手，本在北京任俄国驻中国公使馆的书记官。光绪十年，才升任到俄国驻朝鲜公使。魏尔白到任之后，便处心积虑，想在朝鲜政治舞台之上，和日本见个高下。因在东方多年，平素有揣摩东方人性质，深知东方人的脾气，所以到了朝鲜，处处将小惠笼络朝鲜人。魏尔白的夫人，这时跟着魏尔白在任上。那魏夫人生得花容月貌，甚为妍丽，议论才调，更属高人一等，确是魏尔白外交上的一个好帮手。魏夫人因常入宫谒见闵妃，和闵妃非常投机。闵妃本是机警的人，又知道魏尔白在朝鲜政治舞台上，活动甚力，便竭力的与魏夫人交结。渐渐把朝中机密要事，向魏夫人征求意见。魏夫人起初不肯参加意见，禁不得闵妃二次三番的请教，魏夫人装着勉强的样儿，稍为参加一些意见，却又是落落大方，绝没一些私见偏向在内。闵妃见魏夫人如此，益发佩服，有时朝鲜的机密大事，朝中执政大臣连影子都未曾见，魏尔白却早已明白，这自然是魏夫人从闵妃那里得来的消息了。所以魏尔白在这几年中，先订了俄国和朝鲜通商的条约，又订立俄国和朝鲜的边界通商条约。再将朝鲜咸镜道中兴庆地方，开作通商口岸，并经营乌苏里江流域开拓，都是魏尔白仗着夫人的助力，才能办妥。

　　中日战事既起，朝鲜的汉城，中国的北京，当有魏尔白的踪迹。中日和议告成，俄国、德国、法国三国干涉日本，归还远东，表面是三国仗义的公论，其实暗地里是魏尔白主动，也是俄国与日本暗斗开始。于是朝鲜国上上下下，都说魏尔白是个好人。日本虽是战胜中国，朝鲜人这时视日本公使没有视俄国公使重要。魏尔白趁着朝鲜人尊重他的时机，便组织一个俱乐部，定名"贞洞俱乐部"。又和法国美国籍的朝鲜顾问官与公使，都联络了。就是朝鲜稍有盛名的人物，如李完用、李允用、尹致昊、徐光范、闵商镐，都拉来做贞洞俱乐部的会员。魏尔白将贞洞俱乐部做了活动的大本营，加着操练有法，外而朝鲜的朝堂上，魏尔白的势力，无形中渐渐增长，内而朝鲜的宫闱中，魏夫人施展手腕，一切秘密消息，格外的灵通。于是开化党的党员，便受了大影响，辞职的辞职，革职的革职，日本人的势力，回去不少。首相朴容汉，虽是日本公使井上馨特别保举的，但是因为一切行政用人，绝没有些偏近日本臭味，魏尔白倒没有推倒的决心，倒是闵妃终因朴容汉位居首相，着实碍着自己势力发展，不能不昧着良心，想推倒才行。闵妃咬咬牙齿，下了决心，便私下嘱咐一班心腹的人，在外面不知怎样的收罗了几百个日本工人，居然连名上书，说首相朴容汉，忘恩负义，不为国家治事，专行结交匪人，营谋个人私利，居心实不可问，朝鲜若不按法惩办，殊有负日本整理朝鲜政治的好意。国王李熙接了这封请求书，觉着此事问题甚大，不是随便可以处理，心里疑信参半，踌躇不定。退朝后和闵妃商量，依着国王李熙主意，是叫人拿着原书，到日本公使馆去，向井上馨磋商着办。闵妃冷笑道："这事既是日本人来告发，又要再去问日本公使，岂不是多此一举么？"国王李熙道："依妃子的主见，是怎样处置呢？"闵妃又冷笑道："日本人素来不好惹的，不要再去惹出别的麻烦来。"国王李熙沉吟了一会道："妃子，这事你替我办罢。"闵妃巴不得有这旨意，立刻答应。马上召见了一个亲信大臣，入宫授了旨意。不多一会，教令已经草成，也不给国王李熙过目，就发了出去。第二日朝鲜报纸上，便宣布首相朴容汉即日解职，调简前总理大臣金宏集回首相原任。这事因为来得甚是奇突，朝鲜大小官员，都吃了一惊。只有俄国驻朝鲜公使魏尔白，事前早已知道，却一声不响。日本驻朝鲜公使井上馨，事前虽也有些知道风声，因朴容汉自任首相以来，处处不肯替日本效力，井上馨便不出头说话。

朴容汉接着解职的谕旨，笑了一笑道："我早知道有这一天，如今还了我自由身子，也是一件好事。"就立刻办理移交，晚上回到私邸，一五一十告诉了夫人。朴容汉的夫人和国王李熙是堂姐弟，听了不觉大怒道："如今朝鲜上下大小的官员，那一个不是皇亲国戚，怎么偏是我们巴结不上，这是什么原由，我倒要进宫去问个明白。"朴容汉道："这些话不是现在所能说得清楚的，且快不要去提了，现在最要紧的，先给我收拾几件简单的行李，我明天交代完毕，马上就要出走。"朴夫人大骂道："噫，你走到什么地方去呢？"朴容汉道："去的地方，这时却说不定。近些的或许再到日本去，远些的我索性跑到美国去，总之我解职之后，万不能再在朝鲜境内，居留片刻。"朴夫人见朴容汉说话有些神色仓皇，便也猜知这事背后另有内幕。果然朴夫人当夜替朴容汉收拾好了几件简单的行李，朴容汉一夜不睡，在书室中写了许多信，兀自坐到天明，就匆匆的往首相官邸，和回任首相金宏集办理交代，足足忙了一日，方才将移交办完。朴容汉立刻回到私邸，急急的换了便衣，携了一只小皮包，向着夫人道："我如今出得门去，能够踏进日本公使馆，我什么都不怕，就是去路也千稳万妥了。昨夜收拾好的行李，我到了日本公使馆，再差人来取。"朴夫人含着泪道："这样的冒险出走，不卜在路上是凶是吉，叫我怎地放心得下呢？"朴容汉道："这个我也管不得许多，夫人你是朝鲜国王的至亲骨肉，暂时留居在此，料还不防事的，我却去了。"说着别过夫人，径自从后门出外，向日本公使馆而去。朴夫人情知挽留不得，欲想进宫理论，又不知朴容汉将来的踪迹如何，一肚皮委屈，竟是没处诉说，这里权且按下不提。单说日本明治天皇，忽然觉着井上馨在朝鲜办事不力，立时降旨，召井上馨归国，另派新任公使。这个公使到了朝鲜，便又生出无数大事来。正是：

岂有庐山留面目，尽多孽海葬儿孙。

欲知新任日本驻朝鲜的公使是谁，且看下回分解。

评

朝鲜首相朴容汉，从前亡命日本的时候，虽受过日本人的保护，可是他的眼光很远大，志气很不凡，道德很高尚，又富于爱国思想，所以后来虽由日本公使井上馨特别保举他做了首相，他非但不给日本人出力，不替日人说话，而且还极力的反对日本人。像朴容汉这种人物，总可以称得起是一个富于国家观念者了，其余的开化党人，对之真要愧死咧。还有一般朝鲜百姓，因见朴容汉和日本人有着特别关系，未免背后都有些不信任他，所以上他一个卖国贼的徽号。可笑韩人的不分青红皂白，我真要替朴容汉打抱不平了。

朴容汉后来仍旧能够抱了笑骂由他笑骂，首相我自为之的宗旨，把一片报国丹心，奋起精神，努力做去，暂时的飞短流长，都置之脑后，我真钦佩他的刚毅果敢，勇往直前，不为流言而屈服，不为毁誉而畏缩，请问韩人中能有几人？凡人立身处世，对于公私两字，第一要分得清清楚楚，方能干得成大事业，否则公私不分，或者以公济私，以私济公，互相牵混在一处，如何还能干得成好事情呢？

本回书中同时叙述着二位夫人，一位是俄国驻朝鲜公使魏尔白夫人，一位就是朝鲜首相朴容汉夫人。魏夫人擅长交际，故魏公使得他夫人的帮助不少，著者在本回书中竭力描写魏夫人如何如何，却为第十四回书中先埋下一枝伏笔。朴夫人自以为也是皇亲国戚，而偏巴结不上，愤而欲进宫质问理由，虽说这是妇人之见，倒也未始不理由充足咧。一笑。

第十三回

争政权闵妃遭惨祸　矫朝命各使起违言

　　话说朝鲜首相自金宏集复任，闵妃一党的势力，又增加了不少，开化党党人的势力，几乎完全消灭。这个消息传到日本，明治天皇疑心井上馨在朝鲜办事不力，便想易人，留心相当继任井上馨的人物，拣来拣去，却拣中了一个子爵，这子爵名叫三浦梧楼，是惯行大刀阔斧手段的人物。明治天皇一连召见三浦梧楼几次，三浦梧楼也很愿意接井上馨后任，于是明治天皇降旨调井上馨返国，三浦梧楼继任日本驻朝鲜公使。这个消息，很是秘密，朝鲜君臣们，事前一些也不会知道。等到三浦梧楼到了朝鲜，朝鲜君臣们才知道日本忽然将公使易人，大家暗暗称奇，想井上馨做得好好的，为何忽地调回国去。然而猜来猜去，也猜不出用意。井上馨临行，去向朝鲜国王李熙辞行，顺便说道："目前朝鲜朝野人物，论到聪明仁智，没有人及得到大君主的。从今以后，大君主可以自己执掌朝政，这是本公使临别赠言。"国王李熙不知井上馨话中有因，只唯唯应着。井上馨出宫之后，第二天便束装登程，径回日本。

　　那时三浦梧楼新接公使任，便有一个久在朝鲜的日本侨民，名叫冈本柳之助，乘势就大大活动起来，冈本柳之助居住朝鲜，已经有二十多年光景，人家都不知他是何种职业，不是工人，也不是商人，也不是官吏，亦不是军人，大家捉摸不定他究竟是那一流的人物。冈本柳之助平日的手面，十分阔绰，和他往来的都是达官贵人，朝鲜宫中，冈本柳之助也有本领可以混迹出入，可见他的神通手段，实在非常广大，不是个等闲人物了。冈本柳之助和大院君李昰应十分要好，大院君李昰应也十分信任冈本柳之助，在井上馨返国这几天中，冈本柳之助天天到孔德里大院君李昰应私宅，不知和大院君李昰应说什么话。日本公使馆，有个参赞，名唤杉村，这时也忽然常常到孔德里大院君李昰应私宅中走动，新任公使三浦梧楼，虽知道此事，却装作不知不问的样儿。不多几时，俄国公使魏尔白得着了一个惊人的消息，传说八月二十三日寅初时候，朝鲜京城必将发生非常大变故，魏尔白料知这事又与朝鲜政治有关，便叫夫人入宫，特地通知闵妃，好留意提防。闵妃不觉斗的吃了一大惊，登时暗中设法戒备，想着京城中有五营新兵，足足有千余人光景，是日本人代为训练的，闵妃深恐日本人利用这五营新兵，便想寻个事故，将三〔五〕营新兵解散。

也是朝鲜活该有事，无巧不巧的在八月十九这一天，有几个新兵，不知如何，竟在街上和警察冲突，新兵越聚越多，警察寡不敌众，被新兵打死了好几个。内政部大臣也弹压不下，便据实入奏，闵妃正要提新兵的事，这机会来得正好，立时授意各大臣，趁此解放新兵。兵部大臣领了密旨，登时就下紧急命令，将统领新兵的几个统领官，一齐被革官职，强迫新兵全数缴械，忙了三日，才将五营新兵如数遣散。这么一来，朝鲜京城内愈加风声紧急，到了八月二十三日这一天，人心惶惶，似乎有大祸临头的模样。等到下午，朝鲜京城内满街都是日兵，出队巡逻，一直闹到半夜里，并不见有什么动静，百姓方始稍稍的安心。谁知到了下半夜两点钟光景，离着朝鲜京城七八里一所府第中，突然拥出一队士兵，约有五六百人左右，都是全副武装，荷枪实弹，人屏气，马摘铃，飞驰疾走，向朝鲜京城而来。为首的一员将士骑着高头骏马，左右前后，跟随了十余个军佐。原来这员为首的将士，就是久经废置，年逾八十的大院君李昰应，跟随护卫的军佐，都是年轻力壮的日本少年军官。一大队人马拥着大院君李昰应，走得甚快，不一时已到朝鲜京城的南门，城上守城的日兵，都装做没有看见，不来理会。大院君李昰应见南门紧紧闭着，不由勒住马头，很有些踌躇起来，正要回头向跟随护卫的日本军官问话，只见西南角黑影里，飞一般一匹快马驰来，马上骑着一个日本军曹，直到大院君李昰应面前，便勒住马道："我们军队误会了口号，如今都在西门外散开队伍等着，时候迟了，请太上皇赶速前去。"那军曹说完了几句话，拨转马头，依然飞一般朝着原来路上黑影里驰去。大院君李昰应也登时发了个紧急号令，勒转马头，仍由大院君李昰应在前领队，一队人马，靠着城墙，兜到西门而来。这时朝鲜京城的西门，竟是城门大开，大院君李昰应领着人马，刚到西门，那四散伏着的日兵，立时聚集拢来。大院君李昰应在马上鞭梢一挥，大队人马就拥着他直进西门，守城日兵一些也不拦阻。约摸四点钟光景，已到朝鲜京城的光化门外。这时守门的朝鲜兵士，正在睡兴方浓，朦胧里被枪声惊醒，哪里能够战，光化门便被日兵攻破。守门的朝鲜兵士，走得快的，逃得性命，走得慢的，都被日兵杀了。大院君李昰应领着日兵，闯入宫来，不料忽由宫内撞出一个人来，这人是皇宫守卫队队长，姓洪名启勋。当年大院君李昰应第一次带兵入宫，这时洪启勋还是一个轿夫，在混乱中保了闵妃，逃出宫去，将闵妃领到忠清道长湖院自己家中，躲了好几日，后来中国陆路提督吴长庆领兵平定乱事，闵妃方才回宫。闵妃回宫之后，便十二分宠幸洪启勋，登时将他加官升职，做过一任招讨使，带兵剿东学党，在日前山打了一个大败仗，宰有闵妃从中帮忙，不曾有罪，反调任皇宫守卫队队长，在宫中为闵妃第一个心腹人。这夜洪启勋正在宫值班，听得大院君李昰应又（会）带兵入宫，洪启勋怒从心头起，拿了一支手枪，直撞出来，正和大院君李昰应撞个正着，洪启勋不问三七二十一，迎面朝着大院君李昰应就是一枪，也是大院君李昰应命不该绝，这一枪竟没有打中，那日兵的枪弹，却像雨点般向洪启勋身上飞来，可怜洪启勋单身一人，济得什么事，登时身中数十弹，倒地而死。

　　光化门已破，大院君李昰应指挥大队人马，直扑大化宫。宫内国王李熙和闵妃，早已吓得没处可奔，国王李熙避入坤宁宫。闵妃想学上一次法儿，赶忙换了一身宫女衣服，乘混乱里混出宫去。谁知道这时天色既明，日兵打破了大化宫宫门，大院君李昰应到此虽有些不好意思，也顾不得许多，便径入坤宁宫，来寻国王李熙。相见之后，倒是仍行父子家人相见礼，关闭了坤宁宫宫门，不知他们二人，在里面说些什么话。那班进宫的日兵，乘机在宫内搜掠，各处乱闯，遇箱便翻，逢箧便倒，闹得一班宫娥妃嫔，都是披头散发，急急奔避，满宫但闻哭声震天。日兵又在各处搜寻闵妃，却哪里寻得着，有个日本军曹，在大化宫门前，忽然瞥见个宫女，遮遮掩掩的想混出去，那军曹赶过去拔出佩刀，向宫女便刺，一连几刀，宫女血流遍体，倒地不动。那军曹斗然心上动了一动，俯下身去，在血泊里细认宫女面貌，认了一会，却认出这宫女正是闵妃改装的。那君［军］曹大喜，叫过几个日兵，吩咐守住这尸身，自己寻了一匹快马，飞一般向日本公使馆而去。不多一会功夫，仍是飞一般回来，在宫门外下马，急急的召集一小队日兵，吩咐去取茅柴火油棉花，须臾取至，那军曹又吩咐日兵将闵妃尸身，用棉花裹了，浇上火油，再将茅柴堆在上面，点了一个火，登时烧将起来，烈焰飞腾，臭气四布，直烧了二个钟头，可怜闵妃一个如花似玉的美人儿，竟自烧成灰尘，随风吹散，连一根骨儿都没有留剩。

　　大院君李昰应闻知闵妃已死，心上好不欢喜，国王李熙听得这个消息，一股伤心酸泪，禁不住放声大哭。大院君李昰应便派了一个年老的戴将军，伴着国王李熙，在偏殿内一间小室中，暂且居住。等到八点钟，那位日本新任驻朝鲜公使三浦梧楼子爵，带着一大队日兵，闯入朝鲜皇宫，与大院君李昰应会面，随即由三浦梧楼发令，宫内外各门，皆命日兵守住。这时各国驻朝鲜公使都得了信，先后也赶到了，朝鲜文武官员，大家拥在朝堂上，正不知如何是好，只见一个宣传官，从宫内出来，拿了三道教令，就在朝堂上，当众宣读道：

> 朕临御三十二年，治化未能内洽，正宫闵氏，每引亲党，蔽朕之聪明，剥人民，紊朝政，卖官鬻爵，种种贪虐，地方盗贼，因之四起，宗社濒危，朕甚恶焉。惟因朕之不明，知之而不爵，虽然，亦顾忌其党誉，前曾思所以遏抑之。去年二月，告于宗庙，后嫔宗戚，不许干涉国政，誓告后，深冀闵氏之悔悟，讵闵氏旧恶不悛，仍密引群小辈，离朕之同姓，阻止国务大臣之进见，今又矫旨解散军队，激起事变，离朕以避其身，复蹈壬午之故辙。是于正宫之爵德不称，其罪恶贯盈，不得已效朕家故事，将闵氏废为庶人。

宣传官读完第一道教令，朝鲜满朝文武大小官员，大家都有些摸不着头脑，又见朝内尽是日本人势力，更是做声不得，那宣传官取出第二道教令，又当众宣读道：

> 朕念王世子之诚孝，废妃闵氏，特赐嫔号。

宣传官读完第二道教令，取出第三道教令，一般的当众宣读道：

> 今后，凡百政令，皆先由内阁大臣议定，请朕裁可，然后施行，所有内阁臣僚，当依宫内府所定之官制，各自恪守，不得越违。

这道教令却是告诫百官的，宣传官读完三道教令，仍自回进宫去，各官知道这问题闹得大了，不是一时可能解决的，便也各自散朝，朝鲜京城内也登时闹得乌烟瘴气，街谈巷议，说的都是谈论宫中乱事。

　　有一位度支部大臣，姓沈名相熏，这日退朝回来，实在受不住这一肚皮气，便草了一篇辞职文，叫人去贴在度支部衙门口，自己便更换了寻常百姓衣服，悄悄的走得不知去向了。京城内满街尽是贴满了大院君李昰应的榜示及独立议所的告示，京城警察所奉了朝旨，派警察四面捉拿党人，几个这时有名的党人，首先撞在风头上遭殃的，是沈万里和李启康二人，捉到警察厅中，严刑拷打，接着又捉了李道澈、林最深、安网寿、李戴纯四人，再捉了沈怀玉、侯天忠、林善祥、柯如乔四人，闹得满城风雨，几乎家家查抄，户户搜索，不知冤枉了多少安分守己的良民。英俄美德法诸国驻在朝鲜的访员，见了这般情形，均拍发急电，向本国报馆报告，于是英国兵船就驶入济物浦，俄国海军兵士和美国陆军将校，都在仁川登陆，陆续的向朝鲜京城而来，越发闹得像马上就有大战一般了。

　　单说这日各国驻在朝鲜的公使，在朝堂上见了这般情形，国王李熙只住在偏殿一间小室里，除了戴老将军相伴之外，只有太子跟着，各公使见了，都觉得有些凄惨，问问闵妃的下落，又问不出来，国王李熙又碍着戴老将军在旁，如何敢直说？各公使心上各不自然，不约而同的去质问日本公使三浦梧楼，三浦梧楼也说不出原委，只得随口敷衍。俄国公使魏尔白第一个发起，在贞洞俱乐部和各国公使开了一个会议，魏尔白在会议席上首先发言道：“朝鲜国王李熙在宫中，是无形的被人监禁着，还不知他将来的性命如何，朝堂上却偏有这许多教令发出来，要改革朝政，请问这是那国人肯相信呢。”英国公使道：“这不用说了，是大院君李昰应这老儿的遮掩手段。”美国公使道：“大院君李昰应这老儿，本来和闵妃有仇，大家势不两立，这次事变，闵妃踪迹不见，不用说自然是大院君李昰应这老儿主动的了，据别人所说，日兵进城闯宫之时，大院君李昰应这老儿还在前面领队呢。”魏尔白摇头笑道：“这是表面的文章，大院君李昰应这老儿既是八十多岁的人了，还有几许精神，还有多少日子活在世上，暗地里自然有人在后面牵丝吊影，这老儿不过给人家做幌子，我们须要留心暗地里主动的人，仔细的对付他呢。”各国公使一齐笑道：“方才日本公使三浦梧楼子爵，说话含含糊糊，怕不是他在暗地里弄鬼吗！”魏尔白点点头道：“正是此人。”各国公使大家沉吟一会道：“现在朝鲜国王李熙不但起居饮食不得自由，而且一举一动，一言一语，都很涉危险，我们做了一国的公使大臣，却也不能不管一下的了。”

当下各国公使便会议了几次，议出了一个办法，这一下很关朝鲜兴亡气运。正是：

十年薪胆同仇史，四海讴歌国父恩。

欲知各国公使怎样的举动，且看下回分解。

评

日本派往驻朝鲜的公使，出一桩事，掉换一下，横调竖换，掉来换去，掉到本回书中，却换来了一个子爵，名唤三浦梧楼。著者在他的姓氏之下，接着就描写他是惯行大刀阔斧手段的人物，我人未阅下文之先，见了这"大刀阔斧"四字，已经要汗毛孔站起班来了。我知可怜的朝鲜人民，不幸碰着这么一个日本公使，也好说是倒足了几千年的霉了，一笑。

日本公使井上馨被调回国，临行，向朝鲜国王李熙辞行的时候，他的临别赠言，却是目前朝鲜朝野人物，论到聪明仁智，没有人及得到大君主的，从今以后，大君主可以自己执掌朝政云云。临别而赠这种言语，可知他是别有用意，但是昏聩如李熙，哪里识得破井上馨的言外余音呢？再退一步说，井上馨到了临行，尚未忘却自己当时出使朝鲜的唯一责任，如井上馨者，可谓始终为其祖国尽力矣。

隐居了好久的老妖孽大院君李昰应，又要静极思动了。老妖孽未出来之前，先来上一个不是工人，更不是商人，也不是官吏，亦不是军人的日本侨民冈本柳之助，说他每天到孔德里去，孔德里是什么地方，阅过本书的，谁都知道是大院君李昰应的私宅。自冈本柳之助一走动了之后，就引起了朝鲜京城发生非常大变故，先由俄国公使魏尔白得了此惊人消息，更从魏妇人传进宫去，再由闵妃授意各大臣，趁新兵肇事的时候，下令解散，日本乘此机会出队巡逻，到了下半夜，大院君李昰应突然领兵出发，前拥后护，骑着高头骏马，浩浩荡荡，先把光化门攻破，闯进大化宫，吓得国王李熙避入坤宁宫，闵妃仍想化装宫女而逃，偏偏碰着日本兵不问情由，拔刀就刺，一位才貌出众，机警过人的王妃，就此呜呼哀哉。归根结蒂，闵妃之死，可说是死于老妖孽大院君之手。

第十四回

运巧言广岛宣奇判　　设密计囚王脱樊笼

　　话说俄国驻朝鲜公使魏尔白，邀集各国驻朝鲜公使，在贞洞俱乐部，一连会议了几次，各国公使都不甚赞成日本驻朝鲜公使三浦梧楼子爵，在暗中主动朝鲜政变。各公使便互相约定，向朝鲜提出抗议。于是第一个是俄国公使魏尔白，首先致书朝鲜政府，说朝鲜国王李熙，正是年轻力强，自可亲理国事，大院君李昰应历来早有嫌疑，这次又带兵直犯宫禁，如此心存叵测的人，岂可执掌政柄，若不早日将政权归还给国王李熙，俄国为公理仗义而起，就要兴师问罪，倘朝鲜政府再不觉悟，那么俄国船队，立刻就要驶入济物浦了。大院君李昰应接了这个抗议，高兴打去了一半，正要想回答，不料各公使的抗议，随后雪片般递来，都是反对大院君李昰应执政，并且提出条件：一，朝鲜政府须立即声明此次政变，上进大院君李昰应执政尊号，并非出于朝鲜国王李熙本意；二，闵妃在乱中遭害，须严刑拿办凶手；三，乱后追废闵妃，究竟何人意旨，须立即明白宣布。大院君李昰应登时慌了手脚，明知各国公使的抗议，言外之意，隐隐指着日本，无奈自己先做了十手所指，十目所视的目的物，急急差人去请冈本柳之助来，商量办法。冈本柳之助笑着道："太上皇不须着急，我自去安排。"果然不多几日，日本明治天皇派了外务省政务局长小村寿太郎，横滨裁判所检事正安藤谦介二人，领了一个陆军中佐，一个陆军少佐，又带着二十名宪兵，到朝鲜来调查这番政变的真相。

　　小村寿太郎和安藤谦介，到了朝鲜才只三日，明治天皇又下谕旨，将原任日本驻朝鲜公使三浦梧楼子爵，日本公使馆书记官杉村，着各撤职回国。日本驻朝鲜公使，着小村寿太郎代理，着安藤谦介暂驻朝鲜，严行纠察日本在朝鲜的侨民。这一个炸雷般举动，表面确是很引人动听，各国公使见日本使了那掩饰外人耳目的手段，大家便互相磋商，要想个办法，和日本决一高下。俄公使魏尔白更其全神贯注。这一天魏尔白一人正在画室中秘密筹划，忽地魏夫人笑嘻嘻的进来，推推魏尔白道："你想出了主意没有？"魏尔白见他夫人手里拿着一封信，便反问道："你来献什么主意么？"魏夫人笑道："我主意却没有，这里有一封信，你看了之后，或者可以在里面寻些主意。"魏尔白从他夫人手中接过那封信，展开来看时，只见上面写着道：

> 甲午六月以后，日人霸理朝鲜内政，朝鲜廷臣之声势赫奕者，尽为附和日本之人，且各部顾问官，以日本人承充居多，钱谷甲兵赋税诸重任，无不由其稽察，朝鲜国王之政柄权限，几皆尽失，无异尸位而已。乙未闰五月间，日本驻朝鲜公使井上馨氏，忽启奏朝鲜国王曰："历观朝鲜国人物，无如大君主之聪明仁智者，请大君主自亲国政，外臣告归本国矣。"王不疑其他，喜而从之。
>
> 八月二十三日之夜，朝鲜乱人禹范善、李斗潢等十余人，忽令旧时日本教师所训练之新兵及队长，率其部下练兵五百人，黉夜直犯宫门，日兵则紧随其后。既入宫中，禹李率逆党四五人，及日本兵士等，拔剑上殿，王与妃罔知所措。妃走避后殿，更衣欲出宫，为逆徒获于宫门，以刀刺之死，复火焚其尸，始扬言曰："妃出走矣。"时总理大臣金宏集，内务部署理大臣俞吉濬，度支部大臣鱼允中，外部大臣金允植，皆为行弑国母之谋主，而聚敛肥己，专掌国权，威福自专，挟制君王。国母惨薨，时经三朔，无下葬之礼，无发丧之意，恃日本人为泰山之倚，阿谀谄媚，无所不至，遂致国竟无君，盗贼蜂起，都门之外，白昼人民不敢独行，士农工商，无不咨嗟太息，然仍敢怒而不敢言。欧美各国人士之在朝鲜者，亦莫不对之扼腕，然又皆以为实乃邻国之内政，相顾爱莫能助。爰有忠义之士十余人，不胜其愤，志欲扫除逆党，保护屏王，先密告于王，禀受令旨，遂于十月十日之后，督率都外卫队亲兵九百人入宫。不意盘踞宫中之逆徒，先有准备，外兵甫入，枪炮齐起怒发，血肉狼藉，势不能支，顷刻散尽，倡首诸人，先后被擒，从容就义，其能越海逃生者，只数人而已。然逆贼与日本人，反宣言曰："逆徒犯宫。"是则真忠逆相反矣，孰忠孰逆，愿天下人取而证之。而英法德美俄诸国之驻朝鲜公使，可为公平之言者，呜呼，朝鲜危急迫蹙，至斯而极，若使欧美各国，仍不代谋保护相助之道，则朝鲜与朝鲜国王，皆如朝露矣。

魏尔白看完笑道："这是朝鲜义民的通告书。"魏夫人道："你对这朝鲜义民的通告书，是怎样的意见呢？"魏尔白道："那是自然表同情的。这一次政变，完全是日本人在幕后主动，然而对付日本的方法，却不能大意，须细细的想个好方法才是。"然魏夫人道："主使这次朝鲜政变乱事的日本人，撤职回国之后，闻是押在广岛裁判所，已经提起公诉，想来审判的结果，总有下落可闻。"魏尔白笑道："日本人惯做遮掩他人耳目的手段，广岛审判的结果，我料定不会有什么公平之道的。"魏夫人道："现在日本派了横滨裁判所检事正安藤谦介，在朝鲜监视日本侨民，想来日本人再不会像从前这般的了。"魏尔白道："那也不能说是日本的真意，昨日我曾经得着非正式的消息，据外面传说，广岛审判是已经判决了，被告一概释放，宣告无罪，三浦梧楼仍旧恢复子爵原位呢。"

魏夫人正要回答，却见仆人送进报纸来，魏夫人接了过来，翻开来看了看，便递给魏尔白道："果然广岛判决是宣判了，这里载的是广岛判词。"魏尔白接过来道："哦，这是《远东月报》，想来很注重日本消息。"魏尔白当下细细的看下去，一会儿点点头道："叙述事实，倒也是不错的。"等到将广岛判词全文看完了，魏尔白冷笑道："日本人真是什么都做得出来的，这种判词，可算是开千古未有之奇闻。一国驻外使臣，做了乱事主谋，害及国母，囚禁国王，是何等情节重大的事件，偏偏轻轻巧巧用了'事无佐证'四个字，便一概不问，将案注销。辩护书更是笑话了，反说三浦梧楼有功无过，不但是替朝鲜消除后患，并且是为世界维持和平呢。"魏夫人听了，半晌不响，才慢慢的说道："日本既是这样，我们似乎是不能坐视不问了。"魏尔白道："自从政变乱事起后，我已策划了几次办法，何奈国王李熙被幽禁在宫内，一些儿都不能做主。而且一班官员，一大半是和日本人一鼻孔出气的，如何好和他们去商量呢？"魏夫人道："朝鲜的人民，倒有许多义士，肯挺身而出来的，可惜都不曾成事，我们又没法去帮助他们。"魏尔白道："此番政变乱事，是从宫中发作出来的，我们还须仍在宫中下手为是。上次甲申年的政变乱事，中国能够平定，能够胜利，这是最好的榜样，我们可以效学的。"魏夫人道："宫中情形，我很熟悉。闵妃在日，我差不多每天进宫出宫，总在三五次以上，守门的禁卫兵，及太监妃嫔等，也都知道我和闵妃的交情，从来不曾盘诘过一次。可是现在闵妃已死，局面大变，宫内差不多尽是日本人的势力，自政变乱事起后，直到现在，我还没有进宫去过一次，不知宫内的情形是怎样的了。"魏尔白迟疑了一会道："那么你姑且进宫去一次，看看宫里现在的情形是怎样，和宫里认识的妃嫔谈一下，到处随机应变，或者可以得着消息。"魏夫人道："这个使得，我今天就想进宫的法子去。"魏尔白道："我闻得伴着国王李熙的这个戴老将军，是向来最会种树出名的，我很想在他身上，做个入手的线索。你宫里出来之后，我若有把握时，便可慢慢的在外面想办法了。"当下魏尔白夫妻计议定当，各自分头前去行事。

再说朝鲜国王李熙，自在宫内被囚禁以后，宫内一班妃嫔，经日兵搜杀了一次，个个吓得心惊胆寒，欲想避出宫去，守住宫门的日兵，稽查严密，休想走得。后来三浦梧楼撤调回国，小村寿太郎接任，知道闵妃烧死，宫中想来不会再有什么变故发生，因此宫门口把守的日兵，盘诘便松了许多，宫内这班妃嫔，才得可以偶然进出一二次。那魏夫人在外面找着几个从宫内出来的相熟妃嫔，和他们商量好了，自己换了朝鲜妃嫔打扮，跟他们混进宫去，守门的日兵，只道是宫内妃嫔出入，谁知当中混着一个俄国公使的夫人呢。魏夫人进出了几次，在宫内施展手腕，运动了许多人，探知朝鲜国王李熙囚禁的这间小室，日兵防守得异常严密，除了各国公使之外，无论何人都不许进去和李熙见面，虽是朝鲜的贵族，朝鲜的大臣，也不能会见，只有伴着的这个戴将军，可以在这间小室中进进出出。就是外面有人送衣服与饮食进来，也由守门的日兵，仔细的查验过了，才许递进去。美国公使怕日本人再在暗中下毒手，特地派了一个美国著名的医生，和几个美国慈善会的教士，帮着检查食物。这一天忽然外面有人送进一小箱水果，还附着一封信，守门的日兵，问知是俄国公使魏尔白送进来的，便不敢拦阻，交给戴将军拿了进去。戴将军拿到里面，笑嘻嘻道："俄国公使魏尔白送了一小箱水果进来，主上且吃一只解解闷。"国王李熙对着这一小箱水果，呆呆地出了半晌神，才泪汪汪道："妃子啊，你死得好苦！"戴将军究竟是年纪大了，不曾听清国王李熙所说的话，也没有去插嘴劝解，又把一封信给递了上去。国王李熙接过信，拭拭眼泪，拆开来看，看完了，脸上似乎变了颜色。戴将军立在旁边问道："这信是俄国公使魏尔白写的吗？信上说些什么话呢？"国王李熙望着戴将军面上看了看，就将信递给戴将军道："你自己去看，这事叫朕怎样定主意？"戴将军接过信来，看了一遍，也脸上转变了颜色。后来还是戴将军先开口道："主上的意思，是去呢还是不去呢？"国王李熙惨然道："去是何曾不想去，只是我堂堂的男子，竟如此这般的出去，未免脸上搁不下。"戴将军道："事到如今，哪里还管得这许多，主上且忍受一次罢。"这一夜二人在小室内商量了一夜，到了第二日下午，便突然发生一桩惊人奇事。正是：

土崩鱼烂宜无幸，玉碎瓦全岂是恩。

欲知朝鲜国王李熙第二日是如何光景，且看下回分解。

评

各国驻朝鲜的公使，见闵妃忽遭惨祸，国王李熙被幽禁在偏殿一间小屋子里，除了太子跟着他之外，只有一个年老无能的戴老将军相伴着，不但起居饮食，不能自由，连一举一动，都有人注意。俄国公使魏尔白肯出来这样毅然决然的，邀集其他各国公使在贞洞俱乐部一连议会了几次，都觉得日本公使三浦梧楼子爵的鬼鬼祟祟行为，最是可疑。谚云："若欲人不知，除非己莫为。"所以大凡一人做事，应该光明磊落，大大方方，摊得开，卷得笼，方能深得人心，否则定会触犯众怒，使人群起而攻。可是日人的刁钻恶毒，早为世界各国所深知，当其蓄心谋亡朝鲜之时，虽有俄公使等出而仗义执言，结果，朝鲜仍亡其手。再观日人目下谋谋我之亟，九一八之占我东北，一二八之侵我淞沪，国联虽洞烛其奸，然其惯使遮掩手段，蒙蔽远在海外之各国人士，结果如何，吾人深夜思之，不敢深涉遐想。而我国当局，争权夺利，依然如故，将来国亡之后，不知当今之大人物们，是否能够列于亡国奴之例外耶，我真不知他们所居何心。

朝鲜义民的通告书，简洁扼要，一字一泪，一句一血，读之令人回肠荡气。不要说俄国公使深表同情，只怕就是其他各国人士见了，也要均表同情，而徒叹爱莫能助。

主使这次朝鲜政变的三浦梧楼，被日皇雷厉风行般的调回本国去后，大家以为最低限度，总要惩戒一番。想不到广岛裁判所判决下来，非但三浦梧楼宣告无罪，而且仍居子爵原位。就是判词之上，也只轻轻用了"事无佐证"四字而完了。这种判词，称他开千古未有之奇闻，真是确切不移。还有辩护书上，反说三浦梧楼出使朝鲜，是有功无过，不但是替朝鲜消除后患，并且为世界维持和平，用这种话来辩护，可说他是苦块昏迷，语无伦次了。一笑。

魏尔白夫人想来对于宫中情形，非常熟悉，著者要这样叙述就是作为囚王脱离樊笼的张本，读者勿被他瞒过。

第十五回

金宏集惨入枉死城　朝鲜王连颁罪己诏

话说朝鲜国王李熙与戴将军二人，在小室内商量了一夜。戴将军再三劝说国王李熙暂时受些委屈，先离开这里的龙潭虎穴，然后再作计较。国王李熙除了依戴将军之话外，也没别法可想，只得委委曲曲的照着俄国公使魏尔白来书行事。本来朝鲜的风气，与众不同，国王办理国家大事，多半在半夜时分，方才着手，到了天色明亮，百姓们起床治事，国王却去上床安寝，因此守住宫门的日兵，黑夜里防范得十分严紧，白日中反不十分严紧。

这日十二月三十日，正是大除夕，上午九十点钟模样，宫内出来了一辆绣幔香车，车到宫门，日兵拦住了查看，只见车内坐的是一个半老徐娘，和一个年轻少女，车后跟着一个年老的太监，说是一个老王的妃子，要出宫去，日兵便不多问，就放车辆出宫。那车辆出了宫门，驰得飞一般的快，一路上抹角转弯的时候，便有人在那里暗打招呼，指点路途，随后也跟上许多便衣的人，都像是兵士模样的，不多一会，车抵俄国公使馆门口，车方停住。俄国公使魏尔白夫人，早在公使馆门外相候，见车辆停住，魏夫人赶紧上前，亲手解开绣幔，将那车上的半老徐娘和少女，扶下车来，那半老徐娘一手拉了少女，一手把衣袖遮住脸面，魏夫人在前引导，那半老徐娘和少女跟在后面，径直入俄国使馆，这辆车才转到后面车房去了。

就在这日下午，朝鲜一班大臣，都在朝堂上等候国王李熙起身。不料宫内突然传出消息，说国王李熙和太子，同着相伴的戴将军，三个人一齐失踪了。这消息宛如半空中打了一个霹雳，大家都大惊失色，想宫门守得铁桶相似，三个人竟会生了翼飞出去。日本公使小村寿太郎得到这个信息，也吃惊不小。这时凡是朝鲜国王亲信的大臣，已接着国王的谕旨，赶到俄国使馆，急急的忙查文卷，拟教令。不一时，许多教令，先后雪片般从俄国使馆中发出来，于是大家才晓得国王李熙是在俄国使馆中了。各国公使也都到俄国公使馆来，与国王李熙见面，国王李熙一一接见，日本公使小村寿太郎，表面上说不出话来，心内一百二十四个不自在，只得也到俄国使馆来见朝鲜国王李熙的面。国王李熙见了小村寿太郎，也不多说话，小村寿太郎情知没趣，只好怏怏的走了，明知俄国公使魏尔白，暗地里在那里帮助，况是有组织的举动，有准备的预备，料想一时也敌不过的，不如回去慢慢的再想计较。

　　国王李熙等日本公使小村寿太郎走了之后，随即发出搜捕叛党的谕旨，一班向来拥护大院君李昰应的官员，这时除了三十六着走为上着之外，便没有别的妙策。然而这时几个有名人物，哪里还（想）走得及，早被一班义民，生擒活捉住了。单说内务大臣俞吉濬，在朝堂上得着了国王李熙入俄国公使馆消息，他知道事情不妙，急急的回转私邸，不料半路上撞着义民，围将拢来，不问根由，将俞吉濬拥着便走。俞吉濬吓得脸如土色，却又没法可逃，也是他命不该绝，走不上二条街，斜刺里涌出一队日兵，举着枪，枪上都上了刺刀，向义民直冲过来，义民手无寸铁，如何抵挡得住？日兵冲散了义民，挟着俞吉濬便走，义民再聚集拢来，随后追时，已经被日兵挟着俞吉濬跑进日本公使馆里去了。义民们上了这一次当，怕日兵再来抢劫犯人，大家一商议，捉住了犯人，与其被日兵抢劫去，不如当场捉住就杀。大家都说这主意不错，决定捉住就杀，免得再被日兵拦劫抢去。内阁总理金宏集，也在朝鲜国王谕旨提拿之内的，义民拥到内阁总理私邸，闯进邸去，金宏集因走避不及，便被义民拖拽出来，刚拖出邸门，万刀齐下，生生地剁成肉泥。又有一班义民，却来寻农工商部大臣郑秉夏，在农工商部衙门中，寻到了郑秉夏，拥了出来，即在大堂上，也是一阵乱刀，斩成肉酱。总之附和大院君李昰应得党徒，杀却了不少。交旨的时候，国王李熙恨得牙痒痒地，正要亲自审讯，忽听得这班叛臣，都被义民在路上杀了，不由得大奇起来。追问根由，才知怕日兵在路拦劫抢去，才这样大胆办了，国王李熙只得冷笑几声，重又下了谕旨，将尸弃市示众。这种官吏，生前卖官鬻缺，受贿纳赂，苛税扰民，朝鲜人民，早已人人痛恨，个个切齿，当时因他们势焰滔天，人民不敢把他们怎样，现在犯罪被杀，又有国王谕旨，于是朝鲜人民的一口宿仇冤气，尽行出在死人身上，过路的人，在尸身上践踏他一脚，也算出了一口气，也有人拾了石子瓦片，向尸身抛掷，更有在尸身上割了一片肉，生生的吞下肚去，真所谓生啖其肉了。

接着国王李熙又下罪己诏，这诏读过朝鲜历史的人，都说真是个蔼然仁者之言。那罪己诏之文曰：

> 藐躬谅德，儓然臣民之上，抚衷弥自恧矣，而复崇信奸宄，屏黜贤才，用人显乖其方，浸酿骨肉相残之祸，俯仰十年以内，无日不在艰难困厄之中。且吾朝开国至今，五百有余岁，非无祖宗功德，何致似此险象，迭起环生，闾阎日间凋残，社稷时虞阢陧，每一念及，曷胜汗颜，此皆由于孤之狃于偏私，自矜予智，驯至小人竞进，灾祸纷乘，推本穷源，惟孤之罪。今秋忠臣起义，志在锄奸，俾吾国去旧更新，蒸蒸日上，不料逆徒用事，矫传旨令，反肆诛责，自余小民，亦多负屈衔冤，无可伸说，孤岂敢忘肯灾肆赦之谊，而蕲仁施。今将默冀挽回，振坠绪而臻隆轨，用是普降恩典，除一千八百九十四年七月及九十五年十月间，倡乱元恶，必予骈诛外，其余官民人等，干犯一切罪名，咸赦除之，教下之日，所司官吏，即释令宁家，以冀怨气胥平，神人和洽。至于公私律令，一依前法办理，其前下截髻之令，并非出自孤意，且此事又无关系，何至强拂民欲，激成变端，其缘此而纠众抗官者，应知孤之苦衷，毋再多事。至于遣兵剿洗一节，更非孤之所忍，逆党毒痛全国，害虐蒸民，其罪屈指难穷，其恶擢发难数，要知行伍中人，亦孤赤子，无故使与民斗，彼此必互有挫败，堆尸成阜，流血盈川，孤啮指痛心，匪伊朝夕，且通商务农诸业，类皆畏兵祸，而共停止，死亡饿莩，日有所闻，尤属上干天和，下剥元气。命下之日，其前派将士，星夜回都，揭竿民众，各归安业，所有截髻之事，各随民便，毫无勉强，衣服冠履，亦皆任便服用，民间者于此外尚有苦难，尔各部大臣，其各加意抚绥整饬，无任一夫失所，思诰所至，咸使闻知。
>
> 建阳元年·二月十一日，内部大臣兼内阁总理拟教

在罪己诏以后，各种教令，接二连三发下，或是蠲赋，或是赦罪，或是劝兵士，表面上确实闹得十分热闹，但究竟因朝鲜国王李熙居住在俄国驻朝鲜的公使馆中，朝鲜全国人民的人心，总是惶惶不宁，兼之国王李熙，是庸懦无能的人，在俄国公使馆中，闵党和日本党的挟制，虽

是全然消灭，然而也是不能毅然决然的自行处置一切政事。在国王李熙的本意，冒险逃避出宫，原想免去苦难，预备自行处置一切政务，不料到了俄国公使馆中，去了金宏集等一班奸党，却又来了金柄之、朴宗扬等一班权恶，日本人不来无理取闹，那俄国人的横肆要挟，仅做了日本人的替身。朝鲜国王李熙在俄国公使馆中居住了一月，朝鲜的政局，又变做像从前一般的傀儡牵丝。于是朝鲜国王李熙，再度黑屋沉沉的岁月，重尝忧谗畏谤，朝夕不能自保的滋味，真是哭笑不得呢。正是：

民气未死终有救，一息尚存事可为。

欲知朝鲜国王以后的岁月怎样，且看下回分解。

评

平剧中有出戏叫做《黄金台》，是演战国时齐有湣王者，日事酒色，宠爱邹妃，不理朝政，太子田法章谏之，王不察，命寺人伊立搜杀之，太子得信，星夜潜逃，为田单所获。单令太子改装为女，方免一死。后乐毅率师伐齐，湣王出避不及，为人所杀，太子乃返国即位。我人看了上面这一段故事，再拿韩王李熙乔扮半老徐娘，设计逃出樊笼的事来两相一比较，虽曰田法章和李熙大家都是贵族，一般地都因有难而乔装改扮，结果齐太子仍能位登大极，而韩王却终为亡国之君，我不禁欲大呼：齐太子何幸，韩王何这样的不幸！

义民的剁杀叛臣，阅之令人称快。捉一个，杀一个，捉两个，杀一双，可惜没有把所有卖官鬻缺，受贿纳赂，苛税扰民的贪官污吏杀完，否则朝鲜之亡，恐怕没有如此之速。

韩王所下的罪己之诏，确可称为蔼然仁者之言。罪己诏之后，接着又是蠲赋，赦罪，劝兵士等种种教令，表面上虽闹得十分热闹，不过似乎也下得太迟了一些，否则庶几有豸咧。

第十六回

自由党主张开民智　　一进会颠倒覆宗邦

再说那时有个姓徐名相雨的，此人曾受过日本和美国二国的教育，向来对于改良政治，教育社会，很抱着热烈心肠。这时徐相雨恰巧回到朝鲜，见朝鲜的政治教育社会，都是这般的不良，徐相雨慨然引为己任，纠集了几个道同志合的人，组织了一个党，定名自由党，想从根本上着手，好好的给朝鲜做一番事业，改良现时政治教育社会的不良。第一步第一件事，就想从办报入手。在朝鲜的历史上，新闻事业，那时还没有正式的机关，徐相雨的办报，却可算是破天荒的大事业。向来朝鲜地方行政的文告，朝中各部院的禁令，十三道三百四十一郡的贸易物价，地方记事，在朝在野的各党举动，都是由人口头传说，代为传布。这种传布的势力，远在报纸之上，往往有非常的变故，在口头传说中传布开去，很容易以讹传讹，传到后来，竟致弄假成真，几乎使人没法收拾。那班专门口头传说的人，也是朝鲜独有的特产，原来就是一般只知负重行远的脚夫，脚夫本来没有什么程度，没有什么学识，只知苟且自度光阴。

脚夫有个总汇机关，远在一千五百年以前，早已成立，名叫挑驳公司，那挑驳公司也就是朝鲜口头传说新闻的总机关。徐相雨认定这是社会上一种大坏物，所以亟亟的第一步第一件事，就急要办报，抵制挑驳公司的脚夫，免得他们口头传说，以讹传讹的弄出事来。徐相雨竭力进行，不多几时，报便出版，定名《朝鲜新闻》，每隔日出一张，内容除了朝鲜文字之外，还有英文论说。出版以后，行销甚畅，于是徐相雨又出了一张韩文日报，从前挑驳公司的脚夫口头传说的新闻，没有人再去相信他们，自然受了大影响。挑驳公司的脚夫，一旦失了这种势力，如何便肯干休，居然自树一帜，成了一个党会，定名贩夫党，党员多半是挑驳公司的脚夫，和下流社会中一班人物。那贩夫党因和朝鲜一般腐败官僚，略略有些通声气，所以也有些小小势力，况且朝鲜的习惯，贵族官僚，最为下流社会中人所重视，因此一些向来不士不农不商不工的游民，见贩夫党有这一点小小势力，纷纷的投身入党。这许多蠢蠢无知的人，他们投身入贩夫党的宗旨，不外是想争权夺利，或是借着在党的名目，接近这班与党通声气的腐败官僚，谋个升官发财的机会，眼光很短，只看到今日明日，再远些不过看到一年半载而已，什么改良政治，什么提倡教育，什么刷新社会，什么改革风俗，这种题目名词，不但他们不愿意听，而且他们做梦也不会知道的，自然和徐相雨的自由党，便格格的不相入。

然而在那时大势所趋，朝鲜的人民，吃了旧官僚和腐败政治的亏，已经不少，一时也说不尽所受的许多痛苦，毕竟有些智识的人，都是表同情于徐相雨的自由党。投身自由党的人，渐渐的也一天多一天。每逢自由党开会，党员到的很多，大家演说，却是提倡同学办报，提倡发展实业，上书行事，请实行平民政治。这行动，最为旧官僚所忌，面子上虽然含糊敷衍着，心中自然十分恼恨，暗地里千方百计寻自由党的事，一面也利用贩夫党壮壮自己的威势。后来到底是被旧官僚借个事故，把徐相雨捉来下狱，立刻下令解散自由党，又去查抄自由党的总机关，抄着自由党的名册，按图索骥，将自由党的党员尽行捕捉。依着旧官僚的主见，简直不问三七二十一，将捕获的自由党党员，一概俱处极刑。可是这时朝鲜全国人民，非常信仰自由党，一闻自由党解散，自由党党员被捕，徐相雨下狱，登时汉城人民，聚集了数千人，拥在朝门外，齐齐跪在地下，不管阴晴，不论昼夜，大家放声大哭，替自由党求情，不俟允准，不肯起来，足足的闹了半个月，闹得朝鲜大小官吏无法可想，只得释放自由党党员，赦了徐相雨的罪，朝门外的人民，才尽行散去。

　　贩夫党见了这般情形，已知自由党深得民心，不好再仗官僚的势力，便开一次会议，秘密议决一个对付自由党的办法。从此贩夫党的党员，便不时和自由党的党员寻事，常常一句话不投机，就动手打将起来。警察见是两党的党员相打，不知道谁强谁弱，不敢干涉，又知自由党和贩夫党都有相当的势力，更不敢行使职权，阻拦捕捉。这么闹了几次，闹得汉城人民，个个关门闭户，家家胆战心惊。朝鲜国王李熙是个素没有分晓的人，也不知道自由党和贩夫党谁是谁非，益发不知道应当如何处置。等到后来，实在两党闹得太厉害了，方才勉强派了二个心腹的大臣，用了朝鲜国王的名义，出来替自由党与贩夫党和解，自由党和贩夫党争闹的风潮，面子才算暂时平静，暗中的争斗，仍没有根本解决。

　　正在此时，日本与俄国因朝鲜的问题，协商了三天，却彼此不曾磋商出什么头绪来。日本在朝鲜境内，积极的预备军事，俄国也跟着在朝鲜境内，准备战争。朝鲜的人民和官吏，眼睁睁看着日本与俄国，将在朝鲜动武，朝鲜将被两国作战场，竟没有人站出来说话，一直挨到前清光绪卅年，日俄大战，便演成事实。日本是来得乖谲，不等到正式开战，朝鲜的京城，早被日军完全占领，逼着朝鲜国王李熙，订了日本与朝鲜国防同盟条约六条。这时俄国公使魏尔白已经下旗归国，朝鲜国王李熙孤无援助，除了依从日本之外，实无他法可想。日韩国防同盟条约，在表面上看来，似乎是日本的谋臣策士，巧计经营，其实内幕还是朝鲜人自己做就的。那时朝鲜赫赫有名的亡命日本的日本党党人宋秉畯，便引导日军到朝鲜来的。宋秉畯亡命日本，在日本居住了十几年，畏罪不敢回国，现在趁了日俄开战的机会，仗着日本人的保护，引导日军入朝鲜，才得回国。宋秉畯回到朝鲜之后，一面想着日本人的好处，便异想天开，尽着几个月的时间，在朝鲜团聚了与自己一般宗旨的人，结了一个会社，取名"一进会"。一进会成立之后，日本人在朝鲜的势力，又添厚了许多。后来批评朝鲜历史的人说，当时宋秉畯的一进会，实在是制造朝鲜亡国奴的总机关。正是：

毕竟谁牵傀儡身，百万黄金拥斯人。

欲知一进会成立之后，做出什么事来，且看下回分解。

评

新闻事业，向为各国所注重，因为他是民众的喉舌，舆论的先锋，所以新闻一经在报上刊载，瞬息可以不胫而走，传播于全世界。徐相雨因见朝鲜政治教育社会的不良，要想从根本上改革一下，第一步就以办报入手。徐相雨可算是簇新的一个新人物，他的眼光也很远大，看透了要改革朝鲜的内政，新闻事业的发展和宣传，确有很大的关系，可惜偏碰着那朝鲜独有的特产挑驳公司，弄得大家格格不相入。徐相雨的结果，是被旧官僚所忌，被捕而下诸囹圄，饱尝了铁窗风味。可见办报之难，只过来人方道得出，不是办过报的门外汉，却连做梦也想不到办报是还有这种说不出，话不出的苦衷咧。试观现在我国的新闻事业如何，表面上似乎有言论出版的自由，考之实际，适得其反，岂不令人兴叹！

第十七回

求援助约章成废纸　携御书专使迫孱王

话说日本与俄国因争夺朝鲜，以致失和开战。这次战争的目的物，两国自然首先注意朝鲜的京城汉城。日本因有宋秉畯的引导，捷足先得，占了汉城，还逼着朝鲜国王李熙，订了日韩国防同盟的条约，驻在朝鲜的俄国公使魏尔白，只得下旗归国，日本海军轰毁了一艘旗舰，日本又占了上风，于是在朝鲜的日本人，本来被俄国人压下去了不少的气焰，顿时又重振起来，恢复旧时的势力。那时美国总统罗斯福，他是欢喜和平的人物，便出面给日本与俄国调和，日本与俄国却不过美国的面子，居然由美国总统罗期福把和议说成，日本和俄国都派了专使，在美国潘芝毛司地方，订定媾和条约。这日俄媾和条件的第二条，写的是：

> 俄罗斯帝国政府，承认日本帝国政府，在朝鲜国，有政事及经济上卓绝之利益，日本帝国政府，于朝鲜国认为必要时，得实行其指导保护及监督之措置，俄罗斯帝国政府，不阻碍干涉之。

这日俄媾和条约订成之后，朝鲜国的命运，又从俄国人手里，完全转送再到日本人手中，世界各国，也没人出来说句公话。从此日本对待朝鲜国的手段，又是一变，日本明治天皇派了林权助做日本驻朝鲜公使。林权助是著名的外交能手。有一天林权助去谒见朝鲜国王李熙，谈到日本与朝鲜两国的感情问题，林权助特地和颜悦色的说道："日本政府素来尊重朝鲜国的自由，常常希望朝鲜国王室，能够自立威权，只因俄国在朝鲜的举动，有许多很不利于朝鲜的，所以才有上次日本和俄国开战的事。换一句话说，日本和俄国开战，完全为的是朝鲜，幸而日本兵到功成，俄国从此不敢再在朝鲜生妄想，日本帮助朝鲜修明政治的机会，从今可以一天近似一天了，只要有益于朝鲜的事，请陛下尽管见委，本公使莫不尽心办理。"朝鲜国王李熙听了林权助这番言语，只当今番真的是日本人的好意，免不了说些谦逊感激的话。过了几时，日本明治天皇又特派伊藤博文，到朝鲜来慰问。伊藤博文见了朝鲜国王李熙，再三申明日本提携朝鲜的好意，一面又传着日本明治天皇的令旨，不许侨居在朝鲜的日本人，仗势生事。果然所有在朝鲜的日本侨民，经了这次的告诫，都仰承日本明治天皇的意旨，对朝鲜人，不论士农工商各界，一改从前横蛮骄纵的举动。朝鲜人本是识见短浅的，哪里看得破日本的用意，反说朝鲜的国运，到今才得变好了，日本人今番真个是十分好心呢。

朝鲜国王李熙因日本明治天皇特派了伊藤博文到朝鲜来慰问，不能不遣使到日本去答礼，遴派了近支王室宗亲李址镕，亲赴日本东京，谒见日本明治天皇。日本接待李址镕，异常隆渥，接着日本皇太子亲到朝鲜游巡，朝鲜自然照礼优加接待，于是日本朝鲜二国的专使，在这个月中，竟是往来不绝。久而久之，日本国内，忽然起了反响，日本人民都纷纷议论不绝，说日本政府的外交力量，太薄弱了，有的说日本政府对朝鲜的方针，进行错误，甚至激烈的人，说日本政府是受贿卖国的了，日本明治天皇表面上也无话说。

不料又过了二月，陡然平地便起风波。这风波的起因，是一个私人的牵涉，弄到后来，就成了名震世界的长森案。事实是这样的，有一侨居在朝鲜的日本人，名叫长森藤吉，不知如何，忽然想仗着自己是日本人，起了垄断朝鲜全国垦荒事业的念头，特地撰了一张异想天开的契约，估量有日本政府的威势，日本驻在朝鲜公使的强横压迫，预料朝鲜国王决不敢说声不字。那契约的内容，最注意的是第一条至第四条，写的是：

> 第一条　在朝鲜全国境地内，无论官业民业，凡是未曾开垦的土地，都归日本人长森藤吉开垦。
>
> 第二条　在开垦的土地上，一切牧畜渔猎等事业，日本人长森藤吉有全权管理，可以办理使用。
>
> 第三条　开垦开办五年内，日本人长森藤吉不纳租税，俟办有效验之后，才酌量完纳。
>
> 第四条　开垦从完全开办时起算，五十年满期，期满之后，日本人长森藤吉有续借权。

这种开垦契约，单在这四条上看来，便可算是侵夺土地的计划，那开垦的计划，表面上虽是长森藤吉，暗中实在又是日本政府主持。朝鲜国的君臣，得了这几个难问题，自然没法对付，开了十几次国务会议，一些［直］不曾议出什么方法来，议到后来，索性差不多要答应长森藤吉的要求了。不料朝鲜人民稍有热血的，听了这个风声，个个疾首痛心，由朴箕阳、李宗说二人领头，奔走呼号，竭力反对朝鲜应允长森藤吉开垦荒地，接着汉城中的绅士，由李乾夏、宗演领头，尽力赞助朴箕阳、李宗说二人的进行。那朝鲜的大臣中，这时倒也有几个识得大势的人，像宫内省尚礼院、中枢院都在暗中和朴箕阳、李宗说、李乾夏、宗演等四人，一鼻孔出气，于是鼓吹的鼓吹，演说的演说，反对长森藤吉在朝鲜开垦荒田的檄文，更是雪片般发出，风驰电走，布满了朝鲜十三道河山以内。那檄文领衔的，自然是朴箕阳、李宗说、李乾夏、宗演等四人，痛哭流涕的文章，倒也不少，内中有几句警句道：

> 朝鲜地形，全国山多野少，国境环海三千里，山泽居三分之二，凡此山泽，皆荒芜之所，今乃一举而割国土三分之二，予诸外人，天下可骇之事，孰有过于此者。

那檄文中，说到日本方面，写的是：

> 日本号称扶我朝鲜独立，证我朝鲜领土之保全，愤俄罗斯国之侵略，至动其日本全国师团之兵，与俄罗斯开战，以为我朝鲜之争，其以信义自暴于东亚，非一日也，今以义始，而以利终，名实相悖，情伪互炫。初以为此殆不过一二日本商民起私利之见耳，在日本政府之老成谋国者，未必弁髦信义，至于此极。若竟束手听从，则割肉饲虎，肉有尽时，而虎无餍期，是诚不忍见朝鲜祖宗之疆土日蹙，不忍与卖国之贼同立于朝鲜境内也。

朝鲜国王李熙见朝鲜人民这般的热心，这般的反对长森藤吉开垦荒田，所持的理由，又是十分严正，因此对日本的提议，不免迟疑顾忌起来，不敢冒昧承认批准。同时汉城内外，平安南北道，咸镜道，各处排日风潮，声浪愈唱愈高，几乎朝鲜全国，都有排日的呼声。那鼓吹演说的大本营，是几处学堂，如培方学堂，汉语学堂，差不多天天开会演说，主张鼓荡民气。又有许多党会，都因着长森藤吉的事新组织成立的，如一心会，兴国协会，独立协会，农矿会社，刚只成立，便有千余的会员。那农矿会社的举动，更是惹人注目。会社中的几个有名会员，如朴阳圭、金相焕、李道宰等都是朝鲜人素来钦佩的。农矿会社的宗旨，是要募集一千万元的资本基金，自己办理朝鲜垦荒事业，釜底抽薪，抵制长森藤吉的垄断政策。

朝鲜人自从徐相雨办过报纸后，也有人踵起继办，这时在汉城朝鲜人所办的报纸，有《皇新新闻》《朝鲜帝国新闻》，都竭力赞成农矿会社的方针。于是长森藤吉的计划，大受打击，日本国的人民都批评政府这次政策错误了。一来长森藤吉不是日本的有名人物；二来偌大的朝鲜全国境地，长森藤吉一人，哪里担任得起这般的重任；三来收服朝鲜，须应在政治根本上着手，枝枝节节的从一私人办起，于日本的体面，也不甚好看。日本明治天皇这次竟忽然从谏如流，果然立时改变态度，马上谕令将长森藤吉的事冷淡不提，一面又特派了原口上驹做全权司令官，带了日本军事警察，赶到朝鲜，雷厉风行，处置朝鲜全国事宜。

原口一到朝鲜，先将一切会党会社，概行勒令解散；朝鲜境内朝鲜人所办的报纸，都须由日本特派的检查员，检查过原稿，方许印行出版；集众演说，更是悬为厉禁，当时把几个会党首领，如元世性、吉泳沫、姜锡镐一概捉来监禁。朝鲜人经着这么的一个大压迫，哪里还有敢出头的人呢？这时却有一个会党，原口不但不禁止，还格外的加以保护，不但不干涉，还格外的加以赞助，这会党就是宋秉畯的一进会。本来一进会是专助日本人的，日本在朝鲜欲办的事，日本自己还不曾去办，一进会早已先承意旨，办得妥妥当当。

那朝鲜国王李熙，自己虽几次吃过日本的大亏大苦，他的见解，偏是与人大不相同。他说："日本从前对朝鲜所说的话，日本对俄罗斯帝国政府所说的话，三番五次，那一次不郑重的说扶助朝鲜独立，那一番不郑重的说扶助朝鲜自立？那尊重朝鲜国权的话，尤其是日本常常提说不绝的，单讲约据文书，已堆得比人还高，难道这许多的证凭物据，日本就可以一笔抹煞的么？况且日本和中国开战，日本和俄罗斯国开战，都是为了朝鲜独立自立而起，日本破费了几百兆的战费，牺牲了几万的生命，帮朝鲜的忙，却没有贪图朝鲜国权的意思，这是日本自己说了好几次的。世界各国，也很相信日本这话，就是现在朝鲜自己没有能力，难道世界各国，都不会出来主持公道么？"朝鲜国王李熙心里已抱着这般特别与众不同的心理，无论朝鲜人民如何的大声疾呼，朝鲜国事闹得糟不可言，他一些儿不在心上，直等原口领了日本军事警察到朝鲜，轻轻的将朝鲜人民一切的自由，扫荡净尽，国王李熙才知日本又是靠不住，这时方心上着急，一着急便想着了美国。

有一天国王李熙，特地召美国顾问官哈尔帕达进宫，见面之后，劈头第一句，就问哈尔帕达道："美国政府对于朝鲜政治，向来很留心，很热心，这次日本又在朝鲜这么的无理取闹，不知可有什么对付的方法，维持的计策么？"哈尔帕达想了想笑道："一千八百八十二年，美国和朝鲜所订的条约，条约内有别国倘来欺凌朝鲜，美国必出头调停的这么一条，照顾问的意见，主张从这条的条约上着手，不知使得否，须陛下自己决定一下。"国王李熙道："这个办法，确是甚好，可是须烦卿家返国一次。"哈尔帕达道："这个顾问官愿去。"国王李熙道："事不宜迟，马上预备国书，三日内必须动身。"哈尔帕达答应了，国王李熙就备好了国书，由哈尔帕达前往美国，从此朝鲜国王李熙专望着美国的回音，一心一意巴望美国出头说话，将在朝鲜的日本人驱逐出境。

谁知美国顾问官哈尔帕达前脚才离朝鲜，日本后脚早将改革朝鲜内政案提了出来，什么监督朝鲜的财政，什么推荐日本顾问官，什么日本与朝鲜币制同盟，什么日本与朝鲜军器同盟，什么撤退公使，什么整肃朝鲜宫禁，一件一件，一条一条，尽都是置朝鲜死命的条约，迫着叫朝鲜国王李熙承认。那时朝鲜的君臣，虽是昏庸，但是到此地步，觉得双手将祖宗基业，拱手让与日本，也有些不能甘心，欲想与日本开战，无奈国内力量不足，兵队粮饷，都无所出，只有巴望美国快些出头说话，尚有一线生路的希望。那知好容易等到哈尔帕达从美国回来，才知道哈尔帕达在美国也撞了一鼻子灰，最是讲求公理的美国，最是抑强扶弱的美国，从前又曾和朝鲜订有专约，这时的结果，所订的条约，竟成虚文，变了一张废纸。日本专使伊藤博文，更是瞧透朝鲜在国际上的帮手，一天少似一天，日本在外的虚声，一天盛似一天，于是认定远东和平，须日本和朝鲜两国亲善，将这个大题目，硬逼着朝鲜国王李熙承认那日本所提出的改革朝鲜内政案。正是：

十年傀儡谁牵线，百劫虫沙合感恩。

欲知朝鲜国王李熙是否就肯承认，且看下回分解。

评

日俄之役，也是近代史上震动全球的大战争，和我国也不无有些关系，现在看了这部《朝鲜遗恨》，大家又可以更明了当时日本所以要和俄国开战，目的完全是争夺朝鲜啊。

日人的诡计多端，可推世上人类中的首屈一指，明明日政府要想侵夺朝鲜的垦荒之权，他们却偏不直截了当的由政府出面，而促使一个侨居朝鲜的日人长森藤吉来出面计划一切。那张异想天开的开垦契约，虽只寥寥四条，却把朝鲜全国境地内的一切牧畜渔猎等等的权利，都让日人管理去了。天下可骇之事，真是孰有再甚于此者。

第十八回

争叩阍故臣多殉国　因游历志士巧歼仇

话说日本向朝鲜提出内政案，表面上虽是改革朝鲜内政，其实就是改朝鲜为保护国。那时日本在朝鲜的公使，林权助已撤调回国，派了获原代理公使。获原是日本外交界中著名的辣手人物，日本的提案刚到朝鲜，日本公使获原，第一个就进宫去见国王李熙，劝依从日本的提案，却不曾得手，等到美国的希望断绝。

获原有一天带了几名日本警察，一个公使馆的书记官，气昂昂的直入宫禁。那时朝鲜国王李熙，正召集满朝文武大臣，在朝堂上商议对付日本的方针，有朝鲜的外部大臣，议政府参政大臣，度支部大臣，内务部大臣，农商部大臣，陆军大臣，参谋大臣，尚有许多将校在着。获原一到，大家好似都怕日本公使般的，登时满堂静悄悄的，不闻人声。日本公使获原开口便道："这个月内，朝鲜人的举动，越发的十分不成体统，幸得日本在朝鲜的司令官伊藤博文办事得力，不曾闹出事来，又是明治天皇的好意，总有改革朝鲜内政案提出，这也无非因朝鲜全国治安起见。为什么朝鲜只是苦苦的拒绝，不肯爽爽快快的答应？难道日本除了条约之外，再没有别的方法，对付朝鲜么？"获原说时，怒容满面，不住的向朝堂上的文武各大臣看着，那一班在朝堂上的文武各大臣，都是面面相觑，连大气都不敢喘，有的竟面色也变了惨白，有的却垂头丧气。日本公使获原看着，肚内暗暗只是好笑，略停一会，又朗声说道："日本政府的意思，完全是替朝鲜打算，只要朝鲜国王将这张条约签了字，承认了日本的提案，朝鲜国内，从此不会再有什么乱事发生，日本与朝鲜两国的国交，也不会再生隔阂，远东和平，从此便能保持永久。"获原一面说，一面微微的笑。朝堂上许多的文武大臣听了这一番话，一个一个好似受了十二分的委屈，呜咽流涕，只有哭的份儿，没有出头说话的人。日本公使获原将这样光景，看在眼里，心里越发不耐烦，陡然冷笑了两声，脸色沉将下来，拍拍朝鲜国王李熙的龙案道："好歹你们总须给我一个下落，怎地大伙儿只是哭个不休，又有什么用处呢？"朝鲜国王李熙，本已伤心到了极点，不住的只是流泪，又见各大臣始终不敢出头说话，这时又见日本公使荻原愈逼愈紧，不由心肠一横，揩拭干了眼泪，壮起胆子道："日本横说竖说，说来说去，终是要朝鲜承认提案，签订条约，千秋万世的罪人，硬要搁在我们君臣头上，其实爽爽快快些，倒不如将朝鲜做了日本的郡县，由日本派了官吏前来治理，省得再订约签字，多费手续呢。"日本公使荻原，不防朝鲜国王李熙，竟会横了心肠说几句话，碰了一个顶子，一时反无话可答，只得装着一脸不高兴样子，鼻管里哼了两声，怒冲冲走了出去。国王李熙见日本公使荻原去了，又和各大臣商议了许多时候，叵耐只是商议不出办法，只好无精打彩，散朝入宫。

从此之后，朝鲜国王李熙怕日本公使荻原再到朝堂相逼，索性深处寝宫，轻易不坐朝与大臣相见，有事召大臣到寝宫中去商议。伊藤博文见朝鲜国王李熙躲着不坐朝，每日遣调日兵一大队，在朝鲜王宫前后，排队操演，呐喊连天，声震远近，深处寝宫的朝鲜国王李熙听了，不觉得更是胆战心惊，好像日兵立刻就要开战，更想起当年闵妃惨死情形，益发的格外寒心。

过了几天，伊藤博文有些不耐烦了，这一日带了日本军事警察，日本宪兵，直道入朝鲜王宫，要请国王李熙相见。国王李熙不肯出来和伊藤博文见面，伊藤博文竟吩咐带来的日本军事警察和日本宪兵守住前后宫门，自己直入寝宫，硬逼国王李熙出来说话。国王李熙逼得没法，叫太监传话出来请伊藤博文出宫上殿，与各大臣商议。伊藤博文得了国王李熙这一句话，便有了题目，立刻退到外面朝堂上，矫传朝鲜国王李熙的旨，召集朝臣会议。等到朝臣齐集，伊藤博文带来的日本军事警察和日本宪兵，将朝堂围得铁桶相似，伊藤博文提出的条件，朝鲜各大臣稍有辩论，那日本军事警察和日本宪兵，就呐喊震天，吓得朝鲜各大臣，尽是面容失色，议了许多时候还不曾议决，朝鲜各大臣除了"死不承认"四字之外，实无别法可想。议到傍晚时分，忽然有一个大臣，不知如何，忽然转变论调，当着大众说道："朝鲜和日本的交涉，那一次不是朝鲜完完全全敬遵台命，才得了结？这次朝鲜和日本的交涉，我们拼着性命，苦苦的争持，到头来又有什么好处呢？还是忍一口气，省得我们这几个人先吃日本的眼前亏。"各大臣听了此话，大家面面相觑，没敢作声。那时朝鲜的首相是汉叔乔，闻言气得浑身发抖，面色一时白，一时青，半天转不过颜色来，那个大臣还要开口再说话，汉叔乔气上加气，再也忍不住，也不管一切利害，跳起身来，指着那个转变议论的大臣骂道："你是哪里来的卖国奸贼，胆敢这般的胡言乱语？本大臣定须入宫，面奏国王，偌大的问题，看你这个卖国的奸贼，有几个脑袋可以担当得起呢！"汉叔乔一面骂，一面走，气冲冲的下殿，满朝文武大臣，都不敢阻拦解劝。

汉叔乔刚走到殿门，便有个日本公使馆的书记官，急急的赶过来，一把拖住了汉叔乔，后面跟上二个日本宪兵，不由分说，前拥后推，将汉叔乔推进殿旁一间小室中。伊藤博文随后缓缓的踱了进去，向汉叔乔百般解说，劝汉叔乔不要固执不依，这时汉叔乔早将生死付诸度外，任凭伊藤博文如何说法，只装不曾听见。伊藤博文劝解了多时，见汉叔乔只是不理不睬，便发怒道："倘然朝鲜国王李熙叫你降服日本，难道你也有话说么？"汉叔乔昂然道："虽国王有这个旨意，我也决不服，情愿违旨砍脑袋的。"伊藤博文听了，掉头便走，那小屋的门窗，就一齐关闭，从此朝鲜首相汉叔乔的下落，再也没有消息可闻，可怜一个赤胆忠心的大忠臣，竟是这般死法。

那时朝堂上许多大臣，不走也不是，要想走时，也走不出去，尤其是没了首相，益发蛇无头而不行。伊藤博文回到殿上，对着各大臣道："何人再敢反对日本，首相汉叔乔就是一个好榜样。"朝鲜各大臣听了，虽不发言，脸上都现出惊惧之色，肚内生怕自己性命也照样的不保，伊藤博文又换了一副笑脸道："倘能依从日本，荣华富贵，由我担保，不然我也不便明说，此中利害，你们自去思量。"这几句像训话般的话，说得朝鲜各大臣，更不得主意，大家不约而同，齐望着一个人。这人姓朴名齐纯，朴齐纯的学问品行，素为众人推服，这时各大臣的意思，倘然朴齐纯的口才，能说退日本人，那是最好，倘然朴齐纯说不退，看朴齐纯是怎样的意思，大家照样办理。谁知朴齐纯这么的一个能言能辩的人才，到此地步，也开不得口，一句话都说不上来。伊藤博文是何等人物，瞧着光景，知事有九分可成，慢慢站起来说道："诸位大臣都是朝鲜的重要人物，如有意见，不妨尽量发表，倘诸位大臣没有话说，就算是默认了。"伊藤博文说完了话，站着不动，向殿上朝鲜各大臣看着。约摸过了十分钟光景，朴齐纯只是眼中流泪，朝鲜各大臣也都含泪无言。伊藤博文又开口道："既是诸位大臣都默认了，就此可以散会。"立时由伊藤博文宣告会议终结，朝鲜承认日本提出改革内政案，围住朝堂的军事警察和日本宪兵，登时撤退，伊藤博文即时派了日本公使的书记官，到朝鲜外务部衙门，取了外务部的印来签押。朝鲜外务部衙门的掌印官，抵死不肯交出印来，日本公使荻原又派了三十多名日本宪兵，前去强行搜夺，才将朝鲜外务部的印取得来，一面逼着朝鲜国王李熙与朝鲜各大臣，连夜拟就露布的教令，立时发出，约章上的朝鲜外务部的印，因朝鲜各大臣没人肯盖，日本公使荻原，索性自己拿来盖了。这件事自始至终，朝鲜国王李熙做了泥塑木雕的偶像，并不曾开口说一句话。从此日本在朝鲜将新定的新约，一件一件实行起来，朝鲜人民虽奈何不得日本人，却将这次参预会议的几个朝鲜大臣，均恨入骨髓，一口毒气，都出在他们身上。

朴齐纯因向来最有名望，被朝鲜人民更是指骂得十分厉害，朴齐纯的一出一入，朝鲜人民见了，便跟在他后面，高声呼叫卖国贼，朴齐纯气得说不出话。有一天朴齐纯实在再也受不住朝鲜人民的气，暗暗怀了一把雪亮的尖刺刀，直奔日本公使馆，见了荻原的面，朴齐纯气呼呼道："都是你们日本人，害得我顶了卖国贼的名望，罢了，我和你同死同休，省得朝鲜人民再叫我卖国贼。"说着，一把拉住日本公使荻原，抽出尖刺刀，劈面便刺，幸得日本公使馆中人多，忙赶来拉开，日本公使荻原已吓出了一身冷汗。朴齐纯见刺不着日本公使荻原，便回手举起刀来，向自己头上便刺，登时血流如注，昏倒在地。日本公使荻原念着朴齐纯是个好人，不把刚才刺自己的事恨他，急急叫人将朴齐纯抬送到医院去，幸得伤势不甚重要，医了一个月光景，便也痊愈了。这件事过后，伊藤博文觉得对朴齐纯有些不好意思，授意日本公使荻原，叫他向朝鲜国王李熙说了，将朝鲜首相一缺，给了朴齐纯，才算安顿了事。

朴齐纯做了朝鲜首相，外面越发评论他是个真正的卖国贼。朝鲜一班故旧老臣，闻知朝鲜国王李熙竟承认日本这次的条约，觉得这是朝鲜国存亡的大问题，一个一个的不约而同，都入京来面见国王李熙，一共约有二三百人，扶杖上殿，长跪不起，痛哭流涕的奏请废除朝鲜和日本新订的新约，将订约在场的各部大臣，进行论罪，概处死刑。国王李熙见这班多是朝中的老臣，近十几年来，不曾轻易入朝，心中十分感动，但是实际上自己被日本人压住了，做不得主意，对着这许多一片丹心，以死卫国的故旧老臣，只有流涕相对，没话可说，也不敢显然的说几句安慰的话。这班故旧老臣，见国王这般的没用，大伙儿都动了气，一齐跪着不肯起身。日本宪兵闻之朝堂上有这件事，竟齐了队伍，上殿来捉拿这班故旧老臣。汉城人民听了这个消息，立时全城罢市，几乎闹出大风潮。朝鲜国王李熙再三和日本宪兵军官求情，日本宪兵方悻悻的退去。这班故旧老臣，知道国王李熙真的左右为难，只得暂且退出朝来，然而卫国丹忱，仍是一片热忱，大家聚集一处，共同谋商对付日本的方法。日本军事警察和日本宪兵，哪里容得这班故旧老臣，在汉城中存身，干涉驱逐，无所不为，于是这班故旧老臣，有的义愤填胸，受不住恶气，索性自寻短见，一死殉国，有的要留身以供国用的，便散逃他乡，招兵募勇，思与日本决死一战，有的知道朝鲜不能存身，便逃到别处，候有机会，再与朝鲜报仇。

　　单说日本将朝鲜承认的新约，宣布之后，到了次年二月，便在汉城设立朝鲜统监府。日本明治天皇特派伊藤博文做第一任的朝鲜统监。从此朝鲜的宫禁出入，朝鲜的官吏进退，都须请命统监，得了伊藤博文的承诺，方可行动更易，朝鲜国王李熙的一举一动，都有日本人从旁监视。一面又依照日本的官制，设立朝鲜新内阁，内阁总理大臣，由伊藤博文另派了一个一进会的会员李完用充任。朝鲜新内阁的一切责任，归统监府担负，新内阁的行动，听从统监府的指挥。日本又借着关于朝鲜全国生机问题大题目，特地办了一个日本拓殖会社，组织了一个朝鲜中央银行，轻轻［松］的将朝鲜的全国金融，尽揽在手中。

　　这么的匆匆过了五年，伊藤博文觉得自己治理朝鲜，已经心满意足，便请假回国，想另和俄国开始商议远东大陆问题，先和俄国外交界有名人物，约定在哈尔滨会面相见，自己借着游历为名，向哈尔滨而来。正是：

沧桑忍拾劫余灰，合取神州葬酒杯。

欲知伊藤博文到了哈尔滨之后，又生何事，且看下回分解。

评

　　朝鲜首相汉叔乔的忠心耿耿，和誓不承认伊藤博文所提出的条件，实在令人非常的钦仰。他又说如果国王有旨叫我降服日本，我也决不服从，情愿违旨砍脑袋。谚云："乱世出忠臣。"汉叔乔岂真乱世之忠臣耶！不知我国的一班觍颜媚日的汉奸们对之，面孔放到哪里去？

　　朴齐纯的口才，向来善言能辩的，谁知给伊藤博文一逼，就变做噤若寒蝉，开不出口来，岂朴齐纯与日本人早有接洽么，抑惊得不敢开口么，恨不得叫朴齐纯有以语我来。

朝鲜人民之恨朴齐纯，可说是意料中事，高呼他是卖国贼，也是应该的。推源祸始，都是他自己畏缩不言所致咧。

第十九回
担虚名合邦成永痛　　拾余烬峻岭吊孤忠

话说伊藤博文在朝鲜做了五年朝鲜统监大臣，表面虽然没有什么可记的事业，但是暗中却有一件很惹人悲痛的事，就是威逼朝鲜国王李熙退位。

这一节事说来很长，原来日本自从在朝鲜实行保护条约之后，朝鲜的许多志士，百计图谋，想废除朝鲜和日本所订的新约，无奈哪里做得到。朝鲜议政参赞大臣李尚节，因自己没法可想，又不忍眼看朝鲜被日本这般蹂躏，便在午门外钟楼前，一头在石碑上撞死。正一品朝鲜元老院大臣赵秉世，年老之人，看着气愤异常，便在家中服毒，自寻短见而死。朝鲜农工商部协办大臣，陆军参将立映连，因力争朝鲜承认日本新约，痛哭上书，被日本宪兵捉去，在宪兵司令部中，严刑拷打，弄得体无完肤，死于酷刑之下。朝鲜正一品元老大臣闵泳焕，因朝鲜国王李熙承认日本新约，特地叩阍力谏，却不曾见效，闵泳焕气得不堪，回到家中，写了二封遗书，一封给朝鲜人民，一封给中国驻在朝鲜的公使曾广钰，然后在家中设起香案，望着朝鲜王宫，叩了几个头，竟是一痛而绝。闵泳焕之母已是八十多岁了，闵泳焕死后，自然抚尸大恸，哭了半天，回转房内，也仰药而死。这些人都是朝鲜著名人物，死得又是很动人听闻，后世才略略的传扬，其余尚有许多不少因殉难死的人，和湮没不闻的，不知道还有多少呢，因此更加激动了不少朝鲜爱国好男儿的热血。

等到光绪三十三年七月间，世界各国在海牙开和平会议，忽然有三个朝鲜人，一个姓李名相高，一个姓李名隽，一个姓李名玮钟，也在海牙出现，递书和平会，要求准朝鲜参加列会。又过了几天，欧美各国，同时都接着朝鲜人民的文电，详诉朝鲜国王李熙，怎样受日本的苦，日本对待朝鲜怎样不合国际公理。这个青天霹雳，倒是处于日本意料之外的，但是日本的势力，哪里摇得动。后来李相高、李隽、李玮钟三个人，逃的逃，死的死。海牙和平会中，朝鲜仍是不许加入，不准列列，毫无结果，反而挑动了日本的怒气。朝鲜国王李熙闻知此事，知道不妙，忙派了亲信大臣，连夜特地到统监府求见朝鲜统监大臣伊藤博文，再三的诉说这事是几个不肯安分守己的朝鲜人，自己擅自去办的，朝鲜国王李熙，自始至终，一些儿都不曾晓得。伊藤博文也不曾有什么废话，自此朝鲜国王李熙，因为不得要领，登时又戴上了一顶愁帽子，正不知此事怎样结局呢。朝鲜大臣向来倚靠统监府势力的，这时大家都在伊藤博文面前献殷勤，探听伊藤博文对待朝鲜国王的消息，伊藤博文却也一概不说什么话。闹过了几天，有几个鬼精灵的朝鲜大臣，已猜知了伊藤博文的心事，便逢迎意旨，大家联合起来，在开御前会议的时候，请朝鲜国王李熙，根究查问海牙和平会密使案件，国王李熙怀着一肚皮心事，如何道得出来，只是默默无言，御前会议便无结果而散。那几个朝鲜大臣散了御前会议，却自去开内阁会议，在内阁会议席上，竟议决联名上书，奏请朝鲜国王李熙退位，表示避免海牙和平会密使的嫌疑，以谢日本。李熙接了这个奏章，不禁勃然大怒，欲想发作，碍着朝鲜统监大臣伊藤博文的面子，又发作不来，将闷气闷在自己肚内。这般你猜我忌，又过了十几日，日本明治天皇又派了特使林董到朝鲜来，朝鲜国王李熙闻之，越发觉得栗栗危惧。

有一天，朝鲜统监大臣伊藤博文带了几十名日本宪兵，径入朝鲜王宫，也不用传达，直闯国王李熙的寝宫。国王李熙见伊藤博文这般的来势汹汹，便知不是善事，不等伊藤博文开口，先自含泪强笑道："海牙和平会密使这事，孤实在是不知底细。"伊藤博文暴雷般大怒道："海牙和平会的密使，是陛下秘密派遣的使臣，世界各国，谁人不知，陛下却还要口口声声说没有这事，叫人如何肯相信呢。"朝鲜国王李熙战战兢兢的立着，只是索索的抖个不住，脸上颜色，白得比白纸还白，伊藤博文一些也不怜惜，一些也不理会，自管的接下去说道："陛下这般的胡闹，哪里像朝鲜的国王？怎样能够再承统朝鲜先王的基业？还是请陛下早些儿自作打算，莫叫本统监大臣在中间为难，就是日本与朝鲜两国的邦交上，也不用本统监大臣多讲，陛下自己想也早已明白。"朝鲜国王李熙听了，掩面痛哭，哭了一会，抽抽噎噎的说道："那么孤就立刻退政让位。"伊藤博文冷冷的道："这件事本统监大臣不便说话，陛下自己去想罢。"伊藤博文说完这几句话，回身带了随来的日本宪兵，竟扬长出宫去了。

朝鲜国王李熙足足的哭了半天，不曾住声，好容易由妃嫔宫监们再三劝解，才勉强收泪。朝鲜各大臣这时都知道了，大家齐集朝堂，听宫内的信息，候到半夜里子初时候，宫内方传出朝鲜国王李熙的旨，即日让位与王太子。朝堂上这许多大臣得了这个旨意，都不曾有些惊慌，按着品级职位的大小，一个一个画起押来，全然不觉有些留难。谁知有个宫内大臣，竟会拒绝画押，这宫内大臣就是当年做过朝鲜首相的朴容汉，自从朝鲜人当他是日本党党人，便逃避在日本东京，因闻知海牙和平会密使的事发作，朴容汉猜着朝鲜国王李熙，必有一番劫难，立刻匆匆赶回朝鲜，求见朝鲜统监大臣伊藤博文，请伊藤博文派他做个朝鲜的宫内大臣，伊藤博文想着从前朝鲜人当他是日本党党人，便慨然应允。此番在紧要时间，朴容汉自然现出色相来，实施宫内大臣的职权，一面在朝堂上拒绝随班画押，一面严谨防守宫门，吩咐守宫门的朝鲜士兵，不论何人，不许轻易出入，朴容汉自己直入寝宫，奏明朝鲜国王李熙，死死的守住传国玺绶，不可放手。可惜这时大势已去，仗朴容汉一人却也无济于事，伊藤博文得报，登时又亲带日兵到来，立时攻打宫门，朴容汉见势头不敌，只得仍然逃避出宫，奔往他处去了。朝鲜传国玺绶，李熙到底也保守不住。

单说朝鲜新皇接位以后，那新皇年幼愚骏，一事不知，又常见日本人威迫太上皇，受了种种痛苦，生怕一个不小心，得罪了日本，自己的性命不保，日本人说的话，哪敢有些违拗？朝中文武官员，这时全是日本人的心腹，那赫赫有名的一进会，更是兴高采烈，借着新皇登基的好名目，大开庆祝会，遍请朝鲜各界有名人物。不料在开庆祝会这一天，一个都不曾来，幸得一进会的会员众多，也不在意。伊藤博文眼看着朝鲜新皇接了位，朝鲜的新内阁，亦改组就绪，所订六条新条约，都已实行，朝鲜旧有兵队，尽行遣散得一个不留，觉得朝鲜的事情，已经千妥万稳，可以不必自己再费精神，便请假回国。到了日本，就辞去朝鲜统监大臣的职务，预备和俄罗斯商议远东大陆问题，先约定了俄国外交界几个要人，在哈尔滨会见。

伊藤博文借着游历为名，向哈尔滨而来。谁知伊藤博文在哈尔滨车站下车的时候，那月台上正站着许多迎接的人，就在人群里跳出一个少年，摸出手枪，对着伊藤博文一连砰砰的开了七八枪，枪声响如联珠，枪枪都打中伊藤博文要害，伊藤博文就在枪声中倒地，登时一命呜呼。

月台上立时大乱起来，在车站月台上的日本警察，连忙赶过来捉拿凶手。只听得人群中有一少年，大喊："朝鲜国万岁！朝鲜国万岁！"日本警察拥将过去，那少年也不抵抗，容容易易的给日本警察捉住。

后来审问，才知这人是朝鲜人，姓安名重根，又名应七。这就是安重根刺伊藤博文一件大案。据安重根当时的供词所说，受过美国的教育，是个耶稣教的信徒，平生抱着使朝鲜完全独立的宗旨，却遇着伊藤博文来做朝鲜统监大臣，一次二次的只是威迫朝鲜国王李熙，将朝鲜的兵权，政权，财政权，用人权，土地权，尽行强抢过去，又威迫朝鲜国王李熙让位，激动了安重根爱国的热烈心肠，便在朝鲜暗中召集了许多同志，组织了光复军，狠狠的和日本军队开过几次战，无奈因军械不够，又无接济，安重根单身远走，想另寻机会。冤家狭路相逢，恰巧在哈尔滨车站逢着伊藤博文，就在月台上下手。这时日本人很想在安重根身上，究问出些同党和机关，好一网打尽。安重根却说行刺伊藤博文，是替朝鲜复仇，不是个人的私冤，并没有第二个同党的人，况且自己是光复军的中将，又是光复军的参谋长，做了这事，原该一人承当，如何好将祸事牵连到别人身上去，现在朝鲜的仇人既死，我的事业也完。日人再三的追问，只是问不出什么来，也只得将安重根一人处了死刑，算了结这件大案。

就在这事发生了的十余天后，朝鲜著名一进会的主要人物宋秉畯，忽然到日本游历，在东京留居了许多日子。不知他做些什么手脚，那朝鲜国王和朝鲜统监府，突然接着一封日本朝鲜二国合邦的请愿书，署名的有三十万朝鲜人民，领衔的是朝鲜一进会会长李容九。朝鲜统监府接着这封请愿书，自然非常合意的欢迎，但是表面上不能不做作一番，将请愿书压搁了几天，便批示出来，不赞成日本和朝鲜二国合邦。朝鲜国王是依朝鲜统监府的旨意，朝鲜统监府批了不赞成在前，朝鲜国王自然也跟着批了不赞成在后。于是朝鲜一进会的一班会员，便分布朝鲜十三道，到处游说，竭力提创日本与朝鲜二国合邦，说倘然达到朝鲜和日本二国合邦的目的，现在日本人所享的福利，朝鲜人就立时也可享到，朝鲜全国人民，就登时成为一等国【民】。朝鲜国民经着这般的一番传布游说，朝鲜十三道都起了日本和朝鲜二国合邦的声浪，倒是日本人反而静悄悄的，不说一句话，没有一个提起日本和朝鲜二国合邦的问题。那朝鲜的一进会重要人物，这时在日本东京，似乎很是十分忙碌。那时日本明治天皇特派了寺内正毅做朝鲜统监正大臣，山县伊三郎做朝鲜统监副大臣。朝鲜在那正副二统监大臣到任之时，首相李完用趁着这个机会，瞒着朝鲜人民的耳目，在朝鲜统监府中，偷偷的商量停当，决定了日本和朝鲜二国合邦的条约的内容。那条约共是八条，写的是：

日本帝国皇帝陛下，及朝鲜帝国皇帝陛下，欲顾两国间之特殊亲密关系，增进相互之幸福，永久确保东亚之和平。为达此目的，确信不如举朝鲜帝国全国合并于日本帝国，爰两国间决议，缔结并合条约。为此日本帝国皇帝陛下，命朝鲜重建大臣子爵寺内正毅，朝鲜帝国皇帝陛下，命朝鲜内阁总理大臣李完用，为全权委员，会同协议后，协定左之诸条。

第一条　朝鲜皇帝陛下，将关于朝鲜帝国全部一切之统治权，完全永久让与日本帝国皇帝陛下。

第二条　日本帝国皇帝陛下，受诺各条件所揭之让与，且承诺将朝鲜帝国全然合并于日本帝国。

第三条　日本帝国皇帝陛下，对于朝鲜帝国皇帝陛下，朝鲜帝国太皇帝陛下，并其后妃及后裔，各各应于其地位，而享有相当之尊称，相当之威严，相当之名声，且供给以充分保持之岁费。

第四条　日本帝国皇帝陛下，对于前条以外之朝鲜帝国贵族及其后裔，使各各享有相当之名誉，相当之待遇，且供给以维持之必要资金。

第五条　日本帝国皇帝陛下，对于有勋功之朝鲜帝国人民，认为宜特别表彰者，授以荣爵，且给以恩金。

第六条　日本帝国政府，因前记并合之结果，全然担负朝鲜帝国之施政，及朝鲜帝国人民遵守该地所施行之法规者，其身体及财产，充分保护之，且图增进其福利。

第七条　日本帝国政府，对于朝鲜帝国人民之诚意忠实，以尊重新制度，而有相当之资格者，在事情所得许可之界限内，可登庸之，使为在朝鲜帝国境内之朝鲜帝国官吏。

第八条　本条约经日本帝国皇帝陛下，及朝鲜帝国皇帝陛下之裁可，自公布之日施行之。

自从日本与朝鲜合并条约订成,朝鲜的主权,朝鲜的国民,朝鲜的政府,朝鲜的皇室,便成了历史上供给后人凭吊兴亡的资料,那几千年承承继继的朝鲜古国,无异宣布受了死刑。殷朝皇室箕子的香火,简直自此之后,烟沉雾灭。虽有许多朝鲜志士义民,抱着一腔热血,亟亟谋恢复故国,在忠清南道,庆尚北道,全罗北道,咸钟[镜]南道诸处,抛弃家财,拼掷生命,揭竿起义,一心要和日本奋力搏战,倒也不少,可惜都不曾成事。后来游历朝鲜的游人,走过高山峻岭,古驿荒村,觉着那烧剩的劫灰余火,和那人民的义魂忠魂,在风清月白,夜阑人静之时,好似一一陈列在眼前。正是:

白雾黄烟惨浑圆,长松不见鹤高眠。

欲知朝鲜与日本订了合并条约之后,尚有何事,且看下回分解。

评

朝鲜的老旧臣,见伊藤博文威逼国王李熙退兵[位]之后,他们虽会百计图谋,想废除和日本所订的新约,不过他们一无势力,二无兵力,三无财力,纸上空谈的废除,毫无实力去和日本人抵抗,结果当然还是只有尽忠的一条死路。可是话又要说回来了,无论如何,这般老朽虽未达到废除新约,平心而论,总比较毫无心肝的李完用的腼颜事日,胜之多矣。

世界各国在海牙开的和平会议,忽有朝鲜志士李相高、李隽、李玮钟三人出现,要求允准朝鲜参加列会,不要说这事出于日本的意料之外,恐怕世界各国,也定想不到半空里有这么一个霹雳出现。可惜那时世界列强的假面具还没有戴上,所以到底这三个姓李的,仍不出逃的逃,死的死,毫无结果。倘然换了现在,国际联盟会已经成立多时了,朝鲜国内,如有大胆的志士再去要求朝鲜独立,不知日本将用何种托词耶!安重根之刺死伊藤博文于哈尔滨车站,一连枪声七八响,把伊藤博文的要害打中了之后,安重根在人丛中大呼"朝鲜国万岁"而不逃。我人讲到这一段书,莫不精神为之一振。安重根的从容赴义,大家都要敬叹不止罢!后来日当局问他口供,安重根回说是替朝鲜报仇,方把伊藤博文刺死,不肯招出同党,他的人格和志气,令人佩服得五体投地。

第二十回

受册封降王增隐痛　感境遇遗孽述哀词

　　话说日本与朝鲜合并条约订成之后，朝鲜统监正大臣寺内正毅，就立时电奏日本明治天皇，只等日本明治天皇电谕到来，便好依旨办理。朝鲜内阁总理大臣李完用，外表上装着没事人的样子，其实内心他早知道不久朝鲜就有大变化发生了。这时李完用有个内亲，不知如何给他知道这事的详细，这内亲倒是个热心肚肠的人，特地从故乡赶到汉城，来见李完用，见面之后，便劝李完用速速辞退朝鲜内阁总理大臣的职务，免得将来被朝鲜人民落个万世的骂名，不料李完用竟是爽爽快快的回答道：“将来朝鲜人民恨我痛骂我，这不是一年半载的事，我就是立刻下台辞职，卖国贼的名声，也是已经免不掉的了，眼睁睁被朝鲜人民欺侮，一句话都不能说出口，不如仗着日本人的势力，快活一天再说一天。”这个内亲听了李完用这么说，气得捧着肚子回去。

　　日本明治天皇得着朝鲜统监大臣寺内正毅的电奏日本与朝鲜合并条约订成，立时便开临时内阁会议，接着又开临时机密会议，这种单独利益条件，原是日本人苦心经营一二十年的结果，如今一旦成功，那有不通过的道理？便是朝鲜内阁总理大臣李完用担心到二十四分，生怕日本明治天皇不肯答应日本与朝鲜合并，自己的荣华富贵，便没有指望了，因此每天到朝鲜统监府邸，探问日本明治天皇电谕的消息，直等明治天皇电谕到来，允准所请，李完用心上重沉沉的一块石头才放落了。日本与朝鲜合并条约公布的日期，由朝鲜统监大臣寺内正毅与朝鲜内阁总理大臣李完用商议决定，择于八月二十五日施行，朝鲜各大臣，免不得虚应故事，也开了几次会议，将李完用拟就的日本与朝鲜合并的条约，提出来朗声读了一遍。

　　朝鲜各大臣列席会议的，照例举了一次手，便算通过完事。朝鲜国王做梦都不会想到有这件事，会议散场，朝鲜内阁总理大臣李完用携了通过的议案，进宫去详细向朝鲜国王奏明，朝鲜国王除了哭泣之外，再无话说。李完用假意劝慰几句，随即出宫，一脚到朝鲜统监府，向朝鲜统监大臣寺内正毅报告朝鲜内阁会议已经通过，朝鲜统监大臣寺内正毅也无话说。不知如何，李完用忽地又想着了一个主意，特地陪着笑脸道："日本与朝鲜合并的条约全文，朝鲜内阁会议已经通过，朝鲜国王的朝旨也允准了，一切没有别的问题了，只是公布的日期，似乎尚须商量一下。"朝鲜统监大臣寺内正毅瞪起眼睛道："有什么事呢？难道来不及预备么？"李完用赶紧陪着笑脸道："不是的，只因朝鲜的新王登基，是四年前的本月二十日，据着现在所定的公布日本与朝鲜合并新约的日期，相差不多几天，请统监大臣顾念朝鲜的面子，且挨过了这几天，然后再正式办理新条约。"朝鲜统监大臣寺内正毅听到这里，倒笑起来道："原来是朝鲜新皇登基的四周【年】纪念，这可以通融办理的，本大臣的意思，不如由你回去，再开一次朝鲜内阁会议，大家商量一下，简直开一次朝鲜新皇登基四周【年】纪念大会，大家热闹一番，岂不是格外有趣呢？"李完用方才放心道："这事就照着统监大臣的意旨去办，朝鲜内阁会议，似乎可以不必开的，万事由我担任，料定也没有人敢大胆违反统监大臣意旨，但是在日本明治天皇方面，须请统监大臣善言些。"朝鲜统监大臣寺内正毅道："这个有本大臣在看，不会有事的。"李完用便欢欢喜喜的辞了出去，自去安排朝鲜新皇登基四周【年】纪念大会的事。

到了正日，请朝鲜国王出来登殿受贺，国王仍戴了平天顶冠，穿了大元帅的军服，从宫殿里战战兢兢的出来，左右随着两个亲信的大臣。朝堂上由内阁总理李完用领班，率领文武百官，分班朝贺。朝贺已毕，便是一进会会长李容九和宋秉畯，领着一进会全体会员，也登殿朝贺。最后是朝鲜皇室勋旧老臣，照着朝鲜国的庆典礼节，也一一亲来朝见称贺。朝鲜统监正大臣寺内正毅，朝鲜统监副大臣山县伊三郎，日本驻朝鲜公使荻原，领了日本顾问官，日本将校，日本公使馆的参赞和书记官，也都来凑热闹。朝鲜全国大小衙门，尽行张灯挂彩，足足热闹了一天。

那朝鲜新皇登基四周【年】纪念会过后，日本与朝鲜二国合并条约公布日期已到，日本明治天皇下紧急勒令，立时废除朝鲜原有的国号，撤消朝鲜统监大臣，改任朝鲜总督和民政长，朝鲜统监正大臣寺内正毅任朝鲜第一任的总督，朝鲜统监副大臣山县伊三郎任朝鲜第一任的民政长。寺内正毅接了勒令，马上用朝鲜总督名义，宣布朝鲜全国戒严，禁止开会集议，日本军队都全副武装出巡，霎时间汉城中阴风惨惨，杀气腾腾，十分的怕人，街上不见有朝鲜人来往，家家户户静悄悄的关门闭户。那一进会在日本与朝鲜二国合并运动中很出过一番力，谁知日本与朝鲜二国合并成功，日本人却把一进会抛在脑后。一进会会长李容九动了大气，所以日本与朝鲜二国合并条约宣布的这一天，朝鲜新总督府中，独不见李容九的踪迹出入，因为李容九推说有病，跑到介川去躲着不来，等到事过之后，李容九又有些懊悔，才回汉城，来见朝鲜总督寺内正毅。谁知寺内正毅，早不把这事放在心上，却对着李容九发表治理朝鲜的新政策。李容九听说朝鲜全国境内，不许有一个会堂存在，一时摸不着头脑，后来又经着朝鲜总督寺内正毅几句连吓带骗的话，李容九才知道一进会非解散不可。过了三四天，果然一进会自行宣布解散，可怜宋秉畯费尽心机创立的一进会，李容九做了一进会的会长，也和日本在暗地里出过许多气力，竟是这般结果，宋秉畯和李容九懊丧，不可言喻。约摸又过了十日，日本册封朝鲜国王的专使到了，那专使名叫稻叶，到了汉城，定了日期，由朝鲜总督寺内正毅通知了朝鲜国王，准在昌德宫仁政殿受封。

到了这日，朝鲜总督寺内正毅穿了陆军大将的礼服，领了日本将校，朝鲜民政长山县伊三郎，穿了文官大礼服，领了顾问官，陪着册封专使稻叶，坐了马车，直进宫去。朝鲜国王带了亲近官员，由仁政门步行出来，迎接日本册封的专使。朝鲜国王虽是依然穿着大元帅制服，然而与册封专使稻叶相见，却平等礼节，到了仁政殿上，朝鲜国王更不敢坐上宝座去，稻叶开读日本明治天皇册封朝鲜国王的勒令，却是封朝鲜帝国皇帝李坧为昌德宫李王，皇后封为皇妃，皇太子封为王世子，朝鲜帝国太皇帝李熙封为德寿宫李王，太皇后封为太皇妃，太王、李王、王世子俱皆加恩仍留陛下尊称，公爵公妃，仍得享受皇族礼节。朝鲜国王便献上朝鲜国玺，稻叶收受了，那班侍从的朝鲜大臣，见了这般情景，想起当年临朝称皇帝的旧事，早忍不住满眼热泪，溜出去到朝鲜太庙门前，痛哭一场，也有几个，竟撞死在太庙门前。

册封过后，朝鲜的言语文字，先被日本人干涉，初等小学，尽行废去汉字和朝鲜文字，改授日本文字，教科书的材料，须由日本人审定，朝鲜人除了说日本话之外，不准说别国的话，无论什么书籍出版，不准记载朝鲜的事情，更不准有独立自主的字样，不准记载近国史。那时朝鲜人民虽有起义抗争，到后来终敌不过日本，朝鲜参政院大臣沈相熏，朝鲜元老院从二品大臣李南珪，朝鲜定山郡儒生李式，朝鲜结成郡儒生柳濬根，朝鲜善山郡农夫康相元，朝鲜洪州农夫林润植、李容理，朝鲜新义州义士闵宗植，朝鲜义兵团参谋申铉斗、申相斗，朝鲜义兵秘书郎文奭燠、申辅均，都曾揭竿而起。初起事时，忠清道一路，声势最盛，江原道一路，也有几万人马，日本军队吃了不知多少次数的败仗。闵宗植、申铉斗、申相斗、李式材干谋略，各有所长，闵宗植攻破洪州，和日本苦战九月，日兵重破洪州，闵宗植领了兵士，在洪州城内巷战了一日一夜，才败出城去。残败人马，又去攻破赤裳山城，守在赤裳山城一年，到底因无人接济，赤裳山城又在万山丛中，终被日兵攻破，闵宗植力战阵亡。李式编的是儒生队，柳濬根做了儒生队队长，人数虽不多，大家都是拼命相斗，日兵调了大队人马，才得战胜。总之不少的无名英雄，因欲替朝鲜挣一口气，热血洒遍了京畿道、忠清北道、忠清南道、全罗北道、全罗南道、庆尚南道、庆尚北道、黄海道、平安南道、平安北道、江原道、咸镜南道、威镜北道，争奈挽不过来，空掷性命，只留做后来青史凭吊，给人看了叹息而已。

这一部书的资料，在前两年著者正在从上海航海到大连去，同船中遇着了一个朝鲜人，不知如何，船到达大连，那个朝鲜人忽然被日兵水上警察注意起来，严密搜查他的行李，那个朝鲜人似乎早有预备，在船未曾到大连以前，先将一本日记，偷偷的塞在船上隐僻之处。日本水上警察，虽不曾在那个朝鲜人的行李中，搜出什么东西来，但始终认为可疑，就带了同［回］去。后来被著者在船上隐僻处拾得了这本日记，保藏至今，觉得湮没了，很是可惜，于是破费了几天功夫，写成了这二十回的《朝鲜遗恨》。写到朝鲜国亡受封，实在再也写不下去了，只得不了而了，算是本书的终局。正是：

大好河山，尽落夷手；版图变色，谁为戎首？

评

朝鲜和日本签订合并条约的时候，我真不知道内阁总理大臣李完用做了全权委员，难道连协议的八条协定条约，是否丧权，是否辱国，以后朝鲜的政权，是否还操诸于朝鲜国王之手，朝鲜的国民是否要沦于亡国奴之地位，朝鲜的后裔，是否变做万劫不复，永无翻身之日，难道他这样一个位高于一切的全权代表，果连这么一些知识都没有，竟提得起那支笔来签字么？现在朝鲜消亡以来，也已三十余年，不知日本所许李完用的荣华富贵在哪里，高官厚禄在哪里。恐怕李完用如现在还活在世上，身受了这种亡国的滋味，他也一定要懊悔当日的举手签订这种亡国条约咧。

在下评这书评到这里，却同时发生了一番感慨之事，就是一二八沪战发生后，目下中日双方也在开停战会议，日方的各种无理要求，层层逼来。我很希望我国的外交代表，在签订停战条约之时，应该再三的郑重考虑，万不要以为这是一举手之劳，无关国是前途。若不慎之于前，必定悔之于后也。

本书末段叙述很多朝鲜人民，于国亡之后，都想起义战争，还有不少的无名英雄，热血洒遍了朝鲜国境。大家起来，要想替朝鲜争一口气，结果都是空掷生命，挽不过来，只令后人凭吊叹息而已。本书的终局，却已不了而了，也可谓天长地久有时尽，遗恨绵绵无绝期了。

（发行：青浦郁道庵，总发行所：上海沪报馆，1932 年 6 月）

诗 歌

· 新诗 ·

赠朝鲜的友人

白 萍

请展开你们变了色的地图，听啊，
有几千万的敌人在那儿欢呼！
奸淫惨杀，剩下的同胞哟！
在威权之下臣服而为奴！
朋友呵，不要想那月光淡淡，
露在祖国的丛林之间，
可是高唱太和万岁的倭鬼，
已在那儿鞭打你们的同胞作玩。
见了你们，我不禁起了种亡国的悲怆，
伤心哟，我们的祖国不久也要灭亡！
我们的同胞不久也与你们一样！
捶骂宰杀，我们也得喊万岁的天皇！
哪里还有正义仁道和真诚，
天哟！不奋斗，我们将永远在缧绁中受困，
我们要用尽我们的全副精神，
使我们成为自由之人。

（载成都《资声》第 14—16 期合刊，
1929 年 6 月 10 日）

亡国恨

谷　望

老百姓，听我言：如今世道真够繁。

世上没有道理讲，帝国主义尚野蛮。

只看谁的拳头大，不管谁的理性端。

东面有个朝鲜国，政府当局太稀软。

百姓不把国事管，一切事情都靠天。

因此日本发了馋，无端就把毒计按。

占了朝鲜心不满，害得鲜人苦不堪。

种下粮食不得吃，全被鬼子抢了去。

布匹鬼子抢去穿，自己老婆没裤子。

黄瓜打驴分两段，苦的全在后半面。

自从鬼子估［占］朝鲜，处处就把便宜占。

又怕鲜人要造反，察的紧来防的严。

今朝说错一句话，明天性命便难全。

街上走路要成单，两人不许肩并肩。

死丧不准大声哭，娶妻先要鬼子玩。

深更半夜常搜查，大天白日要强奸。

切刀都成违禁品，鲜书不叫鲜人念。

说起苦头千千万，此处不过举数端。

若说偶然一违犯，便要抓走去见官。

刀刮枪毙还在可，弄得九族不安然。

望我同胞都醒起，齐心努力打鬼子。

如果不再争口气，将来下场也如此！

（载兰州《老百姓》第 1 卷第 5—6 期合刊
"大家看"，1938 年 2 月 21 日）

亡了国的人*

杜衡之

这个高原城市每日都在
暖和的阳光里
可是你们这一群人寄居这里
却不见光明的

我不敢在这里指出
你们的姓与名
深怕你们还有一些良知
不愿被称为亡了国的人

呵 看呵
你们这一群人
脸面是苍白的没有血色
像那些啃树皮食野草的饥民
眼睛失了神采
看不出一些儿智慧聪明
精神是那样的萎靡不振
一个个像是落掉了灵魂
偶尔也听到几声笑
只更使我感到你们的憨蠢
你们没有尊贵的态度
你们没有自发的英挺
你们站立时坐着时行走时
都使我伤心
你们为什么这般不像样
不像生在二十世纪的人

---

* 原刊全诗无标点，收录时保持原貌。——本书编者

这一切的一切你们似乎是很漠视

你们似乎已失去了自信

你们不想到往日的幸福

能够重见于今

你们不想到现在的不幸

是由于什么的原因

你们仅仅为了最低度的生存

一个个都做了顺民

呵 我知道了

你们是最可怜的人群

你们受那帝国主义五十年的毒害

才使你们变成这样的人

它剥夺了你们的智慧聪明

它涂抹了你们的文化精英

它吃了你们的血与肉

败坏了你们的心与形

呵 我知道了

你们是最可怜的人群

是你们的祖先太欠团结

太欠抵抗的心

没有燃起全民族的火焰

没有动员全民族的壮丁

这样一贯的屈伏一贯的忍辱

就使你们成为了最不幸的子孙

呵 我们呢

我们不能讥笑你们

帝国主义也正向我们凶猛地进侵

我们是在生死关头作最后的斗争

（载《文艺月刊》第 5 卷第 1 期"诗歌特辑"，

1940 年 9 月 10 日）

北行者

雪　原

他们去了！
向着寒冷的北方：
为保护雪地下迎春的绿草，
为人类的自由正义真理。
他们去了！
向着北方雪寒封锁着的北国。
漩流着的战斗者的热血，
将温解北方的寒冷，
突破大地的黑暗。
为扫荡大地的悲哀，
展开着伟大的斗争，
为人类的正义。
他们去了！
向着北方被敌人占去的土地，
抛弃了自己的一切，
摸着寒冷的沙漠风；
为突进三千里原野，
为收复悲哀的国土，展开庄严的复仇战，
为人类的理想，
他们去了！
向着广大的北方：
为【保】护雪地下新生的绿草，
为争取人类的自由正义真理。

雪原于一九三九·十二·二八

（载《韩国青年》第 1 卷第 2 期，1940 年 10 月 15 日）

献给小明弟弟[*]

毓　华

小明

六年前你诞生在中华民国的南京，

你带来无恨 ［限］ 的喜欣，

安慰了你那白发的阿爸和母亲。

朋友们都万分的庆幸，

因为你是那么的：

忠厚，

聪明，

和善，

沉静。

当东方弱小民族联合向共同的敌人开始全面的反攻，

你就走遍了中华民国的苏、皖、赣、湘、川、黔、闽，

想不到你就定 ［走］ 完了人生的旅程。

放弃你未来全部的责任！

我们拿出了所有的热情，

可是还温不暖你那脆弱的心灵。

好！你且作了我们的先行，

你不必哭丧拉脸，

---

[*] 诗中的"小明"是韩国志士柳子明的儿子，病逝于福建。柳子明（1894—1985），生于韩国忠清北道。著名韩国独立运动活动家、教育家、农学家、园艺学家，中国人民的亲密朋友。他与中国著名作家巴金的友谊持续了半个多世纪，是巴金小说《发的故事》里的原型人物。柳子明1919年6月来中国后，将自己的一生献给了本民族的独立事业和中国教育、农业科学事业。1930—1935年任教于上海立达学园，1950年后任教于湖南农学院（现为湖南农大）园艺系，该校立有其铜像并将其故居建为纪念馆。1978年获朝鲜政府授予的"三级国旗勋章"，1991年获韩国政府授予的"建国勋章爱国章"。2002年，灵骨回归故里，韩国政府为其举行国葬。诗作者"毓华"为李毓华，是柳子明在立达学园任教时的学生，与柳终生保持师生情谊。——本书编者

为着暂别而伤心。
　　去罢！
亲爱啲［的］弟弟——小明，
祝你安宁！
　　　　　一九四〇·八·一七 永安·下岭
（载《韩国青年》第 1 卷第 2 期，1940 年 10 月 15 日）

光复之歌

陈 旧

是中韩……共同的敌人，
也是全人类的公敌，
    ——日本帝国主义。
请打开中韩近百年来的历史罢！
每页记载是：
泪滴，
血迹！
韩国到了今天，
已奴隶了三十余年！
啊！
这三十余年的漫长岁月
多少同胞被杀？
多少田园被占？
这日本魔手赐予韩国的恩惠。
同样，它——日本
到处显扬对中国的"亲善"：
"九一八"在东北，
"一二八"在淞沪，
"七七"在卢沟桥，
"八一三"在上海。
这一串都是日本向中国提携的"亲善"？
今天，
首都，杭州，徐州，广州，武汉……
都被强占：
飞机，大炮，毒瓦斯，□□弹……
这些"亲善"的礼品，
正不断地送向中国的人民大众。

更还梦想着：

以华制华——扶持汪傀儡

坐收渔利。

但是，告诉你：——日本

中国人，

朝鲜人，

我们原是一家人，

谁肯帮鬼子来杀

自家人！

今天起，

我们精诚团结，

联合一气，

对准者〔这〕疯狂的魔鬼，

我们齐心把它打倒。

我们不怕敌人的残暴！

我们为了：

洗刷亡国的耻辱，

维护东亚的和平，

争取人类的正义

求得民族的独立，生存，

我们要打倒我们当前的公敌——日本

将青天白日插向鸭绿江畔，

让长白山头太极旗帜临空飞扬！

　　　　　　卅年，八，十一，于韩青班

（载《韩国青年》第 1 卷第 4 期，1942 年 9 月 1 日）

大江东去次均［韵］赠界氏由朝鲜归国

梅　园

　　岛东西去，有徐墓、箕陵长埋英物。不恨古人吾不见用稼轩句，愁见龙蛇四壁。缺补长城，船横沧海，轮碾千山雪。雄心如此，使君真个人杰。　遥指梅岭春回，枝南枝北，早冲寒花发。多少王侯新第宅，迅逐轻沤齐灭。剑抉浮云，尘清净土，一系千钧发。长途珍重，孤怀同澄明月。

（载东京留日学生总会《民彝》第 3 号，

1917 年 2 月 15 日）

赠朝鲜刺客（二首）

汪笑侬

　　实行暗杀谈何易，不报国仇非国民。自我相观殷有鉴，问谁敢谓秦无人。螳能奋斧摧天柱，□□挥戈逐日轮。① 更望英雄争继起，都将热血溅东邻。

　　亚洲演出剧非常，绝世雄才此下场。小辈荆轲徒嫚骂，匹夫豫让但佯狂。蜉蝣大树今能撼，蝼蚁长堤未易防。博浪当年锥不利，副车误中笑张良。

（载《寸心》第 5 期"好诗"，

1917 年 5 月 10 日）

---

　　① 此句中的□□为原刊标注。——本书编者

送别朝鲜金起虞先生[*]

李 骧

一身书剑寄天涯，独有遗臣鬓欲华。去国兰成工作赋，登楼王粲苦思家。相逢秋末吟怀壮，惜别江干涕泪赊。莫向故都重回首，汉城日暮起悲笳。

（载浙江温州《瓯海潮》第 13 期"艺文·诗录"，
1917 年 7 月 1 日）

和鲜人金允植先生锓刊著述纪念之作

云 僧

皓首穷经别有天，飘然杖履是神仙。鸡林纸贵文名重，大道维持一贯传。正值桃红柳绿天，衣冠济济集群仙。著书立说穷年月，师表人伦万古传。

（载《文友社杂志》第 1 集"文苑"，1917 年 8 月）

与高丽吴小坡女士饮于市楼

廉南湖（泉）

浓春孤馆郁千忧，忽漫相逢百尺楼。草草杯盘容独醉，珊珊环佩自名流。五更风雨摇乡梦，万里关河数客愁。独抱陈编吊兴废，湖天佳处与同游。

[作于 1917 年。录自李保民校笺《吕碧城集》（上），
上海古籍出版社，2015 年 10 月]

---

[*] 本诗又载 1923 年 9 月南京《国学丛刊》第 1 卷第 3 期"诗录"，改题《赠别朝鲜金宗亮起虞》，首句的"一身"改作"十年"。——本书编者

赠高丽音乐家吴小坡女士次南湖韵

吕碧城

乾坤苍莽蕴奇忧，小拓诗坛寄此楼。故国可怜惟夕照，余芳未泯有清流。衔杯已自难为笑，挟瑟何堪更诉愁。莫话沧桑旧身世，神州无恙恣芳游。

其　二

梨云撩梦送轻寒，异地逢春作客难。何处乌衣寻故垒，独教红粉泣南冠。闲调宫羽传新恨，更检缥缃结古欢。一卷琳琅题咏遍，锦囊归去压雕鞍。

（作于 1917 年。载吕碧城《信芳集》，
中华书局，1925 年 10 月）

哀韩篇

惰　公

沧桑日现东大陆，牡丹台下人声哭。黄海腥风拔巨鲸，朝鲜国魂断难续。独立旗翻十余年，回首过眼空云烟。遗老垂泪故宫恨，壮士伤心宝剑篇。可怜卧虎不早逐，操刀必割何容卜。春蚕自缚徒唏嘘，自此卧榻眠他族。保护谁谓巩金匦，统监威权迈副王。上皇血泪染宫草，英王非质韩太子质于日本终荒唐以留学为非质，安生重根识破倭儿狡，长藤伊藤毙于安击摧惊飞鸟。燕亡何可罪荆卿，廷臣半羡新封好。新封虽贵莫嬉嬉，补疮肉□胡为医。① 琉球已是前车鉴，李王灭韩封李王何若皇帝时。无人肯溅侍中血，空余汉水声呜咽。山河破碎似落花，一夜春风收不得。我非三

———————————

① 此句原刊缺一字。——本书编者

韩亡国臣，何事满把泪酸辛？封豕长蛇欲无已，恐将禹域归秦人。

（载北京《乐群杂志》第 1 期"文苑·诗"，

1918 年 1 月 30 日）

高丽金宗亮起汉过访求诗因赠

散　原

博衣峨冠来叩门，进揖据坐颜貌温。瘦骨微髯习雅言，自云失国风波民。久羁中土逃茝豚，西北历骋东南奔。揭来一探苎萝村，还拜湖上岳王坟。下车复眺谢公墩，江南文献足讨论。耆旧捧手尊所闻，丏导异客掀骚魂。茗酌澹澹檐目暄，徐挹襟素双眉颦。嗟我亦如虱处裈，何当鹄举方圆分。对子只成胸独扪，大地能自立者存。故事忍问齿与唇，谁戒虾鳝长鲸吞？万劫同归娱朝昏，子且狂走脱其群。赠子别句兼泪痕。

（载《小说月报》第 9 卷第 2 号"文苑·诗"，

1918 年 2 月 25 日）

杂　感（三首）

严修（范孙）

鸭绿江边春水愁，凤凰城外暮云羞。
回头三十年前事，亲见藩臣拜冕旒。

景福宫前万象新，谁从辇路识前尘。
曾无禾黍兼荆棘，只觉春光懊恼人。

昔容卧榻他人睡，今日他人不容我。
十五万钱千亩苑，或云是放或云收。

（作于 1918 年 4 月。载严仁曾增编，王承礼辑注，张平宇参校

《严修先生自订年谱辑注》，《严修年谱》，

齐鲁书社，1990 年 1 月）

哀朝鲜辞序略·义州至釜山途次稿

无 名

东方古国，在昔有三：曰中曰日，及尔朝鲜。呜呼鲜民，箕子之后。一朝失国，含羞蒙垢。呜呼鲜土，昔贤所居。山川壮丽，风景不殊。爰及今兹，时移事异。昔之骄子，沦为皂隶。我闻在昔，将亡未亡。民惰俗靡，田野芜荒。今也不然，地利尽辟。民趹以趋，无敢或息。此民此土，曾不少易。胡不自耘，逮为人役。哀彼鲜人，曾非怠慢。逮兹沦湑，奋励特晚。自昔文化，受我濡薰。亦有俊秀，原与人同。荒村楹帖，犹见遗风。胡不自勖，甘居愚庸。哀彼鲜人，宁独昏瞀。迨兹蔽锢，莫由醒悟。鲜人所居，但见茅檐。局蹐隘陋，高不盈肩。我闻其由，间架有税。逾寸拓尺，厥征乃倍。念彼鲜人，宁甘穷蹇。逮兹疲病，谁与咻噢。鲜人白服，固昔所尚。逮今不易，应为国丧。皓皓其衣，繄谁之玷。盍浣汝衣，闻语色变。哀彼韩人，宁甘辱污。逮兹沦胥，谁与剪除。自倭之来，取子毁室。政繁赋重，不遑安息。既取我子，亦何能顾。宁独无伤，莫可呼吁。既毁我室，伊谁云适。不敢告人，但闻隐泣。哀彼鲜人，非生而奴。噬脐何及，盍早为谋。瞻彼旧服，缅怀宗邦。白山之麓，黑水之间。闽海而西，泰山以南。小鼠跳梁，睡狮不醒。伯叔兄弟，宁独能忍。我躬不恤，何暇哀韩。迨今未至，盍早图强。天道无亲，祸无幸免。毋曰苟安，殷鉴不远。

（载《民铎》杂志第 1 卷第 4 号"诗录"，
1918 年 5 月 7 日）

过朝鲜海望济州岛口占

我 一

横海孤舟去，相期东海东。浪花水外白，日色雾中红。历历知何岛，泱泱御大风。凭栏常独立，极目渺无穷。

（载江苏《武进月报》第 1 卷第 7 号
"东游剩草"，1918 年 7 月 15 日）

朝鲜领馆设立两等小学校校歌

云　僧

朝鲜原属我附庸，我辈久留踪。缅怀箕子旧遗封，离黍悲故宫。冠裳俎豆典雍雍，历劫于烟烽。使者设学振群聋，吾党被春风。

国旗赫赫悬当中，黑白蓝黄红。二十世纪大舞台，五族扬威风。国民分子与人同，责任重吾躬。勉乎渺小一少年，来日主人翁。

前途进步靡有穷，一得毋自封。切磋琢磨日有功，根底在蒙童。五千年来文明种，努力各虚衷。急起急起莫疏慵，立志做英雄。

（载《文友社杂志》第 1 集 "杂俎"，1918 年 8 月）

送朝鲜前政大夫金泽荣归国

几　道

避地金通政，能诗旧有声。湿灰悲故国，泛梗薄余生。笔削□□①聚君方修史，文章性命轻。江南春水长，愁煞庾兰成。

其　二

笔谈尽三纸，人意尚愔愔。天演叩余论，阳明孰敢任君读《天演论》以王伯安相方？愿持无厚刃，载抚不弦琴。去去成连远，云涛识此心。

（载上海《新闻报》1918 年 10 月 26 日 "报余·文苑"）

安重根

朱荣泉

誓报国仇不顾身，从容就义韩遗民。可怜箕子分封地，留有孤忠话

---

①　本句中的 "□□" 疑为 "精神"。——本书编者

旧因。忠肝义胆苦支持，大事去矣安用之。试取邦人作比例，荆卿七首子房椎。

（载上海《约翰声》第 29 卷第 8 号
"文苑·咏史"，1918 年 11 月）

读朝鲜见闻录有感

黄日贵

河山半壁认依稀，彩邑分封食子箕。族谱有源皆祖汉，弦歌无处不师尼。右文俗习风何雅，经武情悭事未奇。季世风云幻遍急，帝宫无主草离离。社鼠城狐尽妾臣，乾坤那不付他人。营私争促阋墙急，树党援招外寇浑。自是妖氛能祸国，无多正气可护君。害群应恨后诛马，黔首无辜作遗民。国权销尽可怜生，鱼肉俎刀鸣不平。从识世运强并弱，忍凭宾主重权轻。精卫搬石几填恨，三闾离忧此憎情。却怪沙虫甘失鼎，更无人感泣新亭。沉陆衣冠成沐猴，赧颜公敌又私仇。苟生贴耳原非活，雪耻昧心是可羞。

（载菲律宾马尼拉《华铎》周刊第 2 卷第 4 号
"文苑"，1919 年 1 月 27 日）

叹高丽亡国受虐待

杨宇清

须把朝鲜仔细思，韩人屡被恶人欺。冤含满腹凭谁诉，泪落盈睛只自知。忍受摧残当此日，原因懈怠在平时。前车既已为殷鉴，莫待临头悔后迟。

（载上海《通问报·耶稣教家庭新闻》第 857 期
"词林"，1919 年 7 月）

赠朝鲜申睍观

项 波

睍观姓申氏，字一民，别号汕庐主人，再造韩国之有志士也，一千九百十九年邂逅于杭州之清华旅馆。自述行年四十，无他爱好，山水园林金石书画而已，爱余书，因与余交。气宇昂藏，吐属慷爽，审为非常人。初言家世吉林，供职学校，病脑，胸次恒不舒，慕西湖山水之胜，不远千里，来此养疴，然幽井之气，眉目间殊不可掩。余穷诘至再，始肯以庐山真面示人，历述倭贼待遇之惨无人道，有未经朝鲜亡国痛史载及者焉。嗟乎，睍观苦海之余生也，卧薪尝胆，以有今日。余尝谓东亚病夫有二，朝鲜是大病过来人，支那是沉疴未亡人。过来人不死，未亡人不速药，有死而已。睍观曰，尔我腹心之患惟日本，然人心不死，自有一线望也。涕泣之余，构句以遗之。

歌哭无端说古韩，那堪亡国种摧残。拼将白骨和丹血，还我河山定不难。

商女无知可奈何，健儿独抱鲁阳戈。待看烽火腾三岛，杀尽楼兰奏凯歌。

（载太仓《蠡言》第 9 期 "文艺"，1919 年 9 月）

观高丽伎舞有作

徐 珂

民国八年九月二十一日，高丽韶光社女伶锦涛桂仙月出竹叶正姬雪中梅等十余人，闻皆高丽国主之宫人，国亡被没入官从以乐人李重玉闵永璇朴夏准等，自高丽来，假上海之上海大戏院奏技。技之最长者为舞，曰佳人剪牡丹舞，宋射雕盘女弟子队子之一曰寿宴长舞，曰五羊仙舞，曰春莺舞，曰催花舞，曰山香舞，山香舞为唐乐署供奉二百二十六曲之一曰扑蝶舞，曰剑舞，宋有剑器队，为鼓笛部舞名之一，即公孙大娘剑器舞也曰僧舞，曰舞鼓，唐侍中李混谪宁海，得海上浮查制为舞鼓曰商妇恨，曰隔江花。每一舞，必揭橥于台之柱，曰某舞。舞者皆女伶，舞衣长可曳地，时或加视。衣略短之半臂，衣色一律（红绿者多），半臂色各异。裙色大抵为蓝，皆以单层之纱縠为之。履之质为绸，亦有中央编草而缘以绸者，有向上之尖而高其跟，两旁则低，虽天足短而窄，差类欧美。惟以袜装棉，遂臃肿不灵矣。舞时皆脱履于台之左侧（舞者不履，我国古亦有之。元欧阳元有《和李溉之舞姬脱鞋吟》），取其袜软而宜步也，且其人皆长身玉立，非若日本之侏儒。舞时飞轻裾，曳长袖，折旋进退，飘飘欲仙，动容转曲便媚拟神，几令观者有天际真人之想。首不冠髻，低为吾国之堕马式，插相簪舞时，戴一花于额之上端，有缨络，舞时则颤一人或数人，舞于台之中央，时亦佐以歌。乐人四，纱帽红袍，坐台之右侧，奏乐声渊渊若金石。一女伶立于台之左侧，以绰板节之，然不足以悦俗耳也。别有所谓闲良舞者，爱情之剧，亦女伶演之。饰男女各一，魔鬼三，此则非单纯之舞矣。其以风流二字揭橥者，则女伶四，乐人三，皆于台之中央，席地而坐，相对奏乐。乐器为玄琴、伽倻琴、稽琴、洋琴、横笛、短笛、呼笛。呼笛音凄厉长鼓坐鼓之属，其以立唱二字揭橥者，则女伶至是易常服衣皆白裙色各异皆浅色五六，环台而走，且行且唱。一人悬长鼓于项，以棒或手击之。即彼之所谓歌词也，所歌为处士歌襄阳歌将进酒歌春眠曲相思别曲竹枝词渔父词白鸥词黄鸡词吉群乐等，择一而歌之，大率为吾国之乐府雅词，惜无舌人为之传达耳。高丽史谓其国郊庙朝会，杂用唐乐宋大晟乐，名之曰雅乐，是固取法于我者，而又有俗乐焉。雅乐之六佾舞、处容舞，即新罗神人舞男舞也。俗乐之尖袖舞、项庄舞，女舞也。近今高丽金泽荣贻张季直书，仅谓尖袖舞效颦中土，项庄舞为公孙大娘一派，恐不尽然。余旅沪廿载，不入剧场。至是而频日往观，自谓如寇莱公之柘枝颠已。乃不旬日，以座客寥寥，辍演他往。噫，亡国之乐之不容于世，有如是夫。

舞袖郎当甚，回旋仅此台。色原倾国艳，声自隔江来。

袍笏逢场戏，笙簧杂吹哀。骆宾王诗"边声杂吹哀"清商同入破，东望我徘徊。日本高丽皆在我国之东

（载《小说月报》第 10 卷第 11 号 "文苑·诗"，
1919 年 11 月 10 日）

高丽伎歌

夏敬观

伎为高丽国主故宫人，作春莺舞、催花舞、山香舞。舞鼓佳人剪牡丹，舞剑舞、春眠曲、相思别曲、黄鸡词、襄阳歌、渔父词、竹枝词、将进酒歌。案：隋七部乐，高丽伎第三；唐九部乐，高丽伎第四。盖靺师所掌，宋赐以大晟乐，其国始习中国之音，乡乐声下乃其本风，今所奏类是中土乐府雅词。

月下沧波灯照屋，簧暖笙清翻一曲。愀然古耳感夷歌，惟觉新声变樵牧。始林鸡鸣风飘雨，当初借作蓬莱股。拨曲入关盛箛吹，外门仗列先檐鼓。可怜鲍石被兵围，宣和法物亦不归。抱器鲁伶惧散尽，深宫那得住蔷薇。重罗香裙杂仙佩，妙舞依然射雕队。佳人剪牡丹，舞宋射雕盘，女弟子队之一啼妆堕马故人新，谁取山香为插戴。土风莫操芝栖歌，清商入破无奈何。安得一竿裁作笛，重兴新罗息万波。

（载上海《东方杂志》第 16 卷第 12 号
"诗"，1919 年 12 月 10 日）

题杨石然竹石菊花图杨韩国人也

镜花水月轩主

三韩在昔亦东篱，欲问平安路已岐。恨我生无顽石性，披图易感黍离离。

（载《亦社》第 3 年第 3 期"诗"，
1919 年 12 月 10 日）

游朝诗抄*（十首）

梁鸿耀

过下关－名马关

险峻雄关今古称，议和驻节昔年曾。我来急渡沧江去，怕向春帆楼上登。

过朝鲜海峡

海轮间眺倚栏干，薄暮天风拂袖寒。新月半弯映孤岛，愁云万叠压三韩。乘槎览罢瀛洲胜，越境忘吟蜀道难。四望沧溟不见陆，犹欣世外庆安澜。

山居朝鲜农人多结庐山中自成村落

山里观天小，村中架屋低。白云时入户，碧树乱依堤。草草营衣食，熙熙伴犬鸡。桃源岂乐境，欲出苦津迷。

雨中车行

飞轮冲雨进，所过尽山乡。岭际烟浮绿，堤边土润黄田多黄壤。牛车驱野叟，蜗舍认荒庄。指点汉城近，楼台驻夕阳。

其二朝鲜南半部皆山岭蜿蜒其色不一

终朝行出万峰中，恍与神州蜀道同。笑我倚窗看不厌，山黄山绿复山红。

---

* 这个题目是本书编者加的。——本书编者

秋风岭

峻绝秋风岭，征车缓缓过。路因盘麓窄，云为傍霄多。松径喧樵斧，津亭留钓簑。壮游偶历此，于意问如何。

明月馆

清幽池馆月光斜，此是亡韩李相家。底事黄金筑新窟，忍教鹃血溅庭花。

景福宫

啼鸦数点夕阳残，寂寞宫廷不忍看。闻道故君今尚在，年年内苑报平安。

平壤_{箕子都此，有墓在兔山}

连峰中断露平原，桑柘参差绿数村。车过未逢箕子墓，伤心战垒血留痕。

贺赵君秉泽六秩寿辰 *

名公多幸福，偕老白云乡。北海宏交纳，南山颂寿康。增辉箕子国，养性午桥庄。邂逅真堪慰，幽居日月长。

（载《日鲜游记》，上海民立中学校，

1919 年 12 月）

---

* 这个题目是本书编者加的。——本书编者

祝《震坛》报出版

祝《震坛》报出版
中华工业协会

嗟我华韩，同种同文。爰处东亚，惟善是亲。降及今世，乃辱强邻。率彼丑虏，蚕食鲸吞。嗟我华韩，何以图存。困兽犹斗，屈蠖求伸。立国之道，贵能合群。而我华韩，关系齿唇。并力御侮，责在吾民。卧薪尝胆，雪耻维新。大哉《震坛》，一鸣惊人。血泪和墨，发为新声。毛锥毛瑟，甘作牺牲。民族自决，有志竟成。华韩共进，跻于和平。大哉《震坛》，自由之神。

《震坛》报社祝词
孙洪伊

檀箕神明，粤建朝鲜，裔胄［胄］廿兆，绵历四千，胡今不振，亡也忽然。伤哉伤哉，念念心酸，论我种族，如英与美，论我政治，如鲁与卫，英美何强？鲁卫何惫？金曰自决，民族乃伟。波兰已起，塞比复兴，其则不远，其效可征。壤地相接，唇齿焉依，兴灭继绝，责任在兹。惟韩有人，独立搴旗，血肉相搏，肝脑涂之，孰主张是，孰主张是［非］，楚虽三户，亡秦必矣。壮哉贵报，涣汗大号，还我河山，率我英豪，汉水泱泱，南山巍巍，国魂在是，其兴也哉。

《震坛》报发刊祝词
吕志伊

震旦邻邦，坛君后裔。民廿余兆，史五千祀。明夷绍箕，洪范锡禹。文化早开，彝伦攸叙。胡来虎狼，噬同蛇豕。沧海横流，铜驼荆杞。多难邦兴，殷忧智启。自由钟撞，独立旗举。草木皆兵，河山重缔。群策群力，再接再厉。有笔如椽，不畏强御。大声疾呼，崇论宏议。灌溉新潮，发扬正义。毛瑟枪长，横磨剑利。强锄弱扶，灭兴绝继。价重鸡林，洛阳纸贵。

《震坛》周报祝词
景梅九

蟾蜍吐雾吞明月，太白暗淡鸭绿黑。九寸短人号蜻蜓，狂飞乱舞鸡林侧。蛟似狼隑夜嗅金，毒如长喙偷吸血。缘衣郊女呕苦丝，白袷鲛人抱珠泣。呼天抢地亦徒然，考钟伐鼓救不得。须臾帝怒命望舒，持七宝鞭鞭蟾蜍。曰汝蟾蜍月孕生，父本日体为阳精。乃效鹡鸰长食母，汝父忧伤亦丧明。一鞭蟾蜍惊震起，复吐明月照万里。满轮无缺分外光，弥节九道檀民喜。噫吁戏！弥节九道檀民喜，独立自由从此始。

《震坛》报颂辞
吴敏於

粤稽中韩，相与唇齿。唐虞以降，历数千祀。何物强邻，三岛崛起。辗转侵陵，东邦倾圮。尔辱我辱，尔耻我耻。尝胆卧薪，未容或已。伟哉《震坛》，檀箕肖子。正义发挥，风行一纸。立懦廉顽，光复从此。宣武亚东，拭目以竣。

《震坛》报出版颂词
朱剑芒

惟我黄种，实启文明。唐虞以降，繁庶莫京。檀君始基，韩国诞生。相与百世，载在誓盟。贱夷侵陵，海隅纷扰。嫉彼耽耽，间我旧好。既撤保障，兵刃载道。同处累卵，奇忧在抱。人心未死，磨剑可为。偕亡时日，奚问安危。携手中韩，风行一纸。伐鼓撞钟，此其嚆矢。

（以上载《震坛》周报创刊号，
1920 年 10 月 10 日。）

祝《震坛》丛报

尹琦燮

正气震乎宇内，报坛屹于亚东。钦子之诚，感君之公。斥邪惩奸，于斯狐魅必缩假面；仗义扶道，从兹生灵可臻大同。刚而健，毅而奋，人必应，神必通。

《震坛》出世志庆

尹海莘

东方将曙，雷乃发声。寰宇普照，群蛰皆惊。独立平等，博爱自由。以此精神，肝胆骨髓。驱魔除暴，振聩砭聋。仁者无敌，天下大同。克勤克敬，毋怠毋荒。巍乎《震坛》，其寿永昌。

祝《震坛》报发刊

中华青年维德会　廉道扬

公理之伸，报纸是赖。《震坛》发刊，言论正大。正义机关，薄俗鼓钟。口诛笔伐，一秉至公。诛奸锄恶，民气可伸。不畏强暴，董〔秉〕笔直陈。社会明星，东亚之光。拜手颂祷，进步无疆。

（以上载《震坛》周报第5号"祝词"，1920年11月7日）

敬祝《震坛》报出世

墨旅徐铉宇

颂尔《震坛》，幸此出世。鼓吹精神，发扬正气。散可为合，懦可为勇。中华大陆，同文友邦。历史存来，唇齿之情。地界相接，缓急共之。忠肝义胆，今古何殊。鲁妇秉义，社稷顿宁。仲连誓海，包胥泣庭。忠武勋业，铁甲之艘。至今遗烈，间岛怒涛。继往砺志，勇进运筹。热诚所在，事无不就。准备稠密，养精蓄锐。赴汤蹈火，何惮之有。随机而动，奇功可必。乃宣乃扬，扫荡妖孽。内治外交，愈勤愈诚。于万斯年，永保国疆。身在遐土，敬祝无量。

（载《震坛》周报第 21 号，1921 年 3 月 20 日）

悼大韩义士安重根示汕庐

林景澍

壮哉安先生，报国有奇节。耿耿秉其心，而不俦侣结。孑然尾其仇，一举而昭雪。慷慨捐其躯，凛凛复烈烈。嗟我后生辈，曷释肝肠热。众志以成城，期抵黄龙穴。先生九原下，痛饮仇人血。

（载《震坛》周报第 14 号"文艺"，1921 年 1 月 9 日）

挽韩义士安重根先生

周霁光

轰轰烈烈奇男子，为国戕仇亦壮哉。懦立顽廉功业著，成仁取义古今哀。河山再造须群力，日月重光恃俊才。故国宫庭宛然在，忠魂缥缈莫徘徊。

（载《震坛》周报第 14 号"文艺"，1921 年 1 月 9 日）

祝《天鼓》出版

《天鼓》发刊志颂
黄延洵

惟我黄族，派演三韩，神胄圣继，武德巍然。明夷洪范，文化俱传，肖裔廿兆，绵历五千。昊天罔吊，侪为隶蕃，矧我同病，能不相怜。鸡鸣风雨，共济危船，口诛笔伐，荡彼腥膻。主持正义，鼓舞民权，坛基重奠，还我乐天。扬辉欧米，遐迩声喧，隆隆天鼓，亿万斯年。

（载《天鼓》创刊号，1921 年 1 月）

321

祝《天鼓》

林之山

风雨凄凄满四方，十年不闻鸡鸣声。鸡鸣一声动天地，瞬息新光不期来。

（载《天鼓》创刊号，1921年1月）

祝《天鼓》

白　醉

一声雷鼓落吾天，攻振鸣醒俱自然。挂于槿域三千里，来也檀阴半万年。杀秋草木风霜起，病夏江山雨露传。造化靴端无不服，始知霹雳在朝鲜。

（载《天鼓》创刊号，1921年1月）

自由钟 八年四月作记韩人之运动独立也*

胡怀琛

竖起独立旗，撞动自由钟。美哉好国民，不愧生亚东。心如明月白，血洒桃花红。区区三韩地，莫道无英雄。悠悠千载前，本是箕子封。人民美而秀，土地膏而丰。那肯让异族，长作主人翁？一声春雷动，遍地起蛰虫。祖国人人爱，公里天下同。我愿"和平会"，慎勿装耳聋。

（载上海《新声杂志》第2期"大江集"，
1921年2月8日）

---

* 本诗又载上海《兴华》第22卷第29期（1925年7月29日），题后文字改作"民国八年高丽运动独立胡怀琛作诗以美之"。——本书编者

题高丽美人舞剑小影

胡怀琛

雪肤花貌剑光寒，龙矫鸿惊大好看。知否当年椎更好，搏浪一击可存韩。

按：搏浪沙之浪，应读平声。又按：搏浪一击，虽不能存韩，然秦不旋踵而灭，是子房报韩之志已遂矣，故吾云云。

（载上海持志大学《持志年刊》第 4 集
"杂俎·诗"，1929 年 7 月）

祝《新韩青年》创刊

题词

徐约翰

自由平等，博爱牺牲。吾人当行，基督精神。韩民行之，众志成城。因是立国，得免沉沦。

《新韩青年》创刊

陈相因

一编风行，语重理真。锲而不舍，推陈出新。灯明暗室，万象皆春。羿射日落，鉴此精诚。

（载《新韩青年》第 1 号，1921 年 3 月 1 日）

登南山 有序

康白情

南山，朝鲜畿内之高山也。登之，可以鸟瞰京城。怪石巉岩，松林蓊翳；狮子山诸峰峙其北，内苑之山拱其西，环以城郭田园之美，为京城绝胜处。白日衔山，士女之提壶挂杖于其上者绝夥；然什九为日本人，而朝鲜人则不多觏云。

俯仰南山上，巍然接帝衢。云来峰影削，春去鸟声孤。"花见"① 多妖女，狂歌剩酒徒。天阍苍未破，毕竟有情无？

五月二日，朝鲜

（载上海《学艺》第 2 卷第 10 期，

1921 年 4 月 1 日）

塔硐公园口号

康白情

此地去年闻独立，鸭江为暖，海为寒。只今犹见英雄血，半著樱花半杜鹃！

五月二日，朝鲜

（载《草儿》，亚东图书馆，1922 年 3 月）

海上赠睨观，即题其《汕庐图》

柳亚子

东邻肝胆士，十载见兹人。家国愁难疗，云天谊转亲。一成终祀夏，三户定亡秦。莫漫悲离黍，飞腾会有辰。子切悲巢痛，吾怀寒齿忧。何当时日丧，与汝赋同仇。碧血清流史，黄金国士头。相期无限意，珍重看吴钩。

［作于 1921 年 5 月。收入《柳亚子文集·磨剑室诗词集·

诗集·第二辑（1913—1922 年）·磨剑室诗二集卷九（1921 年）》，

上海人民出版社，1985，第 386 页］

---

① 日本看花谓之"花见"。

朝鲜金居士赴至年八十七矣哀而歌之

张　謇

　　破晓飞来尺一纸，开缄叹嗟泪盈眦。朝鲜遗民老判书，生已无家国俱死。国何以死今匪今？主孱臣偷民怨深。强邻涎攫庇无所，昔尝语公公沉吟。自是别公四十载癸未与公别，东海风云变光怪。居州独如宋王何？楚人甘受张仪绐。一窜投荒不复还，国社夷墟犹负罪。李家兴废殊等闲，河山辱没箕封贤。白发残生虏所假，赤心灰死天应怜。噫吁嘁！朝鲜国，平壤城；李完用不死，安重根不生，运命如此非人争！居士低头惟诵经。诵经之声动鬼神，后生拔剑走如水。亡秦三户岂徒然？从会九京良有以。公胡遽化九京尘？淬患缠忧八十春。回忆南坛驻军日，肠断花开洞里人花开洞，居士昔居处。

［作于 1922 年 1 月 26 日。收入《张謇全集》第五卷
"艺文"（下），江苏古籍出版社，1994］

夜过朝鲜海峡

力　三

　　山绵延而水回环兮，此箕子之故土。月低徊而不忍去兮，慨江山之无主。苟朝鲜之有人兮，其安能忍与此终古。

（载上海《学艺杂志》第 4 卷第 6 期"诗"，
1922 年 12 月 1 日）

汉城恨并序（四首）

李述庚

　　吾乡□水，与朝鲜毗邻，鸭绿江界其中。盈盈一水，南北相望，故朝鲜遗民多渡江而居。渐迁于内地，日久繁殖乃生息于中国。余暑假家居无事，往寻彼等坐谈树下，偶话及彼国兴亡，则不觉悲戚中来，潸然出涕，余亦为之唏嘘不置。其为余述朝鲜志士潜谋救国之事，慷慨激昂，淋漓悲壮。静聆之余，神虽奋而心弥伤，热血男儿足为三韩生色。今偶感忆其事，聊为短歌行，以志感焉。

一

天道何无情，生为韩遗民。初知世事时，饱尝亡国恨。前朝辛酸事，那堪共再论。回首同江畔，飘游烈士魂。男儿值国难，忧思一何深。念及殉身者，俯仰内伤心。故乡非吾地，岛国是仇人。偷生岂我志，远行拼此身。

二

皎皎明月光，照彻地上霜。志士岂畏冷，匍匐母墓旁。萧萧北风劲，吹人衣衫凉。念及家国事，点点泪沾裳。母去儿侍侧，儿行母渺茫。母魂与儿身，今后别离长。心存捐躯志，前途险难量。凄凉黄土墓，再见喜当狂。

三

凉风起天末，海水激波涛。志士今诀别，亲朋尽魂销。对泣声幽咽，热泪洒绞绡。君行须珍重，天涯路途遥。精诚冠天地，颈血浇宝刀。不喋仇人血，身葬异乡郊。昂首汉城望，怨气聚九霄。此后幸成功，光复沉沦朝。

四

云天色黯淡，流水声凄怆。异地添别恨，频忆故江乡。烈愤填胸臆，刃仇热情狂。发而未之中，此生为国殇。身死志不屈，祖国生荣光。风雨凄清夜，羁魂暗自伤。千里家山远，身亡愿未偿。闻者为泣下，徘徊以傍偟。

（载《南开周刊》第 51 期，1922 年 12 月 25 日）

哀韩国诗

练达向英女士

惟世二十纪，争长殊不良。侵国先侵权，灭种先灭疆。不战夺人地，残害过虎狼。哀哀三韩部，乃罹此祸殃。昔为日与韩，今为主与臧。昔者常独立，今竟不平行。悲我旧藩国，言之使心伤！

其 二

山河虽如昨，衣冠倏已非。帝王封昌乐，赋臣纵虏威。鸡犬不宁息，倭族肆毒尪。生灵日夜泣，驰逐将安归。

其 三

乞师无包胥，无衣孰为吟？兴灭无叔时，取怀谁复陈。主盟无齐桓，攘夷谁故邢？悠悠箕衙裔，永作扶桑民！出言詈降虏，楚痛乃有今。吾侪须努力，斯鉴不远殷。

（载北京《洞庭波杂志》第1卷第1期"文艺"，
1923年4月1日）

题笠伯朝鲜金刚山游记

江 瀚

五岳君游遍，还寻域外山。奇情凌海国，佳境出尘寰。漫吊亡王迹，长开过客颜。吾宁甘老朽，何日一跻攀。

（载山西《来复报》第248号"诗录"，
1923年4月22日）

亡国泪并序

国　人

高丽志士韩某愤家国沦亡，因易装至宁读书，学成归国，行至安东附近荒僻之地，为人所杀。予闻而哀之，因作此篇。

黄沙阵阵鸟惊飞，黑云片片压天低。风摧草木声萧飒，更有胡笳鸣咽吹。可怜寂寂空山里，万古长眠知是谁？

腹破肠穿肢体残，被谁抛入荒山里。山中冷月淡无光，夜夜乌啼啼不止。行人过客总凄惶，共道"高丽一志士"。"志士身当国乱时，汉城烽火剧堪悲。朝中水火东西党，宫外铜驼空泪垂。一朝国破山河碎，四顾茫茫惟血泪。间关万里到中华，壮怀未晓何时遂。"可怜阿母年六十，两鬓飘飘双袖湿。临别殷勤泣致词，道儿"此去漫相思，山河恢复会有日，只恐老身无见期。陆行多虎豹，水行有蛟螭。吾儿好自爱，阿母不能随"。拜别百行泪，山河草木亦凄凄。

闺中少妇年二十，对此如何不饮泣。"忆自来君家，君心恒苦悲。今当长离别，教妾若何为。他年君归能尽责，只愁妾化山头石。"出门天地黑，泪洒江海红。一去不回顾，怒目海云东。长白山头看落日，摩天岭外起悲风。嗟吁乎复嗟吁，志士生涯类转蓬。

寻师从此走天涯，哭望河山万事赊。黄海怒涛连夜涌，风云大地痛无家。一肩淡月征程上，衣衫尽改前时样。逢人诡说汉人民，无限凄凉只自怆。

登山涉水到江南，北望长城落照寒。收拾满腔家国恨，漫将热泪洒阑干。摄心一意攻书史，惟冀他年雪此耻。见人默默背人愁，岁月悠悠嗟逝水。

"我有宗国，苦不能归。我有家室，苦不能回。我有田亩，恐非我有。我有朋友，何时聚首。感此断人肠，百忧躯不走。"

去国无端已十年，湖山未许再留连。一声长啸欲归去，风尘碌碌起云烟。回首十年内，何日不慷慨。为念白发亲，肝肠已寸碎。

飒飒秋风高，舟车道路遥。滚滚黄流天际落，驺人遥指芦沟桥。可怜路上思归客，一夜乡心鬓已萧。

荒村旅邸正凄寂，冷月无声来盗贼。但有强权无是非，可怜志士忽
殃及。敲仆鞭棰一任他，白云苍狗生仓卒。

碧血长开塞上花，游魂寂寞关山月。国仇未报身先死，十载勤劬付
流水。从古杀人应抵罪，志士被杀不如此。无故杀人人不许，志士被杀
人不阻。见人被冤例营救，奈何志士被杀旁观尽不语。转闻杀人翻有功，
此理人间无解处。

风萧萧兮雨萧萧，可怜白骨委荒郊。此恨绵绵何时灭，白发红颜空
盼泣。君不见鸭绿江水呜咽，长白山风萧飒。万籁无声大地愁，天阴鬼
哭声啾啾。

（载苏州《江苏省立第一师范学校年刊》

第 1 卷第 1 期"诗词"，1923 年）

朝鲜纪游诗六首[*]

曹恕伯

朝鲜劝业模范场[**]

时值阴历中秋，为韩俗祭扫之日，途中妇女小孩往来不绝，因有此作：
模范场中尽白沙，因何不早种桑麻。可怜稚子皆奴隶，犹自风流踏落花。

朝鲜京城之日本人售报

朝鲜京城，见有售新闻纸之日本人，腰中系铜铃一串，垂于臀部，
沿街跳跃。有感：

---

[*]　原题为《纪游诗十八首》。其序曰："民国六年秋，历游奉天、高丽、日本、江苏、浙
　　江等处，就途中所见共成诗十八首。"这里选录的是其中二、三、四、五、六、七。总
　　题系本书编者所拟。原题所指的十八首诗初见于作者《考察日韩江浙教育笔记》（北京
　　直隶书局，1918）一书各节中。——本书编者

[**]　本诗出自作者《考察日韩江浙教育笔记》中"韩俗中秋祭扫"一节，该节全文为："时
　　值中秋，适为韩俗祭扫之日，故途中行人，络绎不绝。妇女服饰，皆我国之古装，上衣
　　甚短，从乳部稍下，即行束裙。上衣色，多浅绿，淡红，湖色等；裙色，多湖色，白色
　　者。小孩著红绿长衫，尤飘洒风流，因感而作诗如下。"——本书编者

忽听旅客跨驴行，又似小商卖扇声。臀部铜铃多少个，沿街雀跃一身轻。

朝鲜京城工业专门学校之石镜

学生成绩室中有一石镜，镜面用蛤壳嵌成一诗云：

万里车书合混同，江南郡有列提封。移兵百万西湖上，立马吴山第一峰。

题为"御金主南下"之诗。偶忆及之，次其原韵：

意气凌人处处同，国民故步不须封。镜中已见肺肝隐，急起高呼立晓峰。

朝鲜京城工业专门学校试验室之门额

该校附设朝鲜总督府中央试验场，系于朝鲜各山中搜集各种原料于此处化验。余见其试验室之门额大字特书四字为"产金卵处"，文字近俚，余即以俚辞戏题一诗，用博阅者一笑。

扶桑报晓说金鸡，今日方知此处栖。大卵递生多少个，韩山真出好东西。

高丽牛黄清心丸

民国六年秋，余游高丽京城，至钟路广南药局，买高丽牛黄清心丸三百丸归赠亲友。而该局局长李君则问余所带之药资共几何，余闻之颇不悦，岂有买药不带足药资者乎？余因问药价，李君答云："中等者每丸六元，次等者每丸一元二角。"且云储药无多，如用之须定配耳。余问曰："敝国海味店曾代售此药，每百丸价约一元二三角。今言药价如此之贵，请说明。"李君答云："一元二三角一百丸者，仅甘草、大黄和以黄米面耳，即俗所谓之切糕丸。今敝局所制者，有老山人参，此味药虽贵，尚可价贾，惟日出黄卷一味不易得耳。"余问："何为日出黄卷？"李君答云："此药入夜始生，状如草芽。至次晨一经日光，则变为黄色而下卷，即不堪入药矣。距产地近者采取此药，尚需于夜间起身。其距离较远者，前一日即须登程。此药性专清心热，为此丸之主药。此药价昂贵之由来也。"谈次，李君出名片，附详住址与余云："先生归国后如用此药，来示照寄不误。"送余至门外握别。今忆及之，成诗如次：

药名黄卷价千金，夜入深林岂易寻。无怪一丸洋六饼，原来不止老山参。

谒靖武祠[*]

广东水师提督吴公长庆于清光绪八年七月平朝鲜内乱有功，因建此祠。

吴公铁骑卫韩京，祠宇辉煌映月明。触目顿生今昔感，不知何日复威名。

（载天津《明德报》第 2 号"国粹"，1925 年 3 月）

日本女王方子嫁朝鲜王子

阿　南

天家风韵亦仙才，端为和亲下镜台。麦秀声停歌玉树，江山赢得美人来。

（载杭州《兵事杂志》第 131 期
"文艺·诗录"，1925 年 3 月）

读朝鲜亡国史有感

云南化一子

伤心泪洒朝鲜史，掩卷吁嗟不忍观。人力回天怀壮志，中流砥柱挽狂澜。

（载上海《五九》月刊第 6 期"词苑"，1925 年 5 月）

---

[*] 本诗出自作者《考察日韩江浙教育笔记》中"谒靖武祠"一节，原文中诗前云："时夕阳已下，明月将升，因感作诗如左。"——本书编者

平壤即景 乙丑四月上浣日本海军航空队作横须贺至北京之长途飞行余奉令 赴平壤检查入境事宜闲且作山水游览物伤情感而赋之

韦北海

百级上高楼，浮碧楼古迹也 林深夏似秋。绿树荫浓一味秋凉 大同 江名横郭外，乙密 台名名胜之一踞山头。红粉樽前舞，日本航空第六联队宴吾于牡丹台召有朝鲜名妓作歌舞以助酒兴 青螺水上浮。大同江回绕山麓 箕城余古墓，平壤一名箕城箕子墓即在该处 鸭绿已东流。大好山河不复我有触景生情不禁感慨系之

（载北京《航空月刊》第 2 期"空中世界·诗草"，
1925 年 6 月 15 日）

朝鲜诗五首 *

颖　人

初入朝鲜

王气消沉尽，何人念报韩。更无屠狗客，满眼白衣冠。

过鸭绿江大桥

衣带相望户阕通，卧波旋转见神工。江中鱼鳖今无用，闲杀东明击水弓。

平壤月夜

灯黯楼台夜气微，澹烟残月阁余晖。眠迟自起推窗望，不觉轻寒袭寝衣。

---

　*　这个题目是本书编者加的。——本书编者

浮碧楼即事

愁眉凝恨伴哀歌，只令当筵唤奈何。不待后庭花唱彻，新亭举目此山河。

朝鲜王故宫

庆会楼前水四围，故王台榭付斜晖。禁门长日无人过，养得清波乳鸭肥。

（载北京《铁路协会会报》第 154—155 期
"文苑·诗录"，1925 年 8 月 25 日）

朝鲜诗四题*
錬　人
朝鲜道中

烽烟久靖不逢兵，村落安居犬不惊。若果存亡都不管，浑然犹是葛怀民。森林近亦渐清幽，到处阴浓绿树稠。

不似宗邦荒落甚，万山多半类童头。人人都着旧时冠，布袜青鞋尚朴观。怪底服装终不改，屐儿未跨足儿端。

满身缟素亦多奇，腰带头巾一色宜。何事人人都尚白，或教不忘是殷遗。此间风景正堪夸，翠巘和云四面遮。

短竹织篱茅盖屋，门前遍种白梨花。兴来何处可扶筇，指点毗庐有笑容。我欲金刚凌绝顶，终朝看遍万千峰。金刚山有一万二千峰

---

* 这个题目是本书编者加的。——本书编者

朝鲜铁路局户田代表来平壤置酒欢迎

如何远道动欢迎，车笠原来缔旧盟。今日飞轺经过此，也应结席醉瑶觥。车走雷声笑语连，双桃花下敞华筵。翩翩钗影兼刀影，更有珠光照暮天。_{时有英顾问贝喀夫人与胶济钱处长夫人在座}

浴釜山东莱温泉

行轮甫发即回头，为赴温泉浴暂留。不老源多通妙境，_{馆署不老境长生}酒合饮高楼。蓬莱映日堪铺席，扬柳摇风漫系舟。好待明朝飞渡去，三神山上快清游。

过朝鲜海

宗邦自昔几屏藩，一水东流去不还。招手箕灵凭一问，何时重返汉河山？

（载长沙《交通丛报》第 29 卷第 119—120 期
"文苑·七绝"，1926 年 7 月）

安重根

胡蕴山

高丽安重根，曾留学美洲，智深勇沉。归国，愤日本占其领土，伊藤助虐，思欲得而甘心，以报国破家亡之恨。其刺伊藤也，尾之数千里，一击而殪之。被逮后，羁囹圄数月，鞫讯数次。问刺之何故，曰：报国仇。又问既刺中，何不逃，将被执，何不自戕，曰："身为匡复军一中将，安有逃理？一息尚存，当留此身为故国之用，岂肯效匹夫自经于沟渎！且吾正欲使日本之强暴，表白于天下耳！"其母传语曰："汝其死于芳洁，无玷吾门风。"重根闻之感极而泣。最后判决，处以死刑。其同行三人，监禁二年三年有差，临刑之日，颜色不变。观者黄白种人，皆为之起敬。韩国有此母子，韩不亡矣。予曾作《秋风断藤曲》，以咏其事，曲曰：

　　扶桑烈日炎威骄，酷暑撑空火伞高。照见东方箕子国，海潮为涸地为焦。个中草木偏爱暖，烘开樱花大如碗。王候将相擅繁华，鸣玉锵金红叶馆。红叶红葩映红云，妖姬侑酒醉元勋。柘枝舞罢天魔舞，搅乱心情苦不分。终日昏昏醉未醒，孤行独诩工驰骋。万军护卫向冰天，猿鸦哀鸣莫自省。告瞳蓺视夸豪雄，天地黯惨生秋风。藤萝缠纽虬枝结，白龙堆上驻青骢。突有书生拔剑起，剑光闪烁月光里。敢辞崎岖霜雪寒，吃紧追随数千里。悲歌讵学高渐离，副车堪嗤博浪锥。智深勇沉审时动，一击竟中天殪之。漫说老藤根坚固，牵枝胃叶相依附。剑光斫处血光红，点点飞溅丹枫树。藤兮寸断恨暂消，拼将此身殉蓬蒿。天若有情天应泣，岂真性命轻鸿毛。回头转盼昴藏侣，七尺须眉奋高举。尝胆卧薪报国仇，恢复山河奠樽俎。吁嗟乎，大贤虎变谁能知，一怒直教炎威移。枯藤委泥凄风吹，何如千春烈士芳名垂。

　　熊香海师，亦有此题，足以激发忠愤。今检旧篋，稿已遗佚。惜哉。

（载上海《五九》月刊第 15 期"词苑·
池都草堂笔记"，1927 年 2 月）

高丽海口占 丙午

周组堪

　　莫唱当年毋渡河，儒冠东去自峨峨。故乡近事求贤诏，异地新诗爱国歌。莽莽中原争逐鹿，漫漫长夜苦鸣鼍。任他海水横飞急，我自中流击楫过。

（载上海《约翰声》第 38 卷第 1 期"诗"，1927 年 3 月）

朝鲜道中 （四首）

燕子材 （忞材）

　　桥上征车桥下船，东来沧海已成田。人家禾黍秋风里，怅望星河共一天。汉江

武陵溪路好烟霞，不到椎秦韩相家。失笑水原人好事，村村①红叶替桃花。_{水原}

江月江花无古今，渔歌新带岛夷音。风波昨夜欺舟楫，添得深川几许深。_{深川}

唐风消歇已千春，渺渺沧波迷古津。一幅海霞红似锦，可勘割与卖绡人。_{釜山}

（载杭州《海潮音》第 8 年第 8 期"诗林"，
1927 年 9 月 15 日）

朝鲜京城书事

燕咫材（子材）

长安西望使星微，易水归人哭白衣。_{韩人素着白衣，此指安重根事}台殿久荒麋鹿壮，_{昌庆苑为朝鲜行宫，今李氏王孙居此，而日人以动物园附焉}冠裳如昨汉唐非。_{景福宫及昌庆苑陈列汉唐古物}参军帐下百蛮语，舞女尊前群鹊飞。惆怅两京旧王子，扶桑不长故山薇。

（载杭州《海潮音》第 8 年第 8 期"诗林"，
1927 年 9 月 15 日）

朝鲜京城_{有序}（二首）

燕子材（咫材）

予曩过朝鲜，游昌庆苑，苑为韩故宫，李氏王孙住此，舆几冠裳，罗列殿上，而日本人易名为朝鲜京城动物园，予当时有"台殿久荒麋鹿

---

① 此句的"村村"二字，后载《四川保安季刊》1937 年第 3 期时，改为"家家"。——本书编者

壮，冠裳如昨汉唐非"之句，追忆雪泥，怅然有作。

荒坟何处吊箕微，麦秀歌残剩白衣。韩俗喜着白衣，殷教也卉服初随岛夷变，樱花长笑主人非。鱼从蛮府清池跃，鸟绕韩娥舞扇飞。韩妓操日语唱唐人《枫桥夜泊》诗，招展舞扇，肖月落乌啼之状坐看黄埃生碧海，停车回首故山薇。

三山无复旧童男，翻倒天地湿篠骖。出塞马声空逐北，如云鹏翼尚图南。后庭一曲花前唱，上客千人稷下谈。独忆倭城台畔酒，渴吞东海不成酣。朝鲜总督府在鲜京倭城台

（载成都《四川保安季刊》第 2 期"文艺"，1936 年 10 月）

朝鲜道中七首 十六年十月二十一日

黄炎培

马訾浿列订名难，马訾水今考定为鸭绿江，浿水、列水尚未考定黄土千年战骨寒。风水萧萧人不返，过江白尽客衣冠。

二八生成说九畴，洛书精义待谁籀。大同江上传疑冢，箕子冢在平壤玄武门外石不能言水自流。

秘苑秋深箭道封，君王无复走花骢。应门老监头如雪，相映宫槐火样红。

彼美西方觉路开，杨枝一滴唤春回。如何北汉山头月，盼断云中君不来。一九一九年，威尔逊倡民族自决，朝鲜人因之运动独立。每夜北汉山下集数万人，盼威尔逊坐飞机来援。

梦縠奔雷语未通，使君剑佩气如虹。春霆一震天无色，谁识霜髯六十翁。一九一五年九月，总督斋藤实赴任，车抵京城，爆弹突发，掷者朝鲜六十余龄老翁也。

丽伎山高绿荫新，频婆拳大玉圆匀。杭眉亭外波如镜，捧出东施一段鬐。水源西湖旁有亭，题曰"杭眉"，取东坡诗句意。

占蝉古碣委蒿莱，王李雄圆付劫灰。此日江山犹号汉，重来那得不低徊。

（载大连《辽东诗坛》第 29 号 "摛藻扬芬"，
1927 年 11 月 5 日）

诗二首

黄炎培

明月楼即席题壁

汉城三月春如沐，楼头故事犹堪哭。一电当年壮士名，五云今夜佳人服。卿起舞，我作歌，歌成月色一天白，照澈汉江来去波！一九一九年朝鲜独立宣言，诸志士集明月楼。逻者急，以电话自报姓名于警察署，皆被捕。

（载上海《申报·自由谈》1931 年 5 月 22 日）

一妓名珊瑚珠，强我题诗为写一绝

红是珊瑚白是珠，佳人相对意何如？倘逢海外虬髯客，识得英雄遇不孤。

（载上海《申报·自由谈》1931 年 5 月 22 日）

金刚山杂咏十二首

黄越川（广）

连滨景太熟，咏诗已无料。一登明镜台，诗料知多少。明镜台

年同面壁久，功比面壁多。达摩如相见，钦迟将如何。摩诃衍藏有虎峰大师手书华严经六十四册

血书莲华经，竣功历三载。满虚亦奇僧，孝名千古在。又藏有血书莲华

经七册，满虚大师为父母书此者

　　毗庐称主峰，峰中最挺特。惜我脚力尽，能望不能即。<small>毗庐峰为山中第一高峰海拔六千公尺云</small>

　　迦叶窟在左，众香城在右，中著白云台，宛然三益友。<small>白云台</small>

　　风景四时新，入秋尤奇妙。红叶围古楼，叶叶红于烧。<small>凌波楼观红叶</small>

　　遥瞻万物相，善恶无不备。鬼面使人惊，何如玉女媚。<small>万物相鬼面玉女皆峰名</small>

　　峰外又有峰，应接叹不暇。咄哉丹青手，画笔不易下。<small>集仙峰有十二峰相连续故名</small>

　　舞凤又飞凤，瀑奇名亦奇。山中殆有道，翩翩歌来仪。<small>玉流溪前有舞凤飞凤二瀑布</small>

　　匹练从天来，一百七十尺。置身烟雨中，顿沫永朝夕。<small>九龙渊</small>

　　舍山而就海，别开一生面。奇岩怪石间，水禽互依恋。<small>海金刚</small>

　　温井本仙乡，不容人久处。信宿虽匆匆，自喜游福巨。<small>温井里再宿后即离山</small>

又三首

　　金刚一万二千峰，那得峰峰著我踪。愿作三年云外客，悠然览尽玉芙蓉。<small>金刚山</small>

　　百年家祭忆乡关，我末躬亲泪自潸。手捧莲华经一卷，孤儿纪念在名山。<small>先严百岁冥寿之日予在金刚山阅满虚大师血书莲华经有感</small>

一死名山素愿酬，片魂长在此中游。俄然觉后翻生悔，万事纷纭便不修。_{在长安寺旅馆患脑贫血越二分钟始行恢复原状}

（载大连《辽东诗坛》第 30 号"摛藻扬芬·
金刚山集"，1927 年 12 月 15 日）

哀朝鲜

汪企张

萧萧易水逝荆卿，_{安重根}博浪空椎悲结缨。_{李在明}稽绍血斑干帝泪，后庭花送隔江声。鸿哀莫大心先死，鸭绿长流意不平。禁内悲筇哽咽处，若敖鬼夜哭韩京。

（载上海《医药学》第 5 卷第 3 期"艺文·
蓬窗独啸"，1928 年 3 月）

高丽纸歌

毕子扬

古昔简牍与方策，炎汉始见赫口迹。蜀之麻面越剡藤，大半制法宗左伯。舍时则卷揽则舒，乃有异质产绝域。陟厘理侧方斯文，桃花质薄匪其敌。洛阳价重珍艺林，色逾凝光间黄白。若与词园缔姻缘，张芝妙笔仲将墨。长幅差拟百韵笺，凝霜千茧匀一色。蔡子池边渺厥风，澄心堂上罕此格。杜预写经赐蜜香，大秦可比高丽国。韫楼庋藏避囊蟫，古来学士为尔役。

（载苏州《水荇》第 1 卷第 1 期，1928 年 5 月）

朝鲜道中率成（二首）

孤　桐

深宵越国听关筹，_{夜过安东触眼题名新义州。过安东境即朝鲜新义州，为日韩}

合并后之新名幕府声威存庙貌，武壮祠堂犹在使君功罪记源头。谓洹上人亡何怪邦随殄，法峻而今力暂遒。满路白衣高笠客，为忧为喜绪难抽。

此邦风物似长沙，尽日车行见水涯。矮稻绿依红女面，韩女喜衣红小松青拂白人家。韩人衣白河山破后犹能好，禾黍歌残惨莫嗟。整幅天然溪谷画，马关西望别情赊。

（载上海《国闻周报》第 5 卷第 22 期"采风录"，
1928 年 6 月 10 日）

朝鲜金一浩先生以笺纸索书赋赠长句

黄洪冕

金冈〔刚〕山在三韩东，山色云气青蒙蒙。环以大同之江水，拔地一万二千峰。中有人兮美如玉，夷齐千载景高躅。河山破碎天冥冥，穷途耻食周家粟。峨舸大艑过三湘，瞿塘走险巫峡长。囊琴溅泪而惊心，室家安得粖常羊。君独啸歌种蔬适锦里，我居铜山西奥钻故纸。老屋临荒江，养晦获所止。今值娱暮年，隐居长安市。雅抱聆希声，一卷披兰芷。何当斩蓬心，坐随明月所。共倾雪一瓯，清谭掌快抵。

（载黄洪冕撰《谷孙诗稿》，成都维新公司，1928 年）

高丽城感作丁卯

王丕烈

荒墟无极远悠悠，此地苍茫冷更幽。几见秋声随塞雁，偶经樵牧吊松楸。夕阳鸟下韩宫树，辽水帆斜杜若洲。试道当年兴废事，鹧鸪声里远村讴。

（载沈阳《东北大学周刊》第 64 期"文艺"，
1929 年 1 月 15 日）

游朝鲜昌庆苑

陈宝鎏

古国怀箕子，苍茫夕照低。山河原未改，池苑已生悲。玉辇和亲去，金瓯寄命谁？福溪门外望，禾黍更离离。时国王赘于东京

（载北平《实报增刊》"诗"，1929 年 12 月）

釜山览胜[*]

圆　瑛

海国乘槎到釜山，轻车驶入白云间。温泉浴罢情何限，瘦石幽花相对闲。

（载宁波《观宗弘法社刊》第 14 期"文苑"，
1930 年 4 月）

题赠朝鲜佛教大会并祝词

圆　瑛

高县悬佛日丽中天，无尽光明遍大千。嘉会弘开宣妙谛，一堂济济集群贤。

我佛垂教，近三千年。汉传中国，晋入朝鲜。灯灯续焰，法祚绵延。宏宗演教，代有高贤。为如来使，作天人师。会通性相，广运智悲。不舍方便，俯就机宜。振聋启聩，拭瞖指迷。禅教律净，真言诸宗。各出手眼，丕振家风。归元无二，施化不同。扶世导俗，举国景从。岁在己

---

[*]　圆瑛《民国十八年十月由中国佛教会推派出席朝鲜佛教大会同江苏金山仁山法师及日华佛教联络员水野梅晓居士向出哲堂大师五日在沪启程沿途日占俚句数首录呈　黎政》总题下共有九首诗，此选录在朝鲜写的二首。——本书编者

巳，嘉会宏开。一堂龙象，共展长才。政教协进，漪欤休哉。圆明佛日，永耀当来。

（载宁波《观宗弘法社刊》第 14 期"文苑"，
1930 年 4 月）

朝鲜杂诗录三

阎稻农

繁华盛事属王京，士女当年乐太平。景福宫中歌舞地，只今惟有乱鸦声。景福宫，淮海曰：盛衰之变，一读神伤。

英雄遗迹长松楸，江上犹存旧土邱。石不能言树无语，人心世道两悠悠。大同江上疑冢，淮海曰：凭吊遗迹，无限感慨。

韩王宫殿委荒苔，汉水空流犹自哀。黎庶至今衣似雪，追思那得不低徊。白衣民俗，淮海曰：麦秀黎汕，感慨系之。

（载大连《辽东诗坛》第 57 号"撷藻扬芬"，
1930 年 7 月 15 日）

题朝鲜南原郡广寒楼步朝鲜贵爵朴多山韵

吴贯因

广寒宫里现高楼，疑有仙人在上头。山色平分千点翠，湖光全被一窗收。桥浮池上筑三岛，楼前有池，中筑方丈、蓬莱、瀛洲三岛天许花开到九秋。今夕乘槎泛银汉，池南有蓼川，有桥名乘槎我来此地不知愁。

夜上广汉楼，星晨系满头。春香歌一曲，其地流传有《春香》歌，咏李秀才与名妓春香轶事清景逼三秋。韵事千年在，风光四面收。几生修到此，小住足销愁。

（载沈阳《东北大学周刊》第 102 期"文艺"，1930 年 10 月 4 日）

高丽山

鲸海醉侯

咿轧声中意自闲，松林行尽又溪湾。舆窗知是雨将至，云气忽笼高丽山。

（载大连《辽东诗坛》第 62 期"诗词"，1930 年 12 月 15 日）

送女生朴景仁归朝鲜并序

钟惺吾

生朝鲜人，三岁失怙恃，从舅父洪大卫教士来华，逾十载矣。是年（民十九）在鲁东中学肄业。十月，忽接到家中族姊一函，令其归家，遂匆匆离梭。年仅十四，只身千里，同学若不释然，生亦不胜悲者。因诗以送之。

送汝朝鲜去，华游暂告归。行装催仆仆，别绪话依依。只影空相吊，双亲痛早违。友朋重情谊，舅父恤孤微。故国荆驼感，人生忧患围。客中十载梦，天际一帆飞。姊妹悲还喜，家山是耶非。秋风沧海畔，忍泪不轻挥。

（载上海《真光杂志》第 30 卷第 1 号，1931 年 1 月）

过朝鲜半岛有感

林钧宝

独上舱楼遣旅愁，高丽丛岛眼底收。国亡恨有何人解？遥望京城暗点头。

（载东京《同泽月刊》第 3 卷第 2 期
"海外风采录"，1931 年 1 月）

齐天乐_{高丽纸}

紫　荷

当年占尽深宫宠，柔绵易招人妒。密缕萦丝，回纹织发，妙过澄心无数。天潢故府，几远渡图门，未遭尘蠹。顿换风云，故园零落在何许，尘烟渗澹似土。但依依对此，凝想今古。素粉泥香，朱红印小，纯庙诗笺谁睹。堪怜寸楮，也历遍沧桑，世间愁苦。寂寞江山，近来谁是主。

（载北平《八师校刊》第 2 号"诗"，1931 年 1 月）

读朝鲜烈士安重根传

张　磊

东亚三韩地，王朝五百秋。王位依然在，王国不复留。可钦安氏子，矢志报韩仇。恨海思精卫，孤飞似水鸥。豫让炭枉吞，包胥泪漫流。断指誓天地，借锥笑留侯。一击惊天下，歼伊黑龙洲。堂堂光日月，凛凛溢美欧。奇功欣成就，不作下邳游。烈烈高荆聂，泣岂效楚囚！缧绁非其罪，强权严搜求。成仁兼取义，含笑上断头。魂归宇庙暗，血洒鬼神愁。纵使身可死，岂教心或休。寄语我同胞，莫忘国耻忧。

（载河南《矿大学生》第 1 期"文艺·诗六首"，1931 年 6 月）

东朝鲜湾歌

于右任

舟入东朝鲜湾，望太白山作歌，时正读《资本论》。

晨兴久读《资本论》，掩卷心神俱委顿。忽报舟入朝鲜湾，太白压海如衔恨。山难移兮海难填，行人过此哀朝鲜。遗民莫话安重根，伊藤铜像更巍然。吾闻今岁前皇死_{李王}，人民野哭数十里；又闻往岁独立军，徒

345

手奋斗存血史。世界劳民十万万，阶级相联参义战。何日推翻金纺锤？
一时俱脱铁锁练！噫吁嘻！太白之上云飞扬，太白之下人凄怆！太白以
北弱小民族齐解放！太白以南以东以西被压迫者，如怨如幕〔慕〕如泣
如诉复如狂！山苍苍兮海茫茫，盟山誓海兮强复强。歌声海浪相酬答，
天地为之久低昂，舟入惊怪胡为此？此髯歌声犹不止。万里转折赴疆场，
我本革命军中一战士。

（载上海《新亚细亚》第 2 卷第 4 期 "亚洲园地"，

1931 年 7 月 1 日）

舟出东朝鲜湾

于右任

痛定应思痛，国魂招不还。云生绝影岛，雨湿白头山。并力争除暴，
偕亡不是顽。于思亦战友，讵奈鬖毛斑。

（载上海《新亚细亚》第 2 卷第 6 期

"亚洲园地"，1931 年 9 月 1 日）

平壤七星门哭左忠壮公宝贵

王小隐

同作天涯客，追思一黯然。当公赴义日，是我始生年公予乡人也，死难于
中东之战，岁当甲午而予则乙未生。敌国旌忠勇七星门有日人所立碑，大书左宝贵战死处，
其纪载推崇甚至，乡邦慕古贤公以布衣，徒步离乡，积功至于专阃，终成大节。辽宁之同善
堂为公手创，至今尤为惟一大规模之慈善机关，而新民之新开河，亦公所倡导，至今民犹思之，
每言及左翼长，仍称颂不去口也。凄凉人下拜，何必画凌烟。碧血丹心地，衣冠
正命时公死难时，衣黄马褂立阵前，以待炮火之集，盖死志已决，宁死敌手而已。艰难余
一死，幽愤付天知。云树隔沧海，灵踪入梦思。只今残破后，凭吊又
来迟。

（载天津《北洋画报》第 14 卷第 671 期，

1931 年 9 月 1 日）

念奴娇 渡鸭绿江

陈可大

　　水青山碧，望穿了，天边绿云缭绕。几点渔歌来对岸，引出龙吟虎啸。正是英雄，美人偏遇，侠骨柔情吊。狂涛溟渺，怒冲冲惹我烦恼。　　战迹铁血依稀，忠魂难认，宿鸟盛声噪。明灭江帆松径冷，远渡豪侠含笑。蓄恨悠悠，恩仇愿小，漫把卿卿叫。俯仰今古，龙门且看鱼跃。

（载东京《同泽月刊》第 3 卷第 1 期
"海外采风录"，1931 年 9 月）

赠朝鲜女郎（八首）

辽东漫郎

　　十四年春残，余与芳子，寄居奉垣。时同游某国公园，于樱花树下，见缟衣女郎，知为三韩遗民。近视之容光潋艳，丰韵娟逸，正盈盈十五之年也。顾其为状绝惨，血泪盈睫，一若对彼残红。诉其亡国苦况者，余与芳子均怆然欲泣，因赋七绝数首，以慰彼美。

　　潇湘锦帐一佳人，独对残红漫伤神。频蹙娥眉羞不语，空将血泪揾红巾。

　　暂对樱花叩国魂，好将心血洗乾坤。东风无语当垂泪，我欲无言念重根。

　　鸭绿江中水自流，狂涛无语恨啁啾。山河破碎空如锦，安得英雄报国仇。

　　春花浅草衬斜阳，隐隐尤含故国光。岂有遗民悲远照，何来玉女作诗狂。

无语山河散妙香，蠢敌侏儒太猖狂。遗民有泪终须洒，何时梦游返故乡。

遥泣中原故国青，烟城何时插韩旌。双眉频锁残樱啼，魂魄亦闻鼓角声。

花影迷离梦正酣，海东不战岂心甘。杜鹃有泪哭亡国，流落异乡非所堪。

寂寂无言泣残樱，飞来片片亦含情。低垂粉颈求一掷，夺回韩洲二百城。

（载东京《同泽月刊》第 3 卷第 1 期
"海外采风录"，1931 年 9 月）

偕任之问渔二公游朝鲜京城吴武壮祠

潘仰尧

将军伟绩标青史，留得三韩俎豆香。万树樱花三尺碣，瞻公庙貌涕沾裳。风度何殊羊叔子，勋名不让李如松。中流砥柱今谁任，国事艰危益念公。

（载潘仰尧《从辽宁到日本·旅途闲韵》，
上海新声通讯社出版部，1931 年 9 月）

游朝鲜京城王宫

潘仰尧

忍忆当年天宝事，白头遗老话沧桑，故宫秘苑今无恙，北汉山高依夕阳。

（载潘仰尧《从辽宁到日本·旅途闲韵》，
上海新声通讯社出版部，1931 年 9 月）

木公见赠宣纸高丽贡笺皆咸同间旧制赋谢

映 庵

宣州满谷青琅玕，复有鲶尾鸟斑斓。乾隆制作御用纸，今日数金沽一番。坊市凡品新且劣，兴味萧索下笔难。木公旧箧出什袭，年代识在咸同间。善书不自备挥翰，赠我涂抹施青丹。知君爱我重我画，心手不应真痴顽。晴轩几案铺白玉，快意一写胸中山。此纸法古由手漉，漂脂匀帘烘焙干。取材烂浸大溪侧，千指初耐敲冰寒。时平物力自丰厚，更入岁贡从三韩。世降百工遂凋敝，中国万物求诸蕃。芸征所造亦稀有，彼土非复吾东藩。

（载上海《国闻周报》第 9 卷第 2 期"采风录"，
1932 年 1 月 4 日）

蛮 语

玄

高丽志士安重根之刺杀伊藤博文也，予方卧病东京医院。闻而壮之义之，为之歌曰：

风流宰相博文喜渔色，当时有此号兮欲何多，谋吞高骊兮窥支那。忽闻壮士兮起天河，松花江满语为天河，重根刺博文事在哈尔滨也一弹殪贼兮夺大和。日人自号大和魂虹真贯日兮志不磨，渐豫让兮愧荆轲。抚病躯兮叹奈何，安得卿等千百辈兮，相与不朝食而共灭此倭。

时在病中，有此豪气。今我且为高丽之续，举国无一安重根，而吾亦不能复作此歌，乃至乱日，悲哉悲哉。国之将亡，乃如斯哉，日夜埋头窗下，从事雕虫之末，将胡为哉。长铗归来乎，吾将安归哉，已矣已矣，悲哉悲哉。

（载天津《海事》第 6 卷第 3 期"星罗"，
1932 年 3 月）

平壤恨

王　水

箕子陵前草离离，人亡政息语未欺。碧黍铜驼自古有，无端暗云障眼迷。忽传陵畔起群狂，华人遇之尽伤亡。杀人如麻及孩稚，裂肝剖心复断肠。狂人如狼害之尤，朝为良友夕为仇，群狼狂狉后有狈，荼毒弱小惯作祟。闻道平壤国耻多，滔滔流水山峨峨。牡丹台下还埋碧，大同江血又成波。

（载南京《军事杂志》第 44 期"诗集"，
1932 年 5 月 1 日）

高丽叹

翁铜士

印度英属国，安南法外府。亚洲弱小尽沦丧，高丽后亡情更苦。男女人臣妾，敌仇我君父。扎手缚足关口舌，吞声怵哭不能语。警吏狠如狼，士卒猛如虎。法网如数罟，罔民入囹圄。平等劳梦想，自由实诳汝。膏血餍封豕，仓廪饱硕鼠。平陆翻惊涛，曾无干净土。祸始内奸李完用，亡耻媚外召外侮。亡国奴，守钱房，万钱不足贷汝命，人诛鬼责天神怒。豪哉安重根，义烈照千古。一击唤起韩国魂，复仇九世春秋祖。大哉威尔逊，人道擎天柱。正气扇和风，德泽沛甘雨。嘘枯为春高丽民，大呼独立义旗树。九道同时起义师，三韩万众摧强御。学子市人枕藉处，赤手丹心血漂杵。败荣哀胜祸贻福，鬼雄人杰尚桓武。会稽雪耻终覆吴，三户亡秦胜在楚。黄河九曲源滥觞，移山填海志莫沮。志士心同金石坚，刚不茹亦柔不吐。英人讽我民气嚣，烧纸成灰能几许？不如炉火久留温，我闻此语痛心腑。哀歌苦语儆国人，高丽已死尚求活，生存□计宁无补。恒星历劫不磨灭，阴霾扫却天重睹。

［载浦口《铁路月刊》（津浦线）第 2 卷第 4—5 期合刊
"杂俎·诗录"，1932 年 5 月 31 日］

壮士行

友　芩

风尘颃洞天地昏，我为鱼肉人力［刀］俎。稀冲豕突抉藩篱，赤县将与印韩伍。戴发含齿血气伦，金瓯既缺岂忍睹。风景不殊山河异，豆在釜中不堪煮。谁能毁家纾国难，孝侯斩蛟擒猛虎。一洗东亚病夫羞，濯我中华干净土。吁嗟同胞四万万，桑梓将为人园囿。邦昌刘豫屈膝降，炉火之上怜臭乳。桃笙葵扇宁久长，有时东市负钻斧。败类甘作辕下驹，小朝廷上如蝇聚。大同傀儡暂登场，一刹那间被宰剖。是真叔宝无心肝，不自悔祸忘其祖。大错今已铸六州，庸流滚滚安足数。亡韩竟有奇男子，阅兵台前夺神武。一击成名天壤间，有惭中华号天府。笑煞易水壮士歌，图穷匕见空绕柱。而今谁继壮士行，同留英名传万古。

［载浦口《铁路月刊》（津浦线）第 2 卷第 4—5 期合刊
“杂俎·诗录”，1932 年 5 月 31 日］

赠尹奉吉

隐　庵

灭韩难灭此遗民，博浪沙中袖铁新。革命有潮凭血汗，奋身无畏是精神。一成会见将兴夏，三户终知可覆秦。及汝偕正同感概［慨］，英风尸祝沪江滨。

（载上海《枕戈》第 10 期“艺林”，1932 年 6 月 21 日）

悼英魂（八首）

纪念朝鲜志士安重根与尹奉吉先生

商生才

易水寒透骨，秋风起萧凉。怒发冲冠盖，白虹贯太阳。长别燕公子，不复还故乡。壮士怀匕首，千里刺秦王。图尽尖刀现，团团绕画堂。功成在片刻，待臣如蜂忙。夺得暴主命，豪杰刀下亡。空负英雄志，鲜血染沙场。

哀哉高渐离，端站秦庭阶。目睹良友死，不禁号陶哭。暴主剜其睛，宫中命敲筑。胸怀雪恨心，忍羞而含辱。一旦赴秦庭，铅块手中握。两目虽已盲，双耳闻鼻息。对准暴主心，尽力猛拼击。不但愿未随［遂］，复染刀头血。

英脚联盟后，倭奴逞猖狂。并吞朝鲜国，伊藤奔走忙。伟哉安重根，只身游西洋。闻风归径速，祖国已灭亡。撇离红颜妻，哭别白发娘。哈埠刺伊藤，连发二三枪。凶贼呜呼死，血躯倒路旁。壮士今虽没，英名万古扬。

追忆尹奉吉，忽忽已三年。携妹至新民，用罄囊中钱。两手复空空，自感行路难。只身赴某校，端立教室前。英气何侃侃，洋洋数千言。历述脚盆鬼，凶暴又忍残。一谈亡国恨，两次泪如泉。同学怜其苦，慷赠百余元。

临别上车行，壮士复唏嘘。时滴英雄泪，泪湿身上衣。黄海向东流，日久自转西。与君暂分手，后会有定期。我辈皆青年，自是好男儿。努力求进步，莫待悔后迟。承君慷相赠，此心天地知！俟我报恩日，祖国复辟时。

泸战暂少停，适逢四念九。欢呼庆天长，豺狼雄赳赳。笑阅求死兵，痛饮绝命酒。飞机空中翔，倭奴齐仰首。此时尹奉吉，台下显身手。连发弹二枚，轰毙东洋狗。烟尘满天飞，黄沙遍地走。壮士死犹生，万古垂不朽。

朝鲜国虽亡，尚有独立党。志士何其多，豪气复淙淙。前扑而后继，堪令人赞赏。哀哉我中华，不堪思已往。满蒙转瞬空，上海成战场。平民死万千，当局不抵抗。一片救国声，任你呼破嗓，收复失亡地，深恐成梦想。

东北非我有，难民苦哀号。当局不可靠，全赖众同胞。大家齐奋起，只手擎白斿。坚决平倭志，紧握杀贼刀。负枪与实弹，鞭骑夜渡辽。气感三岛动，威震海山摇。渴饮长江水，黄河作马槽。飞渡朝鲜峡，足踢扶桑岛。

民国二十一年六月二十日作于广平县蒋庄集绍青图书馆

（载北平《县村自治》第 2 卷第 7 期 "附录"，

1932 年 9 月 1 日）

赠韩人柳庆泰君[*]

张江树

失国余哀泪不收，故国禾黍汉城秋。劝君早破和平梦，铁血争还旧自由。

（载南京《国风半月刊》第 2 期 "诗录"，1932 年 9 月 16 日）

朝鲜儿歌 哀安重根刺伊藤博文也　己酉作

陈嘉会[**]

朝鲜儿，朝鲜儿，千年旧版图，一旦摧为奴。北入宫，南守衢，国君囚废臣民诛。草木亦死海水泣，犬不敢吠鸡无雏。洸洸烈士衔枚走，气涌素霓胆如斗。不为赵客缦胡缨，办得宜辽弄丸手。东窜海，西入峦，偶狙要道侦骑难。张良椎，荆轲匕，不共汝死心更耻。忽然一声光电驰，仇人心裂无完皮。不共仇人生，宁共仇人死。国亡与亡本天职，矧见仇死死缓耳。呜乎，汝祖开国死佯狂，当时仗义尚周王。乌有狼心狐媚如彼狡，含沙射影国祚亡。流血千里索壶浆，不有此死海不黄。呜乎，朝

---

[*] 本诗前有倪尚达所写介绍："此系吾友张雪帆君杂诗，张君治化学甚勤，亦不废吟咏，右诗皆民国十二年至十四年间游美时旧作。"本期共载张诗 28 首。——本书编者

[**] 本诗发表时作者署 "湘阴陈嘉会"。——本书编者

鲜儿，真男儿，莫轻国弱可任欺。达官肉食何能为，由来国士出卑微。早晚裹尸同凛凛，救国须及未亡时。天堂玉宇魂何处，鸭绿潮声风雨悲。

（载长沙《船山学刊》壬申第 1 册，1932 年 12 月）

尹奉吉

沈卓然

奋身慷慨报韩仇，一弹重创数巨头。却笑荆卿浑未了，芳踪应比汉留候。

（载上海《学生文艺丛刊》第 7 卷第 3 期
《九一八纪念日志感四首》，1932 年 12 月）

韩义士歌

王 越

民国二十一年四月二十九日，为日本天长节。日人庆祝沪战获胜，在上海领事馆招待外宾并在虹口公园阅兵。韩国志士尹举吉，于阅兵台前掷炸弹，炸伤日本领事重光葵等多人，海军大将白川、民团委员长川端伤重旋死。尹奉吉当场被捕。卒于是年十二月十九日，在日本金泽刑务所为日人执行枪毙，年二十五岁。——编者增注。

黑面岛夷起扶桑，卅年变法称陆梁。长蛇北走巨口张，肆吞三韩饱其囊。贪戾魔心犹未已，铁骑汹汹渡辽水。蒙冲海舰压江南，钞掠无殊乃祖妣。天长嵩祝更狂欢，旭旗纷飘春申滩。屐痕杂沓绿草折，群魔鱼贯拥高坛。呀呀飞机扑天起，万头仰视白云里。小猴拍手齐踏歌，歌声直绕机轮尾。讵意轰然怪响来，劈空何处喧巨雷。风云动荡园林摧，浦涛怒立千万堆。地坼东南天晦霾，高坛俄顷成尘埃。巨魁身首腾空飞，血花激溅胸膛开。妇孺仓皇心胆死，木屐纷纷窜如蚁。儿哭呼娘妻觅夫，一片嘈声疑鼎沸。铁骑闻风四合围，驰骤狂搜博浪椎。义士三韩尹奉吉，怒持一弹犹未掷。

（载《学衡》第 77 期"风沙集"，1932 年）

虹口炸案感怀

徐际恒

沙锥一击万方惊，郁郁箕封气更生。岂为私恩同聂政，端因国难重荆卿。亡秦大敌终三户，兴夏英君仗一成。寄语东邻侵略者，不祥自古是佳兵。

（载南京《国风》半月刊第 2 卷第 3 期，1933 年 2 月 1 日）

韩国女英雄

清　癯

前见哈尔滨电讯：有韩国女子，名"李兰"者，设根据地于东部边境，附近密山县西南三里郁苍之山林中，部下约四百人。常亲携红鞭，跨黑马，专伺驻该处之日军，冀得一当。年可二十余，生于仁川，曾毕业美国密歇干大学社会科。乃昨见又讯：有六十一岁之朝鲜老妪，谋刺关东军司令官武藤。事泄，遂被逮。此老妪名"南慈贤"，二十年前其夫被日人殴毙，故屡思复仇。从事独立运动。奔走满鲜间，往来甚秘，兹虽不免。何韩国女杰之多耶？然男子杀贼，犹不若女子复仇之足以增国光。而纤纤玉手，与闪闪银刀尤觉灿烂可观。噫！吾国女子，又复何如？遥望河山，中心欲绝。爰赋此吟，藉抒予怀。

须眉庸行孝与忠，不论西欧论亚东。请看千载兴亡史，多大英雄如日悬天中。苌弘碧血贯金石，正气直欲凌苍穹。不知巾帼婀娜弱女子，志存报国亦从戎。虽无游女三千队，欲战痴军十万虫。乃携红鞭跨黑马，大呼杀贼不觉淋漓溅血胭脂红。又有老妪两鬓白，替夫复仇竟罹凶。吾身授诸敌，亦欲报家翁。匪敢拼残躯，且以慰愚衷。惜此一击计未售，悲哉抱恨终天终。回顾吾国今日运正同，何无聂隐突起驱妖锋？所以吾特吟之作晨钟，唤醒朝云暮雨之梦梦。吁嗟彼之夜静弓刀甲帐月，岂仅表厥宅里焕绰楔，直当大书特书垂之彤琯彤。

（载上海《新闻报·新园林》1933 年 6 月 14 日）

朝鲜惨杀华侨案

八道杀机动，同胞惨若荷。全抛人类爱，偏见兽行多。岛国阴谋重，官僚计画讹。冤魂长已矣，此案付流波。

（载上海《朔望半月刊》第 6 期，1933 年 7 月 15 日。无署名）

闻上海韩人投掷炸弹事旧作

瘦 冰

一声霹雳起韩人，壮气应知身□神。愿与借亡能丧日，虽云误中已动鬼；姓名足耀千秋史，刑律难加百练惩。① 莫笑蚍蜉难撼树，会看三户仆强秦。

（载福州《协大学生》第 9 期 "诗三首"，1933 年）

吊韩义士李奉昌

侯学富

义士，朝鲜人，少有大志。既长，痛祖国沦丧，日夜思谋恢复。恒于朝鲜内地，密结同志，以图壮举。卒因倭寇防范綦严，终未得逞。义士知势不可为，益愤不欲生。乃于一九三二年六月，乘日本举行大操之际，密挟炸弹，往刺日皇。弹发，而日皇不中。义士旋亦被逮。是年十月十日，就义于东京，年三十三。赞曰：

韩国有义士，李姓名奉昌。树立壮夫志，欲效张子房。日思复故国，重将旧仪光。韬迹残山间，乘时欲奋扬。所谋既不遂，日夜增彷徨。密挟千斤椎，蓄意铲枭皇。慷慨别故人，浩然赴扶桑。一击不复中，惜哉身此戕。义声遍宇内，闻者为悲伤。

（载南京《大侠魂》第 3 卷第 1—2 期合刊 "文艺"，1934 年 3 月 30 日）

---

① 本句原作 "刑律难加百练惩秦"。——本书编者

游韩国故宫

问 渔

秘苑春回百草生，亭台犹有旧题名。君王翠辇今何在，一径松声杂水声。歌舞霓裳忆昔时，至今故殿尚罘罳。贪欢梦里寻常事，忍诵南唐后主词。

（载上海《人文月刊》第 5 卷第 4 期，1934 年 5 月 15 日）

朝鲜集民国十八年八月（十二首）

邹 鲁

釜山即事（二首）

屋矮天宽月更明，纤毫照见故民情。皮枯骨立精神惫，隐隐如闻惨痛声。

沿街席地坐衣冠，尽是遗民卖物摊。不少中邦文化集，伤心犹得见余残。

釜京车中

车从釜山发，北向京城行。沿途见民舍，最足动我情。东斜复西倒，荒荒杂棘荆。茅茨殊不治，四壁涂泥成。宽广不数丈，支持乏一楹。萧条空无物，乱草肆纵横。牛马同寝处，鸡鹜共杯羹。山河虽信美，居者不聊生。禾麦离离实，耕者不得烹古诗烹谷持作饭烹字本此。此情一何惨，哀哉亡国民。

韩京杂咏（八首）

河山依旧主人非，剩有残宫映落晖。阅尽兴亡多感慨，不堪公子赋来归。京城晚眺

故宫禾黍不胜哀，无复红颜笑面开。莫问当年歌舞地，双双麋鹿向人来。游动物园，园在故昌庆宫之一部

昌庆仍标旧日名，森罗万品自纵横。眼中尽是伤心物，故国年期总注明。游博物馆，亦在故昌庆宫，专藏朝鲜古物者

一自夷氛布满城，中邦正朔已频更。苍茫独立桥头望，此水犹传汉字名。江汉桥望汉江

极目营屯满野陂，中分骑步炮工辎。森严壁垒张威焰，不是韩师是日师。观野外军营

又闻博览会场开，水陆敷陈万品材。忽忆当年奇耻在，满蒙物产附韩台。九月日本在京城开朝鲜博览会，日本前开博览会将吾国东三省及蒙古物用满蒙物产名义与朝鲜台湾并列

共昌共学复同化，甘言几令世同情。如何壮徒老沟壑，闾巷不闻弦诵声。"内〔日〕韩同化，共昌同学"乃日本在朝鲜之宣传语

卖国人皆恨完用，谀荣偏写博文诗。谓他人父今方众，那有闲情再痛伊。京城旅次，见李完用自书伊藤博文赠诗，原诗云"人生百事百难期，白首相逢亦一奇，三十年前君寄否，松荫门下读书时"

谒箕子陵陵在平壤

来游箕子国，特谒箕子陵。商周盛衰早陈迹，此陵郁郁独崚嶒。大同江水蜿蜒绕，牡丹山峰苍翠凝。佳山佳水善呵护，三千年后我来登。升阶再拜多感慨，茫茫对此阅废兴。此国文化实肇创，至今人犹箕圣称。中间独立几朝代，属附史乘相因仍。三十年前尚一国，今竟失统为人凌[①]。翩翩

① 本诗载《祝朝鲜复国的回顾》（《中央日报》1945 年 10 月 25 日）一文时，此句后三字改作"得人凌"。——本书编者

衔羽卬负走①，箕圣有灵应式凭。箕井泉犹涌②，箕林气正腾。顾汲箕井水，遍将腥秽澄。君不见环陵万木长且密，覆荫此陵此国千秋万世无终绝。

（载《澄庐文集》第七集·诗卷四《朝鲜集》，

国立中山大学出版部，1934 年 9 月）

百字令

曾仲鸣

　　由日本门司附长城丸往天津，舟进渤海望见朝鲜，入夜太白星悬天末，寒光一线明灭波间，感而赋此。

　　扁舟千里，向海涯遥认，伤心之地，云雾浮沉萦乱岛。岛岛都生飞意，渺渺荒山，迢迢烟浪，尽在斜阳里。当年回首，依然风景如此。愁见历乱帆樯，晚风吹过，便又临天际。只剩残霞三两片，渲染晴空如醉。千古兴亡，半生漂泊，估计同憔悴。夜阑还对，孤星光映寒水。

（载上海《词学季刊》第 2 卷第 1 期

"近人词录"，1934 年 10 月）

苇伊出示朝鲜闵妃小像静女其姝蜕出尘外袁忠节
尝叹为美人第一良非虚说元秘史注卷一
文芸阁识语谓有元重高丽女子如妃
方为不负感其惨死有同杨玉环而
薰莸迥异因作诗索苇伊和焉

钱锺书

　　马嵬玉碎事同符，转烛兴亡岁月徂。自坏长城危莫救，相传倾国语

---

①　本诗载《祝朝鲜复国的回顾》（《中央日报》1945 年 10 月 25 日）一文时，此句改作"牛马奴隶供驱策"。——本书编者

②　本诗载《祝朝鲜复国的回顾》（《中央日报》1945 年 10 月 25 日）一文时，此句改作"井泉犹涌"。——本书编者

终诬。直疑秋水为神态，犹识春风在画图。麦饭年时谁办得，遗黎偷活到今无。

（载苏州《文艺捃华》第 2 卷第 1 册，1935 年 3 月 15 日）

题朝鲜闵妃小象

万云骏

家居大好付纤儿，历历尧封事可悲。尚想遗黎歌硕鼠，最难忧国到蛾眉。眼中沧海经三变，劫后衣冠异昔时。漫对春风矜绝代，微禽衔石总成痴。

（载上海《光华大学半月刊》第 3 卷第 7 期，1935 年 3 月 25 日）

《啼鹃集》诗选（四题七首）*

王敖溪

一击歌 为李奉昌作

倭京城内鬼神泣，倭京城外风雨急。天地似感三韩亡，宛向韩人长太息。韩人昔有安重根，只身杀贼于异域。十年以来贼更横，谁继重根复杀贼。独立党员李奉昌，壮志几将胡奴食。手把宝刀磨复磨，长啸一声天变色。只为杀贼须杀王，万里奔波贼未得。一朝仗剑入倭京，誓欲直抵倭王侧。无那倭王居九重，有血溅不到皇极。适遇倭王大点兵，万人拥出一轮日。车声雷动市人惊，大小倭奴齐匍匐。男儿杀贼在此时，挺身猛向倭王逼。砰然一击中副车，倭王魂落两眼黑。为欲手刃倭王头，提示韩人齐独立。那知走狗甚猛虎，贼头未得身被执。笑说丈夫当如是，死为厉鬼终汝殛。嬴政不死博浪沙，沙丘暴尸亦在即。我闻壮语三感叹，谁人杀贼无天职。奈何张良李奉昌，怪底专生在韩国。

---

* 这个题目是本书编者加的。——本书编者

挽李壮士

男儿若个不英雄，只恐甘做可怜虫。荆轲豪气贯白虹，天亦助以萧萧风。一击虽未成大功，五步之血千秋红。韩人自古不凡庸，杀贼岂止沧沧公。前有重根诛元凶，今有壮士更如龙。只身潜入东京东，直抵豺虎大队中。豺虎狂吼耳欲聋，贼魁气焰尤匈匈。霹雳一弹天下空，蓬莱仙人亦动容。贼魁颤声呼苍穹，两眼昏黑逃回宫。豺虎四出任横纵，空中飞鸟逃无踪。壮士屹然怒发冲，弹尽折刀犹冲锋。大呼大韩祖若宗，愧我任务未完工。豺虎张牙攫其胸，仍呼杀贼与效忠。一朝被困入樊笼，只有双目送飞鸿。欲托飞鸿表寸衷，告我同胞勿疏慵。人人伏剑来相从，贼魁力大力亦穷。一阵秋风送丧钟，报道壮士命运终。想见碧血溅九重，化作火山最高峰。壮士精神万古同，春为红树秋丹枫。

赠尹奉吉义士（四首）

韩灭张良在，秦王总小儿。问他三两岛，能敌许多椎。有血催花发，无颜叹黍离。萧萧风雨里，一马向虾夷。

万斛英雄血，铸成铁一丸。只知填海去，漫道撼山难。恨杀天长节，怕看黄浦滩。低头红日下，猛忆重根安。

只身临虎穴，含笑对群囚。一声天为动，诸凶命半休。非能荡倭寇，聊以报韩仇。万马营中立，屹然数倭头。[①]

男儿何惜死，死要鬼神惊。碧血终须洒，素心幸已明。一身拚众寇，几许计三生。偶过春江上，犹闻怒吼声。

---

① 这一首诗初载 1932 年 5 月上海《一八社刊》第 2 期，作者署"鳌溪"，"屹然数倭头"作"屹然数贼头"。——本书编者

吊安重根

　　哈尔滨，余旧游地也。当时曾吊安重根先生刺日相伊藤处，并纪以诗。迩者滨江地图已变色矣。昨夜忽又梦吊安先生，感慨之余，当成一律。醒而记之如下。

　　满洲已步朝鲜后，热泪满怀吊重根。空说决心长抵抗，深惭无语慰忠魂。倭奴依旧为流寇，箕子至今有孝孙。只为未诛李完用，可怜杀不尽伊藤。

（载上海《社会月报》第 1 卷第 9 期 "纪念爱国诗人
王敖溪特辑·啼鹃集"，1935 年 6 月 15 日）

《苦笑集》诗选（二题二首）[*]

王敖溪

朝鲜排华与胡蝶离林之搭题诗

　　胡蝶非胡姬，韩亦非胡地。华林虽一人，此华林乃二：一国际问题，一男女私事。如此凑一篇，令人大诧异。语君勿诧异，理固无二致。中韩与雪蝶，本同无猜忌。中知韩可怜，韩望中护庇。犹雪之爱蝶，蝶亦不自弃。中国倘自强，朝鲜自附骥。犹雪能自立，蝶必来献媚。漫云韩排华，或蝶有他意。即华偶凌韩，或雪稍放肆。料得韩与蝶，亦不至携贰。可惜哉华林，竟尔无大志。华自甘病夫，一任人窥伺。见倭奴灭韩，不能助一臂。倭奴威风大，强将韩统治。而今韩对华，自受倭驱使。雪亦学遗少，不知学大器。见阔人扑蝶，一任蝶憔悴。阔人手段巧，能将蝶麻醉。而今蝶对雪，当难免异议。华林复华林，切莫再酣睡。如徒怪韩胡，毋乃太不智。当前大恶魔，帝资两主义。欲得韩胡爱，韩胡无怨怼。笑啼俱无益，惟有除魑魅。待到伏魔时，百事皆顺遂。民族真平等，世界皆昆季。男女真平等，爱情自真挚。韩胡絷何人，敢言一不字。此篇搭题诗，因之作而记。

---

　　[*] 这个题目是本书编者加的。——本书编者

奉吉

可怜奉吉付东洋，犹对敌人笑语将。见说虹园狙击案，韩张良笑汉张良。

韩人尹奉吉慷慨助国人杀贼。虹园之炸弹一声，令当局闻之愧死也。

（载上海《社会月报》第 1 卷第 9 期"纪念爱国诗人
王敎溪特辑·苦笑集"，1935 年 6 月 15 日）

五四初度距幽囚之岁十九年矣感而赋此
并赠韩友圆明仍用廿五狱中初度原韵

老梅（景梅九）

重耳出亡年已过，幽囚旧梦忆南柯。逃空真见似人少，离垢方知吊诡多。学问有源思澄澈，文章无据任谁诃。长安曾是钧游地，怕负春光醉叵罗。

艰难险阻饱经过，出死入生记坎坷。故友重逢忧喜并，前尘回首怨恩多。江山易主真堪痛，草莽伏戎奈若何。眼底倭奴犹肆暴，遥悬肝胆向新罗。

（载南京《革命公论》第 1 卷第 6 期，1935 年 6 月 20 日）

义士行（三首）

老梅（景梅九）

义士行一　咏李奉昌义士东京炸案

倭人并韩违公理，白祫遗民怀愤耻。天教义士产龙山，厥名奉昌厥姓李。伤哉家贫幼失学，恒为饥寒所驱使。王孙困苦乞为奴，丑辱包羞裂双眦。壮岁孑身走瀛东，欲入虎穴得虎子。大似项羽观秦皇，秘语人曰彼可取。蕴藏意志苦无机，豹隐龙潜居名市。生平好酒不好色，倭姬攀缘拒彼美。破浪乘风来沪滨，漂泊一身靡定址。化名木下无人知，同胞该会加仇视。子房报韩智勇兼，独于沧海得壮士。搏浪椎秦功未成，

天地皆为震动矣。义士行踪略与同，且同荆轲别易水。临歧羞作儿女泣，
此行事济应心喜。东渡途径观音祠，戏抽神签卜动止。射鹿乘箭语分明，
晚晖落日足相拟。樱田一掷倭皇惊，惜哉误中副车耳。义士对簿慨自承，
敌曹妄讯遭斥指。我以汝皇为对手，汝辈何得加无理。断头台上呼独立，
气化长虹神不死。山崩钟应何奇特，柿梁有人能继起。虹口一举歼渠魁，
快意当场莫与比。漫将成败论英雄，义声震荡无彼此。奉昌奉吉两男儿，
大名永垂韩新史。

义士行二　咏尹奉吉义士虹口炸案

故国春风动禾黍，柿田义士独愁苦。生成傲骨耻为奴，剖出赤心晴
万古。掉臂昂头走海滨，太极旗下誓诛虏。一身许国不为家，力争自由
与自主。倭酋白川足趾高，阵［排］兵列阵压□浦。千乘万骑布森严，
虹口公园亲耀武。倭人欢笑韩人愁，义士旁窥若无睹。悠然怀弹冲围入，
阅兵台前赫如虎。群酋戎服聚将坛，阴云弥漫日将午。白川执杯方启唇，
义士挥手投孤注。霹雳一声天地崩，血肉横飞肢骸舞。廿发礼炮寂不鸣，
三军偃旗尽息鼓。余众纷作鸟兽奔，渠魁碎尸无完肤。中华男儿愧弗如，
一世豪侠首为俯。但愿化身千万亿，阴相中韩同御侮。杀尽倭奴方罢休，
金瓯无缺还吾土。八道同仇与招魂，光复元功归一举。

义士行三　咏崔柳二李诸义士大连炸案

鸭绿江上架虹桥，倭人并韩复吞辽。伪造傀儡满洲国，一手遮天亦
徒劳。三韩八道多英杰，雪耻复仇意志牢。重根初狙伊藤侯，石破天惊
荡海涛。奉昌奉吉相继兴，樱田虹口拟天骄。意气孤行快一掷，天地震
动鬼神号。一波才起万波随，壮士并又甞连镖。大连阴谋注群丑，内田
广本皆目标。机事不密忽泄漏，风声鹤唳草木摇。崔柳四人负专责，七
十老翁送邮包。中藏水壶爆弹裂，当者粉碎额烂焦。义士被捕态自若，
宣言暗杀不停挠。倭奴从此难安寝，心魂失措惧覆巢。

夏历端午

（载韩国光复军总司令部政训处《光复》

第 1 卷第 4 期"光复艺林"，1941 年 6 月 20 日）

再用叉字韵感赋并寄朝鲜权海槎枢院

项毋意

姬旦东周梦已赊，采风谁复乘轺车。绕关鼓角云容黪，渡港帆樯雨脚斜。瘦鹤难寻灵寿杖，啼鹃空怨太平花。花在清宫每届开时香烈异常，至今犹存也羡君小驻仙桃洞，得避耽耽李夜叉。

（载上海《交行通信》第 8 卷第 4 期，1936 年 4 月 30 日）

韩国故宫辟为公园

孙傅舟

汉家置郡属何城，断雉残垣说故京。上国分封悲旧迹，近臣失计结新盟。宸宫只蓄闲花鸟，武库空留古甲兵。芳草萋萋侵辇路，白衣游客若为情。韩人衣多白色

（载上海《人文》月刊第 7 卷第 4 期，1936 年 5 月 15 日）

四月一日故韩国汉城见七日并出如连珠，感赋长句 己未*

黄季刚（侃）

义和妃俊谁所称？一字十子何巍巍？浴之甘泉泉沸腾，东顾若华日

---

* 本诗发表时诗题前作者署"蕲春黄先生遗诗"。诗题署"三月朔故韩国汉城见七日并出入连珠感赋长句"。诗末注"世扬按：以上四首皆己未年（1919 年——本书编者注）寄示者"。全诗为："义和妃俊畴所称，一字十子何巍巍。浴之甘泉泉沸腾，还顾若华日可登。代出炫耀相驾陵，炎熹暑热长郁蒸。卉木枯死民岂胜，九旬戢影因苗兴。旋遇穷后起与膺，弯弓剡注如捕蝇。释获九箪方释冰，矛立不死数增增。稿简所载多咎征，双双俱至黑帝崩。典午将没三作朋，今如尸鸠下高楢。又如璇玑连玉绳，强阳之气焉可恒。四国见之怨且憎，誓假夹庚遗以赠。吁嗟日兮汝勿矜，魂飞羽解非小惩。"湖北省人民政府文史研究馆校订《黄季刚诗文钞》录入此诗时，诗题作《四月一日故韩国汉城见七日并出如连珠，感赋长句。己未》。两个版本的正文有诸多不同。——本书编者

可升。迸出照灼相驾陵，炎熹暑热长郁蒸。草木枯死民岂胜？九旬戢影因苗兴。旋遇穷后起与膺，弯弧剡注如捕蝇。十获九算乃释冰，孑立不死非小惩。齐东夜见才如灯，邵中再旦不足凭。乌尾毕逋洵咨征，双双俱至黑帝崩。典午将没三作朋，今如鸤鸠下高樗。又如璇玑连玉绳，强阳之气焉可恒？四国见之怨且憎，誓假夹庚遗以赠。吁嗟日兮汝勿矜。

（载苏州《制言》半月刊第 19 期，1936 年 6 月。

诗题及正文据《黄季刚诗文钞》"劳者自歌·诗钞"，

湖北人民出版社，1985 年 9 月，第 135 页）

高丽海湾舟中作

谢廊晋

　　衡阳谢廊晋先生，早岁从事革命，以道德文章见重于谭组安先生。前此因病来日休养，居广岛、京都近二载。山阳，近畿之名胜，多有其游迹，载酒之余，辄赋诗以自遣。兹由其快婿京都帝大理学部在学之宁谷达君处，得其新旧作数首，特刊之以供同好！　　编者志

　　望际垂垂渐有山，辞家几日又三韩！高樯远没斜阳外，独火微明北海湾。去国人如秋燕捷，登楼水接晚天宽。一群共作无衣叹，正是金风及早寒。

（载东京《留东学报》第 2 卷第 5 期，

1936 年 10 月 20 日）

饯别李君仲刚赴朝鲜总领事馆任职

毛振凤

　　行过山头又海头，英风凛凛壮千秋。男儿不作惊人事，死到黄垆鬼也羞！

（载山东《进德月刊》第 2 卷第 2 期"文苑·诗录"，

1936 年 10 月）

呈高丽金禹镛先生五言古诗二首

李国平

清夜凉如水，心音静可闻。落落远游子，刺股不成文。遐思越江海，清辉人梦魂。似闻黍离吟，余响入层云。

淙淙流泉鸣，恻恻茕心曲。夷齐咏首阳，山灵为之哭。君舞容颜悲，君歌声断续。吁嗟旷代怀，白首意未足。

（载《国立中山大学日报》第 2340 期，1937 年 1 月 15 日）

七哀·哀高丽同骊支均［韵］*

谷倩梅

二之哀，哀高丽，二十七年尚如斯。高丽以清宣统二年亡亡国亡种亡文化，箕子之鬼其馁而。困苦为奴续乃祖，岂无一个是男儿。已忘勾践杀而父，煮豆乃又为之其。为之其，豆则悲。于嗟乎，二之哀，哀高丽。

（载《南社湘集》第 8 期"诗录"，
长沙湘鄂印刷公司，1937 年 8 月）

水调歌头赠朝鲜志士

夏承焘

短筑唱先咽，大白泪同吞。九原荆聂相望，耿耿几精魂。照眼光芒

---

* 总题《七哀》的七首诗分别为：哀日本、哀高丽、哀东北、哀傀儡、哀蒙古、哀吾生、哀身世。诗前序云："曹子建、王仲宣、张孟阳并有七哀诗。七哀者，痛而哀，义而哀，愁而哀，耳闻目见而哀，口叹而哀，鼻酸而哀也。八年于外，心剽形瘵，窃取其义，衍为七章，章自为目。愤时伤乱，视曹王张诸作，词旨同而创痛深矣。言之者无罪，听之者傥亦知所省乎。"作者署"桑植谷倩梅梅桥"。——本书编者

百字，瞰户咽填万鬼，风雨正昏昏。一映吐真气，翻海倒昆仑。归国谣，收京乐，付诸君。当场只手能了，儿女莫沾巾。待饮黄龙杯酒，忽动长城鼓角，黯黯九边尘。我亦有孤剑，植发望燕云。

> [作于 1937 年。录自夏承焘《天风阁词集》
> （吴无闻注），"百花诗词丛书"，
> 百花文艺出版社，1984 年 7 月]

东行赴日道经朝鲜赋感

张剑英

东行赴日过朝鲜，为赋《皇华》诗一篇。大好河山原祖国，何年恢复扫重烟。

> （载上海《康健杂志》第 61 期"诗坛"，1939 年 6 月 15 日）

赠金尤史 三叠韩韵

周癸叔（岸登）

金侯家世本三韩，祖国重兴荷铁肩。世上悠悠宁识子，醉中往往爱逃禅。一椎博浪论先达，八道沟娄仰上仙。今夜峨眉山下月，与君同照话前缘。

> （载《国立四川大学校刊》"文艺"，
> 1939 年 10 月 21 日）

《韩民月刊》祝词

《韩民月刊》创刊祝词
康　泽

皇皇朝鲜，檀箕是宗。实我兄弟，居海之东。倭逞封豕，灭我邻邦。

岂无三户，我惭秦康。鸭绿荡荡，白山巍巍。英烈相望，国魂来归。光复可期，以今例古。勾践沼吴，包胥复楚。

（载《韩民月刊》第 1 卷第 1 期，1940 年 3 月 1 日）

《韩民月刊》创刊纪念

张荫梧

殷有三仁，浩气常存。箕子之后，道义为根。唇齿相依，互助生存。

桐轩张荫梧
（载《韩民月刊》第 1 卷第 1 期，1940 年 3 月 1 日）

《韩民月刊》祝词

桂永清

中韩兄弟邦，敦睦源自古。明夷衍箕畴，安东开幕府。文教交川流，国防依车辅。封豕嚼人国，蚕鲸肆侵侮。卅年覆巢余，泪血悲禾黍。辽阳更芦沟，中原横豺虎。鹡鸰愤急难，同仇相支柱。《韩民》此肇刊，策力驱倭虏。为扬中夏威，为报三韩苦。复国志士心，勃郁终难阻。三户昔亡秦，得道况多助。我开射日弓，追逐崦嵫路。不义自速亡，赤乌看解羽。雪耻荡腥膻，中兴复故土。千秋万世荣，交辉耀寰宇。

（载《韩民月刊》，第 1 卷第 2 期，1940 年 4 月 25 日）

贺新郎

此词本为芦沟桥七七事变后旬日题赠韩国同志者，
今《韩民》出版，特录赠以当祝词也

黄介民

俯仰情何切，看尘寰、纷纷成败，循环无歇。往事思量千万绪，怕听哀猿凄咽。漫道是，心源澄澈。访友天涯逾念载，对同仇、惯缔同心结。争起舞，输肝膈。

无端更听罡风发，太无聊，跳梁小丑、横行东北。万里中原悬大耻，

自属男儿昭雪。更说是，兴衰续绝。伫看三韩成独立，嘱鹃魂、不用长啼血，人共醉，金刚月。

（载《韩民月刊》第 1 卷第 3—4 期合刊，1940 年 8 月 25 日）

恭祝《韩民月刊》万岁
李梦庚

唇早亡兮齿又寒，中华屏障赖三韩。共同奋建和平路，打倒倭奴世界安。

吉林李梦庚敬题

（载《韩民月刊》第 1 卷第 3—4 期合刊，1940 年 8 月 25 日）

朝鲜京城谒吴武壮公_{长庆}祠堂
运　之

绝域瞻遗庙，英灵想霸图。惊传将星陨，太息战云孤。落木三韩暮，悲风万壑呼。明朝马关路，揽辔忍踟蹰。

（载南京《国艺》月刊第 1 卷第 4 期 "采风新录"，
1940 年 5 月 25 日）

朝鲜少女吟
王季思

我军袭新乡，俘敌十数人，内朝鲜少女二，皆良家子，以 "慰劳班" 征赴前线，供敌蹂躏。因感其事，为《朝鲜少女吟》。

罗帏对卷秋风入，新插瓶花娇欲泣；那知更有断肠人，血污罗裳归不得。个人家本汉城住，生少年华愁里掷；妆成长自怯登楼，为恐豺狼见颜色。一从东亚起甲兵，邻里朝朝闻哭声；丁男迫向战场死，少女驱将绝域行。皇皇督府张文告，道是 "前方要慰劳，民家有女不许婚，留待‘皇军’来征召”。绮年玉貌空自怜，阿爷阿母长忧煎；生男生女两无靠，国破家亡理自然。篷车隐隐过城郭，三十六人同日发；亲朋戚里走相送，珍重一声双泪落。故山渐远草渐青，不记南来多少程；宵从魑魅丛中过，晓逐牛羊队里行。人前强作欢颜笑，对镜临妆长自悼；同来姊妹几人存，暗里相逢各相吊。东家阿妹年十六，旧是皇妃闵氏族；夜深婉转闻娇啼，清晓游魂辞躯壳。南邻孀妇崔氏姊，家有三龄遗腹子；仰天终日语喃喃，皮骨徒存神已死。行行忽复至中原，极目关河欲断魂；黄河浊浪排空远，铁岭寒云障日昏。岭云叆叆黄河吼，华夏英灵永不朽；大兵一夜克新乡，五百倭奴齐授首；坏车零乱龟鳖伏，散卒仓皇牛马走。伶仃弱质何所依，瑟缩泥中血满衣；被俘自分军前死，不信将军赐就医。殷勤看护更相慰，折得花枝伴憔悴；那知身世正复同，纵有余香无根蒂。吁嗟乎！汉城高高汉江深，谁把江山掷与人？欲知亡国恨多少，请听朝鲜少女吟。

（载王季思《越风》，金华国民出版社，1940 年 9 月）

朝鲜义士尹奉吉歌

陈伯君

民国二十一年淞沪之役，日军既胁我成盟，将旋师矣，乃开会祝捷于上海之六三花园。朝鲜义士尹奉吉杂会众中掷炸弹，日大将白川殪焉；日人捕得尹送之东京，年才二十八也。呜呼！壮哉！罗膺中曰：“是可歌也！”为之歌曰：

东方封豕骄雄武，敢张巨喙涎吾土！沪滨一战挫声威，尺地月来犹抵拒。海上援兵络绎来，张皇四易军中主，仍趋间道图绕攻，我方一夜潜师去。盟成两国罢兵车，耀彼邦人夸振旅，扬旌祝捷六三园，下驮者男襁者女，人人携得便当至，韩人中蕴亡国怒。白川大将卓坛中，桓桓威仪气虹吐，重光使臣伺颜色，大小班从列如堵；坛下欢呼台上矜，此时气象若可睹。忽然一弹从天降，砰然裂天铁飞雨。元戎就殪使臣刖，善战服刑假手汝。掷弹者谁？尹奉吉，堂堂义士好肝膂！众中大索得其人，但觉余势犹虎虎。有生即注僇民籍，读史凄痛心为腐。三十年来国未复，二千万众忍终古！炸弹藏在便当里，初次报载如此，后又谓系藏在水壶里，膺中曾为易此句及前之"人人携得便当至"一句，今亦失忆。聂政、荆卿安足数，拼此一掷醒国魂，男儿断头真得所！吁嗟！义士志已酬，所贵彼邦齐奋举。覆国奴种谁其罪？起废振绝当安处？纵有死士逞交衢，歼一二人亦何补？不见伊藤血已荒，韩人今日犹臣虏。吁嗟乎！韩人今日犹臣虏，箕子之魂在何许？义士九原双目努！

（载西安《舆论》第 1 卷第 1 期，1940 年 10 月 1 日）

吊安重根

智　蔚

舍身报国仇，肝胆足千秋。贤子甘降虏，将军可断头。大椎酬博浪，义士起神州。地下应含笑，复兴借箸筹。①

［载巴达维亚（印尼万隆）《华侨公会月刊》第 2 卷第 1 期
"茶余酒后"，1941 年 1 月 5 日］

哀悼我们亲密的战友叶鸿德同志

王　菲

昨日捧酒醉，归来泪满襟。吁嗟吾好友，一逝不复归。耿耿恸哀思，痛我好战士。嘉陵一夕别，竟无再见时。千呼君不应，生容历在前。壮志犹未偿，何以对英灵。

（载《朝鲜义勇队通讯》第 41 期，1941 年 3 月 1 日）

朝鲜郑寅普君寄所作李耕斋先生伤词赋此慰之

王苋生

并世有知己，天涯如尺步。异代逢解人，百世犹朝暮。文场常落寞，

---

① 第六句指韩国志士在渝组织光复军。

今古有同喻。岂少空群马，所稀伯乐顾！是以文字交，常若孩提慕。片言微契合，久要胶漆附。漫嗟形迹疏，心如金石固。似此岂多有，千载或一遇。暂离犹怛恻，阴阳况异路！览君哀挽词，如闻歌薤露。未读耕斋文，因君审法度。君亦昧生平，因文接情愫。今人多嗜奇，二子守其故。艰贞良足喜，不为浮名误。鸡林遗凤毛，殊方惊异数。奈何文憎命，此意向天诉！寄诗聊慰君，转为斯文惧。我本孑遗民，兼有烟霞痼。幼时惭学剑，未解作露布。中年始亲书，无成怀稼圃。踽踽荆榛道，孤行失筌路。迁折多徒劳，微光照迷雾。乃知一字师，贵逾千金赋。块然发深思，孤怀如远戍。袖书重展读，相亲如把晤。漫言秦越遥，梦魂可飞渡。

（载南京《生力》第 6 期"时人诗文选"，1943 年 4 月 1 日）

送韩国临时政府金九主席一行赴国

吴景洲

洸洸大韩，檀君之胄。比邻华夏，亲仁世守。唇齿相依，急难相救。日维季世，强寇入牖。夺我疆宇，沼我台囷。兄弟同运，国难是迩。血染山河，气冲牛斗。再接再厉，屡蹶屡斗。五十年来，折胫断腿。中日更搏，风云益骤。八载苦战，奋起全宙。结盟协力，乃歼厥丑。同仇斯报，来苏待后。复国还都，亦骈亦偶。患难之交，且名且镂。百千万年，勿充此旧！执手临政，悲喜交凑。共进一觞，两国齐寿！

（载《中韩会讯》第 5 期，1946 年 1 月）

营 妓

大 狂

花怜堕溷絮沾泥，蝶自疯狂鸟自啼；此日有家归不得，料应同悔祸噬脐。

日寇慰安所中之营妓，大半为韩国少女，为日寇胁诱而来者，今以日寇解体，过其飘零生活，日本人诚亦作孽矣哉。

（载上海《风光》第 9 期，1946 年 5 月 6 日）

营　妓

虎　痴

迫向军营献此身，狂蜂浪蝶送残春；而今湖海飘零客，尽是萱帏梦里人。

日寇"慰安所"之营妓，多为韩国良家少女，迫于日军诱胁，操此贱役，而今日寇屈膝，此辈欲归不得，流离失所，生活之惨苦，竟有非人所堪想象也。

（载上海新生杂志社《万象》第 1 年第 3 期，
1946 年 6 月 10 日）

游朝鲜故宫

姜丹书

此地当年亦至尊，如今游客叹鲸吞。崔巍栋宇藏狐鼠，屋后山鹃唤蜀魂。

游日本朝鲜归国车过鸭绿江上见滑冰船口占

姜丹书

江盖琉璃船滑冰，鸿沟两国一桥分。辚辚车似长蛇过。风雨鸡鸣隔岸闻。

［载《镇丹金扬联合月刊》第 3 期
"诗词·丹枫红叶室诗草（三）"，1946 年 11 月］

《抗战诗史》诗选（二十二题二十四首）

姚伯麟

万宝山案

不识国王恨，朝鲜甘为傀儡身。通奸租我地，逞霸虐吾民。鲜民受日人之指使，甘作傀儡，强占我田地，凌虐吾民。此二十年七月事也。曹沫英风往，汝阳故事新。外交坛坫望，今又有何人。概我外交怯懦，折冲无人也。

所谓中村事件

阴谋黑幕自重重，竟说中村失旧踪。苍狗白云多变幻，兴安岭外突奇峰。日寇欲发动侵略，阴谋诡计，预先造成各种事件，于万宝山惨案外，又捏造中村震太郎，在兴安岭外失踪，有被人谋害嫌疑，欲出动大军，前往调查详情。先纷向南满铁路沿线，大举增兵。后经日陆军少将石井康说明真伪，谓中村震太郎现仍健在。所谓中村事件，被害者非他，实为一不幸之东北人。该人当时系着日本服装而被杀（可谓替死鬼），石井于彼时服务东北，谓中村在战事结束前，尚在锦州担任特务工作。由是谈话以观，此一重秘密黑幕，遂被揭穿矣。

朝鲜惨杀华侨

八道杀机动，同胞惨若何。全抛人类爱，偏见兽行多。岛国阴谋重，官僚筹画讹。冤魂长已矣，此案付流波。日寇发起有计画的排华风潮，大其煽动无知鲜民在仁川汉阳平壤等地暴动。华侨被杀及投海者，共有数千人之多。

壮烈哉尹奉吉（二首）

韩被倭吞数十春，国亡虽久恨犹深。义同博浪沙中击，八道于今尚有人。可见国亡而人心不死，终有恢复之一日。余注详前首。

驿站风云真莫测，伊藤饮弹杳孤魂。韩国总监伊藤博文，在哈尔滨车站被志士安重根击毙。沪滨哈埠相辉映，同报韩仇安重根。

日议提高台湾朝鲜政治待遇（二首）

清廷甲午割台湾，虐政呻吟忆马关。东亚战争开展后，提高待遇欺民间。甲午战败，割台湾省于日。我同胞呻吟于虐政之下，不堪其苦，屡起革命。屈指计算，已五十二年矣，令人追忆马关条约痛史不置。余注详次首。

并吞藩属溯朝鲜，亡国乃为明治年。朝鲜为我藩属，甲午战后，被日并吞，乃于明治四十三年八月二十三日，公布日韩并合条约。至是帝降而王，高丽乃真亡国矣。经过三朝明治、大正、昭和。未解放。于今转战两军前。中日之战及大东亚战事发生后，日军数量上，损失过甚，补充乏术，乃向台湾高丽征兵。数十年来，差别待遇，未被解放，不能获得真正自由者。今以战事日急，为笼络台鲜人民计，藉口提高政治待遇，以资号召，俾其从事战争，徒供牺牲。（上月驱使数十万关东军南下，与此同一用意。）据本月十九日中央社电云，日政府此次向议会提出贵族院修正案及众议院议员选举法中修正法律案，对台湾朝鲜居民之政治待遇，谋取划期之措置。政府方面，基于日本内地朝鲜台湾一体之根本原则，并考虑当地实情，今后于政治及一般待遇上，推行渐次改善之方针。刻对朝鲜，将先以下列问题，进行具体准备。（一）法律差别之撤废，（二）裁判所组织法之适用，（三）自治制度之改善。由上以观，似所谓提高台鲜政治待遇者，尚在若有若无不可捉摸之间。盖一则曰渐次改善，再则曰进行具体准备。则其真能获得自由，与日人一律平等者，尚不知在何年月日。然即能获得自由平等，亦属于战争之中，以血肉身躯换来，况在不可知之数，遥遥无期乎。总之战局日益扩大，战事日益接近，人（兵）力日益缺乏，资源日益枯涸，决战日益紧迫，纵使倾台鲜人民送诸战场之上，未识能解救其本国危亡否。

台鲜获得日贵族院议员十名

两岛争权志未伸，两岛者，台湾高丽也。争权者，争取平等自由权也。多年奋斗几酸辛。两岛自隶日版图后，屡起革命，欲图独立，被其暴虐残杀，卒以失败而终。可怜获得三朝谓明治、大正、昭和三朝也。报，御用家奴仅十人。三日东京电：日政府为改善朝鲜台湾居民之政治待遇，经第八十六届议会所通过之贵族院及众议院议员选举法中修正法案，业于一日公布，并颁发诏书。由是日起，已启开朝鲜台湾居民参与政治之途径。依此政府立即奉请敕任贵族院议员。二日小矶首相皆宫上奏裁可而下，于三日神武天皇祭之良辰，发表任命。计朝鲜七名，台湾三名，为贵族院议员。（余则曰御用家奴）此十名敕选议员，代表朝鲜台湾居民，将自下次议会起，参加贵族院云。余详前诗台湾高丽两首。

高丽重见天日

五十年来创钜深，赢［嬴］秦暴政久呻吟。皇宫签定降书日，八道欢呼幸福临。汉城九日电：朝鲜南部日军投降仪式，今日午后，于日本朝鲜总督之华丽皇宫中举行。数以万计之朝鲜人民，站立道旁，达数小时之久。美军车辆过去，欢声震天，并曾目击此项仪式之举行。当宫殿旗杆上之日旗扯下时，朝鲜人民，咸高声欢呼，盖五十年来日本之统治，业已结束矣。朝鲜日军投降仪式，庄严肃穆。事后美军于皇宫丹墀上游行。朝鲜人民，麇集通衢，前来瞻仰。手持中美英苏及朝鲜国旗，其高兴鼓舞之状，据美国某军官谓"宛如无数学童，骤闻校中放假者然"。接受投降之朝鲜区美军总司令霍奇二级上将及代表美海军之金开德海军上将，抵达此间时，先由无数坦克前导，并有长列之日军车辆开路。朝鲜人民，自大街至皇宫，夹道相迎。投降仪式，于日本朝鲜总督阿部信行之宫中举行，费时仅十六分钟。日本代表一行三人，由阿部率领，咸坐于红皮椅上。与美国将领十四人，对面而坐。当霍奇上将及金开德上将步入殿中时，参加投降仪式之人士及日代表，咸肃然立正。阿部总督率先签字，继以陆海军代表，一时无数"开麦拉"齐动，尽将当时情形，收入镜头。

重庆韩国临时政府

临时政府设渝城，报道韩民庆复生。集合三军归祖国，开罗一语开罗会议时，我蒋主席曾提出将来击灭日本后，应让高丽独立。今得以实现，故三千万韩民感之，全国莫不拥护。本非轻中央社重庆十三日电：韩国临时政府，本日下午三时，在百龄餐厅招待本市新闻界。首由宣传部长严大卫报告当前政府之工作。氏曾于上月八日，随该政府金九主席往西安，视察韩国光复军，并对在沪之光复军第三支队之活动情形，及在汉口北平等地韩侨动态，均曾加以详述。该氏并称，已得中国政府当局之同意，凡在中国境内，被日压迫指使之韩国军队，皆交该政府收编，以便将来返国时，编组为国防军。氏希望各盟国能在交通方面，迅予协助，使留渝政府人员，得以早日回国，治理国事。在临时政府未返国以前，将准备于韩国内成立一过渡期之政府，以渐进而为全国一致之民主政府也。

热烈欢迎李将军

大和既已召瓜分，韩国重光独立闻。热烈群呼歇浦上，欢迎特敬李将军。自日本接受投降，韩国宣告独立后，在华韩国侨民，莫不欢腾。其韩国光复军李苏民将军，于昨日（十三日）由杭来沪，负责召集在京沪杭之韩国军民，准备回国。在沪韩侨，特于昨日下午，在大西路四十七号，举行欢迎会。见韩侨均手持国旗，参加者达数百人。当李将军抵达该处时，即有韩国妇女会金元庆女士等五人，献花致敬。继而开欢迎会，由李将军致训，语多勖勉有加，并对同胞之热烈欢迎，尤表深意。最后高呼口号而散会。

台湾收复高丽独立日本投降有感

台倒谓台湾割让也。台成谓重还祖国也。日告终。谓日无条件投降也。韩倾谓高丽倾亡也。韩复谓高丽光复也。悟穷通。悟穷则变，变则通之理。古今胜败兴亡史，六十年来一瞬中。

四国协助高丽独立

三朝虐待家奴视，日灭高丽，经过明治、大正、昭和三朝，历受虐待，视若家奴。四国维持邦本成。独立毋忘多助者，中苏英美老同盟。中央社华盛顿十九日专电：杜鲁门总统今宣布高丽之解放文告称："建立一大强国之事，现正由美中英苏之协助而获开始，四国同意高丽必须自由与独立。"

中韩澳苏菲占领日本

再看建议更周详，占领区分计画长。协助盟邦美国同负责，五军各任驻扶桑。同上同日合众社讯：美参议员罗索氏建议，以中韩澳苏菲各军，占领日本。

高丽党争激烈

虐政呻吟国久倾，得人扶助业初成。痛心解放无多日，不过一月有余。各党纷纷闹党争。汉城二十二日合众社电：朝鲜保守派与左翼分子间之政治斗争，已陷激烈状态。隐藏中之左翼领袖，已两度遭攻击。朝鲜临时委员会，为两大政党之一，其主席刘五镰（译音）年已六十，经两度被击后，已于夜间秘密迁移住址。与刘接近之人士，拒绝指明狙击之人。有人谓系共产党人，有人谓系急进之民主党人，但反民主党否认曾有任何激烈之行动。据警察局报告，每一政党，均以破坏其他政党之集会相威胁。朝鲜政治上最有趣味现象之一，即全国号有政党四十余之多，但不见有共产党。自日皇发表投降救书以后，朝鲜共产党即大肆活动，向许多城市接收警察局及政府机关等。汉城亦在彼等活动范围之内。但当美占领军抵达以后，共产党又退至地下。

日统治朝鲜自食其果

全民奴化统朝鲜，铁腕横挥四十年。暴政推翻重建造，韩邦独立日俘还。波士顿八日特电：《基督教科学箴言报》顷载朝鲜汉城访电称，以铁腕统治朝鲜垂四十载之日人，今因战败而被络绎遣返本国，虽秩序尚佳，然身体上所受痛苦殊深。估计朝鲜美军占领区内，日军民约四十五万人，相继集中汉城而被遣返者，迄今已达十万人左右，平均每日遣返约二千人。对于韩人，日军民之大批遣返，或为彼等获得解放之最大象征。骄横一时之日商人与行政人员，今已渡难民生活，麇集本城屋宇或寺院内，入夜就地板或草堆而卧，饮食既不足，更迭遭韩国热血份子之殴击，其所有之款项与珠宝等，已丧失殆尽。殊堪与日军最初侵入朝鲜，开始其横暴与恐怖统治时之情景，形成历史性之对照。

小杉削发为僧

亡韩降将慨难胜，四十三年阅废兴。放下屠刀枯万骨，空门忏悔欲为僧。联合社汉城十七日电：朝鲜日军司令小杉中将，恪遵投降条款，未生任何意外事故，今日乞求返国，已获允准。日本对朝鲜四十年之武力压迫，于兹正式结束。小杉从军已四十三年，今后拟削发为僧云。

金九返国后之新表示

航空万里送金公，一路鸿毛遇顺风。归到宗邦新表示，美苏互让助成功。中央社汉城二十三日专电：朝鲜临时政府主席金九由沪乘飞机抵此后，中央社记者即往访问。金氏劈头即称："余不愿见朝鲜被画成两个各别之军事区。"此六十九岁高龄之朝鲜独立运动领袖，认为此种分裂局面，不久即将取消。盖渠深信美苏两国，均将为朝鲜作合理之事。金氏续称，目前不拟请各国承认朝鲜临时政府，但将来渠或将请求之。此次金氏及其领导下之临时政府人员，均系以平民资格返国。

三外长会议决定东方问题有感

（四）　四国托治朝鲜五年

苏美驻军代表联，临时政府助朝鲜。完成此举宜抛手，让高丽自治托治何须待五年？①

（五）　管制日本托治朝鲜中国俱有资格参加而本身
问题却被莫斯科会议列入议程并决定解决之原则

---

①　本诗无注释，其注释包含在第五首诗中。现节录如下。联合社莫斯科二十七日电：英美苏三国外长会议，今日圆满结束，并发表公报。……决议如下："五、朝鲜境内美、苏两军司令部，应于两星期内，从事协商，并由双方代表组织联合委员会，协助设立临时民主政府。……三国协定规定设立朝鲜临时政府及四国（美苏英中）代管制度，俾使朝鲜重建独立国，代管期限，最多不得超过五年。"——本书编者

如实行统一等等精神上所受之打击痛可非言宣

日韩国事俱加参，管制同时托治含。统一实行受劝告，精神_{参见第三条}打击最难堪。①

朝鲜亟宜重建新临时政府

党派如林息党争，邦家统一输精诚。临时政府重新建，国际何由托管成。合众社华盛顿二十日电：美国国务院远东司司长范宣德于二十日晚，发表广播演说略称：最近三国外长会议，规定朝鲜由国际托管五年。朝鲜避免托管之唯一机会，为成立能统一与治理全国之新临时政府。英苏已同意美国之观点。新临时政府应包括各党各派，并非以前流亡重庆之临时政府。倘使新临时政府不能实现统一，而无有效率之统治，则目前治理朝鲜之美苏联合委员会，大约将建议在联合国机构下，由四国托管。倘须托管，即须五年之时间。吾人对朝鲜，仅有一项目标，即于最早之期间，实现自治与独立。目前朝鲜九十余党派，利益互相冲突，成立有效率而强国之临时政府，颇感困难。现汉城方面美苏军事代表，仅商议经济统一，撤除美苏两军占领区间经济壁垒之问题。据国务院日韩经济课课长马丁称，由大国合作，解决朝鲜问题，可以消弭纠纷，对于亚洲和平，大有裨益。朝鲜土地问题，甚为严重，土地之分配，应由朝鲜人自行解决。

韩文复活矣

日没谁还忆日升，韩亡韩复慨难胜。语言文字随成败，五百年间阅废兴。合众社汉城十九日电：朝鲜军政府教育部，将发布用朝鲜字母写成之《韩文初阶》卅万本。流行五百年之韩文，乃告复活。按：日本于一九三八年起，禁止使用韩文。紧随日人此次离韩，韩文研究会乃编制上述用朝鲜字母写成之第一部教科书。韩文排列法，为自上而下，每行由左转右。

韩国独立纪念日

廿七年前独立日，三韩纪念祝良辰。中央政府今何在，合力速成易

---

① 本条注释引用英、美、苏三国外长会议"公报"有关远东问题的决议，文字太长，现将决议第二、三条节录于下："二、三国外长商定，美苏两国驻华军队，履行任务完毕后，应在及早时期之间撤退。三、三国外长商定，中国应在国民政府下实行统一并实施民主政治，俾使国内各民主分子，广大〔泛〕参加国民政府各部，并停止内战。"——本书编者

主宾。按：高丽虽已脱去日本桎梏，然至今仍为美苏军两国占领区，未免喧宾夺主。故望其合力速成中央政府，以转易为主人翁地位也。兹据联合社汉城二十五日电：韩国定于下月一日庆祝廿七周年"独立日"。廿七年前此日，曾有少数爱国志士，企图藉消极抵抗，挣脱日本枷锁。今年此日，全国二千六百万韩人，已不复受日本统治，但在美苏军事管理下，分为南北两区，仍无中央政府。意见纷歧之政党，各立阵营，通货膨胀，物资稀少。在美国占领区之韩人，拟于该日游行示威，并举行宴会与演说。美国占领军司令霍奇中将，已宣布该日为假期。今日情势虽仍多困难，但较之一九一〇年，则已倍见明光。当时在"独立日"有韩国国民党员卅二人，聚集于酒馆中，邀一日本闻人，在其前朗诵独立宣言，内称"吾人于此宣布韩国独立及韩国人民自由解放。吾人以此昭告于天下，以证明万国平等。吾人且将以此传之后裔，视作其天赋权利。……"于是此卅二人，整步自投中央警察局，与另一签字于宣言书相会合，同遭禁闭。谋画已久之非武力公开示威运动，实以此为嚆矢。日本人所采取之报复手段，则为屠杀一星期。上述各志士，现犹有十五人生存于世，若干人仍在政界活动，但互相敌对，与廿七前之同心合力，迥不相伴。

苏军又搬移韩北工业

　　至今东北未能安，又见推波与助澜。一贯作风终不改，搬移惯技更三韩。联合社汉城八日电：朝鲜美军司令霍奇中将今日宣布，美苏两国代表迅近在汉城举行联合会议，美国代表曾质问苏联自朝鲜搬走机器一事。苏联代表否认曾移动任何财产，并不愿讨论其事。此间早经盛传，苏方在朝鲜北部占领区内，搬走日本财产，今已因此公开。据霍奇宣称，会议十九日仍未能完成美国方面的目的。苏联代表坚持按诸莫斯科公报之意义，两国应协力统一朝鲜。关于搬运机器之事，并不紧要，且未证明。就彼等所知，则并未迁移。无论如何，此等事应由两国司令在其辖区内自行管理。

（载三原姚伯麟《九一八、一二八、七七、八一三、
太平洋　抗战诗史》，上海改造与医学社，1948 年 3 月）

题旧有朝鲜笔

遐　翁

　　笔名"崩浪"，管镌"李王家美术工场谨制"。

　　神笔何期走传车，降王今日久无家。剧怜崩浪成崩土，血染箕封乱似麻。

（载上海《子曰丛刊》第 2 辑，1948 年 6 月 10 日）

散　文

（小品　杂感　随笔）

朝鲜烈士

红　冰

安重根，朝鲜之烈士也。其轰轰勋业，六合共仰。当其被囚于旅顺狱中时，我国人往视之。安辄捶几谩骂，谓日本国民，对于两国皆主和平。甲午之役，独伊藤主战，残害同种，破坏大局，莫此为甚。然我韩既灭，祸将及尔满洲。我国向靠大国为泰山，竟不能实力保护。你们还不知羞，前来看我作甚？呜呼，我国人听之，将赧颜何地。

（载马来西亚槟榔屿《南洋华侨杂志》第 1 卷第 1 期
"签载·秋爽斋笔记"，1917 年 3 月 15 日）

亡国泪

红 冰

朝鲜本我国数千年之藩属，自沦胥后，人民失所，生计穷窘。戊申岁，余随父寓江西。时有该国逸民朴永昭者，愤异族之苛政，潜逃来华，以名片向余求助。内有小启云，小生箕子遗族，痛宗邦之沉没，来母国以周游。志未遂其包胥，粮已绝于陈蔡。自念国家已亡，此身尽可无生，奈何躯壳尚存，此心终觉未死。用是吞声忍泣，蒙耻舍羞，摄我像形，箫效吴市之吹，抒彼情愫，骖冀尼公之脱。仰荷矜全，俯赐资助，此日残喘苟延，得免沟壑之填，他时枯草逢春，誓图衔结之报。又当朝鲜初亡之时，有一韩人，名金秉万者，流落在豫，寄居旅舍，以携有微资，故不复言归。金能汉文，故时与各界相周旋。民国元年，豫省省议会议长杨勉斋君，与金往返，怜其境遇，因为介绍按国籍法，入偃师县籍，金乃出囊橐略置田产，居然土著之民矣。惟故国亲友，偶有来书，道及亡国之痛，辄为下泪。金颇能诗，每为吟咏，凄凉酸楚，盖亡国之音，有不胜其哀感者矣。

（载马来西亚槟榔屿《南洋华侨杂志》第 1 卷第 1 期"签载·秋爽斋笔记"，1917 年 3 月 15 日）

对于朝鲜灭亡之感言

吴芳荪

　　余尝读史至朝鲜之灭亡，不觉掩卷而长叹。呜呼！朝鲜者，本我藩属也，僻处东陲，与日俄为邻，形势之险要，不待言矣。我国得之，外足以控制日俄，内足以保护满蒙，其关系岂浅鲜哉！而虎视眈眈，其欲逐逐之日本，垂涎已久。当我国汉代之时，新罗用兵于伽倻，伽倻乞援于日本，遂启日本侵朝鲜之端。自此以后，屡与我国用兵朝鲜。甲午一役，卒订《马关条约》为我国失亡朝鲜之结局。然日本之窥朝鲜，亦有不得已存焉。盖自清代咸丰之八年十年，以瑷珲、北京两条约割黑龙江州沿海州与强俄，斯拉夫之气焰，咄咄逼人。俄势东渐，挟万钧之力，渡图们江、鸭绿江，而进逼朝鲜。苟朝鲜而为俄属，不特日本海、黄海之海权，为俄国所有，即日本存亡所系之对马峡，势必不保，则日本亡矣。况日本与俄，又有索还辽东之怨耶，此日俄之战之所由来也。清政府竟置诸度外，若秦越之肥瘠，漠不关心，是犹委肉当饿虎之蹊也，祸必不振矣。其结果，日本固获大胜利，俄人即认朝鲜为其"保护国"以和。所谓"保护"者，即灭亡之利刃也。自是日本愈奋其武力，竟以强权而并我之朝鲜，宣统二年乃正式实行，能不悲哉！昔者晋尝假道于虞以伐虢，夫虢虞之表也，虢亡虞必从之，宫之奇早有先见之明，虞公尚不自悟，犹曰："晋我宗也，岂害我哉？"卒致身败国亡，为天下后世笑。虞公之愚固甚矣，奈何后世亦有曰："日本亦我黄种也，岂害我哉？"是又为虞公所窃笑于地下者。倘我政府苟于日俄未战之前，不许两国驻军朝鲜，而出重兵以镇之，则朝鲜仍为我有，亦未可知也。奈何不早为之计，而任其假道相争，且以辽东为战场，令我国无辜赤子，辗转而死于两国枪林弹雨之中，何其忍耶！今朝鲜已亡矣，复何言哉！然余因之有所感焉，我东北之边圉既日危，而与日本之交涉尤日繁，如五月九日之承认，不为第二朝鲜者几希。我国民当枕戈待旦，卧薪尝胆，共挽此桑榆之局，不然则唇亡齿寒，朝鲜之覆辙可鉴，我国之前途，不忍言者矣！

（载《江苏省立第一女子师范学校校友会杂志》

第 2 期 "文萃"，1917 年 8 月）

附记：本文作者为该校本科四年级学生。

论荆轲与安重根

本科三年级　程汉卿

论者咸谓荆轲壮士，余以为不然也。夫荆轲刺始皇，献督亢之图，凭舞阳之卫，天不亡秦，事未有成，而反伤其身，殒其命。虽箕倨以骂，以舒其愤，竟无手刃秦王之报，岂如安子单特孑立，靡因靡资，强仇豪援，据位统监，执戟如林，卫侍如虎，孟贲所不能近，鲋［专］诸所不能入，重根毁身焦思，出于百死，冒触严禁，卒杀伊藤博文。虽不获为韩雪万世之怨，亦得下报先王于九渊矣。若乃被缚致狱，未尝少悔，盖其为国，虽死无憾也，力惟匹夫，功隆千乘，比之庆［荆］卿，不亦优乎！

（载《江苏省立第一女子师范学校校友会杂志》第 2 期"文萃"，1917 年 8 月）

论荆轲与安重根

本科三年级　周组民

秦当战国时，刻虐百姓，欺凌列国，天下不安，而莫敢触其锋者。荆轲单身而入虎狼之穴，事成则天下尽沾其恩，不成则己先受其祸，其为义勇也难矣。然荆轲入秦，非为天下也，为太子丹一人之私怨耳。丹友之善，义不得却，且以献督亢图及樊将军首为名，而但入其庭，未能手刃始皇以谢丹也。岂如重根，一介之士，孑立靡资，视一国之仇如一己之任，强仇豪援，位据卿相。出则侍卫，枪炮林列，入则深居，宫府幽绝，飞鸟所不能过，蝼□所不能近。韩国将相不思报复，列邦君臣无能致讨。重根昼夜奔走，出于百死，遭败北而志不少衰，卒能手毙伊藤以谢君父，非大勇而能若是乎？况复欣然就执，不欲再生，非独生而义勇，死后犹望复国，力虽匹夫，功比方伯，非荆轲所能及也。

（载《江苏省立第一女子师范学校校友会杂志》第 2 期
"文萃"，1917 年 8 月）

勇敢的高丽女童

高丽国虽离此不远，然我等不能详知其中情形。我今要讲一个勇敢的高丽女子与诸君听。此女名韩申尼，家住山乡之中。她的身体强壮，而性情亦勇敢。其父为银匠之业，家道本小康，只因喜食吗啡，而渐致贫困。吗啡乃鸦片之精，毒性较烈，大害人之心知与身力。此女尚有母亲及两弟。韩申尼方十二岁时，有一传道先生到其村，讲耶稣救人之道，而有多人信从之，不久，其地即建一礼拜堂。

韩申尼听见此事，就立志要往那礼拜堂中去听道。一二次后，觉得甚有趣味，就决意信托耶稣，但不告知其家中之人，恐怕他们要不快乐。她省下钱来，买一本《圣经》，自己诵读，一得机会，即潜行往礼拜堂去。但不久此事为其父母查出，以致《圣经》被烧毁，而每逢礼拜日被关锁在一小室中。有一次，她竟逃出而往礼拜堂去拜神，但为其母所知，就追踪到礼拜堂拽之出，并深责之。

以后其父想出一法，将其女许配不信耶稣之人，以致使其可断绝此念。男家要来娶亲，韩申尼大不悦，答道："我年尚幼，不愿出嫁，况且我是基督徒，当婚配与基督徒。"其父道："你必嫁他，因为赖婚是一件不合理之事，而于面情上说不过去。"但是韩申尼坚执不从，虽经诸般恐吓，只是不肯出嫁。以后这未婚夫见此情形，就道："罢罢罢，此女性情如此，即娶来亦是无用，所以我亦不要娶她了。"于是此婚约打破。

韩申尼每逢主日仍往礼拜堂去，虽受逼迫亦所不辞。其父心中奇道，为何缘故韩申尼这般要往礼拜堂去？所以他亦往礼拜堂要察看如何情形，但其一闻耶稣基督之爱，即被化道，而自己亦信从耶稣，弃去吃吗啡之恶习惯，而振刷精神，焕然一新。如今他受了这村中教会执事之职。不久以后，他全家之人都信道而为基督徒，韩申尼亦往此村中之学校读书，而为一班中最聪明之女子。

当时韩申尼读完了村中小学之课程，就立志要往汉城（高丽京城）女子大学中肄业，但其家甚贫，不能供给学费，但韩申尼急切要去，所以其父就将节省下的少数银钱给了她。她就辞了父母，起身往汉城去。但此村离汉城很远，她所有的钱不足为路费，她就想了一个省钱之法，趁了江中的木排，顺水流去。此江多礁石，路中亦颇危险，但其竟安抵汉城。

韩申尼如此行程，实为高丽国女子中第一个人。既到汉城，寻见了女子学校，但其身无银钱，如何得进校中读书呢？俗语说得好，有志事竟成。那时在汉城中有一高丽富翁，闻得韩申尼求学之切，就慷慨助其一切费用，使成其志。所以韩申尼能一连四年，肄业于学校中，读毕其课程，以后即任教务之职约三年。其所作之工，颇受人之欢迎。

此时其父又将婚姻之事来与韩申尼商议，韩申尼许之，于是即择定配与一少年之基督徒。此少年姓金，品行端正，为汉城医学校之一毕业生，为高丽国教会医院中有名之医士也。

韩申尼之两弟，以后亦往汉城肄业，一学医道，而一学神道，预备将来为教会办事。诸君岂不想这个韩申尼是一个勇敢的女子么！若使她在幼年时不忍受种种苦难，不坚信圣道，恐怕她的父亲仍为吗啡之奴，而诸弟亦无缘求学了。

（载上海《福幼报》第 4 卷第 11 期"拾遗"，
1918 年 11 月。无署名）

观朝鲜女乐

王炳成

己未仲秋之初，朝鲜韶光社女乐，来上海舞于某歌院。余闻之意远，乃邀师君凤昇、邓君范吾往观，越日余又数往焉。归而记之，以发余怀古之思。

舞凡十二，曰寿宴长舞，僧舞，五羊仙舞，香山舞，舞鼓，剑舞，扑蝶舞，佳人剪牡丹舞，皆余所及见也。曰商女恨，隔江花，春莺舞，催花舞，皆未及见也。歌词凡十，曰春眠曲，相思别曲，黄鸡词，吉群乐，处士歌，襄阳歌，渔父词，竹枝词，将进酒歌，白鸥词，以读音迥殊不可晓。复有所谓风流者，凡九，曰玄琴，伽倻琴，洋琴，长鼓，坐鼓，稽琴，横笛，短笛，呼笛，亦未尝见也。

相传舞女为李王宫人，国亡没为官伎。来此若干辈，知名者凡六人，曰锦涛，桂仙，雪中梅，月出，竹叶，正姬，大抵秀洁端重，有闺阁风。今中土舞亡久矣，优伶实本于傩。见《宋元戏曲史》至唐之梨园始盛，非舞也，慨自国风以降，房中之乐杂然以兴，然犹谓近古。其后，掖庭后宫，竞出新制，乃至不可究诘。今女乐虽不知其所传，要不可谓非近古。舞女衣轻绡，长如其身。汉唐每以罗绢，盖取飘逸助舞态，一也。腰束锦带，颇状其瘦削，傥所谓楚宫细腰是欤？袖长蔽手，飘飘然下垂拂地，张之如振劲翮，缘以采缯，烂然如蜺旌。袂已上渐窄，韩非子谓长袖善舞，盖由来尚已。两肩缀锦章各二，宽长称之，复有加采帔者。帔亦舞衣之一，如明制霞帔然，长及下，束带后垂。扑蝶舞，披蛱蝶衣，栩栩满前。凡此可称艳妆。若淡妆则白衣青裳，或纯白，发挽后髻而不饰。艳妆则加冠于前，小甚，如道家所顶橐籥冠，饰以串珠采花。剑舞，带乌帽，以纱为之，圆顶而周其檐，如古之玄冠，小仅覆额，上有缨，盖古者剑士之冠缀缨，庄子所谓垂冠曼胡之缨是也。剑为锷为首为茎，茎下有镈，与《考工记》合。起舞镈转有声，俗制锷承以盘，非古也。

乐师知名者凡三人，曰闵永璇、李重玉、朴夏准，其奏乐也，朱衣乌帽，张席于地坐焉。夫朝鲜在汉世，列为郡国，唐亦规入版图。其时四海一，制度同，虽中原多故，而夷俗未东，故其衣冠上接殷周，下沿汉唐而未变其制。至若乐律，则虽三代可睹也。琴瑟设而未作，闻乐师颇有善此者，殆不可以遽所常奏者，乃悬鼓腰鼓管籥之属。悬鼓本周制，此特小其簨虡。腰鼓正乐谓大者瓦，小者木，皆广首纤腹。此木制者行制与《文献通考》合。宗庙之乐广腹纤首者，亦谓腰鼓，故又别称广首纤腹者为细腰鼓。管，《尔雅》谓小者谓之篎，此其小者，管端设芦哨，与古合。籥有节吹节舞之别。此节吹者短于笛。其他古乐障于幕，不可尽睹。

其舞也，少或一人，多至八人，或东西立，或并立，进止各有序，疑本两阶之制而变之。乐之初悬鼓先作，管籥相和。舞女皆举袖起，国子舞赋所谓忽投步而赴节是也。观其步骤秩然，容止肃然，又不可以女乐少之。凡悬鼓一击，腰鼓两节之，此犹宗庙之制。一移步与腰鼓相应，一奋袖与悬鼓相应，有顿挫，有跌宕。昔张旭观公孙大娘舞剑器，草书大进，今观此可悟行文挥翰之奥。僧舞、香山舞皆一人舞，举体如飞燕惊鸿，尤叹观止。若夫屈伸俯仰之容，进退疾徐之序，离合变化之妙，昔人歌咏形之尽，已无关典要，第勿深究。音律洪壮激越，有抑扬而不事宛转，可知古风醇朴。即论三代雅乐，亦止于中正和平，今之俗乐务取悦耳，淫靡甚矣。其歌也，谓之立唱。至是管籥皆止，众女环绕而歌，一女击腰鼓节之。其声琅琅如诵，无慢声促节以杂之，惜余韵每不胜其咽呜，若欲泣下。

嗟夫，声音之道，系乎人心风俗，治乱兴亡，可胜道哉。夫以蕞尔小邦，文物制度数千载不绝，以保其光休，亦足多已。一旦奸佞召寇，贻家国祸，生民之气郁积而不能伸，闻其乐可知也。况我中土大雅云亡，俗乐导淫，毁制度，裂衣冠，欲起洪水猛兽而返之，为祸又将胡底，盖亦可以发深省耳。

（载上海《广仓学会杂志》第 4 期
"广仓学会会友丛刊"，1919 年 9 月）

附记：本文作者署"钱唐王炳成雪庵"。

做亡国奴，不如做冢中骨

百　砺

做亡国奴，不如做冢中骨。"重根自幸头颅好，须为伊藤吃一刀。"可惜安重根吃日本刀的时候，吃得太迟。我中国人要吃日本刀，赶快吃，否则给刀与日本吃，亦须咬实牙龈干去，否则日本刀须好吃，而头颅为亡国贱种之头颅，不见得好处［吃］了。

今日中国的青年，要救国，就拼着身［生］命去救。"随处有泥能葬骨，何须马革裹尸回？"只有一点死力，并无半点顾恋者，何事干不来！

恶政府已决定阿媚日本，摧压学生，学生其早定方针，舍财舍命以救国。否则瑟瑟缩缩，命也顾不来，国也救不来，就大误了。

［载小吕宋（菲律宾）《教育周报》第 1 卷第 3 期"余墨"，1920 年 2 月 29 日］

是我们的事

姚作宾

中国与朝鲜，如兄如弟，如足如手。朝鲜的痛苦，就是中国的痛苦，中国的痛苦，也就是朝鲜的痛苦。中国人帮助朝鲜运动独立，不是帮助朝鲜人，实在是自己救自己。朝鲜要与中国连络一致，也是自然的趋势。因为我们的境遇相同，敌人相同，历史地理相同，种族文化相同。第一就我们两国直接的利害关系说，朝鲜与中国不能不一致努力，以国自卫；第二就东洋和平说，中国与朝鲜不能不卧薪尝胆，以国沼吴；第三就世界和平说，中国与朝鲜不能不流血救国，扫灭强权。所以朝鲜运动独立，就关系中韩两国自卫，就关系东洋的和平与世界的和平。所以我说是我们的事，并且也可以说是世界人类的事。

（载《震坛》周报创刊号，1920 年 10 月 10 日）

朝鲜人该怎样努力

玄　庐

　　人们依视觉、嗅觉、听觉、味觉、触觉底要求，总想得到满足的供给。在有求必应的自然界，横竖敞着的放任人们自由探索，只要人们底能力能够怎样摆布彼就怎样顺从，从来不曾说过一个"不"字。但是毫不吝啬的自然界碰到了小器的人类，也好算是彼底晦气了。人类还未曾得到彼所包含的无量数中之几，便自淘伙里你争我夺闹个不休，彼，如果也像人类一样的小器起来和人类分个界限，人类底官能立刻就会失掉作用。彼的肚量其大，早经把人类容纳没了，所有〔以〕彼也从来不笑痴肚筋。

　　人类在这赤裸裸的自然界中，越要求越不满足，越不满足越要求，不从取不尽的地方取了，却从做现成的地方夺。什么国家，什么法律，什么宗教，什么制度，无非自淘伙里争、夺、防、守底小器行为，自以为了不得的人类，从来也不会对自然界害羞过。可耻啊，可耻！

　　人类不但不曾对于自然界害羞，这一部人和那一部人，明明是用武器夺来的，反说是"征服"，居然大摇大摆地摆起"征服者"底可笑的架子来。就是一个矮人，也故意要撑起渠那撑不长的身段，装出像煞有介事的威风。别人瘦了，渠也未必肥；别人痛了，渠也未必快；别人死了，渠也未必能增寿。总喜欢使别人瘦，使别人痛，使别人死，这是什么一种理性呢？男子对付女子，领主对付长工，资本家对付工匠，强国对付弱国，总是用这种什么的理性，好处究竟在那里呢？无非是一个不满足的需求向着趁现成这个方向走罢了。小器呵，羞耻呵，懒惰呵！

　　暂且把男子和女子、领主和长工、资本家和工匠底关系，搁开一旁，单说强国征服弱国的话。

　　凡是有点光明志气的人，读韩国痛史和看朝鲜近两年来的独立运动底情形的,有不伤心不气愤的吗?朝鲜果真被征服了吗?日本果真是征服者吗?

欧洲六年来空前的一场恶战,究竟是打倒了什么没有,得到了什么没有,我们只看见波兰复国了,犹太复国了,德底皇室没了,军国民主义倒了。别的,我们又看见劳工出面来说话做事了,朝鲜人在这个当口,自然要从枯涸的泪眼当中射出希望的光来。

但是几世纪前的"碧血丹心军国泪"朝鲜人就哭满东海,恐怕也没人和渠们表热烈的同情,因为这种时代已经过去了。朝鲜人应该努力的,还是人类大多数的苦痛底解除,该采什么方针,用什么手段,不是单独和日本争什么国权问题,是向全人类提议人生问题。因为人生问题,不单是朝鲜人自身有密切关系,就是欧美、中国、日本人凡是受苦痛的各个都是切身问题。这种切身问题,只要举一个例就看得清清楚楚。

"一个朝鲜人从汉城坐火车到日本东京,身旁只要摸得出几十钱,就可以坐日本人拉的人力车到东京旅馆。"

这类事实,在朝鲜人和日本人都轻易看过,其实是一种很重大很明显的表现,因为日本人流了许多血得来底"朝鲜征服者"。依这桩事,用金钱做尺度来评价,只值几十钱卖给被征服者做牛马,"佐贺征韩党碑"上的英雄,梦想不到的呢。

这种人力充牛马的苦痛,原是东方最直接而显著的。国家权力,能够庇护么?法律底尊严,能够保障么?宗教的仁慈,能够求勉么?

朝鲜底女子、农工、工匠们呵,你们底苦痛,正是国家给你们的,再找国家替你们解决。国家不是自然界,你们不但要求不到丝毫的供给,只会增添些苦痛罢。

朝鲜人听着,中国、日本、欧美人听着。

(载《震坛》周报第 3 号,1920 年 10 月 24 日)

为什么要赞助韩人

记　者

　　在两月之前，英商乔治夏，在韩国被日人无理拘捕，美议员到韩国去演说，被日警横加干涉，这两件事的新闻，中外各报都纪载过，想阅者一定晓得当时的情形。简括说一句，日人正在用全力压迫韩人，不许他们有生气，美议员同英商，是因为赞助韩人，所以日人要干涉拘捕。日人之对于国际地位同［的］体面，完全不顾，正是日人加暴于韩人的供状，由此便可为韩人诉诸世界公理之强有力之证据。但是我们要仔细一想，美议员同英商，为什么要赞助韩人，同自称管理韩人之主人翁对抗呢？

　　日本合并朝鲜，在国际法固然大相违背，但在事实上，各国因日本势力强盛，不得不跟着日本去违背国际法，承认日本合并朝鲜。并且各国政府，强的各有属地，他底属地，又都是用强权劫夺来的，对于日本合并朝鲜，也视同寻常。弱国又处于强权之下，连自己都保不住，那有工夫去顾得别人？因此一层，所以日本合并朝鲜，从没有何国政府，肯仗义执言，同强权对抗。然而主张正义人道者，固没有一日忘了韩人底痛苦，和日本底强暴，所以一国底政府，虽然麻木不仁，或者假作痴聋，不管韩人底事，但是国民一方面，很有为正义人道出力，做那赞助韩人的举动，这并不是件奇怪的事。美议员同英商，无非为正义人道起见，所以不畏强御，赞助韩人，做一个人的模范，给世界上的人看看。我们中国人又该怎样呢？

　　中国有句古训，叫"乡邻有斗者，披发缨冠而往救之可也"，这句话我们应当牢牢地记在心头，并与中韩情形，尤为吻合。中国同韩国，本是贴邻，向来很亲密的，只因中国以前不讲究外交，自己国里，又闹得乱纷纷地，所以对于韩国，并没有切实的援助。现在国民底眼光，渐渐放远，而贴邻的韩人，正在水深火热中，正所谓此时不救，更待何时！中国底政府，早是个靠不住的，即使他晓得日本欺压韩人是不应该，韩人自决要求是正当，也不过说句"爱莫能助"的话，来搪塞罢了。但是我们要想想，譬如邻家有盗警或火警，我们那有袖手旁观，不去援救之理？政府既然靠不住，国民应该放一点血心出来，帮助帮助韩人，能使韩人早恢复自由一天，便是我们责任早尽一天。我们要记着，这是我们做人的责任。况且美议员同英商，他们远隔欧美，也肯替韩人尽力，我们中国贴邻的人，反熟视无睹漠不关心，不怕人家笑话么？唉！中国底同胞呵，大家尽一点做人的责任罢！

（载《震坛》周报第 4 号，1920 年 10 月 31 日）

我对于韩人之感想

冥　飞

日前美国议员团，来到亚洲游历，先到我们中华民国来。那时候我们中国的人，除却政治法律早被外人看透了之外，所有可以见得人的东西，尽量搬了出来，请来宾过目。究竟议员团所看见的东西，是不是完全都在我们愿意他看见的范围以内，在下可不敢乱说。

后来议员团在中国见识过了，要到日本人所治理以后的韩国去见识见识。当时就招来了一个好意拒绝的电报：说是韩国地方，正在发生传染病，又闹乱党，恐怕接待不周，还是不去的好。谁知这种种可怕的消息，倒把议员团的好奇冒险的精神激发了，一定要去看看。及至到了韩国，幸亏没有遭暗杀，也没有害疫病，可是议员团在那警察军队站得密密的距离中间，究竟看见了什么情形，在下尤其不敢乱说。

但是有一件，我可以意想揣测的，大约议员团所看见的情形，一定是日本人替韩国搬出来的见得人的东西罢。我由此发生一种感想，我们这个中华民国，居然能够得已搬出见得人的东西，给来宾看，总算是了不得的好事。

我由此又发生一种感想，韩国竟有日本人替他搬出许多见得人的东西，给来宾看，我设身处地替韩国人想，应有什么感想呢。我既然替韩国人想过这么一次，第二次第三次的想头，不知不觉的他就自己来了。只是这第二次第三次的想头，是追想去年的事情，我的想头虽然顺序，可是事实就有点前后倒置了，我说明白这句话，我就得序序［叙叙］那两种引动我的二次三次想头的事实来。

去年（一九一九）韩国人独立大运动的时候，我有一个朋友，从间岛来到上海，谈起韩国现在治理的成绩。最近有一件事，很可以表示日本人的政治手段。当韩国青年男女学生，高举国旗，大呼独立的那几日，海边上有一处地方，名叫河源的，住着一二百家渔户，也有个小市集，开着几十家小店铺，那班渔人，从来不知道妄谈国事的，不料青年男女的爱国热血，行动起来，可就把一班渔人的脑筋激动了，无男无女、无老无少的，也都寻些破布，画上太极图和乾坤坎离四卦，举将起来，在海边的山上奔驰，大声高喊起韩国独立来。当时河源的警察署长，恐怕闹出大乱子来，吩咐手下的警察，四出拿人。自己骑着脚踏车，在后边督率，东边山上赶到西边，西边山上赶到东边，赶得精疲力倦，一个也没有赶得着。署长大怒起来，拔出手枪，打死了几个，许多男妇，都四处藏躲，只有十多个小孩子，来不及走，又怕警察们追上来，便尽力搬起大小的石块，往山下砸，谁知，竟有一块小小的石头，打在署长头上，连人带脚踏车，滚下山沟，呜呼死了。这一来全村的渔人，可就犯了大逆不道的大罪，登时调来了军队，围着村子一顿剿办。于是渔户房子全都烧了，男妇大小全都死了，尸首也都丢在火里变了灰了。从此以后，河源那个地方，就连半个渔人也没有了。这正是刑乱国用重典的学说实行了。（这一段事情，那里会有人知道的呢？因为河源的小店铺，有几家是中国人在那里开的，人虽然承情没有遭劫，可是财产货物全烧成了灰，就到中国领事那里去告诉，要求交涉赔偿，日本对于赔偿倒答应了，可是附带一个交换条件，是不许提起剿办河源的韩人这一回事。大约也是军事秘密的道理，中国领事自然得允许他，只是商人的口，那里封得住，这话就传出来了，那商人还有几张照片，却是被搜去了。）

我又有一个外国朋友，他对我说，有一位美国商人，因为生病，医生劝他来到东方换换空气，这位美商就游历到日本。因为他有个朋友在韩国平壤地方当教士，就近去探望一遭。当下坐轮船到了平壤，上岸的时候，可就被日本警察在验过护照之后，又盘诘了一个二十分足："那里人？""做什么事？""何处来何处去？""找什么人？""你家住那里？""你父亲是做什么事的？""你来了还有什么别的目的？"这位美商，便大为不平，指着护照，叫他们自己去看。警察没奈何，只得放他上了岸。他去找着了朋友，住了几天，就要牧师带他去寻访些名胜古迹，牧师迟疑了半日，才领他走到一处。只见一块荒坪，堆着几堆砖瓦灰炭。牧师指着道："这就是平壤的名胜古迹。"美商诧异起来，追问不已。牧师道："前十多天，这里却有一个古庙。谁知韩国学生，运动独立，总在这庙里集会。日本人因为他们天天开会，叫许多军警围住，关上大门，点起火来一烧，一班学生走不脱的烧成了炭，走脱了的却都碰在军警的枪弹刺刀上面，所以到了今日，只剩了这几堆砖瓦灰炭。"美商听了，那里肯信，以为生长在美国几十年，耳朵里从来不曾听着这种事情，岂不是说谎？那牧师也不言语，只拖着美商往教会的医院里去。美商向病床上一看，只见还有四个韩国学生，身带重伤，躺在那里哼。美商不由得感动起来，便问了学生一遍，又替四位学生照了一个相。刚刚完事，只见雄纠纠气昂昂来了一群军队，立刻要捕这四位学生去受军事裁判，医院院长出来说了许多好话，军队只是不依，院长便指着四位学生道："你看他们，都已厌厌一息，早晚只是一个死，饶了他们罢。"军队里也有人看不过意，便在四个学生中间，挑了一个伤势最轻的，拖了就跑，跑出院门，不上两丈路，那位轻伤的学生，呃的一声，气就断了，这可是刑乱国用重典了的手段。[上海北四川路有一座天安堂，每逢礼拜，总要请一位名人演讲。一九一九年某月某日开会时候，天安堂的书记，心里打算要请一位下礼拜演讲的人，在人丛里看见了一位面生的人，就上去打招呼，请他下礼拜演讲。那人答应了，下礼拜果然到了，因为不会演讲，照谈话的样子，站在讲台下，说了一大段话，就是外国朋友告诉我的美商游历事情。原来这位面生的人，就是美商，由韩国游历到上海来了。当下说完之后，又掏出照片来，请众位看，就把照片交给座位最前的人，请他传递着大家看。不料坐在座位最前的那位牧师，听了美商的说话，已经骨都着嘴，好不生气，当下接了照片，只得略看一看，就递下去。闭会以后，大众散了，那位骨都着嘴的牧师，便去找书记，问这美商住在那里，书记道："我们只请他演讲，没有知道他居址的必要。"那位牧师道："我想这个美商，一定是受了韩国人的运动，造些谣言来惑众的。"书记道："你这话很奇怪，如果日本人对（付）韩国人果然不错，又怕他们造谣做什么？"那位牧师没话说，又骨都着嘴走了。书记未免有点犯疑，便调查一调查，原来骨都着嘴的牧师，正是一位日本人哩。]

　　我写到这里，我的感想的便都有了。我如今很愿意我们中国人，和我表个同情，对韩国人发生一种感想。更希望我们中国人，对于韩国人所受的待遇，时时刻刻放在心里，趁今日自己可以搬见得人的东西给来宾看的时候，对韩国人流一点同情之泪，并且不要仅洒同情之泪，也应该尽同情之力，帮助我们最亲密的好兄弟啊！

　　　　　　　　　　（载《震坛》周报第 6 号，1920 年 11 月 14 日）

吊安重根义士并告两国人民

同　人

　　回溯十二年前今日（己酉阴历十月一十五），韩国义士安重根，狙击伊藤于哈尔滨车站，举世壮之。夫伊藤博文，与韩为不共戴天之仇，韩国人民欲得而甘心之固也，然安重根之徂［狙］击伊藤，岂仅为祖国复仇计，实剗除世界和平之公敌，其功非特为韩歼仇，更为东亚保和平之局也。安重根之一击，其功业亦云伟矣。

　　日本之垂涎中国者久矣，而并韩以后，两境接触，其野心益炽。乙巳年，伊藤乘战胜俄国之余威，统监韩国，即所以觊觎中国。至己酉年，复为满洲之行，将会俄国大臣，以处分满洲。且轰［哄］传更进而监督中国财政，移韩国统监而以之统监中国。是伊藤满洲之行而告成，中国即将为韩之续矣。而中国人士，昧于大势，茫不加察，不知大祸之方将作也。而安重根独任巨艰，奋身一击，伊藤授命，日本联俄处分满洲之阴谋，因而暂戢。然则安重根之击伊藤，其在韩不过为报仇，而在中国则有扶危为安之大功。非然者，恐东亚大局，归日人掌握久矣。观此，则安重根者，其有功于中国，良非浅鲜，所谓以一身击东亚之安危者也。呜呼，安义士就义，而安义士之精神，长留于大韩山川之间。此韩人之不死，而韩国之所以非终灭亡也。

　　然中国人士，对于安义士建莫大之功，亦知所以酬之乎？同声相应，同气相求，中韩关系之密切，固应如此。今日中国之人民，宜力助韩人，以恢复其祖国，回复其自由，即所以酬安义士之功，而亦中国人民所应负之责也。

（载《震坛》周报第 9 号，1920 年 12 月 5 日）

资本家与劳动者

——日本与韩人

T. S.

资本家虐待劳动者的势力，大家深知道的；日本人虐待韩人的威权，大家也晓得的。由此看来，那末，资本家——尽可说是日本人，日本人——也尽可说是资本家；劳动者——尽可说是韩人，韩人——也尽可说是劳动者。资本家是少数的，劳动者是多数的，我愿世界上的劳动者，快快结起团来，推翻资本家的日政府呀！

二一·一○·三○于广州

（载《光明》第 1 卷第 1 号"随感录"，

1921 年 12 月 1 日）

亡国之苦

周瘦鸥

　　第一年之五月九日，国耻纪念日，予受东邻二十一条之激刺，又鉴于朝鲜亡国之苦，遂有《亡国奴之日记》之作，冀借小说家言，以警吾醉生梦死之国人也。全书凡日记十七则，描写亡国之惨，颇为真切，一若吾身已为亡国奴者。及五四运动作，罢学罢市，再接再厉，民气极激昂，吾书乃由中华书局刊为小册子，通体用中国纸，装订亦作中国式，一时不胫而走，全国销行至数万册，竟有学子购以分赠途人者，可谓热心矣。

　　予之作《亡国奴之日记》也，虽根于理想，而亦略事参考关于波兰、埃及、印度等亡国之史，悉浏览及之，其供吾口头讽诵，助吾文思者，则朝鲜遗民金兆銮氏《哀朝鲜》一诗也，迄今数载，尚能背诵，亟录之如下，以志纪念。

　　　白头老臣道旁哭，颓鬟斜簪衣惨绿。自伤流荡无所归，话到兴亡气欲促。妖氛满地胡尘起，一朝故国成虚垒。我为鱼肉人刀俎，一千万人长已矣。高丽称雄始淮岱，山为襟兮海为带。如此江山锦作成，花鬟柳眼都无赖。箕子东行辟石田，海上蜿蜒一脉延。地小旋回虽不足，声名文物三千年。卫满枭雄不世出，魁结蛮夷作三窟。搏虎搏兔逞狮威，真屯临藩齐栗栗。高骈略地都平壤，抚有辽东称雄长。数传秣马日不遑，渡海无功嗤杨广。泉氏枋国作鸱嚇，旁侵百济日猖獗。唐设安东置都护，垂头拱手称藩国。大明天子真神勇，救邢复卫人歌颂。尔时国势危复安，从此包茅勤入贡。我武维扬辽海边，李倧审势犹寒蹇。迩来百年国力竭，黑面小猴乃著鞭。落花流水南唐去，懊侬一曲春归路。自悔处堂不豫谋，遂令受风迎落絮。

推原祸变萧墙里，外戚专权擅骄恣。浊流可投碑可鉴，党人无复飞云翅。平时积忿无可蠲，宛转峨眉马前死。木必自腐虫始生，倭夷兼弱加一矢。秦人失鹿群雄逐，伤心甲午潮头落。鲸鲵横肆气吞舟，西方有佛愁成斛。赵佗称帝聊自娱，君臣一榻相鼾呼。塞翁得马原非福，至今血肉均模糊。上皇未惯宫中坐，卷起珠帘千佛贺。胡害无知权臣起，赤子疮痍失慈母。山木自寇膏自煎，非人凌辱乃由我。覆巢岂有完卵心，境外千屯列烽火。哀鸿满野人菜色，蹙眉自此非畴昔。夕阳虽好不多时，返照入江忽明灭。叔宝心肝原不有，可怜宝鼎辞宗周。不是煤山汝莫登，不是胥井汝莫投。君衔白璧臣被舍，单车夜走降王传。降幡一片石头城，公堂遂赐王臣宴。安乐公兮归命侯，举族东迁待相见。漫云有毒传蜂趸，此处樱花都入画。一封恩诏从天来，况有丹书珠殿挂。君臣欢笑已忘蜀，唯有野老吞声哭。旌旗莫睹汉官仪，衣冠忽改秦时服。故国春深吊杜鹃，伤心宋父闻鹈鹕。苍凉庙社禾黍生，赐姓空存殷七族。大同江上波涛声，水光带血闻龙腥。江流日下不可挽，呼吁海若都无灵。安得荆卿齐奋轶，一剑洒作玄黄血。山河寸寸编汉图，依旧回头向天阙。

　　诗不甚佳而长歌当哭，自是刻骨伤心之作。诗中一则曰："木必自腐虫始生。"再则曰："山木自寇膏自煎，非人凌辱乃由我。"不敢怨人而徒怨己。所谓亡国之苦者，殆莫过于是矣！吾濒于覆亡而犹未亡之中华民国，亦正在"山木自寇膏自煎""木必自腐虫始生"之际，凡为中华民国之国民者，其猛省其猛省！

〔载《紫罗兰华片》（周瘦鸥个人的小杂志）
第 17 期，1924 年 8 月〕

由朝鲜女性革命团连想到中国女子

征鸿女士

据韩京确讯："本月一日，朝鲜全洲地方女子高等普通学校内，发现关于民族解放之传单。日警及该校日人教师，协力搜查全校，发现种种鼓吹民族之文书，并刻有'朝鲜女性革命团'字样之印章数个。遂将全校女生，加以检查。结果逮捕该秘密结社之负责人任富得及金英子女士等多人。至此内容如何，严守秘密。该案为最近韩国民族运动中，以女性为中心之罕见大事。"

我读了这一段消息之后，又回想到我们中国的女子来。敷衍点说，老实有些自惭。我也不是故意在污蔑我们中国的女子，而况我自已〔己〕也是中国的女子之一。

翻开历史，自从丹墨的京城，有了一次一九一〇年三月八日的国际妇女运动之后，全世界的男性中心社会，因此振荡而起了一个巨大的水波。这一个水波由墨京而竟振荡到封建得要革命的中国。因此为全人类谋解放的中国国民党，才把几千年来被岐〔歧〕视的女子地位，尽量的提高，并且还确定在社会上、教育上、经济上、法律上，一律与男子平等。因而这一个水波，又更逾加放大而显明了。

数千年来就是这样两性间畸形发展的中国社会的女性，一得着这个大波的激荡，自然呵，觉悟！起来！奋斗！而且还自先愤勇要男女双双携手，走上人生的大道，以求未来的世界。

话虽如此，而事实先生偏偏又极端的否认。妇女运动好些地方还寂寞无闻，有些地方，虽然妇女运动闹得振天响，然而"静锁深闺，焚香拜月"，还是在静锁深闺去焚香拜月；"樊笼一出就野渡舟横的"，还是樊笼一出就野渡舟横。闲无事你去逛逛十字街头，哼！太太式的小姐，小姐式的太太，寄生虫，受软化，被征服，苟安堕落，只需你横目一瞬，那一宗不会收来眼底。好一点呢？都不过具有解放的自觉，而却没有奋斗的毅力。自然呵，话也不可一概说尽，既觉悟而又有毅力，继续不断朝着解放的正轨前进的女子，也不能说没有，可是，借苏先生一句话来说："虽不尽然，取其多者论之。"

再拿重庆的妇女来说吧。重庆的妇女运动，自然有妇女解放协会来领导。自妇女协会成立以来，为女性干了些什么？一点没有看着。据报上告诉我们的，开会募捐，其他的呢，大概是没有闲工夫去过问了吧？

我告敬我们中国，尤其是重庆的妇女们：我们在这层层压迫之下，宗法社会的机会，封建势力的束缚，我们是不是自甘堕落的以为多见不怪哟？如果我们认为这是怪社会的怪现像，而这些怪现像又是我们的悲运的起源呢？那么，我们一定要自求解放了。在解放运动中，姑无论我们要求突破旧礼教的魔宫也好，要求男女间永远立于同等地位去改造新社会也好，要求男女间一切平等也好，要求【不】分性别，从事于全人类的解放都〔也〕好，我们一定先要有任金两女士那样的精神毅力与认识，从前的劣根性，通通把它铲除，铲除过后，才能创造我们的新生命。我全中国尤其是重庆的女性们，我们在这任金两女士的精神激刺之下，来！来毁灭一切！来创造一切！

（载重庆《正声》第 12 期"时事短评"，
1929 年 9 月 10 日）

记朝鲜侠士安重根

黄心邨

　　余幼读东亚史，得为国家之仇而杀身以洗雪之英雄凡十数，尤敬佩朝鲜大侠士安重根先生。安系农家子，目睹本国奸臣，荒淫无道，日本则欺侮辱逼，朝鲜沦亡无日，环视国□，又皆悚悚然无敢与之抗，安于是热血沸腾，决往杀虎视眈眈、欲灭其国之日本首相伊藤博文矣。安卧薪尝胆，誓雪国仇，劳不乘车，暑不张伞，夙兴夜寐，奔走四方，果得伊藤行踪，乘其不备，砰然一声，伊藤毕命矣。当其被捕之时，仰天大笑，慷慨捐躯，大义凛然，举世起敬。天下之昏庸暗懦亡国败家者，亦得知所惊惕矣。十年前余因韩国革命志士申圭植君亡命逃沪，识之，因常得与安君弟恭根、定根及其子俊生、女贤生往还。追述安君被杀往事莫不敌忾同仇，深深感慨焉。前年秋，余偕浙女中主持孙简文君及秋瑾女侠爱女王桂芬女士，至法租界永吉里探望安君母妻，相见甚欢，见室内四壁，遍悬安君故交挽联，及遗像遗墨，凄凉悲壮，令人涕泣。哀词以临时政府国务总理申圭植君联最悲切，"如先生不愧为义士""问后死何以慰英灵"。又仓昊君联"生无百岁死留千秋""功盖三韩名震万国"。安君一生事业，以救国救人及反抗强权为己任，故申王二联，痛乎言之。安君为国族牺牲，杀身成仁，流芳千古矣。寒夜无聊，检得其遗象，因记其谋刺伊藤事。吾亲爱读者，睹此遗象，其将有感慨乎！

（载《上海画报》第 547 期，1930 年 1 月 15 日）

记和朝鲜侨胞的一席凄凉话

定　明

　　WH君从朝鲜调查这次鲜人暴动的真相，回到南京，给日本研究会社报告；我和 W 君谈了好多次，最使我掉同情之泪的就是下面的惨痛故事！

　　W 君说："我七月二十八日到平壤，在晚上到了一家规模宏大，可是破坏不堪的招商店里去，和一个名叫王元九的侨胞谈话。王店主的面庞，消瘦极了，一望而知是受了灾难的人。他头上包裹着一块白布手巾，他把此次九死一生的惨史从头到尾告诉我道：'七月五号晚上，有一大批朝鲜人向我的铺子那里来，我战兢兢地领了店员们避到房顶，躲在暗处，就听见恶骂声毁物声，和好像强盗分赃不均，互相争执的声音。大概过了有半个钟头，才慢慢儿悄静无声了。我那时兀自想东西虽然被他们毁掉，可是这条狗命落得留下，也就万幸了。唉！不料万恶的朝鲜人并不以这个为心满意足，他们蓦地拿着电筒上了房，向四面照射。我们看见了电光，随即跳下，落到隔壁巷里。那巷里有个水沟，墙外就是街道，我因为身子过胖，过重，跳下时腰眼里受了伤，卧在地下，不能起来；但是恐怕朝鲜暴民随后也跳下，所以扎挣地爬到水沟里，又躲藏着。忽然又听见店伙大喊："痛死了！妈呀！……"……唉！……'谈到这儿，王君的泪早已由呜咽而变成哭声了，我也不免掉下了同情之泪，但只好强制住，劝慰他说：'你……你一哭，我……我也不忍再听了！……请你再往下说吧！……'

　　"过了好一会儿，才继续说道：'唉！因为店伙跳出墙外想逃，不料街上也密布着暴民，跳出的店伙，被那些暴民一顿乱石子，乱刀，乱棍，乱打的……乖觉的见势不好，又跳到墙里来，蠢笨的就给他们打死了！！！我的店伙七个人，这当儿我也不晓得死掉了几个，活着几个。我又藏在水沟里，腰里痛的不能忍耐，一片惨号的声浪，又刺入耳鼓……'王店主说

411

到这儿，停了一息，恨恨地道：'唉！我打算起来和那般恶妖魔一斗，爽爽快快的死了，也好免得活受罪。无奈想走动的时候，心儿又被惨痛的哭号声音刺激得好像碎成万片，身子软的不得起来了……唉！我们中国人远离祖国来到这儿经商，平日已受尽了朝鲜人的无理待遇，现在又被猪狗还不如的……这样的给人杀！……'王君说着放声哭了！

"——我又忍着泣安慰他道：'中国不亡，中国人不死，总有报复的一天，只要我们不忘记！……'唉！我除了这种'空空如也'的话以外，还有什么法子安慰他呢？

"王店主歇了一息，又续说道：'后来我的一个小店伙从黑暗中摸到我的身边来，并且双手抱住头连声喊着："啊哟！我的妈呀！……妈！……"我恐怕朝鲜暴徒们闻声寻来，就力制住他的哭声，又手握着沟水，浇在他的头上，又摸得半块芦席，遮在他的头部。过了一会儿，小店伙忽然鸦默鹊静地没有声息，我那时不由得又扑簌簌地落着泪，我还以为他是死了！——那时又想到祖国为什么总是连年内战，不知道振作呢，后来我精神不支，也就昏倒在沟里了。后来不晓得怎么地被小伙计的哭声唤醒，我就爬到小伙计那里，把他抱到沟里，但是他仍哭泣不止！——天哪！不料想这刹那间，暴民声势汹汹地向哭处找来，我竭力把小伙计沉在水里，无奈小伙计因受伤太重，仍然哭个不止。暴徒们来到一群，又只听见棍棒交响，纷纷向水中乱打乱掷，我在这个时候，头部又吃了一刀！……'王店主说着，同时解掉他头上裹着的手巾给我瞧，头皮的后方一条光滑的疤痕，显然呈露着。店主一边又说道：'两星期以后，刀伤才长好了。'说毕，长吁了一声！"

（载上海《中华》第7期，1931年11月）

敬献给我们底东北青年

——韩国志士的擂鼓声

杨春天

魔鬼们收场了最后的跳舞！
垃圾堆已是展现在吾人眼前！
认识了一切吧！
我们应从死路中去拓生路！
来！
举起那自由火炬！
照醒这酣睡的远东！

暴日炮火烧澈夕霞天，羔羊血染遍塞外地。这一幕命定的（？）悲剧，果然是开演了！我们扮演着悲惨主角的被卖民众，我们在炮火下血泊中挣扎着的青年男女，今后我们是没有徘徊的可能了！觉悟了自己的地位，明白了当走的路，认识了一切的把戏：那五光十色的一切丑态，卑行，诡秘，骗技……都是赤裸裸的不能掩饰的展现在世人眼中！什么国联啊，政府啊，文官啊，武将啊，外交大吏啊，试想他们都是作什么的？他们能为我们开出生路吗?！

我们民众被卖，被杀戮，被奸淫，被掠夺！受苦的是我们自己，悲愤的是我们自己，我们要自己救拔自己！看啊！以我们的血泪，热望，赤情，金钱，生命送出去的请愿和求援的民众官（他们自己也不肯下降为代表吧?），是出平津而南京上海，今已有些归来了！看啊！他们是现着光荣又含着微笑！

野火燃眉，时候已经到了！同伴的青年男女们哟，此时我们只有携手努力地冲上前去！

历史上记有我们东北青年种种运动的失败事迹，那是因为我们过去行动的孤单，和常为历史桎梏支配着的所致！因此我们并不能甘于绝望或悲观！我们应把从前所得的教训，用之未来的行动中。我们底地位虽然危急，而我们底责任却是伟大！事实业已告诉我们：东北的灭亡，不仅是东北自身的问题，而是中国整个的问题，全东方弱小民族的问题，全世界弱小民族的问题！再看！这是全世界的人类为日本帝国主义所征服所奴役的前幕！这不是什么谣言或妖言，请读田中义一底《满蒙积极侵略政策》一书，便可明白了你自身的祸已临头！由此，我们晓得全世界弱小民族革命成功之时，全东方的弱小民族才无灭亡之忧；全东方弱小民族革命成功之时，全中国才无灭亡之虑；全中国革命成功之时，我们东北才有不灭亡之保障！但我们更晓得全东方弱小民族革命成功是全世界弱小民族革命成功的关键。握着东方弱小民族底革命核心者，又是我们中国的同胞。可是现在中国革命竟然是消沉的年头陈在眼前！且看除了我们中国底革命是在日渐消沉同破灭之外，其他东方及全世界弱小民族底革命，不是在蒸蒸日上吗？伤心是那过去的一点血泪基础，而今都是被揩拭殆尽了！倘欲救此眉急，只有一次暴风雨的再来了！我们晓得在现今内外压迫夹攻之高热期中，能作再起暴风雨的主力军是没有的啊！到这里请不要悲伤，中国转变之时已到了，作再次暴风雨之主力军已来了！人家或以为来者是谁呢？那便是这次当暴日炮火下挣扎在血泊中的东北男女们啊！我们底地位是如此重要，我能不在这里含泪微笑喊一声吗？

"东北血泊中的青年男女们哟！烧起那自由的火炬，去领导民众而前行！东北革命的先驱，中国革命的先驱，全东方弱小民族革命的先驱，全世界弱小民族革命的先驱"，起来吧！快快起来吧！

认清我们底敌人！认清我们底朋友！

我们底先驱哟！路是已经横在眼前了！

不阻挠我们前进的是朋友，助我们前进的更是好朋友。我们好朋友哟，不论你遭遇如何，只要是抱着这反抗强权而为了求全人类未来的光明的观念和行动的人们，都是我们急当携手的好朋友。远如波兰，埃及……近如安南，印度……无一不是我们底同伴。但在过去的时期中，我们只有彼此同情，而不曾有过切实的提携。过去任他过去罢，我们此后大家应当努力并进！我们全东方弱小民族的好朋友哟，我们全世界弱小民族的好朋友哟，团集我们的力量！共同打倒我们的敌人！

我们底敌人是谁？

帝国主义者及其走狗，当然都是我们底敌人！然而那以麻醉鸩杯，欺骗手段的教育者，以及那些投机者，又何曾不为我们底巨患！这一切都是身外有形的敌人，快快把他们消灭！

薄弱的意志，颓废的观念，遗传的劣性，更是潜在我们内心的无形而有力的敌人！这些敌人是在暗中来破坏我们，并阻止我们，我们如不能裁除了他，那是不能打倒我们底有形大敌！

扑灭敌人！

前进啊！

我们要整齐我们的阵容！

因为我们底环境不一，所以我们底工作便有平时和变时之分。

变时的工作：在这里，我们须得防范着一般所谓知人学者底读书救亡，科学救亡……等等恐吓式，软禁式，阻挠式的欺骗！因为革命是为求全人类的幸福，而不是得到自身苟安便罢。我们不能放弃了那在水火之中的兄弟姊妹于不顾！更何况而今我们也是刀斧之下的羔羊！试看他们主此谬论的是些什么人，更可证明了他们底劣迹！他们底自身及父母兄弟姊妹妻子都是在租界地红楼安居着，他们不曾受到什么杀戮与奸淫，所以他们可以不进啊！然而我们又怎能坐以待毙呢？我们须得撮着拳，认清一切而前进！不过在这里我们更当明白一件事，就是不要再去做那示威啊，请愿啊等等徒给统治阶级骗骗而归，又被其深囚于"学校牢狱"之中的可怜把戏！这还是未亡区域中的学生命运。至于我们已亡地带内的学生，在帝国主义者底奴隶教刀〔导〕之下，你们想想是读的那家书?! 求的是什么学?! 所以在这突变中，我们应该联合起来，大行弃校而"罢学"！

罢学！罢学！罢学！罢学而钻进民间去！

钻进民间去，一面组织民众，指导民众，救护民众；另一面窥探敌人行动，阻止民贼们的勾结盗卖行动，而在相机中破坏他们！如此做，将来一定获得成功，一则是民众都当走头无路之时，二则而今一切的革命力都在潜伏待机之日，所以一有动作，必有援兵迎应的，我们绝对地不能孤独的行动啊！同伴们哟，和全东方弱小友朋们联合起来前进罢！

至于去做什么，如何做法，那是要依时势用革命方针了。

平时的工作：这是永久的工作，这是积极的工作，而不是可以消极的。但以前我们在此项上失败最多，今后应该努力自新了。朋友们勿彷徨！这种工作是什么呢？便是捣毁旧乾坤，再造新宇宙。把现在一切不合理的废除，使人类达到那光明的途径的革命工作！我们血泊中的东北青年男女同伴哟！切依照那全人类革命的方针和步骤，去和全世界上的好朋友联合一致行动罢！

行动啊！行动啊！光明的未来何时到！

只看大众无畏的牺牲如何！

我们晓得，人力是可以推动社会的进步加速的。一般机械论者的谬说，又何足以使我们灰心而意冷，牺牲吗？这是革命者的必然归宿！更是先行者的必然归宿！没有什么可失望处，这是最值得欢喜的事，因为这是革命者的荣幸！并且从事实上证明了，不抵抗时，我们只好坐以待毙；能够逃出东北时，也是逃不出帝国主义者所占领了的地球去，任凭你是孙悟空再世！我们必须反攻，因为抵抗是可以得到自由的！不见那由抵抗而得到自由的土耳其吗？假如而今不抵抗，灭亡了自身，更陷送了子孙永久作人奴！我们底东北青年男女同伴们哟，想想听听！

同是栅中羊，提笔致相思！

最后哟，犹须扯破衫襟！

我并不是什么有背景的人，我更非在此来煽惑，我是一个东北血泊中的青年！我是一只羔羊！因此我来把心中的话说于同伴听，把我底血潮倾于同伴面前！虽然这只是热情而无高见，虽然这只是白水一杯，而无美酒半盏。然而……

"朝鲜亡了，我们还可以到东三省来生活，来求学，来设法进行革命。而今东三省也亡了，我们更有何处去立命安身？！同命运的朋友们哟！努力啊，努力向前扑灭一切敌人！我们是东方弱小民族革命底主力军！我们的生存，就是全世界弱小民族的生存。努力哟，挑起我们的重担！时机到了，的确时机到了。"

同伴们哟！这是我们运动出发的前夜，东北已是亡了！同伴们哟，我们不应因为不能自卫而羞惭，更当为了负人及贻误于人类而受诛和自诛罢！这种自诛，不是要我们去痛哭五分钟，或带罪去打电报，发宣言，提抗议！而是要我们把重担挑起来！

流亡于外而断食绝生的东北青年男女们哟！回到你们底故乡去罢！血泊中蠕动的被囚于内的东北青年男女们哟！起来罢！大家联合起来，

举起自由的火炬，照醒这酣睡的远东！捣毁旧乾坤！创造新世界！

　　起来起来！

　　直前负起那伟大先驱的使命！

　　先觉者应当去铺路！

　　这是有价值的牺牲！

二十年，东北的末日，在江南。

（载北平《新东方》第 2 卷第 7—12 期合刊

"最近远东问题专号"，1931 年 12 月）

中国安重根安在？

坚　忍

　　昔韩国志士安重根，痛祖国之沦亡，惜日人之横暴，投袂挺身刺日本朝鲜总督伊藤博文于哈尔滨而死亡。当其被缚之时，安重根三呼大韩独立万岁，并拊掌大笑谓日兵曰："我岂逃者哉，我欲逃我不入死地矣！"及其就义时复欣然而言曰："余为大韩独立而死，为东亚和平而死，死何恨焉。"噫嘻！壮哉志士！雄哉志士！

　　东京八日电讯，日皇校阅返宫过樱花门时，忽有韩国志士李奉昌向日皇掷炸弹谋杀之，未中被逮，将处死刑。吾人得此消息，惊喜欲狂！所惜乎一击不中，长留遗恨！韩志士复国报仇之志虽未得伸，然韩国民族精神之英勇伟大可以炫耀于全世界矣。韩国虽亡，有此不畏死之牺牲精神，韩国实未亡也，吾信韩国必有推翻日本统治，复兴祖国之一日！

　　观乎韩国志士为祖国为民族奋斗之英勇壮烈行为，不觉肃然起敬！反观乎吾国之颓丧现状，则有悚然以忧，赧然以愧，呜呼！暴日欺我深矣！南次郎，本庄繁，土肥原辈谋我亟矣！东北半壁沦亡矣！如斯怆痛，如斯奇辱，如斯危殆，吾神明华胄之四万万同胞中，独无安重根其人乎？独无李奉昌其人乎？吾不之信！吾决不之信！

（载上海《人民周报》第 1 期，1932 年 1 月 15 日）

韩国的张良　万古名扬李奉昌

毅　盦

　　"韩亡子房奋，秦帝鲁连耻。"做了亡国之民，饱受腌受气，吃尽地狱苦。叫天不应，唤地无灵。除了发奋一击以外，还有什么方法可以安慰这一个未死的心？"风萧萧兮易水寒，壮士一去兮不复回。"为千古亡国之民痛！为千古将亡未亡之国民痛！

　　韩国亡掉多时了！韩国之民，尚未亡尽复仇恢复的呼声，常常很微弱地叫出来，可是全世界的人类，谁抱一付兴灭继绝的侠心肠来睬瞅他们？苦恼苦恼！韩国之民，只好在九幽之下，挣扎度着亡国的生活！

　　不料决雳一声，竟有李奉昌之一弹。哀哉此弹！误中副车；快哉此弹！现于东京！神圣哉此弹！为亡国之民稍稍吐一息怨气！

　　前有安重根，后有李奉昌。烈士烈士！英雄英雄！此乃亡国义民无可奈何的办法。我不愿谈，然而我不能不谈。欲知韩国的最近的惨痛，请看她的革命家金不君演说稿（原文载去年十二月一日天津《益世报》，节录如后）：

　　人都称我是朝鲜的革命志士，其实我是个亡国奴！（中略）朝鲜亡国的病源是什么？第一道德堕落，党派纷扰（中略）①；第二法律不公，军阀横行（中略）；第三内政不良，外交失败（中略）；第四教育不振，民多嗜好（中略）；第五为富不仁，土匪蜂起（中略）。现在中国已竟中了亡国的病了（中略）！中国亡了，高丽等国，更谈不到救了！韩国之亡，在民元八月二十九日，这是韩国三千万民族国耻的纪念，亦就是中华民国亡国的第一天（中略）！帝国主义中最厉害最毒辣的就是日本。韩国既亡，日本便实行其文化侵略，那恶狠毒辣的办法，没有亡国的，梦想亦

---

　　① 本文中的"中略""下略"均为原文所有。——本书编者

想不到。韩国的教育也如中国的高小中学师范大学等等，经日本改革之后，取消校长，撤换教员，形式是韩人的学校，其实是日本同化的机关。每班学生三分之二是日本人，三分之一是韩人。派日人为班长，监视韩国学生，不准说韩语，说是野蛮的声音；不准写韩字，说是野蛮的形迹。犯者经班长纪录报告，就在室外罚跪三点钟。韩国冬季天气特别寒冷，罚跪三点钟，多数冻死。如第二次犯者，痛骂之后，出闭暗室，不给食物，至十二小时之久。如第三次犯过，那便加以极重的惩罚，叫昨［作］"标本"。将犯者拘来，召医院医生和照相师将他先行照相，于是痛责之后剪去手指，命名叫"啼"。并用手指所流之血，书其罪状，揭示全校。亡国之后剪指的学生，百有七十余名。更有将学生说高丽话的，把他的舌头三分之一剪去，叫作"哑叭学生"。有女生十三人，因此自杀。自杀以前，多函达家长说："父母！我们有什么罪恶，受这样亡国的惨痛？你们作父母的既然是亡国奴，亡国奴还有生育儿女的权利么？亡国奴还有行乐的心肠么？你们行乐，你们交媾生下子女，任人宰割，替你们受亡国奴的苦，这全是你们作父母的罪恶！"亡国奴不如牛马，不如鸡犬，简直就如同蚂蚁一般，任人蹂躏，任人残踏。回想过去种种，吃一口日本人的肉，死亦瞑目；饮口日本人的血，亡亦甘心。甚么事都可以试验一下，独亡国奴不要尝试。那种惨状，真是诸位梦想不到的。

再说日本对韩灭种的手段，由婚姻条例上看，男女不到四十五岁，不准结婚。结婚之前，第一步购买婚书，价值百元。第二步买得婚书后，再调查本人职业。如无职业仍不得结婚。第三步有职业而不通日语者，须学习三年，如查得男女有精神有志气，则三年期满，尚须续读三年。女家如父母主婚，未经其女同意者，其父母监禁三年，并施以重罚。警章共一百另五条，动即触犯。有病者须入医院调治，以防传染。及入医院或进以毒药，或注以吗啡。幸而出院，亦就成了个大烟鬼，重病夫了！这种间接毒害的手段，实在狠辣（中略）。总之，韩国是已经亡了！再看看中华民国怎么样呢（下略）？

（载上海《新社会》第2卷第4号"随便谈谈"，

1932年2月16日）

可钦可佩的韩国青年

憬 之

四月三十日，《苏报》载："上海二十九日电，日本白川大将，植田，日本驻华公使重光葵，驻沪总领事村井，与另一日人，二十九日正午在虹口公园举行日皇生辰庆祝典礼时，被一高丽人抛掷炸弹所炸伤。重光葵与村井受重伤，据云有生命危险，白川大将与植田伤势亦颇重。阅兵典礼举行后，军队已整队走完，日本小学校学生排队入虹口公园听总领事村井演讲，村井立于一极小之临时阅兵台上，台上尚有白川大将，植田，重光葵，与另一日人。村井演讲将半时，阅兵台后观众人群中，忽有一高丽人，向阅兵台上掷一炸弹，该炸弹落台正中点而爆发，台上人均受重伤，尤以重光葵与村井为最重。"又："上海二十九日电，今日正午掷炸弹炸伤白川，重光葵，植田，与村井之高丽人，经讯问后，得悉名尹奉吉（译音），年龄二十五岁。现被拘于日军司令部，各报均赶发号外，为上海近数年来最惊人之消息，一时沪上空气之紧张，与一月二十八日中日战事爆发时之情况相同。"

这是青年伟大的行动！

这是被压迫青年向着压迫者应有的反抗！

韩国青年——尹奉吉，干这伟大的行动，是为了自己国内同胞争生存，是为了全世界被压迫民族争正义！炸弹的响声，不仅震动了上海虹口公园附近的人们，而且惊醒了全世界被压迫民众的睡梦！其意义，至伟且大！其精神，可钦可佩！

在尹奉吉投掷炸弹之前，他个人的生命，以及未来的快乐之享受，自然早已置之度外。老实说：纵使暴日当局处他一个极刑，也值得，也光荣！死也得其所！

孙子有言，曰："置之死地而后生。"民族的生命，国家的生命，是

很长的，个人的生活，是很短的，这种以个人的牺牲，来换国家和民族
的命，有什么不值得呢？

（载镇江《社会与青年》第 2 期，

1932 年 5 月 11 日）

韩人一炸弹后底感想

汪席丰

自从"不抵抗主义",丧失了东三省,"听候国联处制",送掉了上海;"长期抵抗",使长江流域的人们变做了日舰刀头下之鬼种种惨剧演出以来,各弱小民族底态度,莫不是"主张公道",希望中国毅然决然地与日本宣战,为弱小民族争口气。而在国内来看呢?全民众喊杀之声,拼命决死之慨,已经到了勃不可遏的程度,要求政府领导全国武力,对日作殊死战,以争我国家民族底生存。

殊不知"不兑现"的当局,才不是"义勇军","跪哭团,敢死队,决死队,所能够唤醒而激发得起来的!!!于是乎就产出应运而生底,中日停战会议"来了。经过许多日期,弄到现在,竟以"秘密协定"来解决,究竟其中所协定底什么条件,局外人——民众当然不能晓得他们"葫芦里,卖的什么药"。

但是,据上海方面底民众,痛哭流涕地反对政府,拒签"丧权辱国"底条约底电文来看,就晓得大致是妥协,投降,屈服的结果了!唉!时至今日,国家民族,已经弄到死无葬身之地底时间了。谁人不知,"宁为玉碎,不作瓦全,与其坐而待亡,何若拼死一战",或者尚有生存底希望呢?而他们政府首领,衮衮诸公们,偏偏底要违反民意,甘愿屈服于矮鬼子炮舰政策,很诚意地受强盗式的国联欺辱!干什么妥协啦!屈服啦!!投降啦!!!以系全其地位。这真令人百思不解啊!不知他们究竟要想干些什么?

国人都在气愤填膺,誓死抗日,上海东北的民众在万分紧张惨愁中过艰苦生活。而这些要人们,偏有许多"闲情逸致",往来于长安道上,邀游西子湖中,势若满不在乎的样子。所谓长期抵抗的精神,大到那儿去了?

霹雳一声的韩人炸弹！在不知不觉，无声无臭的虹口公园里爆发了!! 震动了全世界，骇怕了日本人。在我们将要做亡国奴底人们听着，自然是有点高兴。然而，我们在高兴之中，就免不掉老大地惭愧和羞辱啊！因为上海是我们底领土，韩人是正式底亡国奴，而他偏偏具有沉着的手腕，刚强的胆识，真个不怕死的勇气，敢在"天罗地网，铁桶相似"的虹口公园内抛掷炸弹，而且命中要人——百川，植田……等，这，真算是民族英雄，革命壮士。尤其是"不动声色"的做出这惊天动地伟大事业，实胜过我们堂哉皇哉的要人当局，光说不干，凡事不兑现的干叫政策，万万倍了。

此后：我们要想真正底救国，非打倒空谈政策，实行我们哑干手段不可！古人说："不动声色，而措天下于泰山之安。"我很竭诚地希望革命同志们，注意这话，师法这话，实行这话，干我们实际的工作，民族前途，才有救的可能。

一九三二，五，四·草于总社组织部

（载成都《社员生活》第 6 期，1932 年 5 月 20 日）

朝鲜民心从此可见一般

哑 子

朝鲜自西历一九一〇年被日本并吞后，日帝国主义者竟以最惨酷的手段压迫它们，使它们再没有出头的日子，永作日帝国主义者的附属品。

试看伏处在日帝国主义铁蹄之下的朝鲜人民，是多么的痛苦哩！禁朝鲜之方言，行征服之毒计。三人不许同行，对言须远国事，要是一不小心，便作罪犯论。他们的目的，是要致朝鲜人民的穷途末路，使得朝鲜人民永无反动的一日。

理想虽如此，然而事实决不会和理想相符合。它们虽受了极高度的压迫，和不可思议的痛苦，而它们究竟总没有心死。我们且看西历一九一七年，俄国社会主义之产生，首先树立了解放弱小民族，推翻弱肉强食的主张：反对帝国主义者的侵略。所以早亡国了的朝鲜人民，得这一次的警钟，也就逐渐觉悟了。在倭奴耳目之所不及，也会站起来呼喊几声独立自存了。

我们在历史上已见过它们之谋脱离日帝国主义者，实非一二次了。奈以能力薄弱，谋策无人，兼之事机不密，以至屡遭失败，终难独离虎口狼心。

"以力服人者，非心服也。"孟老夫子这两句话，是何等地值得人们钦佩啊！四二九之事起，更可证实孟老夫子所言之深远了。

四月二十九日，为日本天皇诞生圣节。而自去秋九一八事起，那百计千谋的一般蛇蝎虎狼，同时也在中国上海的虹口花园，举行它们的庆祝典礼。谁知有一朝鲜人，出人意外，乘机闯入会场，做他们爱国的运动。手里拿着致人死命的炸弹，对准它们勃通一声，炸得它们半死半活，死的死，伤的伤。

哎！尹奉吉虽被捕身死，而在这一炸之下，已足知朝鲜民心未死了。

担任国事的大人先生们呀！一个亡国已几十年了朝鲜人——尹奉吉，尚且还有那样的勇气。然而你们竟懦弱到这步田地，你们还有面目来见老百姓，怎不赶快立功赎罪呢？

（载安徽徽州《抗日半月刊》第 2 期

"论著"，1932 年 6 月）

同胞其亦知取法于韩人也否？

筱　枝

国破则家亡，家亡则身辱，身辱则人贱，人贱则天地间皆无托足之所。痛哉！亡国之惨也！试观我番属之朝鲜，其于亡国后，一丝一缕，无不仰给于倭奴；一饮一啄，亦无不乞怜于日贼。为军者，无大将之阶；为士者，无大学之级。其尤甚者，数人同行，不得偶语。国家政务，更非其所能闻问。芸芸土著，率若牛马。虽名为万物之灵，实渡牛马之生活，呜呼！其惨若是，闻之者，孰不为之痛心疾首哉!?夫朝鲜之亡也，已数十余年矣！整个民族生命虽全操于日人手掌之中，而民族运动，犹潜在者何也？乃朝鲜人民之心未死也。试观今岁之四月十九日，是日天皇生辰纪念，在我沪上虹口花园之日军，例当举行庆祝之盛礼，各国领使，鱼贯登场，而其大会将完之初，各领使先行退场之际，竟有韩人尹奉吉者，手执炸弹，行炸日军，虽不能尽致倭奴于死地，而有少数致命之伤。由此观之，其民族运动不亦存在乎？

噫！奉吉虽以此次事机失密，被执于倭奴之手。而伟大之精神，足令人钦佩。吁！嗟！夫今日之中国，社稷有累卵之危，生灵有倒悬之慨。若不上下一心，急图挽救，吾恐铜驼有荆棘之忧，江山有新亭之叹。伊川之发，骈阗于万方；钟仪之冠，萧条于千里。三州父子，分为异域之奴；杜陵弟妹，各有乡关之感。哭秦庭而无路，飨周粟而匪甘。亡国之惨，何可胜述。愿我举国人士，上下一心，同舟共济，以朝鲜为殷鉴，以奉吉作表率，洁身自好，努力图强。则中国前途，尚有可为也。

（载安徽徽州《抗日半月刊》第 2 期，1932 年 6 月）

从安重根说到尹奉吉

自　哀

　　残暴的日本，并吞朝鲜的野心，远起丰臣秀吉，近起西乡隆盛。其第一着是谋朝鲜脱离于中国，起自天津条约，收果在中日战争；第二着是谋朝鲜并归于日本，起自英日联盟，收果在俄日战争。当朝鲜灭亡的时候，各地的农民，侨外商工，多有毁家业亲殉身于光复的。我还忆起：当时朝鲜国里有一个雄勇自决的青年——安重根——据说他是个留学生，彼时尚在海外，听说国里起了危急的风云，便急急的回到国来，而国势已不可收拾，一切已皆为日人所掌握，决无挽救的可能，又加个力单薄，众寡不敌，于此万难之中便决定了目标——行刺——假降于伊藤博文，充任侍从。在很长久的期间里，终没有适当的机会。后来随伊藤博文到哈尔滨去。车甫到站，他便跳到车下，似作前引。及伊藤博文连同其他的一些人走下车来的时候，恰好伊藤博文走在前面，他看乃大好的机会，便急急的举起枪来，向伊藤博文射去，即时死在站上，其余随的人，和站上路警日兵，拥上前去，把他也打死了！当时这件事情即震动于全世界，他那热诚为国，雄勇的英名充满了世人的耳鼓里，一直到现在。

　　现在居然又出来了一个"第二个安重根的尹奉吉"，居然就是我三年前在新民所见的那个尹奉吉。尹奉吉是个朝鲜独立党员，他们朝鲜人别说是什么党员，就是普通人也不能随便活动。所以尹奉吉现在是证明他是隐住在一个染坊里，充当染匠了。可是在三年前他领着他的小妹妹从沈阳往北平去，不幸，中途将所带的物品和钱完全失掉了！他这时便为难了！车到新民便不得已下车，到我们的学校来乞助。他穿着一身很朴素的衣，同时他并把鲜人所受的苦痛和他的志愿，讲给我们。现在他所说的话我还能忆起片段：

　　"诸君，我是个亡国民！你们是堂堂中华【民】国的学生！我实没有与诸君说话的资格，请诸君要原谅我，尤其是我在未来说话以前，就非常的惭愧！你们是青年，我也是个青年，你们是朝欢暮乐的念着书，我呢？别说念书，连家都没有，走东跑西，这是为的什么？是念不起么？——不是，是没有家么？——不是，不过我的家在那铁蹄之下，我是不甘受那种苛待的，不甘愿当亡国奴的。不过要实现我的理想，雪清我的国耻，复兴我的国家，救我父兄出水深火热的里头，也必得如此的奔波，如此的受苦，我的父兄在那水火之中，为尽我为儿的责任也，必须如此，也没有什么可惭的地方，所以才敢到这来与诸君说几句话。我今天所要说的就是把我们朝鲜被日本灭亡以后鲜民所受的苦痛，和我个人的志愿，向诸位陈说一下：

我是个朝鲜人，诸位是中国人，听去是两国的人了，可是要深究一下呢？我们同是黄帝的后裔，我们本是箕子所封，向来就藩属于中国，至于贵国的皇帝，视我们如同亲的子民，一朝一代的直到了清季。那残暴的日人，便用那暴力的政策，来牵制清政府，诱引一些无知的鲜民，成立一进会，作为他并吞朝鲜的先锋队。以致朝鲜国里，起了党派，互相残杀，无形中给他一个实施他那恶暴政策的机会，凑成了中日战争。不客气的说，当时贵国没有充分的军备，以致打了败仗，这朝鲜整个的归了日人，成了他的保护国。表面上是独立的，实则半亡的局势，十数年便被他吞并了！鲜民受着他无咎无辜无人道的苛待，在这时候便开始了！现我把鲜民所受的苛待压制分作几项，向诸君述说述说：

一、对于说话上，凡是朝鲜人民，初时无论任何的地方，不允偶语，如有偶语的人，被他抓去，轻的痛打皮鞭，重的非杀即牢，即或是父子也不得凑在一起说话，后来以致于不允操本国的语言。

二、对于行路上，鲜民无论在大街，野外，不允并肩行走，至少也须相隔十数尺远，说话的时候，你若说完再离开那也是不成的。

三、残暴的日人，对于鲜民任意的残杀，奸淫，对于鲜民的财物，任意的抢掠，焚毁，这一些的事情，如若报知他们的官署，不但不给究询，且白受了打骂，所以鲜民满腹的冤枉，无处去诉，只得忍受着，偷偷的哭啼。

四、他们看作［待］鲜民，如牛马一般，鲜人在街，如遇见日人那便没有好的，不是叫你去给他拿东西，拉车，就是叫你倒在地下，他坐在身上，又唱又喊，他们看鲜人的性命，像鸡犬一般，一见你不顺眼，便把你弄死。等等的等待［等］，到处可以听到哭泣声，我真不忍再往下说了！日人每一弄死一鲜人，没有一个完完全全死去的，必定给些零罪受，什么挖眼睛，开腔，一点的割肉，终久你死去方算为止。诸君，像这一类的苛待，别说要你去受，要你去看，既或是听到旁人说出这种情形，我想诸君一定气欲断肠悲怜泪下的！咳！诸位呵……"

他说到这里，便嚎啕大哭起来，后经我们一番安慰，住了一会，便又继续的说：

"诸君！鲜民受苛的情形，我是不忍再把它说下。现在我所要接着说的，就是我的理想，谈不上什么志愿。现在我们鲜民的麻木性，早已深入了脑海里，无异于死人，决无挽救唤醒的可能！即有少数的热血心犹未死的人，也是很少，一无军械，二无机会，三无经费，四又无法宣传，也只得忍受着。我也是独立党里的一个人，我的志愿，急切的要求国家的复兴，誓雪国羞，报国仇，步骤是：第一期是筹备进行，第二期是宣传联合，第三期是实施工作，与日作殊死战，第四期是重修国政，建设新朝鲜。这是我一点的志愿，和进行的步骤。最终果要难以作到的时候，也不能白了我的志愿，即死也要杀掉一个日本人，可是那小小无名的，他叫我杀我也不杀，所要杀的是他们的首领鬼头。可是这一些事的作为，一人也是不成的，必须有同志。现在我要到北平去找我的同志，不幸，中途被窃，现在没有路费，是难以作到的，我这次北平不去，将来的事情是无望的。诸君！你们若以为我是可怜的，就请唤动你们那慈悲的动机帮我一步。诸君！你们还要知道我并不是忘义的人，用这些话来买供诸君要钱花，我要那样的时候……"

他说到这里又大哭了！这时我们的校长，见他已经哭了两次，恐发生意外的事情，又恐同学们为他所动摇，无心于学业，便把他让到自己的室内，跟来了几个同学来安慰他。临走的时候，与他一百多块钱，把他送到了车上。他临上车的时候，又是一阵大哭说："诸君！请回吧！诸位这次帮我这些钱，我得以到北平去，对我的前途上，我们的民族上国家上，有莫大的补助，如同我的天父一样，我们当如何的感激呵！将来有机会的时候，愿再到贵校来，看望诸君。"他这样的说着，便走到车去了，到了车里，尤把身探出车外，看着我们。看他种种的举动言语，无一不是英豪的气概，自此以后便再不见他的踪迹，和他的所在。

自从九一八事发生以后，日人占据东北继又出兵上海，正在志得意满的时候，恰巧四月二十九日是日皇诞辰——天长节——所以在沪虹口花园举办空前的庆祝及阅兵礼，这时尹奉吉便住在上海了，恰好遇见机会了，日本的要人，都在这里，全都与会，他于是便去实现他最后的志愿了！

尹奉吉这次的行刺，与安重根不同，在安重根刺伊藤博文的时候，他尚有枪，又在日人的附近，行速［刺］是容易的。尹奉吉他是无从找枪，无从有与日人相接近的机会，可是他在这万难之中，仍然能寻到了炸弹，雄勇的跑到会场去行刺，他这忍辱负重，英豪勇迈（人）的精神，比较安重根更是"后来居上"了！

可是，他们都是亡国的人，尚能于万难之中，作出这种伟大惊人的事情，如在笼中的鸟，尚不住的挣扎，欲离宰笼，享受着自由快乐的生活。我们中国呢？国尚未亡，可是东北已竟要作朝鲜第二了！国人真要坐以待毙吗？偌大的中国，竟没有像安重根、尹奉吉一流的志士仁人吗？难道还等到国亡再图那种不得已的报复手段吗？

（载北平《九一八周报》第 1 卷第 10 期，
1932 年 9 月 15 日）

"樱田门之一弹"

——悼大韩壮士李奉昌并勖中国青年

周天冲

　　"英格兰的危急，爱尔兰的机会" England's extremity, Ireland's opportunity，这是爱尔兰革命党人的口头禅。所以"少年爱尔兰党"的领袖 Joho Mitchel 曾经说道："爱尔兰的独立，要在英格兰转入欧洲大陆战争旋涡时才能完成。到了欧洲大战之时爱尔兰人应该起来为祖国争独立。因为英格兰的危急，就是爱尔兰的机会。"朝鲜之与日本正犹爱尔兰之与英格兰。日本广岛高等师范有一位史学教授，对于爱尔兰史特别有兴趣而努力研究。据他之自白："我所以特别注意爱尔兰史的原故，就是因为我觉得朝鲜与日本的关系，很像爱尔兰与英帝国的关系。"英国虽以世界海王的威风压迫爱尔兰，而爱尔兰人始终不甘屈服；日本虽以东亚霸主的武力压迫朝鲜，而朝鲜人始终不甘为亡国奴。英爱与日韩，至今仍继续不断的抗争。朝鲜的复国运动，实在与爱尔兰的复国运动，同其意义，同其精神，同其坚决猛进。

　　朝鲜的处境，又与爱尔兰极其相似。爱尔兰在西方海王的肘腋之下钳制着，非西方有事，爱尔兰实不易有所动作；朝鲜在东方海王的肘腋之下钳制着，非东方有事，朝鲜亦不易有所举动。欧洲经济恐慌使西方为之不安，英格兰的经济生命危在旦夕，所以现在爱尔兰的独立运动又兴起了。日本侵略东三省，中日战衅一开，远东为之不宁，日本的经济恐慌也变本加厉，所以现在朝鲜的独立运动又复活了。

　　在日本帝国与亚洲大陆大中华民国作生死存亡斗争的时代，渴望独立自由的朝鲜，当然不会忘掉他们的责任，失掉他们的机会。凡是读过爱尔兰史的三韩壮士，在此时也应该高呼：Japan's extremity, Korea's opportunnity "日本的危急，大韩的机会"。果然，始终未忘复兴祖国，始终不甘屈服于日帝国主义者肘腋之下的三韩壮士，在中日纠纷爆发之后，他们的独立运动，更加猛烈，更为急进了。在万宝山案件发生以后，我们在上海租界电灯柱上就时常发现这类的标语："大韩独立万岁！""韩国独立党万岁！""爱国的三韩志士，杀尽倭奴！"这是大韩独立运动由在潜的活动变而为在显的活动之表征。我们当时就推测今后的大韩独立运动必将更急起直追，会有更壮烈的行动表演出来。

果然一九三一年一月八日上午十一时四十五分东京樱田门之一弹，爆发出来了。我们当时在报上看见这个消息，虽是欢欣鼓舞，为大韩独立前途庆，为三韩壮士得偿宿愿贺，而苦于为日本通讯社消息所蒙蔽而不得知其详。

在大韩义士李奉昌乘日皇阅兵式谋刺未中被捕于樱田门后，许久我们想知道李烈士的消息而无由得知。在最近我们方在《时事新报》上看到九月十六日东京电，得知李奉昌烈士在东京大审院第一次公开审判，在这天开审之前，在破晓之际，清晨二时暴风雨之中，旁听者就人山人海群集于大审院前，并且有"三勇汉"在群众中声泪俱下，痛哭流涕的演说，听众均为之改容而感泣。开审之后，李烈士举止裕如，态度磊落，听众为之感动，时对法官作喧噪声，法官无可如何，于是五分钟后，旁听群众均被驱逐出庭而谢绝旁听。我们可以断言，这些听众中，必不少三韩志切复仇的壮士，所以他们能够于破晓冒大风雨而鹄候于大审院门前，所以他们敢于在日警戒备森严之下，沉痛演说，煽动群众，所以他们敢于在断头台正摆在李烈士前面的时候而大闹法庭。三韩志士壮烈的风光，随时随地可以表现出来，这是我们所最同情而深深感佩的。

李奉昌烈士于九月三十日宣判死刑，于十月十日就义，从此与三韩壮士，永别长辞了。"韩人于义士就义之日，全体绝食一餐，以为悲壮之纪念。"这真是大韩的国丧！这是大韩悲壮的"双十节"！三韩壮士的革命精神，我们只有感佩！我们得到李烈士慷慨就义的消息之后，我们实在悲喜交集。我们悲的是李烈士的壮志未酬而身先死，我们喜的是烈士虽死而大韩已复活了。一九三二年"双十"三韩壮士的"绝食祭"，便是大韩的"复活节"。韩人革命复仇的精神，从此永久不死了。

"樱田门之一弹"，牺牲了一位壮士李奉昌，唤醒了一千七百四十三万大韩民众；"樱田门之一弹"，挫折了日帝国主义者的凶焰，使他们对华再不敢肆无忌惮；"樱田门之一弹"，鼓起了三韩壮士革命建国的精神，开"虹口公园之一弹"的先声。李烈士牺牲的代价，不是已经很丰富很伟大了吗？李奉昌烈士，可以瞑目了。三韩壮士只有踏着烈士的血迹，继续努力奋斗，再接再厉，牺牲到底，最后胜利，可期而待也。

"佛尼士公园之一弹"（Phoenix Park）——爱尔兰革命党刺英国驻爱尔兰总督事件——尚且振起了爱尔兰人的革命精神，推进了爱尔兰人的独立运动；何况"樱田门"之示威，又继以"虹口公园"之胜利，使全华为之振奋，全世为之震惊，大韩之复活，就在最近的将来，实在毫无疑义。李烈士可以瞑目了。

一九一六年"爱尔兰共和国临时政府大总统 Pearso（氏与临时政府其他委员六人在四月复活节暴动建国昙花一现被捕后同上断头台）某次祭爱尔兰革命先烈墓有云："英格兰以为我们有一半被他收买住了，有一半被他恫赫（吓）着了。他以为他打算好了一切，他准备好了一切，他预料到了一切。可是，奴才，奴才，他让爱尔兰的革命党人就义了！爱尔兰的自由，会从这些坟墓中跃出。只要我们领有这些坟地，不自由的爱尔兰，对英格兰将永远没有和平。"

我们对大韩壮士李奉昌的祝祭词，亦当如是！

三韩壮士啊！你们二十余年来前仆后继的先烈所领有的坟地面积，比爱尔兰的大多了。三韩的自由，终久会从那些坟地中产出，那是毫无疑义的。我们神游三韩烈士永息之乡，只有含笑预祝"大韩独立运动最后胜利"！李烈士可以瞑目了。

中国青年朋友们，亡国二十余年的三韩青年志士，还在出生入死的与日帝主义者作殊死战，牺牲他们的青春，牺牲他们的家庭，牺牲他们的财产，牺牲他们的生命，牺牲一切，献给祖国以谋大韩之复兴而解除暴日之铁链。现在当东三省危急之秋，乘尚可以有为之时，我们还不速即奋起，同赴国难，共挽危亡吗？

中国青年朋友们，我们远望樱田门，近观虹口公园，回忆汉城街上，三韩青年的鲜血，该知流了多少！？

中国青年朋友们，我们远望嫩江桥，近观吴淞闸北，眷念塞外黑水白山之间，血战抗日志士的白骨，该知堆了多高？

中国青年朋友们，你扪心自问，能无愧于中吗？赶快收敛"北海之滨"与"黄埔滩头"的"恋影"罢！国家多难之秋，正志士努力之时。难道中国青年，就不能做李奉昌吗？李奉昌烈士在樱田门被捕之后，于胸次取出大韩国旗，迎风招展，三呼"大韩独立万岁"。这种精神，多么悲壮，多么伟大哟！

我们当然不是要青年朋友无准备的去杀敌，去作无谓的牺牲，那是我们所不取的。我们只希望青年朋友们至少要有两种根本的觉悟与努力：就是第一要觉察自身及国家现在所处的环境和所负的责任而立即奋发起来，立定志向刻苦自励，自强不息；第二是要集合志同道合的朋友们，组织起来，团结起来众志成城，群策群力，然后进行顺利而收效益宏。如果没有"韩人爱国团"的组织，"樱田门之一弹"绝对不会爆发出来。如果没有韩人爱国团团长金九先生百折不回的毅力为之指导，如果没有各地同志疾病相扶持，有无相通，则李奉昌亦〔抑〕或飘留海上，亦〔抑〕或冻馁街头，亦〔抑〕或送命病榻，都是可能的事。所以在李奉昌樱田门之一弹的爆发当中，无形中显露了许多无名英雄的协助力与夫集团精神之伟大。现代中国青年，只知高谈阔论，而不知注意组织，不愿意加入组织，实为中国独立运动事业前途最大之隐忧。中国各种事业之缺乏基础，就是因为负促进各种事业之责的组织太不健全或并组织而亦无之。我们于钦慕李奉昌烈士之余，应该深深的感觉到李奉昌的成功就是"韩人爱国团"的成功。有团结有组织就可战胜一切。有组织战胜无组织，严密的组织胜利松懈的组织。樱田门的精神，虹口公园的精神，都是由革命的组织中锻炼出来的。我们希望中国有为的青年朋友们赶快急起直追，在组织上多用功夫，多献力量，将来侵略中国的敌人，一定不死于三韩刺客而死于中华健儿之手了。能够组织起来则对外可以制敌人的死命，对内可以除国贼而推进和平的建设，促进国家的统一。

为使读者明了李烈士就义的始末及韩人爱国团组织的内容起见，我们现在特别把上海某报所载韩人爱国团团长金九先生所著之《李烈士就义始末记》转录于后，以见一斑。

我们所引为最讶异的，就是金九先生此文，除了上海某报照全文登出外，找遍北京天津上海各报，都未载及只字。这简直是殖民地报界的现象！独立自主的大中华民国舆论界，为什么电通社由东京传来的"李奉昌处死刑"的消息，都一律登载，而韩国革命领袖金九先生寄来的"李奉昌就义始末"则京津沪各大报一律不予登载呢？独立国的舆论界，居然自甘居于日本殖民地的报界地位，自己放弃自己的言论出版自由，甚至有时廉价出卖自己的言论出版自由！孰谓报界不丧权辱国哉？

听说"某报"是广东海外华侨在上海所办的一种报纸，毕竟还是华侨有独立自尊的精神，有革命救国决心。他们在海外受了殖民地的待遇，亲感切肤之痛，知之真，故行之笃也。在欧战中，有一次有一种不利于英格兰的消息，在爱尔兰京城各大报上均未登载，只有一个《爱尔兰民报》登出来了。这个日报也是美洲的爱尔兰侨民捐款在爱京办的。海外侨胞的血，无论东西，总是灼热的。中国之复兴，其若兹乎？

　　从李奉昌之死，我们又测验出了中国报界的人格，扫地无能。在祖国的独立与自由，正受着严重威胁的时候，我们希望为舆论导师的报界，最当珍重自己固有的独立国的主权，发扬自己固有的独立国的精神！

一九三二、十、二十二，于上海

（载上海《民声周报》第 38 期，

1932 年 10 月 30 日）

金九《李奉昌》前记[*]

《尚志周刊》编者

　　本年一月八日，在日本东京樱田门前，暗杀日皇之韩人李奉昌，年三十二岁，韩京城水原郡人，以亲受人之凌辱，自幼即怀革命之志，习为日人，化名曰"木下昌藏"。于一九三一年到沪，加入韩人爱国团，是年十二月赴东京。本年一月，炸案爆发，当场被捕，九月十六日，在东京大审院，作第一次公判，三十日宣布死刑。本月十日晨，在市谷刑务所执行。当此案爆发时，我国青岛市党部，及上海《民国日报》，皆以言沽祸，触怒日人致被封被毁。国人受此侮辱，至今犹莫明其真相。今日其首领爱国团团长金九（亦即虹口公园炸案之主动者）详述此案始末，及李之历史，字里行间，虎虎有生气，读之令人起敬。噫嘻，亡国遗民，犹多义勇，堂堂大族，徒事蜗争，将正气之云亡耶，抑人心之已死耶？呜呼！予欲无言，以下即为金九之文。

（载四川三台《尚志周刊》第 2 卷第 4—5 期合刊

"谈荟"，1932 年 12 月 10 日）

---

　　[*]　本文写在该刊所载金九著《李奉昌》一文前，简介李奉昌事迹并评点金九文。题目是本书编者加的。——本书编者

夫复何言（釜山）

韩玉璞

　　记者先生："国家软弱人民受欺"这是实在的话，现在我们的中国，被倭奴已打到万里长城了，我们要人还是高唱"一致团结"，"长期抵抗"。我们在日本地方的华侨，每日受日本人欺侮，笔墨难宣。今天先谈谈我们在朝鲜的华侨吧！因我们的军阀大人们，好内乱，故有前二年朝鲜暴动，惨杀侨胞之事，这也不用说，人人都知道的。倭奴现在苛待我们朝鲜的华侨，几于得寸进尺，（五月三日）《釜山日报》载"釜山支那领事馆之怪文书"。又，"釜山支那领事有反日本帝国主义之举动"。此事起因，原于釜山北约一百里地之蔚山郡，该处有华侨二十余人，于四月二十七日本人纪念满洲上海阵亡将士大会，该地日本官宪，命该地华侨挂日本国旗，该地之华侨以事前绝无所知，抑是否当代为悼惜，因向釜山中国领事询问如何办法。釜山中国领事，以此为中国莫大耻辱，当函该处华侨，不必挂日本旗。该函忽被日本官宪查去，故《釜山日报》遂登出"釜山支那领事有反大日本举动"等语。我国驻釜山领事，与日本官宪交涉迄无要领。此种到处受辱之现象，皆因二十年来军阀争斗之故。现在华侨受辱，东北四省同胞，则受倭奴之惨杀等等，言之同一痛心。

二二、五、三，釜山。

（载《礼拜六》第 503 期，1933 年 5 月 13 日）

为国牺牲的安重根

文　浩

大约是在前清光绪十九年的时候，日本常常来侵占我国的朝鲜。我国出兵去打它不过，只得让朝鲜独立。在北面的俄国看着眼红起来，欲想争夺，结果也被日本打败，日皇于是派了首相伊藤博文乘机并灭了朝鲜。

朝鲜亡国后，受日本种种虐待，苦不堪言。许多爱国志士，切齿痛恨，无不欲报仇复国，可是国亡了再恢复时，比蜻蜓撼石柱还难。

却说其中有一位好汉叫做安重根，结交了十二个心腹知己，逃往俄国的领土，招募得壮士三百人，回到本国的庆兴郡袭日兵营垒，三战三胜，杀得日兵落花流水，鬼哭神号。

日本赶快各处调动大队人马，来围重根，重根大怒，横刀吆喝一声，三百壮士，奋勇争光，以一当百，杀气冲霄，呼声震野。

战至日暮，日兵越来越多，不能应战，于是拼命杀出一条血路，落荒逃出了。跟随重根的仅剩二人，爬山越岭而去，日本紧紧追来，重根昼伏夜行，在荒林险岭间，五日不得食，卒冒死得脱。

重根失败，毫不灰心，又复结合同志，别谋良图。恰巧有一次听到伊藤博文要到哈尔滨会俄国公使，不禁大喜，遂怀藏一支手枪，预先赴宽城子去守待这伊藤。

他有三位朋友对他说："伊藤位列首相，兵卫必盛，你一个人力量恐防不够，我们愿同去襄助一臂。"重根感谢地说："人多事机反不密，枉去送死，你们不如留得有用之材，将来有机会，再图报国罢。"

伊藤博文抵哈尔滨，俄兵警卫往迎者几千人，戈铤相接，横亘数里不绝。伊藤下车后，与俄使握手道谢，这时候，重根立在俄军后面十多步，看得真切，不慌不忙拿枪在手，一发中伊藤胸，再发中腰，三发中腹，伊藤倒毙，左右卫兵大乱。

　　重根大呼曰："我为朝鲜复仇！"复连发三枪，击毙日本总领事及秘书官、铁道总裁三人，枪仅六弹，六发全中，重根掷枪于地，拍掌狂笑曰："我愿入死地，难道还要逃吗？"乃高呼："大韩独立万岁！"遂被执。

　　重根被执后，绑赴哈尔滨市论斩。临刑时，他的两位弟弟定根、荣根来送，重根对两弟说："我死，当葬哈尔滨，朝鲜不复，不必归葬。"遂从容就义。朝鲜听见他死的消息，没有一个不痛哭流涕。

（载无锡《新民众》第 2 卷第 19 期，1933 年 5 月 18 日）

国难无难的国人对高丽人羞死

髡　谩

　　华北的停战协定签定了。日兵虽未撤退，总会要撤到长城。长城是何国境界？这于我们不相干了。张家口的二马先生，广州的耳东先生，高喊着抗日，本来不算一回事，现已渐渐的火息浪平了。狂叫着二十二个月的"国难！""国难！"现在听不见了，大约算已完了。大家好过着无灾无难的日子。公债涨到未曾有的高价，日货畅销到少见的巨数；朝里朝外，四下子一望，可以揩揩鼻头，赞一句文话"懿矣休哉"！

　　最近看见报上载着一件事：使人心头一跳，脸子一红，禁不住天良发动。原来长春发觉了一桩暗杀阴谋，主动的是一位高丽老太太，名叫南慈贤，年纪已是六十一岁。她抱着亡国之痛，丈夫又遭日人殴打凌辱，蓄意暗杀日本军阀，屡次谋划朝鲜总督未成，改至长春暗杀名为大使，实则总监的武藤。不幸计划被敌探破露，功败垂成。凡属爱国英雄，谁不向她下一掬同情之泪。

　　武藤所侵占的，是谁的国土？所蹂躏的，是谁的人民？我们不能手刃之以雪愤，偏是一位高丽老太太，拼了性命，为我们报仇。我们传说上，亦会有聂隐娘、费宫娥等人，大约已经死得干干净净，精精光光，只剩着民族中不肖分子，在那里现世！回想到上海一二八之后，没有尹奉吉这一弹，上海的人民财产，杀的是白杀，烧的是白烧。幸而来一个尹奉吉，算同〔为〕上海人出一口怨气。上海人的怨气，要高丽人来代出，该死！该死！应该羞死！

（载上海《新社会》第 4 卷第 12 期
"时事评论"，1933 年 6 月 16 日）

悼韩国革命志士金在天先生

朱芳春

中华民国二十三年八月十八日，北平《实报》登载了这么一个小新闻：

"韩国志士金在天先生在某地病逝，遗孤陷于颠沛流离之境云。"

看来这是一件多么简单而不重要的事啊，然而却使我异常的惊愕，我的心被击碎了——金先生你死了吗！……

金先生是韩国的革命志士，他的同志们精诚的团结着，为了要谋他们祖国的复兴。然而他们在他们的国里受尽了种种的压迫，不得已才跑到了我们中国来！在上海组织了他们的政府，作祖国复兴的运动。我们这位金先生就担任了中国华北的宣传主任，要唤起了我国同胞对这已有很久历史关系的国家的同情和帮助，并且希望能共同努力的去争我们弱小民族的自由平等，能并存并荣的立足于世界。

第一次我和金先生的相遇，是件太可以纪念的事情：他给予了我个很深很深的印象，我现在还记得很清楚呢！

那是我正在高级小学里读书的时候，有一天午饭后学校里出了一个牌示，说有个朝鲜人来我们学校里讲演；据说他是姓金子的金。我觉得很稀奇——朝鲜国人。

一位短小身材的老人，领着一个十三四岁的男孩子，很神气的走上了我们的讲台。看年纪这老头总在五十岁以上，他的头顶已经秃得亮亮的了，从前边看去，一根头发都没有了。瘦瘦的面孔却显出异常的红润来，好像是早晨的太阳般的有光彩；他的两个眼睛很圆大，但是却深深的凹陷了进去，特别的充分流露着强烈的光亮，满含着的是希望，热情，和兴奋；还有两撇苍白的胡子，我总觉得他的胡子是来帮助他说话的声势的。至于他的衣服，完全是中国人的装束。还忘记了他的手呢，他的

442

手似乎是个很饱满，丰润，粗短的，可是现在看来只剩下（的）皮和骨头了。

他那小孩子可更有趣，他戴一顶学生帽，也是中国服，和我们差不了许多。一声不响的站着听他爸爸（我以为他应该是金先生的儿子）的讲话。

啊，朝鲜人和中国人原来是一回事啊，我私下的审量。

金先生给大家鞠了躬以后，很慢很慢的讲话了。先来声音很细小，渐来渐来的大了起来；有时候声音忽然高了上去，使着我们的耳朵都震动了，我总不信这样老的老头儿会有这样大的气力。他的手真有用，一摆一动的帮着他用力的讲，一会儿似乎要打人了，突的伸了出去，一会儿好像是抱小孩子一样悠悠的收拢了来。

记得他告诉我们说，中国和朝鲜是一个国家，我们现在不争气，受了日本的欺辱，我们大家都应该把国家治的强盛起来，和日本鬼子拼命，杀得他们一个都不留。

他说，在从前朝鲜也是个很强的国家，有皇帝也有官，和老百姓。大家都在过着安乐的生活，好吃懒做，得享福且享福。到后来大家都不肯安分守己了，你争我夺，整天的打起仗来。从此天下就乱了，政治腐败的要不得，官们也都变坏了。还出了好多卖国贼，汉奸们，国家弄的是一天比一天弱了。可是人家日本呢，却一天比一天的强盛了起来，人家就来把朝鲜国给灭亡了。但是自己没法子恢复起来，要想求中国的帮助吧，中国也很弱着呢，怎么办？还跟着受了日本好大的气。可见两国人都没出息，让一个小日本鬼子，给欺侮了，真让人生气！

亡了国，才难呢！小生们不许学朝鲜字念朝鲜书，全得学日本文；谁不听话让谁跪铁链子，或者就把手指给切了去，留下两个秃秃的手掌，你哭也没法子呀！谁也不许说日本不好，朝鲜好，他们听见了，就给杀了。谁家也不许有刀，就是切菜，必须跑到官那里去用那好多家用的刀去切。那是多么不方便呀！什么叫做奴隶？比如你们亡了国的人民在街上遇见了日本人，他让你趴下或蹲下，他坐在你的身上休息，还要踢你打你，你还不能出声！因为你的国家都是人家的了，没人给你做主，你瞧那是多么不讲理呀！可气死人了。这就叫做奴隶，这就是亡国奴。

金先生说到这里，他的身体跳了起来，臂用力摆动起来，声音高高的喊叫着，他的眼睛湿润润的似乎要哭了。我当时的心真碎，拳头儿握住了，自己也真要跳了起来，不知道为什么缘故。

接着他又和缓的说，大家不要难过，只要肯努力干是不要紧的。小学生们要有三种精神，就是"智仁勇"三个字。我们要好好读书求学，多学些知识，想法去打日本，复兴我们的国家，强盛我们的国家。第二要用仁心去待人，不许给人家过不去，那么人家待你也会好的。并且男子头上不怕刀，要有勇气才成！什么都不怕，只是努力"干"。我们的国家会盛强了，不再受小日本的气了。

他说完了又领着他的孩子慢慢的走了。我们大家都捐钱帮助他们，我把吃点心的十七个制钱给了他。

自从那天以后，心里着实的不安了起来：几顿饭都没好好的吃，睡觉也不安生。那些亡国的印象，受人欺侮的情况，总在脑子里萦绕着：担心着中国也要亡了，大家也都是奴隶，亡国奴了，真可怕极了！从此留下了个很深很深的印象——要爱我们的国家，我们不要作亡国奴！……他给予我的刺激的确太厉害了。

一直到现在我仍然很清晰的记忆着呢！——亡国奴，奴隶——有机会我和别人谈起话来的时候，也常常拿来向别人讲说，让他们也知道亡国的滋味，好去爱国家，爱民族。

时代变化得是这样的快。给予中华民族上一个绝对打击的恐怖性的严重的事件——九一八——暴发在现今不安的世界和恐慌的中国社会里，那是多么紧张的事件啊！关系着民族的兴亡、世界的和平、社会的治安以及人类的命运的重大的事件啊！尤其是在我们知识阶级的国民们那更应该极度的痛心，恐慌，为我们的时代，我们的问题去着想。

然而事实是这样，环境和情况又是这样，受了极大创伤的，我们被混乱得头晕目眩。"哪里是我们的道路"成了我们共同的观感。

就在这千头万绪的纷扰中，他——我们的金先生，又来和我会见了一次，我是多么幸运啊！

那是在河北省的一个高级中学里，金先生不知道又从哪里云游到这里来讲演来了，使我惊异的欢喜着去欢迎他去。

他的工作仍和以前是一样的，然而这次他的使命却又大大的不同了。

第二次见金先生和第一次没有什么两样，只是他的头更秃的几乎没有头发了。胡子变得雪白，眼睛更深深的陷入了好多。面孔越发的瘦了，然而还是那样的红润。但是他的精神气色却活跃兴奋的利害。这样老的他还活着，我真奇怪了。

他深深的给我们的总理行了个鞠躬礼，再和大家恭敬的相见。他未开口以前先勉强的笑了一笑，开始了他有魄力的讲演。

他所讲的都是关系中国、朝鲜和日本以及世界现势的剖解和诠释；他用了极客观的态度来分析时势的因果关系，评论各关系方面的态度和应付的方针。尤其他是这种事件的先期经验者，亡国之愁恨早已充满了他的心肺，所以他的言论是异常的中旨〔肯〕而深刻。

他说此次日本的直接行动是日本帝国主义者崩溃死亡的先声，它步入了战前德国的后尘，同时也就是它的末日的到临。中国，中国是极端的不争气没出息，国难当前仍不自觉，仍然过着混乱的日子：政治之腐败，经济之紊乱，士气之不振，正和朝鲜亡国以前是一般模样。现在已然到了一个极度危险的阶段，民族的兴亡与否，眼前就有一个大的决断。那就是我们自己不知觉醒，不知奋斗，那终究也要有一个亡国的征验。虽然我们中国是所谓地大物博，然而正因为这么这几个字，才招来了不少的祸患。你看看当今的中国好像是一个犯人，被人鞭挞得体无完肤了。他又拿我们中国的"国"字来作个譬喻：现在中国的四围边境都被列强给蚀侵了，好像"國"字只剩下了一个"或"了。然而被人侵蚀了以后的国家，是否还能强盛了起来，复兴了起来，那现在我们可不敢有具体的答复，只好说"或"可以好，"或"者就不好。

更说到朝鲜国，只有希望中国的盛强，而能藉以复兴。然而现在呢？中国自己的生命，不一定能保得住，那里还能顾到别的呢？于是他很失望了，叹气了，为中国为韩国悲观，恐怖。他用拳用力的捶他的胸部，蹬蹬的响。用着诚恳，激昂，热情，和希望的口吻，呼喊着同志们的猛醒；激励着热血青年的精神和勇气，走向为国家，为民族，而牺牲而努力的路上去。他的口号是："不怕死，不怕难，有勇气的干！"他的声音还不肯嘶，他的力还没有竭，可是他的老泪却连珠的流落了下来。

四小时的讲演，那金先生真不疲劳，仍然抑扬顿挫、委屈弯〔婉〕转的解说，劝勉，勉励了我们，鼓励了我们。这全场四五百人都好像受了他的感化似的，静静凝神的听着他说。有的长吁口气，有的握握拳头，有的落下了泪，到最后他还大声高呼着："中国万岁！韩国万岁！弱小民族胜利万岁！"

后来他笑容的和我们学生军合拍了一张相，相成后他含着眼泪接受了一张。他向着那些武装的青年学生们，点点头，又微笑了一笑。

不知几时他走了。接着不久听说他又到附近某地讲演去了，但是某方当局对他已颇注意！我替他握一把冷汗，唉！偌大的年纪，可怜的他！……

很久没有听到他的消息了。然而现在呢？现在他是死去了，我们或者希望这消息是不真的。总之，金先生的死是确乎值得叹息的！

金先生！我怀疑你的死，你是劳苦死了吧？是恶魔吃了你吗？或者你是安安生生的病死了呢？——无论怎样吧！我们以为活着和死去是一样的，没有多大关系，也没有多少可留恋的。然而，金先生！你忘记了吗？你的使命，你的责任！记得吗？万千同胞正在水深火热中哩！记得吗？你的祖国是亡掉了，正在受着人家百般的欺辱压迫咧！记得吗？我们的社会是这样的恐慌，我们的人类是这样的无情！金先生！你好忍心啊！你的责任未尽，你的使命没完，你竟长别了这魔难的人间。你畏惧了吗？你屈服了吗？同胞让谁来救啊？祖国让谁来复兴啊？社会让谁来安定？人类让谁来同情？金先生你太退缩了，你太忍心了！

金先生！我并不敢埋怨你，你的功绩是不可泯灭的，你的血永远是热的！你的精神是不死的！你会永生，你是光明！然而先生你听：恶魔仍然发狂的吼叫着，帝国主义者的大炮继续的向人类轰发着，弱小民族的求救声遍地叫起，同胞们大声的哭号了，祖国也落泪了！先生你安然的睡着吧！

一九三五年三月十二重修稿

（载北平《存诚月刊》第 1 卷第 6 期，1935 年 4 月）

朝鲜民族英雄安重根

罗总金

朝鲜有四千余年光华璀璨之历史，亦世界上之文明古国也。自唐以来倾心中夏，唇齿相依。及至清末，国势衰弱；而向为我国人所轻视之蕞尔日本，竟一战胜我，再战胜俄。遂据三韩之地，迫韩王退位，解散其军队……并施以种种惨无人道之酷刑于韩民，二千万人民朝夕处于荆天棘地，水深火热之中，度牛马生活。因是舍身起而反抗者，时有所闻；尤以一九〇九年，鲜督伊藤博文之被刺，震动全球。世人莫不知有韩国英雄安重根也。

安重根生长于朝鲜海州地方，自幼读书，聪慧超于常人，深明大义，兼习武艺。年十五岁时随父讨平东徒之乱，亲临沙场，杀贼甚夥。自日俄衅起，重根深知此次战争之结果与韩国之存亡有莫大关系，乃入中国遍游沿海山东，江苏等省，欲访海内英俊，共持大局。日俄战后，终至保护条约成立，伊藤逼王禅位，强迫解散其全国军队。重根悲愤欲绝，尝慷慨涕泣对众演说，欲举义兵，与倭兵决一死战；而民间武器尽为日人搜括干净，寸铁无存，敌人军队全国如毛，徒手缚虎奚济于事。遂赴西伯利亚，召集义士，得三百余人，揭竿起义，渡图们江，击日兵营，日人召各地驻兵聚集，并以重炮轰击，重根勇猛冲杀，激战竟日，卒以弹尽而溃散。重根仍还西比〔伯〕利亚，希图寻机再举。一九〇九年，伊藤视察满洲，欲与俄大臣度支会见，商讨满洲权利，及中国各种之问题。重根以为天假时机，万不可失，于是星夜赶赴哈尔滨。是时哈埠俄国军队数千，警卫森严，军乐迭奏，花炮乱放；伊藤与度支正握手之际，重根自人众中跃出，举枪直放，中伊藤腹部，连发数枪，又射死日官数员，而军士皆散走，莫敢近前，及至弹尽，俄军仍复集，夺重根枪。被缚之际，重根拊掌大笑曰："我岂逃哉！我欲逃，我不入死地矣……"伊藤死后，震动全球，人皆佩服此韩国之英雄也。重根被囚至旅顺，公判之时，重根举伊藤十三大罪，痛驳数时，雄辩滔滔，目光炯炯，旁听者无不动容。日人竟处之以极刑。临刑之际，重根仍大呼："……为韩国独立而死……为东亚和平而死……大韩独立万岁……万万岁……"

事后，日本朝野，胆战心寒，坐食不安。于是更加层层之压迫，欲使韩人个个甘心为日人之奴隶。然而压迫愈甚，而反抗之力愈烈，使继安重根而起求二千万同胞之独立自由，徒手革命，视死如归之一般韩国青年日众。最近之安昌浩、尹奉吉……等之牺牲精神，预示着韩国之国魂仍在，终必能达到其国家独立，民族自由之一日也。

（载南京《遗族校刊》第 2 卷第 4—5 期合刊

"民族英雄专号"，1935 年 6 月 8 日）

韩国志士姜宇奎

　　韩国自隆熙四年，即中华民国纪元前一［二］年，被日本吞并后，遂失去独立民族之资格，仁人志士，屡谋复国，屡告失败。经过八年之岁月，至中华民国七年，美国大统总威尔逊，因念世界大战之悲惨可畏，发表和平基础十四条，提出民族自决主义。明年一月，渡欧洲，出席巴黎和会，全球人心震动，不百日而波及韩邦。

　　是年，适值日本并韩后第十年之纪念。三月一日，京城塔院公园，忽集学生数千，市民数万，满街白衣如潮（韩人喜着白衣），高呼韩国独立万岁，遍揭韩国独立宣言。日本驻韩总督长谷川好道，见民气不可侮，民族运动不可过于抑压，经三次谕告，未得镇压。日皇特降诏书，本韩日合并之趣旨，宣言对韩民一视同仁，务各得其所；改正韩国总督制，总督不限于现役武官，文武皆得任用。首相原敬，即以武官而富文质之斋藤实为韩国总督。斋藤于九月二日，自铁道下车，过南大门车站，普［甫］入马车，轰然大声，倒卧血泊者无数。斋藤虽幸而免，已足以惊魂动魄，影响于日本殖民政策之改革，民族运动之精神。

　　此大著作者为谁？即韩国志士年高六十余岁之一老翁姜宇奎是也。姜为韩国平南道人，幼习儒书，颇有大志，爱国护族之心，非常热烈。联合同志，奔走呼号，席不暇暖。自日本并韩后，愤而移居间岛，放浪于西伯利亚之间，征行于上海东三省各地，借宣讲儒教，以唤救国之精神。旋信奉基督教，读韩国三月一日之独立宣言，韩国独立宣言云："吾等兹宣言我韩国为独立国，韩国民为自由民，以此告于天下万邦；而阐明人类平等之大义，以此诰于子孙万代，而永有民族自存之正权。今日吾人之责任，但有自己建设，而决不破坏他人也。以良心上严肃之命令，开拓自家之运命，而绝非以旧怨与一时感情嫉妒排斥。吾等今奋起矣，公约一切行动，务须等守秩序，使吾人主张之态度，光明正大，贯彻始终。" 欣喜民族独立之恢复有日，复聆新总督重来之消息，痛感祖国之再兴无时，乃毅然决然，挺身以出，向乌苏里铁道人员某俄人，以五十金之代价，购得爆弹一枚，藏之胯下，自海参威渡元山上陆，以抵京城，宿南大街通林旅馆，以待总督之来。九月二日午后五时，总督果至，即于万头攒动之中，以爆弹迎之。当其投掷爆弹之际，以大无畏之精神，从容射击，击后，复瞑目不逃，以待逮捕。因群众拥挤，无人注目，安然归旅。不意有目击其间者站前茶店青年仆人大野，方登高视，忽一老举手过额作投物状，轰然遂发，急踵老翁后，至通林旅馆不见，报警逮捕，认为无误。白鬓老翁遂受死刑于西大门监狱之刑场矣。

姜氏死后，空气日益阴恶。韩人时与日兵步哨冲突，警署长降自汽车，民众故意妨其行，日妇乘汽车，韩人为车掌者限之，通学日童，时受韩童迫害，有被殴死者，京城二十五人。日人仅八万，足张韩人反抗之气势，最后，凡以一街为中心之日人区，除本街外，不敢外出，妇人夜行，绝对禁止。

天长节，为日本之盛大气节，举国若狂，而韩民间，不见一太阳旗片影，由官厅再三劝导，亦无悬挂者，可知姜翁一掷之影响所及。

日政府亦【不】得不屈服，致有发布确立文明政治之谕告，然独立运动，尚弥漫不止。亘半年之久，不幸有卖国贼出而为政府之声援，组织亲睦会，招致各团体，公宴劝告，于是轰轰烈烈之独立运动，无形消沉。韩国虽亡，苟韩国民族不灭，则姜宇奎之精神，当万古不磨也。

（载南京《民鸣周刊》第 2 卷第 28—29 期
"民族英雄志"，1936 年 1 月 17 日。无署名）

为祖国复仇的安重根

孟　嘉

　　朝鲜本是周朝的时候，箕子册封之地，一向为中国藩属。地方足当我国两省，气候温和，物产丰富，一切典章文物都是中国传去的。不幸于三十年前，因其内战不息，互相残杀，把整整的一个国家，闹到一蹶不振了。中日战争之后朝鲜变成了日本的保护国，朝鲜的人民也就无形的沦为日本的牛马奴隶了。

　　可是，那时候朝鲜当国的人，虽然不争气，而民间固不少激昂慷慨的爱国志士，因为忍受不了日本人的压迫和侮辱，便有一位英雄为朝鲜民族争得了不少的光荣。

　　这是谁？就是名垂千古的安重根。他是朝鲜黄海道人，小的时候，除了读书以外，还喜打猎。他有英勇的精神和不屈不挠的毅力。自从中日战后，朝鲜徒拥着独立的虚名，一切国家的行政最高大权，都被日本人操纵支配，国王被日相伊藤博文所玩弄，简直形同傀儡。

　　他看见了这种祖国沦亡的情形，当然要热血奔腾，怒火中烧了！

　　起初他联络志士，举兵与日兵抵抗，不幸兵败被执，过着很久的牢狱生活。后来被他用计逃走了出来。他出了狱，忽然听见伊藤博文要到哈尔滨去，和英俄两国会商要事。他就约了同志，马不停蹄地赶到了哈尔滨。

　　他一到那里，就静悄悄的等着伊藤博文到来，相机行刺。一天的早晨，他在报上看见了伊氏的照片和他到临的日期。他就带了手枪，一清早到火车站上去守候着。

　　他穿的是西装，所以车站上的军队，以为他是日本人，一点儿没有注意到他。

　　一会儿，轰轰的火车到了！军乐高奏中伊氏下了火车。

砰！砰！砰！联珠般的手枪声中，那名噪全球的日相伊藤博文，腹背连中两弹，倒卧血泊中，一命呜呼了！

"大韩万岁！大韩万岁！……"在安重根打死了伊氏以后，这样的高呼着。

随后安氏被捕了，引渡到旅顺，公开审判。这一件事，差不多轰动了全世界。因为安重根是个爱国的志士，所以许多的律师，通通替他辩护，要求不要处他死刑。但是日本的法官，哪里肯服从这种正义的呼声呢！结果还是审判他的死刑。

他死了之后，照了他的遗嘱，不愿埋在日人统治的土地里头，乃由其友人运葬于哈尔滨。

安重根死了不多时，日本就堂堂皇皇，把朝鲜灭亡了！

（载南昌《知行月刊》第 1 卷第 6 期"话匣子"，1936 年 6 月）

高丽小姐

　　高丽小姐她带着一副那么悲惨的表情，疲倦的精神，笨重的脚步，每天都要在我所住的亭子间的门前，总要走过好几次。当我刚搬到这里的时候，看她每天早上忙着煮饭，饭后又忙着洗衣裳，以及拖地板等笨重的工作，我心里便这样想：这也是一位挣扎在生命线底下的可怜虫呢？然而我还只当她是挣扎在劳动力底下的，谁知道她除了这种重压榨之下，还有着更深的剥削呢。

　　居住主人，是一双高丽夫妇，这位高丽小姐便是他们的女儿。他们三个人生活，是很有趣的。在早晨，我看见的只有这个高丽小姐的影子，一到晚上，而她的声音都听不见了，可是在这时候，却才看得见这一双夫妇的影子。他们三个人，大概正过着相反的生活。这在我是感到一件很奇怪的事，然而更奇怪的事，却在这一天晚上发现了，主角便是这位高丽小姐，地点便在寓所的临近。

　　是一个很寒冷的晚上，我为了所欠房租被高丽夫妇催促得无法可想，只得冒寒出外奔走。那晓得一直跑到深夜十二时，仍然是毫无所得，只得硬着头皮，回去睡了再说。不料刚走到寓所的弄口，我忽然听见了一阵娇嫩的哭泣声，当时我故意放重了脚步，却惊着这位哭泣的女郎，她像疯狂般，奔了过来，大衣的皮领，遮着双颊，低着头她对我说："请你救救我吧，十二点钟啦，没有一位主雇，回去是要挨打的，你只要花四块钱，可以尽量地寻找你的快乐。"（是用生硬的英语）我低着头，一直走了进去。我心里想："我有什么力量救你呢？"我开了门，而那位小姐却也跟了进来，我很奇怪，她跟我作什么呢？而这位女郎却仍然紧紧地跟着我，及至扶梯上的电灯开了之后，我在灯光下，才认清了她就是我的居住主人的女儿，那位高丽小姐。我知道她是不认识我的，还以为我是一位寻花郎呢。当时我便轻轻地对她说："小姐你弄错了，我还欠着你们的房钱呢？我是和你一样，等待着人来救我呢。"

　　高丽小姐抬头看清楚了之后，她才带着一丝惨笑，又反身走出去了。我看着她的背影，我不禁在心房上浮出了一个生活的可怕的阴影来。唉，这是趣剧呢，还是惨剧？

（载《万影》第 8 期"社会现形记"，

1937 年 3 月 20 日。无署名）

好太王碑

屐尘居士

　　高丽好太王碑，为海东古刻之冠。其刻石年月，金石家聚讼不一。陆存齐云是凉太元十六年，郑大鹤云是蜀汉建兴十二年。惟罗叔蕴遍考诸书，并立三证，断为是晋义熙十年。其说较为可信。碑共一千五六百字，磨泐者仅寥寥数字耳。余尝集碑字为五律一百首，略记一二。如三万六千日，东西南北人。轨模存旧国，丰穰作新民。自得客游乐，更将教化敦。力田服农事，无改太平身。上田农事乐，下泽水方生。月看千村满，浮烟一匹横。骑牛自有味，归马不知兵。便就山岩宿，苏门好友迎。碑中屡载"看烟"二字。看烟疑即 King 之译音。民元余游南洋群岛，地方长官称"甲必丹"。"甲必丹"为 Captain 之音译，正与此相同。

（载上海《正风文学院丛刊》第 1 期"杂俎·秋平云室随笔"，1937 年 5 月）

哀韩人

焕 尧

报载"日本现于国内征集朝鲜台湾人民服兵役，共编成两师团，补充在华作战师团伤亡之数目；但日人素惧韩台人之反动思想，故严密监视其家属，若有背叛行为者，悉处以死刑"云云。韩之亡于暴日有年矣，迄于今日，其人之生命自由，尚且不保，竟被逼充兵役，驱往枪林弹雨中以求死所，韩人何辜，竟受此非人恶遇耶！

敌人所以强施兵役于韩者，盖以国内反战空气日益紧张，已深感征兵之困难，而前线作战部队，死亡日以数十百千计，又不能不急谋增员补充，故于万急中，驱韩人以充数耳。然夫韩人之家属可执以为质，而日人之避征行为不为罪。吾不知韩人之生命何贱而日人之生命何贵耶！是则敌方之军阀蔑视人道，压迫弱小民族，于此可见一斑矣。

且也战事延长，则敌军牺牲更将增重，因而逼服兵役者将逼于韩人全部，不久将来，行见全韩之孤儿寡妇，呼号转徙于沟壑中，苟有人道观念者，孰忍见此。

夫人非木石，未有不愤战争之残酷，寄和平以同情者。故在暴日军阀之驱迫下，向和平之族与祖国，屠杀呐喊，韩人必不甘出〔于〕此。然而韩人之父母，妻子，姑姊兄弟，已步入暴敌刑场，刀斧加项矣！是则暴敌侵华之行为，无异幸得一机会，举韩人之种族而尽灭之。呜呼！韩人岂能长久雌伏于暴日铁蹄之下乎？

"罪不及妻孥"，为世界根据人道立法之本旨，暴敌自称为文明先进之国家，乃为求满足侵略欲念而破坏人类安全，自返于人兽相食之时代，不惜以蛮荒民族自居。此种蛮阀如能得意，则韩人所受之残酷遭遇，将遍及于世界各个被征服之弱小民族，实为理想中可能之事，世界人类岂能许之乎？是故吾国今日奋起抗敌，实不啻为世界驱逐长蛇猛兽，而保世界人类之安全也。

　　呜呼：韩人之种类其殆尽矣！吾不仅为韩人悲，且为世界之弱小民族悲，而更为世界人类之生存危。今吾人之枪杆，已向蛮强兽类推进，甚望国际间，本和平之真意，与人道之主张，予暴日以相当裁制也。

　　　　　　　　（载汉口《路向》第 5 卷第 8 期，1937 年 10 月 16 日）

韩人自述一字一泪　我们对此作何感想

君　弼

　　我自［是］朝鲜人，本来也是中国的一品老百姓，自甲午年中日开战，中国打了败仗，两国和议，结果是表面上给我们朝鲜独立，实际上已做了日人的奴隶了。到日俄战后，日本乘战势之威，便一口把我吞灭了！我们做了亡国奴后，生活的痛苦，非身受者不能梦想其万一！

　　自九一八后，日本因为人口众多，面积狭小，食粮恐慌，他又把灭亡我朝鲜的手段来灭亡我祖国——中华民国——了！也就是想把虐待我朝鲜人的毒手，施之于祖国同胞了！尤其自卢沟桥事件，和上海虹桥飞机场事件发生到现在，实行以亡国灭种的残暴行为，加在我祖国同胞的身上了！在此千钧一发的时候，仅将我亡国之痛，诰告于祖国同胞之前：我们做了亡国奴，一切的自由，便被日人剥夺尽净，生杀予夺，随日人之所为，我们就像牛马一般，终年在地狱中受罪。

　　他们恐怕我们起来反抗，便随时随地派有野兽似的警察，很严厉的监视我们。我们悄然有三四个人在一起谈话，他们便上前干涉。和平一点的，赏给我们没头没脑的几棍，将我们驱散；狠毒一点的，便说我们反动，捉将官去了，处以极刑！甚至我们种田的锄头钉耙，也有日人看管，不准我们藏到自己家里，连那切菜的刀子，也给日警，用链条锁着，我们需要的时候，一定要得警察的允许，才准动用。总之，他们使我们手无寸铁，坐以待毙而已！

　　他们恐怕我们不忘朝鲜，便设立什么鬼学校，教我们的孩子，读他们的瘟书，整天胡说八道，说日本如何如何的好，用以麻醉孩子们的头脑。你如去开教朝鲜文字的学校或讲述朝鲜人的事迹，给日人知道了，保管你的头搬场。如是，好教我们成人死完了，孩子们都不知有朝鲜而服服帖帖地做他们的牛马了！

　　他们不迅速地灭种，便竭力抑制我们的生育。我们的结婚年龄，定得特别大，到了结婚年纪，又须向地方机关登记。登记的时候则又多方挑剔，使你结不连［成］婚。就是幸得结婚了，又必诡计百出，限制你的生育。生育下来的孩子，还要有不少给他残杀！这样，你想我朝鲜的人口，尚有增多之望吗？

　　亡国之痛，真是罄竹难书。但写到这里，我已肠热如沸，肝胆欲裂，不忍再以亡国之哀音，减损了我祖国同胞的锐气！但愿我祖国上下，对日一致动员，大家抱着决死之心，杀入矮寇的巢穴。以祖国四万万人的热血，喷涌在矮子的身上；以祖国四万万人的胸膛，去抵住日人的炮口。破釜沉舟，义无反顾，我祖国的同胞，我祖国的同胞，向前冲！向前冲！

（载如皋《现代民众》第 2 期"伤心语"，
1938 年 10 月 20 日）

汪兆铭与李完用

　　昔日亡韩者，为李完用；今日卖华者，为汪兆铭。两者都是认贼作父之民族败类，且同是日本帝国主义之走狗，中韩何不幸若是出此巨奸。汪兆铭、李完用虽生不同时，但彼此所作所为，无不处处同调。当"三一"独立运动突发时，倭总督府当局，仓皇罔措，即同朝韩贵族团（就是走狗团），间镇压策。李完用，首先摇尾出班，乃以三策献之：一、劝谕解散；二、派兵示威；三、实行屠杀。此与去夏已揭露于中国各报上之汪兆铭之媚日献策，劝敌进攻南昌、长沙、南宁等地，并加紧轰炸各重要城市，以威胁国民政府妥协。①此种借敌人之刀，戮同胞尸之径，惟李完用、汪兆铭辈，始能为之。但汪兆铭于敌人行将崩溃之际，国家抗战接近胜利之时，为一己之私欲，不顾民族生存，而签订由东卖到西，由南卖到北，由气象卖到矿藏，使世代万劫不复之"日汪密约"，其罪实较李完用尤甚，无怪敌人亦讶其轻然画诺也。

（载《韩民月刊》第 1 卷第 1 期，

1940 年 3 月 1 日。无署名）

---

　　①　此句不完整，句末似遗漏"何其相似"之类的词句。——本书编者

某韩人

欲住不堪住，欲行不忍行；

乾坤变眼泪，何处是秦庭？

这是四十年前某韩人所作的诗，最初系刊于《东方杂志》，后来北平有人制作《东望图》，即将这首诗题在上面。

那时的韩国，事实上虽已灭亡，但尚未被正式吞并。这韩人的诗，充满了绝望的悲感。而在满清政府统治下的中国，当时的情形和韩国没有什么两样，实在做不了他们的"秦庭"。

现在呢，韩人复国的希望，寄托在中国的血火抗战上面。振作起来的中国，已足够做他的"秦庭"，而且事实上已如此做了。可是四十年的时光消逝，那位多情的韩国诗人，恐已下世，不及参加这共同的热烈场面了。

（载永安《改进》第 4 卷第 2 期，

1940 年 10 月 15 日。无署名）

致韩国友人

陈澄之

我在重庆时，时常惦念着寄居在中国西北的一群韩国友人。可是我就不知道在韩国本土的每一位韩国儿女，是不是也都这么令人敬慕。我曾到过汉城，在那京畿的宫殿里住了些时日。当时最使我惊异的有两件事：汉城里的日本人比韩国人多；我并不是以人口说，而是指他们的作为。那时候，日本人在汉城的只书十万八千多，总额却是三十八万二千几。我们观察一个国家的兴衰，完全在看他们的一切活动。另一件遗憾，朝鲜也是一个古国，所谓始于檀祖，史乘是一个国家的源泉。如果我们不疏导大小白山的洛东江源，说不定今日的釜山，不会这么安逸，也许在庆尚南北道一带要常闹水灾。然而在韩国的首府却看不到一部韩国全史，这当然是日本人的毒辣。不过今日努力于韩国独立运动的革命人士，具备了这份工作没有？我们站在友谊的立场上，兴奋地等待着读到一部出于韩人手笔的韩国全史，同时我们不得不对韩国友人们进一忠言：史的整理，千万不可仰仗于外人的陈籍，那已经是被改头换面了，其改换的程度有过于汉城南大门外的梨泰院里，完全日本化了。我们在奉劝友人时，并没有忘了我们自己。中国逊清一代也有偷改史乘的恶作剧，然而我们在今日还可以辨出中国的旗人究竟在一部中国全史上什么地方插了花翎，什么时代里加了马蹄袖。就怕辨不出，辨不出就糟透了。我曾到你们的奉元寺里去逛了一趟；朋友，惨得很，那里的高僧已不再是韩国的高僧而是日本高僧。

如今在华的光复军，我们敢说都是韩国的志士。他们的英勇，今日表现在中国战场上，但愿明日便到狼林和妙高山的山岭上去仰天长啸。

为什么在这时候警惕诸君？我觉得这是做朋友的义务。我有两个韩国同学，吕凤九和李在天，他们的热血和革命的勇气，不亚于每一位今日的韩国志士。可是，一别多年，永远记得他们，却再没有听到别人提起。我很惦念他们。如果他们真的有了成就，又何至于湮没，也许为了复国的奋斗，牺牲在无闻无嗅中了吧。

最近我碰到一位韩国志士，他有热血，有勇气，也有作为。然他有一个最大的缺憾，这缺憾就是他说不出他们祖先的成就和根据。当然，这也难怪，他们终日地生活在流亡和动荡中，力不暇顾。不过为了伟大朝鲜民族的未来光辉，我们觉得这不是一件可以忽略的艰巨工作。努力于革命的人们，千万不可顾彼而失此。

我觉得今日的每一位韩国男儿都很可爱，在你们这群中出现了今日的霍里子高没有？我也觉得今日的每一位韩国妇女很可爱，但不知你们是不是比古时候的丽玉还要可爱（否）？直到如今，在中国人的脑子里还记着韩国丽玉姑娘的箜篌：

“公无渡河，公竟渡河，堕河而死，当奈公何！”

（载西安《读者导报》第 26 期，1943 年 9 月 11 日）

"檀君子孙"在西北

——记韩国光复军第二支队

卜宁（无名氏）

  韩国人爱称自己是"檀君子孙"，正像中国人爱称自己是"黄帝子孙"一样。相传檀君生于白头山（即长白山）檀树下，故称檀君。目前在韩国最流行的大宗教，亦称檀君教，是证明檀君曾经存在的最有力的文化遗迹。韩国历史，现在是檀君纪元四千二百七十六年，比吴稚晖所推算的黄帝纪元四千六百四十年（今年）的中国历史，只短了四百年左右，堪称世界古国了。

  一九一〇年八月廿九日，韩"国"亡了，韩"民族"却复兴了。自朝鲜太祖李成桂开国以来，五百年间，"国"脉虽绵延不绝，"民族"的一点活力却早给佛教缢杀。当时韩人狂热信佛的情形，不亚今日西藏，人人全以光头袈裟为乐。幸而有一九一〇年之惨痛，这一大刺激才把韩人"重文轻武"及"泄泄沓沓"的毛病扫洗得干干净净。今日韩"国"虽已不存在，韩"民族"却在道德心智与体力方面，呈空前的进步。故从历史的观点看来，这卅多年的韩国痛史，毋宁是"塞翁失马"，"安知非福"。

  近五十年来，东方弱小民族抗日史上最辉煌的第一页，不是"九·一八"后的嫩江战役，也不是"一·二八"的淞沪之战，而是一九二〇年九月中旬的"青山里战役"。写这一页的是现在韩国光复军的前身——韩国独立军。这一战役延长三日，日军伤亡官兵三千三百余人，韩人伤亡二百五十余人。领导韩军写成这一光荣之页的，便是现任韩国光复军第二支队队长李范奭，那时他是韩军的前敌总指挥。

  在韩国革命阵营中，李范奭是一个怪人。他在东北从事武装运动时，过着野人的生活。战事紧张不能休息时，他有好几年一直猛烈的用鸦片吗啡来透支生命。冬季领着哥萨克骑兵打谢米诺夫时，他用羹匙舀稀饭送到嘴里，拔出来时，羹匙上尽是血，它已与舌头冻在一起了。在哈尔滨做恐怖运动时，他从没有在同一个房子里睡过两晚。"九·一八"前，他到外兴安岭度了两年多狩猎生活，与索伦及鄂伦春野人为友。"九·一八"后，他与马占山、李杜同在苏联托木斯克拘留所里吃了两年黑面包。抗战以后，几年战场生活的唯一收获是心脏病。入中训团在第一次庄严升旗礼中，看见旗子他昏倒了。他最崇拜阿比西尼亚皇帝塞拉西。有一个时期，他用香炉烛台供奉着这位非洲皇帝的像，朝夕膜拜。他恨胖子，他看不起素食者，认为"不能吃肉的人，都没有战斗力"！

在这样一个不平凡的人的领导下，西安韩国光复军第二支队也处处流露出不平凡的气象。这一支队里，儿子当区队长，父亲却当区队员。在这一支队里，有安重根的侄子，有东京的摄影专家，有参加过"一·二八"及南口战役的军校高材生，有伟大的泥水匠。上自造房搭屋，下至缝衣织袜子，他们全是自己来。在这一支队里，每一个人全精通中日韩三种语言，每一个人全有牛样的身体。这一支队的棒球，在中国是数一数二。这一支队的足球，在西北从未遇敌手。这里的一个翻杠子能手在军校数年，一直保持冠军。这些年青人能吃，能喝，能笑，能说，更能"杀"人——"杀"日本人！这里许多队员都是从敌后带着"皇军"脑袋过来的。

曾有人问："敌军中冒充日本人的韩籍士兵，对中国人民为什么那样凶？"他们答："为了加深你们对日本人的仇恨！"

过去墨索里尼打阿比西尼亚时，曾对黑衫军说："我要把塞拉西的胡子割下来，给你们做鞋刷子。"塞拉西的胡子没有割掉，黑衫相现在却做了希特勒的陪嫁姑娘（嫁给死神）。李范奭氏对于这一段掌故最为激赏。他坚信黑衫相的命运就是日本人的命运。

在西安，人们援助着二支队的狂热情形，有点像猩红热，极富于传染性。西北的一个"钢铁大王"为了帮韩国忙，收了生意"摊子"，放下钢铁，成天和年轻的队员们打着算盘："怎样渡过鸭绿江？"在某次集会上，一个意大利神父听李范奭讲了矮脚鬼的残暴后，也毅然嚷着道："我也要反对法西斯蒂了！墨索里尼就是我的父亲，我也要反对他！"

好消息不久会来的。第二支队正计划着，在最近的将来，要到重庆开一次杀敌的战利品展览会！

（载重庆《联合画报》第 22 期，1944 年 4 月 9 日）

关于《槿花之歌》的创作和演出[*]

—— 阳翰笙日记摘抄（1943—1945）

阳翰笙

1943 年

1 月 1 日

从去年起，我早就已经搜好六个剧作的题材，我现在就把它们全都记在这儿：

（1）两面人（2）光明之路（3）阿里郎（4）盗火者（5）杜文秀（6）文明之家

……上述的六个剧作，至少我得写出五个来①。果能这样，那我也就心满意足了。

5 月 17 日

清阁正为中西书局编一文艺丛书，她向我拉稿。我决定将正在准备写的《槿花之歌》（即以朝鲜革命史实为题材的一部作品）给她，她很高兴。

5 月 18 日

金奎光君来会，我把我准备写的《槿花之歌》的内容告诉了他，而且我又提出了一二十个问题来同他谈。从他的口里，我得到的材料又不少。

5 月 19 日

在会与金奎光君续谈，对于朝鲜的风土人情、生活习惯谈得很详细。

---

*　本篇摘自阳翰笙 1943 年 1 月 1 日至 1945 年 11 月 18 日的日记。由本书编者摘编。题目是本书编者加的。文内的注释为《阳翰笙日记选》的整理者潘光武所加。——本书编者

①　那以后因国民党反动派迫害日甚和其他原因，这六部中只写出了《两面人》和《阿里郎》（即《槿花之歌》）两部剧作。

6 月 1 日

重新清理《槿花之歌》的材料，看了一整天的从韩国临时政府借来的《施政二十五年史》（朝鲜总督府出版），这可给了我很多可贵的材料。

6 月 28 日

摘录了整整一天的《槿花之歌》的材料。至晚，睡虽早，但仍不能安眠。

6 月 29 日

看了一整天甲午战争的材料，继续摘录与《槿花之歌》相关的部分。

7 月 13 日

今日天气酷热，恐已到百度。在家整理《槿花之歌》材料时，浑身上下简直是汗流如注。.

7 月 15 日

构思《槿花之歌》写作大纲。有两幕的情节，自己觉得很有诗趣，我当即把它记了下来。

8 月 3 日

决定下半年给"中青"一剧①，交稿期早则九月，迟则十月。

8 月 7 日

在家构思《槿花之歌》，一、二两幕大纲已成。今天总算没有白过。

晚睡较迟，约两点左右始成眠。一心想写文章，大约老毛病又要发作了。

8 月 12 日

午后，在家构思《槿花之歌》至深夜，三，四，五幕分幕大纲完成，心里觉得很快慰。

9 月 6 日

午后在家改正《槿花之歌》分幕大纲。

9 月 8 日

未去会，闭门在家，继续构思《槿花之歌》的人物性格。将一开始起草的性格表再经过一番深刻的综合和分析，直到深夜，才重新修补完整。

9 月 9 日

整天闭门在家，将《槿花之歌》分幕大纲作最后的修改，至晚始完

———————————

①　这里指《槿花之歌》。

成，心里很愉快。

9 月 16 日

本拟今天开始写《槿花之歌》的，午后因超华烧咳至烈，心烦意乱，无法操笔。这一来，又不知要拖到哪天去了，真急人！

10 月 2 日

开始写《槿花之歌》，得三千余字，心里至快适。草药吃后，小女儿病也稍好了一点，心中也就没有前两天那样担心。

10 月 3 日

续写，得两千多字。对剧中崔老太太这个人物，决用力把她多写点。

至晚，怕目疾复发，只好早搁笔。

10 月 4 日

今天因为会里有许多事得办，只好暂时停笔。

至晚，翻阅了一会朝鲜材料即寝。

10 月 5 日

续写至夜，得三千字。入睡后，因整日用思过度，剧中人物的影子在我脑幕活动得很厉害，因此直到天将破晓，还得不到一个甜快的安眠。

10 月 6 日

经过昨晚一夜的失眠，今晨起来，头有点微微的昏痛。提起笔来想写，可又一字都写不出，只好搁下笔，继续读老蔡送我的《新艺术论》。但读不到几页，兴趣又没有了。没有办法，只好到野外散步去。

可以说今天就这样白白地过去了，简直毫无成绩。

10 月 8 日

续写，得二千余字。因心绪不佳，写得不大畅快。

晚睡仍迟，右目又有点发涩。

10 月 9 日

续写，仍只得二千字。写至槿辉与兰秀谈恋爱一段时，初我以为一定好写；待我放笔写去，稍一细看，总觉描绘得不深刻，于是便一连改写三四次，都还是不大洽意。这一段等将来全稿完成后，恐怕还得改。

10 月 15 日

续写至深夜，第一幕第二场完。看了一遍还算满意。

全一幕共得五十页，约两万字。细看后，觉得开头有些地方还须修改。这只好待全剧写完后再来动手了。

10月16日

子农来信，说时局将好转，大有"柳暗花明"的趋势，希望我能去城"太极拳"一番，而我却并不那么过早地乐观。

晚写了一长函致奎光，问了他好几十个细小的问题，至十时就寝。因晚上蜀华掀被至烈，又是一夜未得安睡。

10月26日

又快十天不动笔了，原来的写作进度，竟被连来的忧患打成了粉碎！

蜀华的病已渐好。从明天起决定再把精神提起来"写"！

10月28日

昨天因为事所累，致未动笔。

今晨起开始写第二幕，连日因疲乏过度，午后睡了一大觉，故至晚始得二千字。成绩并不算佳。

10月29日

续写，得二千余字。因恐目痛，睡较早。

10月30日

今天写得异常畅快，从晨到晚，得四千余字，中间有两段戏，也还相当满意。

10月31日

昨晚睡时已深夜，剧中人物的身影，总在我脑幕中闪来闪去，得不到片刻的宁静。因此，一直到天明，才稍稍得熟睡了一下。晨起，因头昏，故整日未写。

11月1日

午后开始写作，至夜得三千余字。关于崔老太太心理上的复杂曲折的变化，自己觉得也还描绘得细致和深刻。本来这剧的第二幕是不大好写的。现在难关已过，写得快，明天大约这幕剧就可以完成了。

11月2日

从黄昏时间开始写作，至深夜十二时全幕完成。共得三十页，约一万四千余字。

11月5日

今天是阴历十月初八，是我四十一岁的生日。回顾这一年来的成绩，实在贫乏得很！明年今日再要像今年今日的成绩一样，那我真不知会惶愧成了什么样子！

我用整天的写作来纪念今年的生日。结果成绩还不算坏，至晚约得四千字。

11 月 6 日

日来因熬夜过多，工作过度，致患消化不良，影响精神甚大。

今天因为不大舒服，写至晚，只得三千余字，且当写作时，每因身体不支，常常中途搁笔，为此，心里非常不愉快！

11 月 7 日

苏联全线总反攻的伟大的胜利，莫斯科三国会议的空前的成功，使今年的十月革命节更加光辉夺目。我很怅然，因为在乡赶写《槿歌》一剧，没空到我们盟邦的使馆去致贺。

今天的身体还是很不舒服。写至晚，仍仅得三千余字。泽民劝我休息两天再动笔，我因怕一休息下来，一时就不会完工，还是索性写下去吧。用不断的工作来治病，也许是一种特别的治疗法呢！

11 月 8 日

写至傍晚，全幕完，共得三十六页，约一万四千字。

原来的计划，最后的一段戏，本来是想让宪兵来把崔老太太抓去的。到我写到那里的时候，想来想去总觉得那样不好，结果便把它改成崔刚一决心奔去参加游行示威，跟着就告闭幕。这样一改，似乎要完整得多。

离我十五号进城的时间很近了，但我却还有两幕没写呢，真急人！

11 月 9 日

至晚，开始写第四幕。因为在同一景内须写出两个隔离开的狱室，这在中国今日的舞台条件下，使我大感头痛！

写不多，即就寝。

11 月 10 日

日来城中友人催我进城至切。郭老十六号的生日又已迫近，至迟十五号我非进城不可。因此我心里非常着急，写作也就比平常来得特别紧张。我总希望写到十四号能够全部脱稿。

从早到晚，约得四千余字，还算相当快。明天无论如何得将第四幕赶完。

11 月 11 日

写至晚，第四幕已快完。因疲倦过甚，本来只要熬熬夜就可以完，我怕生病，只好搁笔剩下一条尾巴，明天早晨再来结束。

11 月 12 日

晨，续写至午，第四幕完。共得二十九页，约一万字。

晚，开始将第五幕写作计划的内容重加一番改正。原来是只写槿辉因受电刑过度而成残废，现在我却改来让他死了。这样一改，既可以充分暴露日人的罪恶，又可以加强剧本的感动力量。因此，我自己觉得改得非常满意。

午后，奎光有长函来，答复我前次问的许多问题。这封信，对于我的帮助很大。待全剧完，我还得从头到尾彻底地加以修改。

11 月 13 日

开始写第五幕，得二千余字，因倦，睡较早。

11 月 14 日

续写，得四千字。原来打算今天写完，明天进城的；赶至深夜仍未完，只好改到十六日去城了。

11 月 15 日

续写至深夜二时半，第五幕完。共得二十九页，约一万一千余字。

至此全剧已告脱稿，精神为之一快！待我将第五幕校正一遍以后，邻舍鸡鸣，天都快要破晓了！

11 月 18 日

晨访老夏于依庐，谈至久。临行他催我快点把《槿花之歌》改出。他说“中术［青］”在《俄罗斯人》之后还没有节目，大家都热望着我能将这剧本早点交给他们看。

11 月 27 日

开始在宝忠家关起门来修改《槿花之歌》。至晚将第一幕改完，其中我毫不吝惜地删掉了许多。

11 月 28 日

今天改完了二，三两幕。在第二幕中关于李太王惨遭毒害一段，原来我的伏线布置得还不够，现在我把它加强了一点。同时，在布景上，对于客室的布置，我也照着奎光兄的来函把它加以修正。

11 月 29 日

至晚改完第四幕。对于崔老太太，我却把她的性格改写得更坚强。最后一段，我把双方的剧烈斗争，也改得更紧凑。这样一改，似乎要完整一点。

11 月 30 日

第五幕的改动很少。我只在辞句上增删了一些，细细地推敲了两遍，觉得这幕戏的感动力很大，就连我自己读后也都差点掉出了眼泪来！

12 月 1 日

将《槿花之歌》全稿带会，托海观找人代我抄一份。

12 月 5 日

晨，往访夏公①。他催看《槿》剧至切。我答应他一抄好就先派人送给他看。

12 月 13 日

看了看《槿歌》的资料，准备在一二日内为这一剧本写一篇小序。

1944 年

1 月 8 日

晚在师毅处，老夏，老宋对我的《槿花之歌》，贡献了一些意见。经我考虑过后，觉得他们的意见多半是从演出者的立场出发的。如果照他们的说法改起来，实在太不容易。因此，我恐怕终于会有负他们的善意了。

1 月 10 日

晨赴郁文处访清阁。我问她对于《槿》剧的批评如何，她说情节比《两面人》强，技巧则不亚于《天国春秋》，而且这剧写得很动人，就文艺性来说，比我过去的几部东西都要强得多。

午后过江，子农、吴茵、君谋与我谈《槿》剧。君谋觉得这戏写得很重。吴茵则对老太太甚感兴趣，对槿光的性格认为写得最生动。子农则认为二、三、五幕写得最成功，特别是第五幕，他认为描绘得非常动人。我反问他们：对于老太太的印象如何？是否觉得不真实？是否觉得啰苏？应不应该一开始就得把她写得伟大一点？对于槿光、槿辉两兄弟的性格是否觉得写得有些雷同？应不应该把槿辉改写得对革命更不关心一点？

他们的答复，除了对老太太的性格希望我改来［得］沉毅一点而外，其余都认为是毫无问题的，望我不必多改，同时更望我将这戏交给他们去演出。特别是吴茵和子农，对于这戏更抱有无限的热忱，都热望我很

---

① 夏公即夏衍。

快能将这戏设法正式交到"中电"去。

1月19日

在会开始重改《槿花之歌》。因天寒手冷，进行并不快速。

1月21日

在会看了两幕《槿花之歌》。

1月22日

晚，将《槿》剧看完，并将每幕须修改之处记下了一个纲要，打算明天起再来动笔。

1月23日

再将《槿》剧修改大纲研究了一下，觉得有许多地方都还得要多去仔细地推敲。经过了一个下午的构思，也就得出了许多较好的意见；特别是崔老太太的性格，我也觉得真应该把她改来〔得〕沉毅一点。

1月31日

晨在会候金奎光兄未至。将午金派朴建雄君来访，始悉奎光兄因跌伤了腿，尚不良于行，故未来。我将《槿》剧已完稿的事告诉了朴；朴极兴奋，决约奎光三号再来详谈。

2月3日

晨奎光、建雄来会，适子农亦在。我为他们介绍后，便将《槿》剧演出的计划同他们商谈了许久。他们极表赞同，并说日内决去约司徒德①兄来看我。

午餐后，我将《槿》剧简要地念给金、朴两君听。他们听后，都很受感动。他们对我说：这剧如果朝鲜人看了，一定都会大哭的，并对我这半年多来的辛勤表示非常恳挚的谢意。

2月11日

从晨到晚，将《槿》剧两幕改完，特别是第四幕删削得很多，最后一段差不多等于重新写过。

这样改了以后，似乎要简洁得多。

2月12日

改完第三幕，其中关于兰秀与槿辉的一段互恋的描写几乎全删去，最后一段也改得很简练。

---

① 司徒德，中韩协会工作人员。

2 月 13 日

将《槿》剧三、四、五幕再看一遍，又改去不少。

2 月 20 日

从今天起，开始在逸梅家关起门来修改《槿》剧。我把第一幕仔细地看了一看，觉得应该删减之处甚多，于是我便决定索性重新写过。

2 月 21 日

开始改写《槿》剧第一幕，得十余页。原来原稿上噜嗦的地方，都全被我删去了。我努力想把我的对话缩短，把崔老太太的话减到最小限度。

2 月 22 日

续改写，约得二十页。我毫不吝惜地把许多地方都删去了。这样似乎要干净点。

2 月 23 日

至深夜，第一幕重改写成。仔细地看了两遍，实在要比原来洗炼得多。

2 月 24 日

开始修改第二幕，至深夜改完。

2 月 25 日

第四幕本来早就改好了的，今天我研究了一下，又重新加了一段戏上去。这段戏主要地是在利用音乐来加强狱中沉痛的悲愤气氛。自己觉得这段戏加得还不错。

3 月 4 日

骏祥来访。他说他同小羊都想看看《槿》剧。我便将《槿》剧改正本交给他。

3 月 9 日

将晚司徒德派区君来将《槿》剧取了去。

3 月 20 日

到会与乃超、成湘谈会福利委会事至久。将午得海观电话，谓司徒德忽遭父丧。这样一来，《槿》剧的演出又将大受影响了。事情为什么总这样的不顺利！

3 月 23 日

齐修来乡，带来海观函说，《槿花之歌》经司徒德交梁寒操后，梁已交艺术宣传处审阅。据此看来，这个戏的演出，恐怕又会夜长梦多了。

4月19日

在司徒德家会到洪钫①。据洪说，梁认为《槿》剧无问题，曾数促学濂从速演出，但学濂因"中电"人事问题无法调度，称五、六月内实在无法演出。我听后主张将剧本收回。但洪与司徒②均劝我再等一等，为了中韩文协，他【们】说他们还要去再作一番努力。

4月20日

奎光来把他们见梁的情形告诉了我。我也将近日罗③的态度和我的主张告诉了他。他也说为了帮帮他们韩国朋友的忙，也劝我慢点将剧本收回，他还想去作一次最后的努力。

5月6日

清阁来信说《槿花之歌》日前已通过。真没有想到这个戏也要在图审会被搁置至数月之久！诚如有一个朋友笑对我说："今年你的流年还是不利！"

6月10日

清阁催索《槿花之歌》，稿付排甚急。昨日抄稿始成，校改至深夜，仍未校毕。

6月13日

访清阁，将《槿》剧原稿及抄稿均交给她。我因时间来不及，托她代我校校。她欣然答应，我很欢喜。

7月10日

午得征鸿④来信，"中艺"要我《槿花之歌》的成都、重庆两地首演权。我想成都是没有问题的。至于此地，因子农对这戏很感兴趣，并预约下个雾季决心要大干一番，花功夫把它导演出来，我自然不能舍子农而答应云卫。

7月21日

子农有信来说，《槿花之歌》经他提到"中电"的编导会议时，厂方以尽先演自己人的剧本为理由，未得通过。同时骏祥亦有信来叙述此事，

---

① 洪钫，是中苏文协办公室的负责人。

② 司徒即司徒德。

③ 罗即罗学濂。

④ 征鸿即陈白尘。

内容亦大致与潘信相同，这么看来，我要想突破别人的封锁和围剿，似乎还需要些时日。

8 月 10 日

得李畏函，称张光已与子农晤谈过。张、潘商妥决在十月或十一月内演出《槿》剧。张并表示不计用费，决求演出辉煌。照这样看来，《槿》剧的演出总算已有着落了。不过在我这样层层被人围锁的现在，我想，还是要到锣开幕揭的时候再来高兴吧。现在实在不敢闻而欣喜。

10 月 6 日

骏祥来访。他对我说：吴茵不愿和"中胜"合作，因此他说我的《槿》剧如交"中胜"，还得同她谈谈。

10 月 12 日

晨，张光来会。关于《槿花之歌》的演出时间问题，子农因十二月后自己的工作甚忙，故坚主《槿》剧至迟须十一月中开排，十二月内就得演出。张光虽表赞成，但在我看来，明年元旦能够演出，那已经算很不错的了。

10 月 15 日

午后，到宝忠家后，即未出门，在静思中忽然想起前几日看《山城故事》时，吴茵因君谋的反对而不敢接受《槿》剧中崔老太太一角事，心里非常不快。君谋之为人竟如此偏狭，这真大出我意料之外！

11 月 9 日

晚，到青年馆，与子农商谈《槿花之歌》演出的事。子农之意，"中胜"的情形既如此，倒不如拿到"中青"去演出。这，我自然也很赞同。

11 月 18 日

子农来信，说据彦祥告诉他，"中青"有于下月半前开始排演《槿》剧的可能。这自然是件好消息，不过，这年头我对于我自己的戏却并不乐观。"中青"是否定能接受这个剧本，实在还难说得很！

1945 年

1 月 3 日

得彦祥书，谓《槿花之歌》大约十号左右可开排，旧历正月初一可上演。这自然是一个值得快慰的好消息。

1 月 8 日

今日忽得彦祥来一快信，谓曾两约子农过江商讨《槿》剧演员问题，彼均一再失约，颇令人大惑不解！是的，为什么子农会突然采取这种态度呢？这叫我也有些莫明其妙了！

有人推测：也许是子农受了某方①警告，不准他来导演我的戏，好达到他们继续封锁我的目的。如果这种推测不幸而言中，那子农却未免太没有"种"了！

我决定明后天进城，我倒想再一次地来试验一下自己：看看我究竟有没有办法去突破这一道封锁线！

1月13日

到"中青"候子农，至午后四时仍未见到。《槿》剧 Cast② 问题无法解决，彦祥和我均甚疑问。今天本来是子农和彦祥约好来谈 Cast 问题的，为什么老潘又突然不来了呢？

有朋友主张换导演，我因子农曾经在去年年初就热切地对我要求排演这戏，现在他还没有表示放弃，我就同意把他换掉，这样似乎不好。因此我决定过江去问个明白后再说。

1月14日

晨，过江先看子农，见美英果病。子农表示无法导演，望我与彦祥谅之。我自然不便勉强。

1月15日

午晤彦祥。我把子农的近况告诉了他。他明后，我们便又商谈起《槿》剧的导演问题来。商谈的结果，还是决定由彦祥自己来干。

时间已经很匆迫了，我和彦祥都非常着急。

1月16日

《槿》剧中崔槿辉一角，本来决定刘川③来演的。晨在会与培谦商谈此事，培谦说屈楚要回家，刘因忙于群益工作恐不能来担任。一再与培谦商，仍得不出一具体的决定。

午后晤彦祥，据他说，团部④方面主张他先演《黄花岗》，他没有答应。这样看来，《槿》剧的前途又会凶多吉少了。真头痛！

---

① 某方，指国民党反动派。
② Cast 即演员表。
③ 刘川，戏剧演员，剧作家。
④ 团部，指国民党中央青年团（即三青团）团部，"中青"剧社由它管辖。

1月18日

午后参加剧协理监事联席会。今天所讨论的中心问题便是筹备今年的戏剧节。

会后，彦祥同我谈到《槿》剧的问题，他说不管团部的主张怎么样，他总一定想法把它演出。彦祥这种不为环境所屈的精神，一向都为我们所素知，也常为我所敬佩的——这一点我非常地信任他。

1月21日

晤屈楚，得悉刘川实在无暇来担任槿辉一角。跟即将此意转告彦祥。他说："中青"有一个姓蓝的青年，可以演此角。要我考虑。

1月22日

《槿》剧开始在"中青"排演室对词，至二幕对完，已十二时矣。

午餐时，我和彦祥研究了许久景光所设计出来的舞台图面。景光很客气地说："关于韩国的特点，还表现得不够充分。"但我和彦祥看后却都非常满意，这足证景光在制作时，是用过一番苦工的。

1月23日

《槿》剧对词完后，我和大家谈了谈这个戏的创作过程和几个主要人物的性格上的特点。大家留心地听后曾提出了好些问题来同我讨论。

午餐后彦祥对我说，他曾经在一个地方看到几条情报，其中有一条便是关于"中青"演出《槿花之歌》的。我说，咱们的行动竟然有"专家"①在经常作情报，这倒也是一件有趣的事。说完，彦祥和我都相顾一笑。

1月28日

《槿》剧第一幕排完。我去参观时，看至"槿光别母"一段，忽然一阵心酸，我差点流出泪来。

据彦祥说，这两天来，演员在排戏时流泪的很多，我细看吕恩②的眼睛都红了呢！

1月29日

连日，奎光、东镇介绍韩国友人来看排戏的很多。今天全体演员又到弹子石去访问韩国烈士安重根③的家属。据回来的演员们说，今天去的

---

① "专家"指国民党特务。

② 吕恩，著名的演员。

③ 安重根，朝鲜杰出的爱国主义者。

人，收获都很丰。

1 月 31 日

中央团部迄今剧本既未发下，演出费也没有批定，此事颇使彦祥焦心。晚本来打算过江与楚生做四十寿的，临时只好到中韩餐厅去访问司徒①与他谈商此事，要他特别去想想办法。他答应明天一早就去访郑彦棻②，说无论如何都要请他特别帮忙。

谈到末了，司徒忽又慨然地对我说，万一彦棻提到老兄的思想问题上来，那可又不大好同他多说了。于是他又连忙很同情地长叹了一口气："唉！国家到了今天，还得闹这些问题，真是糟糕得很！"

我于是愤然地说："随彦棻的便吧，他准中青演就演，不准中青演就不演。告诉他，戏是无论如何都得演的，现在只求宣传处早点给一个回话就是了！"自然，司徒听完了我的话后也就劝慰了我一阵。

2 月 1 日

青年团宣传处对《槿》剧采取如此态度，午后与彦祥谈及此事。我们都主张，如万不得已，只好拉出来演。我们虽然知道拉出来演的困难很多，人家要破坏还是可以破坏的，可是总比活生生地被人扼死要好点。

说起来真气人，在题材上我已经退到朝鲜去了，想不到还有人会追踪而至。这也可见我要在这个环境里生存下去，确不是一件容易的事！

2 月 3 日

《槿》剧第三幕排完。午后彦祥来谈，谓团部方面今无下文。于是我便与他详商了一切，指出演时的一切具体步骤。

2 月 4 日

彦祥一早来访，谓团部方面有表示，即如果彦祥一定要演《槿》剧，演出费可自己去筹。彦祥说：也好，要我筹我就自己去筹吧！

关于《槿》剧的演出，已经弄得我有些头痛了。午后抱着一颗沉重的心，我回到了乡下。

2 月 14 日

晚得彦祥快信，谓《槿》剧一切难关均已突破，只望我马上进城，同他去商排第四幕。我"马上"是无法定的，到了年初五，决定进城。

---

① 司徒即司徒德。

② 郑彦棻，是中央青年团宣传处的负责人。

2 月 15 日

开始写《槿花之歌题记》一文，因咳至烈，未完。

2 月 16 日

晚《槿花之歌题记》一文续完。

2 月 19 日

晨晤彦祥，得悉《槿》剧已决改至二十四日上演，他并要求我将第四幕大大地改一改。至晚，我们谈商两小时的结果仍依彦祥意：决定将狱中有计划的斗争，改为自发的斗争，并将槿辉于提审时使之与崔母及兰秀见面。这样一改，便完全将原来的情调破坏了。当时我虽不十分同意，但彦祥苦苦地对我说：到处找不到群众演员，如照原作演，实在无法演出。结果只好照他的意见由他去改了。

2 月 21 日

看彦祥排改后的第四幕。看后总觉得与我的理想太相背，但限于实际的困难，我又不便多说话，只好听之。

2 月 22 日

应彦祥之邀，看《槿》剧试装整排，看一至两［二］幕时颇使我感动。

2 月 24 日

晚，《槿》剧开始上演。历尽许多艰难，这个戏总算有与观众见面的机会了。心中为之一快！

不过，我将戏看完后，觉得也许是初上的关系吧，总觉得反不如排戏时给我的印象好。我在场中便记下一些观感，决定明天同彦祥谈。

2 月 25 日

《槿》剧经过彦祥照我的意见修改后，今晚上看来，已较昨晚好得多了。昨晚的戏，实在说来，只能算彩排。

2 月 27 日

晚，再看《槿》剧后，将所见再提供给彦祥，请他酌量修改。

3 月 1 日

今天是韩国的"三·一"节。晚，中韩文协会长孙哲生①先生请韩国临时政府人士观《槿》剧，听说到的人很多。

---

① 孙哲生即孙科。

3 月 6 日

韩临时政府宣传部长严大卫，午在康乐园宴请《槿》剧全体工作人员。席间严代表其政府致词，其态度之诚恳，谢意之真挚，使我非常感动。当时也就令我忽然想到：不管中国的"批评家"怎样批评，我的气力总还没有白费。

坐在我身旁的奎光更对我说：看了这个戏的韩国人，没有一个不流泪的，甚至有许多女人便在看戏后很想把中式服装脱掉，重新把韩国女人的衣服穿起来呢！

我听后自然觉得很高兴。

3 月 8 日

晚，几位编导方面的朋友来会访谈，谈到目前的时局，大家都很忧虑。我本来想请他们批评批评《槿》剧的，因为有几个朋友还没看到，大家也就只把《春寒》来谈了一谈。

3 月 11 日

今天《槿》剧日场闹了一次退票的笑话，原因是青年馆将院子白天租与干训团后，却没有通知中青剧社。临时，观众到了，一定要求看戏，差点就在青年馆门口打起来。

3 月 13 日

日来《槿》剧生意并不佳。据君谋言，一半是"中青"的宣传工作做得太坏的关系。

3 月 15 日

《槿》剧今晚系最后一场，看的人很多，棣华、斐于均在。演员要求我参加第四幕作群众。我没法推却，也就把祖光、彦祥拉着，一道被关进"监狱"里去。

这是我有生以来，第二次的演戏①。

3 月 25 日

午后，有几个编导方面的朋友来会。我请他们对于《槿花之歌》作一批评。在许多批评中，我发现有一些意见是对立的。这使我感到不知听谁的好。

---

①　阳第一次演戏是在 1940 年，在演夏衍的《一年间》中扮演了一个闹新房的客人，阳在这两次演戏中都没有一句台词。那以后就没有演过戏了。

11 月 18 日

韩国友人胡君来访。近因他们即将回国，因此，关于中韩文化沟通的工作，他们很望能得到我的帮助。我答应他们，我可尽力去干。他们说，打算译我的《槿花之歌》。我自然表示欢迎。他还希望我能多选点我的作品给他们。我表示尽量想法搜集起来赠送给他们。

（载《阳翰笙日记选》，四川文艺出版社，1985 年 2 月）

阿里朗

——抗战回忆之一

陈宏绪

深夜，望见窗外皎洁的明月，我想起了"阿里朗"。

在豫北，不也时常有着这样的月夜吗？在那时，我们是多么幽闲，多么舒适。每逢在清明的月夜里，我们会高兴地跑到沁水边，在那半里多长的桃林里，散着步，望着挂在树梢的月亮，听着沁水的低吟，我们高歌，我们狂呼……

记得一个飞着小雨的早晨，在丁秘书的房间里，第一次会见了这位异国朋友。在我脑海里，总以为他是一个高大的壮汉，却没有想到他是这样一个文弱的像经不起风吹的书生。他干黄的面孔，瘦弱的身躯和蓬松的头发，便在我记忆里深深地生下了根。他用好像在颤动的手，写出了他的名字——李□演。在那片碎纸头和半截铅笔蠕动下，表达出他要说而说不出的话来。我知道了他是一位韩国的革命战士，一位年轻的诗人。

以后我俩便成了工作上的同志，住在同一个房间里。他的精神开始振作起来，看书、歌唱，并且帮我编那在前方感到惟一安慰和兴趣的报纸。他以他的聪明，渐渐地能够说中国话，而且开始写文章了。不到一个月，写了将近四十首的新诗，每天早上起床，便拉我到对面的山头上朗诵他的诗篇。我看到他面部的表情，听到他响亮的喉咙，和他两手的舞动，我笑了，"你这浪漫诗人，印象派诗人，未来派诗人，臭诗人……"，于是他开始追赶我，当我绕道转下山去，他却又望着游动的白云，背诵他那美丽的诗句了。

他曾谈起歌德和悲愤，又谈起勃朗宁。他羡慕勃朗宁那副漂亮的面孔和弯曲的头发，他曾经两手抚弄着头，高兴地问我："你看我像勃朗宁吗？"

一个清朗而燥热的天气，我们去沁水游泳。他一鼓气兴奋的由这岸浮到对岸，在对岸他赤着身子站在沙滩上唱起来。没想到，由于这次游泳，当天晚上发生了可怕的伤寒病。终日他呻吟在床上，不时还发出可怕的梦呓"我要自杀"。病魔纠缠着他，在病中想起他留在故乡没有消息的母亲姐妹，以及受难的祖国，病中不知流过多少眼泪。整整的一个半月，他总算复元了，他高兴地说："我没有死，我知道我不会死去，我看我祖国的沦亡，又看到中国的抗战，我不能白白地死去，要活着到中国的胜利，和祖国的独立。"

当他给别人打趣着的时候，常被人们开玩笑的喊着"高丽棒子"，"亡国奴"。虽然是开玩笑，但在他受创的心中却不能不泛起一阵悲痛，终于他在半开玩笑半愤怒的表情下，伸起大拇指喊出了："我是光荣的亡国奴！"

啊里朗！

啊里朗！

啊里朗岭要翻过。

青青天空星儿多，

我们生活太苦闷，太啰嗦！

啊里朗，

啊里朗！

门前肥土被抢光，

流浪漂泊为的什么？

绷紧肚带，忍着饥饿，

阿里朗岭总要翻过。

阿里朗岭竟是什么岭啊，

翻过来，走过去，总是泪落！

啊里朗！

……

歌声每天从山巅播送下来，送进每个人的耳鼓中，掀起了人们的同情，因此人们便亲热地喊他"啊里朗"了。

中条山的退却，他终于暴跳起来："退到那里去？命令？命令不会前进？"他急得苍白着脸，呆站在院子里。最后还是没有办法，只好随我们气愤地渡过了黄河。

　　一个中秋节的晚上，我俩谈到深夜。第二天，我起程回到西安，他要我一个礼拜回去。他送我走出村子："回来啊！我们希望一块儿待下去，共同看到中国的新生，去青岛，去烟台，去独立新生的大韩国！"我默默地点了点头，同时也深深地受了感动。

　　抱歉地，我永远没有回去。我走后的半个月，他便参加了他们为祖国独立而奋斗的伙伴，出发到太行山了，数年来都没有得到一点消息。

　　中国的抗日战争胜利了，韩国光复了，也许他随着那群青年的伙伴，高唱着《啊里朗》，渡过图们江，回到自己的故乡了罢！

　　年轻的诗人啊！"啊里朗"岭，你终于艰苦地翻了过去。

　　今夜，又是清澈的月夜，窗外，好像一个熟悉的歌喉传进我的耳朵，一个枯黄的面孔，瘦弱的身材（又）好像又晃在我的面前。

　　　　　　　　　　　　（载西安《雍华》第 2 期，1947 年 1 月 1 日）

游　记

（考察记　参观记）

参观朝鲜皮革工场实习笔记[*] ［节录］

史浩然

此系余留学日京时，乘暑假之暇，与同学苏君体仁（山西人）、黄君建文（广东人）赴朝鲜皮革工场实习，按日察其工程，审其技术，随笔之于簿者。窃以制革一业，吾国尚未有专书，惟此聊述实地经验之梗概，愿以质诸留心斯业者。

先同学李君梦弼、罗君景锡，民国二年六月，赴朝鲜皮革工场实习，时为道其概况。罗君韩人也，倜傥有大志，独与吾国人称交甚笃。民国三年，同人欲乘暑假实习鞣革，遍求于日本内地工场，皆见拒。罗君乃为介绍本工场技师长佐渡秀光君，得纳。同人以渡韩，距日京已数千里，乃请于中央经理员言微君，欲得公使一纸介绍书以见重，不果，得言君函，转托驻韩京领事。

同人并携学校介绍书，七月二十日离日京，三日之夕渡对马海峡。回想俄日海战，日舰蛰伏在此地，一举挫俄。海水碧波，今不异昔。而对岸三韩古国，随夷为郡县，甚为韩之人悲，又不禁自顾而愀然长叹也。夜甫明，已入釜山港，环山广厦明窗，车栈直接港头，熙攘之状，呼喝之声，曾不异于海东岛国，所见闻者，使吾等非按地图得之，又乌知此之地曾为韩之国也哉。履其土不见其人，是胡然者，吁！可哀也矣。车中提老挈幼，尽野夫负贩之越东海来者。渐北行始稍稍有峩［峨］冠博

---

* 本文全文载《安徽视野杂志》第 3、4、5 期，这里节录的是开头部分，篇幅只占全文十三分之一。以下各部分详记该会社的组织及制皮工艺的配料方法等，各部分纲目如次。一、本会社之组织及其概况。二、原料。三、工务部工事概况：甲 预备工事；乙 单宁鞣法（一）表底，（二）并底（次等靴底皮），（三）中底（垫底皮），（四）胱皮（皮包马具等用），（五）连尺（厚三耗半皮带用），（六）甲皮（帮皮）及中牛皮，（七）钮皮；丙 铬鞣法（一）白色皮调整法，（二）黑皮整理法，（三）褐色皮整理法，（四）制品之分析。——本书编者

带之韩民，悚息车内。沿路广原长涧，望而知其天产之丰。然赭山千里，地气萧索，村庐遍野，湫隘不可人意。

车行八小时，抵永登浦，即皮革工场所在地，此地距京城十余里。五日往京城领事馆，六日领事遣翻官来，遂同往工场，技师长佐渡秀光君接待颇殷。适导视工厂中，忽闻爆焉一声，制靴部工人蜂拥逾窗而出。盖一女工误以烙铁入酒精坛，酒精瀑发，横溅衣上，上衣顿灼。迨傍人灭其火扶掖出之，周身皮已焦黄烂脱，惨哭不忍闻，二日后闻竟死矣。嗟呼，闻韩人昔愉惰不竞生业，今以一妇人日作十小时，博数十钱，竟以殒其身。余尝晚过田间，幼儿妇女，苦力合作，执镰负锹，环向一日人索值。以己之土，竭己之力，效牛马之役，求一延其生命，昔不知竞，今则千方出死，已无地矣。吾等视之，不觉涕之何自出也。

同人自七日入工场实习，遇刘君秉鉴、贾君榆山，二君系北京陆军被服厂派来实习者。民国二年九月陆军被服厂共派来六人，其中二人学制军靴，二人学作背囊，均已于三年四月间回国，惟刘贾二君学鞣革独留。二君少年勤勉，凡吾等得先事窥知本工场内容梗概者，二君之力也。二君八月中旬召归，同居一月有奇，窃尝闻其自慨不有素养学识，屡与吾等相闻问，乃益幸二君之能多求，吾陆军被服厂此举未为虚也。迨青岛战衅起，同人意以纷乱，相率于八月杪返东京。计留韩实习，不过五十余日，加以天气炎热，日立工场十小时，大都疲倦，但觉工人扰攘之状与目谋，机械轧轹之声与耳谋，若夫技术上之底蕴，安能有所得哉。兹谨就实地所见闻者，述其操作之崖略而已。浩然识。

（载《安徽视野杂志》第 3 期，1917 年 7 月 15 日）

日　记 [1918 年 4 月 8—9 日]

严修 （范孙）

（1918 年）4 月 8 日

"早，到朝鲜京城，宿朝鲜旅馆。中国总领事馆副领事黄宗麟，随习领事张天元、驻镇南浦副领事馆随习领事陈秉焜，来旅馆照料，并谈朝鲜近事：李完用被刺，伤重未死。李王岁费百五十万，以四十万归老王。日人禁朝鲜人阅中国报。三君导观全馆规制，客厅之左为公事房，即昔日项城办事之处也。右为广圃，唐绍川之产业，租与他人者也。

"陈君次明陪同参观博物苑，朝鲜总督府马场是一郎嘱托候焉。苑中所陈皆朝鲜历代古器，而以瓦器为尤多。朝鲜之近三百年曰高丽时代，前乎此曰新罗时代。苑中所陈之物，以此两时代之物为最多。他如铜佛，木乃伊之类，亦甚古。观字画数十幅，最惹人注目者，一直幅画花鸟，款题箕垫一大院君，书七言联，文曰：'疏影在窗梅得月，疏云满地竹生阴。'其他山水画亦不少，画法与吾国小异，然能象真。又观李王故宫，登庆会楼，为故王燕群臣之所。初毁于水，重新建筑，合全国人丁（朝鲜人口二千五百余万）每名纳税一元为建筑费。下级以花岗石为柱，方形，两人合抱，恰足四十八棵，楼上即赐燕处也。观行政殿，殿上陈西域古物，某日本人自吾国新疆采集寄赠者也。此地而陈吾国古器，未知何意。登勤政殿；殿两层，陛五出，纳陛刻凤，独立后，易凤为龙。最堪注目者，有卧石一长方，刻大院君大楷，文曰'洋夷侵犯，非战则和，主和卖国'十二字。下注小字一行曰'戒我万世子孙'。又一行曰'丙寅作，辛未立'。对面廊下多战具，有康熙年造一炮，有光绪年金陵机局造之炮。在参观册上题：'古色斑烂，清明后三日，严修。'

"陈君谈朝鲜事：朝鲜人今无作上级官者，惟只两人，今为道长，以从前通款有功，而位卑不能封爵，故以此酬之。然无实权，权属于其式，

491

其式日本人也。卖国之人所取偿者止此。李王虽有百五十万之岁俸，然用度不能自由，有日人为之司出纳，隐若监视者然。李王之故宫现已让出，不日将于其地以七百万元建总督府。今李王之父尚在，称为老王，即大院君之子也。老王之妃闵氏向中国，日人衔之，浇油其身而焚之北山之下，惨极矣。闵妃有陵，本拟往观，车夫谓雨后道难，竟不得往。参观吴武壮公祠（吴长庆祠），祠止一进，建于光绪十一年，有朝鲜文豪金允植所作碑文，有马拱辰总领事记。戊申年韩廷欲毁之，马君力争乃得保存，又捐赀修建。有随员题名碑，第一人优贡张謇，同知袁世凯，泰兴朱铭盘等。正中悬袁总统扁额曰'怆怀袍泽'，民国元年依马拱辰之请而题赠也。

"朝鲜妇人，非得夫主之允许，不得开窗，行于路必冪其面，夜行虽电灯之下，亦必以烛，古意也。

"领事馆附近之处，土人谓之袁大人街。"（据《日记》）

辑注者按："袁大人街"，即袁世凯任朝鲜商务总办时所驻之街。

撰《杂感》诗：

鸭绿江边春水愁，凤凰城外暮云羞。回头三十年前事，亲见藩臣拜冕旒。

地宝天然古隩区，万山环抱本溪湖。谁言信美非吾土，纸上今仍旧版图。（过本溪湖）

弦歌比户声相答，丹雘新营气自华。莫是东皇意偏厚，常留春色在邻家。（日本山阳道中）

景富宫前万象新，谁从辇路识前尘。曾无禾黍兼荆棘，只觉春光懊恼人。

昔容卧榻他人睡，今日他人不我容。十五万钱千亩苑，或云是放或云封。（据《诗草》）

4月9日

早发朝鲜京城，晚抵釜山，登新罗丸至马关。.

（载严仁曾增编，王承礼辑注，张平宇参校
《严修先生自订年谱辑注》，《严修年谱》，
齐鲁书社，1990年1月）

考察日韩江浙教育笔记*［节录］

曹恕伯（鸿年）

赴朝鲜南大门之沿途

九月二十八日午前八点，购从奉天至南大门连络乘车券。九点至车站，九点三十五分车行。十点三十分至陈相屯，十点四十五分至姚千户屯，十一点五分至石桥子，十一点二十分至火连寨，连过二石洞至本溪湖车站，由边小庙小房极多，十一点四十五分至福金，十二点过一石洞约三分钟，十二点五分至桥头，过二石洞至南坟，连过四石洞至下马塘，过二石洞至连山关，过一石洞至祁家堡，过一石洞至草河口，二点六分至通远堡，过一石洞至刘家河，过三石洞至秋木庄，过六石洞至鸡冠山，三点三十分至四台子，推窗一望，流水清浅作声，杂以草际蟋蟀声，甚娱耳目，三点四十五分至凤凰城，甲午曾于此处一战，四点十五分至高丽们，四点二十五分至汤山城，四点四十分至五龙背，五点至蝦蟆塘，五点十分至沙河镇，五点二十分至安东车站，下车。检验行李毕，至待合所候车。六点车到，六点三十分车行，过鸭绿江铁桥，则入韩境矣。搭客多朝鲜人，鞋多草制者，著白夏布大衫，高声谈笑，不自知为亡国奴者。帽样极多，有高黑帽，方黑帽，方白帽，或有以布结头者，余如

---

* 作者选取本书 9 月 25 日至 11 月 14 日的部分内容，压缩后以《江浙日韩旅行记》为题，连载于 1918 年 5 月 30 日至 6 月 3 日天津《大公报》"游记"，署名"天津曹恕伯"。正文文前写道："民国六年九月，余曾赴奉天、朝鲜、日本、江苏、浙江等处一游，除将到处见闻汇印，托北马路直隶书局及商务中华新华等书局代售外，今再抽象录之，以资阅者猛省而励进行。"——本书编者

草帽呢帽等，亦间有之。六点五十分至第一站，七点二十五分至第二站，七点四十分至枇岘，见蓝色玻璃电灯，上书"枇岘"二字，为第三站，七点五十五分至第四站，八点十分至第五站，八点二十七分至第六站，八点四十五分至第七站，九点四十五分至第八站。五点时，天色已晓，则为九月二十九日矣。五点十分至第九站，五点四十五分过一石洞，至第十站，见路旁置自来水，及小铜盆，已备游客盥洗，饮料水处有锁链连一小碗，又备行人取饮，此诚便利行人之法也，七点五分抵朝鲜南大门，寓御成旅馆。

赴中国领事馆

是日，午前十时，赴中国领事馆，见总领事富君士英，字意诚，浙江人，谈及我国之内乱，一波甫平，一波又起，自海外观之，甚形危险，从此断送国家之运命，亦未可知。言时甚为忧惧。后由随习领事陈君秉焜，字次明，向总督府学务局通电。据云，明日系星期，后日又为日韩合并七周年之纪念，均不能参观，请午后二钟在馆少候，学务局局长来谈，并商订星期二参观之地点。至二钟时，局长因公外出，特派视学阿部丁藏代表，来旅馆一叙。

朝鲜视学之谈话

阿部丁藏代表，及我同人，各就席环坐，略谈该地教育之现状。日本小学每年约增学生二十二人，韩人小学每年约增学生三十人，是韩人受教育之人数，日加多也。学费每月二角，或一角，或五分不等，亦间有不收学费者。韩人如欲上进，可赴东京上级学校留学，但不得出乎实业范围之外。李王模范学校校长矢野君，兼充农业学校校长，成绩颇优，明日虽系星期，亦可由敝局介绍，径往参观。朝鲜高小毕业生之赴日本内地留学专门实业者，已有三百余人。有贫苦不能自立之工业毕业生，可入工业专门学校附设之自营团，由该团借给各种用具，及小件机器。又有所谓通商会者，入会者，每月纳洋二角，年终可分红利，该会设立之宗旨，即接济自营团作营业之用；其方法，以二百元，或三百元为限，按月出息，后由得利陆续归还，而利息亦递次减轻，此诚补助毕业后谋生之最善法也。普通学校及高等学校，各四年毕业。高等普通学校与中学程度相等，亦四年毕业，临近毕业时，必须练习教授二学期，一则可省经费，一则可温习已学之功课，如有志充教师者，再入师范养成所，学习一年，即可任教师矣。坐谈良久，始告辞而去。

参观纛岛劝业模范场

次日，为九月三十日。午前八时，有中国领事馆通译金佑行先生，系朝鲜人，来旅馆为之向导，参观劝业模范场。沿途多桑树，遍地白沙，雨后绝无泥泞之苦。据金先生云，每十日必有微云细雨一次，宜其农业之发达也。途中遥见一人，制服，佩刀，有似军官态度者，至，则与我辈行礼。询之，则知为矢野君派来之教员，迎我辈也。抵模范场，见门首大牌旁，复有一牌，为附设高阳郡农产物品评会。及入门，见道旁置里程表，自某处至某处若干里等，数十行。由该教员导入事务室，室狭小，三面皆窗，壁间悬镜十余，皆该校成绩之奖状也。矢野君出迎，各交换名刺，见名刺上书"纛岛公立普通学校长兼纛岛公立简易农业学校长矢野八百藏"。皆就座叙话，校长云，诸君来此，无任欢迎，缘两方面皆邻国也。我校教育主义，与他校不同者，即入校后，先学实业也。随呈梨及苹果两大盘，为学生手植者，食之皆清脆适口。

该校系由前朝鲜光武十一年成立，至日韩合并后，于大正二年八月，始改为纛岛公立普通学校，及大正五年四月，加设纛岛公立简易农业学校，名目虽分，实则为一校也。

每年经费：1. 俸给 2784 元；2. 旅费 190 元；3. 杂给 1598 元；4. 备品 244 元；5. 消耗 226 元；6. 通信 255 元；7. 田纳 25 元；8. 杂费 1295 元；9. 预备 100 元；10. 维持 200 元。每年从总督府支领八千元，若再过三年，该校每年能获利一万元，即不领此八千元，尚有赢余二千元。

普通学校之学生，年龄及总数：自九岁至十七岁，共二百六十九名，日韩人均收。职员及训导：日本人男三名，韩人男二名，女一名，代用教员一名，共七名。

农业学校，学生年龄及总数：自十三岁至二十岁，共四十八人，日韩人均有。职员：日本人三名，专任者一名，兼任者二名，韩人一名，共四名。

普通学校科目及每周时数：

一二年，修身一时，日本语十二时，朝汉文五小时，算术六时，裁缝及手艺二时；

三四年，修身一时，日本语十二时，朝汉文四时，算术六时，裁缝及手艺四时，农业初步十二时。

合计，一二年，男生各二十四时，女生各二十六时。

三四年男生各三十五时，三年女生二十七时，尚无四年女生。

农业学校科目及每周时数：

一年，修身日本语三时，普通作物二时，园艺作物九时，土壤肥料二时，作物病虫害一时，养畜一时，算术二时，理科五时，体操一时。

二年，修身日本语三时，普通作物四时，园艺作物九时，土壤肥料二时，作物病虫害二时，养畜一时，森林一时，算术二时，理科一时，体操一时。

合计，各二十六时，讲室外实地练习，每周十二时，修业年限二年。

该校教育之方针：

一，训育。该校本日本天皇敕语，以定方针，教师须先行修养，以为学生之表率，使知蒙福感恩，努力进行。

二，教授。视察现时之时势，及土地之状况，为将来园艺之须要者，以启迪之，使教室内所得之理论，尽行诸实际，且将实际之技能，反复练习，有力不逮者，教师可为补助。

三，管理。取竞善主义，每月末，将各科实习成绩之优良者，授予奖状，其竞善机关如学艺会，竞技会，竞书会等。学生赏罚次数，及出席勤惰，有统一机关，由级长一名，班长二名，共同调查。

实习指导。实习：采取协同作业制，实习者，先至场中，以准备农具，教师范示理解，及作业之进度，终了后，记入农业日志，俟月末评定，以为作业之结果，再择优给奖，以示鼓励。

矢野校长导观农园【略】

韩俗中秋祭扫

时值中秋，适为韩俗祭扫之日，故途中行人，络绎不绝。妇女服饰，皆我国之古装，上衣甚短，从乳部稍下，即行束裙。上衣色，多浅绿，淡红，湖色等；裙色，多湖色，白色者。小孩著红绿长衫，尤飘洒风流，因感而作诗如下：

模范场中尽白沙，因何不早种桑麻？可怜稚子皆奴隶，尤自风流踏落花。

谒靖武祠

从模范场归，路经吴武壮公祠，同人同立龛前，脱帽致敬。录该祠楹联如下："如公之端方，爱国忠君，宇宙内应常存气节。任我以艰巨，扶危定难，冥漠中仍全仗威灵。吴兆有书。"……①

时夕阳已下，明月将升，因感作诗如左：

吴公铁骑卫韩京，祠宇辉煌映月明。触目顿生今昔感，不知何日复威名。

赴中华总商会

十月一日午前八时，金先生为导，至华商总会。正面有额，为"群贤毕至"。与该会王赵两先生座谈，每年我国来朝鲜之绸缎，约二百余万元，夏布七八十万元，药材如鹿茸、甘草、大黄、吉林参等，约四十余万元。华商广帮最多，京帮及山东帮次之，共有二百余家。由众商集资，作为该会经费。近来日人工商界之进步，颇有一日千里之势。前绸缎店每日门市售洋五百元者，今则不过数十元而已，其赔累情形，可想见矣。随告辞，赴总领事馆。

参观领事馆附设小学校

馆门内，左旁，即为附设官立小学。由陈君次明，金君佑行为导，参观第一教室。无教台讲桌，止有黑板一块，学生共十四人，系高等一二年之复式编制，教员为副领事黄君宗麟，上海人，讲修身，颇热诚。

---

① 　以下录有祠堂里的两篇碑文全文，此略。——本书编者

第二教室，为国民班，四个年之复式编制，学生约六十余人；大黑板嵌于壁间，横宽约丈余，高可二尺五寸，教员李君梯云，字鹭仙，监山县人，讲笔算。学生自动，亦颇活泼。讲室门旁，有帽挂，学生皆我华商子弟，概不收费。办法仍遵教育部定章，稍事通融，每日理课六小时，有商业，每星期教授一次。该校从去年九月改组，始归官办，总领事每月捐廉百余元为经费，馆中同人，皆担任义务教授。李教员，亦每月捐廉十元。自改组后，较前稍有进步。操场平坦，树木森严，空气极新鲜，中植高竿，悬我五色国旗，以示庆祝，因是日为日韩合并之纪念日也。场中皆沙地，大树下，环制矮椅，学生可藉此椅休息。有百余年之圆叶柏树，日人曾云值洋二百余元。有二百余年之白果树，树身径约三尺，每年结实二百余斤。见盆栽老本一株，为市中所售，置水中，霎时生发之万年青，未暇问及其地名之为何物也。有金鱼池。樱花树高约丈余，一如我国之海棠。小叶杨高数丈。路旁截枯树作蹲［墩］，以便休息。游戏场中置秋千，横杠，学生运动颇精神。该地面积约六千坪，每坪为六尺平方。左旁为中华俱乐部，备有台球，风琴等，学生父兄，暇时来此消遣，藉以连络。观毕，赴商品陈列馆。

　　按：组织该校，系由富领事之捐廉，及同人之义务，仅具此规模，以教我华商之子弟，诚善举也。

参观商品陈列馆

　　由金先生为导，路经明治町，见有耶稣教堂，规模颇大。又见一幼稚园，门牌大书"庚子纪念，京城幼稚园"，但不知是为光绪二十六年之庚子否耶。至商品陈列馆，有人代穿靴套，入门见有标本人物，系两日装女子，一小孩，一仙鹤，颇像生，不知有何用意。馆中各物杂陈，实难尽述，摘要录之：大正五年各地收获各种杂粮，如大麦 472 石，小麦 123 石，大豆 296 石，小豆 80 石，粟 348 石，以及历年出入口之增减比较表；各地之蚕茧棉麻鸡卵稻麦矿产等，列表比较，及出产之多寡、成色之高低，并陈列各种实物；朝鲜多山，矿产最富，壁间挂有朝鲜矿产分布图，朝鲜国境原为八道，今改为十三道，使游人见之，便知某物出自某地；盐为日食之需要品，用油画广粱湾盐田作业之状况；各种烟草及制成之各种纸烟，化妆品及其原料，一并陈列；竹制盒极细，每件价二元七角，实不为多；瓷器多浅色，如我国之古瓷，形状不一；丝织品及木器，皆精致可观；䌷缎花色，皆鲜艳，白绫蚕茧，及缂丝皆陈列比较，以促进步；有朝鲜山水、铁道、电线、航路等大模型一具，面积约有四方丈；各种粗细布匹、石制器，皆极精细；铁制器，颇似银制，铜制器，又似古铜；宝石制品，尤精致；大小花蛤壳，本其天然形状以制器；竹木制品，仿欧美，漆制品又仿我国之雕漆，有蕉雨画朝鲜美人，颇佳；壁间挂有大表，名为《贸易五年对照表》，系自大正元年至五年，出入之比较，发达之比较，逐年增加之比较等；有松纹花带，即我国之蓝粗布，加白色粗花者，彼则变化多样；有称人机，虽为游戏，亦可知身体重量之增减；有该地森林大模型，分为三部，即过去之状况，现时之状况，将来之状况，是先与之以观念，然后促之以进行也。览毕，从便门出，归旅馆休息。

　　按：馆中所陈列者，多仿制物，如竹木制品、雕漆细工等，若与原物相衡，当不分轩轾，他如森林模型将来之状况，尤能定一般人心理之倾向，其用意之深远，于兹可见。

李鹭仙先生之谈话

　　中国领事馆附设小学教员李鹭仙先生，来旅馆坐谈。据云，三年前，此地所产之水果，多不能食，去年即见进步，今年则又进步，居然无不可食之果品，日人实业之发达，可见一斑。华商有十万元资产者，约有十余家，皆为数年前营业之赢余，近年来华商之生意，日形减色，恐数年后，难于此地立足矣。韩人习惯最奢华，有钱即供一日之挥霍，明日无食不计也。该地产红参每年约十三万斤，总督府严禁私售，有〔由〕该地三井，及烟台某商号，两家包卖，每次最少须买十斤，他家则不得私贩，违者重罚。白参亦产十余万斤，惟力薄不堪用。朝鲜上等人，多大文学家，其所以亡国者，文弱之弊，亦其一端也。朝鲜高年人，犹念我国，因袁总统故去时，有许多高年人，来领事馆痛哭。而朝鲜之一般青年，则自称大日本国民，时常欺侮华人，亦由合并后，经日人一番整顿，街衢清洁，万象一新，其感恩戴德之所致耶？曾见日人商标题句云："长江后浪催前浪，世上新人换旧人。"此二语，颇可警世。与辞而去。

　　按：此地三年前之水果，多不可食者，经此次改良种植，便皆清脆适口，其进步之速，真令人可惊。

赴朝鲜总督府

十月二日早八点，赴总督府。先至官厅，见壁上挂有我国体之尊严图，及大日本帝国分图（朝鲜地方），朝鲜及满洲大地图（暗射代用）等。后至外事课长办公室，见案上有二盘，分置公文，一己［已］决者，一未决者，盘旁置电话。课长久水三郎，著制服，向我同人，挨次握手，毕，言我国教育，系效法欧美，而酌加己见，以成今日教育之现状，其中不合者实多，惟有随时研究，以期改良；教育本须活用，故不可拘定成法也。今诸君远道而来，无任钦佩，但愿以我之优点，作诸君之参考，我之缺点，仍望诸君教正焉。且此地朝鲜人，多贫困，乡下者尤艰难，不得不稍事通融，以诱导之。谈毕，导至学务课长室。

学务课长指示朝鲜学制系统表：

入室，见壁上有朝鲜新地图，课长亦著制服，略谈学务状况，即出学制系统表。指示：普通学校官公立者，四百四十一校，私立者三十一校，皆四年毕业，共有学生七万三千五百七十五人；高等普通学校，官立者三校，私立者五校，皆四年毕业，共有学生一千七百六十四人；女子高等普通学校，官立者二校，私立者二校，三年毕业，共有学生四百九十四人；实业学校，公立者十九校，私立者一校，二年或三年毕业，共有学生一千八百三十三人；简易实业学校，公立者，有农业学校六十处，商业学校七处，工业学校七处，水产学校二处，私立者有技艺学校二处，修业年限，皆临时规定，共有学生一千八百零六人；官立男师范科，四十七人，女师范科三十三人，皆一年毕业；专门学校，官立者三校，私立者二校，毕业年限，有三年者，有四年者，不等，共有学生六百零三人。指示毕，即委一人，著制服，佩刀，前行为导，赴京城公立高等女学校矣。

参观公立高等女学校

是日午前九时，同随习领事陈次明先生至该校，延入接待室，有校长成田忠良氏招待。各就座，谈及学级数：第一学年四学级，第二学年四学级，第三学年三学级，第四学年三学级，共十四学级，学生共六百五十九人；另有补习科一学级。职教员共二十六人。凡寻常小学校毕业，年龄在十二岁以上者，得入本科，四年毕业。凡高等女学校毕业者，得入补习科，任择一部，一年毕业，皆系通学，每月学费二元五角，预算经常费，三万一千八百一十三元，临时费三百六十六元，总数三万二千一百七十九元。

导观教员室。有额为"温故知新"。

参观图书教室。三年生课图案，案上置瓶插花，板上绘图四，为由写生变图案之进度。旁有书一册，书皮之花样，即所欲画之图案也。该室陈列成绩极多，强半为图案画。

史地教室。四年生课地理，板上挂地图，旁有地理模型，对照说明，乃示教式也。

裁缝教室中，四人同用一桌，共十二桌，教桌亦较普通用桌为矮，对面陈列缝纫机器四。

手工教室。课编物，女师桌间巡视，学生手技颇快。

国语教室。教师读一次，学生合读一次，后又指一生朗读，想系矫正字音之谬误者。

又一教室课裁缝，系借用普通教室，就桌上制作。

静养室。内有女生一人，非养病也，乃女生中有天癸至者，可进此室，暂行休息。

屋内体操场。女师课体操，场中为板地，置横杠二，杠下各立女生八人，分四行立定，前四人预备运动，后四人预备扶持，以防危险。女师立台上，口令一发，前四人一跃攀杠，作下垂状，口令再发，即行落下，分排轮流练习，颇有秩序，场中有额，书"学而时习之"五字。

割烹教室。有案，有灶，有罐，有盆，至三四年时，始有此课，学生在校用午饭者，约有四分之三，每饭一次，收费一角，门内外，皆备有痰盂。

习字教室。课大字，教师提示范字说明后，学生各出废纸羊毫，随意临写，即所谓之试书也。

家事教室。备大盆极多，据校长云，午后课洗衣，亦三四年学生，特有之功课也。

英语教室。师生皆日人。

教室中学生之手答，皆举左手，与我所主张者默合，两臂可得平均之发育也。学生之服色，皆黑衣黑裙。

该校学生毕业后之职业，升学者三十六人，充当小学教员者十一人，充当幼稚园保姆者二人，事务员十人，诸学校教员五人。

……

该校门外即山坡，往来乘车颇费力。复由总督府某君导引，参观京城工业专门学校。

按：复习为教化适当之母，而一般教师，每多不注重复习，今见该校教员室题额，为"温故知新"，屋内体操场题额，为"学而时习之"，其注重复习可知。教授地理，无论教师如何热心，终不能以平面地图，而与学生以立体的观念，故该校课地理，藉模型示教，实可取法。

参观京城工业专门学校

午前十一时，至京城工业专门学校。门首有二牌，一为附设工业传习所，一为朝鲜总督府中央试验场。入接待室，与校长谈话，该校以发展工业，养成技术为本旨。

工业之发达，关系国家兴隆，是以各科皆根据学理，以适合于实际，方能使工业教育，日新月异，永进无穷。且学理之授予，总期简明而切于实用，技术纯熟，而后便于应用。

该校分为六科，即染织科、应用化学科、窑业科、土木科、建筑科、矿山科。修业年限皆三年。

…………

入学之资格。高等普通学校毕业，或中等学校毕业，年龄在十六岁以上者，得入本校肄业。普通学校四年毕业，或寻常小学毕业，年龄在十四岁以上者，得入附设传习所肄业。

学生数。本校学生，约有一百五十名，传习所学生，约有二百名。

附设朝鲜总督府中央试验场。凡朝鲜境内所产物品，堪作工业材料者，尽行搜集，经该场化验后，再为工业之指导，实促进实业之导线也。

壁间悬一大表，系各科历年之进步及发达之程度比较表，使各科学生观感而求竞进；又一表，系学生身体发达之比较表。

该校学生有三分之二，已出校旅行，一半赴东京，一半赴九州，车费均减半，亦优待学生之一端也。学生毕业后，有欲入自营团者，可先行挂号，然后再入场工作，并借给作工用具。劣等生至毕业时，虽亦发给文凭，而仍可来校补习一年，或二年，不拘，以期手艺熟练，而便谋生。

应用化学试验室。陈列药品及仪器极多。

校长云，贵国福建所产漆，多作伪，不堪用。今我校中所用之材料，皆为朝鲜出产物。并示以各色漆制品，皆精彩可观，且经久不变，真佳品也。

大叶杨，木质本不佳，制成各种物品，涂以漆，加以彩花，但见其精美，不知其为杨木也。

旁有一室，学生十数人，各就案上制蛤壳为细花，以备镶在漆制品之表面，零星小件颇细。造纸机器，连络数室，先见大锅，煮有芦苇莞草树皮等物，皆为造纸之原料，从锅中提出，经过许多阶级，则成洁白之纸。

造胰室。见有大锅，旁置胰条，又一室，见取黑色胰块，纳入钢模内，榨字。据校长云，此黑色胰皂，专销售于铁路，出品不敷所需，真畅销之货也。

电炉室、发电室、电解室等。电气触鼻，未得细看。

窑业实习。制碗碟，另有一制瓶者，架上晾有瓶坯碗坯极多，又一室，陈列朝鲜各山所出窑业之原料，并陈列各种瓷器，形色多仿古。校长云，采取各科之原料，皆不出朝鲜境，可见朝鲜出产之富且备矣。

又一室，见有许多朝鲜男女小孩，做人工抽丝。校长云，人工抽丝，较机器抽丝净，且无结。

一室机声如爆竹，见织布及织绸者极多，其中机器多提花者。随至成绩展览室，有蚕茧缫丝，陈列多种，以作比较，成绩品如各种绫绸及各样布匹，花色新鲜，价亦较廉，居然第二商品陈列馆也。

至一大罩棚，即为自营团制品处，材料出个人，用具则借自学校，该团人，皆为该校木土毕业生。

药材试验场。凡采取新材料，经此室化验，是否适用，再定弃取。

见该校尚有建筑未竣之楼房罩棚多处，以备将来扩充之用。

至一罩棚，见有大锅、大缸无数，为染科工作之地，晾线极多。

至成绩室，见一玻璃瓶，内贮树叶，状如枫，据校长云，为染料色之原料，且能染五色，为此地山林新搜集之品也，架上置椿油柏油等数瓶，不知有何用处。

有蛤蟆皮一具，据云价值一元。

陈列漆树之枝叶等标本数件。

用铁制成之朝鲜食器，颇似银质。据云，有一件值数百元者，今该校仿制多件，陈列成绩室中。

见一石镜，镜面用蛤壳嵌成七绝一首，其文如下："万里车书合混同，江南郡有列提封。移兵百万西湖上，立马吴山第一峰。"题为御金主南下之诗。

又见一室，门首横额，大书四字，为"产金卵处"，使人兴感于文字之外。

览毕，归客厅，而由旅馆自备之辨当（即饭盒）已陈列几上，各就食一盒毕，辞归。复由总督府某君为导，参观京城女子高等普通学校。

按：各科之教科目，可知该校学生既有工作之技能，复有科学之知识，宜其制品有今日之精美，其附设之试验场，为搜罗物产，发明原料之地，数年后，实业之发达，可以预卜。

参观京城女子高等普通学校

是日午后一时，至该校，进接待室，见校长滋贺庄三郎，各就座谈话。该校内容，系分三部，一、本科，二、技艺科，三、师范科。本科三学级，学生一百四十七名；技艺科三学级，学生二十八名；师范科一学级，学生朝鲜人三十五名，日本人五名，共四十名。附属普通学校五学级，学生一百六十八名。职员日本人男十员，女十员，朝鲜人男二员，女六员，共二十八员。

学费，该校学生每月五角，附属普通学校学生每月一角。

每年经费，三万五千二百四十九元。

入本科肄业者，须于四个年普通学校毕业，年龄在十二岁以上者为合格，三年毕业。

入技艺科肄业者，须年龄在十二岁以上，有志专修裁缝及手艺者为合格，三年毕业。

入师范科肄业，须曾充普通学校教员，或高等普通学校毕业者为合格。

该校敷地，二千九百五十坪八合五勺。

校舍，五百三十二坪九合九勺。

寄宿舍，九十五坪七合一勺。

附属普通学校，敷地二千四百七十四坪一合六勺。

校舍，一百五十六坪四合六勺。

京城地方入校之学生尚不足学校定额，外道地方，风气不开，更无论矣。

该校系韩隆熙二年四月创立，名为"官立汉城高等女学校"。明治四十三年，日韩合并后，归朝鲜总督府直辖，始改为"京城女子高等普通学校"。由校长导观造花教室，长案，学生对坐，案上置色纸及各用具，尚未制作，女师生皆朝鲜人。

裁缝教室。教授学生制袜，壁上挂有衣服多件，想系教授裁缝时，藉此示教也。

刺绣教室。见绣花架颇多，壁上悬绣花成绩极鲜明，远视之，一如写生画。

后入一室，大如礼堂，见有案，长丈余，上覆以布，盖大幅绣花也。据该校长云，本校学生饲蚕得丝后，送至京城工业专门学校织成此绸，由众学生合制一幅成绩，作本校学生养蚕之纪念。继续刺绣，已数星期矣。

见壁上悬大镜二，一为芍药，一为牡丹，刺绣之工细，有如通草细工，著色亦极鲜艳可观。

第五教室，课编物，女师为日人，学生皆自由制作，有一生出小布人，为之制衣裤。

第一教室课日文，教师先讲演，后读一句，学生合读一句。

第三教室，系师范科，朝鲜学生三十五，日本学生五，课日语读法，教师适在讲台上讲演。

参观成绩室，见玻璃橱中，陈列冠婚丧祭四种标本人物，与真人同高大。冠者，系朝鲜风俗，十六岁时，始准戴黑色高冠；婚者，系新郎著紫袍，玉带，戴乌纱，新妇著红色彩衣，蓝裙，如我国之古装；丧者，系戴麻冠，著孝冠，作跪地状；祭者，系二人肃立。

陈列成绩极多，如作文、刺绣、手工、图画等。旁置一橱，玻璃门内，置瓶极多，皆为朝鲜人所用之食料。

屋内体操场。题额为"温良贞淑"，该场为板地，学生皆著黑色衣裙，课徒手操，女师为日人，秩序整齐严肃。

参观附属普通学校，学生辫尾，皆续紫色绸条，或红色绸条。

一教室，课朝鲜语及汉文，男教师为朝鲜人，著朝鲜服，讲演式中，间以问答，学生皆白衣黑裙。

一教室，教授四年生刺绣。据该【校】长云，朝鲜女子对于刺绣等功课，颇有天资，故规定刺绣之时数亦较多，使之得充分之发达，亦女子应为事也。

院中有花，使学生栽培，开花时不但视之愉快，亦习劝之一法也。学生用功后，至院中游散，有花木娱目，脑中疲乏，最易恢复。故使学生勉励求学，亦当顾及其身体也，学生培植花木外，兼种瓜及马铃薯稻子等农产物。

见一室，悬有京城府详细大地图一幅，各学校所在地，教师居住地，各地学生数，校外教授地，皆贴小纸条以志之。游戏场中，有秋千架一具。

一教室，临放学时，使学生唱歌，作表情游戏，旁一教室亦然。

…………

参观京城高等普通学校

十月三日午前九时，学务局来人为导，同随习领事陈次明先生，至该校。延入接待室，见校长冈元辅先生，各就座叙话。该校教科，注重实业，程度与中学相等，日本每日教授五小时，此校则每日教授六时，普通学校肄业四年，高等普通学校，亦肄业四年，共八年，论实业程度，日本内地亦不及。每月学费五角。毕业后，入总督府充当书记，或入商界经商，或入师范科再学习一年，便能充当教师，均随学生自便。该校于明治八年（即朝鲜开国五百四年）四月创立，名为"官立汉城高等学校"，至明治四十三年八月，日韩合并后，改为"京城高等普通学校"，见该校沿革中，载有合并前各校之名目，有官立汉城师范学校、官立日语学校、官立英语学校、官立汉语学校、官立法语学校、俄语学校、德语学校、官立汉城外国语学校等。

该校长冈元辅先生，对于学校，颇有经验，曾充中学校长二十五年。

京城高等普通学校之官制：

学校长　奏任

教谕　专任三十五人内　奏任　八人　判任　二十七人

训导　专任八人　判任

书记　专任五人　判任

职务，学校长承朝鲜总督府命令，掌理校务，监督所属职员。

教谕，掌理教育学生等事。

训导，担任附属普通学校教育等事。

书记，承校长之指挥，而从事庶务。

本校师范科，及临时教员养成所，于学科终了时，必需至附属普通学校，实地练习教授。

练习时之指导法。附属主任，按照一定之方法，指导一般教生，学级担任各训导，担任一部分教生之指导，学科担任各训导，担任本学科教授之指导。

教授实习各事项，分列于左：

甲　教授实习

一、教术练习。如黑板之使用法，实物绘画等提示法，说明、范示、批评、发问等，皆为教术，必须练习纯熟，方能得良好的教授。

二、教案练习。编制教案之先，当以模范教授为根据，谓之腹案，斟酌教授批评之所得，以定教授之趋向，谓之立案，排列教顺，谓之预案。

三、教材研究。将教材之各要点，先行提出，再审察何者宜先教，何者宜后教，与何科有联络，有关系，皆须顾及。

四、参观教授。参观模范教授，及实习教授时，若有所见，当于批评会时发表之。

五、教便物之准备。当于教授前，随时制作。

六、实地教授诸般事项。适合与否，随时藉学级批评会指导之，其特别事项，藉合同批评会指导之。

乙　训练实习

一、全校训练；二、学级训练；三、各个训练。

丙　校务实习

关于学校管理诸般事项，规定时日，以实习之。

丁　学校参观

实习期终了时，由职员带领赴各优良学校参观，以资取法。

由校长导观地理教室，见黑板正面，挂欧洲大地图，学生桌上，置有图书，学生各持小本，记录讲义。

学生入讲室皆就座，教师立讲台正中，呼口号，学生皆起立，对教师行礼，复就座，敬听训话。

一讲室，课习字，板上有行书范字，教师用色粉笔加以横竖线，行示教式后，学生各出习字帖临写。

一讲室，见教师讲演，学生各持书敬听。

参观师范科，课农业，亦系讲演式，墙色深灰，学生皆著制服。

一讲室，教授修身，德目为健康，教师板书，一、卫生，二、运动，教师讲授后，使学生朗读。

一教室课朝鲜文，学生皆著制服、皮靴，各持书敬听，教师为朝鲜人。

手工制造所，系大罩棚，师生合作铅铁物，教师伏地画线，学生二三十人，剪铁者，击铁者，各半，旁有一箱，贮水，上置砺石十数块，以备学生磨砺刀剪之用。

学生所坐之席，据校长云，为一年生所制之成绩。

院中操场，课普通体操，学生皆著朝鲜服。

学生休息所一隅，为售品处，壁上张贴学生手工图画等成绩。

延接室门前，陈列金工、竹工、木工等成绩，颇精细。

学生无寄宿者，距家远者，住机房。有时调查机房附近之状况及学生食品，是否适合卫生，再于春秋两季，访问学生之家庭，注重学业操行等成绩。

学生每月机房费，约用五六元，统计每学生一年中之花费，约一百三四十元。学校招生时，将录取各生之父兄，请至学校，会话一次。

二三月时，校中开展览会一次，专请妇女小孩来校参观，以增其求学之兴味。

附属普通学校，开学艺会，如手工、图画等，专请学生母亲来校参观。较访问有效力，且请妇人来校，较男子有益，因妇人时常在家，便于管教。

教师家庭访问，车食等费，由学校备，该教师所担任之功课，他教员分任之。

教员每周担任之钟点数，自二十三点，至二十五点。

参观物理试验室，讲桌旁置仪器箱，四生共用一桌，相对而坐，而仪器每四人一件，先教师说明，次学生试验，后皆就教师桌前，观教师之试验。

一教室课矿物，板书铁之所在地：1. 动植物体中，2. 水中，3. 土中，4. 岩石中；用途：1. 铸铁等。

参观标本室，陈列飞禽走兽等标本极多，经总督府许可，由担任教员，自行击捕，复自行制作，有天鹅，系该教员从无意中击获者，极快意，见案上置有尚未制毕之标本多件，但该室之空气颇腥，随即导至附属之普通学校。

按：该校沿革，在日韩合并前，有韩人组织之日俄英德法等外国语学校，自形式观之，未必不热心提倡教育，而其所以有今日之结果者，是徒具形式耳，前车不远，可以为鉴。

参观高等普通学校之附属普通学校

该校主任山口喜一郎氏，接入延宾室座谈。高等普通之学生至毕业时，必来该校实习，自一月至三月为指导教授之期，毕业后可充教员，惟校长一席，朝鲜人不得担任。

该校学级编制，年龄齐整者为乙，其不齐整者为甲，各四级，每级间有因程度之高下又分为二组者，总之，共有八学级。

职员，日人五员，朝鲜人三员，与主任共九员。

学生，共三百六十人。

职员会议，每星期一次。

教授时，皆用日本语教授汉文，每周四小时。

山口氏云，科目多，等于文饰，不如科目少，实事求是，较为切实。

朝鲜人习惯，无论冬夏，皆穿棉袜，该主任力矫其弊，使学生皆赤足跣行，亦强身体之一法也。

朝鲜人多贫困者，故该校每月仅收学费一角，以示体恤，他校则每月三角。学生皆由家中送午饭，经主任检阅，遇有不合卫生之食物，概行禁用，有此限制，虽每月征收一角，实较三角者不省也。

由主任导观各学级，乙级二年学生，分为二组，一组课国文，一组课习字为试书，用纸既不同，字迹大小亦不一，室隅有教员预备桌。

乙级一学年，手工，教授折纸。

乙级四学年，用日语教授唱歌。

甲级四学年，课习字讲文，座次排列法与他处异，学生多对坐，以便自习时，彼此商量。

甲级三学年，教授笔算国文时，皆分三级，脑力强者居中行，次者居左，最次者居右，中行者面教师而坐，余皆相对而坐，以便商量。

入体操场，见二学年学生作柔软体操，皆赤足。

校中备理发具一匣，使学生轮流理发，每次每人须纳铜元二枚。

学生所用纸本，皆为课手工时，自行制作者。

各室窗帘，使学生轮流洗涤，惟理发布，不在校中洗，恐因污秽传时疫也。

讲室内用午饭，兼习用饭之礼，于用饭之先，必须净手，有不带手巾者，即为犯规。主任试问之，学生各出所带之手巾以示。

下班时，忽闻击柝声，询之，始知每次下班休憩，必击此木，故名此木为休憩木。

有教生室，为练习时，教生预备功课之地。

教生中日韩人不得同时练习教授，缘方针既异，指导当不同也。

教生实习约分三阶级：一、教生参观；二、批评教案；三、批评教授。其各人实习之时数，皆相等。……

…………

参观毕，即在该校延宾室用午饭。

…………

参观京城中学校

三日午后一时，由学务局某君及陈次明先生为导，至京城中学校。校长柴崎铁吉氏，延至接待室，座谈。该校中学科，共十六学级，学生共七百一十一人，修业年限五年。

补习科，一学级，修业年限一年。

附设教员养成所一学级，学生三十四人，修业年限一年。

该校设于京城西大门町二丁目，系由明治四十二年开办，至大正六年四月，又于大田添设分教室，修业年限亦五年，学生四十九人。

该校学生，每人月纳学费七元。

经常费每年约十万元。

将来计画，拟将此校改为大学校。

由柴崎校长导观击剑。学生数十人，各戴铁假面，肩部腕部及腰胯等处，皆有护垫。练习者皆日人，各持六尺余之竹竿，每二人相对而立，乘间击打，势如斗鸡。至化学教室，桌上陈列仪器极多，由窗向外视之，见山上密植桑树，皆为该校所种，其注重实业可知。

有卖店，专备学生用品。

参观柔道场。地板上，平铺五寸厚之草席，见学生数十人（皆日人），皆著厚布衣，全体人同时角赛，即我国之拳脚，自远闻之，击地声相继不绝，精神奋发，真为锻练身体，必须之操练也。

学校林。该校有山环绕，密植松杉桑树等，林地约六万坪，作为该校基本金。

参观体操。由山岭经过，见壤地平坦，四外皆山，得天然之形势。学生分二队，作拟站之操练，先伏山跪地，作进攻状，继则各加刺刀，两队冲锋，大声急呼，震动耳鼓，及两队相杂，始各收队。

见一室题额，有"文质彬彬"四字，为陆军中将渡边章谨书。见该校学科课程表中之地理进度，一年课日本地理，二年课满洲地理，三年至五年，皆课世界地理。

按：该校之拟战，及击剑柔道等操练，实与教练军士无异，其运动之态度，深印我之脑中，每一念及，辄印象复现。我所以注意者，即鉴于韩人之以文弱亡国，若我国仍不急起直追，恐前途有不堪设想者，故录之，以谋诸我国之爱国者。

参观京城中学校之附属小学校

由柴崎校长为导，至该附属小学，见教室系韩国崇政殿，门窗皆旧式。

学级系自一年至六年之复式编制，教授时，则分为四组，学生共四十四人，修业年限六年。

摘录该校实施教育之方针如左。

一，学生年龄学力性质等皆不同，故教授之际，亦不可拘泥形式，如合同教授，及个别教授，均当相其宜以施行之。

一，家庭教育，往往阻碍学生心身之发达，故学校教育，从嬉戏学习之中，养成相亲睦尚协同之良习惯。

一，养成学生自动的学习。

该校规定学生自习各事，择要录之于下。

国语科自动的学习

甲　预习　一、通读全文，将难字生字提出，质问组长；二、考察句读，及各文段各节之意义。

乙　练习　一、文字语句语法，并研究修辞结构及书取；二、读法练习；三、话法练习。

丙　复习　一、朗读练习；二、文之构造，及文之表解；三、应用语句及美辞名句之拔萃；四、文之改作及本文之缩约；五、将插画及方便物，作成说明文。

地理科自动的学习

甲　预习　一、唤起自己之经验；二、教科书之读解；三、以地图与教科书对照观察；四、教科书栏外之题目（地理之要素），各主题之附带问题。

乙　练习及复习　一、教科书及地图之读解；二、说明（言语图解表解等）练习；三、要点之说明；四、各自个个作成问题，对全体提出，共同解决；五、教科书之本文为旅行体者，可以改作；六、旅行之目的，日程费用等决定之；七、略地图（地势图、产业图、交通图等）之描画。

历史科自动的学习

甲　预习　一、教科书之读解；二、教科书栏外之题目，与本文之关系，考察栏外题目，何者为主题，何者为附带问题，以提出之。

乙　练习及复习　一、教科书之读解；二、说明练习；三、说明要点；四、各自个个作成问题，对全体提出，互相解决；五、现今生活之比较，今昔类似之制度问题，继续昔日之问题，何者宜消减；六、人物事件，何者得为教训之参考。

理科自动的学习

甲　预习　一、教科书之读解；二、观察要项，研究实物之指示；三、观察应实验之各事，以整理之。

乙　练习及复习　一、教科书之读解；二、观察及实验；三、说明练习；四、考察要点，宜如何利用。

教室中，学生桌凳皆矮，一组直接教授，板书广濑中佐，余皆自动练习，男女学生皆相对而坐，教师坐于讲台上，态度极温和。

教生实习之日期，自十月七日起，至十二月二十八日止，为朝鲜人练习之期；自一月至三月，为日本人练习之期。每周教授皆三十小时，教生实习二十小时，该教员教授十小时，每教生实习之时数，至多不过十小时。

每于实习教授前，参观二星期。

本周教授，当于前周星期五六两日，指导。

按：该校学生之自习，又分为预习、练习、复习三阶级，其学生自动之精神，与教师态度之和蔼，有收效于形迹之外者。因溯及日本之教育，是先有规则，而后有教育，而我国是先有教育，而后有规则，如持方柄欲纳圆凿也，其能入乎，所以我国教育有今日迟迟不进之现象。

是日午后三时，总督府学务局，局长于学界俱乐部，备具茶点，约同人一叙。席次，局长云，近来公务忙迫，未得时来招待，殊多抱歉，望诸君原谅。有随习领事陈次明先生代答谢词。欢聚数十分钟，握手而别。

参观博物馆及李王旧宫

四日午前八时，金先生为导，入光化门，见一亭，牌书"观览券卖渡所"，观览料金五钱。买票后，入朝鲜总督府博物馆。有交通馆，系一大圆亭〔厅〕，四外遍绘各项交通车船行人之状况，其中陈列者，如朝鲜地理模型、金刚山模型、仁川筑港模型、航路及来往船只，无不详备、大同江航路模型、京城邮便局模型、橇车荷车等模型、各项船只模型、舆辇模型、釜山筑港模型、鸭绿江桥运输模型、隧道工事模型，即山内修铁轨之状况也，尚有多物，不暇笔记。遂出门，远见堆积木石极多，为重筑总督府之地，估工三百万元，须七年报竣，一说天皇迁都于此，未知确否。

游览李王旧宫，见廊下陈列大炮多尊。至勤政殿，前有品级石，左右各十二。据金先生云，左为武职，右为文职。石高一尺数寸，宽尺余，厚约五寸，向殿之面，刻字为正一品、从一品等，皆红字。据云，此殿为李王受贺之地。思政殿为群臣会议之所，殿顶有避雷针二。万春殿、千秋殿、康宁殿、延生殿、庆成殿，旁有膺祉堂、钦敬阁。

至景福宫、庆会楼，见楼中有二人合抱之白石柱四十八株。前有莲池、长桥。隔池远见十数游人，女子著红衣蓝裙，或白衣湖色裙，小孩著红绿长衫，颇入画。

据金先生云，李王二十余年，未住此宫。

至修政殿，陈列古时之偶像，及坟内画像，不完全之土偶，残石，残砖，古尸体之未朽者，如一手，一足，一头颅，一骨，无不陈列，皆标题某地产，某地造，而新疆甘肃等省残石破器尤多。

至便所，则有电灯及自来水水管，又有便后净手之具。有殿之旧址，据金先生云，甲午年，日人尝杀闵妃于此地，因血迹不灭，故将殿拆去，此即遗址也。

游毕，赴昌德宫，为今日李王所居之地。敦化门，即宫之正门也，李太王居于德寿宫，正门为大汉门。

据金先生云，李王父子，每年会晤一二次，且有日人监督，不过仅使伊父子略具相见之礼耳。

由韩赴日之沿途

十日五日早八点三十分，登车，陈次明先生送至车站，御成旅馆馆长及下女小孩，亦至，颇殷勤致敬。八点四十分车行，八点四十五分至龙山站，该地为朝鲜名所。过汉江桥，桥身为二，并驾江上，以便往来。八点五十五分至永登浦站，见男女学生之附车上学者颇多，概不收费。二等车，车顶两端有电扇，登车后，各给草履一双，便所及盥所，皆清洁。九点四十分至水原站，该地为劝业模型场之总场也。前参观之纛岛模范场，是其分场。

总场面积，约有数百顷，与分场相距四十里。

十点五分至岛山站，十点三十分至平泽站，十点四十分至成欢驿，十一点五分至天安驿，十一点十五分至小井里，十一点三十分过一石洞，十一点四十五分至鸟致院，十二点至芙江站，连过五石洞。十二点三十分至大田车站，停车时间较长，站台上安置自来水，水门十数具，每水门下，置铜盆一，以备乘客洗面之用，旁立一柱，标题"饮料水"，中置水门，有小锁链连一小碗，以备乘客取饮。一点至沃川，一点三十分至深川，一点四十五分至永同站，远见青山绿水之间，有白色制服之学生，结队而行，询之，始知为某校学生之旅行也，景象颇佳。二点四十五分至金泉站，三点至龟尾站，三点三十分至若木，三点四十分至倭馆，三点五十分至新洞，四点十五分至大邱，五点十分至清道，五点五十分至三浪津，六点四十分至龟浦，七点至釜山。

八点登新罗丸轮船。进舱时，须脱皮靴，舱梯铺有紫绒毯，舱地铺绿绒毯，颇华丽。八点三十分入浴室，沐浴未毕，船即开行矣，平稳无异陆地。九点就寝，四点时，有日人呕吐作声，乘客多为之惊醒。六点至漱洗室，该室人多，颇形拥挤，附船之妇女，于此处梳洗傅脂粉者，亦极多。随即入饭厅用早餐，长案绒椅，颇清洁，所备系西洋餐，男女乘客，相继取用。

（《考察日韩江浙教育笔记》，
北京直隶书局，1918 年 4 月）

追忆游朝鲜新义州事

莘禄钟

　　自中原板荡，外侮交侵，边境屏藩，蚕食殆尽，唇亡齿寒，日形危急。朝鲜自箕子封后，世为东北障蔽。甲午战，为东邻日本所割夺，中原志士闻之无不投袂叹息。然而其中之情节，则不如边省之目睹者尤为痛切也。余身生南土，后迁安东。安东者，东陲重镇，与朝鲜相距者，不过鸭江一桥耳。故耳闻目见，为憾较深，报复之心常存。今之津门，处乐土，此心释然久矣。暇偶念及，忾焉兴怀，为叙曾游朝鲜义州之行，以发志士君子同声一慨。

　　余忆少时，常与友人步行过铁桥。桥为日人之所筑，分东西二路，来者东而去者西，中建铁路，由是北可达省城。车驶其上，呜呜然其遥可二里许。江涛汹涌，建筑匪易，然日人不惮烦，经营不遗余力，亦可见其用意之深矣。过此南下，入朝鲜境，曰新义州。断草延曼碎云惨淡，千百瓦场沙砾，独树破巢，短屋杂处其间，酒帘飘荡其上。道中行人三四，来往其间，丈夫皆衣缟素，冠乌纱，手提豆豉，筐野菜作食。妇女衣朱衣，首负小缸，盛食物，赴市场贸易，履声橐橐然。儿童戏于门前，作朝礼佛像之戏，见日人来皆惊散，神致寂然，颦蹙似不胜其忧者。市中无崭起之肆，皆低小高七八尺，以木板为之，内仅容数人，居者食于斯，卧于斯，坐于斯，出入以窗，置屦户外，犹不失上古遗风。其中数人集男女席地而坐，举粗粝菜馊为食，环堵萧然，其状至可哀也。村塾中有诵声甚殷，隐约闻类汉语。入而观之，南面高坐者，一龙钟苍头也，口操唐语，蹒跚出迎。延至后堂，谈及甲午之役，辄执手呜咽不成声。其中尚有华人二，刺刺相问国内近况，且流涕相告曰，吾辈在国内如路人，异域则兄弟也，流涕歔欷而罢。至其所授弟子，悉中国文字，犹有故国之思，临别尚依依不忍去云。掠此而东，有日本街市，皆整齐洁净，人人怡然有自得之意，与向之凄凉又别矣。

　　既而折北沿江行，两岸芦苇蔚然，渔翁操扁舟出没其中，鱼龙悲啸于其下。道旁多茂树，风激之习习然，浓阴蔽日，四无人声，任意问答，忘其路之远近。忽然重林倏断，豁然开朗，有山崛然而起，耸峙目前。于是上登，沿途怪石嶙峋，内多深洞不可测，有杂声作其中，上浮云烟缭绕不散如带然。余观而异之，心中恍惚惶恐，以为此非人境，凛乎不可久留。方觅路下，忽闻鸟语，和鸣其巅，乃急赴之，上皆平顶，森林密布，花草芬芳。下视半山云雾弥漫不可辨，中有巨石，血痕班然犹在，杀气飒然，不寒而栗。方惊疑间，见一士人仆仆而来，童颜鹤发，神致矍然，因而叩之，对曰：是安义士之遗迹也。当甲午时，义士率义兵誓师于此，冀图恢复。其后国祚不享，遗老多来此避兵，由溪谷蝉联而入深穴，逐后不复出，使壮士探之亦一去音信杳绝，至是遂有烟云浮沉其上。闻此言虽似荒谬，然所闻见皆不虚，由是观之是耶非耶？然亦可见日人以威胁天下，其待遇藩属，刻苦万状，其未得快其淫威之下者，仅此一隙也。

　　呜呼！吾闻一人之心，众人之心也。今夫日本朝鲜乃兄弟之国，即其君主之贤否，不足为百姓轻重，而黎民何辜，奈取之尽锱铢，用之如牛马。人之身体发肤，孰不受之父母而为之珍惜，乃任意摧残，惨无人道，世所谓文明之国，而以此为文明欤？虽然，物必先腐也，然后虫生之。设朝鲜能自爱其民，和衷共济，外侮之来，共力御之，甘言利诱，严词拒之，虽有劲敌，何患之有？计不出此，乃举国嚣嚣，攘夺权利，兄弟相争，引狼入室，而为人所乘过矣。故曰，亡朝鲜者，朝鲜也，非日本也。亡国之人不暇自哀，而观者哀之，观者徒哀而不鉴之，适为后之观者之所哀也夫！

（载《南开思潮》第 4 期"游记"，

1919 年 6 月 23 日）

民国八年日鲜旅行记［节录］

张　援

例　言

一、记者此行，本为参观日本教育，但未行之先，即注重至朝鲜一游，故虽限于时间，而记载鲜事稍详。

一、欧战后，我国赴日考察教育者甚多，报告书及各种记载，亦言之綦详，此记则不仅以教育为范围，随时随地写个人所感触而已。

一、日本社会，优点甚多，而内容亦有不尽然者，且最近人民思想，日新而月不同，此所记载悉本个人所见闻，是否当其真相，尚不敢知。

一、我国于欧战后，实为各国飞跃之场，不能自谋必难自立，记朝鲜亡国惨痛事，即所以警醒国人，非敢愤激冀感动耳。

一、此行自四月十五日起，至五月二十四日止，计共四十日，时间有限见闻无多，区区一小册，不尽不详，阅者谅之。

民国八年六月骥江张亦留识

五月九日上午九时三十分，抵马关，即乘对马丸渡海。丸为关釜联络船之一，归铁道院经营，两地特设栈桥，行旅便之，船中稽查甚严。遇金某于甲板，知为朝鲜人，观其眉宇，若有深忧，虽能操日语，而不敢多言。是时出日本境，入朝鲜海峡矣，波平如镜……
　　…………

晚九时二十分，抵釜山，即寓釜山驿ホテル。式分欧美，欧式较廉，每人计四元五角，询附近名胜，知有龙头山公园、龙尾山神社、东莱温泉、海云台温泉、牧之岛矿泉、釜山镇城址、巨刹梵鱼寺等处。调查附近居民，得表如左。

…………①

据右表观之，日人之居住釜山者，已骎骎乎驾鲜人之上，亡国民族之危于此可见。

十日上午七时，出外游览，见各街市，均列町及丁目名，而各种株式会社，若水产，若烟草，若酒造，若食粮品，若兽畜养屠，无一非日人势力。所谓鲜人者，第见多数苦力，攘往熙来，负载于道耳。我国商店数其寥寥，观其情状，恐难久居。九时，往访柯领事鸿烈。十一时，乘京釜线汽车向汉城行，柯领事派周通译山中，送至车站，并发电汉城总领事馆，属招待焉。车过大站八，曰草梁、三浪津、大邱、秋风岭、太田、成欢、永登浦、龙山。成欢为中日一役之古战场，最为著名。沿途见鲜民村落，咸有日人踪迹，一种苦乐不平等情形，自不可掩。呜呼，卧榻之旁，他人鼾睡，朝鲜前车不可鉴耶。

晚七时五十分，抵汉城南大门。汉城四面皆山，东骆驼，西仁王，北白岳，南南山，为李朝五百年来故都，今总督府及我国总领事馆在焉。黄领事候于车站，介绍寓附近之二见旅馆，时适大雨，为抱不安。黄公字云深，上海人。

十一日，星期。上午九时，偕同人往领事馆。馆为袁世凯所经营，规模甚大，中有百年银杏一株，及各种花木。富总领事因刺激告病假，晤云深领事与茗谈，遂偕游朝鲜总督府所营之商品陈列馆，记其关于农林者如左。

…………

午后往观吴武壮公祠。公为皖之庐江人，讳长庆，字小轩，清光绪壬午，由广东水师提督，移镇朝鲜，勘定内乱，我国之名将也。祠址在城东隅，虽不甚大，而开窗见山，层峦耸翠，风景尚佳。旋至白岳山麓之景福宫，宫为李太祖所建，后被毁于丰臣秀吉，费数年岁月，始复竣工。正门颜曰光化，结构壮美，正殿曰勤政殿，朱栏玉座，犹可想见当年气象。其旁思政、修政各殿，天地玄黄各库，均尚完好。其西有庆会楼，花岗石柱，四十八本，建筑尤宏壮。楼前一水澄碧，昔日之莲池也。

---

①　此处略《釜山府居住日本人户口三年表》。——本书编者

金君芸圃云，李太王在位时，最喜游此，言之不胜兴亡之感。修政殿中，现正陈列西域品，系日本京都本愿寺大谷光瑞，三度至我新疆所搜集者。我国亦不少佛弟子，具此愿力者谁耶？光化门内，现正大兴土木，盖总督府行将迁入也。嗟乎，数百年休养之地，一旦任人栖息盘据而不敢过问，又何怪鲜人过此辄唏嘘不已哉。他若庆运宫与昌德宫，向亦许人纵览。最近因独立风潮，禁开放焉。便道至李王家美术工场。其间陈列，概系售品，品物无多，亦无足观者。晚餐于明月馆，云深领事约也。馆有二，本店在光化门外，此次天道教主孙秉义，即在其间宣言独立；支店为李完用旧府，予等往焉，园林清幽，短衣长裙之妓生，歌舞其中者不一而足，诚所谓商女不知亡国恨矣。杂记所访闻者如左。

李王现居昌德宫之动物园中，虽依并合条约，有岁费供给，然每一出入，必由所谓李王职者经过，不得自由。

李完用自卖国后，即深居不出，出必向警署告知去处，故家虽多金，而行动不能自由，卖国者亦可以鉴矣。

鲜民远行，必报警署，许而后可，即往来国内亦然。

旧时书籍，多被焚禁，历史如《大东纪年》等，尤为禁品，此无他，将使其人民不知有国家耳。

高丽参本为鲜人生息大宗，分红白二种，现红参已归日政府专卖，鲜人固有之利不得享矣。

水原地方宣言独立，因伤一警被焚八村，我侨民亦有被殃及者，人道云乎哉。

我国某使，前过汉城，外事局仅派员持局长一名刺，登车访问，朝鲜银行亦仅馈葡萄酒二瓶，或谓事过情迁，不过如此，

记者曰：国无民气国乃灭亡，朝鲜之亡原因固甚复杂，而当并合之初，绝少投袂起者，其无民气可知。今者痛苦极矣，赤手宣言独立，识者虽惜其已晚，而犹足博多数同情甚矣。民气之不可一日无也，而回顾我国反有摧抑之报，呜呼，吾为此惧。

十二日上午八时，领事馆员金君来，偕至京城高等普通学校之附属普通学校，及女子高等普通学校之附属普通学校参观。此地教育，大别有二，一专为日本人所设置，分小学校、中学校、高等女学校、实业专修学校、简易实业专修学校五种，即彼所谓内地人之教育也。朝鲜人之教育，除实业学校及简易实业学校外，概称普通学校，校长尽日人，职

视内地加一等，教授用日语、鲜语。仅有普通学校，无史地科目，以视日本小学校，最重此二科者，实迥不相同焉。

记者曰：日本小学之注重史地，所以启发其国民，使有爱护国家之思想，实一国命运之所系也，反之则必泯灭人之国家思想使与己同化。教育之力，不亦大可畏哉。因忆黄任之先生所著《东南洋之新教育》，载日本帝国大学文科学长上田万年氏游中国，有中国教科，不注重本国史，使人民知有国家，所用历史，大都日本人所编云云。呜呼，吾为此惧！愿我国之主学校教育者，亟起注意，尤愿教授史地者，多留心国家要政，以激发国民志气，勿徒抄袭外人所编，是为至要。

…………①

午后往中央试验所，及パゴダ公园一游。园内有塔十三层，大理石为之。参观朝鲜人家庭，先至金君处，见一小横幅，为黄任之先生书"其为气也，配义与道，无是馁也"三句，"是"字书作"自"。既至赵公随堂家，公善居室，为汉城冠，自其客房，以及厨所，虽不甚宽宏，而颇有结构。与之谈，知犹是从二品勋五等也；望其貌，知为坐享幸福，最爱和平者。未几，主人出绢索题，予口占一五绝应之。晚请云深领事，小酌大观园。是日，至各书铺，见鲜人所著书，无有新出版者，有亦必注朝鲜总督府警务总监府认可等字样，可知其出版不得自由。予购《圃隐集》及《二十一都怀古诗》各一部，并得《大东纪年》一书，最为可贵。

另记所调查事项如左。

（土地）朝鲜半岛，最适于农，向时所谓一斗落一日耕者，从无精确之调查，自日木并合后，以二千四十余万元之经费，计画此事，现已告竣，总计土地面积，四百八十七万千七十一町步。嗟乎，我有土地不能自理，此即鲜之所以灭亡也，附列耕地面积表于左。

…………②

（人口）朝鲜人口，向称二千万，最近调查，仅一千六百万人，盖生业凋敝，民不聊生故也。举凡工商农林矿诸事业，概归日本人掌握，鲜人之堪从事者，大多被日人驱之以劳动，而不敢违，主客易位，劳逸悬

---

① 此处略《最近五年普通学校一览》。——本书编者
② 此处略《耕地面积表》。——本书编者

殊，鲜人之不平，岂无故哉。分别比较之如左表。

…………①

（税则）日本现时，对于朝鲜，所课国家税有十四种，曰地税，曰市街税，曰户税，曰家屋税，曰酒税，曰烟草税，曰关税，曰吨税，曰盐税，曰矿税，曰渔业税，曰船税，曰人参税，曰登录税是也。所课地方税有三种：一地方费赋课金，各道主管；一府税，府尹主管；一面费，面长主管。面为朝鲜最下级之行政区划，受府尹郡守之指挥监督者也。

十三日，上午九时五十分，乘京义线汽车，向新义州行，黄领事潘主事及金君芸圃，咸至车站话别，并发电新义州领事馆，属保护。所过大站六，曰龙山、开城、新幕、黄州、平壤、定州。平壤据大城山，濒大同江，朝鲜之要害也。甲午之役，我军大败于此，有箕子陵箕子井等古迹。予以未及下车，一往观瞻为憾。车近新义州，日本军警盘诘四次，最后必欲以不甚纯熟之中国语相问答，窥其意，若惟恐鲜人之假装他逋者然。予以驻宁日领事保护书示之，始去不复来。噫，亡国人固可哀，弱国人亦可怜矣。晚九时零八分，抵新义州，许张两领事，同至车中晤谈。张公字孝楼，江阴人，遂偕过鸭绿江，往安东县境之安东馆。安东濒鸭绿江下流，中日战役，曾为日军所占领，日俄之战，日军亦占据之。后依清光绪二十九年中美通商条约，开为通商市场。而日人自架桥鸭绿江后，长驱直入，早视为势力圈。市街分新旧，新市街即日人所经营，家屋栉比，俨然东洋风式矣，附近名胜以元宝山为最著，日人向开为公园，派兵驻守，今已让归我有，另注其精神于镇江山。嗟乎，大好河山与人共之，予游至此不遑复为朝鲜哀焉。

十四日上午八时，孝楼领事及陈主事伯谨来，偕游元宝山。进口有桥，颜曰大同。曲折而上，过桃园，至杏花村，再上过蟠窟蟠桥，至听涛轩，对轩有亭曰翼然，最高处则为读书亭。登高一望，有名之鸭绿江，滚滚自东北来，隔岸河山，固依然在也。午餐于杏花村，孝楼领事作东道主焉。此山点缀既工，而遍植柞林，尤能生利。闻皆安东县知事陈公所经营。陈字漱六，宜兴人，在东颇有政声，盖其第一不要钱，第二任至何处，不用一私人，求之现代官场，诚不可多得。适已回鲁，未得一晤谈，殊为憾事。

---

① 此处略《现住人口累年比较表》《现住人口职业分别表》。——本书编者

午后至日本所经营之镇江山一游，人工虽胜而尚不免斧凿痕。中有表忠碑，为关东都督大岛义昌所书，昔人云"一将功成万骨枯"，吾不禁感慨系之。晚，中国银行章伯可行长，招饮于鸭江春。席间，知陈知事所创之商业储蓄公会，规则甚佳，信用亦著，故该县金融不至全操于正金、朝鲜诸银行之手。嗟乎，我国经济受制于人也久矣，近且有外人管理我国财政之警告，安得各地方咸有有实力有信用之热心家，出而提倡组织民立银行，使民间窖藏废置，或散漫零拾之资本，尽能生利，尽为有用，是固一地方之福，抑亦救国之唯一要件也。十时二十分，乘安奉线汽车，向奉天行，所过著名车站五，曰五龙背、凤凰城、鸡冠山、桥头、本溪湖。

十五日上午七时，抵奉天，寓悦来栈。栈虽不甚清洁，然至本国境，即不愿再住日旅馆。九时，往大北关交通银行，访靖江同乡徐吟甫行长。十一时，雇人力车，出北门，游昭陵。昭陵者清太宗文皇帝之灵庙也，与东陵、永陵，共称三陵。宫殿黄碧，树木幽深，徘徊久之。返至城内繁盛市街，街路广阔，巨商大贾甚多。晚餐于德馨楼，吟甫约也。餐毕出城，乘铁道马车回寓。此类马车，向行于日本内地，今其地多通电车，淘汰而移至此间日租界，以便行旅，即此一端，亦足觇社会程度。

在奉一日，未及参观学校，而调查日本所谓南满洲教育实令人惊。有小学校、公学堂、普通学堂、高等学堂、关东都督府中学校、关东都督府高等女学校、旅顺工科学堂等。而私立学校，则有东洋协会旅顺语学校、南满洲工业学校、东洋协会大连商业学校、南满医学校，以及各私立实业补习学校等，注意经营，大有蒸蒸日上之势。我不能自为谋，人即起而谋之，教育其一端也，悲夫。

十六日上午七时二十分，乘京奉车，沿途尽美丽田园，盖自长白山以西，直至山海关，原田膴膴，土壤膏腴，所谓关东原隰也。晚八时二十分，抵山海关，寓裕通客栈，散步城外市街，见不少日人商店，所幸日本老头纸币，可用于安东奉天者，至此除日商外，不克通行。

（载张援《民国八年日鲜旅行记》，
南京共和书局，1919 年 6 月）

日鲜游记 ［节录］

梁鸿耀

第一日　四月十八号，即阴历三月十八日，江苏教育参观团共五人（靖江张涤珊君援、溧阳王惠堂君撰曾、铜山黄次山君、嘉定赵颂周君文郁及余），由沪上旅馆出发。雇马车二，一装全团行李，一坐二人督察之，余三人坐电车。皆华服不改装，惟用常礼帽革履。行至提篮桥极端，乃步往汇山码头，登春日丸轮。余等系购日支周游券，价一百廿六元六角九分（日币市价适贱，每元合中币六角四分五，其行程自上海至长崎或神户，又至东京，回过西京大阪而达门司，乘轮至釜山，又经汉城安东奉天，进山海关而至北京，再南下过山东，抵南京，仍回至上海，沿途遇急行车，皆须加价）。船坐头等舱，车坐二等。若船亦坐二等，则日币一百十元足矣。至下午一点半启碇。行一小时，见宝邑海岸，有一斗出之沙，南北均有，灯塔为识，不知浚浦者何，犹留此障碍物也。三句钟时出吴淞口，有一二里许之长堤亘水中，船行不能近岸，恐搁浅也。至五句钟已不见崇明岛，黄昏，船身忽涌忽落，已入黄海矣。

　　　　…………

第二十二日　隔夜抵西京车站时，就日本店啖牛肉，系用自来火管通炉下，然后以脂油及蔬菜等杂加之。四人围坐一短桌，且煮且尝，饶有风味，价亦甚廉。既登车，与周翁王三君握别。展轮约半小时，过大阪，灯光繁密，工场荟萃之地也。至翌朝八号，上午九时半下车，登对马丸（在下关），向釜山进发，盖去日而赴韩矣。按：下关为本州岛一海湾，山环三面，对岸即门司，层峰连亘，由此出口，其航线为西北行。

过下关—名马关

险峻雄关今古称，议和驻节皆年曾。我来急渡沧江去，怕向春帆楼上登。

过朝鲜海峡

海轮间眺倚栏干，薄暮天风拂袖寒。新月半弯映孤岛，愁云万叠压三韩。乘槎览罢瀛洲胜，越境忘吟蜀道难。四望沧溟不见陆，犹欣世外庆安澜。

记釜山停车场旅馆

釜山，朝鲜南部一海湾，两岸山势回抱，中流通航，洵称要塞。当对马丸轮抵埠时，有肃客者来怂恿，当取手提包交之，并以火车行李票数页（铁道与轮船联络）嘱彼领送。既入旅馆，则毗连车站之楼房也，其账室之柜上，遍陈地图，及旅行说明书，供客浏览（日本旅馆中，多以地图饷客，更欲详知一切，则可购旅行案内）。登梯，入卧房，阅馆章，知分欧式美式二种。请先言欧式。每人一夕四元五角，两人合居六元五角（日币）；膳费，晨一元二角，午一元七角半，夜二元。备铁床，非若日馆中之卧地矣，上有鸭绒被及厚褥，两枕并列，不能移置，因他一方之衾褥，折叠连合，故不设帐，幸夏初无蚊。床前有木箱，中藏便盂，似大碗有柄。床后有衣橱一，右门为镜，长约五尺，启则空空如，可悬衣，左方之上半为短门，中可庋物，下半有抽屉。别有圆桌一，纵方书桌一，与橱皆为红木制，上备信封信笺盛诸匣，供通讯。又有镜台一，镜外闭以两门，启则门背皆设屉，贮磷寸皮皂，而镜面适中悬，其下为突出桌面。其下有两门，启之见有面盆手巾在，又隔一板，有磁盂贮清水，有取水铅桶，有蓄水加盖之铜桶。贴壁有火炉二，一自来火，一热炭，四壁虚白，不着点尘。藤椅三五，随意入坐。此欧式也。其美式之房，尤为宽敞，除各项陈设外，多批约那大琴及名画数架。每人八元，二人合则十四元，亦有每人十元者。或云昔李文忠公赴美，日费五百元，尚非头等客馆，则美之生活程度，尤出欧洲上矣。

第二十三日　十号晨，游览市街，见日肆甚多，中国人辄设布号，他如欧式房屋亦偶有之。旋访柯领事鸿烈（四川人），既入馆门，庭宇清幽，与华商公会为邻（共二百余中国人），当请以打电至汉城，求领事馆派员照料。既毕事，即回旅馆，沿途遇朝鲜人皆系苦力，或头戴笼，或背负稆，有驱牛而坐车侧者，白衫布裤，状至凄凉。至十时，即乘急行车，每人加一元半，有领事馆通译周中山君（山东人）来送。既展轮，经草梁、金海、龟海、勿禁等站，但见山上，螺髻矮树天然态度，非若日人之刻意经营矣。又过三浪津、清道城、庆山、大邱（大站）、倭馆、若木、龟尾，始见有凿石成沟，辟山为田者。又由金泉驿至秋风岭，一路连峰不断，因得数诗：

山居_{朝鲜农人多结庐山中自成村落}

山里观天小，村中架屋低。白云时入户，碧树乱依堤。草草营衣食，熙熙伴犬鸡。桃源岂乐境，欲出苦津迷。

雨中车行

飞轮冲雨进，所过尽山乡。岭际烟浮绿，堤边土润黄_{田多黄壤}。牛车驱野叟，蜗舍认荒庄。指点汉城近，楼台驻夕阳。

其二_{朝鲜南半部皆山岭蜿蜒其色不一}

终朝行出万峰中，恍与神州蜀道同。笑我倚窗看不厌，山黄山绿复山红。

秋风岭

峻绝秋风岭，征车缓缓过。路因盘蓰窄，云为傍霄多。松径喧樵斧，津亭留钓蓑。壮游偶历此，于意问如何。

旋经黄涧、深川，有红色山，或云有铁矿，又经大田、新滩津、芙江、天安、成欢、平泽、水原（日人于此烧洗八村以泄殴毙一警之忿）、水登浦，渐至汉城南大门，计共行二百八十英里。适有副领事黄云深君移玉来迓，时为七钟半，黄昏大雨，乃往宿于车站旁之二见旅馆。

第二十四日　十一号天即晴，蒙黄副领事（宗麟，上海人）（总领事为富士英，浙人，现在病假中）导游各地，城已拆除，仅存遗址（南有觅山，北有马鬣山，皆环城外）。先至靖武祠，为吴武壮公妥灵之所（长庆字小轩，清光绪八年赴韩平内乱），地为中国所有，门前尚可建屋。当时吴公幕中，有袁项城、张南通诸人杰，袁即在今领事馆办事，系一同知，驭下甚严，时杀人于馆中之银杏树下，至今老干参天，使人对之穆然。其前有小园，其后有唐少川君（绍仪）别墅。旋往博物馆，见韩之物产甚丰，有平安、安州、咸兴、平壤，所产无烟炭甚佳，并有金铜水晶各矿，丝织棉织物亦多，其尤可关心者，为关于农林之一览表：

一殖林之进展　大正元年二千三百十七万本

　　　　　　　五年八千七百十一万本

一殖桑之面积　大正元年四千余町步

　　　　　　　六年一万八千余町步

一产茧之比较　大正元年三万石

　　　　　　　六年六万石

一畜牛之比较　大正二年一百二十一万一千零十一头

　　　　　　　六年一百三十八万四千六百零九头

午膳于二宫街大观园，旋往景福宫（韩有三宫其二曰德寿，曰昌德，近日均禁开放，为防独立余波也，至于李王则居宫中动物园内）。至光化门外，有纪念碑殿（大院君之子李太王当时即位纪念，近已逝世），适对明月馆支店（酒楼），临路隅，本年三月一日有天道教主孙秉熙，在此宣言独立，近犹在押未释。入光化门，气象甚壮（"光化"二字系以十六两黄金制成）。至勤政殿，庭中有两行分叙九品之小石碑，丹墀有两层，殿中有暖阁，临朝所也。又至思政殿及修政殿（此为内阁会议之地，日韩合并，在此签押）。再进为庆会楼，四面环水，通以石桥，有四十八大楹，均天然石，每楹二抱余，上有楼。更进为闵妃宫，重门深闭，想见当年碧血（闵妃为事大党倾向中国，为日人逼毙，骨灰无存）。出外，过交通室，中列模型图画甚多，左右作穹隆上升之路，可以不梯而达于楼，屋全圆，当开博览会于此。别有博物馆，皆汉唐古物。宫中现建总督府，系毁旧殿为之。宫外左右夹道之屋，旧为六部，今设警察厅等。又有李王家美术陈列所，皆奢侈品，任人选购〔日本补助李王室经费，每年一百五十万，惟由李王职（官名）准驳其用途，将余款留存银行中〕。既晚，荷黄云深君邀至明月馆食朝鲜肴（此地为李完用卖国元勋故宅。李得日贿，另建洋房，出入有警卒前后护视，颇不自由。现四十余岁。曾见其"寿山福海"四字，有龙蛇飞舞之观）。在座为黄月亭君（宝山人）、金佑行君（字芸圃，朝鲜人）、潘宗济君（粤人，任主事）并招韩妓侑觞。歌声呼呼，动人凄感，短衣长裙，仍沿尚白旧俗。余等团坐处，即李相秘密订约处。以高丽发笺匀漆地板，短栏四绕，临池通桥，其轩中题额曰"明月更照太华亭"，曰"有大福无量寿"。适值月轮辉映，对酒当歌，情不自禁，口占二绝：

明月馆

清幽池馆月光斜，此是亡韩李相家。底事黄金筑新窟，忍教鹃血溅庭花。

景福宫

啼鸦数点夕阳残，寂寞宫廷不忍看。闻道故君今尚在，年年内苑报平安。

第二十五日　十二号，金芸圃君导观男子高等普通学校（高小程度）、附属普通学校（初等程度）、女子高等普通学校，其校长皆穿军服，悬指挥刀。又至工业学校，观中央试验所，有锻工、木工、窑业、纸业，每年日政府助费二十万元。男女两小学，均无地理历史，即体操亦从略，而以日本语为国语，钟点较朝鲜语特多。

日本经营韩地，初用费年至一千五百万，如开港筑路敷设邮电等，皆有津贴，至去年减至一百五十万，现可收支适合。旧时韩政府每年收入额一千四百万，近已增至六千四百五十万有奇，此日人加征各税之结果也。此外又设朝鲜银行，以掌握金融，拓殖会社，以扩展实业。而总督（统监之换称）政治之势力，弥漫三韩矣。是日又至赵秉泽家，韩之二品大绅也，建筑精美，欧人亦多来游。适赵君六秩称庆，因赠诗以为寿："名公多幸福，偕老白云乡。北海宏交纳，南山颂寿康。增辉箕子国，养性午桥庄。邂逅真堪慰，幽居日月长。"

高丽有三特产，曰参，曰纸即发笺，曰砂磁器。红参现为三井行专卖，未制熟之白参，市中尚有，纸则隘于销场，已绝迹矣，惟砂磁盛行，以古茂见长。

…………①

第二十六日　十三号晨九时五十分开车，荷黄副领事偕金译员潘主事莅送。旋过大站为开城，田中产参，茎有绿叶，上护草棚，高只尺许。

---

① 　以下略去各项表格：《朝鲜近年学校系统》《普通学校之教科》《朝鲜银行券发行高》《各种银行一览》《东洋拓殖株式会社经管土地（大正七年十月一日）》《东洋拓殖株式会社移民事业（大正七年十月一日）》《东洋拓殖株式会社贷付金》《朝鲜土地调查成果一览表》《东洋拓殖株式会社营业概况》《日本对朝鲜之征税表》。——本书编者

又过新幕、黄州、平壤（前日自釜山西北行过成欢站，山稍疏而土多赤壤，今过平壤，山之距离渐远，乃睹平原，此为我国甲午丧师地也）。又过新安州，其西有清川江二支流，即隋时宇文述覆师处。旋抵新义州，市场甚小。过鸭绿江桥而至安东，乃始入国门矣，荷总领事许文伯君（同范无锡人）、副领事张孝楼君（江阴人）到车招呼，即导至日租界安东馆下榻。

平壤至釜山四百三十五哩，至汉城一百六十五哩箕子都此，有墓在兔山。哩，英里也，等于华里二又二百八十五步四尺，三百六十步为里

连峰中断露平原，桑柘参差绿数村。车过未逢箕子墓，伤心战垒血留痕。

第二十七日　十四号晨，张孝楼君（领事馆在新义州）偕陈伯谨君（明，主事）同至安东馆晤谈。即导视日租界，一切整洁，及过虹桥，为本国街，崎岖难行，正事修治。访中国银行长章伯可君（可，宜兴人），旋由张君邀至元宝山午餐（将改称远抱山）。是地适对鸭绿江铁桥，桥一日三开，使帆樯畅行，余时惟通火车及行人，人只可前进，不许驻视，两塊均有日兵防守。时余等在山上之杏花村（厅事三间）及听涛轩中一览在目，轩外有联云：

到此间忧乐交萦，寄言蜡屐诸君，无忘当年曾战垒。

看隔岸河山依旧，便欲凭江一吊，不知何处是新亭。

下款滇南萧应椿撰，古吴钱鏷书。

满山皆植柞树，可养蚕，有一危石，题"仙礴"二字，系程道元手墨。此山绵亘，俯瞰界河（鸭绿江较黄浦略狭，纡曲多洲渚），不知何无一炮垒，未免忽视门户矣。安东市面兴盛，大宗出品为茧绸，年易四百万，大豆八百万，木材六百万，而岫岩石之雕工，亦所著名。旋至日租界之镇江山，引泉凿池，花木满布，有一表忠碑，为明治三十三四年战死者丛葬处，大岛义昌草书。晚又由章君邀至"鸭江春"晚餐，在兴隆街中国银行隔壁，座中有安藤洋行总理日本法学博士黑泽退藏君，是夜即乘车赴奉天。

…………

（载《日鲜游记》，上海民立中学校，1919 年 12 月）

朝鲜行记

十月十三日。晚九时三十五分，乘京奉通车出发。同行者计十人：农商部金次长外四人，外交部二人并三井物产株式会社代表儿玉贞雄氏亦偕往焉。

十四日。晚八时许抵奉。寄宿于车站旁之太和旅馆。

十五日。早八时乘换南满铁道专车，向安东出发。是日同行者除北京十人外，有奉天张师长、马特派交涉员等十数人。晚六时抵安东。当车甫抵站时，有朝鲜总督府特派铁道局参事和田骏氏等三人来站欢迎。即乘换朝鲜铁道局专车。八时抵新义州，停车在新义州铁道旅馆晚餐。九时四十分开车。先是吉林参观各员已行抵安东，会齐同往，故乘朝鲜专车。时计北京、奉天、吉林三处人员达三十余人矣。在车次组织参观团草订规约，推定正副团长、干事。

十六日。早八时安抵朝鲜京城。按：京城位于东经百二十六度五十九分，北纬三十七度三十四分，本高句丽之北汉山郡，李太祖即位之三年定都焉。旧史载，太祖使僧无学相定都之地，欲筑外城，未定周围远近。一夜，天大雪，外积内消。太祖异之，命从雪立城，址即今城形也。城东西约一千丈余，南北约七百丈余，周围约八千九百丈余。发诸道民丁二十万筑成（无学者，雪峰山土窟僧，后封王师）。既八时四十分达南大门车站。南大门本名崇礼门，五百二十余年前所建筑。形式略如吾国，而较为简略。门之左右城壁，于隆熙元年九月以拓充市街，布设电车轨道，辟展作为通衢，各广四十八尺。旧有城楼及门洞，绕以石垣，附植树株以保存风致。现因开设共进会，增加点缀，夜间电光闪烁，辉煌夺目。下车后，由招待员导入朝鲜旅馆驻足焉。此馆系朝鲜铁道局所经营，为南别宫故址，临街大门尚仍其旧。馆之建筑，一仿西式，用费约八千万元，合之设备，一切计百余万元。屋宇宏厂［敞］，设备完全，专为接待外人及上流绅商而设。馆后为旧圜邱壇，李太王李王即位大典，均在此举行云。稍憩即接到分配之参观日程。按是日程序，十一时赴朝鲜总督府访问，寺内总督正午协赞会招请午餐（设交泰殿），京城协赞会会长吉原三郎氏为东洋拓殖会社总裁，组织此会经费约九万元。餐毕观览共进会，历美术馆、勤政殿回廊之渔具、农具、园艺等陈列场，思政殿内赤爱出品之，博爱馆第一号馆之农业拓殖、林业、矿业、水产工业各部类（详观会记）。约五时许归寓。六时应富总领事之招赴总领事馆晚餐。

十七日。为共进会行褒赏授与式之期。早十时着礼服至会场（设勤政殿），寺内总督、山县事物总监及李王等均莅临焉。稍憩，按照褒赏授与式次第，首奏乐唱国歌，次事物委员长报告开会，次审查长申请褒赏功劳授与，次总督宣式辞毕，分别授与褒赏及功劳赏，次道长官总代表祝辞，次来宾祝辞（吾国张师长金次长亦均各致祝辞），次受赏者总代表答辞，次事务委员长报告，式终奏乐，齐赴食堂（设庆会楼）。爆竹喧腾，极一时之盛。继由外事课长导引园游会、演艺馆及前日观览未竟各陈列馆，如第二号馆、审势馆、机械馆等（详观会记）。约五时许归寓。七时应寺内总督之招在龙山官邸晚餐。

十八日。早九时参观高等普通学校、女子高等普通学校。所谓高等普通学校者，系对于朝鲜人所施之特别教育也。程度在中学以下、高等小学以上，四年毕业。各种教科用书，均属日文。全体教员有鲜人一二，教汉文者。凡在校学生，日语均极娴熟，是尤特色。再就教育方面论之，管理森严，教授切实。观其师生之间，精神贯注，感情亲密，实为教育家应注意之点。顺道观鲜人书堂（即私塾），教室方广约一丈，中盘坐先生，两傍三四名学生，年龄十岁以下。所诵习者，吾国四书、五经、千字文等类。据日人云：此类书堂，全国尚有三万所。政府为贫儒谋生起见，听其自由。将来教育普及之后，自归淘汰无疑也。旋往京城私立幼稚园。该园在仁寺洞，收容上流鲜人之幼儿。经费年约千九百元，以补助金、保育费及捐助金充之。现在幼儿为公子李勇吉等四十余名。是日由保姆引唱歌词，群儿和之，天趣发展，实与兴儿童之身心有莫大关系。

正午游昌德宫。宫在北汉山之支脉鹰峰之南麓，与南山相对峙，周围一万二千八百七十余尺，圜以崇垣，总地积约七百三十三万五千六百余平方尺，合秘苑、昌庆苑之总称内秘苑，面积二百二十二万九千七百余平方尺。昌庆苑面积一百九十二万九千六百余平方尺（秘苑即宫苑，昌庆苑为博物馆动植物园所在地）。溯考建筑之时期，盖距今五百二十年。为今李王太祖即位所经营之别苑，后罹兵焚，再建遂并昌庆为一。此历史上之大略情形也（秘苑内有鲜洋折衷式之楼房，系李王职府舍）。游甫半，在宙合楼午餐（此楼为瓦葺，建筑距今二百二十年）。合撮小影。复游览苑内各处并昌庆苑之植物培养室暨博物馆。馆内陈列朝鲜古时贵重品物一万数千点，均有标题，记明其渊源与其制作，使览者有所考见，实陈列古物必要之设备也。通观全苑，地址宏厂［敞］，风景清幽，殿阁峙立，亭榭环翼，动植两园分位南北。以吾国之颐和园、北海等处相较，虽富丽不及，而景趣天成，培植适宜则又各显其长。继往朝鲜总督府医院参观。院在昌德宫东邻，地址高爽，先为大韩医院，现在占地总计一百九十九万八千一百余平方尺，建物面积合计十二万四千四百余平方尺。可收容患者三百余人。首观览水治疗法室，入 X 光线室试验手指及心脏种种。次往图书标本各室，其各等病室，内容洁净，规律整肃，医员及事务员等往来其间，均着用软底之鞋。复有回春园，以为静养散步之场，盖其对于患者之休养颇为注意也（详调查记）。约五时许归寓。傍晚应三井物产会社、朝鲜银行、东亚烟草株式会社三处之招，在花月楼晚餐。

十九日。早九时参观京城中学校。为对于日本内地人之教育，鲜人之受入学试验合格者亦得入校肄业，现仅数名。校内设有寄宿舍，一切食事均由学生自理，每月每名不过分派六元。至于程度、教科及各种管理等，与日本内地无异。继往总督府济生院参观。首盲哑部，次养育部（详调查记）。继往工业传习所暨中央试验所。试验所分染织、窑业、应用化学、酿造各部，传习所分染织、陶器、金工、木工、应用化学各科，大率就鲜地固有之工业试验、改良传习之，以期普及（详调查记）。在所午餐后，往朝鲜银行参观。该行系由韩国银行改组，资本一千万元，为股分公司。有发行银行券之权，兼受委托办理政府金库事务。银行之建筑工事，为日本工学博士辰野金吾所设计。本栋建物计九万四千五百余平方尺，附属屋三千七百平方尺，明治四十五年一月竣工。巍然峙立京城南大门街，与京城邮便局为畸［犄］角之势。三时应中华商会之招，在领事馆茶会。七时应山县事务总监之招，在朝鲜旅馆晚餐并纵观鲜人歌舞及戏剧，至十一时始散。（未完）[1]

（载北京《市政通告》第 27 期"专件"，
1920 年 4 月 30 日。无署名）

---

[1] 《市政通告》28 期以后未见续刊此文，原因不详。——本书编者

游朝鲜日记[*]

钱文选

五月二十号

是日由京都乘火车起程，前往高丽。火车至下关，遂换船，乘八点钟之船，至釜山计一百二十二海里。车停约二点钟，遂由釜山至汉城，由汉城至平壤，再至安东。沿途见高丽山明水秀，土壤肥美，惜农事不讲，商业未兴，人民相习懒惰，衣食不充，一种苦况，忧形于色，亡国惨痛，能不寒心？

安东设有海关，入口行李，均须检查，过一桥（鸭绿江）即为安东县，人烟稠密，鸭绿江即为中韩交界处，过此桥即为中国内地。由安东直达奉天，自釜山至奉天省城，系日本车辆，虽狭小不如欧美，而尚洁净，伺候亦尚周到。余以将至我国内地，即不逐日纪事，盖游历内地者多，且亦无事可纪也。

余至奉天车站，下车先赴客栈，以电话询问余之旧日同学朱君子厚，是否在测绘学堂充教习，电答仍在该处，即来会晤。余与朱君久别，忽得聚首他乡，欢欣无极，朱君约余至酒馆午饭。饭后即赴该学校畅谈离绪，忽闻校外柴厂火起，殃及学校，火已入大厅，所有教员学生，均纷纷搬运行李出校，余亦助朱君搬运，由后墙跳出，一场欢聚，忽变愁观，诚出人意外，祝融氏诚恶作剧也。少焉将火扑灭，校中人员惊魂甫定，又须搬物入校，纷乱情形，不可言状。余因欲回京销差，即与朱君握别。

余由奉天车站赴山海关，在旅馆一宿，奉天至北京本有快车、常车之分，快车可以直达北京，勿庸下车。余所以不乘快车者，借以在山海关游览长城。余此次不由日本直达上海或天津者，一为游高丽，一为览

---

* 节自《游日本日记 由西京、朝鲜、奉天至京》，题目是本书编者加的。——本书编者

长城也。中国有二大工程，一长城，二黄河，余不惜金钱与时间，仆仆风尘，奔驰于名山大川，以及各名胜，无非欲览古迹，藉作壮游，俾不负此生耳。……

（载钱文选著《环球日记·游日本日记》，未署出版者，1920年4月。
文字据钱文选《士青全集》"第五集 游记 卷一
环球日记 四"，商务印书馆，1939年8月）

朝鲜京城观察记

佚　名

　　满蒙考察员马君自朝鲜京城来信云：三日晚到京城，四日晨同友人参观高丽旧皇宫。进光化门，先到交通馆，馆中陈设皆朝鲜水陆交通的地图模型，朝鲜满洲（中国吉奉两省）之途径远近，亦都详为录出。余如火山的状态、地质的时代，亦绘画极详。此可见日人用心深远之处。交通馆对面有最大的洋房正在建筑中，闻系将来之总督府。总督府后面即高丽之故宫（前皇后殉难之处。前皇后亲中国后为日人毒死宫中）。吾人由侧门入内，周围皆走廊，陈设朝鲜旧式枪炮；中一座大房，类中国庙宇，拜殿进步数丈，宽十余丈；天井上雕龙画凤，颇壮观瞻，此殿曰勤政殿。殿前院子俱用方砖敷地，地上竖石，标记十二级，一二品则在前方，余在后方。勤政殿现陈设古物，因整理尚未就绪，不便参观。而去殿之后，为思政门。入思政门，见思政殿，左有万春殿，殿右为千秋殿，先时皇帝居中，万春千秋，用以住皇太子的。而思政殿有小房数间，呼为库，以天地玄黄编号。出思政殿，右方见修政殿，殿后为庆会楼，楼前荷花一池，乃宴会的好地点，此后尚有空地若干，闻前为皇帝之宫，现久为日兵毁去。宫之左方，有新筑的博物馆一所，陈列虽多，但其精采的仍不外中国之品，东洋古文明国的价值于此更可证明。

　　自宫中出，到钟路朝鲜青年会。余初不甚注意，因青年会组织极大的规模，莫过上海、北京，余皆看惯。及到此间青年会一看，不但陈列整齐，令人注意，其实业部的组织尤可称东洋第一。余逐一参观，特记其最大六部：（一）铁工部；（二）竹工部；（三）印刷部；（四）涂色部；（五）本工部；（六）制品部。都用最新的机器最新的学理教授朝鲜青年以相当的实业知识，吾国人过此间的，不可不往一观。

　　在社会上看，韩人衣服，夏日尽着白色麻布，不但洁白可观，且露出富庶的样子，不容易令人辨其贫富。论到房子，实在可怜，乡间的不必再说，但京城方面也是非常的不雅观。一般平民住房，较日本人住的更小而矮，陋亦过之。室内厨房连卧房，灶低于卧铺，烟自下出。室内不洁自不待言，且臭气薰人，嗅则作呕。中上人家房屋较大，气味较好，但其污秽状仍无异于小户人家。朝鲜旅馆，向闻人云不能住。我以调查为目的，亲到其处，见有六尺长宽之一种席，上要住旅客三人或四人，饮食店系朝鲜中下人会餐之所。余曾参观一二处，见饮者食者，或持酒杯，或持饭碗菜碗，站立而食，苍蝇乱飞，臭气冲鼻，而鲜人围立，食笑无丝毫异状。又到一中上人家，看其家庭组织，及到厨房见一老年佣妇于屋檐下腌菜，一面用盐，一面切菜，其污秽亦无异于小人家和饮食店。看毕，食于一中国料理店（即饭店），方入门，见鲜女数人鱼贯而入，询店主，知为鲜人叫来的妓女。未几，歌声起于一室，悲而幽，令人不忍闻，诚亡国之音。朝鲜人精神上不自由，较之物质上更为强烈。余在青年会参观时，有一干事低声相告曰（会中教育干事）：因文字累，尚幽禁狱中。又一西友相告曰：韩人某，宗教界领袖，去岁为主席代入狱，人祈祷安慰，言方出口，日警即来捉彼狱中。中国料理店一堂官告余曰：鲜人为了重税的结果，田地房屋都尽卖给日人了。又见火车电车上和路上来往的男女老少，面上都带菜色或不快愉色。彼得意的不过是些家邦外丧的流氓，专代日人侦欺同胞，但多数鲜人的精神，总都呈出不安的样子，亡国之祸可胜言哉！

（载天津《大公报》1920 年 8 月 24 日）

扶桑印影 [节录]

庐　隐

今年四月二十九日的夜里，疏星历落，清光掩映；我们二十个征人乘了一只日本船叫做"长沙丸"的，直奔烟波渺茫的大海里去；在海上过了五天五夜，已到那白云深处的"蓬莱仙岛"了。在岛中小住月余，曾游西京、东京、大阪、神户、奈良、横滨、日光、广岛诸胜地，归途又经釜山、汉城、平壤、大连、旅顺等地，万影灿烂，只可惜我的心幕有限，所印下来的不多，且自从回国以后，事忙心倦，更不知又模糊多少！

昨夜微雨，新凉宜人，幽斋独处，才能把笔略写心头残影；但千头万绪，真不知从什么地方写起，现在为便利回忆起见，拟分门别类，逐件写出，惟不能逐日详载，故不敢作《扶桑纪游》，只作个《扶桑印影》罢了。

……

关于日本内地所得的印象，大约尽于此。现在再把我回来时沿途所见的略说一二：

釜山　釜山是日韩交界的地方，我们下车以后，也看见许多韩人，然而地方上种种制度，都与日本内地相同。韩人本有的文化，早已不知去所，正所谓"王侯第宅皆新主，文武衣冠异昔时"了！

我们在釜山没有多少时候耽搁，从船上下来以后就在火车站等火车，这时我们曾到车站附近的地方去置东西。朝鲜人一种奇异的装束，最易使人注目——男子头戴斗笠般的黑纱帽，足着船式的草鞋或布鞋；上等人也有着皮鞋的。——然其式仍是两头向上如船，袜乃棉絮补成，纵夏天暑气蒸热，也是穿棉袜。身上穿的是白麻布的长袍，衣服无钮，唯大襟靠右方用带子一根联结起来，女子就着短小上衣，长只到胸部，下面用各彩色的麻布作裙。麻布本硬性,穿在身上不易贴服,若再被风一吹,就要蓬蓬然如支营帐,真不美观。劳动妇人头上顶一布制的圈,重物置于其上,负以远行。

街上多日本商店,和日本式的房屋,来往的行人,多半是日本人,但清洁就远不如日本内地了。有如走到朝鲜人住的地方,一种葱韭臭味,令人作呕。他们一种污秽懒散不振的态度,看了真由不得人要心酸叹息致亡之有因了!

京城 我们在京城住了两天,曾到新建筑的李王府和朝鲜故宫改成的博物馆去看,后又到福景〔景福〕宫、北岳山各地方去,这几个地方都使人起无限的回忆!中日之役,袁世凯曾与日兵战于北岳山,叶志超被围于牙山;往事已成劫灰,而登临凭吊之余,仍不免慨然长叹呢!

此地街道清洁,电车轨道如网,交通极便利,房屋多高楼大厦;吾人到了这个地方,好像仍在日本内地,想不到这就是朝鲜的京城呵!

平壤 平壤本箕子所开的都会,他的坟墓也在那里,在二千年前——周时平壤即所谓东海乐浪国,在大同江对面。我们在平壤只住了一天,早晨登箕子墓,东望则大同江如衣带,受日光映射而发银光。后来又到乙密台,乃中日之役马玉昆等败北的地方;我们凭高台而四顾,不禁生"江山如旧人物已非"的感想。在乙密台的壁上题着许多感慨悲愤的诗句,可惜当时仓卒未曾录下来。

下午我们又买棹泛大同江,江水碧绿,青山挹翠,滨江千尺石壁,即所谓清流壁,朝鲜亡国臣僚都在上面题字而殉。有四个朝鲜女学生,也和我们同游,我们曾问她们去年独立运动怎么样。她们只惝然长叹,泪光莹莹,不能更说一句话,我们看了真不忍再往下问了!唉!被征服的民族,满心除了悲哀还有什么呢!

奉天 奉天本是中国领土,而南满铁路沿线二十里的地方都归日本所有了!又有日本租界,我们从南满路下车的时候,看见来往的中国人固不少,而日本人亦居半数,所以奉天实在已入了日人的势力范围了!

……

(载上海《学艺》杂志第4卷第4号,1923年4月1日)

旅行日韩日记 ［节录］

刘崇本

中华民国六年四月二十日，直隶第二师范学校奉省令派教员赴日本考察学务，并就便到江浙等省参观。校长刘君委予任其事。

初五日。晚七钟到奉天南关，住悦来栈。此行车价八元七角五分，栈房房饭费七角。是日过宁远，有吊孙文忠诗。

初六日。由安奉路买日本通车票，用洋十元零九角。八钟十分启行。下午四钟抵安东。营业者多日商，房屋亦多洋式，唯遥觇县署国旗飘飏而已。午饭毕，换车赴朝鲜。

按：安奉路权，尽入日人之手，乘客多系日人，且多妇孺，提携保抱，络绎不绝，盖皆以我东三省为殖民地也。沿路驿站，亦多日人营业。最大驿站，为本溪湖，有中日合办煤铁公司，计职员中人八十名，日人百三十人，工人约二千五百人。站旁一小支路，入东北山中，曰"庙儿沟"，专运煤铁。又东有鸡冠山，日人甚多，山洞隧道甚大，路轨径行山洞外，多傍山麓，曲折倾斜，下临溪水，驶行甚缓。路线所经，皆系乱山，略无林木。时方初夏，犹似初春，唯紫荆花盛开而已。余有诗纪其事。

是日晚六钟过鸭绿江桥，桥东即朝鲜义州，隔衣带水，宽约里许。桥成后交通甚便，而天险去矣。

初七日。五钟三十五分，天甫明，过汶山，大院君之墓在焉。路旁居人皆草屋，户甚低，附身入，且多无窗牖，如暗室然。户外即田野，无庭院，不知韩人何以能郁郁久居此也。路旁之山，新种松树，高仅丈许，或二三尺，闻系日韩合并后森林局所种，十年后材木当不可胜用矣。沿途多稻田，灌溉甚便，八钟至朝鲜京城南大门，署曰"崇礼门"，住笑福旅馆。

　　早食毕，持松平领事介绍书，诣朝鲜总督府。府在城内东山绝顶，俯瞰全城，韩宫适当其下，颇擅形胜。时外事课方会食，暂入接待室少坐。壁间悬朝鲜林业图，全境之山，分配红黄二色，以为已成林及未成林之表识。其已成林之山，约占十分之七，三五年后，当无濯濯者矣。始悟所见之山，遍植林木，盖日本政府提倡之力所致也。

　　未久，外事课长久水三郎接见，遂介绍于学务课长。课长室狭，立谈约一小时。凡朝鲜教育之计画，学校之系统，教育之机关，以及参观之秩序，无不井井有条，略无官场骄惰废阁之习气。以此从政，何政不修，以此图功，何功不就。彼视官如安乐窝者，何从梦见耶。谈毕，立派视学员山忠氏，按开列参观学校之顺序，引导视察云。朝鲜总督府职官，皆军服佩刀，视学员亦然，即此地学校职员，亦无不然。窥其意盖以震慑韩人，且防意外也。

　　是日下午一钟，参观日出公立寻常小学校。该校有事务分担表，教务系二人，庶务系六人，校具系六人，卫生系二人，用度系二人。参观毕，山忠氏云："贵国视察员侯君马君等，昨日借贵国领事馆委员陈秉锟为翻译，到此参观，颇能得力，余当为诸君介绍，以备明日参观也。"余等以为中国人见中国官，必由外人介绍，有辱国体，乃辞山忠氏，径赴驻韩领事馆。馆内有两等小学校，盖为华侨子弟设者。时已休课，无由观其教授，然讲室凝尘寸许，桌椅残毁，视内地学校，腐败尤甚，为之叹息者久之。及领事官某公出见，足履缀五彩线，傲睨偃蹇，率尔问曰："诸君来意云何？"余等具以实告。某公云："既有山忠氏导观，可无用领事馆翻译。且国际上皆平等，不得以总督府职官，命令我国领事，此大辱国。"其意盖以同行者，不通日语，无人翻译，且先诣朝鲜总督府，后诣本国领事馆，为不知礼。实则余等不知朝鲜尚有我国领事，非有意轻视，且恐由山忠氏介绍，尤为失礼，故尔私谒也。奈某公神气骄慢，不可响迩，乃不辞而出。且有申申而詈者，领事亦无如何也。

　　初八日。早食毕，侯君绍先，马君千里来寓云："领事馆委员陈君秉锟，从山忠氏续至矣。"余等以为方触领事之怒，不允派遣翻译，今何前倨而后恭也。俄而山忠氏偕陈君至，寒暄毕，陈君乃代觅人力车，从事参观矣。先是由领事馆归，同行陈子灵恐官绅冲突，贻笑外人，阴托侯绍先等赴领事馆调和，且表明同人心迹，故有此举。

　　是日参观之学校有四。一为京城高等普通学校。二为高等学校附属之普通学校。该校月例行事表，水曜定例职员会，月曜服装检阅，每学期第四周土曜，行大清洁法，第一三两周土曜，学用品检阅，临时规律检阅，学年会。三为京城女子高等普通学校。到该校时已近午，即在该校购辨当食，辨当者如中国便饭，法用薄木片折作方盒二，各有底盖，一贮米饭，一贮鱼肉菜蔬，并有小木箸，皆经消毒者，日本车站多有之，颇便行旅。食毕，校长太田秀穗，出女生制成明信片六枚，分与同行人，上绘朝鲜冠婚丧祭之人物仪式。令各出铜元六枚，云此项代价，作为女生旅行及纪念费用，每六枚一组，只赢铜元一枚也。该校刺绣陈列所，有朝鲜冠婚丧祭之仪式模型，其人物较常人略小，服装与世人无异，颇足觇风俗之一斑矣。四为京城工业专门学校。该校附设自营团，有毕业生出资营业，各以所学得之技能，同力合作，由本校指导补助之。

下午四钟，陈君秉锟导观李王家美术工场。李王者朝鲜废帝，日本授以王爵者也。其美术品皆朝鲜制，大约铜器玉器瓷器，及砚墨首饰居多，每件俱系价目，以妇人主其事。

四钟半，学务课长邀集参观团，开茶话会于教育俱乐部。该部旧为法国驻韩公使馆，规模宏壮，日韩合并后，无所用之，因售之日本。内有图书室，及朝鲜产物陈列室，凡古今物品，以及一草席一柳笼，无不注明产地，即此可知该处工业状况，而施相当之教育。未几，凡参观学校之校长，及视学员俱至，座间课长报告目下朝鲜教育之计画，及学校维持费，与扩充之数，并云："诸公参观后，各作若何感想？且贵国教育现状若何？诸君将来之施设若何？"某君答以吾国教育幼稚，同于朝鲜，以目下朝鲜之教育施之，颇为适宜云云。其词虽直，同人以其自比于朝鲜，有失国体，深滋不悦，遂不欢而散，归寓时已七钟。

时以急赴日本，遂买东京通票，乘车夜行，同行之天津系陈子灵四人，从此遂分手。

初九日。黎明抵釜山，乘伊崎丸，渡对马峡，约有八小时，抵下关时，已下午五钟余矣。

是日以昨夜乘车未得安寝，及登舟过海峡，流甚急，又值大风颠簸殊甚，同行者眩晕呕吐，几不能兴。余食后亦蛰伏不敢出也。登岸后疲极，因就伊藤旅馆宿焉。是日渡对马峡，有绝句一首。

（载姚祝萱编《国外游记汇刊》第一册"卷之三日本附朝鲜"，上海中华书局，1924 年 10 月）

韩国游记

张钟山

一 绪言

韩国为极东之一大半岛国，南北长约二千里，东西广约七百里，合大小诸岛约有七万二千方里之面积，人口约千余万。现华侨居此地者，计九千六百数十家，三万零八百余人云。

昔殷之亡也，箕子去国，至辽阳建都，国号朝鲜，子孙相继者九百年。至其后裔箕准，为卫满所逐，取而代之，自称朝鲜王，奠都平壤，治国八十余年，为汉武帝所征服。汉威及于半岛西北部之时，东南一部，有所谓马韩、辰韩、辨韩之三小国起，是为"前三韩"。厥后前三韩渐衰，新罗之始祖，先征服辰辨两韩，更压迫马韩而建一国。于时有朱蒙者，据鸭绿江之上流，国于扶余，号高句丽。其子名温祚者，又据马韩之慰礼城，而独创一国，称为百济，是为"后三韩"。三国鼎峙，角逐不绝。后百济、高句丽咸经七百年而亡，新罗遂统一全半岛，前后建国凡千有余年。高句丽之一王族，起而灭新罗，统一全半岛，国号高丽，都于松都（今之开城），凡五百年。及李成桂得明之承认，袭高丽之后，复国号为朝鲜，乃奠都于汉阳（今之京城），此实距今五百三十余年前事也。洎夫爱亲［新］觉罗氏起于满洲，入主中夏，朝鲜遂隶属我国，至中东之役止。降至李熙即位，国际间关系，日渐复杂，经几度扰乱之后，竟自立帝国，改国号曰大韩。斯时也，日本百方诱胁，不遗余力，卒于十年之间，战胜两大。我国在韩之势力，被扫于前，俄国在韩之势力，又被逐于后，朝鲜半岛，遂成日本之保护国。更因李完用之赐，而所谓

"大韩帝国"也者，竟受日本帝国统监政治之下，此即民国前二年事也。前数年，韩国志士，有复国之运动，有志竟成，预祝之。

朝鲜既有以上所述之历史，与吾国之外交上、政治上、通商上、边防上等，实有莫大之关系，余之思得一游也久矣。今夏至东三省方面，实地考察矿业之便，顺道一游，遂生平所愿之一，兹仅就足迹所经，观感所及者，追记于次，或有值识者一顾之处，亦未可知也。

二 京都釜山间

余此行之首途也，乃今年七月十七日，暑气逼人，连日温度达九十七八度之高，静坐室中，汗流夹［浃］背，是日适值京都最有名之祇园祭，台车盈途，灯彩遍街，四方来观者，接踵而至。余于此际离去繁华之都会，甘作清苦之旅客，盖别有真乐在也。午后一时，奉天高君送余登车。汽笛一声，脱帽别去，是夜宿于冈山，与同乡王孙二君畅谈甚欢。惟至夜中，帐外蚊集，翁翁［嗡嗡］作声，清梦为扰。十八晨，游著名之后乐园，入温泉浴，夕与王、孙、袁三君，绕观市街一匝。十九日午上车，遇同学赵、仇二君，赵君赴本溪湖实习，仇君回安东故乡，结伴有人，此行更不寂寞。车抵下关，即与赵君上船。入舱，臭气与热气同时袭来，闷而欲呕。席少人多，灯暗声嘈，或裸体弄扇，或带汗贪眠，不啻受罪地狱，所幸出帆而后，海风渐由圆窗中吹入，热气臭味稍减，方能假寐养神。

三 釜山

釜山为朝鲜南端之良港，与壹歧对马诸岛遥遥相对，而扼朝鲜海峡之西水道。湾内西北一带，山丘环立，南方之海面上，则有绝影岛与龙台、冬柏二岛相峙，成自然之港门。港内水域，分东南二区，南湾水浅，不过便于渔舟之系泊，东湾水深，足以容三千吨之巨舶云。此港从来为日韩交通上之惟一要津，自所谓"鲜满铁路"直通后，海陆之连络，日益完备，遂一跃而为欧亚两大陆交通上之门户，且有逐年发达之状势，最近人口约三万五千，输出入年额约三千万圆云。

釜山市街，在龙头山以至南滨一带，渐向北展开，街衢比较整然。

宝水川流贯其中央，将市区分为东西两段。海岸附近，为渔业之根据地，有鱼市场、水产组合等，由码头栈桥附近，至釜山驿一带，为新开地，多关于船舶、漕运、旅馆等之营业，而市区有渐向北部草梁方面扩大之趋势。余之过釜山也，为七月廿日晨，阴云密布，行色匆匆，以车船连络，交代行李，距急行车出发时刻不远，故仅在车站附近一观市街状况，一切胜地，均未暇游。

余等所乘为直达奉天之快车，搭客甚多，及余等上车时，三等列车中，已无立足余地，乃向掌车者交涉，改乘寝台车，卒得许可，并不取费。因朝鲜铁道，现亦为南满铁道会社所管理，凡该会社所管理之铁道，日本一切学校之学生、教师，车费只给半价，且为此种旅客，谋相当之便利。至若到该会社所关系之工场，或矿山实习者，则于指定区段内，发给免票，奖励其国内之多数有阶级者以旅行此方西，积极发挥其经营朝鲜与东三省之目的。而我国人则非醉生梦死，即日事战争，竟不知边防之日危，前途之可虑，殷鉴不远，朝鲜即绝好榜样。车中与赵、仇二君论及此事，未尝不叹息痛恨于我国有枪阶级之执迷不悟，而竟恶用其力于争权夺利也。

车过大丘，时将正午，细雨飞来，薄雾凑合，不得窥其市街面目。自此而后，即两旁风物，亦不能远眺，飘渺过眼者，不过低秃土冈，与夫隘陋茅屋，并未见有奇峰秀岭，或茂林修竹也。五时许至成欢驿下车，投宿于大矢旅馆（一宿二食取费三圆五角）。

四　成欢

成欢古驿，乃现在车站后之村落，即中东战争，初开火之古战场也。驿之北六七里，有安城川，蜿蜒流贯于水泽之间，注入牙山湾。所谓安城渡者，即中东之役，日军渡河之处，我军曾猛攻之，将其先头之中队长二名，士卒无数，击毙之地也。牙山湾，则为当日我将叶子超、聂士成等上陆之地点，水深港良，可容巨舶，故颇有名。

成欢当牙山、屯浦二市场之要冲，交通颇为频繁，往昔百济之慰礼城址，即在驿之东南，约十二三里。附近一带，产砂金甚富，更十一二里，有稷山金矿，朝鲜半岛之一大富源也。余等之在成欢下车者，目的即在观其砂金之采掘状况。廿一日晨，大雨如注，余等乘汽车，往观砂金采掘用浚渫机。车小人多，道路不良，簸动特大。其路为简单之土砂道，宽不过十二三尺，路缘多为雨水冲坏，未经培养修理，而汽车又系破旧之物，故其速度甚小，约费廿分钟，始达砂金采掘地。余等下车（车费五角），遂冒雨踏泥而上浚渫机。此砂金矿为美国人所经营，含金颇富，年产额约三十万圆，司机及淘金等工作之主要劳动者，皆用华人，共十二名（外朝鲜工人约四五十名），工价每日每人约七角以至一元，大都略能解英语及韩语。余等参观时，略与矿主应酬之后，即由二老练华工，导余等视机械各部之组织，及淘金作业状况等。时将正午，前去之汽车已回，遂与辞上车赴成欢驿。途中有一峻坡，斜度稍大，汽车因载量过重，竟发生障碍，余等皆下车步行至顶上，乃乘车前进，延时十数分，皆道路与汽车均不良之所致也。

抵成驿欢〔欢驿〕后，因距离开车时刻尚早，遂往参观附近之一小金矿制炼厂。此工场乃本年三月所设，仅用工人四五名、小蒸汽罐一具、捣矿机一组，用混汞法以取金，每日不过处理三吨矿石，其矿石之含金品味，在十万分之一以至十万分之三，平均每日约费煤一吨、水银十两，能取金一两或二两云。此种小制炼工场，所需资本无多，而获利不微，在矿业及交通未大发达之地方，颇可取之以作参考。盖与其骛〔骛〕远好高，难收成效，不如多先办小规模工场，乃逐次扩张之为得策也。

朝鲜之金矿业，在世界上颇在相当之位置，与其农业、渔业二者合并，有"朝鲜三大业"之称。自韩被日并后，关于矿业方面，首先施行朝鲜矿业令，及关系诸法令，其次调查矿床及地质，新设选矿制炼试验场，再宣传办矿之利益，及矿业经营法之指导，更扩充矿业教育，于京城工业专校内加设矿山科，故朝鲜之矿业，日渐发展。在一九一七年，其产金额曾达一八五〇〇〇两，价值八二七〇〇〇〇圆，最近虽因劳动价之腾贵，生产费之增高，收支不能相偿，休山废业者续出，然而其年产额，仍在七八万两以上，价值亦在三百四五十万圆以上也。就中其砂金产出量，实有日本全国砂金产量之五十倍，盖据一九二一年之调查，日本之砂金产额，不过七〇二九圆，而朝鲜之砂金产额，则为三五九二六〇圆也。

午后三时由成欢出发，同车者，有稷山小学男女教员各一人。余遂移座近其男教员，叩其姓氏，曰刘，系与女教员同充代表，赴京城教育会者。余出名片，言明系华人，因细叩朝鲜之教育状况，彼为余一一解释。次问京城之名胜古迹，渠为余记之于片，并略加说明。后询及一般人民之生活状况，彼叹曰："一言以蔽之曰，生活难。"当余等问答时，间有涉及政治者，彼即低声含糊以答，似不乐谈此，恐日人之闻知者。车达水原驿，彼曰，此李朝正宗时代之古城也，城壁延长一万三千二百尺，京城以外，建筑之宏壮，冠于朝鲜半岛，只以久不修理，日就荒芜，昔之楼阁园树，多变成败瓦颓垣、荒烟蔓草，不禁令人兴故宫禾黍之叹。更指驿北一山而谓余曰，彼老松擎天，郁郁耸翠者，有名之八达山也。山麓有华宁殿，昔为行宫之迹。又指东北一带远山而言曰，彼起伏蜿蜒者，光教山山脉也，山中有白云寺，寺内有青莲庵，殿阁结构，均颇壮丽。车行后，彼复西指而言曰，此去里许，有一湖，周围六七里，灌溉之地颇广，名曰西湖，风景亦佳，盖拟乎杭州之西子湖也。方谈兴正浓之际，暮色四起，车已过汉江铁桥，经龙山而达京城矣。有来站接客者，遂随之行，投宿于南大门旅馆（日人经营，一宿二食共三元）。屋漏食恶，招待疏鄙，为之不愉者终夜。

五 京城

京城为李朝五百年之首都，位于朝鲜半岛之中央，土地广沃，盘面平直，汉江蜿蜒而流于廓外之东南，山河形胜，颇为优固。城高二丈，周围卅里，设四大门，就中以南大门及东大门为宏壮，可谓市街之美观。惟自日本之总督政治施行于朝鲜后，知在廿世纪以后之都市，无保存城壁之必要，故已大部拆毁，或改筑道路，或加修公园，使尺地寸土，亦得供实际利用。如南大门等，于建筑学上有保存之价值者，则配以石基，围以铁索，俾壮观瞻，供人休息云。

市街全部划为中、东、西、南、北五署，署下设坊，坊下分契，总计有五署，四十七坊，三百四十契。市街之中心为钟路，道阔九丈以上，最宽处有达十二丈者，故虽仅为简单之碎石砂面道，而车马辐辏，尚不失其首都之面目。由东大门经钟路，以达西大门之本街道，及由南大门至钟路之街道，商业极盛，多已改筑土沥青道，电灯、电话、电车、自来水等文明利器，皆颇完备。其他景福宫、光化门及庆运宫近傍之二三道路，尚属完全，房屋亦颇相称。但苟一涉足小道，则陋巷矮屋，污秽不堪者，举目皆是。道阔仅四五尺之小街尚不少，电车乘客甚多，往来极为频繁，人口约二十五六万，日本人约占四分之一，我国人之侨居此地者，共六百六十七家、三千四百余人云。

余之在朝鲜京城，因连日淫雨，洪水为灾，京城平壤间铁道之被流失者十数处，火车停驶，坐困斯地至六七日之久。兹将数日中足迹所至之地，择其较著名者，杂录于次，以志不忘云尔。

八角塔公园　园在钟路钱物桥之北，闻为往时圆觉寺所在之地，韩廷于将亡之前数年，收买附近民家，以营造者。园内有大理石塔，高四丈，共十三层，每层均刻有佛像，乃高丽朝之治世，由元朝所运入者。因属数百年前之古物，长曝于风雨之中，大受损坏，呈黝黑色，然四面之雕刻，尚明峭可观。相传日本昔年用兵于朝鲜时，欲将此物持归，以作战利品之一，以夸大其远征之功。曾将最上之三层取下，只以重量甚大，运搬困难，乃作罢论。故至今最上三层，仍置于塔侧之地上，闻之殊堪发噱。塔之南，有大圆觉寺碑。系用极坚致之花冈石所造，高十数尺，表里刻有碑文。表为金守温所撰，里为徐居正所撰，皆朝鲜古代之有名汉文学家也。园之中央有池，池畔有小亭，亭中有白衣秀士十数人，作宰予之昼寝。亭外树荫处，则见有口衔烟斗共话沧桑之老人。余等游公园之日，并非礼拜日，而多数青年男子，无所事事，优游于其中，或席地作棋战，或群居斗石子戏，而查其衣履污秽，鹄形菜色，又似非赋闲终年，足以生活者。其嬉怠竟若是，呜呼！吾人其亦知所警惕乎？

汉阳公园　园在余等所住旅馆后之丘上，有游乐场之设备。满山松树，绿翠欲滴，居高临下，眺望极佳。一度登临，则西南之龙山全景，奔来眼底。内有黄鸟亭，及展观亭等，皆为游人所赏悦之处。

博物馆　馆在昌庆苑之东南部，有市街电车直达其正门，出入极便。苑内之明政殿、景春殿、通明殿、养和堂、涵养亭等，皆为朝鲜屈指之古代建筑物，颇为壮丽。馆内陈列新罗朝以降，历代之佛像、陶器书画、金石雕刻物等，以供观览。通明殿及景春殿等，均悬有"凡阁臣在直，非公事勿得下厅；虽大官文衡，非先生勿得升堂"之联，盖当年李皇手谕也。

动植物园　动物园在昌德宫东苑之南部，内饲各地种种动物，自游鱼飞鸟，以至猛虎雄狮，皆极完备。植物园则在苑之北部，掘池沼，养凫鸭，网罗奇花异卉，设置温室美坛，园内树木成荫，实纳凉好地也。

领事馆　我国驻韩总领事馆，在木町朝鲜邮便总局之北，所占地面甚广，又在商贾云集市街之中，故日人每欲收买其一部，而我国领事，辄拒绝之。馆闻为清季袁世凯所重修，大门纯为中国之官衙式，内面虽为洋式建筑，但已古色斑斓，现陈腐气，呈荒凉景象，一望而知其久未领获馆费之窘况。堂堂大中华民国领事馆若此，可怜亦可笑也。廿四日，余等往访马领事，闻已去元山避暑，遇其书记官，一询侨胞居韩状况，及近年通商情形，与日本大加关税之对付办法等，更至庭园中，绕视一匝，即出。

景福宫　此为李朝之古宫，乃其太祖李成桂所建，盖取周雅"君子万年介尔景福"之意。后经兵火，荒废二百余年。李熙即位时，大院君摄政，下令全国，课工役、课费用、课材料，虽怨声起于四方而不顾，惨淡经营者二年而成，不意转瞬又为他人所有也。宫在京城之北部，电车可达其正门。门前街道极阔，即昔年内部、外部、度支部、军部、法部、学部、农工商部、中枢院、邮递司等各旧衙门所在之地。勤政殿在宫之中央，为本宫之正殿，宝座即设于其内。后方有思政殿，当年李皇一日万机之所也。重门深锁，蝙粪满堂。大有碎琉璃瓦片多，烂翡翠窗棂少之概［慨］。左折入崇阳门，有修政殿，旧内阁之议政府也。殿北有庆会楼，规模宏壮。楼下全为石柱，外部之柱方形，内部之柱圆形，直径约三尺，高十五尺余，东西八列，南北六列，计四十八柱，全为一块之纯花冈石所成，实此宫中之一大异彩。楼乃当年国王宴游之所，东西长一百十数尺，南北阔九十尺，环以绿水，鹅鸭游于其中，负山面郭，垂柳颇多，夏季来北［此］，可以观莲，可以避暑，诚胜地也。余等游时，修政殿中，藏有大谷光端［瑞］游中央亚细亚时，在新疆一带所收集之壁画、墓志、偶像，及一切佛教参考品，虽皆极无聊赖之物，而他人之注意探检，与我国人之不知保存相对照，亦足以发人深省也。宫之东北，有朝鲜总督府新设之博物馆，陈列朝鲜各时代之古坟发掘物，以供考古学者之参考。正殿之前，则正大兴土木，建筑朝鲜新总督府。雄伟高大，令人望而生畏，不知一般韩人睹此，又作何感想也。

光州馆　馆在黄金町，为京城唯一之朝鲜戏园。余因欲明朝鲜戏剧之状况，特一观之。先至剧场外，孩童拥挤不堪，毫无秩序。及入内，则见其舞台之构造甚小，客座设备，亦极粗陋，其任意吐痰吸烟，亦如我国之戏园，而污臭之况味，则殆有甚焉。男女分坐，界限极严，颇似我国尚未开通之各省。其所演者，为一现代连琐［锁］剧（舞台与电影兼用），其布景之简陋，尤甚于我国之旧剧。对谈之时间，甚长冗而无谓，其喜怒哀乐之表情，毫不足以动人。即小丑作滑稽谈时，哄堂而笑者，最多不过半数，老人与妇女，则几乎笑容俱无。甚有依座假寐者，有闭目吸烟者，有侧身而坐，毫不回顾台上之传情者。纵观剧时，亦无紧张之气象，真足以类推此种民族之怠慢性而有余。其剧间且穿插与华商有关系之处，彼竟极力形容华人畏韩人之状，其太不自量，真可怜也。

燃料选矿研究所 所在京城郊外汉江之南岸，所占总面积约五十万平方尺。前年开始新设，其目的在解决朝鲜之"燃料问题"及"选矿制炼问题"。故其研究事项，分为三种：（一）石炭调查；（二）石炭试验；（三）选矿制炼试验。其技师技手等，皆由总督府所委任。余因总督府技师铃木哲郎氏之介绍，廿五日，与赵君乘火车至鹭梁津驿，下车北行，绕由山后而入（因连日大雨，汉江涨水，江岸之道路淹没故也）。先请其出图以说明组织之大概，后由其技师内田鲲五郎氏引导，往观选矿制炼设备之试验工场、试料采收室、实验室、分析所、变电室等。次复至石炭试验场，观其干馏机、瓦斯发生炉、石炭粉碎焚烧装置、炼炭机、气罐及发电机等。

汉江 汉江为朝鲜五大河之一（位第四），发源于江原道江陵郡之五台干筒水，流于京城之东南，经鹭梁津、龙山、麻浦等，而西流入海。平时流势缓漫，水深而清，江岸亦饶景趣，宜纳凉，宜观月。冬期结冰，则行人往来，或游戏于其上，故李毂诗有"半夜疾风吹破屋，一江流水冻成桥"之句。夏期，则有买酒携妓泛舟以赏柳色帆影者。余辈至此，在桥畔一小店内，坐饮清凉料，静观滔滔之水，浩浩荡荡，作万马奔腾之声，真有万千气象，聊想长江风物，为之低徊者良久。

南山公园 南山一名木觅山，或称终南山，耸立于城市之南方，苍翠幽净，风景颇佳。朝鲜现时之总督府，即在此山之麓，日人即于总督府后，筑阶段［梯］，修道路，建纪念碑，造大神社，导流蓄池，移树植花，俨然成一纯日本式之小公园。一游此园，则京城全景，尽在目中，若至山巅，则四面云山，皆来眼底，眺望之佳，称为第一。李承召有句曰："甲第连云春满坞，东风吹送如酥雨。万紫千红总含姿，相催不用临轩鼓。"尽写此山俯瞰之景也。余等日中来此，在松间乘凉，俯察全市，其稍宏大之建筑物，皆日人之所有也，外此则我国侨商所经营之商店餐馆等，尚属高朗，而韩人所有之高大房屋，除旧宫殿而外，实寥寥无几矣。

六　京义线车中

廿六日，铁道被洪水所冲坏之部分，连日昼夜加工修补，已大部分恢复。余等得此确息后，即于晨三时上车，车开，至水害最甚远处止，遂各携行李（行李多者，铁道备有运搬运夫，惟稍迟耳）下车，冒雨而行于污泥之上，时虞蹉跌，然观铁道旁之韩国劳动者，皆披蓑戴笠，而用力于复旧工事不稍息，大发挥其劳动神圣之气概。于此知凡安逸者，皆劳动之所赐也。此次上下车之时，余由去年东京震灾当时之经验，以为秩序必大乱，殊竟不然，反较在京城乘车时，井井有条。是不能不归功于铁道人员，先事预备之善也。过开城后，渐有下车者，遂与平时之列车无异。惟因火车到着时刻，已大扰乱，购求食料品，稍为困难耳。

车至定州，有数华人来搭车，皆戴发辫，面色黄黝，衣服污秽，日人皆不欲让座与之。一人来至余侧，让之坐，问其地，山东；问其业，作农；问其发辫有何用，无用；问美观乎，不美。曰然则何故留之，习惯耳；曰既出国何不即剪去之，以免贻外人以豚尾之诮，诺，归即去之。既而谈及彼等在韩情况，盖皆租韩人空地，以种菜园者。其地之租价，每亩铜元二枚以至十枚不等。因天候之良否，与经营之善恶，有时年可赚百余金，有时竟足糊口，有时竟至亏本者。然非至得相当余利之时不归，则其再接再厉之大精神也。归辄改营他业，以图发展，其所租地，则让之后继者，如此苦心持握，因而致富者，颇不乏人云。

朝鲜北部，平旷之地较多，火车驰骋于其间，颇觉快适。日渐昏暮，浓雾四合，及抵新义州，已十时。过鸭绿江桥时，仅于车中，借电灯之光，观其大概，未得细赏其工程之妙处，憾甚。盖此铁桥，为朝鲜与我东三省连络之唯一交通路，东洋第一之大铁桥也。曾费数百万元，经二年之工始成。全长三千零九十八呎，桥桁十二连，其中央之一桥桁，可以自由开闭，以便桥下船舶之航行。桥上于轨道之左右，设八呎宽之步道，以利行人之往来，实东亚各桥梁中之铮铮者。过桥即入我国境安东，中心快慰之极。

七　平壤

平壤为平安南道之首府，西鲜第一之商工业地，而朝鲜半岛之第二大都会也。人口约九万，日人居其四分之一，华侨约八百。后负大城山，前临大同江，下流三十里有兼二浦，五十里有镇南浦，皆著名码头也。不惟水运甚便，铁道亦四通八达，诚重镇也。因为朝鲜最古之都，故有"西都""柳京"等之称，又因由箕氏所建，故有"箕城"之名，其名胜古迹之多，远在京城之上云。

市街分内中外东北四城，四区内城周围十二里，绕以外廓，而新旧市街，即以此为界，此门之内，为旧市街，多住韩人，外为新市街，多住日人，华侨则散居其间，多营餐馆及菜园业。行政区域共分全市街为廿四町、廿六里，市街襟山带河，而有名之诸亭台楼门，点缀其间，宛然一幅天然画图。

余于九月十七日午前四时，搭先日由奉天东下之快车抵平壤，天尚未明。下车后，投宿于大同旅馆，暂事寝息。九时出乘电车至其终点新仓里，遂以半日功夫，而遍历左记之诸胜地。

七星门　为平壤旧城之北门，当元山大道。余下电车后，登楼避雨，见平原远开，眼界甚广。有数韩人亦休憩于其上，余出平壤图，就一中学生而询其至各名胜古迹之道路。渠一一为余说明，惟未言及七星门乃中东、日俄两役时之古战场，当年中国一大将，曾战死于此。问其名，则不知，惟就其闻知于老年者，说明当年清军败退情形，洋洋自得，若甚夸日军之善战者，其称日军曰"我军"，盖自己认为日本国民，而不稍谦也。彼后愿导余至各处游，遂随之行。

箕子陵　此为余在平壤下车之第一目的地，故出七星门后，即向陵道进行。关于箕子之来都平壤一事，史家各有异议，诸说纷纷，尚未归一。而平壤为箕氏子孙之所开发，则毫无疑义。但现今之陵墓，为八百余年前，高丽肃宗王求箕子之坟茔而祭祀于此。其后李朝成宗十二年，增修旧祠，追颂其德，使臣下李良等建碑刻文，视为箕子碑。陵在松林之中央，前面有二大石像相对立，周围各处，配置石狗，环以墙而设门，殿堂灿然。附近尚有箕子祠、箕子井等遗迹云，中东之役，我军占据箕子陵，与日军相持，激战数时之久，故今祠庙上，尚存无数之弹痕。

乙密台　在箕子陵后方之锦绣山顶上，与牡丹台相对峙。台上有一古亭，号四虚亭，盖六百余年前之建筑物也。亭建于断崖高台之上，既占形胜，又宜眺望，夏季登此，且凉风袭肌，静观自然，令人心旷神怡。中东之役，我将马玉昆据此坚守，日军屡攻不得逞其志，当时之弹痕，尚遗亭榭，其不遭兵火，亦云幸矣。

玄武门　牡丹台及乙密台间之一小门也，为由义州及元山道路，入乙密台及浮碧楼必经之门，故为战争上必争之地，门上闻曾有巍峨之楼阁，但今已颓废，不见其影矣。中东之役，我军列炮于牡丹台上，集中主力以防守此门。日军由西方坎北山进击，欲夺取牡丹台之城垒，以肉搏玄武门，但以关门坚固，不伤侵入。日军遂募决死队，以攀墙登楼，而我军由乙密台上瞰射之，弹如雨霰，中者即倒。中东之役，陆战以此为烈。故玄武门与牡丹台，遂同时有名于东洋战史上也。

牡丹台　与乙密台相对，据锦绣山顶之一角，其山形酷似牡丹，故有斯名。昔者山上设烽火台，以供警报，今已不见其迹，所存者废垒荒丘耳，惟远眺之佳，实在乙密台之上。江水滔滔，流于脚下，烟尘漫漫，奔来眼底，卧波长桥，连接于水源之地，航空飞艇，格纳于对岸之仓（对岸有日本陆军航空第六大队飞行机仓库），气象雄阔，真名实相符也。平壤苹果最佳，味极清脆，购食物之后乃下山。

永明寺　在牡丹台下，为高句丽广开王二年所创设之禅寺，曾为平安道各寺院之大本山，统辖管理一切，对之有警察权及司法权。于山内设监禁所，现存堂宇之外，尚有伽监八所云。中东之役，罹于兵燹，大部分化为灰烬，僧侣四逃，住持无人，任狐狸栖止，荒废已极。后日僧来此，略加修理，遂家焉。殿内除偶像外，另供有牌位二，一为"天皇陛下万岁"，一为"李王殿下千岁"，此亦惊心夺目之一种表现也。

浮碧楼　由乙密台之下方，渐入幽邃之境，见一古雅之楼，即浮碧楼是也。碧流溶溶，流于其下，楼若浮于波上者然。楼为千年前永明寺僧所立，平壤有数之古建筑物也。登斯楼也，隔岸云烟峰峦，附近岛屿、清波，咸依稀于眸里，彼风致天然之绫罗岛，即横于目前，诚胜域也，古称为"箕城八景"之一。楼内有曹匡振指书"江山如画"，金圭镇书"锦绣江山"，七岁张吉星书"第一江山"等额，皆各有可取之处。

练光亭　出浮碧楼沿清流壁行，壁上凿石勒碑，歌功颂德者，不可胜计。后经关帝庙而至大同江德岩，前方豁然开朗，有亭毅然立于其上，与锦绣山遥遥相对，即练光亭是也。亭为明万历都尹柳思规修筑，现因久未整理，日就倾圯，已不许人登临。然而附近柳荫垂钓，岸石斜依，江水缓流，轻帆孕风，实绝妙画题也。以当年明将沈惟敬，与日使小西行长媾和之处，故颇有名。

大同门　由练光亭顺流而下不数十武，见一气象雄大之三层楼，巍然屹立于大同江畔者，则大同门是也。此为平壤旧城六门中，有名之大东门，昔年与京城交通之唯一要道，乃三百四十年前之建筑物。结构颇为宏壮，建筑家与历史家，均认之为绝好参考资料。而大江流于眼下，旷野开于前方，故楼头之展望，亦甚佳丽。入大同门后，至一中国餐馆略用食，向导者别去，余遂乘电车回旅邸。

大同江　为朝鲜五大江之一，位第三。发源于宁远、阳德二地方，流域凡六百里，水运与灌溉之利，及于平安、黄海两道。碧流洋洋，西注于海，气势雄大，在汉江之上。而江岸与史迹关涉甚深，尤非汉江所能及。古来有浿水之称，祁顺有诗曰：“浿水苍茫绕古城，隔江遥见碧山横。安东都护空陈迹，破虏将军谩有名。对景不妨随处乐，泛舟聊当赏春行。留题总是中朝使，应有邦人识重轻。”晚餐后，江岸散步，渔火波光，若明若灭，回思日间所观诸古战迹，而设想及此大好江山，究系谁家故物，茫然者久之。

大同桥　为架设于大同江之上人行铁桥，宽六十尺，长约二千尺，中央敷设电车轨道，两傍为人行道，去年十一月始落成，有“东洋第一人道桥”之称。其目的在与对岸之船桥里联络，将来都市之计划，即向对岸发展。其第一期、第二期，市街及工场地区，均已测定，且于船桥里驿前，着手建筑。将来其计划完成之日，新市街之面积，较之现在之全平壤市为广，而规模之宏大，更不待言也。余散步桥上，往复约费二十分钟，而于此极短时刻中，饱赏江上夜景，观两岸灯光，还闻韩人哀怨之歌，与水声相应，使余作无数幻想。

八　韩国之交通机关

（甲）国有铁道　中东战役之后四年，仁川鹭梁津间二十哩余之铁道完成，开始运转，是为朝鲜铁道之嚆矢。次年鹭梁津西大门间五哩余竣工，遂成今日之京仁线。又次年着手京釜线之工事，经四年半而全线始告成。日俄战起，日本置临时军用铁道监部于朝鲜，着手敷设京义线，同时马山线亦起工，先后告成，后五年而全部之运输开始。朝鲜总督府设置而后，平壤镇南浦间、大田木浦间、群山里里间、京城元山间、元山会宁间、输城清津间及平壤炭矿线、黄州兼二浦间支线等，相继开通。

现其国有铁道之总延长，为一千一百六十五哩云。无论本线支线，皆为四尺八寸半之标准轨间，容车定员约百人，货车每辆载重二十六吨。南以釜山联络船，一日二回，与日本相连络，北经国境鸭绿江，由南满洲铁道，而与我国之京奉线及中东线等相联络。

（乙）私设铁道及轨道　截至前年底止，一般以运输为目的之开业线，私设铁道二百六十五哩，轨道三十三哩，合计二百九十八哩。尚未开业者，共有一千四百三十七哩余，合计已开业及未开业者，共一千六百余哩。政府对于此等私设铁道，已施行补助法，极力鼓励而提倡之，促其早日完成，便利交通，速达开发朝鲜各地宝藏之目的。

（丙）道路　朝鲜从来以京城为基点，分出义州、庆兴、平壤、釜山、仁川、镇南浦、罗州、保宁、行华等九大道。幅员狭阴，凸凹起伏甚多，除人肩马背而外，别无运输之方。统监府设置后，中央与地方，始同时修筑道路。至总督府设置时，已改修二十二线，延长二百零七哩，总督府设置而后，遂规划朝鲜全半岛之道路网，即指定一等道路十七线，一千五百七十八哩，二等道路七十九线，四千七百三十六哩，三等道路四千七百三十六哩。而其第一期计画，则为最急要之一二等道路，计三十四线，一千三百七十哩，以总工费一千万圆，作为七年间之继续事业，预定于民国七年三月竣工。第二期治道工事，则为六年间继续事业，总工费七百五十万圆，重要线路二十六线，总延长约一千哩，于民国六年度着手改修，现已渐次告竣。此外尚有由国库补助所改修之道路，一千二百六十哩，总工费六百五十万圆（国库补助额四百万圆）。尚有不受国库补助，而纯以地方费所改修之三等道路三千四百余哩。现在朝鲜之道路交通，全然面目一新，各车站、都会、港湾等，几能完全由道路以连络之，各大都邑之间，均可通汽车、马车、人力车等云。朝鲜如此，我国如何，令人思之不寒而栗。

（丁）港湾　朝鲜原无加工之港，皆不过利用天然地形，是不足以应时势之要求也。日韩合并后，始树立海陆联络设备之计画，着手筑造防波堤，水面埋筑港内浚渫、海壁、栈桥、扬货场、税关、仓库等之设备。其后更大事扩张，对于釜山、仁川、镇南浦、平壤及新义州之五港，特加修筑。又计画元山港海陆连络之设备，皆已次第竣功，一改昔日之面目。以完成其开港场之资格，是等各工事之总经费，实达二千八百万圆云。

（戊）海运　朝鲜之水运，从来不甚发达，其路仅限于内河，及近距离之沿海间。近来产业逐渐开发，其与我国及日本之相互经济关系，日加密接。一面政府给斯业者以相当之补助金，命其航行必要之线路，故比年已渐次发展。现在其定期航路，有次之五种。（一）限于朝鲜内者。（二）以日本为起点，往来于朝鲜者。（三）以日本为起点，经过朝鲜而至外国者。（四）以朝鲜为起点，至日本或外国者。（五）以外国为起点，而来朝鲜者。此等航路之重要经营者，为朝鲜邮船株式会社、鸭绿江运输株式会社、镇南浦汽船合资会社、大阪商船株式会社、日本邮船株式会社、大连汽船株式会社，及日本铁道有等。而现刻配置于此等航路之船泊，合计二百十三只，共五万零五百九十吨云。

赘　言

语曰：以铜为鉴，可正衣冠；以古为鉴，可知兴替；以人为鉴，可知得失。余之游朝鲜也，所见所闻之一部，大致如上所述。回顾莽莽神州，日事操戈，岂无宁岁，荆棘遍地，疮痍满目。试一较交通事业，竟在韩国之下。衮衮诸公，其亦汗颜否乎？设不再图整顿，不知以何资格而生存于此优胜劣败之廿世纪也。吾记至此，不禁西望而大声疾呼曰："裁兵筑路，自然统一。"济济多士，其亦与余有同感者乎？愿共团结，以尽匹夫之责，誓不达目的不止。

十三年国庆日记于扶桑京都吉田山之阳

（载上海《道路月刊》第 12 卷第 1 号"游记"，1925 年 1 月 15 日）

满洲朝鲜旅行日记 ［节录］

林国华

此次旅行，以时间非常迫促，故所见闻者甚少。教务长先生嘱国华编辑报告，复因毕业考期在迩，无暇从事斯职，仅就每日所记者，登刊杂志，聊资塞责，望阅者谅之。

国华附志

五月十一日　晴

吾校每届学生卒业之际，例有远足旅行之举。今值农六蚕三林四等班同学毕业，遂由同人发起赴朝鲜满洲调查实业旅行焉。民国十四年五月十一日夜间十一点三十分，由济南黄台车站上胶济车，同行者有农科教授汤师惠荪、农六同学刘君景准、张君化鲁、马君文波、吕君鲁生、刘君子班、邸君翔五，蚕三同学，徐君子岐、许君少湘、亓君亮斋、王君贯一，林四同学，韩君炳华及余共十三人。当上车时，车中非常空闲，迨至天明，已拥挤不堪，幸而有护路警察，在车维持秩序，旅客始得安于休息也。车抵青岛时，已十二日上午十时零十五分矣。

五月十二日　阴

当由胶济车站下车后，骤觉气候大变，非常寒冷。在济南上车，身上仅穿一单衣，即可外出，既到此地，若穿棉衣，亦能适宜，从此可知青岛与济南之气候矣。此时汤师觅妥马车，上车同往河南路中华为鼓楼前四平街。督军署与省公署均在一处，将军府在城南门里，甚是威武。凡该府四周各街，均不准行走，所谓关外王，由此可见一班矣。午后在教育所内前，与汤师相晤，遂议决赴北陵及公园名胜地游览。该陵为清顺治帝之寝陵，据云斯处非真迹，不过当时仅将一纸牌位，埋于地中，而修此等大工程，可见前清皇帝之尊严矣。

若乘汽车至该地，不过费半钟余，车价四角奉票。游毕，至公园游历，斯园现已开放，如济南新市场相似，各种娱乐场，甚是完备。此外尚有东陵未观，闻如北陵大同小异，城中亦无景致可观。

五月十九日　雨

晨起大雨，汤师因所办半价票之限制，故得急于赴朝鲜游历，以免有误程次，遂冒雨往安奉车站上车。同学共分两组，一往朝鲜，一往奉天以北之开原。因目的各殊，不得不暂时分离耳。余因目的往朝鲜，随汤师上安奉车同行焉。迨至早八时半，车始开行，途中大雨，至夜半抵安东，有日本检察官，上车检查行李，非常烦琐。检毕车开未久即过鸭绿江铁桥，铁桥甚长，两旁走洋车及行人，约有半钟余，始至彼岸，入朝鲜地矣。安东以北及朝鲜地内，均大山突立，车行山洞，约历三十余，每洞至少需十余分，由此可见日人建筑工程之奇伟矣。

五月二十日　雨

今日午前十一时，已抵朝鲜京城。汤师因雨势过大，本日至水原劝业模范场目的地，亦难即时参观，故本日在京城稍作休息，明日再赴水原。遂一同下车，寓万福栈。该栈为中国人所开，招待以及饭食甚为完美。据云，此地中国人在此开饭馆者甚多，不下百余家，客栈只三家。饭后同往领事馆，请其写信介绍往水原劝业模范场参观，当蒙王领事允许，该领事招待甚好。从领事馆出复往昌庆苑游历。该地为昔日高丽王家花园，内中多奇禽异兽，热带动物甚多。宫殿亦华丽无比，如欢庆殿、景春殿、养和堂、通明殿等均极华丽建筑物。通明殿内陈列中国名画及古画甚夥，最古者约有四百余年。其次大殿铜像释加如来佛，约有千五百年，其次唐朝薛礼征东之铜鼓，及铁甲，均陈列其中。由此亦可见日本人之保存性矣。游毕复至朝鲜总督府，汤师往访伊之同学，据云斯处无农业机关可观，只有森林事务所，但距此处甚远，亦无甚成绩。汤师随后回客栈，以备明日赴水原参观劝业模范场。

五月二十一日　晴

早起由万福栈主检妥行李，同赴车站，乘八点四十分车往水原。至午前十二时许抵水原，乘人力车至模范劝业场，兹将本日所参观者详述如下。

（甲）模范劝业场

该场之详章分述如后，兹勿庸详述，仅就所见而述之。朝鲜牛之出产甚夥，并可谓模范牛，体大头大腿短，能任极重物品。该场曾将此地牛，于大正十三年，在东京展览会陈列，作为赛品，蒙其政府奖以特别奖状。此地结婚，农家多感困难，因无钱买礼服所致，故该场今办理一种组合，买妥礼服一套，以便农家借用。并有各种家畜分布图，以代明何地产何种家畜。鸡之育成器，自一日至二十八日，均有标本。稻以谷良都、早神力、多摩锦最为盛产。其次野生植物，如天日草、莞草，均为编织大宗用品。场内昆虫标本，约有数百种，均由场内诱蛾灯及附近所捕捉，以木抽屉装置之。斯诱蛾灯，约用五百烛光之电力，非常明亮，灯下装一玻璃瓶，备蛾来时之投入，内部装有青酸加里，每至晚间，蛾来甚多。迨至早间采集，以所投何种昆虫为多，即知斯时发生何种昆虫，以便从事预防。斯处有湖可灌二百余町之地。此地多喜用巴苦斜种猪，该场因改良本地种猪起见，每当小猪生后六十日，即分送各地农家，以便提倡改良猪种，并不收费，斯猪每年可配七十次或五十次。果树有苹果、梨、葡萄，及吾国之上海水蜜桃、天津水蜜桃、莱阳梨，为普通之栽植，余无佳种可言。该场以畜产为主要，故牛之饲养畜舍，及猪羊鸡等畜舍，非常讲究，余外无成绩可言。因时间已晚，他处未得游历，由其指导员导领往高等农业学校参观。……

…………①

（乙）高等农业学校

该校为附设于模范劝业场之机关，教授亦多聘用劝业场内技师，该校系明治四十三年与劝业模范场同时设立，校内试验场甚是宽广，学生多重实习为目的，尤以温床栽培为客观。

（丙）蚕业试验所

该所位于农校附近，内中关于蚕学标本，设备非常完善，如各国蚕种蚕茧等之比较标本、蚕之发育标本、病害标本等，无不美备，观其蚕室亦甚整洁。

斯日因参观地址甚多，身体非常疲倦，于午后四点五十分，乘车回京城万福栈，以备明日起身回奉天。

五月二十二日　晴（午后雨）

早七点由万福栈赴车站，乘车赴奉。当车至开城时，因该处有参业

---

①　此处略作者译述的《沿革》《劝业模范场之官制》《劝业模范场分掌事务之规程》。——本书编者

专卖局，遂下车往内参观，室内所陈各种标本，非常详细，容易明了。凡水参四斤，始能制红参一斤，故红参价甚昂，约一百五十元始能购一斤，开城产参所著名者，盖以产红参为贵也。览毕欲往其种植苗圃参观，旋因天降大雨，未克前往，殊以为怅耳。午后九时三十分，由开城上车赴奉天。

（载《山东公立农业专门学校校友会杂志》第 7 期
"杂俎"，1925 年 5 月）

韩京纪游

胡友斐

　　乙丑五月，同僚以天中佳节，例得休假，约为韩泉之游。乃于四日晚五时，由安东登车，同行者王君叔名、田君和贤、任君悦亭、杨君惜闲、张君秀山、杨君铭盘，并余共七人。

　　是日也，天雨新霁，凉风习习，草木欣欣向荣，在在作和谒［蔼］近人之状。翌晨六时，抵韩京。下车后，即乘马车至巴哥打公园。园之中央，轰立一亭，作八棱式，颇称轩伟，纯粹古制，惟髹油班剥，久未修治。亭后有白玉石之塔，塔基不广，而雕刻佛像，甚为精致。高约四丈．共有十三级，三级为塔基，余为塔身。见一韩人，对之作祈祷，口中念念有词，念毕环走数围，不知何意。

　　旋赴昌庆苑，是苑在高丽时代，为离宫，李成桂时代，号"寿康宫"，至成宗王时代，又称"昌庆宫"，以之居贞善王后、仁粹王大妃，及安顺王后，韩京最古之建筑也。今辟为公共游乐地，中央置博物馆，南为动物园，北为植物园，闻李王亦朝夕徜徉其中。适是日为木曜，循例休闭，未得入览，交涉再三，亦未见允，殊为憾事。

　　次至景福宫。入门，见一至万美而伟大之洋式大厅，绕墙周围，均用白石甃之，雕琢极细，现方鸠工集材，从事土木，闻是为朝鲜总督府新筑房舍，他日落成，必为巨观。再进至博物馆，陈列古棺、古瓮、佛像、古铜、铜铙、绘画等物，其年代类自五百年至二千年前，发诸古坟者为多。更进而至庆会楼，四面环水，楼阁雄伟，为古昔王室宴会游玩之所。石柱四十八支，经约二尺，高达二丈余，皆整石琢成，庞然巨物也。同人于此，稍事休憩。楼之对侧，松林高耸，青葱可爱，池中游鱼，踊曜［跃］作浪，更成佳趣。由是循道而至王宫，有殿数楹，曰勤政殿，曰思政殿，曰修政殿，曰万春殿，曰康宁殿，其式均与吾国燕京各宫殿仿佛，唯规模稍隘耳。闻此宫建自李成桂，文碌［禄］之役，日军毁之，嗣后二百五十年间，颓垣残壁，鞠为茂草，逮大院登极，深叹王室之式微，慨然思中兴之，于是就故宫遗址，重建各殿。然不旋踵又入庆运宫，而此新筑巍峨之殿，复归于荒芜矣，时至今日，日人得之，到处经营，加以点辍，以致西式建筑，参杂其间，黍离之悲，铜驼之恨，能不令韩人感慨至于无极耶！

向午至食道园。共食鲜餐，食品繁夥，几及数十种类，为鱼、虾、鸡、肉、牛、脯，亦差可口，唯酱渍之物，每含辛蒜之味，南人于此，殊不敢染指。席间招鲜妓二人侑酒，一名采莲华，一名安锦香，均能操日语，歌朝鲜之曲，其声乌乌，乍听之，似凄绝。见吾辈手执扇中所书诗句，□搦管拔写，什袭藏之。饭后至望鲜神社，见社建于高岗之上，工事未竣，凭栏远瞩，京城全景，俱在目中，诚天然一幅美画也。

同人相商，以京城名胜，经历都遍，不如游览野外，以旷心志。遂偕至车站，赴仁川。是地为海港，长堤横垣，颇有致，骤视之，类西湖。最后上至一岛，曰月尾岛，突出于海岸，海水三面环之，设有海浴之场，相偕入浴，心神愉快，顿忘一日之劳。浴毕，登楼远望，见水天一色，无复边际，而三五帆船，飘摇于波涛之中，星星点点，尽入画景，海鸥上下飞舞，为状至欢。余至此不觉稍涉遐思，窃念人生何事而求富贵，但使仓有余粟囊有余财，每逢春秋佳日，登山临水，逍遥自乐，岂不愈于笼居斗室，囿处一隅，竭犬马声色之娱者万万耶？在此晚餐以后，即乘车回京城，复改乘釜奉车，遂于六日午刻，遄返安东。

回忆此一日之遨游，为时虽促，而其乐无限，不得不有以纪之。顾余谫陋不文，未足尽其万一，因拉杂书之，述其概略如右，以备后人游此者之参考焉。此外更有可纪者一事，张君秀山，临厕不慎，竟将钱囊坠入厕中，更目厕中堕事铁轨，内有日金百元，车票一纸。当即告之车守，至车站打电觅之，及同人旋安时，此钱囊已由站送到，是虽小节，其国民道德之高，显然可见。深愿吾国各路人员，关于此点，其加之意也可。

（载天津《大公报》1925 年 9 月 20、21 日“游记”）

游朝鲜所感

陈后生

一

七月初我由东京驿出发，经由下关渡朝鲜，至九月中旬归国，其间游历了二个月余。我不会谈鲜语，邻人怪之来问，我以日语答之，他知了我是异乡之客，倒反用好意相待。我思这就是一种同病相怜之心啦。

二

就一般观之，朝鲜的文化颇进步，生活亦不低，总是家屋矮小狭隘，大概是草屋多了。我自釜山上陆，搭火车由车窗看出来，没有看见半轩的瓦层，有盖瓦的家屋只有在火车站边一半间而已。但这是日本人的官舍，像京城的大都市虽然有盖瓦的家屋，稍有可观的也是矮小。起初我宿在旅馆，出入时时头额都要叩着门顶，朝鲜人家屋何以如此矮小呢？据他们所说是朝鲜冬天很寒，小屋在室内起火取暖较便利，这也是有一理。若据外国人观察，说是朝鲜经济不好。由历史上考察，古昔朝鲜官吏极横暴，百姓若有财产即被剥夺去，较美丽的家屋不能得建筑，虽然是富豪，其家屋也都很粗俗无妆美观，故美术也不发达了。各说都有一面之理。（下略一节①）

---

① 此处及以下一处"下略一节"系原刊报纸所注。——本书编者

三

朝鲜人的衣服很好，老人小孩都穿白衣，男女都穿靴，男子老辈的人出门身缠长衣，头戴帽子，很有文明人的气概。（下略一节）

一般文化发达，交通比台湾较便利。各大街市都有电车，和日本内地无大差，火车用广轨铁道，车内设备也完全又很清洁。

四

独乙的教育是养成学者为宗旨，英国的教育是养成绅士为宗旨，台湾及朝鲜是鹦鹉教育、蝙蝠教育为宗旨了。总是朝鲜教育机关比台湾加倍完全，有大学、专问［门］学校、高等普通学校等甚多。又私立高普、女高普及普通学校，鲜人所经营的不少。又新闻杂志机关也较发达。台湾尚幼稚，在朝鲜汉字近来无采用，拢用鲜字极简单，所以一般很容易了解，老人小孩得［能］写批信，能读杂志新闻。总是我们汉字很难［艰］涩，学习也困难，所以教育不兴。日本内地能得今日的文化发达，就是国字容易，可以用言文一致的所赐的。台湾尚有抱旧的思想的人，就是能写人所不识的字，能用古人所咬的糟粕故典，就看做有学问的人，这种旧思想该要快快打破才好。希望我台有志同胞，在台湾各处快设白话字普及会，来讲习白话文，以普及一般的教育，向上台湾的文化。这就是现在台湾最当务之急了。

五

朝鲜前是独立国，现今尚有王族、贵族、知事、郡守等，政治地位亦比台湾较高，总是政治上都无掌握什么实权。自日韩合并以来，所有的官位，都是有名无实的多，又受了种种的压迫，人民困弊与台湾都无什么差。闻以前是用强压手段，近来头脑较发达，所用手段颇奇妙，令人可敬服，像大正八年朝鲜宣言独立，就是美国大统领维尔逊翁在巴里国际联盟会议宣言世界的弱小民族可以自决，朝鲜乘此机会，宣言独立。当时鲜内骚然，日鲜生了轧轹，其后探知，是受美国人宣教师所煽动的，即烧彼个教会及无数的无辜的信者，实在可怜得很了。近来换了新式手段，就是经济压迫政策，设拓殖会社，买收鲜人的田、园给日本内地移民去耕作，鲜人渐渐失了生业，走去满洲、间岛、西伯利亚、蒙古方面，走到穷途无路就去投水了。京城汉江有一个铁桥，中央有竖一个木牌，写了很可笑的语句："少等候咧！来警察署商量，则必有助力。"可见投江的人很多。其中因男女失恋的人也有，总是大部分恐怕是失业者咧。以上对文化方面看来，朝鲜是有独立的可能性，若对经济方面来讲，却是还不能维持之，这是我所感的一端了。

（载台北《台湾民报》第 132 号"杂录"，

1926 年 11 月 25 日）

游金刚山记

越川 (黄广)

民国七年，予由日本游韩，始知金山之胜景。时欲往游，不果，寓连以来每逢春秋佳日，辄作旅行之想，嗣为尘鞅剧冗，素原难酬，然未尝一日去诸怀焉。

本年十月一日，《辽东新报》载奉天铁道事务所举行金刚山探胜会，予心已怦怦动。适田罔淮海来，谈及其事，怂恿者再，并许偕行，至此决意参加，发函知照。次日接奉天铁道事务所电报，属于八日午后九时莅奉，会齐道途，往返约需十日云。于是连日整理旅装。七日午后九时三十分，同淮海乘急行车赴奉天。野村柳洲来大连站送行，并赠新诗二首，其情深足感也。八日午前六时过辽阳，奉天铁道事务所海上定、《辽东新报》驻奉社员浅沼孝太郎上车来接。七时二十分到奉天，在大和旅馆休息。八时三十五分，会员同在庭前撮影，以为纪念。全体共十三人，除淮海与余外，为难波胜治、滨部寿次、藤井万次郎、滨本忠吉、野田市郎、垂水晋、大原请逸、大元矶子、中村恒三郎、加藤彦一、鹤田鹤夫诸君。九日换乘安奉线六号车赴安东。午后四时三十分，过此为朝鲜线，车虽不换，而须别购一票。六时四十分车开。此所谓六时者，即东省之五时，过安东站，例须展迟一小时耳。九日午前六时五十分到京城。忆民国七年间，予随浙江教育团，在东京考察后，曾由釜山至此，勾留二日，匆匆者易寒署〔暑〕矣。八时十分换乘京元线列车铁原，十二时十分换电车至昌道，午后二时三十五分到，五十分换江原汽车，四时三十分过化川，下车休息。从此道途崎岖低昂，行至某山之麓，车后石轮忽脱飞入草间，车夫得寻之后，重装约需二十分钟。七时抵长安，旅馆，历年所仰望之金刚山，赫然在目前矣。

十日午前七时，携藤杖，履芒蹝，除全体会员外，朝鲜铁道局特派员杉村正治，沿途照拂，并引路及摄影者三四人，鱼贯而行，由云住门过万川桥至长安寺，为金刚四大寺之一，系新罗法兴王时所建者。有大雄殿、梵王楼、海光殿、冥府殿、四圣殿、神仙楼、山映楼等，纯然为中国式。寺东北为明镜台，台下为黄泉江，系新罗王子隐遁处。此虽仅为进口，而山鸟迎人，水声聒耳，李太白所谓"别有天地非人间"者，觉当之无愧矣。九时十分由水帘洞至望军台，亦名望高台，悬有铁索，约六丈许，以便游客升降，台上壮观，为金刚第一。十时至三佛岩，八百年前，有懒翁大师者，刻释迦弥勒三佛像于巨岩上，背刻五十三佛，古貌庄严，维妙维肖，懒翁其不懒乎。旁有酬忠影阁，奉藏十六禅师之影。十时二十分在凌波楼休息，红叶之艳，叹为得未曾有。四面怪石，袤廷如游龙，或圆覆如蹲龟，或挺蠹如贪狼，形形色色，使人应接不暇。又数十步，则表训寺在焉。即法起峰之西，门前有含影桥，已委于榛芜间，但闻树声鸟声水声，杂然充耳而已。北行为金刚门，系天然两巨石所成，故名。入此即万瀑洞。洞中有巨石，上刻"蓬莱枫岳　元化洞天"八大草字，蜿娇异常，又刻有"万瀑洞"三字，系县杨士彦所书者。再上有琵琶、碧霞、黑龙、火龙、喷雪、真珠等八潭，有飞瀑数十仞，砯訇澎湃，响彻云霄。直［真］珠潭有巨石，上刻"法起佛缘"，其大盈丈，仰之下，辄徘徊不忍去。十二时二十分，由藏经岩至摩诃衍，在摩诃馆午餐。静忆沿途所见，风景佳妙，洵属名不虚传。惟予不满意者，石上镌有游者姓名，触目皆然。甚至有携妓者，旁镌妓某同游，殊损天然之美。若以此为纪念，时为后人所蹈，亦不取也。摩诃衍在水郎、法起两峰间，如盆盎然，庵系新罗时义湘大师所建，嗣遭祝融，已非旧观，藏有手书《华严经》六十四册，虎峰大刺血而书。为报父母之思，三年竣事，奇僧也，孝子也，使予肃然起敬。南行为白云台，迦叶窟在其左，众香城在其右。有上中下三台，中台之景最奇，所谓金刚山主峰名毗庐者，亦于此间，距离已无几里。时予足力不断，纸［只］有瞻望奇势，不能度蒙茸葱茜而上，其为山灵所窃笑乎。午后二时观南巡童，有一巨石，植立如人，故名。引路者有种种之神话，不足信也。下为般若宝殿，建筑甚旧，四壁萧然，阒其无人。四时度分至正阳寺，在表训寺之南。至此已循原路赋归，在歇惺楼休息，众峰罗列，与玉笋无以异。六时乃相偕返，所谓内金刚者，于今日游毕矣。

十一日午前七时，开始游外金刚。利用五十里之汽车，至新丰里。

为道路狭，车不能进，遂俱步行。八时三十分过温井岭，即金刚山分内外处。四围风景，总称为万物相，以范围太广故，区别为新旧深奥三部。就中最著名者，为三仙岩、狮子岩、鬼面岩及玉女峰，路愈险，境愈妙。万类爽飞，扑人眉宇，愿而乐之。唐时刘梦得谓"荆山以外无奇，太华以外无秀"，若生今日而游此地，应自笑其所见之不宏耳。十一时三十分过万相溪，方蝶［蹀］躞眺望间，忽引路者供午餐至，直食直谈山中之逸事，兴复不浅。午后三时至寒霞溪，匹练摩空，水如银河倒泻，不可响迩。沿途有韩人所设之野店，售清茶量果等，以供行人息焉游焉。五时至温井里，寓岭阳馆。此间以温泉名，馆中设有特泉浴室，泉质为盐类泉，无臭透明，治胃肠病、神经病及皮肤病，著有浴效，予即脱衣浴之，顿忘疲劳。静忆今日所游，绝壁清溪，皆胜于内金刚，惟红叶较少耳。十二日午前七时二十分，首途游九龙渊。八时在极观岘休息，可望见文笔峰，状态逼肖。其下为神溪寺，新罗法兴王六年普云祖师所建，距今已一千四百余年，有三十六洞天之名。内有大雄殿、极乐殿、罗汉殿、七星阁、御香阁、山神阁、龙华殿等，溪虽深而无鱼，故改原名新溪为神溪云。九时三十分，过集仙峰至仰止台，其前耸立北极峰与五仙台，皆万丈之高峰，不易登攀。十时二十分至玉流洞，其流颇长，悬崖直泻，曲折登攀，叹观止矣。上游为飞凤瀑，其尤为舞凤瀑，形状相似，名之固当。东行为渊潭桥，俯而视之，凛凛欲坠，两旁怪石，如拱如抱，如揖如顾，令人莫可端倪。行行止止，历一小时至九龙渊，亦称为众香瀑，为舞凤瀑等处之发源地。瀑高一百七十余尺，金刚山中，推为第一巨瀑，幽丽神秘，兼而有之。大足奇者，瀑上瀑下，由一大磐石而成，四围无土，俨然一雕刻物焉。右石向壁刻"弥勒佛"三字，书法劲秀，真不可多得者。四顾踌躇，依依不舍，然而天气寒甚，风狂衣单，不堪久居，午后三时，仍由原路返寓。十三日游海金刚，午前八时乘汽车至海万物相，下车过渡，雇一轻舟，盘旋一度，以观各岩水禽栖息其上，悠然自得，较诸山景，加别有一番佳趣。午十二时乘汽车赴长箭，过三日浦，下车游览。开垦水田颇多，闻岛中有四仙亭，昔者水郎、述郎、南石、竹安祥四仙，曾游此地，三日不归，故名为三日浦，然无从寻其旧地矣。午后一时三十分至长箭，原欠［定］乘轮船至元山，为风大船暂停，出改为汽车。十时二十分至元山，即换京元线赴京城，车中就寝。十四日午前八时至京城，参观科学馆、总督府、昌庆苑等处，以为余兴。

午后五时，朝鲜铁道局假朝鲜旅馆开茶话会，佐藤喜作出而招待，意甚毁［殷］勤，并赠金刚山写真册，铭感无已。六时归御成馆，七时行探胜会解散式。而金刚山之游，于是乎竣事矣。

抑予犹有言者，据《华严经》所载，金刚山有一万二千峰，又阅探胜指南，山之固［周］围，计一百五十里。风景如此之多，范围如此之广，住山中二三年，庶几周历其境，领略无遗［遗］。此次所组织之探胜会，仅仅小游三日，母［毋］乃贻挂一漏万之讥乎？虽然，譬彼走马看花，恩［匆］促往来，未获端详一切，而其大致，应已明了，阮仲容所谓"聊复尔尔"者，岂欺我乎！兹于最后，敢以持平言之，金刚犹是山也，其独享盛名者，犹是红叶，而有特殊之艳；犹是飞瀑，而有特殊之高；犹是深岩巨石，而有特殊之奇形怪状。此亚细亚之金刚山，所以驰名于全世界与？以上所记，平铺直叙，藉告后之游者，作为参考，文之工拙并不计耳，质诸淮海暨同游诸会员，以为何如。

（载大连《辽东诗坛》第 30 号"撷藻扬芬·
金刚山集"，1927 年 12 月 15 日）

平壤谒箕子陵记

越川（黄广）

金刚山探胜会，在京城解放后，翌日予以个人行动，作平壤游，专诚为箕子陵。盖予所欲趋谒者，与金刚山无异，亦十载于兹矣。

晨由京城乘车，历六小时抵平壤。初在车上遇平壤人张君，数年前曾在奉天开垦水田者。与谈箕子陵事，愿为予之引导，遂相偕往。陵在城西北兔山上。距今八百年前，高丽王肃宗，命搜访箕子之墓而祀之，其后李王朝成宗重修，并建碑焉。满山松郁苍，风景绝佳。丘上殿宇巍然，是为殷太师箕子庙。庙后为陵，旧碑兵焚所毁，清光绪十五年六月重立。两傍有翁仲及石兽，气象森严。予行三鞠礼而出。

溯箕子之入朝鲜，或曰避地，或曰武王所封，或曰始终未来，陵实疑冢，言人人殊，无信史之勾稽。虽然，避地一说，较为有力。当武王灭殷时，箕子心有不忍，远避朝鲜，此即不食周粟之意。观其所作麦秀歌，沉痛过于夷齐采薇之什，足征心迹昭然，殷室恢复无理，虽死不归，自非大人知几，不能如此。至武王册封事，为其远在海外，藉此附会，以博好贤之誉，绝非箕子所承认者，故当时有不臣之说耳。此外陈洪范及朝周等，疑点益多。孟子所谓"尽信书不如无书"，取武成二三策者，予亦有同感焉。始终未来之说，更属不合，武王灭殷，箕子率五十人，避之朝鲜，见前汉《地理志》，嗣后历代外夷传中，俱有类似此之纪载，其能一笔抹煞乎？而况朝鲜有姓箕、姓韩、姓奇、姓鲜于等者，皆自认为箕子后裔，果从何处来耶？又平壤多箕子遗迹，若箕子井、箕子宫、箕子阁等，至今尚存，倘非追念箕子，而用是名，古人之名正多，何必一箕子耶？遗骨为有形物，当时肃宗搜访，必有所据，断不能凭空臆造者。惟后人为杜预有冢在蒙县之说，致将信将疑耳。予以历史有关，并于箕子之出处大节有关，不惜于本记事，一发挥之。箕子在天有知，其亦谓是获我心乎。

是日谒陵之后，为有余暇，登锦绣之牡丹台。为平壤最高处，山形酷似牡丹，故锡此名，并非台上有姚黄魏紫之栽培焉。与牡丹台对峙者，为乙密台。台上有四虚亭，建筑已阅六百余年，亦平壤之胜境。中日之役，马玉昆守此，柱间犹有无数弹痕，增予感慨，即舍而游浮碧楼。其前临大同江，在断岸绝壁上。建设斯楼，碧水溶溶，如入画图。已而大同江南行约一里许，至炼光台，日本名将小西行长，为朝鲜事，曾与明使臣沈惟敬，议和于此，两国历史所载战事，情形迥异。适途中遇曾君，为朝鲜学界中人，询其朝鲜历史，究竟如何。曾君措词吞吐，似有无涯今夕之感，予亦不加追求。为届乘车时刻，匆匆赴站，登车而归。此行得趋谒箕子陵，以了十载未了之心，殊觉愉快，故作此记，以志不忘云尔。

（载大连《辽东诗坛》第 30 号 "摛藻扬芬·
金刚山集"，1927 年 12 月 15 日）

仁川汉城之一瞥

某

某君任船只无线电职员，该船行驶烟台威海崴仁川间，因此机会，某君遂得遍游仁川汉城等处。现将其游踪见闻由仁川函告编者，特为节载于左，想为读者所欢迎。至某君任船只无线电职，谅有不得已之原因也。——编者附记

去年春因友人某君舍去烟电局职务，改就船只无线电职后，顿引起我研究无线电学之兴趣。于是一方面研究学理，一方面与某君练习收发，逐日学习，未曾间断，盖拟于此中寻出我之新生活也。今年二月间，闻得政记及鹿至轩轮船公司聘请无线电员，我曾去函探问，但结果等于零，因得其复函谓定额已满，暂不需人也，故我于彼时对于服务船只之希望以为绝矣。不料三月间忽接鹿玉轩来函，询以是否愿就船舶无线电辞，并以有一位置相告。我以其既有位置即欲一试，经两次之接洽，遂于三月卅号登船。

船名利其，航线为大连烟台威海崴仁川往返行驶。当登船之日，颇感困难，因无经验，而又只我一人也，机器各各不同，又不敢贸然从事，只得按图寻出线路，逐件试验，费去脑力不少，所以在彼时，我头痛欲裂也。所幸试验结果，极为圆满，头痛之代价既偿，于是我即得脱离电局生活，而服务于船只也。至于收发报务，尚能应付裕如，盖在练习时期，每分钟之速度，已超至一百二十字母以上。然而又因初次执机，所以应用缩语，在彼时又不能如人家之敏捷。近日已不感受困难，堪以告慰。唯我今日服务无线电界，必有少数不明我之生活情形者，不曰见异思迁，即曰有线电界之叛徒，盖以为我当初既投身有线电界，即应忠于有线电也。其实有线电无线电以及电话等等，皆隶属于交部，今我表面

上虽系改弦易辙，实际上则服务之目标，仍不失"电"之一字，所不同者，只在线之有无之分耳。我之解释如是，吾兄其然否乎？

仁川为朝鲜之大商港，意者以为街道清洁，房屋整齐，市面繁华，人烟稠密。其实适得其反，街道除码头附近约有三百码地面是用胶泥铺成者外，其余所谓东西大街，仍是土地，既不宽阔，又是高低不平，而且鲜人皆用黄牛拉车，以致街上到处俱见有牛尿牛粪，一股恶臭，令人欲呕。房屋日人多用木板搭成，既矮且小，大半在东街。华侨住屋多采祖国式，大半在西街，中华总商会及领事署，亦在此街。商会中有"万国衣冠"之匾额一方，颇为雄壮，代理领事王君闽人，我曾与其晤谈一次。王君年卅十余，性颇活泼，无官僚恶习，是亦外交官应具有之风度也。鲜人住宅皆茅屋，四壁以泥堆成，屋甚低小，室内极为肮脏，其屋上覆有几片薄瓦者，人即目为富户。所以鲜人住宅，大都散居于仁川附近村落中。仁川市民，以日人为最多，鲜人次之，华侨约占十分之一，其他国籍居民不过几个宣教士耳。所以仁川虽是大商港，交通虽称便利，商业上却甚萧条也。仁川无警察，负办理市政之责者，仅一仁川府。海关对于征收进口税税率极高，几超过物品原价之半数，旅客虽携带价值一元之礼物，馈赠亲友，亦必须纳税，否则将其物品没收。船员登陆，只准怀带烟卷一包（十支包），并须海关加印，否则认为私货，处以罚款。出口税则颇低微，盖日人施行推销其国货抵制外货之政策也。矮儿心肠，诚属可恨。

我在未到朝鲜以前，理想中以为鲜人在日本治下已廿余年，必已感觉日人之苛政，而示好感于华人，其实我之理想，竟大谬误。盖鲜人皆谓华侨事事虚诈，只有欺负彼等之能力，因而已与华侨发生恶感也。日人亦能利用机会，表面表示好感于鲜人，而实际上则施行灭其文化之政策，使鲜人子女，得与日人子女同一学校读书，同受日人教育是也。此种政策，实为杀人不见血之政策，吾料不数年后鲜人受其教育既深，则对于日人之苛政，恐无一感觉得到，而图革命恢复其国家者。仁川背山面海，形势尚佳胜，港口仅有两道铁闸，开闭均以电气为之。山上植以松树，间以花草，空气极其新鲜，不似街衢中之污气逼人。对于游人，仁川府特广为告白，不准擅摘花草，是亦应有之禁令也。山之佳胜既如此，故日人筑有运动场数处，及军用无线电台一座于此处。敝船发往仁川之电报，因仁川军用电台，现在拒收商电（以前兼收商电），所以皆由汉城（朝鲜京城日人呼为 Keijo，离仁川不及百里）转递。汉城收到后，不以有线电传达仁川，而以电话通知仁川邮便局，分别投送，盖取其迅速也。邮便局房屋尚好，在仁川可以手［首］屈一指。办理书信挂号、接收电报以及银钱汇兑等事，皆以女子担任，男子大半负稽核之责。仁川至汉城间有火车及汽车可通，因敝船开抵仁川后，须停泊一日，故我于三星期前曾抽暇往汉城一游。

　　该地市面繁华，人烟稠密，街道亦尚清洁，房屋亦尚整齐，华人经商于此者亦甚夥，大都贩卖葛布丝茶之类。朝鲜故宫现为日人辟出一大部分为博物苑（苑名昌庆），只给一小部分为废王栖身之所。该院面积之广，约如北京之中央公园，布置则不及焉。宫殿毁败不堪，极呈凄惨之象，一触眼帘，则知其为亡国之宫室，而使人感慨不止也。院中陈设，除各种动植物标本以及各种禽兽外，其余如具有二百年至二千年历史之金石器皿、佛像、佛经、宫衣、盔甲、兵器、字画等等，俱系朝鲜国及吾国之古物。随意浏览之余，对于国家观念，油然而生，恨不能踢翻扶桑三岛，杀尽矮儿也。我前往该院参观之日，正值樱花盛时，所以该院游众，竟有五六万之多，以每人缴纳游资十钱计，则该院每日能得五六千元，是亦好收入也。我在汉城逗遛约计六个小时（大部分时间耗于博物院内），即回仁川。车中遇有中小学生约二三百人，皆系沿途各站居民子弟，朝则搭车至城读书，散学则又搭车回家者（彼等乘车有长期优待券，纳费至微）。彼等颇为活泼，竟有在车行时间将书展开默诵者，吾国小学生似不如也。济案发生后，党军能步步退让，不中日人之奸谋，实具有明白之眼光，及外交之手腕。国人之在朝鲜者，对于日人之凶暴，亦莫不愤慨填膺，希望息争御侮，但终究是五分钟，不能继或增加其热度，是可叹也。我闻人传说谓济局同仁当日人枪杀市民时，皆避之于局内地窖中，两三日不得饮食，嗣复为日人趋逐出局，不知所之，据可靠之消息，谓已有三四同仁被日人枪杀，是可哀已（关于日人枪杀济局同仁之事，我见津埠报纸中亦曾载之，想吾兄已先我明白矣）。济南电台已为日人炮毁，但台长人选闻已派定，不过在日本撤兵以前，恐不能前往修理也。（下略）[①]

（载北京《电友》第 4 卷第 6 期"乐园"，1928 年 6 月）

---

① 此处"（下略）"系原刊所标。——本书编者

朝鲜游行布道记

张凤鸣

于学谟夫人听道受感
解军官准在军中布道
长盛园馆巧遇王福祥
五国城中野草深二尺
译者金镇泽听道归主

余自一九二九年二月一日由满洲来仁川任宣教之职，迄今一年五月有奇。教会发达，教友进步，皆神恩也。余于本年四月二十九日，为教会董事部所派，往朝鲜东方，及东北方游行布道，至五月二十五日为止。因除元山一处有中华教会外，其他各处，向无中华教会，此次出外布道，乃专为该方面之华侨。共计得闻福音者，共二千二百六十八人，中得教友七人，慕道友七人，记名归主者八十人，今录详细情形，以饷阅者。

仁川至元山　余于二十九日晨，由仁川起程，是日大雨骤至，然有火车之便，故无所阻。七时七分车抵京城，会见孙牧师，蒙将《福音书》《劝世文》赐下，作为传道之助。是时元山来信，忽有变更（后详），当即告别，坐电车往车站，乘八时五分之车往元山，午后三时三十六分到，入中华教会拜见徐建刚长老，讨论布道原定之计划。先在元山工作七日，然而徐师娘有病，恐于传道及徐师娘之病有妨，遂商定先往别处，末后再至元山。此乃前信之说明，及在京城与孙牧师之计划也。晚间同教友毕先生谈道，翌日晨六时四十四分登车往咸兴。

咸兴工作　咸兴为朝鲜东部之一大商埠，亦即日本之驻防城，共有华侨八百余人，华商四十二家，菜园三十余家，士农工商，杂居其间。余抵此地，乃四月三十日午前九时三十三分也，下车适逢大雨。入坎拿大长老会，拜访 Dr. S. F. Robb 及 Rev Chester R. Sutherland，因本会教士 Miss M. J. Quinn 来信将余介绍于彼等也。惜彼不通华语，余不通朝鲜语，只得用英语也。该西教士待余甚优，并派其书记及宣教师（二人皆朝鲜人）作为向导，所到之处，均蒙侨胞欢迎。余将救主赎罪之道，逐店逐户讲明。二日于市内，一日于菜园，每晚即在西阳里义发永号教友李东山处，开堂查经，得闻福音者，二百一十八人，其中寻出教友七人，慕道友七人，记名归主者十人。其间遇一趣事，即余在本町和兴栈讲道时，有一夫人由内而出，旁立听道。问曰："先生所讲何道？"余曰："耶稣道。"彼云："是否和朝鲜教会同一之道？"余曰："然。"彼云："吾家居内湖，近邻朝鲜礼拜堂，每听钟鸣即入内礼拜，惟吾虽通少许朝鲜语，然不明所讲为何事，君能否为吾解明其中之究竟。"余曰："善。"当即将赎罪之道详细讲明，夫人则大受感动。讲毕夫人问曰："君所持之书能否卖给吾几本？"余曰："汝十分受感否？愿立志信耶稣否？"彼曰："然然然。"余立将其住处写明（详见内湖布道），将《马太路加约翰》以及《劝世文》赠彼而去。

内湖工作　余于五月二日晨八时，由咸兴乘自动车来内湖。此地乃新开辟之大海口，距咸兴三十五华里，火车自动车皆通，实咸兴之门户，外国进口货皆由于此，商务亦渐繁盛。华侨有一千余人，其中华工占一大半，华商二十三家，近因各种建筑推广故华工多居于此。当余行抵此间，颇感困难，一因下车后失迷方向，二因言语不通不能问津，三因此处无有知人。只得凭主引领而已，直沿一条大路走去，不意竟出内湖有一里许也。正徘徊间，忽见一华人，手携数小包，由他路而来，复行余之前面，余随后跟从，意欲向彼谈遣［道］，及看明彼住何处，因彼所到者，定于华人有关故也。只见此人走入高丽街进入高丽住房，余甚为奇，缘何中华人竟敢入高丽家耶。余愿知其究竟，上前叩门，此人复出，问曰："君来何故？"余曰："传耶稣道也。"立将《劝世文》呈彼。彼阅毕忽而言曰："余妻昨日在咸兴时曾得三本。"余曰："是否为于夫人？"彼曰："然，她乃吾之妻也。"余立感谢上帝，赐吾良机，复得与咸兴听道受感之夫人相见，不然何能使吾迷津，此乃主之意也。此人姓于名学谟，侨居朝鲜十有九年，此高丽住房，乃彼之住宅也。于君请余进入，于夫人一见欢喜非常，同赞上帝，赐机重逢之恩。于夫人通朝鲜语，领余往西湖津（距此有三里许）拜访朝鲜教会朴牧师，由于夫人翻话。别后往街中布道，因此地有华侨两家，讲毕乃回内湖。于先生夫妇，为余备饭，因时间短促，只得心领而已。当余告别时，于先生云："吾妻信主，吾不作梗，待吾思索再定可也。"（于君两周后复定志信主，后详）余则往市内，逐店逐户布道，华侨欢迎非常。午后八时乘自动车回咸兴。五月四日午后二时，复往布道，八时仍回，得闻福音者二百六十八人，记名归主者四人。

北青工作　余于五月五日午前九时四十八分由咸兴往北青，一路饱览风景。火车沿海边而行，蟠［翻］山越岭，并穿过许多隧道，午后一时三十分北青到达。此处山水明秀，四周皆山，山顶积雪，山下温暖，不只北青一处如是，全鲜皆然。朝鲜人所以易信耶稣，天然之风景，乃一原因也。因鲜人目睹如此，易感上帝造化之功。下车后，即往坎拿大会，拜访金光票（鲜人）牧师，蒙其热烈招待。膳毕即出外布道。此处地虽不大，却有华侨四百余人，华商十七家（饭馆居多，往下俱如是），菜园十一家。余则逐店逐户传道，华侨极为欢迎。午后五时方回教会。因金牧师请余主领朝鲜礼拜，必须备题故也。晚七时开会，一朝鲜学生为余翻话。此生姓梁（名未详），自由侨居哈尔滨，精过华语，诚一良好之译员。讲毕，又有唱诗礼拜，余为奏琴，彼等有群唱者，合唱者，独唱者。诗词虽不相同，音调却一，余无论奏何诗调，彼等都能知之。又因朝鲜人善咏，其所发之声腔，不亚于欧美之音乐家。是夜赞美之声，遐迩皆闻，无异天使天军之在伯利恒旷野然。至十一时散会，男教友向余握手，女教友向余鞠躬，此种礼节，实可效法。翌日又往市内及乡村布道，闻者无不欢迎。共需两日间，得闻福音者一百五十人，记名归主者四人。余在此处，特蒙朝鲜教会欢迎。当余临行时，其牧师，长老，执事，宣教师等十余人，陪送至车站，此时乃五月六日午十二时二十五分也，汽笛一鸣，遂与韩友掘［告］别，而往城津矣。

城津工作　余在车中，饱览风光，铁道蜿蜒，盘山而行，每过隧道，如大蛇入洞然。及抵城津，时已午后四时五分。城津为朝鲜东方一大海口，商务繁盛，山水明秀，波浪澎湃之声，不绝于耳，诚为天然之音乐。此处华侨共有五百余人，华商十九家，菜园十余家。朝鲜教会最为兴旺，坎拿大会之西人，多居于此。余立即拜望该会之西牧 Rev. Earl A. Knechtel aud Rev. W. A. Burbridge，二牧已出外布道，由二牧之夫人招待，并为余介绍该会之西教士，即 Miss Mary Thomas and Miss M. M. Rogers，乃二音乐家也。当时规定，翌日午膳于二女教士家，晚膳于二夫人家，后则入旅馆休息。是日为布道绝好之良机，因当日为阴历四月初八日，乃朝鲜人之灯节也。城中有夜，市满街彩灯，曜如白昼。朝鲜人男男女女，扶老携幼，徘徊市内，以赏彩灯，华商亦兴高采烈。余乃乘机布道，逐店逐户宣传福音。华侨乐意领受，无一反对者。由七时始，沿街布道，直至夜十一时四十五分方止。余此时正在商店谈道，忽有二鲜人来此访余，惜二人不通华语及英文，只得用笔纸谈话，因中华、日本、朝鲜文字相同故也。自此方知为西洋牧师之书记先生也。然彼等所谈，很不客气。举笔问曰："君为近代教派之信仰新奇者抑纯粹者？"余笔而答之曰："吾乃纯粹者。"彼又云："汝所讲之道旨为何？"余曰："耶稣之十字架。"彼又曰："汝之神学校何在？"余曰："中国山东滕县华北神学。"彼又云："汝曾传道于何处？"余曰："一九二八年曾任满洲坎拿大长老会（古约翰牧师处）之宣教师，继则乃来仁川。"笔谈至此二人方与余握手，又曰："吾侪有磐石之安，因道同志合并又同一教会故也。"因此处亦坎拿大教区，此事所关非常重要，因防备假先知故也。望吾中华教会务宜效法之，否则有害教会非浅也。……继则二鲜人偕余至旅馆，并买食糖水果，为余开茶话会，至夜二时方散。翌日（即五月七日）晨七时，往街市布道，十时方毕。又走菜园四家，时已十二时三十分也。遂在二西教士家午膳。食毕，Miss Thomas 以钢琴独奏饷余，余亦以钢琴独奏答之。感情因之融洽。彼等视余为音乐中友人，余之布道工作，又增一助手。当时蒙其赐下介绍信两封，一往罗南，一往清津。此处工作既毕，无有久留之必要。华侨得闻福音者，二百四十人，需时二日间，遂于是日午后四时十五分，乘火车往罗南。

罗南工作 一路风光如前。入夜八时四十八分车抵罗南。此城为日军于朝鲜东北部驻防之地，幅圆甚广。居民以日本人为多，几占全城三分之二。华侨四百余人，华商三十余家，菜园四十余家，惜都散居，大不如他处华侨之集居一地，因此传道有奔走之劳。当余下车时，因不懂朝鲜语难以问津，故以介绍信书面之字，呈诸二鲜人，彼等看毕皆言"目拉"，意即"不知"。余即凭主引领直行，遇一手执拐杖之朝鲜老人，余遂呼曰"野包"，意招呼之词，"汤姓耶稣米能撒拉米"，意即"汝乃信徒乎"，彼答曰"乃"，即"是也"。余将介绍信呈彼阅看，彼曰"此乃我牧师之信也"，并愿为余作导。共行五里，方至坎拿大教会，此时已夜九时四十八分。朴牧师（朝鲜人）招待甚殷，派其执事，导入客栈宿食。余所至之教会俱属自立，用款全由教友捐输，西洋人只能位于客位，无权干涉教会内政。试问吾中国之教会当然如何？再有鲜会皆乐意接待远客（必须来路正当），和中华教会中之绅士派大相悬殊。每逢礼拜时，钟打首次后，不一刻，全会教友咸集，遂鱼贯入堂，俯地默祷，再读《圣经》。讲道时，默不作声，如马利亚之在耶足前聆道然。每逢堂捐数捐带皆为之满，无论大小聚会皆有堂捐，而教会之用款皆依于是。此朝鲜教会所以能自立也。试问我华教徒对此应有何感想？余翌日出外布道，因华侨散居必须全城遍走，逐店逐家，宣传福音，并散劝世文。又走菜园十一家，共需二日间，得听福音者二百人。其中有教友一人（潘鸿鹏姻台浸礼会人），记名归主者一人。工作既毕，遂于当日午后前往清津。

（载上海《通问报：耶稣教家庭新闻》第 1410、1411 回
"游记"，1930 年 8 月 13、21 日）

朝　鲜

王勤堉

由大连乘南满车北上，过盖平、辽阳而达沈阳，再换安沈车南下，抵朝鲜与我接界之安东。于是渡鸭绿江，入朝鲜境之新义州。新义州距鸭绿江口四十里，人口万五千，木材贸易甚盛，京义铁道以此为终点。新义州之东北三十里为义州，与辽宁之九连城，隔江相望。京义铁道未成之时，义州为中韩通商之唯一门户；中日、日俄二役，日军皆于此渡江。其西南龙岩浦，则与辽宁之大东沟相对，鸭绿江木材之输出港也。

折返新义州，循京义线而南下，抵平壤。平壤为朝鲜北部第一大埠，当大同江中流北岸，亦山河形胜之地。中日之役，我军大败于此。有箕子墓，在玄殊［武］门外，碑书"箕子陵"，满山松柏郁苍。左为乙密台，右为牡丹台，江心有岛曰绫罗岛，青翠幽胜，景物绝胜。其西南镇南浦，为大同江北岸之商港，有平南路联络二地，水路交通极便，米煤铁牛皮之属，输出颇盛。中国帆船，常集于此，惟每年十二月下旬至翌年三月，辄有冰封之患。其南兼二浦，为二地间之一河港，附近有载宁殷栗二铁矿，制铁业之盛，为朝鲜第一。

更南行，越黄州、开城、龙山诸站而抵京城，为程三百十英里。京城亦名汉城，为朝鲜李氏五百年来之故都，今为朝鲜总督府之所在。地当半岛中部，丛山青秀，南临汉江，所谓山河襟带之地，与日本之西京相若。朝鲜之京义、京元、京釜、京仁四大铁道，皆以此为中点。朝鲜帝国大学，亦设于此。城内有吴武壮公祠，公讳长庆，光绪十八年（一八九二）定韩乱者也。京城之西，有仁川港，附京仁路约一小时可达，计程二十四英里，即旧所谓济物浦也，现为朝鲜之第二良港。位于江华湾头一半岛之南岸，月尾岛横于外，与我山东烟台隔海相望，与大连营口，均有定期航路。华人来此者，年不下一二万，其中以鲁人为最多，粤人次之，皖浙又次之。中日、日俄之役，此地均尝以海战著。

　　京城为京釜铁道之起点，由此南行，过大田、大邱而至釜山，计程二百八十英里。大田为京釜湖南（至木浦）二线之分歧点，大邱为洛东江流域之中心市场。釜山位于半岛之东南端，为自来朝鲜对日交通之唯一门户，与日本下关相距约百二十海里，九小时可达。自筑港完成以后，海陆连络，极为便利。其西马山，为三浪津铁道之终点。马山之南镇海湾，有巨济岛横于湾口，港湾之良，为东亚冠，为日本之第五海军港，与九州之佐世保，遥相呼应，共为朝鲜海峡防守之要点。

　　由大田别乘湖南线火车而西南行，则过群山支线而达木浦。二地皆为黄海沿岸之商港，木浦之棉，群山之米，均著名于朝鲜。

　　由京城乘京元线火车而北上，则过元山而通罗南、清津与会宁。元山为朝鲜东海岸之商港。罗南为咸宁北道厅之所在。清津距元山一百四十海里，日俄之役，日本尝由此上陆。会宁居中韩边上，渡江即我国吉林之间岛地方。东省铁路交涉中之吉会路，即拟由永吉（吉林）筑至此地者。使吉会成功，则自釜山以入延边，可朝发而夕至，日本、东韩与南满，将因此而联络一气，斯不仅东省经济，将完全为日人所操纵，军事运输之便利，亦将远非我国所得望其项背，其关系东省之安危者若此，国人实不庸忽视也。

（载王勤堉《世界一周》"第二篇
东游朝鲜日本南北美洲之部 一"，商务印书馆，
"百科小丛书"，1931 年 4 月）

黄海环游记 [节录]

黄炎培

时间　民国二十年三月十九日——四月二十四日
游程　青岛·大连·沈阳·朝鲜京城·釜山·东京
　　　箱根·碧海·西京·大阪·神户·长崎

自　序

这篇文字，先登过《申报》，从民国二十年五月二日到六月十三日。

我对于文艺的认识，以为除写实外，本没有多少好文章。平生足迹所到，凡是见到听到，随笔便写，像好游的我，写一篇游记，不算什么一回事。初不料这篇《黄海环游记》，竟掀起空前壮阔的波澜，摘下无数读者热烈的同情血泪。

　…………

四

　…………

东省对日交涉的枝节，还有一件，就是朝鲜移民。日本把本国的人民，移到朝鲜南部，朝鲜南部人民，移到北部，北部人民，移到辽吉两省。现朝鲜人之移入两省者，已达二百万。他们政策非常巧妙，一方解决本国人口过剩问题，一方利用朝鲜人国籍问题的不易解决，做他们取得满蒙租地权的先驱，因此，东省地方官吏，对鲜人事件，非常头痛，种种纠葛与蛮横，加以制止，日人便从而挑拨鼓煽，益坚其倾向日本的心思，供他们的利用。

吾游东省，见乡间种水稻的，都是朝鲜人。问水稻是否好，答好。问当地人何以不种，答不会种，只有朝鲜人会种。在这大豆过剩的当儿，应否劝地方人民改种他物？某地有水，应否定为水稻区域？用什么方法？招关内惯种水稻的来提倡种水稻，或指导种水稻，而勿让朝鲜人以种水稻为专业，这不是政府应该确定政策，一步一步进行的么？

…………

六

四月二日晨赴朝鲜，自上海同来者，江君问渔（恒源），潘君仰尧（文安）及内子纠思，至此又加入曾君世英。即晚抵京城。

朝鲜第三度来游了，鲜友日友还不少。三年前曾著《朝鲜》一书，当局知我注意鲜事，由总督府外事课导观教育文化各机关，并宴我于明月楼。清歌曼舞中，自然而然地发生不少哀感。

明月楼即席题壁：

汉城三月春如沐，楼头故事犹堪哭。一电当年壮士名，五云今夜佳人服。卿起舞，我作歌，歌成月色一天白，照澈汉江来去波！（一九一九年朝鲜独立宣言，诸志土集明月楼，逻者急，以电话自报姓名于警察署，皆被捕。）

一妓名珊瑚珠，强我题诗为写一绝：

红是珊瑚白是珠，佳人相对意何如？倘逢海外虬髯客，识得英雄遇不孤。

日本对朝鲜的政策，从一九一九年以来，撤废日鲜一切不平等待遇，迄今犹在施行此政策中，此是那年两个炸弹的效力。可是日鲜平等，限于表面，骨子里施行两大政策：（一）移民。前已说过，鲜民二百万移入南满，为取得商租权的先锋。（二）同化。极意提倡日鲜通婚，政府对通婚者每夫妇奖以百金，但全鲜一千九百万人民中，仅得四百五十余对夫妇耳。余问鲜人愿与日本人做夫妇么？答男谁愿娶日本人；女谁肯嫁日本人。

日本极意怀柔朝鲜人民，并挑拨朝鲜人民使仇视吾国人。他们用心的阴险，读田中奏本朝鲜移民奖励及保护政策一章早赤裸裸地说出了。他说："在满蒙之朝鲜人如至二百五十万人以上，待有事之秋，以朝鲜民为原子，而作军事活动；然我国利用鲜人，不可不防支那政府利用鲜人以制我。"为这个缘故，他们尽力离间鲜人对我的感情。

民国十六年十二月全鲜同时发生排华运动，杀伤吾国人无数，日本警察视若无睹，就是这种政策的表现。自然，一旦他们为满蒙问题对我或对苏俄有事时，万一鲜人捣乱他们的后方，这是何等可怕的事情啦！

我国人游朝鲜者，总想一游吴武壮祠。朝鲜壬午之变，中国政府调广东水师提督吴长庆率登州兵以七月度韩镇摄。乱既定，韩人倚若长城，居三年，移金州，旋卒于军，谥曰武壮。韩人为之建祠，曰"靖武祠"，嗣日本统监府欲废止之，华侨力争，乃移归中华总领事管理。祠在京城南明哲坊训练洞，有碑刊光绪八年随征将士题名：首列优贡江苏通州张謇，第二十一名营务处同知河南项城袁世凯。"少日岂殊众，贵来方悟稀。"不错！不错！这番游朝鲜，不料得到一批宝物，在总领事署，承领事季君达，魏君锡赓等的指示，获检阅朝鲜未亡国前中韩间各种重要档案，摘抄了不少史料，壬午之变，也是其中一部分。

朝鲜风俗，应该大大的改良，勤，俭，信实，这种民族建国的要素，与个人自立的信条，他们都感缺乏。一女仆领到了工资，不及回家，已尽量用光，到家还是借债度日。告假三天，总须四天五天才肯销假。亲友间一人作官，蜂拥去就食谋事。我四年前游鲜所认识的某局长，朝鲜人，此次访问，则早被革职了。问何以故？则因身为局长，一班亲戚故旧，天天到他家吃饭，活活的把他吃穷。到不了时，收受了一笔赃款，案发，革职。风俗的不良，是亡国的一大原因！"殷鉴不远"，吾们不暇为一身一家言，为国家及民族前途计，对于这种懒惰，浮华，浪费，不自立种种不良风俗，究竟取怎样态度才是呢？

七

五日晨车抵釜山。釜山位于朝鲜半岛之东南端，隔对马海峡，为日本之马关。舟行七八小时可达，有联络船，运货载客甚便。

釜山领事署背山临海，花木清幽，很可爱。惜馆屋失修，不惟居者危险，亦且有关国体。领事陈君正甫等导登龙头山，全市在目。

釜山为海陆百货南向输出入的总汇，在全鲜商港中居第一位，庆尚南道厅在此。人口十一万六千余，而日本倒有四万二千余，竟占三分之一以上，前文说日本移本国民于南鲜，这是一个证据。

     …………

     （载上海《申报·自由谈》1931 年 5 月 13 日至 6 月 13 日。
节自黄炎培《黄海环游记》，上海生活书店，1931 年 5 月）

游韩漫谈

寄　萍

一

　　最近为万宝山事件而演成全朝鲜人民蠢动杀害我华侨的流血惨案，显然是中日外交上极严重的问题，本来很简单的事实，但结果竟酿成滔天大祸，内容愈闹愈复杂，问题也就越变越大了，试想鲜民在我国境敢如此强横，继之各地响应，纷起有组织的暴动，这分明是有背景的一出双簧戏，握有朝鲜统治权的总督府，事前既疏于觉察，事后复无力镇压，活活的把吾侨胞杀死殴伤整百整千，就算他是承认失察之责了，所谓保护外侨生命财产的安全，遵守双方条约，维持国际信义，不知当作什么解释。

　　我国侨民，足迹遍于世界，讲到被压迫的苦痛，与谋生活的艰难，莫过于朝鲜的侨胞，其颠连困苦的情形，要不是身历其境，亲目所睹，当然很隔膜的。在一个月以前，我刚从日本到了朝鲜，实地留心华侨的生活，和朝鲜亡国的情景，触目惊心，纪不胜纪，把它拉杂写来，以供研究中韩问题者的参考。

　　朝鲜华侨，大都以农、工、商为业，在新义州者最多，汉城、仁川、平壤次之，散居于镇南浦、元山、清津、大邱、釜山、群山、木浦等处城乡的，全数当在十万以上，他们虽能勤俭自给，但近年来朝鲜当局，限制甚严，大有排斥驱逐的趋势，因此生活不易，立足也就困难。侨商向来以推销绸缎、麻布为大宗的货品，因关税增加，成本太重，而断绝进口，日货取而代之，别种小资本贸易，也非常清淡，商场的势力，完全为日本人夺去，做佃农的、苦工的，受尽了日人的欺凌，鲜民的嫉妒与排除［挤］，流离海外，进退两难，不仅为了国力不强政府失却保护的缘故，而日本人的奸谋，早想驱逐华侨，移鲜民于满蒙，把朝鲜半岛，清一色的给他日本人自己来经营，他不便明目张胆的做，先耸动愚蠢的朝鲜暴民，做他的先锋，在民国十六年冬，已经下过一次毒手，此番全朝鲜扩大的暴动，是第二次的尝试，谁敢否认不是他们预定的计划？

二

朝鲜排华暴动事件，据日代办重光氏的代表林出谒王外长时所言，已归平稳，然而噩耗传来，吾国总领事馆竟于八日夜被暴徒捣毁，器具案卷，无一幸存，领馆职员，暂避总督府，在馆三千避难侨胞，死伤枕籍，惨不忍睹，朝鲜当局，既不保护外侨，甚至友邦外交官驻在地，都不曾安全防范，所谓"近听不闻雷霆之声，熟视不见泰山之形"，其昏聩失责，真是千古奇闻，在今有强权而无公理的世界，我们向谁去申诉？但我们维护公理，非把实情宣告于世界不可。

讲到朝鲜总领事馆，我又是胀了一肚子的气，忆在汉城时，每天都到那里去访友，一进大门，便是一所华侨小学，领馆内部，高楼大厦，比东京公使馆还要加倍宽敞，庭园里芳草妍花，林木葱茏，景致非常优美。回想当年袁世凯任商务督办时，馆后平房，都是他卫队的营舍，他出门时前拥后卫，威风凛凛，城内有我国的警察，城外有我国的练兵场，治权操诸我手，韩人歌功颂德。后来甲午一战，我军惨败，朝鲜并于日本，一切特权，完全撤消，到如今看那数幢平房，倾斜圮颓，满目凄凉，领馆绌于经费，任其破碎，已令人起今昔之感，不幸突遭捣毁，想到那凌乱的状态，不知读者们作何感想。

朝鲜人对华的观念，大概分析为四派：五十岁以上的老年人，倒还有【些】厚道，他们追念光绪八年时李鸿章、吴长庆诸先贤统兵渡海，戡定朝鲜内乱，又想起吴兆有提督二次平定内乱的劳绩，复时时不忘中国历代扶助朝鲜的恩德，希望中国早日强盛之后，能再扶助他们弱小的民族；一般有志青年，不甘屈伏于日帝国主义暴力压迫之下，来华参加革命，或研究学术，对日抱"不共戴天"的决心，尤盼吾国革命及早成功；还有那国内少数受过充分教育的青年，他们虽感到亡国之痛，可是身不自由，衔怨饮恨，只好偷度岁月。然而那几派究居少数，最多数的青年，从小受着奴隶教育的麻醉，不知道自己是何种民族，也不知道朝鲜过去的历史，几乎同化于日人，那班青年，根本不可救药，此次暴动的群众，也就是这一辈子可怜的亡国奴，现在我们惟有希望存厚道的老年人，和革命的韩国青年，起来，起来唤醒那班不觉悟的蠢徒。

三

韩国青年，留学欧美及中国的，为数不少，他们不愿意在国内受人支配和侮辱，惟有向外发展。可是很不幸的，即使学问成功了，还是格于势，不能回国，回了国，也无所用其学。这话怎么说呢，大概他们海外归来的，不消说的，思想进步了，识见广博了，想到人家如何国富民强，愈感觉自己一切都落后，眼里看不过去，言语行动就随时会流露出失望、悲愤、反抗的态度，而日本密探，最注意他们的行动，在他们进口的时候，已先暗中监视，只等你有那种类似宣传的表示，立刻报告警察署，定他一个罪名，叫做"思想犯"，逮捕下狱，监禁三月五月以至三年两年，那是没有一定的。此种情形，韩国留学生早已无可忍的了。其次比较有奴性的留学生，虽然可以自由，而很难生活，日人提防他们会造反、起革命，所以尽管是埋没英才。有一位德国回来的工业家，找不到职业，政府支配他进一家日本印刷所去充任校对，月给二十元薪俸，他屈就三月，忍不住了，还是跑到外国去谋生，所以韩国留学生，一到海外，便不想回国再过地狱生活了。

朝鲜最高行政机关是总督府，它的组织，在总督之下，为政务总监，府内分财务、法务、学务、警务、内务、殖产等六局，农林、土地改良二部，此外递信、铁道、专卖等三独立局，也归总督直辖。在总督府内的官员，完全为日人，全境分京畿道、忠清北道、忠清南道、全罗北道、全罗南道、庆尚北道、庆尚南道、黄海道、平安南道、平安北道、江原道、咸镜北道、咸镜南道，这十三道的道知事，只有三分之一是朝鲜人，而且都是亲日派的人物，道署内警务、财务、内务三项实权，全操日人之手，他们原来是拿一顶高帽子给韩人戴，笼络民心的玩意儿罢了。中枢院是朝鲜最高的咨询机关，仅有建议权、发言权，而无表决权。本年日本政府令总督府筹备地方自治初步，组织道议会、府议会、郡议会及岛议会，议会议长可以兼任地方官，自四月一日起轰轰烈烈，全境实行大选举，在汉城到处看见候补议员的布牌，竖立在十字路口，多数是日本人，这次被选举的资格，以财产做标准，结果韩人只占百分之六的位置，而议会势力，仍为日人所操纵，一般革命志士，虽高唱"民族自决""韩国独立"的口号（这是韩人暗中的活动，可见诸于刊物，尚不能当众呼喊的），至今还是一个幻梦。

<h1 style="text-align:center">四</h1>

朝鲜人受日本的政治侵略与经济侵略，已经惨痛万状了，此外文化侵略，更是朝鲜人的致命伤。日本并吞朝鲜，不过二十余年，在三十岁以内的朝鲜人，无论男女，失学的固然很可怜，即有机会读书，其所学乃奴隶教育，说来更是可怜。三十岁以上没有受过奴隶教育的人，多数还能自觉，以为这班后生小子，完全归化于日本，着实是极危险的事，然而这班后生小子，能明了其中利害的，不知还有几人。

我在汉城时，曾调查过朝鲜的教育概况。汉城方面，有帝国大学，法学、医学、商业、工业四专门学校，中等学校十五所，小学校百余所，多数是日人办的，当然施行他们特殊的教育方针。间有韩人自己设立的学校，但须一律依照总督府学务局所颁布的学制。功课以日文为主体，朝鲜本国的文字、语言、历史等，限制得很严。所以现在一般青年学生，讲起来一口日本话，写起来一笔日本文，他们反以为用韩文、韩语是落伍，不及那样的时髦呢。

汉城、平壤两处还有一种特殊的学校，比美国乞丐学校更来得新奇的，即是所谓妓生学校，宗旨在养成一般优秀的歌妓，课程注重音乐、歌舞、交际、装饰等学，规定四年毕业。那两个学校学生都很发达，毕业生在娼妓界占有很大的势力。日本人所以创办那种学校，一方面迎合社会人士的心理，同时也是对付朝鲜的政策之一，他们想把这种教育推广了，使一般人都近于女色，麻醉青年，分化韩人奋发进取的精神，其用心的尖刻，可以想见。友人某君曾告诉我说，"四五年前，韩国曾起过一次独立的运动，各处民众，都有激烈的表示，平壤妓生学校学生，也参加示威游行"，她们也知道争国家的自由，比现在多数醉生梦死的青年，光荣得多呢。

五

朝鲜新闻事业，以汉城为中心，汉城的报纸，分日文、韩文两种。日文为《京城日报》、《朝鲜新闻》、《朝鲜日日新闻》，第一种是总督府的机关报，第二种是日本民政党的党报，第三种是商办的，这三家报，都是代表日本人讲话，操纵全韩的舆论，是文化侵略的生力军。其次，韩文报有《朝鲜日报》、《东亚日报》、《每日申报》、《京城工商新闻》、《朝鲜经济日报》，这几家虽系韩国文字，而内部重要份子及其背景，却还是日本人，专以供给中年以上不懂日文的韩人看的。此次万宝山事件发生后，那几种报便巧施其技，出号外，发特刊，虚造吾国官民欺侮韩侨，鼓动韩人起排华风潮，韩人大都见短识浅，一被煽惑，信以为真，忍不住了便纷起排华的暴动，汉城骚然，各地响应，结果闹得满城风雨。我们不要忘掉那班办报人的功德，这件大惨案，到昨天我们才得着一个差强人意的消息，是汉城全韩民众团体联合大会，给吾全体国民的电文，内云："贵国旅韩侨民，横遭蹂躏，至深歉仄，凡此情形，殊非出自韩人本怀所有……"这才是韩人自己觉悟受人愚弄的铁证。

朝鲜人组织的政党，有新干会（按："干"字本为韩字，因不得日当局许可，而改作干字）、天道教、侍天教、青年同盟会、少年军全鲜联合会，妇女组织的有槿花会。这些是比较正式的革命党，然而"党"字犯忌的，只能称作"会"或是"教"。其中范围最大的，首推新干会与天道教，他们的同志，各占全鲜人民三分之一，但是组织很散漫，势力不能扩张，意志也就难于集中，因为处处受日本的监督与束缚，随在不能自由。譬如开会，先要报告总督府，有时准，有时就不准。即使准你开会，当局或派密探旁听，或派武警监视，形势〔行事〕非常严密，除非你是预备坐监狱，受处分，才可以发表一些言论，否则休想谈什么革命。倒还是在海外的韩侨和留学生，他们对于革命工作，很热心，很努力，然而鞭长莫及，国内难于策应，又不能回国去号召，所以韩人谈革命，乃极困难的事情。记得三年前有一位韩国革命青年的领袖李箕焕君，也不能在本国立足，来到中国，进黄埔军校研究军事学，曾参加北伐，后又担任闽南泉属民团的教官，一天晚上，在厦门被日领署便衣警越权拘捕，解回朝鲜严办，当时厦市民众，因日警侵犯吾主权，引起一度反日运动，至今李氏还禁锢狱中，解脱无期，日本人凶狠的手段，可见一斑。

六

朝鲜人所最感惨痛的，便是二十余年来受日本经济势力的高压，到如今，除了少数贵族及资产阶级以外，最大多数的民众，无一不感到生活的艰难，全国经济实力，完全在日人掌握之中，凭你有什么本领，都不能解除这种束缚，虽不是天然的形成，已非人力所能挽回。唉！亡国的惨祸，韩人至今才明白是切肤之痛，然而后悔无及了。朝鲜人的生产能力，也薄弱得可怜，在城市里竟看不见他们自己创办的一家大公司、大商业或是大工厂，在汉城的朝鲜街，只见小营业，贩卖手工制造的家常用具，店铺资本满千元以上的，并不多见，热闹的商场，繁华的街市，大资本的营业，完全集中于日本街，就是中国街，商业也很清淡，都是受了日本经济侵略的影响，倘是形容朝鲜人受经济压迫的状态，好比一个病入膏肓的人一样危在旦夕，现在急须良医施用手术，从根本上去救治。

韩人的风尚、习俗，倒还是保守，没有给日本人同化，譬如衣、食、住、行四大需要，除行以外，都依赖他们自己的供给。韩人最特别的风尚，就是一年四季，都穿白色的衣服，男女老幼，彼此一律，有人说这不但是他们的风尚，也含有"毋忘国耻"的意思。男人穿的长衫，胸前对襟相合，有两条带扣结，白布袜，橡皮鞋，老年人还加上一顶黑笠。女性穿的裙子很长，而衫仅及腰际，也是胸襟对合，扣一个结，中年以上的妇人，再裹一方白布头巾，衣料大都是棉织白布，夏天是麻布，时髦的妇女，才用白绢绸，穿日本和服足登木屐的极少。智识阶级也有穿西装的，看他们在服饰上并不讲究，而且衣料的来源，多半是土产。

韩国农产物，以米为大宗，每年巨额的米粮，大部分出口运往日本，他们自己的食粮，反而仰给于东三省的小米，所以在我国辽、吉、黑三省耕植的韩农，收获的五谷，每年运回朝鲜，为数着实可观。朝鲜烟酒两项，是归总督府专卖的，韩人对此嗜好很深，因此消耗很大，在日人心目中，认为烟酒的赢余及捐税，是一项极大的收入。

讲到朝鲜人的住居问题，倒很值得研究的，试从日本马关渡对马海峡，而至朝鲜釜山登陆，乘火车一直到新义州为止，一日夜可以穿过朝鲜半岛，路旁农村的景象，似乎非常萧条，民间房屋，尽是矮小的茅庐，泥土或芦编的墙壁，偶然看见几所白墙瓦屋，据说是日本人的住宅，住瓦屋的人，以大地主资本家为多，他们在农村里潜势力很大，仿佛握有指挥普通农民的特权，可知日人的势力，已经深入腹地，扩张到民间去了。

<h1 style="text-align:center">七</h1>

　　日本移民朝鲜的方法，真是妙不可言，他们利用朝鲜农民未受教育思想简单的弱点，用巧计来欺骗，一则他们在韩享有特权，二则日本人的智慧，超过韩人不知若干倍，所以到处占优越的地位，可以予取予求，无不水到渠成，现在我举一个例子来证明。

　　韩国农民，贫苦的居多，而且不惯勤劳耐苦，所以生计常感到艰难的苦痛，穷极无聊时，惟有去借债，农村里只有日本人多数富裕的，日本人遇到他们要借钱，表示很慷慨，毫不迟疑的借出，三次两次，都不嫌其烦，可是利息很重而且要有抵押品，朝鲜人大都有疏懒的恶习，今天有了钱，就不想再做事，吸烟、饮酒、赌博，干个痛快，明天用完了，后天再去做工，随来随去，挥霍无度，这本是韩人最坏的流行病，债权人等你借款的数目，愈积愈多，和你财产的代价相等时，就向你讨债，倘如无力偿还，那末好，把你的房屋或是田产来做抵押品，再限你一个日期，他明知道你是还不清的，只想要你的产业，不一定要还现款，约期到了，你又是不名一文，他老不客气，立刻就翻脸，报告警察署，扣押你的产业，转售于日人。据说他们老是做这一套把戏，骗朝鲜人的房屋田产，日人最后的目标，就想把朝鲜肥沃的土地，优美的乡村，完全占据下来，由日本人居住，再把朝鲜的农民，调虎离山，移到我国的满蒙，做他们垦殖的先锋，其用心的阴险，的确胜人一筹。

　　以上所说那些倾家荡产的韩人，因受日人重利盘剥、金钱诱惑，弄得无家可归，警察署依照户口的调查，把失业的人，一一登记，替他们谋出路，到了一定的时期，满了相当的人数，便召集那班农民，宣布移民的宗旨和计划，然后派兵护送特备的专车，浩浩荡荡，都到满蒙去垦殖。无智韩农，聆受了一番假仁假义的训词，居然表示满意，认为日本人能替他们想生路谋发展，那会知道给日本人侵占财产，驱逐出境，当他们侵略满蒙的先锋，做了傀儡，自己不知道，还要认贼作父，世界上那里再有这样蠢的民族！据说日本人对韩农宣布移民的宗旨，开首便说："你们真可怜，中国人把你们的满蒙夺去了不知多少年，现在我们才替你们收回来，这是多么困难呀，大家好好去垦殖，爱护自家的土地，不要再让中国人来欺侮。"唉！真是颠倒是非，淆乱黑白了，虽然很蠢的韩农，听了这么刺激的话，自然奋勇当前，向满蒙去活动了，我们但看满蒙方面韩农可惊的数目，更明了日本侵略的野心，日本人正高唱着所谓满、蒙、鲜政策，把我们的满、蒙，与朝鲜并为一谈，真是大笑话，我们的同胞呀，时机是危急了，大家起来救国吧！

八

华侨在朝鲜半岛居住以历史言由来已久，周封箕子于朝鲜，汉代设置的乐浪、临屯、玄菟、真番四郡，便足以证明了；以地理言，朝鲜仁川与我山东仅一水之隔，交通很便，所以山东人在韩的较他省更多。据最近调查，华侨总数将近十万，概分为农、工、商三种职业，他们虽是智识较低，而勤劳耐苦的美德都超过在日韩人之上，但亦因此而每遭日韩人之忌，排斥华侨的声浪有愈唱愈高的趋势。

华侨在韩经商，无论为地方行货之商或城市居货之贾，当其创始时，他一部分的财产必保留于商业资本金之外，有时遇市场恐慌或意外损失，生活上亦不至于骤然发生影响。其营业之始，往往在陋街僻巷，门面狭小，而所有交易如面包、棉布、杂货以及食料品等都有，阅年未久而堂堂皇皇的中国式商店居然成立，这是数见不鲜的事，他们商业发展的步骤是由小而大、由近而远，在经商的基础上说，确是比日韩商人为稳健，否则他们处在万恶的环境之中，怎样可以维持下去呢？

华侨从事于农业的，以全韩计算，其数当在一万四千以上，多数居于各重要城市的近郊。都市中人日常最需要的是蔬菜，侨农视其需要而尽量供给，又是他们惟一的生路，近年朝鲜各都市因日本的移民、铁道的添筑、工商业的发展，人口大有集中都市的倾向，蔬菜需要与日俱增，侨农的生产力也继长增高。他们都是年富力强之辈，劳动的精神决非日韩人民所能及，他们在野外作业完全日出而作日入而息，栽培的蔬菜质量都称美满，即以汉城、仁川、平壤而言，小菜场上的势力，大部分为侨农所占据；此外，他们还利用余暇从事于饲养猪、羊、鸡、鸭的副业，可惜他们都没有受过教育，智识浅陋易受人欺，尤为日人所仇视。

在韩侨工人数在三万以上，类别为筑路工、石工、木工、矿工、雕刻工、搬运工、理发工、锻冶工，都有自治团体的组织，就是所谓"帮"，其组织的主因，或为同乡关系，或为同业关系。言语习惯智识技能即有不同，而其所以能立足于朝鲜者，得"帮"之惠实多，他们大都奉一人为"头目"，在其指挥之下集合数十百人，依一定的秩序而成为某种"帮"的组织，凡侨工入"帮"之后，不但须听"头目"之命，且须严守"帮"规，亦不能兼营他"帮"工作，头目可以代表"帮"的全体；与企业者或企业者之团体订结契约，使该"帮"常有独占胜利之处。因其团体训练所得的结果，乃使无人不勤勉，无人不努力，所以能优越于他人原因，即在此。侨工因能勤苦、能服从，以最低的代价得最高的效率，所以企业家极重视他们，日韩人一部分很妒嫉，一部分却要借重，成了一种矛盾的现象。

九

华侨在朝鲜既然处于优越的地位，国内赴韩谋生者日见其多。日本人见此情形，就想出种种方法来限制华侨入口，已入口的加以排斥，或者指使一般日韩浪民欺侮华侨。据说这班浪民常常在繁华之街，当众侮辱无端挑衅，人非木石，谁肯吃眼前亏，又谁肯丧失国家的体面？稍示抵抗，马上给他们骂一番、打一顿，你喊警察，他袖手旁观不来理会你，只好捏起一把眼泪、一把汗，忍气吞声逃出他们的圈子就算了，还到那里去叫冤！只为了祖国不振作，有谁来保护你？所以华侨在海外不能依赖家庭，不能依赖国家，只是"靠天吃饭"。

朝鲜失业的人，近年愈见增加，总督府名义上为救济失业的朝鲜穷民，实际上是积极排斥我无辜华侨。自本年四月一日开始，提出经费总额日金六千五百万元，限三年完成计划，如在各道、郡、府治水、修路、筑港等工程，使朝鲜失业者有工作做，免得流为匪类扰乱地方，且为鲜工设立互助机关，制定限制使用华工的密令。查此种密令不惟施行于各种官办工程，即个人包工事业也受同样限制，凡在通商大埠，只许工厂使用华工五分之一以下，而各道、府、郡、乡间地方警察当局，以国内法为根据及自治团体的议案为口实，滥发警察命令，强制华工须领劳工许可证书，才能在其严格限制下作苦工，而领取许可证的条件又非常严酷。例如（一）呈请许可书须用日文写；（二）须先领得日医健康诊断书；（三）只许工作一年，期满须从新履行以上一切条件，呈请许可证。因此一般工头及地主虽欲雇用价廉勤劳的华工，被官署严酷条件所限制，有爱莫能助的苦衷，自此项密令颁布之后，华工纷纷失业流落异邦，非常可怜，吾国政府从未闻有何救济之策，不为华侨的生命计，也不曾为国家体面计，真是极痛心的事实。

日本人对我华侨既如此苛刻，我们当然把这种对等的条件还诸于彼，在情在理并不为过，据最近的调查，华侨在日韩与日韩侨在华的比数如下：

旅日华侨　　二五九六三人

旅华日侨　　一五八八六七人

旅韩华侨　　九一四六六人

旅华韩侨　　五九九八九〇人

（其中三之二为延吉、和龙、汪清、珲春、抚松、安图等县之韩侨人数，即所谓"间岛"地方，为日人先锋之韩侨，余三之一为间岛以外散居于辽、吉、黑三省及各省之韩侨）

旅日韩华侨总数　　一一七四二九人

旅华日韩侨总数　　七五八七五七人

比较差数　　六四一二九七［三二八］人

观上数可知，在中国谋生活的日韩侨民比我华侨在日韩谋生的人多六十四万一千二百九十七［三百二十八］人，几乎多出六倍以上。此后，除非双方尊重平等互惠的通商条约，否则我们决不能任彼虐待如牛马，而我则待之如上宾，这种不平等的待遇，我们决不能再容忍下去，在中日新商约未订以前，希望吾外交当局对于此点及韩人入籍问题慎重考虑，以谋一劳永逸的成效。

十

汉城盘桓一星期之后，转往韩国故都今为半岛上第二商埠的平壤（按：即此次日韩浪民排华暴动最剧烈侨胞死伤最惨酷之处），同行者十二人，为载誉而来的两江东征女子篮球队。想不到在车站上欢迎的侨胞，有二千余人之众，他们各执青天白日满地红的国旗，高呼三声"大中华民国万岁！"，对我们表示这样热烈至诚的情绪，真是"受宠若惊"，而且其中除侨商以外，都是短衫赤足，身强力壮的农工们，神采非常和悦，怪不得日本人朝鲜人也成群结队来看我们中国人空前未有的盛举。晚上，他们又集合在中华楼开欢迎会，据说这是在韩侨众与国内运动界第一次见面，他们希望常有竞技团体到朝鲜来，替他们增光，更希望有我国的飞机、军舰来宣慰侨众，替中国人争一口气，他们报告在韩所受的痛苦，一字一泪，对于祖国统一、发奋图强，是一致的要求与热望，劳动阶级都能自身觉悟，确是一种很好的现象。

平壤是中日甲午战场，有很多遗迹，如玄武门、牡丹台、最胜台、乙密台及历史上极可纪念的箕子陵，凭吊之余，发人猛省，大有"不堪回首话当年"的悲感。甲午之役，吾军据守大同江以西，日军集中于大同江之东，两军对抗，清军总领左宝贵，困守玄武门，日将原田重吉，率十六名精兵，午夜来袭，破吾阵地，于是全军纷向安东方面败退，平壤既失，吾军在韩根据地，全被敌军掠夺而去；牡丹台在山之巅，吾军所筑坚固炮垒，遗迹尚存；最胜台原名五胜台，在日本并吞朝鲜后，才改名，表示他们战胜的光荣，台前数步，立一木牌，绘战争形势图，注明我军第一至第五堡垒，及日军朝宁支队、元山支队偷袭我军的路线；乙密台原为吾军将领马玉昆所扼守，因玄武门攻破而败退，附近古树参天，看那树上密如蜂房的子弹洞，可以想见三十六年前两军战事的剧烈，各种碑、额，都由中文而一律改为日文，显扬他们的光耀，揭示我国的耻辱，有心人看了愈觉惨淡而心伤；箕子陵就是周封箕子入韩，后来葬身于此，追念三千年前箕子的功勋，将如何安慰箕子的英魂，在此可以证明中韩在历史上关系的久远与深切，而今任彼倭奴猖狂，我们浮游于大同江上，才能听得一曲"亡国之恨"。

总之，日本谋我的野心，是朝野上下一致的行动，我四万万同胞，亦当知所醒悟，对于此次朝鲜排华的惨案，我们始终认定韩人是被动的，不是我们交涉的对手，而于日本预定的阴谋，万不可恕。我们誓作政府后盾，严重交涉，最低的要求：（一）严办日韩浪民暴动的祸首；（二）赔偿华侨全部损失；（三）抚恤死难华侨及伤者；（四）日本政府向我国政府书面道歉；（五）保证以后决不再发生同样事件。在交涉未达到目的以前，全国一致以沉毅勇猛的精神，永远对日经济绝交。这种有效力的抵制，我相信能坚持到半年以上，日本一定会软化的。

　　末后，敬向读者声明的，这一篇稿原来是拙作《东游鳞爪》中的一部份，拉杂写来，先在此发表，其动机完全为朝鲜事件激于义愤而发，谬误之处，还祈读者原谅。

（载《申报·自由谈》第 20928—20930、20932—20938 期，

1931 年 7 月 10—12、14—20 日）

汉城之初夜

王小隐

　　予以赈慰在鲜遇难同胞，于八月十九日午前十时抵朝鲜首府。奔走访问，接受招待，直至夜近十时，方归所寓于朝鲜旅社（图一）。一日之间不意身在异域，证以目之所睹，耳之所闻，灯前无语，独倚危栏，真觉万感交萦，百怆俱至。而全市在望，夜色凄迷，南山当户，苍翠扑人眉宇，诚欲抒其所怀，以告知交，则又搁笔者屡，心与境迁，有不自知其所以然者。是以汉城之初夜，仅就其意之所至，笔之短楮，至调查所得，使命所在，则此际不克写矣。

图一　朝鲜首都汉城之朝鲜旅社

　　△ 汉城者京城也　幼读地理学书，知鲜京曰汉城，英语则曰 Seoul，今其国既亡，宜去首都之号，乃竟名曰京城，其地位将驾乎日本首都东京西京之上，意果何居，宁不以新京相推许哉？在昔鲜人名其都曰王京，我国则称曰汉城，日既并韩，变易名号，既夺其王，复去其汉，遂径以京城称，所谓 Keijo 者是也。予之仍以汉城称之者，殆不免于怀旧情殷而已。城南有汉水，城北有汉山，山川无恙，人事久非，感叹随之，有不

得不然者矣。（图二）

图二　朝鲜汉城之鸟瞰

△ 旅社为李王离宫　予所居旅社，社场之前，朱门洞辟，俨然若王者居。询诸人，则曰固李王之离宫也，门仍其旧迹焉。凭窗望南山之腰，有华屋焉，问之，又曰固王之离宫而今为神社矣。忆日间游昌庆苑，固又王之离宫而今曰"李王家博物院"矣。王之离宫亦多矣哉，而终于莫能守，虽多亦奚以为？

△ 崇礼门前之碧血　下车于京城驿，不远即望见崇礼门，鲜京之南门也。（图三）亦称南大门焉。旧时地理书所刊图画，皆以此为朝鲜之象征，见之颇稔习，虽系初面，而俨若旧游。日本既并朝鲜，廷议无异辞久矣，且下诏签约，独此门守兵抗不奉诏，力拒日军之入，经战经日，死亡殆尽，朝鲜奄忽以亡，只以此举为不寂寞。旧日城垣已撤，门之存者，亦只此东大门而已。今则饰以蔓叶之植物，绕以灌木之小林，望之若少妇倩妆，徐娘未老，而不知其别有哀怨如此。过其下不胜低徊，鲜

图三　朝鲜汉城之崇礼门

人则自其衣冠，徜徉其下，若有所不及知者，吾之多感，不亦多事乎哉？

　　△侨胞仍不安全　侨胞近况如何，想为读者所欲闻，亦吾之所急欲一说者也。除却都市之地，乡间之侨胞确乎仍在被人仇视之列，以劳力医生为尤甚，华工之勤奋耐劳，久矣为人所嫉，而农家之种植菜蔬者，则更以出品精美，种类之繁多，遭其忌恨。仁川附近之松林里旧有种菜之华人百廿余家，乱时受害颇剧，今则只剩五十余家矣。因缘突遭袭击，家产荡尽，整理极难，又以鲜人吃菜，只知有莱菔、菠菜二种，其他较为珍贵之菜蔬，专靠销售于日本人，近来日本以不景气之故，吃菜亦讲〔将〕减缩，因而销售颇难，换钱不易，只可去而他谋。现在之农工界之同胞，恐仍未脱危险时期，则负责方面观察所得，不惮质言者也。（按：小隐先生赈慰事毕，业已返沈，不日西来平津。）

　　　　（载天津《北洋画报》第 14 卷第 669 期，1931 年 8 月 27 日）

箕封黍离

潘仰尧

朝鲜京城之鸟瞰

四月二日，自沈阳搭安东车，四时三十分抵安东。关吏查验讫，漫游全市一周，地方工商业尚发达，造纸厂规模尤巨，惜时促不及参观。五时三十分车开，经鸭绿江，即朝鲜新义州，则路人皆白衣冠矣。所谓过江白尽客衣冠，信然。

三日晨抵朝鲜京城，我国驻鲜总领事张维城，适返国公干。副领季毅生，魏友琴，主事赵人镜，已在站迎接。同至总领事馆，与季、魏两领事谈朝鲜人近况，知朝鲜人数有二千万，而性懒不事积蓄，近来生活甚艰窘，而仇视华人颇深。询其原因，则以鲜人之侨居东三省者，为该处官民欺侮，此则日人有意造谣，传之过甚，因之华人与鲜人时有冲突。一般外交官，时遇鲜人无故殴伤华侨，及时时捣毁华人屋肆事，为之疾首蹙额不置也。华人侨居朝鲜者，据去年调查报告，为五二〇五四人，以商人为最多，农工次之。侨商优越之原因，则在资本确实，勤俭耐劳，重视契约，以及信用心之坚强。主要者以绸缎、棉布、杂货三项，而麻布尤为华货输入之大宗。近则绸缎已为日本所夺，几无销售之余地，而麻布亦日衰一日，全年不过五百万元。工人刻苦耐劳，工资又低，更为日韩人所嫉视。农人大都在都会附近，以栽培蔬菜为业，人数亦有一万二千人以上。侨民教育，领事馆颇注意。京城华侨小学校，即在领馆内，去年由张总领事筹集经费，兴筑校舍，气象一新。学生有二百余人，办理极认真。仁川华侨小学，为领馆仁川办事处主任蒋文鹤君主持。校舍系特建，亦极发达。釜山华侨小学，亦已开办。领馆同人，对于侨胞之补习教育，小学生升学问题，及华侨中学，均在筹划中。

谈次，总督府派视学官玄橞，外事科员杉山武夫，邀玩京城学校，及文化机关。首至博物馆，将各时代古物，用科学的系统陈列，极丰富而完备。闻总督府计画，每年开掘数处，期于五年完成。继参观京城高等工业学校，校长山村锐吉，由书记长导观。该校分五科，为纺织，土木，矿山，建筑，应用化学，功课与实习并重，工场设备，尤为完善。另有职业教育性质之实业学校，则注重土木，染织，窑业等科，工作尤为注意。参观帝国大学，由校长藤塚邻导观，特注意其图书馆，藏书最富，大部分由奎章阁移入，有几种孤本，恐在中国不易得到。继参观动植物园，科学馆，搜罗丰富，据同行翻译蒋文鹤君言，即东京亦所不及。科学馆中参观者，又多小学生，涵煦陶养，自小即训练其有科学头脑，其用心可畏亦可佩也。归途谒吴武壮公祠及李王宫，勤政殿，仁政殿，秘苑，均修葺一新，涉足至此，不胜禾黍之悲已。

朝鲜女子教育

四月三日，以中华民国朝鲜总领事署之绍介，由总督府视学官玄橞君，领事馆蒋文鹤君，伴同参观朝鲜京城女子公立实业学校。由校长辻董重导观，此校教育方针，以实践躬行主，学生学习，完全重实做，重作业，不仅用口，还须用手用足，故评定学生，不仅以学业成绩为标准。辻校长言：学生仅学业优良，无所用，必须身体品性均优，才合社会之用。其推荐成绩调查表一种，为校中特创，是于学业以外，注重身体性行。闻实业界对于此表所记，认为极正确。附记与辻校长谈话如下：

（问）贵校教育旨趣何在？

（答）吾校于功课以外，同时注重风纪、思想、言论、身体各方面，务使全都平均发展。

（问）贵校教师任用及学生出路情形如何？

（答）本校教师，不但应了解职业教育，具有极清晰之头脑，平日与学生极密切，苟非澈底知学生，不易填推荐成绩调查表。朝鲜近来虽感不景气，但本届八十余名学生，各商店公司，早已预定一空。

（问）贵校家政科学生，是否在家服务？

（答）五十一名中有三十一名出外服务，家中富裕者，亦以出外服务为主旨。

（问）学生服务，年太轻否？

（答）商家极欢迎年轻学生，以年轻者能服从，肯专心，如一张白纸，不染颜色，又无性欲恋爱问题等萦脑蒂，故公司经理，均极欢迎。

（问）年龄轻者，恐思想方面略差些否？

（答）初入社会之学生，本用不到什么思想，其重大计划及应付等，均由经理上级职员负其责。

（问）育儿看护功课如教法？

（答）育儿看护，以生理卫生为基础，教授时以学生年龄较少，故多理论，少实习。

（问）填性行表，似乎无标准否？

（答）填性行表，虽似主观，然学业可记，性行身体何尝不可记，但消极的总以不书为善。

（问）此种表之效用何在？

（答）此表重在未填以前，使学生明白而知所注意，填后却无甚关系，并使学生知道我们学校，不【仅】是研究学问之地，于学问之外，还须注重人格。

（问）学生对于作业教育如何？

（答）学生极注意作业，凡端茶、洒扫、拂拭，以及校内工作，学生均须躬行，教师站在学生之前，校长尤在教师之前，为之倡导，故学生颇乐于从事。

吾侪参观时，是校两位女学生倒茶三次，上点心一次，彬彬然和蔼有礼貌，为之敬佩不置。一次校长亲自洒扫厕所，学生以校长太劳一致劝止，而校长仍力行之。故师生相处，恍如一家庭，无一不合作份子，尤可景仰。

参观家事室、烹饪缝纫等室，均特别设置。裁衣均有标准，以学年为差。如袖口缝第一学年需六十分秒，则第二学年为五分二十四秒。此外如运针、耳绗、三折绗等，均有规定。日本人在朝鲜所办之女子职业有如此成绩，可驾东京各校而上之。深愿研究女子教育者，实地赴韩一观，当有大大的感动。

日本人宰制朝鲜之努力

日本自并我朝鲜以后，以全力经营朝鲜全部。设总督府，下分内务、财务、殖产、法务、学务、警务、递信、铁道、专卖九局，山林土地改良两部。各局部均在一府办公。此总督府就朝鲜王家之景福宫原址改建，规模伟丽。其石取自十三道，色质不同，所以代表十三道之特点。建筑三年余，费银六百三十三万元。内部工事，亦费四十一万元，其伟大可知。日本在鲜行政，悉授权于总督斋藤实男爵。此公自大正十一年接任，中断一时，现又复任为总督。同人由外事课长之介，见诸于其治事室中，精神矍铄，两目深锐，语极简炼而和婉，不知其为七十四龄之老翁。略谈片刻，见赠《朝鲜要览》（昭和六年），《朝鲜之都邑》，《朝鲜施政之一斑》，《朝鲜之教育》，均为最新出版。知其于交通则注意铁道、航线、航空，以及河流疏浚开港事业，仁川一港，总工费需七百零五万元，已在从事。于地方行政，则注重道府面三级机关之行政自治。于社会事业，则注重人民储蓄，人民福利事业，职业指导，感化事业。于教育，则注意于发展日本文化，以及实业教育，专门教育，水产教育，图书馆。于财政，则注意于内国税与关税，以及金融机关之扶植稳固。于专卖，则注意于烟草，人参，食盐等。于农业，则注意于土地整理、开垦、灌溉、改良种植、蚕桑、制种、畜产、检查农产。于商业，则注意于日本商货之发展，物产同业组合，工商奖励。于工业，则注意于制纸、织麻、窑业、绵织、丝织、酿造、制糖、电气、制革等业，而以中央试验所为中枢。于林业，则注意森林保护，植林事业，国有林之经营。于矿业、水产、卫生、司法，均有具体之计画，能为突飞之进步，每年于国库项下，特拨经费一二千万元，尽量补助，虽在不景气时代，亦不稍吝惜。自前年韩人独立运动后，日人更用缓和政策，对付韩人，闻于本年四月一日起，许韩人以自治权。一面并告以东三省韩人之惨遭虐待，俾移韩人仇视日人之观念，转而仇华。所以遏止韩人之独立运动，缓和其空气，取悦其感情，完全为一种政治策略。我游朝鲜，我更为之寒心。惟鲜人仇华之心理日甚，一旦借机爆发，华侨之生命财产，有谁保障？此则更令人杞忧不已也。

（载潘仰尧《从辽宁到日本·箕封黍黎》，
上海新声通讯社出版部，1931年9月）

游韩三月回想录

钱在天

前因国内变乱，教务停顿，记者蒙江北差会特派，赴朝鲜调查教会情形，并向侨胞布道，为期三月。周游南北高山丽水间，见见闻闻，与我人有关系者颇多。兹将回想所得，录数则如下：

一　礼拜与主日学

高丽人民，不论男女，时令不问冬夏，几全衣白衣。

礼拜堂铺地板，无座位，仅于讲坛旁设凳一二，供领袖坐。会众至门口，先脱鞋置架上，或自提入堂。穿西装皮鞋者，取自备软底套鞋，加套皮鞋外。会众入堂，先俯伏默祷，即席地而坐，老年男妇多绕近讲坛，合堂极为肃静，祈祷歌诗，令人想起"白衣群众"在天拜主的气象。

全高丽约三千万人，中有信徒四十万，教会发达状况，首推宣川邑及平壤府。宣川一小邑耳，仅二千二百户，约一万二千人，城内河南北相距不远，有两座大礼拜堂。南堂教友一千八百人，北堂一千六百人，每年捐款共六千多元。主日游行街市，见工商业闭门守安息者，几及半数。平壤府城内外只论北长老宗，共十四督会，三会堂，主日上午学课者约一万人。自晨至午，礼拜堂钟声，东撞西应，不绝于耳。

教会兴旺之原因，是在查经班之实行：

一、《圣经》是上帝默示人所书，明显主旨，为人真实无上之标准。

二、《圣经》是上帝的大能，足以拯救相信之人。

三、人已得救，《圣经》即是灵剑，能战胜魔鬼的试诱。

四、且人明晓《圣经》，则知对神对人应负之责任，宜尽力作去。

查经办法：有春秋两季总会之男女查经班，定有连读七年及特班之课程，每次两礼拜，上午完全查经，下午讲演关系教务各题，晚间实行布道。又有各支会之查经班，系牧师在镇市农村就近开班，每年两次，每次七日，收效亦宏。惟主日学课，为最常久易行之查经班。概况列下：

逢礼拜六午后二时，主日学师范班，校长及教员全体出席，研究教学方法。

主日上午九时至十时，男人主日学；

十时一刻至十一时一刻，孩童主日学；

十一时半至十二时半，妇女主日学。

亦有先一二节孩童及妇女主日学，最末男子主日学。如宣川邑是也。

施此办法，一家男女老幼均有机会学习《圣经》。曾见老年男妇绕坐讲坛之前，祈祷唱诗读经非常真诚而愉快。又有妇女抱其子女入婴儿科听讲，置身爱的空气中，如在耶稣足前求祝福者。

男人主日学，男教员主领；妇女及儿童主日学，则由妇女负责，先合聚，校长主席，唱诗，祈祷，读经，报告后，再分班学习。每班七八人，十余人不等，席地团坐，领袖亦坐地讲授。分班时先点名填出席簿，收补助捐，交书记登册，教学后，再齐集歌诗劝勉，极见活动有精神。

各班人数登册存查外，又于黑板上披露之。

在平壤府章岘教会，七岁至十四岁儿童六百名，礼拜人数一千二百十九名，幼年主日学分五科：

一、婴儿科，——一岁至七岁；

二、幼稚科，——八九岁；

三、初等科，——十岁至十二岁；

四、高等科，——十三岁至十五岁；

五、新来者，——必连来四礼拜，训练守规矩后，分入以上四科中。

某日幼年主日学合聚时，见生日送礼一节，颇有兴趣，将本礼拜内逢生日之儿童，齐立讲台上，各人献感恩金入匣，坛下全体儿童唱"等主回来"诗贺之。后主日学校长送礼物，小抄本，铅笔之类，儿童欣谢而退。总之，宜敬虔，宜活泼，有精神，宜使人发生兴趣，宜采用新教育方法，教学明白《圣经》，思所以实践之。

（载《金陵神学志》第 14 卷第 2 期，1932 年 2 月）

随日人旅行团考察东北朝鲜记 ［节录］

留东生

自九一八事变，国人视线，群集东北，知大祸之临头，决非可以坐视，于是研究东北问题者日愈多，欲知东北情势者日愈众。作者负笈东瀛有年，于一九三〇年秋，曾随所肆［肄］业学校日人旅行团，考察朝鲜满洲；借觇日人在鲜满侵略之实情，并考察日人旅行团之生活。观感虽多，无暇整理，刻因罢学归国，经友人敦促，爰整旧稿，刊布于兹。虽属明日黄花，由此亦可知东北事变，固非一朝一夕之故矣！　　作者识

（编者按："满蒙"一名系日本帝国大学教授矢野所妄造，彼奉日本军阀派领袖田中义一秘命，假藉学者口调，妄造"满蒙"名词，及虚构"满蒙"非中国领土之事实，以为彼伺机劫夺东北之张本，吾国人决不能引用而堕其术中。留东生此文仍用"满蒙"两字，因赘数语以供阅者之鉴别。）

我小学时代，讲辽东半岛的惨史，现在还没有忘却，加以留学在日本，"到满蒙去！到满蒙去！"的声浪时时都震荡我的耳膜，弹动我的心弦；书肆街头，满蒙的书籍，引起我注意和研究，于是我的满蒙视察的要求，一天比一天的加紧，但总是没有遇到适当的机会。一九三〇年暑假，我校适有鲜满旅行团的组织，我于是加入他们，去旅行了一周，已算是满足我的心愿了，然而目睹惨状，耳闻辱声，这实在使我欲无言而不可得，欲搁笔而不可能，这是我作这篇文章的主要目的。兹将参观所得，敬告国人，言粗意诚，愿读者勿以辞害意，并且加以指教为幸。

一九三〇年七月十四日

半阴半雨的天气，我国同学们帮我的忙，收拾好了行李，一块儿吃了晚餐，午后八时许大家送我上车，叮咛地告戒我说："诸事要加倍小

心，因为留学生只有你一个参加。"坐联络船到下关，教员四人，二人是军事教官，其他是主任教授，和学生三十余人，一齐集合码头。由代表点名毕，发给大家旅行指南，及关于朝鲜满洲的书籍，用这指南已把朝鲜满洲分析得很清楚。最使人注意的，每一个地名之下，要把人口标明出来，并且用举例的方法，把中日人口划分出来，风土习尚也说得很详尽，使你不费思索也知道满洲是天府之国。

午后十一时由下关搭船，三等舱里，约三四百人，其中除少数的日商和鲜人外，十分之六七是到蒲去参观的学生。我们三十余人团体的席位，还没有八平方尺大，大家挤在一块，腿不能伸，身不能翻，热得不堪。然而同学都欢欣鼓舞的谈笑，显然表示出他们是负有使命而来的；有几位同学，一面打着纸牌，一面不停的谈中日和日俄战史。这时我除假睡以外，又有甚么法子参加议论呢？最后有一位同学接着问我："到满洲时，你能替我们翻译吗？"我答应他们："可以。"但是我心里想，到你们的势力范围地，那里还要我翻译呢。直到午前三点多钟，疲倦极了，才沉沉的睡去。

七月十五日

早八时十分到釜山。由下关到此，过日本海，可以眺望对马岛。由埠头栈桥起，敷设有国有铁道，海陆百货堆集，诚朝鲜之第一贸易港，亦即庆尚南道厅之所在地。人口约十一万三千余，日人占去四万一千余。旧釜山镇城，颓垣倒壁，至今犹存。当我们到埠头时，有一位我校毕业生来迎，送来午餐，并勉励我们努力。九点三十分，我们乘釜京特别快车，一路青山绿水，如在画中，惟沿途朝鲜农家，尽皆低矮茅蓬，无一高楼大厦。岸傍河边，有赤背负石的，有搬砂的，田畴中有插秧的，山麓有开垦的，其中最可怜的是赤身露体的小孩，苍黄黎黑的农夫。唉！这是朝鲜的地瘠民贫所致的呢?！还是受日本的压迫所致呢?！这显然是是帝国主义对其属国，第一步要使其贫乏所致的！到大田停车的时候，我校毕业生，送来汽水三十瓶，勉励我们好好地注意满洲的实际情况，以谋国家的发展。午后六时到京城（汉城），也有我校毕业生，来车站迎接。到旅馆后，送来汽水一打，麦酒三打，说了许多同样鼓励我们的话。夜间出去散步，街道的布置和市景，极与日本东京相似。京城为朝鲜首都，人口共三十一万五千余，日本人占去八万四千余。东有骆驼山，西北有玉仁山，南有南山，西南一望平野，汉江绕其东南。日并朝鲜以来，日人经营不遗余力，至今言语风气，已成日本化矣，良用慨然！

七月十六日

早餐毕，由毕业生领导我们去参观中央实验所，及附属高等工业学校。实验所是明治四十五年朝鲜总督设立的，内分分析化学，工业，染织，窑业，卫生五部，为从事工业及卫生的试验分析和鉴定的机关，开发朝鲜产业的枢纽。高等工业学校分矿山，土木，应用化学，纺织等科，该校校长，即由所长兼任。当我们去参观的时候，所长对我们说明实验所及学校的组织行政及各科的内容，其中最可注意的是："近来朝鲜学生投考的一天比一天多，十分之三，平时学期考试，成绩总较内地学生优良，但又因为有种种的关系，毕业后赋闲的较多，所以办事上，感受了不便，然终久想不出甚么办法来。"唉！他的所谓"种种关系"，即曰帝国主义者的排挤，其实他的办事，有甚么不便，不过他一时良心的发现，并借此以鼓舞日本国民罢了。

又参观陈列室时，高丽参是朝鲜的特产，陈列的也很多，该所长又特别的说明：

高丽参虽有黄白两种之别，他的效能是一样，而且就是一样东西，不过加以调制与否耳。所以内地（指日本），朝鲜多用白的，黄的指专为销售到中国而制的，因为一经制后，其价值要卖白的十倍以上云云。唉，日人愚弄中国，可能是无微不至了。午前十一时许，参观南山公园，景致极佳，庭园树木，与日本无异。接着参观旧朝鲜总督厅舍，该舍在白岳之麓，有景福宫址，及昌德宫、德寿宫第，及李朝的宫殿尚存，而今日之朝鲜总督署，相与比邻，纯用西式建筑，雄壮美丽，不独为日本内地所无，东亚亦少睹也。在这个时候，使我有两种的感想，一种就是朝鲜的文物制度，风俗习惯，自箕子时代以至今日，与我相同之处，不独于其旧宫殿之亭台楼阁，诗歌对联，可以想见，街市房屋之未经日本化者，犹可以供考据；一种就是他们对于殖民地示威和分析工夫，如总督府有所谓风俗股，地丈股，及何〔河〕川，土产等……无不详尽。又于前日本旧督署之故址，建立一规模宏壮之科学馆，是天皇御赐的，内有机械，电气〔器〕，生物，矿物，满蒙产品等部，及讲演堂，休息所，儿童教育所等。

夫帝国主义的侵略人国，还注意到科学的教育，是用此以示小恩惠呢？还是借此以示威呢？

十月十七日

昨夜十一时由京城开车，今早六时到平壤。将到平壤时，某先生附耳语余曰："从今天起，均住兵营，练习兵营生活。按陆军条例，外人住营，非得陆军部许可，不得入营，今君以我校学生资格入营，凡在营中，出入务与同学一齐，以免生出意外。还有一件事，要希望你原谅，就是此后请在营的军官讲中日战史，讲到难为情的地方，你千万不要生气……"其实这就是我的目的，感激之不尽，何生气之有呢?!平壤为京城以北的大都会，为将来朝鲜的第一工业地。此地生产很丰富的无烟煤，故设有海军燃料厂，平壤矿业部。即殷盛之时，亦为京城之次，有牡丹台，乙密台，七星门，玄武门，大同门，练光亭，浮碧楼，绫罗岛等名胜古迹，而箕子之墓亦存于此。此地风景形式，练光亭一联，实可以描写其概略："长城一面溶溶水，大野山头点点山。"因大同江横绕其间，丘陵负于其后，而平野展开于其前。全市人口约十一万九千，日本占去二万四千。当我们到平壤车站的时候，有某联队的军官来迎。到联队后，食早餐后，由该联队军官二人，用军用汽车四辆，领我们到已〔乙〕密台，拜箕子墓。墓只剩土台，而墓前石牌〔碑〕石人尚在，又有古代虫瓦之牌坊，附近古树参天，蜿蜒数里。追想箕子之忠诚，远避暴君，其节操为何如也。今埋骨于无人道之暴日统治下诚可慨也！继到牲〔牡〕丹台，由某军官讲中日战史——甲午之役。略谓：朝鲜这个国家暗寐〔昧〕得很！中国说是中国的属国，而我们（指日本）是主张他是独立国，双方决裂，于是战争起了，当有中国军队之主力在玄武门到箕墓一线（至今战壕犹存），乙密台，牡丹台，及前面之山皆有炮垒，我军于某某日拂晓攻击，因方向错误，遭很大损失。某中尉至此观察后，谓攻此非用炮兵不可。次日炮兵虽占领前面之高地，而敌人坚守不退，如此甚近之距离，尚不能决胜负，可想见当时双方兵器之简单了。又此时朝鲜人嫉恶日军，多助华军应战，战斗上之困难，可想而知。最后我军（日本）以密集冲锋，而同时有八个义勇兵，莫明其妙的进了玄武门，向敌侧射，敌军始退。说到此地，还有几句话要补充，日本军虽以密集冲锋著名于世界，然而这种勇气和名誉，现在已不是日本独占了。听说此次济南战役，支那军也是同样的屡应用密集冲锋而不屈的。总之，支那民族（日人至今，除常与我华人往来者外，鲜有人称我们中华民国者，开口就称支那，意在轻视，实际中华民国已成立了二十年，比邻如日本，尚如此幼稚无知，实在可笑可恨，而又可怜）现在非常觉悟，诸君明天就进他们的国境，希望凡事要细心观察，不要忘却了满洲是大和民族的生活线云云。午前十一时到大同门，临大江，此地有铜像，铜像即某某中尉阵亡于此之纪念也。"甲午战役日本阵亡之某某中尉"，联队军官指铜像演讲中日战史语时多以悲歌慷慨出之，同学中有许多落泪的；我虽然占在敌对的地位，没有落泪，然而那种不顾生死，为国牺牲的精神，很可令人佩服。讲毕，即午餐于练光亭，中有崇祯时县令之诗歌牌［碑］文甚多，读之不禁感慨不尽！

午餐毕，参观平壤箕城妓生养成学校。妓生必学校养成，读者顾名思意，也就可以知其滑稽之极了。兹略述目睹之实况于次：校舍甚简陋，共二小平房，而学生不下六百余人，平时以唱舞绘画为其正课，而国语——日本语——算术次之，朝鲜语又次之。唉！朝鲜人读朝鲜语，不名之曰"国语"，而必曰"朝鲜语"，读日本语不名之曰"日语"，而必名之曰"国语"，其用心良苦，而其颠倒是非孰甚。听说日本人过此者，多来参观，所以无论何时，并不拘参观人数之多寡，均令舞唱歌曲。当我到妓生学校时，恰有两位早稻田大学的学生参观，妓生们正在舞艺场歌舞着。等他们去后，我们才进了舞艺场。先生坐在很高的台上，学生坐在两旁，好似太和正殿的皇帝臣子上朝一般样的。先有四位少女舞剑，后两人对舞，继又一人舞袖，柔媚百出，技之精美，不可言喻。惟其衣冠舞法，均与有明无异。此时我的心中，不知为的甚么，血涌气塞如辱我姊妹，羞我祖先似的，只想……那里能有心鉴赏艺术呢？最后有十余人合唱的，三五人合唱的，独唱独奏的，两旁喜笑欢呼声，称颂声，闹在一起。他们的一字一句，一嬉一笑，如芒刺我的背，如刀割我的心，还能够笑得起来的吗？唉！亡国之惨！像这样的吗？！一个色秀而妖的少女，手持毛笔，侍者帮她拿墨水，按白纸，向我们行礼毕，跪于台前，画兰与菊于其上，既毕，双手奉于台，众皆大笑，而我的心已碎矣！

午后约三时，参观博物馆。有人说明朝鲜的历史风俗，古代之棺椁，又看那些陈列着的古时宝物瓷器，皆是我国以前的东西。愤慨和悲哀，使我想立刻离开这一群野兽！但是为探他的秘密起见，又不得不暂时忍辱耐烦罢了。

午后五时归营，沐浴毕，毕业生欢宴我们。欢迎词略谓："祝诸君前途健康，此次鲜满的视察，不独于诸君的智识学问的增进，不用说的，就于国家的前途，亦有很大希望，果能因此次之视察，而引起诸君毕业后到满蒙去发展的志趣，那么不独是诸君的前途无量，就是国家的富源，亦正待诸君开发。"我校教授的答词，略谓："工业学生，平时忙于学理的研究，假期从事实习，不惟旅行的机会不多，经济上也不能负担，但实际工业学生，负有开发财源的最大使命，幸而有你们先辈（指毕业生）在各地服务，不独于观览时加以指导说明，并且各地都享先辈之宴赐，给在学学生以莫大之帮助，实在由衷心以致谢！但是诸君：日本近来每年人口加增百万以上，土地是有限的，日本国民应如何的相扶相助，向外发展，本此意义，所以前年带现在的四年生来参观，现在又带他们来视察，使他们知道国防的大概，和鲜满的实现……"夜间由毕业生带我们去登山，可以观览全市，风景绝佳。九时归营就寝。

十八日

午前六时由平壤起程，车中遇着一位姓赵的同胞，他是在安东朝鲜间的行商。和他道寒暄毕，我就问他朝鲜及侨胞的情形。他左右一看，很兴奋而喜悦的对我轻轻的说："朝鲜人真是苦到无以复加了，税既重，又常常受警察的欺侮，一切行动，都是受日本人的限制，如果遇日本人朝鲜人争闹时，不论是非曲直如何，警察都是先打朝鲜人再说。一切的一切，真是惨不忍言，鲜人只是敢怒不敢言罢了！譬如学校，读的日本书，说的日本话；你想先生，这还成甚么话呢？说到侨胞，更比他们鲜人还惨了，在朝鲜的有一万多，大半是工人，而工人中以我们山东人为最多，受人毒打辱骂，忍不能忍，受不能受。唉！先生，只为山东年年旱灾，饥寒交迫，真是没奈何，才来此地讨衣食，咱们中国又没有工厂，不然他妈的……谁愿意来此地受气。最利害的是去年，张少帅（指张学良）驱逐鲜人回国，日本人就鼓吹鲜人：他们赶你们鲜人回来，你们何不把支那赶起走呢？那时天天打架，打的头破血流，真是不忍再说下去了。"我听了他的这番话，我心里很愤慨，就接着问他现在怎样，他说："比去年好一点，但鲜人始终对我们的态度，不如以前好了。"我对他说："以后你如果有机会和鲜人说话，你告诉他们：'我们中国，并不是排斥朝鲜人，是因为日本人叫他们买我们土地，又转卖给日本人，这是有碍国家的主权，所以不得已而使他们觉悟，不要做日本人的傀儡，我们和他们，都是受压迫的民族，深具同情，共同奋斗，决没有排斥友邦的道理。请他们要共同奋斗，不要受帝国主义者的欺骗。'"言毕，他接着问我："真的吗，先生？"我答他说："真的。"他啮着齿说："唉！这些小鬼，这些小鬼！"他又问我："先生你学什么？学工？"我答应他。"希望你回去多设些工场，咱们中国人都回去做工，工钱就少一点都很甘心。"他很喜欢的说。我又对他说："从此中国开始建设，用的工人就不少了，你们稍稍忍耐些时日。""先生！建设是甚么？"他（待）疑惑的问我。"建设是筑铁道，开矿山，开工场，办学校……""那么还打不打战呢？""不，不打战，要打战，还讲甚么建设？"他听了之后，"南无阿弥陀佛，南无……"，一连叫了数十声，"咱们从此不受小鬼的气了，哈哈"，自言自语的说。午前十一时到安东，他离开我时，还和我深深的握了一个手。同学们都在叫我："到安东了，进你们的国境了。你看这就是很美丽的鸭绿江大桥。"桥过毕，抵安东，台〔抬〕头一看，关税房的钟迟了一点。我正在迟疑着，以为我的表错了，然而同学们都是这样说，才知道是标准不同。警察在那儿叫"检查检查"，我以为是中国人，细心一看，不惟关税上的是日本人，警察也是日本军人，宪兵也是日本人，邮筒也是日本的。于是我才恍然大悟，所谓铁道附近的权利是这样的。

站前有一个日本兵，他的刺刀是开口的。同学和先生问他，他说："这个地方常常有满贼，非用这种不成。""你杀过几个没有？"他们问道。"岂只几个，十个以上。""好玩吗？"他们笑着问他。"痛快得很。"兵答时拿奖章给他们看。安东是安奉铁道的起点，中隔鸭绿江，与朝鲜之新义州对立，满洲之大商港之一，中日日俄两战役后，已成为日人的大豆高粱，木材树之收集场，贸易年达六千万两之多，人口四万五千余，日本人占一万七千余。

约十二时，有一位日本守备队的军官领我们拜忠表牌〔碑〕，即于牌〔碑〕旁叙述中日日俄战史，又说鸭绿江的木材，均归某某日本公司采集。附近市街，朝鲜日本所用木材，均由此发送，惟安东市中，常有不愿买日货，自己用人力往某山运来木材和石灰的。"像这种强横的人多不多？"同学们很注意的问他。"不甚多。"军官答。讲演既毕，先生对学生说："你们可以自由散步，好好的注意观察。"于是大家去参观中国街。到街头时，只听得喊"呀！臭呀！啊呀！你看那样小的脚，还能走路，真是奇怪！"这一类的嘲笑声，又看见他们指手相告，大声笑着，拿着照相机，任意的照着。这时我身上的汗，不知流了多少！"狗东西！你们真是有意侮辱我吗？"我心中暗暗的骂了一声。但是回想一想，原来事实如此，只怪我们不改良，不革新，有甚么话说的。继由守备队出发，参观某制纸工场。有一位技师招待说明，工场的基金，是五百万，是十年前纯为利用鸭绿江上流的木材而设的。由运木材处参观起，一直到包纸，运纸的地方，里面运木材的，锯木材的，扫梢木的，管理机械的，数纸的，包的，运到火车上的，都是中国赤背褛衣的男女工人。最足以令人伤心的，发酵场里，没有遮盖设备，我们进去时，真臭不可闻。先生问他："为甚么不把他盖好？这是很不卫生的。""支那人，他知道甚么叫做卫生不卫生，若在内地，烟囱都有限制的，在此地那就很随便了。"技师很得意的答他。唉！劳苦的中国人，拼命的工人，这就是你们的报酬了！

十九日

午前六时五十分，由安东出发。一路多平原，也有很小的山点缀风景，一眼看去，都是一片绿野，有高粱地及玉蜀黍地等，土甚肥，故农产物甚好。真的不到北方，不知中国的伟大；不到东三省，不知中国农产之富。惟三里有日本的炮台，五里有日本的步哨以外，居民甚少，且每一车站，都有中日战争、日俄战争的胜利品、纪念碑。午后一时到沈阳，住在日本租界守备队里，在租界里铁道附近邮政电报警察，都是日本的。唉！明白了，所谓满洲的特殊利益都是这样的。

（载广州《西南国民半月刊》第 8 期，1932 年 4 月）

朝鲜布道随笔

王德仁

只身经近二十六地蒙主保佑平安
得三百六十七人记名并多结新友

我是一九二八年春，充中华布道促进会布道团团员来朝鲜，对于朝鲜南部，凡是大铁路沿线，已经走过一周，以后在釜山设堂常住于此，除至大邱三次，密阳二次，勿禁一次，东莱数次外，深愧未出布道。反之，住仁川堂之张凤鸣先生，足迹遍全鲜，每一出外，必满载效果而归，实令人羡慕不已。今秋得京城总会差派，至鲜南各地工作，甚合私意，兹将一路经过，随笔记之，不揣笨拙，聊志事实。

（一）蔚山 十月三日午后，由三四教望友送上自动车（汽车）一包行李，向东北行，约经十余小站，车行五小时之久。同车皆为韩人，余因不通语言之故，默坐车中，车行时饱看一路景色，亦不觉孤单。抵蔚时，以不通语言之我，初至生地，又未见一华侨，我想西布道士首至中国者，其情形谅亦如此。于无法之中，用我破碎不堪之朝鲜语，向韩人打听华侨住所，并雇一韩童扛包，居然将难关打过。至一华侨馆子"鹤城园"，欣蒙接纳，得度一宵。蔚山为东京至大连飞行要道，地虽不大，适逢集日交易，农产兴盛。华侨在此者一布商，三馆子，六木工，共廿一名，生活虽不大佳，亦能过去。乃假座"鹤城园"，公开讲道一次，到十人，得八人记名。第一阵有此光景，给我慰勉不少。

（二）长生浦 四日午后，邀一新记名之木工，由蔚乘自动车至长生浦。路过飞行场，洽［恰］逢南下至日之机，由地将起，盘旋数周，向日之福冈而去。我等车东南行二十五里至海滨，即长生浦。此处韩人暴动之前，有一釜山望友开馒头店，刻下歇业他往，只有由蔚山来此两个木工，此外别无华侨。彼等租一不及六尺见方之朝鲜热炕小屋，一半堆放木工家伙衣物之类，今晚四人同居于内，真是斗室蜗庐，促膝抵足。我来此处，一因为必经之路，二因本地出产鲸鱼，听说每日总能捕一二头，因好奇故，决定参观解剖鲸鱼之工作。捕鲸者为一快速小型汽船，船首架炮，炮手传为俄人，炮弹形似铁锚，尾系长数千尺之绳。弹入鲸体，头有伞状之四倒挂钩，绳一得力，则四射张开，不能复出。鲸乍中钩，疾力奔逸，船上则纵绳听其所往，经数小时之久，力尽血穷，则从容收绳，缚其尾，倒泄至海滨解剖厂，拔皮，割肉，开腔，折骨，炼油，装罐而入市。

　　夕阳近山之际，同二木工至海滨闲步，风光美丽，摄相片三张。一木工跣足入水，拾小螺极多，笑向我说："王掌柜（他称呼我）到此处无物奉敬，今晚以此佐餐吧。"我觉得这是一种特别风味，甚是有趣。继而坐小舟至鲸鱼厂，回望长生浦，不过二三百家，寂静无哗，十分幽逸。回首故国，遍地云烟，水深火热中之同胞，焉得来此度海外仙山之优游生活耶。鲸鱼厂占地数十亩，一滨海十余度之斜坡岸，深入海中，乃拖鲸鱼上岸之处。场内皆漏水地板，场中为露天，两侧为棚屋，露天尽头处，有绞盘机器五六架，为拖泄之用，墙上搁置长柄大刀十余把。此外火光架五六座，铁篮之内，盛柴薪煤炭之属，上覆鲸油一大块，盖工作多在夜中，备此以代燃灯之用。熬油厂在场后，有二三十口四尺径之大锅，灶列数行，门窗户壁，全被油污，地面沟渠，为油泥油浆满布，无特备工作之衣履，不便入内问津。园中有鲸口之须极多，日人用此作手工品材料，出品作妆饰陈设，非常美丽适用，如花篮、玩具筐盒、信匣等等。

　　惜时间尚早，捕鲸船尚未回来，乃沿山麓海滨闲逛，拾被波浪冲洗刷磨之蛤螺碎石，皆珍奇可爱。转过一湾，为日人经营之捕鱼场，网长数十丈，由小船下入海中，作一大半圆形，两端以绳引至岸旁所设二座之六人推轮，绞网至岸，则满网银鳞，为日人所有。雇工二十余人（朝鲜人），出牛马之力者，所得报酬，据说无几。更前行，为制鱼厂，或蒸，或晒，或装箱，未便入内调查。时日已暮，捕鲸船一艇空同［回］，余等大失所望，乃渡海至寓处晚膳。食所拾之螺，谈笑极乐。忽闻汽笛一声，乃已得鲸鱼之记号。全市屠夫，一闻笛声，则结束整齐，争划小船，至厂工作。余等亦置碗买船而往，时鲸已拖至岸上，约八丈长，六七尺高，口大丈余，而眼反小于拳，被获原因乃视力不足耶。工作三四十人，组织完密，彼此不防，行动敏捷，拔皮，割肉，开腔，解骨，约二三小时，骨肉装箱入库，脂油在熬油厂矣。如此形如肉山之硕大动物，其满腹食物，却为一色半寸长之小虾，诚上帝之奇妙安排也。

（载上海《兴华》周刊第 30 卷第 5 期"教讯"，

1933 年 2 月 15 日）

朝鲜游记[*]

胡石青

1 赴朝鲜途中 2 游朝鲜首都——汉城 3 参观工业学校 4 谒吴武壮公祠 5 游昌庆宫

民国十年十月二十二日

行程：晚八时十分，自北京登京奉车，经天津，天晓至山海关。

会晤：在京城前门站，送行者：浙江王幼山，安徽孙焕庭，贵州李藻孙，江苏宝山朱经农，湖南舒新城，山西刘芙若，直隶戴惟吾，同乡吴式湘，朱铁林，王月波，王赞岑，刘景伊，王翼周，王尧夫，吕文郓，郭芳五，孟剑涛，张秋言，陈子衡，陈友仲，陈子猷，李子中，王新铭，吕祗泉，赵安民，马振寰，王寰五，傅佩青，邓润生，陈仲三，王搏沙，其子仲孚，婿孙君，及余表弟李九如，余子乾善。

又同县王苍瞻，娄耀亭，刘允言，此外尚有数友，一时不能忆之，俟补记。

在津送行者：新会梁任公，四川蒲伯英，广东杨鼎甫。

谈话：舒新城约余为《教育杂志》作文，伯英约余为《晨报》通讯，任公约余为《晨报》《时事新报》通信，并箴余精神宜集中，所研究者，以范围愈狭愈好，博则必不专也。

感想：余此游所欲调查及研究者，种类太夥，恐精力断不能给，深以任公之言为然。但余向爱为广泛之构思，而少专一之研究，今欲小其范围，竟不能自定所取舍，睡时熟计，至不能寐。因念素喜睡时构思，良不适于卫生，今欲改良生活，先与自约，睡时不得冥想，乃寐。

---

* 题目是本书编者加的。——本书编者

十月二十三日

行程：自山海关经奉天历一昼夜至安东，在奉天改乘安奉车，时下午八时。

通讯：致李九如信一封，言兰封杞县荒地事，致杜荫南一信，抄寄搏沙送别诗。

闻见：辽河一称浑水，多沙，其流域亦多沙。然南满地甚膏腴，视黄河两岸沙地迥异。盖因黄河时决口，每百年必输新沙于平原。辽河身低，虽或泛滥，究不能横决，故其沙皆远年所淤，今已化为沃土。黄河能有根本治法，使永不决口，两岸黄沙，岂终不毛耶？

十月二十四日

行程：晨五时，至安东，入朝鲜铁道，并不换车，历平壤仁川等处，至汉城下车。

会晤：甲阳商会机械部主任 C. S. Crowe，坎拿大人——甲阳商会英名 Koyo Engineering Company——高丽人李丙熙（P. H. Lee.），Rising Sim Petralum Co. 之办事人。

闻见：拂晓渡鸭绿江，宽约里许，水作碧色，天然风景极佳。过此即高丽境，其农产物如秫谷（即高粱，小米），蔓菁（即菜冬，可食其根，春花夏实，可制油）等，与中国北部无异。多水处种稻。树木，山上多矮松，道旁除新植之德国槐外，以小叶杨及柳为大宗。耕地纯用黄牛。其风物最有异彩于视官为特别之刺激者，即男女皆着极长之白色衣，女子并着白冠，或以白布缠头。男子仍多戴乌纱帽，其农人着短衣，远观之与中国北方农人无别，惟上衣直领，下衣稍宽，鞋旁较低耳。北部无山之处甚少，地无大树，而山下亦无多沙，必其处古无烧山之习也。火车自安东至汉城，山峒几至十处，而工程甚佳，乘之无所苦。山多红叶矮树，覆于短松之下，艳红铺地，上覆翠盖，为景殊幽艳。道旁有标明名胜地者：如青龙园、正方山、太平山地等，不能下车往视，亦不知其风景如何也。

谈话：柯朗 Crowe 谓彼公司以三人合资组成，日本人一，坎拿大人二，彼即二坎人之一也。高丽如此等公司，并不甚难成立，日本之限制，亦不甚严。但高丽人则多作农人，近来东方会社（Oriental Company）为日人所组之公司，收购高丽人土地甚多，其将来农业之命运如何，亦不可知也。李丙熙谓彼甚愿出国一游，但不能得护照。余叩其原因，彼谓难言之也。余询彼识赵国光否，彼云乃其至熟之友。安东以北铁路上，纯用日语，间可杂之以华语，至朝鲜则华语全无，余不能日韩语，除用英语外，不能谈话，甚苦也。

高丽旧都开城，在汉城北百余里，城北有南北车道，颇坦直。柯朗（Crowe）语余，此名北京路（Peking road），昔日高丽京城，入北京之官道，可乘马车，直达北京。农村生活极简陋，屋覆草，且矮，无院墙。农事上亦不甚精进，因其陇宽而不匀也，钯锄亦不勤，故陇多土块。

住宿：晚宿朝鲜旅馆，为铁道会社所开，住法分欧美二式：欧式只有房费，饭钱另计；美式房饭合计，不食亦不退钱也。

十月二十五日

访晤：访中国总领事马拱宸廷亮，广东人，前曾为此地领事数年，去年又回任。余与彼不识，往访时，送护照与阅，借作介绍。

又访商会驻会书记王翰辅，山东人，其会长李书冀，山东人，副会长谭杰生，广东人，均不在会。

韩人金芸圃君来导余参观专门工业学校，彼供职中国领事馆，马领事派其来者。

参观：专门工业学校，为中央试验所所改组，学生二百一二十人。内分窑业科、造纸科（原料用楮皮造高丽纸）、丝织科、应用化学科、木工科、金工科。校址宽厂〔敞〕，房舍亦尚宏适，各室相距不甚近，中莳花木，颇清幽。由校内书记招待，因现值假期，其他职员均不在校也。李君招待，殊简疏。

谒吴武壮公祠，公讳长庆，字小轩，原任广东提督，光绪八年，韩京兵变，奉诏统登州六营，来镇是邦。乱平未妄牵一人，韩国上下交感之，依为长城，又三年卒于军。祠为卒时由韩廷向中朝奏请敕建。韩并，日人欲废之，时马拱宸充任领事，力争辍议。民国成立，项城跻总统，题额悬祠，额云“怆怀袍泽”，末署“中华民国元年袁世凯敬题”。另有光绪十一年，吴北有，朱光民，黄仕林，方正祥，张光前，郭春华等题联额，皆吴公部署，项城亦列名在内，并署“门生”二字于上，旁有幕吏部将题名碑，第一人即优贡生江苏通州张謇即张季直，项城则营务处候补同知也。

十月二十六日

晨乘汽车约金芸圃同往昌庆宫，另详记。

游朝鲜昌庆宫补记。

昌庆宫韩前王三宫之一也，其他二宫，一庆福宫，为日人没作他用，一长德宫，即废王现所居者，故皆不能游。余过韩时经马领事介绍，得游昌庆，风景甚佳，余之兴趣亦极浓，以行色匆匆，未为记，今已多遗忘，及此不补，将沉淀于脑海最下层，永不得复现矣。

宫居城之偏北中部，宫门如中国式较小，然壮丽可观，门旁悬黄松木牌一，上书"李王家博物院"六字，壮严全失矣。盖宫之正面殿庑，日人改为博物院也。此部分任人观无禁，余等入门，先越左庑，至一便殿，有人招待。再越数廊，至御苑，今称李王花园。

园内通长德宫，故此方门常闭，请于王乃得启。门内外皆古木苍翠可爱，以一栏限之，以为博物馆之界，非其本有也。入门先至一温室，室西洋式，中蓄暖气，四时有新鲜花草，金君极称此室之妙，余视之殊淡然，以其无高丽风味，更不足见中韩历史上之关系也。出温室，至演庆堂，堂五楹，为中国翚飞式建筑，然檐柱较低，以韩俗仍席坐，殿陛亦然也。金君云：此为二百年前，某王所建。绕堂之左，至宙合楼，遇学生数十人，询之，知系某道教官学校毕业，由日本总监介绍来观者，王亦派人导之。余游宙合楼，适与遇。楼五楹二层，三百年前建。中陈几帐，王犹时临幸焉。至楼后，下有池，无水，各生皆入池，向一面立，若有共同动作者，余立而俟之，王之导者，为演说楼之历史，及王现在来楼时之情状，诸生皆静默，不一语，似有所感者。盖每至一处，导者必示之以词，亦常事也。而引学生来游之日本教员，旁立若深厌之者。过宙合楼，地势渐高，盖此城四面山势环抱，仅东南一方为平原，中北部山势未尽，耸起作小峰，在两宫之间，昔王因之，以筑御苑，故景物清胜。将至山崖，有泉涌出，不甚大，名药水泉，谓饮之可瘳疾。泉上有亭，八角，面山处古木障之，森森有龙蛇气。亭有联云："龙蛇乱获千章木，环佩争鸣百道泉。"亦纪实也。过亭登山，蹭蹬宛延，万松竞秀，清荫袭人。出松林，有曲廊数事，廊端有亭，额曰"翠寒"，联云"一庭花影春留月，满院松声夜听涛"，其他联语尚多，不能记矣。再行又至山下，有流泉，有荷池，有临水曲榭，榭下系小艇一二，似久无人乘者。由此又折过太和亭，经长乐门，至拱宸门，多有楼宇，不能详记，记其二联云："画阁条风初拂柳，银塘曲水半含苔。""绝壁过云开锦绣，疏松滴水奏笙簧。"出拱宸门，转至宫之正面，入博物院之范围矣。正殿二：

一曰养和堂，前王听政之所在也，一曰明政殿，受贺之所也。曰通明殿，曰景春殿，曰欢庆殿，皆便殿也。殿皆中国式。金君云：建筑时，派员至北京绘图。然檐亦较低，殿内全陈高丽古物，前院两庑，陈前王仪仗，如"允执厥中""绥予一人"匾额，皆独立时代之纪念物。如"教受见来客不起"，"非先生不入"之长额，为当时内阁办公室所悬。"教受"即奉旨意，"先生"指有职官者，此当时行政上之纪念物也。两庑中西面，陈石器，铜器，东面陈动物标本，有焚琴煮鹤之叹矣。更有一物足为高丽独立之纪念，使余不易遽忘者：韩前皇今称李太王，华城将台手题之诗，今亦悬诸宫内，为博物品之一也。其诗云："拱卫斯为重，经营不费劳；城从平地回，台倚远天高。万垛规模壮，三军意气豪！大风歌一奏，红日在征袍！"朝鲜自箕子分封，为我藩属，垂三千年，朝代虽有改易，皆奉中国政〔正〕朔。前皇际我国国势不振，日兵寇我得胜，受其保护独立，改"迎恩门"为"独立门"。兴学练兵，骎骎有自强之势，前所录，即其大阅时诗也。意势豪纵，有王霸气概。未几日又胜俄，遂为所并，且废皇而立其子，即李王也。王怯无能，故日人利用之，皇有次子，英迈，学于日本，皇属望最切，思乘机责以恢复之业。前年日政府强以其皇室女妻之。皇闻而号曰："吾子孙血统，乃乱于倭奴，万劫且不覆矣！"恸哭呕血，旋毙。皇亦一代之雄，末路如此，游其故宫，览其遗诗，不禁流连三叹焉！！！

　　午约金君及商会会长李书冀，书记王翰辅同餐于大观园中国馆也。烹调殊佳。

　　下午访李书冀于其肆，字号裕丰德，并再询此间商业情形。

　　赴马总领事处辞行，并略谈。归旅馆整行装。下午七时十分赴釜山，李书冀、王翰辅到站送。

　　十月二十七日

　　晨六时，到釜山，为一面东之海港。三面皆山，南北相距，约不到十里，东西较长，港口南北二山相距里许，铁道似系自港西北穿山来，倚北岸为站，站以人工筑成插入浅水中，与墩船相衔接，舟车交换极便。此天然佳港，加以新式建筑，令人生羡！中国非无良港，非已租于他国，即尚未修治，深可浩叹！将出港，两岸山渐峭，入海后，余势作小岛，自水中突出，如长江中之小孤山者，北约五六，南一，真奇景也！

附：朝鲜最近观察谈

吾生平未出国门一步，此次为第一次出游，朝鲜为游程中第一国，匆匆三四日，不能多所观察，然感想则极复杂，其约略可举者：

1. 朝鲜旧属中国，中日甲午战后，脱离中国，虚拥独立之名，日俄战后，归日本保护，派统监治其国，旋为日本所并，设总督治之，故朝鲜之应为一国，历史上地理上之名词，非国际上之名词也。吾读近代史，对于国家存废，得二公例：其一，凡具悠久之历史足以长植其国民性，使独立不拔者，无论其以何原因，及亡国经若干年，终必有恢复国权，宣告独立之一日，如：希腊，罗马尼亚，芬兰，波兰，捷克，其例甚多。在巴尔干战争以前，无人能预言希腊等国能独立者，在欧洲大战以前，无人能预言波兰等国能独立者；待时会一至，历史上所酝酿之战争爆发，所谓强大国家，平日专以支配弱小国家，甚至吞并弱小民族者，方竭其全力，互相火拼，胜败所分，足以决定其国运。故凡足以弱敌方之势力者，彼皆视为自身之利益，而被压迫或被灭亡之弱小民族，向为各强所视为俎下鱼肉者，在此战争紧急之时，往往被甲强允许以自治，乙强又准许以独立，使其善己，而不为敌方所利用，于是被压迫之国家，被吞并之弱小民族，或因而恢复主权恢复国家，此公例也。其二，弱小民族其国家为人所并者，非乘国际有大规模之战争，列强利害完全处互相冲突之地位，则独立永无恢复之望，盖弱小国家之所以亡，以其知识之低下，经济之落后，武力之不振，政治之组织不良，事事处于劣败地位，不能与强国争。所谓强国者，则必学术较为昌明，经济较为发达，军备较为充实，政治组织较为强固。弱国被之灭后，其教育其经济无不操之强国之手；其军事政治则完全解散而归并于强国组织之内。故专以灭国者与被灭者两国单独关系论之：弱者愈弱，强者愈强，被亡者永无恢复之望，此又一例也。朝鲜历史之悠久，在日本以上。其民族性受涵养于悠久历史之中，决非短期所可消灭。由第一例言之，则迟早必有独立之一日。日本并韩后，吾尝考其预算：其警察费常超过于教育费数倍。教育费少，则人民之知识无从提高。警察费多，则人民之行动毫无自由。是以三十年来，朝鲜人对日本之反抗，前仆后继，无时或已，然终不能成功，则第二公例有以限制之也。自九一八后，日人以暴力劫吾东北四省，创造伪组织，命以"满洲国"之名，以欺骗全世界各国，至此中日之关系日恶，而欧美各国对于日本之毁废盟约，蔑视列强，亦不愿忍受，则此后吾东北四省能否恢复，与朝鲜之能否独立，将构成连带关系，决其命运于世界将来之大战。

2. 方吾游韩时，韩国志士有意恢复祖国者，约可分为三派：一曰王派，又名亲华派，多为与王室有关系及有科第者，仍欲举李王为共主，取消日韩合并之约，以复旧观。然其人多半年事已长，多议论而少行动。二曰共和派，亦名亲美派，其中颇多美国留学生，美国基督教所设学校中之学生亦不少，羡慕共和政体，总拟仿照美国独立，以建立共和政府，亦时有在上海组织临时政府之预备。三曰共产派，亦曰亲俄派，多亡命俄国者主之，其初人数不甚多，自俄国革命成功后，倾向之者渐多，其势或将日张。余游朝鲜，今已十二年，其第一派之老辈，强半凋谢，今想已不能成军矣。而第二第三两派，亦各意见纷歧，内讧剧烈，不能为举国一致之团结。最近亲日派产生，且有向日本请求允予自治如加拿大与英帝国者，此派人直伤[丧]心病狂不明事理者也。日本之对朝鲜，远不如英国之对印度。甘地昌言抗英数十次，每度绝食，英政府必表示退让，以全其生命，不肯居杀复国志士之名也。鲜人抗日入狱者，其行动远不如甘地抗英次数之多，其宣告死刑者，无论矣，而狱中自杀在半官报上发表者，年来不知凡几。英人不肯居杀复国志士之名，而迄不允印度之自治，朝鲜人乃欲向骈诛复国志士之日本政府求自治，此必不可得之数也！

3. 日本大陆政策，以朝鲜为第一步，以南满为第二步。自军事言之，在经营大陆之前，必先以朝鲜为根据地。自经济言之，则所谓南满集中政策，及两港两线政策，所以谋囊括者东北利权，操纵其生产及市场，无一不以朝鲜为出发地。（注一）其政策之最毒辣而无人道者，第一步以经济力压迫朝鲜人迁移入吾东北境内，不但延吉一带人口比例鲜人常居半数以上，即南满路延线各市镇及吉黑两省农村中，殆无处不有韩人足迹。吾游朝鲜时，其人民侨居吾东北者，不过三四十万，吾教授东北大学时（民国十七年）其数乃至六七十万，近来殆超过百万。第二步鲜人既被经济力压迫移入吾疆土后，日本又以外交力量，诱迫韩人处处与中国人为难，扰乱东北之农村组织，故韩侨与吾国农民冲突之事件随时发现，无地不有。万宝山之案特其荦荦大者。东北纵不被占据，经济大权亦处处受制于日本。返观韩国境内，基本财产强半流于日人之手，游韩时与甲阳商会经理加拿大人 C. S. Crowe 谈，彼谓：工矿重要营业多操之日人手中，又组织东方拓殖会社，正进行收买韩人之农田。今据英人出版之政治年鉴所调查：韩人土地现入日本人手中者，截至一九二九年，已将及农田总额之半数。查朝鲜共有农田一〇七六三三一九英亩（注二），日本地主，平均每户有农田五十二英亩，残余之朝鲜地主，每户平均尚不及四英亩，循此例推之，日本之资本家，非吸尽朝鲜农田不可。朝鲜农田在吸收过程中，以新式耕种机器代替人力，则朝鲜之广大劳动民众，不但夷为无产阶级，且将陷入失业状态，二十万之可怜民众，其势非有千万以上移入中国境内将无以延续其奴隶牛马之生命矣！而吾东北骤然增加暴力压迫诱惑下之外来民众，则全盘经济机括，非被此突来之外力，摇动其基础，破坏其组织不止。而日本乃思乘摇动破坏之后，一手遮天而另行组织之。吾书至此，为韩人哭！为中国人哭也！

4. 日本之初并朝鲜也，旅韩日人仅上层组织之少数人，与派遣之军队耳。三十余年政治上统驭之力量，已招徕有五十万日本人，遍布朝鲜全国，其分布之比例，有足使吾人之注意者，查五十万日本人与人口总额二千万之比，仅占百分之五，汉城（首都）三十四万人口中，日本居九万三千余，佛山十二万人口中，日本人居四万三千余，Tarku 九万五千人口中，日本人居二万八千，此各大城者，朝鲜政治组织交通之中心也，此各中心点中，日本人口殆居总额百分之三十以上。此后朝鲜人之仍未被压迫逼入中国境内者，将沉淀下层中服惨苦之劳役，日本人则永操城市之上层组织，行使其政治力，军事力，经济力，乃至一切力的超越无上之统治权，韩人其永劫不复乎？抑在今日之高踞上层组织者，亦将颠越崩溃之虞乎？请俟事实证明！

注一：两港，一为大连，一为青泾军港。日本初经营满洲时，以大连为中心，以南满路为吸收机关，名为"大连集中政策"。其后以南满全路为中心，多修支路以为吸收机关，名曰"南满集中政策"。近数年来，一面经营南满路，一面开青泾军港为商埠，夺取会宁至吉林铁路建筑权，并西伸至洮南以与中东路平行，以囊括东北经济利权，名为"两港两线政策"。

注二：一英亩合中国二百四十弓之官亩二亩六分。

廿年九月卅日

（载胡石青《三十八国游记·第一朝鲜》，

开封中华书局，1933 年）

东北印象记 ［节录］

王雨亭

讨厌的侦探

晚上开往釜山的连络船是昌庆丸，上了船，侍者带我们到二等舱，一见却是日本式的统铺，每人有两张坐褥一个枕头，地方还算干净，但是许多人混在一起，庄君还可以将就，孙君则大大的不舒适了，然而也只得占个位置坐下去。一下子有个三十多岁的侦探来了，拿出履历表叫我们填，说这是警察署例行的手续，我们也应该照办的。可是他于应该盘问的之外又问我们到别府是不是去见张宗昌，那真讨厌极了。前天绿丸的船长疑我们是和蒋介石反对的失意军阀，现在他又妄拟我们是张宗昌的朋类，这显明是侮辱我们。所以我不能再忍了，我简单而且傲慢地喊出"不是的"，他也有些难过，拿着履历表走了。

日本警察着实可恼，稍为阔气点的，他们要看作大官阔少，反之若过于朴质的，他们就要疑为共产党。听说给他们怀疑的人，经过朝鲜会受监视到一步都不能自由。现在我们被他们看作大官，经过朝鲜当不至受留难了。

十时开船了。我步出二等舱，忽然看见两廊有二等寝台，当即叫侍者来问，他说寝台要另订，上段一元，下段一元五角，可是本班下段的统订完了，上段的也恰好剩三位，要须赶快。我于是不稍踌躇地付三瑰〔块〕钱订好，然后去通知庄孙二君，他们看见有这好地方真是喜出望外。

踏上大陆

廿四早上八时船到釜山。上岸后即雇汽车，并托御者指导将历访诸名胜，但据御者说：这里胜地不多，龙头山为唯一的名所。遂驱车上龙头山，在高阜伫立，全埠在望，无异披览地图。

釜山位于朝鲜的最南端，为古来和日本交通的唯一门户，开港凡四百八十余年。当二百年前，李朝中叶，国势犹盛的时候，曾在这里修造龟形的铁甲舰，为大举征日之准备，今竟亡于日，岂当时所及料哉？

下了龙头山，驱车巡游街市一周。回到车站即搭九时十分的第七班急行车出发。沿途土地贫瘠，树木虽经人工栽培仍不茂盛，田亩中的农产物也多枯萎，收成一定不丰。韩人极穷苦，一般平民大都衣服褛褴，瘦骨如柴。住的房子百分之九十九是茅屋，又皆倾斜颓圮，我们戏为之估价，平均每家约值三元。过成欢驿土壤渐肥沃，至始兴、永登浦迫近京畿一带，草木青翠，俨然别有天地矣。

下午七时到京城，即投宿于驿前的三重旅馆，取其地点适中，料金不贵也。因为孙君已下抵制日本料理之决心，所以我们明言不在旅馆吃饭。浴后将出去找中华料理馆，雨颇大，乃嘱御者驶到"最有名的菜馆"，下车一看是金谷园，招牌上头又加上"华商"两字。入门问酒保（酒保这名词我们在小说上常常看过，想不到日本人也还称侍者为酒保）这是什么馆子，侍者山东人，但是他告诉我们这是广东馆子，里头大半是广东人。庄君格外的喜欢，就托他请个广东人上楼谈话，不久，果然一个年青的广东人上来了，大家谈得很亲热。可惜菜太不好，大概逾淮变枳，已失掉地道的风味了。

只有生产没有享受的朝鲜人

朝鲜的历史用不着我来介绍，大家都会知道的。在三十年前她是我们的属国，十九年前才被日本吞并。甲午的日清之战，衅也是在朝鲜开的，现在地图变色了，朝鲜不但不属于我，朝鲜更不是朝鲜人的朝鲜了。

当韩国时代，庶政废弛，产业不兴，每年输出只三亿六百万元，输入超过六千万元，即为三亿六千六百万元。自被日本吞并后，设置朝鲜总督府以来，锐意讲求振兴产业的方法，结果，至昭和二年，生产额达十八亿一千万元，输出入额达四亿七千万元，比较初被合并的当时，生产额约增加六倍，输出入额约增加八倍。关于生产额的分类是：

照〔昭〕和二年生产额

生产别	价　　额
农产物	一・二八六・四二五千元
林产物	六四・三〇五千元
水产物	一〇六・八八六千元
矿产物	二四・一六九千元
工产物	三二八・四〇〇千元
合　计	一・八一〇・一八五千元

生产总算比从前发达得多了，但是朝鲜人的生活为什么不能比较从前富足呢？这就可以看出帝国主义者榨取弱小民族的残酷手段了。产业虽然如此振兴，可是利益不属于朝鲜人而属于日本人，因为日本人对于各业皆有组合，某种物产应该归某种组合专贩，该组合订给若干价值是不容物主有第二句话的。那么全年的生产额虽则有十八亿，朝鲜人所得到的恐怕不及半数，而且要负担种种的重税，如此焉得不穷？中国人呀！世间什么事情都可以尝试，惟独亡国千万不可尝试，赶快省悟吧！

朝鲜人口总数一千九百十八万九千六百九十九人，其中农民占百分之七十七。按日本国内的农民只占人口总数百分之五十五，欧美各国的农民惟德奥两国稍多，但也不过百分之三十八，美国只百分之三十六，英国则仅百分之十五。比较起来，相差甚远，可以说朝鲜是农业本位的国度，同时农业与人民的休戚关系之重大也就可想而知了。兹将昭和二年末之农户数列表如下：

朝鲜人	二・七六八・七四四户	一四・八四四・五四〇人
日本人	一〇・三〇〇户	四四・一七七人
中国人	二・二八八〇户	八・二一六人
外国人	一六〇户	四五人①
合　计	二・七八一・三四八户	一四・八九六・九七八人

更将大正十五年末的地主，自作农，小作农之类别，略举如次：

---

①　此处的户数和人数疑有误，下面的"合计"数字亦有误。——本书编者

地主（甲）	二〇·七三七户
地主（乙）	八四·三五九户
自作	五一九·三八九户
自作兼小作	九〇九·八四三户
小作	二一七·八八九户
火田民	二九·一三一户
计	二［一］·七八一·三四八户

地主甲系纯粹的地主，地主乙则兼自作农。

只有生产没有享受的朝鲜人，其痛苦已如上述。他们也出了不少的爱国志士，做过了轰轰烈烈的反帝国主义运动，就是现在好几个地方还是罢课示威。可是，在帝国主义者铁蹄下的弱小民族要抬头殊非易事，因为多数的民众，生活压迫，智识落后，救死惟恐不赡，那还顾得什么国家。只凭少数的志士，就使个个肯牺牲头颅也无济于事。在这样国际环境之中，除非乘世界革命之高潮，无产者联合起来，舍此而外，要谋复国恐怕是万分的困难，或者竟可说是绝对无可能的吧。

全鲜华侨约六万人，在京城者约五六千人，商人居多，工人次之。朝鲜人无论男女皆喜穿白衣，暑天尤爱用中国的夏布，每年销数达八百万元，有此一宗大生意，所以容得这么多的华商。但是日本人久已看得眼红，积极提倡织造土产夏布，以谋抵制华货。现在成绩渐著，中国夏布终有被排斥之一日，诚可虑也。

我国驻朝鲜总领事馆

我们持驻神户总领事陆兆鹍先生的介绍函，往晤驻朝鲜的总领事，希望于游览上得到便利。馆地近南山，面积极大，投刺晋谒，备蒙招待。总领事张维城先生系记名公使，到任未久。副领事二，一魏锡赓字友琴，一季达字毅生。魏先生系同乡，生于福州，长于闽南，又曾住过台湾。他对我们极亲切，除代备介绍函之外，又引导我们沿馆址游览一周并加以说明。

现在我国驻朝鲜的总领事署，原先是清朝派遣驻韩的商务大臣行辕。那时朝鲜是我们的保护国，商务大臣显然就是朝鲜总监。后来日本怂恿朝鲜独立，甲午之役，我国战败，于是改派公使而以此为使馆。日并韩后，取消公使，遂降而为总领事署。当时袁世凯带兵驻韩也以此为行辕，练兵场则另设近郊。馆之后面，往时有监狱，废址犹存。庭园之中，有以砖块砌成之圆基一所，闻系当时之断头台。又有柏树一株，苍老如虬龙，当系数百年前物，伊藤博文见之，抚摸者再，至今日人传为韵事。总领事馆附设小学校，学生二百余，教员七八位，魏副领事兼校长，旧校舍不够用，添建新校舍将落成，建筑费五千元系华侨乐捐的。

日本人真会宣传他们的名胜，他说："金刚山是世界的名山。"所以我们未到朝鲜头脑中已先有金刚山的印象了。此时在领事馆磋商游程，最紧要的也是关于金刚山之游。可是，领事馆中诸人皆说金刚山风景甚好，而皆不曾到过。恰巧刚才有一位初从檀香山讲学回来的陈达博士也到领事馆询问游程，他住在朝鲜旅馆，张总领事要替我们介绍好一块往游，打电话去人不在，乃写一名片给我们自己往访。

朝鲜故宫

蒙领事馆派张君领导我们，先参观科学馆。凡属近世的物质文明莫不具备，并且各依原理，或制作模型，或制作图表，为简要的说明，使人见之皆能明了科学之功用，用意至善也。次游朝鲜王宫，购票入门，左侧植物园，右侧动物园，中系昌庆殿，欢庆殿，景春殿等皆属古物陈列所。分门别类，井井有条，装置坚牢而优雅，地方洁净无垢，管理之严肃，于此可见一斑。所陈的匾额，有"墨庄"二字是岳飞写的，另有一块写"九成轩"三字，末署"眉山苏杖〔轼〕"，这都是自我国运去的。古物甚多，大可玩赏，惜为时间所限，不能留连。因为里头还有一个处所叫做秘宛，通常不能进去，须有相当的介绍才得入内参观，而且所订的时间又极短促，所以我们急急持介绍书向事务室接洽，他马上派出一人领导我们，并说："时间已到，前头已经有人进去了，要赶快的走。"我们跟他沿着一个大池塘走，塘中开满水莲，其色极艳，至一栅栏，那人高声一喊，喊的是朝鲜语，里头有人应声也是朝鲜语，旋来开栅门迎我们进去。前面已有三个日本人在那里打招呼了，他们也是入来参观的，于是一路同行。指导员居先，每到一处皆给以明显的说明，什么地方是王的游戏场，什么地方是王的宴会场，亭台楼阁，池沼园林应有尽有，一弯一曲，各尽其妙。"飞泉三百尺"为其奥境，结构尤佳，至此叹观止矣。当时的韩国，朝廷虽小，不图园囿如此广大，竭万民之膏脂，供一人之挥霍，古今中外之帝王大抵如是。同行的三位日本人，大概是乡下佬，他问指导员："李王今居何处？"指导员答道："他在东京哪。"嘎！韩社虽屋，皇帝降作安乐王还可以羁留异国，养尊处优，我们凭吊故宫，不仅有麦离黍秀之感，看他们二千万民众已沦为牛马奴隶，实有无限的悲伤！

出了秘宫，我的头已痛，我的脚已酸，我们急到树阴下静息而嚼冰，精神乃渐渐回复。步出大门，即乘电车访靖武祠，又名武壮公祠。

靖武祠

吴武壮公讳兆有［长庆］，安徽人，光绪八年，韩国训练兵作乱，他统领大兵，入韩平乱，后卒于军中，韩王崇其功德，立祠以祀之。独立后，议废寺庙，武壮公祠也在被废之列。那时马廷亮为驻朝鲜总领事，竭力与朝鲜总监交涉，始得保存。祠宇矮小而简陋，只雇一朝鲜老人看守，其不废堕者几希矣。祠中有吴武壮公之去思碑，乃重要之史迹，亟录之如次：

> 光绪八年，夏六月，训练兵乱，握兵器入禁廷叫噪，杀将相大臣，惊动乘舆，又烧日本公馆，衅将不测，事闻于皇朝，诏北洋大臣肃毅伯李公鸿章起复视务，办理东方事，署理北洋大臣张公树声调度东援之师，张公奏举广东水师提督吴公长庆，七月帅登州六营，由海电赴，用救国难。入都之夕，若城门，若宫门，若后苑，俱分兵环守，刁斗之声不绝，民恃而无恐。仍收捕作乱之贼，道极厥辜，而后歼之，不妄杀一人。我中宫殿下之自忠州还銮也，遣弁兵数百人，旗帜枪炮以沪卫，民望之大悦，继以堕泪。我主上殿下接见以礼，倚之若长城，居三年移扎金州，东人攀辕不得，既而卒于军中，讣至，卿士军民莫不贲咨。我主上临朝震悼，遣使奠酹，特立祠享之，邻近于昔日所驻之辕门，螭首龟趺，大书深镵，以臣尚铉职忝太史，命臣以披文相质之辞，臣不胜惶恐。按公庐江人也，父廷香，倡义乡勇，大剿粤匪，竟巷战殉国。公从曾文正公讨贼，累功至提督，尝临阵而贼之炮丸落于座榻，公色不稍变，其忠毅沉勇有自来矣。常曰：朝鲜民心甚好，吾爱之不能忘，异日虽隔万里，有急且

响应以救之。是故东民之慕之也如父母云。辞曰：

公之东来，东人蹈舞。公之北归，东人涟涕。

军曰当死，我公活之。民曰有吁，我公晳之。

维仁平物，维惠浹人。清以冰雪，煦以阳春。

三千戈甲，阒若无声。众心乃豫，国步厎宁。

青油剪烛，大读周易。曰曾文正，凤慕勋德。

金州一夕，大树飘零。风东云盖，如水其灵。

瞻顾东邦，此乎彼乎。庙貌千秋，东人之思。

　　　崇政大夫行议政府左参赞臣金尚铉奉教敬撰

　　　资宪大夫督办交涉通商事务知中枢府事臣金允植奉教谨书

　　　资宪大夫户曹判书兼协办内务府事臣沈履泽奉教谨篆

光绪十一年四月　　　日立

　　那时南通张骞［謇］是做吴长庆的幕宾，袁世凯是做军中同知，有这些人才，所以还能够维持清廷的纸老虎国威。

朝鲜艺技［妓］与朝鲜料理

　　时间不早了，我们还要尽此半日之光阴，游完京城诸名胜，乃雇汽军作高速度之旅行，如朝鲜神社，帝国大学，南山公园，巴柯达公园，独立门，总督府等，或驱车一瞥而过，或下车略为瞻玩，总算草草游完。最后至汉江桥畔纳凉，江边风景幽胜，士女如云。瞥见两少女，衣白衣，戴白巾，蹀躞于沙坡上。我问张君：“怎［这］两人是不是看护妇？”他觉得我问得奇怪，所以狞笑而答道：“那是朝鲜妓女哩。”一会儿，她已偕两少年泛小舟于江中，妓乎？仙乎？我们不暇细辨矣。

　　庄孙二君突然发动好奇心，要一尝朝鲜料理。问张君何处有著名馆子，答以不知，并且说：“朝鲜料理味极恶臭，我们中国人难以下咽。”但他只是听人家说的，自己还没吃过，因此我们更要尝试一次，以明真相。乃问驻汽车的，他沉思很久才说：“有了！有了！不过馆名已忘了，路还记得，就去吧？”我说：“好！就去。”汽车如风驰电掣，不多时已到了，下车一看，却是一座很像样的房子，挂一块招牌写着“朝鲜料理”

631

四个小字，又"明月馆"三个大字。入门则见房间极多，设备又极幽雅，别有情调，是必纯粹朝鲜风无疑。我们大家都是破题儿第一次，呆头呆脑，就像阿木林游上海一样，向他讨菜单，他就拿出一张这样的东西出来：

京 畿 道 评 议 员 宴 会

献 立

昭 和 四 年 三 月 日

一·神仙炉<small>付干糒</small>	一·水卵
一·五色饼<small>付白清</small>	一·干肴
一·药食	一·生果
一·正果	一·生栗
一·熟肉	一·柏子饼
一·煎油鱼<small>付醋酱</small>	一·食盐
一·大虾煎<small>付醋酱</small>	一·梨食
一·鸡蒸菜	一·白饭
一·肉太膳	一·杂汤
一·蟹菜膳	一·泽庵
一·生鳆<small>付醋苦草酱</small>	一·奈良
一·醋菜	一·酱沈菜

余 兴

歌 舞

李兰香	多美若	白云仙	若喜多
金珊瑚	珠林	春红	金兰珠
曹山玉	李香心	金水晶	崔锦兰
金善玉	园菊	金一得	园千代
金今童	申锦珠	郑顺玉	金红桃
丁锦兰	高小月		

京 城

明 月 馆 本 店

我们看了这张献立表还是莫明其妙，因为菜式已经不懂，价钱又没有写好，只得问他："四个人究竟要叫多少钱的菜才够吃？"他说："八元也行，十元也行，十六元，二十元，三四十元也都行。"我们大家商量过，就取中庸的大道，叫他办十六元的菜来。左右前后诸房间婉转的歌声与悠扬的鼓乐相应和，从玻璃窗瞧着：那妙龄的女子正作婆娑的舞，食色皆是欲，好奇岂限于料理？耐不住声色的诱惑，于是大家就正大光明地提议要研究社会问题了。查问代价，据说一小时是一元三角。庄孙二君皆说："那倒不贵，何妨实行中韩亲善。"以是，连征五人，中有一妓通华语，常作通译，助兴不浅。大家皆戒饮，虽少猜拳侑酒之趣，而侍饭剥果也尽殷勤之情。清歌妙舞，别具风格，传情表技，岂让东瀛？

朝鲜料理不错呀，菜式我们虽然不懂，味道却还可以。烹饪的方法，或仿中国，或仿日本，并且还有几样是仿西洋的。全席大小约有二十簋，那未免太多了。尝试的结果，张君也叹道："真是百闻不如一吃啊。"

无缘的金刚山

在京城已经过了两夜，我们原订廿六要去金刚山，无奈关于金刚山的路程及日期，言人人殊。虽然是我们对于旅行的常识还缺乏，而该山路远少人去也是一个原因，而且游程与日期也不能绝对限定，譬如游西湖，一个月可游，十日可游，一星期可游，三天可游，如要高速度像映电影的旅行只两天也可游。因此，我们就跑到火车站内的案内所去查问，结果是这样：金刚山计分为内金刚，外金刚，海金刚三部分，如要全部游览，闲情逸致，纵〔从〕容不迫，则须十日。高速程也须五六天，若只游览一部分，往复两天也来得及，不过时间匆促得很，路上不许留连纵览。这样的游我首先表示反对，庄孙二君也以为只是个大山没有跋涉远游的价值，于是议决作罢。

下午七时二十分搭急行列车出发，晚餐后与一位同车的乘客攀谈。互通款曲才知道他姓沈名会儒，广东人，以前曾任岭南大学的农科教授，现在是任英商卜内门公司的职务，已在东三省推扩营业多年，这回往朝鲜其任务当然也是要推销肥田粉咯。不过只隔着一条鸭绿江，情形就完全不同，中国的土地好听些说，各国可以自由贸易；质实地说，各国都可以肆行侵略。在日本的领土那就不同了，他们有保护国货的政策，非万分不得已，利权是不肯外溢的。同时我觉得很痛心，像我国的教育现状，要栽培一个人才出来殊不容易，然而，千辛万苦栽养成就了，竟不能为国家社会之用，像沈君是留学过美国的，是坎萨斯农科大学的学士，也只能为卜内门公司一出街伙计而已，可不哀哉。

陈博士的话

连日不停留的游得有些疲乏了，搭夜车倒是休息的大好机会。一觉醒来，太阳已上得很高。今早同车中又新来一位乘客，他见我略通日语就拿一张日文的电报问我，原来这位就是陈达博士，电报是他的朋友在京城打给他的。我们各道来由才知陈博士本来也要往游金刚山，因为找不着伴侣，游兴顿灭，所以自己改道往平壤吊古，昨夜二时才上车来的。

平壤是朝鲜最古的大都会，名胜古迹极多，现在人口有二十五万，乃西鲜第一商埠，又居四通八达的要冲，近代各种工业甚发达，一般人皆视为将来的大工业地。交通已极发达，有火车，电车，汽车等，市外又有大同江之水运，至为便利。甲午之役，此地为最后决胜负的战场，当时我国军队被困于此，主将〇〇〇①守城多日，援绝与城俱亡，残垒中的柱木射满枪弹，至今犹存。三千年前走出国的箕子，他的坟墓也在这里。庄君说："不游平壤，乃此行之大憾。"

火车狭小，不比轮船有广大的场所可以散步，瞻眺，或游戏，所以在长途火车中无论怎样勤勉的人都以谈天为唯一消遣良法，我也得到这机会和陈博士谈论甚久。陈博士极咒骂中国人的不争气，他说："中国的国势不振，完全要归咎于国民的不好，因为外国总是讲道理的，假使我们国民能够自强起来，事事遵守文明的法则去干，则外国人自不敢欺负我们。"我说："不先从废除不平等条约做起，国际地位恐怕很难提高吧？"他说："不在乎此，救国要从实际做起，所谓实际者就是学问。十多年来的国民，尤其是一般血气未定的青年，他们不肯认真求学，天天空喊救国，所以国就越救越糟。两三年来，这种颓风稍为挽回了，大祇〔抵〕觉悟的青年都了澈〔彻〕空喊是不足救国的，因此，就要埋头读

---

① 此处的"〇〇〇"系原文。——本书编者

书。"这些话和我所问的有些离题了，所以我再说："我的意思是：各国用不平等的条约把我们捆缚着，一切的权利要任他们夺取，我们要图强非先废除不平等条约不可，因为不平等条约存在，我们无论要发展什么事业都受着阻碍的。"他不很服气地神态说："不平等条约固然要废除，但是中国人不争气的地方固不尽是为不平等所束缚的。譬如：你是刚从日本回来的，你应该会晓得我国的留日学生怎样的不争气吧？以我所见过的，肯用功的学生十无一二，假使我有权力，至少要裁汰百分之七十，这就与不平等条约无关了。"留日学生诚然堕落不堪，我也无辞以辩，不过中国学生到日本读书，样样都要受他们操纵，那也不能说于不平等条约无关，但是我也忝属留日学生，虽然只是短时的，对此已不好再辩了。于是我就转了话头问道："清华的学生很好吗？"他答说："不！清华对学生总算较有约束，可是，假使我有权力，至少还要淘汰百分之三十。我向来对学生不作高谈阔论，譬如他们是来跟我学经济学的，我就教给他经济学，各人有各人的学问，各人有各人的职守，逾越范围是不对的。呀，你对于我的咒骂中国人觉得不舒服吗？我自己也在伤心，无如事实是这样，就不得不这样的说。你看吧！现在我们所搭的南满铁路，二等位这样的干净，招待这样的周至，就是三等位也都很舒服的。你不久就要换车往北平了，那二等位简直够不上满铁的三等位，非乘头等你就不要想有寝台，而且有种种的紊乱情形足使你头昏。你可相信吗？然而现状虽然是这样，国家的前途却还有希望！"后来我们又谈到胡适之先生。他问："你对胡先生作何感想？"我不待思索就回答："胡先生还是专讲哲学，少谈政治为好。"陈博士像颇趑我的话。

鸭绿江

　　鸭绿江发源于白头山，是我国与朝鲜边境天然的界限，在我国这边是安东县，在朝鲜那边是新义州。

　　安东商埠系于日俄战后开拓的，我国的东边道尹公署也于那时由凤凰城移置于此。南满铁路的安奉线由此起点，经苏家屯而达奉天。著名的鸭绿江材木，编成木筏，沿江流下直达安东，再由水路或陆路输出各国。

　　现在鸭绿江沿岸的材木已经采伐告尽了，斧斤已侵入于长白山的密林。树木的种类有松，枞，楢，榆，胡桃等，林域有二百方里。鸭绿江各支流及浑河诸流，纵横流过森林中，放筏甚便利。

鸭绿江的铁桥长三千零九十八尺，中央敷设铁路，两傍为步道，朝鲜奉天间的直通列车每日往复四次，桥之中部作十字形，搋动机关即自转动以供上下船只之航行，工程大有可观。

东三省和朝鲜时间的总差有一小时，譬如：新义州是十二时，过了鸭绿江桥一入安东界反为十一时了。

往来的旅客经过鸭绿江都要麻烦，从朝鲜入中国的到安东站行李要搬下来受海关检查，从中国入朝鲜的到新义州站也是这样。我在东京听人家说这里检查非常严厉，所以连书都不敢多带，其实检查的目的物只是漏税的东西，如烟酒之类，古玩或者也在课重税之列，因为庄君所买的负薪读书童子铜像价只四元，两眼像老鼠的关员大功告成的样子把它从皮箱底拉出来问："这买多少？"庄君答："四元。"又问："还有吗？"又答："只此而已。"才放下去。至于书类，安东这边是不检查的，新义州那边是怎样则不知道。

（录自《东北印象记》，实现社，1934 年 3 月再版）

日本朝鲜之行 *

盛永堃

我假使到日本去旅行，可搭招商局航船，从上海出发，由水程抵日本之长崎（Nagasaki），便弃舟登陆。本地位于九州岛（Kiushu）之西面，为中日两国海运上的首驿，亦为日本最古之商埠，余得参观本地之船坞（与香港及上海同称为东洋三大造船地），又乘火车出佐世保（Sasebo），佐世保位于长崎之北，与横须贺（Yokusuka）、吴港（Kure）等处，同为侵略我国之海军根据地。余不忍观之，遂又弃而搭车往东北行至福冈（Fukuokai），此地乃日本之空军根据地，不许异国人随意出入观览。又想至四国岛（Shikoku）游览，却无观赏之处。遂向东北至门司（Moji），渡濑户内海（The In Lanod Sea），至对岸之马关（Shimonoseki），亦名下关，与门司同扼濑户内海之门户。中日甲午战后，于一八九四年签订合约于此，乃割澎湖，台湾两群岛之国耻纪念地。又乘车至神户（Kobe），本地与大阪（Osaka），同临纪淡海峡，为日本之棉织业区域，亦为大阪工业品之出口处，余参观茶场，并闻本地为日本制茶及造船二业之中心。又搭车往北至京都（Kyo‐to），参观各美术专门学校及美术馆。此地为日本美术最著名之处，日本明治维新（公元一八六四年）前，建都于此，故亦称为西京。附近琵琶湖之景色，尤为秀丽，古风盎然。本地之棉织品及丝织品等，新兴工业，亦遂以发展。又乘车至名古屋（Nagoya），为日本之铁道总枢，位于东西两京之间，故又名为中京。日本自明治天皇维新迁都东京后，此地为日本之工业区域，其商业亦仅次于东京（Tokyo）及大阪，一九二三年大地震后，横滨（Yokohhama）之商业类皆迁移于此。

---

* 这是一篇想象中的游记，所以文首说"我假使……"，文末说"理想旅日之举"。——本书编者

余参观了陶器制造厂后，又赴大阪。大阪位于名古屋之西南，原为日本东西交通之要冲，近来更一跃而为日之工业都会，亦为日本棉织业之中心。后又乘车经名古屋，东北向至横滨，为东京之门户，今为日本最大之商埠，与神户，长崎，新潟，函馆（在虾夷岛）同称为日本之五港，亦为日丝织业出产地。余参观各蚕业学校后，即向西北行游览附近之富士山。此山为日本最大之火山脉，且为日本之名胜地。又至横须贺，为日本对太平洋之第一军港，一九二三年，与东京，横滨，镰仓，伊豆，大岛，同罹浩劫，旧称为日本五大海军。观毕后，仍复回至横滨，乘车至东京。本地临太平洋之东岸，扼注入东京湾（Tokyo Bay）的隅田川河（Sumidla）之口，交通便利，气候温和，为日本之政治区域，今为日本之国都，并是该国学艺，经济，工业之中心，居民有三百万人以上。余先后参观早稻田，帝国等著名大学，各大艺术馆及各大工厂等。游览不久，即由东京登舟启程归国。

途至朝鲜之釜山（Fusan），为朝鲜半岛南端之门户，亦为中日航运之要道，与日本之马关隔江相望。冬不封冻，水深而阔，水产亦多，中日商民咸集于此，故商务极盛。后搭釜义线经北至汉城（Seoul）。临近汉江（Kanyo R.），为朝鲜之故都，扼水陆运输之咽喉，今日本所派之朝鲜总督，及各国之领事，皆驻于此。余复向西南至仁川（Chemulpo），又名济物浦，是汉城之外港，亦朝鲜之第一商埠。后至平壤（Pingyang），位于大同江（Daid of Pingyang R.）之中流，为箕子故都，甲午之役，中日两军激战于此（于公元一八九四年），我国失败后，认承朝鲜独立，至公元一九〇四年日俄之役，日本即并吞我朝鲜，而朝鲜亦就此亡国矣！余又观仰箕子墓，时忆起昔之箕子，隐居此处，朝鲜籍以得吾古文化之传入！谒毕，即舍泪向西北行知新义州（Shingishu），位于鸭绿江之上游，为中日朝鲜交通之孔道，朝鲜之釜义线与我国东北之安沈线，以鸭绿江之大铁桥，联络于此，距我国境最近，与我国之安东，隔江相望。余观览一周，即由釜义线渡江搭我国之安沈铁路至沈阳，再由沈阳接北宁线至北平。复由北平乘津浦线，至浦口，渡江至首都，再由京沪铁道回至上海。此次理想旅日之举，已得完程！

（载上海《光启中学》第 2 号，1937 年 1 月 15 日）

平壤一日记

姚 鉴

晨，平壤博物馆馆长小泉显夫氏来约，到清岩里酒沿山一带去看高句丽时代王宫古城的遗址。稻孙先生因为稍染腹疾，又加上一路较为辛苦，要向这离平壤市内不太近的地方去，当然受不了一路的奔波，只好遵医生之嘱，静养了一天。本意虽然是专为来看高句丽遗迹的，可是终于牺牲了这非常好的机会。因此我便与小泉氏，就着到高句丽宫城址参观之便，顺路先坐车到博物馆去。快走到的时候，远远底已经望见了一座白色的洋灰建筑，我满心以为这一定是纯西洋式的了。谁知走近时，却是一座很富于朝鲜风味的东方建筑，门前的竹庭中立着一座七重石塔，这六棱的石塔是朝鲜特有的趣味。正门的两旁又立着高句丽时代的石狮一对，在那轻微的破损中现出原作的雄浑来。正门位居中央，中央的屋宇支出成一座塔式，两旁的平房作为了尖塔的双翅。这座建筑的色彩并不辉煌，可是由花纹图样的变迁，没有使它陷于单调，保持着闲雅的作风。它的长处便在能于西洋式的建筑中采纳了东方艺术的美点，而且使它们极其调合，所以我以为是一座煞费苦心的建筑。

在博物馆休息了一下之后，我们便开始出发了。途中先经过七里门，这是平壤六门之一，上边有楼阁，是什么时建筑的已经不能考知了，由它的坚固的构造与古旧的色调看，大概不会是近代之物吧。门外便是中日之战，左宝贵战死的古战场！又经过牡丹台，台是因为与乙密台对峙，山形酷似牡丹而得名的，是"文禄之役"与中日之战的古战场。传说从前上有烽火台，并且有楼阁，现在其迹都已经被湮没了。乙密台是中日之战马玉昆固守的地点。牡丹台下还有永明寺，是禅宗的寺院，创设于高句丽的广开土王，是当时平壤附近的大本山，并且曾经掌有过警察与司法权。中日之战，遭罹兵燹，许多丹碧灿烂的伽蓝殿堂，一战之后，都归于乌有了！现在只是残留其名罢了。一路因为时间不多，都没有下车，但是抚今追往，真有不胜今昔之感！即或下车，又怎堪目睹这些疮痍满目的遗迹呢！就是在心中暗暗底咀嚼着这辛酸的情调，也不好与同伴的小泉氏启口，发露一点怅惘之感。

在这样怅惘之中，望着大同江滚滚的碧流，在对岸的远处烟云模糊之间伸延着的群山，与近处隔着江所谓船桥里的战迹，再看到今日新建设起的一片工场地带，加上小泉氏还无意底指点着广阔的飞机场，在静穆的大地上竟布满了这些二十世纪风味十足的现代建筑。

过牡丹亭〔台〕往东北走，我们先到清岩里的王宫遗址。离王宫址的近处，因为小路不好走车，我们便下车步行。遗址是在一个高坡上，是起自牡丹台东北的断崖上，沿着兴杯后方的高地，北穿清岩里，蜿蜒至于酒岩山的一座土城。城里兴杯部落的西方，与清岩里部落的南侧，有高句丽时代的"瓦片包含层"，曾经出土过很多的雄浑精炼的瓦当。现在地面上还散布着许多残片，我们采集了几块，都是赤色的，大概高句丽时代瓦当的级样有莲花纹，蔓草文花（即日人所谓之忍冬文），兽面文，辐线纹，回旋文等种种。文的意近，极自由，手法也坚实刚健，与新罗百济出土的瓦当大异其趣，多少可以看出我国北魏所给与的影响的痕迹。

由王宫址又到酒岩山的大山城去。这是筑在峰顶上而已经崩坏了的石城，蜿蜒及于二日里（核中国里十二里），但是一见还都想象出是山城的遗址。山巅的一个角落，也散布有高句丽时代的瓦片，由此往南，当山城的南侧，到了安鹤宫的遗址，这是高句丽末期的离宫的所在地。

大略把王宫山城遗址的情形看完后，我们便顺原路回归博物馆。到了博物馆后，小泉氏去办他的公，我便自由的观览陈列的物件。陈列品大都属于乐浪与高句丽两个时代的遗物，但是也稍有平壤附近出土的新石器代遗物。

遗物大概都在历来的报告书中看过了，现在正如故人相逢似的特别现着亲切，尤其是那有名的彩箧，当我看见了上面所画的种种人物，与彩色的衣饰图纹等的时候，我的脑海中浮现出了许多连想。从前读彩箧冢报告时固然也有过同样的连想，但总不如现在的真实。以前只是在文献的记载中与照片的写影中略窃一点汉代文物的制度，那非要极大的想象不能把它们连贯起来。现在面前陈列着的种种实物，可以很不费力的

让文献与器物合一了。尤其可感谢的是陈列法的精致，它那时代前后的
陈列，使我这对汉代器物摩索憧憬已很久的人，顿时得了一个系统的概
念。那每时代中各种器物类比的陈列，又可以使人悟会到一器物本身形
制的演变。此外它还肯很详尽的说明，使人在读书时很难了解的地点，
现在就着实物一对照，真有抓到痒处的快感。并且附以图样以作比较，
如像石器时代的磨粉器，在其旁便有一张埃及石刻使用磨粉器的图画；
看到汉代的弩机时，又有一幅顾恺之《女史箴图》使用弩机的模写贴着。
它那复制模造的陈列，更使人感觉兴趣。譬如粘蝉碑是远在龙冈郡的石
刻，因为它是与乐浪文化有密切的关系，于是便模刻了一座立在馆内，
比光看拓本便又觉亲近一层了；又如汉棺中的器物虽然都已取出另外保
存了，但仍重新复制些新的，在一个原棺内按原来的位置陈列着，使我
们对于汉代的葬法更加明白了。在这精到详尽的陈列中，充分表现出日
人肯苦干的精神，一方我们应感谢他们的研究，能使我们对汉代有重新
的认识；同时我们真惭愧，国内对汉代文物方面并没有什么系统的研究，
更不用说整理与陈列了。至于说使一般人能由博物馆的陈列品中得一些
历史的常识与教育，或使我们的历史能由器物的阐明，离开了死的文献
而活跃起来，那除非国人对于器物的价值有真正的认识不可了。不要再
让它毁坏［坏］于偷掘了吧，也不要再让它私贮于富人收藏家之手了吧！

　　诸陈列品看完了后，已经是正午了。承小泉氏留吃"寿司"（饭卷）
一盘，佐以清茶，这种清淡简便的味道，却非油腻的中国菜所能比啊。
因为自己看得非常感觉兴趣，同时想像稻孙先生一人留在旅馆里一定非
常寂寞，反不如来看一看，何况又真有看的价值呢。于是便打电话与旅
馆，听稻孙先生说已经休息过来了，我便乘机说明了陈列品的价值，街
道的平稳，与路途并不辽远，想不会太劳苦吧等话，稻孙先生兴趣也很
好，答应可以来。我便坐车到旅馆去迎接，一齐又返回博物馆，从新又
陪稻孙先生看了一遍。小泉氏更领我们出博物馆，到馆外左手坡下去看
彩箧冢的木椁坟。这坟是由出土原地整个搬来，在馆旁重新复原建立起
来的。在这木椁墓的后面又正作着一座砖墓，也是照原状造的，大致已
作完，但砖土尚阴湿没有干。我们进去后里面非常暗，是藉着两块玻璃
互相反射的光，窥见了内部的构造。墓是分主室前室侧室而成的，前边
的木椁大概属于西汉，后者大概当于后汉，由此，又重新唤起了对于汉
墓的知识，使我得到了一个综合的机会。这种整个大建筑的复原，不能

不使我们佩服日本人对于学术认真的精神。

回入馆中稍憩后，稻孙先生先乘车回旅馆去休息，我便又同小泉氏去看大同江南岸的乐浪土城址与古坟群的遗迹。

离开了博物馆，还是绕牡丹台，折往西沿着大同江岸走。到大同江铁桥时，向南拐过桥，过了桥仍转向西行，先经过贞柏里。到这儿已经看到远远底起伏在邱垄上的汉墓群了，记得到日本后，因为许久看不见荒凉的古冢，从前北平走南下洼子凄惨的心情，现在反倒成为怀念了。可是在日本除了他们上代的古坟外，恐怕只有水户德川氏一家遵儒礼用了衣衾棺椁之葬。并且德川氏师事的朱夫子舜水的墓，也附葬在他们的家墓内，一方因为敬慕朱夫子，同时一种好奇与怀念的心理也挟杂着，便故意老远的从东京跑到瑞龙山去凭吊他，与水户藩家德川氏的墓，那时觉得他身遭国家的沦亡，固是万分的可伤，但他在异乡所得的尊崇也够他满足的了。

现在到了这乐浪的古坟群，看到了累累的我们先民的遗冢，始觉得这里才真是值得特意老远来凭吊的地方。在瑞龙山只能使我们低徊感怀，在这里却值得我们慷慨悲歌！这里是瘗埋着千余躯我们先民的遗骸！他们也是在异国别土，而他们没有人尊崇。他们生前固然处于炎汉的盛世，想不到，死后的千余年却遭罹了沦亡，他们更没有想到会被异国人所挖掘，供异国人的研究！朱夫子舜水在日本的影响，大概到过日本的或没有到日本的人都还知道。但我们这一群先民曾经抛弃了家乡，冲破了巨浪怒涛，由那对岸的山东半岛挣扎着渡过海来，或由辽东方面忍着路上的艰辛，与在地的土著们争斗着，才树下了一代海外的疆土，甚至今日还残旧着累累的古坟！他们尽了文化上传播的责任，孕育出了朝鲜历代的文明，但他们这样的伟绩，有谁知道呢？他们的一切，几乎全被沦亡了！而他们的后人能到这里替他洒几点同情的眼泪，又有几个呢？我现在怅惘追怀的情调，几乎不能自禁了！我觉得只有怀着基势［督］徒朝香［拜］圣地的热诚，才佩［配］来凭吊他们！

一路上小泉氏指点着说明坟群的概况。这群坟是以乐浪郡治的土城为中心，两旁散开，成一个扇形，散在于丘陵耕地的中间，多至一千三百八十六座，坟墓的外形都是圆顶方台形的。走到石岩里的时候，小泉氏便远远的指着一座比较大的坟说：那便是原田淑人先生所发掘过的五官橡王盱墓了。原出日人在此地，把坟发掘后，仍然把他埋好，坟墓由来土物能辨明姓氏的，还立上碑帜，刻明某某之墓。我们久被湮没了的先民们，在千余年后的今日，想不到又得传其名于今日，可是作这种立碑表彰的人却是异国人啊！

顺石岩里的大道把古坟散布的情形看过后，便往东北拐，向乐浪郡治土城去。到土城址后下车上坡，土城城壁就在坡上。现在所存的城壁最显明的地方是西南与东南两角，南面的城已经变成耕地，但是还有一段地域比较道路地面高，很明显底可以想出当初的姿态，东与北两面的城壁，痕迹几乎不存，惟有从自然的地势去想象原来的状态了。城中地势高低起伏无常，自中央稍往东，有一长方形台地，宽大平坦，"乐浪礼官"，"大晋元康"，"乐浪富贵"等瓦当，与"乐浪太守"章，"秋蝉长印"的封泥等都是从这个台地或其附近出的，所以可推定这个台地是乐浪郡治内官衙所在的地方。这个土城被定为乐浪郡土城址的原因，也是由于有上面所说的出土物。

由土城上就乘车回旅馆，这样匆忙的一天便过去了。稻孙先生因染病的关系，决定牺牲了来看高句丽古坟壁画的原意，就坐晚七时车离开平壤了。我也决定坐晚十一时车到京城去。一个很好的机会便这样错过了，至于由照片所看到的壁画上的人物鸟兽还在憧憬着。

晚七时送稻孙先生去后，因为毫无事，一个人便在街上闲逛。跑进了一家百货商店买了些有趣的土产及几份带画的明信片，附带着买了一张平壤地图。自百货商店出来，离开车的时间还早，又只好再遛大街。想起白天的匆忙，不觉玩味着现在的闲散。在这灯光并不明亮的长街上没有不断的车马，很可以放心的自由的踱来踱去，也没有喧嚣的市声，来打断自己的思索。像这样静谧的夏夜，足〔只〕有久别了北平才有，现在竟在这里享受到了。自由的徘徊漫思着，终于把几点钟的光阴消磨过了，走进了车站便坐上了三等卧铺车，汽笛一鸣，便与这安静足以凭吊的平壤古城告别了。

（载北平《朔风》第 18—25 期合刊"随笔"，
1940 年 4 月 15 日）

朝鲜一瞥

阮蔚村

列车离开了安东，驶过了鸭绿江上的大铁桥，仅仅七分钟就到了新义州。这时车中的乘客和车僮，尽是日本人，同室的乘客，一位是华北交通公司的清野尚君，一位年老的女客和一位中年的女客，都是从北京上的车。二位女客去九州，清野君去东京，都是一见如故，异常亲热，一路上谈谈笑笑，非常高兴。

不久有平安北道的便衣警官，上车检查旅客的通行证，并且把证书上加盖了"入国"的字样。车过定州的时候已经黄昏，未几即就寝，经过平壤和京城的时候，全在梦中，可惜这两处的朝鲜大城市未得一睹。

五月二十八日晨八时十五分过大邱，计自北京乘车以来，此为第三日。昨夜睡车中的乘客，多得熟睡，晨起时精神异常爽快，又加天气晴朗，使人十分愉快。从车窗向外眺览野外风光，觉得比在国内和满洲另有异趣，田圃整理得井井有条，山上的树木，和市镇的建筑物，多半和日本内地大同小异。尤其是朝鲜境内多种水田，稻产之丰，为日本各地之冠。上午十时四十分车到釜山，直接驶至釜山栈桥，下车的地方，就是乘船的码头。釜山是朝鲜南端的铁路终点，水陆联运的重要场所，为朝鲜南部的天然良港，隔朝鲜海峡与下关相对，其间有日本铁道省所办的连络船，每日早晚开行二次。此地系政治，经济之中心点，官衙，银行，公司，大商店，聚集于此，街衢整然，与日本内地仿佛，计从北京到此的直达列车，共计驶行三十九小时强。

火车到了釜山栈桥，乘客全部下车。往日本去的旅客，须在栈桥上的交换所，把朝鲜银行票兑换日本银行票。兑完了纸币以后，乘客鱼贯登船，秩序非常整齐，决没有争先恐后的现象。著者夫妇在釜山栈桥稍事浏览，就上了关釜连络船景福丸。

（节自阮蔚村《日本游记》，1940 年 12 月初版发行。非卖品）

南朝鲜纪行

白　莲

　　朝鲜人是富于唱歌的才能的，尤其是对于抒情的民歌，他们擅于以忧郁的情调唱出民族的命运。十年前，我曾听过一首名叫《沙漠之路》的朝鲜民歌，它的开头两句是这样的：

　　"醒时路是沙漠的路，梦中路也是沙漠的路。……"

　　现在的朝鲜，在政治上是俨然两个国家了，而事实上，以"三十八度绞首线"（南鲜人语）为界，南北的老百姓的确各自过着不同的经济生活。在北面，实施了土地改革，普遍改善了人民的生活，南鲜每天有很多人，冒着死的危险向北鲜偷渡。

　　美国占领军所带给南鲜的全盘改变，事实上仅止于为他们换了一个主人而已。现在，南鲜正严重地处在政治上的纷争，社会秩序的高度混乱，和老百姓生活的日益穷困。美国人虽口口声声以扶助朝鲜独立为己任，但事实上，美国人现在真正忙着的是反苏堡垒的军事部署。对于南鲜内政的改革，根本谈不到。也许是为的统治上的方便，于是一切悉仍其旧。今日南鲜甚嚣尘上的独立运动，老百姓是不感兴趣的。

　　南鲜老百姓的命运真是太不幸了。十年前听过的那首忧虑的民歌，他们现在依旧接续唱下去：

　　"沙漠是永远的路，疲乏而痛苦的旅人的路。……"

　　下面，是我最近旅行南鲜，于不经意之间得来的一点见闻。

　　从朝鲜最南面的一个港口釜山沿京釜线北上，十小时的快车便到达首都——汉城。我在几百公里的旅程上所得到的第一个最深刻的印象，不是由绿水青山与温和的气候而来的心旷神怡之感，而是农村的惊人的贫困。那里的农村是很分散的，疏疏落落地夹杂在田间。从那些低矮的村舍的破旧程度看来，似乎至少在二三十年间没有新建的房屋。并且这些村舍的破旧和低矮几乎到处相同，加上庄户人的褴褛与菜色，说明农村的赤贫是何等普遍的事实，但贫穷的确并非由于朝鲜人的懒惰，遍地整齐而茂盛的庄稼便是最雄辩的证明。并且造物赋予他们的自然条件也是优秀的。不幸的是他们辛勤的收获物都是给从海上来的文明强盗攫去了。

但是，这些低矮到可怜的村舍却又极不相称地一律（至少我在数百公里铁路上目力所及的地方是这样）都装有电灯，这很使人联想起日本帝国主义三十余年的苦心孤诣。这里每一个大山小丘，都已成为蒙茸的森林；新型的，巨大的铁架代替着电杆，电线像蛛网般交错在全境；沿着粗大的电线和轻便铁路的方向望去，有着重机械的隆隆声的地方是矿山和工厂；纵横在碧绿的田野间的是整齐的公路。沿着这些公路，铁路和海岸较好的城市都有自来水和电车。至于工场作坊里的电动机械，那更是普遍到每一个乡镇的。从水和电的供应上，说明朝鲜的工业化已到达相当高度。

火车一到汉城，那已是和赤贫的农村不相称的另一世界了。这里有百万以上的人口，有宽阔整齐的柏油路，和高大的建筑物。从她的市容和一切都市生活的享受上说，许多人都以为可比拟于东京或上海。这个美丽的都市，仿佛一所豪华的客厅，完全是为了夺主的喧宾而设的。所有的军、政、警的衙门，交通、文化、实业、海关等的首脑机关，以前是日本人坐在那里统治朝鲜的，现在则完全由美国人取而代之。天空里整天是美国飞机的呜呜声，地上则充斥着美国车辆和兵营。说到美国兵营，那是从釜山起一直到京城的每一个大小城镇都有的。美占领军究竟一共有多少，我没有注意过这个公布在国际上的官方数字，我只看见釜山一城即已驻有"第六军团"一个军团。釜山是朝鲜最南的地方，占领军的绝大部分当然还驻在三十八度附近。如果就泊在釜山港的美国的军用补给船的数目和吨位来推测，相信实际上的美驻军一定会比官方公布的数目字庞大得多的。

京城也和其他的城市一样，车站或其他的公共场所都备有特别用铁丝网围起的专为美国人走的路。市内无数用韩文大书着"车辆与行人禁入"的地方，下面总另附有一行英文写着"除非是美国……"，殖民地的气味真是浓厚到无以复加的了。

也不知道朝鲜人是本性的持重和沉默，抑或是民族的命运使他们变得忧郁了。的确很难得看见朝鲜人有口角朝上的时候。至于爽朗的笑声，那更是"喧宾"们所独有的。美国人显然为了比值很高的美钞，遇上了低廉的物价，知［和］不值钱的劳动力而十分高兴。但低廉的物价在朝鲜人的眼中已经比日本人统治的时代高到百倍以上。一个靠薪水生活的人，现在的收入是几乎不足以维持个人的温饱的。一位早稻田大学文科的毕业生告诉我：他自己和许多株式会社里的小职员同样，月薪只一千元，但日食两餐包饭却得月费三千元。服务于美军事机关及朝鲜各军、政、警机关的一般薪俸约五千元，数目不多的中、韩籍中上级公务员支取美金的，亦不过折合二万余元的韩币。因为大多数人的贫穷，所以盗窃的风气在朝鲜真是惊人的，这除了在公共场合的扒手的猖獗外，满街满巷的美国军用品（特别是罐头）充分说明这点。据说这是由韩人和美兵合作从美军仓库大规模偷出来的。

　　本来，在任何一个城市的小市民们都过着极痛苦的生活，是不足为奇的。奇怪的是：在如此体面的汉城，也难得看见一个盛装的朝鲜妇女。腹大便便的所谓民族资本家在这里是不存在的。这就很可想见南鲜的赤贫其实还不只局限于农村，而是整个南鲜的普遍事实。

　　现在再举一个事实以说明美国对南鲜资源的掠夺：昔日朝鲜所有的铁路，公路，海路交通的总吞吐点是釜山，这个港口对于今日的南鲜依然有同等重要性。但其拥有五十万以上的人口、并且具有优良港口的一切条件的釜山是不大为人所知的，因为在日本人统治的时代，这里仅仅是专供朝鲜的血液流入日本的一个总吞吐口而已。虽则这里和日本的佐世保仅仅是十小时汽船的距离，但日本帝国主义为了要把他们的岛国和这个从大陆伸出来的半岛联接起来起见，曾计划要在釜山到佐世保之间凿成一条世界最长的海底铁道。可惜这一更大的吸血计划现在不得不拱手让与美国了，美国有的是船，现在这里每天来往频繁的是清一色的美国船艇，经常停泊在港口的四十五艘以上，全是从三五千吨到一万吨以上的大船。他们占据着所有的码头而排成一个马蹄形，中间围绕着几条停泊到已经发锈的二千吨上下的小商船，这是几个月前从香港、澳门方面开来的，他们遭到美国人的出奇的留难，甚至连办一个准许船员登陆的手续也得费时一月。船货被以抑低了的市价收买了。之后，不是不让载运有利可图的货物（最有利可图的以［是］钨砂和红参，前者是只许运美的军用品，后者则是朝鲜政府自己运香港专卖的禁物），就是不发给出港证，因此，有些船就不得不空着回去了。但即使愿意空船回去，有时也不卖给你煤，听说两千吨船耽搁一日就损失港币四千元以上。于是，所有的外商谈起南鲜来都相戒裹足。现在美国人更索性自派大船定期来往港，沪，釜之间，所收运费不及港澳船三分之一。这样，外国商船的踪迹实是不禁自绝了。美国就是一步步地完成了他对于南鲜资源的独占。

下面，再来谈一谈美国占领军在朝鲜的政治上的统治。上文已经提及过，因为他们现在正忙于厉兵秣马，所以对于朝鲜的内政的改革上是根本谈不到的。现在南鲜的临时过渡军政府自身的混乱，与社会秩序的不安，已或为南鲜的严重的社会问题。也许是全世界的法西斯政治家都是一母所生的，南鲜政治斗争中的威吓，殴打，暗杀的风气真是惊人的。日本投降以来，已有几个政治领袖在政争中互相屠杀死了。此风气见于民主与反民主的斗争中尤烈：九月，南鲜曾大规模地发动过一次对于民主的教员、记者、学生们的逮捕，殴打和暗杀。这种流氓风气的滋长，是和美军统治南鲜的政策分不开的。因为美占领军把日本帝国主义遗下来的南鲜法西斯前卫组织的西北青年团，大同青年团……当作一种有效的殖民地统治工具，而大大地培植起来。这种政治组织的公开口号击灭苏联，这是不足为怪的。奇怪的是：我曾亲自听到过他们某次政治宣传中，竟仍以大东亚共荣圈的每一份子共同努力建设大东亚新次［秩］序为中心。这简直叫人相信美国占领军一定都是些聋子，或者他们是日帝法西斯主义者的孪生兄弟。

我曾亲自看见：在南鲜偏僻的农村里，一个警察派出所的下级警官，或者一个青年团的干部，其权力和威武便完全相当于该区域内的法西斯独裁者，事实上操纵着老百姓生死安危的命运。一个小小的警官，或者一个青年团干部如果从这一区域步行到那一区域，其间路上屏息地鹄候着深鞠躬致敬的老百姓之多，真是意想不到的。但因此使人感觉到的，不是朝鲜民族性的自卑与懦弱，而是法西斯统治的残酷与非人道，因为站在这自卑与懦弱的人的对面的统治者的代理人，他自身不也正是可怜的南鲜人吗？

我也曾亲眼看见过：在军警林立的闹市，一个安分守己的市民，他的住室会忽然轰的一声冲进成群的、眼放凶光的市井流氓（进来），大肆骚扰之后又呼啸而去。观者相顾失色，连去报警的勇气也不敢有。

我还曾亲眼看见过：美国兵和黑衣暗探带着朝鲜的政治流氓，于午夜越垣入室，没有会同警察，也不声明任何理由，即便翻箱倒箧，拿走了东西不写回收条。大概美国人以为法治与民主的假面具在殖民地国家是根本用不着的。美国人现在已经发生过很多动手殴打中国商人的事实。中国华侨在汉城的有三万人以上，在釜山的也有数百人。釜山中华商会会长曾根据许多事实，证明由于南鲜社会秩序的混乱，而使到［得］华侨现在的地位较之日本人统治的时代还要痛苦。他们认为现在连生命的安全都没有保障。因为假如他们和美国人发生了纠纷的时候，他们简直连打官司的地方也没有。假如是和朝鲜人发生了纠葛（以朝鲜人的串骗事件为最多）而到军政的衙门里去的话呢，不幸哉，南鲜临时过渡军政府内部现在混乱到根本不能运用法律的常规去解决社会的纠纷，在最好的情况下，就是南鲜的官吏向你道歉，请求你为了南鲜现正处于混乱的状态中，而原谅了他们的法律对于你的过失。还有一些华侨因为不了解这种可怕的混乱是整个南鲜的普遍现象，而认定这是韩人行将有排华的举动的先兆，所以华侨之间正散布着种种的谣言和不安。

因为生活上的困难，政治上的和社会秩序上混乱，不安，所以那种［里］许多华侨都纷纷到领事馆登记归国（当然南鲜是没有中文报纸可看的，他们并不了解中国的情形）。在韩人方面，许多人都企图冒充中国人，到中国领事馆领取华侨归国证，以便混到中国来。但从南鲜报纸所偶然透露的消息看，由南鲜渡往北鲜的人的数目字是很大的。有人说，如果"三十八度绞首线"放松一些的话，恐怕南鲜会变成一块空地方呢。

我曾经在黄昏的时候徘徊在南鲜老百姓低矮的门前，为一串忧郁的村女歌声唤起我一个得自十年前的亲切的记忆，那就是《沙漠之路》。这首歌的下半段是这样的：

"……把梦驼在骆驼背上，迈着沉重的脚步，在黄昏的地平线上，走上遥远的路途。"

但是，沙漠的路不会太长的。北鲜的就是一个例证。美国虽然代替了日本统制者的地位，但日本统制者最后的命运，必然要降临到美国头上。且等着听那朝鲜民主战士们的凯歌吧！

十一月十日・一九四七

（载香港《自由丛刊》第 10 期

"欺弱必须揭穿"，1948 年 1 月 1 日）

中国社会科学院老年学者文库

"中国现代文学与韩国"
文献补编

（下　册）

李存光　　〔韩〕金宰旭/编

社会科学文献出版社
SOCIAL SCIENCES ACADEMIC PRESS (CHINA)

编辑说明

一、收文时限和内容。

1. 十卷本《"中国现代文学与韩国"资料丛书》(金柄珉、李存光主编,金宰旭、崔一副主编,延边大学出版社,2014。以下简称"十卷本丛书")出版后新发现的 1917—1949 年的小说、诗歌、散文、戏剧等创作和译作(个别作品因故未能收录)。

2. 十卷本丛书未收录的 1917—1949 年发表的旧体诗词和文言小说、章回小说等。

3. 2015 年后中韩两国新发表的和十卷本丛书漏收的部分学术论文,以及对十卷本丛书的相关报道和评论。

二、收文所据版本和排列。

1. 所收创作、译作和 1950 年前的评介,均以初刊本或初版本为准。各类下的篇目以初刊(版)时间为序,个别公开发表较晚的作品按写作时间列入。同一作者不同时间发表的旧体诗词置于首篇之后连排。

2. 创作和译作均以体裁排列,其中创作中的游记(参观记、考察记),既可视为"散文"亦可视为"纪实",故单列一类,置于散文、纪实之间。

三、收文的文字及技术处理。

1. 原文的繁体字、异体字均改排现行简化字。原文明显的文字和标点错漏,由编者订正;不尽符合现行语法规范的字句,一般不予改动。原文疑似错字后加[ ]标出拟改文字,衍字用( )标出,遗漏文字用【 】补足,无法辨识的文字用□表示。

2. 小说、散文和诗歌已有分段、空格的按原刊格式,个别明显不当的略有调整。戏曲按原格式，话剧、歌剧的人物称谓和格式按原刊。

3. 旧体诗词、文言小说和散文、章回小说原文无标点或只标句读，大部分无分段。为便于阅读，本书编者增加了标点和分段，其中或有不当，望识者指正。

4. 部分旧体诗词有作者的夹注，现按原貌用六号字标示。旧体诗词以外的原作注释，或注于篇末、章节末，或为脚注。为便于参阅，现统一为当页脚注。本书编者所加题注和其他注释，后加"本书编者"以示区别。

5. 原文章节号各异，现统一标为"一、二、三……"；原作段落之间的分隔号纷繁，现统一为"＊"号。

6. 为节省篇幅，做了以下处理：其一，旧体诗词连排，不同作者的诗作之间空二行，同一作者的多首诗作之间空一行；其二，2000年后的论文删去原刊的作者简介、摘要、关键词和注释，已标注的另附参考文献（注释见"参考文献"的则予以保留）。

四、其他未尽事项及特殊情况参见正文相关注释和书末"索引"中的按语。

五、本书的文献搜集、文字录入得到金柄珉教授的大力支持和热心帮助。在此，深表谢忱。

目　录

诗　歌

散　文（小品　杂感　随笔）

游　记（考察记　参观记）

通讯　纪实

戏　剧

❖ 译　作 ❖　　　　　　　　　　　　　　　　　　◀

小　说

诗　歌

❖ 评 介 ❖

综合评论

作家作品评介

韩国作家评介韩国现代文坛

索 引　　　◀

附 录　　　◀

通讯　纪实

安重根遗事

张九如

…………①

且饮且唱道："丈夫处世兮，立志当奇，时造英雄兮，英雄造时。东风吹寒兮，摇动汉水。愤慨一往兮，吾必反汝。愿我同胞兮，速恢大业。万岁万岁兮，大韩独立。"唱的时候，声彻金石，悲愤到极点，唱到后来，几不晓得有酒杯在手。德仁也随口开阖，唱了几曲俚歌。唱罢，重根和德仁、道先同到蔡家沟，侦探伊藤来信。初来的时候，因路费用尽，托东夏向住居哈尔滨的韩国人处借债，既到蔡家沟，接着东夏回信，知道借债不着，意料人多钱少将要误事，就和德仁、道先商量妥当，独还哈尔滨，筹画经费。忽地接着同志的报信说，伊藤明日要到。

重根乃枕戈待旦，巴不得早些天明。略略吃了些朝饭，跑到俄军车站，立在俄国军队的背后，目睁睁地等待。重根本是西装，所以俄人误认他是日人。及伊藤既到，下火车阅兵，和重根站立的地方，相去不满十步。重根细细地审看几次，和报纸上所载的伊藤小像一样，遂即不动声色静悄悄地取出手枪，用力向他射击，砰！砰!!砰!!!三响，中伊藤的右腹及背，遂把野心勃勃的一个英雄，顿时送命。重根手舞足蹈，高叫："大韩万岁！大韩万万岁！"日人将他执缚起来，问他："为怎[什]么害我首相？"重根道："伊藤既害我韩国不能独立，这是我大韩同胞不共戴天的仇敌，人人可以害他，难道我独不可以害他么？"又问："和你共事的有几人？"重根笑道："但杀我不必唠叨，要晓得我大韩同胞没有一个不想杀伊藤的，难道你们杀尽我国数万的大韩同胞不

---

① 这是本文的后半部分，未见到载有前半部分的《心报》第18期，故缺前一部分。——本书编者

成？"说时，声音益发宏大。日人把他囚起一月多，移囚他于旅顺地方关东法院的狱中。路中，常瞋目叱责押解的日人道："我今日虽然做你们的俘虏，实是大韩的义士，你们休要像赶牛打狗的胡为。我安重根宁可杀，宁可剐，要我零碎的受气，是做不到的。"到了旅顺，大步进狱。

十二月二十八日，法院长真锅开庭公判。这消息传遍东西球，各国来看审的人，竟有数百。俄国律师米牟意乐夫，英国律师德来斯，以及西班牙律师等，探听得判期确实，都道："安重根是一个爱国的好男子，不可伤他。我们维持人道，应该过海冲洋的去替他辩护。"日本律师纪志也来会，向着真锅道："这事判断不公，有毁国家的资格，丧国际的名誉，不可冤屈杀人。"真锅一心要杀重根，不用纪志的说话，并宣言不通日本话的人不得进堂，因此西洋律师都钳口结舌的没做道理处。

重根在法庭态度极从容，常常将两手横交胸前，时时拿手巾揩面，和平日的态度丝毫没有两样。真锅问他杀害伊藤的原故，就理直气壮的说道："我杀伊藤实替贵国除掉一个不守君命的乱臣，贵国皇帝宣布战书于俄国，曾说保护韩国的独立，到了战胜俄国，伊藤志高气扬，不依贵国皇帝的宣言，用兵胁我，教韩国不得独立，这不是欺君侮弱，人人得而诛之的国……"真锅急抢问道："听说你们办了怎〔什〕么义兵？做参谋中将的是怎〔什〕么人？"重根愤愤的说道："做参谋中将的就是我，办义兵的也是我。假使伊藤出来慢一些，我的义兵已经练好，可以围杀他于哈尔滨；假使杀他不得，又可以带兵到对马岛来问罪。这番不费吹灰之力将他杀却，这不是他的恶贯满盈，天夺其魄么？若说不是，又那里有这样容易呢？"

停了几日，真锅再开庭审问。重根睁着眼，看着真锅道："伊藤既不许我大韩独立，又敢废我太上皇，伊藤是我太上皇的外臣，臣敢废君，真是国人皆曰可杀的了。"说到此地，声音和雷鸣一般，目珠突出，眼光直射着真锅的面上，大声叱道："伊藤的罪过擢发难数，这样的废我大韩皇帝，这样的堕我大韩独立，这样的扰乱东亚和平，而且我明成皇后闵氏的弑谋，主张的不是伊藤是谁？贵国先皇帝的暴死也是……"真锅听了，吓的了不得，急摇手叫他慢说，且叫旁听的人出去，因为怕他说出伊藤行弑先皇帝的事情，给旁人听了，传说出去，要生起别事，所以急下逐客的命令。讯到明年正月，统统讯了六次，始终没有改变半句。真锅的心腹辩护士，挤眉扎眼的齐声道："安重根所说的主义，没有不是误解，算不得是正当的国事犯。我关东法院有裁判保护国的法权，安重根应该抵命，逃不得死罪，不必再审了。"

后来，真锅差了一个心腹，暗暗地诱骗安重根，教他自认误解主义，就可不死。重根力唾诱骗人的面上，骂道："呸！呸！！呸！！！伊藤所做的事情没有人道，没有天理，简直是乱臣贼子的勾当，我杀却伊藤是合天理合人道的举动，世界一定有公论，怎好说是误解？我宁拥护人道而死，不情愿自丧人道，偷活世上。不过我活一天，你们的国里就担惊受怕一天。男子汉大丈夫，活着既要杀贼，死后也要做个厉鬼，杀尽欺君侮弱的恶贼。你去传语真锅，我安重根是到死不改节了。"当时在场的人，听得重根所说的一番话，都替他叹息流涕。

重根将再入狱的时候，英国律师德来斯极佩服重根，双手拖住他的衣襟，劝他再诉。重根笑着谢道："替国家出力，大丈夫的分内事，怎怕断头台呢？"说了，昂胸挺身大踏步进狱。

明日，日人宣布重根罪状，他的母赵氏，带着重根的胞弟定根、恭根，来诀别，母却不肯和他会面，只教定根、恭根代他告诉重根道："前日我教你千万勿要屈志，你侥幸能够遵守，我心极为安慰，我将来到地下会你的爷，也有话对他。我和你永诀了，你安心去罢，你的家小儿女我自好好地养他，休要惦记。"二月十五日，日人缢死重根，重根死的年纪才三十二岁，生了两男一女。

先时重根听得审判的日期，给信他的兄弟道："等我死了以后，你们来埋我的尸于哈尔滨，表示我的成功，切不要埋我在日人管理的地方，教我死不瞑目。"到了重根已死，他的兄弟要依重根的遗嘱，日人不许，强他葬在那旅顺狱的地方。从此荒草离离，白骨长埋，斜阳黯黯，黄土永盖英雄千古了。

重根在狱中，曾做《东洋平和论》，洋洋几万言。到他死后，各国有心人，争出万金买他的稿本。

德仁、东夏、道先三人，后来也都被日人捉住。审判的时候，德仁也侃侃而对，不稍屈服，日人将他监禁三年。道先、东夏都说不曾与闻重根的事情，日人也加他以罪。

九如道：安重根不过一个平民，却很有国家思想，不肯做日人奴隶，赤手空拳，立了大功，这不是箕子的好子孙么？今日朝鲜的国势怎样？

民气怎样？所做成的事情又怎样？我不晓得重根在地下有怎样感想，我据箕子遗民金泽荣雨霖的说话，做成了这一篇义士传，难道只要替已死的重根留个人大名于天地间么?!

（载上海《心报》第 19 期"传记"，1920 年 3 月 15 日）

断头台上的两个韩国烈士

轰动一世的青年革命党

李寿兴柳泽秀被日本人绞杀

柳楠秀一人尚在狱中

一九二六年七月，韩国独立运动之一机关驻满洲"参议府"陆军正士李寿兴，携带武器潜入韩国内，与其同志柳泽秀等，昼夜奔驰，出没于韩京及其附近一带，袭击众日本警察署官公署等十余处，杀伤敌警察及官吏等十数人，使得一般人心汹汹沸沸。日警甚为恐慌，用尽心力结果，不幸竟于晚秋间，李等遂被捕。去年六月，李寿兴（二五）、柳泽秀（二九）二人判处死刑，被押在韩京西大门监狱，日望着将临头之绞首台，而只候最后之一日，终于二月二十七日午前，竟作绞首台上之烈士！

阴风萧飒的铁窗下

绞首台愈形凄怆！

是日天气，阴暗异常，漫天风云，低迷过环于"仁旺山"下西大门监狱，好像天地风云共吊此热血男儿之最后——二十七日上午十一时三十分，日总督派遣死刑执行吏渡边及森下等，将李柳两人送上绞首台，两人由绞首台上被吊下后，经过十六分钟始得绝命！

于公判庭之印象　　他们的生涯和为人

——司法记者的笔记

傍听该事件公判审始末的一记者写着："李寿兴事件！一九二六年之秋间，何等地刺激了我们的神经，何等地使警察惊慌失措！这真是近来罕有的大事件了！但是在三四个月之后，他们终不免被捕于敌人之手，自去年夏秋间，二人竟被宣告死刑以来，在阴暗凄惨的牢狱里过年，终于此新春坼芽绽蕾之时，着上绞首台，完结了他们短促的一生了！"记者还写下去："李寿兴是在第一审，被处死刑，而泰然自若，视死如归，就抛弃了控诉权：他这样对于性命，视若鸿毛，毫无留恋的态度，尤足令人惊叹不已了！

"是的！李寿兴是豪放不羁，而且怀着虚无思想的人。不消说他天赋性格有这种倾向，但他家庭生活之极不幸，也许影响于他的本性不少！现在他一生的详细情形，无法得知；但他十七岁的时候，飘然离开了故乡（利川），漂泊到满洲去了以后，父亲是病殁，而母亲也不明其行踪了！这一段事实也使我们可以想象到：他的一生总没有享家庭幸福的时期了！

"去年六月二十八日，要在京城地方法院公开审判的时候，他的胞姊和姊夫，极力探问他的母亲的所在，使他们母子最后接面一会，但终是无法获得，不得如愿以偿，而长使义烈，多负于天伦之爱情，亦可谓莫可奈何之痛恨！

＊　　＊　　＊　　＊　　＊

"公判开庭时，他们一进了法庭门，赶紧回过首来，向望着旁听席，放出眼光于'荆冠'之间窍，窥察着朋友和亲戚们的来会与否，而这时柳泽秀忽然与其胞弟（弟兄二具被捕）楠秀，紧紧地握着手，默默地黯诉着其在铁窗下长期隔绝之情怀！及其脱卸了'荆冠'之时，柳泽秀向着李寿兴说：'阿叔呀！（他们是个亲戚）我们弟兄俩，太对不起我们的父母了！'他一面说着，一面禁不住泪汪汪地饮泣。此时苍白脸的柳楠秀慰劝了他的哥哥。李寿兴看见这个光景，很不满意地喊道：'这是什么话！我们只管对不对得起同胞就是了！'这时看守们，把［巴］不得制止他们说话，但柳泽秀说：'我和我的兄弟，虽然不能谈话，但难道连握手也不许可的吗？'看守也没有法子，许他们握手了！凡此等等使旁听者无非嘘唏饮泣！

"李寿兴对于法官的审问，毫不忌避，态度极泰然自若，使当时列席的记者，印像深刻，记忆尚新！"

呵！他们的一生休矣！唯有他们不死的精神永照着后继者的前头！

（载南京《东方民族》半月刊第 1 卷第 1 期，
1929 年 4 月 1 日。无署名）

韩国志士之一

——安重根狙击伊藤博文的故事

安重根是韩国黄海道海州地方的人，他小时性极聪明，读书颇知大义，并兼习武艺。当他十五岁的时候，正值国内东学党之乱。他的父亲叫做泰勋，慨然举义平乱，这一次重根亦随同从军，参加作战，颇著功劳。那时他的父亲就暗中奇异他了。

前清光绪三十年，日俄战事开始了。重根此时，已认清了此次战争的结果，将为韩国存亡的关键。因独身游历我国烟台上海等地，欲访求天下的英豪，共谋东亚的大局，惜乎一无所遇。第二年，因为接着他父亲的死耗，遂急速回国奔丧。那时韩国的保护条约已经成立了。重根深痛祖国快要沦亡，心中不免感到万分的悲愤，到处发为慷慨激昂的演说，听的人无不被他感动。他以教育为当前救国的急务，遂捐资设立学校，提倡教育；同时又叫他的两个兄弟定根和恭根，游学京城，交结有志的豪杰。到前清光绪三十三年七月，日本治韩总监伊藤博文竟强逼韩王让位太子，并解散韩国的军队，从此，韩国的行政大权，遂完全落在日本统监的掌握中了。他眼见此种情形，真是目眦欲裂，很想举兵起义，与倭奴决一死战。但因为民间的武器，尽被搜去，寸铁无存；同时又想到日警林立，暗探密布，若无计画的举事，恐不免白受牺牲。所以他遂决意到西比利亚募集义勇军，结果得了三百余人，遂于前清宣统元年六月举义抗日，渡豆满江，占了庆兴郡，袭杀日人五十余名，并进袭会宁郡的日本兵营。日人赶急电各地驻军来援救。他所带的义勇军虽是勇猛，毕竟因为弹尽援绝，众寡悬殊的关系，终归失败，仍退回俄国的地界。他为了国事，曾经接连七天不吃饭，仍意气自若。他的朋辈，没一个不称赞他，敬佩他。

同年十月，伊藤博文来东三省游历，想与俄国财政大臣会晤，协定满蒙权利；并与各国秘史约定，在我国吉林省的哈尔滨地方，会商中国的问题。重根听了这个消息，很高兴的说道："老贼来到这里，真是天假我的机会了！"遂只身先到哈尔滨的车站附近的一个旅馆住着，专候他的仇人的到临。果然伊藤博文要到哈尔滨的消息，在报纸上披露了。到了那一天早晨，安重根连忙潜入车站守候着。此时担负警卫的俄兵，约有数千人，戒备很是森严，所有欢迎的团体和各国领事代表团，以及一般观光的人，都已在那儿林立鹄候着，伊藤博文的专车既到，一时军乐声和花炮声，震动天地，真是热闹非常。伊藤下了车，先与俄国大臣握了手，再一一与各国领事及代表等握手，俄国军队亦举枪致敬。当时重根是站在俄军的背后，离伊藤不过十来步的距离。他见了仇人，分外眼明，遂取出他的手枪，向伊藤轰击。起初一弹，就中了伊藤的胸部，因那时的花炮声乱杂的很，所以没有人注意。第二发中了伊藤的背筋，军警及欢迎的人们这才发觉，皆纷纷的被枪声吓跑了。第三发中了伊藤腹部，遂倒卧地下。更连射在旁的日本官吏三名，都是应声而倒。当他举起枪射击的时候，数千的军队，都散走了，不敢走拢。等到重根弹尽，停止了射击，军警才把他围着，要夺他的手枪。重根遂自动的将枪给宪兵，他见目的已达，举手三呼："大韩国独立万岁！"军警遂把他捆缚起来。重根拍掌大笑道："我不会逃走的，假如我要逃的话，我就不到这死地来了。"当时有位日本官吏问他道："你为什么要刺杀伊藤博文？"他答道："伊藤博文夺我韩国的政权，我怎么不杀他？"又问道："你还有什么要求？""我已经歼了我的仇人，我要做的事，已经完毕，除了死以外，没有他的要求了。"说罢，就闭着眼睛，不再说了。伊藤伤重，不到十分钟，就已毙命，消息传出，全球震动。凡属听到的人，没一个不称赞安重根的胆识，都说："韩国有人了！"

后来，日人把安重根解到旅顺法院，公开审判，这件事差不多惹起了全球人士的注目。英、法、俄、中等国的人，都有赶到旅顺来观审的。当公审的时候，他举出伊藤十三条大罪状，据理痛驳数小时，雄辩滔滔，目光如电，旁听的人，没有一个不动色的，那时有英俄和西班牙的律师多人，都认为安重根是个爱国志士，不可杀他。无奈法院院长真锅，一心要置他于死地，故意想出一个无理的方法，说是不通日语的律师，临审的时候，不准出庭辩护。这样一来，就使其他各国的律师完全无发言的资格了，就是当时日本的律师，也有主张安重根不可杀的：认为杀了他，反损日本的名誉。但是真锅始终固执己见，不采纳旁人的话，竟判了安重根的死刑，于前清宣统二年二月二十六日上午十时处绞，重根到了刑场，谈笑自如，并且欣然的说道："我为大韩国独立而死，为东亚和平而死，虽死何恨？"遂改着韩服，从容就义。那时他的年龄才卅二岁，真是韩国莫大的损失。但是在另一方面，他能为韩国人民手刃仇人，却又是韩国无上的光荣了！

（载《敬业附小周刊》第 28 期

"复仇故事"，1934 年 10 月 22 日。无署名）

韩国志士之二

——姜宇奎爆炸斋藤的故事

姜宇奎是韩国平安南道德川郡人。生得魁梧奇伟，器宇轩昂。他的天性很刚直，而且见义勇为，因为家贫的原故，所以中年移居在咸镜道洪原地方做耶教传道师，并同时倡设学校，努力于教育事业。韩国既被日本灭亡，他深痛国亡家破，不甘为仇国的臣仆，所以决然移居于我国吉林省的延吉县。他时常在西北利亚各地往来，遇着韩国的人民，便痛哭流涕，向他们演说，激发他们的祖国观念，颇得一般韩人的欢心和拥护。后来因招日人的嫉忌，将有不利于他的行动，于是他又迁移到饶河县，设立一个光东学校，专门教育青年子弟，拿爱国复仇的思想去灌输他们。

后来韩国人民渐渐的觉悟了，各地不断的发生许许多多的独立运动。侨居在俄境内的一些年老的韩人，也组织了一个"老人同盟团"，响应独立，当时宇奎虽已届六十五岁的高年，亦毅然加入为该团的团员。一天，该团打听日本注〔驻〕韩新总督斋藤实男将于九月一日到韩国京城履新，即刻召集了一个会议，商议对付的办法。结果决议派宇奎入京，去乘机行刺。宇奎欣然应命，于是秘密备好了炸弹，向着京城进发。为秘密起见，他特从元山的那一条小径经过，于是八月十五日到了京城，落在车站旁边的一个旅馆等候着。起初京城因有暗杀党进城的谣传，所以到了斋藤走马上任的那一天，日本军警的戒备，很是森严。一般欢迎的人，老早就在那里鹄候着。忽地望见那如长蛇似的火车由远处蠕蠕而来，众皆欢呼："新总督的专车到了！"于是乐声大作，日本的军政要人，都一拥上前，表示热烈的欢迎。还有那各国的领事，及各国的侨民，亦都拥挤在前后左右来看热闹，真是人山人海，好不威风！当斋藤夫妇下车的时候，一般观众都集中目光来瞻仰他的丰采。可是宇奎见了仇人，就不觉怒火中烧，遂于怀中取出炸弹，突向斋藤抛去。惜乎未曾瞄准，砰然一声，仅击中了车厢，弹片飞在斋藤身上，把他的戎装着了火，险些儿危及生命。众人连忙上前救护，算是侥幸得免一死。当时受伤的人，计有警务总监水野，大阪每日新闻特派员山口，及满铁理事久保等，共有三十多个。这一弹虽未命中贼魁，但却给他一个重大的打击，确是令人称快的一件事。当事情发生的时候，在场的军警，即将交通断绝，严密的搜索。此时宇奎虽然作了惊人的烈举，却仍行所无事一般，他不慌不忙，镇静自若，当时日本军警走到他的面前，马马虎虎搜了一下，就把他放过了，因为他们万万想不到这位皓然白发的老头儿会干出这种激烈的行动来，所以结果还是给他跑脱了。

宇奎回到旅馆，从容自在的又过了数十日，亦未见发生什么事。可是当日在场的韩国青年男女，因嫌疑被日警逮捕，受恶刑拷打而死的很多。他看到这种情形，心中很是难过。他不忍以个人的原故，而累及无辜，所以自动的向日警自首，从容就捕入狱。受讯的时候，他把谋刺总督的理由，逐一宣布，侃侃而谈，神气夺人。他在狱中禁锢的日子很久，时常痛骂倭奴的暴行，狱中的囚犯，没一个不佩服他。他并且作了许多慷慨激昂的诗歌，求速死为快。像他这样视死如归的精神，真不愧爱国男儿了！

当他在日辖的地方法院第一次公审的时候，宇奎对审官高声抗辩，他说："日本违背正义，并吞我国，实为世界人道所不容！我是大韩国的臣民，怎甘做尔等的奴隶？我所以飘流海外，从事于宗教和教育，到处奔走呼号，无非是想启发人心，养成人才，以图光复。至于成败利钝，我是不管的，只有鞠躬尽瘁，死而后已。日本绝对没有统治韩国的能力，而所谓同化政策尤属痴人说梦。长谷川已经知难而退了，乃斋藤这个家伙，竟不自量力，不顾民心，又糊里糊涂的想来统治我们韩国，不惜身为扰乱东亚和平的戎首，他实在是我们不共戴天的仇敌，所以我要把他杀掉，为国家报仇。"第一次公审，没有什么结果。到了第二次公审，竟宣告宇奎的死刑，旁听韩民都悲愤大哭起来。一时城中韩民，麇集在那儿的，不下数千人，高呼"韩国独立万岁"，宇奎亦喊着应和他们，声振远近，全城骚动。日军到来，才把他们解散了。这是何等悲壮惨烈的一回事呢！

（载上海《敬业附小周刊》第29期

"复仇故事"，1934年10月29日）

朝鲜学者李瑞林氏特访记

—— 我 们 的 精 神 决 不 会 被 人 家 奴 化

徐朋武

起来！
不愿做奴隶的人们，
把我们的血肉，
筑成我们新的长城！
中华民族，
到了最危险的时候，
每个人都——
发出了最后的吼声：
起来！起来！起来！
我们万众一心，
冒着敌人的炮火
前进！前进！前进！前进！

记者今天写篇访问记，觉得心痛得很，于是独个儿凭着窗口，远望着千里外的祖国，不知不觉地哼出了这一曲歌来。我希望这悲壮的音浪，能够唤起了尚还在醉生梦死里过着生活的人们；更希望这凄楚的曲调，能够使读者细细地体味一下这次访问记中的谈话！

自从满清时代日本并吞了琉球、朝鲜以来，已经过着这么悠久的辰光。在这长长的时期里，可怜的朝鲜民众，他们没有一天不是期待着我们去援助和解放，更没有一天不在想用他们的血肉，去建造独立的基础！因为朝鲜的每一个民众，都不愿做残暴者铁蹄下的奴隶！我到日本来后，所见朝鲜人的生活，恐怕读者们难以相信！朝鲜人在日本只有做做苦工，女人们每天背着乳孩，在污秽不堪的垃圾堆里，选取破纸和破布。火伞高张的炎暑，风雪连天的严冬，京都的鸭川里，每天有朝鲜人在洗濯他们朝鲜产的绸布，靠着微几的血汗代价，购买粟子充饥。我本想拿他们生活的状况来介绍给读者，可是没有机会去实地访问。此次承朋友介绍，和一位朝鲜的积学之士李瑞林（假名）先生谈话。虽然我们谈话的时间很短，但都是几个重要的问题，从这里，读者们可以推想到一般状况了。

最初，李先生告诉我关于他个人的生活，他说："我到日本来，已足足有十二年的历史。本来，在故乡是担任小学教务主任的，一方面有些田地，可以靠农作物过日子。但后来学校里的教务，一天困难一天，我从教务主任被调为手工教师。手工非我所长，但假使在当时表示不满，事实上是万万不可能的！学校里自校长起，一大半的同事，都是从日本的总督府派下来的人，我们平时能安逸地过一天，已算得上上大吉了！在十二年前的我年纪比较轻，对于民族和国家的观念，很是利害，常常想邀朋集友，找一个机会更生我们的生活！更不愿每天坐视可怜的小孩子们，整天整日地念着日本字母。可是，后来受了一个长者的忠告，他把目前情形详细地分析了一下，把我当时一腔的热血，暂时压下，设法免脱了教职，离开故乡，到日本来求些学问。十二年来，每天过着苦生活！日本的生活程度又高，即使蔬菜等普通食用品，也不能和我们内地相比，所以我们同胞，每天在田野里拾些人家抛掉的菜叶而已！我想，这并不是件卑鄙的事！"李先生说到这里，使我受到非常大的感动！尤其是"我们同胞"这四个字，是何等的触目惊心？忙接上去说："真不错！苦并不是卑鄙，拿苦来维持生活的人是……"李先生兴奋地说："苦并不是只有维持个人生活的意义，是含着极强有力的一种魄力。这种魄力，就是我们启示我们用苦来维持我民族整个的生命！即使朝鲜的小资产阶级，我以为也要这样地苦下来！那么，使我们从苦上推想到给苦我们尝的人们，以图他日东山再起，建立我民族自由的光荣的国家！你看着，我们朝鲜的复兴，并非是优游闲散——事实上也绝不能优游闲散，而复兴在整个民族的刻苦励志上！我们虽然不能明白地表示出来，但我相信朝鲜同胞，都能互相默示着，领会着的！"

记者："刚才说过，府上有田地可以耕种，那么，尊夫人等离开故乡后，田地是暂时出租掉的？近年来农作物方面，收获怎样？""啊！田地吗？那不必说起！被当局划去的划去，剩余下来的，只得以最贱价格出售了。""为什么当局要划民地呢？"李先生对于我的问题，好像抱着无限的感慨！很详细地对我说："虽然是划地，但实际上并非如此。不过当局用种手段来使你不得不转让给日本的移民。讲起日本的移民问题来，那真是一言难尽。近年来日本人的激增，和了土耳其恰巧东西相映。日本的人口问题，是其一大经济的难关，这是谁都知道的。所以，日本政府的向外移民，一年积极一年，尤其是对于我握有一千八百万同胞的朝鲜。于政府掩护之下，一批批移住过来。本来，朝鲜人口的密度，每方里约一千二百人，各自经营业务，安居乐业的。自从日本内地人大批移殖后，土地势必缩小，换句话来说，本来一个人所有的土地，现在该被分于二个人乃至三个人，对于我同胞所遭受的经济上的威胁是绝对的！"他讲到这里，暂时停了停，又紧接着说："我对于人口问题，虽无研究，但从大体上观察，也可以明白一二：譬如所谓朝鲜的产米增殖计划，无非是改头换面的剥夺民田罢了！因为日本人口的过剩，在另一方面又要拿食粮来维持这许多过剩的人口，可是，日本本国产米是很少的，每年，从外国输入的，为数总要在四百万左右。因此，他们又转眼到我们的朝鲜来。真痛心我们同胞平时种的米，既已不能进自己的口，还以方法陈旧等口实，来使你不得不让给日本的移民耕种，迫我们漂流异乡。在他们是解决了食粮问题，利用了过剩劳力，而我们即使做了有家归不得的异乡鬼，也有谁能念及我们呢？"

记者："那么，住在朝鲜的日本居留民，大部分是从事于农业的吗？"

"大部分是从事农业的，其他各业都有，最最值得注意的，就是矿业。我们朝鲜的矿产很丰富，自从明治三十九年日本政府颁布了矿业法及砂矿采取法后，便一任日本人自由开采，好像金矿，鳞状黑铅矿，铁矿，石炭矿等，年产可达一千四五百万。"说到这里，他的夫人抱着小孩进来，我们便转变话题，谈到朝鲜的服装上去。朝鲜的装饰，既简单，又便利，那短短的袄子，没有钮和［扣］，只缝着两根布带，一穿上去，只要在腋下打个结便好。宽大的裙子，小划子一般的鞋子，式样也来得好看，不像日本女子装束那么地繁复讨厌。日本女人爱穿红的，他们很爱穿绿色的，并且大都是绸布，不论破旧到怎样，所以一望上去，十分令人悦目。不过，他们非在不得已时，很少拿日本的布来裁缝，都是朝鲜的土产。这一点。也是值得我们佩服的！李先生对我说："我们朝鲜虽然被自认为文明的先进国所压迫，但我们还是保存着我们固有的文化和习俗，我们不愿意去接受所谓先进国的赏赐，所以，我们形式上是做了人家的奴隶，但我们的精神决不致被人家奴化!"

最后，我们又谈到国人居住在朝鲜的状况。据李先生说，我国同胞住在朝鲜的，以山东人最多，并且除了少数的上流阶级之外，很少携着家眷同去的。他们的生活很苦，有的每天只以包米，馒头，饼子，和高粱来充饥。经商的，以织物和杂货商为主，大半是合了股东开店，店员大的商店可有三四十人，近年来因为财界的不景气，所以各种营业，都非常萧条。好在国人生活费的低廉，和大部分经营绸缎布匹织物等，所受影响还小，不致关店回国。因为居留民大都独身的缘故，所以在朝鲜的教育设施，听说也很简单，学校大都设在领事馆里，普通称为中华国民学校，分普通科和高等科两种。受教育的儿童很少，有的地方，不过二三十名罢了。有我们输入朝鲜的物品，主要的是粟子，落花生，胡麻子，天日盐，麻布和纱布等。李先生是仁川府的人，对于仁川地方的情形，更来得熟悉，他对我说："我很爱小孩子，尤其是你们贵国的小孩。在我的家乡，有只华侨公立两等小学校，我常常到那边去玩，听他们读中国书，觉得他们是最幸福的。像我们的孩子，那里来这攻读国文的机会呢?"我听了这话，便连想到东北的孩子们和华北教科书的被删改，心中极度的难受，就在闷闷不乐中辞别。

起来吧! 不愿做奴隶的人们! 把我们的血肉，筑成我们新的长城! 把我们的血肉，维持我们伟大的民族精神!

（载《礼拜六》第682期"留东访问记之四十一"，
1937年3月20日）

朝鲜人民的吼声

韩国旅渝人士纪念三一节
中韩人民联合打倒侵略国

子　冈

　　走进重庆市党部，迎面就看到中韩国旗交叉在礼堂门口，那面八卦似的国旗，虽然有点生疏，但看了它，令人心头揉杂着惊怵，沉痛和兴奋的情绪。日本帝国主义的铁蹄践踏了朝鲜的土地二十九年，这面旗帜也受了二十九年的污辱。

　　可是，朝鲜二千三百万人民是爱护这面国旗的，他们以血肉和敌人的枪炮对抗，为了复国，成千成万的朝鲜志士悲壮地牺牲了。在二十年前的昨天，他们更发动了伟大的民族独立的斗争，就是"三一"运动。

　　昨天，在重庆的一百多朝鲜人民沉痛地纪念了"三一"的二十周年，平时在重庆繁密的人口中，朝鲜人民只像是大海中的几滴水，不容易发现他们，可是在这纪念会上，朝鲜的女人，孩子，青年，老人，统统聚到了一块，他们的面貌和我们那么相似，只是仿佛多一点阴郁气氛，那是二十九年来地狱生活的标志。

　　在朝鲜国旗的两旁，两条大红布上写着：中韩民族联合起来，打倒日本帝国主义！会场四周也挂满了动人的标语："扩大朝鲜义勇队"，"建立中韩民族抗日联合战线"……

　　开会奏乐的第一支曲子是《义勇军进行曲》，不愿作奴隶的朝鲜人民，热爱着这个歌。唱到韩国国歌时，主席团的几位老先生的眼睛里，似乎流下了泪花。

　　金九、金白渊两位革命志士致开会辞，说要继承"三一"的精神，完成"三一"的使命。玄何竹老先生报告"三一"运动略史，分作亡国以后，"三一"独立运动的当时情况，和"三一"以后到现在三个阶段，他说：朝鲜国内的平民贵族之间本来是裂痕很深的，后来又加上了日本帝国主义的侵略，人民在双重熬煎中过活，苦不堪言。亡国后，日本统治者代替了朝鲜的封建势力，更把鲜民蹂躏得无以复加，渐渐地朝鲜人民觉悟了，各阶层决心一致对日抗争。"三一"运动主观上继承着朝鲜历年革命的精神，客观上受了中国辛亥革命，苏联十月革命，欧洲弱小民族纷纷独立的刺激，二百十一县参加了这个独立运动。殉国志士七千五百余人，受伤者四万五千余人，入狱的五万多人。烈士们的血花永远激励着后起者。"现在中国正英勇地反抗日本强盗，几百万军民的牺牲已得到了代价，日本强盗已陷进了泥淖，中韩本是最亲近的弟兄，中鲜两民族的解放独立是相关的，朝鲜人民要一致参加中国的民族解放战争！"玄老先生的话受到热烈的鼓掌，事实上朝鲜人民的确已在和我们合作，举最近的例子，如在广州被迫参战的朝鲜士兵的反正暴动，崔永吉等烈士的就义。在东北他们参加了抗日联军，在中国内部，有朝鲜义勇队，在朝鲜北部，也建立了强固的游击队伍。

二十个朝鲜青年男女唱"三一"歌，末一段是："将要来的新世界，正等待着我们，死路上的仇敌，我们赶快打倒，洗刷多年的积恨，建立新国家！"

马超俊、沈钧儒、曾琦、周怡、阎宝航、张西曼诸先生和司法院、监察院代表先后演说，大多希望：一、朝鲜各党派宜统一，致力于复国运动；二、更广泛深入地参加中国抗战；三、在中国的抗日最高原则——三民主义的旗帜下，共同努力。

孩子剧团参加歌咏，重庆市儿童星期座谈会送蓝旗一面，上面写着"消灭东方日本法西斯强盗"。朝鲜少年团一女孩致了答辞，中韩的孩子们都团结起来了。

最后通过提案，呼了口号散会。是的，中韩两民族要团结起来打倒人类的公敌法西斯强盗！

（载重庆《大公报》1939 年 3 月 2 日 "本报特写"）

"三一"纪念在桂林

刘金镛[*]

在微雨中，我们这一群，匆忙的赶进城去布置会场。街上已布满了红绿各色的醒目标语，十字街头也张贴着大幅的壁报，这是其他的同志在昨天下午，已经预先贴好了的。为了准备这伟大的"三一"运动二十周年纪念大会，我们每一个人的心兴奋而紧张，忘记了一切的疲劳，认真的赶做着各种工作。我们到了乐群社大礼堂，首先将大幅的《中韩两民族联合起来》的壁画，挂在最醒目的地方。那一个朝鲜的鲜英［艳］八卦国旗，在总理遗像下和党国旗的中间，更发出了异样的光辉。"'三一'运动第二十周年纪念大会"的横幅布帜，是方才赶做好的，也高高的悬在礼台前面。墙壁四周挂了许多红色标语，正象征着先烈的鲜血。

时间到了下午两点多钟，各方面的来宾陆续的到了。我们预先准备了一封信，里面有中韩联合起来的大幅木刻画，纪念"三一"的特刊，还有一张公演《朝鲜女儿》的招待券，算是我们一点小小的赠品。到了三点钟主席宣布开会，悲壮的朝鲜革命歌唱完以后，对"三一"运动死难先烈及中国抗战阵亡将士默念一分钟。主席申岳先生（代理队长）致开会词，他说："二十年前的今天，朝鲜民族反抗日寇，喊出了朝鲜独立万岁的吼声……我们中国神圣的抗战，正是朝鲜独立解放的机会，不久的将来一定会发生第二个'三一'第三个'三一'……一直到把日本帝国主义打倒的那一天，朝鲜民族绝不会屈服！"政治组长金奎光报告"三一"运动的经过："朝鲜民族十年亡国的痛苦，种下了每一个人复仇的心理，……一九一九年巴黎议会，美总统威尔逊提倡民族自决的主张，也

---

* 刘金镛（声和），河北景县人，曾任中央陆军军官学校第十九期第十六总队第三课中校课长。《朝鲜义勇队通讯》的主要撰稿人之一。著有报告文学集《国际队伍：两年来之朝鲜义勇队》、编译《火线上的朝鲜义勇队》等。——本书编者

打动了朝鲜人的心弦。……又值朝鲜人最爱戴的光武帝被日寇毒弑,一时民情激愤达于极点,于是才爆发了伟大的'三一'革命运动。"他又说:"我曾亲身参观了一个伟大的革命运动。二十年前三月一日下午二时,各学校的学生一队一队的像潮水般的向花园口冲进来,以八角亭为中心严肃的排列起来,幽静浓艳的花园顿然成了万头攒动的人海。在紧张严肃的空气中,从八角亭一位青年领袖的口号,一句一句的飘出了独立宣言的朗读声。读完了宣言书的瞬间,群众异口同声的喊出了'朝鲜独立万岁'的呼声,举起了千万个有力的拳头,飘扬着千万个眩目的八卦旗像洪水般的冲出花园门口来。……连当日本走狗的警察听到了这伟大的呼声,也抛弃了他那可耻的武装坚决的参加到群众的行列里来了。由日寇主持的女学校里的女生,她们受到阻止不能参加示威,她们痛哭流涕……这一运动很快的由汉城就传遍了全国,一直继续到八个月之久……。"在一阵掌声之后又有来宾训词。西南行营政治部代表黄秘书长他说:"日本帝国主义是中韩两民族共同的敌人,只有两民族内外夹攻才能加速日寇的灭亡……"日本反战作家鹿地先生也兴奋的讲了很多的话,大意说:"过去东亚的历史是黑暗的丑恶的,……在这儿有中国人朝鲜人日本人,我们宣誓要打倒法西斯来创造历史的新页……"最后在悲壮的朝鲜革命歌声和"中国抗战胜利万岁!""朝鲜独立万岁!"的口号声中散会了。

　　雨虽然还是断断续续的下着,可是新华戏院门前人还是那样的拥挤。《阿里朗》《朝鲜的女儿》在他们都是新鲜的名字。在千百双满含热情的眼光下,《阿里朗》出演了。他那如泣如诉的歌声,使得群众情绪也起了很大的共鸣。朝鲜人应当生活在朝鲜美丽的大地上,为什么他要走向那悲惨的阿里朗山冈呢!接着李斗山先生一段激昂的演说:"我们要粉碎日寇!……中韩两民族联合起来!我们朝鲜革命同志已经参加了中国的抗战。……"群众的掌声像雷一般的怒吼。《朝鲜的女儿》开演了。他演到悲哀的地方,我亲眼看到许多的人也在流眼泪!演到兴奋的地方,群众又报以热烈的掌声。最后当汉奸的叔叔和日本军阀被革命青年捕捉的一刹那,群众高呼"打死汉奸!打呀!打呀!"……时间到了深夜,雨是下着。每一个人的血在急流着,怀着一颗兴奋而愉快的心离开了戏院,外面的风虽然有点冷,但是我们的周身是火热的。我们这一群又朝着东方将黎明的天边携着手的回来了!

三月二日

（载《朝鲜义勇队通讯》第 6 期,1939 年 3 月 11 日）

良辰美景遇嘉宾

刘金镛

　　在桂林，一连几个月老是下着令人生厌的细雨。就是不下雨的时候，天也是阴沉的可怕，实在太闷人了。但是偶尔有个晴朗的天气，又恐怕丑恶的寇机光临，扰乱了我们的工作，在这个地方，真是理想天气太少了。在我的脑海里很久的时候就憧憬着，这样的天气，最好是上午阴而不雨，下午来个晴天。因为这样，一来可以避免敌机的骚扰，再者我们也可以一舒因阴雨而起的烦闷。这样的一天终于来到了，是四月十二日，上午虽然还有一些阴云，可是已经被温和的春风吹的分崩离析了。下午看到数月来不易见面的阳光，分外的感觉到畅舒。我本打算忙里偷闲到郊外一游，可是在昨天，李达同志告诉我今天在城内我们还有一个集会，同时并让我通知为我们义勇队特别帮忙的易群女士，一齐前去参加。所以也就不能到野外去了。下午四点多钟的时候，和李同志顺便邀请了易女士，就一同向着我们的目的地——昌生园——前进了。本来由东江镇我们的住所到城里去，是要经过两条繁杂的街道的。但是这一次，我们因为邀请易女士的缘故，是走的街道后面的路，在那里有着清可见底的小河流，一望无际的嫩绿的菜园，还有峻拔的青山，和满山遍野的志［绿］树野花，这个地方太能使人留恋了！尤其是在久雨初晴的今天，是更有一种特别陶醉人的魔力。要不是我们有事情的话，我一定要尽情的在这里度过这个可爱的下半天。就是这样子，我还故意放慢了脚步，希望多留恋一些时候呢。

　　走到街上有人特别拥挤，真有行路难之慨。他们或许也是为了一舒数月来的闷气而来罢？走进昌生园餐室的时候，那里已经坐满了许多嘈杂顾客，在这不甚宽大的二层楼上，这嘈杂的声音是百［有］点讨厌的，然而我们所邀请的客人还没有到，又不得不耐心的等着。等了不到半点钟的时候，周世敏同志来了，他说："尹冶平同志已经去请他们了，马上就来。"果然不到一刻，第一批客人来到了。我们相互寒暄着让着坐，并介绍着姓名。第二批客人到了，又是同样的一阵骚动。好半天才沉静下来了。

我开始用疑惑的眼光，在打量所有的客人，他们是做什么的呢？他们的姓名又是什么？因为在事先，我也不知道所请的是些什么人，就是刚才虽也经了一次简略的介绍，然而屋子里嘈杂的声音扰乱了听觉，一点也没有听清楚。只是看到他们的举动，他们的衣饰，他们的精神……是另具一种风味。令人一见就感觉到轻松愉快。他们有谈有笑的吃着茶，嗑着瓜子，吸着香烟。我坐在桌子的比较偏僻的一个角落里，虽也跟着他们，嗑瓜子吃茶……可是我的脑海里，却多着一个不明了他们的疑问。同时我也不好意思问他们，只好沉默的闭着嘴在打量他们。

我正在这样连看带想的判断他们的时候，由左边传来一张白纸，而且还是每一个客人按次序的在上边写着字，到了我的面前。才知道这是简单的自我介绍，每个人签一个名在上边。这一来却把我闷在脑子里的问题解决了。他们签完了名的那张白纸，我从周同志面前拿过来一看，怪不得他们是另具一种特殊风味的令人一见愉快，却原来是一群鼎鼎大名的艺人呵！其中像赖少其，建庵，梁中铭，黄茅，汪子美，刘元，廖冰兄……诸位先生，是早已久闻大名的了，只是我这个孤僻的人，有眼不识泰山罢了。

大家愉快的谈了半天，时间到了五点多钟，外面那数月来难见的可爱的太阳也要隐去她那哭脸了。人们饥肠辘辘，民生问题是急待解决的。茶房也算知趣，马上送来了菜单子请大家点菜——是有名的广东羊城菜。"请你点罢。""请你点罢。""不要客气。每人至少须点一样。广东的朋友更要特别多点两样才好。"尹同志和梁先生正互相推让的时候，我不客气的说了上面这么一段话。结果大家就按着次序的点菜了。三花酒来的时候，很多的人又这样说："我不能喝。"但是又换了葡萄酒了。"喝一点吧，不要紧的。"我们这几个勉强算做主人的人，这样让着，他们才接受了。

酒过三巡，李同志开口了，大家立刻停住了杯箸，好几十双有力之目光完全集中到他的脸上。他说："今天请诸位到这里来互相认识认识，过去各位先生，对本队工作特别帮忙，这也算表示点小小的谢意。希望以后各位仍继续赐教。"在一阵掌声后，刘先生说："让我们的老大哥梁中铭致答词。"是的，他的确有老大哥的派头，和蔼的面容，有趣的口吻，尤其是他又穿了一身蓝大袍，更显得文皱〔文绉绉〕有长者之风了。他含笑的站了起来说："我们对贵队的工作，实在谈不上什么帮助，又你们请我们吃饭，真是惭愧。同时我们这许多人聚集在这里，快乐是快乐了，但是还不痛快。我希望把日本帝国主义打倒的那一天，我们中国抗战胜利以后，朝鲜完全独立自由的时候，我们再有一次痛快的聚餐在朝鲜举行！""是的我们连朝鲜饭也没有尝到过一次。"在梁先生刚说完，跟着一位同志又追加上了一句。在笑声夹杂着掌声中，电灯忽然亮了。原来那太阳的笑脸已经完全掩藏起来了。人们的谈锋好像也因为另来了新的刺激而转了方向。"朝鲜的饭怎样，也用筷子吧？""是的，但是饭是另有一种作风的。""朝鲜话和广东话有许多是差不多的，譬如国家，民族等。""你府上是山东，到过青岛吧？住过好久？""到过，住了三天。"……他们这样东一句西一句杂乱的谈着。我除了间或说一两句外，还是保持沉默。因为我和他们是初见面还不大熟识。可是就在沉默里，从他【们】的谈话当中，我发现了能和他们接谈的机会，再也不好只闭着嘴了。"建庵同志你府上是山东吗？我们是同乡。"我这样问他，他答话了："呵，你也是山东人吗？我以为你是朝鲜人呢！"本来中国和朝鲜这两个兄弟之邦的弟兄们是没有什么分别的，何况我穿的是义勇队的制服，证章也是义勇队的证章，而自己又保持沉默，无怪乎人家把我认成朝鲜人了。是的，中韩两国是兄弟之邦，两国的人民是朋友，我们的敌人是一个日本帝国主义，我们还有什么可分呢？……我这样杂乱的想着，好像已经出了神，直到易群女士说"饭来了，吃饭吧"，才打断了这个念头。李同志又说话："各位先生，大队最近打算出一种街头画，不过义勇队的力量是很小的，希望各位多多帮忙。"刘先生带着滑稽的口吻说："一定要尽力，吃了人家的饭啦，还有什么话说。"汪先生又用慎重的口气说："材料倒不成问题，不过在此地出画报，印刷方面却很困难。""不是，是用白布画漫画，张贴在十字街头，并不是一定出定期的画报。"周同志又这样解说着。"呵，这个好办，我们一定尽力。"一群艺人异口同声的喊出了慷慨的呼声，更加使人感觉到分外的轻松与愉快。周围的顾客，已逐告〔渐〕的减少了，嘈杂的声音也沉静了一点。看看外面已是满天星斗和满城灯火了，我们这一幕也要告终，于是所有的客人都站起来了。"时间不早了我们该回去了，谢谢你们的盛意。"他们说就整装待发。我们也说着：
"时间还早，再吃一点吧。"在这样互相寒暄声中，每人一次温暖的握手
便离开了昌生园。我一个人和他们分道，独自奔回宿舍。经过浮桥时，
遥望两岸灯火点点，和一碧晴空的闪闪群星相映成趣。清澈的桂江沉静
的慢慢的流着。虽然还要经过两条杂乱的拥挤的街道，可是挟着一副愉
快的心情，仰望数月来很不易见到的夜的晴空，心里感到无限的慰安与
愉快！我预期着明日的晴空，将来美满的工作。我还憧憬着将来无数理
想天气，简直把无耻的丑恶的寇机骚扰的暗影也忘掉了。

（载《朝鲜义勇队通讯》第 10 期，1939 年 4 月 21 日）

人生自古谁无死　留取丹心照青史

刘金镛

　　悼同志忆往事，只有愤怒！以热血扫妖氛，再慰知己。人的有死，和人的有生一样的是人生必经的过程。死是必然的归宿，生也是人生的自然现象，死生对人类本来是极普遍而平常的一件事情，但是就在这样平常的过程中，人们往往就伴以喜怒哀乐等的情绪，这看起来似乎是不必要的，但是人是情感的动物，人的感情作用往往是胜过理智的。人们的天性是喜欢圆满团聚，美好……可是"花不常好，月不常圆"，称心快意的事情，在整个的人生过程里边，能有几件呢？尤其是这法西斯强盗，向爱好和平的人们施行狂暴的侵略的时候，有多少幸福美满的家庭被毁灭了！有多少欢聚的时光，被他们掠夺去了！也许自己的父母妻子，朋友亲戚，被残杀了！我们悲哀么？痛哭吗？不，我们只有愤怒没有悲哀，我们只有更奋勇的搏斗，没有痛哭的眼泪。我们要誓死消灭法西斯强盗，来求得人类的幸福与和平。"人生自古谁无死，留取丹心照青史。"只要我们死得有价值，死有什么可怕，有什么悲哀！人生本来就是要追求美满幸福的，不只是个人的幸福，而更重要的是全人类的幸福，牺牲一己求得全人类的幸福，那正是人类爱好美满善良高度的发展。

　　为了维护世界的正义与和平，为了争取全人类的幸福，我们反抗日本法西斯强盗的侵略战争，也正是世界反法西斯的一支先锋。我们在这争取民族解放自由，和全人类的和平幸福的抗战使命下，我们许多英勇的战士，和亲爱的同胞是被牺牲了！他们的死是有价值的有意义的，他们已经尽了他们为人类幸福的责任！我们对他们的死，只有景仰，只有崇敬。在这个大时代里，我觉得我对于我的同志陈一平和郑如海为尽他的伟大使命而死去，用悲哀的心情去经［追］悼，是自私的，狭小的。但这也是情不自禁的一点情感作用呵。

　　在五月十二日早晨，我以久疾初愈的身躯，去参加陈郑二同志的追悼会。他们两人还是不满三十岁的青年，竟尔抛下他们未完的革命的事业而安息了！在我们革命的旅途上，又少了两个忠实的同伴，这是我们革命事业上的损失，也是令我们最可痛惜的地方。一踏进会场望到两个同志严肃的遗像，不觉悲从中来，满眶热泪直欲冲出。但是看看两边悲壮的挽联，我又把这不必要的泪水咽回去了。再看两同志的遗像时，两双有力的眼睛，一直向前望着，好像在期待来日的光明，这个期待是需要我们未死的同志来完成的。他们留下了一颗"丹心"让我们来景仰，让我们做指针。

　　灵位正面挂的是指委会全体同志的"英灵不死"的横幅挽联，两边是韩文区队全体同学的"壮志英才，金刚钟灵，骎骎先驱为群率，稷粟悲累世仇百里征途半九十！封豕长蛇，扶桑忤戾，元元后继戈众的，瘝矢难同声悼万驿故宇尽三号"的挽联，衬托着英勇的遗像，显得特别光彩。这一切映入了我的眼帘，引起了无限往事的回忆。我的认识陈同志是一年前的事了。那时我还在江西庐山海会寺，不久我们调到星子参加韩文区队学习韩文，预备和朝鲜同志一起工作。那时我们的抗战已经进行了几个月，上海附近的战事打倒我们共同的敌人日本帝国主义，集中了一百多个青年同志，到军校特训班受军事训练，陈同志也是其中的一个。基于这种关系我们成了抗战宏流中的战友，在那时他只是给了我一个浮浅的印象，只看他是一个体格健壮精神奋发的青年，不久我们因为训练的关系，又分离了。我随同韩文区队又回到海会寺，他们还是留在了星子。隔了两个月的短时间，因为我们的战事不利南京失守，军校特训班奉命转地教育，我们回到星子和朝鲜同志编成了一个中队，行军由九江，汉口辗转到了湖北江陵。将近两个月的行军，我们全副的精力完全用在行军上，彼此之间，只有互相爱慕尊敬的一颗热烈的心，在眼儿交流中显露了出来。因为谈话机会的缺乏，我们和朝鲜同志之间还是没有深刻的认识，直到现在江陵正式开始受训以后，经过半年多长时间的共同生活，我对陈同志才有了深刻的印象，热情负责任，一举一动丝毫不苟，他热心学习，在学业考试中获得了第一。在毕业典礼的大会席上，他领奖品时的严肃态度和英勇姿态，好像又浮现在了我的眼前。当他们在沙市候轮赴汉时，我们韩文区队全体同学特步行十余里，至江干送行，我们共同唱着悲壮的朝鲜革命歌："……前进吧，同志们！"在我们互道珍重声中，看着陈同志和其他的朝鲜同志，英勇的踏上了征途。"我们在战场上见！"中韩两民族亲爱的弟兄们喊出了共同的呼声。后来在韩文区队毕业后，我们赶到汉口参加朝鲜义勇队。十二月二十五日，我们武汉的守军转移阵地，义勇队队部同志们辗转来到了桂林，来日方长正期与陈同志共扫妖氛痛饮扶桑！曾几何时，我们可爱而忠实的同志竟被魔手攫去了！在他虽然是尽了他的责任而到了人生必然的归宿，然而他还未竟他的革命事业，且又是这样年青健壮，实在还不应当归去！他是死不瞑目的啊！同志你放心好了，我们一定踏着你的血迹，誓死把日本法西斯强盗消灭，等到我们两个民族到自由解放的时候，我将持着仇人的头颅，再到你坟前告慰！

至于郑同志，我虽然对他没有深刻的认识，但是仅是他那外表看起来健壮的体格，和英俊的面容，已足以使人领略个梗概了。他来到桂林，是为了治疗他那积病的身躯，他的病是多年奔走革命，艰难困苦积劳而起的。也可以说是和日寇搏斗而得到的创痕，为了保持杀日寇的有用的身躯，他又到重庆去治疗。但是不幸因了长途的跋涉，他竟因病与世界长辞了！他依然留下了未完的革命事业待我们完成。

追悼会开始了，全体同志戴了黑纱怀着一颗悲壮的心，静穆的坐着。主席申岳先生说："……我们忠实的同志是去了！但是他的精神不死，我们要继续着他们这种奋斗的精神，誓死用血的斗争来代替我们悲愤的情绪，以消灭日寇……。"凄清悲哀的追悼歌"抛弃了祖国和父母兄弟，孤独的长眠在树下！"直欲使人泪下！李达同志用悲壮的口调读追悼文："……同志的恶耗传来，禁不住我们悲愤交集的情怀！同志，你们静静的睡去罢！我们在你的灵前宣誓，我们在最悲痛的当中，一定继承你的遗业继续奋斗！"是的，我们只有热血没有眼泪，用最大的努力完成我们的革命事业，求得人类的幸福与和平，才是慰藉死者的最好方法。李集中同志把两个鲜艳的花圈，分别献在两个同志的面前。那绚烂的鲜花正代表了两同志的永生，在我们抗战胜利后，再到他们的灵前献花圈时，我想他们一定是含笑九泉的。周同志说："……陈同志这个人忠实可靠沉着细心勇敢，这是值得我们效法的……"这是我们每一个革命青年应具备的条件，对准了日本法西斯强盗，沉着英勇的向他冲去，这是陈同志给我们留下的光明坦途。

散会了，每一个没有悲哀，只有更坚决的奋斗的一颗心，准备答复日本法西斯强盗的侵略暴行，准备用我们的热血赤心，消灭这人类和平的刽子手——日本强盗。他破坏了人类和平，他劫夺了人类幸福，而且他还继续着在张牙舞爪向我们进攻。我们如果不把他消灭，还不知要有多少同胞被他残杀，还不知要有多少同胞丧失了幸福，人间就要成了黑暗的地狱！我们是爱好和平，美好……的人类，能不消灭这人类公敌的恶兽么？死是人生必然的归宿，用不着悲哀，我们要死得有价值有意义，若和日本法西斯强盗奋战而死是有得的。陈郑二同志他们已经向这条路走去了！同志们，"人生自古谁无死，留取丹心照青史！"，勇敢的踏着他们二人的血迹前进吧！

（载《朝鲜义勇队通讯》第 12 期"陈一平、郑如海二
同志追悼专页"，1939 年 5 月 11 日）

活跃前线的朝鲜义勇队

——战地通讯

秋　江

勇敢的×后宣传队

为求祖国独立解放的朝鲜义勇队，他们勇敢地在中国阵地上配合着中国军队，冒险地去×人方面作瓦解×军的宣传工作[①]，因此他们组织了两分队"游击宣传队"和"阵地宣传队"。游击宣传队和阵地宣传队跟中国游击队到很远的×人后方去，其余的留在湘南东北部平江通城一带宣传。不久以前，报纸登载过他们与×人作战的消息，实在情形是这样的。

通城附近，到×阵【地】中贴标语。花村的×人以公路为中心，布置有三道铁丝网。义勇军的游击队的分队长朱革同志，率领着三个朝鲜青年，在二月三〔二〕十一日上午九时，身上带着印好的日文标语，还有驳壳枪，冒着生命的危险，通过三道铁丝网把带去的标语贴好，同时还用红土写了些向中国民众宣传的标语。退出的时候×人发现了，公路右边的高地上用机关枪扫射。他们匍匐而行，上了高地机关枪仍旧在怒吼。他们就在高地上用日语向×人宣传。十分钟以后，枪声停止了，瓦解×人的工作完全成功，战斗情绪在声音中嘶哑了。前方四百米达处，有三个日本便衣兵奔跑过来包围。他们用驳壳枪打了三枪，打死了一个，×××××××××××××××××××，虽然危险，他们也情不自禁热烈地鼓起掌来。

在回来，中国军队里的邵连长杀了一只猪慰劳他们，在战地猪是最

[①] 本文在香港发表时，香港尚未沦陷，故文中"日本人""日军"中的"日"，均写作"×"。——本书编者

高贵的食物了。邵连长说，当了十三年的连长，初次见到政治员如此勇敢深入×军阵地去宣传。

在战壕里开同乐会

三月十八日星期六晚上，阵地宣传队长崔成章同志，买了四角钱的花生、三包香烟，共一元钱的东西，领着三个同志，在江桥右边山坡的战壕里去开同乐会，慰劳中国官兵。三十个人挤在战壕里，两枝蜡烛，照耀着他们愉快而紧张的脸。虽然他们只有几个花生，而情景则是难以形容的。开会前一尊重机枪两挺轻机关枪架在阵地上打了五分钟，作为开会仪式。

二十六个中国弟兄，都是经过战斗伤愈后重上战场的勇士，中韩民族感情流在一起，兴奋得忘记了他们是置身严肃的战地上，引吭高歌起来。×炮打过来了，枪声紧密在百米达内，便衣队的电筒闪射着，一个中国兄弟爬出战壕探视，毫不惊慌地说："不要紧，×人不敢上来，上来也不要紧！"

会结束了，他们上了高山，用日语向×人讲演了三十分钟。

三个日本兵开小差

平江中国军队警戒处尖山下的××村，一小队的×军在那里住宿，阵地宣传队在三月二十三日晚上十一时去包围他们。驳壳枪打了一阵，他们防范×人还击，散开伏在地上喊日语口号。一千多张的反战宣传的日文标语，散发在村的周围，中国士兵也帮助着。经过三十分钟，无伤亡的胜利归来。

第二天去侦探，×人退走，死尸有二十几具。墙上贴着的标语，×人扯走了。一个老百姓说，三个日本兵到他家里去，把皮鞋背囊丢了呢，军服脱下来烧了，他们换上了他的衣服走了。

因为地区广大，适用于都市秘密宣传的狭窄的标语条，在前方不通用了。他们探入×人后方去宣传的义勇队，自己刻木板随身携带，无需后方供给材料，就地解决。在他们的宣传工作中感到需要的是"扩音机"。

（载香港《星岛周报》第 2 期，1939 年 5 月 21 日）

朝鲜俘虏上前线

三十一位朝鲜俘虏昨解放　将再作征人打倒日本暴阀

子　冈

过去，我们的眼睛给遮住，

我们的脚上带着链锁，

我们彷徨在生死线上，

为了这不如早露的生命。

　　　*　　*　　*

今天，我们以武装了的身心，

挺着我们的胸膛，

高唱着战歌，

走向真理之路，

使正义的旗帜飘荡在高阔明朗的天空！

…………

这是朝鲜俘虏□浪的新作，也是全部俘虏的心迹！不，从昨天起，他和其他的三十个同伴已经不是俘虏，而是高擎着正义旗帜，反抗侵略的朝鲜义勇队队员了。

三十一个人：八个女的，二十三个男的，从他们出生时就做小亡国奴，挨过了羞辱痛苦的青春，二年来又作了日本军阀侵略的先锋，可是，他们竟从炮火下滚过来了，作了中国人的姊妹弟兄，今天成了自由人。

经过一个多月的训练，他们又武装起来了，参加了战斗的一群，他们给原有的四百多朝鲜义勇队注入了新的血液。入过虎穴的人，将更熟稔如何制虎于死命的途径。绿衣绿帽，在强烈的阳光下也看不透的，还有那三十一颗如夏日同绿草一样蓬勃鲜明的心。在检阅的时候，我看见那个曾写过悒郁的小诗的申凤彬，她□着眼珠子，高挥着手臂，有力地

682

应着检阅官的点名答"有！"；我还看见那压在行列尾巴上的几个十六七岁的女孩子，咖啡店侍女和随军营妓的生活将只成为辛酸的记忆，她们的梅毒痊愈了，她们的脸庞像紫铜一样发光了。我更看见了他们人人在从心底发笑……

博爱村中昨天格外充满了博爱的气氛，中日韩三大民族的人民的手，拉得紧紧的，院子里贴满了博爱村正义村新亚村的壁报漫画，有一张画的是眼上蒙了布的日本军阀，骑着马跌到深谷里去了。一些标语是"中国抗战是朝鲜革命的先锋"，"今日的被解放者是明日的解放者"……

来宾中除了各机关的代表、中外记者外还有朝鲜少年团，他们分外显得兴高采烈，哥哥妹妹［姊姊］们光辉的战斗在他们心底将埋下新鲜热烈的火种。

所长邹任之说：给朝鲜兄弟姊妹们送别，使他很难受，但是为了世界的和平正义，他却不能不欢欢喜喜兴兴奋奋地来送别。他和朝鲜弟兄们交换了馈赠：几面鲜艳的旗帜。在行解放式时，他们交还了一张张俘虏的证明符号。

在军政部长官训话后，日本反战作家鹿地亘，台湾革命先进谢南光，义勇队队长金岩山先后致辞，他们都相信东亚人民是不会屈服在少数侵略者的铁蹄下的，世界的永久和平将由世界人民团结争取。

三十一个人合唱了三个歌：《最后决战》，《反侵略》，《青年进行曲》。高亢的声音传出了他们心头的愤火。

日本俘虏植进说：日本俘虏看到朝鲜弟兄们参加反侵略战斗非常羡慕，他们也将拿出他们的力量来，反抗日本统治者。

大会在演完两个抗日反战的戏剧后结京，《中国魂》是日本俘虏自编自导自演，《新亚之光》是朝鲜兄弟姊妹演出，他们将由演戏的舞台转到现实的舞台上去了！

（载重庆《大公报》1939 年 9 月 10 日）

欢迎韩国青年大会

元　立

晚饭前，大礼堂门前拥挤着一堆人，提着脚尖翘着头，用心地读着粘贴在门两边，上面附有漫画的大标语："中韩两国青年携起手来！""在领袖的领导下中韩两国青年联合起来一致抗日！""……"下款题着"四总队"。

从同学闲谈里打听出来：今天晚上的夕阳会将改为欢迎韩国青年大会。他们前两三天才到，准备在本团受一个短时期的训练。

我不知道：我该用快乐抑是悲愤的心情来记这个会。因为开会的一霎那前，像往日一样，我满装了愉快，高兴；但是在开会的进行中，沉痛的我流了眼泪，愤恨撩烧的我浑身发火。就是现在提笔的时候，一想起来，还禁不住咬牙切齿。

晚饭提前一个钟头。懒软的斜阳还悬在西墙边枯□的树梢时，四总队同学在大礼堂里已集合齐备了。

最前面，离讲台很近的地方，放着两行上面摊着白桌布的长桌子，是空着给韩国青年坐的。

礼堂内已逐渐灰暗下去，由两边玻璃窗透进来一厅余晖，洒在头上，脸上，身上……，像一片片的沙金，映得全屋黄澄澄的。

大地给人间早送来初春的气息，不再冻得人发抖了。虽说时候已逼近黄昏，几百个人挤在一座不很大的礼堂里，呼吸，热气，体温，弄得空气有几分燥热。不少的同学额上流着汗珠。窗子都敞敞地打开了，可也没赶走多少热气，倒愈来愈燥起来。

到处进行着畅快的闲谈。一礼拜的喜怒哀乐似乎要一古脑儿搬到这说个干净才算痛快。

黄昏送来了黯黑。四盏汽灯衬着四周粉白的墙壁。这白热的灯光，照着烘热的脸，更助长了谈笑的劲头。

在热烈的等待中，用着噪耳的鼓掌，我们欢迎着走进来的韩国青年。

韩国青年们点着头，用亲切的微笑，来回答我们的欢迎，在前面两排桌子前坐下了。

掌声越拍越响，像热锅炒大豆。司仪几次用手势让停止也止不住，不过拍倦了，也就零零落落停下来。

他们一共十八位，个子都不大高。面貌与身材和日本人有不少相像的地方，但没看惯日本人和朝鲜人的就以为是中国人。

只要在北平住过的，都会讨厌朝鲜人，一提起"高丽棒子"就恶心，我自己也不例外。他们什么坏事都干的来，抢劫，行凶，开白面店……自然，原谅他们是受了鬼子的迫使。今晚眼前就坐着十几个为自己祖国的独立与自由而奋斗的韩国志士，想起了从前不由的惭愧起来。难过的是自己抱歉着过去的错觉，及对韩国人的误解，我只有以真挚的崇拜与欢迎来补偿我的谬见。

欢迎会开始了。

在总队指导员与同学代表的欢迎词里，深深感到为应付同一的仇敌，中韩两国青年必须携起手来。我坠入沉思的幻境里：日本溃败了，中韩两国又像从前弟兄们似的站立了起来。

掌声像中夏的暴风雨一阵紧一阵。几百个青年身上的血管激流着热情，每张脸撩拨得像火烧一样。一股诚挚的爱，交流在两国的青年中间。

接着文大队长作个简短介绍：里面有几位是刚从敌军那边过来的，几位是在上海做过长时间的特务工作的，还有几位曾在我们的军校毕业，一面做复国工作，一面替我们的抗战出力。另外是几位女同志。

当他们被介绍着时，面向我们立着，我清楚地看出：他们的脸是苍白的，缺乏血色。但是，每个眼光又是那样的坚定不移，嘴巴紧闭着，腰直挺着。我猜想他们的心正在高兴：在世界上还有一个国家的人诚挚地看待他们，帮忙他们。同时也正被惨痛的回忆咀嚼着。

永远都不会忘记那位韩国青年代表罗□□同志的一篇讲话。[①]

他慢腾腾地走上台。一身黄呢军装配着一双长统皮靴，个子很矮，肩膀宽大却显着短小精悍的样子。脸是苍白的，下巴瘦削成一把尖锥；

---

① 文中的"罗□□"系原文。——本书编者

这明白告诉我们：被枷锁着亡国奴的镣铐，曾受了如何的虐待与压榨。

他的两眼阴森森地射出一股寒光。好像天生一个生硬嘴巴，不会在那上面找出一点幸福的笑纹。一只高隆的骨棱棱鼻子，介绍着他自己永不会屈服。

傍着桌子，笔挺着身体，从帽沿下慢慢地用目光向全场扫了一遍，沉默地大约有两三分钟没开口。全场似乎刮过一阵旋风，旋走了任何声音，每个人屏着呼吸，目不转睛地直视着台上那副满脸肃杀的面孔。一溜细风打窗口进来，吹拂着台边挂着的幔子，轻轻地飘起。一会，又转归寂静。谁也不想打破这沉默，几个好咳嗽的紧压着嗓子，难受地忍着。

他终于开口了，低沉得像自语：

"诸位同志！今天受大家的欢迎，我谨代表韩国青年不胜感激。……"他的中国话说的还不错，但有时一两个字的发音尚欠准确。"在从前，中国与韩国像一对弟兄似的，无论在地理上，文化上，人种上，我们都有最密切的关系。"

他们［的］头垂下去，沉默了一会，猛的又抬起，接着是一声声怒吼：

"但是自从甲午战后，朝鲜是亡了；朝鲜永远……"恶恨恨睁着眼，大张着嘴，拳头用力在空中划个圈子，搜［嗖］的重打着桌面："永远做了奴隶，到现在已经几十年了！"几乎是哭声满含不可抑止的愤恨与屈［倔］强，是一匹被关在铁笼里的狮子狂啸：

"我们做了亡国奴！失去了幸福与自由，受着酷待，残杀，掠夺，过着牛马生活！三千万同胞被践踏在鬼子的脚下！"

我猜想他一定在哭，但我已看不清了。眼迷糊起来，一层薄雾悬在眼帘上，鼻子辛酸着不知什么时候我落了泪，我怪难为情的，想我一个男子大汉竟流起泪来，但我不揩它，让它留在脸上自己干去。这不是怯懦的泪，而是伟大的同情泪，有生第一次我流这么有价值的泪。

偷偷地向我左右前后看了一下，没一个不是两眼湿湿的，泛声［着］赤红。一个男同学用手帕在揩，西边几个女同学把脸埋在手里，抬不起头。

我身上出着冷汗，不时全身像触电一样猛然一麻。嘴唇也失了控制似的乱动着。

一只悲愤的大手，紧捏着人的心，紧搅着全场的空气，灯光发着惨白，四周的白墙好似穿一身丧服，默默地在哀悼。

"韩国亡了！但是我们的老大哥中国，从此失去了最大的国防线。以致一蹶不振！"每句话像铁锤样敲打着听众的心。又是一把煽动的大扇子，愤恨加上复仇之火，愈扇愈旺。

从远处移过凝视的眼，直瞪着台下，喊的越来越激烈。

"现在中国抗战了！我们要联合一起，把中国的国防线韩国收回，再像弟兄一样永远存在世界上！"

台下巨雷样鼓起掌，我们狠命的拍，好像拍的就是鬼子，直拍得手发烧。

行个军礼，"嗒嗒"地他走下了台。

悲愤、痛恨搅动得我站坐不住。想着他们永不能消除的痛苦与仇恨，心更沉下去了。

受不住这空气的低压，穿过了人群，我步出了礼堂，走进操场的黑暗里。

望着天边一颗晶亮的星，我似乎看见了在它下面正被宰割的韩国。

但是想着中国抗战的必胜，日本必然的厄运，将来韩国的解放，对着这无边黑暗，作个微笑，我的心又平静下来。

（载西安《黄河》第 2 期，1940 年 3 月 25 日）

朝鲜的儿女们在西安

——记妇慰会难童保育募捐游艺大会

白　洁

"中华民族抗战，是朝鲜民族解放的先导，中华民族解放，是朝鲜民族解放的桥梁。"因此，中韩两民族，为了共同的解放事业，为了东亚的和平幸福，五年来的抗日民族解放战争中，中韩两大民族的儿女们，到处传播着密切合作的伟大的歌声！昆仑关下、大洪山麓、太行、吕梁，一直到滹沱河畔，在前线到处洒遍了韩国儿女们的鲜血，在后方到处表现了他们为打倒共同敌人而合力参加抗建［战］的英勇精神！

在去年韩国青年战地工作队，为响应西安各界妇女扩大的征募夏衣运动，他们公演了抗日的名剧《啊哩朗》，四千元的巨款，由他们送到妇女会，制成了成叠成包的夏衣夏裤，一起一起的运往前线，一件一件披在我们烈日灸灼下英勇战士的身上。晋南大捷，豫南大捷，鄂北大捷，这一些英勇战果，正是我们中华儿女的血，朝鲜儿女的汗，东方民族的血与汗凝结为打击侵略者的伟大的力量！

今年——一九四一年的初春，南国的花树绽开了新绿的嫩芽，在西北正飞舞着漫天遍野的雪花，朝鲜的儿女们，在这古老的西安——五年来已成为大西北的民族堡垒，又完成了他们与中华民族的儿女们，紧切握手的伟大的一幕！

陕西妇女慰劳会为了培养长期抗敌的力量，为了中华民族的后代，从战区抢救了一百多个难童，"但是我们都知道，妇女同胞在民族抗战中的战时分工，是征募慰劳，保育和生产。我们抢救难童，我们更要保育难童，但这不能只靠我们的热情来完成伟大的任务。我们的难童，需要衣服，需要食粮，更需要'养''育'的经费，我们需要各界的帮助，完成战时男女分工的任务。"在一个盛大的招待会上，妇女的负责人皮以书先生为难童作了恳切的呼吁。侨陕的韩国儿女们，在罗月焕志士领导之下，奋勇的为这一百多个嗷嗷待哺难童，发起募捐游艺大会。

他们从旧历的元旦起，在自己的宿舍，妇慰会的办公室内，每天忙着游艺会的筹备工作，排剧，布景，道具，宣传，西安古城的人们都已入睡，朝鲜的儿女们和妇女会的工作同志们，却正在为着中华民族的后代保育而紧张的工作着！一直到游艺大会开幕的前刻！

通衢要巷，遍贴红绿色的游艺大会的宣传标语，和公演的广告，新闻报纸满载着《中韩民族密切合作》《游艺大会观后感》一类的论文和描写，剧场门口"车水马龙"，第一夜，第二夜，到第十五夜，预定最后的一夜了，但是，"先生，我等了两夜了呀"，"我的戏票都揉烂了"，"错过今夜我的票没用了吗？"，无数的高擎着戏票的观众，围绕在隔着铁门的剧场门口，他们爱好戏剧，他们同情难童，但他们也许更关心同情中华儿女的朝鲜的儿女们！

妇慰会的工作同志，游艺会的全体演员们，为了观众，为了工作，为了中华民族的后一代，在半月的过度疲劳之后，事实需要他们作了向观众宣布（了）最后的决定："决定延长两天公演期限！"观众在满足的快慰中，爆裂出雷一般的掌声！

二月十日（旧历正月十日）游艺大会的最后一天，也正是我以偶然的机会步入会场第二次，启幕的前刻妇女会负责人皮以书先生，以开幕第十五天那个和蔼而熟悉的面孔，出现在观众的面前，为大会作了最后一天的闭幕词："我们抢救的一百多个难童，由光头赤足，而鞋袜衣裤，由饥饿寒冷，而温饱快乐，我们感谢各界同胞，更感谢异国的朝鲜友人们……这不但给我们以物质上的援助，更给我以精神上的鼓励，更表现了中韩两民族的合作精神……来日正长，难童保育的工作也正多，我们要把每一个钱都花在难童身上，决不让有一个民族后代给敌人攫去……我们为中韩两民族解放前途祝福！"这演词代表了中韩两民族热烈情感的交流，震耳的掌声连续在会场的四隅。十点三刻，公演最末一出闭幕，我带着依依的心情随着人潮涌出了会场，布影渐稀，繁星在天，我一路凝眸着中韩两民族光明的后代！不觉踏进了我寂聊的寓所。

（载西安《战时妇女》第 1 卷第 10 期"特写"，1941 年 3 月 8 日）

韩青班巡礼

陈　旧

是二月的初十吧，听说战干第四团新近办了一个韩国青年训练班，"韩国"，这不是中国到日本去的一座桥梁吗？那是外国。怎么干四团会办外国青年训练班的？韩国人又不知是怎么的？我怀着这样的心理，所以天天在打算着去参观参观，可是终于为了本身工作的牵制，一直没有实现我久怀着的心愿。

时间很快地过去，不觉已是三月的中旬了。我，因了工作的关系，从这个时候起，便开始和他们（韩青班）接触了，于是，这个"久怀着的心愿"，自此即如愿以偿。经半月来的相处，对于这×××位异国革命青年同志的训练生活，虽不敢说知其详细，但敢说已知道其大概了。现在我相信，怀着和我半月前同样心理的同志，一定有很多罢，请别心急，让我来作一个大概的介绍吧！

在去年的现在，干四团经办过一期韩国青年训练，不过那时的人数很少，而且没有成立班部，训练的时间，也没有今年的那么长久，在今年这第二期韩国革命青年训练情形，则可不相同了！不但受训的人数增加很多，而且还成立了一个韩国青年训练班，班本部的主任是由博学多能的周天俊先生兼任，刘大钧先生副之，主任教官宋寿昌先生为韩国革命老将，是我国保定军官学校第六期毕业的。队长，是一位精通三国文字（英文日文中文）的韩国革命青年罗月焕先生，他不但明白日本国内的一切，同时更在中国的各地，为我国的抗日而努力，为韩国的复兴而奔走多年。短小精干的身材，热诚苦干的精神，充分地象征出他是一位韩国的革命健将，他是我国中央军官学校的第八期毕业生。

他们一共编为×个区队，每一区各有××人。区队长都是韩国的革命青年，而且都是我国中央军校的毕业生。政治指导员是蔡承德先生兼任的。助理指导员，中韩各一，由许福昌、李何友二位先生担任，有志的革命青年。以中韩二国的革命青年，共同来训练这些生龙活虎的韩国有志青年，想他们的前途，一定是无可限量的。在今天中国抗日的阵营中，韩国兄弟自动地来学习中国的革命经验，进而从事革命战斗为韩国的光复而奋斗，将来韩国一定因此而获得独立和自由，我们在共同的敌人——日本帝国主义——侵略之下，彼此更亲切地携起手来，协力迈进。

这××位含有无限希望的异国兄弟，平日的受训生活，在这里，让我来作一个简单的介绍吧：

当每天早晨，东方刚才有点鱼白的时候，这批为了祖国的光复而远来我国学习革命理论和革命经验的韩国青年同志，他们便离开寝室，在干四团的南边空场上，用冰冷的井水，忙于洗脸嗽口，早点号一响，他们便箭也似的跑向值星官面前，很快的站成一条长蛇阵，值星官清查了人数，领导着他们举行一个简单而迅速的早点式，并庄严地用中文唱完中央军校校歌后，便鱼贯跑向操场，开始他们的早操了。由于他们身体的结实和精神的饱满，所以早操的动作，似乎比中国同学来的更有劲、更活动，跑几十圈步，他们好像觉得没有什么。碰到自由运动的时候，他们彼此间常常用地道的韩国话谈笑着，于是，有些好奇的中国同学，会呆呆地站在旁边注视，可是他们仍毫不注意到似底只顾自运动着。尤其是×位女同学，她们同样的与男同学在一块儿跑、跳、操……这是韩国的"新木兰"，我深深的钦佩这×位女同学的精神。

军事术科的进度，看他们似乎较中国同学稍微快一些，原因大概是宋主任教官常常利用傍晚课余使劲地教练所致。当开训之初，听说连立正转法都不会做的，可是到现在不到二个月的时间，他们已实弹射击过一次了，而且是打得相当准确的。平日在操场上和中国学生一当［样］的操练中，我觉得他们的动作似乎特别有力，起劲，认真，尤其是×位女同学，虽然个子较矮，可是她们同样的背上枪子跑，握着枪把瞄准，这种精神是值得钦佩的。每次出操和下操时，他们一定用粗大的声调，唱起雄赳赳的歌儿，有些中国同学常说："怎么韩国人的声音特别粗大？"我回答以："粗大的声音，正表现他们的热诚和有劲。"

上课：他们是利用空场，在露天下坐成一个方形的连中队，凳子是尺把高的"马扎"，可以折又可以叠，课桌是一块尺把见方的木板。用具虽然非常简单，可是他们的学习精神，却并不因此而降低，其实更且因此而努力了。有时在虎虎的西北风中，或无情的烈日之下，他们照样坐得整整齐齐的倾听，埋头笔记。他们的教官，中国和韩国的都有，遇到中国教官上课时，一定有翻译官加以翻译的，其实他们大多数的同学，已经能够听懂中国的普通话了，有几个，而且中国话讲得相当流利的。

"吃饭"，这是他们最兴奋的一件事吧？每当早上和傍晚，他们全班的官生一定乐陶陶的聚在空场上，愁〔悠〕然的嚼着馍馍，喝喝面汤，有时泥盆中的小菜光了，他们便吸吸西北风，同样地嚼下去了。"官生一家人"这句话，我想用在他们的队上，确是相当适合的吧？他们的饭菜虽不见丰盛，可是看他们的滋味，却如同吃山珍海味无异，革命战士的用餐，大概就是这样的吧！

提起他们的"内务"，那可使我惊奇了，地面的芦席上，叠着方正的白布被，前面还放上一律的图书和笔记本，地面上似乎再找不出一些什么垃圾来了，连门槛上，也洗得清清爽爽。其他的零星杂物，都摆得有条不紊，我在他们的寝室门口一个一个的都看了一遍，可是不敢踏进去，原因是他们弄得太清洁了。

课余的休闲活动，他们大都是集体的球类和田径赛运动，傍晚的足球，和清早的越野赛跑，这是他们所最欢喜的活动吧。十二点钟的半小时休息里，他们和她们，多蹲在厨房左角的井边，洗衣，洗身，亦有倚树闲谈，躺坑，阅读，或奔跑追逐互相嬉笑的。近来天气渐暖，他们于正午的阳光下赤着身，用冰冷的井水，漫身洗擦，这为中国同学看了，往往赞叹不已："哎！他们不怕冷吗？韩国青年兄弟的身体太好了！"

关于韩国青年训练班的介绍，在这里暂告结束了，以后如有机会当再作进一步的详细介绍吧。在此，本着诚恳的希望这×××位韩国革命青年同志在这个千载难逢的机会里，在中韩两国的官长训导之下，努力苦学，奋发前进。为了他们祖国的光复，今后更应该加紧努力，多多与中韩的革命青年联络，因为过去中韩二国有着不可分的历史关系，今天我们的敌人又是共同的——日本帝国主义——中韩的革命青年同志们，今天我们大家手拉着手，一致在三民主义的义旗下面，朝向我们的共同敌人勇往迈进吧！

（载《韩国青年》第 1 卷第 3 期，1941 年 6 月 1 日）

干四团欢迎韩国革命青年
同学入团受训大会记

张东化

二月十五日傍晚，天色阴沉沉地，寒风吹着未曾消融的积云，吹着我们的热烈的情感和期待的心弦。

我们特科总队的全体同学鱼贯地走进大礼堂的正门，门上端悬着"欢迎韩国革命青年同学入团受训大会"的红布白字的横幅，方大的字迹，箭似地射入每个同学的溢神的眼珠里，快乐，兴奋，伤心，交缠在眼窝，不知不觉地迟缓了整齐的步伐。

礼堂里呈现出了一种异乎往常的严肃景象，仿佛预示我们马上就有一幕悲壮的局面展开。

过了没有好久，在欢笑的掌声中，我们的异邦友人，我们可敬的同学，挺着胸脯迈步走进来了；大家用目光周详的数个清楚；一个，两个，……共是××位。

在紧张的空气中，司仪宣布开会。行礼如仪后，首由主席总队指导员高承麒先生报告开会的意义："中国欲求加速最后胜利的到来，必须获取韩国及各友邦的帮助，同时，中国的抗战也正是韩国复国的最好机会。历史告诉我们：捷克的革命领袖马萨里克，波兰的革命领袖比尔符斯几，都因领导国民参加第一次欧战，获得祖国的自由独立。中韩两国素来是患难相扶持的亲密兄弟，远在唐朝高宗及明朝神帝时，中国曾两次出兵帮助韩国击溃日寇，现在而中国又为保卫自己解放韩国来和日寇战斗了。我希望韩国同学加紧学习，与我们携起手来，共同发挥最大的力量，去打倒我们共同的敌人！"

报告在掌声中结束了，第一位致欢迎词的同学又把言语追上掌声的尾巴："我心里有多少要说的话都说不出来，我总觉得中韩两国不论是在地理，历史，政治，经济，文化上都是唇齿相依的不可分，从今日起，大家成了同学，同志，应该互相勉励切磋，亲亲爱爱的生活在一块。"

一个下台，又走上来一个。听一听我们女同学的热情吧："当我很早听到诸君来团受训的消息时，我就焦急的盼望着，如今，诸君到底来了，我是多么快活呵！诸君到西北来，经过敌区，受了不知多少艰难困苦，这种坚苦卓绝的精神，真真值得佩服！我谨代表特科总队全体同学，敬祝诸君努力的奋斗！为中韩两国将来的共存共荣奠定基石！"

声音又天真又清脆又富谐性，惹得台下的千百个人都笑了；遂［随］后，她恭敬的行了一礼，就用细碎的脚步跑下来。这时，鼓掌声又突响起来，响得有点儿骇人。迷离中屋墙也在颤动了。汽灯，比太阳还亮，光线浸润着一张张绷硬的面孔，谁也不会轻悄地说一句话，只有紧促的呼吸相应和。

在千百双闪灼的目光之下，我们的民族朋友代表走上台了。结实魁梧的躯干，赤铜的脸庞坦露着忠恳的表态，脚步走到正前方，他那累累如贯珠似地，蕴藏着人间无比的哀伤，无比的欢欣，无比的庄严的答词，像滚滚的江水样，滔滔不绝地吐出来了。

"我们蒙蒋委员长的厚德，胡总司令、葛教育长及各级官长的提携，能得于远离故国数千里外的今日，入团学习革命的理论，革命的技术，心中不胜感激！庆幸！值此百感交集之时，我所能告诉诸位同学的，就是自从韩国亡了之后，我们三千万同胞，无时无刻不在水深火热之中，度着比牛马还惨酷的生活！"

一口流利的国语说到此处就酸辛哽住了。台下，数不清的眼睛湿透了泪，坐在我左边的一位女同学，从袋里掏出手帕来，塞往［住］口，深深地垂下头，生怕哭声漏出。停了片刻，他又一声比一声宏亮激昂的继续着话语。

"但，韩国民众的灵魂是没有失去的！没有一个甘心做亡国奴的！过去因为环境恶劣，物质条件缺乏，不得不忍辱待时，现在是时候了，中国的抗战是为了世界的正义和平，弱小民族的独立自由，我们誓愿献身以赴！各位同学也很明白的知道，假如韩国仍存在，则中国绝不会有今日的遭遇吧？"

又是一阵沉默，时光一秒一秒地消逝……

"所以要拿中韩两大民族的热血力量，去洗尽耻辱，夺回疆土，中国抗战的胜利，促成韩国独立的成功！韩国独立的成功，才是中国抗战的胜利！"

我们忘记了自己似地鼓着掌，我的心房要撑碎了，我恍惚轻轻地随着汽灯挑气的吱吱叫声跳出窗外，在冰冷的空际向东北驰飞，飞过鸭绿江，循着大关山脉徘徊，凭吊每一寸土，每寸土上的三十余年来的血海的冤仇！我又恍忽看见十年前的一个韩国志士，在多难的中华忧郁的低吟："白日依山江水泣，青天咽泪雨丝飞，从此别却□山路，化作杜鹃带血归。"

"怒潮澎湃，党旗飞舞"的歌声把我惊醒转来，我望望靠近的同学，他们也望望我！大家被情感烧得站不稳，而接着却跳起高呼口号：

"欢迎反日先锋的韩国青年！"

"欢迎抗日友军！"

"中韩两民族独立万岁！"

"……"

一个个有力的拳头，似乎要把屋顶捣破的一阵喧嚣之后，才慢慢地回复了平静。

当司仪员称游艺节目开始后，最先是文大队长唱一韩国歌，续有钢琴独奏，均博得不少掌声。

特别值得感谢的七十八师特别党部前进剧团为我们演了四出平剧——《太君辞朝》《逍遥津》《十八扯》《群英会》——场场精彩，给我们过度振奋的心情，放入许多平稳的欢喜。

散会的时候，××位异邦友人，在我们鼓舞欲狂地掌声中走出去，我望着他们的背影祝福着，也暗暗祝福着自己，祝福着同学，祝福……

我们整队步过门槛，壁钟正指着九时三十分。

天上，没了乌云，星星泛［眨］着冷眼，好像对我说："今夜多么值得纪念啊！"

（载西安军委会战干第四团政治部编辑室
《战干》第 141 期，1941 年）

安重根先生传

张益弘

朝鲜民族受中国儒家思想影响最深，久已养成（难）一种临【危】不屈，见危授命与成仁取义之精神。故自日本灭亡韩国以后，即有无数爱国志士，前仆后起，奋斗牺牲，不为威武所屈服。安重根先生之刺杀伊藤博文，即为其典型代表。

安重根先生系韩国黄海道海州人，一八七八年生，其地即为崔冲倡导儒教之所在。重根之父名泰勋，以诗名世，慷慨有气节。因泰勋常在京师游学，故重根育于其祖父。重根幼时，聪颖过人，游戏必挟弓矢，弄枪械，习驰马，能于马上射落飞鸟，又通经史诗书，可称文武俱备，为韩国不世之良才。

一八九四年朝鲜东学党作乱，重根年十五岁。因东学党徒蔓延各地，恣行杀掠，而升平已久，一般人民皆不习武艺，惶惶奔避。重根乃与其父倡导义军，起而讨贼，数月之间，经数十战，均屡获胜，贼党大惊溃败。时重根身不满五尺，着红衣（韩俗红衣为儿童常服），贼党畏之，称为"红衣将军"。

重根鉴于韩国人民不知兵事，积弱太甚，国运至为危险，自是以后，便倾家财，购枪械，选择乡里少年中之强壮有志者，组成团体，练习射击及军事，以资倡导，足见其眼光之远大！

一八九八年三月，重根游汉城，与同志数人在街上散步。适有一韩国人骑马过市，而一日本人竟突出不意，将其拽下，欲夺马而去。其时多数韩人在旁见者，均不敢问。重根乃奋勇上前，左手扼日人之颈，右手出枪指其腹，欲射杀之，怒曰："蛮奴！敢行此不法耶？将马还与主人，吾留汝命；否则汝死！"日人惧，还马告饶，遂释之。由是日人在韩国者，知其民气不可侮，均未敢轻视。

一九〇四年日俄战争爆发，重根时年二十六岁，慨然叹曰："此次战争，实关系于我国存亡。日胜则亡于日，俄胜即亡于俄，而我国自身无实力。奈何？"及至俄败议和，重根谓其父曰："势急矣！国内将无所措手足，惟中国可以相助。自古兴亡之际，互有关联，若中国振兴，则大局之和平可保，而我国将来亦有希望！"于是游烟台、威海卫、上海等地，卒不得中国人士中之至友。因奔父丧，遂返国。

返国后，为开拓民智计，重根乃设三兴学校于镇南浦，灌输青年以民族思想。每聚众演说，辄激昂悲愤，感人至深。故日本警官大为注意，严加监视。家族亲友都为之惧，重根不稍动，曰："我平生以直为生，以义行事，虽因此而死，亦无所恨！"

及一九〇七年日本逼韩王让位，签订七条协约，解散韩国军队以后，重根欲举义，未果，遂赴俄国海参崴鼓吹革命，得同志禹德淳、刘东夏、郑大镐等十二人，相与断指，血书"大韩独立"四字于国旗，告天立盟。至一九〇九年六月，与李范允等，得资于李范晋，募死士三百余人起义军，告诸同志曰："吾辈蓄志死国久矣！昔文天祥以八百乡兵赴元敌，赵宪以七百儒生抗倭虏，忠义之士，迫切之至，岂逆睹成败利钝而动哉？……今吾众虽少，能决死敢战，挫贼之锐，则全国义师为之一振，响应必多，其济则天也。且夫今之灭人国者，实行灭人之种，吾辈虽欲甘为仇奴而苟活，亦必不得。与其为奴而死，无宁击贼而死，等死，死义可耳。能死者从我，不能者止！"众皆鼓掌赞同。于是渡图门江入庆兴，与日军三战，毙五十余人；进击会宁敌营，日军增援五千来犯，重根直冲其锋，激战半日，援绝弹尽，败不成军。随重根者只有二人，返俄境，昼伏于林，夜行于山，五日不得食，而重根犹神色自若，谓二人曰："人者，生于义，死于义，我辈为国尽力，而死于此，义也，何憾焉？"由此足见其精神之勇迈及意志之坚定，深为可佩！

一九〇九年十月日本首相伊藤博文有满洲之行，重根闻而大喜，乃访同志禹德淳曰："今阅报纸，知伊藤有满洲之行，彼攘夺我三千里疆土，残虐我二千万生民，尚且野心未已，更欲进取大陆，置中国四万万人于死地。……余欲杀彼雪恨久矣，而未得其便，含忍至此，今乃有此机会，是天假吾手而除之也，盍往图之。"德淳跃然同意，又约刘东夏、曹道先等同行。到哈尔滨，寓旅馆中，悲愤慷慨作歌而唱之，曰：

丈夫处事兮，其志大矣！时造英雄兮，英雄造时！雄视天下兮，大业可期！朔风其冷兮，我血则热。慷慨一去兮，目的其达。对彼鼠贼兮，岂肯比命？同胞同胞兮！速成功业。万岁万岁兮！大韩独立！"

其时德淳亦作歌和之，大有荆轲刺秦王，一去不复返之概。

十月二十六日上午九时，伊藤博文到哈尔滨车站。俄国派军警数千人戒备，各国领事团及观光者极为拥挤，军乐迭奏，鞭炮大作，伊藤博文下车与俄国大臣握手，受军队敬礼，徐步与各国领事相见。时重根立于俄军背后，着西服，距伊藤博文不过十步。突入举手枪，一发中其胸，因有鞭炮声乱之，俄军不觉；再发中其右肋，弹入腹部；三发中其右腕，弹贯胸腹，内肠溃裂，半小时即死。于是重根更向日本总领事馆川上及秘书森槐南等三人射击，皆倒地。其时数千军警惊相散走，重根本可逃脱，而竟从容不逃，遂被捕。被捕后，即以拉丁语三呼"大韩独立万岁！"，并拍掌大笑曰："我岂逃者哉？我欲逃，不入死地矣！"于是被拘送至哈尔滨俄国裁判所。俄国推事官问之，重根抗言曰："我大韩国民，彼伊藤勒夺我独立，杀戮我民族，余之此举，为复我独立，保我民族，报我彻天罔极之至冤深仇。"由是轰动世界，各国报纸都大登载，无不敬佩重根之伟大精神，而公认韩国有人，民心未死。

后日本政府又引渡重根至旅顺地方法院，用种种方法，威以怵之，利以诱之，欲得其误解自服之供词，借以掩尽世界之耳目，以为重根刺杀伊藤博文，乃个人私仇而非民族公愤。然重根于此，知之甚深，虽囚禁七月余，绝不为所动。因其早已抱定杀生成仁，舍身取义之决心，故从容谈笑，始终如一。及审讯时，复历述伊藤博文之罪状十三条。死刑宣判后，在狱复数十日，有劝其上诉者，重根答曰："余受不公平之裁判，而不提控诉，人必谓余服罪；然余不欲苟生，又何必上诉？上级长官亦日人，岂不欲杀我乎？"因此在狱中闲暇，撰述《东洋和平论》数万言，发挥其所抱之主义。日本人中亦有慕义来索其笔迹者甚多，重根应之不倦，写数百幅，中有"丈夫虽死心如铁，烈士当危气似云"及"人心惟危，道心惟微"等句。可见其视死如归，临大节而不屈之精神，全系修养功深，非偶然所致。

重根临刑之日，其胞弟来狱中请最后一面。重根遗言曰："余往天国，亦当为我国家恢复尽力。汝等为我告同胞曰：我同胞……各人负起国家之责任，尽国民之义务，同心一力，建功树业，大韩独立之声达于天国，余之至愿也。"一九一〇年三月二十六日上午十时，受刑。重根欣然立刑场，笑曰："余为大韩独立而死，为东亚民族而死，死何恨焉？所遗憾者未见国家之结果耳！诸君深思之：我大韩独立以后，则东亚可保和平，日本亦免将来危机矣！"遂换穿新制之韩国衣服，从容就刑，时年三十二岁。呜呼！壮矣！

古人有云："慷慨捐躯易，从容就义难。"若安重根先生之死，真可谓"从容就义"矣。韩国为东方文明古国，有四千余年之文化历史，信宜有重根其人之革命志士，牺牲奋斗，光复祖国。吾人不独敬佩重根个人之精神，亦当钦服整个朝鲜民族之精神，而援助其独立也。

爰述安重根先生生平概略，借勉中韩两国人士！

一九四五年五月二十五日

（载上海《中韩文化》月刊创刊号，1945 年 12 月 1 日）

韩国十年

徐　盈

金樽美酒千人血，玉盘佳肴万姓膏。

烛泪落时民泪落，歌声高处怨声高。

——韩国民谣

一幕悲剧

从一八八四（甲申）到一八九四年（甲午），这十年中间的中日战争，从外交的移到流血，都是在老中国的触角上——即韩国的大地上逐一演出。韩中日人民的血汗在三国军人与政客手里浪费的结果，大清帝国的纸老虎拆穿了，父子血拼的韩国灭亡了，由吸血者建立了帝国主义的霸业与西进的基地。

这里面有千千万万的投机者，有的想在火中取栗，有的是在刀上呧〔舐〕血，此起彼伏，或喜或悲。其中仅有的一位个人主义者，踏着无数的骷髅为个人的一生事业奠基中，以这韩国十年作最重要的踏板的，那就是所谓韩国的"副王"袁世凯。

从一八七五年（光绪元年）日本的兵船到江华岛造成不幸事件以后，韩国的大门在定了条约后便被开了，不仅与日本通商，且被迫与各国开始通商。李鸿章眼看着保护国的利权外溢而无法抑止，当"备御俄人，应付日本"的"闭关自守政策"不能自存了以后，那也只好取"以夷制夷"一途了。

在夹壁墙中生存是悲哀的，韩国不幸就在这两大之间。韩王李熙和他的父亲大院君因了政权的争夺而成为了对头，大臣及知识分子也因时代的激荡而分为两派，一派是传统的，习惯上要依赖天朝即清廷，另一派由到日本留学，十年来陆续成长的金玉均、朴泳孝、洪英植、徐光范，在韩朝都居要职，乃有了一个开化党的组织。其实，两派都是两大的傀儡，一派属于清廷，一派则属于日本。

韩摄政王大院君的儿子李熙已然娶妻生子了，这六三老叟仍然不肯把占据了十年的政权交还儿子。李熙与革新派联合起来，在光绪七年收回了政权，但不幸他树立起的是个封建性的新党，把他最相信的闵妃的族人闵谦镐、闵台镐、闵泳骏、闵炯植、闵应植都封为大官，以妻党狼狈为奸。大院君于是一变而为旧党的中坚，在军饷不足食粮昂贵之下，当光绪八年六月初九发动了一个政变，杀了闵谦镐，驱逐了李熙及闵妃，大院君自称国太公，重新执了政权。中日"两大"都出兵保护，清廷吴长庆的庆营步兵以迅雷姿态赶到汉城，在七月十三日用计策把大院君捉起来，送到保定，到闵应植家中把李熙及闵妃接回复位，由韩臣亲华派金允植、尹泰骏、鱼允中为辅，闵氏家族又重抬头。这中间大露头角的一个二十岁的青年就是袁世凯。

韩国这时在清廷扶植之下"维新"，新党旧党并存，由北洋大臣代聘德人穆麟德为总税务司，中书马建堂为外交顾问，韩王媚求拜袁世凯为"上将"，虽然吴长庆不肯答应，但袁却达到为韩国练兵要求。光绪八年八月中韩订了通商条约，陈树棠任为商务委员（二年后换了袁世凯），翌年挑送幼童到天津北洋机器局学习。清廷只注意了上层与表面的改革，到光绪十年因中法失和，吴长庆军调走，立刻即发生了"甲申"之变。

甲申之变的前后

英法联军正要进攻北京的时候，袁世凯在河南项城降生了。他虽然喜武厌文，但不免有些纨绔子弟的气息。到了二十四岁时候，吴长庆出兵朝鲜，袁世凯追随水师提督丁汝昌在马山浦海岸勘路时，忽然退潮，行船胶着，只好弃舟登岸，赤足奔波六七里，袁两足裂伤，不作一声，丁提督拍着袁氏的阔肩说：

"老弟，要不是今天，我总以为你是个纨绔子弟呢？"

清廷吴长庆的部队表面上像是仁义之师，可是奸淫掳掠，无所不为。吴长庆是腐败到连小兵都不能惩戒的人，袁世凯却表示要有军纪，不仅要办兵，而且要惩官，违令者必斩，于是军威一振，于是方能达到指定给他的任务。袁世凯拿这点军功得赏同知并赐花翎，他这时的朋友有文官张謇、唐绍仪，武官则有不中用的吴兆有、张光前。吴长庆到光绪十年时候，决定把自己所带的庆字营，交给袁世凯来带，他在闰五月二十一日死在金州（辽东）之前，还写信给袁世凯的叔叔袁保龄道，我们兵能给令侄来带，真是非常放心了。袁也因为吴长庆待他确实如子侄，乃开始在韩国的三军营内，为吴服丧，掉了几点感激的泪水。

袁世凯原是一个不甘寂寞的枭雄，他渐渐地以退为进的手法，分布党羽到各方面，有的用金钱收买，有的用侦探去恫吓。利用了韩国的民脂民膏，在新旧党派之中荡来荡去，其目的只是为巩固自己的地位。韩王李熙的政治态度是摇摆的，他早已知道，只因为亲兵都把握在他的手中，所以也不管他。日本公使花房义质，随员近藤真除、岛村久、竹添进一郎等，与朴泳孝、金玉均等往来颇密。他若熟知无睹，对于闵氏一族人氏的贪污专横及残暴，他心里虽不满意，但也不加干涉，在韩玉〔王〕左右以小惠收买内侍，随时获得最直接而详确的情报，用来决定应付的方式。对于清廷北洋文武则不惜随时以重礼作联络，以得到李鸿章以下文武的欢心。当中法战争起来，吴长庆的驻军撤回了三营，他奏道：

> 朝鲜君臣为日人播弄，执迷不悟，每侵润于王，王亦深被其惑，
> 欲离中国，更思他图。探其本源，由法人有事，料中国兵力难分，
> 不惟不能加兵朝鲜，更不能启衅俄人，乘此时机，引强邻自卫，即
> 可称雄自主，并驾齐驱，不受制中国，亦不俯首他人。此等高见举
> 国之有权势者，半皆如是，独金尤植、尹泰骏、闵泳翌意见稍岐
> （按：即偏向清廷），大拂王意，已侵疏远。似此情形，窃虑三数年
> 后，形迹益彰。朝鲜屏藩中国，实为门户关链，他族逼处，殊堪隐
> 忧。该国王执拗任性，日事嬉游，见异思迁，朝令夕改，近时受人
> 愚弄，似已深信不疑，如不杜其骛外之心，异日之患，实非浅鲜。
>
> 卑职谬膺重任，日思维繁，不避艰险，竭力图维，初犹譬谕可
> 悟，中法兵端既达，人心渐歧，举止渐异，虽百计诱导，似格格不
> 入。日夕焦灼，寝兴俱废，大局所关，不敢壅于宪政，近闻福州台
> 湾同时告警，东洋讹传最多，韩人不久必又有新闻域鬼之谋，益难
> 设想。外署虽与日人不睦（按：大臣为赵宁夏），而王之左右咸用其
> 谋，不知其伊于胡底也。竹添进一郎带兵换防，八九日内必到。薛

□尔已在东洋，闻将偕与，嗣有所闻，再当密禀。

　　一方面撤兵，一方面增兵，这就是韩国在光绪十年的形势。袁世凯虽然手握着他所训练的韩国兵符，那也不过是只有"保邦御侮"的一千皇帝亲兵，但也不能不顾虑到日兵的增加。十月十五日开化党洪英植、朴泳孝、金玉均、朴咏〔泳〕教、徐光范、徐载弼等在邮政局摆下了鸿门宴，请清廷驻韩的三位军官赴席。这一天之前，据说袁世凯所养的灰鹤十余只都先后飞去，袁对左右说：

　　"难道这就是叫我们回国的象征吗？"

　　"我们以为，"吴张二将有点发颤道，"邮政局的宴会最好不去。"

　　"不去就是示弱。"袁说，"也就失了国家体面。"

　　"那我们都先去戒备一下。"另外二将也只好硬着头皮答应了。

　　到了邮政局后，饮宴未半，袁世凯便对邮政大臣朴泳孝说："我们都有公专，不能久待。"他又假作亲热，拉着朴氏的手，一直到马前，纵骑奔返。开化党不免为之失色，但阴谋却并未暴露。又过了两天，还在原处宴请闵族贵戚、英德日俄公使，日本公使未到，但有中国商务专员陈树棠在座。开宴之后，徐载弼率领留日学生十二人，先乱刀斫向闵族，闵泳翊立刻受伤，被家人送到德国税务司公馆内，请美国医生诊施。一方面陈树棠即忙诉告袁世凯求救兵，袁世凯带兵赶到邮政局，已然没有一人，到闵处探视，这位大臣已然仅能说"开化党杀我……"了。

　　就在这时，进〔开〕化党人由洪英植也带了日本培植的武力进宫，向李熙及闵妃报告："大势不好，清兵不稳，已然把大臣闵泳翊刺伤了。"李熙忙道："这便怎好？"进〔开〕化党人一方面强迫韩王下令"日使入卫"，一方面把闵氏贵族一骨脑儿关到景祐宫，在王前杀了太监柳在贤，在宫外杀了旧党闵台镐、赵宁夏、闵泳穆、尹泰骏、韩圭稷、李祖渊。又要求李熙下旨任命洪英植为右相，朴泳孝为典兵，徐光【范】为外交司，朴泳教为都承旨，后就劫王他去。这一次的政变却不比两年前了。没有实力作后盾的袁世凯，到这时本想自保，但到那亲清的一批官吏金允植、南廷哲求救王时说："传说日本亦将劫李熙，亦如清之劫大院君，另立亲日的新主。"袁氏乃不能不作玉碎的率队进宫，与日韩兵混战了一场，决定先下手为强，立延王之后曾被闵妃藏起来的庶子为监国。后来在北门关帝庙内发现了李熙，由日本留学生监守，乃请其到清营，李熙及闵妃见了袁世凯时哭道：

"我们再世为人了。我的大臣们死的死，亡的亡，你替我们主政吧。"

这时候，清将吴兆有、张光前本是站在一边的，也出来了，日本训练的一些韩兵，都向日本使馆去逃，韩国的老百姓一看有便宜，也就落井下石，打劫一番，逼得一些亲日派金玉均、朴泳孝、徐光范、徐戴［载］弼不得不随着竹添公使逃到仁川去，从此流亡日本。

袁世凯在这一个月内，二十六岁的青年头发半白。这一年西太后的十月十五日五十大庆，因为中法战争没有好好来做，决定延期十年。在中日谈判中，有英雄色彩的袁世凯成为一切方面的眼中钉，他于十月称母疾返国，在津与袁所恭维为天下奇才的张荫桓见面。这时吴大征告诉张的岳父李鸿章道：

"所谓天下奇才，我看不是袁世凯所恭维的张幼樵，其实，就是他自己。"

甲午之变的前后

一八八五年（光绪十一年）八月袁世凯等到了一个机会，解铃还是系铃人，叫他送太上皇李昰应从保定回国。李鸿章对袁说：

"舞台已成，顾客已请，一切齐备全等你的登场。"

袁世凯以"副王"姿态在韩国出现了，满朝文武由徐相雨率众迎接到海滨。可是袁氏暗告闵妃，先把大院君的亲信三人，以逆党罪名斩首，使他不能相安，顺便劝他就此闭门谢客，勿再过问政权。德税务司穆麟德劝韩联俄，清廷改派了美人墨贤里［理］。到此时，清廷总理衙门正式派袁为驻韩总理，在不干涉韩国独立自主的原则下，把握了海关、税务、兵权，并奖励华商大量向韩境经营贸易，设立特别警察以兹保护，亲日派金玉均谣传日本来攻，袁氏表示："只要有我在，你们的安全不成问题。"

在两大之间的韩国君臣仍是不大放心，光绪十二年一度与俄使谈判，袁世凯表示如果这么作，那么他便要废主另立新君。李熙连忙把亲俄的一批人金嘉镇、赵存斗、金鹤羽、金养默送进监狱，表示并无二心。光绪十二年英国因为交还巨文岛，与韩国关系渐密，由美税务司墨贤理跑合，建议派朴定阳赴英俄德意法各国访问并借款，清廷抗议，要他们的大臣到各国后，先到中国使馆报到，于是出发后都未能达到使命。光绪十四年韩国要自办北路电线，清廷不允。光绪十五年，韩国要以关税为担保借外债，不许。任命自美归来的朴定阳为外务督办，又不许。十一月东学党作乱，袁世凯他与闵妃计议，妥为压制，这一点因而恢复了不少感情。

到了光绪十六年，韩人已然不能再忍耐了，他们要求清国八十家六百名商人迁到城外去。朝廷自派黎仙作了总税务司。闵妃在父王大院君的妃子死后，藉口韩王居丧，她自己出掌政权，以清廷的西太后为例。袁世凯对此没话说，却不喜欢她信任闵周锡及朴定阳。跟着袁的母亲病逝，他回国守孝，申唐绍仪代理，十八年再返韩国，乃使清廷及韩人的仇视空气松弛了一下。

袁世凯光绪十八年四月归来后，便知道日本与韩国已定了造币借款二十五万日元，并且赶忙要设义州至汉城的电线。于是他先设法推翻了前项计画，改由留韩的粤商贷款二十万元，并且商办了小蒸汽轮船公司，以增强中韩间的货运，必要时且可辅助兵舰来运兵，以防万一。

日本人这些年来对于袁世凯的怨恨与日俱增。在光绪十三年时朝鲜曾在镜道发布了防谷令，日使便认为这是有袁在幕后主持，日韩为抢粮发生冲突，要求赔偿十四万元，韩廷不肯答应，过了四年才付款十一万元了事。这次的币制方告成功又因袁而中止。这时候，日使早换了大石正巳，因无成就调职，十九年又换了大鸟圭介。当光绪二十年二月，亲日派金玉均假李鸿章名诱到上海被同伴洪钟宇杀死，日本在东京韩国使馆把韩人权东寿捕去，大鸟几乎也要被韩廷驱逐出境。

韩廷与清廷不约而同在每年十月作寿，浪费的金钱不可计数，同时库空如洗，兵饷不发，贿赂公行，而盗贼四起。同治时候就在酝酿的"韩国义和团"——东学党由崔时亨领导，头缠白布，手执黄旗，在全罗道的泰仁古阜县作农民暴动，经过了长时间的酝酿，一直到光绪二十年三月在韩境才闹大了，十年来袁世凯的头发白得更多了，他对新任充海军统御使的闵应植说：

"政乱民贫，事同儿戏，韩国的前途真是危险之至。"

东学党在南韩最多，据说能够呼风唤雨，调遣神兵，各地的小首领向韩京集中之后，要求除了清国人之外，其他洋人一律逐驱出境，对于日本也取敌视态度。袁世凯当初取静观态度，或多或少地加一些煽动，到最后英国公使禧在来向袁求救，希望各国都派商船，以资防范，末了决定把外侨妇孺集中仁川港口。

谁都不希望他来而毕竟还是来了的，政变终于在甲午四月在韩国全州起事了。全罗道的东学党人一开始，就杀了当地的团兵近千，忠清道各地的党徒都起兵相应，渐渐蔓延到七个县。韩王李熙想派洪启董去讨伐，向"副王"袁世凯问计，袁氏是主张戡乱的，而韩廷的亲兵仅有千名，畏缩不进，在袁氏前哀求赶快派清兵来替当地戡乱。四月三十日乞兵书称：

> 案照敝邦全罗道所辖之泰仁古阜等县民习凶悍，性情险谲素称治，近月来附串东学教匪，聚众万余人，攻陷县邑十数处，今又北窜，陷全州省治，前经遗练军前往剿抚，该匪竟敢拼死，拒战，致练军败挫，失去炮械多件，似此凶顽久扰，殊可为虑。况现距汉城仅四百数十里，如任其再为北窜，恐畿辅骚动，所损匪细，而敝邦新练各军，现数仅可护卫都会，且未经战阵，殊虽用以殄除凶冠[冠]；倘滋蔓日久，其所以贻忧中朝者尤多。查壬午、甲申敝邦两次内乱，咸赖中朝兵士，代为戡定，兹拟援案请烦贵总理迅即电北洋大臣酌遣数队，速来代剿，并可使敝邦各兵随习军务为将来捍卫之计。一俟悍匪挫殄助，即请撤回，自不敢续请留防致天兵久留于外也，并请贵总理妥助□助以济急迫。至切盼待。

朝廷既在光绪八年及十年两次请清兵代为戡乱，吃了甜头也就忘了苦处，袁世凯站在总理大臣的地位上，又曾代替韩廷练过新兵，如今（被匪打得落花流水，自然有些不好意思，所以他当然是站在对匪强硬这一方面的）他虽然知道日本早已不承认韩国是清廷的属邦，如果清廷出兵，日本也一定出兵，而且两大相遇，随时都会发生不幸的，可是为袁世凯自己的前途，为了韩国统政者的势力的延续，他不能不持大清的命运所孤注之一掷——这一掷使北洋海陆军全部覆没。

大鸟公使得清廷将要出兵，一方面率舰队前来，一方面运用外交，同时以《改革内政纲领》五纲二十六条目于六月二日间向韩王提出。这里面提出：（一）淘汰都城及外省冗员，其必不可少之官，宜择有才德者任之，不论门第（其意为反对闵妃家族把持一切）；（二）律法宜酌为整理，弗留遗憾（其意为勿以人改变法律）；（三）国库岁入之款，宜加意整顿

（其意为量入为出）；（四）军律宜加整顿，兵额宜等增补，俾足以靖内乱，而保民安（其意为对于袁氏一套方法的抨击）；（五）学校章程切宜妥定（希望韩国学生多到日本留学）。大鸟以公使而作谈改革内政，这是开使节空前未有之先例。

袁世凯以总理及"副王"又何尝不知道韩廷的这些毛病，只因他过份看重了腐败才便于统治的道理，在练兵方面，不愿多为增加，而且清兵这时已然不能作为别人的模范。有人以为袁世凯在韩统治是成功的，其实这个大失败，恰如哑巴吃黄连，苦在袁世凯的内心里。在军事方面袁不能与匪为敌，在政治方面，日本方面又占了上风，金玉均的尸首运回来，又被韩王把头割下，用盐腌起，这种对于新兴势力的暴虐狂正是袁世凯的枭雄式的作风。

在中日之战的前夕，韩廷不敢得罪清廷又不敢得罪日本，后只有下诏罪己了。诏文的末段道："凡政府之得失，有司各上言勿隐，可言而不言，罪在有司，言而不听，即朕之过。"在重臣中任命申正熙、金宗汉、曹寅承为改革委员，与日使谈判。虽然说是敷衍，但亲日派的多年努力总算占了上风，给了在韩国的"副王"狠狠的一棒，前后十年，形势全非了。

"副王"的成就

东学党给袁世凯的刺激是太大了，使他对于清朝的义和团的处理抱着全盘的反感，他在山东的作风未尝不是受刺激的结果，但独木难支大厦，不认识农民革命的统政者，只知道用军事不知道用政治，则其结果是"殷鉴不远"了。

东学党是在内忧外患中酝酿了二十年而成的，尤其是最后十年，韩国人民是在一种非人的生活中过日子，江华条约以后，各国的势力都在这个触角上徘徊，各不相让，而中日的冲突在此表面化了。袁世凯，这位时代的宠儿，浮沉在这个大时代内，以二十四岁的青年为衰弱的龙廷撑着大纛。

这个政治性的组织在成立之初就有四个口号，一是不伤人，不伤物；二忠孝双全，济世安民；三逐灭夷倭，澄清圣道；四驱兵入京，尽灭权贵，大振纲纪，立名定分，以从圣训。从他们的"檄文"上说得更是清楚：

> 圣明在上，生死涂炭。民弊之本，在吏逋，吏逋之根，由于贪官，贪官所犯，由于执权之贪婪，呜呼，乱则期治，晦变而明，理之常也。今吾侪为民为国，岂有吏、民之别哉。究其本，则吏亦民也。各公文簿之吏逋，民弊之条件，其具报来，将有区别之法，其急速来报，勿稍稽迟。吾侪今日之举，止在上保宗社，在下安黎民。赌死为誓，其勿因是而惊动。兹举将来应厘正者如左：
>
> （一）转运管之吏弊，（二）均田官之弊，（三）各市井之分钱收税，（四）他国潜商之峻价，（五）食盐市税，（六）对于各项物件之取都贾利，（七）白地征税等，其弊病不可尽述，凡吾士农工贾四业之民得同心协力，上辅国家，下安濒死之民生，岂不幸甚耶。

袁世凯这时已成为众矢之的，他诱导闵族与金玉均新党的斗争而自己□少，已为一般韩人所识破，而东学党人以为袁助韩王戡乱即系与革命力量为敌，加之日本增兵，气势汹汹，使机警的袁氏深深感到不祥的预兆，在六月中旬，他呈请李鸿章把他调回述职，并举唐绍仪作他的代表。

当拜本请辞驻韩总理职务之前，日本的大炮已对着中国使馆架了起来，袁世凯偕着老仆翟光明，黯夜无光，换了一身商人服装握别了韩姬，由汉江返国。据说，当他上船的时候，已有东学党人在那里埋伏，忽有一个妇人在岸上说道：

"你不是中君吗，怎么来晚了？"

袁世凯学得一口好韩语，他便装作熟悉的说道：

"是晚了吗？那就走吧。"

到了岸边上船，立刻命令那预备好的船只开驶，妇人愕然要求搭航，袁也不再理她。这一幕巧遇，使埋伏的东学党人不便轻易下手，而京城中四面埋伏要杀袁的时候，谁都想不到他已赶到天津，向李鸿章的姑爷张佩纶送了一笔厚礼，请他把袁在韩国的不得已情形妥为述说，以资关照。张佩纶那时的职务是天津电报局长，新政中的红人。

光绪二十年六月二十四日，清廷下令正式调袁世凯回国，七月初奉令随周馥固出国到凤凰城办粮台的那时，日本军已过了鸭绿江。

（载镇江《正论》第 9 期，1947 年 11 月 1 日）

戏　剧

亡国恨

老　枢　髯　公 合编

第三幕　逼　婚*

登台人物：白无用（高丽官僚）　李氏（无用之妻）　白秋英（无用之女）　三太郎（总监之子）　日本中尉

场中作一厅事，正中挂中堂一幅，上书"大日本天皇万岁"七大字，案前供炉香〔香炉〕一，另设一案于厅中。白无用与妻李氏，坐于案之左右，女秋英傍母而坐，俯首治女红。

李　我看你这老头儿，真不愧名叫无用，总不懂做官的法子。你看某人某人，都因从前晓的卖国，到如今做了大官，发了大财，夫荣妻贵，好不快活。只有我命苦，嫁了你这无用的东西，做了二十几年的官，就像龟爬上壁，总没有爬上的日子。我看你老是这样行径，就是一辈子，也不能发迹呢。

白　我何尝不晓的卖国，是升官发财的一个绝好法子，只是我的官运不好，前年就错过机会，如今悔之已迟，现在只好极力巴结上司，还有发达之望。只是上司都是日本人，那些有权柄的大员，又怕巴结不上。幸喜警察总监公子三太郎，近来常常到咱家里来，想必有点缘故，若能巴结上此人，日后也好望他父亲提拔提拔。总之太太且不要烦脑〔恼〕，且勉强图个出身，叫太太安享富贵就是了。

秋　父亲且不要说这种无志气的话。岂不闻中国的圣人所说的"忠臣不事二君"，今日本灭我高丽，爹爹为高丽大臣，不能救亡国之祸，今

---

*　编者遍寻各地，未觅得刊载本剧第一、二幕的菲律宾《教育周报》第 20、21 期，故前两幕缺。——本书编者

又食日本之禄，已是问心不过，怎又想巴结仇人，以图显荣，岂不怕千古笑骂吗？

李 我儿你怎又信那书本上的话了？俗语说的，依父吃饭，依母亦吃饭，只要能得了富贵，管他日本不日本，高丽不高丽。我正愁你父亲呆头呆脑，不晓得升官的秘诀，怎你反叫他辞官退职呢？我且问你，你说日本人是仇人，难道那三太郎也是你的仇人吗？

秋 凡是日本人都是我的仇人。

夫妇现失望之色。

白 我儿你别固执。你要晓得日本，现为东亚第一强国，他来管我们高丽，这是替我们保护，我们正该感激他的恩典，那里有反恩为仇的道理？至于三太郎这人，更不该以仇人看待，他与你何等要好，他父亲的体面，何等烜赫。

李 儿呵，你父亲的话是不错的。依我看来三太郎这孩子，也很乖巧伶俐，将来必做大官无疑。你母亲膝下单生你一个，将来正大大的指望你，你要好好的，体贴父母的意思，如果日后能招了一个日本人，像三太郎，做了女婿，那时你父母的面子，如何光耀，就是门槛也要增高三尺了。我儿！你想我的话如何？

无用闻言大喜连声道：

白 太太的语很是。……太太的话很是！我正也想起这门的事，不料太太竟先说出来，真是不谋而合了。

阍人持名刺入，警察总监公子三太郎求见。白无用狂喜，急整冠趋迎。李氏亦眉开眼笑。秋英闻三太郎来，以面向壁，治女红如故。无用迎之，太郎入，李氏急起承，夫妇共扶三太郎上坐，自称奴才即欲下跪行礼。三太郎止之，乃分左右侍坐，极足恭之态。秋英回头见状，羞愤交集，不觉泪下，仍面壁治女红不辍。

白 公子这几天为甚事，都不到，奴才夫妇两口，又是记挂，又是惶恐，说不定有甚么开罪的地方吗？

三 那倒没有。

白 尊大人这两天公事想必狼［很］忙。奴才今天一早就到衙门请安，看见提出几个造反的高丽人，正要押出枪毙，奴才知尊大人劳神得很，就不敢禀见，仅把禀帖递入了，这简慢之罪，还求公子代为告饶罢。

三太郎正注视秋英，无用所言，充耳若不闻。

三　秋英妹为何面壁垂泪，莫非有谁委屈他吗？

白　哦……我该死了，为甚么公子降临，也没教女孩儿来请安，真是发昏到极。我儿……快起来，给公子磕头，并替我告罪罢。

秋英不起，亦不回头，无用夫妇连声催迫，秋英坚坐如故。

三　这些虚礼我倒不甚讲究，他既懒得起来，你们就不要强迫他。

三太郎杂坐至秋英身旁。

三　妹妹我这几天因为父亲拘管着，不得到你这儿来，你也曾想念我吗？

秋英不答。

三　妹妹你倒底为甚生气，也不告诉给你哥哥听听，你哥哥好替你解闷呢。

秋英又不答，独自垂泪。

三　好妹妹，你为甚么一言不发？真要急死我了，你好反［歹］也睬我一睬罢。

秋　谁是你的妹妹？你不要来死缠，咱们高丽人只是你们日本人的奴才，够免你们的虐待就好了，要你假亲热呢！

三　妹妹，你哥哥只有爱你的心，那敢有虐待你的心，你不信我就对天发誓罢。

三太郎跪下发誓，无用夫妇急忙扶起。

李　老爷我想你我在这里，他们两口儿，终久不好说话，如不［不如］暂且走开吧。

白　太太说的是。

秋英见两亲欲出，不愿独留，急携女红随之，李氏遮阻曰：

李　我儿你且留一步，给公子谈谈心，我出去就来。

秋英不应，夺路自出，三太郎大失所望，与辞欲归。无用挽留不获，连连作揖谢过，送至门外而返，返时怒容满面。

白　这不识抬举的了［丫］头，真要气死我了，太太你快进去痛责他一番，也叫他以后不敢再这样无礼呀。

李氏下阗，报中尉至，无用复堆下笑脸，急出趋迎。无用接中尉入，应接间，仍极足恭之状。

白　请问大人，今天光降有何吩咐？

尉　不为别的，就是承警察总监的意思，叫我来替他公子三太郎求婚。你如果答应，那婚期以速为妙，大约在一个月以内，不晓得你办得及吗？

无用闻言狂喜。

白 办得及！办得及！既承总监大人这样抬举，无论那一天，尽可把小女送进府里去。只是还须得了内人的同意，请大人稍坐，奴才进去问他一问，再来回话罢。

无用跟跄入内，有顷复出。

白 好了！内人也是这个意思，并说婚期是越速越好呢。

尉 既是这样，你就赶紧办去，只是千万不可误了。如有差池，要仔细你的脑袋呢。

白 不敢！不敢！

无用送中尉出，李氏亦携秋英出至厅事。

白 我儿，刚才总监大人，令人正式来求婚，你父亲已许下，一月内过门了，一应装奁赶快帮你母亲，收拾收拾罢。

秋英闻言大骇。

秋 父亲，这是儿终身大事，如何不通知一声，就轻易答应了？儿是必死不嫁日本人的。

无用作色。

白 亏你也曾念过书，岂不闻婚姻之事，须听父母之命，媒妁之言。你父亲好容易才替你订了这一门的亲事，难道你还不满意吗！

李 我刚才告诉你许多，怎么你只当做耳边风，放着这有权有势的人儿不嫁，恐怕以后就踏破铁鞋也没有再好的，那时岂不后悔了！

秋 儿决不后悔，除了日本人以外，儿就跟了花子，吃了一辈子的辛苦，也替高丽女子争（点）口气，省得人家笑话说高丽这班妇女，是忘耻事仇的。

李 虽这么说，然尔父亲已经答应人家，也改过不来，尔再执迷不悟，就要连累父母了。

秋 那也没法子。

李 什么叫没法子！难道真不怕连累父母吗？

秋英不答，无用夫妇均拍案怒道：

白李 好个忤逆儿，连父母的性命都不顾了！实对尔说，今日之事不由尔做主，就在十天以内，管教总监派了警兵，把尔硬送进府里去，看尔有甚法子抵抗呢。

　　秋　别说警兵还是人，便是阎罗天子差了鬼卒来，我也不怕。

　　白　你不怕很好，我就看尔硬嘴罢。

　　语毕悻悻而入，秋英泪下沾襟，至台前。

　　秋　嗳啊，爹娘尔到底为着甚来一定要把尔女孩儿，送给仇人？那里晓得仇人绝不领尔的情呢？……呀……我想我白秋英，这般薄命，生不如死，门前一道大河，正好跳身下去，做个清流之鬼，强如受那恶奴的凌践，万劫不得超生呀！我计决了，自古道慷慨捐躯易，从容就义难，稍一踌躇，便死不成了，趁此时爹娘不在，就赶快出门罢。

　　秋英回身疾下。

闭幕

第四幕　秘　议

　　登台人物：闵时中　白秋英　秘密党党魁　秘密党党员数人

　　舞台景布：场中作会场式，正中置大餐桌一。党魁立于主席台，党员七八人围坐议事。闵时中同秋英入，在座者均起立为礼，时秋亦答礼归座。

　　时　兄弟今日介绍一位新会员，就是这白秋英女士，不晓得大家赞成吗？

　　众　话笑话了，既是闵先生介绍的会员，大家还有不赞成吗？

　　魁　只有一件，还请先生把女士的历史，略为说说，给大家拜识拜识。

　　时　说来也很凑巧，兄弟今天因有事出门，打个小桥经过，远远看见这女士在河边哭泣，不久就跳下河去，兄弟一时慌了起来，赶忙向前施救，幸喜河里水浅，未受大伤，一会就苏醒过来。兄弟一问，才晓女士投河的原因，是因为现任高丽警察总监之子三太郎，丈〔仗〕着他父亲的势力，强迫求婚，女士父母，不敢不从，强欲于十日内完成婚事。那里晓得女士，平时受过良好教育，视日本人为我祖国不共戴天之仇，以此誓死拒绝，他父母恐怕连累，强迫不已，女士没法子，想只好投河自尽了。

　　大众闻言，皆拍掌赞叹。

　　时　兄弟见女士宁死不辱祖国，节义可风，才把为国复仇，强如徒

715

死无益的话，劝解他一番，并把我们秘密结社图谋恢复的宗旨，也说与他知道。女士听了，立刻转悲为喜，就叫兄弟介绍入党，誓愿为党中尽力，大家试想咱们无意中得了个极好的党员，这不是凑巧到极了吗？

众复鼓掌。

魁　既是这样，从今日起女士就为本党党员了。今天之会女士当然有参与之权，咱们就此开议罢。

一会员起立发言。

员　兄弟想今天所最要先决的问题，就是财政。现在党员中倾家捐助者虽不少，而所缺尚多。此事还要从长计议，由各党员再向各处秘密募捐，也是一种的办法。不晓的大家以为何如？

时　这话兄弟非不赞成，只是现在捐钱的事，是再难没有了。那些穷的不用说，有些富厚的，他只情愿做亡国奴，绝不肯拿出一文替国家出力。兄弟为这问题，昨天险些起了家庭革命。我劝我父亲拿出钱来，帮助国家，他反说我是管闲事，后来渐渐说到激烈，竟把我赶了出来，宁愿永远做亡国之民，不愿捐其家私的丝毫。此种心理，不但家父一个为然，直可代表高丽一般富人的心理。你想人心如此，这捐款还是容易的事吗？据我看来，现在人心已死，要想漫漫儿劝他转来，实在是难那！

又一会员起立发言。

员　闵先生这话，切中高丽人的毛病。兄弟想这个心理，都因不明白爱国的道理所致。现在要劝他转来，只有用文字鼓吹的一法，不晓的大家以为可行吗？

时　这话对是很对，只是那些脸团团的富翁，多半抱着不读书不看报的主义，任你有多好的文字，也进不了他的眼睛，这可怎么好呢？据我的意思，这些募集款项、文字鼓吹的法子，都是慢性的药剂，救不了高丽人的重病。兄弟平素主张的是急进，现在只要有人敢冒险，把高丽总督刺死，那时乘机恢复了汉城，诸同志散在四方，必起而响应，恢复之功，转瞬可成。声势大了，款也有地方筹，就是平时不爱国的，也要随声附和了。这个办法，岂不直捷痛快的多了吗！

秋英首先赞成，众拍掌和之。

秋　这件事体就让我干去罢。

众复鼓掌。

时　这一定使不得。女士文弱身子，如何干这冒险的事？这是我自己提倡，自己担任罢。

魁　兄弟也赞成闵先生的话，只是女士既这样热心，兄弟也不敢相阻。这个暗杀的事，还是让闵先生办去好，就请女士为闵先生之副，凡事计议而行，更觉万全了。兄弟这意见赞成的就请举手。

众皆举手。

魁　今天已议有办法，便可闭会，专候闵先生白女士的凯音就是了。

众离坐与闵白二人握手，祝其成功，众皆下。闵白尚留。

时　妹妹，今天的事，虽说咱们俩个同受委任，究竟还是哥哥独自办去，你只在背地等候消息就行了。

秋　这如何使得，妹子视死如归，那里有临阵退缩的道理？

时　不是这么说，这种事体原以人少为妙，若是人数多了，就怕露出破绽，那时误事更为不美，所以劝妹妹勿往就是这个意思了。

秋英笑说：

秋　那我晓得了，哥哥的意思，不过怕妹子做了秦庭上的武阳，倒误了荆轲的大事了。也罢。就依你的话，不必同走，只是这事何日可做，哥哥也有把握吗？

时　这礼拜四为阅兵之期，总督必定出来，我就伏于操场左近等候他，包管马到成功呢。

秋　这样很好，咱们快去预备罢。

闵白同下。

闭幕

第五幕　行　刺

登场人物：闵时中　白秋英　三太郎　高丽总督　日本兵士一大队　高丽人

舞台布景：作旷野景，远远有洋鼓洋号声，闵时中一人独上，徘徊叹息。

闵　如此大好河山，有二千余年文明历史，高丽人不能自强，致被倭奴吞并。尔看高高的洋楼，长长的铁道，那一件不是我高丽人汗血造成吗？凭好男儿志气做去，不怕尔这飘飘的旭日旗，没有扯下的日子。

洋鼓洋号声愈逼近，闵时中急下，兵士整队上，高丽总督骑马随其后，兵士各立正，对总督行举枪礼，高丽总督训词。

督　军士们……尔知道我帝国所处地位吗？我帝国本来是东亚区区三岛，自我明治大皇，维新图强，厉行那军国主义，先把琉球做我们初出炉枪炮的试验品，就渐渐由对马海峡，伸到朝鲜。可怜当时那老大支那帝国，犹睡在鼓里，排起天朝旧格式，为着干涉朝鲜内政，与我帝国宣战。黄海一役，那几队窳败不堪的战舰，除被我新练海军击沉外，还掳了几艘，排在帝国博物院，做个永远战胜纪念品。惊得支那人魂散魄落，忙派钦差大臣，与我帝国讲和，割台湾，赔兵饷，这是我帝国在世界上第一次有荣光的事业。虽说辽东半岛，为俄德法干涉，仍旧归还支那，但我帝国兵士视此仇不共戴天似的，誓在必报。不够十年，那欧洲第一强国的俄罗斯，海陆军皆被我们杀得大败，这也是白种人所料想不到。那时东亚大局，就堪说由我帝国手里指挥了，所以十三年前兼并朝鲜，世界各强国，不敢说半个否字。军士……我们帝国扩充的范围，就此已到极端吗？

众兵齐唱道

兵　还未……还未。……还有支那呢。……

督　哈……哈……支那国土，是我帝国将来的财库；支那国民，是我帝国【将】来的奴隶（完）。军士们不要着急。……磨砺尔们精神，团结尔们实力，充实尔们子弹，到那并吞支那的日子，就是我太和魂雄飞世界的日子。……

众日兵齐拍掌高呼"日本帝国万岁"。

日本兵士操练一过，高丽总督策马欲回，闵时中在人丛中举起手枪击之，误中卫队。

兵　有刺客。……拿……拿……快拿刺客。……

日本兵士合围闵时中，闵时中连放数枪，皆不中，终被日兵捉获，闵时中顿足叹息。

闵　手法不精，倭奴漏网，有负诸同志负托重任，更何面目见安烈士于地下！

日兵拥闵时中入，白秋英上。

白　闵郎担任实行那件事，是与我大韩民族有绝大关系，现在道路喧传刺客被拿，这是不好消息了。

卖报童子上，连声大呼。

童　号外……号外……秘密党闵时中行刺总督，不中被拿。……

白秋英大惊，急购报看。

白　不好了，闵郎行刺不成，被倭奴拿去，十死无一生。可怜我大韩民族，又弱一个铁血男儿。侬是他的帮手，难道坐视闵郎死，不设法补救吗？究竟须用何法才能救出闵郎呢？

白秋英作寻思状，三太郎艳服自场内出，手执手杖，状甚骄傲，行至场中，忽见白秋英，急脱帽整衣，向白秋英行礼。

郎　好妹妹，数日不见，闷杀我也，不知今天是何风儿吹到这里来？论尔乃是千金之躯，要出门玩玩，也须叫个婢女跟随，独自一人不嫌寂寞吗？

白　好哥哥不用你费心。

郎　妹妹这"好哥哥"三个字，今日出自妹妹之口，入鄙人之耳，比较我日本天皇赐鄙人头等勋章，更是荣幸万分。

白　将来是自家人，不必论那勋章不勋章。

三太郎作狂喜状，逼近秋英坐位。

郎　"自家人"呵！……今日鄙人莫非做梦吗？

白　哥哥尊重些，青天白日，那里是做梦！

郎　记得前日在贵府里，有得罪妹妹处，还望妹妹包容包容。

秋英不语，手弄衣角作阅报状。

郎　妹妹看得是何种报纸？今天有什么特别记载吗？

白　今天报纸载的很有趣味，说甚么朝鲜秘密党人，谋刺总督，现已捉获在监狱里了。哥哥你道可笑不可笑呢，我们朝鲜，在十年前做官的植党营私，做百姓的生计日促，闹得举国昏昏乱乱，几没有一个安宁日子。亏贵国为扶持人道起见，把我们朝鲜联合起来，对外呢免了俄罗斯欺侮，享受第一等国民徽号，对内呢日见秩序整齐，百废俱举。贵国天皇行这联合政策，正是我们大恩人。可笑那一班不识时势的少年，还欲兴波作浪，扰乱秩序，真正是恩将仇报呢。

郎　（笑）妹妹这话对了。今日有个朝鲜人，名叫什么闵时中，欲行刺总督，既经秘密裁判了。现在我父亲对我说，不时即枪毙，还要查究同党，为一网打尽计画，免后来地方受他们扰乱。妹妹你看这个主张妥当不妥当呢？

白　自然是万分妥当。我听说自从贵国管理这个地方，别的且不必说，就是监狱一事，也很特别改良，比较十年前，俨然有天堂地狱的区别，不晓得果真有这等事吗？

郎 自然是真的，可见日本为朝鲜整顿地方，是事事认真的。

白 我母亲同我小表弟，他老人家百般新事物都已过目了，惟有常常念要探那新改良的监狱，新他们的眼界。你也知道我朝鲜人要到那禁地，是很不容易的事，狱卒圆着眼睛，说不定有秘密党的关系，那就危险万分了。尊翁是朝鲜警察总监，全朝鲜管理监狱的大权，是在他手内的，哥哥如看我面上请为我在尊翁处讨一张特别探狱券，赏赐与我，不时就可同我家里人到狱里探探，也博得老人家同我小表弟的喜欢。

郎 特别探狱券吗？……（作沉思状）

白 哥哥弄不来吗？……若是弄不来就作罢论，免致哥哥为难。

郎 做得来……做得来……无论如何困难总是要代妹妹设法一张，才表我三太郎爱妹妹的真心。

白 就是明天给交与我就是了。

郎 明天呵（作踌躇状），呵就是明天……就是明天……就是明天确不会误的。

白 哥哥请自便，我要回家了。

郎 我也要回家了，请暂别。

二人起身，三太郎举秋英之手而吻之。秋英面他视，作咬牙切齿状，回首又满面笑容，与三太郎作别。秋英入内。

郎 好奇怪这个美人，怎么前几天万分倔强，今天一见面，百般柔顺，所谈论的话又是句句打到我心坎里，真个令人骨节皆软。呵，三郎（以手搔心窝）能娶这个美人作妻小，真正是个艳福不浅。呵，且慢……且慢……临去他又向我讨一张特别探狱券。他要探狱券何用呢？莫非……（作定神状）呵，不可疑心，不可疑心。那美人确是真心向我，这件小小的人情，若不应许他，被他发起气来，那就不可收拾了。（手摇手杖步行而入）

闭幕

第六幕　脱　险

登台人物：闵时中　白秋英　狱卒　警兵二

舞台布景：作一时式监狱，二警兵荷枪巡行。

闵时中穿囚人衣服，坐在狱中，两手挂以铁链，满面义愤，自言自语。

　　闵　时中不能为同胞剪除倭酋，诚死有余罪，但是我朝鲜国魂不死，终不任那倭奴横行。可笑那法庭推事，用那甘言相骗，叫我供出秘密机关并同党姓名，就欲赦我无罪。我说两千万的高贵同胞，皆是我们党员，遍汉城尽是秘密机关，时中若是怕死，就不敢行这大事了。……

　　狱卒上，手执食具开狱门入。

　　卒　闵先生汝也何必拘执，抱甚么不卖党主义，自己一人在这里受苦呢。先生若是供出党员姓名，并那秘密机关，即刻就可自由。汝真乃可笑，一口咬定不说，假汝一旦身死就一文不值，究竟朝鲜人哪个可怜尔呢？

　　闵　啐……汝不配同我讲话，谁要尔多嘴呢！

　　卒　不配……不配……尔这死囚，死期已在眼前，还说甚么配不配！

　　白秋英上，望狱门直入，警兵阻之，秋英从身旁取出特别探狱券示之，警兵作迟疑状。

　　警甲　特别探狱券，从来只有给我帝国游历人员，探那监狱改良情形，那有给与朝鲜女子的理？

　　警乙　券面的字据，明明是总监里秘书长手书，莫非有甚么特别原因吗？

　　英　尔们到底承认不承认总监命令？累我等得许久，我要扭尔告诉总监，说尔等有意为难。

　　警甲乙　不敢不敢，姑娘且莫动怒，这是我们公务上不得不如此，谁敢违抗总监命令，姑娘请进，随处可以逛逛。

　　白秋英手持特别券入，逢着狱卒自闵时中室内出。

　　英　狱卒我且问汝，那暗杀总督的犯人，拘禁在甚么号房？我有特别探狱券在此，望汝引我看一看。

　　狱卒验看特别探狱券。

　　卒　闵时中吗？现禁在第十七号房，待我引尔进去。

　　狱卒同白秋英行近监房，用锁匙开门手招秋英入。

　　卒　囚人……有个朝鲜女子来探汝，汝认得他吗？但上官有命，汝们朝鲜要犯，不许与人家作秘密谈，我只好在此监视。

　　闵时中见白秋英入，作骇异状。秋英以手止其勿言，忙从怀里拔出一雪白手枪，对准狱卒胸膛。

　　英　倭奴……尔若是不遵我指挥，或稍高声叫喊，手指一放，管教尔狗命丧在顷刻，而且这是塞门土的厚壁，声音不能传达外面，尔即叫喊，也是无益。

狱卒作战栗状跪下。

卒 姑……姑娘，有所指挥，敢……敢不从……命。

英 为我将闵先生身上刑具松下。

狱卒急从身边取出锁匙开锁，时中随以锁链还加于狱卒，秋英以手巾塞狱卒口，并剥取其衣服鞋帽，出麻绳坚缚狱卒于床上，时中穿狱卒衣服鞋帽。秋英笑对狱卒说道。

英 不过难为汝几小时，横竖有人来救汝。

白秋英先出遇警兵，故意立作闲谈，时中作狱卒装束，帽罩在眉檐下，信步出狱门。秋英见时中已脱险，告辞警兵出。

警甲 这女子终有些蹊跷。

警乙 怎么那狱卒也低头出门去，行迹很是可疑。

警甲 那十七号囚人，总须注意些，这是重大的关系。

警甲警乙同至十七号房外，狱卒在床上乱［挣］扎，口里发出哼声。

警甲 不好了……事情弄大了，急报上官。（甲乙同下）

闭幕

第七幕 同 仇

登台人物：留美中国男女学生数十人 白秋英 闵时中

舞台布景：作一会场式。中高悬一横额，大书"五九国耻纪念"，中坐男女学生无数。鸣钟三下，主席登台宣布开会理由。

主 今天的会，是我中国承认日本廿一严酷条件的纪念。大概世界上所有纪念日，都是喜欢的事，只有这个纪念日，是最痛苦的。喜欢纪念，是希望永远存在，只有这痛苦纪念，是希望早日排除。要排除这痛苦纪念，不可希望甚么主持公理，主持人道的友邦，专在我们中国人，自己认定责任做去。无论甚么廿一严酷条件，就是种种损失利权也，可以收回。（众拍掌）现在有两位高丽铁血同胞，他们为争高丽自由，亡命到美洲来，碰着我们开国耻纪念，就请两位到本会演说那亡国后惨剧，当做我们将来镜子。（众拍掌）

主席介绍闵时中上演说台。

时 鄙人刚才听主席说，这个国耻纪念，是个最痛苦的事。在鄙人看来，是个最侥幸的事。你看我们朝鲜被倭奴种种虐待，还有甚么国耻可纪念呢？譬如他伸一只大巴掌，打到我们面上来，还要恭恭敬敬，用嘴把他亲一下；若是不知死活，要叫起痛，那就了不得。贵国现在面上受那大巴掌，尚敢叫起痛来，比较敝国，岂不是还侥幸得多吗？日本对待敝国政策，是从"亲善"二字做起，中日战后，说要扶持朝鲜独立，朝鲜一经独立，结种种条约，就不要受第三国干涉。日俄战后，又说要领全朝鲜领土，到时机成熟，那做傀儡的卖国奴，就提倡兼并，把个二千余年历史上有名的朝鲜，在今日比牛马奴隶还不及呢。敝国本是贵国藩服，自从满清失政，打了一阵败仗，掉去天朝资格，眼睁睁看那数代藩服，被倭奴吞并过去。辛亥霹雳一声，推倒数千年专制政府，敝国同胞皆希望或得贵国援手，脱去牛马奴隶生涯。那知七八年来，政争不息，竟丧失许多权利。敢说句大不知进退的话，倭奴直视贵国为第二朝鲜。贵国有四千余年文明历史，有四万万国民，有廿二行省土地，地跨三带，堪说是地球上第一宝藏，若任那长蛇吞象，真乃可惜。第一希望贵国实行民治精神，把那军阀势力扫除，取消种种秘密条约，几可脱去那倭奴束缚。第二希望贵国各党派化除私见，真正为国家干起事来，勿踏我朝鲜党争覆辙，把国事丢在脑后，作倭奴傀儡，互相争夺，到底同归于尽。第三希望留学界诸君，吸取文明国事业，归饷祖国。听说贵国首都的空气，很是恶浊，当具有澄清精神，勿为环境同化。鄙人所说的，也自觉非分，不过视贵国为第二祖国，休戚相关，就不免言之过分了。（众鼓掌）

主席再介绍白秋英登台演说。

英 秋英一介弱女，虎口余生，今天得参加盛会，实在感念不忘。不过敝国人除在此新大陆一片自由干净土外，差不多到处无发言权了。我朝鲜亡国原因，第一在家庭专制，那父母最大希望在儿子终养天年，儿子若要想去做一番轰轰烈烈大事业，当不得老人家抱那不孝有三，无后为大的天经地义，来相教示，满腔热血，就不免渐渐软化，所以被倭奴百般糟踏，大家只得过且过，扫却门前雪，那还敢理他人屋上霜？倭奴就是利用这个弱点，横行无忌。可怜两千万朝鲜同胞，亡国尚且跑不了，还要灭种呢。这回秋英同闵先生，亦是受着家庭种种压制，因想这个习惯，若不打破，我朝鲜永无超生日子，故离去恶浊家庭，投身革命机关，欲藉此做些事业，为国雪耻。那知一击不中，闵先生几罹大厄，九死一生，奔波到此，万不想得与诸位先生坐谈一处。贵国对于敝国举动，一般国民，谅极表同情，不过现在所受的苦痛，差不多堪说同病相怜。贵国若有雄飞世界日子，必不任那二千万同文同种的国民，永远坠入奴隶圈里。（众拍掌）

　　主席登台，代众会员答词，同唱国歌（将国歌放大字，挂于台前，台下观戏者，齐起立，有能唱国歌者，并起和之）。歌毕，各男女学生怀中取出小五色旗，在台上挥舞，高呼："中华民国万岁！"（场中观者齐和之）

闭幕

[载小吕宋（菲律宾）《教育周报》第 20、21、

22、23、24、25 期"新剧"，1920 年 7 月 5、12、19、

26 日，8 月 2、9 日。其中，7 月 5、12 日第 20、21 期缺]

朝鲜恨[*]

本剧部分内容表现韩国人。

第一幕

人　物：都督——熊垓士，约有六十上下，穿常服，戴红顶帽子。

　　　　　老　仆（卫兵）

　　　　　秘书长　一

　　　　　副　官　一

　　　　　参谋长　一

　　　　　师　长　二

　　　　　旅　长　二

布　景：

　　　　　内室——烟榻　陈列烟具及一切陈设品。

（幕开，大帅着常服由外进来，盥漱毕，看见桌上有名片一张作很惊讶的样子。）

大帅〔都〕　咳！有人找我，怎么你们不告诉我。

仆　没有人找大人哪！

都　（拍案）没有，这不是名片吗？

仆　唔！这是大人自己的名片！

都　真可恶！谁叫你们把我的名片放在那儿？

（说毕，躺在烟榻，仆人侍候）去！把烟具取来！

仆　是。（往后去，进来）这才真是一件好东西哩！要做大官须抽大烟，烟抽得越多官做得越大！老爷，烟具取到了，请用吧。

都　（手持烟枪，略抬起头来）二姨太太呢？

仆　二姨太太同八姨太太逛公园去了。

都　四姨太太呢？

仆　四姨太太是跟人……

都　（坐起来）什么？

仆　是跟人兜圈子去了。

都　那么现在那个太太在家里呢？

仆　她们都出门玩去啦。

都　这些东西，可恶极了，我要她们做什么用的。

（副官打门，持电报上）

副　都督有万急的密电。

都　什么！密电！去去去，赶快请王秘书长来。

副　是。（下，都照常抽烟，秘书长上）

秘　都督（行立正礼），有什么吩咐？

都　现在接到很急密的电报，你念给我听吧！

秘　（读电报）乙党定于某日袭都督，请准备。探。

都　哼！我早就料到他们有这一着，他们想用武力来统一我，我还想用武力来统一他们哩！我是不怕他们的。去，把李参谋长和各师长旅长请来！

仆　是。（下）

都　哼！这群混帐东西，不把他们一个个都宰了，他们也不知道本都督的利害。

（参谋长各师旅长同时上，行军礼）

都　今天接到一个密电说那面要用武力来统一我们，请大家商量一种办法。我想我们军队已然不少，可是打起仗来军费一定要用许多，请大家怎样设法筹备下才好。

参　不要紧，东洋人向来愿意帮我们忙的，我们可以向他借几千万元。

师长　我们要向东洋借款，一定要有抵押的呀！

都　那好说，只要我能够统一全国，送些土地权利给他们不算什么。

参　好啦！那就请都督派人到东洋去办交涉吧。请师旅长预备一切好了。

都　王秘长是东洋毕业的，对于东洋的情形，是很熟悉的，那末，就请你走一趟罢。请大家小心预备，将来我做皇帝，大家都是开国元勋哪！哈哈哈。

（都督同参谋长下）

王师长　赵师长，我们一师只有几千人，怎么去打仗呢？

赵师长　王师长，你也大发财了，短扣了这些军粮——我的一师也不过三四千人，怎么好呢？

王　原来彼此一样。有了，现在灾民讨饭吃的多的很，把他们招来凑凑数也就够了。

赵　好法子！就这么办罢。（王赵同下）

潘旅长　（指师长）他们都发了财，我们呢？哈哈有了，咱们不免骗些军款到手溜之乎也，溜到租界过我们的日子罢。我们为谁死呢？钱旅长你说好不好呢？

钱　好好，就这样吧。（同下）

各旅长　是！是！（都下）

第二幕

人　物： 领事——龟三郎

　　　　　馆员——兔太郎

　　　　　仆人

布　景： 东洋领事馆　客厅式陈列

龟　兔太郎，想我日本帝国，自明治天皇维新以来，占领琉球、台湾、澎湖列岛、旅顺、大连、南满州，近来福建、蒙古又划在我日本国旗之下，汝想我们帝国的国土，也就扩张到几十倍之上了！前数年支那的张勋打南京的时候，打死了同胞二人，我们政府不答应，就提出抗议。支那政府，就赔了六十万的恤金，张勋带兵到南京领事馆行礼谢罪，这就可见我们大日本帝国的国威了！可是那马鹿的朝鲜人，愚蠢的朝鲜人还不自觉，还在那里自相残杀，朝鲜人民也不起来干涉，任那军人宰割，汝看马鹿不马鹿，愚蠢不愚蠢呢？

兔　是的，不独朝鲜人民，是这个样子，就那支那人，也真真无用，没有出息。在这个年头，还不发愤图强，保卫民族，还在那里自相残杀，争权夺利，不晓得有什么权利可争？不晓得支那人民，是何心理呢？话又说回来了，若果朝鲜人和支那人，能够发愤图强，我日本帝国还能向外发展吗？所以我很信服伊藤博文公爵的外交政策，用朝鲜人攻朝鲜人，支那人治支那人的方法。使到〔得〕朝鲜支那，一日不得安宁，我日本帝国，才可收渔人之利哩！

龟 可不是吗，我那伊藤公爵也是盗用支那战国时候的方法哩！听说现在甲乙两党又要交战，想他们两面，都要来求助于我日本帝国，我们的买卖又来啦！

（仆人报乙政府派孙大人来）

（相见日本人极其恭敬）受一文□

龟 孙大人，我很佩服贵国的人民，为国家而夺斗，为正义而杀同胞是世界上罕见的，我更佩服贵国的首领，百抑不挠的精神，来杀不正不义的同胞，真真是可钦可敬。我日本人，是见义勇为的，当然极力帮助贵政府的。不过所借的钱，要有确实的抵押，利钱要五分，而于军械、绿气炮、飞机、四十二珊的大炮、新式机关枪，都可源源接济的。

孙 是，这是很感谢的，我代表我政府及二千万人民，感谢贵国供给我杀人的各种利器，至有抵押一层，用地丁好吗？

龟 好极了。孙大人，汝能够全权代表吗？

孙 能够。我有全权代表证书哩。

龟 是，拿给我看。好极了，那就请签字吧！（签字）这是一张支票，给孙大人的。

孙 那请贵国从速接济吧！

龟 是。（送孙出返，坐）

兔 龟三郎君，那个姓孙的，又发了财啦，朝鲜人真没有心肝哩！他也不怕人民骂他！汝看见姓孙的，为什么这样的恭敬呢？

龟 朝鲜人爱戴高帽子，喜欢人家奉承的。朝鲜人只知自私自利，他晓得什么！我日本帝国得到土地权利就是了，自己卑屈些，有什么要紧，汝想是不是呢？

兔 是。是。

（仆人传王大人到）

兔 甲政府的使者，又来了！

龟 哈哈！我们大日本帝国，真真好运气呀！

（相见，日本人，极其卑屈）

王 龟领事，我奉我家都督的命对于贵国，有一种请求，就是敝都督拟用武力，统一敝国，素仰贵国政府，见义勇为，请求贵国多多的帮忙。将来成功之后，一定重重的酬谢的。

龟　怎样酬谢呢？

王　随汝说罢，只要我们都督能成功。

龟　那末，我们两个人，到密室里去商量商量吧。

（二人进内）

兔　世界上有这种呆的东西！

（二人复出，哈哈大笑，均说"好极了"）

王　就此告辞。（送别）（拿出一张支票）呀，这是一百万元的支票！哈哈哈！

龟　兔太郎君，从此之后，我日本帝国，又要扩张领土了！哈哈哈！

（同下）

第三幕

（都督跟参谋长狼狈而上）

都　咱们威风，一朝败于竖子，真气死我也，日本人的接济又不来，那如何是好呢？参谋长，请你到日本领事馆走一趟，请他设法保护我的家眷和财产，并快快的救济我们。

参　你你……不要妄想罢，日本人那有好心肠！你你……

都　什么？你你……

参　你另想法子罢？我也只好替你走一趟。

（参谋长出门）等到如今，我也顾不得他了，侥幸我的家眷，早搬住在租界，我刮来的钱，都寄在外国银行，我找我的安乐去罢。

（探卒上）

探　都督，不好了，师长被人杀了，人民都叛了！财产被人抢了！姨姨太们，一个个都跟马弁跑了，太太被人杀了。（探卒下）

都　啊呀，数十年心血……（倒下）

（探卒上）

探　都督不好了，人民进来了！

都　叫潘旅长去抵挡一阵吧！

探　潘旅长早都不见了，我也逃命去了罢。（探逃走）

都　（拿出手枪）啊呀，想我老熊，自从马弁出身，用尽几十年的心血，杀了几十万的同胞，括了几万万人民的膏血，享尽人间的幸福，还不甘心，还想用武力统一全国，而登九五之位，欲将全国人民，悉变为我的家奴，不惜卖国土，丧权利，求助外国，谁想弄到今日，无家可归，上天无路，入地无门，人人都恨我入骨。悔不该，当初不安分，不作良民；悔不该，当初不做些好事，积些阴德；悔不该，当初不爱惜民力，括削人民；悔不该，妄想武力统一，不顾民意；悔不该，卖国求人，致众叛亲离；事到如今，我也无面目见我民族了！我要劝劝大家，再也不要像我老熊，用同胞的膏血，来换个人的虚荣！大家多做些福国利民的事，不要像我的下场吧！人之将死，其言也善。我劝当武人的，要晓得民为邦本……（用手枪自击）

众人上　这个狗东西！卖国的东西！贼民的东西！该死的东西！（用刀乱刺）（众人下）

（载北京师范附属小学《红庙教育》第 1 卷第 2 号 "文艺"，
1925 年 10 月 1 日。未署名）

高丽童子（歌剧）

高级组知耻中心做学教专号

第一幕

剧中人物：

  白坚（年约十三四岁的高丽小孩子）

  老妇人

  老头儿

  农夫

  石匠

  路人甲，乙，丙，丁（以上都是高丽人）

  小川五郎

  田岛三郎

  铃木村上（以上都是日本人）

  日本警察二人

  布　景：一个旷野，稀稀的绿树，低低的远山，平平的草坪。

  开　幕：白坚独自跌坐在地上，低低的啜泣。泪珠流满在脸上，样子怪可怜的。

  白　坚：啊！我太可怜了吧？我，我，我……（啜泣着）

  老妇人：（上 看见白坚哭就停住脚步。）孩子，你为什么要哭？（白坚不答。她用手摸摸白坚的头。）好孩子你究竟为什么要哭，哭得这般苦法？告诉我吧！看我能帮忙你不能？

  白坚唱：可怜我呀，

     我是个流浪的孩子呀，

     无家可归，无国可住。

     老太太，

所以我要在这里痛哭。

啊！啊！啊！①

老妇人： 唉！唉！唉！（连声叹气而去）

老头儿：（上，见白坚哀哭询之。）小弟弟！你为甚么这样悲伤？（见白坚不答，又询之。）告诉我吧！你为甚要悲伤到这了般地步？怕是给母亲打一顿吧？

【白坚唱：】

我是个可怜的孩子，

父母给日本强盗打死，

国家又亡。

我怎能不悲伤？

老头儿： 唉！唉！唉！（连连叹着而去）

农　夫：（上，见白坚哭哀［哀哭］询之。）小宝宝！你对我说呀！为了什么？（见白坚不答，又询之。）好乖乖！你不要哭了！快对我说呀！（白坚仍是不答，再询之。）是不是给先生打了哭呢？还是在路上落掉了东西哭？

白坚唱：

我并不是给先生责罚了哭，

也并不是落掉了东西哭。

因为我现在做了一个苦孩子，

没有家，没有国，

所以蹲在这里伤心！

农　夫： 唉！唉！唉！可怜！真的可怜！（连连叹着而去）

石　匠：（上 见白坚哀哭询之。）小学生！你哭什么？哭得这样悲哀。（见白坚不答，又询之。）小学生！可能告诉我听听吗？（见白坚仍是不答，再询之。）饿吗？肚子饿吗？要吃东西吗？那我可有！（说着，探手入袋里摸。）

【白坚唱：】

我不是为了肚子饿哭，

我想我太可怜呀！

爸爸妈妈都给日本强盗打死，

---

① 本剧的六首歌曲原刊配有曲谱，此照录歌词，略去曲谱。——本书编者

剩下我一个寂寞凄凉，

又落着做个亡国奴。

我越想越悲伤，

越哭越伤心。

啊！啊！啊！

石　匠：你不要哭了！去吧！等刻日本强盗看见了，你又要吃亏了。唉！唉！唉！（连连叹着而去）

（甲乙丙丁路人上）

甲：这小孩在哭什么？

乙：大概是没有东西吃吧？

丙：恐怕是打架吃了亏吧？

丁：可不是！咱们走吧，管什么闲事？（路人下，日人小川五郎、田岛三郎、铃木村上三人上。）

小川五郎：哭什么？亡国的狗东西！（说着走上去，用脚踢着白坚的大腿。）

田岛三郎：撒什么娇！给他一个巴掌，问他再要哭不要哭？（也走上去打着白坚。）

铃木村上：去吧！这个小亡国奴，也不经我敲打，当我们大日本把他们三千万的狗奴，完全杀尽，才显得出我们的威风。

小川五郎：且慢！让我再赏赐他一拳！（说着，又握拳敲在白坚的背上）

白　坚：喔唷！痛煞我呀！（大声喊）

小川五郎　田岛三郎　铃木村上：哈哈！哈哈！（笑着拍手）我们去！我们去！（三人下）

白　坚：（哭止叹气。）唉！唉！唉！（低吟）"我欲翘首问苍天呀，苍天呀，我国亡家破真可怜！爷娘死在日人手，剩下我一个流落到此间。我想我男儿要为民族去牺牲，才能够流芳百世亿万年，日人呀！日人呀！我和你拼死到黄泉。"（吟毕，泪流不止，以衣袖拭眼）

日　警：（上见白坚在泣，大声呵斥。）小东西！哭什么？咱们大日本的地方，用不着你来哭。滚！替我滚得远点！（说完用枪柄去赶走白坚，白坚就立起身来走去。）

——幕闭

第二幕

人　　物：白坚，日军官一人，日军四人

布　　景：一个军营

开　　幕：军官坐营中，日兵四人靠两旁站着。

白　　坚：（携白色巾包，且行且唱。）

　　　　　高丽参，

　　　　　货色真，

　　　　　吃了滋补人，

　　　　　一个身体变成两个身。

　　　　　喂，谁要买高丽参？

日军官：你！（指着一个兵）你出去替我看一看，外面在买［卖］什么东西？

日　　兵：是！大帅！（一面答应一面走去。）

白　　坚：谁要买高丽参？谁要买高丽参？

日　　兵：是买［卖］高丽参吗？小东西！

白　　坚：正是！你要买不要买？

日　　兵：（不答，回身进去。）大帅！外面是个小东西在喊着买［卖］高丽参！

日军官：噢！你去喊他进来，我要买高丽参吃哩！

日　　兵：是，大帅！（一面答应着，一面出去，招呼白坚。）来！小东西！跟我进去！我们大帅要买高丽参哩！

白　　坚：我知道了！（说完跟日兵进营）

日军官：小狗儿！你是买［卖］高丽参的吗？

白　　坚：（苦笑）是的！小的正是买［卖］高丽参！

日军官：那么，小狗儿！你所买［卖］的高丽参好不好？

白　　坚：好！怎么不好！我买［卖］这高丽参吃了之后，一个人有二个人那们大。你且听我唱来。（说罢就唱）

　　　　　老公公吃了我的高丽参，变成一个少年人；

　　　　　老婆婆吃了我的高丽参，做事有精神；

　　　　　曲背吃了我的高丽参，挺直背心不曲身；

　　　　　跛子吃了我的高丽参，一天可以走百里远路程；

军官吃了我的高丽参，开枪开炮会杀人。

（唱罢又说）你道我这高丽参好不好？

日军官：（狞笑）吓，狗儿。你实在乖巧，倒会说几句，唱几句，好！好！你的高丽参怎样买〔卖〕的？多少钱一两！

白　坚：啊！我这参好极了。价钱也非常的贵。要五百块钱半两。

日军官：哦！价钱真贵！真贵！

白　坚：现在你既然要买，我小的送一只你吧！

日军官：不行，还是让我买吧！

白　坚：（苦笑）这是应该孝敬孝敬你。

日军官：小狗儿？倒看不出你怪会凑趣。（招招手）来！你跑上来让我看看，看是怎样的参？

白　坚：好！我给你看，我给你看！……（快步跑上，把手巾包向地上用力一掷，砰的一声，火光四射，白坚、日军官、日兵四人，顿时倒地。）

——幕闭

（载上海《敬业附小周刊》第 5 期"高级组知耻中心做学教专号·音乐科"，1934 年 3 月 19 日。无署名）

亚细亚之黎明[*]（四幕歌剧）

任　侠

以抗战必胜的信念写成此剧，
谨呈给在英勇斗争中的同志们！

第一幕：暴风雨之前夜（四场）

这中间欢呼着急迫的暴风雨——
他的叫声向阴云报道：
愤怒的力，热情的焰，
将来的胜利的欢笑。

高尔基：《海燕的歌》

时：一九三六年冬。

地：东京某区的一所住宅，一个十叠席的读书室，中间放着西式的用具。因为是一个中国留学生住着不大欢喜日本蹲坐习惯的原故，所以多不采取日本式，但是床之间里的生花茶具以及盆景之类，仍可看出浓厚的日本风味来。后面通着卧室。一扇精致的小门。左边一扇门，通着外面。

人：章杰（中国留学生，年约三十左右。一具高大的强健的体格，一副沉毅的严肃的面容，战斗的精神充分表演出来。）

雪子夫人（章杰的夫人，一个优良日本女性，年在二十左右，天真而且强健，是修道院女学出身的高材生，具有音乐文学很深的修养，擅

---

 * 本剧部分内容表现韩国人。有两个刊本：一为兰州《新西北月刊》1941 年第 3 卷第 5—6 期合刊所载；一为郭淑芬整理、沈宁编注《亚细亚之黎明：常任侠戏剧集》（台北，秀威资讯，2012 年）。这里据《新西北月刊》录入，个别文字错讹参照秀威版校正。——本书编者

长刺绣。性格同容貌一样美丽。）

葛乾明（台湾留学生，年二十四五岁。瘦弱，但性格是坚强的。）

金民助（朝鲜留学生，年三十余，是一个屡经下狱，饱尝忧患的人。）

李拔吾（朝鲜留学生，年三十余，高大的汉子，黑兜腮胡子。社会科学研究者。）

王休明（中国留学生。）

新田正（东京旧书商。）

安田二（台湾留学生。他其实姓安，是台湾籍的中国人，现在改了日本姓。）

上野正治（雪子夫人之兄，二十五六岁，是一个南洋殖民地的小官吏，好拳斗，日本法西斯主义的信徒。）

古川刀自（屋主妇。）

梅子（下女。）

第一幕　第一场

登场人物：章杰　葛乾明　金民助　李拔吾　王休明　新田正　安田二

幕启，在一个十叠席的书室中，上面的几个人正在随便的坐谈着，这时正开一个时事谈论座谈会，开会时序曲的歌声，尚未终了。全体唱着激昂的歌曲，带着室外暴风雨的声音。

暴风雨的前夜（合唱）

　　在暴风雨的前夜

　　东亚的奴隶们，

　　都一齐觉醒起来。

　　为了解放，

　　为了自由，

　　为了生存的权利，

　　我们要用尽所有的力，

　　流尽最后的血。

　　为了公理，

　　为了正义，

　　　　　为了世界的和平，
　　　　　我们要做殉道的先驱，
　　　　　改造一个新世界。
　　　　　听，压迫下的吼声，
　　　　　　　雄壮激烈，
　　　　　听，争自由的洪流，
　　　　　　　奔腾澎湃。
　　　　　听，海燕在飞鸣，
　　　　　　　唱着暴风雨的到来。
　　　　　起来，东亚的奴隶们，
　　　　　　　起来，起来，
　　　　　挣断了枷锁，
　　　　　拿起了武器，
　　　　　来清算我们的血债。
　　　　　今天，我们要英勇的战斗，
　　　　　争取明天光明的到来。
　　　　　今天，我们要英勇的战斗，
　　　　　争取明天光明的到来。
　　　　　到来！

章　杰　诸位同志，今天——（朗诵）
　　　　　应该是我们要战斗的时候。
　　　　　为了保卫世界的和平，
　　　　　为了维护人类的正义，
　　　　　我们应该负起责任向前走。
　　　　　拿出力量，
　　　　　同我们共同的敌人战斗。
　　　　　我们要同日本军阀，
　　　　　去结清海样的深仇。
　　　　　在东亚的人民，
　　　　　本来：酷爱和平自由，
　　　　　自从：日本的军阀，
　　　　　他怀着狂犬的野心，

卑鄙的阴谋。

他想：征服世界，

必先吞并亚洲。

正像田中所锁定的步骤。

拿我们做战争的炮灰，

满足他凶恶的欲求。

我们：台湾的兄弟们，

朝鲜的兄弟们，

中华民族的全体，

以及日本的劳苦大众，

便首先做了暴力的牺牲，

忍着气，

低着头。

像刀俎上的鱼肉，

像鞭子下的马牛，

在暴风雨，将来到的时候，

我们，要怎样去抵抗，

做当前的任务。

葛乾明　这些日本的军阀们，

也正是要到灭亡的时候，

他居然敢同世界为仇。

他宣说：要把白色人的势力，

驱逐出亚洲。

但是，他先杀起黄色的兄弟，

使尽了残酷。

用残杀的方法，说要同人携手，

说是他的恩德怀柔。

这是日本军阀特别的手段，

也是最愚蠢的想头。

这疯狂的暴行，

便是他灭亡的道途。

我们台湾的大众，

　　　　　已经起来争斗。
　　　　　朝鲜的兄弟们，
　　　　　你们也是亲爱的战友。
金民助　是的，朝鲜的弟兄们，
　　　　　已经无数次的战斗，
　　　　　我们受着不断的惨杀，
　　　　　为着平等，为着自由，
　　　　　断了无数人的头。
　　　　　终于也杀不完大韩革命的群众，
　　　　　这求解放的正气，
　　　　　千古长留。
　　　　　这些军阀财阀们，
　　　　　夺去了我们的耕地，
　　　　　把我们赶进荒丘。
　　　　　受着饥，受着寒，
　　　　　受着风雨，
　　　　　到死也不向敌人哀求。
　　　　　故国河山，
　　　　　被别人享受。
　　　　　一年一年，
　　　　　受着踏残屈辱。
　　　　　我们已经失去，
　　　　　在世界上生存的权利，
　　　　　我们能不战斗，
　　　　　能不战斗，
　　　　　安昌浩，我们的领袖，
　　　　　他下了狱，惨酷的牢囚。
　　　　　但是，无数的同志们，
　　　　　正在英勇的向前走。
　　　　　人人像安重根，
　　　　　人人像尹奉吉，
　　　　　牺牲果敢求自由。

一把怒火，

燃烧在每个人的心头。

在暗中聚成一个大的力量，

正在等着爆发的时候。

在眼前，

到了，

这爆发的时候。

李拔吾　真的，到了，

这爆发的时候。

要冲去一切残暴的势力，

这一个伟大的洪流。

在苦斗中，

我们要得到光明自由。

王休明　我们必须苦斗，

才能达到我们的要求。

我们必须联合战斗，

才能击破敌人的头。

让他从压迫的王座上，

倒下黑暗的深沟。

我们不仅要联合东方的兄弟，

在西方，

爱正义，

爱和平的同志，

也是我们的朋友，

我们为公理而战斗，

我们有辽远光明的前途。

新田正　在日本贫苦的大众，

也一样受着苦难。

这些军阀门，

他常向民众欺骗。

他说：为了百姓的幸福，

我们要把国土开展。

实际上这是不相干。
不过要逞他们的野心，
把和平的幸福扰乱。
在战时，死亡痛苦，
人民已经跳下恐怖的深渊，
在战后，生活还仍旧悲惨。
一个事实，
放在我们的眼前。
《朝日新闻》的夕刊，
不正记着这样的事件：
从满洲归国的勇士，
穷困的自杀，
不名一钱。
上海"一二八"的战士，
为了生活难，
他踏到日本的国土，
正是一个战士的凯旋，
却犯了盗案，
投进了牢监。
你看，
这结果，就是为了疆土的开展。
军阀们常这样欺骗，
为了天皇，
我们要尽忠，
要勇敢。
其实是为了军阀门的升官。
为了财阀们，多增加资产。
在殖民地，多几个银行，
多几个工厂，商店。
好压榨劳苦群众的血汗。

安田二　让我再举出一些事实的段片。
　　　　在东北——秋田，

这一年，还不算什么荒歉，
农村的小女，
卖进都市的就几千。
新闻三面记事栏，
登载着：东京的富人，
过圣诞，
过年，
一个人买下几个少女的贞操券。
准备着享乐，消遣。
良善的日本人，
只有含着泪，
低着头，忍受，长叹，
忍受灵魂的蹂躏，
生命的摧残。
还有：像新潟县，
今年，是产米丰收的今年，
因为米价贱，
把所有的米，所有的血汗，
都算还给地主，
算还给肥料会社的老板。
农民却度着饥饿的生活。
卖去了少女少男。
山薯，也填不饱肚皮，
破衣，也挡不了酷寒。
于是，在关东，
农民组合变成了暴动的集团。
关西的农民组合，
也响应着起一声呐喊。
这些军阀财阀的爪牙们，
都手忙脚乱。
到处去抓捕殴打，惨杀，
逞尽了凶顽。

　　　　　　　良善的民众，

　　　　　　　饥饿，还受着这样摧残。

　　　　　　　你看，这是人的世界，

　　　　　　　这是王道乐土，

　　　　　　　这是农民的丰年。

　　　　　　　像前进的文艺家，

　　　　　　　小林多喜二，

　　　　　　　被打死在电鞭。

　　　　　　　像正直的科学家，

　　　　　　　野吕荣太郎，河上肇，

　　　　　　　这学术界的威权，

　　　　　　　或被残杀，

　　　　　　　或被投进了牢监。

　　　　　　　你想，这现象，

　　　　　　　是文明，还是野蛮。

章　杰　就是在东京帝大，

　　　　　　　这学府的尊严；

　　　　　　　我们贤明的先生，同辈，

　　　　　　　也不断受到捉捕，摧残。

　　　　　　　这社会已不容许正直人的存在……

金民助　所以我们要把这社会推翻。

新田正　要新建立一个合理的社会，

　　　　　　　我们要打倒军阀，

　　　　　　　打死破坏和平的魔鬼。

一致的声音　我们要联合起来，

　　　　　　　高举起战斗的义旗。

　　　　　　　我们要自由，要解放，

　　　　　　　要打倒日本帝国主义。

　　　　　　　（外面敲门的声音，诸人吃惊着）

章　杰　谁？你是谁？

　　　　　　　（一面摇手，令其他的人，避到后面寝室里去）

门外的声音　是我！你的妻在风雨中夜归。

第一幕　第二场

景同前。

登场人物：雪子夫人　章杰

门开的时候，雪子夫人走进来，受着门外暴风雨的袭击，非常疲倦的，呜咽着，扑在章杰的怀里，章杰张臂迎接着。

章　杰　爱的，苦了你！

　　　　我到处去探听，

　　　　想探听到你的消息。

　　　　到处找，也无从找到你。

　　　　我终日彷徨，叹息，

　　　　像失去灵魂样痴迷。

　　　　我是沙漠中的过客，

　　　　而你，是我生命的泉水。

　　　　现在总算见了你，

　　　　（扶她到沙发上）

　　　　这些时你究竟在那里？

雪子夫人　过去，三言两语，

　　　　也是说不完的。

　　　　现在我来告诉你，

　　　　一个最重要的消息。

　　　　你赶快回国吧，爱的！

　　　　我为你忧虑，

　　　　在睡梦里无端惊起，

　　　　怕人危害你的身体。

　　　　爱的！我听到紧急的消息，

　　　　你已到必走的时机！

　　　　不要思念我，

　　　　你得同我别离。

　　　　假使我同你在一起，

　　　　你将不得脱走，

　　　　遭到囚系！

　　　　陷身在牢狱。

爱，我是属于你的，
我一生永久爱你。
你不要负了我的恳请，
使我哭泣。
你走后，我会打算我自己，
我会凌过大海的波涛，
偷偷的飞向你的身边，
做一对永生的伴侣。

章　杰　　爱的，我不能离开你。
你知道，这些日子，不见你，
我像疯狂了似的。
我要回国，我将带你回去。
你记得，我们初恋的佳期，
《圣经》中的《雅歌》，
是我是你，所共同欢喜。
那时我唱着，
我的佳偶，我的爱，起来，与我同去。
因为冬天已往，
雨水止住过去；
地上百花开放，
百鸟鸣叫的时候已经来到，
在我们境内，
随处听到斑鸠对述着恋语。
无花果树的果子渐渐成熟，
葡萄树开花，吐放香气。
我的佳偶，我的爱，起来，与我同去。
我的鸽子啊，你在磐石穴中，
藏在陡岩的隐密。
求你容我得见你的面貌，
得听你的声音！
因为你的声音柔和，
你的面貌秀美。……

那时，你把爱情给我了，

我觉得，幸福是永同我在一起。

我是得到众星中之星，

得到众神所爱护的圣处女。

古时，莎罗门的歌，

正是为了我，为了你。

在我们结婚的时候，

我又唱着《雅歌》向你密语。

我说：

我妹子，我新妇，

你的爱情何其美；

你的爱情比酒更美。

你膏油香气，胜过一切香品。

我新妇，我妹子，

你的嘴唇滴蜜，

好像蜂房滴蜜！

你的舌下有蜜有奶，

你衣服的香气，如利巴嫩香气。

我妹子，我新妇，

乃是关锁的园，

紧闭的井，封闭的泉源。

你园内所种的结了石榴，

有佳美的果子，

并凤仙花，与哪哒树；

有哪哒和番红花，

菖蒲和桂树！

并各样乳香木没药。

沉香与一切上等的果品，

你是园中的泉，活水的井，

从利巴嫩流下的溪水。

雪子夫人　　是的，美丽的过去，

我永久也不能忘记。

我那时也为你，

唱着《雅歌》中的语句。

我的良人白而且红，

超乎万人之上。

他的头像至精的金子，

他的头发厚密垒垂，

黑如乌鸦，

他的眼如溪水旁的鸽子眼，

用奶洗净，安得合式。

他的两腮如香花畦，

如香草台。

他的嘴唇像百合花，

且滴下没药汁。

他的两手好像金管镶嵌水苍玉。

他的身体如雕刻的象牙，

周围镶嵌蓝宝石。

他的腿好像白玉石柱，

安在精金座上。

他的形状如利巴嫩，

且佳美如香柏树，

他的口极其甘甜，

他全然可爱。

耶路撒冷的众女子啊，

这是我的良人，这是我的朋友。

可是，到今天，我是最后为你歌唱了。

莎罗门的歌，

可以唱出我们爱情的美丽，

今天，再不必留恋过去。

爱的，听我的话吧！

往事都给忘记。

算我们做了一次的美丽的梦，

虽然在爱情的途中是这样惨凄。

为了爱，我来自很远很远的地方，

为了爱，不怕黑暗风雨。

爱，我是属于你的，

若是你遭到危险，

我将终身陷在悲的潭底。

章　杰　爱，你究竟从什么地方来的，

这些日子，得不到你一点消息。

雪子夫人　爱，你知道，我的二兄，

他是南洋的官吏。

他反对我们的结婚，

强迫我，离开你。

他初从南洋归来，

他对着我的母亲，姊姊，

发出很大的脾气。

他监视着我，

把我送到水户地方去。

我朝夕遥望着，浪花拥抱着浪花，

望着海，想起你。

生怕有谁危害你的安全，

所以偷来送给你一个信息。

爱，听我的话，望你急急归去。

章　杰　（愤然的）生做一个日本女人，

受着这样虐遇！

但是，我不能离开你！

你是我的爱妻。

我不能留下你，

要走，我们一同去。

假使我走了，

你将无告的，受到更恶的待遇。

雪子夫人　不，这样你将不能脱去，

我从修道院里来

仍旧回到修道院里去，

日日为你向主的面前求祈。

章　杰　　爱的，我要从神的世界里，

带你向人的世界走去。

从前，你欢喜纪德的书，

现在，不也改读了高尔基。

你得注意现实，

为真理奋斗，

同我一齐去。

先知基督，不也为了真理斗争而牺牲的。

雪子夫人　我信仰真理，

愿意，为了人类，

为了正义，

费去我全部的精力。

爱，等着吧，

我工作的事实会回答你。

为了目前的危险，

我求你立刻归去，

我也就要离开这里。

章　杰　　为什么你要这样急急？

雪子夫人　哥哥，他监视着我，

我怕，他将找到这里。

我怕你会同他发生冲突。

你会遭到危险，毒计。

爱，听我的话吧！

我要同你分离。

章　杰　　（抱住她）不，你不能离去。

雪子夫人　不！不！用理智止住你的悲凄！

不要忘记我，爱的！

不要不听我的话语。

我从暴风雨中来，

仍从暴风雨中去。

这戒指上的花纹，

是"永不忘了我",

记着:"永不忘了我!"

天上人间,

总有见面的时期。

（她推开章杰，拉开门跑出去，章杰从后面追着。）

章　杰　爱的，爱的，

你到那里去？

你到那里去？

（在黑暗中回答是暴风雨的声音）

（葛乾明等六个人，从里间房中走出来。）

第一幕　第三场

景同前。

登场人：葛乾明　金民助　李拔吾　王休明　新田正　安田二

章杰

金民助　她虽是一个弱女子，

可是，很能向正义追求。

新田正　在日本，一般妇女多已觉醒，

能够同男子一样战斗。

虽然屡次遭着迫害，

还是不断的运动，

争她们的自由。

日本的社会，要向前推进一个阶段，

妇女一定会尽很大的力量，

成为时代的一个激流。

王休明　就是中国的妇女，

也已经成了男子的战友。

章　杰　（从外面进来。凄然的。）

妻，她已经走去，

诸位，我相信她的言语，

在目前，警视厅对我们，

确实压迫得更严厉。

我们得准备，

分头做我们的工作，

要迅速，要紧密。

我们再不必多谈，

要把理论运用到实际。

实际的行动是要紧的。

葛乾明 为了联成钢铁的力，

争取，东亚的光明，

人类的正义。

（对章杰）

我们再同你，

做一次亲密的握手，

也许，在战场上，

可以再会见我们暴风雨中的伴侣。

再见，我们战斗的同志，

东亚的兄弟！

章　杰 再见，我们的同志，

我们的兄弟。

明天，我也要回国去了，

今夜，先理一理书籍。

（送葛金等人）

再见，我们患难的兄弟！

金　等 再见，我们患难的兄弟！（退场）

（章杰开始理书籍）

第一幕　第四场

景同前。

登场人： 章杰　上野正治　梅子　古川刀自　（叩门的声音）

章　杰 谁？（惊疑的，以为是危险的人物。）

梅　子 是我，先生，有人来看你。

章　杰 进来！（开门进来）什么人？

来看我，在深夜里。

梅　子　是一个男子，穿着洋服的。

章　杰　说我已经安息。

梅　子　先生，他一定要见你。

章　杰　那就请进来吧，

　　　　请客人到我房里。

　　　　（梅子退，上野正治上。）

　　　　看见尊驾还是初次，

　　　　能否赐我一张名刺？

上野正治　这是我的名刺。

　　　　我是雪子的二兄，

　　　　新从南洋回来的。

章　杰　啊！失敬了！

　　　　有什么事情见教呢？

上野正治　关于我妹妹的事，

　　　　你将打算如何处理。

章　杰　我预备带她回国去！

　　　　因为她是我的爱妻。

上野正治　带她回国去？

　　　　那怎么可以？

章　杰　中国已经走上前进建设的道路，

　　　　已经完成统一。

　　　　我要回去加一份力量，

　　　　自然要带她同去。

上野正治　可是中日正发生冲突的危机，

　　　　妹妹到中国，

　　　　将陷入不幸的境遇。

　　　　而且中国的反日分子，

　　　　多是留学生，知识阶级。

章　杰　反日，这是野心家欺骗民众的诳语。

　　　　实际中日两国的人民，

　　　　正是亲爱的兄弟。

　　　　中国同日本的文化，

自来就有亲密的联系。

比如我，对于日本，

就满怀着最亲切的情绪。

我欢喜研究日本的考古，言语，

研究日本的风俗，神话，

文学，艺术，历史，经济，

这是我的兴趣。

在帝国学士院，我被邀去，

我曾选择艺术的讲题，

演讲过中国，印度，日本的关系。

总算尽了一点文化研究的微力。

日本人的生活艺术，

多使我欢喜。

我欢喜，锦绘，浮世绘，

能乐，雅乐，谣曲，

文乐，音乐，歌舞伎

我也欢喜，剑镡，根付，镜鉴，金漆，

九谷烧，嵌金的矢立，

这些旧时代的工艺。

我欢喜：相扑，柔术，围棋；

生花，茶道，园艺，

这些多是从中国学习。

日本像一所大的公园，

清洁美丽。

日本人的美德，

是勤苦刻励。

这些，我赞美，我学习。

我研究日本的文化，

看我，参考许多有关的书籍。

我的师友们，多是，

日本学术界的权威。

然而，日本的法西斯，

他仍然对我侮慢怀疑。

这些警察们，

爪牙鹰犬们，

在暗中调查我的行迹。

告诉你，我良善日本人的朋友，

告诉你，我只反抗暴力。

我走到全世界的任何地方，

也将始终如一。

假使你做我长期的朋友，

你将不会怀疑。

上野正治　中国，日本，是最大的仇敌，

你的话我不能同意。

章　杰　正因为你的脑经受了很深的毒，

受了法西斯的迷。

上野正治　我的妹妹也受了你的惑迷。

章　杰　我们互相热爱，

感情是纯真的。

上野正治　你如何对待她的将来，

使她不再忧愁哭泣。

章　杰　这一切都是我的责任，

因为她是我的爱妻。

上野正治　我不准许她再同你见面，

我要你同她分离。

章　杰　分离，这是永远不可能的。

我们的结婚，

是你母亲来做主的。

你敢破坏别人的幸福，

违反你母亲的旨意。

上野正治　我是家主！

我有权利！

章　杰　你太横暴！

你太无理！

上野正治　我将拿手枪对付你！

章　杰　我看你，不像雪子的兄弟！

　　　　　她的长兄，是剧本的作家，

　　　　　专心着文艺。

　　　　　一位木刻的上手，

　　　　　是雪子的弟弟。

　　　　　都是高尚的人物，

　　　　　在社会上负着声誉。

上野正治　你说我不是雪子的兄弟？（气愤的）

　　　　　你敢说我不是高尚吗？你！

章　杰　因为我们思想不同的原故，

　　　　　使你这样暴厉。

　　　　　我仍旧认为你是友人，

　　　　　不是仇敌。

　　　　　（上野像要扑上去。章按电铃，下女入。上野静下去。）

　　　　　茶冷了，换来一壶热的。

梅　子　晓得，敬如你的旨意。（退）

　　　　　（古川刀自上）

古川刀自　两位为何这样动气？

　　　　　章先生，请到室外去！

　　　　　我将为你劝解，

　　　　　使你结成良好的友谊。

章　杰　我对他没有得罪，

　　　　　他对我非常无礼。（愤然的退场）

上野正治　因为，他要带我的妹妹，

　　　　　到中国去，

　　　　　我不能允许。

古川刀自　你的妹妹嫁给他，

　　　　　是他的爱妻，

　　　　　这是应该去的。

上野正治　因为他是中国人，

　　　　　所以我不允许。

古川刀自　中日人的结婚，

这是普通，不算希奇。

我知道，他们非常相爱，

像胶投漆，

正是幸福的伴侣。

上野正治　我反对！

我不允许！

古川刀自　你的妹妹将失去幸福，

将永久陷入悲戚。

上野正治　你也同情中国人？

同情我们的仇敌。

这是妇人的见地！

（愤然的）

我回去了！

我不愿再同你们言语。（下场）

（章杰上）

古川刀自　他不能了解你。

他也不能了解爱情，

不能了解正义。

愿你保重，安息。

章　杰　在良善的日本人中，

能了解我是很多的。

你听！这附近本所区，

贫民窟里的歌声，

是多么雄壮哀凄。

今夜，这黑暗中的暴风雨，

这歌声，使我再也不能静息。

黑夜，快过去了。

在黎明的时候，

我要动身回到祖国去。

我们在明天见，

请你安息。

古川刀自　我们在明天见，

请你安息。（下场）

（章杰静听着歌声。）

贫人夜歌（合唱）

这里是没有太阳的街市！

全日本的奴隶们：

我们受着侮辱，受着损害，

受着不平等的歧视。

我们忍尽饥，忍尽寒，

到终结还是冻饿的死。

总有这一天，我们翻起身，

在富士山颠，

高插上自由的旗帜。

听啊！在黎明的时候，

暴风雨就要终止。

这里是没有太阳的街市！

全世界的同志们，

我们为着公理，为着人道，

发出铁一样的誓辞。

我们流尽汗，流尽血，

去斗争不怕英勇的死。

总有这一天，我们拉起手，

在东亚莽原，

高唱着亲爱的歌词。

听啊！在黎明的时候，

暴风雨就要终止！

（幕下）

第二幕：讨暴虐者（三场）

凡是不生好果的，应被砍倒！

并放在火中烧了。

《马太福音》第三章

　　时：一九三八年夏。

　　地：中国武汉的某大教堂，正在开祈祷和平大会。教堂的主管人在战争漫到华中时，并设儿童保育会、难民收容所等慈善事业。在帮助中国为了和平公理的斗争，也曾募集许多药品，食品，衣服之类的东西送给前线的士兵们，无论精神上同物质上对于被侵略者都有很多的帮助。

　　人：雪子夫人：她从日本逃到香港，即转到武汉这教会里工作。她是宗教的虔信者的弱女子，但也做了她适当的工作。她保育难童，救济难民，同时还是教堂里唱诗班的指导人。

　　　　章　杰：他从日本回来，即担任武汉某大学里的"战时文艺讲座"，做着研究同宣传工作。但日本帝国主义者疯狂的侵略，使他再也不能宁静的继续他的工作，他已由研究室转向战场，放下笔杆拿起枪杆了。

　　　　大主教　唱诗班的女孩子 虔诚的教徒们 难民之群 难童们 一队一队的士兵 民众义勇队 市民们

　　幕启　一所教堂内装饰得是非常庄严的。教徒正在为和平而祈祷。全体唱着赞美诗歌：

　　（中调合唱）

　　一、世界人类本如兄弟，
　　　　谁不欢喜和平。
　　　　大家共同劳动工作，
　　　　创造文化光明。

　　二、自从发生帝国主义，
　　　　损人利己行凶。
　　　　依靠武力如同强盗，
　　　　向人侵略不停。

　　三、残杀平民男女老幼，
　　　　轰炸繁盛都城。
　　　　光明世界变成地狱，
　　　　恶魔遍地横行。

　　四、炸毁文化机关学校，
　　　　炸毁美国园亭。
　　　　炸毁慈善机关医院，
　　　　杀人盈野盈城。

五、我们都为真理服务，
　　愿为真理牺牲。
　　要把人类一切罪恶，
　　共同努力扫清。

六、实现人间快乐世界，
　　大地齐现光明。
　　父国来临如在天上，
　　人类永久大同。

七、真理当前不要惧怕，
　　为主勇往前行。
　　眼看黑暗就要终了，
　　渐渐展现黎明。

八、世界人类本如兄弟，
　　谁不欢喜和平。
　　大家共同劳动工作，
　　创造文化光明。

第二幕　第一场　庄严典肃的场面

（在歌声中开幕，歌声终了时，接着是主教的演说）

主　教　诸位教友：（朗诵）
　　　　我们的教宗，
　　　　希望中华的教众，
　　　　对于中华的和平，
　　　　发展进步，
　　　　都能有所贡献，完成。
　　　　我们的教友，
　　　　应该为着，
　　　　真理，正义，
　　　　去斗争。
　　　　我们必须在积极方面工作，
　　　　才配得起，一个教友的美名。
　　　　我们个人，要扪心自问，

到现在对于抗战建国的伟大事业，

是不是苟安，偷生，

是不是做到：有钱出钱，有力出力，

无多余钱的，亦应设法省出钱来出钱，

无多余力的，亦应设法省出力来出力，

这样热心踊跃从公。

中华正按着公理，秩序，

向前进行。

突然，遇到武力的压迫，

到处残杀良善的人民，

到处轰炸和平的市城。

这正是违反上帝的意志，

造成不可恕的罪恶，

非文明的暴横。

现在凡是以侵略他人国家领土为主义的国家，

都必定，受到主义的严惩。

也就是，必定受到上帝的严惩。

我们抗战建国的最后目的，

绝不是侵略别人的土地，

更不是屠戮无罪的民众。

而是，保护我们自己的领土，

拥护维持世界人类的和平。

从真正的信仰，

能够产生毫不畏惧的心理，

这就是，大无畏的精诚。

凡是具有这种精诚，

去同恶魔奋斗，

抗战必胜，

建国必成。

光明将逐去黑暗。

正义将永久消灭暴横。

在人间的天国将出现，

　　　　将求到，人类永久的和平。

　　　　（全体颂赞）

　　　　抵抗风浪歌

一、基督徒，抵抗，苦海的风浪；

　　基督徒，留意，长夜的魔障。

　　前进，前进，前进，

　　只一个方向；

　　前方光明快乐，

　　使你能长享。

二、基督徒，奋斗，基督正助你。

　　基督徒，奔跑，光明已近你。

　　真理既属于你，

　　更不须迟疑。

　　扫清狂暴势力，

　　胜利必归你。

　　　　（全体俯首祈祷，主教领祷）

主　教　为主，我们站在真理的岗位上，（低音朗诵）

　　　　誓死与暴力奋斗。

　　　　执行主的意旨，

　　　　决不退后。

　　　　愿主的天国，

　　　　实现在世界，

　　　　人类，永远是和平自由。

　　　　在真理的面前，

　　　　国王给暴虐者以制裁，

　　　　给正义者以福佑。

　　　　有正义的人，

　　　　是秉承主的意旨，

　　　　去努力，去奋斗。

　　　　主必降福与他，

　　　　使暴力早日消灭，

　　　　人类早得自由。阿门！

（祷告毕，会众复原，章杰这时已经进来。）

主　教　现在是献捐：（朗诵）

为了前方的将士，民众，

浴血苦战，

我们，应该，

多捐些金钱，

去购买寒衣，

购买药品，

购买防毒面具，

购买慰劳物品，

送赴前线。

并且还要捐，

阅读的书籍，

同慰劳的信件。

还有救济难民，

保育儿童，

都是应做的事件。

希望，教友们要多多贡献。

（在祈祷的时候，章杰从外面走进来，来辞别他的爱妻雪子夫人，因为他要随着民众义勇队到战地去了。在祈祷中间，他同众人一道祈祷，祈祷完毕时，接着是献捐，他在这时，即同雪子夫人，站在舞台一端，教众后面靠门的地方，作分离的对话。这时远远的军号声，进行曲的歌声，愈走愈近，一队一队的士兵，一队一队的民众义勇队，旗帜飘扬着，夹着坦克车的声音，从教堂门外走过去，还有送行的民众，老妇同孩子们追随着。）

章　杰　夫人，我就要前赴战地，

愿你保重，

为正义人道去努力，

在法西斯势力消灭的时候，

就是我们过

安静生活的时期。

现在分开了，

　　　　　　　我的爱妻！

雪子夫人　爱的！你要前赴战地！

　　　　　　　那是，男子的本分，

　　　　　　　应该去奋斗努力。

　　　　　　　本来，我是孤伶的弱女，

　　　　　　　远离了日本，

　　　　　　　我母国的土地。

　　　　　　　从海之东，

　　　　　　　到海之西。

　　　　　　　望着大海的浪花，

　　　　　　　遥远无际。

　　　　　　　为了爱，我来寻你。

　　　　　　　虽则像水上的漂萍，

　　　　　　　风中的柳絮，

　　　　　　　无亲无故。

　　　　　　　可是，战争把我教训得强健沉毅。

　　　　　　　锻炼得像一块铜铁，

　　　　　　　不挠不屈。

　　　　　　　工作，我可以顺利，

　　　　　　　生活也可以独立。

　　　　　　　我将做你的战友，

　　　　　　　不仅做你的爱妻。

　　　　　　　我爱你，

　　　　　　　我更做［爱］人道，爱正义。

　　　　　　　你去！

　　　　　　　我［你］勇敢的去！

　　　　　　　我一毫也不留恋，

　　　　　　　愿你去抗战到底。

章　杰　夫人，你能为了正义，

　　　　　　　忘了小己，

　　　　　　　扩充你伟大的爱情，

　　　　　　　去爱全世界的人类，

　　　　这使我出于意外的欢喜。

　　　　你是我的同志，

　　　　你是我艺术工作的伴侣。

　　　　在非常时，

　　　　你更是我的战友，

　　　　我的，理想的爱妻。

雪子夫人　爱的，我一定会使你满意。

章　杰　爱的，愿你努力！

　　　　如今，我要去了！

　　　　要随着他们一起。

　　　　你看，门外过去的士兵大众，

　　　　是多么英勇，沉毅。

　　　　他们唱着歌，作战斗的先驱。

　　　　将纵横亚细亚的莽原，

　　　　歼灭尽那些顽敌。

　　　　抗战建国的完成，

　　　　就在我们忠勇的兄弟。

　　　　现在我们别了，

　　　　随着我们的群众别去。

雪子夫人　爱的，我去送你！

　　　　并送一送为正义而斗争的兄弟。

　　　　愿早日听到你的凯歌，

　　　　扫尽了法西斯。

　　　　（她随着章杰出去，把花缀在章杰的衣上。同退场）

第二幕　第二场　雄壮热烈的场面

　　（教堂门外一队一队唱歌的士兵走过去，旗子在门外飘扬着。教堂内唱诗班的女孩子，教徒们，把神前的香花取下，送给出征的士兵群众们，有的掷在他们的脚下，让他们踏过去。战地文化服务部，宣传队，演剧队，歌咏队，继续不断的过着，歌声夹着市民欢呼声音。）

　　　　陆军进行曲（合唱）

　　战斗是我们的本分，

牺牲是我们的精神，

我们是中华民国的军人。

精诚团结，

为国舍身。

我们有铁的纪律铁的心。

一尺土一寸地也不让人。

驾起坦克车，

冲锋向前进，

把紧机关枪，

瞄准向敌人。

跃出战壕用白刃拼。

消灭侵略暴力，

保卫世界和平。

青天白日放光明，

青天白日放光明。

壮丁上前线歌 （合唱）

东洋强盗野心狂，

奸淫妇女抢钱粮。

占我们的田地，

烧我们的村庄。

杀我们的父母，

炸我们的工厂。

我们要拿起斧头镰刀，

拿起炸弹钢枪，

一齐杀上前去，

把日本强盗都杀光。

我们是坚强的壮丁，

满身有紫色的光芒。

我们要打东洋，

保我们的田地，

保我们的村庄。
我们要打东洋！
保我们的妻子，
保我们的爷娘。
打东洋，打东洋，
杀尽强盗回家乡，
杀尽强盗回家乡。

　　空军进行曲（合唱）
我们是新时代的英雄，
我们是新时代的英雄。
保卫我们的国土，
要做战斗的先锋，
驾起战斗机，
飞翔在高空，
驾起轰炸机，
飞向东海东。
为了公理，
为了和平，
我们要英勇的往前冲，往前冲。
展开铁翅膀，
炼成铁心胸，
一个新的世纪，
要在我们手里完成。
我们是新时代的英雄！
我们是新时代的英雄！

（在歌声远了的时候，教徒们又坐下来〔有特唱或儿童班，可以继续唱歌〕。他们正待去做写慰劳信一类的工作。忽然敌机空袭警报在空气中颤抖起来。）

第二幕　第三场　恐怖残酷的场面

——接着是：

市民奔跑的声音。

儿啼女哭的声音。

一群市民奔进教堂来。他们都以为这是安全避难的地方。因为是屋顶有着美国旗子的教室。

——接着是：

飞机轰轰的声音，

机枪扫射的声音，

炸弹爆裂的声音，

火光，

浓烟，

建筑物的倒塌声。

——接着是：

教室被轰炸，

死伤叫号的声音。

浓烟。（景暗换）

人，满地死伤的躺着：主教，市民，妇女，孩子，尘土，瓦砾，血。

残缺的耶稣像，圣母像，

残毁的油画，什物，

破碎的美国旗子。

解除空袭警报，雪子夫人从外面匆匆的奔进来，看见这现象，悲愤的——

雪子夫人（独唱。《控诉者的歌》）

天啊！这疯狂的暴徒们：（悲愤的）

他们这样凶毒，这样残忍。

竟做出这样残酷的惨剧，

主！你的惩为什么还不降临，

我的丈夫，他远远的去了，

他加入英勇的一群。

他将在火线下，

以英勇，

以奋斗的精神，

把法西斯的强盗除根。
我也去，去做一个战友，
去拯救被欺的人群。
我要大声的呼唤：（激昂的）
全世界有正义的人们！
全世界爱和平的人们！
你们看一看强暴的日本，
你们听一听凄惨的呼声。
你们应该拿出力量，
制裁侵略，保卫和平。
你们应该伸出正义的手，
救一救炮火下的孩子妇人，
救一救流离的灾民。
他们，
失去了，和平的生活，
失去了，快乐的家庭。
手捧着，垂死的乳儿，
扶持着，带病的老亲。
到东到西，
凄凉的，失望的逃奔。
无辜的受尽了酸辛，
这流血，这战争，
将普遍到全人类，
每一个村落，
每一个都城。
你们，有正义的你们，
应该援助中华的人民，
击毁世界的公敌，
也即是保卫你们自身。
我将去做你们的战友，
去拯救被欺的人群。

（幕下）

第三幕：亚细亚之黎明（三场）

凡动刀的，必死在刀下！

《马太福音》第二十六章

因为黑暗渐渐过去，真光已经照耀。

《约翰一书》第二章

时：一九三八年秋。

地：某战地后方医院，附近是一处优待俘虏的收容所。这里有新的战斗员补充到前线上去，也有受伤的斗士退下来疗养，受伤的俘虏受着同样的优待，同样治疗，不分国籍的像兄弟一样。

人：章　杰：做着这一战区的政治部主任，勤恳的做他的工作。关于慰劳伤兵并感化俘虏，成绩是非常好的，伤愈合的官兵都重回前线，而俘虏也认清了正义是在我们这一边，加入我们斗争的集团来。

雪子夫人：她从被轰炸的都市中，同这许多唱诗班的女友们，组成一队战地服务团，来到战地。

伤兵　传达兵　战地服务团的女团员们　护士　民众救护队医官　管理员　朝鲜革命青年

（不登场的人物）广播员　青山和夫　反侵略分会歌咏团　国际纵队　青年战团

第三幕　第一场

登场人物：伤兵　医官　管理员

幕启：在后方医院，Radio 正在广播国际反侵略运动大会中国分会所唱的《反侵略之歌》，和日本反侵略的同志青山和夫的演说。一个伤兵在播音时向着医生要求重上前线。

广播的声音　现在绿川英子女士报告完毕，下面是国际反侵略大会中国分会播送《反侵略之歌》。

（合唱）

同志！

全世界有正义的同志！

同志！

全世界爱和平的同志！

我们在东亚，

高举起反侵略的旗帜。

为公理而斗争，

我们愿倒卧在血泊中死，

用生命绘出一个和平的标志。

我们要讨暴虐者，

我们要除阴险者，

人类的文化要我们保持。

同志！

朝鲜的同志！

同志！

台湾的同志！

同志！

日本的同志！

同志！

苏联的同志！

我们亲热的喊：

全世界所有的同志，

来一齐拿出力量，

把侵略的强盗打死。

我们是钢铁的一环，

发出钢铁的誓辞。

光明就要到了，

暴风雨就要停止。

全世界有正义的同志！

全世界爱和平的同志！

要英勇的战斗，

举起反侵略的旗帜。

广播的声音　现在国际反侵略运动大会中国分会播音完毕，下面是
日本反帝反侵略的同志青山和夫演说。我们知道自从日本横暴
的军阀向我们积极侵略以后，日本有正义的人们，都归到我们

这一边，为反帝而斗争，在日本国内，有许多爱正义爱和平，对我们同情的友人，都遭到逮捕囚禁，非人的待遇，但英勇的行为还是继续着，做出许多伟大的可钦的事件，此外到中国来参加我们的阵营的，如士方与志，青山和夫诸同志，便是最著名的。其次还有长谷，鹿地，桥本，池田及其他被感悟的日本陆空军人，也做过多次反日军的演说，可以说是真正日本人的声音。我们诚恳的热烈的接受这样伟大的同志的友情。

广播的声音（青山和夫演说）（注）

对于全中国的同志们。谨致诚恳的握手。

中国自"七七"抗战以来，实如其所标榜的一样，已走上决定胜利的途上。壮烈的中国自卫抗战，不独打破日本法西斯蒂行动派及其徒党的空想的阴谋，而且短短的一年中，已迫使日本资产阶级的经济与财政完全陷于化脓的状态，受着半殖民地的条件所束缚的被侵略国家，对于达到帝国主义阶段的侵略国家而能获得这样决定的胜利，真是伟大的光荣……（仍继续着）

（医官和管理员进来巡视）

一伤兵　报告医官：

　　　　我可不可以就回前线？

医　官　不，你的伤还未好全！

一伤兵　我想请求准许，

　　　　在这里，比前线闷气。

另一伤兵　我也是这样想。

　　　　真的，听不到进行的号响，

　　　　听到，就想快上战场。

管理员　诸位同志：对抗战非常热心，

　　　　请不要着急，

　　　　我们是长期的斗争。

　　　　我们要抗战到底，

　　　　才能把建国的工作完成。

　　　　这血的斗争正在开始，

　　　　不打倒敌人不停。

　　　　诸位：请耐心静养，

敌人正等你扫清。

听！是青山和夫的演说，

这同志的话，我们要静听。

（在伤兵与医官对话时，播音仍在继续着，但声音是较低的）

广播的声音　中国所给与日本法西斯军部的打击，正是直接打在它原来的腐败地方的致命的内伤。恐惧自己崩坏的日本法西斯蒂，今后一定不择手段，用尽一切暴行，以图脱却崩坏的厄运。行动派不管过去的怎样失败，仍坚持突进的主张，在华北新发生的军部法西斯蒂一派，已同托派结合一致，所谓现状维持派的一部分，则认为已从崩坏中挽救出来，这二派错综在一起的混沌政治情势，必然的要引起盲目的军事行动，而更进一步对于支持中国抗战的诸国发动战争。中国的英勇抗战必定能够粉碎日本法西斯军部。

维护民主主义与和平的诸国，已经有着强力的反法西斯的人民联合战线的准备。

日本被压迫的人民大众，现在埋头在进行着倒法西斯军部的运动。

中国的同志！日本的同志！全世界的同志！最后的胜利是属于我们的！

现在青山和夫同志播音完毕，下面是音乐。（声音是低的。是进军的进行曲，像从远远的地方走来。）

（注）据青山和夫同志在汉口的广播。

第三幕　第二场

登场人物：章杰　朝鲜青年（余同前）

景同前。

章杰（同朝鲜青年从外面进来）（朗诵）

诸位同志：

我给你们带来许多胜利的消息，

这一队朝鲜的青年同志，

来慰劳我们英勇的兄弟，

敌人，他不量自己的力，

他侵占张鼓峰，

向我们友邦苏联进击。

结果自招到惨败，

向苏联的面前屈膝。

但重兵结集在边境，

侵略我们的力量空虚。

于是我们抓住了时机，

在每一处，

游击队的战区，

正规军的阵地，

都拿出英勇的力，

向着敌人奋勇进击。

把敌人的主力消灭，

打成一堆烂泥。

日本的士兵，

也不甘心做军国的工具。

痛苦，失望，厌战，自杀，

弥漫着颓丧的空气。

敌人，他阴险诡诈，

费尽了心力，

他诱引我们的同胞，

想使用以华制华的毒计，

但是，敌人他枉费了心机，

近来都继续的反正，

拿了敌人的武器！

又杀死了暴敌。

我们反正的兄弟，

有正义，

有勇气，

有热力，

不愧做中华优秀的儿女。

像许靖远，就是一个好例。

他杀死敌人的指挥官，

做了侵略者支［的］血祭。

在压迫下的人们，

觉醒了，起来了，

我们不愿做奴隶，

我们已决定最后的胜利。

敌人，他还在挣扎，

但是逃不了消灭的遭遇。

我们应该庆祝，

我们应该欢喜。

请朝鲜的同志们，

来唱一支歌曲，

增加我们更大的勇力。

朝鲜青年（合唱《朝鲜革命青年歌》）

一、朝鲜在压迫中，

　　中国在战斗中。

　　两个兄弟的握手。

　　同向我们的敌人进攻。

二、朝鲜流血的大众，

　　中国流血的大众。

　　这血中开出的花朵，

　　象征新世纪的光明。

三、我们不怕狂雨，

　　我们不怕暴风。

　　我们在黑暗里，

　　秉着火炬前行。

四、我们炼成钢铁，

　　像铁的流，向前行。

　　我们变成肉弹，

　　向着日本帝国主义冲。

五、日本强盗化成灰，

　　日本法西斯化成脓，

中韩联合为自由而斗争，

争取胜利的光荣。

六、我们爱正义，

我们爱和平，

我们要打击暴力，

以战争消灭战争。

七、中华英勇的兄弟，

大韩英勇的兄弟，

我们携起手，

向着日本军阀进攻。

（在歌声终了时，远远的进行的军号［队］，从医院外面走
过去。病院里的管理员，医生，朝鲜青年，都到门外去看，
即退场。许多伤兵，能够勉强起来的，都凭着窗子朝外望。
几个护士伴着他们，章杰也夹在伤兵中间。）

门外的歌声（医院里随着歌声按节欢呼或随唱）

国际纵队之歌

甲队：哦咳！

法西斯，是我们共同的敌人！

哦咳！法西斯，是我们共同的敌人！

我们不分国籍，（乙队）

我们不分人种，（甲队）

正义是一个连锁，（合，下同）

结成一条心。

乙队：哦咳！

法西斯，是我们共同的敌人！

哦咳！

法西斯，是我们共同的敌人！

有的是从欧美，

有的是从日本。

正义是一个连锁，

结成一条心。

甲队：哦咳！

法西斯，是我们共同的敌人！
哦咳！
法西斯，是我们共同的敌人！
有的来自工场，
有的来自农村。
正义是一个连锁，
结成一条心。

乙队：哦咳！
法西斯，是我们共同的敌人！
哦咳！
法西斯，是我们共同的敌人！
我们反对侵略，
我们保卫和平，
正义是一个连锁，
结成一条心
……

接着是《青年战团歌》
合唱：

我们要战斗，
我们要战斗，
我们是一群战斗的青年。
生在大时代的里面，
站在大时代的尖端。
要拿出热情，
创造一面［个］新世界，
要拿出力量，
把法西斯的势力打翻，
我们要战斗，
我们要战斗，
我们是一群战斗的青年。
莽苍苍，好江山；
浩荡荡，大平原。

        伟大的祖国，

        文化五千年。

        我们流着汗，

        耕种好田园。

        我们流着血，

        争取生存权。

        把正义的歌声，

        送到世界人的面前。

        我们要战斗，

        我们要战斗，

        我们是一群战斗的青年。

        生在大时代的里面，

        站在大时代的尖端。

        要拿出热情，

        创造一个新世界，

        要拿出力量，

        把法西斯的势力打翻。

        ……

一伤兵：看，过去的行列这样长，人又这样多。还有青年的战团，

        随着，大炮、坦克车，正继续走过。

另一伤兵：奇怪，这些多是外国人，

        大踏步走着，

        唱洪壮的歌。

        像铁的流，流过。

章　杰：这是国际纵队，

        一种正义的组合。

        他们愿意流血牺牲，

        帮助人，求得光明的生活。

        他们愿，中华民族解放，

        得到自由，得到快乐。

伤　兵：国际纵队？

        他们为的什么？

章　杰：这是他们自己的志愿。

　　　　他们要杀尽强盗的侵略。

　　　　正义，公理，

　　　　是在我们这一边，

　　　　为了这，他们愿意赴汤蹈火。

另一伤兵：他们是从何处来，

　　　　来得这样多。

章　杰：他们来自各地，

　　　　各地都有人拥护正义，

　　　　不分人种，也不分国籍。

　　　　这中间，有的来从〔自〕英美，

　　　　有的来从〔自〕法兰西。

　　　　苏联，蒙古，

　　　　都是中国最忠实的兄弟。

　　　　还有印度的医药队，已经开赴战地。

　　　　世界上的弱小民族，

　　　　更热心参加这壮烈的义举。

　　　　他们：眼巴巴的，

　　　　盼望着中国，

　　　　自由独立。

　　　　为中国而战斗，

　　　　做人道的先驱。

　　　　告诉你在这行列的中间，

　　　　还有些同志，他们的母国是德国，意大利，

　　　　还有的来从〔自〕日本，高丽。

　　　　德，意，虽是代表着暴力，

　　　　虽是日本军阀的盟兄弟。

　　　　但是在德，意的良善人们，

　　　　他们被驱逐，迫害，威逼，囚系，

　　　　流亡到每个自由的地域，

　　　　依然存着正义。

　　　　正义被压迫在黑暗的牢狱，

他们咬紧牙，

痛恨——

希特勒，莫索里尼，

这暴徒们，

他把西班牙，

弄成一片血迹。

他拉住佛朗哥，这傀儡，

杀人，放火，

把和平的都市，

炸成瓦砾。

日本法西斯们，也伸出魔手，

撕去人的脸皮。

用同样的恐怖，

一在东一在西。

像一个斗兽场，

玩着，铁与火的游戏。

这些人，全是

撒旦的后裔。

良善的日本人，

也受着军阀财阀们的压榨，吮吸。

在重压下，

透不出一口气。

朝鲜的大众，

正过着，非人的奴隶。

他们，来战斗，

帮助我们，正是，帮助着，他们自己。

全世界，爱和平的人类，

都结成一个阵线，

举起枪，对准着法西斯，

一个有效的回答，

才能扫清狂暴的势力。

我们生存的权利，

应用血，来争取。

众伤兵：这些人的模范，真使我们感激。

他们，这样牺牲，为了正义，

我们，更应该，加紧，努力，

我们要联合起世界的兄弟，

打倒日本帝国主义，

追随着领袖，前去，前去，

高举起民族解放的大旗。

第三幕　　第三场

登场人物：传达兵　雪子夫人　战地服务团　余同前

景同前

传达兵：（进来）报告主任！

一位女同志，求见你。

是战地服务团的指挥，

率领着团员一队。

章　杰：请她们进内。（传令兵退。雪子夫人带领战地服务团女团
员入。）

章　杰：啊！是你！（紧握了雪子夫人）

雪子夫人：初来，就看见你们热烈的情绪，

你工作的成绩，

使我喜欢。

章　杰：谁想到，这时，我们都在战地。

如今你更加强健努力，

真的变成我的战友，

不仅是我的爱妻。

雪子夫人：我是随同国际纵队来的。

来看你，并慰劳这里的兄弟。

章　杰：很久，你没有给我信息，

你应该忙着工作，

得不到休息。

雪子夫人：休息，在艰苦中敢说到休息。

近来，收聚着大批难童，

离开了炮火下的战地，

不过尽了我微力。

中国的姊妹们，

很多，做了男子们，战斗的伴侣，

像湖南的谢冰莹，

像四川的胡兰畦，

像丁玲的战斗姿态，

更辗转在寒苦的边区。

这些同志们，

都是，

大时代的先驱。

而我，一个异国的女性，

更追不上长谷，绿川，史沫特丽。

艰苦奋斗，留下奇异的史迹。

在中国，我所经过的地区，

到处，遇到同志的爱，

真诚，本分，像姊妹。

我感觉到同志间的伟大，

使我振奋感激，

我忘了自己，

以小己扩充为对人类的热情，

努力，向着光明奋追。

章　杰：是的，光明就要到了，

　　　　我们，已经看见黎明的曙光升起。

雪子夫人：我来，为着勇敢的同志，

　　　　唱一支走向光明的歌曲。

　　　走向光明的歌（合唱）

　　　同志们，走向光明，

　　　你们战斗，

　　　你们英勇，

　　　你们是爱和平的救星！

你们是爱打倒侵略的急先锋。

同志们，走向光明，

你们沉着，

你们精明，

你们是新时代的英雄，

你们是新兴社会的主人翁。

全人类走向光明，

光明的世界。

吹拂着热风。

众鸟飞，

春花红。

莽莽林原，

布谷催耕。

道旁开遍蒲公英，

在集体的农场上，

唱着快乐的歌声，

驾起播种机，

纵横任西东，

绿色的操场在夕照中，

金色的麦浪在晚风中，

全人类的呼吸，

全人类的劳动，

创造出文明，

向前跃进，

不停不停，

大地乐融融。

像叶贤宁的诗句，

构成朴美的作风。

这里没有饥饿，

没有贫穷，

没有强暴，

没有侵凌。

这里只有爱，

没有憎。

这里没有虚伪，

只有诚真。

努力啊，走向光明。

努力啊，走向光明！

我们是光明世界的主人翁。

（传令兵进）

传达兵：报告主任，

前线，新转来的日本兵官，

数不清，是几千，

士兵，有日本，也有朝鲜。

他们说：不愿和同志们混战，

他们，要加入我们的集团。

请你，做一次会谈，

这是主要人的简［名］单。

章　杰：（接名单）啊，是他们，我东京的同志，

在暴风雨的前夜，

我们曾经聚会，倾谈，

我们发下誓，要联合去战斗，

要把法西斯的势力推翻。

（以名单示雪子夫人）

你看，这是李，这是新田，

这都是我们集团的一员。

雪子夫人：啊，母国的同志：

你们为了正义，忘了苦难。

像新生的凤凰，

在烈火中出现。

章　杰：真的，胜利，已放在眼前，

黎明，已经出现，

以前，反正的同胞，

曾杀死敌人的军官。

　　　　如今，我们异国英勇的同志，

　　　　都来同法西斯苦战。

　　　　在东方苦难的兄弟，

　　　　应该握紧手，同一个步伐向前，向前。

雪子夫人：我们去欢迎同志加入和平阵线。

　　　　而且我们将永誓着真诚，

　　　　永共着患难。

　　　　把欢迎的歌声，

　　　　献给同志们的面前。

　　　　（合唱欢迎同志的歌，许多人唱着走出去，伤兵也卧在床上和着。）

　　　　欢迎同志的歌（合唱）

　　　　欢迎，欢迎我们亲爱的同志，

　　　　欢迎，欢迎我们患难的同志。

　　　　你在大海那边，

　　　　我在大海这边，

　　　　我们本是兄弟连枝。

　　　　我们为什么要对敌，

　　　　我们为什么要残杀，

　　　　都是日本军国的指使。

　　　　从今后，我们同走一条道路。

　　　　举起一面前进的旗帜。

　　　　我们手挽着手，肩并着肩，

　　　　步子踏着步子。

　　　　一个伟大的同志的爱，

　　　　更没有形容的言词。

　　　　从今后，共同为了公理，向前战斗，

　　　　决不一点延迟。

　　　　共同创造光明的世界，

　　　　共同歌颂胜利的长诗。

　　　　喂！同志！

　　　　喂！同志！

喂！同志同志！

欢迎！欢迎我们亲爱的同志！

欢迎！欢迎我们患难的同志！

（在歌声中闭幕）

第四幕：为自由和平而歌（十五［十三］场）

耶稣说，你们必晓得真理，

真理必叫你们得以自由。

《约翰福音》第八章

时：一九三八年十月十日国庆纪念及第一届戏剧节的晚间。

地：中国某大都市的集会堂。其中正开国庆纪念及战争胜利祝捷大会。（是日我军大捷，于德安歼敌甚众。）到会的有政府高级长官，军事领袖，政治工作人员，艺术家，诗人，国际同志的代表，各地人民团体代表，工场代表，国营集体农场代表，各文化协会代表。各剧团，各儿童戏剧队，编剧，导演，舞台设计者，多为了戏剧节来热烈的参加。会场外的市民群众，在结队火炬游行，夹着热烈的欢呼口号。（在台下，群众演员也可以坐在观众之间，待表演时上台。）

人：大会主席　国际来宾　国际反侵略大会代表　章杰　雪子夫人　诗人　作曲家　演剧家　舞台装置家　全国诗人协会唱诗班　青年战团歌咏队　抗敌演剧队　陆军歌咏队　空军歌咏队　工人歌咏队　农人歌咏队　美术家歌咏队　战地服务队合唱团　童子军救护队合唱团　游击队合唱团　少年剧团　儿童保育会诗歌班　农村民歌合唱队

第四幕　第一场

登场人物：主席　国际同志代表　诗人　作曲家　舞台装置家　演剧家　章杰　雪子夫人

幕启：是一所布置得非常辉煌美丽演剧台，同时可以作为唱歌演剧之用的，这时大会主席正在做庆祝大会的开报告。台上坐的有国外来宾，诗人，及其他的人们。

主　席：（朗诵的）我们全体到会的会众；

今天是国庆又是戏剧节。

所以这庆祝非常隆盛。
前方，我军各路都在向敌进攻，
在德安西线，
今天我们又造成一个大胜，
把敌人歼灭甚众。
于今敌人正开始溃败，
我们民族独立已经走向成功。
我们应该为自由而歌颂，
我们应该为和平而歌颂。
我们抗战必胜，
建国必成，
尽我们的力，
把中华民族复兴，
看我们的工作，
已经初步完成。
我们要感谢国际同志的协助，
以世界人的正义，
把暴力消灭，重现光明。
我们要赞颂伟大的领袖，
他的坚毅，
他的精诚，
他是民族中的巨星，
领导着广大的群众
在暴风雨中前行。
我们要赞颂，
全体将士的英勇，
为了正义，
不辞牺牲。
去做保护人道的先锋。
我们要赞颂，
全体人民，
去抵抗暴力，

热烈的参加斗争。
诗人，作曲家，
剧人，舞台美术家，
都做了宝贵的工作，
去追求光明。
他们高唱出法西斯的罪恶，
描写出争自由的英勇。
在军队中，
在工场中，
在农民中，
在训练的集团中，
在村落，
在镇城，
都高唱着抗战的歌声。
这些都是艺术家的作品，
传达到广大的群众。
这些艺人们，都受到
国家的奖赏，
民众的尊崇。
今夜，在戏剧节的今夜，
愿介绍他们的作品，
给我们亲爱的观众，
下面演奏的节目，
都是我们艺人在战斗中完成。
这胜利，是全体的力，
全体的精诚，
造成一个不朽的光荣。
我们把法西斯消灭，
是为了全人类的和平，
我们告诉全世界有正义的同志，
今夜，正是真理胜利的纪念，
不仅是中华民国的国庆。

现在我们要请国际的同志。

来倾诉对我们伟大的热情。

国际来宾：对于同志的胜利，

我们谨致庆祝的握手，

我们庆祝光明显现在前头。

为了先驱者的奋斗，

全世界被压迫的人们，

都将得到平等自由，

我们是正义的联合，

对于法西斯，同举起铁的拳头。

这里有许多祝贺的电文，

从苏联，从西欧，

从美洲，非洲，

从东亚的各地，

为我们，满饮尽庆祝的酒。

这许多电文中，

有一个共同的信念，

共同的希求。

这些同志的声音，

汇成一条欢喜的洪流。

我们谨代表做一个诚恳的握手。

同时我们还希望盛大的节目，

立刻就开始演奏，

在中华的戏剧节，

各送出新社会的平等自由。

（国际来宾退坐宾位，下面是热烈的鼓掌）

主　席：我们敬照同志们的要求，

接着把节目开始演奏。

（台上主席来宾退席闭幕，又是一片热烈的掌声。再开幕，接着便是演奏的开始。）

第四幕　第二场

景同前。只是把主席来宾的位撤下去。

登场人物：全国诗人协会唱诗班。

　　　　　孙中山总理纪念歌（合唱）

　　　　　　　总理，他是中华革命的首领，

　　　　　　　总理，他是中华民族的救星。

　　　　　　　他积四十年的经验，

　　　　　　　要把国民革命完成。

　　　　　　　他要唤起民众，

　　　　　　　联合起世界反帝的阵营，

　　　　　　　同帝国主义去斗争，

　　　　　　　他要民族解放，

　　　　　　　做革命的前锋，

　　　　　　　他要发挥民权，

　　　　　　　提高民生，

　　　　　　　要全人类自由平等，

　　　　　　　以正义，以精诚，

　　　　　　　进世界于大同。

　　　　　　　他把苏联做亲密的弟兄，

　　　　　　　建立起社会主义的同盟，

　　　　　　　他领导着革命的群众，

　　　　　　　向共同的目标进行，

　　　　　　　他组织广大的农工，

　　　　　　　对准着反动的势力进攻。

　　　　　　　总理，他伟大的精灵，

　　　　　　　永远在我们心中。

　　　　　　　被压迫的同志们！

　　　　　　　我们要做革命的传统！

　　　　　　　努力奋斗！不怕牺牲！

　　　　　　　把总理的遗数〔嘱〕实行，

　　　　　　　把民族解放成功。

　　　　　　　　　　　　　　　　　　（退场）

第四幕　第三场

景同前。

登场人物：青年战团歌咏队

双十节歌（合唱）

双十节如今又一周，

在暴力的压迫下，

中华民族的血，还在流！

战斗，我们继续的战斗！

要结清血海的深仇。

我们不愿意做鱼肉，

我们不愿意作马牛。

我们有生存的权利，

我们向着光明追求。

全国的工人们，战斗！

全国的农民们，战斗！

英勇的士兵们，战斗！

革命的同志们，战斗！

我们要集中一切力量，

随着一个领袖，

战斗，不断的战斗，

争取中华民族的自由，

双十节如今又一周，

在暴力的压迫下，

中华民族的血，还在流。

战斗，我们要继续的战斗！

要结清血海的深仇。

（退场）

第四幕　第四场

景同前。

登场人物：抗敌演剧队

戏剧节歌（合唱）

　　在战斗中，

　　我们展开新中华的戏剧运动。

　　在黑暗中，

　　我们争取新社会的建设成功。

　　我们不怕暴雨，

　　我们不怕狂风，

　　我们要发扬戏剧的力量。

　　举起火炬前冲，

　　做公理的前卫，

　　做人道的先锋，

　　向着日本帝国主义进攻。

　　向着日本帝国主义进攻。

　　全中华的剧人们，

　　不怕流血，

　　不怕牺牲，

　　把抗战的工作完成。

　　我们要反对侵略，

　　我们要歌颂和平，

　　拿我们的精力，

　　拿我们的生命，

　　去参加求解放的斗争，

　　去参加求解放的斗争。

（退场）

第四幕　第五场

景同前。

登场人物：陆军歌咏队

中华陆军进行曲（合唱）

　　听，我们怒吼的声音，

　　高举起青天白日的旗，

　　整齐步伐向前进！

我们有铁的纪律铁的心，

尺土寸地也不让人。

我们爱正义，爱和平，

我们是保卫人道的前卫军。

受压迫，谁甘心，

做马牛，谁承认。

我们有五千年的文化，

四万万的人民。

要在东亚挺起身。

挺起身，挺起身，

向前进，向前进！

拿我们的武器，

扫清敌人，

杀啊，冲啊，

拿我们的力量，

争取光明。

（退场）

第四幕　第六场

景同前。

登场人物：空军歌咏队

中华空军进行曲（合唱）

我们向着青天白日飞，

我们向着青天白日飞；

下面是美丽的江山，

广大的土地，

长江大河，显出奔放的力。

我们在明朗的天空扬光辉。

结成队，向前飞，

结成队，向前飞。

争取自由解放，

我们要把敌人击毁，

击毁！

我们向着青天白日飞，

我们向着青天白日飞；

高飞过万里长城，

收复失地。

保卫祖国，拿出坚强的力。

我们为中华民族扬光辉。

结成队，向前飞，

结成队，向前飞。

争取独立平等，

我们要把敌人击毁，

击毁！

（退场）

第四幕　第七场

景同前。

登场人物：工人歌咏队

工人突击队歌（合唱）

工人，战斗的突击军，

工人，战斗的突击军，

法西斯，在我们的身上，

压下重大的铁轮。

铁的镣锁，永远牵着我们的脚跟。

我们是饥饿的一群。

哼……哼……

我们是饥饿的一群，

我们是社会的基础，

国家的命根。

我们要衣，要食，要住，要生存！

帝国主义，是我们抵死的仇人。

我们离开了矿场，

离开了机轮，

拿起一切武器，

抱定一颗决死的心，

要求生只有向前进。

开矿，是我们的责任，

炼钢，是我们的责任，

造枪，是我们的责任，

杀敌，还是我们的责任！

开出机关车，

冲锋入敌阵。

拿起手榴弹，

送给敌人吞，

你们认清，

你们看准。

哼……哼……

我们是饥饿一群，

哼……哼……

我们是求生的一群，

我们是工人突击军，

我们是工人突击军。

（退场）

第四幕　第八场

景同前。

登场人物： 农人歌咏队

国营农场之歌（合唱乡土风的《四季调》）

春天是遍地草青青，

播种机驾着出农村。

肥沃大平原，

疆界无须分。

洒下了种子芽儿生，

锄草像我们锄敌人，

大家劳动，

不觉辛苦。
我们是快乐的众农人，
咦呀呀呵咳，
我们是快乐的众农人。
夏天的麦浪金黄色，
南风吹来蒸饼香。
不分男和女，
大家一齐忙。
磨出了面粉面包做，
送给我们将士上杀场。
抗战建国，责任担当。
不分前方与后方，
咦呀呀呵咳，
不分前方与后方。
秋天的干草堆成堆，
牛羊遍野马更肥，
高粱和大豆。
丰收满仓堆。
掘出了成串的红白薯，
大田载得满车归。
加紧耕作，
努力栽培。
生产的责任不须催，
咦呀呀呵咳，
生产的责任不须催。
冬天的田野白雪多，
读书工作度生活。
锻炼突击队，
保卫好山河。
农人最爱的是土地，
肯让敌人来侵夺，
抗战胜利，

　　　全民快乐，

　　　大家同唱凯旋歌。

　　　咿呀呀呵咳，

　　　大家同唱凯旋歌。

　　　　　　　　　　　　　　　　　　　（退场）

第四幕　第九场

景同前。

登场人物：美术家歌咏队

　　美术工场之歌（合唱）

　　　战斗战斗，美术工场。

　　　战斗战斗，美术工场，

　　　新艺术在战斗中生长，

　　　新社会在战斗中发扬。

　　　我们是艺术的突击军，

　　　充满着正义的力量，

　　　一支笔是一杆枪。

　　　我们要状写公理的胜利，

　　　要写法西斯的疯狂，

　　　要追求全人类的光明，

　　　画成新世界的图样，

　　　在我们的笔下，

　　　展现亚细亚的曙光。

　　　亲爱的同志们：

　　　用鲜血染在画幅上，

　　　高举起艺术的火炬，

　　　为了民族争解放。

　　　看我们的力量。

　　　一支笔是一杆枪。

　　　看我们的力量，

　　　一支笔是一杆枪。

　　　　　　　　　　　　　　　　　　　（退场）

第四幕 第十场

景同前。

登场人物：战地服务队合唱团 童子军救护队合唱团

全国总动员歌（合唱）

全国总动员，

不分少年，

不分壮年，

不分老年，

不分女，

不分男，

有力出力，

有钱出钱。

一起参加神圣的抗战。

（战）：我们是战地服务队，

（童）：我们是童子救护团。

（战）：我们在战地工作，

走上斗争的最前线。

壮烈去苦干，

英勇各争先。

（童）：我们在战地工作，

救护的同志有万千。

冒着毒瓦斯，

冒着达姆弹。

（合）：我们是最亲爱的战友，

同生死，

共患难。

尽了我们的力，

流出我们的血，

滴下我们的汗。

抗战，抗战，

一齐参加神圣的抗战，

把法西斯消灭尽，

永保和平万万年。

（退场）

第四幕　第十一场

景同前。

登场人物：游击队合唱团

游击队歌（合唱）

我们纵横在敌人的后方，

我们游击着广大的战场，

在黎明，

在黑夜，

在原野，

在村庄。

在深谷中，

在高峰上。

到处有我们的同志，

像一支神兵从天降。

迅速的开展，

迅速的集合，

迅速的隐藏。

对准着敌人，

架起机关枪。

到处结合民众的力量，

不许敌人猖狂。

破坏公路，

破坏铁道，

破坏电线，

破坏桥梁，

是我们的老本行。

忍着饥，忍着渴，

轻便的行装。

虚虚实实，

来来往往，

不让敌人知端详。

把敌人打得团团转，

把敌人打得个个慌，

像老鼠落进了油汤。

不是伤，

便是亡，

回不了家乡，

见不到爷娘，

眼望着东海泪汪汪。

我们不骄不怯，

　　　不贪不污，

　　　不夸不狂。

把兴国的责任担当。

我们缺乏弹药，

缺乏衣裳，

冒着寒暑，

冒着风霜，

像一块顽铁炼成钢。

像铁的流，

流向四方。

同志们哪……嗳……

这是我们游击队的力量。

同志们哪……嗳……

这是我们游击队的力量。

（退场）

第四幕　第十二场

景同前。

登场人物： 章杰　雪子夫人

　　　爱自由和平的颂歌（对唱）

（合）我们是求自由的伴侣。

　　　　我们是爱和平的夫妻。

（章）我停止了教育的工作，到战地。

（雪）我凌过了大海的风涛，来寻你。

（合）我们要手创出人间的美丽，

　　　　看光明，从地平升起。

（章）微风，吹送来百花的香气。

　　　　在山边，在水际，

　　　　温柔的羊群，

　　　　飘来悠远的牧笛。

（雪）我爱绿色的大地，

　　　　这静睡着的母亲，

　　　　她吐着自由和平的呼吸。

　　　　森林在和风中微语，

　　　　远山横着微茫的雾气。

（合）我们随着群众工作，

　　　　泥土渗入了汗滴。

　　　　劳动的全人类，

　　　　为生活去前进，

　　　　为文化去努力。

　　　　真诚互爱，永没有猜疑。

（章）这些是我们在战斗中争取，

　　　　我们消灭尽破坏和平的势力，

　　　　永远在自由中生息。

（雪）爱的，我们在自由中生息，

　　　　从今永不分离。

　　　　我采一支"永不忘了我"，

　　　　缀在你百战的征衣。

　　　　爱，把我们永系在一起，

　　　　像林间的好鸟双栖。

（合）我们都是大地忠勤的儿女，

　　　　为了公理，为了正义，

我们将永远去努力。

我们是求自由的伴侣，

我们是爱和平的夫妻。

（退场）

第四幕　第十三场

景同前。

登场人物：全体

抗战必胜进行曲（四部合唱）

抗战必胜！

抗战必胜！

把敌人打下泥坑。

抗战必胜！

抗战必胜！

建立起世界和平的阵营。

抗战必胜！

抗战必胜！

把民族解放完成。

我们有英勇的群众，

我们有伟大的首领，

我们是世界和平的堡垒，

我们有维护正义的热情。

我们追求光明。

我们不怕牺牲。

像一只凤凰，

在烈火中新生。

广大的同志们，

黑暗已经过去，

展现亚细亚的黎明。

抗战必胜！

抗战必胜！

把敌人打下泥坑。

抗战必胜！

抗战必胜！

建立起世界和平的阵营。

抗战必胜！

抗战必胜！

把民族解放完成。

——全剧终

（载兰州《新西北月刊》第 3 卷第 5—6 期合刊，

1941 年 6 月）

附：《亚细亚之黎明》前记

这是 1938 年在武汉军委政治部第三厅写的一本歌剧。[①] 当时我同张曙、冼星海同在第六处，主管音乐、戏剧、舞蹈、诗歌、文学等部门。我写了歌词即由张、冼两音乐家作曲，流行于战地、敌前、敌后及南洋华侨中间。当时我把这些组织成一本歌剧，其中也有战地服务团、青年战团歌咏队等所作的歌词收存其中，但主要是冼星海、张曙配制的曲谱，我把现存的几首曲谱也收集作为附录。这本歌剧在当时写作中，星海去了延安，当我写成并油印后就邮寄了给他，据他的来信说：他在延安曾作曲试唱，后来他去苏联治病，并未写完，但就是他已写成的部分，我这里也未收到，只好待查了。

这本歌剧写成已经五十年，曾记录了当时武汉抗日战争中的火热情形，群众对抗战必胜的坚强信念，以及抗战初期国共合作的大好形势。军委政治部部长是陈诚，副部长是周恩来，总务厅及一、二厅，属陈诚

[①] 关于本剧完成并付油印后的剧本去向，常任侠日记有如下记载："校对《亚细亚之黎明》剧本。……寇机空袭，十二时始解除。下午将《亚细亚之黎明》剧本印完，开始装订。"（1938 年 11 月 7 日）"将剧本送赠洪深、田汉、沫若、任光、安娥、师毅、愈之、兰畦、张曙、朴园、林路、未然、抗大、勉文、鸿基、伏园、福熙、籁天、张平、夏曦、铭竹、霍薇、苏联鄂山荫、止置、瀍南、彦祥等人，及孩子剧团、抗剧一、二、九队，共送出三十四，自存不过三册而已。"（11 月 8 日）"寄陕北抗大《亚细亚之黎明》剧本三册，一赠勉文，一赠冼星海，一赠抗大图书馆。邮票五角五分。"（12 月 18 日）见《常任侠日记集——战云纪事 上（1937—1939）》，台北，秀威资讯科技股份有限公司，2012 年 4 月。——本书编者

管理，三厅属周恩来管理，六处处长田汉，主管文学、戏剧、音乐，十个演剧队及孩子剧团，也属六处领导。我曾参加一些工作，不久我便被第三厅推选为周恩来副部长的秘书，离开三厅，到左旗部长室工作，与田汉、洪深他们不再一处办公了。在长沙大火的前夜，我同张曙还把纪念孙中山先生的纪念歌，在长沙的电台上广播，是张曙作的曲，不料以后不久到桂林，张曙便被敌机炸死，我的合作者又少了一个。到重庆后，在中训团音干班任教，又写了《海滨吹笛人》《木兰从军》两本歌剧，另由胡静翔、陈田鹤作曲，胡雪谷、杨金兰等演唱，情调也不像武汉时代了。

这本歌剧的油印本，如今只存留了一本，经过五十年的世事沧桑，当时曾演唱过的人，存在已少。《亚细亚之黎明》已经成为灿烂的阳光普照着中华大地。虽则往事已成陈迹，仍然足资纪念。烈士暮年，壮心不已，行将九十，常忆戎马当年。作为抗战文艺的资料，敬献给从事现代文史研究的工作者。

1990 年 3 月 19 日

（载《新文学史料》1993 年第 2 期）

亡国恨

城东女学社

　　《亡国恨》剧本，系城东女学社，感外交失败，特编以警醒国人者。编者有音乐家，有剧曲家，有文学家，互相研究，卒采用普通文字，解放一切昆腔及西皮二簧之格调。而又可歌可泣，为激昂慷慨之声。当其演时，其声悲壮苍凉，闻者堕泪，诚可谓开剧曲之创格也。兹承编该剧主任以稿本见惠，本月刊特以登出，缘志数语于此。记者识。

第一幕

　　（场上布一古寺式，中悬佛像，置一桌一椅一蒲团）

　　（扮金仇日，敝衣愁容上）一身漂泊无寄处，有国的人，那里晓得无国的苦？

　　（坐下）咳，我金仇日，朝鲜仁川人，自从国亡之后，抛妻别子，东走西奔，历尽酸辛，受尽痛苦，好似一只失群孤雁，无处栖身，这日【子】不必说了。原指望纠合国内同志，组织一个中兴会，力图恢复，或者人心不死，国家尚有复兴的希望。咳，孰知道汉城一役，中兴会的同志，杀的杀，囚的囚，单剩我与李克阳，逃得性命，出亡在外。中途之间，又与李兄相失。咳，零落一身，好生凄惨。幸喜藏居在这深山之中，古寺之内，暂可安身。这寺主乌巢禅师，原是我辈中人，不得已做了和尚，倒也气味相投。咳，只是海枯石烂，日暮途穷，后顾茫茫，国家的事如何结局，不免请出乌巢禅师，托他买张报纸，看看有何消息，再作道理。乌巢禅师有请。

　　（扮乌巢禅师上）国破家亡不可道，没奈何，削去几根头发，省的许多烦恼。

（相见）（和尚）居士有何见教？（金）禅师请坐。（和尚坐蒲团上，金坐椅子上）（金）弟子假寓贵寺，已经半月有余，这半月之中，门也未出，报也未看，不知近日时局，有何变更，烦请禅师，代买报一张，一视近日消息。（和尚）今日上午友人洪君，特送来报纸一份。（即在衣袋内，取出未开封报纸一束，递于金）请居士自阅。（金手接报纸）这位洪君，可莫是安重根先生的朋友，洪永善么？（和尚）正是。（金）既是洪先生特地送来的报纸，一定有紧要的消息，禅师何以尚未开封？（和尚）不瞒居士说，自从做了和尚之后，已有三年不看报纸了。（金且拆且读，作惊惶状）哑呀呀！这还了得，如此取缔我们朝鲜人，真真万劫不可恢复了。（和尚）有何消息，如此惊惶。（金面作怒容，手执报纸立起，和尚亦立起）（金）甚甚甚么秦次郎拟了一个取缔我们朝鲜人的条陈，禅师，尔看这条陈啊。（一手执报纸，一手指报纸上之条陈，与和尚立在一处，手且抖且读）

第一条，不准朝鲜人，受高等教育。

第二条，不准朝鲜人，有一百元以上的产业。

第三条，不准朝鲜人，有十人以上的集会。

第四条，朝鲜人须纳五十元以上的婚姻登记费。

第五条，朝鲜人百里以外的旅行，须请护照。

第六条，不准朝鲜人，用朝鲜语言文字。

哑呀呀！这还了得。如此取缔我们朝鲜人，真真万劫不可恢复了。（摔报纸于地，一手执和尚之手，一手作戟指之状）

往尝［常］道国亡后可以复兴，谁知道一旦亡国，万古沉沦。往尝［常］道波兰犹太，替人作牛作马受苦辛。谁知道一旦牛马到自身，（若果将这取缔条陈实行啊）比波兰犹太他们还算是自由民。最可怜，到如今，那全国的同胞，犹是醉生梦死，梦死醉生，教我如何不伤心，我力竭声嘶泪自倾。（大哭）

（和尚）我出家人，久不管国家兴亡恨，听这伤心话，也不能效太上忘情。（亦哭）（金与和尚相抱大哭下）

第二幕

（扮李克阳，敝衣愁容，手提皮包匆剧上）逃得性命，惊魂未定，幸喜深山无人问，暂时且隐忍。咳，我李克阳，自从汉城失败以后，与金仇日冒险出城，不料转瞬之间，金兄又不知道到那里去了。我一个人，夜行昼伏，忍冻挨饥，这二十余日中，无一日不是提心吊胆。今日方得到此深山之中，窃喜已无人踪迹了。（作看天势）呀天色又将暮了，这空山之中，无处栖身，如何是好？（作四望势，以手遥指一处）那里不是有所房屋吗？权且借宿一宵，明日再作道理。

（作前行势）逃亡人，飘零无准，只顾得今日，那里晓得明日在何处安身？

（作到门势，以手推门，一推即开，作前后左右四顾势）呀！原来是所空房。

（再作前后左右四顾势）尔看这厨灶冷，窗扉倾，蛛网挂户四壁尘，为何好好的房屋无主人，可莫是党祸株连毕性命，或则是逃亡在外栖无定，看起来这深山穷谷，也不安宁。

（坐下）姑且不管，今夜在此权宿一宵，明日再逃到别处去。只是室无升米之储，饿腹雷鸣，好难忍受。（作支颐无语势，忽欠伸）哦，有了，西山薇蕨，古人原采以充饥，天色尚未昏黑，不免剥些树皮，掘些草根，权当粮食罢。（打开皮包，取出小刀一柄，持刀出门作剥树皮掘草根势）

（作嚼树皮啮草根势）亡国的人民，只配食些树皮草根，不是充饥果腹，要算是尝胆卧薪。呀，风来了，这晰晰风声，吹得我浑身冰冷。呀，雨又来了，这潇潇雨声，滴得我满腔不平。呀，这凄凄切切，不是猿声吗？这哀哀猿声，叫得我愁肠血泪交相并。

咳，风雨欺人，饥肠不饱，只得暂回空屋，且忍今宵，（作回空屋势，作进门势）咳，尔看四壁萧森，阴气惨淡，好生凄凉。（打开皮包，收进小刀，取出蜡烛，点火置于桌上，坐下）孤灯永夜，风雨转加，满腔心事，无可告语。咳，我李克阳幼时曾习音乐，善为悲声，出亡以来，惟恐被人【发现】踪迹，久不敢歌，今日在此深山之中，又值风雨之夜，何妨将此雨声猿声，谱为歌曲，一抒胸中之悲。我且把门关上，慢慢的谱曲。（关门下）（金上）风雨潇潇，愁人不寐，好难受也。咳，我金仇日住此寺内，白昼不敢出门，现在夜已深了，而且风雨交作，当可无事，何妨冒雨出外一行。（作出门势，以手指前面）前面隐隐有灯光，这是何处？（作向前行势，作侧耳听势）呀，这凄惨之声，乃由这屋中发出，何人在此悲歌，让我倚在这窗下，细细的一听。（作侧耳听歌势）

（内唱歌）块独处兮，忧来如丝，风吹枯树枝。返空房兮，顾影自疑，又是雨来时。日已暮兮，恨何可支，夜永漏声迟。望廖廓兮，身无所之，孤怀烛影知。云冥冥兮，撼窗风雨，猿啼声声苦。听此声兮，增我愁绪，心摇不自主。问苍天兮，天亦无语，沉默自今古。天之人兮，孰令致此，一灯摇凄楚。灯惨淡兮，半明欲灭，风紧纸窗裂。雨声凄兮，猿声更烈，莫辨泪和血。血已枯兮，泪犹不绝，愁肠千百结。结愁肠兮，愁不可说，忍泪声自咽。

（金）呀，好凄惨的歌，待我敲门一问，不可失此有心人。（作敲门势，内答）半夜三更，何人敲门，有事明日再来。（金）呀，听这声音，酷似李兄，如何在这里？待我再问一声，唱歌的可是我李克阳兄么？（内答）我，我，我，我不是姓李，我，我姓张。（金）咳，这明明是李兄的声音，惊弓之鸟可怜可怜，待我明白告诉他罢。李兄开门，我是金仇日。（内答）尔是那个金仇日？（金）我是中兴会的金仇日，与兄同逃半途相失的金仇日。（内开门相见）（李）果然是我金兄，莫非梦中么？（金）我逃在这山中，住在一个古寺，已经半月，兄何日到此？（李）今晚才到。仓卒之间，找了这一所空屋，暂且安身。（金）吃了饭么？（李）那里有饭吃，才吃了些树皮草根。（金）我住的古寺，去此不远，且到我处，略进晚餐。（李）如此甚好。（金）就请同行。（李纳物于皮包内，携皮包与金同出空屋）

（金）李兄啊，尔看这黑漆漆钩天睡不醒。（李）金兄啊，我努力前进，那精卫衔石，海也填平。（金李合）只是这雨晦风潇阵阵紧，可怜我长夜明人。（作到寺门，扣门，和尚开门，和尚指李）这位居士，不是李克阳先生么？（李）上人可是乌巢禅师？多年不见了。（分宾主坐下，金取面包两片进于李）权且充饥。（李）这就算山珍海味了。（金）李兄一路到此，可曾听到秦次郎取缔朝鲜人的条陈么？（李）在报纸上曾经见过。（金）此外可有别的消息？（李）我离汉城之日，闻说警察纷纷捉人，中兴会同人的家属，无一人可以幸免，就是老兄的房屋财产，都被日人收没了，夫人与公子都被日人残害了。（金哭）国破家何在，巢倾卵不完。可怜亡国人的性命，真真不如犬鸡了。（和尚）这样收场，人人难免，倒不如钢刀斩截，省了许多牵挂。（金扶泪）禅师的话，讲得极是，只是国家的事，如何结局？（和尚）磨杵作针，在于人心，国家的事，看人心罢了。（李）明日是安重根先生成仁的纪念，我们逃亡在外，无一个人开个追念会，可见人心已经冰冷了。（和尚）安重根先生有几个朋友，如洪永善先生等，皆逃居在这山中，明日晚间都约得来，在敝寺开一个追悼会何如？（金李同声）这是极好的事，请禅师就办。（和尚）近来书信，检查极严，这开会的事，万不能用书信通知，只得我亲自去约，这寺中一切的布置，请二位居士主持何如？（金李同声）极妥极妥。（和尚）夜已深了，二位居士，且请休息，明日好办会事。（金李同声）禅师亦请休息。（同下）

第三幕

（金李同上）（李）颠沛不忘国，（金）流离未有家。（李）可怜烈士墓，（金）荒草夕阳斜。

（李）今日难得乌巢禅师，如此热心，约了几个同志，在这里开一个追悼会，追悼安重根先生，倒也是想不到的事。（金）国亡以来，从未能痛痛的哭一场，今日可以抒我积年之悲了。（李）正是。（金）乌巢禅师已去了半日，我们趁早布置起来罢。

（中悬安重根像，旁悬一联“成义成仁，壮矣先生志；为牛为马，悲哉后死人”。前置桌一；桌置灯一，铃一。桌旁置琴一，场前置凳若干。场东偏置小桌一，小桌上置纸墨笔砚，签名簿）

（和尚偕洪永善及甲、乙、丙、丁四人上，各签名于签名簿。签名毕，各次第与金李相见，各换名片）（和尚）今晚黄蘖大师，在山顶木叶庵说法，僧人必须去走一躺［趟］，这里开会的事，恕不能照料了。还是请金居士主持一切，众位居士，以为何如？（众）禅师请自便。（和尚下）（金据案书一秩序单，一、报告，李克阳；二、行礼，全体；三、读祭文，金仇日；四、演说，洪永善；五、唱追悼歌，全体。书毕贴于场上）（摇铃开会，众依次坐下）

（李登台报告）诸位，今日为安重根先生成仁的日子。可怜先生已经死了八［十］年了，只有死的那一年，我们几个同志，在汉城开了一个追悼会，到了第二年，我们的国家，就被日本人并吞了。可恨那日本人，干涉的非常严厉，要想再开一个追悼会，大家痛哭一场就不能了。不料今日在这深山古寺之中，居然能开第二次追悼会。我想这一个古寺，真真是我们朝鲜的崖山了。诸位，最可怜亡国之后，莫说恢复不容易，就是痛哭也不容易，亡国人的末路，至于如此之惨么？今日开会，鄙人也

没有别的主张，不过大家尽情痛哭一场罢了。（拭泪下台）

（众立起，对安重根像，行三鞠躬礼）

（金执祭文到桌前，对安重根像朗诵）

亡国后九年冬，亡国遗民金仇日等，谨以一掬伤心之泪，致祭于先烈安重根先生之灵而言曰：呜呼！事有可以力致，而有不可以力为。国家之兴亡，岂真关乎气运，非人力所能转移。以先生之仁勇，足以制伊藤博文之死命，而不能兴起全国人民，前仆后继，戮仇人之胸，食其肉而寝其皮。呜呼！先生杀伊藤博文之翌年，日人即肆其虎噬鲸吞之计，而庙社为墟。推先生之心，岂不以杀一伊藤博文，足以寒日人之胆，而息其窥盗之谋。孰知卖国奸人，引虎入室，揖盗入闺，此固先生之所不及料。九京之上，谅亦歔欷而痛悲。呜呼！先生成仁已十年矣。此十年中，全国同胞，无一日不在水深火热之中，颠沛而流离，死者尸骸遍野，衰杨夕照微。生者流亡异域，空山人迹稀，同是圆颅，同是方趾，胡为乎贵者如鸾凤，而贱者如犬鸡。嗟彼苍者天，梦梦无是非，先生之灵又奚为不叩帝阍而一问其天心何以人违。呜呼！自古死者奚止千万，皆已荡为荒烟，化为蔓草，走豺狼而啸狐狸，惟先生之精神，常留于天地之间，昭日月而不亏。呜呼哀哉，尚飨。（李退下，众坐）

（洪登台演说）

今日诸位同志，在这里开一个追悼会，追悼安重根先生。鄙人原有满肚子的悲愤，要到这里来发泄发泄，后来想想，国也亡了，恢复的希望，也将绝了，任凭尔演说的如何感慨激昂，如何淋漓悲壮，还有一点用处么，不过出点气罢了。鄙人这么一想，只有哭的，更无讲的了。方才听见李克阳先生说，亡国之后，莫说恢复不容易，就是痛哭也不容易，这两句话，不觉又感动了鄙人。鄙人的悲愤，今日若不在这里吐一吐，恐将来更无吐的日子。吐的地方了。所以还是忍耐不住，不能不把鄙人累年所积的悲愤，一吐于诸君之前。诸位啊，我们朝鲜，自从箕子受封以来，已经三千余年了。现在全国的人民，虽则琐尾流离，不遑宁处，合国内国外算起来，也有一千三百余万。以三千余年的古国，一千三百余万的人民，一旦亡于日本人之手，我们后死的人，何以对得起三千余年的列祖列宗？何以对得起一千三百余万的父老子弟吗？诸位啊，尔看我们朝鲜的人民，生息在日本专制政治之下，睁开两只眼睛来，看那日本人并吞我们的土地，倾覆我们的社稷，杀戮我们的父兄，摧残我们的子弟，离散我们的妻女，灭绝我们的门户，收没我们的财产，断绝我们的生计，剥夺我们的自由，限制我们的教育，种种的干涉，种种的欺陵，种种的虐待，种种的压制，我们朝鲜人，睁起两只眼睛来，说也不敢说一句，哼一〔也〕不敢哼一声。可怜我们朝鲜人，譬如是日本人养的鸡，喂的猪，要杀就杀，要宰就宰，还有甚么法律么？还有甚么公道么？咳，这也怪不得日本人，日本人譬如一只虎，那里有不吃人的猛虎？日本人譬如一条蛇，那里有不伤人的毒蛇？只是大众齐起心来，打虎杀蛇，纵然不能打死猛虎，杀死毒蛇，那猛虎毒蛇自然远远的藏避了。那里晓得我们朝鲜人，不顾国家的存亡，只顾一己的利害，朝廷之上，党派林立，闵泳翊、闵泳骏这们一班人等，为亲中党的首领，李完用、洪英植这们一班人等，为亲日党的首领，闵妃专政，又为亲俄党的首领。各挟所亲，互相争扎〔轧〕，互相残害。一若土地可割，国家可亡，一党的意见，必不可以牺牲。后来中国俄国，皆被日本打败，亲日党的人，就非常得意起来，天天排挤亲中党亲俄党的人，必欲置之死地。日本人，趁此机会，出其口蜜腹剑之手段，拿一个日韩亲善的名目，劝我王建元称帝，改国大韩。那时亲日党的人，更洋洋得意，以朝鲜称帝，为自己莫大的功劳。李完用等又受日本人的贿赂，遂借日本人的势力，把亲中亲俄两党的人，划除的干干净净。就是不是亲中亲俄的党人，苟有持正义的人，讲公理的人，不受日本欺骗的人，不为亲日党指使的人，也划除的干干净净。国家的政权，通同握在亲日党人的手中。亲日党人，为所欲为，就都把军政权，警察权，交通权，矿产权，送与日本。国家之亡，已经间不容发了。安重根先生，不忍坐视国家之亡，奋其神勇，击杀伊藤博文于哈尔滨车站。但是一木难支大厦，孤忠无救国亡。亲日党李完用等，既握一国政权，又具卖国的决心，一个伊藤博文死，又一个伊藤博文来。可怜朝鲜建元称帝，不到十年，三千余年的古国，变了日本的郡县，一千三百余万的人民，变了日本的奴隶犬马了。亲善亲善，何以全国人民，到如今尚未悟是日本人的诡计，是李完用的奸谋呀。李完用，李完用，尔的祖父也是朝鲜人，尔的子女也是朝鲜人，为何必定要把一个国家，送与日本，不做朝鲜的臣子，要做日本的奴隶，不做朝鲜的人民，要做日本的犬马。李完用，李完用，尔到底是什么心肝肺肠，真真是亡国的妖孽！李完用，李完用，我恨不能食尔的肉，寝尔的皮，碎尔的尸为万段，以吐我胸中的怨愤，以偿我全国人民的痛苦。天啊天啊，为何生此妖孽，不顾一千三百余万人的身家性命啊？李完用，李完用，事到如今，就是碎尔的尸为万段，也是无益，我就是不知道全国的人民，何以听尔一个人把国家送与日本，毫无半句言语？人心死尽，真真可以痛哭了。（大哭下台，众皆哭）

（全体唱追悼歌）

云青青兮白日荒，誓报国兮剑铗。

地崩折［坼］兮壮士丧，国无人兮沦亡。

古寺寒兮灯无光，招魂归兮彷徨。

进尊酒兮泪盈觞，君之灵兮应伤。

向前瞻兮道路长，回后顾兮茫茫。

忍偷生兮犬与羊，择人噬兮豺狼。

风萧萧兮枯白杨，命之倾兮北邙。

恨万千兮结中肠，放声哭兮喤喤。

（扮警察四人上，破门入，连人与小照签名簿等，尽行拘搜而去，并将寺门封闭）

第四幕

（乌巢禅师上）僧人在木叶庵，听黄檗大师说法，悟破了许多道理。回想以前种种，尚不免自寻苦恼。那世上的人，坠于苦海之中，不晓得佛门的妙谛，越发可怜了。一连听了三天，今日未免回寺一行。真是放开眼界无今古，收拾心情归渺茫。

（且行且唱）浩浩风烟，苦海望无边。古今如许，争名争利五千年。微笑花一拈，慈航普渡，渡不尽众生倒颠，随波逐浪剧可怜。尘世纷纷如磨旋，扫不净凝云愁雾，流不涸祸水贪泉，唤不醒柳眠棠睡，扭不转意马心猿，摆不脱名缰利锁，留不住兔转乌旋，填不满茫茫欲海，补不足渺渺情天。七尺身，投烈焰，醉生梦死，何处问姻缘，回头是岸在眼前。明镜非台，菩提非树，禅心不动风帆悬。一轮明月印长川，织雪四卷星光寒。独来独往，风骨自高骞。身如聚沫生犹幻，海阔天空无挂牵，参破色相，是处好安禅。

（到寺门）呀，寺门如何封锁起来了？（作看封条势）呀，开会的事，被警察知道了。咳，这深山之中，布置罗网，尚且如此之密，后来的事愈发难了。这样看起来，金李诸居士，必是被他们捉去了，好生凄惨。

咳，风云莫定，祸福无常。昨日听黄蘗大师说法，何等自在，那晓得风波就在眼前也！

刚闻得妙谛翩翩翻舌莲，刹那间风惨云凄天地变。我本是丢开世事只修禅，那快钢刀，斩不断爱国愿。

咳，这个追悼会，原是我发起的，那晓翻变了引祸的导线。

尔看悲风萧萧白日寒，网罗密布，教人退无路，进又难前。

我想金李诸居士，一定是凶多吉少了。

亡国人，命如蚁贱，那里有甚么法律保安全！最可怜，救国未遂男儿志，空把头颅捐。果真是亡人，古国共长眠，夜夜空山泣杜鹃。

天啊，世间伤心的事，何以至于如此之极呀！

搔首问苍天，何以这几个遗民，也不能性命留一线！

这样看起来，恢复的事业，竟要从新另做了。老僧本是丢开世事，一意参禅。乃志士云亡，后死者难卸其责，只好逃往海外，再作后图。

满天荆棘，满地腥膻。三千年古国，留不得干净土一片。费尽心思泪汪然，碧血难消亡国恨。终有日桑田变海海变田，飘然远去，莽苍苍万里云烟。（下）

（载上海《俭德储蓄会月刊》第 1 卷第 3、4 期

"剧本·警世新剧"，1920 年 4、5 月）

野　祭（一名《韩民血史》）

周癸叔[*]

例　言

兴起《野祭》，即用目篇，遵元以来曲例也。

又名《韩民血史》者，欲人见名知义也。揭橥曰史，史裁寓焉；悉本韩人朴殷植所著《韩国独立运动血史》，无一字虚构，皆可覆案者也。

名从主人，与吾国官民之称彼有异，读者勿讶也。

韩亡矣，演其血史奚益？曰，彼亡矣，犹犯万难为之，吾愧彼矣。吾不自图，将求为韩人不得也。知我罪我，以俟读者。

十七年清明后七日稿成自识

正目：观日台义士哭冬青
　　　　高句丽遗臣歌麦秀

（末，外，净，小生韩国冠服同上）（末）九都神岳沉光气，（外）八道沟溇满血腥。（净）泪尽遗臣悲鹤化，（小生）魂归望帝泣冬青。（末）老汉李商传。（外）在下赵容复。（净）咱家金从革。（小生）俺玄又玄。（同白）俺们都是韩国遗臣，国破家亡，漂流中土，藉贩卖高丽参为由，结识贤豪，秘图光复。并将亡国以来人民运动自立之血史编作曲

* 周岸登（1872—1942），字道援，号癸叔，四川威远人。著名词学家，诗人。16 岁中秀才，19 岁中举人。曾任广西阳朔、苍梧等县知县及全州知州。辛亥革命后，继任四川会理、蓬溪等县知事，后又任江西宁都、清江、吉安等县知事及庐陵道尹。1927 年弃官，矢志教育以培养救国人才。初任教于厦门大学，1931 年秋到安徽大学，均主讲词曲。1932 年秋到重庆大学新设的文理学院，任中国文学系主任。1935 年重庆大学文学院并入四川大学，仍主讲文学系所设词曲课，直至去世。——本书编者

儿，随时弹唱；介绍于世界名流，主张人道，维持正义。今日由福州来到厦门，着港之后，方知同志李箕焕，李刚，李润炳，李明斋四人被日警越界逮捕。本市各界人士愤其侵害主权，交涉，不得要领，开会反对，游行演说，停工罢市，风潮至为激烈。俺们四人，不先不后入此危地。万一事出意外，这几根老骨头殉友殉国，求仁得仁，倒也没甚说的。只虑牵动国际，缪辖愈深，结果终是弱小民族吃亏，于彼于己，好生不便。幸得俺们华语纯热〔熟〕，不如暂换华装，避避风头，徐离此地，岂不是好！（换装介）（末）咳，想起当日阀阅清华，今日穷途落魄，好不伤感人也！（唱）

（北南吕一枝花）恨不共虫沙殉劫灰，说甚的豪气倾湖海？叹倭奴冤家逢路窄，痛同胞热血付尘埋。便纵使招得魂来，魂归也，为问家何在？（外，净，小生白）服装改了，我们向街上游览一回，看看风色何如。（末）即便同去。（且行且唱介）捱把汗上长街又过短街，他那里乱纷纷反日宣传，俺这里急煎煎穷途泪洒。

（外，净，小生白）李老，你看街上，日人如织，水兵往来，我们溷迹市廛，好生危险。今日清明佳节，扫墓蹈青，郊外游人必多，我们何不出郊游览？（末）鄙人正有此心。一来眺望风景足澹客愁，二来贤人君子邂逅相逢，亦可结识一二三来。薄携酒果望祭先帝先后以及先灵，也是游子应有的事。但是此地名胜颇多，诸君想想，游那一处为好咧？（净）南普陀何如？（末）游人太多，亦无意思。（外）水操台何如？（末）既无坐落，又近日领署，似可不去。（小生）虎溪岩白鹿洞何如？（末）虚有其名，起坐不便。依弟愚见，本岛胜地当以洪济山为最。此山有云顶岩、方广寺、留云洞、观日台诸胜。唐贤陈黯故宅在其阳，薛令之故宅在其阴；且有马路汽车，可免跋涉之劳。如醉仙岩、白鹤岭、凤凰山、鹧鸪岩、万石岩、太平岩等处，虽各有好处，或艰于行步，或无可宴坐，游人太少，亦觉无味也。（众白）我们就依李老之言，同往洪济山一游便了。（末）如此速备酒果，须索早去也。（唱）

（梁州第七）说什么最销魂他乡寒食，倍惊心异地登台，乍入耳声声望帝啼冤魄，有何人荒陵荐麦？有何人废冢除莱？多应是钱无短陌，多应是炉长青苔。生者是转他方失家亡宅，死者是弃郊原露骨抛骸。箕子灵救不得亡国奇灾，扶余王廓不清烟尘太白，乙支文驱不去饿虎饥豺。仲宣的七哀，少陵的八哀，写不进沉冤惨祸天来大。血淋淋诉真宰，又争奈虎豺重阘闭不开，谁知我饮恨无涯？

（同下）（老生上）花溅哀时泪，春催厌世心；青天思蜀道，碧海碎牙琴。自家乌有先生，门栽五柳，便寄姓名。世守一经，曾经宦达。逝因万方多难，四海无家；弃官转徙，挈眷远游。来止厦门，倏逾半载，此间人士，束脩请业，载酒问奇。离他世路荆榛，乐此盈门桃李，倒不在话下。日来学子纷纷休课，询其所以，方知日警侵入内地，捕去韩人。交涉道穷，开会演说，罢市停工，促其反省。日领一味横蛮，电调舰队，以相威胁，蹂躏主权，莫此为甚。咳，想我身经盘错，梦魂犹惊，半岁以来，心如古井，经此一番刺激，不觉复起波澜。为吾国切未来之殷忧，为韩人洒同情之热泪。项间翻检旧篇高丽闵妃遗照一帧，回忆甲午战役，余以公车留京，请得缨出关。战罢归来，读书太学。翌年遇韩臣赵容植诗酒往还，蒙以此帧见赠，好友曾刚主为题二诗，和作哀然成卷。余亦倚明妃三叠，谱为闵妃三叠，写入琴声，代抒哀怨。今日清明佳节，停课无事，不免挈榼襄琴，登观日台。抚此三弄，把填膺悲愤，借天风海涛，荡涤一番。聊为无告的韩人搔首问天，临风雪涕，岂不是好？（杂抱琴挈榼暗上，老生起行，杂随行介）（作到介）（老生巡览一遍，叹介）这洪济山据厦门全岛最高之地。金门海坛，遥为夹辅；外表东海，内顾八闽。自割台澎，倍形紧要。观日台海天一览，亦如岱宗之有日观，真形胜也呵。（杂）琴尊香馔，陈列已完，请弹琴吧。（老生入坐和弦抚琴，自弹自唱介）（杂焚香打扇介）

（琴曲闵妃三叠）（第一叠）闵妃生照汉江清，神如春月和且明；玉作肌肤冰性情，岂复人间金屋妖艳质？宁知一顾倾国一笑可以倾人城！东溟妖蜃兴风雨，浪卷坤维翻艮土；玉骨碎点珊瑚红，碧血火燔莲花吐。生是千秋绝代人，死亦夐丹山轶蓬阆而溯上真。安能学彼凌波仙子，佩解江斐兮珌结洛神？安能效彼瑶姬帝女，暮为行雨兮朝为行云？

（末，外，净，小生潜上听介）（作见像片惊介）（念介）韩国明成王后御容。内侍郎臣赵容植恭题。丙申秋日。（外）呀！这是先兄思庵手笔。（泪介）（众泪介）（又念介）紫泥烧作鸳鸯瓦，红泪滴成玫瑰花；残照不随凄恨去，彩云吹满镜还霞。亡国相逢赵大夫，落花台殿听啼乌；红心尽是宫人草，曾见遗民葬玉鱼。是好诗也呵。（又念介）壬仲弟以所藏高丽闵妃遗照见示。敬题二绝。揭阳曾习经湖氏。（老生弹唱不顾介）（杂奠酒复斟介）（老生作辍弹起介）呀，一叠将终，忽尔宫商不应，必有人窃听。（作见介）（众挥泪介）（老生揖介）四位想必知音，何以闻琴下泪？（众白介）我等韩国遗民。适见先后御容，不禁悲泪。敢问先生因何祭奠我先后？（老生）昔在北京，与贵国人多有缟纻之雅。这国后尊容，赵君所贻，敬谨保存三十三年矣。旧作琴歌三叠，用抒悲愤。顷因贵国事件，致起风潮。临风一奏，聊表哀思。适才弹了一叠，不意知音远临，自惭谫拙。（众）莫以催租败兴，还请不吝珠玉，并乞赐一写本。（老生）敬当终曲，就正高明，并冀抛砖引玉。（末）老朽夙耽音乐，也有一折曲儿，专述亡国血史。先生高奏既终，定当献丑。（老生）如此我就僭先了。（依前自弹自唱，杂焚香打扇介）

（同前，第二叠）闵妃作嫔佐国成，神如秋月明且清；内安外攘疏写平，岂同末喜褒姒女戎首？宁复司晨有牝厉阶赤舌可烧城！朱鹭歌残惊战鼓，百龙鱼服嗟何许！鹤可煮兮麟可脯，紫玉成烟委焦土。君不见汉家伏后濯龙门，衅起权奸非近邻；又不见辽家萧后回心院，祸生宵小非外臣？谋人宗社惨毒及宫掖，精卫衔石终当使陆沉大海兮海扬尘。

（杂奠酒复斟介）（老生自弹自唱，杂焚香打扇介）

（同前，第三叠）闵妃跨鹤宾帝庭，神如中天华月万古垂光晶；朝浴咸池夕东溟，笑杀恒仪私奔徒窃不死药，要令凡有血气消愁填恨共长生。披云上诉天阍启，帝遣天吴移海水；玉石俱焚蜻蜓死，报仇雪愤孰云巾帼非男子。从此世界大同兮有分土无分民，月姊开奁一笑兮并为天下春。青鸟西来孔雀飞兮，仵苦与停辛；十年生聚十年教训兮，尝胆与卧薪。断丝枯木无情兮，能昭大义而判冤亲；吾将翘此火里烬余之花兮，为东海自由之神。

（杂奠酒介）（老生推琴起对众介）献丑，献丑。（众）音节之高，阳春白雪；词华之美，黼黻卿云。陈义之正大，抒情之深远，行气之壮烈，屈子离骚经，箕子麦秀歌，祢衡渔阳掺，兼有其美。仵苦停辛，卧薪尝胆，春秋九世复仇之大义，释氏三界冤亲之玄旨。我韩先王先后，在天灵爽，当式凭之。韩民受教多矣，敢敬代二千万同胞拜谢高义。（拜介）（老生谦逊不逮，还拜介）复仇大义彼此同之。我国四万万民众未克实行，真该愧死，公等下拜，使我悚惶无地。（众）先生不必过谦，我等尚望祭先君先后，并及先灵。歌以侑神，藉尘大教。敬假炉香奠酒，亦是颍考叔未尝君羹之意。（老生）我们同洲同文，何分彼此！一同祭奠，同享馂余，最好不过。（众）何敢屈尊。（老生）君父之灵，不当谦逊。

（众）我等就恭敬不如从命了。（同祭介）（斟酒上香献馔果，老生行三揖二拜礼，众行三跪九叩首，复行二跪六叩首，礼毕奠酒撤果馔介）（老生）我们对饮三杯，敬聆雅奏。（众）请。（老生）请。

（各饮三杯，照杯介）（末向东北望，泪介）咳，这海天尽处是我祖国也呵！（唱）

（九转货郎儿）拭不迭衰年泪眼，盼不转江流石转。谁管得蓬瀛三浅海波干？好教我未开言肠已断，才提起胆先寒，则把我亡国遗民血史弹。

（老生）"遗民血史"四字已足令见者惊心，闻者下泪了。只是一部十七史从何说起？（末）请听波！

（二转）（货郎儿）想吾族四千年达东亚，百余代文明雅化，二千万圣子神孙老世家。

（卖花声）蓦忽地欧和美的兵船占了江华，要通商奈锁国的政策难容纳，恰如那夜郎空自大。（货郎儿）打退了美法雄兵浪自夸。

（老生）当日我国也曾劝告请抛弃锁国政策，与各国修好缔约。（末）摄政大院君力主排外，后来与先王光武父子之间亦生意见呵。（唱）

（三转）（货郎儿）大院君一谜价顽强拒外，被清廷拘留十载。则有那强邻日本首先来，讲修好条文在，修平等礼应该。（斗鹌鹑）有国里维新党派，联各国通通上台，渐渐的人心暗坏。诸凡布摆，重门洞开。（货郎儿）又来了镇守新军袁世凯。

（老生）说到袁世凯镇守一役，功罪难明，我国至今尚无定论。（末）袁公不失为识时俊杰，只可惜贵国政府进退失据耳。即如我国金玉均，朴泳孝，洪英植诸人，心本无他。只以过于激进，不得国民同意，欲藉外力，受给日人，遂致失败也。（唱）

（四转）（货郎儿）自古道一山里难容两虎，况兼着强邻悍虏，成日价攘权争利便私斗。

（山坡羊）藉端的横生冲突，助恶的是社鼠城狐，骄横跋扈。我韩王吐不得咽不得受尽了欺凌苦。劫了乘舆，出了宸居，乱纷纷直弄得九庙霾烟雾。俺人民呵空悲愤，难救扶。呼，不起胥左徒。（货郎儿）只落得伏阙陈东来痛哭。

（老生）甲申一役为甲午之导火线，甲午一役大清的威名扫地。贵国得独立的虚名，受并吞的实祸，遂成为今日远东问题的导火线。已往之失，说也无益。未来的祸，不知伊于胡底，真令人痛心也。（末）男儿一

息尚存，匹夫有责，是在我辈。但提起亡国故事令人发竖眦裂耳。（唱）

（五转）（货郎儿）当日呵东学党起南陲初由内难，涉外交天翻地翻。清与日从此起兵端。（迎仙客）弑闵后，割台湾，李傅相议和约枪伤在马关。那日人呵！从此便藉口扶持，包藏祸奸；从此便假仁义，恣凶残，从此便外交军政全收管。（红绣鞋）从此便勍敌挫，同俄开战；从此便统监设，降我为藩；从此便实行吞并古三韩。也曾向海牙府诉沉冤。（货郎儿）不自立的国民，谁肯将来正眼看！

（老生）日人之县贵国，步骤夙定。纵起反抗，亦莫如何，真毒辣也。（末）丁酉勒缔议定六条，而我韩降为半保护国。乙巳战胜俄国，勒定保护约五条，而我韩降为附庸。朝野不堪，于是有海牙密使。此丁未五月事也。统监伊藤博文藉密使为辞，逼废光武帝禅位太子。勒缔协约七条，而我韩统治权全移于统监府。己酉十月，伊藤视察满洲，会俄度支大臣协定满蒙权利，且预约各国秘使会商，将白揽贵国财政而监之。我韩侠士安重根刺之于哈尔滨，而毒谋中辍。伊藤死而寺内正毅继之，遂以庚戌八月二十九日勒缔合并条约，降太皇帝为德寿宫王，大王皇帝为昌德宫王，统监改为总督。我韩四千年古国遂沦为日本殖民地，而李祚终，而韩国亡矣。（椎胸介）呀！呀！这是我韩人万世莫雪之耻辱也呵！（唱）

（六转）（货郎儿）吓，哈，可怜我痛煞煞先皇光武，生被他恶汹汹朝鲜总督，逼拶得惊惊遽遽悲切等因俘。（四边静）毕命是碜碜磕磕醢醢中毒。早激起家家户户兄兄弟弟整整肃肃，奔奔走走先先后后儒林人物，逼韩境密密匝匝义兵无数。（普天乐）又被他狼狼虎虎的兵，蛇蛇蝎蝎的卒，斩斩杀杀擒擒捉捉滥及无辜。幸有那安重根呵！刺杀了威威势势腾腾踔踔的伊藤凶虏。（货郎儿）霎时间装就了一幅烈烈轰轰刺秦荆卿督亢图。

（老生）安重根刺杀伊藤，虽无救于贵国之危亡，然有色民族，阴受其福。彼无色民族之野心家从此不敢轻视异种，肆其宰割。沧海椎秦，纽由刺魏，遗教远矣。太史公为刺客立传，所以发扬民族之精神。后来史家无述，我国人侠烈之风，亦少衰矣。贵国此风未泯，真堪健羡。（末）安重根有弟明根，以及张仁焕，田明云，李存明，金贞益，姜宇奎诸公，行刺敌人，先后授命，成否各有天幸，要其壮烈一也。吾人目之为七烈士。义愤所激，全国兴起，儒林，学生，义勇，退兵，僧侣，教

徒，妇人，女生，商贩，儿童辈继续为独立运动。日人纵极酷刑虐杀，前仆后起，毫不畏怖，繄可哀哉！（唱）

（七转）（货郎儿）我韩民争自主毫无畏怯，那管他长鲸毒蛇。骏儿女覆压纷纷蹈前辙。（小梁州）断右臂左手将旗揭，画国徽是啮指的鲜血，割国仇是舌头的寸铁，有天无日将身舍。嗳！至今啊，姓氏都磨灭。（货郎儿）积十年血和泪的滋培。请看这明朗独立宣言岂虚设。

（老生）欧战既终，列国开和平会于巴黎。美总统主张民族自决，实为生人之福星。贵国人即于此时为独立大活动，虽未成功，所掷代价已多，未可自馁也。（末）己未二月以大韩民国临时政府名义派遣代表金奎植赴巴黎和会，儒林代表及女学生亦有书请愿。国内全民一致为独立之活动。世界舆论，咸表同情。彼国人士，亦弹劾当局失策。乃悍然不顾，大肆杀戮。结果惟造成一纸死伤囚役焚烧调查表，为我韩民脑海中永远深刻之印象而已。痛哉！痛哉！那三月一日呵！（唱）

（八转）（货郎儿）这潮流风驰八道，全国民无分老少。（尧民歌）不期而会竞呼号，万岁声太高，太高。独立门波通禁川桥，白岳山云开仁王峤。（叨叨令）众英豪，也么哥！气冲霄，也么哥！（倘秀才）拥著俊髦。（尧民歌）万字宣言，演说滔滔，其推他代表，代表。只谒皇灵，痛苦先朝。十万众整肃无纷扰。（叨叨令）那天骄，也么哥！不相饶，也么哥！（货郎儿）待明朝准备随他坐监牢。

（老生）徒手示威，如以卵投石，总非长策呵！（末）我韩民义愤所激，毫无顾藉，十余万众，整队而进，锋不可当。日本宪兵慑于其势，手剑为之坠地。警察官士，无法制止。游行过后，民众代表三十余人，举祝杯于太和馆。自以电话告知总监部云：我辈在此恭候，无劳搜捉云云。即被派来宪警，全数捕系。次日总督府大发兵警搜捕，投狱者万五千人。三月五日太皇囚山，人民哭送者数十万人。虑宪警禁制，不能通行。庆愚显父子，谋阴组力士十余队，伏沿道，棒击宪警，乘势冲过，方能到达。彼乃以骑兵巡查，立捕庆氏等十余人。先是总督长谷川好道，决派剿灭。司令官宇都宫太郎不肯发兵。乃电请新兵渡韩，大行虐杀。此役韩民死亡，连侨外者统计达全人口百分之一五。致受世界舆论之指斥。日政府乃罢免长谷川，代以斋藤，思以小恩小惠缓和之。于是老侠姜宇奎爆击之于京城车站。此举足以代表吾韩全民心理决不受彼日人恩惠，惟求独立自立而已。韩民血史之结晶点，如是，如是。（老生）佩服，佩服。此不独贵国人民所当服膺，吾国人民尤当借鉴。我等倾谈半日，快慰平生，尚未奉询四君姓字。（末）我们亦未请教。脱略形骸，真所谓相赏在牝牡骊黄之外者也。（拊掌大笑，众亦拊掌轩渠介）（末）待老朽一一介绍。（指外介）这赵君圭斋名容复。（指净介）这金君作辛名从革。（指小生介）这玄君雄演名又玄。俺们呵！（唱）

（九转）（货郎儿）（指外，净介）我三人曾历事，三朝先帝。金和赵，椒房贵戚。赵君呵，与思庵内相是埙篪。（老生）邻邦交旧，易代相逢，倍增凄感。（脱布衫）（末）金君呵，羽林军，家世为兰锜。太冲赋，有妹是昭仪。（指小生介）这玄君，彻侯旧门第，游欧美，学成官绣衣。（醉太平）重复入，海陆军，躬亲见习。吓哈，国亡了，没用处，好似屠龙技。（老生拱手介）失敬，失敬。公等乔木世臣，国之元气。将来光复旧物，正要长材。玄君年事正富，倚赖方长哩。老丈既同国姓，必是皇族。（末）俺呵，托根仙果早分枝。序昭穆，宗人□近藉。（老生）因何来到敝国？（末）都只为家亡国破难存济，因此上相携访友到中华地。（老生）毕竟老丈是何人？（货郎儿）（末）恁先生，絮叨叨，苦问俺是谁。则俺字畴孙名唤做商传身姓李。（老生）海天重话，邂逅高贤，岂惟快慰平生，直是三生有幸了。（众）先生姓氏，尚希赐教。（老生）鄙人生丁〔于〕乱离，饱更忧患。避世逃名，来此海滨。聚徒讲学，自称乌有先生。从前的姓名，不愿再提，恕不明告。赵君与仆既属世交，又未容自秘。这国后尊容后面附有琴歌一纸，上有籍贯姓名，即以奉赠诸公一览便知。（取像片揭下一纸交众，众接观之）（末）老朽凤耽七弦，望以指法全谱见赐，流传海东也算一段佳话。（老生）期以三日，录出一本，可以如命。老丈的血史哀歌，亦望并工尺谱见贶。（末）我们三日之后，再来奉访，彼此交换。好吗？（老生）好极，好极！我们只顾高歌倾谈，倒是耽误了敬酒。（取酒遍酌众互酬介）（末）今日可谓千载难逢的胜会也呵！（唱）

（尾声）你道耽误了诗篇李白传觞快，我道倾写的词赋兰成故国哀。畅好是知音喜遇知音在，这琴歌壮哉！这商歌痛哉！（老生）老丈吓！（末）先生，我们便相互的把几叠梵谱霓裳播千载。

（众）你看，日轮如血，海气成虹，暮色苍凉。我们须索趱行下山，好趁汽车归也。

（老生）客里清明百感生，（末）成连海上又移情。（众）贪看落照忘归去，（老生）好觅沧浪事濯缨！

（同下）

附记：琴调《明妃三叠》，山阴胡稚威征君撰，辞见集中。其指法谱，昔年在北京见有传写本。征君试鸿博，以鼻衄污卷被放，乃托明妃以寄慨而为此辞，故其言深痛，为王介甫欧阳永叔及自来咏明妃者所未道。指法不知何人所谱。余仿其调，作《闵妃三叠》。友人昆明赵君子珩酷爱之，为作指法谱，又谱入昆曲正工调。

北曲《九转货郎儿》，始见于元人《货郎旦》杂剧女弹折。《货郎儿》本属正宫，因首二调《一枝花》，《梁州第七》属南吕宫，故逐入南宫。李玄玉曰：词在南吕，题编中吕，缘所犯皆中吕与中吕借正宫也。《长生殿》弹词折，全仿女弹；然偶有衬上加衬之处。今折衷两本，而为此曲。女弹正旦唱，故为凡调；弹词生末阔口唱，故为尺调。所犯十三调：《卖花声》《斗鹌鹑》《山坡羊》《迎仙客》《红绣鞋》《四边静》《普天乐》《尧民歌》皆中吕，亦入正宫；《小梁州》《倘秀才》《脱布衫》《醉太平》皆正宫，亦入中吕；惟《叨叨令》属正宫。南曲多犯曲，亦曰集曲。北曲无之。惟此调自二转至九转，共犯十三调。北曲一折率用一韵。此调《一枝花》《梁州第七》《隔尾》同用一韵，《九转货郎儿》每支一韵，在北曲为变例。盖《一枝花》《梁州第七》《隔尾》为一套，《九转货郎儿》夹其中是为夹套也。九转末句，女弹云：名唤春郎身姓李。李本宣玉剑缘云：名唤珠娘身姓李。弹词云：名唤龟年身姓李。雕菰老人诋为生吞活剥。然事有巧合，不妨袭用也。今若付之歌喉，其工尺亦参酌于弹词女弹。按定例酌改其阴阳四声之异者，即可矣。

作者

（载安庆《塔铃》半月刊第 7—8 期合刊、第 9—10 期合刊，

1931 年 10 月 25 日、1932 年 5 月 22 日）

◎ 译 作

小 说

披霞娜[*]

玄镇健 作　龙　骚 译

他的躯体和灵魂，是沉醉在家庭的芳醇里了。

他在日本的一个大学里毕业不久之后，他的那位一见着就使他起不快之感的形式上的妻子突然死了。

现在，他又和一个曾受过中等教育的美丽的姑娘行了所谓新式结婚，那个新娘子，有鬈曲斜分的秀发，有穿着西洋皮鞋的轻移的双脚，使他满意。此外，当他一见着那一对微笑的媚眼和弹动的腰肢时，他觉得他自己是最幸福的人。的确，他找到了人生过程上的光荣了。

靠了他的父母，他从小就有许多财产。他的父亲在几年以前死了。现在他从父亲的虐待与束缚间得了自由，他可以向年长的兄弟那里分得一分自己应得的家产。在那嫩风吹着落花的晚春时节，他为求甜芳的蜜月旅行，就寂寞无援地离开了故乡，飘流到汉城去开展他俩的新生活。

他最先就买了一座二十间的房屋，努力把它装饰成理想的家庭。如他们所叹息渴望了很久的那般了；在楼板的中央，置着桃花心木的桌子，四面分围着沙发，做他们的会客室。又决定把主要的一间做卧室，对面是书斋。越过天井的一间，就做了膳堂。据说黄铜的食具有碍卫生，所以他们代之以玻璃或陶器的；至于像衣橱或箱笥那类的朝鲜的杂用器具，也占了相当的地位；虽然他们从来不曾试用过。如果谁走进了那座屋子，第一瞧见的是那架放在地板上的倚壁的嵌着镜子的衣橱，其次是井然地放在那张洁净的枸杞桌子上的玻璃或陶器的食具。

说实话，他和她是家庭的重要份子，只另雇了一个女庖丁和女缝工；那少奶奶是终日不做事的，因为她的丈夫并不会忧衣食，而且在社会里，

＊　本小说发表时为世界语与汉语对照，现略去世界语文本。——本书编者

他永不想谋到琐碎的蝇头微利，他慢［漫］不经心着人们应做的工作。只有读书，讲情话，斗牌，拥抱，接吻；是他们每天的日常功课。

他们此外的功课也不过是寻找些必需的东西来布置理想的房间。这位理想的少奶奶，运用她犀利的观察细微的考量，先后发现着一件一件的东西。那西洋的画片，和剪指甲的小钳，要算是其中最重要的了。

有一天，少奶奶突然想到了一件必要的东西，她非常吃惊，怎么她以前从没有想到这件东西。她只自期待着已经外出的丈夫的归来，她很寂寞，谁能够想像出她如是［是如］何焦勺［灼］的等着她的良人呢！

她的丈夫回来了，她奔到他的面前，像有什么紧要的事。

"我今天又发现了一件东西。"

"什么东西？"

"那个？那个是需要的，对于我们的理想的家庭。"

"为什么你能够使我相信那是需要的呢？"

"你猜，那究竟是什么。"

在少奶奶的眼里，满装着自信的意味。

"那末它是什么呢？"——丈夫自言自语的笑看着远处的山头，又回顾那些杂用的器具，严肃地正像在想她刚才提出的问题，到底他想不明白。最后，他脸色惶恐地向她说：

"我猜不出那是什么。"——他重又微笑，带着羞涩的神情。

"当真你猜不出它是什么吗？"——她骤然间吐出了这一句话，一边媚笑，一边镇静地细看着她的丈夫的脸子，好久好久。仿佛她有重要的事情快要说出，终于嘴吧［巴］凑近了他的耳朵，说出了一个字；轻轻地。

"披霞娜——"

"披霞娜？哦，是。现在才明白了。"——丈夫这末惊奇的回答，仿佛正从沉醉的梦里突然醒悟过来似的。至于披霞娜能怎样给他们幸福，只要想一想，不难知道他们会得到很大的欣快的。他的无意的张大的眼睛似乎真瞧见了少奶奶的雪白的手指，按在披霞娜的琴轸上像电一样的抖动着。

两个钟点之后，美丽的披霞娜像皇后似的已放在地板上了。少奶奶热烈地注视那座新的乐器，而一对夫妇的微笑的目光互相交流着；竟有不可言说的快乐。

或者，是善良的命运横在地板上了。

"是，你的话真不错。有了这个乐器，使房间也增光不少呢。是不是？"

"那末，你瞧，这是何等样的发现呀。"

"的确，你是富于思想的，所以才配做我的理想的贤妻呢。"

"我，是不是当真是这样……啊，亲爱的。"——她说后又微笑了。

"你愿不愿弹它一次呢？我羡慕你熟练的技艺。"——他很幸福地转过脸来对着她。但是，突然，那完好的快乐，从她的脸上消灭殆尽了。仿佛有人替她的脸上染了一层的血。她很命地要遮掩羞涩，她所以用着抖战的轻微的声音回答：

"我亲爱的，还是你先弹一曲吧。"

天呀，这个时候，他有些燥急了。但有好久，他们支持着黑铅一样的严重的沉默。

"对于游戏，我们之间还需要客气吗？玩一曲吧，在我面前也不用老是羞怯怯的哩。"

过了几分钟，他渐渐地镇静了，然而他的声音还有点慌张。

"我？呀，我不会弹琴。"——那少奶奶的脸火一样红，言话像蚊声一样的低微，终于她的眼里，竟然流出滴滴的眼泪了。

"你不会弹吗？我来，我来弹一个曲子。"他用着自信的语音这样说。而且坐向披霞娜的跟前了。但是，天呀，他和她也是同样的不会弹呢。倒底发不出正确的曲调，他单单手抚着琴轸，东一抹，西一抹，这样地卤莽。

于是，尽在那里注视这位理想的少奶奶看见了这个也渐渐地把自己镇静了。并且娇媚的笑着对他说：

"真不错，我的爱人，你弹很好。"

一九二九，一二，一二。

（译自《朝鲜时论》）

（载中华全国电政同人公益会《会报》第57、58期

"世界语"，1930年2、3月）

827

荒芜地

张赫宙 原著　叶君健 译

　　张赫宙是现代朝鲜的一个年青的作家。他以朝鲜日常生活为题材，用日文写出了多量的小说。去年改造社出了他的第一本小说集子《姓权的人》，一时在日本文坛得到不少的好评。张君的作品先后被介绍到中国来的有《姓权的那个家伙》及《被驱逐的人们》。这儿的一篇小说是写朝鲜的农民生活，带有极浓厚的乡土风味，原作写得非常生动，经过一番翻译，怕要减色不少吧。

译者于武汉

一

　　太阳向对面山边沉下去的时节，牛岩洞的年青人，在村前的广场上集了拢来。小孩儿们敲着乐器，在年青人之间蹿来蹿去。

　　年青人，在白色新衣服上，套着有颜色的领褂；头上缠着洁白的长布条。

　　"我们开始咯。"

　　赵仁贤，挺出他那岩石似的坚固的胸部，这么地说了。

　　"对啦。"

　　五六个年青人，把腰带紧了一下，从那些小孩们手中把乐器夺了过来。孩儿们啧啧地骚动着，逃了。

　　"呃，不拿来？"

　　"否则我将把你们的脑袋敲坏的。"

　　十五六个年青人，以粗暴的手尽敲着乐器。有两张大锣和三张小锣，长鼓只有二个，其余的人都拿着小鼓。起先小锣镗镗地响起来了；其他的乐器也发出种种的声音。合着调子和谐的音！年青人围了一个圆圈，舞蹈起足来。小孩儿们，妇人们也在广场的周围集拢来，涌涌地动着。女孩儿们在妇人们的背后窥望。

年青人瞥见妇女们，足更舞得起动〔劲〕了。

周围是一片白色。在背后的一些山顶间，淡红彩色的圆月，露出来了。清凉的光掠在人们的头上。是湖水也似地广漠的农场，像绘画也似地浮出来的，直径差不多有二里的圆形的农场。在它们的周围，是屏着低伏的丘陵；这，使你会联想到缥缈的湖水。黄金色的稻，在微风中动着，摇着柔软的水波；周围如屏风样的丘陵上面的一些部落，隐在薄薄的烟幕里；微微飘来的，年青人的音乐的声音，使人无限地想起和平的憧憬。

这个农场，是在低湿的地带，因了连年的旱魃，比起高地的田亩，稻是熟得比较好些的。将近二千户在这丘陵间的各部落，都是这个农场的佃耕者。在收获后了的农民们，阴历八月中旬的时节，用新谷祭了祖先于是庆祝丰年，村村总是兴高采烈的。

在牛岩洞的年青人之间，因为爱玩的人多，比起别的地方，是要算庆祝得最华贵的了。

领率着村中乐队的赵仁贤，右手持着大的扇子，在乐队的前面，悠悠地挥着。敲着小鼓的年青人，围着一个圆圈子，弯起腰坐了下来，小鼓放在胯间，奏出种种的曲艺，发出种种好听的声音。提着大锣的人，依着空调，击出钝重的镗镗的声响。

外面围着的妇女们，望着那些滑稽的年青人，拍掌好笑起来。

小孩儿们，呱呱地吵着，像雀子一样地骚乱起来。遗儿把群众分开的，是宋世民和金正玉来了。宋世民走近赵仁贤，把他的袖子拉了一下。

"仁贤，讲几句话。"

赵离开人群走近宋这儿来。乐器的声音已经听不到了，宋世民在赵仁贤耳边咀唔着。

"疲倦了吧，来开始喝一杯哟。"

"预备好了没有？要是预备好了，我们大家就来饮吧。"

金正玉这么地说了。

"那吗把吃的东西也送来呀。"

"还没有完呀。"

赵仁贤竭力制止这些狂乱的年青人。

"停止啦，开始喝一杯咯。"

"唉，喝吧。"

"咱们的喉咙已经干得有些受不住了。"

"足舞了半天，真是吃不消。"

年青人把乐器扔在地上，一屁股就坐了下来。

妇女们在场上站着，低低地好像在私语什么。孩子们在商量怎样把年青人的乐器盗去。

"你们这些饿鬼，这可是不行的。"

"走到哪儿去吧。"

孩子们被追赶着，便向女孩儿们之间溜。

"你们的多得很啦。"

孩子们咀唔着，都向村子那儿去了。宋世民，金正玉及五六个年青人，搬运了一些盘子里面装着的食物来。浊酒两桶，在坐着的一些年青人的面前放下了。一些年青人的咽喉里都格格地响起来。

"这些酒是宋世民的东西，大家来饮吧。"

赵仁贤这么地说了，同金正玉把这乳白色的浊酒，向每个酒杯内倾了一杯，循环地分给这些年青人。年青人很快地走出来，愉快极了。孩子们蹿入他们之间，偷盗食物。

"我们底，是一等的村庄，长鼓也有两个。"

"是呀。加述洞的那些家伙就是一个长鼓也没有。"

小孩子们都高兴起来。只要看乐器的多寡，这一村的势力就可以一目了然了。

当食物吃完了的时候，村中五六个老年人走来了。他们是宋世民的父亲宋道出及金正玉的叔父等。老年人来了，年青人都站了起来，表示尊敬。

"请坐。粗糙无味的食物，各位请随便吃。"

宋道出和蔼的面上含着微笑，象是爱抚一样，在年青人之间走过去了。赵仁贤很恭敬地叩了一个头。宋道出说：

"啊啊，辛苦。仁贤。"

"没有什么。这么劳您来看我们，真是感谢不尽。"

"一点粗糙的东西值不得什么。"

老人总是很愉快地离开了他们。

"各位，我们也来喝一杯吧。"

宋道出指着村前大路上的酒幕。

"好。那些年青人玩得那么地热闹，也使我们记起往时的事，可是我们已不能舞了。"

"是呀，是呀。"

"我们若干一杯，也可以舞一下吧。"

老人都愉快起来。走进酒店内铺着席的坑［炕］间来，便在酒桌前坐下了。

"金老板娘，拿酒来哟。"

一个四十来岁穿豆黑色衣裳的女人，从房内搓着手走了出来。

"来了。"

她便把浊酒注了几杯，递上老人这儿来。

一连饮了五六杯后，宋道出爷开口了：

"别的地方，生活是非常地困苦，然而这里的农民是这么快乐，不禁使人忆起，我们年青的时候，流落到这里来的事体，现在细细地想起来，真是不胜愉快。"

"是呀。"

"啊，老兄。咱曾经是泗川张富者的佃户，那时是很苦的啦。咱受不住，就连带着妻子，一同漂流到这块地方来。"

这儿的佃农大部分是从别的地方漂流来的。

那是二十余年前的事体。一九〇三年间的南部朝鲜地方，在近世饥馑史上，是值得大书特书。癸卯年的麦子歉收，及翌年甲辰年，乙己［巳］年一连三载的歉收，实在是从没有看见过。封建制度下苦恼着的农民，像虫蚁一样地，都濒于饿死，于是只有男负女带一群一群地到外面去逃荒。

乙己［巳］年，彼时适当日俄战争告终，这儿的三千亩大荒野大地主新井半兵卫特为开放，对于四方漂流来的人们，无条件地给他们耕种。那时荒野的大部分是湿润地，没有用的杂草地；凭了这些农民的手，高处的土地渐渐被开垦了，肥沃土地耕地化了。佃租是随佃户的意，随便把收入几分之几送给主人。

从此十七年间，筑堤防，置排水设备，掘壕沟，——三千亩的大荒野，变成了肥沃的密集农场。二千户的佃农，尧舜以来的击壤歌，又唱起来了。

"啊，老兄再来一杯吧。"

"已再饮不下了。"

宋道出辞谢。

"去看看那些年轻人的热闹好吧？"

"好！"

两老人带着醉意向广场行来。广场众人的后面有五六个男女孩儿们在起伏板上玩。把妇人们分开，便走进来站在一隅。

年青的人踏着脚，差不多把地上都憾〔撼〕动了。没有拿着乐器的赵仁贤扮做"史道"，宋世民扮做炮手，金正玉等四五人假装着老爷与婆婆，夹杂着乐器队，演出种种的故事。赵仁贤扮装的"史道"使那些妇女们感到尊严，炮手宋世民是用的铁炮，好像真是要狙击那些妇女们一样，使她们四散地逃跑。金正玉等因为装扮得滑稽，大家都对他们好笑起来。乐器更激厉地响起来，反应到山里，木叶也差不多振动了。

金正玉的叔父，像一个猿猴一样，也弯着腰加入音乐队里来。老人们于是都发出欢呼声，妇女们忍笑不住也都笑了出来。这么着，老的，少的，男男女女，一齐同乐了。月，挂在清冲的天际，大家都不知疲倦地热闹了。

这时，一个人：

"对面走来的是经理人吧。"

于是大家便向村的西南方，遥遥的黑的人影望去。像是在波中游泳的一样，那绊影走拢来了。这是经理沼田。二十年间的主佃关系，村人们，就是光闻着他的体臭也晓得是他来了。

"啊，是沼田先生，我们大家都舞吧。"

宋道出这样很严肃地发言了。

经理来了，年青人更觉得愉快起来。救命的恩人来了啦。大家都竭力地热闹着。

这时沼田经理的姿容在村前现出了。宋道出及其他的老人都走上去迎他。

"经理先生今天驾临此处。"

老年人都弯下腰来叩头。

"呀，诸位都来了。"

沼田穿着和服，一面现着慈父样的爱抚之情，一面这么地说。走进广场时，女孩儿们，像接待神圣的一样，很恭敬地退开。

"咳，牛岩洞真是豪华极了。"

用很流利的朝鲜语这么地说着。

年青人差不多把乐器敲的响得要坏了，假装队又演出诙谐的故事。

沼田于是便"哈哈"地大声笑了。

妇女们，因了沼田的狂笑，也不禁觉得好玩起来。

其时年青人都停止鸣乐，向沼田叩头。

"多福，多福。"

沼田从怀里摸出钱来，给五元纸币与宋道出老人。

"请收下这一点点去买些酒吃。"

"什吗，这么的多?"

宋老人吃起惊来。

"呀，少了。"

"大家听着，沼田先生给我五块钱作为买酒之用，真是难为。道谢!"

"呃，这么多的钱?"

赵仁贤一面说，一面叩头。

妇人们都一齐：

"要他老人家赐金。"

"多谢多谢。"

沼田说：

"我还要到加述洞那儿去一趟游览，真是愉快啦。"

于是便向左边的堤岸（因了洛东江河水泛滥，为了要阻止其袭击农场，便筑了这个堤道，体积甚大。）上走去。老人和年青人跟着走了两三步，又很郑重地叩了一次头。

"无事望常驾临。"

"好好。"

沼田的姿容，在堤岸上，向淡淡的月光中走去，一直到看不见了，农民才回到广场来。

"又得来吃一顿盛撰［馔］啦。"

宋道出爷这么地说了，宋世民及赵仁贤开始准备着。

二

沼田沿着山脚，走下堤岸来。每走过这边时，就有一件讨厌的东西触入他的眼帘。为了避免这件东西，他就斜望着远方走过去。他所不愿看的东西，原来是一棵大枯柳底残株。看到这棵柳树的残株时，就使他忆起十七年前种种不快的事件。已经有五十余岁的他，现在乃是像一个圣人一样，有很深的慈悲心底财主。往时，他在日本是一个犯过三次罪案的强者，到朝鲜来了以后，收买农场时这三年之间的种种暴乱的行动，使他记忆起来，不禁有一种悔恨之情而觉得可耻。

沼田来到朝鲜之际，正是东亚风云渐渐告急，日俄间关系恶化的时候。那时他由熟人的介绍，认识了新井半兵卫。新井是东京的一个财主，像财界的任何先进者一样，他对海外投资注起目来。当时，这个在极度紊乱中的半岛，介乎大国露西亚与新进气锐的日本之间尚陷于迷暗之中的时候，日本的财界在战后新出的统监府（注一）援助之下，便在这儿随意进出了。新井就是其中的一个人。他属目于这块大的荒芜地，确信以小小的资本，将来可以经营出很大的农场，于是便叫沼田用种种的方法收买。

当时这个半岛的农民，刚刚从靡烂的政治中滋扰［滋扰中］解脱出来，又逢一九〇三年春季的麦荒，于是放弃土地，到各【处】成为漂（处）流者。第二年荒收仍是继续着，这块"荒芜地"的主人便以一町步（注二）在叶钱一两（注三）的价格下出卖了。低地和杂草地是没有价钱的。高地的田亩的价钱也仅仅无几。沼田好像是拾着的东西一样，微笑地收买起来，对于漂流的农民们，便不要佃租，给他们耕种。但是，在地主之中，也有些人不愿意卖的。对于这些人，除了威吓以外，再没有别的办法。

"您不卖是不行的啦！"

江户儿（注四）沼田，是极其性急的，褐色的面孔是会红的。在他的肩上，无论何时，总是扛有一根猎铳。村中的地主人噤若寒蝉，话也不敢讲了。

一九〇五年以后，沼田更趾高气扬起来，因为这个半岛的统治权，已经归了他的母国。

不过还是有两个地主，不为他的虎威所胁。这是他的心病。

一个秋天，他在洛东江沿岸行走，打射野鸭，手中持跟他一路的翻译朝鲜人所捕获的东西，说：

"算了吧，不疲倦么？"

"没有关系。"

翻译拙劣的发音，把重音放到后面一个字上面去了。

"真的吗？那么就来打一回鱼吧。"

沼田和他的翻译，一同走到江岸来，一个也没有捕着。于是仍走回农场。这时望见从加述洞这儿走来一个老人。

"呃，那个家伙是李吧？"

翻译把那个人影斜着看了一下，答道：

"对的。"

"妈的，干吗总要说土地不卖？今天来威吓他一下吧。"

他们于是在土丘东侧的那株柳树根下弯下腰儿，等待老人走近来。老人沿着山脚，在杂草间的细路上迈步过来。沼田等于是便在老人前面塞住去路。

"呀，李老人到甚么地方去啦？"

沼田这么地说了（由翻译译成鲜语）。

"到对面的村子里去有点事儿。"

老人腰硬脖子直地答了。

"哦，那是甚么时候说过的话。以后不要再讲那么自傲的话啦。卖卖何如？卖吧，使这块农场成一个整体！"

"这咱很对不起。咱的土地决不卖给日本人的。"

"干吗？"

沼田像是受了侮辱一样，【脸】红了起来。

"大爷啦，您老兄何必现出这么的脸色。"

沼田于是便揍了老人几下。这他一直到现在，是时常做的。

"干吗的，你？咱不是这么容易吓得住的人哪。"

老人怕弄出不好的事来，只握着他的××一拉。沼田想把老人握着的××解脱出来，可是老人握得紧，无论怎么样也摆不开来。

"不放吗，您这老头儿？"

"你这杂种！"

"啥××种？"

沼田的头发都怒得竖了起来。于是便不顾一切地挣脱。这时老人从他们之间溜了出来，便给逃走了。

沼田和翻译呆了好一会儿。

"这并非为我自己，才要把这事弄清楚才好。"

沼田嗫嚅着，便叫翻译向村子走来。

* * * * *

自此数年之间，沼田把这二千步町的广大土地悉数收买。周围被一些山围着的这一块大平原，不准为其他的人所有。

漂流的人们都集到这儿来，依着丘陵的脚下，建立了许多的村子。他就驱使这些农民而在其中取利。

地主仅以数百元的资本，收买了这么大的一个农场，已是很满足的了。

"务必要使佃户享共同的利益，因为这块地还没有开垦出来。"

从东京的地主那儿，时常有含这种意味的指令，送给沼田。

土地依其位置和地质的重要，有一等地到八等地之分；其他的杂草地则为无等级地，依着这么区别，分给佃夫们耕种。有等级的土地，佃租是有一定的规定的，故名之为定租地，其他则为调定地（即在秋季佃租依稻的收成如何勿［再］临时议定）。无等级地则全然没有佃租，给佃夫开垦。佃户自费从事土地开垦，数年以后就成为等级地，而当做不变的耕作地耕种。这些土地的开垦费，就成了他们的财产，若佃田是让给他人去了的时节，那么他们就有受取开垦费的权利，大概一町步五六百元的样子。

因之佃租契约全然没有，只是某处土地某某人耕种这种简单的文件而已。

佃户都很愉快地耕种着，幸福地生活着。二十年后的现在，农场的种种设备都完成了。堤防筑起来了，在农场之中央，洛东江的支流流了进来。从这些支流更掘了许多壕沟，于是农场的水脉也完备了。在农场之中央，建筑得有现代风味的事务所；在通过农场南部的马山线进永停车场的附近，也建造了几个巨大的仓库。搬进谷物的货车的小的线路，也在事务所和进永驿之间敷设了起来，约有一里半的道程。

在农场事务所附近，有从日本内地移来的九十户移民。他们建起了新的村子。

设备完备后的佃租，大概每一町步是依照这么样地计算：

一等地　　　二十四石

二等地　　　二十二石

三等地　　　二十石

四等地　　　十八石

…………

其次在这几等地以下的佃租，则都是依这个标准：主人得三，佃户得七。

可是，慈悲的地主一年一年渐渐少了。佃租增起来了：主人得四而佃户得六。

农民们虽则是这么样，但仍很太平地生活下来。其他的福裕是没有的，只要有食物吃就已算满足了。

＊　＊　＊　＊　＊

沼田在年入二万石之中，自己得一半。往时犯过三次罪一文莫有的他，现在成了年入万石的中产者了。这，他已觉得是满足了，年青时的罪已减轻，老来过着安静的生活。往时想起来觉得讨厌的东西，现在已从他的身边除去了。

可是，现在这堤防旁边的柳树的残株，虽则它的树干在数年前已伐去了，根还没有除掉。沼田一看见这株残根时就觉得讨厌，头痛了好几天。像佛一样慈悲的他，完全受了伤了。

现在，他想起牛岩洞的佃户们把他像父亲一样地敬爱着的时候，他竭力把这过去的种种，在脑子内忘掉。

三

秋。农家一个人要做两个人的事，人手是不足的。

宋道出爷种得有一町五反步的佃田。儿子宋世民连三个临时佣人，再加两个仆人一共是六个人；他们用打稻机把稻子打了下来。是第三天了。外庭是高高地堆着金黄色的稻桐；谷子被打下来了的稻草则是在另一处堆着的。稻机擦擦〔嚓嚓〕地回响着，稻实就疏疏地落到席子上面来。四坐稻机前面的稻实圆圆地滚着，宋世民和仆人把它们用斗量着装进袋子里去。宋老人一面步着，一面用手忙着指挥种种。仆人搅着稻实，吆喝着。

"当心啦，一粒谷就是一滴汗呵！"

仆人被责着，不痛快的样子似地把脸鼓起来了。

晚间，宋老人对宋世民命令着：

"把事务所的袋子拿出来，用斗量进去！"

世民把印有㧜印的大袋子拿了出来，把比较熟的上色的东西量了进去。这些袋子是主人专门为了纳佃租而配布给佃户的。

宋老人的佃田是属于二等地及无等级地两种的，佃租应该是纳二十三石。能装二十四俵［石］的袋子是被绳子捆得紧膨膨的。西边土塀下排列着许多的松树棒，这些袋子便在上面堆积起来。

黄昏了，四面都暗了起来。佣人及仆人们把稻草用绳子捆做圆筒的形状。这种圆筒形是很不少的。

宋老人感觉得非常地满意。除了纳佃租以外，还多得有二十六石。

夜。老人把饭吃完了。儿子也把甜蜜似的碗里堆积着的饭很快地吃完了。他是一个刚刚越过三十岁的，温顺的青年。老人这时把他在儿子还只十岁时，在南鲜地方一带漂流的事记起来了。追忆着当做泗川张富者的佃户时那种痛苦情形，以及后来乞食的那种生活，和现在的境遇比起来，真是不知要怎样感激才好，尤其是地主新井氏的恩德要衷心铭感。不过地主是在东京，不常到这儿来。只是每年在秋季视察农场的时候才来一次。地主来的消息在各村一传播，数千的佃户便群集在车站，像迎国王那么样子地欢迎着。

地主新井氏已经是一个六十多岁的人了，以一点点的资本，年收二万石，这种无与伦比的利润，是他愉快的一种资料。而他这么每年一度地，受数千佃户的衷心尊敬，像生命的源泉似地被崇拜着，跟［比］死后到天国去还要觉得痛快些。

今年秋，宋老人听到主人的病，非常地感到悲哀。要怎么样地感谢才好呢？这个问题在他心的深处环绕着。

"世民！我们光这么样子是不行的哟，地主的恩德要传给子孙代代才好。"

老人像恳求的样子对儿子说。

"我以前曾想过，为地主建立一个颂德碑，您以为怎样？"

"我也是这么想咯。"

老人便决定在今年来募集基金。

几天以后，牛岩洞的人们便集在村前的广场上来讨论这件事。决议是，地主的颂德碑必得在来春建立起来。

回章巡回了二十几个村子，赵仁贤以及宋世民这些年青人也到各处循回游玩。可是这并不须有劳苦的必要。

第二年夏，比预定稍为迟了一点，地主颂德碑终于在农场之中央建立了起来。这是在力［离］十米基地上面有三层的，三米高的一个石碑。在石碑最上方一层的前面，刻着有"新井半兵卫颂德碑"几个大字，在后面则是纯汉文的长的碑文。侧边则刻着有这么的诗句：

开拓荒芜　三千町沃　任事贤能　泽被佃户

万口资生　玄谁之力　满野欢声　颂公之德

<h2 style="text-align:center">四</h2>

这是三年后的事体。

"农场卖了啦！"

"真的吗？"

"这个地主是什么人啥［啊］？"

这种传说传到各村，使村里都不安起来。

赵仁贤从进永市归来的路上，听到人人传说着，好像是事实一样，非常地感到不安，头脑也变得重起来了。

回到村里，便去访宋世民。

"世民在家么？"

走到内庭，便这么地问着。

"谁！仁贤么？世民不在家啦。"

宋老人把脸伸到房门口外面来。

"农场有被卖的风声啦，真的么？"

"是这么地说啦。昨天到财洞事务所去，书记是这么地说着。"

老人也感到不安起来。

"是卖了一百七十万圆啦。"

"唔，诺［偌］大的一个数目！是甚么人买的咯？"

赵仁贤吃惊地问着。听到百七十万圆这个大数目，头也感到似乎昏了。

"是个啥人我还不大晓得，只听到一个名字，说是叫做'迫田'的这么一个人。"

赵仁贤带着很耽心的面孔走出庭来。

"不必着急咯，像以前那样，还不是种稞田！"

"啊，不必着急——"

赵仁贤转过土塀的时候说。

下秧的时候。

各村的代表都被唤到事务所去。

牛岩洞的赵仁贤，宋世民，金正玉等也被唤去了。在广庭上面各村来的代表差不多有百名集合着。

事务室的玻璃窗内，有不容易看见的着洋服的两三个人在坐着谈笑。沼田管理人，对着一个着和服将近五十的男子，在谈什么话，他的秃头，映着窗外射进来的光线，怪光滑的。

这些农民，在庭前槐树和杨树的荫下，坐着，吸着烟草。

将近正午的时分，沼田走出事务所来：

"诸位，请都集拢来。"

这么用很巧妙的朝鲜语说了。

农民们在门口的一个台前群集着。事务室的门开了，着和服的男子和着洋服的绅士都走了出来。

"诸位想已经是知道了，这片农场，现在是已卖给了釜山的迫田先生。鄙人和新井半兵氏，跟诸位二十余年间，其主从关系也实在亲睦，现在卖这块田地乃不得已的事情。再，鄙人将离开此地，移住到东京去。"

沼田的声音，有几分颤震的样子。二十五年间，他在这块农场跟这些佃户一同生活，现在不得不带几分感伤。浮着纯［沉］重表情的农民们，因为悲哀，在脸上眼睛也湿了，口角边也起痉挛了。沼田不断地讲些回忆中的话。讲完后：

"这位是迫田先生。"

便指着穿和服的老绅士。

"这位是此后新的管理人金时权先生。"

便指着一位穿洋服的男子。

金管理人便走上台来：

"今日继沼田先生之后，跟诸位一同生活。"

便把经营农场的大方针说明。

他原来是东新的郡守。现在他辞掉了郡守的职务，到迫田家来当执事。迫田在这南鲜地方拥有五个大的农场，听到新井老人有卖掉这个农场的意思，便对沼田说合而收买了，他则成为这里的管理人。

新井氏与沼田，起初经营这个农场的时候，不过只一点点儿资本，差不多全是以民众的牺牲和努力而成功的，二十余年间，每年收入二万石也算满足了。现在出卖得的百七十万圆，真有"拾得物"之感了。

农民们的瞳子异样地灼着，盯着这一个新的管理人。这个人，跟沼田那种平民的态度比起来，是尊大，难近，威严多了。

"这是可怕的一个人啦！"

"对的，从他的谈话中就晓得。"

年青的农民都这么低声说着。

"说的什么咯，我一点也不知道。"

"啊，都是一些难办的事啰。"

金管理人，现在以往时当郡守时召集村长训话的那种态度，讲说着。

话讲完了，便走进事务室里去。

外边的农民们都走近沼田，握着手。

"何时再相逢咯！"

农民们都说着。

"为什么要离开我们去呢？"

"咱们此后将再怎样办咯！"

农民们都互相说着。沼田：

"不必着急啦，现在的地主乃是一个很慈悲的人。"

"努力的耕作。将会幸福的。"

答着这种种的话。

向村里归来时，农民们像是头上覆得有暗云一样，都忧郁起来。

"咱们虽不想什么，总禁不得不着急。"

赵仁贤对宋世民他们这些人讲。

"我也是这样啦。"

金正玉不快地一面走，一面说。

"将来会发生什么咯，我一想起来，也感到没有办法。"

赵仁贤说。

"啊啊，世民，沼田先生当这块地还是荒芜以来就跟我们是主从。现在来的这个姓金的人就不是这么样啦。将来一定会要发生不好的事体的，我想。"

世民肯定地说。

"还是安心一些吧。太过火的事体想是不会做的。"

"要是这么说，也许是会更好些也说不定。"

金说。

"呵，倒底怎么样还是不知道咯。"（未完）①

注一：统监府：它是当朝鲜在日本保护之下的时候，代表日本政府督韩国一切内政的官职。

注二：町步：日本量田亩量名。

注三：叶钱：朝鲜在韩朝时代所用的一种钱币。叶钱一两现合日金二十录，约中国钱一角六分。

注四：江户：江户为东京旧称。"江户儿"即东京所产的人，含有"市侩"的意思。

（载上海《大众知识》第 1 卷第 2、3 期，

1935 年 3 月 1 日、4 月 20 日）

---

① 《大众知识》止于 1935 年 4 月 20 日第 1 卷第 3 期，这篇小说只载到第四节，未能载完。——本书编者

乞 丐

金东仁 作　叶泰逦 译

此事是怕人的！

目的和结果，企图和终图是那样地恰恰相反，要去非常困难地解释他，那只能够简单地这样说：世界的末期。

我害死一个人，一个漂流者……

……只有黑暗笼罩着你的将来……生活对于你除过烦恼的本身再没有别的东西。幸福？……快乐？……甜蜜？……你是不是在做梦的时候能梦到在将来你能够有那种东西呢。我断定，在你的将来，跟随着到来的一定是黑暗，不幸和悲哀。你的命运是那样的悲惨，你要拖着你那一双破旧的烂鞋为了沿门乞求一点钱和一点米一直到死……

我害死了那样的一个漂流者是不是因了那种怜悯呢？

……你的存在对于人间只是一种痛唾。当你一站立在一家的门前时候，你使当主妇的人又要在自己管理家务的账本儿上写进去一分钱的一笔账。当你离开一家屋子的时候，人们至少要损失一点消毒的东西去洗刷给你吃饭的那个碗。在乱爬着虱子的地方你躺卧着。许多的媳妇因了你要去再洗一次碗。所以人们躲着你，你的存在使得已经小了的大地缩小了。你对于人间引起了许多的妨害，因了你不必在人间存在。所以，最好你死亡了胜于你那样的存在……

我害死那样的一个漂流者是不是因了那种要救世界的观念呢？

家里除过我再没有一个人。女仆的丈夫因了工作出去了；女仆和我的女人一道到礼堂拜去了；孩子们玩去了。我的女人想利用我在礼拜日的闲暇和我一起去散步。但是，不幸，我的不大厉害的流行性感冒症，阻止了她的企图。

对于我，一个人孤零零地看屋子是很害怕的。同时，因为是第一次经历这种事情我变成一个神经过敏的人了。甚至是在我们那里低低的一点儿响声，也惊动了我的耳朵：我就去开开门，并且向四面看，那时只是一个猫向院子里跑。有一次，似乎听到一种响声，我马上跑出去，而且到处地找寻。实际上，我什么声音也没有听到。在这种不安的情况中，我一下觉得我还是我女人的男子；于是我制止不住那种勉强的微笑了。那时我希望作礼拜不久就完结，使她可以早点儿回来。

大门微响了一下。我又把头从枕头上抬了起来，非常注意地我集中了全神去听。又响了一下，大门便开了。但是我相信，那不是我的女人回来了，因为她常常走路很有劲儿，一定不是那样慢慢地开大门的。过了一会儿，我便听见在院子里有脚步的声音。虽然那声音是低弱的。后来，在院子里听到有人呻吟的声音。马上起来我出去就看。我看到一个漂流者。不，正确地说，我看到的是一种人形的东西，他靠着墙站在那里。当我带着惊恐和不安看那个漂流者的时候，从他的嘴里吐出来一种不知道是说自那的喃喃的话语。

我走到屋子内，从我的钱包内取出了一个一分钱的货币又走到他跟前。正在我要把钱扔到他面前的时候，我看见了，他是那样的瘦弱，甚至于都不能够按照心意地去活动。所以，我再往前走了走，向他弯腰，呈现出我给予他的那小小的施予。他看到了那个钱，像是不要似地他又是喃喃地说。

"什么?"我问。但是他仍然喃喃地低语。

"什么?"我又问，费了好大的力量我才知道了，他图意［意图］要一点熟米，而不要钱。

我又留意地看着他。他是一个还没有习惯了的流浪者——也许现在的这种漂流对于他是有生以来第一次的乞食——我想。虽然他是四十来岁的一个人，他的身体还结实；但是因为营养不足，他那堆满了皱纹的脸子是苍白的，而且他的腰已经弯曲起来了。他一老没有吐出那一般的讨吃的人那种特有的叫唤，他甚至于一老没有显现出那种讨厌的眼色来。

"四天了我一点儿东西也没有吃……失业了!"

虽然他的话语不怎么响亮，然而，那种用压低了的语句的呼声，在现在的世界，是人类经常的哀诉。那话一下使我感动了。

拿回来那个要给予他的钱，我走到了厨房，但是，因为我不甚到厨房去，所以关于厨房的事情我一点也不知。我向架板子上和厨内找了一遍，在架板子上有些汤，在厨内我找到了我中饭时剩下的米。开始的时候，我想就是那原样子给他吃；但是我的计划改变了。我向碗里倒了一半汤，为得是汤和饭混合起来；再把匙儿放到饭碗里边，我把饭给了那个人。一下抱住碗，他就地坐下去，非常非常快地他把饭向口里送。

看到那样，我又到屋子里面去了，取来一个五角的角子，我把那个角子投在他一边，当他还在着急地吃饭的时候。为了他我从屋子内走出来走进去都是很快地迈着大步子。不，真地说，我出来进去是非常非常快的。因为我在心里也在防守着那种现代人类的卑劣的根性，我没有法子不对于那种偷窃，作一种事前的准备，虽然对于这个漂流者我是怜悯的。为了怕失掉了那个不值钱的匙儿和碗，我不停地在他身上投过去戒备的视线，甚至于在我从屋子出来以后。我是已经准备了，而且一点也不犹豫，狠狠地打他的耳光子。假使把那个匙儿（他只值一角钱。）装到他的口袋里去的话。

这是我自己的多疑，那个人原来完全是一个老实人。因为他一心一意地在吃饭，这样在他吃过饭以后，他才看到那个银角子。在他看起来，他找到了那五角钱的银角子，全然是出于意外的。开始，他有一点犹豫；但是后来，他拿了起来，看看我又看看那个银角子。

"先生！"他叫我。

我登时了解他了，并且脸子红起来了。只在刚才，因为一种奇怪的戒备，我……所以我告诉他，让他不要拘抑地把那个银角子拿去。

他非常感谢我，完全不像进来的时候那样地带着一种灵活的脚步走了。他走了以后，我到了屋子里面，关于那种善行，拯救和同情等，我感觉到快活地钻到了被子里面。

我的女人回来了。像似有许多的事情要做一样，她登时换了衣服，并且向厨房里走。

"已经吃掉了？"他回到屋子里来，自言自语地说着那种在我看起来完全是没明其妙而且是奇怪的话。

"它们已经吃掉一半了。"他又说着那种没明其妙的话。

"什么吃掉了？"我问她，仍在床上一动也不动地向上凝视着他。

"唔，因为老鼠搅扰，我把砒素参合在汤里边。看呀，一半已经吃掉了，可以相信有些老鼠一定已经死了……"

"什么？"我紧紧地闭起我的眼睛。

"在什么汤里面？"

"在牛肉汤里面，在架板子上……"

啊，我让那个漂流的人吃了砒素了！迷迷糊糊地我一会儿举起腿来，一会儿又放下去，一会儿把头抬起来，一会儿又落下去。从我的口里边发出一种奇怪的呻吟的声音。

"为什么你……？"

"唉！"

"你发烧吗？"

"不……不……"

"唔，那么是怎么呢？"

"给我一点冷水。"

后来我知道了，在汤里边她放进去两个格兰姆的砒素。当然那个人至少是吃了一个格兰姆的砒素。一定的，在他那长时期饥饿的肚子里，那砒素的全部力量都使用上了，他那时就变成死尸了。

人的身体是奇怪的；他一下就会很厉害地烧起来的；虽然我有流行性感冒病，可是一直到我女人回来的时候，我的体温还是不高。一会儿跟着一会儿地体温高起来了。这样，没有多久，我成了一个病得很厉害的人了。在那种讨厌的情况中，我像看到了那个漂流者的虚弱的苍白的幻影。

"唔；假使你死的时候，去，死在我不知道的一个地方；而且你死也不要让我知道。你死了以后，甚至于关于你死的消息，以后也不要让我知道。"不停止地我在这样想。

突然我听到有唠唠叨叨说话的声音。虽然是发烧，看起来那时我是睡着了。因了那种说话的声音我醒了，我知道，出去玩耍的孩子已经都回来了。

"妈妈！妈妈！"那样叫着那个十三岁的大孩子走了进来。

"去！不要嚷！爸爸病了。"我的女人打断了孩子的话。但是孩子们因为从外头带来的新闻，是忍不住不说话的。这一次，那个七岁的女孩子低声地（然而因为气喘声音就大了）叫她。

"妈妈！妈妈！"

"什么？"

"那里一个人死了。"

"什么人？"

"讨饭的人。"

什么？我突地一下起来了。

"在什么地方？在什么地方？"

"爸爸，……一个人……讨饭的人……"

"那么在什么地方，在什么地方？"

"很，很近。"

忽地站起来，飞也似地我穿过门，也不看我那惊异了的女人。她跟在我后面，问我到什么地方去。

远远地我看见了在围集着的一群人。在他们中间可以看到警察的帽子。卫生局的几个夫役用水管子在四面喷射着消毒的东西。

我跑去了，在人群中我看到那个漂流者，他静静地躺在芦席下面。在他的周围四散着消毒的喷出来的东西。

"姓名……住址……都不知道……"

"身带……一个五角的银角子和四个当一分的钱……"

"医生……霍乱……"

"大约的年龄……四十二……"

这些断断片片的话语在我耳朵里响着。过了一会儿，为了暂时埋葬起来人家把那付尸体弄走了。后来看的人也四散了。但是我，石头似的仍站在那原来的地方。

有一个人把我的肩膀推了一下，是一个警察站在我后面。

"你为什么这样地还站在这里呢？"

"唔……因为……他的命运太可怜了……"

"你认识他吗？"

"是的。"

"他是谁？住在什么地方？"

"这我完全不知道。我在刚才给了他一个五角钱的角子，当他到我家里讨饭来的时候。在他身上带的钱里边就有那一个银角子。"

我怎么也不能够明白，说我给过他米吃。那个警察看着我，慢慢地摇了摇头。

"你的好心的施予是要到国库的钱柜内边去的，大概只能那样。可以相信他是没有一个亲属的。假使有，也没有人出来为了埋葬他来花钱的。

这样的事情是常有的。"那样说着他走了。

为了同情，我给予你的米，夺去了你的生命！为了你的可怜，我给予你的钱，是要到国库的钱柜里边去！那天，在我的日记上这样写："在我们的时代，人是太可怜了，同情地施予甚至于都得在精确的试验以后。"

（译自《文学世界》）

（载上海《绿野》第 2 期，1936 年 6 月 1 日）

富亿女

安寿吉 作　绿　漠 译

富亿女底妈妈，正在灶台上煮粥，手没离锅，富亿女就落草了，所以取名叫做富亿女（富亿是"灶"的意思——原作者注）。

富亿女，生就一对死眼珠，一个朝天鼻子，怎看也是个傻丫头。

她底名字——富亿女被登在户口册上。

邻居底孩子们一见着她就嚷起来：

"瞧！锅台生出来的丫头，哎……"

"要下雨啦，打伞吧，小心鼻子眼儿灌进雨水呀。"

然而她底爸，很觉富亿女这名字好：

"这些小东西！去吧。我们富亿女将来一定是个有钱的。"

富亿女十八岁那年出阁了；女婿十五岁。婆家是邑内数一数二的财主，又是大家口：有爷爷公，奶奶婆，公公，婆婆，还有一个小姑子。

三辈子单传，据说要不说个穷家底姑娘，一定养不住孙子，所以才把富亿女娶了去。

富亿女给个丫鬟都不换：上自爷爷公老两口，下至小姑底衣裳，连做带洗，都是她底事；但说那末大个大院子，一天就得扫两遍，白天伺候老人，至于怎样难伺候，这就不必细说啦。晚上睡一小觉就得起来做衣裳，她吃的呢，全是残汤冷饭。

这样作活，这样吃饭，仍是不讨好。

"嫂子呀，衣裳烫了吗？"

"还没呢。"

"这个混货！屯老赶，你晚上都干什末啦？"

富亿女嘿嘿地傻笑，把熨斗生着熨起来。

"不对，不是那么熨的。"

"⋯⋯⋯⋯"

"天生下贱玩意儿，什末也不会！"

可是富亿女也不知道怎末叫作生气难过；顶着小水缸，屁股一扭一扭地去顶水去了。

她底丈夫在城府某中学校念书，放假回家，对于富亿女连瞅都不屑一瞅：

"妈呀！你快叫她回娘家；不的话，我不在家呆，我就回京城去。"丈夫这末说，婆婆接起啦：

"媳妇对男人总得和颜悦色的，要像你这样个木头人儿似的，给谁也是讨厌。"

富亿女一听，连忙拍起粉来，朝天鼻子脸，擦了个一抹白，一看她男人进屋，她赶紧用裙子襟把磕膝盖儿一包，一屁股就坐在男人底跟前儿。她婆婆一看可慌了神啦："你看，哪有这样半吊子，你说大天白日，现擦粉靠男人旁边坐着，这简直⋯⋯"

富亿女似羞非羞地连忙奔到厨房把脸粉洗去了说：

"嘿，嘿，谁愿意这样？不都是妈说得好好伺候男人吗？"

富亿女过门第二年上，生了一个男孩子，取名叫作犬粪钊，这也据说，要不取这一类的肮脏名字是不好养活的。

别看犬粪钊这伙计名字不大体面，貌相可说得出：长人中，高鼻梁儿，水凌凌一对小眼睛，要说是朝天鼻子妈养的，简直没有人信。圆鼓留一对小腮帮，笑的时候更招人稀罕。

富亿女——犬粪钊底妈虽然呆气，可也知道痛儿子。作活儿也不那末上劲儿啦，傻乎乎的搂着孩子睡到大天亮，什么"好孩儿，乖乖儿的"，老这末咕咕念念的，一逗起小孩儿，她什末都忘了。

孩子过百日儿这天，来一大些女客，谁不说孩子招人痛？富亿女从厨房跑回屋里，也跟着客人们说：

"人中长呀，长命百岁呀，像仙鹤一样。"

"你们看眼睛多有精神，真乖呀。"

在她这自赞之间，锅里的饭冒啦烟啦，婆婆的鼻子也好使："傻子呀！糊了锅不管，光知道痛孩子！"

她被冤了老半天，坐在锅台上，一起头儿一抽一叹的，以后哇一声哭出来了。

"不害臊！你当你是小孩儿啦？哭。"

婆婆这一声雷，果然有效，她连气也不出啦，拿袖子把眼睛擦了几擦，还把袖子上的灰尘拍了几拍，急忙操起做饭的家伙："嘿，嘿，再我[我再]不敢叫饭糊啦。"

犬粪钊还差一个月要过头一个生日，不喘气啦，病名，麻疹，婆婆底高见，说是她从娘家带来的丧气鬼，把小宝贝给抢走。你一言我一语：

"看那一对死眼珠儿，还能养住孩子？"

"朝天鼻子，福星见了都得吓跑啦。"

"苦命根子，咱家后续可就断在她手里。"

富亿女只有伤心的份儿。

她到河边去洗衣裳，要看见一块像样的石头，衣裳叫河水漂去，她也不管；把那块石头，搬到孩子坟上，放声哭够啦，才回来。

正在做饭呢，一只手拿着碗，一只手拿着刷帚，也会像木头人似的，老站在那儿出神。

把她自己底衣服，改裁成孩子底小衣裳：

"我底犬粪钊要活着，这件衣裳可能合适。"

"我孩子在阴世三间，谁给我孩子做件衣裳？你就穿这个吧。"

说着说着，到院子里，把小衣裳焚化啦；婆婆可就又有说的啦：

"那全是鬼八卦的勾当。"

她说：

"我孩儿还没等记事儿就死啦，可怜见儿的。"

她又说：

"昨晚我梦见犬粪钊，连一件小衫都没穿，冷得只哭，我还贴身抱了来着。"

说着说着，她又抽泣起来。

她底学生男人，心并不在书上，又回到家来。

"我不愿意见她，快叫她回娘家吧，不那末办，我就死。"

满打满算，就这末一个宝贝儿子，娇生惯养的，念书用心不用心，自然是小事一桩，你［他］说他要"死"，这可马虎不得；老人们还敢说什末吗？

"他妈！我不是早告诉你啦吗？混蛋！"

她男人一面骂着，端起来"饭台"对她打过去，她面不改色地把撒的饭和碗片子一类的东西，收拾干净。

"你先回娘家吧，他越烦你，你越在他眼前转溜，他不是越上火儿吗？你先回娘家，他过些日子就会好的；年青人底脾气，都是一阵子。"

富亿女把随身的物件，包了一个包顶着回到娘家。

"姑娘到了婆家，活着是婆家底人，死了是婆家底鬼；还许把包顶着回来？快给我再回去！"这是一道严命。

她底包袱还没从头上拿下来，只得转身回婆家。

"叫你回娘家，你就悄悄地回去得啦，你怎回来回去地，简直太不是物。"

她实在没有地方可去，只得在婆家大门外呆着。

以后只得回到娘家，大概是三个月以后的事吧，正是春天，屯子头儿上底井旁边，乖杨拖着青丝，这青丝轻轻地抚摸着每个来顶水的妇女底脸；蛤蟆两手点地，仰脖望着天空，那一带地方，布满了春景。富亿女想孩子，以及许多零乱的情绪，骚扰着她底胸怀；顶着水缸，拖着无力的脚步往前正走的当儿，只听巴〔叭〕一声缸也打了，水也撒〔洒〕了，头上脚下，全湿光了。

她抬头往四周遭一瞧，看见邻居当长工的长松正站在土桥上头，还拉着扔石头的架子，看见富亿女看他啦，他倒装起好人，嘻皮笑脸地说：

"哪儿底野小子，往人家缸上扔石头，真该天打五雷轰。"富亿女虽然大声叫了一声，可是有一股子奇怪的感情，在她底胸中波荡起来，她从没在她底丈夫身上，得到这样的滋味，——花烛之夜也没经验过。

"那个男的为什末扔这块石头呢？"她思忖着，脸可真红了起来。

从那以后，富亿女跟长松之间，完成了一种秘密。

屯子里得到了这项消息，喧扬的更欢了：

"这太不要脸啦。"

"你婆家瞪着眼找你底缝儿，你还不知道吗？"

"古人云：忠臣不事二主，烈女不事二夫。"

她底爸爸除了把她叱责之外，还加以"不准出门"的惩罚。她一面理头发一面说：

"那怪长松，他先扔石头。"

她又说："我说不好，长松说不要紧。"

"这些日子怎么见不着你啦。"

"……"

"闹病啦怎的？"

"……"

一个晚上，就在前次扔石头打缸的地点，她碰见了长松。

他拿出来一个报［纸］包给她说："我白天上市场啦。"他说着用手照她脸蛋上轻轻拍了一下。

"你穿穿试试。"他说着把纸包打开，原来是一双胶皮鞋，发散着胶皮的臭气，是一双"桃实印"的，样子很好的桃色"鼻附鞋"。

"桃实印？"她从不曾有过这样的微笑；把鞋接过来，两手捧着，反过来看，掉过去看，还用手捏捏看，然后，把两只手摆齐放在地上，两只脚互相用脚背擦过了鞋掌，才把鞋穿上。

脚大鞋小，好容易才穿下去，鞋撑的像个狗皮鼓似的。"是不小？"他说。

"不小。"她说。

富亿女有生以来，人家给买东西，这真是头一遭。

"我作工攒下钱啦。"

长松说着，把钱包掏出来；钱包是布做的，折了三叠，还用小绳扎了多少道，好容易才打开，把手伸到里面，摸出一卷纸币，纸币搓磨的简直都像烂纸一样了；数一数，二十五圆整的，外有零的三毛八。

"走吧，咱俩一块往满洲跑，到那儿去过太平日子去。"

又把手伸到钱包底大里头，掏出来一封信：

"我底叔伯哥哥在满洲，这封信是上次给我来的，他只叫我去，你看怎样？"

富亿女也不知［吱］声。

"你倒说话呀。"

长松一个劲儿催她回答；富亿女低头看自己的鞋，看了一阵子，很快地把鞋脱下来，抱起小水缸，撒腿就跑了，对着家奔下去了，一面说：

"嘿嘿，家里人说，不让和你在一块。"

在婆家那方面闹开了离婚问题了。

问题的重点是："有夫之妇，又有了男子，犯了七出条之一。"

婆家那面亲戚——老年人们，岸然危然地坐成一排，她被叫到这些人们底面前。

"你是不贞之女，有沾门楣，其罪真不可恕啦。"

"从今天起，你已经不是这家底人啦，你长住娘家去吧。"

她听到了"不是这家底人，长住娘家"一类的话，她当场就坐下去放声号啕了。老人们补充一句是："可恶之极。"

老人们退场了，她仍然哭在那里，嘴里还咕咕念念地说："都是长松不好，他先扔的石头。"

回到娘家的屯子里去，屯子里底牧童们，成群（红）结伙地跟在她底背后，乱吵乱叫，她耐不住，回头问他们："干什末？"

牧童们并不害怕："喂！富亿女上火儿啦。"

"你有话在你公公面前说呀，不就不把你赶回来啦吗？"

"这些野孩子！"她捡起一块石头打他们，他们都很灵敏地躲过石头，说：

"呵！这石头是打缸的吗，还会打人吗？"

富亿女气的哭起来。

牧童们又叫起来：

"你想长松呀？他叫你跟他跑，你不干，还哭呢。"

回到娘家住一年多吧，她病了，什末病虽然不大清楚，病三天，说糊话，发热，死去了。

当然也等着病好，不曾请过医生。

临死的时候，起先招呼妈妈，然后把眼睛闭上，又把眼睛睁开，叫犬粪钊，又叫长松，嘴向天张着，鼻翅儿扇乎几下，流了些眼泪，断了气。

作者略历：安寿吉氏生于朝鲜之咸南，现居于间岛之龙井，年三十岁，于早大高师英文部中退。1936 年在龙井发刊同人志《北乡》，约从事记者生活五年间，只［至］今仍为《满鲜日报》之记者，中篇作品有《黎明前》及其他短篇创作多篇。

（载《新满洲》第 3 卷第 11 期"在满日满鲜
俄各系作家展特辑"，1941 年 11 月）

诗　歌

高丽民歌

刘　复　译

（从 E. P. Mathers 的 The garden of Bright waters 中译出）

好像似河中流着的水，光阴就这样的流去了；
我望着她来，早已是眼睛望穿了。
二月里的红花已经是昨天的事；
今天没有了花，只剩的残红满地了。
向着秋月高飞的鸿雁已来了；
我还听着它叫咧，它可又去了。
它来了又去没有留下一些的消息：
我只是听着凄凄的秋雨一阵阵的落着啊。

（载《语丝》第 77 期"国外民歌二首"，
1926 年 5 月 3 日）

新时代的青年

Mr. Sin 作　明　夷 译

这个国土上将重新灿烂了，
当严冬后的春天降临的时候。
在这荒芜的大地灿烂了以后，
我的心将也灿烂得兴奋起来了。
唔……嘿……唷！我，活生生的青年，
——一个期待着新时代的工作者。

这条昏黯的街道将要辉煌了，
在黑夜过去天色破晓的时候。
奔向新时代的街道吧，
这国土上的青年劳动者！
唔……嘿……唷！我们，这个国土上的青年。
——憧憬着新时代的工作者。

这条昏黯的街道将要辉煌了，
在黑夜过去新的一天接着到来的时候。
冲破黑暗，我们要奔向光明和新时代工作的场所！
唔……唷！我们，新时代的青年！
——将要使这个大地美丽起来的工作者。

明夷译自《世界》

（载上海《绿野》第 2 期，1936 年 6 月 1 日）

新时代的青年

Mr. Sin 作　庄　栋 译 *

花将又要开在这块国土上面，
严冬之后春天就要来。
当这块荒原花开以后，
我的心也开花似的欢悦。
嗳……海……唷，我，开着花的青年，
——期待着新时代的工作者。

这条黑越越的街道渐渐亮起来，
黑夜之后就要光明，
街道上面奔驰着工作者，
也奔驰着新时代。
嗳……海……唷！我们，这块国土的青年，
——吻着新时代的工作者。

这条黑越越的街道渐渐亮起来，
新的日子跟随着这夜的后面，
我们奔驰着要把黑暗撕碎
向着光明和新的工作场所去！
嗳……海……唷！我们，新时代的青年，
——歌颂着这块土地的工作者。

（载延安《中国青年》半月刊第 1 卷第 9 期，1939 年 9 月）

---

* 　原刊署"庄栋自世界语译"。——本书编者

韩国进行曲（弱小民族进行曲）[*]

——《啊哩朗》歌剧插曲

里，凡，西

联合起来呀！

世界弱小的民族，

我们不愿做奴隶，

要做世界的新主人。

联合起来呀！

被压迫的奴隶，

挣脱我们的锁枷，

拼我头颅血肉争自由。

伙伴啊！

举起我们铁的巨掌，

掀起那鸭绿江的万丈狂涛。

伙伴啊！

高擎正义的火把，

劈开那敌人火线向前杀！

不怕那　啊哩朗，啊哩朗，啊哩朗，啊哩朗，啊哩朗 艰难

爬过那　啊哩朗，啊哩朗，啊哩朗，啊哩朗，啊哩朗 山岗

（一）快看那，

　　　　前面就是呼唤我的白头山。

　　　　快看那光明自由已经照在豆满江，

---

* 本歌发表时有曲谱，作曲者署"韩悠韩"。词曲均手写。这里只录歌词，略去曲
谱。——本书编者

　　　不怕那
（二）快听啊，
　　　解放歌声唱遍祖国原野上。
　　　冲过血的战场，
　　　胜利在眼前！

（载《韩国青年》第 1 卷第 2 期，

1940 年 10 月 15 日）

思故乡 （译韩国民歌）

沙　坪　悠　韩译

多少年了离开家园，
屈指慢慢地计算
十载时光成了梦
青春不复返！

浮萍似的我的心情，
孤独人儿倍惆怅！
开窗远望白鹭游荡，
天在那一方。

依稀记起庭院杨柳，
今春不知绿与否？
忆昔编裁柳笛吹奏
童年不长久。

情感寄托远地异方
也成了自己家乡。
留恋归去到处一样，
故乡终难忘。

二九年春与悠韩兄译成此歌。日本俘虏多唱之，
因参加意译未能与原文同。特志。

（载沙坪《漳河曲》，普益图书公司，1942 年 12 月）

◎ 评　介

综合评论

一年来大东亚各地文艺动态 ［节录］

苏吉甫

朝　鲜

从前年起的最近一二年来，京城文学的活泼的动作和急激地成长，这完全是一件惊异的事情。

在去年之中，创刊了《文章》和《人文评话》这两部文艺杂志，它们和东京的《文艺新潮》等比较，可以说是毫无逊色，而在这以前起，写下来的长篇为主的文学作品的出版，也非常旺盛地畅销着。

以作家为单位来说，比较著名的朝鲜作家，我们可以在这里例举的，有张赫宙，金史良，青木洪，以及李孝石，李光洙，俞镇午等等。前面的三位大抵用日文来创作，后面的三位都是在朝鲜本土发表作品。

现在，李孝石氏已经是去世了，李光洙氏亦改名为香山光郎氏，他是朝鲜新文学的泰斗，朝鲜文坛三十多年来的历史，他知道得非常清楚，而且在最近，正计划着作这一时期的文学史。在李光洙氏的前期作品里，《无明》以及历史小说《嘉实》等，是为一般读者所喜爱的。长篇《爱》更获得了首次的朝鲜艺术赏。

俞镇午氏是京城的帝大毕业生，在他前期作品里，有《沧浪亭记》一篇，被誉为较屠加涅夫的《初恋》有过之而无不及。近作《南谷先生》，也是很好的作品。

李无影氏是一个初起的无名作家，他用日文写作小说，《釜山日报》上曾连载他的小说《青瓦的家》。

李泰俊氏是用朝鲜文著作的小说家。他的作品被翻译为日语的有短篇集《福德房》。其中《福德房》一篇，获得了第二次的朝鲜艺术赏。

金史良氏和青木洪氏，都在新闻界异常活跃。金史良氏在今年的朝鲜唯一的日文杂志《国民文学》上正发表了一篇连载的长篇小说。

张赫宙氏是用日文写作大量作品的朝鲜现代新锐作家。最近一年来，我们又看见他出版了描写朝鲜内战的长篇小说《不辞一战》，以及童话集《凤宝和罗宝》，散文随笔集《我底风土记》。张氏介绍到我国来的，有胡风翻译的短篇集《山灵》，范泉翻译的散文集《朝鲜春》（即《我的风土记》的改名）。

现在朝鲜的一部分作家已被派遣到满洲去，去体验开拓地的生活经验，从而创作以开拓地为题材的小说。

戏剧方面，成立了"朝鲜演剧协会"，作为朝鲜演剧的统制机关。

目前被统一在"朝鲜演剧协会"里的演剧团体，有"星群"，"阿娘"，"高协"，"现代剧场"等十余个。

活跃于现今朝鲜戏剧界的戏剧工作者，有柳致真，安影，安英一，林仙奎，金昌根，李曙卿，林英镐，徐一星，沈影，黄徹，林昌焕，朴永信，何玉珠，文贞福，金敬爱等等。

最近一年来朝鲜文学界的动态大抵是如此。

（载《申报月刊》第 1 卷第 12 期，1943 年 12 月）

近代中国人的朝鲜亡国
著述研究 ［节录］

徐　丹

近代中国人撰写的朝鲜亡国史书籍中，属于小说演义类的著作有四本，如下表。

朝鲜痛史——亡国影	倪轶池、庄病骸	爱国社 （上海）	民国四年六月 （1915.6）
三韩亡国史演义	卢天牧 （闲闲居士）	杞忧社	民国八年六月 （1919.8）
朝鲜亡国演义	广文书局编译所	上海世界书局	民国十年六月 （1921.6）
朝鲜遗恨	沈桑红、蓝剑青	上海沪报馆	民国二十一年六月 （1932.6）

四本著作均属于历史小说的范畴，以朝鲜亡国的历史过程为背景，根据著述者自身的需要，撰述生动有趣的历史故事，虽然对历史事件的描述缺乏真实性，但基本上符合朝鲜亡国历史的发展脉络。小说均采用白话文撰写，语言的通俗易懂与体裁的选用均是为了达到广泛传阅的目的，以此增强在普通民众中的宣传作用。但用白话文撰写的小说演义一般却附有文言文的序言，或自序或他序，编撰者通过作序来介绍该书的出版目的，并表达对朝鲜亡国以及东亚局势等问题的看法与认识。因此，先从小说演义的序言入手，来分析各书的写作及出版原因更能加深对这些著作的理解。

《亡国影》的著述者在自序中表明，撰写此书是因为受到了出版社的邀请。序言有两篇，著述者倪轶池①与庄病骸②各作一篇。倪轶池在自序中一开始就对中国的社会现状发出"且喜且怯"的感慨，"喜"近日国内救国之呼声不断，"怯"国人救国之心只为三分钟的热血。作者认为救国之事当凭借政府的支持与学校的教育，但这两方面中国的现状都不尽如人意，因此他呼吁中国人要以朝鲜亡国的事例为前车之鉴，"为爱国救亡者当警枕"。庄病骸在自序中首先通过讲述寓言故事解释了标题中"影"字的由来，古代叫"郢"的地方有一个奇丑的男子，连手足都不完整，却不知道自己的丑陋，觉得自己的影子很美，并且暗暗高兴，直到看到镜子后才恍然大悟，认识到自己的丑陋。作者借此男子来比喻当时的中国与朝鲜，中国的"丑陋"已被世界看得太久了，但中国盲目地觉得自己的"影"很美，忽视了自己"丑"的事实；"丑陋"的朝鲜也曾沾沾自喜，却比中国早一点儿看到了镜子，惨遭灭国。作者认为朝鲜王李熙并非不道之君，朝鲜也多气节之士，但仍旧难以改变国家惨遭灭亡的命运，因此希望中国人通过阅读此书而早日恍然大悟，透过"影"看到中国社会所面临的紧迫的真实现状，"发奋以有为也"③。

《三韩亡国史演义》共有序言四篇，其中一篇为自序。严独鹤④在序言一中指出，此书曾在民国四年（1915）连载于杂志《快活林》上，却

① 倪承灿，字壮青，轶池为笔名。早年倡言革命，作《民呼报》社外编辑时曾用笔名鲛西颠书生。民国期间曾组织薄海同文学会、办《友声》杂志等。
　　参考：郑逸梅《郑逸梅选集》（第五卷），黑龙江人民出版社，2001。
② 庄禹梅（1885—1970）原名继良，曾以"庄病骸"笔名写章回体武侠小说，以卖稿为生。镇海庄市人。清末秀才，辛亥革命后，一度任孙中山秘书。1922年任宁波《时事公报》编辑。1926年被选为商民部长。后任"民国日报"社社长。1927年"四一二事变"后被捕，于1929年释放，随即加入中国共产党。长期从事新闻工作。1934年第二次被捕。1936年任《商情日报》编辑主任，复因宣传抗日，第三次被捕。次年获释。1945年进入解放区从事新闻工作。抗战胜利后回宁波，任《时事公报》副主编，写过多篇杂文，新中国成立前筹建"宁波文艺工作者协会"，任理事。新中国成立后历任《宁波时报》社长、宁波市政协副主席、省人大代表。著有《古书新考》、《中国古代史析疑》、《孙中山演义》。
　　参考：《宁波词典》编委会《宁波词典》，复旦大学出版社，1992。
③ 倪轶池、庄病骸：《亡国影》爱国社，1915，序言。
④ 严独鹤（1889—1968），名桢，字子材，别号知我、槟芳馆主、老卒、晚晴，浙江桐乡人。"独鹤"是其早年丧偶后所取笔名。1914年起在上海主持《新闻报》副刊笔政长达三十余年，编有《快活林》、《新园林》。1950年起，以文化名流的资格历任上海市第一届至第五届人民代表大会代表和全国政协第三、四届委员，"文化大革命"中含恨而死。
　　参考：周斌编著《中国近现代书法家辞典》，浙江人民出版社，2009。

没能引起中国人的广泛关注，因此四年后，杞忧社的同仁再次筹资出版该书，向当时的中国人发出最后的"警告"，希望朝鲜亡国的事例能引起中国人的警惕，以朝鲜作为殷鉴，不要重蹈亡国的覆辙。严独鹤从官僚的颟顸、政治的腐败、党争的剧烈以及卖国奴的许多罪恶等方面分析了朝鲜亡国的原因。而拥有这些弊端的朝鲜社会与当时的中国的社会情况如出一辙，如果堂堂的大国受制于区区岛国而不反抗，必然会遭到耻笑，因此呼吁中国人根除做事没有毅力的劣根性，将自强救国坚持到底。序言二由名为"公展"①的人所作，姓被墨水涂去。其观点基本与严独鹤相同，指出中国近年来的社会情况与亡国前的朝鲜类似，《三韩亡国史演义》可以作为中国的亡国史来阅读，以为殷鉴。朝鲜亡国的根本原因在于朝鲜人没有爱国心，"国民漠视国事，国民不留心亡国"，而中国的情况也一样。虽然五四运动后中国人如"大梦初醒"，但是否能摆脱亡国仍旧是未知的事情，每一个国民都应担负起救国的责任。钱曾鑠在序言三中指出杞忧社筹资出版该书之时，正值巴黎和会召开引发归还青岛问题之际，作者希望此书的出版，能达到呼吁同胞以朝鲜为鉴的目的："切望全国同胞毅力坚持要剥离政府由和会直接交还青岛废一受人胁迫之条约，不达目的不止，庶几不步三韩后尘，时则余今日所以刊本书之微意云尔。"② 卢天牧在自序中指出世界上最苦的人是亡国的人，现在的亡国与古时的亡国相比，更加了一层种族的关系，并添了许多亡国的新法。希

①　应为潘公展，著有《今日韩国》。潘公展（1895—1975），原名有猷，字干卿，号公展，浙江吴兴（今湖州）人。早年毕业于上海圣约翰大学。1920年任上海《商报》"电讯"主编。1925年任《申报》记者。南京国民政府成立后，加入中国国民党，成为CC系的重要干部。历任国民党中央政治会议上海临时分会委员、上海市政府农工商局（后改为社会局）局长、上海市党部常务委员、上海劳工教育委员会委员等职。1931年九一八事变后，先后创办《晨报》、《新夜报》、《儿童晨报》、《儿童画报》等报刊，并兼任中国公学副校长、上海劳工医院院务委员会主任委员等职。1935年当选为国民党中央执行委员。抗日战争期间，任湖南省政府秘书长、中央宣传部副部长、中央图书杂志审查委员会主任委员、独立出版社常务董事兼总经理、战时新闻检查局副局长、《中央日报》总主笔等职，并当选为国民党中央常务委员。抗日战争胜利后，任《申报》馆董事长兼社长、上海文化运动委员会主任委员、上海市第一届参议会议长等职。1949年在香港创办"国际编译社"。后定居美国，曾主持纽约《华美日报》，并在西东大学远东学院任教。著有《中国学生救国运动史》、《属性教育》、《罗素的哲学问题》、《日本必亡论》、《陈英士先生传》、《潘公展先生言论选集》等。1975年在美国病逝。

　　参考：刘国铭主编《中国国民党百年人物全书》（下册），团结出版社，2005；《浙江文史资料选辑第四十八辑——浙江近现代人物录》，浙江人民出版社，1992。

②　卢天牧：《三韩亡国史演义》，杞忧社，1919，序言。

望中国人看到朝鲜亡国后会快快醒悟，更能多多传播此书，使更多的中国人以朝鲜亡国事例为殷鉴。

《朝鲜亡国演义》没有序言，但小说的第一回基本上起到了序言的作用。作者对辛亥革命、中华民国的建立进行了评价。辛亥革命推翻清政府的举动，一度使作者认为摆脱了亡国奴的命运，时间却验证辛亥革命建立的中华民国，只是"金瓯"民主国，没有给中国人带来真正的幸福，当时的某些社会状况反而不如晚清时期，其从侧面反映了当时中国人对北洋政府的不满。同时，作者指出亡国的根本原因是内因，"家必自毁，而后人毁之，国必自伐，而后人伐之"，而救国只能依靠励精图治、发奋自强，希望中国人以朝鲜为殷鉴。

《朝鲜遗恨》的序言与其他三本小说相比，加入了推销书籍的内容，作者解释了何为小说大家，何为好小说，并指出此书除了是会写小说之人所作外，还因内容上围绕朝鲜亡国之事而值得一看，更应当人手一册，进行广泛宣传，使朝鲜成为中国的前车之鉴。

通过上述序言的分析可以看出，写作或出版朝鲜亡国小说的目的均在于为中国提供"借鉴"，即借朝鲜亡国事例，警告并呼吁当时的中国人以朝鲜为前车之鉴，励精图治，挽救国家于危亡，同时个别书籍的序言也加入了推销书籍的内容。作序者对朝鲜亡国等问题的看法、观点也基本上一致，例如基本认为朝鲜亡国是亡于内因，并认识到了当时中国局势的危急性，指出只有全体中国人共同担负起救国的责任，才能真正挽救国家于危亡。围绕朝鲜亡国问题，小说演义作序者的观点，与同时期的历史著作中体现出的观点也基本相同。但由于篇幅的限制，序言中只是将观点进行简单的勾勒，没有展开具体的分析。与讲究理性分析、史实考证的历史著作相比，小说演义在叙述的过程中，更加注重故事情节的引人入胜，因此小说正文内容中，虽然也存在对亡国问题的评论，但只是只言片语，缺乏系统的分析，对各种问题的探讨基本上也没有超出历史著作中的认识。因此对历史小说的分析，应更加注重从宏观上把握四本历史小说的特点。

四本历史小说中有两本采用了整理第一人称口述的表现形式，即《亡国影》与《朝鲜亡国演义》。前者称是对从明末活至民国的木皮散客在国耻纪念会上演讲的朝鲜亡国惨史的整理，后者则是来源于朝鲜亡国后流亡至中国的朝鲜志士讲述的亲身经历的朝鲜亡国惨史。《亡国影》虚构出的近三百岁的木皮散客，增加了小说的趣味性，但《朝鲜亡国演义》引用朝鲜亡国志士的口述，除了采用文学性叙述的手法外，还在于增加叙述本身的可信性。《朝鲜亡国演义》与其他三本书不同，作者没有先介绍朝鲜亡国的历史过程，而是开篇就用全书四分之一的篇幅介绍了朝鲜亡国后的各种惨状，即亲身经历亡国的朝鲜志士所述的亡国人的苦痛、日本对朝鲜的惨酷统治，使人更加信服，也更能触动读者的心弦，与其他三本小说相比，虚构情节也相对较少。《亡国影》、《三韩亡国史演义》、《朝鲜遗恨》基本上按照时间顺序，内部从朝鲜大院君摄政开始，外部从大院君的闭关锁国引起的日韩交涉开始，来讲述朝鲜亡国的历史过程。

在叙述朝鲜亡国历史过程中，历史小说中没有出现各国政府间的交涉文书或签订的条约等文献原文，也没有交代材料源自何处，但仔细阅读不难发现，著述者们在写作小说的过程中，参考了朝鲜亡国史的其他书籍与新闻报刊上的文章。如《亡国影》第三回中讲叙的闵星河①府内炸弹爆炸之事，曾在《外交报》的《韩国三十年史》②上刊登过，而最后八回出现的"梭晋比"的相关事件，与《世界亡国稗史》中的《苏晋比别纪》内容也基本相同。但同样的材料，小说与历史著作的叙述方式、语言表达却存在很大的不同。历史小说着重用形象生动的语言，刻画鲜明的人物形象。而对于历史著作来说，历史事件与人物的研究都是不可缺少的组成部分，在分析历史事件的起因、经过、结果以及影响的同时，也必然关注历史人物在事件中起到的作用，对人物进行适当的、客观的评价。但历史小说偏重对历史人物展开生动的描述，仿佛是在讲述鲜明性格的人物身上所发生的事情，而这个事情正好是关于朝鲜亡国的。

四本历史小说的主人公基本上为朝鲜王李熙、兴宣大院君、闵妃，故事情节则围绕宫廷的权力斗争以及外来势力的入侵而展开。历史著作与小说演义中，对于上述三者的评价，基本观点分别摘抄如下：

---

① 小说中闵妃的哥哥。

② 〔英〕麦根斯：《韩国三十年史》，上海外交报馆译，《庚戌改良》第七号至《庚戌改良》第三十四号，1910 年 4 月 24 日至 1911 年 1 月 15 日。

书名	李熙	大院君	闵妃
历史著作			
朝鲜灭亡惨史	"上则见挟于贵戚豪右，内则见制于哲妇，下则见胁于贵戚豪右，见炎于左右近习，政出多门，举棋不定；意儒而不自信，多歧而寡断，好听谗言而暗于事理，多内嬖而呢肾小，喜行小慧虚饰而不务实"	"其天性刻薄人也，其阴骘之才，举韩廷无出其右，惟骄恣而下急多猜忌，无君人之器"	撍政，"则晋惠帝之受制于贾后也"
近世亡国史	"惶怯"、"战栗无人色"、"垂泪无语"	"性恶耶稣教"，虐杀教徒	
朝鲜亡国史	对日本"惟此逢迎之术耳"；"大震，不敢复言"	"颇有权略，少时韬晦市井，世事无不通晓"；摄政之初，力图自强，朝鲜若有中兴之象；但持锁国主义，不敢改革，错失良机	"操纵国权之妖孽"
亡国鉴	"无如之何，痛哭挥泪讦之"	妄用排外主义	
世界亡国史			
朝鲜亡国惨史	"勃然怒斥"，"仍不允"；"战栗不敢答"		
小说演义			
亡国影	日本侵略来时，"把胆都吓碎"；奢华官殿"说不尽的奢华，描不出的美丽，韩王到了这里，真有乐不思蜀的意思"，"只顾图着眼前的安乐"，听取谗言	"暴戾恣睢，毫没顾忌，又抱着锁国主义横待耶稣教徒"，"最好夺权的人"，"大兴土木"，"大院君素来恣肆暴虐，不恰人心"	"性子刚烈"，"很大院君刺骨"，"躯干短小，心思恰非常的狡猾"
三韩亡国史演义	"傻瓜一般"；"性格懦弱，缺少断才，遇事疑惑，轻听人言，左右宠幸都是奸许小人，国家大计置之不同"；"耳根本软"	"为人喜欢弄事端，却专爱夸耀自己聪明，全然不管事情的大体，性子甚是残酷，性质非常骄傲懒惰，性子是好胜心，遇事便蛮横疑神"	"身段虽然矮小一些，相貌却还生得齐整，脾气性情同时露英才，本是个聪明性质，灵活非凡，一经提命，不消时机便造就得有才有干，通达一切，居然像个大政治家"
朝鲜亡国演义	"为人昏聩懦弱，委靡不振，心地又文明白，又多疑惑，简直生成的一个亡国之君"	"不是个正派人物，性情骄纵，心中既自作聪明，遇事端，又无把握，却很喜欢自作主张，全不管做得做不得，一味鲁莽前去，任意播弄吾辈，不知大体"	"面如月满，肤比脂柔，生来本一貌堂堂，很有些福相，况目眉眼间时着实落落大方"，"本是个聪明性质，灵活非凡，一经提命，不消时机便造就得有才有干，通达一切，居然像个大政治家"

由上表可知，与历史著作相比，小说演义对人物性格的描写更加生动形象，个性也十分鲜明。历史著作中对闵妃的评价并不多，仅指出闵妃擅政，但历史小说中的闵妃，则充分发挥出了后宫女流之辈的作用：其一，左右朝鲜王李熙的决定，干涉朝政；其二，与大院君展开权力斗争；其三，运用各种手段，培养闵氏外戚势力；其四，为了自身的利益，不惜向外国出卖国家主权。闵妃与朝鲜王的奢华生活、恩爱情话也是历史小说关注的一部分，为了增加可读性，《亡国影》中甚至还加入了闵妃与其他宫人的偷情史。同时，大院君带领日本士兵进入朝鲜王宫弑杀闵妃的故事情节，小说中都有生动的描写，如被砍伤的闵妃在还未死去之时，即被日兵用火焚尸等。与精明的闵妃相对，懦弱无能的国王李熙以及为了争夺权力不惜运用各种手段的大院君的小人形象，也跃然纸上，具体描述可详见表格。

对朝鲜亡国原因以及朝鲜亡国带来的影响等的分析，与历史著作的系统分析的表现方式不同，小说往往将对朝鲜亡国问题等的看法，夹杂在故事的叙述之中。例如在描述朝鲜王李熙、兴宣大院君、闵妃之间展开的宫廷权力斗争时，对朝鲜政治的腐败、官僚的贪污、有志之士无立身之地的情况，进行了淋漓尽致的描述，并用大量的笔墨描写了日本如何一步步地用各种阴险的手段侵食朝鲜。日本侵略朝鲜的野心、朝鲜内部的党争、朝鲜各种破产的改革、日本的虚情假意与朝鲜人自身的不争气等因素相互交织，最终导致了朝鲜亡国的悲剧。历史小说在叙事的过程中，也善于针对事件与人物等，进行简短、直白的评价，如对于朝鲜亡国原因，指出朝鲜的亡国是咎由自取，"砺［励］精图乱、发愤自戕"（《三韩亡国史演义》），而且朝鲜亡国的原因是日久形成的，"朝鲜亡国的祸根，原已种了几百年之久，并不是一日间猝然发出来的，这祸根就是上回书说的'腐败偷懒'四字"（《朝鲜遗恨》），具体表现在：韩国君臣"没有爱国真心"（《三韩亡国史演义》）；"全送在卖国贼手里"（《朝鲜亡国演义》）；"国民没有毅力"，"因循苟且不能自立"，"骄奢淫逸、因循玩愒、官吏贪黩、同侪排挤"（《亡国影》）。有的也指出，中国外交上的失误也是朝鲜亡国的外部因素之一，"跟着中国走错的路"（《三韩亡国史演义》）；"先是自己改革不掉病根，又是没人教导"（《朝鲜遗恨》）。对于朝鲜的民族性问题，观点繁杂。有的人从道德层面给予朝鲜人正面的肯定，"朝鲜的男子，多是驯善好学，可以做人群忠友义伴，朝鲜国的女子，多是能守贞操"。也有人指出朝鲜人本性老实，"并没有什么大奸大恶，也不是和生番野夷一般"，却因循守旧，"朝鲜国的表面，虽说风俗古朴"，然而"因为人民偷懒，所以事事靠托别人，样样守着旧制"，不肯剪发就是守旧的具体表现之一，"君子髻死守着不肯剪掉，社会上常常演出怪状"（《朝鲜遗恨》）；而亡国后的朝鲜人丧失了所有的权利，其惨状不言而喻，"亡国的人民有家不能做主，有亲不能自养；有兄弟妻子姐妹，不能保住不被别人欺凌残害，有田园房宅不能禁止别人不来焚烧劫夺，甚至有苦无处说，有泪无处挥"（《朝鲜亡国演义》）。

[复旦大学硕士学位论文，孙科志、李宏图、顾云深、张翔、冯玮指导，2011 年。节录论文"二、朝鲜亡国史书籍（二）小说演义"。收入本书时注释有调整和修改]

旅朝中国人对日本殖民统治下的
朝鲜半岛[*]的认识

——以 20 世纪 20 年代中期前后为中心

孙科志

甲午战争后，清政府被迫与日本签订《马关条约》，正式承认朝鲜独立。1899 年，在俄日的威迫下，清政府与朝鲜签订条约，彻底解除了两国间的宗藩关系。1910 年日本迫使朝鲜签订《日韩合并条约》，朝鲜半岛从此沦为日本的殖民地。

东亚国际局势和中朝关系的巨变，使中国人逐渐改变观察周边国家的视角。近代以来迅速发展的交通工具为中国人对外考察、观光，近距离观察朝鲜半岛创造了条件。而且，随着报纸、杂志等媒体的逐渐发展，中国媒体对外界给予极大的关注，刊载了大量包括朝鲜半岛在内的有关国际报道，内容涉及政治、经济、社会等各方面，为中国人观察和了解朝鲜半岛提供了大量信息。此外，从清末开始，一些学人纷纷推出有关朝鲜半岛的著述，一批批学人和官员还亲赴半岛游历、考察。特别是1910 年日本吞并朝鲜后在政治、经济、教育和社会等方面推行的所谓"新政"，引起中国各界人士的关注，中央政府乃至各地各级政府机构纷纷派人前往半岛考察，并撰写了大量的游记和考察报告。这些游记、考察报告、媒体报道，以及相关著述等资料，成为研究当时中国人特别是旅朝中国人对日本殖民统治下朝鲜半岛认识的重要依据。本文围绕 20 世纪 20 年代中期前后旅朝中国人的直接观察和考察，阐述当时的旅朝中国人对日本殖民统治下朝鲜半岛的认识。

---

[*]　自古以来，朝鲜半岛经历诸多历史时期，有不同的称呼。本文所述内容为 20 世纪 20 年代中期前后，为了行文的方便，除引文和专有名词外，统一使用"朝鲜半岛"或"朝鲜"指称整个朝鲜半岛。

一　考察朝鲜半岛的中国人

中日甲午战争对中国人产生了巨大的冲击，原本不被中国人所重视的日本打败了泱泱大国，这使得中国学人开始正视日本，关注日本在明治维新后发生的巨大变化。日本在政治、经济等方面取得的发展吸引了不少中国人赴日游历，并有大多数人选择途经朝鲜半岛并做短暂停留。如，1906 年 3 月，宋教仁自日本归国途中，在仁川、镇南浦等地短暂停留，得以直接观察日本殖民统治前夕日本势力在朝鲜半岛的扩张。① 1913 年，于寿椿赴朝游历，并把自己的所见所闻整理成文字。② 1919 年 4 月，张援前往日本考察教育，归国途中也在半岛短暂停留，此时恰逢"三一运动"正在激烈进行，张援在其游记中描述了当时的情景。③ 1918 年夏，《朝鲜闻见录》的作者与友人"以观光团东游日本，道经朝鲜"。④ 1918 年 7 月，黄炎培"携蒋梦麟博士漫游辽吉黑三省及朝鲜"。⑤ 1925 年 5 月，王君叔名、田君和贤、任君悦亭、杨君惜闲、张君秀山、杨君铭盘等前往朝鲜京城观光。⑥ 1931 年 6 月，寄萍游历日本后来到朝鲜半岛，停留月余。此时恰逢万宝山事件引发朝鲜排华之际，寄萍对这种排华情况和殖民统治下的半岛情况有较多描述。⑦ 简言之，20 世纪 20 年代中期前后，赴朝游历的中国人相当多，他们回国后大多留下了关于日本殖民统治下的朝鲜半岛的文字记录。⑧

1910 年日本吞并朝鲜半岛后，为获得国际舆论对日本殖民统治的认可，利用各种手段宣传在朝"新政"及其"成就"，以此证明日本殖民统治的正当性，1915 年 10 月日本殖民当局以"朝鲜物产共进会"的名义举

---

① 宋教仁：《我之历史》，中国国民党党史委员会编《宋教仁先生文集》（上），党史委员会发行，1982，第 275—278 页。

② 于寿椿：《朝鲜游记》，《沪江大学月刊》第 2 卷第 1 期，1913 年。

③ 张援：《民国八年日鲜旅行记》，南京共和书局，1919，第 29 页。

④ 《朝鲜闻见录》，作者、出版单位和出版时间不详，第 1 页。

⑤ 黄炎培：《朝鲜》，商务印书馆，1929，第 2 页。

⑥ 《韩京游记》，《大公报》1925 年 9 月 25 日。

⑦ 寄萍：《游韩漫谈》（一至十），《申报》（上海）1931 年 7 月 10—12 日、14—24 日。

⑧ 王桐龄：《游朝鲜杂记》，《东方杂志》第 18 卷第 14 期，1921 年；黄宗麟：《游朝鲜闵妃墓》，《南社诗录》第 18 集，1916 年 6 月；秦俪范：《高丽荒陬纪游》，《东吴》第 1 卷第 3 期，1919 年；等等。

办博览会就是一例。对于日本举办博览会的意图，当时中国的媒体有清醒的认识，即"日本政府开共进会以促进其在鲜经营之成绩"①。不仅如此，日本在吞并朝鲜半岛后，开始把侵略的魔爪伸向中国，于 1915 年向以袁世凯为首的北洋军阀政府提出侵华的"二十一条"，引起中国各阶层人士的强烈反对。为此，日本试图通过展示日本治朝"政绩"，淡化中国人的反日意识。1915 年 10 月，博览会召开前夕，日本政府不仅"咨照我国政府，请派员前往参观"，而且提出为前往参观的北洋政府官员提供"经过日朝铁道或轮船一概免费"的待遇。② 北洋政府也接受了日本政府的邀请，由外交部、农商部及吉林省的一些官员组成 30 余人的访问团，前往汉城参加博览。该团在半岛停留两周有余，不仅参观了博览会，而且对日本殖民统治下的朝鲜地方行政、警察行政、户口行政、地籍行政、土木行政、救济行政、工商业行政、教育行政等做了比较详细的调查，写成《朝鲜调查记》③，对日本在朝推行的殖民"新政"不乏溢美之词。此后，赴朝考察的中国人逐渐增多。1917 年 9 月，直隶督军兼省长曹锟派遣直隶省视学刘秉鉴、直隶第一师范附属小学第二部主任曹鸿年等 13 人考察日、朝和中国南方的浙江、江苏等地的教育状况。他们考察的第一站就是朝鲜半岛，从 9 月 29 日抵达汉城到 10 月 8 日前往日本，停留了 10 天，先后参观考察了京城公立高等女学校、京城高等普通学校、京城工业专门学校、京城中学校，以及劝业模范场商品陈列馆等。④

在日本对朝殖民"新政"的吸引下，中国除各级政府机构派遣人员赴朝考察外，各种团体甚至个人也纷纷赴朝参观考察。如，1918 年中华职业教育社的孙润江前往朝鲜半岛调查实业教育的情况⑤，1917 年史浩然赴朝参观皮革工场⑥，1924 年何次权赴朝参观永登浦的制革工厂⑦。随着赴朝参观考察人数的增多，考察范围也越来越广，教育制度和实业教育、

---

① 《国货展览会与朝鲜共进会》，《申报》（上海）1915 年 9 月 24 日。
② 《国货展览会与朝鲜共进会》，《申报》（上海）1915 年 9 月 24 日。
③ 参照国家图书馆藏历史档案文献丛刊《朝鲜调查记》，全国图书馆文献缩微复制中心，2004。该书除《朝鲜调查记》之外，还收录了参观团成员王扬斌、万葆元等人所著的《朝鲜观会记》和《朝鲜行记》。关于该访问团参观博览会，当时的媒体也有报道，如《申报》（上海）1915 年 10 月 27 日登载《纪朝鲜物产共进会》一文。
④ 曹鸿年：《考察日韩江浙教育笔记》，直隶书局，1918。
⑤ 《社员孙润江函述调查日本朝鲜实业教育情形》，《教育与职业》第 3 期，1918 年。
⑥ 史浩然：《参观朝鲜皮革工场实习笔记》，《安徽实业杂志》复刊第 3 期，1917 年 7 月。
⑦ 何次权：《调查朝鲜永登浦制革工厂之报告》，《工学》（广州）第 1 卷第 2 期，1924 年。

工业、教会等都在考察范围之内，甚至医疗卫生等也成为考察的对象。如，1928 年 5 月王恒心赴朝，不仅参观考察了教会及其所办各种事业的状况，还专程到釜山的癞病院参观。①

殖民"新政"下朝鲜所取得的"发展"和"进步"，吸引了旅朝中国学者和官员对朝鲜半岛的关注和研究。如，1927 年 10 月任职于中华职业教育社的黄炎培在大连的满铁附设图书馆中研读了大量关于朝鲜半岛的文献之后，亲赴半岛考察研究，历时三月有余，终于写成《朝鲜》一书。本书内容涉及朝鲜半岛在日本殖民统治下的政治、经济、社会等各方面的状况。②

二 旅朝中国人的考察

在日本殖民统治期间，参观考察朝鲜半岛的中国人来自多个地区、多个阶层，其出身背景、成长环境和素养千差万别，但是对日本殖民统治下半岛的认识却呈现出一种较趋同的特点，即先是受惑于日本的宣传，对日本的殖民统治多有溢美之词；后是认识到日本殖民侵略的本质，对其多有抨击，并有唤起国人警醒之意。当然，观察半岛的中国人肯定或批评的先后认识和态度并不是绝对的。换句话说，20 世纪 20 年代中期以前批判、抨击日本对朝殖民统治的中国人亦大有人在，20 年代中期以后肯定甚至赞美日本殖民统治的中国人也不乏其人。

20 年代中期以前，多数旅朝中国人往往会把所观察到的半岛政治、经济和社会等状况与以往的有关历史文献进行比较，发现日本殖民统治下的朝鲜半岛在各方面都取得了很大"进步"。李揩荣在旅朝之后经过对比发现，日本殖民"新政施行五六年间，竟能令行禁止，渐进于野无旷土国无游民，固其计划宏远，控制得宜，究以行政得人，人尽奉法，为收效之大原"③。1918 年《朝鲜闻见录》一书的作者赴朝游历，对日本殖民统治前后的半岛进行了比较，对殖民统治下的半岛在政治、经济、交通、市政等方面的巨大变化印象深刻。作者在书中写道，殖民统治下"无论何事，命令一下，整齐划一，概无异议"，而此前的朝鲜，"政府下

---

① 王恒心：《参观朝鲜釜山癞病院记略》，《麻疯季刊》第 2 期，1928 年。
② 黄炎培：《朝鲜》第一章"序言"，商务印书馆，1929。
③ 李揩荣：《旅行朝鲜感言》，《东方杂志》第 13 卷第 7 号，1916 年 7 月。

一令也，地方举一事也，非推诿延宕，即筑室道谋"；在经济方面，"荒田日辟，水利大兴，农产改良……"，"五金百产，输入超过输出"，而"昔日地多荒芜，水皆为害，民食不足，时仰给于中国"；在交通方面，"郡道国道，区划井然，至若铁道纵横，四通八达"，而"昔日路政不修，行路蹉难"；在市政面貌方面，"市肆官廨，建筑日新"。因此"以今视昔，兴废自判。凡游其地者，无不嘉日政府经营朝鲜政治进行之速"。①黄炎培对日本殖民统治朝鲜的"效绩之宏伟"也发出感慨，"吾两游朝鲜，惟一之感想，不能不敬佩日本执政之能力"，进而以耕地面积和产量的增加、渔业产量的增加、工业生产总值的增加、对外贸易的发展等数字来证明社会生产力的突飞猛进。②由此，黄炎培还得出结论，认为日本殖民政府"对日鲜人民一视同仁"，"一切设施，宜不仅为日本人造福，诚宜为朝鲜人同样的造福"。不仅如此，他还认为"日本政府诚一秉仁心公德对于鲜人绵长其福运，扶掖其进化，以共存共荣对于日鲜人民一切设施之共通之准则"，"鲜人非不知感德者"。因此他建议半岛人民顺从日本的统治，不使用武力而用智力去争取生存的"光明大道"。③

由此可见，赴朝考察的中国人对半岛所取得的"进步"大多发出惊叹，对日本的"执政之能力"也表示敬佩。在殖民"新政"的"成果"中，最吸引中国人的还是教育和实业领域。

1918年曹鸿年等人奉派赴朝、日考察教育，在朝期间，先后参观考察了公立高等女学校、京城高等普通学校、京城工业专门学校等，对殖民统治下半岛的教育理念和教学方法均表示欣赏。如，在参观公立高等女学校时看到教室里有地球模型，曹鸿年等认为"教授地理，无论教师如何热心，终不能以平面之地图，而予学生以立体之观念，故该校地理课藉模型示教，实可取法"。④其实，给曹鸿年等人留下更深刻印象的是实业教育。在参观实业学校时，看到几乎每个学校都设有附属的试验场和产品陈列室，他们认为在这些学校接受教育的学生"既有工作之技能，复有科学之知识"，而"其附设之试验场，为搜罗物产、发明原料之地，

---

① 《朝鲜闻见录》，作者、出版单位和出版时间不详，第1页。
② 黄炎培：《朝鲜》第一章"序言"，商务印书馆，1929，第7—8页。
③ 黄炎培：《朝鲜》第一章"序言"，商务印书馆，1929，第9、10、14页。
④ 曹鸿年：《考察日韩江浙教育笔记》，直隶书局，1918，第41页。

数年后，实业之发达，可以预卜"。① 王扬斌、万葆元等人在参观博览会之后，也参观考察了一些学校，在参观高等普通学校之后，认为教育"管理森严，教授切实，观其师生之间，精神贯注，感情亲密"。② 黄炎培也认为"鲜校男女学生，于活泼之中，寓整饬之意，其动不越规矩，其静不汩天机。其于时下之新制度，初未刻意模仿，而就所见之教法教具，则大改进。……凡此不趋时样，惟务实际之教者态度与学者精神，虽仅窥见一斑，殊觉不可多得"③，赞赏之意溢于言表。

其实，在殖民统治下半岛的这些"进步"事业中，最为中国人称道的是在农业和实业方面取得的进步。在日本殖民统治初期访朝的中国人，无论是考察还是观光游历，他们都会到朝鲜总督府管理的商品陈列馆参观，这个陈列馆也成了访朝中国人的必到之处。1917 年 9 月赴朝考察教育的曹鸿年一行如此，1919 年旅朝的张援也是如此。④ 此外，很多中国人还专程赴朝参观考察劝业农场和各种工厂，对其在农业、工业等方面取得的发展印象深刻。之所以出现关注半岛实业情况这种现象，与近代中国的实业救国思潮⑤有密切的关系。

在中国人看来，朝鲜半岛的农业取得了很大发展。这种发展首先表现在耕地面积的增长上，"明治四十三年（1910 年），仅得二百四十六万町步，大正十四年（1925 年）增至四百五十万町步以上，约增二倍"。其次，这种发展还表现在农作物的增产上，"农产额，明治四十三年仅得二万四千余万元者，大正十三年（1924 年）增至十二万八千六百万元以上，约增六倍"。⑥ 不仅如此，农产品的质量也有了很大提高，"三年前该地所产之水果多不能食，去年即见进步，今年则又进步，居然无不可食者，且皆清脆适口"，这令参观考察的中国人无不惊叹"日人实业之发达"。⑦

---

① 曹鸿年：《考察日韩江浙教育笔记》，直隶书局，1918，第49—50 页。

② 王扬斌、万葆元：《朝鲜行记》，见《朝鲜调查记》，全国图书馆文献缩微复制中心，2004，第6 页。

③ 黄炎培：《朝鲜》第一章"序言"，商务印书馆，1929，第17、8 页。

④ 曹鸿年：《考察日韩江浙教育笔记》，直隶书局，1918，第2 页；张援：《民国八年日鲜旅行记》，南京共和书局，1919，第27 页。

⑤ 关于近代中国的实业救国思潮，参见丁守和《实业救国、教育救国和科学救国思潮的再认识》，《文史哲》1993 年第5 期，第3—11 页；刘宜圣《辛亥革命与实业救国思潮的高涨》，《华南师范大学学报》（社会科学版）1993 年第1 期，第73—78 页。

⑥ 黄炎培：《朝鲜》第一章"序言"，商务印书馆，1929，第7 页。

⑦ 曹鸿年：《日韩旅行记》，《大公报》（天津）1918 年5 月30 日。

不仅农业取得巨大的发展，考察者认为其工业的发展也不可小觑，"工产物总额，明治四十三年仅得三千万余元者，大正十三年，增至二万七千余万元，计增九〔八〕倍。各会社资金实收额，明治四十三年，仅得八百六十七万元者，大正十四年，增至一万四千万余元，计增十六〔五〕倍以上"。① 此外，日本殖民统治下各种团体对实业发展的热情也令中国人惊叹不已。不仅各种职业学校积极促进实业知识的传播，为学生在实业方面的发展创造条件，甚至基督教青年会也设有实业部，"用最新的机器、最新的学理教授朝鲜青年以相当的实业知识"，因此"吾国人过此间的不可不往一观"。②

可见，在直接观察朝鲜半岛的中国人中，有很多人认为日本对朝殖民统治是成功的，因为他们观察到在殖民统治下，政治刷新，各种事业有效展开，社会生产力更是突飞猛进，因此对日本"对于区区半岛一万四千余方里，一千九百万人民，立此规模，得此效绩，不得不谓之尽力矣"。③

旅朝中国人之所以对日本的殖民统治表示认可，与其参观考察的背景应该有很大关系。换言之，在对日本"治朝"业绩发出惊叹的中国人中，绝大部分是在官方背景下参观考察半岛的，并得到朝鲜总督府④的协助，甚至连考察、参观的内容都是朝鲜总督府代为安排的，因此他们所观察到的也正是日本殖民统治者希望其看到的。如，1917 年 4 月赴朝、日考察教育的刘崇本在赴朝之前得到日本驻天津领事松平恒雄的介绍信，至朝鲜半岛后得到朝鲜总督府外事课、学务课的协助，派"视学员山忠氏，按开列参观学校之顺序，引导视察"。⑤ 同样是 1917 年赴朝考察教育的曹鸿年等人虽然没有得到天津日本领事的介绍，但因其官方背景，经中国驻朝鲜总领事馆的介绍，同样得到朝鲜总督府的协助，参观考察的内容也与刘崇本等人基本相同。⑥ 1915 年 10 月赴半岛参观考察朝鲜物产

① 黄炎培：《朝鲜》第一章"序言"，商务印书馆，1929，第 7 页。
② 马伯援：《朝鲜京城观察记》，《大公报》1920 年 8 月 24 日。
③ 黄炎培：《朝鲜》第一章"序言"，商务印书馆，1929，第 8 页。
④ 朝鲜总督府，二战结束前日本统治朝鲜的最高机关。前身为"韩国统监府"，设于 1906 年。1910 年 9 月日本吞并朝鲜后组为朝鲜总督府，1945 年随日本战败投降而被废（吴杰主编《日本史辞典》，复旦大学出版社，1992，第 761、762 页）。
⑤ 刘崇本：《旅行日韩日记》，见姚祝萱编《国外游记汇刊》第一册卷三，上海中华书局，1924，第 27 页。
⑥ 曹鸿年：《考察日韩江浙教育笔记》，直隶书局，1918，第 15 页。

共进会的王扬滨、万葆元是由北洋政府派出的官方代表团成员，不仅所有费用由朝鲜总督府负担，而且从北京出发时就有日方人员陪同，当时朝鲜总督寺内正毅还在官邸设宴招待代表团一行，当然参观的内容也是由朝鲜总督府事先安排好的。① 由此可见，这些以官方背景赴朝参观考察的中国人，所见所闻正是朝鲜总督府极力对外宣传的所谓在朝"治绩"。不仅如此，赴朝参观考察的中国人，行程都比较紧张，在朝滞留时间长则一周，短则三四天，加上事前"安排好"的行程，很难有时间和机会近距离观察更真实的半岛社会。在这种情况下，这些人对日本殖民统治政绩的赞叹也就不难理解了。

三　旅朝中国人的思考

如前所述，旅朝中国人对日本殖民统治下朝鲜半岛的认识具有时期性特点，20 世纪 20 年代中期以前直接观察半岛的中国人对朝鲜经济、教育的发展多持正面的肯定态度，对日本殖民统治所取得的"业绩"表示惊叹甚至敬佩。但这种时期性特点并不是绝对的，在 20 世纪 20 年代中期之前旅朝中国人所留下的文字中，也不乏对在日本殖民统治下朝鲜半岛人民所遭受苦难的描述。

旅朝中国人发现，在日本殖民统治下，"各街市，均列町及丁目，而各种株式会社，若水产，若烟草，若酒造，若食粮品，若兽畜养屠，无一非日人势力。所谓鲜人者，第见多数苦力，攘往熙来，负载于道耳"②。"鲜人为了重税的结果，田地房屋都尽卖给日人了。"③ 不仅都市如此，"鲜民村落，咸有日人踪迹，一种苦乐不平等情形，自不可掩"④。日本殖民统治下，统治者和被统治者的地位一目了然。

在殖民统治下，朝鲜半岛人民不仅丧失了原本拥有的资源，而且丧失了基本的自由权利。"鲜民远行，必报警署，许而后可，即往来国内亦然"，而且各书铺内"鲜人所著书，无有新出版者，有亦必注朝鲜总督府

---

① 王扬斌、万葆元:《朝鲜行记》，见《朝鲜调查记》，全国图书馆文献缩微复制中心，2004，第 1—4 页。
② 张援:《民国八年日鲜旅行记》，南京共和书局，1919，第 26 页。
③ 马伯援:《朝鲜京城观察记》，《大公报》1920 年 8 月 24 日。
④ 张援:《民国八年日鲜旅行记》，南京共和书局，1919，第 26—27 页。

警务总监府认可等字样，可知其出版不得自由"。①

尽管这个时期赴朝考察的中国人大多对其教育的发展表示惊叹，但仍不乏指出这种教育问题所在之人。日本殖民统治下，"朝鲜人教育，概用日语日文"②，本土语言文字被贬低为地方方言，这令中国人不由大发感慨："亡其国者灭其种，非必尽杀其国之人也，亡其语言文字，种族之精神灭矣。"③ 不仅如此，朝鲜学校中"无史地科目"，而"日本小学校，最重此二科"，以"启发其国民，使有爱护国家之思想，实一国命运之所系也"。反观半岛的学校中独缺史地科目，这"必泯灭人之国家思想，使与己同化。教育之力，不亦大可畏哉！"④。由此可见，虽然日本殖民统治下朝鲜的教育取得了一定的发展，但"朝鲜人教育权，不由朝鲜人操之"，而是由殖民统治者掌握，所施行的教育也在于抹杀半岛人民的民族精神，从而达到同化朝鲜民族的殖民目的。

在这种殖民统治下，"多数鲜人的精神总都呈出不安的样子"，"火车、电车上和路上来往的男女老少，面上都带菜色或不快愉色"，甚至就连妓女的歌声也是"悲而幽，令人不忍闻，诚亡国之音"。⑤

20世纪20年代中期以后，随着日本侵华野心的逐渐暴露，中国人对殖民统治下的朝鲜半岛的认识逐渐发生变化，虽然那种赞赏的论调并未完全绝迹，但对日本殖民统治的实质有了越来越清醒的认识。

"三一运动"后，日本改变殖民统治方式，实施所谓的"文化政治"，允许出版朝鲜文报纸，放宽了对朝鲜人组织团体的限制，实行地方自治，通过选举选出地方评议会的议员。但在中国人看来，日本殖民统治政策的转变并没有给半岛带来任何自由，"警务、财务、内务三项实权，全操日人之手"⑥，日本的宣传不过是在遮掩殖民统治的实质。

"三一运动"后，半岛的日文报纸无疑是"代表日本人讲话，操纵全韩的舆论，是文化侵略的生力军"，甚至就连《朝鲜日报》《东亚日报》等朝鲜文报纸，其"内部重要份子及其背景，却还是日本人"，成为日本殖民统治的舆论机构。虽然朝鲜人也组织各种团体，但所有团体均不得

---

① 张援：《民国八年日鲜旅行记》，南京共和书局，1919，第30、34页。
② 李措荣：《旅行朝鲜感言》，《东方杂志》第13卷第7号，1916年7月。
③ 李措荣：《旅行朝鲜感言》，《东方杂志》第13卷第7号，1916年7月。
④ 张援：《民国八年日鲜旅行记》，南京共和书局，1919，第32页。
⑤ 马伯援：《朝鲜京城观察记》，《大公报》1920年8月24日。
⑥ 寄萍：《游韩漫谈》（三），《申报》（上海）1931年7月12日。

以"党"相称，只能称作"会"，如新干会等。不仅如此，这些组织"处处受日本的监督与束缚……譬如开会，先要报告总督府，有时准，有时就不准。即使准你开会，当局或派密探旁听，或派武警监视，行事非常严密。除非你是预备坐监狱，受处分，才可以发表一些言论，否则休想谈什么革命"①。因此，在"文化政治"统治下，朝鲜半岛人民仍然没有自由可言。

日本殖民统治初期，朝鲜半岛的教育发展曾经吸引很多中国人赴朝考察，对其各种学校的教学设施、教学方法等赞赏不已。但随着对日本殖民侵略本质认识的深入，对殖民统治下的教育本质的认识也更加深刻。在日本殖民统治下，朝鲜半岛的学校"多数是日人办的，当然施行他们特殊的教育方针。间有朝人自己设立的学校，但须一律依照总督府学务局所颁布的学制。功课以日文为主体，朝鲜本国的文字、语言、历史等，限制得很严。所以现在一般青年学生，讲起来一口日本话，写起来一笔日本文，他们反以为用韩文、韩语是落伍"②。这种教育的直接后果便是朝鲜半岛的青少年"从小受着奴隶教育的麻醉，不知道自己是何种民族，也不知道朝鲜过去的历史，几乎同化于日人"③，日本殖民统治下的教育本质不言自明。

由此可以看出，20 世纪 20 年代中期以后，中国人对殖民统治下的朝鲜半岛的认识发生了很大变化。在他们看来，日本殖民统治下，半岛的资源完全被日本人占有，"朝鲜人断难与之竞争"，朝鲜人民言论、结社、迁徙等基本的自由权被剥夺殆尽，所接受的教育也是殖民奴化教育。在这样的殖民统治下，"人民生活，每况愈下，困苦不堪"④。

四 结语

随着近代中朝两国被迫先后开港，越来越多的中国人有机会近距离观察和了解朝鲜半岛社会。在日本殖民统治初期直接观察半岛的中国人

---

① 寄萍：《游韩漫谈》（五），《申报》（上海）1931 年 7 月 15 日。
② 寄萍：《游韩漫谈》（四），《申报》（上海）1931 年 7 月 14 日。
③ 寄萍：《游韩漫谈》（二），《申报》（上海）1931 年 7 月 11 日。
④ 森子：《朝鲜印象记——献给我所爱慕的朝鲜》，《四十年代》（北平）第 5 卷第 5 期，1935 年，第 4 页。

中，出于对国家积贫积弱的忧虑，将目光重点放在了日本殖民统治取得的"成效"上，对原本"落后"的半岛取得政治的"刷新"、经济的"发展"和教育的"发达"表现出极大的兴趣，对日本殖民统治的手段也不乏溢美之词。同时，这个时期赴朝参观、考察、游历的中国人或由于参观考察的背景，或由于在朝滞留时间的限制，所观察到的只是光鲜外衣下的半岛社会，观察日本殖民统治下的半岛社会真实面貌的机会并不多，其对朝认识不可避免地产生了偏差。但是，随着日本侵华意图的逐渐暴露，随着中国人民族觉悟的逐渐提高，那些有机会直接观察殖民统治下半岛社会的中国人，所关注的重点发生了明显的转移，即开始从统治者身上转向被统治者身上，关注殖民统治下半岛人民的政治权利、经济生活以及言论、结社等基本的自由权利，对日本的殖民统治进行理性思考，认识和剖析日本对朝殖民统治的本质，并试图以此唤起中国人民对日本侵华的警觉。

（载《东北亚学刊》2012 年第 5 期
"历史文化"。收入本书时注释有调整和修改）

韩国现代文学在中国的传播与接受研究（1926—1949） [摘要]

赵颖秋

本文以 1949 年前中国近代媒体出版或刊载的有关韩国现代文学的文章为研究对象，考察韩国现代文学在近代中国的译介和传播情况，把握其大致的变化趋势，并试图进一步分析中国文人和读者对韩国现代文学的认识，阐明"弱小民族文学"观念对韩国现代文学译介产生的影响。本文的研究意义有以下两点。（1）补充和整理 1949 年前在中国出版或刊载的韩国现代文学资料，并详细地考察各时期资料的具体分布情况以及作者与译者、刊载媒体等相关信息，从而弥补以往研究中资料不足的缺陷，扩大已有的研究领域。（2）以整体的视角把握韩国现代文学在中国介绍和传播的历史轮廓和变化趋势，并由此进一步分析近代中国文人与一般读者对韩国现代文学的认识，这将有助于我们思考韩国现代文学在近代中国被译介和传播的动力和运作机理。

笔者通过查阅各大期刊目录丛书和图书馆数据，以及检索相关的近代期刊数据库，共收集整理了 9 本收录韩国作家作品的译文集和 72 篇登载在各类新闻杂志上的译作和评论文章。因其中以单行本形式出版的译文集所收录的译作大部分转载于此前新闻杂志上登载的文稿，本文将以新闻杂志上登载的相关文章为主，单行本资料为辅，考察 1949 年前韩国现代文学在中国的传播与接受情况。本文首先将按年代、题材、作者与译者、刊载媒体四种类别概括资料的分布情况和特点。从目前所见资料可知，最早被介绍到中国的韩国现代文学作品是 1926 年《东方杂志》第 23 卷第 21 号刊登的朴英熙的小说《战斗》（翠生译）。进入 30 年代后，有关韩国现代文学作品的译介逐渐增多，除了 1932 年外，每年均有相关文章被刊载。这些文章以作品译作与评论文为主，译作体裁多样，涵盖小说、诗歌、戏剧、文学批评等；评论文章包括读后感、文学动态消息以及介绍韩国现代文学概况的评论文等。作品被译介的韩国作家有李光洙、金东仁、李泰俊、玄镇健、金起林、梁柱东、张赫宙等，其中，张赫宙的作品译介数量最多。译者则以在中国活动的韩国文人志士（如翠生、柳树人、丁来东等）与通晓日语或世界语的中国文人（如胡风、叶君健、黄源等）为主（其中亦有相当一部分的作者和译者身份不明，有待日后进一步考证）。另外，刊载韩国现代文学相关作品的新闻杂志共有53种，类型背景不一，以在上海刊行者为多。

以上述资料为基础，本文将集中分析韩国现代文学得以在中国传播的基本条件，以及传播和接受情况所呈现的变化趋势。一方面，近代中国政治社会状况的需要，近代传播体系的建立以及第三语言（日语或世界语）的中介策略使韩国现代文学得以克服地理和语言界限被传播到中国的文化环境之中。另一方面，这三类社会文化条件亦极大地参与了韩国现代文学在中国传播和形塑的过程。总的来说，对韩国现代文学的译介情况呈现以下三种不同的变化阶段。第一阶段（1926—1936），受中国左翼文学思潮的推动，韩国现代文学初次以普罗进步文学的作品登场，反映社会阶级矛盾、饱含革命反抗精神的小说成为被译介的主要对象。第二阶段（1937—1944），日本侵华战争爆发，在侵略与反抗的二重权力对峙语境之下，沦陷区与非沦陷区报刊上的韩国现代文学被分化为两种不同的形象。一方面，其作为体现为民族独立而奋斗的近代国家文学，被中韩文人志士用于表达抗日救国的精神；另一方面，则作为隶属于日本的地区文学，被日本统治势力用于在华强化"大东亚共荣圈"形象，宣扬以及合理化日本的统治权威。第三阶段（1945—1949），日本战败，中韩两国迎来民族解放的胜利。在初期短暂的和平环境中，以柳树人为首的一批中韩文人学者，为促进中韩文化的交流创办《中韩文化月刊》，积极介绍韩国现代文学。然而此类良性交流的势头昙花一现，随着1948年后两国政权之间的意识形态对立加深，韩国现代文学的实体被分裂为朝鲜文学和韩国文学，前者的翻译和介绍在报刊上时有出现，后者则被排除在人们视线之外。近代中国的韩国现代文学介绍受制于剧烈动荡的东亚政治社会，其过程异常曲折，一直被不同的话语势力所改写分化，始终未能建立起一个稳定的主体形象。

尽管可以看出韩国现代文学在中国的传播呈现一定的变化趋势，但不得不承认，近代中国文人和一般读者与韩国现代文学的接触仍十分有限。这在很大程度上导致了他们对韩国现代文学的认识相对模糊和刻板，但其也间接触发了他们动员自身主观的想象补充和塑造韩国现代文学的形象和内涵。这类主观的想象并不全是一己之见，它实际上仍然脱离不了近代文学观念和民族主义思想的思维框架。在这些思维框架的影响之下，韩国现代文学被定义为"弱小民族文学"。

接下来本文集中探讨这种认识框架的多面作用。第一，它使以下层人民为主人公，反映殖民地朝鲜社会问题，具有强烈现实色彩的韩国近代小说成为译介的主要对象，并由此反过来进一步强化了韩国现代文学作为"弱小民族文学"形象的正当性。早期张赫宙描述朝鲜风土特色和殖民地朝鲜社会惨状的小说受到追捧的原因也在于此。后来张赫宙加入亲日作家行列一事并未引起中国文人的关注，40年代后其散文集仍被出版或再版，这种现象反映出单纯借由作品内容构建的"弱小民族文学"形象之牢固，它遮蔽了中国文人辩证地看待韩国现代文学的视线，令其陷入一种民族主义的迷思。第二，它造成了中国近代文人对韩国现代文学认识的单一化，只停留在关注现实主题鲜明、情感表达强烈的文学作品，而缺乏足够的能动性去了解韩国现代文学发展过程中的丰富性和独特性（有关30年代韩国现代派文学的发展鲜有提起，可为例证）。另外，受文学进化论的强烈影响，韩国现代文学的落后形象亦变得更为突出。中国文人以俄国或日本的作家为参照去描述韩国著名作家李光洙、廉想涉和李泰俊等的方式，令韩国现代文学的阐释在先进与落后的二元发展论预设下丧失了自身的独立性和自足性。第三，它隐秘地附带了中国文人仍未褪去的本位主义思想，延续古代中国文学对韩国文学的影响论，中国文人眼中的韩国现代文学的边缘性被进一步强化。总的来说，"弱小民族文学"的认识框架为韩国现代文学在中国的介绍和传播提供了契机，但从长远来看，它极大地限制了韩国现代文学在中国的译介数量和范围，令中国文人缺乏以多元和开放的态度去认识韩国现代文学的具体内涵。

综上所述，近代中国的韩国现代文学经历了曲折的传播历程，被各历史阶段不同的话语权力改写和塑造。在"弱小民族文学"的认识框架下，近代文人认识到介绍韩国现代文学的重要性和价值，但也不可避免地简化了对韩国现代文学的认识，极大地限制了韩国现代文学在中国进一步的传播。然而总的来说，韩国现代文学的传播是近代文人和读者克服动荡不安的社会局势，在寻求各种翻译和阐释策略后生成的极具历史意义的文本。它折射出东亚近代空间里中日韩三国的权力不平衡所导致的文学交流不平等状态。尽管近代中国形成的韩国现代文学面貌是浅显和片面的，韩国现代文学无法被有效地呈现出本来面貌，在译介、阅读、评论的过程中所涌动的交流欲望却是真实而迫切的，这种交流的欲望背后指向的是中韩两国关于建立现代国家的渴望与想象。

（南京大学硕士学位论文，崔昌笃指导，2014 年）

伪满洲国《作风》杂志及朝鲜文学翻译[*]

谢　琼

一　关于《作风》杂志

在讨论《作风》杂志中朝鲜文学的翻译之前，先简单介绍一下《作风》杂志。《作风》是由伪满洲国作家金田兵编辑、以作风刊行会[①]同人为主力、于 1940 年在奉天（今沈阳）出版的文学杂志，只出版了一期就遭停刊。[②] 我对《作风》的基本看法是《作风》在伪满洲国语境中的独特意义，在于通过精心的作品编选工作，来传达带有民族主义意味的反抗精神，1940 年，伪满洲国的政治高压日益增强，各类中文出版物在内容上都日趋谨慎，这本杂志却属异类。[③] 不仅如此，当时的伪满中文文

[*] 我最初在日本学者大村益夫处看到《作风》杂志部分复印本，后经多方努力找到全本。感谢大村益夫老师和哈佛大学东亚系博士生华锐在查找杂志过程中给予笔者的无私帮助。论文写作过程中，得到刘晓丽、冈田英树、金在湧、大久保明男、李海英等老师的诸多帮助，在此一并感谢。

[①] 作风刊行会成立于 1939 年底，由原大连"响涛文艺研究社"和"开拓文艺研究社"部分成员组成。详细介绍见刘晓丽《异态时空中的精神世界》，华东师范大学出版社，2008，第 99—101 页。

[②] "作风"同人在《作风》杂志之外，还计划出版单行本丛书"作风文艺丛书"和不同文学体裁的专辑"作风连辑"，但这两种出版计划也都只出版了一二册就被禁。见刘晓丽《异态时空中的精神世界》，第 101 页，以及《作风》杂志末的出版广告页。

[③] 1937 年日本侵华战争全面爆发，1938 年日本提出"东亚新秩序"的概念，要建立以日本为主导的东亚联盟，1940 年进一步提出明确的"大东亚共荣圈"构想，这些因素使得日本对伪满洲国文学活动的审查和控制日益增强。带有反满抗日色彩的作品，不仅越来越难发表，而且发表者所付出的代价也越来越大。随着萧军、萧红等进步作家在 30 年代中期离开东北，伪满洲国各类反日色彩鲜明的文学阵地都日渐衰弱。到了 1940 年，已经看不到持续且一致标明反抗的文学杂志或报纸副刊了。《作风》就诞生于这样的环境中。不过，它只出了一期就被停刊，而且随着 1941 年 3 月《艺文指导纲 （转下页注）

坛，不同派别的分歧不小，这本杂志却不分派别地邀请满洲各地的作者参与翻译。①因此，重新发现和考察《作风》杂志，能为伪满中文文学的研究提供新的线索。

《作风》杂志的创刊号，也是唯一的一期，是翻译专号。本文的文末附有杂志的目录和相关信息。据编者说，这样大规模的翻译作品的募集，在当时的伪满洲国还属首次。杂志的编辑动机，据金田兵在 2003 年回忆，是想模仿"关内"作家编译东欧弱小民族、国家的作品，但因为原文材料难找，只能尽力而为。[1]（P. 101）

所谓"关内"的弱小民族、国家的作品翻译，可追溯到 1908 年鲁迅的《摩罗诗力说》和 1909 年由鲁迅和周作人翻译的《域外小说集》。不过正式提出"弱小民族"这一概念的，是陈独秀 1921 年的论文《太平洋会议与太平洋弱小国家》。根据这篇论文，弱小民族主要指像印度、波兰这样的被殖民国家。随着概念的发展，人们开始用它来指代欧洲的强国之外的国家、亚洲诸国及其他地区的殖民国家，且 20 世纪 30 年代之前和之后，所指又略有不同。30 年代之前，人们还会将日本、俄罗斯和意大利归入"弱小民族"，30 年代之后则多将它们排除在外。"弱小民族"的概念在中国的兴起，和中国民族意识的觉醒几乎同步。在中国——进行弱小民族文学作品的翻译，其共同的出发点是对民族独立和主权的拥护，以及对帝国主义和殖民主义的批判。另外，从 20 年代直到 30 年代中期为止，对"民族主义文学"的概念的质疑声始终未断，鲁迅、茅盾等都担心它会流于狭隘，而成为为当局统治代辩的工具，这种批判也一度影响了弱小民族文学的翻译。直到 1936 年日本侵华战争全面爆发前夕，鲁迅逝世，同时民族主义和爱国主义成为压倒性的社会思潮，此类争论才日趋平息。[2]（PP. 6—28）

在 30 年代的争论声中出版的弱小民族文学翻译作品选，主要有以下

（接上页注③）要》的发表和随后日方对异见作家的大肆抓捕，不认同日本当局的中国作家或是受刑，或是逃离，带有明确反抗意识的中文文学在伪满洲国彻底失去了生存的土壤。关于伪满洲国文学政策的变迁及对中文文学的影响，参见李文卿《共荣的想象：帝国日本与大东亚文学圈（1937—1945）》，台湾板桥：稻乡出版社，2010，第 319—411 页。关于 1941 年以后伪满洲国中国作家及"作风"同人的处境，见李慧娟《东北沦陷时期文学史料》，吉林人民出版社，2008，第 135—136 页。

① 当时在伪满洲国的中文文坛，主要分为"文选"和"艺文志"两派，而《作风》同时邀请了两边的作者翻译。详情见刘晓丽《异态时空中的精神世界》，第 99—100 页。

几种：1934 年 5 月出版的《文学》杂志 "弱小民族专号"①；1936 年 4 月由胡风选编出版的朝鲜台湾短篇小说集《山灵》［3］；1936 年 5 月出版的《弱小民族小说选》②；以及 1937 年出版的《弱国小说名著》［4］。四种均在上海出版。关于翻译和编选的目的，胡风在《山灵》中明确表示："几年以来，我们这民族一天一天走进了生死存亡的关头前面，现在且已到了彻底地实行'保障东洋和平'的时期。在这样的时候我把'外国'底故事读成了自己们底事情……"［3］（P. 11）可见，到了 1936 年，由于中国本身面临存亡危机，翻译弱小民族文学作品已经直接成为自身民族救亡的代言和借鉴。

　　虽然无法确切知道金田兵和 "作风" 同人当年是受到哪些 "内地"编选的弱小民族作品选的影响，甚至无法确认今天金田兵的回忆是否就是当年的真实动机，但据韩国学者金在湧考证，至少在 1941 年，也就是《作风》出版的次年，伪满中国人知识界已经普遍知晓胡风选编的《山灵》。［5］也正如金田兵所说，最后出版的《作风》杂志，作品的出处的确没能控制在 30 年代所通行的 "弱小民族国家" 范围内，而是扩展到弱小民族以外的欧洲诸国（英、德、法等），以及美国、日本等国。不过我以为，《作风》的杂志编辑和作品筛选原则，与弱小民族文学的民族主义和反殖民精神一脉相承，并且直接或间接地挑战了当时伪满洲国特殊的政治文化环境。

　　《作风》的开篇诗中，有这样的段落：

　　　　有一个新的生命在习俗里开始他底奋斗，

　　　　像铁牢里雄狮的狂吼欲恢复他底自由；

　　　　倘有人因他而奋起追求，

　　　　倘有人因他而打破幽囚，

　　　　他只感谢，他只感谢志友，

　　　　他只感谢，因他得和志友来同把这革新的责任担负。

---

① 《文学》，上海生活书店。1933 年创刊，1934 年 5 月号（第 2 卷第 5 期）是弱小民族文学专号。

② 世界知识社编《弱小民族小说选》，上海生活书店，1936。此选集的出版虽然迟于《山灵》，但胡风自述是在看到此选集的原型，即《世界知识》杂志从 1935 年起刊登的弱小民族小说翻译系列之后，才想起编选《山灵》的。参见《序》，载《山灵》，文化生活出版社，1936，第 1 页。

在这段诗里，反抗与斗争的意味相当明显。与此相呼应，2003年金田兵在回忆《作风》的内容时，有如下的表述："内容着重于反战、反掠夺及反映放逐、贫困生活的作品。当时是针对侵略战争，敌伪实施的'国兵法'、'抓劳工'、'思想矫正法'以及'出荷'、'配给制度'等形势而翻译的。"［1］（PP.101—102）由此可见，和内地的弱小民族翻译作品集一样，伪满洲国的《作风》，也在通过翻译外国文学作品来曲折地、间接地回应和控诉处于伪满洲国殖民统治之下的中国人丧国丧权的政治和生活现状。

这里需要特别谈一下放逐题材的作品，也就是在附表中被归类为"望乡"主题的作品。这些作品大都以同情的口吻描写被放逐出祖国的漂泊者们的思乡之情。它们虽然并不直接对应伪满洲国中国人的处境，也与"弱小民族文学"的概念有冲突之处，却能间接地传递伪满中国人思念祖国、渴望重新成为祖国一部分的情怀。① 具体来说，在伪满的中国人，并非从祖国放逐到伪满洲国，而是在自己的家乡被殖民，所以难称"放逐"；而《作风》中许多被放逐者，比如白俄和墨西哥人，都是因为家乡的解放革命而被迫流亡的被革命对象，所以同情他们的流亡，事实上恰恰与"弱小民族"概念所内含的民族解放独立精神相左。但是，在一方面涌动着难以压抑的民族主义情怀，另一方面却不能直接批判殖民主义的伪满洲国，放逐成为传递中国人向往祖国之心的替代性题材。这种以他国人民的放逐题材替代本国民族主义书写的策略，不仅出现在翻译作品中，也出现在伪满洲国中国作家的创作作品中，举例来说，"作风"同人作家石军在1942年发表的短篇小说《混血儿》，就曾因"通过亡命满洲的白俄人的痛苦和感慨来唤起满洲民众的祖国意识"而遭到检举。②

---

① 当时很多从殖民统治地区东北出逃的作家，如萧军、萧红、罗烽等人，都在作品中表达过终于回到祖国的激动之情，可见东北殖民统治下中国知识分子对内地作为祖国的认同和向往之情。其中，萧军的短篇小说《樱花》最好地反映了这种心情及其挫败感。关于东北人的祖国认同问题，则另撰文详述。

② 见冈田英树《続：文学にみゐ满洲国の位相》（《续：从文学看伪满洲国》），东京：研文出版，2013，第429—430页。在1942年，有三位伪满洲国中国作家被捕，日警要求他们撰文检举分析带有反满抗日和民族主义倾向的伪满洲国中文文学作品。在他们以日文写的检举文中，包括了对石军短篇小说《混血儿》中民族主义倾向的指摘。

　　总体来说，金田兵的总结与我最初阅读《作风》杂志的感受基本一致。从文末的附表中可以看出，被放逐者的反战和望乡之情，以及底层人民生活的贫困，的确是《作风》所选作品中最普遍和突出的主题。而作品间主题的对应性，又更加渲染了单篇作品的进步意义。一些本来可以有多种诠释的作品，因其中进步的主题能和其他作品中反复出现的主题相呼应，而使阅读整本杂志的读者有可能将其做进步方向的解读。举例来说，《雪莱与现代》这篇文学评论，作者是日本学者横山有策，以30年代中国的标准来看，并不能算弱小民族文学作品。但是评论全篇以社会主义和共产主义倾向来解释雪莱作品的意义，不仅本身属于进步作品，而且在《作风》杂志中紧随雪莱的散文《圆形演技场》之后，还可以影响到读者对雪莱散文的解读。雪莱的这篇作品，本来是一篇含义模糊而丰富的哲学性散文，在《雪莱与现代》的观照下，其自由解放的思想得以凸显。遗憾的是，《雪莱与现代》一文，因为思想倾向过于激进，在《作风》出版后不久就被伪满洲国当局勒令删除。［1］（P. 102）关于其他作品间主题的呼应，将在下文讨论朝鲜小说的翻译时详述。

　　正如《作风》的编者所说，这样大规模的翻译作品的募集，在当时的伪满洲国还属首次。在那前后，从1939年到1941年，伪满洲国相继出版了一系列翻译作品集，比如《世界著名小说选》［6］、《世界名小说选》（1—5）［7］，《近代世界诗选》［8］等，但这几本书都只是将已经在中国内地出版的翻译作品编选在一起而已。与此不同，《作风》杂志是由编辑者先联络散落在东北各地的有翻译能力的作者，在他们同意投稿之后，由他们自选作品进行翻译。① 因此，这本翻译集包括了各种体裁的文学作品，并且大多从原文直接翻译，而非通过日译等中介译本转译。如前所述，《作风》的编辑有一些总的编选倾向，译者们选出的作品，也大多符合编选原则。当然，也有一些作品，比如爵青翻译纪德的《放埒之书》，就明显是出于自己对纪德的喜好，对编辑的进步倾向似无过多考虑。换句话说，采用编者统筹、译者自选的方式，在伪满洲国对外国文学作品进行有组织的自主翻译，在当时的确前所未有，这种编辑方式既能在一定程度上使整本杂志的主题保持统一，凸显进步色彩，又尽可能给予译者选择和翻译的自由，提高他们的参与热情。当然，译者自选的

---

　　① 见《作风》杂志的《编后记》和《校后记》，第358—359页。

方式，也就必然会产生一些不能很好呼应统一主题的作品。

二 《作风》中的朝鲜文学作品翻译

《作风》中收录的朝鲜文学作品共有三篇，按顺序分别是王觉翻译的李光洙的《嘉实》，以及古辛翻译的李孝石的《猪》和金东仁的《赭色的山》。译者王觉为在伪满洲国参与国民党反满抗日活动的国民党地下党员，作品可能是通过收录在《嘉实：李光洙短篇集》中的日译转译成中文的。[9]（P.146）译者古辛背景不详，其翻译的两篇作品均在1940年于日本出版的《朝鲜小说代表作集》[10]中出现，可以推测也是从该书中通过日文转译的。

这三篇朝鲜文学作品的选择，都和杂志的反战、放逐、贫困的编选主题相符。《嘉实》的故事发生在古代，讲一个新罗的农村青年在和邻家女子订婚之后，代女子的父亲服兵役。可是在战场上和高句丽士兵的对话，却让他发现两边的士兵都因受统治者所蒙骗而被卷入毫无意义的战争。后来，他被迫留在高句丽的一个村落中生活，但始终想要回到新罗的家。在故事的结尾，他终于踏上了归乡之途。《猪》则反映底层农民的贫困，讲述一位农民因为疏忽导致猪被火车撞死后的心痛。《赭色的山》将背景放在满洲，以一位在满洲旅行的朝鲜医生的视角，讲述在满朝鲜农民受到中国地主的迫害后，一个不事生产的朝鲜混混挺身而出去讨公道，结果被中国地主打死的故事。在死前，这位朝鲜混混望向祖国的方向，要求医生为他唱怀念祖国山水的爱国歌，歌声最后变成了全体村民的合唱。

当然，和所有文学作品一样，这三篇朝鲜小说，其文本本身也都有多种解读的可能性。但本文想要强调的是，由于《作风》整本杂志有统一的编选原则，所以选集性质的杂志便具有了规约文本意义、引导读者以既定方式解读文本的作用。因此，上面谈到的故事梗概和解读，也只是在《作风》这一选集的空间内获得的阐释。下面，我将以具体作品、特别是《赭色的山》为例，对此观点做进一步说明。

首先，虽然前文已经说过《作风》和弱小民族之间的关系，有可能是编者的后见之明，但这里仍可以探讨一下将朝鲜文学作为弱小民族文学翻译的可能性。在前文中介绍的上海出版的一系列弱小民族文学翻译作品集中，截至 1934 年，还没有朝鲜文学作品出现，但 1936 年胡风的《山灵》中，正式将朝鲜文学作为与中国台湾相同的被殖民文学介绍给上海的读者。此后出版的《弱小民族小说选》中收录了胡风书中张赫宙的小说《山灵》，《弱国小说名著》则收录了张赫宙的另一篇小说《姓权的那个家伙》。也就是说，到 30 年代中期为止，当时的殖民地朝鲜已经普遍被中国内地认为是弱小民族，其作品也得到上海文学翻译界的关注。而将朝鲜小说作为被殖民文学翻译到伪满洲国，则有更微妙的意义。当时，对上海的进步知识分子来说，殖民地朝鲜成为面临存亡危机的中国的警示，而朝鲜人民则是同在反抗帝国主义和殖民主义阵线上的同志，这成为他们翻译朝鲜文学作品的出发点。但对于已经被殖民统治的伪满洲国中国知识分子来说，翻译讲述朝鲜移民贫困生活和思乡情怀的小说，直接成为高压统治下自身现实命运的曲折代言。不仅如此，在满朝鲜移民和其他那些因为国内解放革命而流亡的白俄等人不同，在很大程度上是因为受到日本殖民统治的压迫而被迫流亡，可以说是最符合"弱小民族"概念的表现对象。我以为，这些是《作风》翻译朝鲜作品的出发点，也客观上规约了在《作风》中对这些作品的解读方式。

以《赭色的山》的翻译为例。这样一篇强调伪满中朝民族矛盾的作品却会被《作风》的译者选中翻译，引人深思。小说的满洲背景，曾引起伪满中国读者的关注。[5] 此外，作品中的压迫者是中国地主，而非全体中国人，中国读者由此可以从阶级压迫而非民族矛盾的角度来解读。这些都可能曾是译者的考虑因素。不过我以为，译者选择此文翻译，最主要的动因当属故事的贫困和放逐主题，特别是后者。若说满洲背景，在此文的翻译底本，即日译《朝鲜小说代表作集》中，有三篇都和满洲有关。此文之外，还有金东里的《野蔷薇》和李泰俊的《农军》。① 前者写一位朝鲜农民的妻子，在新婚丈夫赴满之后，在妈妈的帮助下辛苦地攒出旅费，即将赴满和丈夫团聚的故事；后者则取材伪满洲国里中国农民和朝鲜农民之间的纷争。在这三篇小说中，译者唯独选择了《赭色的山》，或因为作品不仅描写了朝鲜移民在伪满洲国受压迫的悲惨生活，更

---

① 收入该选集的作品有《少年行》（金南天）、《苗木》（李箕永）、《豚》（李孝石）、《沧浪亭记》（俞镇午）、《童话》（蔡万植）、《崔老人传抄录》（朴泰远）、《军鸡》（安怀南）、《野はち》（金东里）、《逆说》（崔明翊）、《赭い山》（金东仁）、《見知らぬ女人》（李光洙）、《つばさ》（李箱）、《农军》（李泰俊）。

在文末大写他们思念祖国的望乡之情，这和《作风》中多篇作品的放逐主题相呼应：如《嘉实》中流落高句丽的新罗青年的思乡之情，英国小说《败北》中因战争而流落德国沦为妓女的俄罗斯姑娘的孤独，法国小说《大尉索古普的茶》中白俄流民和墨西哥移民在巴黎的偶遇和互相温暖，俄国小说《放逐》中一群流落西伯利亚的被放逐者对故乡生活的回忆，等等。① 反观日译《朝鲜小说代表作集》中另两篇满洲题材的作品，则并未突出民族主义意识。

在朝鲜，金东仁小说发表当初，并未有什么反响，但战后很长时间，该小说都被当作韩国民族主义文学的典范广为传播，还一度被收入小学课本。另外，已有韩国学者指出，金东仁的《赭色的山》的创作，客观上声援了日本帝国主义。小说最初发表于1932年，正是1931年7月的万宝山事件刚刚结束之时。万宝山事件是日本帝国主义在中国东北挑起的中朝农民冲突，冲突发生后，由日本操控的朝鲜媒体大肆夸张，编造鲜农死亡的新闻，在当时的朝鲜国内引发排华惨案。金东仁从未去过满洲，受新闻报道的影响，民族主义情绪勃发，写下了这篇和他的其他作品完全不同的爱国小说。当时，日本帝国主义者企图通过夸大在满中朝农民的矛盾冲突，把自己打造成在满朝鲜农民的保护人，从而获得在该地区扩张势力的口实。而金东仁的《赭色的山》，正应了日本帝国主义者的阴谋。[11]（P. 21）这或许也正是日译《朝鲜小说代表作集》中会翻译《赭色的山》以及其他满洲相关小说的原因之一。不过，正如上文所说，《赭色的山》能被翻译成中文，却是因为其中民族主义情绪有可能和伪满中国读者反满抗日的爱国情绪产生共鸣。也就是说，如果说《赭色的山》的原作中隐含着日本殖民者和中国地主两种伪满洲国朝鲜农民的压迫者的话，那么在作品被翻译成日文和中文的过程中，因为收录的选集性质不同，被强调的压迫者也就不同，这导致了作品的社会效果和作用不同。就《作风》而言，通过文学翻译和选集编选，《赭色的山》中与日本帝国主义共谋的负面作用被削弱，爱国思乡的反帝国主义倾向得到了强调。

但是，这样的解读，都只发生在《作风》杂志这一有限的、可控的文本和文化空间内。同样的作品，在出离这一空间时，就会有不同的解读。1941年，伪满洲国出版了王赫编选的《朝鲜短篇小说选》[12]，按

---

① 小说的作者和译者见本文附表。

目录依次收入了以下作品：金东仁《赭色的山》、张赫宙《李致三》、李孝石《猪》、李泰俊①《乌鸦》、张赫宙《山狗》、金史良《月女》、俞镇午《府南伊》、李光洙《嘉实》。这些作品都由伪满的中国译者翻译，已在当地报刊上发表过，王赫再将他们结集出版而已，除了作品都是朝鲜小说这一共通点之外，没有特别的编选主题。从中可见《作风》中的三篇朝鲜小说也收入其中，但三篇顺序并不相连。该书出版之后，文艺评论家陈因在 1941 年 10 月的《盛京时报》上以三期连载的形式将所收作品一一点评，其中对《赭色的山》尤其不能理解。他说：

> 在这一册选译本，头一篇题名《赭色的山》，金东仁昨（引者按，应为作，古辛译），是颇富有民族情调的一篇。……但，对着这样的故事，越过了汹涌奔腾的鸭绿江，用了此岸的观点，是很容易遭受到对这样的作品，有着不满的批评。……只（引者按，应为至）少觉得愕然。如彼此二民族，在同一的命运之下，反看到了自残的作品不能【不】觉得奇怪。[13]

也就是说，评论者虽然看到了作品的民族主义倾向，但仍然把作品的中心思想理解为对民族矛盾的控诉，并由此感到不满和不解。他承认伪满洲国存在中朝民族矛盾，但仍然认为小说里的事情不会发生，而且作者"不能有更正确的世界观，只在淡薄的、狭隘的民族圈子里玩把戏"。[13] 不仅如此，评论者很清楚自己的立场可能与小说作者不同，特别强调"用了此岸的观点"。换句话说，与其说这是一篇客观的文学评论，不如说作者是在抒发作为中国读者的不满。反观小说的译者为了给具有进步倾向的《作风》组稿，特地在日译《朝鲜小说代表作集》中特别是三篇满洲题材的小说中挑选了这一篇，其出发点与陈因的读后感必然不同。前文已论述了小说的民族主义结尾与杂志主题和其他作品的呼应关系。这里，通过陈因的酷评，我们可从反面看到，不同的编选方式，有可能在根本上影响作品的解读。

---

① 书中误作"李俊泰"。

三 《赭色的山》和《富亿女》：伪满洲国朝鲜文学的位置和困境

《富亿女》是伪满朝鲜作家安寿吉的短篇小说，也是迄今为止发现的唯一一篇被翻译成中文的伪满朝鲜作家小说，中译发表在伪满中文杂志《新满洲》1941 年第 11 期的"在满日满鲜俄各系作家展特辑"里［14］（PP. 225—228），比《作风》的出版晚一年。安寿吉（1911—1977），伪满朝鲜文坛的领军人物，提倡朝鲜人应在满洲扎根生活并积极建设这处"北乡"。他不仅自己创作了大量书写朝鲜人满洲移民开垦史的文学作品，而且在伪满积极开展文学活动，创刊并主编了伪满朝鲜人作家同人杂志《北乡》，并积极与其他民族文人交流。《富亿女》的主人公是一个在朝鲜农村生活的贫困女子"厨女"（在朝鲜语中与"富亿女"几乎同音），她嫁给有钱人家以后受尽虐待，被赶回娘家暂住。在娘家居住期间，她和邻家长工长松互生爱意。长松的亲戚在满洲务农，于是长松要厨女和他私奔到满洲，但遭到拒绝。另外，厨女的婆家发现她的私情，于是彻底将她扫地出门。回到娘家，邻家的小孩数落她"想起长松了？现在哭啥，当初长松要和你私奔的时候，就该和他一起走啊"①。

这篇小说被译成中文，是安寿吉本人在和《新满洲》的主编吴郎、编辑吴瑛（吴郎的妻子）沟通后自荐的。［14］（PP. 75—85）纵观安寿吉本人的创作和伪满朝鲜作家的创作，主流都是讲述朝鲜人民开垦满洲的移民开垦文学。然而作家却选择这样一篇非主流的、只和满洲有想象性联系的短篇《富亿女》介绍给中国读者，其背后有诸多考虑因素。当时，伪满的朝鲜文人都非常期待自身的朝鲜语作品能被翻译成日文或中文，能在伪满文坛有更大的影响力，却屡屡受到忽视和冷遇。而《新满洲》的在满各系文学专辑企划，对他们来说是难得的机会。［15］（PP. 195—211）安寿吉本人也对《新满洲》的编辑吴瑛说过"我们的处境相同，可以在文学活动中相互协助"。［14］（PP. 76—77）由此可见，

---

① 原中译为"你想长松呀？他叫你跟他跑，你不干，还哭呢。"因为和韩文原文有出入，所以在本文重译。原文如下："장송이 생각이 나나? 지금 움지말구 징송이 도망가갈 때 같이 달아나지。"见《二十世纪中国朝鲜族文学史料全集》第 9 辑，延边人民出版社，2009，第 102 页。

安寿吉非常重视本人作品的中译，以及他与伪满中国作家的联系。在此背景下，他无法自荐移民开垦类作品，因为他"时刻警戒着满系（包括汉族）将朝鲜系看成侵略者、日本系的走狗。他站在中国人的立场上，担忧他们将朝鲜人的开垦移民史，理解为与日本人的侵略具有相同性质的行为"。[16]（P. 187）与之相反，安寿吉可能会认为，只有像《富亿女》这样，在满洲之外将满洲想象成一片可以自由恋爱的新天地的文学作品，才能既和满洲有关，又能为伪满的中国读者所接受。

将金东仁《赭色的山》的中译与安寿吉《富亿女》的中译对比，可以看出伪满朝鲜文学的困境。《赭色的山》的故事发生在满洲，却从根本上否定伪满洲国和伪满洲国中国人（中国地主）对朝鲜人而言的任何积极意义，可恰恰是这样一篇作品被具有反满抗日进步倾向的中文杂志《作风》选中，介绍给中国的读者。而安寿吉精心挑选的向中国读者示好的小说《富亿女》，却是一个发生在满洲之外的、将满洲理想化的故事，小说被译成中文之后，在读者中并没有什么反响。① 这种种的转折性的悖论，向我们提示着伪满洲国朝鲜文学或伪满洲国题材的朝鲜文学与伪满洲国中国读者之间的一种否定性的相关性：也就是说，真正可能引起伪满中国读者共鸣的《赭色的山》，它只能是带有民族主义倾向的、肯定自己的祖国而否定伪满洲国的文学，又因为伪满洲国中朝民族矛盾普遍存在，否定伪满洲国的作品很容易对伪满洲国的中国人采取否定态度。与此相对，伪满作家安寿吉想要通过自身作品的翻译和中国读者建立友好的联系，可最终却只能推出一篇"满洲不在"的作品，更谈不上和中国读者共鸣。民族主义所同时具有的连带性和排他性，使得在同一片土地上同受日本帝国主义压迫的朝鲜作家和中国读者之间，只能建立起一种连带和排斥共生的关系。这种关系不仅暴露了日本人宣传的"民族协和"的虚妄，也使得中国读者对伪满洲国朝鲜文学或伪满洲国题材的朝鲜文学的接受变得困难重重。陈因出于中国人立场对《赭色的山》的酷评就是一例。事实上，在伪满时期，中国、朝鲜和日本的作家都曾就中国和朝鲜文学之间交流的缺乏、了解的贫弱而展开讨论 [15]，但终未能打破这种局面。其中，本文所提出的伪满朝鲜作家与中国读者间的"否定性的相关性"，或许正是原因之一。

---

① 目前还没发现伪满洲国时期有对安寿吉《富亿女》的中文讨论或评价。

附表：《作风》刊载作品情况

中译作品题目	体裁	原作者国别／族别	原作者	主题	翻译底本	译者
败北	小说	英国	高尔斯华绥 / John Galsworthy	反战 / 望乡①	无说明	黄河
晚间的来客	小说	挪威	芬胡斯 / Mikkjel Fönhus	动物	无说明	老翼
情诗抄	诗	德国	海涅 / Heinrich Heine	恋爱	原文	杨野
两支歌	诗	英国	唐纳黑尔 / Robert Tannahill；娜尔妮 / Carolina Naime	恋爱	原文	杨野
嘉实	小说	朝鲜	李光洙	反战 / 望乡	日译本	王觉
对于青年文学者的忠告	评论	德国	波德莱尔 / Charles Pierre Baudelaire	文学	无说明	古丁
最初的记忆	小说	日本	德永直	贫劳	原文	王间
风车	小说	英国	鲍易士 / 原文未查明	难以定义	原文	山丁
大厨索古普旁的茶	小说	法国	卡查里 / Henri Cazalis②	反战 / 望乡	无说明	陈芜
水车小屋旁	小说	保加利亚	贝里聂 / Elin Pelin	贫劳	无说明	（李）牧之③
圆形演技场	散文	英国	雪莱 / Percy Bysshe Shelley	难以定义	原文	渡沙
雪莱与现代	评论	日本	横山有策	革命 / 解放	原文	木风
骑缝账	小说	西班牙	阿拉尔根 / Pedro Antonio de Alarcón	贫劳	日译本	辛嘉
陈面包	小说	美国	欧恒利 / O. Henry	恋爱	无说明	崔柬
猪	小说	朝鲜	李孝石	贫劳	日译本	古辛
荒凉的春	小说	美国	赛珍珠 / Pearl S. Buck	贫劳	原文	也丽
最后的微笑	散文	美国	赛珍珠 / Pearl S. Buck	母性	原文	沉流

续表

中译作品题目	体裁	原作者国别 / 族别	原作者	主题	翻译底本	译者
放逐	小说	俄国	柴霍甫 / Anton Tchekhov	流放 / 望乡	无说明	白盐
枯叶	小说	挪威	纪兰德 / Alexander Lange Kielland	恋爱	无说明	田兵
扔开文学	诗	日本	今田久	难以定义	原文	白蓬
火	诗	日本	近藤东	难以定义	原文	白蓬
老鸦	小说	德国	土密特本 / Wilhelm Schmidtbonn	贫劳	原文	老翼
褚色的山	小说	朝鲜	金东仁①	贫劳 / 望乡	日译本	古辛
放将之书③	小说	法国	纪德 / André Gide	难以定义	原文	爵青
死人无口	小说	奥大利⑥	显尼志勒 / Arthur Schnitzler	外遇情事	无说明	石军
恋之酒场	小说	法国	腓力普苏宝⑦ / Philippe Sabou	外遇情事	原文	（李）牧之
鲸鱼	戏剧	美国	奥尼尔 / Eugene O'Neill	贫劳 / 夫妻关系	原文	王杨（王拓）⑧

注：①表中标明 "望乡" 的，均指被放逐他乡者对故国和故乡的思念。
②目录中误作 "纪克赛尔"。
③目录中译者署名各为李牧之，作品中译者名为牧之。
④目录误作 "金秉仁"。
⑤目录误作 "放将之书"。
⑥指奥地利。
⑦这是译者注明的作者原文，但笔者未查到此作家。
⑧目录中为王杨，作品中译者名各为王拓。

参考文献

［1］刘晓丽：《异态时空中的精神世界》，华东师范大学出版社，2008。

［2］宋炳辉：《弱小民族文学的译介与 20 世纪中国文学的民族意识》，复旦大学博士学位论文，2003。

［3］胡风：《山灵》，文化生活出版社，1936。

［4］施落英编《弱国小说名著》，启明书局，1937。

［5］金在湧：《제국의 언어로 제국 넘어서기：일본어를 통한 조선작가와 중국작가의 상호소통》，日本新潟：朝鲜文学学术研讨会，2014。

［6］东方印书馆编译所编《世界著名小说选》，东方印书馆，1939。

［7］王光烈：《世界名小说选》（1—5 辑），满洲图书株式会社，1941。

［8］山丁选《近代世界诗选》，满洲图书株式会社，1941。

［9］大久保明男：《满州国の朝鲜文艺に关する考察—中国语新闻雑誌の一瞥》，载《日本帝国下/後の東北アツァ文学》，韩国大田：KAIST 人文社会科学研究所，2013。

［10］申建：《朝鲜小说代表作集》，东京：教材社，1940。

［11］柳水晶，붉은산—어느 의사의 수기—가 재현하는 ‘만주’：1920 년대 후반 신문기사와 소설의 ‘만주’ 담론 생산-재생산에 관한 일고찰，//만주국과 동아시아아문학，韩国大田：KAIST 人文社会科学研究所，2009。

［12］王赫：《朝鲜短篇小说选》，新时代社，1941。

［13］陈因：《朝鲜文学略评——朝鲜短篇小说选（续）》，《盛京时报》1941 年 10 月 8 日。

［14］金长善：《满洲文学研究》，首尔：亦乐出版，2009。

［15］金在湧：《东亚脉络下的在满朝鲜人文学》，载李海英、李翔宇《西方文明的冲击与近代东亚的转型》，中国海洋大学出版社，2013。

［16］李海英：《安寿吉长篇小说〈北乡谱〉的现实认识》，载《日本帝国下/後の東北アシァ文学》，韩国大田：KAIST 人文社会科学研究所，2013。

（载《杭州师范大学学报》2015 年第 1 期。

收入本书时注释有调整修改）

韩国学界对中国近、现、当代作品中
韩国人形象的发掘与研究

〔韩国〕 朴宰雨　尹锡珉

一

"中国文学与韩国、韩国人"学术领域资料的发掘、整理及研究最近都有了很大的进展。《"中国现代文学与韩国"资料丛书》（共十册）的出版就证实了这一点，可以说是"现代"这个领域的资料整理与分析研究的里程碑。其中，第一册到第五册，几乎收罗全了目前所能收集到的反映韩国与韩国人之所有中国"现代"作品的原始资料；第六册到第七册，收载了目前能收集到的韩国"现代"作品中1949年以前在中国翻译出版的所有作品；第八册到第十册则收录了韩中日三国学界有关这个领域的评论与研究成果，给日后的研究提供了极大的便利。

"中国文学与韩国、韩国人"领域中的"现代"部分，主要介绍并梳理了王瑶、朴龙山、王昭全、刘为民等中国学者和金时俊、朴宰雨、金昌镐、金宰旭等韩国学者在这个领域中的发掘与系统的研究工作状况。这套丛书可以说是韩中学界共同努力合作的成果。

这套丛书的资料整理与研究的"总汇"工作，就韩中现代文学比较而言功不可没。尤其是在"比较文学形象学"领域中，对"中国现代文学里的韩国、韩国人形象"的研究相当完善。而在"比较文学翻译学"领域中，"韩国现代文学作品的中文翻译"之意义也不容小觑。只是丛书里"比较文学影响研究"领域的部分，例如第九册中的"中国现代文学大家与韩国"部分的十篇论文，与资料整理和研究成果相比还显得不够完善。即便如此，笔者认为丛书比较文学的三个领域还都是各具代表性的。

丛书编者在"现代"韩国韩文论文中只选择了九篇翻译成中文后加以收载。他们虽然在"编辑说明"里注明只是"选择各个时期具有文献意义和学术价值的部分论文"①，但以韩国学界看来，丛书还是缺乏一些与"形象学"有关的研究。因此，本文首先要关注的就只能是跟"形象学"研究有关的领域了。

反映韩国与韩国人形象的中国作品流传已久。到了"近代"，反映韩国与韩国人形象的中国作品很多，大部分都是从唇亡齿寒的角度担心韩国的灭亡会紧接着导致中国被入侵，当然也有一些是赞美韩国抗日义士英勇斗争事迹的。"现代"时期，反映韩国与韩国人形象的中国作品继承了近代领域的这一特点，一路走来，中国"当代"反映韩国与韩国人形象的文学作品也基本上如此继承了"现代"。其不同在于，作品数量快速增加，同时也把历史、战争、生活和娱乐等多样化的题材包括了进来。例如，韩战文学与韩中建交后的抗日斗争题材作品、旅韩游记，以及进入21世纪以后的韩娱小说等作品群。

韩国学界对中国文学作品所反映的韩国与韩国人形象已进行过发掘与研究，并获得了相当的成果。本文主要从历史的角度，在已有成果的基础上，就韩国学界对中国"近现当代"反映韩国语韩国人形象的发掘与研究状况进行深入的考察与梳理。本文将主要以韩国学者在韩国用韩文或者中文发表的论著为主要研究对象，同时还将配以韩国学者在中国报刊上发表的论文、与韩国学者共著的中国及日本学者的论文、韩国教授指导的留韩中国学生的论文，以及在韩国学报里用韩文发表的中国学者（包括汉族与朝鲜族）的论文等同时加以论证。若有不妥之处还请多多批评指教。

二

韩国学者为什么会特别关注这个领域的作品并加以研究呢？金时俊回顾韩中1992年建交之前，四十余年来的断裂所带来的生疏感时说：

---

① 金柄珉、李存光主编《"中国现代文学与韩国"资料丛书·编辑说明》，延边大学出版社，2014，第2页。

"我们也得以借此机会重新思考一个问题：'中国之于我们到底是怎样的一个国家？'……中国人的韩国观发生了怎样的变化？"① 朴宰雨也曾说："笔者早就对大韩帝国末年，移民或者流亡到中国的韩民族的生活与斗争，是怎样被反映在了中国现代文学作品中这一问题加以了关注，从而努力地发掘韩国人题材小说。"② 这些言论都可以体现韩国学者对这一领域的关注背景和动机。

从研究史的角度来看，对中国文学作品所反映的韩国与韩国人形象的发掘和研究是从"现代"时期作品开始的，即从 1996 年 12 月朴宰雨对中国现代韩国人题材小说进行分析的三篇韩文论文开始。其次是对"当代"时期作品的发掘和研究，以 1998 年 3 月金仁喆在韩国发表的韩文论文《巴金与韩国战争》为起点。最后是"近代"时期作品的发掘和研究，始自 2003 年 6 月以宋镇韩为负责人的"中国所藏近代韩中知识分子的'韩国'题材作品的发掘与研究"团队所发表的三篇韩文论文。这样看来，这方面的研究其实已有近二十年历史了，也是时候分析和梳理研究其脉络了。那么，如何加以整理、分析才合理？综合考虑作品资料发掘的情况、研究领域的扩大与深化、新出现的研究方法等几个方面，笔者发现可以以特定的标志为中心，分为下面四个时期进行梳理。

第一时期（1996.12—2003.5）是对"现代"时期作品的发掘研究时期，同时也是开始提到"当代"领域韩战文学的"开拓期"；第二时期（2003.6—2010.1）是对"近代"时期作品的发掘研究时期，同时也是"当代"领域开始全面发掘、研究的"扩大成长期"；第三时期（2010.2—2014.11）是资料发掘研究的水平相对提高的"质量发展期"；第四时期（2014.12—　　）是足以期待"近现当代"资料发掘走向完善，同时研究的理论、总论、分论也会走向均衡发展的"深化发展期"。本文将对所提出的每个时期对研究史上有突破性的、明显有进步的，以及对后来有较大影响的研究论文与学术现象进行如下概括。

第一时期以朴宰雨的《中国现代韩国人题材小说试探（1917—

---

① 金时俊：《投影在中国文学作品中的韩国人像：以满族作家小说为中心》，《中国文学》第 31 辑，1999，第 177 页。

② 朴宰雨：《中国现代小说里的韩国人形象与其社会文化状况考（1917—1949）》，《中国学研究》第 11 辑，1996，第 218 页。

1949）》等三篇韩文论文①和金仁喆的《巴金与韩国战争》② 为标志，进入 "现代" 领域资料初步发掘与研究，以及 "当代" 领域韩战文学初步考察的开拓时期。朴宰雨的三篇论文从历史的视角对 "现代" 领域韩国人题材小说分门别类地进行了考察，可以说打下了韩国这方面研究的基础。金仁喆对 "当代" 领域中巴金文学和韩战文学所进行的批判性考察，也可以说是韩战文学研究的发端。后来的金时俊以反映韩国人形象的满族作家的现代作品为主要研究对象，发表的韩文论文《投影在中国文学作品中的韩国人像：以满族作家小说为中心》（《中国文学》第 31 辑，1999），其考察也相当细致。韩国留华学生吉善美的中文硕士论文《同声相应　同气相求——中国现代作家笔下的朝鲜》（中国社会科学院，2000），将研究对象扩充到了一些诗歌与剧本等其他文类。比较近的是朴宰雨在韩国发表的韩文论文《卜乃夫与其韩国人题材小说考》（《中国学报》第 41 辑，2000），则对 "现代" 特定作家的韩国人题材作品开始了专论的撰写。

第二时期以韩国金罗南道 "中国所藏近代韩中知识分子的'韩国'题材作品的发掘与研究" 团队中，宋镇韩的《"韩国" 题材中国近代文学作品及解题》等三篇韩文论文③为标志，进入了 "近代" 领域开始进行发掘并研究，并且在 "现代" "当代" 领域取得了显著进展，是发掘与研究的扩大发展时期。以宋镇韩为负责人的这个研究团队（2002.8—2004.7）由宋镇韩、金贵锡、金昌辰、李腾渊、郑荣豪、文丁珍、白浣、申正浩、扈光秀、梁贵淑、柳昌辰 11 位学者组成，在这个时期，以三位联名或者个别研究的方式发表了有关 "近代" 领域的二十多篇论文（2003—2009）。此外，韩国留华学生金昌镐发表的包含从形象学角度分析 "东北现代文学里的韩国人形象" 篇章的中文博士学位论文《苦难的

① 朴宰雨：《中国现代韩国人题材小说试探（1917—1949）》，《中国研究》第 18 辑，1996，第 282—302 页；朴宰雨：《中国现代韩国人题材小说发展趋势考（1917—1949）》，《外国文学研究》第 2 辑，1996，第 131—153 页；林宰雨：《中国现代小说里的韩国人形象与其社会文化状况考（1917—1949）》，《中国学研究》第 11 辑，1996，第 217—252 页。

② 金仁喆：《巴金与韩国战争》，《中国小说论丛》第 7 辑，1998，第 201—214 页。

③ 刘昌辰、郑荣豪、宋镇韩：《"韩国" 题材中国近代文学作品及解题》，《中国人文科学》第 26 辑，2003，第 405—439 页；梁贵淑、宋镇韩、李鹏渊：《梁启超的诗文所见朝鲜问题认识》，《中国人文科学》第 26 辑，2003，第 347—378 页；扈光秀、金昌辰、宋镇韩：《近代韩中知识分子的 "韩国" 题材汉诗所见比喻表现：以朝鲜哀辞五律 24 首与〈儿目泪〉为中心》，《中国人文科学》第 26 辑，2003，第 379—404 页。

岁月，互补的文学：沦陷时期中国东北与韩国文学比较研究》（东北师范大学，2003）是从韩中比较的角度进行撰写的首例。同时他也是韩国学者中运用比较文学形象学理论来进行探讨的第一人。

紧接着，朴宰雨在韩国发表了有关"当代"领域韩战文学的有开拓性之韩文论文《中国当代作家的韩国战争题材小说研究》（《中国学报》第 41 辑，2003）。姜恩秉在韩国发表了以韩国人题材小说为研究对象的第一篇韩文硕士学位论文《舒群的韩国人题材小说研究》（韩国外国语大学，2005）。韩国留华学生金宰旭在韩国发表了中文论文《中国现代文学中有关朝鲜人和朝鲜作品的文献概述》（《中国语文学志》第 19 辑，2005），其中对包括既往已经发现的连同小说、散文、诗歌、剧作等各种文体在内的总共近50 位作家的 95 篇作品进行了分析，可以说是资料发掘方面崭新的突破。后来，金明姬又发表了韩战文学研究论文《在战场开的艺术之花：以路翎的抗美援朝小说为中心》（《中国人文科学》第 32辑，2006），李永求也发表了韩战文学研究论文《巴金与韩国战争文学》等几篇系列论文（2007—2010）①。

以朴宰雨为负责人的 "20 世纪中国作家的对韩认识与叙事变迁研究"韩中日国际研究团队（2004.12—2005.11），旗下有 5 位学者（韩国的朴宰雨、李腾渊，中国的杨义、常彬，以及日本的藤田梨那）。从 2005 年10 月在韩国外国语大学举办的小型研讨会开始，陆续发表了 "20 世纪中国作家的对韩认识与叙事变迁研究" 系列论文 6 篇，以及与此相关的多篇论文（2007—2009）。严英旭、梁忠烈、郑荣豪联名出版了《中国近代文学思想研究》（全南大学出版部，2009），这本书主要研究了韩国题材的近代中国作品所呈现的文学观，在 "近代" 领域研究上具有一定程度的价值与意义。由韩中文学比较研究会（朴宰雨、吴敏）与中央民族大学韩国学研究中心（李元吉、金春仙），以及嘉兴日报社（张扣林、夏辇生）等联合主办的 "韩国抗日独立运动叙事与嘉兴" 国际学术会议（嘉兴，2009.4），主要探讨了 "现当代" 领域的韩国人抗日题材文学，由韩国、中国大陆、中国台湾、日本、美国的学者共同提交了一批有质量的

---

① 李永求：《巴金与韩国战争文学》，《外国文学研究》第 25 辑，2007，第 179—195 页；李永求：《魏巍与韩国战争文学》，《中国研究》第 42 辑，2008，第 251—262 页；李永求：《刘白羽与韩国战争文学》，《中国研究》第 45 辑，2009，第 201—213 页；李永求：《路翎与韩国战争文学》，《中国研究》第 50 辑，2010，第 243—256 页。

论文，可以说是研究韩国人题材作品的第一次大规模国际研讨会，影响相当大。朴宰雨将有关现代韩国人题材小说研究的成果汇集成书，出版了这个领域的第一部韩文专著——《20世纪中国韩国人题材小说的通时考察》（瓦署，2010）。

第三时期以留韩中国学者吴敏的博士学位论文《民族主义的自我观照：中国现代文学中的韩国叙事研究》（韩国外国语大学，2010）和金宰旭的《值得珍视和铭记的一页：中国现代文学中的韩国人和韩国》（知识产权出版社，2011）为标志，预示着这个领域的资料发掘及研究水平相对提高的发展时期之到来。吴敏的博士学位论文是对"现代"领域的综合性研究，水平极高，后经修改后作为第一部中文专著在美国的中文出版社出版（国际作家书局，2010）。李炫政的《20世纪30年代东北作家群抗日文学的从属阶级性与其再现的问题》（《中国现代文学》2012年第61期）中，将后殖民主义从属阶级理论应用于现代韩国人形象作品的章节观点新颖，也多少体现了这个时期的研究水平。另外需要提示的一点是，金宰旭的论著标志着这一领域的资料发掘与整理完善之进步，他不仅编纂了"资料索引"，另外还附以介绍"近代"领域的大量的研究目录。

留韩中国学生孙海龙在韩国发表的有关"当代"领域的第一篇韩文博士学位论文《抗美援朝文学里所呈现的中国对韩国半岛的认识：以20世纪五十年代为中心》（成均馆大学，2011），起到了承前启后的作用。随后，中国学者牛林杰与王宝霞在韩国学报上发表韩文专文，初次对韩中韩战文学进行了比较（2012.8）。朝鲜族学者金哲也在韩国学报上从比较文学形象学的角度用韩文发表了分析东北作家关于"朝鲜人形象"的他者化问题之相关文章（2012.8）。该文虽然还需要进一步客观化，但其研究方法的独创性还是颇具学术价值的。

第四时期以韩中学者合编的《"中国现代文学与韩国"资料丛书》（延边大学出版社，2014）的出版为标志，可以认为这一时期是期待"近现当代"资料发掘和整理可以走向更加完善，研究的理论也可以更加深化发展的时期。《"中国现代文学与韩国"资料丛书》共十册，到目前为止收录的"现代"作品原始资料最为完善，收录的有关研究成果也相当齐全，可称为集大成者。还有，崔宰瑢的韩文论文《21世纪初中国文学里的韩国与韩国人》，作为对"当代"研究的新的迹象，还探讨了"韩娱文学"。今后，则期待"近代、当代"各个领域的研究发展可以更加多元化，同时，也期待理论水平的提高和总论、通论、分论的综合均衡发展。

三

为了进一步把握近现当代各时期的研究成果与特点，还需要进行如下梳理与分析。

第一，韩国学界对作品原文的发掘情况。"现代"领域的作品从 1996 年开始，特别是经过金宰旭的研究，到 2012 年 8 月为止，已发掘、整理共 262 件（包括小说 70 篇、诗歌 41 篇、散文 134 篇、剧本 17 部）。① 最后由韩中合作的《"中国现代文学与韩国"资料丛书》再加以补充，至 2014 年年底总共发掘并整理出 342 件（包括小说 80 篇、诗歌 45 篇、散文 150 篇、通讯·纪实文学 47 篇、剧本 20 部）。② 关于"近代"领域的作品，2003 年经过"中国所藏近代韩中知识分子的'韩国'题材作品的发掘与研究"团队之辛勤努力，将发掘和整理的一些作品进行了完善。到 2005 年为止，发掘的作品总共有 289 件（报告所提到的 322 篇中除去"现代"领域的 33 篇），其中包括散文 70 篇、诗歌 200 篇、剧本 2 部、小说 17 篇。③ 关于"当代"领域的作品，2003 年由朴宰雨开始发掘，2004 年又经过"20 世纪中国作家的对韩认识与叙事变迁研究"国际研究团队的常彬等韩、中、日 5 位学者的不懈努力，更加完善地进行了发掘和整理。按照这个研究团队从 2007 年 2 月到 2009 年 2 月发表的多篇论文以及相关资料所示，已经发掘的有目录的共有 3163 件以上，其中包括"韩战（抗美援朝）"文学作品单行本 594 部（包括小说集 64 部、散文集 428 部、诗集 25 部等）、短篇作品至少 2500 篇、"现代韩国人抗日题材"文学作品 4 种、旅韩游记单行本 12 部与散篇游记 53 篇。④ 目前，"旅韩游记"之类的作品和当前在中国新近流行的韩国演艺娱乐界之"韩娱"小说作品，以及牵涉到韩国、韩流、韩国文化与韩国人的各种散文不断

---

① 金宰旭：《中国现代有关韩国人和韩国的文学创作、译作编目》，《值得珍视和铭记的一页：中国现代文学中的韩国人和韩国》，知识产权出版社，2012，第 145—182 页。

② 金柄珉、李存光主编《"中国现代文学与韩国"资料丛书》⑩，第 323—370 页。

③ 刘昌辰、郑荣豪、宋镇韩：《"韩国"题材中国近代文学作品及题解》，《中国人文科学》第 26 辑，2003，第 405—439 页。

④ 参见常彬《抗美援朝文学叙事中的政治与人性》，《文学评论》第 3 辑，2003，第 59—66 页。

出现，不太容易简单把握全貌。总之，已经发掘的这个领域中，近现当代领域作品总数至少有 3942 件。因为这个领域的资料急速增加，所以，其收集与整理还需要韩中学界共同努力，迎接更加艰巨的挑战。

第二，从韩国学界和相关学者的类型来分析研究成果。从 1996 年开始关注"现代"领域的主要是韩国的金时俊、朴宰雨等学者。韩国留华学生吉善美 2000 年发表了硕士学位论文之后，韩国留华学生继续增加，发表学位论文的就有金昌浩（2003，东北师范大学博士）、金宰旭（2006，中国社会科学院博士）、朴宰亨（2005，复旦大学硕士）、金道熹（2008，复旦大学硕士）、崔数珍（2010，天津师范大学硕士）、韩才恩（2012，复旦大学硕士）等。其中，金昌浩与金宰旭回韩国后继续进行研究，并发表了相关论文。到了 2003 年，宋镇韩、李腾渊、柳昌辰、郑荣豪、梁贵淑、严英旭、文丁珍等一批中年层学者开始关注"近代"领域，发表了二十多篇论文。后来，金明姬、李永求、金素贤、金宜镇等也开始关注"当代"领域的"韩战文学"，尤其是李永求还发表了一系列论文。申正浩、朴南用等就"现代诗歌"领域，金英美就"现代戏剧"领域，朴兰英与李炫政就巴金和东北作家群的作品也发表了论文。此外，还有申正浩，他关注"台湾文学"，撰写了其对韩国的认识等相关论题。年轻研究生的学位论文方面，有留韩中国学者吴敏（2010，韩国外国语大学博士）、留韩中国学生孙海龙（2011，成均馆大学博士）、王晨（2012，延世大学硕士）、武鼎明（2014，仁荷大学硕士）、徐榛（2012，韩国外国语大学硕士）等，以及韩国学生姜恩秉（2005，韩国外国语大学硕士）、李翰琳（2008，韩国外国语大学硕士）、韩知延（2008，韩国外国语大学硕士）、宋东锡（2011，庆熙大学硕士）、金旼劲（2012，韩国外国语大学硕士）等。吴敏和孙海龙等回到中国之后，还继续在这个领域进行研究并发表论文，其中吴敏的研究尤其引人瞩目。

2004 年以后，在此领域学者的国际互动过程当中，以杨义、常彬、藤田梨那等的研究尤为出色。特别是常彬研究的"韩战（抗美援朝）文学"对中国学界的影响很大，藤田梨那对"现当代"领域中的几位特定作家和作品研究也颇为活跃，另外，中国学者牛林杰等还在韩国用韩文发表了这个领域的有意义的论文。

第三，从研究主题与方法论角度将主要主题与亮点加以梳理。考察韩国学界研究"近现当代"领域的论文与著作可以发现，研究主题的多元性及其方法论的发挥中有许多亮点。

其一，从总论与通论的角度来看，对"近现当代"的总体探索或者全面研究，之前在韩国还没有出现过，只能分别从"现代""近代""当代"三个领域来考察。每个领域的总体研究与通观研究方面，有金宰旭对"现代"资料的发掘与整理、宋镇韩对"近代"作品目录与解题的发表、吴敏对"现代"的总体研究等。发掘与整理的资料虽依时期的变化而完善度不同，但从小说、诗歌、散文、戏剧等不同文体，作家之所属民族、出身地区的差异，以及"韩战文学"特定范畴的角度来进行总体或者通观研究的却为数不少。如"现代抗日斗争小说"研究（朴宰雨）、"满族现代作家作品"研究（金时俊）、"现代东北作家作品"研究（金昌镐、李炫政）、"现代诗歌"研究（申正浩、朴南用）、"台湾文学"研究（申正浩）、"新发掘的现代小说"与"现代话剧"整理研究（金宰旭）、"近代汉诗"研究（扈光秀等）、"近代小说"研究（文丁珍、李腾渊、宋镇韩、柳昌辰）、"近代诗歌"研究（李腾渊等）、"近代散文"研究（杨忠烈等）、"韩战文学"研究（朴宰雨、金素贤、孙海龙、牛林杰、王宝霞、王晨等）、"旅韩游记"研究（朴宰雨）、"韩娱文学"研究（崔宰溶）等。从中可以发现，对近现当代各个领域的总体研究，大部分学者共同关注的都是中国作家对韩国与韩国人形象的描写或者对韩国的认识等问题。

其二，从研究主题的角度来看，关注最多的是对中国作品里的"安重根"形象的研究（文盛哉、金春善、刘秉虎、金晋郁、刘昌辰、文丁珍、徐勇、蒋晓君、崔亨旭等），其次是对无名氏的韩国人题材作品之研究（朴宰雨、金启恩、李翰琳、吴敏、金道熹、韩才恩等），最后是对巴金的韩国人题材小说以及韩战文学的研究（金仁喆、赵洪善、金柳京、金惠英、李永求、卜正恩、朴兰英等）。至于特定主题的研究，有"新闻上的亡国论议"（朴完镐）、"近代媒体上的女性形象"（俞莲实）、"近代汉诗所见比喻表现"（扈光秀等）、"小说中的中华思想"（严英旭、郑荣豪）、"韩中互相认识"（金时俊、申正浩）、"尹奉吉与鲁迅精神的会合"（朴宰雨）、"韩中日小说万宝山题材作品"（金昌浩）、"抗日时期剧本"（金英美）、"近代小说里的韩中日认识"（郑荣豪等）、"韩中韩战文学比较"（牛林杰）、"日帝统治下海外中国文人对韩国人的三种视线"（朴宰雨）、"东北作家群作品中他者化的朝鲜人形象"（金哲）、"韩中游击队的互动"（徐榛）、"朝鲜义勇队"（金宰旭）等。另外，对某一作家的韩国人题材作品或者特定作品的研究也不少，如对梁启超（梁贵淑等）、舒群（姜恩秉、吴敏）、钟理和（朴宰雨、金良守）、台静农（金时俊、吴敏）、周作人（吴敏）、郭沫若（韩知延）、萧军（宋东锡）、魏建功（朴宰雨、金宰旭）、巴金（朴兰英）、骆宾基（裴桃妊、金昌镐）、夏衍生（金旼劲）等的研究，也可以说是研究领域分论中的奇特之处。还有对某一作家的韩战文学作品或者特定作品的研究，例如对路翎（金明姬、李永求）、魏巍（李永求、王晨）、巴金（金仁喆、赵洪善、李永求）、刘白羽（李永求）等的研究。

其三，从研究方法的角度看，可以概括为以下几个特点。

在研究"现代"领域方面，朴宰雨三篇与韩国人题材小说有关的论文中将"现代"韩国人题材小说分为"试探""发展趋势""人物形象的社会文化状况"三个层次①，以这三个层次来研究"现代"韩国人题材小说。这就是他创造的方法论。"试探"是作品概况、作家作品化契机、主题、人物形象等的类型分类与分析的方法；"发展趋势"作为将三个分期与分期出现的文学流派作品相联系的分析方法，依照流派作家的作品发展、题材、主题、艺术成熟度等因素来考察各个时期的发展趋势；"人物形象的社会文化状况"是以职业与社会地位、衣食住行与社会习惯、语言的使用、民族意识与阶级意识等四个因素来分析的方法。金昌镐在《苦难的岁月，互补的文学：沦陷时期中国东北与韩国文学比较研究》第三章"相映与互补的艺术谱系"中展开了形象学研究方法与互相对照的方法，他用这种方法来解析中国东北与韩国文学里的对方人物形象。

在研究"近代"领域方面，研究方法论是比较传统的，以作品剧情之间的逻辑关系来分析中国对朝鲜的认识，即以内容概括与事件排列的方法来分析作品。还有以汉诗来分析作品的方法。例如，创作背景与主题的分析、与其他作品的比较、创作动机与叙事结构、人物类型分析等的方法都比较单调。值得关注的是，通过梁启超诗文和韩国人题材小说

---

① 刘昌辰、郑荣豪、宋镇韩：《"韩国"题材中国近代文学作品及解题》，《中国人文科学》第 26 辑，2003，第 405—439 页；梁贵淑、宋镇韩、李鹏渊：《梁启超的诗文所见朝鲜问题认识》，《中国人文科学》第 26 辑，2003，第 347—378 页；扈光秀、金昌辰、宋镇韩：《近代韩中知识分子的"韩国"题材汉诗所见比喻表现：以朝鲜哀辞五律 24 首与〈儿目泪〉为中心》，《中国人文科学》第 26 辑，2003，第 379—404 页。

来分析其"朝鲜认识"的方法，主要从对朝鲜亡国的"悲痛"之情、对朝鲜亡国的原因分析与"批判"、"悲痛"与"批判"的"中华中心主义"的角度进行了分析。①

再后来，金哲和李炫政用形象学的方法来分析东北作家群的作品。金哲提出了被他者化了的朝鲜人形象。"他者化的朝鲜人形象"② 意味着朝鲜人在中国作家的主观描绘中沦落为了他者，这就是进一步的形象学方法论。李炫政发表了与"抗日文学的从属阶级性与再现的问题"有关的论文③，以后殖民主义属下阶级（subultern）理论分析现代韩国人形象作品。这也是在形象学方法论上的新颖与改进之处。

韩国学界在与中国文学里的韩国与韩国人形象有关的研究方面，近二十年时间里有了飞速的发展。本文对研究史的发展脉络与各个时期研究现象的主要特点进行了梳理，同时对"近现当代"各个领域中担任开拓和发展的学者进行了适当的排列与评价。笔者认为，这还远远不够，还需要在资料发掘方面付出更多的努力，也需要研究方法论上的突破性和多元性。这样才能与比较文学形象学研究的国际水平相接轨。

（载《外国文学研究》2015 年第 3 期。

收入本书时注释有调整和修改）

---

① 梁贵淑、宋镇韩、李腾渊：《梁启超诗文所见朝鲜问题认识》，《中国人文科学》第 26 辑，2003，第 347—378 页。

② 金哲：《东北作家群作家文学作品里他者化的朝鲜人形象》，《韩中人文学研究》2012 年第 35 期，第 385—415 页。

③ 李炫政：《20 世纪 30 年代东北作家群抗日文学的从属阶级性与其再现的问题》，《中国现代文学》2012 年第 61 期，第 31—56 页。

韩国与鲁迅及其弟子们

〔韩国〕 洪昔杓

访问北京：鲁迅及其弟子们

作为鲁迅的弟子，批评家胡风很好地继承了鲁迅的思想，他于 1936 年 4 月翻译韩国及中国台湾作家的短篇小说出版成书。这本短篇小说集以韩国作家张赫宙的作品《山灵》为名，属于鲁迅发起编撰的《译文丛书》中的一本，由巴金经营的上海文化生活出版社出版。书中登载了张赫宙、李北鸣、郑遇尚及中国台湾作家杨逵、吕赫若等人的作品，胡风在该书的序言中阐述了翻译这些作品的理由。"去年世界知识杂志分期译载弱小民族的小说的时候，我想到了东方的朝鲜台湾，想到了他们的文学作品现在正应该介绍给中国读者……渐渐地我走进了作品里的人物中间，被压在他们忍受着的那个庞大的魔掌下面，同他们一起痛苦、挣扎。"① 胡风对于当时在日帝统治下痛苦呻吟的朝鲜和中国台湾的民众赋予了无限的同情，因此为了将真相告知中国读者而翻译了这些作品。鲁迅在 1936 年 5 月 18 日的日记中写道："午后胡风来并赠《山灵》一本。"② 或许可以说鲁迅通过这些作品对日帝统治下的韩国有了更深的了解。

鲁迅的弟子同时又是其夫人的许广平在鲁迅去世后曾被囚禁在上海日军的监狱中，那时与一名韩国妇女相遇一事曾传为逸话。1941 年 12 月 8 日日本发动太平洋战争后两天内就占领了上海租界地，12 月 15 日凌晨日本宪兵队突然闯入鲁迅遗孀许广平的家并将其逮捕，关入监狱长达 76

---

① 张赫宙等：《山灵·序》，胡风译，文化生活出版社，1936。
② 鲁迅：《日记》，《鲁迅全集》第 16 卷，人民文学出版社，2005，第 607 页。

天之久。日本战败后，1945 年 12 月 15 日起到次年 3 月 23 日为止，许广平在《民主》杂志上连载了文章《遭难前后》，详细叙述了当时的遭遇。文中讲述了一位朝鲜妇女的故事，她在上海变卖东西怀揣着钱欲回国却在船上被日本宪兵抓捕，关入同一监狱。文章用了《朝鲜姑娘》这一副标题，描述说"朝鲜姑娘"在被抓后的第二天凌晨又开始号啕大哭，嗓子哭哑，泪水哭干后变成血泪，犹如父母离世般悲伤至极。后来她的手逐渐变得冰凉僵硬，一度昏晕过去，许广平大喊"快要死人了"，叫来宪兵，几个人合力将那姑娘抬出监狱。然后许广平亲自将她背到走廊的椅子上放下，让她烤火暖身，并为她不断揉搓后，僵硬的手指变软，人也慢慢苏醒过来。当时，日本宪兵夸赞许广平心地善良，许广平却坦露自己这么做另有隐情。她说："但是他们哪里晓得，我却因为她是朝鲜人，是被他们灭了长久岁月的奴隶，虽然表明上口口声声'东洋娘娘'，而当他们一不满意于她的时候，那种猎猎之状，我是看在眼里，抱着无限的同情，我以同情被压迫民族，不分畛域的心情来迎接她，这是我的真意，但何必向他们解释呢？"① 许广平对韩国妇女的同情和照顾是出自对被压迫民族苦痛的感同身受和对日帝的反抗意识。许广平的这些言行与身为鲁迅弟子和遗孀无时不受鲁迅思想影响有关。因此，我们有必要对与鲁迅来往亲密的弟子们对韩国的体验和认识做一积极的考察，以此探究他们相互间的影响关系。

鲁迅自 1927 年 10 月起住在上海，1929 年 5 月和 1932 年 11 月曾先后两次访问北京。鲁迅访问北京时，在 11 月 20 日寄给许广平的信中说："我到此后，紫佩、静农、霁野、建功、兼士、幼渔，皆待我甚好，这种老朋友的态度，在上海势力之邦是看不见。"② 11 月 25 日的信中再次表达了同一心情："旧友对我，亦甚好，殊不似上海之专以利害为目的，故倘我们移居这里，比上海是可以较为有趣的。"③ 鲁迅对没有利害关系可坦诚相处并有众多朋友和弟子的北京怀有特殊的感情。鲁迅在访问北京的那段时间里在日记中对所见的人都一一予以记载，另外在寄给许广平的信中也像是汇报似的告知具体的行程，有意思的是书信中和韩国有关的人物也多次出现。其中值得关注的是有关北京大学教授张凤举、沈兼士，

① 许广平：《遭难前后》，《许广平文集》第一卷，江苏文艺出版社，1998，第 76—77 页。
② 鲁迅：《致许广平》，《书信》，《鲁迅全集》第 12 卷，第 343 页。
③ 鲁迅：《致许广平》，《书信》，《鲁迅全集》第 12 卷，第 346 页。

弟子魏建功、台静农、李霁野和韩国人金九经等人的内容。

  鲁迅第一次访问北京是在 1929 年 5 月 15 日到 6 月 3 日，共 20 天。在当时的日记中记载了与张凤举、沈兼士、魏建功、台静农、李霁野等人的会面。[①] 第二次访问北京是在 1932 年，从 11 月 13 日起共住了 15 天，又见了沈兼士、魏建功、台静农、李霁野等人，并记载于日记中。[②] 正如鲁迅日记中所写，访问北京时，拜访了北大教授，与弟子们经常见面并促膝相谈。尤其值得我们注意的是这些弟子都是青年知识分子，对日帝统治下韩国的现实予以积极的理解。比如魏建功从 1927 年 4 月起到 1928 年 8 月为止，有三个学期在首尔的京城帝国大学担任中文讲师；台静农以在北京秘密开展独立运动的某一"朝鲜人"为形象，创作了《我的邻居》这一短篇小说；李霁野在《鲁迅先生与未名社》的书中介绍了韩国人金九经及拜访鲁迅的某一日本人。本文将对这些有真实依据的资料进行细致的分析，探讨鲁迅的弟子们对韩国的体验和认识。通过这一研究，阐明近现代时期韩中交流和相互认识的历程，尤其是将此置于与鲁迅的关系中予以考察，从间接的角度来反映鲁迅对韩国的认识，因此可谓具有十分重要的意义。

魏建功在京城帝国大学任教和对韩国的体验

  1928 年首尔发行的《京城帝国大学一览（1927—1928）》中介绍了法文学部的讲师"支那语魏建功（中）"。[③] 中国人魏建功从 1927 年 4 月起到 1928 年 8 月为止，在韩国住了三个学期，在京城帝国大学教中文。他是韩国建立现代大学制度后被最早聘请来的中国教授。正如前面鲁迅日记中所说，魏建功（笔名天行）是鲁迅的弟子，和鲁迅保持着非常亲密的关系。1929 年 5 月他在鲁迅和北京大学教授沈尹默、马隅卿、张凤举、徐祖正等人的饭局中同桌共席，也曾和台静农一起拜访鲁迅共进晚餐，并交谈到深夜。在鲁迅离开北京时，他与金九经、张目寒、常维钧、李霁野、台静农一起去火车站与鲁迅握手言别。另外，1932 年 11 月鲁迅为了知道台静农的住址曾去找他并留下纸条，两人之间的关系甚是密切。

---

① 鲁迅：《日记》，《鲁迅全集》第 16 卷，第 134—137 页。
② 鲁迅：《日记》，《鲁迅全集》第 16 卷，第 334－336 页。
③ 京城帝国大学编《京城帝国大学一览（1927—1928）》，1928，第 35 页。

魏建功 1919 年进入北京大学文科预科学习，1921 年预科毕业后转入中文系本科，1922 年读二年级时选修了鲁迅 "中国小说史" 这一门课。他在北京大学就读时，作为鲁迅的弟子在鲁迅和周作人主办的周刊《语丝》上曾以 "天行" 为笔名发表随笔。1926 年 7 月鲁迅还拜托魏建功就《太平广记》中的几篇作品与北京大学图书馆馆藏的 "明刻大字本" 相互比较进行校对。鲁迅在书信中写道："给我校对过的《太平广记》，都收到齐了，这样的热天做这样的麻烦事，实在不胜感谢。到厦门，我总想拖延到八月中旬才动身，其实很有些琐事须小收束，也非拖到那时不可。不过如那边来催，非早去不可，便只好早走。"① 信中鲁迅向魏建功表达谢意，并谈到自己搬到厦门的私事，由此可见两人关系很近。

魏建功到首尔后担任京城帝国大学中文讲师的过程如下。1924 年京城帝国大学建校之后先设立了预科，1926 年设立法文学部和医学部后，服部宇之吉就任第一任校长。大学在设立法文学部的同时开设了支那语支那文学专业，聘请日本的汉学家儿岛献吉郎为教授。服部宇之吉校长曾在北京大学前身——清末的京师大学堂担任教习，因这一缘分，1927 年委托北京大学推荐中文教授。当时北京大学中文教授中周作人、马裕藻、沈尹默、钱玄同、朱希祖、张凤举等都曾去日本留学，与日本文化界的人士有频繁交流。服部宇之吉首先通过今村完道拜托张凤举推荐中文教授，张凤举在和沈尹默商量之后认为魏建功是最佳人选。②

魏建功对当时韩国的体验和认识体现在随笔《侨韩琐谈》中，文章在《语丝》杂志上连载。这一文章对韩中历史上文化关系、日帝统治下的韩国真貌、韩国独立的必要性从相当客观的角度出发予以阐述，被公认为是宝贵的研究资料。其中第三篇文章《清云巫舞》③ 和第四篇文章《雅乐》④ 中叙述了他到首尔后的最初几天的经历，对了解当时的情况很有帮助。根据这两篇文章所述，魏建功在 1927 年 4 月 5 日到达首尔后的次日见了儿岛献吉郎博士，那天他知道已到首尔的北京大学张凤举教授和京城帝国大学朝鲜语朝鲜文学专业教授高桥博士在一起，故三人在花

---

① 鲁迅：《致魏建功》（1926.7.15），《书信》，《鲁迅全集》第 11 卷，第 535 页。

② 马嘶：《一代宗师魏建功》，文化艺术出版社，2007，第 71 页。

③ 天行（魏建功）：《侨韩琐谈》之三《清云巫舞》，《语丝》第 134 期，1927 年 6 月 4 日，第 4—9 页。

④ 天行（魏建功）：《侨韩琐谈》之四《雅乐》，《语丝》第 137 期，1927 年 6 月 26 日，第 10—11 页。

月餐厅相聚，另外，从张凤举那儿得知北大教授沈兼士和马衡先生当天晚上到首尔的消息，因此晚上 7 点和张凤举一起去火车站接站。4 月 7 日魏建功和沈兼士、马衡、罗庸、张凤举等人参观朝鲜总督府博物馆，下午 4 点拜访高桥博士的家，在高桥的带领下去清云洞的同荣社致诚堂观看了朝鲜的巫舞，4 月 8 日经高桥的介绍参观了李王职的雅乐部，欣赏了雅乐演奏，当天晚上 7 点北京大学教授一行离开首尔回北京。

魏建功在 1928 年结束春季学期后于 8 月携妻回北京。回国后担任了中法大学服尔德学院的教授，并兼任北平大学女子文理学院的讲师，1929 年 9 月担任母校北京大学中文系的助教，兼任辅仁大学国语系讲师。鲁迅 1929 年 6 月 1 日在北京寄给许广平的信中说："晚上来了两个人，一个是为孙祥偈翻电报之台（静农），一个是帮我校《唐宋传奇集》之魏（建功），同吃晚饭，谈得很畅快。和上午之纵谈于西山，都是近来快事。"[①] 鲁迅与台静农和魏建功就餐时畅所欲言，魏建功此时从首尔回国刚满 9 个月，话题中想必会谈到"朝鲜"之事。鲁迅也曾读过《语丝》上连载的魏建功的《侨韩琐谈》，直接见到了他，关于韩国的境况可以听到更为详细的介绍。《侨韩琐谈》的第七篇文章题为《两朱子》，魏建功在文中讲到了对韩国的思想和生活起到绝对性影响的性理学的创始人朱熹和明太祖朱元璋，可以说从中如实反映了他对韩国的认识和看法。结尾部分叙述如下：

> 在这两个重要关系下，朝鲜思想史上的大反动，他们积极要离开中国而独立自主，那实在是有很大的需要和价值。所以明白两朱子与朝鲜的影响，就自然了悟朝鲜之所以有二十多年前的独立自主的事实，乃是一件当然的必然的结果。我们更可以明白，今日之朝鲜的所由来，岂偶然哉！近来听说朝鲜欺侮中国侨民的人很多，并且他们都拿日本话贱视中国人的"チセソコウ"（Chiangkou）来辱骂；甚至许多朝鲜人在街道上遇到中国人就打。我不愿凭意气来批评。同时我也想到许多流泊在我们国内的朝鲜人一样的在受中国人如警察之类的欺压。[②]

---

① 鲁迅：《致许广平》，《书信》，《鲁迅全集》第 12 卷，第 183 页。
② 天行（魏建功）：《侨韩琐谈》之七《两朱子》（1927.7.23），《语丝》第 141 期，1927 年 7 月 23 日，第 15 页；《魏建功文集》（五），江苏教育出版社，2001，第 178 页。

文中可看到朱熹和朱元璋在韩国思想史上的影响，韩国追求独立的必然性，韩国国内对华侨的攻击和中国国内警察对韩国人的镇压，另外还包含了韩中相互了解的必要性这些内容。鲁迅通过和魏建功的交谈对韩国的实际境况了解得更为具体，对魏建功在《侨韩琐谈》中体现出来的态度和想法也会有所共鸣。从另一侧面来看，魏建功谈论镇压韩国人的中国国内警察可能与台静农的短篇小说《我的邻居》有某种内在联系。因为在《我的邻居》中讲到了在北京秘密开展独立运动的"朝鲜人"被中国警察抓走一事，两者似有关联。

台静农的《我的邻居》和韩国人形象

台静农是深受鲁迅器重的弟子之一。他于 1922 年作为北京大学国文系（中文系）旁听生入学后，1924 年进北京大学研究所国学门埋头钻研学术。在北京大学听过鲁迅讲课，经朋友张目寒介绍 1925 年 4 月 27 日拜访了鲁迅，此后两人来往频繁，关系密切。台静农将 1926 年以前发表的关于鲁迅创作评论的 12 篇文章编成《关于鲁迅及其著作》一书出版，这本书是中国新文学史上关于鲁迅文学的最早评论集。台静农在 1925 年得到鲁迅支持后，与曹靖华、韦素园、李霁野等人创办了文学团体未名社，自此从鲁迅那儿受到了更为直接的影响。正如鲁迅所评价的那样，台静农是一位 "能将乡间的死生，泥土的气息，移在纸上的"[1] 典型的乡土小说作家，出版了代表作品《地之子》（1928）和《建塔者》（1930）。

在台静农的作品中，值得我们关注的是短篇小说集《地之子》中收录的《我的邻居》这一篇小说，小说描写了租房住在 "我" 隔壁的 "朝鲜人" 不同寻常的生活。"我" 在早间报纸上读到一则有关日本的新闻说有一朝鲜人想引爆日本皇宫被警察逮捕后处以死刑，不由想起去年住在隔壁的某一青年，就将当时发生的一切予以记录。住在阴暗的隔壁，像是个未解之谜的他在和 "我" 的谈话中说出自己是朝鲜人，他怪异的生活方式与朝鲜的独立运动有关。平时只听到火柴点火的声音，房间内皮鞋踱来踱去的脚步声，信件收到后即刻烧成灰烬，隔壁这一行动诡异的朝

---

[1]　鲁迅：《导言》，《中国新文学大系小说二集》，上海良友图书公司，1935，第 16 页。

鲜人最后被"野兽们"（暗示警察）抓走。远远听到"你们朝鲜人……"的话语，像在辱骂异国邻居，对于那些"野兽们"的声音"我"异常愤怒并表示憎恨。但没想到一年后偶然在报上看到的新闻的主人公就是住在隔壁被抓走的那个朝鲜人。小说最后以"这是不是你呢？为了你沉郁的复仇，你作了这伟大的牺牲，我的不幸的朋友！"① 而结尾。

这一作品是以 1923 年 9 月日本关东大地震后发生了日本人屠杀朝鲜人的事件，欲暗杀日本天皇裕仁却不幸被捕判处死刑的朴烈这一人物为题材而写成的。作者通过描写在孤独寂寞的异国他乡为了独立运动不得不过着隐秘蛰居生活的朝鲜人的形象，表现出朝鲜人对独立的热切渴望。台静农在作品中谈到"朝鲜人"是在日本关东地震后的前一年到中国来的，关东大地震是 1923 年 9 月发生的，这一作品的主要时代背景是 1924 年，创作时间可能为朴烈被判死刑的 1926 年 3 月之后。在《两朱子》中魏建功谈到镇压朝鲜人的中国国内警察，这与《我的邻居》中出现的逮捕朝鲜人的那些"野兽们"似乎有关联，据此可推测《我的邻居》是在魏建功的《两朱子》写成前即 1927 年 6 月 30 日之前就已创作完成。

那么，《我的邻居》和鲁迅又有何关系呢？从《地之子》的出版过程来看，台静农将从 1926 年到 1928 年写的短篇小说汇编成书取名《蠨蛸》，于 1928 年 2 月 15 日寄给当时住在上海的鲁迅批阅。鲁迅看后回信说："你的小说，已看过，于昨日寄出了，都可以用的。但'蠨蛸'之名，我以为不好，我也想不出好名字，你和霁野再想想罢。"② 台静农听取意见后来将小说集改为《地之子》，作为未名社丛书《未名新集》第一卷于 1928 年 11 月出版。其实，鲁迅在 1927 年 9 月 22 日写给台静农的信中说道："静农兄九月八日信，前天收到了。小说要出，很好。可寄上海北新李小峰收转。"③ 从中可知台静农准备在 1927 年出版小说集。另外，鲁迅在 1930 年写的《我们要批评家》短文中评价说："这两年中，虽然没有极出色的创作，然而据我所见，印成本子的，如李守章的《跋涉的人们》，台静农的《地之子》……总还是优秀之作。"④ 如此看来，鲁迅对台静农的《地之子》的出版不仅予以积极支持，而且给以高度评价，

① 台静农：《我的邻居》，《地之子 建塔者》，人民文学出版社，1984，第 13 页。
② 鲁迅：《致台静农》（1928.2.24），《书信》，《鲁迅全集》第 12 卷，第 103 页。
③ 鲁迅：《致台静农·李霁野》（1927.9.22），《书信》，《鲁迅全集》第 12 卷，第 723 页。
④ 鲁迅：《我们要批评家》，《二心集》，《鲁迅全集》第 4 卷，第 246 页。

对书中的第一篇作品《我的邻居》想必也有强烈的共鸣。

另外，众所周知，台静农和魏建功是莫逆之交。台静农进北京大学后就认识了魏建功，进研究所时魏建功正巧担任国学门临时书记一职，两人接触的机会很多，而且他们还一起参与国学门设立的"风俗研究室"的歌谣采集工作，关系更为亲密。两人情趣相投，都嗜好书法篆刻，1928 年创办"圆台印社"一起活动。考虑到两人私交频繁，魏建功假期中从首尔回国之时想必会与台静农见面，两人交谈之中自然而然会谈到韩国。他们关于韩国的谈话可能会加深台静农对韩国的了解，无意识中对《我的邻居》的内容也会产生影响。反之，台静农《我的邻居》所表露的对"朝鲜人"的怜悯和对韩国独立的期待也会从文学上感召魏建功，使其对韩国具备更为客观的视角和态度。1929 年 5 月鲁迅访问北京时在未名社遇到韩国人金九经，关于韩国交谈至深夜，这与台静农的《我的邻居》和《语丝》上发表的魏建功的《侨韩琐谈》不无关系。像这样，台静农和魏建功在撰写关于韩国的文章时，两人和鲁迅交流频繁并亲密相处，因此他们三人对韩国可以说有一定的共识。

李霁野介绍的逸事和韩国人金九经

鲁迅在访问北京的日记中常提到李霁野，他也是鲁迅的弟子，在他写的《鲁迅先生与未名社》中介绍了和韩国有关的逸事。李霁野在此书中首先就鲁迅 1929 年 5 月 "往未名社谈至晚" 这一事实做了具体说明，说 "当时有个朝鲜人，因为不满意日本人的措施，脱离了日本人所办的大学来到北京，一时没有办法，就住在未名社。鲁迅先生和他谈了很多话，主要是了解当时朝鲜的情况"[①]，李霁野所提的 "朝鲜人" 就是韩国人金九经。鲁迅的日记中也曾提及，在访问北京时金九经先后好几次去拜见鲁迅，而且，鲁迅从北京回到上海后，在寄给李霁野的信中表达对北京弟子们的谢意时也没有忘记提到金九经这一名字。

那么，金九经为何会住在未名社呢？首先来看一下金九经和魏建功的关系。魏建功在 1927 年 4 月开始旅韩生活，因不懂韩语和日语，跟当时在京城帝国大学图书馆工作会说中文的金九经学习语言。金九经 1927

---

① 李霁野：《鲁迅先生与未名社》，人民文学出版社，1984，第 199 页。

年在大谷大学跟随当时日本有名的禅宗学者铃木大拙学习，毕业后在京城帝国大学图书馆工作。魏建功在首尔逗留期间，身兼中国京师大学校国学研究馆（前身为北京大学研究所国学门）特约通信员，同时应国立北京图书馆馆长袁同礼的请求，帮助购买图书馆需要收藏的韩国汉文书籍。① 魏建功在韩期间购买的书籍有《热河日记》《香槎日录》《别录》《皇明遗民传》《景教史料》等200多本，在购书时需要得到图书馆职员金九经的一臂之力。因这一缘分，1928年底金九经去北京时，已回国的魏建功就拜托未名社的创办人之一同时又是至交的台静农将金九经的临时住处安排在了未名社。

虽然相见短暂，鲁迅对金九经却相当信赖。尤其是金九经对佛教深有造诣，想必给鲁迅留下了深刻的印象。鲁迅在日记中写道："午后金九经偕本善隆、水野清一、仓石武四郎来观造像拓本。"② 金九经精通佛教，带日本学者前来拜访鲁迅并进行了学术上的交流。

李霁野的《鲁迅先生与未名社》中还记载了有关韩国的逸事。这事他在1950年10月18号的演讲中做了介绍，书中对鲁迅的话做了如下转述：

> 有一个在朝鲜住过不少年的日本人去访他，鲁迅先生因为很关怀被日帝所奴役的朝鲜人民的情形，所以总询问民间的一切，自然多半得不到中肯的答话。那个日本人装作仿佛惋惜的口气说，朝鲜人民大概是没有什么大希望了，因为有个颇为普通的风气，表示他们是既无斗志，又是很懒惰的；许多人爱养鸟，常常捧着鸟笼，在外面一坐半天或甚至一整天。鲁迅先生以为这个日本人是闭着眼，或至多用一只眼看事的，没有答他什么话……他说日本人的住房每天都要用水刷洗，所以整洁，比较起来，中国的住房是不干净的。若不出于那样日本人的口，这话本来谁也可以承认；但是因他批评朝鲜人民时所表现的自大和民族优越感，就使这本属平常的话着了令人厌恶的颜色。鲁迅先生回答他说：我们把鸟笼刷洗得干干净净，住屋呢，取其明朗高大，屋角里偶有点蜘蛛网之类，是不放在眼里

---

① 鲁迅：《致李霁野》（1929.6.11），《书信》，《鲁迅全集》第12卷，第185页。

② 马嘶：《一代宗师魏建功》，第79页。

的。鸟笼的比喻，一方面是讥嘲日本人矜夸自己的住屋，一方面暗刺他对朝鲜人民的态度。①

由此可知，鲁迅对日帝统治下的韩国的情况非常关注，很想了解韩国民众的具体生活状况。鲁迅通过魏建功、台静农、金九经等人对韩国有了更多的了解，本来还想通过日本人的视角对韩国的情况有更全面和准确的了解，但是当某一日本人无视韩国人生活的真实面貌，带着民族优越感以扭曲的视角将韩国人描写成懒惰的民族时，对此，鲁迅就反过来引用"鸟笼"来讽刺日本的住房小如鸟笼。鲁迅带有嘲讽的对抗可以看出他对日帝统治下的韩国有了更为深刻的了解。

关于当时日本人扭曲的视角和傲慢的态度，在民族主义和无产阶级思想倾向浓厚的作品②创作时期张赫宙写了《我的文学》（僕の文学，1933 年 1 月）这篇文章，从中也同样可以得到确认。文中写到日本人"看到叼着长烟，逍遥自在晃悠的朝鲜百姓就说他们是个懒惰的民族"，还有朝鲜人"懒得干活在树下酣睡"。为了看上去像有此事，日本报纸登载了"将背架立在地上倚靠着睡午觉的日用工"③的照片，对于这些张赫宙表现出强烈的不满，由此揭露出日帝统治下的韩国社会存在"想干事却无事可干"这一结构上的矛盾。同时身为作家，张赫宙表明了自己立志"将朝鲜民众的悲惨生活告知天下，向世人声诉。我的文学为此而存在，希望它发挥其真正的价值"④这一坚定的决心。正值张赫宙揭发日本人对朝鲜人的扭曲认识这一时期，鲁迅也对无视殖民地民众的苦难而表现出殖民统治者自身优越感的那一"日本人"的扭曲视角予以辛辣的嘲讽。

鲁迅和其弟子的相互影响

至此，本文对一些有依据的真实资料进行了分析研究，以鲁迅的弟子魏建功、台静农、李霁野为中心，结合他们与鲁迅的关系考察了三人

---

① 李霁野：《鲁迅先生与未名社》，第 222 页。

② 金口东：《张赫宙的日本语作品和民族》，首尔：国学资料院，2008，第 42 页。

③ 张赫宙：《我的文学》，载南富镇、白川丰编《张赫宙日本语作品选》，东京：勉诚出版社，2003，第 288 页。

④ 张赫宙：《我的文学》，载南富镇、白川丰编《张赫宙日本语作品选》，第 290 页。

对韩国的体验和认识。魏建功身为京城帝国大学中文讲师在首尔居住了一年零四个月，将在韩国的经历和想法写成随笔《侨韩琐谈》。他在文章中从相当客观的角度就韩中历史上的文化关系、日帝统治下的韩国境遇、韩国独立的必然性、韩中相互了解的必要性做了详细的阐述。台静农的短篇小说《我的邻居》对某一韩国青年的生活进行了具体细致的描写，塑造了独自一人漂泊他乡为了独立运动艰苦斗争的"朝鲜人"的形象。作品中的"我"揭露了当时日帝欺压邻居朝鲜人的残酷手段，诅咒那些将他抓走的"野兽们"的同时对朝鲜人表示了深深的怜悯和同情。李霁野对鲁迅访问北京时和韩国人金九经一起就韩国情况促膝谈到深夜一事做了详细的叙述，而且披露了某一日本人将朝鲜人贬低为懒惰的毫无希望的民族这一傲慢言辞，痛斥了日本人那种自高自大有民族优越感的扭曲视角。

　　鲁迅通过与这些弟子们的交流，对韩国的现实可以说有了更进一步的认识。1929 年 5 月，鲁迅不仅从金九经处听说了有关韩国的事情，而且通过和魏建功的交谈，对韩国的情况有了更为确切的了解。魏建功的《侨韩琐谈》强调韩国独立必然性和韩中相互了解的必要性，想必也加深了鲁迅对韩国的认识。鲁迅高度评价台静农的短篇小说集《地之子》，通过其中的第一篇作品《我的邻居》对韩国独立的迫切性势必也产生了一定的共鸣。像这样，鲁迅通过和弟子们的交流，对日帝统治下韩国的境况有了更加深入的了解，而且尤为关注韩国民众的生活。1933 年 5 月《东亚日报》特派员记者申彦俊在访问鲁迅时，鲁迅向他询问韩国的情况，而且在听到他说"用朝鲜文字写的书籍在减少，朝鲜的文艺甚至全部的文化已被日本化"时，鲁迅告诉他"这并不是一件悲观之事"[1]，赋予他勇气和斗志，这一切基于上面的背景才具有可能性。

　　鲁迅通过和北京弟子们的交流，在对韩国的体验和认识上受到了一定的影响；同时这些弟子们积极地去了解韩国并对其寄予同情，无可否认这也是受到了鲁迅思想上的影响。魏建功在 1928 年《语丝》第 4 卷第 33 期上发表了《榛子店养闲的》一文，对朴致远《热河日记》中出现的榛子店的妓楼做了介绍。魏建功先介绍说朴致远为朝鲜著名学者，并高度评价说该书"颇有足为一百四十五年前（乾隆庚子）中国北方风俗掌

---

　　① 申彦俊：《鲁迅访问记》，《新东亚》（首尔）1934 年 4 月，第 152 页。

故及朝鲜排清思想史料者"①。在文章的末尾谈到朴致远的感想时说道：
"昔年废皇迁出北平旧宫，定期开放任人游观，鲁迅先生独不欲往；谓一
经新历，破落如丘墟之象反致想象中之优美同归于尽，精神何等不快也。
今读朴氏语联想及之。"② 在此，魏建功援引鲁迅之言来理解朴致远的感
想，这表明魏建功的思想直接受到了鲁迅的影响。魏建功对韩国的认识
来自他在首尔身临其境的体验，但其视角和态度可以说和鲁迅思想上的
影响息息相关。同时，和鲁迅关系密切的台静农一直以来也同样深受鲁
迅的影响，从而鲜明地刻画出小说中栩栩如生的"朝鲜人"形象。【毛海
燕译】

（载《不应该被遗忘的鲁迅》，《东方历史评论》第 8 辑，
东方出版社，2015 年 6 月。收入本书时注释有补充和修改）

---

① 天行（魏建功）：《榛子店养闲的》（侨耳食录之一），《语丝》第 4 卷第 33 期，1928 年
3 月 3 日，第 23 页；也见《魏建功文集》（五），第 207 页。
② 天行（魏建功）：《榛子店养闲的》（侨耳食录之一），《语丝》第 4 卷第 33 期，1928 年
3 月 3 日，第 29 页；也见《魏建功文集》（五），第 210 页。

浅谈中国现代作家笔下的朝鲜女性形象

——基于现代文学中的朝鲜女性相关作品梳理

金　哲　金娇玲

近代以来，中朝两国屡遭西方与日本殖民者的侵略，陷入前所未有的民族灾难中。1910 年《日韩合并条约》签订后，朝鲜彻底丧失了国家主权，朝鲜人民沦为亡国奴。因此，大量的朝鲜人怀着亡国之痛背井离乡移居或流亡到中国东北、北京、上海等地区。其中，不少爱国人士在恶劣的生存环境下，坚持开展独立运动，与中国人民并肩抗日，休戚与共，留下了许多感人至深的故事。可以说，中国现代文学对近现代朝鲜的集体想象，绝大部分正是在这些原初印象中逐渐成形的。而且在两国人民同样遭受异族侵略的大背景下，作家们具有强烈的爱国情感和对日本侵略者的仇恨，必然有接近和了解朝鲜这一民族来进行民族的自我审视的心理诉求。因此，从五四运动开始到抗战结束这一时期，出现了大量描写朝鲜人的文学作品。[1] 其中有不少作品塑造了朝鲜女性形象。资料调查显示，自 20 世纪初起，朝鲜女性逐渐进入中国现代作家的视野。到了 20 年代后半期，朝鲜女性形象在中国现代文学作品中逐渐增多，并逐步成为作品中的重要人物形象之一。

本文将 1910 年至 1945 年 8 月发表的朝鲜女性形象的相关作品（以短篇小说为主）作为主要研究对象[2]，从形象学研究的视角出发，重点探讨相关作品中的朝鲜女性形象特征及其社会文化意义和文学价值。本文将为了解中国现代文学中所塑造的异国人物形象及其研究提供有益的启示，

---

[1] 郑培燕：《形象学视野下中国现代小说中的朝鲜人——以巴金小说为例》，《汕头大学学报》（人文社会科学版）2011 年第 4 期，第 56—59 页。

[2] 这里不包括中国朝鲜族文学和朝鲜作为日本殖民地时期在中国东北地区生活的韩人（朝鲜人）作家所创作的文学作品。

同时，也有助于进一步探讨相关文学作品在中国现代文学史上的价值和意义。

一 塑造朝鲜女性形象的作品及其叙事特征

（一）现代文学中朝鲜女性形象作品

20世纪初期，日本军国主义在侵略朝鲜半岛后，其殖民扩张的野心日益膨胀，为侵占中国乃至整个亚洲而不断地制造各种无耻的事端。"九一八"事变爆发后，中国人民抗日情绪日益高涨，许多作家纷纷投身于反抗侵略的斗争中，拿起笔杆子同日本帝国主义进行斗争。在这样的历史背景下，中国现代文学中出现了很多反映中日矛盾和抗日斗争题材的作品，塑造朝鲜女性形象的作品也是其中重要的一部分。

在中国现代文学史中，最早塑造朝鲜女性形象的作家是郭沫若。早在1919年发表的短篇小说《牧羊哀话》中，他就塑造了有亡国之痛，且过着悲惨生活的女主人公——闵佩荑这一人物形象。这部作品不仅在国内，而且在国外（朝鲜）也备受关注，曾经译成朝鲜语（译文题目是《金刚山哀话》）广泛传播于朝鲜。这是中国现代文学作品中第一部塑造朝鲜女性形象的作品。在《牧羊哀话》发表后，中国现代文坛陆续出现了有关塑造朝鲜女性形象的文学作品，如蒋光慈的《鸭绿江上》（1926）、殷夫的《赠朝鲜女郎》（1929）、管理的《安金姑娘》（1930）、苏灵的《朝鲜男女》（1930）、王西彦和菊人的同名短篇小说《小高丽》（1934）、萧军的《八月的乡村》（1935）、戴平万的《满洲琐记》（1936）、萧红的《亚丽》（1936）、舒群的《邻家》（1936）和《血的短曲之八》（1939）、胡明树的《朝鲜妇》（1939）、冰莹的《一个韩国的女战士》（1941）、刘白羽的《金英》（1944）等一系列作品。其中，除殷夫的《赠朝鲜女郎》[①]和胡明树的《朝鲜妇》属于诗歌作品之外，其余都是短篇小说。

创作这些作品的作者大部分属于左翼系列的"东北作家群"。他们虽然大部分身在内地（上海等地），但是作为土生土长的东北人，他们对自

---

① 该诗于1929年创作，收入诗集《孩儿塔》。参见《文学小丛书》，人民文学出版社，1958。

己的家乡东北怀着深厚的感情。因此，东北的沦陷使他们对日本帝国主义怀有刻骨的仇恨。他们具有强烈的爱国精神和抗日意识，以笔杆子为武器，勇敢揭露日本帝国主义的侵略野心和行径。值得关注的是，他们普遍对同样遭受日本殖民统治压迫而被迫流亡到中国的朝鲜流民和独立运动家给予了深切的关注和同情，并创作出了大量塑造朝鲜人形象的作品。[①] 他们想通过对这些"他者"——"异国女性"形象的塑造，揭露日帝的野蛮行径，同时唤醒国人的抗日意识，激发国民的抗日斗志。

从形象的特点来看，在20世纪20年代的文学作品中出现的朝鲜女性，一般作为中国作家同情的对象而出现。到了30年代，则出现了勇敢抵抗侵略者、与中国人民并肩作战的抗日英雄或者抗日爱国主义者形象。不管怎样，这些女性形象都成为中国现代文学人物画廊上一道亮丽的风景，丰富了中国现代文学作品的人物群像及其文学内涵。在这个层面上讲，这些作品都具有较为宝贵的文学价值和意义。

（二）朝鲜女性形象作品的叙事特征

叙事是指对一个真实的或虚构的事件，或者对一连串这样的事件，按照一定的次序来讲述，即把相关事件在话语之中组织成一个前后连贯的事件系列。叙事的要素是时间上的邻近性和因果性。[②] 而塑造朝鲜女性形象的作品多数是基于真实的事件而不是虚构的，且作品中的叙述者大多是代言"我"的第三者。如郭沫若的《牧羊哀话》和蒋光慈的《鸭绿江上》，都以"我"听第三者讲述的方式展开故事情节，塑造人物形象，间接传达作者的心声。

以《牧羊哀话》为例，作者是以"我"听第三人称尹妈讲述的形式展开故事情节的。蒋光慈笔下的抗日女英雄云姑，也是通过在苏联的朝鲜青年李孟汉的口述，被塑造成一位有社会主义信念的女英雄形象的。而之后的作品，如《满洲琐记》《一个韩国的女战士》等，叙述者则在直接接触中注视"他者"，在与"他者"的对照中，反观和批评自我，使小说中的人物形象更加具体和细腻。

如前文所述，20世纪初至20年代这一时期的中国作家们对朝鲜人民

① 金哲：《浅谈东北作家群作品中"他者化"的朝鲜人形象》，载金柄珉、李存光主编《"中国现代文学与韩国"资料丛书》⑧，延边大学出版社，2014，第426页。
② 禹汉镕等：《叙事教育论》，东亚细亚，2001，第208页。

所遭受的亡国命运有深刻的同情。1910 年《日韩合并条约》的签订和被日本帝国主义残酷镇压的"三一"爱国运动，激起了邻邦的中国知识分子的愤慨和关注。因此，近代以来同样遭受帝国主义列强侵略的中国作家对朝鲜人民有深刻的同情，也隐隐地感觉到即将到来的民族危机。于是他们尝试以文字来表达对朝鲜国破家亡的民族命运的同情和对自身危机的忧虑，也提醒自己的同胞要警惕朝鲜丧权亡国的前车之鉴。这些作品整体上叙事庞大，在素材的选择上更侧重于重大的社会政治性事件。情节比较单一，人物形象趋于抽象，缺乏细腻感。这些特征在郭沫若的《牧羊哀话》及殷夫的《赠朝鲜女郎》等作品中可以轻易地捕捉到。

《牧羊哀话》虽反映了主人公饱受亡国之苦的悲惨命运，但其真实目的在于对朝鲜的亡国境遇给予真实反映和深切同情，并提醒中国人要把朝鲜的亡国境遇当成自己命运的一面镜子。作者将邻国的悲情折射到民族自我，警示中华民族已到了生死存亡的危急关头。在《赠朝鲜女郎》这首诗中，作者以无产阶级国际主义精神对被压迫的朝鲜少女给予了深深的同情，并呼吁人们积极进行反日斗争。① 诗中写道：

> 你，少女，是那样美好，
>
> 你仿佛是春日的朝阳，
>
> 你小小的胸口有着复仇的火焰，
>
> 你黑色的眼底闪耀着新生燎光；
>
> …………
>
> 女郎，愤怒地跳舞吧，
>
> 波浪替你拍着音节，
>
> 把你新生的火把燃起吧！
>
> 被压迫者永难休息！②

朝鲜少女像春日的朝阳一样美好，但是心里充满了对日帝的愤怒和仇恨。这首诗处处充满激昂的情绪和类似政治性的宣传口号。

而 20 世纪 30 年代至 40 年代中期的作品则大多以抗日意识、国际同

---

① 凡尼：《论殷夫及其创作》，上海文艺出版社，1962，第 72 页。

② 丁景唐、陈长歌编《殷夫集》，浙江文艺出版社，1984，第 87—88 页。

盟意识为主题进行创作。20 世纪 30 年代，尤其是在中国"九一八"事变之后，这类作品更加强调抗日思想和作为亡国奴的耻辱，刻画了以亡国者的身份流亡中国，在中国维持生计的朝鲜女性形象。

《八月的乡村》里的安娜、《满洲琐记》中的佩佩，还有刘白羽的小说《金英》中的金英都是因种种原因从亡国的朝鲜来到中国参加了抗战，并逐步成长为"没有国界的"抗日女战士。这些作品站在全世界无产阶级革命的高度上号召中朝两国民众同仇敌忾，共同抗日。

如萧军的《八月的乡村》，安娜和萧明的对话："你到满洲来，是组织交给的任务吗？""是的，也是父亲的意思……在临行前他说：'去吧！安娜！到满洲去工作吧！只要全世界上无产阶级革命全爆发起来，我们的祖国就可以得救了。不要信任别的，安娜！到满洲去吧！那里有我们几百万同志，也有我们的敌人！开始去和王八蛋帝国主义者们，做血的斗争吧！'"① 这里的"全世界无产阶级革命""同志""帝国主义"等词语都属于革命用语，表现了作者自身的阶级意识，同时也是作者抗战意识形态以及国际同盟意识的表现。

整体上，这个时期的作品比起之前庞大的社会历史性题材，更多关注的则是日常性的描写，并试图更深层次地挖掘出人类的生存和精神层面上的问题。代表作品主要有《金英》《八月的乡村》《朝鲜妇》《满洲琐记》等。这些作品通过塑造朝鲜的人物形象来反映自我与他者的关系及文化心理等。换言之，这类作品把异国的朝鲜人作为"他者"，反照自我及自我处境，同时把自我价值投射到"他者"身上，表现自我存在与确认自我身份。② 但是由于这种创作上的欲望过于急躁且极端膨胀，其形象在艺术价值和生动性方面均大打折扣。

萧军笔下的安娜、戴平万笔下的佩佩和刘白羽笔下的金英，都或多或少成为作家所要显示的抗战信念的工具。这些塑造朝鲜女性形象的作品，过分追求政治观念，使这些革命家、抗日志士的形象均存在缺乏艺术美感和过于教条的缺点，即过分地强调民族主义意识和抗日启蒙意识，使人物形象呆板，不够细腻、丰满和自然。作者笔下的这些朝鲜女性形象，是中国文化投射的一种关于文化"他者"的幻象，它不一定达到形

---

① 萧军：《八月的乡村》，人民文学出版社，1985，第 114 页。

② 靳明全主编《重庆抗战文学与外国文化》，重庆出版社，2006，第 300 页。

象的准确、客观与真实，但一定表现了中国文化和形态的真实，是危局和变局下中国人自我审视、自我反思、自我想象与自我书写的方式，表现了中国人潜意识中的感伤与怨恨、欲望与焦虑，揭示出中国人自身所处的文化想象和意识形态空间。① 以上是 1910—1945 年，中国文学的一部分塑造朝鲜女性形象作品的叙事特征。

此外，此类作品的故事空间大部分是中国境内。除了《牧羊哀话》之外的所有作品，全都以中国境内作为叙事空间，描写人物形象，设计故事情节。

二 朝鲜女性形象的特征及其含义

当代形象学研究强调，要重视对"他者"形象的研究，也要重视对通过"他者"形象反映的自我形象的研究。一般来说，映射到本民族文学的"他者"形象，通常以作者所在的社会集体想象物或以作者直接和间接的体验为基础。② 因此，中国现代文学中的朝鲜女性形象大多是作为自我的补充和借鉴而被建构的。

纵观中国现代文学史，如果说 20 世纪 30 年代以前的作品是站在同情弱小国家、弱小民族的角度来刻画出因亡国而流离失所的朝鲜女性形象的话，那之后到 1945 年的作品则是在同样受到日本帝国主义侵略和压迫的国际同盟的意识下刻画的朝鲜女性形象。对此，我们可以通过对作品中塑造的人物形象的分析，领会其中的嬗变特征及其文化含义。

（一）沦为亡国奴的朝鲜女性形象

朝鲜自 1910 年签订《日韩合并条约》后彻底沦为日本的殖民地，朝鲜人民也从此沦落为亡国奴。众多的朝鲜人民怀着亡国之痛远离故土移居到中国的东北地区和沿海地区。大部分朝鲜移民在异国他乡饱受多重压迫和凌辱，过着悲惨的生活。

这个时期的相关文学作品表达了对遭受亡国之痛的朝鲜女性的怜悯和同情，如郭沫若的《牧羊哀话》、殷夫的《赠朝鲜女郎》、胡明树的

---

① 吴敏：《民族主义的自我观照：中国现代文学中的韩国叙事研究》，国际作家书局，2010，第 199 页。
② 孟华主编《比较文学形象学》，北京大学出版社，2001，第 124 页。

《朝鲜妇》、萧红的《亚丽》和舒群的《血的短曲之八》等。这些作品都刻画了丧失国家主权沦落到悲苦境遇的朝鲜女性形象。其中最早发表的作品《牧羊哀话》① 的故事情节如下。

李朝末年，朝鲜封建统治者与日本签订了《日韩合并条约》。贵族闵崇华反对缔结此条约，但无回天之力，只好弃官为民，将全家迁居金刚山。闵崇华的女儿闵佩荑和奴仆的儿子尹子英从小一起长大，彼此相爱。但闵崇华的后妻与子英的父亲秘密勾结，企图杀死闵氏父女。他们的阴谋被子英发觉，子英为保卫闵氏父女，被自己的父亲杀死。闵佩荑在子英死后，接管了子英曾经看管过的羊群，一个人到山里放牧。她在黄昏中放牧归来，在山涧边走边悲哀地唱歌。小说通过闵佩荑的形象反映了沦为亡国之民的朝鲜人民的悲惨遭遇和悲愤之情，同时借结尾的惊梦，将朝鲜的悲情折射到民族自我，提醒中国人：警惕亡国教训，树立反帝意识！

舒群的《邻家》讲述了租着简陋的楼房，靠女儿卖身来维持生活的高丽母女的故事。作品中的"我"跟高丽母女同租了一层楼。"我"得知这位高丽母亲的儿子们都是朝鲜"独立党"的成员，母女俩流亡他乡，穷困潦倒。母亲不得已只好让自己的女儿去卖身。对于母女俩的处境，"我"的朋友非常不理解，常常欺负她们，甚至骂她们是"亡国奴"。但是"我"始终深深地同情她们，并给予格外的关心和帮助。这篇作品对深陷亡国境遇的朝鲜人给予了真切的同情和怜悯，同时也在提醒中国人不要欺负同样遭受民族危难的朝鲜人。

女作家萧红的作品《亚丽》② 中的主人公亚丽也是个可怜的朝鲜少女，她原本跟爸爸一起生活，由于继母泄露了革命机密，作为爱国志士的爸爸不幸被敌人逮捕，生死不明。幼小的亚丽在异国他乡饱受继母的种种欺辱，失去自由，过着孤独而痛苦的生活。作品中的"我"格外地关注这位可怜的异国少女。最后通过她留给"我"的信，才知道她来自邻国朝鲜，进而了解到她的身世和家境。最终，这位少女离开了她那恶毒且丧失良知的继母，告别了毫无温暖的家，踏上了抗日救国的革命征途。作品中的"我"对这位异国少女给予了深深的同情，同时又深受感

---

① 另说该作品是以朝鲜的英亲王李垠一家为背景进行的创作。参见常彬、杨义《百年中国文学的朝鲜叙事》，《中国社会科学》2010 年第 2 期，第 185—224 页。
② 萧红：《萧红全集》（上），哈尔滨出版社，1991，第 281 页。

动。作者通过这些在异国他乡饱受亡国之苦的朝鲜女性的形象，对沦为亡国奴的朝鲜民众给予了无限的同情和怜悯，同时提醒中国人要把朝鲜的亡国境遇当成自己命运的一面镜子。

此外，舒群的《血的短曲之八》①讲述了一位朝鲜少女以妓女的身份跟着日本侵略军来到中国，最后被中国的军队解救，开始新生活的故事。作者通过这样一个朝鲜女性形象，向国人敲响了警钟。实际上，萧军的《八月的乡村》也反映了作者的这种创作意图。作品中有这样一个情节。当周围人都挖苦安娜的时候，有个叫孙大的人站出来支持她，他说："高丽不高丽？穿白衣裳不穿白衣裳，带纱帽……这什么屁关系？尽扯淡……人家懂得革命就成吧！……人家高丽倒亡了国呢，还有这样女英雄，咱们的地方如今不也叫日本人给占了吗？我们马上就要和高丽人一样了。高丽先亡的，还是我们的老大哥呢！她说：我们现在若不起来革命，将来比高丽人还要惨呢！"②作者借助这些作为"他者"的朝鲜女性形象，向国人发出强烈的信息：希望大家早日觉醒，只有奋斗和抗争，才不会亡国。

这一时期的中国作家站在旁观者的角度，目睹了朝鲜女性因亡国而流离失所的遭遇。这些女性生活在社会的最底层，亡国的命运、社会造成的集体创伤以及各自生活环境带来的个体创伤迫使她们饱受民族、阶级和性别"三座大山"的压迫。表面来看，这些亡国的女性保持着传统东方女性的隐忍和沉默，甚至有些形象是逆来顺受或者麻木不仁的，但是民族解放、自由和权利平等意识却早已在她们中慢慢生根发芽。实际上，作家们主要的创作意图在于通过这些朝鲜人形象激励中国人发愤图强、同仇敌忾，与日帝抗争。

（二）觉醒的反抗者形象

中国现代作家刻画的朝鲜爱国者基本上都是觉醒了的反抗者形象。日本帝国主义猖狂侵略的历史时代，不仅是朝鲜民族遭受空前大劫难的时代，而且也是朝鲜民族空前大觉醒的时代。③同样，通过作品中的朝鲜女性形象，我们可以看到在国难当头的时刻，作家所表现出的对日本侵

---

① 舒群：《舒群文集》（2），春风文艺出版社，1983，第 41 页。
② 萧军：《八月的乡村》，第 146 页。
③ 朴龙山：《试谈中国现代作家笔下的朝鲜爱国者形象》，《延边大学学报》（社会科学版）1985 年第 4 期，第 68 页。

略者的民族仇恨和献身精神，从而显示出民族的觉醒和反抗。

在管理的作品《安金姑娘》中，主人公安金姑娘自父母惨遭日本人杀害后，走上了奔走于民族运动的道路。她领导平壤民众与日兵交战，第一次从日帝的手中成功夺回了平壤人民的自由。但是在日兵的再一次进攻中，平壤遭遇了大屠杀，安金姑娘也被捕。在生命的最后一刻，安金姑娘仍未屈服，她呼吁："我们要联合起来，打倒日本帝国主义……胜利，最后胜利是我们的……团结起来，可怜的受压迫的同胞们！"① 通过这一形象的塑造，作者对日本统治下的朝鲜人民寄予了深刻的同情，表达了对舍身抗争的英烈们由衷的敬仰和钦佩，同时也向全世界人民敲响了警钟。

菊人的《小高丽》中的主人公"小高丽"是一位失去父母、从亡国的朝鲜逃到中国的年轻女工。她用革命的道理启蒙周围的女工，让她们渐渐意识到怎样去争取女工大众的出路，而且她不断地播撒革命的种子，慢慢地成为众女工心目中不可缺少的人物，但是最后她也难逃被囚车带走的命运。这篇小说的特点为篇幅短，故事情节的展开也紧凑而迅速。虽然整篇小说缺乏对"小高丽"及中国女工的革命意识觉醒过程的细致描写，但相比之前饱受亡国之苦，沉浸在个人悲哀中的女性形象，"小高丽"已经走上觉醒反抗，发动群众"罢工"的革命历史征程。②

（三）济世救国的抗日女战士形象

自东北三省被日本强占后，中国知识分子救世救国的心态与期待变得尤为强烈，其中以"东北作家群"最为明显。他们被迫背井离乡，过着颠沛流离的生活。他们充满了爱国热情，有强烈的抗日意识，同时对当时中国的社会状况有更清醒的认识。作家们为唤起国人的爱国热忱和抗日意识可谓用心良苦。他们在创作中加入了自己的感情，通过塑造作为"他者"的朝鲜抗日革命家和爱国斗士的形象，来表达自己的思想和意识。作品《金英》里的金英、《八月的乡村》里的安娜、《满洲琐记》里的佩佩等女性形象都是跟中国抗日游击队一起进行抗日斗争的女性革

---

① 管理：《安金姑娘》，载金柄珉、李存光主编《"中国现代文学与韩国"资料丛书》①，第 62 页。

② 刘为民：《中国现代文学与朝鲜》，《山东大学学报》（哲学社会科学版）1996 年第 3 期，第 69 页。

命者和抗日女战士，而她们中的大部分都是从普通的女性成长为抗日战士或抗日英雄的。

萧军的长篇小说《八月的乡村》中的主人公安娜，为了拯救苦难的祖国被迫流亡他乡，参与到中国的抗战队伍中，与中国的抗日志士们一起打击日本侵略者。她的父亲也是高丽党的革命首领。安娜有强烈的抗日信念和极高的抗日热情，但有时也因如何处理个人感情和革命事业的关系而苦恼。为了不影响革命，她毅然决然地放弃了自己的感情。作者使用大量的笔墨描写了这样一个朝鲜女性形象，但是她的性格发展并没有与故事情节自然地融合在一起，存在被作者刻意塑造的一面。可以说这是这类小说共有的特征。作者试图将安娜这一女革命者塑造成有血有肉的人物，便在作品中插入了一段她与革命同志之间自由恋爱，以及因如何处理个人感情和革命事业的关系而苦恼的故事情节，却没能使这些人物形象由内而外自然地丰满起来。即便如此，这些朝鲜女性形象还是充满了不屈的斗争精神和自我牺牲精神，对激发当时中国人的爱国思想和民族意识起到了思想启蒙作用，促进了中国人民的觉醒，为使国人与日本帝国主义英勇抗争做出了贡献。

短篇小说《金英》讲述的是在一场战斗中被中国抗日游击队俘虏的朝鲜女性金英的故事。她与日本人松田结婚后来到了中国。松田（故乡是京都）响应日本"开拓大陆"的号召，大学辍学后参军来到了朝鲜。随后，被派遣到朝鲜某开发公司驻中国的白马金矿公司。金英被中国抗日游击队俘虏，尽管是俘虏却受到游击队格外的保护和关怀。这时，她与同样被俘虏的丈夫松田重逢了。她在抗日游击队中负责军服的裁剪和缝制工作。自从与抗日游击队战士经常交流之后，她开始慢慢地疏远丈夫松田，更因松田是个日本人而与他产生了隔阂。她质问松田为什么有的朝鲜人贩卖毒品鸦片，而有的朝鲜人却参加中国的抗日义勇军。她渐渐对日本和作为日本人的丈夫产生了不满和敌意。最终，两个年轻男女因彼此不同的立场和民族感情而分手，金英继续留在抗日游击队进行抗日运动。她夜以继日地忙着做军衣，全身心地投入抗日救国的运动中。这篇小说刻画了逐步成长为抗日战士的朝鲜女性形象，通过这样的形象刻画，反映出作者对朝鲜民众丧失国家主权、民族自由境遇的深切同情；同时，号召中朝两国民众同仇敌忾，共同抗日。

戴平万的小说《满洲琐记》塑造的人物形象也是朝鲜女性。主人公佩佩年纪虽小却有强烈的抗日意识，是个智勇双全的抗日女战士。这篇小说通过讲述一位朝鲜女性安全地把"我"送到抗日游击队的故事，表达了作者对这位有惊人智慧和胆识的朝鲜女性的敬佩之情。同时，对其因亡国而背井离乡、颠沛流离的处境表达了深切的同情。其实小说里的"我"曾经帮助过佩佩。在她流亡异国穷困潦倒的时候，帮助她在一家纺织厂找到工作。然而，她却因自己是高丽人而受到监视和蔑视，不堪其辱，选择逃走，最后在无处可去四处流浪时，在间岛参加了抗日游击队。

冰莹的小说《一个韩国的女战士》的主人公李洋是一个富有革命思想的新女性。她由于家庭贫困，肩负着照顾患肺病的母亲和供养两个弟弟的责任，无奈嫁给了一个绅士的儿子。婚后发现她的丈夫原来是个与日本人勾结、出卖祖国的叛徒。于是毅然离婚，来到中国参加了抗战，以炽热的爱国心和不屈的革命斗争精神奋斗在抗日前线。作者在塑造朝鲜女性形象时，注入了国人强烈的爱国主义精神和对民族危机的忧虑。

总而言之，这一阶段的文学作品在朝鲜女性形象的塑造过程中带有明显的"社会集体想象物"的特点。把异国的朝鲜女性作为"他者"，反照自我及自我处境，同时把自我价值投射到"他者"身上，表现自我存在和确认自我身份。由此，我们可以看出作者塑造这一女性形象的"良苦用心"。通过这些朝鲜女性形象，试图激起和鼓舞国人的抗日意识及革命士气，他们这些创作上的努力在当时无疑是难能可贵的。

三　结语

综上所述，中国的现代作家塑造了众多生动的朝鲜女性形象，而这些女性形象根据不同的历史时期又呈现出截然不同的含义和特点。

1910 年《日韩合并条约》签订后，朝鲜沦为日本的殖民地，朝鲜人民开始遭受日本殖民统治的剥削和压迫。20 世纪 20 年代前的中国作家们主要从弱小民族、弱小国家的观念出发，对朝鲜人民所遭受的亡国命运给予深切的同情，而在他们作品中出现的朝鲜女性也大都是流离、逃亡到中国过着艰难的异国生活的女性形象。

20 世纪 30 年代至 40 年代中期的现代文学作品不少是以抗日意识、国际同盟意识为思想背景创作的。这一时期中国现代作家在自己的创作中，塑造了众多可歌可泣的朝鲜抗日女英雄形象。他们所塑造的这些朝鲜女性形象不仅在宣扬抗日意识和国际同盟意识方面起到了积极的作用，而且这些女性形象本身也具有一定的时代历史意义。但是，由于作家们过分地在意识形态方面强调国际同盟意识，使作品出现了人物形象呆板、不够生动、流于形式的弊端。这些都是相关作品共同存在的问题，与其说是作者本身水平的问题，倒不如更多地归咎于时代的局限性。

　　总之，这些塑造朝鲜女性形象的作品，扩展了中国现代文学的题材和范围，为中国现代文学注入了一股新鲜的血液。不仅如此，这些作品中塑造出的朝鲜女性形象，无疑为丰富中国现代文学的人物画廊做出了不可忽视的贡献。因此，这些文学作品都具有较高的文化、文学价值和意义，值得引起学界的关注。

　　　　　（载《当代韩国》2015 年第 4 期。收入本书时注释略有修改）

1930 年代民族主义文艺运动中的
韩人题材作品研究

张　琳

一　绪论

中国现代文学中，从郭沫若的《牧羊哀话》①开始，韩人形象就不断出现在各种体裁的作品中。据统计，1919—1949 年中国发表的有关韩国和韩国人的作品共有 342 篇之多（包括小说 80 篇、诗歌 45 篇、散文 150篇、通讯·纪实文学 47 篇、剧本 20 部）。②虽然在浩如烟海的现代文学作品库中，这个数量可能只是沧海一粟，但是中韩两国悠久的历史渊源和 20 世纪初期两国相似的民族遭遇，使得韩人题材的作品在这一时期的中国现代文学中形成了一道独特的风景线。这段时间的作品所表现的内容和思想内涵与之前和之后的有关韩国的作品相比，呈现出完全不同的面貌，具有不可替代的时代特征。中韩两国学者在此领域一直进行着探索和研究，并取得了不少成果。③

早在 20 世纪 50 年代，中国学者王瑶就发表了论文《真实的镜子——

---

① 郭沫若：《牧羊哀话》，作于 1919 年 2—3 月，《新中国》月刊第 1 卷第 7 号，1919 年 11月 15 日。

② 金柄珉，李存光主编《"中国现代文学与韩国"资料丛书》⑩，延边大学出版社，2014，第 323—370 页。

③ 由于中韩两国频繁的学术交流，这些成果中既有中国学者在韩国发表的论文，也有韩国学者在中国发表的论文，在整理既有研究成果时，不论作者的国籍，仅按照论文或著作发表地划分中韩两国的研究成果。

从几篇新文学作品看中朝人民的友谊》①，这是研究中国现代文学中韩人题材小说的第一篇专论。虽然在以后的 30 多年时间内受时代环境的影响，中国学界在这方面的研究陷于停滞，但从 80 年代开始，中国学者特别是东北地区的学者再次开始关注这一领域，朴龙山、杨昭全、廖全京②等相继发表论文，不仅研究对象的数量有所增加，作品的题材也由小说扩大到了戏剧和诗歌。90 年代中韩建交后，随着两国文化、教育交流的迅速发展，中国学者刘为民、逄增玉，在中国的韩国留学生吉善美、金昌镐、朴宰亨陆续发表了相关论文。③ 近年来又出现了一些从形象学或女性文学角度对韩人题材作品进行研究的论文。④ 韩国学者金宰旭在 2005 年发表了《中国现代文学中有关朝鲜人和朝鲜作品的文献概述》⑤，后来又出版了《值得珍视和铭记的一页：中国现代文学中的韩国人和韩国》⑥一书，在文献综述上进行了深度的拓展，通过发掘和考证，补充了大量未被重视的韩人题材作品，重新奠定了韩人题材作品的文献基础。2014 年由中韩学者合作编纂的《"中国现代文学与韩国"资料丛书》的出版可以说是这个领域的资料整理与分析研究上的里程碑，该丛书除了收录目前能收集到的所有反映韩国与韩国人的现代文学作品和在中国出版的韩国文学翻译作品以外，还收录了中韩日三国学界有关这个领域的评论与研究成果，为日后的研究提供了极大的便利。

---

① 王瑶：《真实的镜子——从几篇新文学作品看中朝人民的友谊》，《光明日报》1951 年 1 月 28 日。

② 朴龙山：《试谈中国现代作家笔下的朝鲜爱国者形象》，《延边大学学报》（社会科学版）1985 年第 4 期；杨昭全：《现代中朝文学友谊与交流（1919—1945 年）》，《社会科学战线》1988 年第 2 期；廖全京：《民族的爱之弦在颤动——读阳翰笙剧作〈槿花之歌〉》，载《阳翰笙剧作新论》，四川文艺出版社，1989。

③ 刘为民：《中国现代文学与朝鲜》，《山东大学学报》（哲学社会科学版）1996 年第 3 期；逄增玉：《黑土地文化与东北作家群》，湖南教育出版社，1995；吉善美：《同声相应 同气相求——中国现代作家笔下的朝鲜》，《新文学史料》2000 年第 3 期；金昌镐：《中国现代文学中的韩国人形象》，《社会科学战线》2004 年第 1 期；朴宰亨：《中国现代文学史上的朝鲜题材小说》，复旦大学硕士学位论文，2005。

④ 郑培燕：《形象学视野下中国现代小说中的朝鲜人——以巴金小说为例》，《汕头大学学报》（人文社会科学版）2011 年第 4 期；金哲、金娇玲：《浅谈中国现代作家笔下的朝鲜女性形象——基于现代文学中的朝鲜女性相关作品梳理》，《当代韩国》2015 年第 4 期。

⑤ 金宰旭：《中国现代文学中有关朝鲜人和朝鲜作品的文献概述》，《中国语文学志》第 19 辑，2005。

⑥ 金宰旭：《值得珍视和铭记的一页：中国现代文学中的韩国人和韩国》，知识产权出版社，2012。

　　韩国学界对这一领域的研究始于 20 世纪 90 年代。朴宰雨教授在 1996 年连续发表了三篇研究韩人题材小说的系列论文①，开启了韩国学界对中国现代文学中韩人形象作品考察的先河。之后，他不仅本人一直进行相关的扩展研究，还指导弟子们分别进行专题研究。② 1999 年，金时俊发表了《投影在中国文学作品中的韩国人形象——以满族作家的小说为中心》③，系统分析了东北作家群作者的韩人题材小说。韩国研究财团（原名韩国学术振兴财团）分别在 2002 年和 2004 年选定"中国所藏近代韩中知识分子的'韩国'题材作品发掘和研究"和"20 世纪中国作家的对韩认识与叙事变迁研究"两个题目为研究课题。前者以宋镇韩为负责人，组成了包括 11 位学者的研究团队，从 2003 年到 2009 年，以三人联名或者个别研究的方式发表了有关近代领域的 20 多篇论文。后者以朴宰雨为负责人，研究团队包括韩国的朴宰雨、李腾渊，中国的杨义、常彬，日本的藤田梨那等 5 位学者，举办多场国际性学术研讨会，并出版了这个领域的第一部韩文专著《20 世纪中国韩国人题材小说的通时考察》④。

　　综上所述，目前中韩日三国在中国现代文学中韩人题材作品研究领域已经取得丰硕的研究成果。纵观目前被发掘和整理的 300 多篇作品，可以发现创作这些作品的作家有不同的文学倾向，分别属于不同的文学流派，也持不同的政治立场。但是进入研究范围的作品，主要是左翼作家和自由作家的作品，极少包括右翼文人的作品。当然这与文献资料的发掘整理有很大关系。在很长一段时间里，学者都把关注的焦点放在东北作家群和郭沫若、巴金等知名度较高的作家及其作品上，右翼文学中的

---

① 朴宰雨：《中国现代韩国人题材小说试探（1917—1949）》，《中国研究》第 18 辑，1996；朴宰雨：《中国现代小说里的韩国人形象与其社会文化状况考（1917—1949）》，《中国学研究》第 11 辑，1996；朴宰雨：《中国现代韩国人题材小说发展趋势考（1917—1949）》，《外国文学研究》第 2 辑，1996。

② 朴教授的弟子们撰写了一系列相关的硕博士学位论文，其中中国留学生吴敏的博士学位论文《民族主义的自我观照：中国现代文学中的韩国叙事研究》（2010）是对现代文学中韩人题材作品的综合研究，取得了不小的突破。另外还有한지연《舒群的韩人题材小说研究》，韩国外国语大学硕士学位论文，2005；이한님《无名氏的韩人题材小说〈北极风情画〉研究》，韩国外国语大学硕士学位论文，2008；한지연《郭沫若的韩人题材作品研究》，韩国外国语大学硕士学位论文，2008；서진《中国现代韩人游击队题材小说研究》，韩国外国语大学硕士学位论文，2012。

③ 金时俊：《投影在中国文学作品中的韩国人形象——以满族作家的小说为中心》，《中国文学》第 31 辑，1999。

④ 朴宰雨：《20 世纪中国韩国人题材小说的通时考察》，首尔：瓦署，2010。

韩人题材作品直到近几年才被重新发现。实际上，在中国现代文学研究中，右翼文学在很长一段时间都是被刻意遗忘的部分。这种受政治因素和意识形态差异影响的研究态度无疑将妨碍我们客观地认识中国现代文学的真实格局。随着政治环境不断宽松，越来越多的国内外学者开始将右翼文学纳入研究视野。

目前对右翼文学中的韩人题材作品表示关注的仅有两位学者。韩国的金宰旭在文献资料的搜集过程中对新发现的右翼作家创作的作品进行了初步的内容整理，他认为："追随或倾向三民主义文艺或民族主义文艺作家的作品，其艺术水平、社会影响和主人公形象的塑造，总体水平不如东北作家、左翼作家和自由作家。民族主义文艺和三民主义文艺作家的贡献在于充实了表现韩国人小说作者的队伍结构，扩展了小说的题材内容和人物形象。"[①] 中国的赵伟发表了《中国现代文学对朝鲜问题的表现——以〈文艺月刊〉为窗口》[②]，对右翼期刊《文艺月刊》上刊登的4篇韩人题材小说联系相关历史背景进行了分析，他认为这些作品在一贯的民族反抗精神中透露出不同的历史信息，韩人不同的身份表达显示了中、韩、日微妙的历史关联。两位学者的研究对于右翼文人创作的韩人题材作品进入研究视野做出了积极的贡献，但是在研究深度和研究范围上还有很大的发展空间，根据最新整理出的韩人题材作品文献资料，目前可知的右翼文人的作品仅小说和剧本体裁的就有 17 篇（部）。他们的创作主要集中在 1931 年左右的三四年时间内。以小说为例，1919 年到 1931 年创作的 15 篇短篇小说中，有 9 篇是右翼文人的作品。而且这些小说的主人公都是韩国人。一直以来受到广泛关注的东北作家群，他们关于韩人题材作品的创作不仅比右翼文人在时间上要晚一些，而且很多作品并不是以韩国人为主人公的。可以说，最早关注韩人题材的作家群是提倡或者支持三民主义文艺和民族主义文艺的右翼文人。从数量和质量上来看，他们的作品都极具研究价值。探讨右翼文学中的韩人题材作品不仅可以扩充中国现代文学韩人题材作品的研究范围，使之更加完整全面，而且通过右翼文人的关注重点和表达方式可以了解当时国民党官方对韩国及韩国人的态度，同时对客观评价饱受针砭的右翼文学也具有积极

---

① 金宰旭：《值得珍视和铭记的一页：中国现代文学中的韩国人和韩国》，第 130 页。

② 赵伟：《中国现代文学对朝鲜问题的表现——以〈文艺月刊〉为窗口》，《广播电视大学学报》（哲学社会科学版）2012 年第 2 期。

意义。

在 17 篇（部）右翼文人创作的韩人题材小说和剧本中，发表在民族主义文艺杂志上的有 12 篇，其中短篇小说 9 篇，剧本 3 部（详见表 1），不仅在数量上占了右翼文人创作的绝大多数，而且作家们作为同一文艺运动的参与者，有共同的文艺理念和写作目标，具有较强的集团性。为了方便讨论，本稿将研究对象的范围设定为右翼文学的代表——1930 年代民族主义文艺运动中的韩人题材作品。① 1930 年代的民族主义文艺运动是右翼文学中影响力较大，并取得一定成就的文学运动。它是右翼文人在国民党和南京国民政府的支持下发起的提倡以民族主义为文艺中心思想的文艺运动。1930 年 6 月上海前锋社的成立可以看作该运动的起点，随后，在上海、南京、杭州、江西等地相继成立了草野社、开展文艺社、黄钟文艺社、汗血书店等文艺团体，陆续发行了数十种文艺刊物。直到1937 年抗日战争全面爆发，全国文艺界统一战线形成，提出了"抗战文艺"的口号，1930 年代的民族主义文艺运动才落下帷幕。由于民族主义文艺运动明显的官方背景，以及它在意识形态方面与共产党的尖锐对立，长期以来在现代文学史上不是被彻底忽视，就是作为反面教材存在。学界对它的关注也是进入 21 世纪以后才开始的，目前在研究的客观性和深度方面还亟待提高。

本稿将以这些作品为中心通过客观的文本分析对民族主义文学中韩人题材作品的人物形象和写作特点进行整理，同时通过与其他韩人题材作品的对比研究，探讨两者的差异，总结民族主义文学中韩人题材作品的特征。

---

① 右翼文学是在国民党成为执政党以后，由国民党发动和支持的文学运动、文学思潮和文学创作。除了国民党直接发起的三民主义文艺运动和民族主义文艺运动以外，也包括在政治立场、思想倾向及文学活动等方面与国民党的文艺政策及政治诉求相一致的文学。"民族主义文学"有广义和狭义两个概念，广义的民族主义文学包括所有不同政治立场的作家宣扬民族主义的文学作品。本稿所讨论的狭义的民族主义文学（也称作"民族主义文艺"）指的是参与和支持 1930 年代民族主义文艺运动的右翼文人创作的文学作品。因此右翼文学中包括民族主义文学，民族主义文学是右翼文学的重要组成部分。本稿暂时以作品发表的杂志为基准划分民族主义文学作品的范畴，即在明确表示参与或者支持民族主义文艺运动的民族主义文艺杂志上发表的作品则视为民族主义文学作品。这个划分方法存在不严密之处，敬请指教。

表1　发表在民族主义文艺杂志上的右翼文人创作小说和剧本情况一览

	题目	作者	发表杂志	发表时间	体裁
1	《异国的青年》	李翼之	《前锋周报》第8期	1930.8.10	短篇小说
2	《安金姑娘》	管 理	《前锋周报》第19期	1930.10.26	短篇小说
3	《异邦漂泊者》①	子 彬	《初阳旬刊》第3/4/5期	1930.11.21/12.1/12.11	短篇小说
4	《朝鲜男女》	苏 灵	《前锋月刊》第1卷第3期	1930.12.10	短篇小说
5	《韩国少女的日记》	汤增敫	《草野》周刊第4卷第10/11期合刊（创作专号）	1931.3.1	短篇小说
6	《亡国者的故事》②	杨昌溪	《橄榄》月刊第19期	1931.11.1	短篇小说
7	《尹奉吉》	潘子农	南京《矛盾月刊》第1卷第3/4期合刊	1932.12.5	短篇小说
8	《鸭绿江畔》③	杨昌溪	《汗血月刊》第1卷第5号	1933.8.15	短篇小说
9	《狼的死》	张湛如	上海《民族文艺》第1卷第2期	1934.5.15	短篇小说
10	《战壕中》	赵光涛	《矛盾月刊》第1卷第3/4期合刊	1932.12.5	独幕话剧
11	《突变》	胡春冰	《矛盾月刊》第2卷第5/6期合刊	1933.3.5	八幕剧
12	《尹奉吉》	陈 适	杭州《黄钟》第4卷第6期	1934.5.15	两幕剧

注：①《异邦漂泊者》连载于《初阳旬刊》第3/4/5期，第5期末尾表明未完，但因刊物到第5期停刊，因此这篇小说没有登完。

②《橄榄》月刊是接受国民党组织部津贴的团体线路社创办的刊物，它是一个右翼文学刊物，但没有明确表示过参与和支持民族主义文艺运动，不是民族主义文艺刊物，但是《亡国者的故事》是《鸭绿江畔》的续篇，两者的故事情节和人物是连贯的。因此把它也包括在研究范围之内。

③《鸭绿江畔》最初以《山鹰的咆哮》为名发表于《文艺月刊》第2卷第1期（1931年1月30日），在《汗血月刊》再次发表时，加上了"前奏曲"，并将主人公的名字由黎蕴声改成金蕴声。

二　个性化的韩国革命者形象

中国现代文学的韩人题材作品塑造了丰富多彩的韩人形象，其中最多也是最引人注目的是各类革命者和爱国志士的形象。此外，各式各样的韩国移民形象也是作家们关注的重点。一部分是在日帝铁蹄的践踏下，国破家亡、颠沛流离的贫民。还有一部分是负面韩人形象，他们有的借日帝淫威，在中国行骗卖淫，开赌场、卖毒品，横行霸道，无恶不作；

有的干脆为日本侵略者效力，充当帮凶走狗、特务汉奸。

在民族主义文艺的韩人题材作品中，并没有普通韩国移民形象。所有作品无一例外，全部塑造了正面的革命者和爱国志士形象。一方面，民族主义文艺作家作为一个文艺团体有明确的写作目的，即通过宣扬民族主义促进中国民族独立和民族自决。刻画为韩国民族独立奋斗的革命志士，描写他们反抗日本帝国主义的英雄事迹，才能有效激励中国民众奋发图强，突出全世界弱小民族联合起来反抗帝国主义侵略的主题。而塑造普通移民和负面人物形象则与这个主题没有明确关联。另一方面，民族主义文艺作家大多数生活在国民党有效控制的东南沿海地区，在这个地区活动的韩国人主要是流亡革命家，不同于满洲地区有大量素质参差不齐的韩国移民。民族主义文艺作家可以直接或者间接接触到的主要还是革命志士。在主观和客观条件的影响下，民族主义文艺塑造的韩人形象没有超出革命者和爱国志士的范围。

虽然同样是革命者形象，但在不同的作品中，人物的经历各异，性格不同，展示出一副丰富多彩的人物画卷。在这 12 篇作品中，以韩国为背景，直接表现韩国国内生活和斗争的作品仅有《安金姑娘》以及《朝鲜男女》的一部分，其余都是描写韩国人在中国进行反抗日本帝国主义，争取民族独立的斗争活动。

这些韩国革命者形象主要有两种类型。一种是在城市中通过示威游行、暴动、暗杀等方式谋求民族独立的革命者。其中有的在韩国国内领导独立运动而英勇牺牲，例如《安金姑娘》中的安金、《朝鲜男女》中的女青年、《狼的死》中的金诚；有的在韩国革命失败后流亡中国，例如《异邦漂泊者》中的韩国青年安、《朝鲜男女》中的男青年昇、《韩国少女的日记》中的女大学生；有的在海外谋求曲线救国的方法，例如《尹奉吉》中的金九和尹奉吉。另一种是各种军队中在战场上拼杀的革命战士。其中有在东北和日军进行游击战的韩国独立军，例如《鸭绿江畔》中的金蕴声、李宣廷和张侠魂；有在中国北伐军中帮助中国民族解放的韩国士兵，例如《异国的青年》中的韩芳、安重、金铁；还有在战场上临阵倒戈的韩籍日军，例如《战壕中》里被俘的韩籍日军 A，《突变》中被日军利用后抛弃的韩籍士兵。下面将结合文本选取其中具有代表性的几种类型详细分析。

1. 真实历史人物——金九和尹奉吉

1932 年 4 月 29 日，日本军民在上海虹口公园庆祝"天长节"，同时举行"淞沪战争祝捷大会"。加入了"朝鲜人爱国团"的韩国青年尹奉吉受金九的委派，混入现场向检阅台的日本军官们投掷炸弹，河端贞次委员长和白川义则大将被炸死，植田谦吉中将、重光葵公使、野村吉三郎中将受伤致残。尹奉吉被当场逮捕，当年 12 月 19 日在日本被枪决。虹口公园的爆炸案成功地引起了国际社会对日本肆意侵吞朝鲜的重视，使在海外艰难求存的韩国临时政府在国民特别是旅居海外的侨民中树立起威信。爆炸案对当时同样面临日本侵略危机的中国来说，其冲击力很大，中国人既感叹于韩国义士的英勇与惨烈，也更加清醒地意识到韩国的沦亡就是中国的警钟，大大提高了危机感。同时由于这次爆炸案引起的国际影响，在中国的韩国临时政府也赢得了国共两党的长期支持。

不少中国作家有感于尹奉吉的壮举，创作了歌颂尹奉吉的文学作品。① 民族主义文艺作家潘子农的小说《尹奉吉》和陈适的两幕剧《尹奉吉》同时表现了这一真实的历史事件，两部作品同样肯定了尹奉吉和金九为国献身的大无畏精神，但是在塑造人物形象时侧重点不同。

潘子农的《尹奉吉》是目前所见的唯一以小说形式表现这一历史事件的作品。相对于诗歌、散文、戏剧等其他体裁，小说不仅篇幅较长，而且采用全知视角可以全面深刻地展示人物的内心活动，其人物形象更加丰满。

小说《尹奉吉》没有直接描写虹口公园爆炸案，只是最后引用一则新闻说明了事件的发生。作家将笔墨集中在尹奉吉过去的经历和认识金九以后接受考验，等待任务的过程。

尹奉吉由于在故乡礼山组织独立运动，不得不流亡到中国。最初在青岛他遭受到日本雇主的虐待。辗转来到上海之后，他去工厂做工，从中国劳动弟兄的热情中获得了安慰，同时意识到只有广大的劳动群众才有力量联合起来反抗帝国主义。他还曾在"一·二八"淞沪抗战中不声不响地参加了中国义勇军的队伍，并受了伤。在流亡的过程中，尹奉吉最珍视的物品就是韩国国旗和革命义士安重根的照片。这些复杂的经历说明尹奉吉虽然只有 25 岁，但是为国献身的决定绝不是意气用事的结果，丰富的阅历使他早已成长为一个成熟的革命者，丑恶的现实让他觉

---

① 表现同一主题的作品还有诗歌《尹奉吉》（常法素）、《尹奉吉》（冯玉祥），散文《哭尹奉吉志士》（徐柏庵）、《尹奉吉》（霞飞）、《由尹奉吉想到青年应该怎样死》（君度），剧本《复仇》（孙俍工），儿童剧本《尹奉吉》（夏家祺）等。

悟到只有壮烈的牺牲才能促进革命的成功。

在认识了独立运动领袖金九以后，他迫切地希望能轰轰烈烈地干一番事业，长久的等待也让他骄躁烦闷。终于，他通过了金九的考验，得到了报效祖国的机会。作者着重刻画了尹奉吉行动前激烈的心理活动，表现出他在迫切的希望和耐心的等待中痛苦煎熬的内心世界，将一个热情而不鲁莽、急切却不冲动的革命青年形象塑造得栩栩如生。

据调查，这篇小说是中国现代文学中最早和小说中唯一表现韩国民族革命领袖金九的作品。① 小说中的金九是一位坚强睿智的老人。他严格地对待年轻的革命同志尹奉吉，一边引导他做一些设计和文字宣传之类的平凡简单的工作，一边观察和考验他能否担当大任。在行动的当日，他担心这年轻人或许只是一时感情冲动而承担了这项工作，又用激将法确定了尹奉吉的决心。作者成功塑造了一位革命经验丰富，既有识人的慧眼，又能耐心地引导年轻同志的领袖形象。

小说中尹奉吉热烈如火，热情高涨；金九冷静如水，循循善诱。人物间性格的巨大差异形成互补效果，在热血青年和睿智领袖完美的配合下，成功地实施了一次轰动性的暗杀行动，使读者赞叹两位韩国民族英雄的壮举，也感受到韩国独立运动的希望。

两幕剧《尹奉吉》的作者陈适是一位高中学生。② 第一幕叙述了行动的前夜，尹奉吉在金九的寓所商议第二天行动的细节，并与妻子孩子诀别。第二幕尹奉吉并没有正面登场，作者着重描写了日本的高官政要与侨民们在虹口公园热烈庆祝天皇诞辰，肆无忌惮地嘲笑中国的弱小与不堪一击，叫嚣着侵华野心的丑恶嘴脸。最后炸弹爆炸，一片混乱中，全剧落下了帷幕。

这部作品除了表现尹奉吉抗日的英勇气概和大无畏的牺牲精神之外，同时展现了他在国与家之间艰难选择的心路历程。现实生活中尹奉吉义士的确有妻子和两个年幼的儿子。在小说《尹奉吉》中作者忽略了这个细节。在剧本《尹奉吉》中作者加入了尹奉吉与妻子诀别的场面。当金九提出将

---

① 金宰旭：《值得珍视和铭记的一页：中国现代文学中的韩国人和韩国》，第40页。

② 1933年底，黄钟文艺社和杭州民国日报社联合组织了以"民族主义"为主题的中学生征文竞赛。最终从150篇应征作品中评选出高中组14名、初中组20名获奖名单。《黄钟》第4卷第6期为"征文竞赛专号"，刊登了高中组前5名和初中组前5名的十篇获奖作品。《尹奉吉》就是高中组第一名。陈适，生平不可考。从《黄钟》第4卷第6期公布的获奖名单可知该生就读于宁波效实中学，该校同时还有两名学生获得初中组奖项。

带着尹的妻子逃亡日本的时候，尹本想与家人见面告别。在金九的劝说下，他放弃了见面的想法，留下一封书信，谎称日后相见。不料，在离开时正巧遇到了前来的家人，在不得已的情况下，对妻子坦诚一切，直言自己虽然爱妻子，但更爱祖国。所幸妻子虽然悲痛万分，仍然深明大义表示支持。天真的孩子们却不知这是与父亲的诀别，仍然对着父亲的背影嚷嚷着"爸爸早些来，把糖带来啊"。尹奉吉对家人的不舍和眷恋使这个形象更具有人情味，而他恋家仍然抛家的选择更凸显了他抗日救国的决心和勇气。作者在国与家的冲突和矛盾中突出了主人公舍家为国的个人牺牲精神。

剧本《尹奉吉》中的金九不仅是一位坚韧的革命家，而且是一位慈祥细心的老人。他为了让尹奉吉没有后顾之忧，为他的妻子和孩子安排好后路，又建议尹奉吉不要与家人痛苦地诀别，给他们留下一线希望，甚至在尹奉吉的幼子来了以后，还细心地拿出饼干哄孩子们。这些细节描写表现了革命者在日常生活中与普通人一样的悲欢离合，提醒读者尽管他们早已准备将一切献给国家，但仍然是一个家族的一分子，在舍家为国的英雄光环下，他们也承受着愧对亲人的巨大痛苦。

在中国现代文学史上，表现尹奉吉和金九的文学作品主要体裁是诗歌、散文和通讯报道，以小说和戏剧的形式具体地刻画人物形象的作品不多。民族主义文艺作家的这两篇作品同样塑造了尹奉吉和金九两个真实的历史人物形象。小说《尹奉吉》将关注的焦点集中在革命活动，着重表现了两人在行动前后的准备策划和剧烈的心理活动；剧本《尹奉吉》通过与家人诀别的场面展现了革命志士在爱家和爱国之间两难的境地，突出了他们舍家为国的个人牺牲精神。两者各具特色，在中国现代文学史上为历史上真实存在的韩人革命英雄留下了浓重的一笔，既具有文学价值，也具有史料价值。

2. 回归民族的韩国战士

在韩人题材小说中，战场上的韩国战士是比较常见的形象。但是民族主义文艺作家还塑造了一些其他韩人题材作品中没有出现过的战士类型。

杨昌溪的小说《鸭绿江畔》描写的是在东北密林中与日军进行游击战的韩国独立军。主要人物有黄陵县游击队司令官金蕴声、传令兵李宣廷和受伤的士兵张侠魂等。

小说中金蕴声和李宣廷两个人物的经历特别值得注意。金蕴声是曾改入日本籍的朝鲜人，学习了日本式的军事学。他入日本籍是为了获得一个道地的日本人所享受的一切权利，但是在入籍后，发现仍然无法避免被歧视的命运，才毅然回头，加入了朝鲜民族革命的队伍。因为他具有较高的军事水平，不仅担任了游击队司令官的职务，而且在后来日军对各路游击队进行军事围剿后，他的队伍是唯一成功保存了实力，撤退到中俄韩边境交织地带的军事力量。游击队的其他战士尽管佩服他的军事指挥能力，私下里却又因为他曾经更改国籍而骂他是"日本流氓"。

李宣廷参加革命的经历更是曲折。出生在矿工家庭的李宣廷，祖孙三代都受到日本厂主的压迫和剥削，但仍然心安理得地做着矿工。直到因为参加罢工被开除后，李宣廷仍然没有觉醒的意识，竟征兵去了日本的骑兵队，希望在那里学习军事学。因为在几次同俄国和中国征战中受了伤，被解职回家。他想再当矿夫，但又当不成，最终只好带着妻子秘密参加到朝鲜革命的队伍中去了。不得不承认，李宣廷加入革命队伍并不完全出于自觉和自愿，多少有点走投无路的无奈。

从金蕴声和李宣廷的经历来看，他们都曾经想通过做日本顺民出人头地或者安稳度日，在碰壁以后，才认识到谋求韩国民族独立是唯一的出路。在国家的政治秩序中，民族身份表现为国籍。但是国籍仅仅只是民族认同的政治表达形式，民族认同所内含的文化认同感比政治认同感更加重要。在1910年所谓的日韩合并以后，表面上韩国人同时拥有了日本和韩国双重国籍，但是即使韩国人从法律上正式加入日本国籍，也不能改变他们殖民地国民的身份。幻想通过改变国籍享受与日本人平等的待遇无疑是天方夜谭。可以说金蕴声和李宣廷是在想做日本人而不得的情况下，被迫回归到韩国人的民族身份的。

除了这种被迫的回归以外，还有一部分韩国人虽然接受了日本的殖民教育，却在接受教育、知识启蒙以后，自觉走上了回归民族身份的道路。小说中另一个战士张侠魂在安慰失去儿子的老人皮嘉善时说道："老先生，还是感激日本人，他们使朝鲜人有受教育的机会，谁个管他底奴隶教育，事实上却是与他们底初心相反，在日本人学校出身知识青年都成了反叛的人们，一走出他们底学校便咆哮着朝鲜的自由和独立。……唉，老先生，你的大少爷也是这样有为的青年。"① 当然，张侠魂说的感

① 杨昌溪：《鸭绿江畔》，载金柄珉、李存光主编《"中国现代文学与韩国"资料丛书》①，第164页。

激日本人是一种反语。日本想通过殖民教育将韩国国民彻底驯服为日本的奴隶，却收到了相反的效果，韩国人在得到受教育的机会以后反而更加明确民族的处境和真正的出路。

相似的例子在小说《朝鲜男女》中也能找到。小说主人公昇的女友是韩国京城女校的老师，在课堂上她经常宣传独立运动，比起书本上的知识，学生们也更爱听这些内容。在她的引导和鼓励下，很多学生也加入了独立运动。教育使学生具有了一定的知识水平，具备了独立思考的能力。而且日本政府的殖民政策，使得不管在哪里，不管是什么阶层，即使获得日本国籍的韩国人都不可能得到与日本国民同等的待遇。学生比没有受过教育的国民更容易认清现实，从而选择谋求民族解放的道路。

大多数韩人题材作品中的革命者是不堪忍受日帝的压迫和欺辱，直接和自觉地走上了革命的道路。这种在亡国的前提下自动诞生的革命意识固然符合逻辑，但民族主义文艺作品中回归民族身份的韩国人让我们了解到部分韩国革命者投身革命前的不同经历。例如金蕴声和李宣廷曾经想在日本人的军队里谋求出路，碰壁后不得已而投身韩国独立军，再例如皮嘉善老人的儿子虽然接受了日本的奴隶教育，却通过学校的学习违背了教育者的初衷，成为革命者，这些内容是其他作品中没有关注到的部分。这也从另一个侧面向我们展示了日本殖民统治时期韩国人自我定位的混乱和重新认识自我的复杂过程。

同样是回归民族身份的革命者，临阵倒戈的日军韩籍士兵形象由于宣传的痕迹过重，并不太成功。在赵光涛的独幕剧《战壕中》里，与马占山作战的日军中有韩人士兵。其中一人被俘，他自称加入日军是被迫的，几次想逃走，但是不打死一个日本人不甘心，被俘使他获得了复仇的机会，他临时掉转枪头，加入了中国军队对日的作战。与之类似的还有八幕剧《突变》，先是朝鲜青年李自信因为不肯屠杀中国民众被日本人枪毙，后来日本人为了杀中国人放火烧山，预备连利用过的朝鲜人一起烧死，其他朝鲜人发现后，临阵倒戈，联合中国人一起奋起反抗。

这两部作品为了宣传全世界弱小民族联合起来共同对抗帝国主义的主题，作者设置的前提是所有韩国人都自觉地痛恨日本人，不愿做日本皇民。韩籍日军虽然是日军，但与中国人一样，是被压迫者。韩国人都是被迫加入侵华日军的，他们作为日军中的一个特殊群体，不应该被看作一般日军。因此在作品中，作者不顾他们已经加入日军的身份，让他们突然掉转枪头和中国军人站在同一条战线上。作者要求联合抗日的迫切和苦心可以理解，但是这种突兀的转变显然不符合逻辑。而且事实上，通过许多描写负面韩人形象的作品，我们也可以发现很多韩国人甘愿做日本皇民，并因为可以在日本的保护下为非作歹而沾沾自喜。有学者指出："《战壕中》和《突变》均将日军中鲜人侵华活动淡化，有意忽略鲜人个体真实意愿，强化中、朝携手抗敌的主旨。"① 一针见血地指出了作品中不合理的部分。虽然在历史上，不是没有类似的事实，但是韩籍日军认清形势，重新选择争取韩民族解放的道路势必有一个复杂的心理过程，作品没有能真实充分地表现出这种心理变化，因此这类形象缺乏说服力。

3. 北伐军中的韩人士兵和知识分子型革命者

民族主义文艺中还有一些比较特殊的韩人形象，例如北伐军中的韩国士兵形象。李翼之的短篇小说《异国的青年》是民族主义文艺中最早的一篇韩人题材作品。这篇小说塑造了中国现代文学中为数不多的北伐军中的韩人形象。② 三位韩国青年——分队长韩芳和战士安重、金铁流亡中国已经十多年。他们在北伐军中是楷模式战士，不仅异常忠勇，而且严于律己。安重由于一时精神支持不住工作稍有松懈，韩芳和金铁就对他加以惩罚，而安重也愿意被打。

北伐战争是由中国国民党领导的国民革命军于 1926 年至 1928 年发动的统一战争。北伐的完成使中国实现了形式上的统一，它在国民党史上堪称光辉的一页。但是北伐战争并不是对抗中韩共同的外敌——日本帝国主义的战争，而是中国的内战。对于韩国人为什么要加入中国的内战，小说中是这样解释的："我们的同志，参加贵国的革命已是牺牲不少了，然而，我们相信不是平空的。我们要救已经亡了的高丽，我们先要救将要亡的中国！假使，中国再被帝国主义者并吞，那末，我们高丽便永远不会有出头的日子。""我们献身贵国的沙场，并不是没有意义的，我们要自救，力量不够；而且，明知只有弱小的民族联合起来，才有自决的一日。"③ 由

---

① 赵伟：《中国现代文学对朝鲜问题的表现——以〈文艺月刊〉为窗口》，《广播电视大学学报》（哲学社会科学版）2012 年第 2 期，第 71 页。

② 另外还有一篇表现韩国人加入中国军队投身北伐战争的小说是陈启修的《两个亡国奴》，发表于《乐群》第 1 卷第 4 期，1929 年 4 月 1 日。

③ 李翼之：《异国的青年》，载金柄珉、李存光主编《"中国现代文学与韩国"资料丛书》①，第 57 页。

此可见，作者的逻辑是韩国已亡国，且无力自救，必须先救将要亡的中国，中国有力量以后，再帮助韩国民族独立。其中心思想就是全世界弱小民族必须联合起来，互相帮助，共同对抗帝国主义的侵略。这种逻辑在一定程度上具有合理性，但是普通的韩国士兵是否有如此高的觉悟，值得怀疑。在历史上，韩国士兵加入中国北伐军受当时复杂的国际形势影响，也有个人的原因，简单地用这个逻辑无法概括韩国士兵参加中国北伐战争的根本原因，而且这种生硬的说教式的解释更无法说服读者相信。

《异国的青年》这篇小说和《前锋周报》上其他文学作品一样，宣传痕迹非常明显，存在对话概念化、人物形象单薄等问题，其艺术水准并不高。但是其让我们了解到中国北伐战争期间韩国青年的参与和牺牲，具有一定的史料价值。

民族主义文艺的韩人形象中还有一个独一无二的例子，汤增敫的日记体小说《韩国少女的日记》中塑造的生动活泼、性格有缺点的知识分子型革命者形象。小说以日记的形式展示了一个在上海求学的韩国女大学生的日常琐事和思想感情。和其他韩人题材作品中的放弃一切个人生活，一心为祖国革命事业奋斗的革命者形象不同，这位韩国女青年虽然有远大的理想和坚定的革命信念，但她同时也是一位敏感细腻、骄傲自负的少女。日记中主人公表明自己是一位流亡的革命者，并时常提及今后关于革命的决心和计划，但是大多数内容是关于对自己成绩优秀、交际手段高超和即将出版的翻译创作文集的骄傲和炫耀，以及对周围打扮妖冶的女同学和无聊浅薄的男同学的厌恶和嘲笑。正因为采用了日记体，作者让主人公不加掩饰地反映了真实的内心世界，字里行间对自己的夸耀不遗余力，对其他同学的描写甚至显得有些刻薄。

这篇小说发表在《草野》周刊，作者汤增敫是草野社的骨干成员，该社的主要成员和读者群都是在校或者刚出校园的大学生。[①] 这篇小说以

---

① 草野社 1929 年 5 月 1 日成立于上海，出版物有《草野》周刊、《草野年刊》和"草野丛书"等。其中《草野》周刊影响较大，该刊创刊于 1929 年 5 月 4 日，1931 年 8 月出至第 6 卷第 1 期终刊。草野社的四名发起人宋鸿铭、周沛生、郭兰馨、金宽生都是上海正风文科大学国文系的学生。后来宋鸿铭、周沛生、郭兰馨先后退出。东吴大学学生王铁华，复旦大学学生汤增敫、黄奂若、邹枋先后加入。《草野周刊》在青年学生中很受欢迎，它的读者基本上都是在校的青年学生。参见倪伟《"民族"想象与国家统制》，上海教育出版社，2003，第 61—62 页。

大学生的校园生活为背景，正是作者和读者们最熟悉也最有感触的生活场景。这位韩国女大学生是否真有其人已经无从考证，但是当时的校园中一定有一些韩国留学生，他们中也不乏献身民族独立斗争的革命者。这应该是作者创作的现实基础。作者源于校园生活的实际体验，以细腻的笔触真实地再现了一个韩国留学生丰富的内心世界，但是对革命者为民族独立而奋斗的内容就叙述得相对单薄，多是抒情性的感慨和口号式的表决心，没有什么关于具体行动的描写。

这篇作品中的女大学生是30年代韩国革命者形象中比较少见的具有知识分子气息的人物形象。她骄傲刻薄的性格缺陷，颠覆了传统的韩国革命者高大完美的形象。但正因为有明显的性格缺点，也使这个人物更加真实丰满。

综上所述，民族主义文艺中的韩人形象虽然都是革命者和爱国志士，但是他们经历不同，性格各异，除了真实的历史人物金九和尹奉吉之外，还有一些其他作品中没有出现过的形象。例如曾经想做日本顺民而不得，重新回归民族身份的金蕴声和李宣廷，但是同样是回归民族身份，临阵倒戈的韩籍日军则缺乏真实性，有明显的宣传痕迹。而北伐军中的韩国战士和有性格缺点的革命者女大学生这样的形象也是独一无二的。可以说，这些人物形象具有鲜明的个性，避免了中国现代文学中韩国革命者形象公式化的弊端。

民族主义文艺中的韩人革命者形象除了个性鲜明以外，还有一个特点，即他们都保持着韩人的独立性。也就是说，民族主义文艺作品中的韩国革命者形象是纯粹为韩国独立而斗争的勇士。他们都以韩国人的身份从事争取韩民族独立的革命斗争。例如金九、尹奉吉、鸭绿江畔的韩国独立军。即使在中国队伍中，他们也保持着韩国人的特殊性，例如北伐军中的三个韩国青年有明显的小团体性质。这与左翼作家习惯于将韩人形象与中国人形象放在一起进行叙述有明显不同。左翼作家笔下的韩人革命者往往是中国革命队伍中的一员，与中国革命者并肩作战。除了国籍不同，他们与中国人几乎没有区别。例如萧军在《八月的乡村》中塑造了韩国女游击队员安娜的形象，安娜的打扮、行为和讲话方式与中国人根本没什么两样，除了安娜几句简短的关于祖国悲惨命运的叙述之外，很少有突出其民族身份的描写。因此，安娜与其说是一个韩国革命者，不如说是一个无国界的无产阶级战士。

民族主义文艺注重韩人革命者的独立性和特殊性，左翼作家则将韩人革命者中国化，造成这种差异的主要原因是作家的思想立场和创作倾向不同。萧军、戴平万、刘白羽等左翼作家，着重表现和揭示革命者的阶级立场和阶级觉悟，而民族主义文艺作家从民族矛盾出发，侧重于歌颂韩人反抗日帝的殖民统治，为民族解放所做的努力。虽然左翼作家和民族主义文艺作家都强调中韩联合抗日，但是左翼作家以国际同盟意识为思想背景，他们虽然承认民族的存在，但是模糊民族界限，号召全世界无产阶级联合起来抵抗帝国主义的侵略。而民族主义文艺作家以全世界弱小民族联合以来抵抗帝国主义为思想基础，这种联合是在抵抗的过程中互相支持和相互帮助，但是各民族争取独立的过程始终是相对独立的，而且最终目的是各个民族的自立和自决。因此民族主义文艺作家不仅侧重于通过描写个人的生活、个人的心理，塑造出更具个性特点的革命者，而且强调韩国革命者的独立性和特殊性。

三　对韩人内心世界的探索

1. 韩国人的中国观

20世纪20—40年代中国现代文学史上的韩人题材作品共同的特征是通过"他者"叙述进行自我审视，中国作家之所以热衷于表现韩人题材，是因为两国同处于被日本帝国主义欺凌、侵略的境况。韩国在1910年《日韩合并条约》签订后沦为日本殖民地。邻国的沦亡引起了中国人深深的不安和危机感，韩国的不幸遭遇就像一面镜子，使中国人更清楚地看到了眼前的民族危机。而1919年韩国国内爆发的"三一"运动更是给中国人带来巨大的冲击，自此中国人对韩国问题不再停留在同情和忧虑的层面，更多的是赞叹和钦佩。韩国从中国的反面教材转变为正面楷模。因此，1919年之前韩人题材的作品侧重于韩国亡国史的叙述，而1919年以后的韩人题材作品则主要描写了韩国人英勇抗日的事迹。实际上这些韩国爱国者的形象，折射出的是中国作家们对中国出现民族英雄的渴望和理想，他们希望借此激起中国民族自强自立的精神。不论是对亡国的忧思还是对英雄的期盼，都是通过对"他者"——韩国的叙述进行与自我的对照和借鉴。

在民族主义文艺的韩人题材作品中，同样也体现出了这种特征。通过上文人物形象的分析，我们已经知道 1930 年代民族主义文艺中排除了一般韩国移民和负面的韩人形象，专注表现韩国革命者和爱国志士的形象。而且这些作品不仅关注韩国的命运和韩人的遭遇，还关注韩人的内心世界，特别是通过韩人的视角反观中国和中国人的现状，也就是说，民族主义文艺作家开始关注韩人的中国观。

对韩人中国观的表现是民族主义文艺韩人题材作品独有的现象。同时期其他韩人题材作品中并没有提及韩国人的中国观，对韩国人内心世界的描写仅仅止步于亡国之恨和争取独立斗争的决心。值得注意的是，民族主义文艺作品中韩人的中国观几乎都是负面的。作品中的韩国人严厉地抨击或辛辣地讽刺了中国的社会弊端和国民弱点。

例如剧本《尹奉吉》的第一幕中，金九和尹奉吉有这样一段对话：

金九：（冷笑）……在偌大的中国，有的是肥沃的土地，无穷的宝藏，美丽的女子，和四万万自命爱和平重礼仪，无廉耻，无血性，懦弱得和羔羊一般的人民啊！（兴奋）韩国虽是亡了，还有复仇，还有抗争。中国还是独立，中国的人民久已做了帝国主义的奴隶走狗了！啊！我真不懂：为什么我们卧薪尝胆，奔走呼号，数十年求之不得的祖国的自由，中国人却当作赘疣，尽是向外推送，唯恐去之不速啊！（悲哀）

尹奉吉：哼！中国人吗？是猪吧！是狗吧！猪狗都不如吧！总之，早就失了人性了！昨天有一个什么反日救国会的职员，"专诚"访我，说是拿些日货在我家寄存几天，还说事后重重酬谢的废话。——吓！他还当我是个倭鬼子呢。后来我惹了气，苦苦地骂了他一顿，这才悻悻地走了。

金九：……来此十五年了，只觉得今日的中国社会，恰似二十年前的祖国。最大的共通点：便是下层民众愈是觉醒得深，上等阶级愈是麻醉得紧。竟象隔处在不同的世界，永远代表着相反的命运啊！①

---

① 陈适：《尹奉吉》，载金柄珉、李存光主编《"中国现代文学与韩国"资料丛书》⑤，第 200 页。

又如小说《尹奉吉》中作者描写了尹奉吉初到上海时，目睹了中国千疮百孔的社会现状后的内心活动：

> 都市的一切，加倍使这革命青年了解了帝国主义者那种杀人不流血的经济侵略政策。他觉得中国的现状是危险极了，农村经济早被外来的力量所侵入，甚至于破产，城市的工商业也败落到不可收拾的地步而喘息于几个洋奴式的资本家手中，只要各个帝国主义者调和了他们相互间的冲突一齐来动手的时候，这庞大的民族是立刻可以像自己的祖国一般地被毁灭了的。①

韩国虽亡，国民仍在抗争。中国将亡，国民却麻木不仁，不仅逆来顺受，不知抵抗，更有些小人在民族存亡的危急关头只顾谋求私利，一边囤积倒卖日货，一边还要道貌岸然地参加反日救国会。这些现象在当时都是十分普遍的社会弊端。亡国者看到的是历史即将重演，但中国人在国之将亡时，尤不自知，浑浑度日。

再例如《韩国少女的日记》中，女主人公毫不留情地批评周围的女同学整天搔首弄姿只知道打扮自己，去吸引男同学，无心学业。男同学中有的专门打听女生的秘密，还写成书打算出版赚钱。这些细节描写揭露了中国的青年大学生们真实而丑陋的一面。当时能够接受高等教育的青年可以说是社会的精英阶层，他们未来将成为社会各个领域的中流砥柱，但是不论是学业还是人品，他们都难以胜任抵御外辱振兴中国的大任。韩国女大学生用抑郁的态度批判了当代大学生浮夸虚荣的生活方式和不求进取的懒惰态度。

该文中还有一处细节抨击了文坛的弊端。女大学生的一篇翻译作品《如愿的二吻》即将在一份学术月刊上发表，她洋洋自得地在日记中写道：

> 中国的读者心理是最崇拜女作家的作品的，况且我这命题和自己的署名又是这样含有"爱"和"性"的意味！中国的读者，一定

---

① 潘子农：《尹奉吉》，载金柄民、李存光主编《"中国现代文学与韩国"资料丛书》①，第 135 页。

会为了我这篇译文而去不惜牺牲的买一本学术月刊，这等事，并没有一点奇罕，在中国社会里类似此事的正多着呢！①

表面上看，这是一个文艺少女在文坛初露头角时得意的炫耀，实际上在抨击文坛对女性作者和带有情色意味的文学作品异样的关注和欢迎。这种关注绝对不是出于对女性作家的重视，恰恰相反，是出于对女性作家的轻视和玩弄。

韩人眼中的中国，虽然是一个地大物博的泱泱大国，但是社会问题比比皆是，国民麻木，教育浮夸，文艺畸形，处处敲响了国之将亡的警钟。这种哀其不幸怒其不争的心态，在中国有识之士中十分普遍，流亡在中国的韩人产生同样的想法是合情合理的。

但是在其他作品中，很少有作家关注韩人对中国的看法。这与中国作家对韩心理有关。20世纪初，中国人，特别是中国的知识分子虽然对韩国的亡国有唇亡齿寒的同情和忧虑，但不可否认其同时也对韩国人抱有一定的心理优越感。一方面，是长期的历史积淀造成的大国心理。历史上朝鲜对中国称臣虽然是事实，但中国并不干涉朝鲜的内政。实际上这应该理解为一种以和平相处为目的的地缘政治关系。但是中国人多多少少总觉得自己的国家曾经是朝鲜的保护者，甚至认为两国是主仆关系。另一方面，中国在近代国力衰弱，被西方列强和日本帝国主义欺辱蹂躏，但毕竟还在表面上维持着国家的独立状态。而韩国已经明明白白沦为日本的殖民地，这让备受欺辱的中国人觉得至少在亡国的韩国人面前，自己还是高人一等的。因此，大多数作家在进行韩国叙事时，笔下的韩人只是悲叹自己亡国的命运，或者表达自己革命的决心，并没有思考其他问题的余力。但是民族主义文艺派的作家一反这种对韩国的优越感，关注韩人对中国的看法，将在中国流亡、进行革命活动的韩人形象塑造得更有深度，他们站在国际的舞台上，眼光从自己的祖国扩大到周边国家，关注着整个世界的格局。

当然这种负面中国观绝大部分是出自民族主义文艺作家的想象，而且具有宣传民族主义的功利性。他们的目的是通过韩人的负面中国观揭

---

① 汤增敭：《韩国少女的日记》，载金柄珉、李存光主编《"中国现代文学与韩国"资料丛书》①，第101页。

露中国社会方方面面的弊端，以期引起读者的警觉和反省。他们通过韩人的中国观直截了当地对中国现状和中国人的缺点进行揭露和抨击，把其他韩人题材作品所表达的间接的自我对照转化为直接的自我批评，把隐喻与期盼变为赤裸裸的批判和鞭策。

长期以来，由于政治因素的影响，很多文学史关于民族主义文艺运动等右翼文学的表述都让人误以为他们除了诋毁共产党和共产主义，就是为国民党和国民政府歌功颂德。但实际上，暴露社会的阴暗面，抨击各种丑恶现象也是右翼文学的重要内容之一。韩人题材作品中这些辛辣的批评正表现了右翼文人忧国忧民，希望通过揭露和讽刺改造社会的愿望。

2. 韩国人第一人称的叙述方式

有研究者在 2009 年根据所掌握的 40 篇小说，提出中国现代文学的韩人小说中没有以韩人第一人称的视角进行叙事的作品。因为中国作家都是通过所见所闻，发挥想象力进行创作的，因此还不能深刻地体会到韩人的处境和切实感受，以及韩人内心深层的立场与复杂心理。[①] 当然随着近年来韩人题材作品不断被发掘，这个推断已经不成立了。以韩国人第一人称视角进行叙述的小说目前已知的有 4 篇：日记体的汤增敫的《韩国少女的日记》，朴家里用上海方言写的《一格高丽人格日记》[②]，书信体的张湛如的《狼的死》，另外苏灵的《朝鲜男女》其中一部分也采用了书信体。值得注意的是，这些在叙述方式上大胆尝试韩国人第一人称的小说中除了《一格高丽人格日记》以外，都是民族主义文艺作家的作品。

张湛如的书信体小说《狼的死》共有四节。前三节是被捕的韩国革命者金诚在狱中通过同情他遭遇的异邦友人和中国人狱卒转给中国女友欣英的三封信。金诚在狱中，受尽酷刑，最终牺牲。在最后一封信中他告诉欣英自己被捕是因为还潜伏在革命队伍中的汉奸吴先生。小说的第四节不到 200 字，却展示了极富戏剧性的情节。在上海的一家饭店房间里，一个男子被同行的美艳女子所杀，女子已经不知去向，尸身左手无

---

① 朴宰雨：《三四十年代中国韩人题材小说里的对韩认识与叙事特点——20 世纪中国作家的对韩认识与叙事变迁研究（三）》，《韩中语言文化研究》第 19 辑，2009，第 345 页。

② 朴家里的《一格高丽人格日记》1935 年 4 月 10 日初刊于上海《小文章》创刊号"上海闲话"，《一格高丽人格日记（续篇）》1935 年 7 月初刊于上海《每月小品》第 1 卷第 1 期。

名指特别短正是吴先生的特征。作者用虚写的方式暗示欣英成功刺杀了叛徒为金诚复仇的结局。

苏灵的小说《朝鲜男女》叙述了一对恋人关系的韩国革命者的故事。作者在叙述方式和叙述视角方面可谓独具匠心，小说的前半部分以中国的哈尔滨为叙事空间，以第一人称的叙述视角通过中国青年"我"与朝鲜男青年的交往描写了一位流亡革命者的形象。"我"在哈尔滨偶然误入一个朝鲜小教堂，遇到了弹风琴的朝鲜男青年昇，他本来是金陵大学的学生，因革命失败流亡至哈尔滨。因为对音乐的共同爱好，"我"和他一见如故。"我"演奏的小提琴曲《为什么我们是奴隶》，让两个同样对祖国命运充满忧思的异国青年产生了心灵的共振。在与昇分别之际，"我"为他演奏了《马赛曲》，预祝两个民族能尽快实现自立。

小说的后半部分则原封不动地展示了昇为了躲避日本警察的搜查，拜托"我"暂时保管的女友写给他的七封信件。作者以第一人称的书信体形式，以朝鲜京城为背景，叙述了一位女革命者在朝鲜的活动以及思想感情，塑造了一个英勇坚定并最终为革命牺牲的女英雄形象。作者还将女青年的信件设置为用日文书写，增加了"我"阅读信件的合理性，因为在当时的社会背景下，看得懂韩文的中国人很少，但不少知识分子能读懂日文。同时，通过女青年在信件中的痛诉，作者表达了韩国人在日本殖民教育下只会写日文，不会使用自己国家文字的愤恨和不甘。

正如李存光指出的："尽管很难说这些小说忠实准确地表达了所写韩国人的心理状态，但中国作者力求深入韩国人内心世界的探索却是实实在在的。"[①] 民族主义文艺作家们采用日记体和书信体等第一人称的叙述方式是探索韩国人的内心世界的另一种努力，值得注意的是这三篇作品中都加入了韩人革命者题材小说中比较少见的爱情因素，并且主人公对待恋爱的态度也各不相同。

《朝鲜男女》中的朝鲜女青年虽然对男友一往情深，却一直强调革命工作重于恋爱，告诫男友不要因为思念懈怠了工作，前几封信中还倾诉了对男友的爱意，但是语气越来越严厉，最后竟然直言："我现在不爱你了，因为朝鲜是在铁蹄的践踏下，朝鲜的男女自没有爱恋的可能……在

---

① 李存光：《序：文献的发掘整理与研究的开拓深化》，载金宰旭《值得珍视和铭记的一页：中国现代文学中的韩国人和韩国》，第9页。

我们头顶上扬起朝鲜旗帜的日子，才容许我们谈爱情。"① 这种先国家后小家，国家利益高于个人得失的思维模式正是民族主义文艺的特征之一。民族主义作为一种意识形态，为了提高民族凝聚力，要求国民在必要的时候为国家牺牲个人。这种强调个人牺牲的思想在其他民族主义文艺作品中也非常常见。

《狼的死》中的金诚对自己恋爱深表后悔。他与欣英相识于日本的日语函授学校，金诚虽然爱慕欣英，但是因自己朝不保夕的流亡者身份，曾经犹豫不前。欣英在金诚谋刺行动失败之际，细心安慰，金诚感动不已，才终于和欣英走到了一起。但他被捕以后，屡屡后悔自己不该恋爱，让欣英伤心欲绝。金诚认为作为一个革命者，恋爱绝对没有好的结果，既然注定要给对方造成伤害，就不应该开始。

《韩国少女的日记》中的女大学生则收获了完美的爱情。虽然中国男友远在南京，但两人志同道合，经常鸿雁传书。最重要的是与周围无聊浅薄的男同学相比，她觉得自己的男友非常出色。对于革命和恋爱的冲突，她也有过一些苦恼："本来，一个革命的逃亡异国的女子，是绝对不该谈什么恋爱，只有为祖国的前途奋斗而牺牲，为弱小民族争得国际的地位而努力，同时，鸠醉于爱的漩涡中是妨碍伟大的工作的，关于这一点，我的一颗向上的心也非常明了，但是儿女情长的气质是任何民族都不能克服，在我，却沉迷于爱波之中而未曾忘怀祖国的民众是在日帝国主义者之下被铁蹄蹂躏着的。"② 女大学生的选择是既享受恋爱的喜悦，也不忘革命工作。这种两全模式表现了一个小资产阶级知识分子对革命的浪漫主义想象。

朝鲜女青年为了革命放弃了爱情，金诚因为革命后悔自己的恋爱，女大学生则对恋爱的同时进行革命工作充满信心，这些不同的恋爱观表现了人物的真实情感，使其更真实，也使其和中国现代文学中几乎已经定型的高大完美但是生硬呆板的韩国革命者形象相比，具有了强烈的个性特征。第一人称叙事"对叙事主体来讲，要求具有鲜明的个性色彩和

---

① 苏灵：《朝鲜男女》，载金柄珉、李存光主编《"中国现代文学与韩国"资料丛书》①，第 80 页。

② 汤增敫：《韩国少女的日记》，载金柄珉、李存光主编《"中国现代文学与韩国"资料丛书》①，第 102 页。

人格内涵"①。正是因为人物具有个性，以他们的视角进行叙述才会生动感人，不会陷入僵硬的说教和宣传。

韩国人第一人称叙述也是民族主义文艺作家为了扬长避短采用的写作技巧。这四篇采用韩国人第一人称叙事的作品的作者都没有去过韩国，也没有与韩国人亲密交往的经历。除了徐苏灵 1930 年从上海中华艺术大学西画系毕业后，曾任哈尔滨艺术学院西画教师，在哈尔滨短暂地居住过一段时间以外，其他三位作家的生活范围都在东南沿海地区。由于作家们与韩国和韩人聚居的东北地区存在地理上的距离，他们与韩国人直接接触的机会不多，对韩国和韩国革命的了解也大多是通过新闻报道和道听途说。如果小说以第三人称视角直接叙述的话，必须详尽描写事件发生的过程和场景等客观事实，就可能因为没有实际经验而造成描写失真。而以韩国人第一人称的叙述方式可以侧重主人公内心感受的描写，毕竟人类的思想感情是相通的，作者可以充分发挥自己的想象力，将人物的所思所想淋漓尽致地表达出来，对于客观事实则可以通过概述一笔带过。

以上从内容和形式两个方面分析了民族主义文艺中韩人题材作品对韩人内心世界的探索。在内容上，民族主义文艺的韩人题材作品注意到了韩人的中国观，他们通过韩人负面的中国观揭露和抨击中国社会的弊端及中国人的弱点。这种赤裸裸的批判一方面说明民族主义文艺作家抛弃了对亡国者的莫名优越感，深刻认识到中国正在重蹈韩国的覆辙，另一方面也颠覆了长期以来对右翼文学只会为国民党歌功颂德的误解。在形式上，民族主义文艺作者大胆采用韩国人第一人称的叙述方式，通过表现主人公不同的恋爱观，塑造了具有个性的人物形象。同时第一人称叙述也是作家扬长避短的表现方式，以丰富生动的心理描写代替缺乏实际经验的事实描写，使作品更真实感人。

四 结语

综上所述，民族主义文艺作家在创作韩人题材作品时，以宣扬民族主义为目的，塑造了各式各样的韩国革命者形象，希望以此激励中国民

---

① 徐岱：《小说叙事学》，商务印书馆，2010，第 308 页。

众奋发图强，与韩国这样的被压迫的弱小民族联合起来，争取民族自立和自决。他们不仅侧重于描写个人的生活经历、个人的心理活动，塑造出具有个性特征的人物形象，而且强调韩国革命者的独立性和特殊性。民族主义文艺作家侧重于对韩人内心世界的探索。例如，不同于其他韩人作品通过韩人和韩国叙事，与中国人和中国进行间接的自我对照，民族主义文艺作家的韩人题材作品通过韩人主人公的话语和心理活动直接批评或讽刺中国的社会现状和国民的弱点。这说明民族主义文艺作家开始关注韩国人的中国观。而韩国人第一人称的叙述方式更是他们为了探索韩人内心世界在形式上的尝试。四篇采用韩国人第一人称叙事的小说通过表现韩国革命者不同的恋爱观塑造了个性鲜明的人物形象。

当然，民族主义文艺的韩人题材作品也存在一些问题。特别是他们的创作带有政治功利性，宣传民族主义的目的非常明显。不仅人物形象集中在正面的韩国革命者，而且像《异国的青年》《安金姑娘》等部分作品还存在对话概念化、人物形象单薄的问题。同时，为了宣传需要，有些情节设计得突兀、不合理，例如《战壕中》和《突变》中突然临阵倒戈的韩籍日军。

右翼文人创作的韩人题材作品是中国现代文学韩人题材作品的重要组成部分。由于政治环境的影响，其在资料发掘和研究方面都严重滞后于其他作品。本文对 1930 年代民族主义文艺运动中的韩人题材作品做了初步的分析，可以知道 1930 年代的民族主义文艺派是第一个关注韩人题材创作的文学团体。他们在这个领域的探索早于东北作家群，而且取得了一定的成就。

（载《中国文学研究》第 65 辑，
韩国中文学会，2016 年 11 月。收入本书时注释有修改）

中国现代文学中的韩国民族主义书写 [摘要]

王秋硕

　　本论文主要以 20 世纪 20—40 年代末为研究时间段，以中国现代文学中的韩国题材创作为研究对象，以民族主义为研究视点，以史学、民族学、社会学等学科的理论为依托，适当地运用比较文学形象学和社会历史批评的研究方法，从民族主义正反两个方面，试图打破不同文学派别的理论主张、创作风格的差异和时间的跨度，以整体性的视野，来分析相关作品所呈现的对韩国民族主义的书写。对韩国民族主义的书写主要体现在以下三个方面：通过塑造韩民族民族主义象征物和展现流亡韩国人的语言使用、所处空间等生存状况，来表现其领土诉求；通过塑造苦难而伟大的韩民族形象、能够代表韩民族精神的韩国革命者形象和描写韩国人的身份困境与分化，来表现流亡韩国人渴望建立独立自主的现代民族国家的政治民族主义诉求；同时中国现代作家也呈现了中韩民族间所存在的狭隘的民族情绪和盲目、自大的民族心态。作家们视韩民族的原型形态为政治共同体，将韩民族视为新国家构成的主体来进行书写。这不仅表现了中国现代作家对亡国后韩民族命运的关注，而且表现了他们以文学的方式，承担起了剥离韩民族与中华民族间的依附关系和国家间的宗藩关系、声援韩民族的民族主义运动、承认韩国是独立的民族国家的任务。这也正体现着中国现代文学对歌德曾倡导的世界文学的贡献。

（延边大学硕士学位论文，温兆海指导，2017 年）

中韩近现代文学关系研究的历史与现状

崔 一

在中外文学交流史研究中，中韩近现代文学交流史是一个重要却尚有待开发的领域。为此，有必要回顾其研究的历史与现状，以期引起学界更多的关注和更深入的研讨。

近代以前的中韩文学交流在传统的"天下观"及宗藩关系以及"共同书面语"——汉字、儒释道、律令等人类历史上独一无二的"文化语境"中持续了十余个世纪，崔致远、李齐贤以及朝鲜后期的"北学派"文人与中国文学及文人有过深入的交往，他们的作品也被收录到中国的诗文集中。至于中国古代文学在韩国的传播及影响则无须赘言。

近代以来，新的世界格局和国际秩序，尤其是日本帝国主义的扩张致使东亚传统秩序发生剧变。在文学领域，以汉文化为共同基础的传统影响关系不复存在，无论中国还是韩国都成为西方文化的学习者，在世界文学格局中处在边缘地位。

数以百计的韩国作家以流亡、留学、移民等方式来到中国。中国作家则出于历史使命感和文化自省，开始关注韩国人的命运，奋笔疾书，以唤醒民族意识。同时，中韩作家通过广泛的人际交流、文学作品的互译和介绍，寻求西方文化霸权和话语之外的共同的历史经验与智慧。在中外文学史上，以双向跨界叙事为特征所形成的互动和生成关系是十分罕见的文化现象。

早期的中韩文学交流中已包含相互译介，虽非全面深入，却也带有一定程度的研究因素。例如，亨斌的《朝鲜现代文坛的简略介绍》① 等中国文人介绍和评论韩国文学的文章以及胡风选编的短篇集《山灵》译介

---

① 亨斌：《朝鲜现代文坛的简略介绍》，《现代文艺》创刊号，1931 年 4 月 1 日。

韩国的无产阶级文学。又如，韩国文人李陆史在鲁迅去世之后撰写了一篇题为《鲁迅追悼文》[①] 的文章。此文虽题为"追悼文"，却介绍和评价了鲁迅的文学，并且对鲁迅文学中的国民性批判做出了准确的评价，堪称"鲁迅论"。韩国文人金光洲在上海发表《朝鲜文坛的最新状况》[②] 一文，对 20 世纪 20—30 年代的韩国文学做了颇为详细的介绍和评价。

二战结束之后，朝鲜半岛分裂为两个国家——社会主义的朝鲜民主主义人民共和国（以下简称"朝鲜"，成立于 1948 年 9 月 9 日）和资本主义的大韩民国（以下简称"韩国"，成立于 1948 年 8 月 15 日）；1949 年 10 月新中国成立，不久爆发"朝鲜战争"，中国人民志愿军入朝与朝鲜并肩作战。这一系列变化拉近了同处于东方阵营中的中国与朝鲜的关系。中国与西方阵营之一员的韩国则彻底决裂，直到中国改革开放以后才建交。

在此语境下，中韩近现代文学交流的研究从新中国成立至 70 年代，无论在中国还是在韩国，都未能取得太多成就。王瑶的《真实的镜子——从几篇新文学作品看中朝人民的友谊》[③] 是早期具有代表性的成就。如题，此文探讨中朝近现代文学关系，其目的是证明当代中朝两国的"一向的友谊"。因此，文章中疏略地介绍了戴平万的《满洲琐记》、舒群的《没有祖国的孩子》、骆宾基的《边陲线上》等几部以韩国人为题材的中国小说，以此来证明中国现代作家对朝鲜人民的关注。而冷战体系下的韩国则禁止学界进行关于鲁迅等进步作家以及新中国作家们的研究，中韩近现代文学关系的研究也仅限于胡适等个别中国文人与韩国文学的关联等问题。

中韩近现代文学交流的研究全面开始于 20 世纪 80 年代。中国近现代作家们的韩国（人）叙事，韩国近现代作家们的中国体验及中国叙事，中韩近现代文人交流、知识及思想传播、文学作品的相互译介等受到中韩学界的关注。

《中日战争文学集》（阿英，北新书局，1948）中收录了《中东大战演义》《悲平壤》等多篇中国近现代韩国叙事作品。在之后的很长一段时

---

① 李陆史：《鲁迅追悼文》，《文艺电影》第 1 卷第 4 期，1935 年 3 月 1 日。
② 〔韩国〕金光洲：《朝鲜文坛的最新状况》，《朝鲜日报》1936 年 10 月 19 日。
③ 王瑶：《真实的镜子——从几篇新文学作品看中朝人民的友谊》，《光明日报》1951 年 1 月 28 日。

间里没有出现与中韩近现代文学交流有关的文献资料集。只有在《中国新文学大系》等大型文集中收录有零星的相关作品。近期，中国研究者们整理和出版了《"中国现代文学与韩国"资料丛书》（金柄珉、李存光主编，延边大学出版社，2014）。这套丛书分为创作编、翻译编、评论及资料编，收录了诗歌、小说、散文、戏剧、译介、评论、研究论文等340余篇作品，共计580万字，是迄今为止国内唯一的中韩现代文学交流文献，为今后的研究打下了坚实的文献基础。

概而言之，在文本传播（包括流布、编撰、刊行）、翻译、异国（人）叙事等方面，中韩近现代文学交流作为跨文化对话，为两国近现代文学的发展提供了新的"文化基因"，同时也创造出数以千计的文本。因此，中韩近现代文学交流史的研究可谓对两国近现代文学的内涵与外延的加深和拓展。

本文拟从人际交流与思想传播、文本传播与译介、跨界叙事等三个方面，简要梳理和阐述中韩近现代文学关系的研究历史与现状。

一 人际交流与思想传播研究

文人之间的交流是文学交流中最为直接的方式。在漫长的前近代时期，只有使臣等少数特定阶层才有机会实现跨国界交流。因此，人员的自由流动本身就具有鲜明的现代性。对于近代以后的韩国而言，中国和日本是最主要的对外交流国家。为数众多的韩国文人以流亡、留学、旅行等方式来到中国，中韩两国文人之间有过多层次、多方面的接触和交流。人际交流成为文本交流、思想传播、译介等其他交流方式的主要途径之一。例如，韩国流亡文人申奎植加入"南社"，李陆史、金九经、柳树人、吴相淳、刘子铭等韩国文人与周作人、鲁迅、巴金等多有交流。同时，梁启超、胡适等的思想对韩国近现代文学的发生及发展有深远的影响。通过人际交流，中韩文人实现了相互之间的人文关怀、时代认识，从而构建起近现代语境下的"公共话语场"。

最早且最持续地受到研究者们关注的是鲁迅、郭沫若、巴金等左翼作家与朝鲜（韩国）文人及文学的交流。早在20世纪80年代初，研究者们就从弘扬"中朝友谊"的视角，推出了《鲁迅在朝鲜人民的心中》（李政文，《延边大学学报》1981年第3期）、《〈鲁迅书信集〉中的金湛然——记一位曾经参加过北平"左联"的朝鲜同志》（卢正言，《绍兴师专学报》1981 年第 3 期）、《郭沫若与朝鲜——纪念郭沫若同志九十诞辰》（杨昭全，《延边大学学报》1982 年第 4 期）、《鲁迅与朝鲜作家》（杨昭全，《外国文学研究》1984 年第 2 期）等论文。90 年代以后又出现了《梁启超与朝鲜近代小说》（金柄珉，《朝鲜学—韩国学与中国学》，中国社会科学出版社，1992）、《巴金与朝鲜人》（禹尚烈，《延边大学学报》1993 年第 4 期）、《金泽荣与中国知识分子的交友》（郭美善，《比较韩国学》第 17 卷第 1 号，2009）等论文及《韩国开化期文学与梁启超》（牛林杰，韩国博而精出版社，2002）、《金泽荣流亡中国时期的文学活动研究》（韩国宝库社，2013）等论著。

金柄珉的论文《梁启超与朝鲜近代小说》细致地论述了梁启超的文学功利主义思想、小说美学、小说翻译观对申采浩、洪弼周等韩国文人的影响以及《越南亡国史》《意大利建国三杰传》等梁启超的政治小说在韩国的接受和传播，进而阐明了梁启超对韩国近代小说理论和创作的影响。

20 世纪 60—70 年代，"比较文学"研究兴起于韩国学界，中国近现代作家对韩国的影响随之受到研究者们的关注。然而，受制于当时韩国政府的"反华"政策，中国左翼作家们被排除在研究对象之外，取而代之的是胡适等人。如《胡适之革命文学的影响及接受状态》（李锡浩，《中国文学》第 2 期，1974）、《胡适对近代韩国文学的影响》（李锡浩，《延世论丛》第 12 期，1975）等。20 世纪 80 年代以后，随着韩国学界的"禁锢"有所缓解，出现了《李陆史的初期文学评论及小说中对鲁迅文学的接受状况》（沈元燮，《延世语文学》第 19 期，1986）等论文。

1992 年中韩建交之后，对中韩近现代文学交流的研究在韩国全面兴起，出现了如《鲁迅文学在韩国的接受状况》（金河林，《中国人文科学》第 12 辑，1995）、《交流与疏通的东亚——韩中文学的会面及东方价值》（梨花人文科学院编，梨花女子大学出版部，2013）、《近代韩中交流的起源——文学、思想及学问的交涉》（洪昔杓，梨花女子大学出版部，2015）等论著。其中，洪昔杓的论著是近期韩国学界具有代表性的研究成果。全书共分四个部分：第一部分阐述了李陆史对中国现代文学的介绍；第二部分阐述了韩国文学史学家金台俊的学术思想及研究中对鲁迅、胡适等中国文人的接受；第三部分阐述了鲁迅及其学生魏建功、台静农、李霁野等对近代韩国的认识；第四部分阐述了张爱玲与韩国的因缘。严格地说，此书并非体系完整的论著，而是著者近些年研究成果之集大成，其对文献资料的考证以及观点值得借鉴。

二　文本传播与译介研究

在近代以前漫长的历史时期，中韩两国文人拥有"共同书面语"——汉字，中韩两国文学文本的交流无须经过翻译。[①] 而近代以来，随着中国在东亚的"文化中心"地位的陨落和韩国沦为日本的殖民地，日本语取代汉字成为韩国文人们的"第一外国语"，同时，随着"言文一致"等近代"国语"观念的普及，现代韩国语逐渐成为文学创作的主要手段，汉字不再是中韩两国的"共同书面语"。除去那些用文言文创作的文本之外，其余都需要借助翻译这一手段。因此，中韩近现代文学译介本身就具有鲜明的现代性（modernity）。

中国对韩国近现代文学的译介开始于20世纪30年代。根据迄今为止的文献调查，最早在中国得到译介的韩国现代文学作品为金永八的短篇小说《黑手》（《现代小说》第3卷第4期，1930年1月）。之后，宋影、赵碧岩、张赫宙、李北鸣、金东仁、李泰俊、林和等10多位韩国作家的作品以及《山灵》（胡风选译，1936年4月由巴金创办的上海文化生活出版社出版）、《朝鲜短篇小说选》（王赫编，1941年7月由长春的新时代社出版）等作品集在中国得到翻译和出版。

在韩国，最早得到译介的中国近现代文学作品是徐枕亚等"鸳鸯蝴蝶派"的白话文小说。20世纪20年代前后，这些作品的韩国语译本刊登在《每日申报》等报刊上。同时，正处于新旧文化交替时期的韩国，开始关注中国的新文化运动。梁白华、丁来东、金光洲等[②]韩国近代第一批中国文学翻译家开始翻译和介绍中国近现代文学作品和思潮等。梁白华就曾发表《以胡适为中心的中国的文学革命》（《开辟》第5—8期，1920

---

① 韩国文字"训民正音"创制于1443年，且一直没能被知识阶层所接受，官方书面语和文学语言依旧是汉字和汉文。20世纪初，近代民族主义运动兴起之后，韩国语及韩国文字才逐渐取代汉字及汉文在韩国文字生活中的地位。

② 梁白华（1889—1944）、丁东来（1903—1985）、金光洲（1910—1973）为韩国近现代时期最具代表性的中国文学翻译家，均有留学中国的经历。

年 11 月至 1921 年 2 月）。1929 年，韩国出版了第一部也是唯一一部中国近代小说集《中国短篇小说集》（开辟社出版部），收录了鲁迅的《狂人日记》等 15 篇小说。

早在 20 世纪 50 年代，朝鲜（韩国）文学就作为"亚非拉第三世界文学"的一员，在相关论著中多少都要有所提及。如季羡林、刘振瀛的论文《五四运动后四十年来中国关于亚非各国文学的介绍和研究》（《北京大学学报》1959 年第 2 期）对近代以后中国对朝鲜文学作品的译介进行了疏略的阐述。20 世纪 80 年代以后，在比较文学研究的热潮下，中韩近现代文学双向译介被纳入译介学研究的对象之中，例如《文学翻译史上的中国与朝鲜》（邹振环，《韩国研究论丛》第 1 期，1995）、《亚洲外国文学在中国》（刘安武，《对外大传播》1995 年第 9 期）。美中不足的是，20 世纪 80—90 年代的相关研究多停留在现象的罗列上，未能更进一步探讨译介的目的、作品的选择、译介的影响等问题。

2000 年以后，随着话语理论、后殖民主义等方法论得到运用，中韩近现代文学译介研究的深度和广度较之以往有了显著的拓展和深化。例如，《20 世纪 30 年代中国左翼文艺刊物中的朝鲜声音》（李大可，《山东师范大学学报》2008 年第 3 期）、《1949 年以前韩国文学汉译和意识形态因素》（金鹤哲，《中国比较文学》2009 年第 4 期）。此外，《中国现代翻译文学史（1898—1949）》（谢天振、查明建，上海外语教育出版社，2004）等论著对近代以来中国对韩国文学的译介进行了大致的梳理。

在韩国，早期的研究多集中于《红楼梦》《三国演义》等古代文学的译介。最具代表性的译介学研究论著《韩国近代翻译文学史研究》（金秉喆，乙酉文化社，1975）中没有提到中国近现代文学。20 世纪 80 年代以后，才开始出现《百年来韩中文学交流考》（全光镛，《比较文学》第 5 号，1980）、《韩中翻译文学史研究序说》（成宜济、池荣在、韩武熙，《中国学报》第 4 号，1980）等。

韩国学界对中韩近现代文学双向译介的研究主要围绕梁白华、丁来东等主要译介者的成就，探讨中国近现代作家在韩国的传播和影响。如，《鲁迅文学在韩国的接受状况》（金河林，《中国人文科学》第 12 辑，1995）、《白华梁健植对中国新文化运动的接受研究》（成贤子，《比较文学》第 24 辑，1999）、《对梁白华中国文学翻译作品的再评价——以现代小说与戏剧为中心》（朴在渊，《中国学研究》第 4 辑，1998）、《20 世纪中韩小说的双向翻译试论——以中国小说的韩译本现状调查为中心》（吴淳邦，《中国语文论译丛刊》第 9 辑，2002）、《胡风与〈朝鲜台湾短篇集〉》（金良守，《中国文学》第 47 辑，2003）、《金光洲的中国体验与其对中国新文学的介绍、翻译与接收》（朴南用、朴恩惠，《中国研究》第 47 辑，2009）、《近代转换期以中国为媒介的翻译文学的现状》（张鲁铉，《国际语文》第 56 辑，2012）、《中国近代文学翻译的谱系与历史属性》（朴珍英，《民族文学史研究》第 55 辑，2014）等论文以及《翻译与翻案的时代》（朴珍英，韩国小名出版，2011）等论著。其中，《翻译与翻案的时代》堪称具有代表性的成就。此论著围绕韩国"近代小说"观念的诞生，通过对韩国近代翻译/翻案小说的译者、译本、翻译目的等的探讨，阐释了外国小说的翻译和翻案的作用及影响。作者指出，韩国在步入近代之后遭遇到的是全然有别于之前的"陌生的故事"，韩国近代文学需要全新的想象力来完成自己的"近代小说"。在此语境下，对中国、日本等外国小说的翻译及翻案运用"近代韩国语"表达了近代韩国人的时代精神和日常。

另外，值得一提的是留学韩国的中国留学生们取得的一系列研究成果。如《20 世纪韩国文学中译史研究》（金鹤哲，首尔大学博士学位论文，2009）、《以中国为媒介的爱国启蒙叙事研究——以 1905—1910 年的翻译作品为中心》（徐黎明，仁荷大学博士学位论文，2010）、《白华梁健植的翻译文学——以中国新文学运动的翻译为中心》（王哲，成均馆大学硕士学位论文，2010）、《丁来东研究 —— 以中国现代文学的介绍与翻译为中心》（方平，西江大学硕士学位论文，2012）等学位论文。中国留学生们凭借自己的中韩双语优势，对中韩近现代文学译介的语境、目的、选择性、译介过程中的变异等进行了颇为深入的阐释。

三　跨界叙事研究

跨界叙事是文学交流最为直接的产物。通过流亡、留学、移民等方式，200 万以上韩国人来到中国，中韩两国人民之间有过多层次、多方面的接触与交流，进而催生出大量跨界叙事作品。韩国文学的中国叙事包含抗日叙事、都市叙事、移民叙事等；中国文学的韩国叙事包括启蒙叙事、亡国叙事、英雄叙事等。中韩两国的近现代有同样的时代使命，即完成独立自主现代化——从传统到近代的转型、反帝斗争、国家的建设等。跨界叙事就是中韩两国作家通过相互借鉴、相互确认完成的现代规划（modern planning）。

中国近现代文学中的朝鲜（韩国）爱国者形象是最早受到关注的研究课题。例如《谈〈牧羊哀话〉在新文学史上的地位》（何益明，《湘潭大学社会科学学报》1983 年第 1 期）、《试谈中国现代作家笔下的朝鲜爱国者形象》（朴龙山，《延边大学学报》1985 年第 4 期）、《现代中朝文学友谊与交流（1919—1945 年）》（杨昭全，《社会科学战线》1988 年第 2期）等。

20 世纪 90 年代以后，形象学在比较文学研究领域的运用进一步促进了中韩近现代跨界叙事的研究。例如《中国现代文学与朝鲜》（刘为民，《山东大学学报》1996 年第 3 期）、《殖民地语境下韩国现代作家的"东北"形象》（崔一，《东疆学刊》2006 年第 3 期）、《百年中国文学的朝鲜叙事》（常彬、杨义，《中国社会科学》2010 年第 2 期）、《解开无名氏的长篇小说〈荒漠里的人〉之谜》（李存光、金宰旭，《中国现代文学研究丛刊》2012 年第 7 期）、《韩国现代文学中的中国形象研究》（崔一，延边大学博士学位论文，2002）、《民族主义的自我观照——中国现代文学中的韩国叙事研究》（吴敏，国际作家书局，2010）、《值得珍视和铭记的一页：中国现代文学中的韩国人和韩国》（金宰旭，知识产权出版社，2012）等论著。

留学中国的韩国研究者金宰旭的《值得珍视和铭记的一页：中国现代文学中的韩国人和韩国》堪称"中国现代韩国叙事文本索引"，整理了中国现代文学中有关韩国（人）题材的小说、诗歌、散文、纪实文学、剧本、翻译等文本目录，同时对文本进行编年，为今后的相关研究提供了丰富的资料，打下了的重要的文献基础。

韩国学界的研究，其出发点是在华韩国移民文学的研究。例如，《移民文学论Ⅰ——以南石的作品为中心的 40 年代文学中的移民文学性质为中心》（《韩民族语文学》第 3 辑，1976）、《移民文学论Ⅱ——以朴启周的作品为中心》（《韩民族语文学》第 4 辑，1977）、《民族受难的历史与韩国现代文学——以满洲为中心》（刘宽之，中央大学硕士学位论文，1983）、《在满文艺同人志〈北乡〉考》（蔡壎，《语文研究》第 14 辑，1985）和《安寿吉研究》（金允植，正音社，1986）、《韩国文学与间岛》

（吴养镐，文艺出版社，1988）、《间岛体验的精神史》（李相璟，《作家研究》第 2 号，1996）、《韩中作家的满洲体验文学研究——以"满洲国"建国以后的作品为中心》（全华，韩国岭南大学博士学位论文，2011）、《朱耀燮初期作品中上海舞台小说的意义》（李昇夏，*Comparative Korean studies* 第 17 卷第 3 号，2009》、《金史良文学中的北京体验与北京记忆》（朴南用、林慧顺，《中国研究》第 45 卷，2009）等。

20 世纪 90 年代以后，中国近现代文学中的韩国叙事也被纳入韩国学界的研究对象之中。例如，《梁启超的诗文所见朝鲜问题认识》（梁贵淑、宋镇韩、李腾渊，《中国人文科学》第 26 辑，2003）、《巴金的抗战三部曲〈火〉与韩国人》（朴兰英，《中国语文学志》第 24 辑，2003）、《中国现代韩国人题材小说试探（1917—1949）》，（朴宰雨，《中国研究》第 18 辑，1996）、《中国现代小说里的韩国人形象与其社会文化状况考（1917—1949）》（朴宰雨，《中国学研究》第 11 辑，1996）、《20 世纪中国韩国人题材小说的通时考察》（朴宰雨，瓦署，2010）等论著。

四 中韩近现代文学关系研究的反思与展望

1. 进展与成就

从中韩近现代文学形成交流关系伊始，至今已走过一个多世纪。其间，几代研究者们前仆后继，中韩近现代文学关系研究可谓硕果累累。

首先，文献的发掘和整理取得了不小的进展。《"中国现代文学与韩国"资料丛书》的出版为中国现代文学与韩国的关联研究在中国的进一步普及和拓展打下了良好的基础，也为后续的文献整理工作带来了有益的借鉴。

其次，研究范围逐步扩大，研究成果的数量和质量均取得颇为可观的发展和积累。据不完全统计，中韩两国学界的研究论文达到近 1000 篇，论著 30 余部。尤其是个案研究取得的成果颇为可观。例如梁启超、鲁迅、胡适以及梁白华、丁来东、李陆史等中韩近现代文学关系中的重要作家的研究。由于这几位重要作家的相关文献资料丰富且确凿（如《鲁迅日记》《鲁迅书信集》和梁启超的各种文集或全集等），追踪和阐述他们与韩国文人们的交流或对韩国文人们的影响，研究的烦琐程度和难度都相对低一些。

最后，中国现代文学中的韩国形象、韩国现代文学中的中国形象等个别研究课题取得了相当程度的进展。迄今为止，在中韩学界已经出现上百篇论文和多部论著。尤其是近些年，具有中国留学经历的韩国研究者、中国的朝鲜族研究者及具有韩国留学经历的中国研究者等熟练掌握中韩双语的研究者们参与这些课题的研究当中，研究成果的数量和质量都得到相当程度的提升。

2. 反思与展望

首先，需要进一步发掘和整理文献资料，通过文献资料确认历史事实，从而发现更多的线索。中韩近现代文学关系，尤其是中国的近现代文献浩瀚而庞杂，且散落于国内各地的图书馆、档案馆。同时，需要通过中文文献的韩译和韩文文献的中译，让更多的研究者们广泛地了解和接触文献资料。

其次，个案研究居多，整体研究偏少，个案研究之间也未能形成有机的整体。先行研究成果中论文占绝大多数，而少有的几部论著也并非真正意义上的专著，而是论文集。同时，过多地集中于重要作家的个案研究，难免会导致研究视域的狭隘化和程式化。

中韩近现代文学关系是中韩两国在经历近代化转型期和抵御外敌侵略的过程中形成的价值观与思想、知识与学问的交流。在此过程中，中韩近现代文学经历了从"中心—边缘"的单向传播到互为"他者"的模式转型。因此，中韩近现代文学关系的研究应该是从个案到整体、从历时到共时的整体研究，从而阐明中韩近现代文学交流的历史进程、发展规律乃至当下意义。然而，无论在中国还是在韩国，受制于"重西方，轻周边"的研究倾向以及韩国文学作为小语种文学的局限性等，中韩近现代文学关系的研究受关注程度和研究力度显然不如中西方文学关系的研究。

最后，研究视域与方法论有待进一步拓展。迄今为止的中韩近现代文学关系研究，主要依仗主题学、传播学、译介学、形象学等比较文学的研究方法。中韩近现代文学关系所涉及的文学文本，是两国在社会历史转型的过程中经过美学的、心理的积累和沉淀形成的社会文化的内化，具有复杂性、深层性和症候性（symptomatic）。例如，中韩近现代文学的双向译介与文本传播的研究未能深层地阐明文学翻译作为知识权力、意识形态话语的特殊性，如译介的历史语境、翻译者的身份及意识形态取向、译介对当代文坛及社会的影响等问题尚未得到深入的阐析。又如，比较文学形象学源自西方，运用到同为东亚的中韩近现代文学的跨界叙事的研究当中，其有效性难免大打折扣。因此，在中韩近现代文学关系研究中，文本的解读和阐释，既需要文学研究的视域和方法，更需要历史学、社会学等跨学科的研究视域及方法，从而进一步探讨东亚近代转型期的民族/国家身份认同、现代规划等问题。

（载《中国现代文学研究丛刊》2017 年第 12 期。

收入本书时注释有补充和修改）

关于《“中国现代文学与韩国”资料丛书》

《“中国现代文学与韩国”资料丛书》出版学术座谈会在京举行

延边大学跨文化研究中心

　　1月17日，我校跨文化研究中心与中国社会科学院中国文化系原主任李存光教授共同策划和完成的《“中国现代文学与韩国”资料丛书》（金柄珉、李存光主编，全10册，580万字，以下简称“丛书”）出版学术座谈会在北京举行。学术座谈会由跨文化研究中心与延边大学出版社共同主办。

　　驻华韩国文化院院长金辰坤、韩国产业研究院北京分院院长李玟炯、中国社会科学院外国文学研究所所长陈众议、中国人民大学文学院院长孙郁、北京大学中文系主任陈跃红、郭沫若纪念馆副馆长李晓虹、中国现代文学馆前副馆长吴福辉、《中国比较文学》常务副主编宋炳辉、中国社会科学院《世界文学》编辑部主编高兴、中国社会科学院《外国文学研究动态》编辑部主编苏玲、中央民族大学少数民族语言文学院前院长文日焕、对外经济贸易大学外语学院院长徐永彬、山东大学韩国学院院长牛林杰、中国社会科学院文学研究所赵京华教授、河北大学文学院常彬教授、华东政法大学文学院吴敏教授，以及我校朝鲜—韩国学学院李官福院长、禹尚烈教授，人文学院邹志远教授等40余名专家、教授参加了学术座谈会。此外，韩国的《东亚日报》以及国内的中央人民广播电台、中国国际广播电台、光明日报、人民网、吉林日报、黑龙江日报、辽宁日报等媒体采访了此次会议。

　　学术座谈会由延边大学朝鲜—韩国学学院李官福院长主持。会上，由“丛书”主编金柄珉教授致欢迎辞，“丛书”主编李存光教授做编辑说明。之后，两位主编向韩国驻华使馆赠送了“丛书”。驻华韩国文化院金辰坤院长在答谢词中表示，“丛书”记录了最艰难的历史时期韩国及韩国人的形象以及当时的中国人对韩国及韩国人的肯定和同情，这不仅具有重要的文献价值，对中韩文化交流的发展也具有重要的意义。

学术座谈会上，与会的专家教授们畅所欲言，对"丛书"的出版给予了高度的评价。首先，"丛书"具有重要的文献价值。"丛书"以初刊本为准收录中国现代文学中有关韩国的小说、诗歌、戏剧、评论等数百部作品及译介到中国的韩国文学作品，填补了国内外相关领域的文献空白。其次，"丛书"具有重要的历史价值。通过"丛书"中的资料，我们可以还原共同面对日本帝国主义侵略的同仇敌忾的民族历史现场和现代作家的高度使命感。再次，"丛书"具有重要的跨文化价值和比较文学形象学的意义，"丛书"的出版可以为拓展中韩文学关系的全新阐释提供重要的学术依据。又次，"丛书"中的文本呈现"尊重他者的自我""互为主体"的民族关系，是 20 世纪东亚文化的宝贵的精神财富，其将会对东亚文明的研究提供历史文本。最后，"丛书"收录的虽然是文学资料，却为中韩政治、经济、外交领域的研究提供了重要的学术支撑。与会专家们还建议，以"丛书"的出版为契机，继续推动《"韩国现代文学与中国"资料丛书》的编撰工作。

（载延边大学官网，2015 年 1 月 20 日。收入本书时文字略有改动）

《"中国现代文学与韩国"资料丛书》出版学术座谈会在京召开

中国社会科学网记者 曾 江

由延边大学跨文化研究中心与延边大学出版社共同主办的《"中国现代文学与韩国"资料丛书》出版学术座谈会日前在京举行，会议由延边大学朝鲜—韩国学学院院长李官福主持。该丛书由延边大学教授金柄珉、中国社会科学院研究员李存光担任主编，全书共 10 册。

研讨会上，与会专家学者展开深入交流与讨论。有学者指出，首先，《"中国现代文学与韩国"资料丛书》具有重要的文献价值。《"中国现代文学与韩国"资料丛书》以初刊本为准收录中国现代文学中有关韩国的小说、诗歌、戏剧、评论等数百部作品及译介到中国的韩国文学作品，填补了国内外相关领域的文献空白。其次，《"中国现代文学与韩国"资料丛书》具有重要的历史价值。通过书中的资料可以还原共同面对日本帝国主义侵略的同仇敌忾的民族历史现场和现代作家的高度使命感。再次，《"中国现代文学与韩国"资料丛书》具有重要的跨文化价值和比较文学形象学的意义，该套丛书的出版可以为拓展中韩文学关系的全新阐释提供重要的学术依据。又次，《"中国现代文学与韩国"资料丛书》中的文本呈现"尊重他者的自我""互为主体"的民族关系，是 20 世纪东亚文化的宝贵的精神财富，其将会对东亚文明的研究提供历史文本。最后，《"中国现代文学与韩国"资料丛书》收录的虽然是文学资料，却为中韩政治、经济、外交领域的研究提供了重要的学术支撑。与会专家们还建议，以该丛书的出版为契机，继续推动《"韩国现代文学与中国"资料丛书》的编撰工作。

会上，金柄珉、李存光两位主编向韩国驻华大使馆赠送了《"中国现代文学与韩国"资料丛书》。40 余名中韩专家学者参加了学术座谈会。

（载中国社会科学网，2015 年 1 月 30 日）

《"中国现代文学与韩国"资料丛书》出版学术座谈会综述

崔　一

2015 年 1 月 17 日，延边大学金柄珉教授与中国社会科学院中国文化系李存光教授共同策划和完成的《"中国现代文学与韩国"资料丛书》（金柄珉、李存光主编，延边大学出版社，2014 年 12 月第 1 版）出版学术座谈会在北京举行。本次出版学术座谈会由延边大学跨文化研究中心与延边大学出版社共同主办。

《"中国现代文学与韩国"资料丛书》（以下简称"丛书"）全书共 10册，580 万字。"丛书"分为"创作编"、"翻译编"和"评论及资料编"三编。其中，"创作编"五册，含"小说卷"三册，"散文　通讯　纪实卷"一册，"诗歌　剧本卷"一册；"翻译编"两册，含"小说　诗歌散文　剧本卷"一册，"民间故事　童话　神话传说卷"一册；"评论及资料编"三册，含"评论卷"两册，"评论卷""资料卷"合一册。"资料卷"包括全部作品的分类题录和系年索引（1917—1949），全部译作的分类题录和系年索引（1927—1949），相关评介研究的中、韩分国题录和综合系年索引（1927—2014）。

参加本次出版学术座谈会的专家、教授有：驻华韩国文化院金辰坤院长、韩国产业研究院北京分院李玟炯院长、中国社会科学院外国文学研究所所长陈众议教授、中国人民大学文学院院长孙郁教授、北京大学中文系主任陈跃红教授、郭沫若纪念馆李晓虹副馆长、中国现代文学馆吴福辉原副馆长、《中国比较文学》编辑部常务副主编宋炳辉教授、中国社会科学院《世界文学》编辑部高兴主编、中国社会科学院《外国文学研究动态》编辑部苏玲主编、中央民族大学少数民族语言文学院前院长文日焕教授、对外经济贸易大学外语学院院长徐永彬教授、山东大学韩国学院院长牛林杰教授等，以及延边大学朝鲜—韩国学学院、人文学院的一些教授，共计 40 多位。

另外，韩国《东亚日报》以及中国中央人民广播电台、中国国际广播电台、光明日报、人民网、吉林日报、黑龙江日报、辽宁日报等媒体采访了此次会议。

学术座谈会首先由"丛书"主编金柄珉教授和李存光教授分别致欢迎辞和做编辑说明报告。

金柄珉教授在欢迎辞中表示："在近现代文学发展进程中，众多中国作家密切关注殖民地韩国和韩国人的命运，并以极大的历史使命感和文化使命感，将韩国和韩国人作为文学创作的跨文化资源，奋笔疾书，进而呐喊反侵略、反暴行的时代之音。中国近现代作家的韩国叙事是中外文学史上十分罕见的文化现象，是中国现代文学一道亮丽的风景线，是中韩两国共同的精神文化遗产，是值得中韩两国学者共同研究的具有互文性的学术研究对象。"

李存光教授在做编辑说明时表示，此"资料丛书"力求客观、完整地呈现中国有关韩国人和韩国各类创作、译作的原生态情况，即当时固有的真实历史状貌，无论作（译）者持何种立场、观点、审美情趣，也无论作品思想内蕴深刻丰富或浅显单薄，艺术表现精湛圆熟抑或稚嫩粗糙，都没有加以隐讳、遮蔽、修饰、改动。

驻华韩国文化院金辰坤院长在答谢词中表示，"丛书"不仅具有重要的文献价值，而且在中韩文化交流发展史上具有重要意义。

在学术座谈会上，与会者畅所欲言，对"丛书"的内容、意义与价值给予了高度评价。

中国比较文学学会副会长、《中国比较文学》编辑部常务副主编宋炳辉教授在发言中对"丛书"的文献学意义和史料学意义以及"丛书"在资料搜集、查证、校勘等方面的严谨性给予了高度评价。同时指出，"丛书"对于中国文学研究、比较文学研究、中外文学关系研究、文学翻译研究等领域都具有重要意义。中韩两国在近代以来整个世界的近代化转型过程中有共同的经历和经验，这表现在文学和文化的文本中。中韩文学关系是中国与弱势民族文学关系的一个典型案例。长期以来，我们更多地关注中国与西方发达国家或强势文化、文学之间的关系，并将近代以来的中外关系视同中西关系。但事实上，中国与周边那些弱势文化之间有很强烈的认同感，因此其关系更为重要。"丛书"体现出推进世界文学多样性发展的可能。我们可以从中国文学、世界文学、比较文学等不同学科对"丛书"中的资料展开进一步的研究。

中国人民大学文学院院长孙郁教授在发言中提到鲁迅先生在翻译日本作家武者小路实笃的《一个青年的梦》时在后记所写的一段话："现在论及日本并吞朝鲜的事，每每有'朝鲜本我藩属'这一类话，只要听这口气，也足够教人害怕了。"鲁迅先生认为，"大中华主义"导致中国人不关心"他人的自己"。"丛书"可谓意义重大，可以推动东亚文明的建设。

中国社会科学院外国文学研究所所长陈众议教授在发言中谈道，最近我们学界的一个热点话题是"世界主义"。这是全球化浪潮经过几十年的发展和扩展以后大家的一种所谓的"共识"。"世界主义"认为世界已经形成一个"地球村"，全球彼此融通已经成为事实。但是"世界主义"确实有很多陷阱和误区。我们有必要扪心自问：我们对周边一衣带水国家的状况以及他们的人心、民心究竟了解多少？我们对周边东南亚国家的文学了解多少？习近平总书记前段时间表示要加强对周边国家的研究，各个高校纷纷申报国别研究课题。但是这些研究最后很有可能还会侧重于政治、经济和一般意义上的外交关系。想要真正研究他们在想什么，还是要靠文学，而这恰恰是我们比较容易忽视的领域。这种忽视久而久之会造成我们的麻木，导致我们对周边国家了解的泛化、粗略化。"丛书"的出版能够带动我们对与周边整个文学关系的重新审视和阅读，也有利于我们下一步跟踪周边国家当下文学的近况。我们能够从"丛书"受到鼓舞，大家齐心协力开展建设性的工作，为我们民族心智的成熟、平和、博大尽我们人文学者的绵薄之力。

北京大学中文系主任陈跃红教授在发言中指出，"丛书"的一个重要的意义就是"还原历史"。第一，还原了一个真实的历史。"丛书"收录的文献都是原初的版本，可借此还原那个时代真实的文本。第二，还原了那个时代完整的中韩文学关系。我们过去凭借的是阅读的印象和零星的研究，这一套完整的资料，对研究那个时代的中韩文学关系具有极为重要的意义。第三，还原了一个现场。这有助于我们了解中韩关系的真正意义所在，走出印象式的、零星的批评。

吴福辉先生指出："'中国现代文学与韩国'这个题目有很深的文学和文化学的意义。《"中国现代文学与韩国"资料丛书》有助于我们进一步理解中国现代政治、中国现代文化、中国现代经济与韩国等，有助于我们全面理解中国与韩国的关系。"

中央民族大学少数民族语言文学院前院长文日焕教授指出，"丛书"对我们研究中国跨境民族文学具有重要意义。中国周边有 14 个国家，有 30 多个跨境民族。由于跨境民族的重要性和敏感性，中国已经将跨境民族文化研究列入国家文化发展战略。"丛书"不仅对中韩文学关系研究具有重要意义，而且对研究中国跨境民族文学也具有重要意义。就这一点而言，"丛书"为开拓比较文学的新领域提供了宝贵的文本资料。

山东大学韩国学院院长牛林杰教授认为，"丛书"为中国现代文学的跨文化研究提供了宝贵的文献资料，将有力地推动中韩跨界叙事的比较研究、中韩现代文学的互文性研究、中韩现代文学的翻译史比较研究。

此外，与会的专家、学者们一致认为，以"丛书"的编撰和出版为契机，有必要继续延伸和扩展相关领域的研究和文献整理工作，再接再厉推动《"韩国现代文学与中国"资料丛书》的编撰工作。

（载《东疆学刊》2015 年第 2 期。收入本书时文字略有改动）

珍贵的史料大全

——《"中国现代文学与韩国"资料丛书》简评

常　彬

金柄珉、李存光主编的《"中国现代文学与韩国"资料丛书》（以下简称"丛书"）全书共 10 册 580 万字，分为"创作编"、"翻译编"和"评论及资料编"。其中，"创作编"五册，含"小说卷""散文　通讯纪实卷""诗歌 剧本卷";"翻译编"两册,含"小说 诗歌 散文 剧本卷""民间故事 童话 神话传说卷";"评论及资料编"三册,含"评论卷""资料卷"。

"丛书"的最大特色是搜罗史料全,文本均采纳初版本。从题材的多样性到作品数量众多,都是迄今为止中国文学韩国书写的史料之最。仅就小说文本看,在中韩学者的不断推进下,从1980年的10余篇到1990年的31篇,再到2010年的40篇,而该"丛书"收录80篇,新发掘的数量几近翻倍,数字的背后是发掘者的求索精神和无尽艰辛。所有文献均采用初版本,客观、完整地呈现出中国有关韩国人和韩国各类创作、译作的原生态,即当时固有的真实历史状貌,使阅者走入现场,还原历史,还原那个时代完整的中韩文学关系。

"创作编"的作家构成,有现代文学的知名作家,如郭沫若、老舍、周作人、朱自清、巴金等;有著名学者、文化名人,如陈独秀、傅斯年、邹韬奋等;有军界政界名人,如冯玉祥、蒋廷黼和抗日英雄杨靖宇;也有诸多普通中国人。创作中写同遭涂炭的厄运,携手抗争的患难;写朝鲜民族的亡国之痛和伴随其背井离乡的"阿里朗"悲歌等。

"翻译编"收录了中国文坛对朝鲜半岛文学的译介,含小说、散文、诗歌、剧本、民间故事、神话、童话等多种体裁和题材,体现了中国知识界对家国命运的精神焦虑。译者借邻国之事诉忧国之心。通过他们的译介,朝鲜半岛作家反映日据时代朝鲜族民众挣扎在死亡线上的悲苦小说和诉说心曲的诗歌,进入中国读者视野。在译作里,我们不仅看到周作人、黄源、叶君健、吴藻溪等文化名人对朝鲜半岛文学的翻译介绍,也看到他们对译介新秀的孜孜提携。阵容如此豪华的"啦啦队",寄寓了前辈学者殷切的文化期待。

"评论及资料编"完整收录了20世纪上半叶对此类创作和译作的所有评论,钱杏邨、郁达夫对蒋光慈小说《鸭绿江上》的评介,开启了中国现代文学评论韩国人题材的先声,且茅盾、聂绀弩、郑伯奇、周扬、胡乔木等文学大家、评论家皆有涉及。同时,收录了1950年至2014年不同时期中韩两国的重要研究成果,体现了中韩老中青三代学者所做的积极贡献。此外,还附有全部创作、译作的分类题录和系年索引以及相关评介研究的中、韩分国题录和综合系年索引,方便了研究者检索查阅。

总之,"丛书"视角多棱碰撞,文献史料原汁原味,完整丰富珍贵呈现，堪称中国现代文学书写韩国的史料大全。其价值和意义，在于完整呈现中外文学史上一个奇特罕见的文化现象——近现代中国文学的韩国书写。其聚焦的频度和作品数量的丰富，远胜任何一个周边国家的中国文学书写。长期以来，我们更多地关注中国与西方发达国家或强势文化和文学之间的关系，近代以来的中外关系被视同中西关系。而事实上，中国与那些弱势文化之间有很强烈的认同感，其关系因此更为重要。中韩文学关系是中国与弱势民族文学关系中的一个典型案例。"丛书"编者通过艰辛努力取得的成果，体现出推进世界文学多样性发展的可能性，所建立的史料学文献学基础，为中国文学、世界文学、比较文学研究提供了丰富的学术资源，具有重要的学术价值。

（载《吉林日报·理论评论》2016年9月23日。

收入本书时文字略有修改）

作家作品评介

介绍新书出版

　　《考察日韩江浙教育笔记》为天津曹恕伯君所编，于沿途风景、社会状况、学校内容、教育精神等，凡观听所及无不记之，且加以按语。遇有特别感触者复以诗，使读者一如实地之旅行也。

（载天津《益世报》1918 年 5 月 10 日"介绍新书出版"）

　　按：天津《大公报》1918 年 7 月 1、2、4—23 日连续刊登广告《天津曹恕伯编〈考察日韩江浙教育笔记〉已出版》（各日所载广告版面不同，计有第一、四、七版）。全文如下："是书本其治事之经验，加以精密之观察。叙事得体，评断有识。诚教育界、实业界不可不读之书也。代售处：华洋书庄 商务印书馆 中华书局 新华书局 社会教育营业部 直隶书局启。"

编余琐语 [节录]

茗　狂

第十四期稿又编完了。让我来介绍几句。

小说，有胡寄尘先生的《朝鲜英雄传》乃是一篇武侠小说，写得有声有色，跃跃纸上。比上期那篇《今游侠传》更加好了。

……

（载《侦探世界》第 14 期，1923 年 11 月 15 日）

编者附言[*]

《生活》编者（邹韬奋）

吾读廖先生之文既竟，不胜其凄凉悲恻，泫然伤感，想读书与有同慨。但愿害国伤民之军阀与蝇营狗苟之官僚稍稍本其良心，救国志士共同努力自奋以救护中国而已。

（载《生活》第 3 卷第 16 期，1927 年 3 月 4 日）

---

* 本文评介廖世承《游东杂感》（初载《光华期刊》第 1 卷第 2 期，1928 年 1 月 1 日。又载《生活》第 3 卷第 16 期，1927 年 3 月 14 日；《寰球中国学生会周刊》第 309 期，1928 年 3 月 3 日）。《游东杂感》第二节《朝鲜一瞥》已收入《"中国现代文学与韩国"资料丛书》④。——本书编者

编　后 [节录]

光　慈

　　……萍川的《流浪人》写的是一个参加革命的朝鲜青年的事件，在这一篇里，不但描写了党人的生活，铁一般的意志，也深刻的表现着；篇中的主人翁留给我们以不少的兴奋和刺激。……

（载《新流月报》第 1 期，1929 年 3 月 1 日）

编辑室里

《新亚细亚》编者

　　于右任先生的诗歌，本来是很负盛名的，如在本期披露的《黄海杂诗》……《东朝鲜湾歌》诸什，都是创作，字字金玉，掷地有声，读之可以发人猛省。所以从本期起，要把于先生关于边疆问题与东方问题的诗歌常常在本刊上发表，这是一件多么可喜的事哪！

（载上海《新亚细亚》第 2 卷第 6 期，1931 年 9 月 1 日）

编　后 ［节录］

《大众知识》编者

　　张赫宙原著《荒芜地》本期刊出七百字①。日前译者叶君健先生来信，谓此篇小说在日本尚未正式发表，原作者近应叶先生的私人要求特将原稿先行寄来。我们很感激君健先生对于本刊的盛意，同时益加为读者庆幸能够先读到这篇力作的中译文。……

（载上海《大众知识》第 1 卷第 3 期，

1935 年 4 月 20 日）

---

　　①　此处的"七百字"当为"七千字"之误。——本书编者

《山灵》（胡风译）

（文化生活出版社　译文丛书）

杨善同

"中国这次抗战，不仅是为了争取自己的生存，同时也是为了维护世界和平而斗争。"当我读完了《山灵》以后，深深地感到这两句话的真义。我们不能否认，世界和平，到现在已经遭到最严重的威胁，不，已经受到最严重的破坏了；而这种破坏和平的方式，总是由疯狂的帝国主义侵略弱小民族的战争表现出来：从意大利的进攻阿比西尼亚，一直到日本的进攻中国，都是这样。因此，把弱小民族从帝国主义者的枷锁下解放出来，而给后者以致命的打击，当然是维护世界和平的迫切任务了。而正在进行中的中国抗战，确是勇敢地担当着这桩神圣而坚苦的任务。

不幸的是，这桩迫切的任务以前总是被人们漠视着；于是和我们有密切关系的朝鲜和台湾，便早就做了帝国主义魔手下的牺牲品，被困在枷锁里好多年代了。这许多年来，两地的人民，是过着怎样的被压迫，被摧残的生活，在文化方面，也遭受到怎样狠毒的压制。关于这些，都是我们想知道，而且应该知道的。但是不容否认，我们知道得太少了。诚如译者在序文里所说："想到直到现在为止，对于这两个地方底人民大众的生活，我们差不多一无所晓，那么这本书对于中国读者，应该有它的意义罢！"

《山灵》一共容纳了六个短篇小说：朝鲜张赫宙的《山灵》，《上坟去的男子》；李北鸣的《初阵》；郑过尚的《声》；台湾杨逵的《送报夫》；吕赫君的《牛车》；还有一篇附录是台湾杨华的《薄命》。每篇，风格不同，虽然在文学上的成就，也许还不十分优越，但是在喊出被压迫者的呼声，暴露侵略者底丑恶毒辣的手段方面，是成功的。

第一篇《山灵》是描写一个在帝国主义地主的剥削下的良善农民，怎样从自耕农堕到了佃农，以至无立锥之地的贫农。然而他那和平退守的生活手段，终于带来了更不幸的命运：小女儿因为营养不足饿死了，老婆也因为吃了过粗的粮食，得了黄肿症死了，留下来唯一的大女儿，还逃不了送给地主做姨太太，当作债务的清偿品。经不起接二连三的打击，老农也结束了他悲惨的生命而长逝了。但是活着的人们，是不是应该还用和平而退守的生活手段去过活呢？作者的答案是："不！"

最令人感动的是《初阵》和《送报夫》。这两篇都一样的有力，它能把你吸引到作品的人物中间去，似乎和他们一同被压在庞大的魔掌下，而一起痛苦挣扎。尤其当看到里面主人公的觉醒而不断的奋斗时，血液自然会沸腾起来。《初阵》里的一个化学厂工人文吉，因为过度辛苦的工作，损害了他的健康，而被厂主歇〔辞〕退的，他说："保长先生，我用一双手养活老娘，怀着肚子的老婆和四个孩子；叫我马上离开工厂，他们怎么办呢？""不，我要做下去。""和牛一样强健的身体，怎么会变成这样呢！都是因为工厂的工作！""不，保长先生，就是做死了也不要紧，真的！"读着的时候，不知是泪是血。文吉终于死了，可是工人们坚强的阵线，也组成起来了。在送葬的行列中，他们唱出了"听吧，万国的工人……报告未来的喊声"。多么悲壮的歌声啊！《送报夫》是这个小说集里最成功的一篇。它描写在资本家重重压迫下的劳动者，怎样从屈服走向反抗，从个别的被撤职，而变成了集体的罢工。这里面充满了火一般的热情，分析的细密，描写的生动，尤其余〔叙〕事。"日本的劳动者，大都是和田中君一样的好人呢。他们反对压迫台湾人，糟蹋台湾人；叫台湾人吃苦的，是那些像抢了你的保证金再把你赶出来的老板一样的畜生。这种畜生不仅对于台湾人压迫，就是待本国的穷人，也是一样的。日本的劳动者，也吃他们的苦头呢。……总之，现在的世界上，有钱的人要攫夺穷人们的劳力，为了要攫夺得顺手，所以就拼命的压住我们。所以我们要活，就得反抗。"这些话可以说是大部分日本劳动大众所要说的；这些被压迫的劳苦大众，不会同情军阀侵略中国的，并且他们可能起来反对侵略战争，因为这对他们是毫无好处的。必需跟这些战友密切联系起来，他们是将使中国达到最后胜利阶段的一支生力军。

读完《山灵》，看看朝鲜台湾两地人民大众所受惨痛的压迫，再看看沦陷的同胞们遭受到的悲惨命运，真觉得有切肤之痛。但是残酷的教训，反而加强了我们抵抗的决心，因为这是为了争取我们自己的生存，同时也为了维护世界的和平！

（载太原《众生》半月刊第 6 号"书坛"，1938 年 8 月 1 日）

《啊哩朗》*

松　江

　　韩国青年战地工作队这二十几位战士，由重庆到西安已经四五个月了，最近他们就要过河到前方去，在临别之前，由昨天开始给西安人士留下令人难忘的伟大而辉煌的劳军公演。

　　《啊哩朗》的演出广告贴出来后，这个古怪的字眼，给西安市民印上一个极不平凡的印象。许多人都很开心这件事，原因大概是：第一，朝鲜人到西安演戏这还是第一次，就是在全国毕竟也是很新鲜的事；第二，《啊哩朗》是个新形式的歌剧，在我们今天全国戏剧界正在高呼创造新型歌剧的时候，这个形式的试验，是非常值得注意的。

　　另外，自然，韩国革命志士，为争取祖国的自由而奋斗的精神，早为国人所钦敬。抗战以来，韩国青年更出生入死的分布在多个战场。这些事实，已经使中韩两国人民都深深的感到两国的命运是牢牢的结在一起的，因而相互间潜在的增长着热烈的、战斗的友情，这种纯洁珍贵的友情，恐怕是这次西安市民关心这次演戏的最重要原因。

　　昨日（二十一日）他们不顾敌机的肆扰开始演出了。"中韩民族联合起来，打倒日本帝国主义"是南院门实验剧场门前的一幅巨画的标题，在这画的下面涌进了无数的怀着感激的心的中华儿女，他们是被那些为着祖国的独立与为着中国抗战胜利而为中国战士募夏衣的热情所感动。在下午七时的时候，他们已经坐满了位子。

　　主席是队长罗月焕，非常整齐的戎装，颇有我们少壮军官的丰度，他是在中国的军事学校学习过的，中国话似乎说得不怎样流利，但是在

　　* 1940 年桂林各报对《阿里朗》的评介，除本书收录的篇目外，还有建民《满怀兴奋看〈啊哩朗〉》（载西安《西北文化日报》1940 年 5 月 24 日）。此文已收入《"中国现代文学与韩国"资料丛书》④，此从略。——本书编者

短短的几句话中，却爆烈出像裂帛一样的呼声来。这是反抗的呼声，这个呼声，响彻在听众的心里，获得极多的掌声。

一共三个剧：两个话剧，一个歌剧。《啊哩朗》就是这个歌剧的名字，两个话剧一个叫《国境之夜》，一个叫《韩国一勇士》。

三个剧都是以朝鲜人抗日的故事为题材的。

《韩国一勇士》是在第一个演出。这是发生于今年正月三日的一个真事，是在山西永济城的一个日本宪兵队翻译员朴东云，拯救中国游击队长的故事。这个剧本是朴东云及韩悠韩两君编作。在这个剧里，我们看见了敌军的残暴、兽性、昏庸、怯懦、卑劣的性格，中华儿女在法庭上英勇斗争，宁死不屈的忠贞亮节的典型，以及韩人忍辱含垢，待机而动的情绪。

《国境之夜》是在最末演出。这是描写在鸭绿江边，中韩的青年在中韩国境上，要冲破敌人的防线，前仆后继奋斗牺牲的生动的故事，把参加侵略战争的敌兵心理，分析得非常细腻。这个剧本是韩国青年战地工作队的集体创作。

两个话剧，都是中国的话剧形式，语言也是用中国国语，所以非常容易了解。特别是因为他们高度的热情，及优越的艺术天才，竟使这次舞台艺术上的成就，完全出乎许多人们的预料。值得提出的是罗月焕先生，他竟是这样熟练的天才的演员，使许多观众都异口同声的赞叹："三年来，没有见过一个舞台上的日本人，会比得他演的这样合情理，这样成功的。"

《啊哩朗》是这次最主要的节目，也是韩悠韩先生积数月来的精力的结晶，一个非常值得说一声"伟大"的歌剧。一共四场，歌曲，穿插，步位，演技，灯光，布景，化装，配乐，都丝毫不苟，致能收到极好的效果。特别是配音，在西安今日这样物质条件之下，合组成一个乐队，是颇不容易的。而这次乐器的配合竟是这样顺利美妙，造成了西安音乐界的一个空前大联合，这一点真是惊人的。

"啊哩朗"是朝鲜的一个大山，同时也是一个韩国最流行的民间小调，这个调子含着极悲哀感伤的气氛，是对于环境的怨恨与不平所流露出来的歌声。这个调子是很古的，几千年前就有的。"朝鲜是一个悲哀的民族"这句话的根据有人说就是从这个小调中得到的。

《啊哩朗》这个歌剧，是叙述一个二十世纪的朝鲜人，四十年间由和平幸福的爱恋生活，走到颠沛流离的奴隶生活，全国人只能呻吟着《啊哩朗》的小调，后来泣别了家山父母，流亡到东北四省，又加入了朝鲜义勇队①而做英勇的战斗。

这个歌剧的形式，非常新鲜，而且富有东方的情调，在这次演出的效果上看起来，虽然不必是目前最适合于我们的民族形式，但是许多人都觉得这种形式，是值得采用的。

（载西安《工商日报》1940 年 5 月 23、24、25 日）

---

① 《韩国青年》转载此文时此处改为"韩国革命军"。——本书编者

看了《啊哩朗》后的印象

诚

　　韩国青年战地工作队这几天在南院门实验剧场公演募款劳军，已经演了三天，每次都是客满。昨晚下雨，我以为去看戏的人一定少，六时和几个朋友冒雨到实验剧场，谁知院里客已满座，好在总招待欧阳军和谭文彬先生给我指定前排坐下。台上正在演《韩国一勇士》，表演着敌宪兵队长拷打被俘虏的游击队长，那种贞忠的气节和蛮暴的行为，实在是感动了每个观众。座中有许多女宾却用手掩面，不敢看"那块烧红了的铁钯在俘虏身上按着，冒出一股青烟"。凶暴的敌人正得意时，当翻译的韩国青年，忍不住心中的怒火，在背后用刺刀把残暴的敌的［人］杀死了，存在观众心中的愤恨，竟变成了一片喝彩人吼声。

　　第二幕是歌剧——《啊哩朗》。在沉黑的戏院台下，坐着几排音乐队员，虽然一切材料的来源那样困难，显在我们眼前是一群年青的伙伴，手里提着那些不具备的乐器，我们心中已经钦佩着他们是艺术的热情使者。忽然鼓声一响，指挥者挥动活泼熟练的手，十几个乐手立即发出和谐壮烈急激的声音，随而幕开了。台上是《啊哩朗》高大庄严的山景，一个天真的村女，手提竹篮，徐徐地由山后出现，唱着韩国山歌《春来了》。少女一边唱一边采集野花。忽然从山径后走出一个牧童，正赶着羊群唱着牧歌，他们在祖国的大自然怀抱里恋爱着。骤然大地燃着战争的火焰，日本强盗粉碎了他们的甜蜜美丽的梦境，踏破了幸福的田园。五年后，在沦亡的家乡，从"啊哩朗"山上蜿蜒地走着一群逃难的韩民，他们唱着《啊哩朗》歌，歌声悠扬，如泣如诉，配着凄婉的乐声，更显出悲哀和痛恨。啊！亡国的感伤！他们不能忍受敌人的摧残，不愿做亡国的奴隶，带着仅有的生命逃亡到东北。他们过着流浪生活，可是一颗忠贞于祖国的心是永远地激动着悲愤！革命志士在暗中活动着复兴祖国的事业，虽然一个个被敌人残害了，一次次革命失败了，但是他们仍然抱着牺牲决心，前仆后继不断的奋斗！

随着幕台上展开三十五年后的景象，那一对青年牧童和村女，现在已经变成衰老的人了。当他提起在"啊哩朗"山别离父老发过一个预言："在不久的将来，我会带着光明归来！"但是啊！而今，青春消逝，老弱无为，他带着失望沉痛地说："啊！光明的明天，不知是何年？啊，遥远的明天！"这时，一队韩国革命军冲过这死寂的圈层，老人带着孩子加入了这群革命志士的队伍里来，为复仇而牺牲了。在《国境之夜》里，描写日寇底"外强中干"的丑态，同样显示出穷兵黩武主义底末路和恐慌。这是最有趣的一幕。

总括起来，这次韩国志士公演劳军，他们对我国抗战之热忱，和给我们介绍韩国底风俗习惯，在日本帝国主义统治下的苦难，流浪的悲痛，志士的激愤……这些事实是［使］我们无限的感谢和同情。在这里我拿南洋华侨归国慰劳团潘团长昨（二十四）日参观《啊哩朗》后感言，来做这个印象的结语："在我们中国英勇的抗战三个年头，已经把敌人——日本帝国主义——打得落花流水了。我们相信在韩国革命志士不懈的努力，和中国抗战到底，那光明的明天就是明天来到！"

（载西安《西北文化日报》1940 年 5 月 25 日）

《啊哩朗》观后感

雁

　　韩国青年战地工作队拿他们祖国父老兄弟及自身亲尝的亡国四十年来辛酸经历，用歌舞戏剧的形式，呈显于业已在力抗同一敌人的中华朋友之前，演出了《啊哩朗》。

　　情节亦悲亦喜，兴奋地顽强袭击和抑郁难忍受磨难，复仇的心和希望的泪所交织成的一幅完整的美丽图画，充分地表现了祖国之爱，亲子之爱，同志之爱，夫妇之爱，因此，同时也表现了亡国之痛，生离之哀，流亡之苦，死别之惨，把一切诉之于人类伟大的情感。加以演员们不仅依靠演技，并且更重要的依靠了所受对侵略的切身之感，如何叫人看了不为所动。我认为：这是演剧也就是任何抗战艺术宣传的灵魂；"亲切"才足以动人；"至诚"才足以感人！

　　演歌舞剧，就一般地说来，除了普通演剧所应具备的各项条件之外，其必需而主要的自然是"歌"（附音乐）与"舞"了。不过，歌是言语的韵律化，舞是动作的节奏化而已，无论韵律节奏，都包含有表情的成份。正因为如此，要求舞台全体的融洽是比较困难的；但，只要某一点稍微"不合作"，出点小毛病，便会给观众以"生硬"之感的。《啊哩朗》的演出成绩，依我看来在这点上也没有逊色，这是最为使人钦佩的地方。我们认为：和谐是任何抗战艺术宣传（演剧当然包括在内）所应该竞求熟练的。

　　歌舞剧大体以象征的手法出之为最引人入胜，但象征有时不易达意，于是"像真"便起而代之。搬出"像真"来，却难免破坏了歌舞剧的本质，搅乱了"气势"，而导观众出于适才美化的境界，若有所失似的。这一点本来未可厚非。依我看来，《啊哩朗》的某些场面的成功在此。可是，连带混合着化装，效果，灯光及人物面部表情等小节目上某些弱点——凌乱和错误——致失败亦在此。

我不知道：是不是因为"饥者易为食，渴者易为饮"的缘故呢，《啊哩朗》博得了众口一辞的"相当好"或直截了当说"好"。只是票价太高了，堵住了许多观众的流入。这里，当然没有单单指《啊哩朗》演出而言；抗战的演剧是应该为抗战的每一份子开一下艺术之门的，无论是劳军什么的，也应该"劳"一下子"众"呀！如果有不够开支之虑，尽可大家多麻烦多辛苦点，像延长公演日期及"少赚多卖"主义等等，否则，衰弱的西安剧运，将永无壮健之一日了。所说不是吹毛求疵，只是一番真诚。

（载西安《西京日报》1940 年 6 月 3 日）

朝鲜短篇小说

克　名

　　世界遭逢前此未有之大动乱之今日，为了总力战的原故，没有一个国家不呼号狂奔于建设新体制，以图强化组织而希望有胜力［利］的把握，因之在物质方面由于紧张而感到兴奋，相互精神方面却为着战争的关系对于新文学的读物的获得又有了不能满足的情形，所以人们的苦闷也越发深刻，没办法只好随便不加选择的读一些能容易获得的东西，可是所谓能容易获得的东西，能有多少令人满意的？满洲作家协会成立了，呼声之高远出作家作品的真价十倍，这样就苦了我们这些想读一些好书的人们了，在满洲有人介绍英法德日的大作品，可是英法德日的那些大作品千篇一律的唱着他们固有的调子，我们不能说他们的作品没有伟大成分，但我却敢说他们的作品着实是没有力量，不能使我们对某一部分生活上起一种反省。因为处于世界整个的非常时之下，我们想读的东西，不再是《维特之烦恼》而是《夜未央》了。想了解的不复是绷起面孔硬充绅士的欧美人士，而是能尽力于东亚新秩序之一环的各民族了，因之朝鲜文学之应被我们注意是很明显的事。

　　从满洲有人介绍了《春香传》之后，张赫宙的名字打进每个人的心，朝鲜文学程度的高度是令人很惊讶的了，在以往我们观查朝鲜的文化界只是一团漆黑，好像在那种民族之中，不会产生一个诗人与小说家似的，如同在没有发见俄国文学的伟大之光，人们想不到俄国会有那样灿烂的文化一样，朝鲜，尤其是朝鲜的文化是早就被人忽略了。

　　世界上的奇迹很多，可是奇迹是须要人来发见的，朝鲜作家不只是一个张赫宙就能代表的，和张赫宙的伟大一样，宁可说比张赫宙还伟大的人还有许多，他们在举世没有人注意的时候，他们用自己的笔写下了他们的文章，建设了他们的文化。他们坚忍苦干的精神，是我们所难望项背的。

现在新时代社出版了《朝鲜短篇小说选》，这不能说不是一个伟大而有决心的工作。所谓"选"在我看并不是选，那不过是将许多朝鲜短篇小说任便出版一些而已，所谓朝鲜创作，根本就是富有热与力的东西，没有热与力，他们根本就不必写了，朝鲜文笔人没有满洲文人的闲暇，所以他们不喊口号，然而看他们的作品却没有一个离开大众的，好像作家的灵魂只有一个，而这一个却永远把握了大众，同时他们还有一个共通点，就是无论谁，对于作品不加一点修饰，率直的写下去，您瞧那股坦白和纯真的劲儿，真足约 ［哟］!

这里有英美人梦想不到的题材，这里有比白种人还高尚的精神，虽然仅只十篇，然而已够令人满足，看完之后无论谁不敢拿以往的眼光来估计白衣的人们，白衣的人们，他们的灵魂，他们的血液，没有一处比白色的人们低下，因之我对他们，能辅助翼赞建设东亚新秩序之一环的他们，时与绝大的期待，觉得在某一方面我们是有一个共通的命运了，被苦闷压得要死的命运，那么我们应该怎样来处理我们的命运，如果我们"苦闷的象征"升华到与朝鲜文化并驾齐驱，那么我们的口号才算不白喊，我们的国家才算有了文化。

当我写到这的时候，一个朋友说我将这本书的估价太高，也许他更有比我还大的理由，但是我的主见却永远不会被人动摇了，因为这十篇作品已经将我的浮躁意识凝打成不拔的主见了。

（朝鲜短篇小说选，长春新时代社出版，定价五角。）

（载长春《大同报》1941 年 8 月 5、8 日"读书杂记"）

朝鲜文学略评*

——《朝鲜短篇小说选》

陈　因

一

现代的朝鲜民族，和我们之间，虽然在情势上非常接近，在意思上却有极深的隔阂。不仅是界鸭绿江为邻，在满洲的到处，都有朝鲜的垦民和我同住。其实意思的沟通，感情的建造，都甚浅，只不过薄有的交往而已。

我们现在所需，还在意思沟通，方才能收紧邻的协助，如果彼此不了解，总会在建设的效率上，显示迟缓。

意思的表现最善的工具，该是文学。两个民族的相通，也【在】乎文学的绍介与了解。朝鲜虽然是距我们近，在文学上，实可以说是毫无交往。我们知道日本文学，至于北欧文学，对朝鲜文学则甚茫然。

朝鲜并不是没有文学的，也不是他们的文学毫无国际的水准。接着沟通两者意思起见，就是他不及水准。但也需要知道的，只［至］少在他们自己还会有一个水准，凡为可取，在我们倒多应知道。

一向缺乏对他们的认识，关于他们的现状及文学史的资识，一点全无。过去只看过胡风译的《山灵》中的四篇，在这书的序文上，知道朝鲜张赫宙，有过介绍的文章。胡风《〈山灵〉序》称：

---

* 本文的标点系本书编者所加。全文文字有诸多错讹，难以一一校正；引文的分段和文字亦混乱，本书编者按所引原著对其做了校正。——本书编者

看张赫宙底介绍，朝鲜新文学运动比中国底要早十年。不但产出了许多新旧的作家，而且还形成了几种不同的流派。

之外，我们知道朝鲜文学在发表上，有用朝鲜文与日文的两种在。他们的土地内还有着文学派别争论，详细就不知道。好在我们目的是想意思沟通。生活实象的了解，倒不用替她们去分判。使用的文字，还没有内容的描写为重，况既是源出于朝鲜的。

便以我们要提及的这本《朝鲜短篇小说选》里，便也全是据日文翻译的。大概也多是属于用日文写作的作家。

是以想对这样的作品，说上几句关于文艺批评之话。只是管窥了朝鲜文学的一部，谈不到整个的估价的。但一部也总得说是朝鲜的文学。在介绍到我国来，数量如斯的缺乏里，能窥见这一部，便也得算很不易了。

在以朝鲜文写作的作品，我们极希望有人能直接译过来，尤以在满洲的朝鲜民族从事文学的人们，他们更应把他们民族文学尽力介绍出来。我以为这是他们的责任。意思的沟通上，这总是极需要的事。

二

朝鲜文学的指标，仅从这本选译本上断定，他们的水准，决不是很低下的。

这里面是包含着张赫宙的作品二篇：《李致三》（胜［迟］夫译）和《山狗》（夷夫译）。他的作品，被介绍过来还有《山灵》和《上坟去的男子》，胡风译，和历史剧《春香传》（外文译，载《艺文志》一辑）。我们谈朝鲜作家，要属对他的作品知道得多了。

《李致三》是一篇二千多字的小短篇。但在这样短的篇幅中，却把故事写得很是充分。通体的叙述上，是颇紧凑的，没有一点浪费，这总是一篇洗练的短篇。

他的起首便很紧张，能捉住读者的兴趣，这里是充满戏剧味的，尤其有戏剧开幕的引人兴致的豪华场面，是如此写着：

一夜。
街头闪着灯光的时候，李致三在一群人的哄笑声里，扬起了两手，迈着蹒跚的步子，晃晃荡荡地绕着圈子走。他已在南腔北调的喊个起劲，——他今天和往日一样！又喝醉了。

"呸！他妈的！财主？财主顶个屁！李炳宇？李炳宇算个屌！"

人群里又是一片笑声。他所说的李炳宇是当地有钱有势的头一户。李致三又接着嚷：

"哼！洋服算个什么！腰刀又有什么用！"

人群里的孩子们鼓起了掌。哇啦哇啦笑个尽兴，穿着洋服的绅士苦笑着脸，挂着腰刀的警察，只有皱皱眉，都默默地走过去。

"呸！天地江山也不过二十五个大吧啦！"

人群里的大人们，笑的折了腰。……

其实，不仅开头，他的通篇也妙趣横生。用着简练的手法，写着他为着十文钱，便替人执行着苦役。在自己的草屋里，逗着一群乞儿对自己旧日富裕生活的询问。在深冬里他死去了，由几个乞儿把他葬埋了。直到埋起他来，仍然是有很浓厚的喜剧味儿的。

"老伯你这回可暖和了吧？"

穿着破学生服的孩子，低着头说。

"真的，就是到了半夜，也不能再叫苦天冷了吧？"

穿着破长衫的孩子，这样诙谐的随着答话。

喜剧的最高的完成，便是含着泪水的应付着人世不能抗拒的捉弄。喜剧的背景，那是有阴森惨痛的彩华的。

通观了全篇，只是写没落了阶级，失掉依靠着生活的资产，而流落为短工，为乞丐。当然在他的不满足的现况里，他只有讥讽与叫骂了！

李炳宇之类，现在的豪富，当然多在先前是贫贱无聊的。一旦暴发了，尤从没落者的眼中，看到了贵贱的交替，往怨妒中一定要生叫骂，况且那个不是被据此夺地得到一点钱呢。

但无论怎样叫骂，这样的东西，时代是不会可怜他的，时代只是引导着健壮的前进的，它——时代，不会为着后落者唤回繁华梦。现在的李炳宇总要会倒的，可是致三永不会复兴。

能安排着这一群孩子，在这样一个必致灭亡的家伙的后面，作者对于人生，仍是给与了期望，虽然这篇的主题是很死寂的。

三

《山狗》一篇，是从吃早酒，到一家下等酒馆里去了，遇到一个怪家伙，又要走开的时候，这家伙也约求着同道，从他口中引出二段故事。他是因爱情杀死了当村的森林巡查员，外号叫"山狗"的，而入狱的。现在是刚出狱的。

在组织上这种形式，已是陈腐了。短篇小说不是记一天之经过的，可是过去甚至有这样主张论调的，所以才有很久的历史，也缩在一起的谈话或回忆或旧信等等的笨拙形式里。现在这类形式已经是失败了的，即如此篇故事的主题，是叙打死山狗的原因及经过。喝酒，看着怪家伙都是副题，用以陪衬主题。可是副题永远是陪衬这主题的出现，他不能与主题分抗。所以描写过多，一篇便觉轻重失调，至于这里主题的题材，也是很古旧的。为着一个女人的狂恋，杀死了情敌，杀死了引诱农村的女郎的好修饰的流氓家伙。也许过去以为这样是勇敢，现在并不以为这个为英雄事业，受着人们的赞叹了。

姑娘本是没有爱情，没有目标的，她们为着享受是甘愿献身给社会诅咒的蠢物的，因为这般蠢物，才易供应充足，如果跟了这样的还是很人生的呢！

在现代还在描写殉情（虽然这篇是杀人，他的监狱生活，不可算作殉情吗？）一类的故事，作者的世界观是狭窄的！我想这是他很久以前的作品！

四

在这一册选译本，头一篇题名《赭色的山》，金东仁作（古辛译）。是一篇颇富有民族情调的一篇［作品］。因为对原作者的身世及写作这篇的时地等等，参考资料一概缺乏之下，我们很难适当地去述说他创作的过程。

我们只有按着作品的本身所能达到的情感去论这篇东西。

但，对着这样的故事，越过了汹涌奔腾的鸭绿江，用了此岸的观点。

是很容易遭受到对这样的作品，有着不满的批评。因为无论怎样的人，没有喜欢对他作一种诬陷的，轻蔑的，与扇动仇视的言语，只［至］少觉得愕然。如彼此二民族，在同一的命运之下，反看到了自残的作品，不能觉得奇怪。

这样的作品，总嫌长控诉的，有被命令写成的。在某一时期，十年前吧，有意扇动着一般群众的。

起作者就应用了一种轻蔑这样的言语。除了抒泄自己的情感，恐怕不会得到更有力量的效果。假若解释作这是作者认识的不足，恐怕不如说是有意的搜集资料。

朝鲜的垦民，和当地在住的旧民族间，发生冲突的事情是有的。在一向便被保护着，所谓二重国籍下，事实上不会有作者写出的事实的。

我们是同情作者的。关于他应怀着仇恨的心理，是应当的。被迫走上了流浪的命运，过着不定的生活，遭受自（无）是不会好的。但，他不能有更正确的世界观，只在淡薄的、狭义的民族圈子里玩把戏。作者是失败的！

像这样，不知从那里来的一个浪人，连部落里的姑娘小女孩都不敢在晚间安然的到外面纳凉的一个恶家伙。大家送他的外号，叫山猫。因为他只有暴和［躁］，账［赌］博，打架动刀子，无耻的追逐着女人……

可是一听宗金知的死，众人袖手的时候，他竟出去拼挡了。但终因为被打折腰部而死。在他垂死之前，他还念念不忘赭色的山，故国的象征。把以前粗旷的人，竟能使他有了伟大的死。所以围侍他的人，在为他唱着故国之歌，慰藉了他的死去。

若是只写着山猫的行迹，更挨了后面的布景和对线，在故事的结构上，还算是写得较比完备。

五

李孝石的《猪》（古辛译）是写着一个叫植伊的到苗圃去为猪的交配。又想到自己恋过的一个姑娘的走出。交配完的路途上，忽又想到卖了这猪吧，一定去找那个恋人。这时横过铁道插［岔］口，他还在胡想。恰有一辆大车跑过，却把猪轧死了。

这个猪，他是费了几个月工夫，放他在自己屋里睡觉，拿他的碗给他喝水的。

当然为着农家副业，预备卖了缴纳已经延滞的第二期税金的。

故事是贫乏到不能成为一个故事了，写着农家养猪是为着一笔代价。也因有代价才有梦。因为走道梦起来而损失了这口猪。于是梦碎了！甚至原作都没有勾划来这样明显的线条的，只有着几页记事，关于一口猪和一个女人而已！在里面没有矛盾的处致［置］，没有讽刺与同感。没有微同的一点，足以引起读者发生共感的情绪。

按着我们自己的处境，也可以想到原作是被压缩了的东西，一件作品当为另外一种力把他压成为不成型的了，可是在这里却看不到什么压缩的痕迹，像这样的题材，充其量也不会写出好东西来，就是交给一个名手去处理着。

为猪需要生产，所以再次去交配，为着女人她［他］愿意走了，她却自己走了，这样的感触，是多么单纯，原始，还带一点醇厚的呆气！

处在现代的朝鲜社会，就不能只看到这样的单纯。就是农村的经济状况，影响及了一般村民的求，也绝对不能这样简单的！最大的原因当归作者世界观的窄狭。所以在多采多变的世界里，竟找不到更堪表现的一点题材！

我们在不期望他有社会表现之后，看一看他在表现自我上，分析起来，仍然找不出他写着什么！

这样的作品，不仅谈不到什么国际水准，在朝鲜的本土，相信也不会是算好作品的。

六

李俊泰［泰俊］的《乌鸦》（罗懋译）是一篇非凡的作品，他踏入了前人未通的蹊径，猎获了人世未曾捕得过的珍兽，作了处女的试行。

通篇之下，是很感阴森苍郁的这种气质在读艾伦坡的作品中，倒常感想到，他拿这样的阴森传染给读者，就使你通体的读完了，透不到一口气来。

这里是写着一个患肺病待死的女人，以临于死之前的观点，去批评好人将她的同情，而结论到并非同样是病人，而不能同情这样的，给与了欺世盗名的"同情"二字下了一个正解。她的言语单抄下来，如后面。

"医生说是气管有病，所以出血，但是我很知道是从肺里吐出来的。"

"医生骗我，不是医生的人们也都骗我，但是在背后却都说我要死，人家把我当作已不是这世上的人，我觉得悲哀，在死前，人们暗示给我死的寂寞。"女人的声音有点颤动。

这是泄露了人的两面的秘密，把同情心的施与，与背地里的欺骗，同时发掘出来才知施与的同情，并不值什么。接着她谈她的爱人。

"他啜我的血，他很亲近地接近我，但是他仍然是一个健康的他，在准备着生活的步骤，头发长了他到理发馆去剪，鞋旧了他会到鞋店买新的，每天到大学图书馆去为博士论文而努力，这样同我的生活离开得太远，我的头〔逃〕脱只有棺材，坟墓，再也没有别的。"

"我想病人非同样是病人而不能同情，但是同样是病人而病的程度又是一样，死情又吻合，这种事是不能有的吧？对着病人，嘴里说着满不介意似的话，而欺骗病人，倒更使病人早感到悲哀。"

这样看到的同情是什么？不仅不会博得对方喜悦，还会遭来对方的反感的，因为从这里她看到死来临的暗示，而预感到悲哀。

她是极端地讨厌乌鸦的，她说：

"讨厌！他的肚子里满藏着可怕的东西，有时梦到时，他的肚里藏着符咒，有明月有黄白色的灯光……"

她不仅是讨厌，而渐渐怕起乌鸦来了，还把乌鸦幻化成为一种妖魔的象征。

这时，为使女人对乌鸦有一个正直的理解，知道他是和普通的鸟雀是一样的，并没有什么例外的生理构造可等他的象征，所以他射在了一支乌鸦，留待她来，好施行解剖。

这样经过了寒冷，又转成了温暖的很多日子。再看不到她，又是一个冷的日子，他却看见了她的灵车运走。

对着这样的作品，倒用不到什么赞扬。他本身便是一很好的解译。故事的结构，与病人心理的探讨，与好人对病人的理解，在他的表现上，我们看到人性的差异点所在。

同情的施与，岂知对一个身体久病的人，就是对在生活上，际遇上的困窘者，他是怎样讨厌慈善式的同情者呀！

七

金史良的《月女》（邹毅译）是记载一个妓女的故事。用第一人称写出，记幼年［那少年］是邻居，岁数是［比］月女大［小］五六岁的。但这时便恋着她，可是月女眎［视］他是一小孩子（个）的。

自从月女从妓女学校毕业之后，二人便少交接。当然因为她操了妓女的职业，况且他的家又搬开了这样吵嚷的近邻。

到中学时，是又被月女在江岸碰见，便捉他去代写各方面求爱的信。又经过了三四年月女仍看他为一个小孩子。

妓女生活渐积了三四万的钱，便跟着一个医生同居。又常有吵闹而逃出，不久她就脱离妓女界为一个律师的小妾。但仍和医生私通着。月女渐老了！但看了他，仍视为"他，中学生，风刺又多了！"这样拿他当小孩子般看待。

这真是一个太平凡的事，平凡到了极点。在一个平凡的故事，如果要利用作题材的话，一定要从平凡里找出来真理，从这里看出来人生的生活一般步骤，找出普遍地所谓类型来。

一个妓女的恋爱观点是不能放在"中学生"身上的，她宁愿为律师的小妾，而仍和人私通。自然律师是不在得［乎］她的肉体与精神，在为着她的三四万子的财产。

这样的一个故事，是不会介绍出来什么社会现象的。在现代的朝鲜社会，自然也会有这样不静的生活、低温的快感、驯顺的结场。这样浮汛的介绍，我以为便没有文学也好，若是只如这类的东西。

想到了我们的处境，文坛上是被称之为是黑暗面描写的。最初是被几个日本的在满作家这样批评着，接着官方也利用了这样的语辞在检阅上应用了。当然和黑暗相对便是光明。还有远离了核心的中庸的如《月女》这样的作品，当属于中庸的一派吧。既为近邻，在感应方面自然我们还是小孩子、中学生，没有月女的更早期、更普遍坚巨地感受着社会的遭遇。

八

俞镇午的《福男伊》（羊朔译）是写一个旧家的奴婢。福男伊，他已是十七岁，五尺五六寸高的汉子。满身泥垢，念过三四年小学。既低能又有偷摸的毛病，作过店员不上十天便被辞退了。他是被旧主人逐出的。

福男伊是爱孩子的，孩子们也推戴他，就是吃奶的孩子都喜欢他。他破衣褴褛，泥垢满身，领着孩子唱、跳，摆着玩具作家玩，领孩子出去逛百货店……

但是他的旧主人，横是干涉他的，训诫着孩子，不准接近他。但是他似偷摸地跑来，和孩子们有意的玩着。直到最末次他领孩子回来，孩子手里还拿着牛乳糖和廉价的图画本。他还表白着领孩子坐电梯，但是主人却怒打着他。折断了手杖，他跪倒地面上，还不想离孩子的样子。

以后，再没有第二次来。但，他每一次遇见旧主人，也总是飞跃般的欢喜着询问"少爷"。他也就渐渐改变了他的职业，捡破烂，炒栗子，最后充了信差。

这一篇东西里，阐明了一点人性。福男伊的爱孩子，是始终的耽爱着。对于责他的主人，永远是饶恕的。这是一种伟大的人性，由这里形成了人类的慈爱，社会间互相关系，国际上彼此的交往，无不仰仗这一点本性的出发。

福男伊之类人，不仅在朝鲜，在任何有太阳的地方都有此类人的存在的，同时采用苏着坏孩子写成了东西有联。般台莱耶夫的《表》，那是写一个孩子终为教养的关系，而改变了他的人生，自然有着改变那样孩子的设备。如这篇的福男伊，自然是缺乏教养的，况且他还具有善良的本性。最后还可以改变成一种有用的人，充着信善的职业。但，在他，自然是自己的改善，逐步的进化着。在社会对他的帮助，可以说是一点没有的。

人类之间，永远是存在着互相间的不了解。譬如福男伊的旧主人，怨恨着福男伊不使他和孩子接近。在福男伊方面便是为领着孩子玩，是没有对别人有害的事实。在不害及人，而遭来怨恨，甚至责打，当然说是无辜的。但以另一方法去研究，自然是他的旧主人，不会把他一个家奴身分的人同自己的孩子一般教养。况且自己已经零落的生活，更难撑持繁华，自然得逐他出去！所以仍不喜欢自己孩子交接他，那很明显的是与自己身分不同。可是这一点从孩子眼中是看不出来，只要他玩，便要和他接近。

能介绍出来这样的人性的存在，又能介绍得很完满，这里自然得说是作者的创作的成功。

文学是没有国际，正因为人性是彼此相通相达没有隔阂。

九

李光洙的《嘉实》（王觉译）是以历史上的战争为背景写出的一篇东西。古代的新罗与高句丽之战，在国内大势［肆］征兵。这一篇便是记载一名兵卒的故事。

这里写着主人嘉实的性格与行为，自然得说是很好。在未应征集前帮助老人工作，招集的当日晨的决心代替老人出征，战场上的思念，作俘虏被卖为奴才后的得主人信任、依靠，也要把姑娘亲许，但他以六年前已有白发之约而谢决［绝］，踏上回返故乡之途。从这里可以很周严的表现出嘉实的坚定与忠诚。不知是译者的笔太差，还是作者便使用着一种类似笨拙的文字，我们在这里有地方便看出。

形容的字句的不足以表现到应当表现的地步，这等处留给读过原文的人去论，不过个人的推测，恐怕是译者要负最大的责任。

在这一篇里，若只表现了一个嘉实的性格，还不算是一篇佳作。他在这里记载的古代战争，是很有几处写得极好的。如初出征时。在昨天还是手里拿着锄头、镰刀和砍柴的斧子，过着和平生活的农夫们，今天就变成了背着手，带着剑，为杀人类而去的兵士。

　　"一块儿到那里去呀？"紧跟在嘉实后面走的一个兵士，自言自语的说着。

　　"谁也不知道啊！跟着走吧！"一个人回答说。

　　"有济的奴才们，又进攻来吗？"

　　"这回是高句丽的奴才们！"

　　……

　　"我们去干么呀？"

　　"干么？打仗去呗！"

　　"为什么要打仗呢？"

　　一时没有回答。

　　……

　　"到底叫我们打仗的是谁？我们爸爸说话，还有不听从的时候呢！"

　　不仅从这一个谈话，从旧兵的欢迎席上的歌，被俘虏时的互相问话，尤为绝妙。

　　自然，那样一个战争，百姓是不知道为什么必需要打仗的。只是两国的王、将军们要打了，便驱着各自国内的百姓去互相交战。当然，宣战的理由，是彼此同认战祸是由对方而开，自己是正当防御。最后是无论胜负，都成了缺乏壮丁，竟致要把女儿及财产许给敌国俘虏的被卖为奴隶的人。

　　这里面在战争的新罗与高句丽的两国人民却在好恶上具着共通人性！这样总会把战争给结束了。

　　　　　　　　　　　　　　　　　　　　一千九百四十一年九月

　　　　　　　　（载《盛京时报·文学》1941 年 10 月 1、8、22 日）

《朝鲜春》读后

萧叔明

在久已沉寂了的上海文艺界，最近却读到了一册颇令人心爱的文艺作品，那便是朝鲜作家张赫宙氏所著的《朝鲜春》。

朝鲜民族和中国民族相像的地方实在是太多了。因之在朝鲜文学里我们常常发现了自己的面影，有时却更发现了我们自己的性格。当然，这些面影和性格，在时代的先后上有些不同，那就是说，在这一时期的朝鲜人的性格，也许在前一时期的中国人性格中可以找到，可是我们也不能否认，在现今中国的许多地方，我们仍然可以看到像《朝鲜春》里的许多人物的性格。

《朝鲜春》是一册用画家的笔描画出来的风景的绘画，也像用动人的音乐伴奏着的一首朗诵的诗歌。从作者张赫宙氏的描写里，我们看到了朝鲜的花草，朝鲜的人物，朝鲜的山河，朝鲜的乡村以至城市的建筑。有许多山水草木可以触发我们的感喟，有许多寂寞的人事可以引动我们的悲鸣。而作者描写的手法，正如译者范泉先生在《前记》里所说的，是用"一条微细的钢针，轻轻地刺上人们的肌肤"，因此它的"隐痛却深入了人们的心底"，但是作者并不是专让人们感觉到"隐痛"，有时也用热爱的口吻，为了朝鲜的未来而诉说，例如在《朝鲜春》的末后，他说："原野和山巅虽然来春天，可是人间的春天却不知在什么时候到来。难道春天只会在花而不能再有'春在人间'的时候么？"在《美丽的朝鲜》的末后，他又说："朝鲜的自然应该是美丽的，实际上美丽的地方也实在是很多，要是人们能有丰裕的生活，那么我想，必然会是更加美丽了吧。"所以他最后这样地呐喊："我于是热切盼望着这样的朝鲜早日能够出现！"

因此，这些年来，译者对于作者的批评是对的："他把坦白，赤忱和

1016

热爱赠给了读者，他以一支灼热的笔，有力地暗示了这朝鲜的未来的春天。"（《前记》）

也正是这种坦白，赤忱和热爱，使我们——中国的读者们感到无限的亲切！我们读着它，正好像作者的话就是我们自己的话，正觉得作者所说的就是我们自己要说的话。

在寂寞多年的上海文坛，能有这样生气蓬勃的，使中国的读者有亲切之感的文艺作品的出版，乃是值得我们庆幸的成就。所以在这里，我写了这样的一篇短文，以表示我称颂这有意义工作的一点热。

（载《申报·自由谈》第 24729 期，1943 年 2 月 11 日）

太阳！太阳！太阳！

——介绍韩国歌剧《啊哩朗》

渝　客

　　在世界上，没有人不崇拜太阳！不恋爱太阳。在韩国，没有人不崇拜《啊哩朗》，不恋爱《啊哩朗》。《啊哩朗》是一切韩国艺术中的太阳，辉煌极了，华丽极了，热烈极了，也庄严极了。沦亡后的韩国民族，尽管被日本皮鞭抽挞，被日本刺刀刺伤，被火焰焚烧，被饥饿杀死，但他们只要一唱起《啊哩朗》，一切的痛苦都消失了，好像太阳落在他们身上，把所有的黑暗都化成光明！

　　《啊哩朗》是韩国艺术的血的结晶，泪的结晶。不看《啊哩朗》歌剧，不算懂得韩国三千万人，不算懂得东方文化，更不算懂得人生的最沉痛处，最美丽处！

　　韩国光复军第二支队这次为慰劳中国伤兵、纪念韩国"三一"革命节，特地公演《啊哩朗》歌剧。在这一演出里，我们可以看见最纯粹的韩国情调，韩国风光，韩国子女的爱与恨，韩国春天的如梦如幻的画面，韩国舞蹈的最诗意的表现，韩国革命的如火如荼的巨潮，韩国火山的惊天动地的爆炸。在这一演出里，音乐家韩悠韩先生粉墨登场饰男主角，极精彩的扮演了韩国流浪者；男高音名手瞿立中先生第一次登台，把他的壮丽的歌喉展露在西安观众面前。中国第一舞蹈家吴晓邦先生新从广东来，亲自设计并指导这一歌剧里的舞蹈。他的高足伍女士则担任这一剧里的女主角，把一个最温柔最纯洁的韩国少女灵魂呈献给观众。此外，还有许多最美丽天真的女孩子们也参加这一演出，充分表现了一个乐园的世界天堂的世界。另外还有一些热血沸腾的韩国小伙子们，以怒发冲冠的姿态出现在舞台上，告诉我们：什么是韩国式的热情，什么是韩国民族的真生命，活生命！在这里面，所有音乐都是最道地的韩国音乐，也就是中国唐朝传过去的音乐。这些音乐由一个大管弦乐队伴奏，使东方音乐与西方音乐汇成一片新的海洋，叫你乐，叫你醉，叫你悲，叫你愁，叫你笑，叫你哭。

全西安的先生们，太太们！小姐们！你们愿意看看韩国的少男少女的悲喜剧么？你们愿意听听图们江上的船歌么？你们愿意沉醉在韩国春天里么？（别忘记现在正是春天啊！）你们愿意欣赏中国唐代音乐么？你们愿意观看革命火山的爆炸么？你们愿意中国伤兵多得一点慰劳品么？你们愿意品味天真少女的温情么？你们愿意彻底了解人间的真正的爱与恨么？你们愿意尝尝真正的甜与苦么？

只要你们轻轻点点头，轻轻说一声"愿意"——

那么，请在三月一日至五日的晚间到梁府街青年堂来！请放心：这里一定可以满足你们的各式各样的"愿意"！

（当你们看完《啊哩朗》后，你们一定可以带一个太阳回去的。花一二百元买一个大太阳，多便宜，是不是?）

（载西安《华北新闻》1944 年 3 月 1 日）

记韩国歌剧《阿里朗》

卜乃夫（无名氏）

在所有韩国歌曲里，《阿里朗》是一朵最艳丽的花，也是一朵最悲哀的花。这朵花蕴含了韩国民族最深的爱与恨，也蕴含了韩国山河的光亮面与黑暗面。

关于《阿里朗》的解释，有两种传说。一种传说是《阿里朗》起源于"哑耳聋"三字。在黑暗专制政治下，人民被压得喘不过气，敢怒而不敢言，好像又哑又聋，只有高唱《阿里朗》，以排泄心头苦闷。《阿里朗》歌词里有"枯草根拔起来，仍旧是鲜红的"一类句子，这意思就是说：草被摧残枯了，但根仍是鲜红的，并没有被摧残死，将来仍可复活。另一种传说是："阿里朗"是山岗的名字。韩国到处都是美丽的山岗，站在山岗上，人可以看见又红又大的太阳从山上升起来，但阿里朗山岗不仅是眺望落日的阶梯，也是从地狱过渡到乐园的阶梯。沦陷后的韩国比地狱还可怕，人民都把东北看成乐园，只要一爬过阿里朗山岗，就可进入东北了。

这一歌剧开始于一个美丽的春天——春天，韩国的大地上充满了血红的杜鹃花，天空蓝得像印度宝石。在华美的山岗上，可以望见远方大海，在山岗子的树林里，群鸟欢乐的唱着，从山岗子后面，美丽的农女三三五五走出来挖野菜，一面挖一面唱，歌声与鸟声应和成一片。远道的牧童像梦似地飘出来，唱着牧歌，一切象征了和平与纯洁。在春天的怀抱里，牧童与农女在演着春之喜剧，素朴的爱情真是一支最诗意的牧歌。所有的男女们都沉醉在音乐与舞蹈里，怎能梦想到人间还有狰狞与丑恶呢？

但狰狞与丑恶并不因人不梦想而不存在的。它终于到来了，暴风雨出现在天空。火焰在狂舞，灿烂的韩国太极旗被扯落下来，凶恶的太阳旗高高的升起来。美丽的春天没有了，日本魔鬼走到那里，冬天就跟到那里。

韩国人民开始逃亡，在魔鬼的统治下，人民如还想活得像样点，只有逃亡，那曾经在阿里朗山岗唱牧歌的牧童，现在也作了逃亡者，越过阿里朗，向东北逃去。

三十五年过去了，呈显在你们面前的舞台场景是豆满江畔。豆满江的月亮特别明亮而美丽，水流声是无限的峻急而沉雄，老船夫轻轻摇橹，唱着船歌，他给江岸的革命者不断传递消息，象征着革命在黑暗中进行，人民的热血并未停止沸腾。

接着的一幕，又回阿里朗山岗。春天来了，但在阿里【朗】山岗成双逐队唱情歌的不再是韩国男女，而是矮矮的日本人。日本情人在山岗上作着春之旅行，韩国人民都在山岗上为日寇修筑国防工事，受着日警的鞭挞。韩国人民终于忍无可忍了，大家起来反抗了！

在这样的一幕中，我们看见一个无月无日之夜。枪声激烈响着，韩国革命者终于从东北冲回来，再度夺回阿里朗山岗。凶恶的太阳旗被撕得粉碎，灿烂的太极旗重新飘荡在阿里朗山岗上！

（载重庆《联合画报》第 76 期，1944 年 4 月 21 日）

北朝鲜的文学和艺术
作家·诗人·艺人

叶　菲

作　家

自从被苏联解放之后，北朝鲜的文化就呈现了空前未有的蓬勃气象。特别是文学，正经历到了空前自由发展的时期。现在所努力以赴的是复兴那被日本人压制的民族传统和将这些传统去和古代及现代的优秀的世界文学作品的影响联合起来。

朝鲜的进步作家中，最有才华和最典型的是李吉安（译音）和韩西雅（译音）。

李吉安

李吉安现年五十四岁，从事文学活动已达三十多年。他的长篇小说《祖国》，是现代朝鲜最有名的文学作品之一。这部小说共分两卷，内容是描写朝鲜人民的生活和他们对地主及日本人的斗争。据作者自己说，小说的构思过程达十年之久，但是写作的时间只有四十天。

作品完成后，作者将它送到《朝鲜日报》编辑部去，但是只看见发表了开头几章，就被捕入狱了。他在狱中关了近三年。大概由于疏忽，因此作者虽然被捕，而他的作品未被禁止发表，不过有许多地方被检查官删去或涂改了。

监禁期满出狱的李吉安，依然步步受到特务警察严厉监视。和其他的政治犯一样，日本人也要他到日本神社去膜拜，并且要他作公开讲演，宣传日本的伟大，证明日本有统治世界的权利。李吉安借口不懂日本话，而断然拒绝了上神社和发表公开演讲，于是日本人命令他将演讲稿用书面写成朝鲜文。李吉安以疾病为推托，秘密离开汉城，迁到江原道金刚山脚下。他租下了一所小房屋，居住下来。农民们起初对他不大信任，以为他从汉城来一定不怀好意，甚至公开传说他是日本人派来的。劳动是谋取接近的第一个因缘。大家看见他从早到晚一直在田里工作。仔细看看，他倒也工作得很在行。工作得好的人总会引起大家的同情心。有一次，一个农民和李吉安打招呼，而且攀谈起来了，结果就请他去参加村里的婚礼。大家看出李吉安是自己人，而且的确没有看错。

　　李吉安在乡下住了两年。农民爱上了他，常常到他那里去，提出各种各样问题来请教他，而最使他们不安的是将来的问题。李吉安认为他的责任是散布阴郁的情绪和增加对于未来的信念。要做到这一点是颇不容易的，但是他的工作到底还是产生了果实。人们络绎不绝地去看他，他的朋友一天一天多了起来。历史的行程和事变的逻辑证明，日本帝国主义的崩溃和朝鲜的解放，为时已经不远了。

　　一九四五年八月十六〔五〕日，日本终于向红军投降了。得到了这一个消息，李吉安立刻到城里去。他看见和听到了他幻想了二十五年的朝鲜国旗和朝鲜国歌。他出席群众大会，发表演说。这篇演说是他在解放了的朝鲜从事正式活动的开始。现在李吉安是临时人民委员会和对苏文化协会主席。担任了重要的政府职位之后，他仍没有放弃创作生活。他现在正在写作那早在数年前就开始着手的长篇小说《生产的阵痛》，不久还将打算着手写作一部新的长篇小说《图们江》。

　　图们江是中苏韩三国接境处的河流。图们江是朝鲜人民的困难的眼泪的河流。最近数十年来，有许多忠贞的朝鲜人都不得不过流亡生活。他们避到满洲去，临别时总要站在图们江岸上流泪。他们遥望着最后一线祖国土地上耸起的崇山峻岭，回忆着那充满侮辱和迫害的生活。而前面是满洲的黑沉沉的崇山峻岭，那边又将开始新的危险和不安。只有目光向苏联方面看的时候，才兴起了希望和安定的感觉。

　　《图们江》是描写朝鲜流亡政治家和游击队及其斗争和回返祖国的长篇小说。

韩西雅

朝鲜第二个大作家韩西雅的生平，有许多地方都酷似李吉安。他们两人都是民族解放运动的战士，两人都曾经因为是朝鲜作家协会的组织者而在一九三四年被日本人投系狱中。当时朝鲜作家协会通过了一个纲领，规定必须研究本国历史，研究俄国和苏联文学，研究马克思、列宁和史大林的著作。为了这件事，日本警察局逮捕了八十名朝鲜作家，其中有二十三名被判处了各种时期的徒刑。

韩西雅在朝鲜人民中间的声望很大，农民和工人都知道他的名字。韩西雅是出众的东方文学专家，同时他也非常熟悉西方文学。据他说，法国文学，特别是俄国文学，给予朝鲜文学的影响最大。因为据他说，在法国文学中，真实性是有限度的，而在俄国文学中，真实性却是无限的。

正像李吉安一样，韩西雅也有很多时间是被政治工作所占去。他是劳动党中央委员会文化部的领袖。同时并领导北朝鲜文艺工作者协会，该会成立之后，主席一职一直由他担任。

韩西雅的小说中最出名的是尚未完成的三部曲中的两部——《塔》和《热风》。三部曲的主题是一个职业革命青年的性格的形成过程。第一部题名的由来是这样的，正像中国的塔是一层一层建筑起来的，小说中的主人公的性格，也是一层一层建筑起来的。而结果终于造成了一个完整的人物性格。第二部《热风》中所谈的是从苏联冲到朝鲜来的鼓励自由的战士们不屈不挠斗争的伟大思想。这些热风，穿入人的意识，吹起了对于未来的坚定信念，提醒了劳动者友谊的伟大力量。

三部曲的第三部，作者现在正在写作，题名《向日葵》，描写的是日本在东亚的霸权的崩溃。现在朝鲜人民面向了太阳——自由、民主和幸福了。

在写作三部曲第三部的时候，韩西雅同时完成了一部描述朝鲜人民英雄金日成的书。

诗　人

朝鲜诗人中，现在最著名的是李昌（译音）和巴西安（译音）。李昌写过一部记叙苏联之行的诗集。巴西安的第一本诗集出版于一九三七年，题名《林中之燕》。当时批评界认为这本诗集受了俄国寓言诗人克雷洛夫很大的影响。解放后，巴西安出版了一本诗集《八月》。八月对于朝鲜人是一个特别的月份。它在一九一〇年是可怕的，那年八月中日本人并吞了朝鲜，而在三十五年之后，一九四五年八月十五日，苏联军队解放了朝鲜。

现在朝鲜作家是直接参加政治生活了。他们到报馆和电台里去会见读者。这在日本人时代是完全不可能的。当时作家唯一的斗争方法是沉默。现在大家都说话了。平壤一家报馆的编辑部里，有一天来了一个七十三岁高龄的老人。他的名字叫李佳安（译音），是西藏派的学生。他带来了一篇诗稿。那是在朝鲜刚解放之后不久。这位老人对编辑说："我又老又穷，但是我的灵魂高兴极了，我要将我用热爱和狂欢的文字所写成的第一首也是最后一首歌献给人民。"

这首诗题为《解放山》。解放山是平壤一个山岗的名字。诗在报上发表了，下面就是这诗的意译：

"解放山，你像猛虎似的躺着，拥围在龙江的蓝浪中。朝鲜人民做了三十五年囚犯，被投进了虎穴或蛇洞——这就是朝鲜人民的命运。但是最后大地上终于出现了光明。朝鲜人听到了宣布自由的号角声。这是英勇红军的声音。他们跃登解放山，剿灭了虎穴和蛇洞。啊，像猛虎似的躺在那里的山啊，你是真正成为解放山了。"

崔承喜

有一次，朝鲜诗人巴西安对苏联记者说："现在朝鲜正在讨论妇女平权的法律。假使我能和崔承喜这样的女子同等地享有公民权利，我以为是值得自豪的。"

有"朝鲜伟大舞蹈家"之称的崔承喜，现在已经成为朝鲜人民的骄傲。她在朝鲜复活了早已趋向于堕落的舞蹈艺术，而且以强大的才力奠立了东方舞蹈艺术新纪元的基础。

崔承喜生在汉城。父亲是诗人，兄弟是著名的散文家。他们一家人，在最残忍的日本人压迫的条件下，神圣地保藏着民族艺术的传统。十四岁时，崔承喜进舞蹈学校，对欧洲，特别是俄国的巴莱舞，研究了好多年。精通了西方的舞蹈艺术的技术之后，崔承喜着手研究东亚的古典舞蹈艺术。

有三年多的时间，她花费于研究保藏在人民中间的朝鲜古代舞蹈的成分。一九三三年九月二十日，当她举行第一次公开表现［演］的时候，她以这些成分为基础，创造了许多杰作，使观众叹为观止。但是恐怕很少人知道，她在三年紧张工作的时期中曾经受多大的贫困，她甚至不得不变卖掉她最宝贵的物件——订婚戒指。举行了表演会之后第二天，朝鲜的进步报纸，一致狂喜地刊文赞扬这位青年女舞蹈家的初演，他们在她的艺术中看见了朝鲜民族的不朽民族珍宝。崔承喜到东京去时，日本的舞蹈艺术家和舞蹈艺术批评家，不顾朝鲜总督的政治立场，开始表示叹服，承认崔承喜优于模仿西方舞蹈家的日本舞蹈家。

一九三七——一九三九年，崔承喜作欧美各国旅行表演之举。她在世界各国的大城市中受到了热烈的欢迎。巴黎的观众曾对她鼓掌，布埃诺斯艾列斯的观众曾向她献花。不论是在普拉格工人区的小剧场或是在纽约百老汇的大戏院，她都受到同样的接待。

崔承喜的表演无疑是有政治意义的。有一个外国记者说了一句很聪明的话："日本人征服了朝鲜，但是无法征服崔承喜。"外国和朝鲜的报纸都称她为"伟大舞蹈家和杰出人才"。

一九三九年底，崔承喜回返汉城。日本当局禁止她穿朝鲜民族服装表演舞蹈。后来甚至强迫她到日本军占领区各地去表演。崔承喜是富有爱国精神的，因此她借口研究中国古代舞蹈，遁迹到北平去。她在那里设立了一所小小的舞蹈学校，继续崇拜和发展朝鲜民族舞蹈艺术。

一九四六年春天，朝鲜解放之后，崔承喜回到汉城。美国军事当局请她为美军官兵表演。她说她要回平壤去，因为丈夫带着女儿和六个月的儿子正在等她回去。美国人拒绝签发通过北纬线三十八度的许可证。于是崔承喜只好采取南方的许多人的方法。她带了她的学生金珮玻（译音）从汉城出走。他们化装成农女，通过了边境。

到了平壤之后，崔承喜在报上发表了一篇声明，她告诉自己的人民，她决定将全部精神和能力献给民主朝鲜的建设事业。

和现代西方舞蹈不同，这已经成了资产阶级淫侈的娱乐品，人民艺术家崔承喜的艺术，充满着真正的深刻意义，它是和人民血肉相关的。

现在这种艺术，在她新的创作——献给金日成的英勇的游击队的《祖国》舞——中又上升了一个新的高峰。

回国之后不久，崔承喜就在平壤主持成立了朝鲜史上第一所舞蹈学校——国家舞蹈研究所。

平壤的劳动者，为了向人民艺术家崔承喜表示尊敬爱戴，推选她为平壤市人民委员会代表。

（载上海《时代杂志》第 8 卷第 8 期，1948 年 8 月）

《朝鲜短篇小说选》小考

金长善

在文学的影响以及接受过程中，接受者所处的环境和时代需求有时比影响源更为重要。

由于当时特殊的民族社会文化心理，"满洲"的中国文人对弱小民族文学表现出积极接受的态度，其中接受在日本帝国主义殖民统治下经历共同命运的朝鲜现代文学这一事情可谓备受瞩目。尤其是在作风刊行会中翻译、出版的《朝鲜短篇小说选》，对"满洲"中国文学起到了积极的影响。

作风刊行会原来是 1939 年秋天大连的乡涛文艺研究社和开拓文艺研究社的部分成员在奉天组织的文学团体，其主要成员有夷夫、木风、石君、田兵、也丽、杨野、安犀、未名、成弦、牧之、古辛、崔束、陈无、王觉、王度等人，其中一些成员早就参加了左翼文学活动。这个刊行会计划出版三种刊行物和图书。首先是设大型季刊《作风》，刊行译文特辑、创作特辑（小说）、散文特辑、诗歌特辑等；其次是设小型刊物《作风联辑》，刊行诗歌、译文、剧作品等；最后是设"作风文艺丛书"，出版作风同人们的专著。但由于 1941 年年底夷夫、杨野、王觉等人先后被伪满警察逮捕，掀起白色恐怖，作风刊行会在 1941 年年底解散，未能正常实施其出版计划。

《朝鲜短篇小说选》正是在这个时期作为作风丛书之一出版的，它可能是"满洲"时期唯一一部出版成单行本的汉文版弱小民族小说集。

《朝鲜短篇小说选》是 1941 年 7 月 20 日通过长春新时代社出版的，当时王赫担任编辑，王觉担任发行人。这部小说选出版的时候没有发生任何事故，但几个月后的 1941 年年底，王觉因出版该图书和其他事情被伪满警察逮捕，在监狱里饱受严刑拷打，最后不幸去世。①

由于材料不足，未能详细了解有关这部小说选的出版经过，但通过这部小说选的内容以及许多相关评论文章，可以间接地了解到译者和编辑，还有发行人以及当时读者的接受姿态，并且通过韩文原文，可以更加全面地了解到作品的内容。

《朝鲜短篇小说选》共收录八篇小说，包括金东仁的《赭色的山》（古辛译）、张赫宙的《李致三》（迟夫译）与《山狗》（夷夫译）、李孝石的《猪》（古辛译）、李泰俊的《乌鸦》（罗懋译）、金史良的《月女》（邹毅译）、俞镇午的《福男伊》（羊朔译）、李光洙的《嘉实》（王觉译）等作品。其中《赭色的山》《猪》《嘉实》的译文最初在 1941 年 11 月发表于作风刊行会刊行的《译文特辑》，后来重新收录到这部小说选。

这些小说均是从日语翻译成中文的。《嘉实》原来是翻译、收录到 1940 年 4 月 10 日摩登日本社（モタン日本社）出版的《李光洙短篇集嘉实》中的，推测是王觉翻译成中文，登载于这部小说选的。《猪》的日文版当初发于《文艺通信》1936 年 8 月号，1940 年 2 月 15 日收录到东京教材社出版的《朝鲜小说代表作集》（申建译编），推测是古辛翻译成中文，登载于这部小说选的。《赭色的山》也有日文版发表于《朝鲜小说代表作集》，推测也是古辛翻译成中文，登载于这部小说选的。《李致三》的译文在 1938 年 2 月发表于《帝国大学新闻》，1939 年 2 月又重新收录到张赫宙的小说集《路地》，《山狗》的译文在 1934 年 5 月发表于《文艺首都》，《乌鸦》的译文在 1939 年 11 月发表于《摩登日本》的"朝鲜特辑号"，后来在 1940 年 3 月 10 日收录到张赫宙编、赤冢书房出版的《朝鲜文学选集》第一卷中，而《月女》与《福男伊》的译文则在 1941 年 5 月 18 日发表于《周刊朝日》的《半岛作家新人集》。可能这些中国译者选择当时在日本文坛赫赫有名的朝鲜作家张赫宙和李光洙的作品以及《朝鲜小说代表作集》《朝鲜文学选集》《半岛作家新人集》等可视为朝鲜文学代表的小说集作品，来翻译的。

不可否定，由于语言上的局限，借助日文版来选择并评价作家和作品，可能会产生一定的偏差，而且在其过程中又不可避免地受到日文译者文学

---

① 参考田兵《重新认识沦陷时期的文学》，《东北文学研究史料》第 3 辑，哈尔滨文学院，1986，第 181 页。

价值观的影响。但《朝鲜短篇小说选》是在对与中国文人经历共同命运的
弱小民族文学格外关注的背景下翻译、出版的，所以引起了较大的反响。
当时有一个笔名叫克名的人在长春唯一的中文报纸《大同报》连续两次发
表《朝鲜短篇小说选》读后感，考证了《朝鲜短篇小说选》的影响力。

    在以往我们观查朝鲜的文化界只是一团漆黑，好像在那种民族
之中，不会产生一个诗人与小说家似的，如同在没有发见俄国文学
的伟大之光，人们想不到俄国会有那样灿烂的文化一样，朝鲜，尤
其是朝鲜的文化是早就被人忽略了。

    世界上的奇迹很多，可是奇迹是须要人来发见的，朝鲜作家不
只是一个张赫宙就能代表的，和张赫宙的伟大一样，宁可说比张赫
宙还伟大的人还有许多，他们在举世没有人注意的时候，他们用自
己的笔写下了他们的文章，建设了他们的文化。他们坚忍苦干的精
神，是我们所难望项背的。

    现在新时代社出版了《朝鲜短篇小说选》，这不能说不是一个伟
大而有决心的工作。所谓"选"在我看并不是选，那不过是将许多
朝鲜短篇小说任便出版一些而已，所谓朝鲜创作，根本就是富有热
与力的东西，没有热与力，他们根本就不必写了，朝鲜文笔人没有
满洲文人的闲暇，所以他们不喊口号，然而看他们的作品却没有一
个离开大众的，好像作家的灵魂只有一个，而这一个却永远把握了
大众，同时他们还有一个共通点，就是无论谁，对于作品不加一点
修饰，率直的写下去，您瞧那股坦白和纯真的劲儿，真足约［哟］！

    这里有英美人梦想不到的题材，这里有比白种人还高尚的精神，
虽然仅只十篇，然而已够令人满足，看完之后无论谁不敢拿以往的
眼光来估计白衣的人们，白衣的人们，他们的灵魂，他们的血液，
没有一处比白色的人们低下，因之我对他们，能辅助翼赞建设东亚
新秩序之一环的他们，时与绝大的期待，觉得在某一方面我们是有
一个共通的命运了，被苦闷压得要死的命运，那么我们应该怎样来处
理我们的命运，如果我们"苦闷的象征"升华到与朝鲜文化并驾齐驱，
那么我们的口号才算不白喊，我们的国家才算有了文化。①

---

① 克名：《朝鲜短篇小说》（上下），《大同报》1941年8月5日、8日。

这篇文章虽然在某种程度上"过高地评价了小说选",但可以看出作者的积极接受态度和小说选的影响力。

当时著名的评论家陈因也在《盛京时报》分三次发表了《朝鲜文学略评》。

> 意思的表现最善的工具,该是文学。两个民族的相通,也【在】乎文学的介绍与了解。朝鲜虽然是距我们近,在文学上,实可以说是毫无交往。我们知道日本文学,至于北欧文学,对朝鲜文学则甚茫然。
>
> 朝鲜并不是没有文学的,也不是他们的文学毫无国际的水准。
> …………
>
> 朝鲜文学的指标,仅从这本选择本上断定,他们的水准,决不是很低下的。①

接着,陈因用冷静的眼光,详细评价了小说选中每一篇作品的内容介绍以及艺术特征。

他认为《李致三》"有很浓厚的喜剧味儿",但其喜剧的背后,隐藏着阴沉而悲惨的色彩;而《山狗》描写陈旧的爱情故事,体现作者狭隘的世界观,他评价道:"我想这是他很久以前的作品。"(事实上这个判断非常正确。)

陈因觉得《赭色的山》的民族情绪相当浓厚,并且故事情节比较完整;小说《猪》中朝鲜农村的农民形象描写得过于单纯,主要是作者的世界观狭隘的缘故。

他评价《乌鸦》是"一篇非凡的作品"。作者闯入前人不敢进去的境界,抓住了人们根本无法捕捉的珍兽。这是一个崭新的尝试。总体上,带有阴沉的氛围,这种气质通常在艾伦坡的作品中可以看见。陈因还说,《月女》讲述着一个很平凡的故事,是一篇远离核心的中庸作品,让人想起中国文坛的中庸派,因为他们担心当局审查作品中是否有黑暗的一面,所以选择中庸作品。另外,他认为《福男伊》把"一种伟大的人性"讲

---

① 陈因:《朝鲜文学略评——〈朝鲜短篇小说选〉》,《盛京时报》1941年10月1日。

述得非常圆满，指出文学之所以不存在国境，是因为人性是相通的，它没有距离。

尤其是陈因对《嘉实》的评价，意味深长。

> 这一篇便是记载一名兵卒的故事。……若只表现了一个嘉实的性格，还不算是一篇佳作。他在这里记载的古代战争，是很有几处写得极好的。……
> …………
> 自然，那样一个战争，百姓是不知道为什么必需要打仗的。只是两国的王、将军们要打了，便驱着各自国内的百姓去互相交战。当然，宣战的理由，是彼此同认战祸是由对方而开，自己是正当防御。最后是无论胜负，都成了缺乏壮丁，竟致要把女儿及财产许给敌国俘虏的被卖为奴隶的人。
> 这里面在战争的新罗与高句丽的两国人民却在好恶上具着共通人性！这样总会把战争给结束了。①

著名学者钱钟书对外来文化在翻译过程中所引起的微妙变化，是这样解释的：

> 一国文字与另一国文字之间有距离。译者的理解和作风跟原作品的内容和形式之间必然有距离，而且译者的体会和他自己的表达能力之间还时常有距离。……因此，总有走样和失真的地方。也就是说会相悖于作品的意义或者口味，又或者说与原文不符。②

一百个读者，会有一百个哈姆雷特，当文学作品从一个文化环境转向另一个文化环境时，作品中会赋予一些新的意义。所以根据不同的环境、时代和读者，作品的意义也会有不同的解释。

如上所述，小说《嘉实》《猪》《赭色的山》等三篇是先收录到《译文特辑》后，再收录到《朝鲜短篇小说选》的作品，可谓诸多作品中的

---

① 陈因：《朝鲜文学略评——〈朝鲜短篇小说选〉》，《盛京时报》1941 年 10 月 22 日。
② 王克非编著《翻译文化史论》，上海外语教育出版社，1997，第 6 页。

重点作品。

《嘉实》1923 年 2 月 12 日到 23 日连载于《东亚日报》，是引用《三国史记》题材的历史小说。赵东日教授在《韩国文学通史》中评价道："这篇小说是李光洙因坚持民族虚无主义受到严重谴责时创作的作品，其创作目的在于从为爱情走上荆棘的嘉实身上找到牺牲精神的价值，作者暗自辩解自己也是因为爱自己的民族而经受牺牲，从而减弱了作品的真实性。"①

但不管李光洙的创作目的何在，小说《嘉实》从朝鲜语翻译成日语，再由日语翻译成中文的过程中，中国译者又赋予了其新的文本意义。发表于《朝鲜短篇小说选》中的《嘉实》，描述了主人公嘉实对爱情的忠诚，同时由以下几个人物的故事构成主线，即二十岁被征兵，三十岁才回到家乡，又在战场上失去几个儿子后，与年幼的女儿生活在一起的新罗老人；有相同命运的高句丽老夫妇；不明白为什么要战争，却在长期持续下去的战争中悲惨死去的士兵们。这篇译文从根本上来讲，明显体现一种反战情绪。

李孝石的《猪》中，主人公是农村小伙子"植"，他养的一只母猪与公猪交配后，带了些猪仔回家，回家的途中他还梦想着与"芬"过上甜蜜的生活。谁知在过铁路时，猪仔不小心被火车压死，受到刺激的"植"晕倒在地上。小说的译文体现了农民们希望的破灭，掺杂着一些省略和暗示。

金东仁的《赭色的山》，原本发表于《三千里》1932 年 4 月号。关于这篇小说，赵东日这样评价道：

> ……对不屈服于环境的反击赋予了深刻的意义。满洲的地主对移民同胞进行掠夺甚至夺取生命，外号叫"豹猫"的流氓站起来开始报复地主们。豹猫受伤死去的时候，说想听爱国歌，起到促进民族意识觉醒的作用。……《赭色的山》体现的爱国之心，是金东仁作品中勉强能找到的正面价值，极为稀奇。②

---

① 赵东日：《韩国文学通史》（5），韩国知识产业社，1994，第 103 页。
② 赵东日：《韩国文学通史》（5），第 111 页。

被迫要同化成日本人的环境里，主人公怀念故乡赭色的山，周围的人唱起爱国歌的感动结局展现出朝鲜人浓厚的民族情绪。

事实上，作为日本帝国主义殖民统治下的被殖民民族，"满洲"的中国人不仅同样切实地感受到了亡国的悲哀，而且面临被强制同化成殖民民族的危机之中。想摆脱这种不幸的命运，必须要启蒙大众们的民族意识和抵抗意识。这种启蒙工作，也正是中国进步文人的使命。中国文学也迫切需要这些推进民族启蒙的进步文学。金东仁的《赭色的山》，无疑是符合这种期待的龟鉴。

总之，可以说这些小说是因当时中国人的现实所需被选定，并通过译者的文化过滤形成的翻译，而并不是自然的翻译。在日本帝国主义殖民文化专制统治下，中国文学不可能直接表露出民族意识以及抗争意识，也不可能轻易去创作、发表符合中国读者的进步作品。中国文人利用迂回的表现方法，翻译符合当时期待和要求的外来文学作品，试图实现审美置换，同时希望以这些作品为典范来发展本民族文学。《朝鲜短篇小说选》正是以这样的接受态度被翻译进来的外来文学作品集。

《朝鲜短篇小说选》让中国文人了解到经历相同命运的朝鲜民族的情感世界、民族意识、文学志向，也让他们通过这样的接受方式间接地抒发出饱受日本帝国主义殖民统治的自我情感。另外，也委婉地体现出了中国文人的民族意识和文学志向。【李华译】

（载金长善《满洲文学研究》，首尔，亦乐，2009 年 4 月。

收入本书时引文和注释据所引文献做了订正）

《亚细亚狂人》的跨国族同理心

唐　睿

　　《亚细亚狂人》是无名氏首部长篇小说，跟以往的小说相比，《亚细亚狂人》的主题更为集中、明确，脱去了《火烧的都门》的练笔意味。《亚细亚狂人》以韩国的命运为经，以韩国光复军李范奭将军的一生为纬，但当时无名氏的视野，已逐渐超出对一国一人的关心，而将人类视为一个整体，关怀人类的整体命运。这种肯定国族差异，但同时又能把人类视为一个共同体，强调彼此平等和尊重的观点，实际上是世界主义精神的基础观念。无名氏在《亚细亚狂人》的一些章节，如《露西亚之恋》和《狩》中其实已分别借韩人与白俄遗民、金耀东与白俄将军及史上许多名人的命运，表现出"人类普遍命运"的讯息。这些作品，都是把握无名氏艺术思想的重要参照。

　　《露西亚之恋》[①] 于 1942 年 1 月完稿，较写于 1943 年 11 月的《北极风情画》完成得早。篇末附有"这是一个未完成长篇的断片"，是《亚细亚狂人》中的一个片段，可衔接《北极风情画》的内容。虽然这篇小说只是一个残篇，但孤立作为一个短篇小说来看，亦有其鲜明集中的主题。《狩》则是《亚细亚狂人》第五部《荒漠里的人》的一个章节。故事发生在 1929 年至 1931 年中国东北的外兴安岭，主要讲述主人公金耀东在吉林奉天从事革命失败以后逃亡到黑龙江西北部的故事。《露西亚之恋》讲述韩国光复军在柏林巧遇白俄遗民，因彼此同为亡国人民的身份，而产生同病相怜、惺惺相惜的感情。《狩》则讲述金耀东抗日失败，退居中国东北外兴安岭以狩猎为生时的一个片段，当时金耀东想起多年抗日的努

---

　　①　《露西亚之恋》既是短篇小说集的名字，又是该小说集中一篇小说的篇名。本文集中讨论短篇小说的内容，除非特别注明，所言《露西亚之恋》皆指短篇小说，而非小说集。

力，似乎是命运跟他开的玩笑，最后他想起古今中外许多被命运拣选的巨人，自我开解。《露西亚之恋》和《狩》两篇小说都展现了强烈的跨国族同理心，见证了无名氏作品中世界主义精神逐渐成熟的过程。

一　《露西亚之恋》的跨国族同理心

《露西亚之恋》的写作日期虽较《北极风情画》早，故事内容却是《北极风情画》之后的情节。《北极风情画》以主角离开苏联托木斯克转往欧洲作结，而《露西亚之恋》正好就承接这旅程，讲述韩国独立军转往德国的一个夜晚。《露西亚之恋》的主角虽然也是以李范奭为蓝本，是一位"与马占山李杜一行从苏联托木斯克出发，越过波兰，初踏入这日耳曼的都门"① 的韩国军人，却不是《北极风情画》的林军官，而是名字短写为"金"的韩国军人。故事另有一位韩国角色，名字短写为"明"，是金"在柏林大学教书的同乡"，一位哲学讲师。《露西亚之恋》主要讲述金与明在柏林一家白俄咖啡馆——"白熊咖啡馆"遇到一群从苏联逃出来的白俄遗民的故事。当夜双方彼此提及自己亡国的命运，然后产生一种同病相怜的跨国族同理心。《露西亚之恋》共分八节，除韩国军人与白俄遗民外，篇章还提及其他国族。由中韩以及东北少数民族混合编制成的马占山军队自不待言，此外值得注意的还有第一节里筵席上提到的波兰民族。韩国军人未有直接跟波兰民族交往，但金的演说不断以波兰民族的命运来观照韩国的命运：

> 我永远忘不了那些在阳光中跑着跳着的波兰孩子。我永远忘不了波兰的自由的原野。我永远忘不了波兰的阳光。我永远忘不了再生的华沙。华沙一切全是崭新的。在华沙，一花一草一木一石全在嘲笑我、讽刺我，在谴责我们那些甘心做东京奴隶的同胞。……华沙是一只刚从灰烬中再生的凤凰，在昂着骄傲的头，在摇着骄傲的尾巴，在向我责问：我们，曾遭三次瓜分悲运的民族，现在是再生了，你们这些"檀君"子孙（指韩人）呢？②

① 无名氏：《露西亚之恋》，香港：新闻天地社，1976，第134页。
② 无名氏：《露西亚之恋》，第136页。

金将波兰和韩国做比较，因为这两个民族都遭遇过亡国的命运。尽管韩国没有跟波兰在政治或军事上有直接瓜葛，但对于韩国民族而言，波兰并不是一个完全陌生的"他者"，而是一个跟自己拥有相同特质，可以互相理解的"他者"，即一个能够投以跨国族同理心的对象。

波兰与韩国的命运，仅仅是《露西亚之恋》的一段插曲。《露西亚之恋》的主调是韩国光复军与白俄遗民的惺惺相惜之情。在故事起首的欢迎会上，"德国华侨们对这群抗日英雄备致颂词，满座响起雷样的掌声"，但金的内心异常寂寞。"在他听来，每一句话全是最刻薄的讽刺。"① 金觉得华侨的颂辞刺耳，因为他虽被尊为英雄，但韩国复国的希望仍然遥遥无期。韩国的亡国和复国问题始终困扰着金，以致他不停地在心里反复自问："为甚么我是韩国人呢？为甚么我是韩国人呢？"② 对国族的忧虑无从排解，于是金才在柏林的街上疾走，希望借此挥走这些思绪。可是"这些思想仍紧紧缠着他、不放松他、折磨着他"③。因此，明将金从纷乱思绪中唤醒的一句话便别具象征意味，他问金："我们究竟往哪里跑呀？"这句话第一层意义是问金要去的方向，而结合故事的叙述后，则产生第二层意义，即韩国独立军的命运将会如何。对此，金回答说："随便跑吧，直到疲倦为止。"这话落在叙述的语境里，也可以做两个层次的解读：字面义道出金对奔跑目标的茫然，象征义则可理解为金对韩国复国的茫然。如此诠释，并非捕风捉影，从金与明稍后讨论当夜要在哪里歇息的对话，便可继续追索国族讨论的线索。明问金："今晚你愿意和甚么样的人在一起？""金沉吟了一下，缓缓的道：'这里有流浪民族吗？——今晚的情绪，是只容许我和流浪人在一起的。'"④ 由此可见，故事内容始终围绕着国族问题在推进，而金与明稍后走到"柏林的流浪人之街"，步入白俄遗民聚集的"白熊咖啡馆"亦非偶然。

"白熊咖啡馆"并非金与明在柏林的白俄聚居处最先见到的咖啡馆。步入"白熊咖啡馆"之前，"金走过几家咖啡馆"，但都没有跨进去，原因是"从它们的门面装潢看来，这些咖啡馆与他的灵魂之间，似乎尚缺少某种神秘的联系"。这种"神秘的联系"具体指什么？这可从金最后步

---

① 无名氏：《露西亚之恋》，第 138 页。
② 无名氏：《露西亚之恋》，第 138 页。
③ 无名氏：《露西亚之恋》，第 138 页。
④ 无名氏：《露西亚之恋》，第 140 页。

入的"白熊咖啡馆"得到回答。

吸引金注意"白熊咖啡馆"的，是咖啡馆的"烨炜光华"。作为一家"流浪民族"聚集的咖啡馆，"白熊咖啡馆"不见半点破落气息，相反，它华丽得让作者愿意花一段颇长的文字去描绘装潢。除了金碧辉煌的装潢，"白熊咖啡馆"还有一个神龛似的乐坛，容得下二十几个白俄乐师在上面演奏。此外，咖啡馆内还有一张壁画深深吸引住金的视线，这张画便是俄国名画《莫斯科大火》的模拟品。作者对画做了仔细描述，强调了画作的重要性。《莫斯科大火》描述的是 1812 年拿破仑占领莫斯科的一段历史故事，其时拿破仑以为沙皇亚历山大一世将会于莫斯科沦陷后迅速投降，岂料莫斯科突然发生大火，法军粮草燃尽，局势迅速扭转。一度濒临亡国的俄罗斯在这场大火之后，乘胜追击，最后更在 1814 年成功反击法国，直抵巴黎，逼使拿破仑下台。《莫斯科大火》一画，记录了俄国从几近亡国到复兴的曲折历史，它在《露西亚之恋》中之所以吸引住金，是因为画中的历史呼应着金的家国民族哀思，唤醒了金的跨国族同理心。

金注视《莫斯科大火》一画，是一笔侧写；这段叙述的重点，是金向白俄遗民说着地道的俄语，引起俄人注意，并借由"祖国"二字，令整个咖啡馆变得庄严肃穆的描写。这描写道出韩俄两国的共通民族感情，具点题之效，金和明两个韩国人与"白熊咖啡馆"一众白俄遗民的情感交汇，即由此而起。起初，金道出的"祖国"二字，勾起了白俄遗民许多痛苦的回忆，而金完全理解这种痛苦，俄人"这些阴暗的面孔与微微抖颤的粗壮的白色胳膊，暴风雨样掀起金的感情，一刹那间，一道神秘的热烈的阳光像闪电似的从他身上掠过，他自己一生的坎坷与悲哀完全解了冻，像千万条雪水般从一个高峰上奔流下来，奔流下来"[1]。

早前金因未能在其他咖啡馆找到"神秘的联系"，所以过门不入，而现在他在"白熊咖啡馆"里却找到了一道"神秘的热烈阳光"，前后互相呼应。这种"神秘"的感觉更在金紧接其后的话里得到阐明：

> 请不要问我对于沙俄或苏联的意见，请不要向我提出道德问题或社会问题……生命原是痛苦的，不可解的。在我们之间，一切的

---

① 无名氏：《露西亚之恋》，第 150 页。

理论全死了，现在只存在着纯人与纯人之间的深厚的同情。①

这段话可说是《露西亚之恋》的核心话语，首先，它点出了牵引着金在柏林一夜奔走的"神秘"感情，实际上就是"纯人与纯人之间的深厚的同情"，而这种"同情"，就是跨国族的同理心。在进入"白熊咖啡馆"之前，金就明确说道："今晚的情绪，是只容许我和流浪人在一起的。"而"白熊咖啡馆"的白俄遗民在俄国变成苏联之后，就正是流落异乡，寄居他国，有国归不得的"流浪人"。

此外，"白熊咖啡馆"有别于其他白俄咖啡馆，它华丽的排场，都可说是俄罗斯帝国的辉煌象征。《莫斯科大火》一画，记录了俄罗斯民族浴火重生的历史和精神，至于馆里的乐团、音乐、歌舞、酒食，以及由叙事者或角色提到的风情习俗，皆在述说着俄罗斯民族的伟大。"白熊咖啡馆"的白俄遗民，对自己的国族文化，充满着十足的自信，而这亦与金对韩国民族文化的看法完全一致。当金在《露西亚之恋》开首忆想故国的时候，他对祖国的描述是"圣洁泉水的祖国，那开遍杜鹃花的故乡原野，那说不尽的美丽的'槿花之国'，展开在他眼前的是银白色的朴渊瀑布，露梁津的碧柳深深低垂……"②。跟"白熊咖啡馆"的白俄遗民一样，金对祖国怀着无限恋眷，以及十足的自信。"白熊咖啡馆"的相遇，给予金和白俄遗民不少的慰藉，而这种慰藉，即跨国族的同理心。

《北极风情画》的跨国族同理心，有男女情爱因素掺杂其中，而《露西亚之恋》的跨国族同理心，仅仅是由一夜的一次偶遇所引起，更为纯粹、更为聚焦于国族间的同病相怜情怀，突出国族能够在毫无利害关系下，互相理解，体现出世界主义精神的基础特质。

二 《露西亚之恋》的历史原型

过去，学界对《无名书》之前的创作缺少认识，且资料掌握有限，所以难以全面解读无名氏的早期创作，然而，随着无名氏部分佚文的重新发现——特别是1942—1943年发表于《中央日报》（贵阳版）的《荒

① 无名氏：《露西亚之恋》，第151页。
② 无名氏：《露西亚之恋》，第134页。

漠里的人》①的重新发现，《露西亚之恋》及《龙窟》各个篇章的深层讯息，便得以进一步诠释出来。

1942年8月，无名氏计划撰写《亚细亚狂人》②的长篇，而这部长篇的第五部，就是无名氏稍后连载于《中央日报》（贵阳版）的《荒漠里的人》。重新发现并整理《荒漠里的人》连载稿的李存光、金宰旭提出，《亚细亚狂人》第四部应该叙述了有关李范奭在1921—1928年的故事，"写李范奭随军进入苏联，加入苏联红军所属高丽革命军步骑混合兵队，和苏联红军合作攻击斯巴司卡亚的白俄军"，并认为《露西亚之恋》的《骑士的哀怨》"应该是这一部结尾的断片"。③

诚如无名氏在《关于〈荒漠里的人〉》里的表示，《亚细亚狂人》这个长篇是讲"一个韩国革命者的一生奋斗史"④。而熟悉无名氏作品的人都知道，这个"韩国革命者"，就是李范奭。根据《李范奭将军回忆录》，1921年6月，李范奭随韩国独立军进入俄国，参加革命武装，希望借助俄国革命党的力量对抗日本，但不久之后俄国革命军与日本达成合作协议，俄单方面解除韩国独立军的武装，李范奭和金佐镇等人逃亡到中国东北。1922年，李范奭得心脏病到俄罗斯治疗，并于1923年"参加高丽革命军，担任高丽革命军的骑兵司令官。高丽革命军与苏联定有密约，帮助红军打仗，苏联则支持武器装备，高丽革命军变成了'合同民族军队'"⑤。1925年，苏联与日本签订渔业协议，日本政府承认苏联政府，但同时要求解散西伯利亚的韩国独立军武装。1月，苏联强行解除韩国独立军武装，韩国独立军奋起反抗，李范奭头部中弹，被送到安宁县宁古

---

① 关于《荒漠里的人》，有几个需要补充的数据。无名氏正式在《中央日报》（贵阳版）连载《荒漠里的人》之前，曾在1942年8月19日的《中央日报·前路》（贵阳版）中表示"《荒漠里的人》是我的正在写作的长篇《创世纪》的第五部。这个长篇共分八部"。这部长篇的总题目，在连载之初名为《创世纪》，无名氏晚年却多称之为《亚细亚狂人》，详见汪应果、赵江滨《无名氏传奇》（上海文艺出版社，1998，第4、341页）以及无名氏《在生命的光环上跳舞》（人民文学出版社，2002）所收的《〈无名书〉写作经过记略》。

② 无名氏早期亦有构想将《亚细亚狂人》这部作品称为《创世纪》，为免令读者混淆，本文仅在引文里保留《创世纪》的篇名称谓，其他的论述部分则一概称之为《亚细亚狂人》。

③ 李存光、金宰旭：《解开无名氏的长篇小说〈荒漠里的人〉之谜》，《中国现代文学研究丛刊》2012年第7期，第118页。

④ 无名氏：《关于〈荒漠里的人〉》，《中央日报·前路》（贵阳版）第609期，1942年8月19、24日。

⑤ 龙东林、朴八先编译《李范奭将军回忆录》，云南人民出版社，2008，第320页。

塔治疗。伤愈后，李范奭在满洲军阀队伍中当了四个月雇佣兵，直到7月接到金佐镇电报后，再到宁古塔。8月李范奭在宁古塔结婚，9月起开始组织高丽革命决死团，以种鸦片来赚钱再向俄人购买武器。自此，李范奭一直带领决死团与日军对抗，直到1928年12月，决死团在日军和中国军阀的镇压下，被迫解散，李范奭亡命外蒙古。可以说，1921—1928年是李范奭与苏联武装往来最紧密的时期，双方因各自的利益互相利用，又在利益关系消失后瞬即反目。有关内容，在《骑士的哀怨》和《露西亚之恋》中都可以找到线索。

无名氏曾经明确表示，《北极风情画》的内容是从《亚细亚狂人》这篇小说中的第六部改编而来。《北极风情画》写马占山军队离开托木斯克转往欧洲，从内容来看，《露西亚之恋》写马占山军队从托木斯克经东欧抵达柏林的故事，正好在《北极风情画》之后。尽管两篇小说的主角名字不一，但详细分析内容，不难发现，两者皆以李范奭为原型。换言之，《露西亚之恋》的故事，发生在李范奭和苏联红军联合攻击斯巴司卡亚的白俄军之后。

梳理清楚《亚细亚狂人》的故事时序，便能深入解读《露西亚之恋》里金为何要对"白熊咖啡馆"的白俄遗民说"请不要问我对于沙俄或苏联的意见，请不要向我提出道德问题或社会问题，请不要逼我批评什么或谴责什么"，"生命原是痛苦的，不可解的。在我们之间，一切的理论全死了"，并特别跟白俄遗民强调，不要在当晚提及政治、社会、道德等问题，因为金的原型——李范奭曾联合苏联红军，攻击白俄部队，而"白熊咖啡馆"的俄人之所以流落他乡，金可谓有一定的责任。金理应最清楚作为亡国奴、异乡客的痛苦，然而他为了自身国族的命运，却让一群跟自己毫无关系的百姓，沦落到跟自己一样的痛苦处境，这对金而言，是一种极大的讽刺，难怪他会说"生命原是痛苦的，不可解的"。

可是，这夜在"白熊咖啡馆"的相遇，金和白俄遗民并未因金曾经追击白俄军队，或者与苏联军队串联而发生龃龉甚至冲突。进入"白熊咖啡馆"，遇到白俄遗民之后，金便被"暴风雨样掀起"一种跨国族的同理心；至于白俄遗民在得悉金来自"俄罗斯母亲"，看到金以哥萨克人的架势喝酒，并喝过金请客的伏特加酒后，他们均对金表示深深的敬爱。一时间，国族忧思、异乡客的感伤更使金希望能够和白俄遗民紧紧相连在一起，表现了一种超越了政治立场、社会问题乃至道德常理（跟亡国仇敌共饮）的跨国族同理心。这种"纯人与纯人之间的深厚的同情"可以超越国族偏见和政治见解。这正如当代德国社会学家乌尔里希·贝克（Ulrich Beck）在阐述世界主义这一概念时所指出的"将他者既作为与己相异又作为完全平等的人来看待"。

三　《狩》的跨国族同理心

《北极风情画》的跨国族同理心掺杂有男女爱情，《露西亚之恋》的跨国族同理心则关乎男性的手足之情，两篇小说的跨国族同理心都建基于人物的相遇，而《亚细亚狂人》里还有一篇写跨国族同理心的作品——《狩》。

《狩》是长篇小说《荒漠里的人》中的一个篇章（第二章第四节至第九节），现收于《龙窟》并有所删改，剔除了金耀东独自猎鹿茸的一段，但除此之外，《狩》的主要情节未做其他修改，与原载在《中央日报》（贵阳版）的版本大致相同。《狩》共分五节，主要讲述金耀东带着猎犬贝尔特在哈拉苏猎狍子的故事。叙事者除了着力描绘金耀东狩猎时的所见物事外，亦对金耀东的心理活动进行了细腻的描写。在孤独狩猎的过程中，金耀东想起了自己过去的经历，并联想到"一幕幕生命的大悲剧浮雕"，包括"跋涉在恒河畔的颜色憔悴形容枯槁的释迦，苏格拉底的毒药，冰天雪地中的华盛顿的悲惨大溃退，贝多芬的聋聩与命运交响曲，尼采的疯狂……"。[①]

其中，作者花了整整一章，叙述一位俄国名将的亡命故事。

故事讲述一位"曾任华沙方面总司令的沙俄名将"，他在罗曼诺夫王朝结束之后，辗转流落到美国洛杉矶，成了一位好莱坞演员。机缘巧合下，他获得了一个演出的机会，所演角色，正是一位帝俄将军。这是一出巨额投资影片，电影公司花了一百万美金来重现帝俄时代的宫廷面貌，而片中最重要的一幕，就是耗费 20 万美金来制作的阅兵仪式。正当电影拍摄阅兵仪式的敬礼画面时，这位俄国将军竟突然从马上滚跌下来离奇去世。这部影片最终并未完成，而以"最后的命运"的名字发行于欧美市场。

---

① 无名氏：《龙窟》，香港：新闻天地社，1976，第 26 页。

金耀东对这位俄国将军的故事无从释怀，主要有两个原因。一是歉疚：

> 过去率领韩籍杂色军在滨海省附近追击白军的一幕，又凸显在他的记忆里。他觉得自己就是促成这白俄将军演悲剧的因素之一。如果不是他们的猛烈攻击，谢米诺夫远东共和国的崩溃不会那样快。[①]

对于俄国将军的悲惨命运，金耀东自觉难辞其咎，这种自责的心情，就跟《露西亚之恋》里金面对白俄遗民时所萌生的歉疚心情一样。作为军人，战场上各为其主难免需要跟陌生或者与自己没有直接利害关系的势力发生冲突，金耀东本无须对俄国将军感到歉疚或者同情，然而有一种高于军人道德的因素让金耀东为对方感到难过，这就是"同理心"。

在叙述完俄国将军的故事后，叙事者叙述道：

> 他（金耀东）不禁痛苦的想起基督被钉在十字架上的血淋淋的一幕——EGCO HOMO[②]（看这个人啊！）
> 俄罗斯亡命者是"这个人"！他自己也是"这个人"！[③]

金耀东对白俄将军的悲剧命运感到内疚，一方面，是因为白俄将军与金耀东一样，遭遇亡国和流亡的困苦，经历十分相似；另一方面，也因为韩国独立军为了换取红军的武器，曾在远东的俄国革命战争里，追击跟自己素无嫌隙的白俄军队。金耀东深知，这种基于一己私利，出卖他者利益，将自己深有体会的苦痛加诸白俄军队身上的行为，实在有违道德与正义的立场。

除此之外金耀东心生愧疚，还基于一种"命运意识"。对金耀东而言，白俄将军的悲剧命运，并非偶然，而是命运特意的挑选。金耀东对自己的命运，也有类似的感悟。当他想起俄国将军的悲剧时，他对自己的命运做了一番提问："他（金耀东）犯了什么罪？造了什么孽？受生命如此狠毒无情的诅咒与报复？"[④] 基于这种"命运意识"，金耀东想起了

---

① 无名氏：《龙窟》，第 33 页。
② 《龙窟》排版为"EGCO HOMO"，应为"ECCE HOMO"之误。
③ 无名氏：《龙窟》，第 32—33 页。
④ 无名氏：《龙窟》，第 33 页。

耶稣受难的图画，想起"ECCE HOMO"这句话，然后总结道："俄罗斯亡命者是'这个人'！他（金耀东）自己也是'这个人'！"这些联想并非巧合，而是源自一种世界主义精神的觉醒。"ECCE HOMO"是拉丁文，意谓"这个人"，亦译作"瞧！这个人"，专指圣经故事里耶稣受难的形象。除了基督教渊源外，尼采亦曾以"ECCE HOMO"作为他自传式思想论著的标题——汉译书名为《瞧！这个人》。尼采借书名暗示自己也是被时代和历史所拣选者，借此展现出一种命运意识。这种命运意识在《狩》中还被联系到人类文化历史里另外几位被命运召唤或拣选的人：

> 跋涉在恒河畔的颜色憔悴形容枯槁的释迦，苏格拉底的毒药，冰天雪地中的华盛顿的悲惨大溃退，贝多芬的聋聩与命运交响曲，尼采的疯狂……①

耶稣、尼采、释迦、苏格拉底、华盛顿、贝多芬等人的故事，跟俄国将军的悲剧一样，被金耀东归类为"一幕幕生命的大悲剧浮雕"。这些人物似乎都蒙命运的召唤，注定遭受极大困苦，嚼透生命的悲苦。至于金耀东，对这种苦难亦深有体会。他为民族吃苦，退居外兴安岭，韩国独立运动似乎已经遥不可及，但金耀东仍无法摆脱困苦，仿佛命运已经将他选定，去演绎这出生命的悲剧。金耀东对这些陌生人表现出一种超越时空国族的同理心，实际上是一种世界主义精神的极致体现，就如德国浪漫派诗人诺瓦利斯的概念一样：

> 罗马人凭借直觉而实行的普世政策及其倾向也存在于德意志民族之中。法兰西人在革命中所赢得的最好的东西，也是德意志特性的组成部分。②

就文化传承的角度而言，日耳曼民族并非罗马文化的嫡系继承者；至于当时的法国，则是德国的入侵者，是日耳曼民族的敌人。然而诺瓦利斯的观点却超然于国族的偏见，站在人类的高度指出，国族间的文化

---

① 无名氏：《龙窟》，第26页。
② 〔德〕弗里德里希·梅尼克：《世界主义与民族国家》，孟钟捷译，上海三联书店，2007，第51页。

实际上互相交融影响，我中有你，你中有我，而在国族文化之上，尚有一更高层次的单位，即人类文明的总体。《狩》中的金耀东，也是站在人类文明的总体高度，才在想起白俄将军的同时，联想到耶稣、释迦、华盛顿、贝多芬和尼采等人。在此，无名氏作品的世界主义精神，已得到全面的展现，这是一种超越国族、政见、宗教信仰乃至时代的同理心，当金耀东想到"俄罗斯亡命者是'这个人'！他自己也是'这个人'！"的时候，"你""我""他"的界限顿时被打破，剩下的就只有"我们"这个集体。

四　结语

《亚细亚狂人》的世界主义精神，让无名氏作品在主题和写作风格上逐步确立个人的特点。世界主义精神主张肯定"他者"与"自我"有同等的价值，并肯定"他者"的文化。从《露西亚之恋》和《狩》等文可以看出，《亚细亚狂人》肯定国族之间的差异，但国族之间仍然可以互相理解、体谅和尊重。国族之间不应互相轻视，而是应该站在对等的地位彼此对话和欣赏。这种平等观念，成为无名氏作品的一大核心思想，从而为无名氏作品的主题和风格奠定了一种独特的基调。沿着《亚细亚狂人》的世界主义精神，无名氏萌生出"写作'全部人类历史'的计划"，也就是《无名书》的写作计划。1945 年无名氏放弃《亚细亚狂人》，并在 1946 年动笔写《无名书》，转向展望人类未来的存在意义。东西文化的融合，以及人类未来的理想社会形态，这种创作取向，实际上是对《亚细亚狂人》世界主义精神的延续探索。

（载《杭州师范大学学报》2014 年第 6 期。
收入本书时注释做了调整和改动）

《亚细亚狂人》及其世界主义精神

唐　睿

　　1932 年 4 月 29 日，日军在上海虹口公园举行"天长节"集会庆祝日皇寿辰，韩国义士尹奉吉乔装成日本人混入会场，随后以炸弹掷向主席台，炸伤、炸死多名日本要员。此事让无名氏对韩国人民产生了同仇敌忾的情绪，于是计划撰写一篇短篇小说，讲述韩国志士李奉昌计划刺杀天皇的故事。这篇题为《日蚀》的小说最终并未写成[①]，但无名氏日后的著作却经常提及李奉昌等韩国志士[②]，可见韩国义士在无名氏的心中留下了不可磨灭的印象。

　　现存无名氏最早写到韩国义士的文章是《韩国的忧郁》[③]，从这篇文章可以推断，无名氏在 1939 年 9 月就与韩国光复军有交往。1941 年秋天，无名氏经国民党中央图书杂志审查委员会的印威廉主任介绍，认识了韩国临时政府法务部部长兼韩国独立党宣传部部长濮纯，后又经濮纯引荐，认识了韩国临时政府主席金九，即尹奉吉与李奉昌等行刺事件的策划人，还有当时韩国光复军总司令李青天和参谋长李范奭。无名氏与众人相当投契，此后获邀迁入韩国流亡政府的所在地——重庆吴师爷巷一号。其间，无名氏替流亡政府宣传部撰写了不少新闻稿，又以李范奭

---

① 汪应果、赵江滨：《无名氏传奇》，上海文艺出版社，1998，第 49 页。
② 例如，在《金色的蛇夜》中，就有提起李奉昌的章节："他提起韩国志士李奉昌刺杀天皇的故事，它虽然失败了，至少给了日本最高神圣的代表者一个致命的侮辱。"无名氏：《金色的蛇夜》，香港：未名书屋，1971，第 68 页。
③ 载于 1939 年 9 月 25 日香港《大公报·文艺》，篇章署名"卜宁"。当时无名氏尚未用"无名氏"为笔名，作品一般都署名"卜宁"。无名氏稍后于《中央日报》（贵阳版）连载《荒漠里的人》，也是署名"卜宁"。"无名氏"这个笔名，1942 年在《华北新闻》连载《北极风情画》时才起用。

的署名，出版了《韩国的愤怒——青山里喋血实记》①，并为韩国临时政府宣传部部长闵石麟编撰《中韩外交史》。

跟李范奭相交，让无名氏得以在 1941 年 9 月至 1942 年 4 月，搜集了大量韩国义士的抗日资料，并计划撰写一部一百万字，一共七卷的长篇小说《亚细亚狂人》。小说最终未能整部写就，无名氏只是完成了部分内容。小说第五部《荒漠里的人》在 1942 年 8 月 29 日至 1943 年 7 月 24 日连载于《中央日报》（贵阳版）②，至于《亚细亚狂人》第六部的故事大纲，后来被改写成无名氏的成名作《北极风情画》。自此，李范奭成为无名氏小说的许多人物原型，《北极风情画》中的林姓军官、《无名书》里的韩国军官韩慕韩，都是以李范奭为原型的。

与韩国临时政府密切交往的岁月，无名氏的作品在主题、风格和思想上，都产生了相当的转变。就主题而言，无名氏开始写作大量跟韩国志士有关的故事，作品内容渐见集中、突出。无名氏早期的作品，大部分收在《火烧的都门》和《露西亚之恋》两本小说集之中，这些作品大都是练笔之作，特别是《火烧的都门》，书中收录了不少零碎的描写片段，鲜见结构完整的故事，主题颇为芜杂；至于《露西亚之恋》，有几篇故事相对完整的，但主题完整的故事亦只有《崩溃》一篇。风格方面，无名氏早期作品笔法比较松散，有浪漫主义抒情的倾向。不过在接触韩国光复军后，无名氏的写作风格逐渐改变。一方面，无名氏收集了大量李范奭的抗日事迹，其中夹杂了大量中国东北、西伯利亚的风土民情，无名氏都认真转载到小说里去，大大加强了作品的现实主义色彩；另一方面，为了渲染李范奭的传奇人生，无名氏又采用了大量情感色彩极为浓重的笔法，为小说烘托出强烈的英雄主义色彩，无名氏的作品风格亦表现出浓厚的浪漫主义色彩。此外，无名氏这时期的作品还体现出明显的世界主义精神，而这种精神，更成为无名氏日后写作《无名书》的重要养分。

"世界主义"是一个源远流长的概念，它的内涵在西方一直随着时代转变而不断发展。古希腊时代，它仅仅是斯多噶主义者用作反对狭隘城

---

① 此作品后来收入无名氏 1983 年由台北远景出版公司出版的《圣诞红》。

② 小说集《龙窟》里的《伽倻》《狩》《奔流》《抒情》就是《荒漠里的人》的部分章节。前三篇内容均见于《中央日报》（贵阳版）连载，《抒情》一篇，未见连载，但从人物及情节内容看，《抒情》的故事承接前三篇内容，属《荒漠里的人》的一部分。

邦观念的模糊概念；在基督教传统里，它则跟"上帝的国"相契合，增添了一层道德伦理的意义；文艺复兴时期，因受到地理大发现影响，世界主义者开始留心文化差异的问题，意识到彼此尊重的重要性；到了18世纪末、19世纪初，康德在《论永久和平》一文里，更从法制的角度，指出世界主义精神对缔结永久和平的必要性，并提出一些具体实践方案。随着世界的种族界限变得愈来愈模糊，世界主义者认为，国族间的等级区分和差异应被消融，各国族需要发展出一种平等对待"他者"，尊重彼此差异的共同生活模式，将"他者"视为与自己相异却完全平等的人。①

世界主义精神，可说贯穿了无名氏的毕生创作。无名氏的早期作品就有此一精神的模糊概念，它从无名氏广阔的世界观，以及对外国文化历史的兴趣中体现出来；但在《亚细亚狂人》里，由于小说故事涉及东北亚各国族的交往与冲突，无可避免地触及对他国文化的描述和讨论，基于这方面的反思，无名氏的世界主义精神在《亚细亚狂人》里逐渐变得成熟。世界主义精神的酝酿最终让无名氏意识到，《亚细亚狂人》的主题"未免太狭窄"，于是毅然放弃了《亚细亚狂人》的写作计划，转而书写能够触及"人类普遍命运"的《无名书》。由此可见，《亚细亚狂人》见证了无名氏世界主义精神渐趋成熟的进程，深入认识这个进程，将有助于读者准确把握无名氏文艺思想的发展，及其作品在中国现代文学史上的价值。

一　原订的民族主义写作方向

《亚细亚狂人》的内容主要以李范奭的口述故事为基础，故事由1905年韩国沦为日本的保护国开始，计划一直叙述到韩国复国，是一个韩国本位的故事，具有鲜明的民族主义倾向。尽管如此，小说涉及的国族却多元纷纭。李范奭的足迹遍及韩国、中国、俄罗斯、外蒙古和欧洲诸国，因此短篇集《露西亚之恋》、《龙窟》和《北极风情画》的故事里，就出现了大量不同国族的人物角色和混血儿，这些人物计有朝鲜李氏王朝的末代贵族，韩国独立军将领，离乡背井的韩国青年志士，华北的鄂伦春

---

① 〔德〕乌尔里希·贝克：《什么是世界主义》，章国锋译，《马克思主义与现实》2008年第2期。

和索伦族人，中国的马占山、李杜将军和一众抗日义士，流落柏林的白俄贵族等，他们将小说交织成一幅错综复杂的多国族画卷，展现出浓厚的国际色彩，为世界主义精神的酝酿提供了有利条件。

1. 民族主义的选材倾向

《亚细亚狂人》的国族关系里，描述最多的，是互利关系，其中又以中韩之间的互利关系着墨最多。李范奭在争取韩国独立期间，曾四处奔走中国各地，并屡次与中国军人并肩对抗日本侵略军。1919 年 10 月至 1921 年 5 月、1925 年 1 月至 1928 年 12 月、1931 年 10 月至 1932 年 12 月，李范奭数度进出中国东北，对抗日军。其间，韩国独立军不时与中国军事势力互通消息，甚至共组联军，抵抗日军。① 最为传奇的是 1931 年、1932 年在中国东北的抗日故事。李范奭于 1931 年 10 月参加马占山、苏炳文部队，可惜到了 1932 年 12 月，部队主力损失殆尽，撤退至满洲里并进入苏联境内。李范奭随中国部队在西伯利亚逗留了八个月，然后以中国军事考察员身份，随马占山赴欧洲诸国考察，最后于 1934 年返回上海。

《亚细亚狂人》中的《北极风情画》与短篇小说《露西亚之恋》就描绘了这段传奇的中韩抗日历史。《北极风情画》的主角林姓军官就是"九一八后东北抗日名将苏炳文部下的一个军官"②。此外，短篇集《露西亚之恋》中的同名小说《露西亚之恋》中亦提及这段历史：小说中的人物"金"③，就是"参加了中国'九一八'抗战的祖国老革命者"，"与马占山李杜一行从苏联托木斯克出发，越过波兰"④ 抵达柏林，企图绕道欧洲回去中国。

不过，需要注意的是，《亚细亚狂人》中虽有提及韩国革命军与其他国族的关系，但国族关系在故事里往往只是一项背景资料，用作说明角色出现在某地的原因。《北极风情画》中的林军官跟随马占山将军撤退停驻西伯利亚，《龙窟》里的金耀东蛰居东北的哈拉苏村，《骑士的哀怨》的主角流落宁古塔，皆属此例。小说关心的是角色停驻在异域的传奇遭遇，而不是国族间的具体往来。如果参考其他数据，就更能看出无名氏

---

① 龙东林、朴八先编译《李范奭将军回忆录》，云南人民出版社，2008，第 124、146—150 页。

② 无名氏：《北极风情画》，上海文艺出版社，2001，第 30 页。

③ 故事只以角色的姓"金"作为称谓，未记名字，但根据故事内容，"金"应该是贯穿《亚细亚狂人》系列，先后出现在《奔流》《狩》《抒情》中的主角"金耀东"。

④ 无名氏：《露西亚之恋》，香港：新闻天地社，1976，第 134—135 页。

的这种写作取向，例如在《李范奭将军回忆录》中提到韩国革命军与中国军事力量曾数度合作[1]，至于无名氏自己为李范奭撰写的另一本著作《韩国的愤怒——青山里喋血实记》，也提到韩国独立军与东北军阀互相扶持的事件：

> 东京军阀们的残酷视线，终于辐辏在吉林汪清县西大坡，突然压迫东北当局，要藉中国弟兄们的血肉与子弹，来射杀我们，消灭我们。
>
> 当时四分五裂的中国，无法拒绝敌寇的要求。
>
> 东北最高当局乃组织讨伐军，在混成旅长孟富德统率下，向我们进军。孟氏佯攻击姿态，以敷衍狡猾如狐、难缠如蛇的敌寇，暗地却劝我们离开吉林境，以免中韩弟兄自相残杀，而减少中国对日外交的困难。
>
> 我们了解当时中国处境困难，决定离开吉林境。[2]

无名氏在《亚细亚狂人》里，却没有描绘这些跨国族的合作事件，仅将之作为角色流浪的背景资料，突出角色特立独行的英雄气质。从材料的取舍，可看出无名氏关心的是个人，而非集体；重点描绘的是英雄的复杂心理，而非国族间的瓜葛。无名氏写作《亚细亚狂人》的焦点，显然在于塑造李范奭这位民族英雄，具有明显的民族主义倾向。

2. 国族间的互相利用

《亚细亚狂人》的民族主义写作倾向，还通过国族间互相利用的关系体现出来。这主要从一些军人身上可以看到。《亚细亚狂人》主要讲述韩国由亡国到复国的故事，然而就军事实力而言，韩国流亡志士的资源十分有限，若要完成复国大业，必须借助其他国族的力量。短篇集《露西亚之恋》《龙窟》《北极风情画》里面，就提及许多国族互利的例子。其中韩俄以及韩国与东北少数民族的瓜葛最能体现《亚细亚狂人》原订的

---

① 例如《李范奭将军回忆录》第 146 页就记述了珲春事件里，中国马贼如何助韩国独立军识穿日军的阴谋；第 173—174 页则讲述孟富德和王德林两位军官通报消息，协助韩国独立军逃避日军的追捕；第 297—302 页则大致讲述了李范奭与马占山的合作经过。

② 无名氏：《韩国的愤怒——青山里喋血实记》，《圣诞红》，台北：远景出版公司，1983，第 5 页。

民族主义写作取向。

以韩俄关系为例，李范奭三度在军事上与俄国势力互换利益。第一次在 1920 年的"青山里战斗"之后。韩国独立军在青山里打败日军，后来遭到日军追剿，部分人员便在 1921 年 6 月进入俄国，加入革命，企图借此换取苏俄红军的支持。然而独立军众领导未有全然共识，结果李范奭和几位领袖逃离俄国，剩下的韩国独立军亦于 6 月 28 日遭苏俄红军解除武装，牺牲甚多。第二次往来在 1923 年至 1925 年，李范奭当时担任高丽革命军骑兵司令官。高丽革命军与苏联红军有约，只要他们加入剿灭西伯利亚的白俄势力，苏联红军就会向高丽革命军提供武器。不过双方的互利关系并不长久。1925 年，日本与苏联红军达成协议，承认苏联政府，条件是解除西伯利亚的韩国独立军武装。韩国独立军奋起抵抗，李范奭头部中弹，被送往安宁县宁古塔治疗。李范奭第三次与苏联往来，是在 1932—1933 年李范奭加入马占山部队抗日的时候。当时马占山部队的主力遭日军剿灭，残余人员退到苏联境内，得苏联默许，在西伯利亚逗留 8 个月之久，后以军事考察员身份转入欧洲其他国家，最后返回上海。无名氏对李范奭在俄罗斯的经历非常在意，特意将之写成了《亚细亚狂人》的部分章节。《龙窟》中的《狩》便提及主角金耀东曾"率领韩籍杂色军在滨海省附近追击白军"[①]；至于短篇集《露西亚之恋》里的《骑士的哀怨》，则写一个曾经指挥过俄国哥萨克骑兵的战士，这位战士"在一个战役里遭遇到残酷的失败，健康与职业都被损毁了，流亡到宁古塔"[②]，这些故事，都明显以李范奭的经历为原型。韩俄的合作，纯粹是利益交换，并非出于高尚情操或者世界主义的理想，从韩俄军队之间的谋算，可以看出《亚细亚狂人》最初的叙事框架，并无高举世界主义的意思。

至于《亚细亚狂人》论述韩国与东北少数民族的故事，也包含着这种狭隘的谋算。《亚细亚狂人》中有关韩国与东北少数民族的故事，属于第五部——《荒漠里的人》[③] 中的内容，而《荒漠里的人》中的内容，今日只有《狩》一篇收在《龙窟》里，其他片段，则要参考 1941 年 12

---

① 无名氏：《龙窟》，香港：新闻天地社，1976，第 33 页。
② 无名氏：《露西亚之恋》，第 93 页。
③ 《无名氏传奇》里，汪应果、赵江滨转载无名氏的说法，指《荒漠里的人》乃《亚细亚狂人》的第四部，而李存光、金宰旭则认为有误，《荒漠里的人》应该是《亚细亚狂人》的第五部，详见李存光、金宰旭《解开无名氏的长篇小说〈荒漠里的人〉之谜》，《中国现代文学研究丛刊》2012 年第 7 期。

月至 1943 年 11 月在《中央日报》（贵阳版）上的连载。《荒漠里的人》主要讲述"李范奭退居东北，在东北少数民族索伦人和鄂伦春人当中组织抗日义勇军，开展武装斗争，最后失败"① 的故事。其中，当主角金耀东对复国感到绝望的时候，他忽然想起猎户盛伦对他说过的一句话："……鄂伦春与索伦野人，蛮勇无比，只要有英雄好汉肯下本钱，与他们打成一片，好好教练他们，东北行许能出成吉思汗第二！"② 因为这句话，《亚细亚狂人》于是就展开了韩国与东北少数民族往来的故事。

虽说是韩国与东北少数民族的故事，但《荒漠里的人》实际写到的人物并不多，整个故事，主要是以金耀东与"鄂伦春野人酋长"——蛮加布的会面为核心。作者将这两位仅能用有限语言沟通的会面写得甚为吸引人，不过二人的交往，也纯粹出于互相利用。金耀东拜访蛮加布，是要利用彪悍的鄂伦春人赶走日本人，光复韩国。至于蛮加布接受金耀东的提议，一方面是出于对金耀东的好感，另一方面则是因为他相信了金耀东的谎言。

> 金耀东登时解释：洮南有好几百日本人，他们阔气，有钱，家家户户有好雅片烟，好冰糖，好手枪，好马，好绸缎……只要抢了这些日本人，所有这些"好东西"全是蛮加布的了。
>
> "我的话你懂不懂？明白不明白？只要我们带一两千人，到洮南去抢日本人，你就可以做洮南的皇帝！你要什么有什么！"
>
> "洮南不是有你们汉人么？"
>
> 来客故意用激昂的口气刺激这野人，说洮南的汉人与日人犹如水炭，势不两立，日本人常常欺负汉人，杀汉人，霸占汉人产业。接着又用极严重的语调恫吓蛮加布，说索伦山有许多鄂伦春索伦，都被日本人杀掉了。日本人夸下海口，说今年秋天，要杀到吉沁河，洮儿河，托根河……把所有鄂伦春索伦杀个精光。日本人是这样残暴狠毒，张学良恨透了，早就想收拾他们，给汉人鄂伦春索伦报仇。可是怕引起"国际纠纷"（这四个字他弯弯曲曲解释了半天）使中国政府为难。③

---

① 汪应果、赵江滨：《无名氏传奇》，第 52 页。
② 无名氏：《龙窟》，第 40 页。
③ 无名氏：《荒漠里的人》第三章第七节，《中央日报》（贵阳版），出版年月版次待考。

金耀东并非真心希望跟蛮加布缔结友谊，只是视这位野人酋长为复国工具。金耀东为了复国，不惜撒谎煽动蛮加布，将不相干的东北少数民族卷入战局，可以说有违道德，但对于金耀东而言，民族复兴可以凌驾在一切道德之上。小说的民族主义取向，可见一斑。

3. 模糊的外国人物

《亚细亚狂人》的韩国本位写作取向，还可以由小说的人物安排看出来。《亚细亚狂人》中的故事发生在中国东北的边界区域、西伯利亚和欧洲，可是在这些异域故事里，异族角色大都只被置于小说的次要位置。以俄国人为例，能够参与到故事的俄国人，恐怕就只有《抒情》中的莫梧奇夫妇和《露西亚之恋》里"白熊咖啡馆"的白俄难民。可是莫梧奇夫妇在《抒情》里，仅仅是背景人物，只由叙事者稍为提及，并未在故事里发挥多少功能；至于《露西亚之恋》里的白俄难民，虽在故事里占有相当重要的地位，但他们的形象颇为模糊。相对于作者重点刻画的两位韩国角色"金"和"明"，"白熊咖啡馆"的白俄难民实际上是一群群众演员，这群有家归不得的难民，在小说中的主要功能是映衬韩国独立军的亡国愁绪。

除了俄国人物，《亚细亚狂人》系列之中亦几乎未有特意安排中国籍的角色。说"几乎"是因为韩国名字的构成与中国名字甚为相似，若作品未有特别交代，读者便难揣测角色所属的国族。属于这一类的角色包括《抒情》里面的盛伦和姚百户长，此外还有《骑士的哀怨》里的贫农郑宽植。不过单从作者没有在作品中强调他们的国族，便足能够看出小说无意突出角色的国族身份，更遑论国族间的合作关系。

二 《亚细亚狂人》的世界主义精神

虽说《亚细亚狂人》因其韩国本位的故事结构，而有鲜明的民族主义倾向，但小说的几个片段，却流露出世界主义精神端倪，这些片段分别见于《露西亚之恋》《北极风情画》《狩》等作品中。

1. 世界主义精神的同理心

基于 20 世纪初的东北亚局势，《亚细亚狂人》的国族往来，往往都属于互相谋算的敌友关系。不过，小说里亦有一些片段，能跳出敌友关系的窠臼，展现出一种既非敌亦非友的平行状态。《露西亚之恋》里，韩国独立军流落柏林，在"白熊咖啡馆"巧遇白俄难民即属此例。在"白熊咖啡馆"中，韩国志士有感于自己与白俄难民同属亡国之人，于是就与白俄难民在咖啡馆高歌痛饮，哀悼亡国，表现出一种同理心，将对方视为跟自己相异却完全平等的人，甚至是可以互通感情的对象，可以说具有了世界主义精神的基础。这种平等的观念，在主角金的话里表述得尤为明白：

> 请不要问我对于沙俄或苏联的意见，请不要向我提出道德问题或社会问题……生命原是痛苦的，不可解的。在我们之间，一切的理论全死了，现在只存在着纯人与纯人之间的深厚的同情。[①]

金虽然帮助过红军剿灭白军，但在"白熊咖啡馆"里，过去的恩仇都已经一笔勾销，韩国军队与白俄贵族都沦为历史的输家，所以金才说不要问他"对于沙俄或苏联"的意见。现在，金跟这些俄国贵族，已经不再有任何利害关系，得以站在"纯人"的立场互相谅解，甚至基于彼此的遗民身份，建立出超越国族的同理心。这种跨越国族，彼此尊重，彼此谅解的情怀，正是世界主义的核心精神。

2. 世界主义精神的爱情

《亚细亚狂人》中的世界主义精神，还促成了人物之间的爱情，这就是《北极风情画》中林军官与奥蕾利亚的写照。《北极风情画》以李范奭的个人经历为原型，描述一位韩国籍的林军官与波兰少女奥蕾利亚的跨国族爱情故事。不少论者将之视为一部通俗爱情小说，这种观点不无道理。《北极风情画》无论从题材、浪漫主义的风格，还是感伤主义的渲染手法，都甚具"通俗剧"的特征，正因如此，小说里的一些独特要素，例如世界主义精神，便容易遭到忽视。

《北极风情画》中的爱情故事由奥蕾利亚误将林军官认作情人瓦夏的偶遇开始。利用巧遇作为一段爱情故事的开端，亦见于其他通俗色彩浓厚的小说，例如徐訏的《鬼恋》。然而《北极风情画》独特的地方是，这种巧遇和因巧遇而生的好奇心，并不是构成爱情的原因。《北极风情画》

---

① 无名氏：《露西亚之恋》，第151页。

两位主角真正心意相通，是在彼此认清了对方真正的国族身份之后。

由于二人相遇的地点是西伯利亚的托木斯克，而彼此沟通又用俄语，所以林军官一直以为奥蕾利亚是俄国人，直至他造访奥蕾利亚时，林军官才凭借一室的波兰摆设，发现奥蕾利亚实际上是波兰人。而当林军官询问奥蕾利亚隐藏身份的原因时，奥蕾利亚却如此分说：

> "我怕您误会。"
>
> "什么误会？"
>
> "波兰民族一向是被别人轻视的民族。"①

奥蕾利亚隐瞒身份，是基于民族自卑，于是林军官也向她说明了自己的国族身份：

> "中国只是我的第二祖国。我的第一个祖国是在鸭绿江东岸。您听说过世界上有一个最喜欢穿白色衣服的民族么？……"
>
> "韩国？您是韩国人？……"
>
> 我点点头：
>
> "在世界大战以前，世界上有两个最富有悲剧性的民族：一个是东方的韩国，一个是西方的波兰。在许多情形下，这两个民族所受的苦难都很相同。"②

然后林军官又做了一段讲述波兰人民如何在俄国高压政策下，传承民族文化的演说，并在最后总结道：

> 啊，波兰，波兰，这个字对于我代表一个极神秘复杂的意义，每一次当我看见这个字或念这个字时，我就想起了一个复活的华沙，一个再生的华沙，一个再生的民族，一切充满了光明，愉快。但是，看完了念完了这个字，想完了这个字所代表的涵意后，痛苦就像手臂似地拥抱了我，我想起了我的充满了黑暗与屠杀的祖国。③

---

① 无名氏：《北极风情画》，第99页。
② 无名氏：《北极风情画》，第105—106页。
③ 无名氏：《北极风情画》，第108页。

这次互相显露自己真正国族身份的一幕，最后所造就的，就是："我们流着泪，互相定睛的注视着。在这个注视里面，我们的灵魂第一次是真正拥抱在一起了。"① 换言之，二人萌生真正的爱情，就是在这一刻。跟《露西亚之恋》的情况颇为相似，奥蕾利亚与林军官的情愫实际上包含着一种"同是天涯沦落人"的跨国族的同理心，一份世界主义精神的基础。国族意识，促成了二人的爱情，但也埋葬了二人的爱情。《北极风情画》最终以悲剧收场，原因是马占山的部队需要转移，准备经欧洲转回中国继续抗日。国族意识与爱情出现矛盾，由世界主义精神所催生的爱情也得让路。《北极风情画》的精神核心，始终还是不脱民族主义的色彩。

3. 世界主义精神的忏悔

《亚细亚狂人》最能体现世界主义精神篇章的，是《狩》。《狩》共分五节，主要讲述金耀东带着猎犬贝尔特在哈拉苏猎狍子的故事。叙述除了着力描绘金耀东狩猎时的所见物事外，亦对金耀东的心理活动进行了细腻的描写。在孤独狩猎的过程中，金耀东想起了自己过去的经历，并想起了一位俄国名将的亡命故事。

这位将领"曾任华沙方面总司令"，他在苏维埃政权成立后，流落到了美国洛杉矶，成了好莱坞演员。有一次，他得到一个演出机会，所演角色，正是一位帝俄将军。为令场景更见气势，电影公司斥资二十万美金来制作剧中的阅兵仪式，而就在拍摄阅兵仪式的敬礼画面时，白俄将领竟突然从马上滚跌下来，离奇去世，电影最终也没法拍完。

金耀东无法忘怀这位白俄将领，因为他曾帮助红军剿灭远东的白军，"他觉得自己就是促成这白俄将军演悲剧的因素之一。如果不是他们的猛烈攻击，谢米诺夫远东共和国的崩溃不会那样快"②。白俄将领的悲剧，金耀东自觉难辞其咎。这种自责的心情，和《露西亚之恋》里金面对白俄遗民时所萌生的歉疚心情一样。作为军人，战场上各为其主，金耀东本无歉疚或者同情的必要，然而有一种高于军人道德的因素让金耀东为对方感到难过，这就是"同理心"。白俄将领遭到亡国之痛，而金耀东也是因为亡国，才辗转来到哈拉苏，尽管金耀东与白俄将领并不直接认识，

---

① 无名氏：《北极风情画》，第 108 页。
② 无名氏：《龙窟》，第 33 页。

尽管白俄将领已然作古，但因为彼此处境相同，金耀东在精神上仍能跟白俄将领扣连，你中有我，我中有你。正如金耀东想到的一样："俄罗斯亡命者是'这个人'！他（金耀东）自己也是'这个人'！"过去的那些国族谋算、偏见一下子灰飞烟灭，金耀东得以站在纯人的立场，怀念并向白俄的将领致敬，体现出比较成熟的世界主义精神。

结　语

无名氏作品的世界主义精神在《亚细亚狂人》里逐步成熟，特别是《狩》里面，跨越古今中外主体界限的世界主义精神，更与罗曼·罗兰、茨威格等世界主义作家的主张十分相近，互相呼应。无名氏作品里的一些外国元素，并非纯粹从阅读经验而来，而是来自无名氏的生命经历，例如无名氏在现实生活里所认识的人物、所接触到的外国事物和生活模式。无名氏从未负笈海外，亦未旅居异国，然而他的作品仍能渗出如此强烈的异国情调，是因为当时的中国社会，特别是上海、南京、重庆、杭州和西安一类大城市，已经大量渗入外国尤其是现代欧美社会的生活元素。从社会和文化发展的角度而言，中国已被纳入"世界"的格局里去，而反映人们思想生活的文学，亦无可避免地体现出所谓的"世界性因素"，而无名氏作品的世界主义精神，更可说是现代中国文学"世界性因素"的典型例子。

（载《中国现代文学研究丛刊》2015 年第 6 期。

收入本书时注释做了调整和改动）

中国现代文学作品中的韩人"慰安妇"

韩　晓　牛林杰

　　"慰安妇"问题是东亚现代国际关系中象征矛盾与和解的代表性问题。遗憾的是，70 多年过去了，该问题仍未得到彻底解决。第二次世界大战当时，日本有计划地在朝鲜、中国、菲律宾、印度尼西亚等国强征大量女性，将她们送往前线各地的日本军队充当性奴隶，给东亚各国人民带来了巨大的灾难和难以弥补的创伤。当时，驻扎在中国的日军数量最多，在日军驻扎基地大约建立了 280 多个军部慰安所，慰安所里的女性中至少有 5 万到 10 万人是被强征来的韩国女性。① 她们遭受日军的性迫害、殴打、屠杀，过着非人的生活，大多数人最终悲惨离世。

　　然而，由于种种因素，反映这一悲惨历史真相的相关资料并没有得到很好的保存和整理。随着"慰安妇"幸存者的相继离世，人们对"慰安妇"问题的关注逐渐淡化，一部分日本右翼分子甚至否认这一历史事实，这都是该问题迄今没有得到彻底解决的重要原因。

　　近年来，笔者在整理抗日战争时期的中国现代文学资料时，偶然发现了一部分以韩人"慰安妇"为题材的文学作品。透过这些文学作品，我们可以看到其中体现的人道主义精神与国际联合意识，也可以看到作家对人类普遍价值的探寻。同时，这些文学作品也从一个侧面反映了当时的历史真相，对于唤起当代人的历史记忆具有重要的意义。

一　以韩人"慰安妇"为题材的中国现代文学作品

　　"慰安妇"题材的中国文学作品并不是 20 世纪 90 年代初"慰安妇"

---

① 강영심, 「종전 후 중국지역 '일본군 위안부' 의 행적과 미귀환」, 『한국근현대사연구』 2007 년 봄호, 한국근현대사학회, 제40 집, p. 140.

问题提出来之后才出现的，而是在抗战时期和战争结束后的一些文学作品中就已经出现了。目前，国内外对韩人"慰安妇"题材作品的整理和研究很少。中国学者王学振在《抗战文学中的慰安妇题材》一文中，论述了中国抗日文学中的"慰安妇"题材作品，其中涉及两篇以韩人"慰安妇"为题材的作品，即王季思的《朝鲜少女吟》和潘世征的《敌随军营妓调查——腾冲城内的一群可怜虫》。① 除了该论文中提到的上述两篇作品之外，据笔者的调查与统计，中国现代文学中以韩人"慰安妇"为题材的作品还有多篇，现根据发表时间整理如下：

（1）舒群，《血的短曲之八》，《中学生》（战时半月刊）第 3 号，1939.6

（2）王季思，《朝鲜少女吟》，《越风》，金华国民出版社，1940.9

（3）潘世征，《敌随军营妓调查——腾冲城内的一群可怜虫》②，《战怒江》，文江图书文具公司，1945.3

（4）郑燕，《高丽姑娘》，《上海的秘密》，中国出版公司，1946.1

（5）蓝沄，《韩国"营妓"访问记》，《女声》（月刊）第 4 卷第 2 号，1946.3

（6）陆中，《可怜虫！大批营妓集中》，《文饭》第 5 号，1946.3.28

（7）虎痴，《营妓》，《万象》（周刊）第 3 号，1946.4.30

（8）大狂，《营妓》，《风光》（周刊）第 9 号，1946.5.6

（9）伊人，《韩国卖淫女郎在上海》，《七日谈》（周刊）第 4 号，1949.1.22

上述这些作品发表的时间基本上集中在两个时间段，一个是全面抗战开始之后，另一个是抗战胜利到 1949 年。发表于抗战时期的前三篇作品都描写了中国军队在与日军的战斗中发现的随军"慰安妇"，从而使这个特殊群体开始成为中国现代文学的关注对象。抗战结束后，分散在中国各地的韩人"慰安妇"首先聚集到上海，然后从上海返回朝鲜。当时

---

① 강영심，「종전 후 중국지역 '일본군 위안부' 의 행적과 미귀환」，『한국근현대사연구』2007 년 봄호，한국근현대사학회，제 40 집，p.140.

② 为叙述方便，以下都简称《敌随军营妓调查》。

在上海建立的韩人"慰安妇"收容所引起了中国知识分子的极大关注，从而使这个群体又一次集中出现在中国的媒体和文学作品中。① 宋少鹏认为日军战败后的 1946 年，媒体对"慰安妇"的报道数量达到最大值。② 战争结束时集中出现了一批以"慰安妇"为题材的作品并非偶然，而是当时历史现实的真实反映。

综观上述作品，不难发现其作者属于不同的群体，既有小说家、诗人、随军记者，也有身份不确定的普通人。具体来说，舒群是东北作家群中的一员，他创作了很多以韩人为题材的作品。例如，《没有祖国的孩子》《海的彼岸》都是以韩人为题材的作品。《血的短曲之八》也不例外，该小说讲述了一位沦为日军"慰安妇"的女性从悲伤到民族精神萌芽的故事。《朝鲜少女吟》的作者王季思是著名的戏剧家，淞沪抗战后，他以极大的热情投身抗日运动，并在此背景下创作了以朝鲜少女为主题的长篇诗歌《朝鲜少女吟》。《敌随军营妓调查》的作者潘世征是《扫荡报》的记者，他将自己在滇西战线的一系列经历写成了随军报道，编成《战怒江》出版发行。1944 年，中国军队在滇西战线要塞腾冲与日军展开激烈的战斗，日军惨败，一部分韩人"慰安妇"获救。潘世征直接对她们进行了采访，展现了当时"慰安妇"的真实面貌。与战时创作的"慰安妇"题材作品不同的是，战后"慰安妇"题材作品的作者大多都没有详细的信息留存。

从战时作品中出现的"慰安妇"的分布地区来看，从河南到云南，分布范围非常广，这也证明了当时韩国女性作为"慰安妇"被强征到日军各个战场的历史事实。抗战胜利后创作的以韩人"慰安妇"为题材的相关作品几乎都以上海为空间背景，这与当时韩人"慰安妇"主要集中在上海等待遣返回国的历史相符。

从体裁上来看，这些作品形式多样，涉及小说、古体诗、报告文学、报道等，其中报告文学数量最多。这为研究当时被强征的韩人"慰安妇"

---

① 20 世纪 90 年代"慰安妇"问题受到世界瞩目后，中国当代文学中也出现了几篇以在中国生活的"慰安妇"为题材的作品，例如诗歌《洛东江边丝丝柳——慰安妇吟》（刘孚，《黄浦》1994 年第 5 期）、报告文学《一位韩国"慰安妇"的自述》（袁远，《清明》1995 年第 5 期）、短篇小说《慰安妇朴光子》（徐岩，《章回小说》2003 年第 1 期）等。这些作品以历史记忆为题材创作而成，描述了韩人"慰安妇"在中国的悲惨生活。

② 宋少鹏：《媒体中的"慰安妇"话语——符号化的"慰安妇"和"慰安妇"叙事中的记忆/忘却机制》，《开放时代》2016 年第 3 期，第 139 页。

的真实情况提供了重要的参考资料，有助于文史互证。不过，相对而言，纪实类作品的艺术水平和感染力相对于诗歌和小说来说稍显逊色。

从作品中对"慰安妇"的称呼来看，每篇作品各有不同，其中"营妓"一词使用得最为普遍。舒群的《血的短曲之八》中将其称为"日军的妓女"，王季思的《朝鲜少女吟》中称其为"慰劳班"的少女，潘世征的《敌随军营妓调查》中称其为"随军营妓"。战后作品中主要将其称为"营妓"，如《高丽姑娘》中的主人公朝鲜女性自称是日军的"营妓"。《韩国"营妓"访问记》和《可怜虫！大批营妓集中》中称战后滞留在上海等待遣返的这些女性为日本的"营妓"。《韩国卖淫女郎在上海》中则使用了"军妓"这一称呼。这些称呼体现了当时的人们对"慰安妇"群体的认知。虽然这些作品都认为被日军强征遭遇迫害的女性是不幸的，并力图通过对她们的刻画来揭发日军的暴行，但"妓女""营妓""军妓"等称呼实际上隐含着传统意识中对女性的贞洁要求，在某种程度上有贬低女性的意味。"妓"的标签已经让这些性暴力受害者在自己的文化系统中贴上了耻辱标签。[①] 这说明当时人们对于该问题的认识还存在一定的不足。现在学界主要使用加引号的形式来体现对这些称谓的否定，或将其称为日军性奴隶。本文在用语方面，一般使用日军"慰安妇"这一惯用称呼，个别情况会尊重原文，使用原文中的称呼。

二　抗战时期文学作品中的韩人"慰安妇"

1. 作为"他者"的"慰安妇"与人道主义

抗战时期发表的以韩人"慰安妇"为题材的小说《血的短曲之八》、诗歌《朝鲜少女吟》，尽管体裁不同，但都是通过描写作为"他者"的朝鲜女性的不幸，来表达超越国家和民族的国际联合意识与人道主义精神。

《血的短曲之八》的作者舒群出生于东北，创作了多篇以在中国生活的韩人为题材的作品。其中《没有祖国的孩子》（1936）讲述了一位名叫果里的朝鲜少年，因父亲到日本总督府抗议被杀，逃亡中国走上抗日道路的故事。《海的彼岸》（1940）讲述了一位韩国革命家刺杀日军将领后

---

① 宋少鹏：《媒体中的"慰安妇"话语——符号化的"慰安妇"和"慰安妇"叙事中的记忆/忘却机制》，《开放时代》2016 年第 3 期，第 139 页。

逃亡中国，在危险处境中短暂与母亲见面便面临分离的故事。由此可见，舒群非常关注移居中国的韩人，他的目的在于通过言说异国流亡者的遭遇来诉说自我对故乡丧失的悲哀。

《血的短曲之八》是舒群从1938年到1942年创作的《血的短曲》系列小说中的一篇。该小说没有具体说明事件发生的地点，考虑到创作该小说时，舒群已经离开东北来到延安，可以推测该作品的背景可能是东北或西北地区。小说的主要内容是中国军队中的"我"和朝鲜女性"她"的邂逅，以及她对民族主义的觉醒和"我"对她的关心中体现的人道主义精神，从而体现了共同反抗日本帝国主义的联合意识。

女主人公"她"是日军的"慰安妇"。"我"所在的中国军队在一场战斗中击溃了日军，"她"成为"我"方的俘虏。"她"看上去饱受折磨，身体虚弱不堪，"我"为她深感不幸，并通过"她"的不幸"更感到了人类爱和憎的距离，同情和仇恨的所在"。这不仅是舒群作家意识的体现，也是该小说表达的中心意思所在。因此，该作品不仅表达了朝鲜女性"她"的悲伤，也表达了作品中"我"的悲伤，甚至是作家所代表的流亡者的悲伤。

该作品创作于1939年，正是日本展开全面侵华战争的时期，当时舒群的故乡东北被日军占领已久，作者从东北流亡到关内。可以说，作者本身的遭遇和作品中的女性颇为相似，这种流亡者的痛苦通过朝鲜女性的遭遇得到了如实的展现。回不去的故乡成为唤醒"她"民族意识的动力，激发了"她"对故乡的热爱之情。特别是对"她"想回故乡的心情的真实刻画，体现的也是舒群本身对于故乡的热爱，是为了唤起中国人起来反抗日本侵略、保家卫国的意识。

尤其在该作品的结尾部分，"她"问"我什么时候可以回去？"，"我"回答道"快了"，"所有的朝鲜人，愿意回去的"。① 这不仅是"我"的回答，也是一定能将侵略者驱逐出去的"我"的信念。这一信念绝不仅仅是为了安慰处于绝望中的"她"，还是作家意识的自然流露。站在反抗日本帝国主义的共同立场上，"我"和"她"成为"我们"，从而拥有了超越民族和国家界限的国际联合意识。可以说，小说中的"她"不仅

---

① 金柄珉、李存光主编《"中国现代文学与韩国"资料丛书》①，延边大学出版社，2014，第384页。

仅是被书写的异国流亡者的形象，还是表达作家本身作为流亡者伤痛的媒介。

《血的短曲之八》是中国现代文学中有关韩人"慰安妇"的第一部作品，作者通过韩国"慰安妇"的遭遇来激发中国人对韩国的同情心，同时强调遭受日本侵略的民族之间互相帮助的国际联合意识。可以说这不仅是舒群个人意识的体现，也与当时整个中国社会的背景有关。当时有不少韩人来到中国，谋求与中国联合起来抵抗日本帝国主义的合作之路。中国也积极支持韩人的抗战，从各个方面对韩国临时政府进行援助。在抗战时期，中国文学作品中涌现了很多以韩人为题材的作品，正是这一背景的直接体现。

另一篇体现人道主义精神的作品《朝鲜少女吟》发表于 1940 年，作者王季思用古体诗中的歌行体创作了该诗。作者在诗歌中描写了不幸成为"慰安妇"的朝鲜少女的悲惨遭遇，表达了对她们的强烈的同情之心，并试图通过对她们的刻画，唤起中国人的觉醒。

诗的前面附有短小的序文，介绍了诗歌的创作背景：

> 我军袭新乡，俘敌数十人，内朝鲜少女二，皆良家子，以"慰劳班"征赴前线，供敌蹂躏。因感其事，为《朝鲜少女吟》。[①]

从上述序文中我们不仅可以看出诗歌的主人公是两名朝鲜少女，而且可以得知她们被强征为日军的"慰安妇"。该诗共 62 句，首先说明了两名朝鲜少女被强征到中国的原因。她们出生于首尔，自幼在被掠夺的土地上过着忧心忡忡的生活，因为年轻漂亮的女性一旦被日军发现就非常危险。通过这样的叙述，交代了殖民地韩国民众生存的艰难，特别是在中日战争爆发后，朝鲜的年轻男性被征兵上了战场，女性也被禁止结婚，随时等待被强制征用到前线供日军"使用"。

然后，诗人强调国家灭亡之后，家庭自然不复存在，这导致个人的自由和生活不可能得到保障。这不仅仅是作者对韩国现实的看法，更映射出当时中国面临的紧迫形势。即两位朝鲜少女的命运，不仅仅是受到日军蹂躏的个人的悲哀，更是丧失国家主权的弱小民族整体的悲哀。由

---

① 王季思：《越风》，金华国民出版社，1940。

此，"慰安妇"的不幸成为映照中国的镜子，日军已经占领了中国的半壁河山，在这种情况下，作者通过异国"他者"的不幸来促求和呼吁中国民众的觉醒和抵抗。

接下来诗人叙述了朝鲜少女被抓的过程及悲惨遭遇。她们一行离开故乡时共有36人，而今却只有几人生存人世。作者通过一位闵氏王妃家族出身的16岁少女和一位崔姓寡妇的遭遇，展现了众多"慰安妇"受难的悲惨。作者哀叹"同来姊妹几人存，暗里相逢各相吊"，说明受到蹂躏失去生命的女性数量之多。

随后，诗歌转而将关注点放在了拯救她们的中国军人身上。中国军队在新乡战役中取得了胜利，共杀死和俘虏日军500人，解救出了当时与日军同行的"慰安妇"，给她们分发药品并给予适当治疗。"伶仃弱质何所依，瑟缩泥中血满衣；被俘自分军前死，不信将军赐就医"①，作品一方面描写了被日军抛弃的"慰安妇"所处的艰难境地，另一方面也展示了中国军队的人道主义精神。在这里，诗人将中国军队的气势和日军的逃亡、中国军队的人道主义精神与日军的暴行进行了对比，赞扬了中国军队的斗志和正义，表达了抗战必胜的信念。

最后，诗歌再次将视线集中到"慰安妇"身上，又一次慨叹她们的不幸遭遇。"汉城高高汉江深，谁把江山掷与人？欲知亡国恨多少，请听朝鲜少女吟。"② 这几句诗前后呼应，再次强调亡国之痛。

王季思的这首长诗作品和舒群的小说一样，都是通过对异国"他者"的刻画，警示中国民众只有奋起抗战，才能避免同样的命运。同时，作者又通过近距离地观察、研究"他者"，表达了联合抗战的精神与人道主义关怀。

2. 战时"慰安妇"生存的惨相

与《朝鲜少女吟》和《血的短曲之八》不同，抗战时期发表的另一篇作品《敌随军营妓调查》是随军记者潘世征以自己的亲身见闻经历为基础创作的作品，比前面分析的小说和诗歌具有更强烈的现场性和真实性。

作者潘世征毕业于西南联大，抗日战争爆发时正是一名大学生。他

---

① 王季思：《越风》。
② 王季思：《越风》。

怀着满腔热血，成为随军记者，活跃在西南战线上，留下了很多报道和照片资料。战争结束后的 1945 年，他把战时写的报道进行整理，编成报告文学集《战怒江》。

《战怒江》分为附录和四个章节，共收录了 15 篇文章。其中《敌随军营妓调查》是第四章的最后一节，写于 1944 年 "九一八" 纪念日。腾冲是西南战线的要塞，1942 年 5 月被日军占领。随着日军在此地驻扎，"慰安所" 也相继出现，"慰安所" 里的 "慰安妇" 大部分是日本或朝鲜女性。1944 年 5 月 11 日到 9 月 14 日，中国军队为收复腾冲，与日军展开激烈战斗，最终取得胜利，也解救出了曾经被日军强征的 "慰安妇"。潘世征目睹了这场战争，也比任何人都更近距离地接触了这些 "慰安妇"。他用记者敏感的观察能力详细记录了她们的出身、来历，在披露日军暴行的同时也思考了战争结束后女性的生存之路。

作品开头部分首先交代了 "慰安妇" 公馆（即 "慰安所"）的状况。日军占领腾冲两年，强征了大量的 "慰安妇"，所以腾冲 "慰安所" 的存在广为人知。当时（1944 年左右）腾冲 "慰安妇" 公馆除了南门外还有七处，每个公馆内的小房间达 20 间之多，通过这一事实我们可以推测出随着侵略战争范围的扩大，有更多的女性被抓到 "慰安所"。

潘世征的文章中记录了 13 名韩人女性，她们于 1944 年 9 月 14 日即战争的最后一天被发现。13 名女性中有两名老鸨，其中一名熟悉中文，担任临时翻译。两名老鸨都来自平壤，其中名为黄南淑的在 "满洲" 生活了 12 年。一年前，她购买了 13 名女性来到腾冲，让她们做日军的 "慰安妇"。另一名老鸨崔玉山原来务农，由于贩卖女性不需要本钱且利润颇丰，于是她买入 8—9 名女性带到了腾冲。这一事实说明在殖民地时期韩国女性被征集为 "慰安妇" 的过程中，也有韩国人参与其中。

除两名老鸨之外，剩余的 11 名女性都是 "慰安妇"，她们来自平壤和京城（首尔）。根据潘世征的记录，她们的朝鲜名字有丁九淑、崔金珠、金七原、林金顺、申长女、尹仁珠、李红莲等，她们成为 "慰安妇" 后的日本名字分别为八重子、市丸、大丸、松子、君子、吉子、花子、寸代子等。朝鲜名字换成日本名字，不只是名字的简单更换，更表示她们完全成为日本总力战体制下的性奴隶。

对于朝鲜女性被强征为 "慰安妇" 的过程，潘世征记载："敌军创立了营妓制度，于是由敌人派人在朝鲜去招收贫苦的女孩们，用钱给朝鲜衣食住无着的母亲或无父母的孤女，把女孩子买了作为她的养女，带到中国来供应敌人。"① 作者为遭受迫害的"慰安妇"感到不幸，但又为一部分精神麻木的"慰安妇"感到遗憾。那些成为"慰安妇"的女性各有自己的苦衷，但也有一些因每月能领到钱，生活比较宽裕，而认识不到日军对她们的迫害，精神变得麻木。因此，作者所说的"可怜"不仅仅是对她们的身世感到不幸，更是对一部分"慰安妇"遭受日军的迫害而不能认清自己的处境，不知抵抗的状况感到不幸。

潘世征详细揭露"慰安妇"问题之后，落脚点也回到中国本身的问题上来。

> 我们的政府将如何处置这一群可怜虫？从他们的身世上，我们知道营妓的社会背景，像这样背景的女性，在国内大后方、前方、沦陷区，数千百人如此，我们要救济这些营妓，对国内生活没法解决的女性们又将如何？抗战胜利，一天比一天近了，这一个严重社会的问题也应该是建国工作中值得注意的一件大事。我喊出一声"救救可怜的女孩子们"！②

上述引文中，作者通过韩人"慰安妇"的不幸联想到生活得不到保障的中国女性，说明女性解放问题和战后国家建设之间的紧密联系，他认为女性问题的重要性绝对不亚于民族解放。这是潘世征与舒群、王季思作品的不同之处。舒群和王季思进行文学创作的时间是 1939 年和 1940 年，正是抗日战争如火如荼地进行的时期，比起女性问题，民族解放问题更加迫在眉睫，更加重要。而到了 1944 年，抗日战争已经进入反攻阶段，抗战胜利后，国家建设问题成为当务之急，女性问题作为国家建设事业的一个领域，也开始受到重视。

抗战时期反映日军"慰安妇"形象的作品，不仅是揭露日军暴行的重要证据，而且是凝聚抗战力量的重要动力。中国作家笔下的韩人"慰安妇"形象，是中国作家民族命运体验的拓展和深化，表达了作者的人类悲悯情怀和人性拯救的思想，是从自己民族的文化传统出发去接纳具

---

① 潘世征：《战怒江》，文江图书文具公司，1945，第 147 页。
② 潘世征：《战怒江》，第 150 页。

有世界普遍性的价值。①

三　二战后滞留中国的韩人"慰安妇"

1. 徘徊街头的流浪者

抗战胜利后，有关滞留中国的韩人"慰安妇"的作品共有 6 篇，这些作品都以上海为背景。6 篇作品中有 5 篇创作于日本投降的第二年，即 1946 年。当时媒体对"慰安妇"的关注达到高峰，主要涉及三类内容：一类是用日本营妓制度的荒诞，作为日军注定灭亡的象征；一类是在对汉奸与日本战犯的审讯中，将开设"慰安所"作为其罪状之一；一类是对"慰安妇"战后悲惨处境的描述。② 媒体报道或文学作品大部分都以韩人"慰安妇"为焦点，因为"回乡，是'慰安妇'问题的终结。所以，这些作者把同情的目光留给了战争结束后尚无法归乡的朝鲜籍'慰安妇'。但朝鲜作为日本殖民地的属性，也让朝鲜'慰安妇'的营妓身份无以摆脱，她们被认为是被'诱胁'（有别于中国妇女所受的'强迫'）的'可怜虫'，是殖民压迫的不幸结果"③。也就是说，对韩人"慰安妇"的描写有更为强烈的同情成分。

虎痴的《营妓》一诗便体现了中国人对韩人"慰安妇"的同情。"迫向军营献此身，狂蜂浪蝶送残春。而今湖海飘零客，尽是萱韩梦里人。"④ 诗的第一句和第二句表达了作者为在殖民统治下成为"营妓"，遭受蹂躏的朝鲜女性感到不幸；第三句和第四句慨叹的是日军战败后，她们仍然无法回国的不幸。大狂的诗《营妓》与虎痴的诗题目相同，内容也相似，都描写了韩人"慰安妇"的凄惨状况。"花怜堕溷絮沾泥，蝶自疯狂鸟自啼。此日有家归不得，料应同悔祸噬脐。"⑤ 诗的第一句把女性比喻成花，通过掉入粪坑变脏的花的形象向我们展示了"慰安妇"的

---

① 黄万华：《异族、"他者"形象：战时中国文学的一种寻求》，《文史哲》2002 年第 3 期，第 108 页。
② 宋少鹏：《媒体中的"慰安妇"话语——符号化的"慰安妇"和"慰安妇"叙事中的记忆/忘却机制》，《开放时代》2016 年第 3 期，第 140 页。
③ 宋少鹏：《媒体中的"慰安妇"话语——符号化的"慰安妇"和"慰安妇"叙事中的记忆/忘却机制》，《开放时代》2016 年第 3 期，第 140 页。
④ 虎痴：《营妓》，《万象》（周刊）第 3 号，1946 年 4 月 30 日，第 11 页。
⑤ 大狂：《营妓》，《风光》（周刊）第 9 号，1946 年 5 月 6 日，第 7 页。

凄凉身世。第二句中"蝴蝶"、"鸟"和"花"的意象同时出现，其中，前两种意象仍在自由自在地边飞边唱歌，这说明很多人对"慰安妇"的受难毫不关心，仍然自己过着自己的生活。第三句和第四句描述的是战争结束后无法回到故乡的"慰安妇"的遗憾心情。该诗后记中写道，"日寇'慰安所'中之营妓，大半为韩国少女，为日寇胁诱而来者，今以日寇解体，过其飘零生活，日本人诚亦作孽矣哉"，从而把批判的矛头指向日军，批判了日军的滔天罪行。

2. 沦为妓女的悲剧

日本帝国主义战败后，大批"慰安妇"从中国各地聚集到上海。当然也有不少女性出于各种原因留在中国各地。战争结束后的最初几年，以滞留上海的"慰安妇"为题材的作品相对较多，她们当中有的人在临时"收容所"劳动，接受教育，有的人因生计问题沦落为妓女。

《韩国卖淫女郎在上海》和《高丽姑娘》正是以在上海沦落为"妓女"的前"慰安妇"为题材创作的纪实性作品。其中前一篇描写了战后滞留上海的韩国卖淫女性的整体状况，后一篇叙述的则是一位女性个人的不幸。

《韩国卖淫女郎在上海》发表于 1949 年 1 月，文章简短，主要描写的是在上海卖淫的韩国女性。该文首先说明在上海街头有很多不幸的韩国女性，她们中的大部分是从韩国被强征的日军军妓。战争结束后，在中国的日本"慰安妇"全部回国，而很多韩国"慰安妇"则留在中国，为解决生计问题沦落为妓女。作者对这些战后沦落到卖身地步的"慰安妇"满怀同情，同时也意识到不应盲目地将她们都视作妓女，而应关注造成她们凄惨状况的原因。

《高丽姑娘》的主人公顺子便是为解决生计问题而卖身的前"慰安妇"中的一员。这篇作品叙述了中国青年文俊在妓女聚集的上海北四川路与某一位朝鲜女性之间发生的故事。北四川路是当时上海有名的红灯区，这里暗娼活动猖獗。文俊在杂志上看到东洋堂子的广告心生好奇，便来到了北四川路。周刊广告中的东洋堂子灯光绚丽灿烂，妓女穿着华丽的衣服接待客人，到处洋溢着异国风情。但文俊到达之后却发现并非如此，现实中的东洋堂子是污水泛滥、脏乱不堪的贫民窟。房子是苇席搭成的茅草屋，就连这样的茅草屋也是分隔成几间，每间都住有一名女性。这样的对比揭示了卖身女性生存环境的恶劣，也为后文文俊思考和反思人性奠定了基础。

　　文俊在这里见到了韩国女性顺子，她身穿和服，会说一口流利的中文，她告诉文俊自己在中国待了五年，并详细说明了自己来到中国的原因。

　　　　我是生长在朝鲜的，那朝鲜半岛的天气是多么晴朗呀，可是我们恰是受了日本人的高压，在统治制度下透不过气来；那时，我是十六岁的好姑娘，才从初中出来穿着朝鲜服——上身穿的是短衫，腰间裹着一条鼓起的裙，胸脯前结着浅红色的麻布底花朵，二条花朵飘着，谁不说我是漂亮的朝鲜姑娘呢。

　　　　在朝鲜大地主都是日人，我底一家生活租田耕耘所获不够养活家的，于是我看到那时新闻纸上，登着招募到大陆去的职业女性底广告，下面是说明着有一家在中国的日本公司，需要年青的少女前往做职员，待遇从优，并且注明着服务三年后可以送返故乡，这时候，我年轻无知，瞒着家里去报了名。①

　　引文通过顺子的自述说明了她成为"慰安妇"的原因，她被日本的招聘广告欺骗，成为诸多受害女性中的一员。可见，在"慰安妇"的征集过程中日本采取了各种欺瞒手段。紧接着顺子讲述了自己被迫成为"营妓"后的遭遇。她的不幸让本来带有猎奇心理的文俊对她产生了同情，并开始反省人性为什么充满罪恶，他不由得叹息："人类为什么这样丑恶？不幸的人为什么要度过这些看不见阳光的黑暗日子？"② 这正是作者通过对"慰安妇"女性的刻画，力图向读者阐释的真正问题。

　　3．"慰安妇"收容所的生活

　　日本投降后，一些韩国有识之士在上海建立收容所收留战时被强征的韩人"慰安妇"。这一时期发表的《韩国"营妓"访问记》和《可怜虫！大批营妓集中》两篇纪实作品记录了收容所里的"慰安妇"的生存状况。

　　蓝沄的《韩国"营妓"访问记》中详细记录了收容所里韩人"慰安

---

① 金柄珉、李存光主编《"中国现代文学与韩国"资料丛书》④，第 444 页。
② 金柄珉、李存光主编《"中国现代文学与韩国"资料丛书》④，第 444 页。

妇"的真实生活面貌。该作品是唯一一篇将"营妓"两个字用引号标记出来的作品，由此可以看出作者了解"慰安妇"制度的强制性，并对她们的遭遇表示深刻的同情。该文发表于1946年3月的《女声》杂志，是以作者亲自在上海收容所访问的经历为基础创作出来的。文章共有七节，包括：日本殖民统治下朝鲜的状况，收容所"慰安妇"的生活，"慰安妇"不幸的身世，设立收容所的原因，想要回到故乡的夙愿，上海的三个"慰安妇"收容所，"慰安妇"对生活的新希望。

通过这篇作品我们可以了解抗战胜利后开展的针对"慰安妇"的救济工作。作者访问的收容所是韩国妇女共济会在虹口虬江支路宝德里设立的。张锡兴在《解放后上海地区的韩裔社会和回国情况》一文中对此有同样的阐述，并具体说明了共济会的设立及运营。"随着日本战败，'慰安妇'成为无处可去、流浪上海街头的流浪者，目睹这些的孔敦、权厚源、姜大衡、任永浩等人于1945年11月3日组织成立韩国妇女共济会，最初在孔敦的私宅里接纳了27名妇女，对她们进行保护。随着收容妇女数量的增加，他们通过制定收容规则确立了共济会的框架。"①

该收容所共收容了百余名女性，房间狭窄、脏乱，每间房有五六人共同生活。她们都是从汉口、九江、南昌、金华、长沙、杭州等中国各地被解救出来的"慰安妇"，她们在收容所的生活相对比较稳定。不过，运营一所收纳几百人的收容所非常困难，尤其是经费问题，运营经费主要来源于四位创办人的个人财产。"权先生他们一共四个人，都是很有地位资产的爱国分子，看到自己的同胞无依无靠，他们不惜牺牲了自己的身家财产来拯救自己的同胞。他们几个人的家具衣饰全典卖光了，最近正打算着预备把房子卖掉。"②

这篇文章向我们如实展现了战争结束后滞留在收容所的韩人"慰安妇"的生活和精神状态。除此之外，值得注意的一点是文中出现的一部分人对"慰安妇"的误会和偏见。作者认为把"慰安妇"的实际情况告诉中国人之后可能会得到救济和帮助，但在收容所工作的周先生对此半信半疑，他认为一般人不会把她们视作正常人。而事实也确实如此，即便从战争中幸存下来，"慰安妇"们此后的生活也绝不是一帆风顺的，她

---

① 张锡兴：《解放后上海地区的韩裔社会和回国情况》，《韩国近现代史研究》第28辑，2004，第266页。
② 蓝沄：《韩国"营妓"访问记》，《女声》（月刊）第4卷第2号，1946年3月，第16页。

们遭到不少歧视，身心都遭到了极大伤害。

另一篇作品《可怜虫！大批营妓集中》中指出很多女性从韩国被抓到日军"慰安所"，同样慨叹了殖民地女性的悲惨命运。这篇文章介绍了在上海的韩国有识之士建立"慰安妇"收容所的过程，与蓝沄的《韩国"营妓"访问记》有很多相似之处。

四　结论

"慰安妇"问题不仅是过去的历史遗留问题，也是至今仍未得到彻底解决的现实问题。这个问题不仅是有关中日韩三国现代历史、政治外交的问题，也是有关女性权利、人性尊严的问题。本文通过对新发现的以韩人"慰安妇"为题材的中国现代文学作品的考察和分析，再现了当年"慰安妇"生活的真实状况，起到了以文证史的作用。

通过对本文的分析，可以发现无论是抗战时期还是战后创作的"慰安妇"题材作品，都控诉了日本军国主义对女性的戕害，揭露了战争的罪恶，对"慰安妇"的悲惨遭遇表达了深切的同情。也有的作品通过对异族"他者"的刻画，表现出了超越民族和国家的人道主义精神，体现了中国作家对人性普遍价值的探求。但由于时代、作家意识和创作水平的局限，部分作品还只是停留在揭露日军暴行的层面，而对女性的权利、尊严等相关方面的关注远远不够。

70 多年的岁月流逝，当我们回顾历史之时，发现这些文学史料的价值弥足珍贵。今后有必要进一步推进相关资料的挖掘，通过研究进一步唤起东亚人民的历史记忆。

（载《亚细亚文化研究》第 42 期，韩国嘉泉大学亚细亚
文化研究所，2016 年 12 月。由作者译为中文。
收入本书时对注释做了补充和改动）

中国现代作家塑造的韩国"慰安妇"形象

——舒群、碧野的小说和王季思的叙事诗

李存光　　〔韩国〕金宰旭

在中国现代韩国人题材文学作品中，反映日军中韩国"慰安妇"[①] 的作品出现较晚，数量不多，却是这类作品中不可忽视的重要内容之一。按照写作内容和文体，现代韩国"慰安妇"题材作品可分为两类：一类是经作者采访考察表现真人真事的特写、报告文学、文艺通讯和抒发所感所思的随笔等非虚构作品，这类作品具有更多的历史文献意义和价值；另一类是作家在现实生活基础上采用想象、重构等艺术手法创作的小说、叙事诗等虚构作品，这类作品更具文学意义和审美价值。

一

非虚构作品对韩国"慰安妇"的关注，始于 20 世纪 30 年代末。1939 年 9 月 9 日，重庆近郊博爱村举行 31 名朝鲜俘虏解放式与欢送式，次日，以笔锋犀利生动著称的《大公报》名记者子冈发表《朝鲜俘虏上前线》，及时作了生动描述。文中写道：（在检阅的时候）"我还看见那压在行列尾巴上的几个十六七岁的女孩子，咖啡店侍女和随军'营妓'的生活将只成为辛酸的记忆，她们的梅毒痊愈了，她们的脸庞像紫铜一样发光了。"[②] 一年半后，作家沈起予发表的长篇报告文学《人性的恢复》也写到 9 月 9 日"解放式"前所见："所长室内，那屋角落上也正有一个十五六岁的团脸姑娘，可怜些些的站着……那个小姑娘红着脸，眼睛水

---

① 本文所涉作品中对"慰安妇"的称谓，《朝鲜少女吟》中为"'慰劳班'少女"，《血的短曲之八》中为"日军之中的妓女"，其他为"营妓"。

② 子冈：《朝鲜俘虏上前线》，重庆《大公报》1939 年 9 月 10 日，第 3 版。

汪汪的，老是要缝新衣服，不肯走。问起来历来，这原也是被日本军阀送到前线来的'营妓'。"① 这些作品只简略提及日军战俘营中的韩国"慰安妇"，作者们看待和描述她们的态度高度一致："哀其不幸，幸其新生。"

　　日本投降前叙说韩国"慰安妇"遭遇的非虚构作品中，笔者所见，内容最重要、思考最深邃的是报告文学《敌随军营妓调查——腾冲城内的一群可怜虫》。作者潘世征对腾冲之战中逃出来的两名韩国老板娘和11名韩国"慰安妇"进行了调查，记录了她们的姓名、籍贯、年龄、家庭情况、文化程度、被卖的价格、每月的收入等。这份调查虽然只是一个县城里的日军"慰安妇"状况的解剖，却为历史留下了珍贵的第一手史料。此文的深刻之处在于，作者的记叙和思考没有停留在"哀其不幸，幸其新生"层面，而是进而提出了抗战胜利后"我们的政府将如何处置这一群可怜虫"的问题。作者不无忧虑地写道："抗战胜利，一天比一天近了，这一个严重的社会问题，也应该是建国工作中值得注意的一件大事。我喊出一声'救救可怜的女孩子们！'"②

　　抗战胜利后，潘世征提出的严峻问题在诸多作品中不幸得到印证。此时被俘或逃出的"慰安妇"大多汇聚上海等待登船遣送回国，有的集中到收容所，有的流散在外，因此，有关韩国"慰安妇"境况的非虚构作品集中出现在且大多出自上海的报刊。其中，记述比较翔实生动的有报告文学《高丽姑娘》《韩国"营妓"访问记》，通讯《韩国卖淫女郎在上海》以及随笔《可怜虫！大批营妓集中》③ 等。深怀同情反映她们脱离"慰安妇"生活后的窘迫境况，追溯她们或被征召或受欺骗或被买卖来华充当"慰安妇"的惨痛经历，呼吁全社会关注和救助她们，是这些作品的主要内容。作者们对韩国"营妓"的态度则变为"哀其不幸，叹其生存困境"。

---

① 沈启予：《人性的恢复》，重庆《文艺阵地》第6卷第4期，1942年4月10日，第51页。
② 潘世征：《敌随军营妓调查——腾冲城内的一群可怜虫》，潘世征报告文学集《战怒江》，昆明扫荡报社，1945年3月，第150页。
③ 郑燕：《高丽姑娘》，《上海的秘密》，上海：中国出版公司，1946。蓝沄：《韩国"营妓"访问记》，上海《女声》第4卷第2期，1946年3月。伊人：《韩国卖淫女郎在上海》，上海《七日谈》第4期，1949年1月。陆中：《可怜虫！大批营妓集中》，上海《文饭周报》第5期，1946年2月28日。此外，上海小报刊还发表过十余篇简短的特写、通讯和随笔。除少数篇章外，这些作品大多没有指明所述舞女、妓女中是否有战争中的"慰安妇"，但从内容看其中应有部分曾是"慰安妇"。

上述抗战胜利后反映韩国"慰安妇"的非虚构作品呈现出这样几个特点。一是通过实地观察采访，披露事实，反映大批集中上海的韩国"慰安妇"处于生存困境这一值得关注和忧虑的社会现象、社会问题。二是作者态度鲜明，直接申说或明白表露其同情，发出议论，呼吁全社会关注并伸手救援。三是作者采用文学的语言、结构和表现手法，使作品具有不同程度的文学性和感染力，扩大了作品的传播和影响。四是作品通过真人、实地、数字、实况等展示韩国"慰安妇"的实际处境，注重记叙的真实性，但没有出现性格鲜明的个体形象。

二

如果说，长于事实描述和理性思索的非虚构作品有更多的历史文献价值，那么，借助文学的虚构、审美和语言艺术塑造人物形象的虚构作品，则给读者带来更多的感情波动、心灵震撼，更具审美意义。

笔者目前收集到的虚构作品篇目如下（以发表时间先后为序，见表1）。

表 1　有关韩国"慰安妇"的虚构作品

体裁	作者	题目	发表处所	发表日期
小说	舒群	血的短曲之八	桂林《中学生》战时半月刊第 3 期	1939 年 6 月 5 日
小说	碧野	花子的哀怨——一个女俘虏的遭遇	香港《大公报·文艺》第 724 期	1939 年 10 月 27 日
诗（歌行）	王季思	朝鲜少女吟	王季思著《越风》，金华国民出版社	1940 年 9 月
诗（七绝）	大狂	营妓	上海《风光》第 9 期	1946 年 5 月 6 日
诗（七绝）	虎痴	营妓	上海新生杂志社《万象》第 3 期	1946 年 6 月 10 日

以上虚构作品中，首先要提及的是虎痴和大狂同题为《营妓》的两首七言绝句。前一首："迫向军营献此身，狂蜂浪蝶送残春；而今湖海飘零客，尽是萱韩①梦里人。"诗后有文字说明："日寇'慰安所'之营妓，多为韩国良家少女，迫于日军诱胁，操此贱役，而今日寇屈膝，此辈欲归不得，流离失所，生活之惨苦，竟有非人所堪想象也。"后一首："花

---

① 萱，即萱草，一种草本植物，亦称"金针菜"。古称母亲居室为萱堂，后以"萱"为母亲或母亲居处的代称。"萱韩"即母国韩国的意思。

怜堕溷絮沾泥，蝶自疯狂鸟自啼；此日有家归不得，料应同悔祸噬脐。"
诗后有文字说明："日寇慰安所中之营妓，大半为韩国少女，为日寇胁诱
而来者，今以日寇解体，过其飘零生活，日本人诚亦作孽矣哉。"这两首
七绝的构思和运笔一致，前两句用不同的比喻描绘韩国"慰安妇"过去
所遭受的折磨摧残，后两句感慨她们如今流离飘零的艰难辛酸。限于体
裁和篇幅，两首诗吟叹所有韩国"慰安妇"过去受蹂躏的苦难和当下生
存的艰难，表达对她们的同情和对施暴者日军的谴责。但诗中出现的不
是作为个体的韩国"营妓"形象；真正塑造出韩国"慰安妇"文学形象
的虚构作品，是以下三篇：王季思①的叙事诗《朝鲜少女吟》和舒群的短
篇小说《血的短曲之八》，以及碧野②的短篇小说《花子的哀怨——一个
女俘虏的遭遇》。

《朝鲜少女吟》是一首七言歌行体叙事诗，模拟一个被征为"慰安
妇"的朝鲜少女自述，沉痛地叙写出自己从韩国汉城被征召到中国充当
"慰安妇"，最后在河南被俘获救的整个过程。全诗63句，可分为九个层
次（段落）解读。

开头四句是全诗叙事的引子："罗帏对卷秋风入，新插瓶花娇欲泣；
那知更有断肠人，血污罗裳归不得。"以被秋风横扫的娇嫩瓶花做比喻，
吐露在日本的统治奴役下自己有悲催难言的苦难经历。

第五至第五十八句是诗的主体部分，次第展开欲哭无泪的沉痛叙述。

第五至第八句"个人家本汉城住，生小年华愁里掷；妆成长自怯登

---

① 王季思（1906~1996年），原名王起，字季思。浙江温州人。当代中国戏曲文学研究大
家。1925年考入东南大学中文系，开始词与散曲的创作。1929年毕业后，先后在浙江、
安徽、江苏的中学任教。抗战爆发后投身抗日救亡工作，深入农村、山区宣传，写下大
量抗战诗文，1941年在金华出版诗集《越风》。抗战胜利后，在浙江大学、之江文理学
院任教，潜心研究中国文学史及元人杂剧。1948年起任中山大学教授，从事古典文学
教学和古代戏曲研究。

② 碧野（1916~2008年），原名黄潮洋，广东大埔县人。1933年离开家乡到北京，1936
年开始发表作品。20世纪三四十年代出版的主要作品有：报告文学集《北方的原野》
《太行山边》《在北线》，短篇小说集《远行集》《流落》《血泪》《风暴的日子》，中篇
小说《奴隶的花果》《三次遗嘱》《没有花的春天》，长篇小说《肥沃的土地》《风砂之
恋》《湛蓝的海》。1953年5月，碧野作为国务院组织的作家访问团之一员，与罗烽、
白朗、王西彦等一道到朝鲜战场采访，在开城住了约三个月。7月25日以"中国人民
志愿军代表团"记者的身份，参加在板门店举行的朝鲜停战协定签字仪式（参见艾以
等编《王西彦研究资料》，北京十月文艺出版社，1996，第39页）。1980年加入中国共
产党。

楼，为恐豺狼见颜色"，追述身处日寇统治下自幼愁苦，为躲避"豺狼"
不得不闭户隐匿姣好的容貌。第九至第十二句"自从东亚起甲兵，邻里
朝朝闻哭声；丁男逼向沙场死，少女驱将绝域行"，概括诉说日本发动侵
华战争后给朝鲜男女带来的新灾难。第十三至第二十句"皇皇督府张文
告，道是'前方要慰劳，民家有女不许婚，留待"皇军"来征召。'绮年
玉貌空自怜，阿爷阿母长忧煎；生男生女两无望，国破家亡理自然。"具
体诉说日寇为"慰劳"前方将士公开强行征召民女的暴行，亡国之奴无
论男女都逃不脱任人宰割的命运。第二十一至第二十八句"篷车隐隐过
城郭，三十六人同日发；亲朋邻里不敢送，遥望车尘双泪落。故山渐远
草渐青，不记南来多少程：宵从鬼魅丛中过，晓逐牛羊队里行"，叙述自
己和其他 30 多人被强征离家的悲凉景况和到中国后的辛酸生活。第二十
九至第四十句"人前强作欢颜笑，对镜临妆长自悼；同来姐妹几人存，
暗里相逢各相吊。东家阿妹年十六，旧是皇妃闵氏族；夜深宛转闻娇啼，
清晓遗尸弃深谷。南邻孀妇崔氏姊，家有三龄遗腹子；仰天终日语喃喃，
皮骨虽存神已死"，悲诉同行姐妹共有的惨苦命运，例举年幼的皇族少女
身亡命殒，家有一子的少妇精神崩溃。第四十一至第五十二句"行行忽
已到中原，极目关河欲断魂；黄河浊浪排空起，铁岭寒云障日昏。岭云
四合黄河吼，华夏英灵长不朽；大军一夜克新乡，五百倭奴齐授首；坏
车零乱龟鳖伏，散卒仓皇牛马走"，记叙随军行至河南一带，所属日军被
中国军队消灭的情景。第五十三至第五十八句"伶仃弱女何所依，瑟缩
泥中血满衣；被俘自分军前死，不信将军赐就医；殷勤看护更相慰，折
得花枝伴憔悴。那知身世正复同，纵有余香无根蒂"，叙说被俘后受到中
国军队给予的人道照顾和温情，忐忑之心得以安定。

最后五句结束叙说，抒发亡国子民的深沉感叹和无限悲愤："吁嗟
夫！汉城高高汉江深，谁把江山掷与人？欲知亡国无穷恨，请听朝鲜少
女吟。"

抗战期间，学者王季思"从古书堆里伸出头来注视当前的社会问
题"，"有意识地利用民歌、乐府的体裁来写诗"①，其情怀难能可贵。全
诗以朗朗上口的平实诗句，形象地概括了韩国"慰安妇"被征召胁迫来
华的过程，以及充当"慰安妇"后遭受折磨凌辱的苦痛和获得解救后得

---

① 王季思：《前言》，《王季思诗词录》，浙江人民出版社，1981，第 9 页。

到关怀的欣慰。

对这首诗的题材来源，作者在诗前这样说明："我军袭新乡，俘敌数十人，内有二朝鲜少女，被敌军以'慰安班'名义征赴前线，供敌蹂躏。"可见作者缺乏亲身经历见闻，只凭借相关新闻虚构此诗。35 年后作者自剖："《朝鲜少女吟》就是按照当时的新闻报道写的，写得很苦，却始终没有写好。"① 这既是作者高标准的自省，也道出了作品的某些不足。就艺术表现来说，诗中的自述少女是韩国所有被胁迫"慰安妇"的代言人，共性显然大于个性。第七个层次中描绘日军溃败的诗句"岭云四合黄河吼，华夏英灵长不朽；大军一夜克新乡，五百倭奴齐授首"，不像是心存恐惧前途未卜的"营妓"所述所感，与全诗自叙少女的哀婉口吻和态度也不协调，倒像是诗人所作的插叙。有学者称，学者、藏书家徐信符 1942 年"创作的《香港》组诗②，多角度反映日军暴行，其中一首专门揭露日军'慰安妇'制度罪行，成为诗歌史上第一位接触这一题材的诗人"，此诗"是第一首揭露日军'慰安妇'制度的诗歌"③。这个论断显然有违史实。王季思 1940 年 9 月发表的《朝鲜少女吟》作为中国现代唯一的以韩国"营妓"为题材和主人公的叙事诗，也作为最早一首全面控诉日军在华"营妓"制度罪行的诗歌，其文学史意义应得到彰显。

塑造出性格分明的韩国"慰安妇"形象的作品，当属舒群和碧野的短篇小说《血的短曲之八》和《花子的哀怨——一个女俘虏的遭遇》。曾有学者表示，丁玲的短篇小说《我在霞村的时候》"有可能是抗日战争时期的新文学作品中绝无仅有的一篇以慰安妇为主人公的作品"④。有学者

---

① 王季思：《前言》，《王季思诗词录》，浙江人民出版社，1981，第 9 页。

② 《香港》第四首全诗为："最怜送燕与栖鸦，刀剑光芒怨日斜。安得女间三百户，满园春色植樱花。"载徐信符《南州吟草》（何氏至乐楼丛书，第 33 种），香港：何氏至乐楼，庚午（1990 年）春仲刊印，第 10 页。收入《岭峤春秋——徐信符研究文献集》"（二）徐信符先生遗著选辑"，广东人民出版社，2004。

③ 周生杰：《徐信符：首位用诗歌揭露日军慰安妇制度的诗人》，《石家庄学院学报》2016 年第 5 期，第 94 页"摘要"、第 100 页。本文说组诗《香港》写于 1941 年香港沦陷后，未明确具体时间。香港沦陷于 1941 年 12 月 25 日，组诗当写于 1942 年。又，蔡国颂的《名山自有千秋业，节气棱棱萃一身——徐信符〈南州吟草〉小议》（载广东炎黄文化研究会、番禺炎黄文化研究会编《岭峤春秋——徐信符研究文献集》，广东人民出版社，2004 年 3 月）一文，则将香港沦陷时间误为 1940 年 12 月 8 日（见该书第 275 页）。

④ 董炳月：《贞贞是个"慰安妇"——丁玲〈我在霞村的时候〉解析》，《中国现代文学丛刊》2005 年第 2 期，第 212 页。

补充谢冰莹的短篇小说《梅子姑娘》、大型歌剧《梅子》等,指出此说不确①。考察史实,上述以日军在华"慰安妇"为主人公的作品中,《我在霞村的时候》发表于1941年6月,女主人公贞贞是中国人;《梅子姑娘》发表于1941年6月②,女主人公是日本人;歌剧《秋子》1942年1月31日首演于重庆国泰大戏院,女主人公是日本人③。由此看来,在抗战时期新文学作品中,分别发表于1939年6月和10月的《血的短曲之八》和《花子的哀怨——一个女俘虏的遭遇》,殊为可贵,不仅是这类作品中发表最早的篇什,更为这类作品补充了中国、日本之外的韩国女主人公形象。还要看到的是,这两篇小说和《朝鲜少女吟》为现代文学中已有的抗日志士、反日英豪、家庭妇女、移民佃农、房东商贩、妓女舞娘等韩国女性人物画廊增添了新的形象类别——被俘"慰安妇"。

<h1 style="text-align:center">三</h1>

东北作家舒群是描写在华韩国人题材的重要作家之一。早在1936年他就以描写韩国少年果里的短篇小说《没有祖国的孩子》名震文坛。此后,他还写过短篇小说《邻家》《海的彼岸》,从不同侧面深情地书写了在华韩国人国破家亡的痛楚,以及故土难返、亲人难见的悲戚。

《血的短曲之八》背景模糊,没有交代故事的发生地,但参考舒群的经历可以断定,故事发生在晋察冀地区。1937年24岁的舒群随上海革命文化人撤往延安,路经西安时,受八路军办事处林伯渠委派,以随军记者的名义赴山西东南前线,在八路军司令部工作,"在这里舒群还参与了

---

① 王学振:《抗战文学中的慰安妇题材》,《南京师范大学文学院学报》2012年第4期,第108页。

② 王学振的《抗战文学中的慰安妇题材》(《南京师范大学文学院学报》2012年第4期)标注《梅子姑娘》载《文学创作》第2卷第1期,1942年12月。实际上,这篇小说首载于谢冰莹短篇小说集《梅子姑娘》(新中国文化丛书第十组),西安:新中国文化出版社,1941年6月15日初版。书中收8篇小说。《梅子姑娘》文末署:"三十(1941)年五月十六日于警报声中"。因此,这篇小说作于1941年5月16日,首载于1941年6月15日。

③ 丁玲:《我在霞村的时候》,延安《中国文化》第2卷第1期,1941年6月。谢冰莹:《梅子姑娘》,《梅子姑娘》,西安:新中国文化出版社,1941。陈定编剧,李嘉、臧云远作词,黄源洛作曲:《秋子》,未发表。参见学莺《歌剧〈秋子〉第一次演出》,重庆《青年音乐》1942年第1期"特写";音乐教育社《战时轰动大后方的歌剧〈秋子〉》,上海《艺文画报》第1卷第11期"影剧",1947年5月。

八路军总部敌工部的工作，管理教育被俘日军官兵等"①。

1938 年 5 月至 1940 年 3 月舒群先后发表九篇各自独立的同题系列小说《血的短曲》，目前看到的八篇中②，有三篇主人公是外国女性，即"之一"中"我"的恋人、日本领事馆书记清子，"之七"中"我"受伤后照顾"我"的美国传教士特茹丁格，"之八"中"我"负责管理的被俘日军"慰安妇"——"她"。

"之八"的故事是：在一次山地战斗中击败日军后，俘虏中只有一个女人——"她"，十六七岁，身体很瘦弱，由"我"负责单独看管。我们归队后，跟着队伍通过一条崎岖而难行的小山路，在荒凉而寂寞的环境中行进。"她"发现队伍向西行进，与她的祖国所在的东边反向，于是执拗地独自望着太阳所在的方向走去，不愿回头。"我""顺从"了"她"，孤独的她走了一段路后不得不委屈地回来跟随大队。归队告别时，"她"听到"我"说所有愿意回国的朝鲜人都可以回去，第一次勉强露出了淡淡的笑容。

《血的短曲之八》发表前，舒群同韩国人有过较多的接触。1938 年七八月间他从武汉撤至桂林时，受桂林八路军办事处负责人李克农的派遣，为驻七星岩的朝鲜义勇队做联络工作，并帮助他们演出了金昌满编的话剧《朝鲜的女儿》③。这部话剧和歌剧《阿里郎》1939 年 3 月初在桂林新华大剧院公演。3 月 3 日，《救亡日报》发表艾青、阳太阳、舒群、林林四人《对于朝鲜义勇队公演的感言》，舒群的感言最短，仅有两句："《阿里郎》的山岗，是难走的；纵然是大理石铺成的道路。《朝鲜的女儿》的尸身，将是朝鲜'南大门'最下层的底基。"这两句话寓意深长，表达了他对亡国受难图谋复国的韩国人深切而又独特的理解。

在《血的短曲之八》中，没有涉及被俘"慰安妇"的身世，甚至连姓名都没有写出。"我"受命单独管理这位唯一的女俘虏，"我"与"她"的接触是职责所在。小说只描写了初见"她"和带"她"归队路

---

① 史建国、王科编著《舒群年谱》，作家出版社，2013，第 27 ~ 30 页。
② 九篇《血的短曲》中的一、二、三、七、八、九已收入《舒群文集》(2)，但未标明初刊出处、日期。这六篇和未收的四、六初刊文笔者已查到，唯有"之五"的初刊文，笔者和《舒群研究资料》《舒群年谱》编者都没有查到，待考。1940 年 2 月 16 日香港《大公报·文艺》第 785 期"桂林文讯 4"称，舒群的"新集《血的短曲》在上海排印着，也快出版的"。不知何故此书未能面世。
③ 史建国、王科编著《舒群年谱》，作家出版社，2013，第 37 页。

上两个场景，时间仅仅一两天。

小说开篇首先写出"我"与"她"相处后的"感觉"：

> 她给我留下的一种感觉，是这样的。
>
> 温暖的不是异邦如意的床，而是祖国冰冷的地；死在后者的地上，比睡在前者的床上温暖。①

这就揭示出"她"思想性格的内核：一定要回归故土。然后，写"我"与"她"初见时对"她"外貌的观察和身份的确认："她的年龄，很幼小，最多不过十六七岁。她的身体，很瘦弱，瘦弱得使人感觉她的生命难有几年的长久；好象初春的嫩苗，被暴风雨摧残过，在世界上难有长久的勾留了。她的脸型，她的脸色，就是她生来的不幸命运的记号。这不仅可以看出她是朝鲜人，而且可以证明她是日军之中的妓女。关于这，在我们问起她的时候，她哭了，表示默认了。"

接着，通过与"她"的简短对话，逐步揭示她的内心世界和感情。

> 我问她："你不疲倦吗？"她回答："不！"我故意问她："你痛苦吗？"她默然了。她用手抚摸自己的胸脯，仿佛抚摸着自己的痛苦。我又问："那么，你不快乐吗？"她回答的话多一些："我生来就不知道一个人还有快乐；也许有，可不是我的，不是朝鲜人的！"

小说重点描写"她"的行动。在随队伍长途行进的路上，她发现是在向西走，而不是母国所在的东方，"于是，她转了相反的方向，望着太阳所在的地方去了"。我"故意的顺从"她的反向而行。之所以如此，是因为"我"理解她亡国的悲愤，理解她依恋祖国故土的情怀。

接着是一大段对独自行动中的"她"的精彩描写：

> 我站在小山路的当中，注视她的背影由迅速而变慢，渐渐地终于停止了。她去时的勇气，从她垂落了的松软的两手，已经消沉下去；从颤抖着的松软的两脚，拾得一个永远难忘的失望而已。不过，

---

① 这两句话的句式与上文引用的《对于朝鲜义勇队公演的感言》何其相似！这不是偶然的。

她不肯回来，仍在失望之中寻找着希望。在她停留的时候，她散垂着的长发，被风吹乱了，一时飘起，一时飘落，飘得无所依依，尤其是她仅有的一件类似西装的衫子，象她的体质一样，几乎再经不起一阵暴风的吹打。她在风中，孤独得仿佛人类再无一个她的亲人了。

作者一边如实描绘她变化着的外貌、神情，一边冷静解读探索着她思绪的波澜、内心的变化。这段描写充分表现出主人公孤独、倔强的性格，凸显出内心深处留下创伤的她，对故国的依恋、回到故乡的执着和失望之中的无可奈何。

在小说中，"她"的思想性格从与"我"见面时便已"定格"，作者通过见面后的简短对话和"她"在行军途中独自从西行到东去复又从东行转西去的抉择，表现出她起伏思绪中理性和感情的搏斗，恒定性格中执着和无奈的变化，展示出"她"思想性格的闪光：亡国悲愤重于自身的"营妓"遭遇，回归故土重于栖身他乡安居。

四

与《血的短曲之八》开头先明示"印象"然后叙说始末的写法不同，碧野的《花子的哀怨——一个女俘虏的遭遇》从"我"在楼上看见女主人公开始，逐步展开情节：一个每天清晨都在楼下的花丛中走着的年轻女俘虏，引起了在楼上的"我"的注意。后经投诚的日本医官介绍，"我"认识了她。她叫花子，是韩国釜山人，出世时父亲已去世，母亲失明。大哥是独立志士，为争取国族自由在汉城被杀；二哥是普通渔民，打鱼时被海浪卷走了；三哥被征调到中国作战，死于长城边。母亲去世后，她被恶媒婆从故乡骗卖给日本浅间一个农夫为妻，后被暴虐的丈夫卖到千叶，沦落为妓女。"七七"事变后，被征调到中国充当"慰安妇"，随着日军到过上海、南京、徐州、广州，在晋南的中条山中被中国游击队俘虏后解送到黄河南岸。"我"和花子的相识相交，经历了从初夏到深秋五个多月。我们一天熟似一天。她认识不少中国字，"我"介绍给她一些中国抗战鼓词和通俗小说，她也答应把自己的一切遭际细细告诉"我"，并希望"我"给她写一本书。"我"关切着她，见她生活费不很充裕，常常主动给她一点资助，并跟随她和其他俘虏一道去远足旅行。为便于教养和保护，花子和同伴们被送到龙门左近一个小村庄去住。"我"每隔三天去看她一次，带去食物和日常用品，给她安慰。不料新生活刚刚开始，她就在日本飞机的一次轰炸中被炸死了。

抗战爆发后，22岁的碧野在北平随流亡学生到华北参加游击队和河南农村巡回演剧队，直到1942年都活动在豫鄂一带，后到成都、重庆、上海从事文化、教育工作，1948年进入解放区①。这篇小说当是他在河南时见闻经历的文学表现之一。

在小说中，"我"与花子的接触与职责无关，或因为她是少见的女俘虏，使"我"的同情心、好奇心油然而生；或是为她美丽的身影、忧郁的妩媚无端地吸引。与《血的短曲之八》中的"她"不同，作者设置了花子悲催复杂的家庭背景和辛酸的个人经历。与"她"固执孤僻的性格不同，花子能喝酒、爱说话、乐于与"我"接触。

作者这样描写在楼上初见到在楼下花丛中散步的女俘虏花子："她的短发黑而卷曲，可是有点蓬松；她的眼睛是奇异的美，在长睫毛底下，闪射出秋星似的光芒，但是眼梢边却有些红肿。也许她长夜在失眠，或为她的飘零的身世而哭泣过。……"

接着小说写了三个场景：秋夜"我"与日本医官、花子三人饮酒，周日"我"与俘虏们一道远足旅行，花子被日军轰炸机炸死。

经投诚的日本医官介绍，"我"认识了花子。三人一起喝酒时，"我"见她一杯又一杯地喝，劝她不要借酒浇愁，用言语来表达情意。我的话戳痛了她的心：

> "你！……"花子颓然地坐了下去，她哭了。她把身子伏在桌沿，卷发因为伤心而抖动着，好像是一朵②风中的墨牡丹。她的凄伤的哭声令我的心起了一阵哀颤，突然我的眼泪滴落到酒杯里，我端起了酒杯，把渗泪的剩酒倒进了喉咙，我急急地离开了桌边。

与花子逐渐熟悉后，"我"了解了她的身世，深知"她的少女的心已

---

① 《碧野（自传）》，徐州师范学院《中国现代作家传略》编辑组：《中国现代作家传略》（第二辑），1979，第237~238页。

② 即"朵"。

经灌进了多量的苦液，可悲的遭遇使她认识了人生的深层痛苦"，因此热情地关心她，常常给她一些资助，周日同她和其他俘虏一道远足，俘虏们搬离后还定期去看望她。花子没有明确执着的家国意识和信念，她也想有新的生活，但这新生活是怎样的，新生活在哪里，都很模糊。"我"与花子从初识到死别有数月，就在崭新的生活环境使她的思想、性格初现变化端倪的时候，就在她可能有的新生活正待起步的时候，却被苦难制造者的炸弹炸死。侵略者不仅是摧残她身心的元凶，也是断送她新生命的刽子手。小说结尾，作者这样描写目睹的现场和他的愤怒：

> 花子和着她的三个同伴躺在一片荒草地上。尸体已经给芦席盖住了，我用力睁大了眼睛，只看见花子的披散的短发，和一滩①污紫的血⋯⋯
>
> 我嗓子酸梗了，我发不出哭声，两行清泪流落腮边。
>
> 呵，你这武士道的刽子手！

茅盾曾称赞碧野的中篇小说《北方的原野》"处处闪耀着诗篇的美丽的色调"②。这一"色调"，同样呈现在《花子的哀怨》中。比如，这样写时间的推移："一直等到那玫瑰花已经凋落了红瓣，香玲草也逐渐在秋风中萎黄了，我才由一个投诚的日本医官的介绍认识了她。"

再如，"我"对花子以后去向的劝慰之语：

> 她说她不愿再回到伤心之地日本。我说到那时便可以随意飞翔，就好像蓝空的云雀一样；我并且说愿意伴她到高丽去走一遭，看看鸭绿江是怎样的自由地奔流，汉江是怎样的迸溅着银白的浪花，釜山湾是怎样的柔美发蓝。⋯⋯

又如，远足旅行途中的描写：

> 秋阳刚露出了醉红的圆脸，我们就向着邝山的野径进发了。

---

① 现为"摊"。
② 茅盾：《北方的原野》，汉口《文艺阵地》第 1 卷第 5 期，1938 年 6 月，第 157 页。

　　高粱收割了，遗留下深红色的枝茎，辽阔的田野呈显出火般的艳红。远山像少女的清爽的眉宇。

　　……花子除了仍然穿着那身滚有黄边的绿军装以外，头上还戴了一顶黑色的飘巾帽，她的眼睛永远是浮现着难灭的红晕，从她的打扮，眼睛，以至她的细微的动作上，都深含着一种忧郁的妩媚。

　　在一幅景色与人物交融的诗意图画中，显露出在受到尊重、得到关爱的新环境中生活的花子，精神面貌发生着细微变化，也隐含着作者的喜悦之情。

　　两篇小说的细节描写也值得一探。《血的短曲之八》捕捉的细节是"哭"。第一次在我们问起她"慰安妇"身份时，她用哭表示默认：

　　她的哭声，充塞在这阴惨的天空的下层，这秋风吹不尽荒草，落叶的院中，一声一声地传入我们的耳里的时候，使我们更感到了人类爱和憎的距离，同情和仇恨的所在。

　　这哭是戳到内心深处伤痛的爆发。

　　第二次是"我"问她"快乐吗"时，她回答："我生来就不知道一个人还有快乐；也许有，可不是我的，不是朝鲜人的！"

　　这时候，她刚刚停止的哭声，又开始；更大了；仿佛她只有一个简单的感觉，表示感觉的，就是她的哭声；仿佛她的幸福，被人用不幸换去，结果她自己余下的和加多的，都是哭声。

　　这哭是仇恨积累已久的倾泻。这两次"哭"的描写，作者结合引发她"哭"的因由，理性地对她作心理解剖。与其说在写她的"哭声"，不如说是作者在解读她哭声中埋藏的无限悲愤，剖析她哭声中蕴含的翻腾心潮。

　　第三次是"她"要朝"我"所指的相反的方向走，"我"气愤了，无情地责问她"你想往敌人那边去吗？"，"于是，她好象受了欺辱一样，立刻又哭了，哭着向我说：'先生，我告诉你，我的家住那边，就在那太阳下。'"。第四次是"她"执着地要反向而行，"我"故意说"那你一个人站在这里吧，我去了"。"我"走开了不久，"便听见她的哭声追随在我身后了"。第三次只有"哭""哭着"三字，接下来写她心声的袒露；第四次只有"哭声"二字，伴随在她追随"我"走向大部队的脚步声中。这两次"哭"是满怀委屈的又一表达，"她"已有话语和行动，作者毋庸赘言解析。

《花子的哀怨》也写到一次哭，就是前面引述的"我"劝花子少喝酒时，"花子颓然地坐了下去，她哭了"那一段。碧野没有正面写哭声，只用"好像是一朵风中的墨牡丹"比喻花子"哭"时整个身体剧烈的抖动，描绘出她的"哭"所传达的巨大心伤。作者没有借"哭"解析她的心理，而是通过年轻男子"我"对她的哭的直觉反应——心颤，落泪，离开，侧面写出这"哭"隐含着多大的辛酸、悲凉。

《花子的哀怨》的主要细节描写是三处写到的柿子、柿子树。第一处是"花子是爱吃蓝柿子的"，旅行前，"我给她买了十来个蓝柿子"；第二处是旅行途中"我用小刀给花子削了一个蓝柿子，她要求我分着吃"；第三处是日机轰炸后"我"去看花子，在惨烈的景象前昏迷过去，醒来时"身子靠在一棵被炸断了枝干的柿子树下"。

这细节在小说中只点到为止，似不经意，却含着深意。中国和朝鲜半岛都盛产柿子，外形秀美、味道可口的柿子是两国人都爱吃的果品之一。柿子树根系强大，吸水吸肥能力强，择土不严，适应性强。中国历代诗人都写过许多吟唱柿子的诗作，有的借柿子树表达思乡之情，有的赞叹深秋柿树上果实累累的秀美，有的则感叹未被摘走、遗留枝头的红柿子的风采和幸运。作者则用"柿子"隐喻花子的可爱和被俘获救的幸运，柿子树枝干被炸断则表达了作者对侵略者扼杀她可能有的新生活的一腔悲愤。

这两篇小说在两位作家的作品中算不上重要，却是精巧之作。篇幅短小，都不到二千七百字。人物单纯，只有"我"和女主人公。情节简单，《血的短曲之八》写了两个场景，《花子的哀怨》写了三个场景。叙事采用第一人称，前者是作者转述"一个人所讲的故事"，后者的叙述者就是作者。写作手法上，都通过表情、动作、对话和细节，挖掘主人公的性格特点和内心世界，叙述风格和语言充满抒情性。这一切使两个思想性格有别的"营妓"的真实生活片断得以生动呈现。

在以韩国"慰安妇"为主人公的非虚构作品里，脱离日军魔掌的

"慰安妇"，或觉醒新生，或重病卧床，或麻木生存，或继续卖身。怀着同情心的作者们是作为采访者旁观"局内"的"慰安妇"，作为拯救者俯视"底层"的"可怜虫"①。这两篇小说作者的立场和视角却不同。首先，就"我"与女主人公之间的关系说，不论"我"是"她"严肃冷静的临时管理者，还是主动热情与花子交往的朋友，都把俘获的"慰安妇"看作与"我"平等的"人"。平等相处的关键是尊重对方。在两篇作品里的"我"眼中，"她"和花子都是无辜者、受难者、被俘"慰安妇"，而"我"并不是拯救者、恩赐者、教诲者，只是照顾她的临时管理人，是热情关心她的朋友。其次，作品没有表现"她"和花子被俘获救后的喜悦和思想觉醒，没有"幸其新生"，表露出的是更深层次的思想："我"看到并认同她们严重受损的身心中蕴藏着的人性美好面，无论是对执拗到令"我"生气的"她"，还是对美丽妩媚令"我"怜爱的花子；"我"理解并尊重不幸遭遇带给她们的深重的心灵创伤，无论是对回归故园怀着执着心愿的"她"，还是对一直背负着沉重往事的花子。如果说作者对她们有什么厚望，那就是期待"她"和花子把自己日后新生的命运寄托在获得独立后的祖国身上。这两点既是两篇小说与非虚构作品的主要异趣之处，也是其新的思想意蕴所在。

这两篇小说还有一点也值得体味。《血的短曲之八》中的"我"受命负责"她"，与"她"短短一两天的接触是职责所在，归队后即交给别的人负责。在接触中，"我"尊重"她"，理解"她"，体谅"她"，但"我"坚持原则，态度既严肃又不失灵活。《花子的哀怨》中的"我"看到花子时"我的心有点轻跳"，主动与她结识交往。"我"有能力且可以用自己的津贴给她资助，可以同她和其他俘虏一道远足旅行，俘虏转移了还能定期去看望她。透过这些描写，可见俘获并管理"她"和花子的部队在军纪、待遇等方面显然有别。不难分辨，前者是共产党的部队，后者是国民党的部队。这与两位作者的经历也是吻合的。

（载《当代韩国》2018 年第 4 期）

---

① "可怜虫"是相关非虚构作品的标题和正文中普遍出现的对"慰安妇"的另一称谓。

阳翰笙的戏剧《槿花之歌》分析与其教学活用 [中文摘要]

〔韩国〕 梁茶英

　　戏剧家阳翰笙作为中国现代史剧编剧，是位必须提的人物。他的戏剧《槿花之歌》虽然是中国作品，但它通过韩国人的题材，讲述了"三一运动"这一韩国重要历史事件。本论文以拥有正确历史理解、历史认识和相同经历的中国人的视角，来看他们是怎么看韩国的，进而通过能够培养语言能力的方法，提出能够结合历史教育和语言教育的中文教育教学方案，并通过《槿花之歌》来进行研究。

　　本论文共分为六章，各章的主要内容如下。

　　第一章为绪论，以前人研究为基础，找准研究的方向，叙述研究意义以及目的，说明本论文的研究方法，确定研究对象。

　　第二章分析阳翰笙编剧的生平，尤其是集中分析可以算作他文学成就的戏剧创作，也就是抗战时期作品，这时期的作品将历史事件完全融入戏剧作品中。

　　第三章分析阳翰笙的戏剧作品，也就是以韩国历史事件"三一运动"为题材的戏剧《槿花之歌》，分析它的时代背景、戏剧构成、出场人物和主题思想等。

　　第四章首先分析戏剧《槿花之歌》内容中突出的主题思想，考虑到学习者的语言水平，选择 12 个能够用于教育的场面，分析其场面中的词汇和表达。然后通过分析前文的场面，将戏剧《槿花之歌》用于教育当中，分析符合 2015 年修订教育高中教程的语言功能课程和戏剧修养的利用方法。

　　第五章根据第四章分析的内容，在实际教学现场使用戏剧《槿花之歌》，通过四个语言功能，提出教学程序和教学方案。指导教学方案分为起因、经过、整理三个方面，又细分为阅读前、阅读中、阅读后三个阶段。

第六章为结论部分，对本论文的研究进行了总结。

为此，本论文的目的并不在于各科目单科授课，而在于在中文课程中重新联想到从历史课程中学到的内容，分析统合、融合的教育方案，使学习者能够同时学到历史和语言知识，希望今后能有更多联系各科目，实现总体性学习的中文教育方案的研究。

（韩国外国语大学硕士学位论文，

朴宰雨指导，2017 年 8 月）

从《没有祖国的孩子》看舒群的早期创作

吕乃鹏

  舒群是"东北作家群"的重要作家之一,他的早期(20 世纪 30 年代)创作真实、鲜活地反映了东北沦陷区的时代生活,展示了东北人民顽强抗争的文学图景。小说《没有祖国的孩子》是他的处女作,也是代表作。这篇小说中,清晰地展现出舒群早期创作的倾向和维度,同时读者也能从中看到"东北作家群"创作的共性。

  王瑶先生在他的《中国新文学史稿》中首次以单节对"东北作家群"进行论述,让"东北作家群"开始以群体的姿态登上文学史的舞台,并日益成为被广大研究者所接受的文学流派。正如黑格尔指出的"每种艺术作品都有属于它的时代和它的民族,各有特殊环境,依存于特殊的历史的和其他的观念和目的",舒群,以及与他建立深厚友谊的萧红、萧军、骆宾基、端木蕻良、罗烽、白朗等人,生于沃野千里的广袤黑土地上,1931 年东北沦陷后相继流亡到上海以及关内各地,以笔为旗开始文学创作,并于 30 年代中期共同崛起。国仇家恨汇于笔下,日寇铁蹄下人民的悲惨遭遇、对侵略者的切齿仇恨、艰苦卓绝的反抗斗争成了他们笔下共同的主题。当然,萦绕在他们笔端的还有对故土和父老乡亲的深切怀念,以及那一份无法抹去的浓浓乡愁。

"没有祖国的孩子"

  "乡愁",似乎是中国文学一个永恒的主题。"小时候,乡愁是一枚小小的邮票,我在这头,母亲在那头……而现在,乡愁是一湾浅浅的海峡,我在这头,大陆在那头。"(余光中《乡愁》)余光中的乡愁是孤悬台湾,浅浅的海峡虽一衣带水,但故土难归、故人难觅,于是空怀惆怅,无法释怀。

与之相比，"没有祖国的孩子"则更加凄惨，更加沉痛沧桑。日寇肆虐，铁蹄践踏让孩子失去了祖国，那份乡愁饱含国仇家恨，更加痛切，也有更多无奈和义愤。落于舒群的笔端，便是泣血以告，声声呐喊。这份乡愁，是泣血的乡愁。

米兰·昆德拉在《小说的艺术》中强调，小说家要对人的存在有本质的发现，并将其定义为"小说家的道义"。典型形象是这个本质发现最有力的体现之一，如俄狄浦斯王、《月亮与六便士》中的思特里克兰德、鲁迅笔下的阿Q，他们既是不朽的文学形象，更是作家的本质发现。"没有祖国的孩子"就是舒群也是整个"东北作家群"笔下的典型形象。

小说中的主人公——朝鲜孩子"果里"想和别的小孩一样上学念书，"也住大楼，也看电影"，却遭到了苏联小孩果里沙的嘲讽，告诉他"血统上"的不同，而当果里问为什么中国小孩果瓦列夫（"我"）可以时，果里沙告诉他"在世界上，已经没有了高丽这国家"。一切的一切，都只因为果里已经是一个"没有祖国的孩子"了。

与鲁迅笔下的阿Q相比，阿Q承载的国民性更沉重，人物形象更厚实；而果里承载的苦难更真切，人物形象更具有鲜明的时代性。他既是东北数百万人民的群像，也是作家们的自画像。"东北作家群"的作家们在事实上都是些流亡者，他们亲身体验了故土沦丧的"黍离之悲"，是真正被侮辱和被损害的"没有祖国的孩子"，抗日救国和回归故土是他们心中难以化解的情结和内在诉求。

侵略者的暴行和国人的苦难为他们的创作提供了不忍卒睹的素材，在那份"泣血乡愁"的牵扯下一分为二，一面是对侵略者暴行的揭露，一面则是对人民抗争的真诚礼赞。他们的创作为现代文学注入了一股新的力量，改变了正面表现反帝斗争作品比较缺乏的局面。周立波在《一九三六年小说创作回顾——丰饶的一年间》一文中，对小说的时代意义给予评价："舒群的《没有祖国的孩子》等，艺术上的成就和反映时代的深度和跨度上，都逾越了我们的文学的一般标准。凭着这些新的力量的活动，1936年造成了文学上的一个新的时代。"

"对于生的坚强"和"对于死的挣扎"

鲁迅在为萧红《生死场》写的序言中这样写道："然而北方人民的对

于生的坚强，对于死的挣扎，却往往已经力透纸背。"这份力透纸背，不仅表现在萧红笔下，也表现在"东北作家群"其他作家的笔下，舒群的《没有祖国的孩子》同样如此。

果里因日本对朝鲜的侵略失去祖国和家园，父亲因带领成千上万的工人到总督府进行斗争而被残忍杀害，母亲希望果里"不要再过猪的生活"，让他逃亡到中国东北，寻找自由之路。在这里他遭到了太多的冷眼和嘲讽，但依然保持着生活的希望和坚韧。在果里"小的像我们宿舍垃圾箱"的小屋里，他双手合拢，让"我"猜里面的东西，在"我"总是猜不到后，他说，"这里有爸爸，也有妈妈"，原来"是两个从相片上剪下的人头：男人是他的爸爸，女人是他的妈妈"。相信读到这个细节的读者，都会被深深感染和触动。

在小说《邻家》中，舒群刻画了一对相依为命的母女，朝鲜老太太的三个儿子因是"独立党人"而被捕，只能与女儿逃亡来到中国东北，以卖淫为生。面对前来寻欢的日文翻译不但不给钱，还打了姑娘的罪恶行径，也只能忍气吞声。在《海的彼岸》中，舒群描写的朝鲜贵族的儿子，在国家沦丧后逃到中国，留在故土的母亲思念儿子，来上海寻找，但在日本人的严密监视下却无法相见。失去祖国家园的飘零感和任人践踏的屈辱感，在这些历经苦难之人的身上表现得尤为清晰。

读者很容易发现，在舒群笔下有太多的朝鲜人。一方面，这样写是因为在国家被侵略的共同背景下，国家民族的不同是可以被忽略的，因为大家"同是天涯沦落人"，有共同的苦难经历；另一方面，这样写有时会产生更强烈的效果。以《没有祖国的孩子》为例，全篇几乎都在写"没有祖国的孩子"果里，他说的那句"不像你们中国人还有国，我们连家都没有了"让"我"觉得"好像什么光荣似的"，虽朦胧但也能感受到"有国"的好处。但舒群立刻笔锋一转："但是，不过几天，祖国的旗从旗杆的顶点匆忙地落下来；再起来的，是另样的旗子了，那是属于另一个国家的——正是九月十八日后的第八十九天。"

"有国"的我和"没有国"的果里相比，虽不至于沾沾自喜，但些许的庆幸必然在情理之中，然而猝不及防下，异国的旗帜升起，虽不至变成"没有祖国的孩子"，但那片乡土再也不是曾经的家园，"我"将变得和果里没有区别，那些被"我"目睹的果里惨痛、屈辱的经历即将接踵而至，那种冲击、那种绝望是可想而知的。从这个意义上来说，由写果里这个"没有祖国的孩子"从而触及"我"，比直接写"我"的血泪控诉更有震撼人心的力量。这时，那种"对于生的坚强"和"对于死的挣扎"着实可以力透纸背了。

"插起祖国的旗帜"

"不在沉默中爆发，就在沉默中灭亡"（鲁迅《纪念刘和珍君》），有时沉默并不代表是一潭死水，而是在积蓄能量。《没有祖国的孩子》中，当"我"要带果里去看电影时，在影场门前，守门的大身量中国人坚持不让果里进去，说果里"不是东铁学校的学生"，还讥讽道："谁不认识他，穷高丽棒子！"（这里我们不难看到鲁迅所说的"狼"与"羊"的辩证关系）"我"义愤填膺，高喊"他是我们的朋友"，果里则突然冒出一句中国话"好小子，慢慢地见"。听来虽有些拗口，但那反抗的力量已经初见端倪。

果里一直受着日本"魔鬼"的欺压，"像失了灵魂一样死板，那兵用脚踢他的头，他的头仿佛有弹力地摆动两下，鼻孔有血流出"。笔者相信，果里的"死板"绝不同于闰土的木讷。直到"魔鬼"要走，把果里带到船上时，他的反抗终于付诸行动，他"只觉得一阵的麻木，刀已经插进'魔鬼'的胸口。然后，被一脚踢下来，再什么也不知道了"。果里的反抗有其自发性，但直接、干脆，外加一份畅快。所以，甚至连曾经讥讽他的果里沙都称赞"好样的，好样的"，"这才是我的好朋友"。

确实，舒群善于刻画不同国家民族的人在侵略者统治下的屈辱与抗争。

小说《沙漠中的火花》描写了在日军侵略下的内蒙古边区，蒙古人被迫给日军做苦力，强壮勇敢的阿虎太和朋友们一样，一直忍受着日军的肆虐和欺凌。但在看到日本人枪杀了自己的无辜同伴后，阿虎太终于忍无可忍，开始鼓动同伴一起与日军抗争。那句"不知忍耐多少辈子啦！难道叫我们的儿子孙子还得忍耐吗？忍耐到什么时候才算完"字字铿锵。就像《没有祖国的孩子》中，苏联老师苏多瓦对果里说的："你不能跟果里沙去的。将来在高丽的国土上插起你祖国的旗，那是高丽人的责任，那是你的责任！"

"插起祖国的旗帜"，"东北作家群"所反映的人民不屈不挠的意志和斗争，把反帝爱国文学创作推向了一个新的阶段，成为抗日文学的先声。在《现阶段的文学》一文中，周扬肯定了舒群小说创作的主题和艺术追求："失去了土地，没有祖国的人们，这种种的主题，在目前有着特别重要的意义。最近露面的新进作家舒群，就是以他的健康而又朴素的风格，描写了很少被人注意的亡国孩子的故事，和正在被侵略中的为我们所遗忘了的蒙古同胞的生活和挣扎，而收到成功的新鲜效果，成为我们的一个重要的期待。"

需要指出的是，在舒群的创作中，他很少从正面描写残酷的战争场面，而常常将笔触伸向普通民众的日常生活，注重表现外敌入侵给普通百姓带来的现实苦难，以及人民面对侵略奋起反抗的意志与决心。在小说《祖国的伤痕》中，舒群描写了一个流落街头的负伤军人，他穿着"不整齐而破旧的军服，惨枯的脸色，头发很长，长至颈下。在他那颓败的神情中，潜伏着一种流离的痛苦"。大家都觉得他是个临死的病人，小孩都能随便戏弄他，但他的身上珍藏着十几颗步枪子弹，心中依然坚定想着回到前线，眼中"露出不可抑止的骄傲"。这样的"避重就轻"似乎比直接描写军人在战场上如何英勇杀敌、不幸负伤更有力量，同时文学性也更强，情绪也更加饱满，相当于一笔浓墨重彩的抒情。

清末民初学者刘师培在《南北文学不同论》中说，北方"民尚实际，故所作之文，不外记事、析理二端"，南方"民尚虚无，故所作之文，或为言志、抒情之体"。此语不可谓不准，但不可一概而论，"东北作家群"的笔下就有浓重的抒情意味。

诚然，舒群和他的朋友们以叙事为主，同时也以叙事见长，比起京派作家牧歌式的对淳朴人性、人情的赞美与讴歌，"东北作家群"的抒情显得不够细腻，分量也不足。但他们所追求和抒发的是一种国家情、民族情和故乡情，是那个风雨如晦时代的主旋律。他们通过自己的切身经历和感受，用泣血的乡愁做引，以饱满的热情从事含泪的创作，呈现出一种深沉、凝重、激昂的审美风度。

可以说，虽然舒群和他所代表的"东北作家群"是一个松散的创作群体，一个特殊的流派，但他们在现代文学史上的功绩不可磨灭。他们不刻意描写乡愁，但乡愁是他们创作的底色和精神纽带，泣血以告、慷慨做书，呈现出独有的时代魅力。

"没有祖国的孩子"艰难远行，不断求索，带着那份回归故土的忠诚祈愿。

（载《文艺报》2017 年 9 月 18 日）

中国现代韩人题材剧本研究 [中文摘要]

——以田汉的《朝鲜风云》为中心

金艺善

韩国与中国长期保持着密切的关系，其中文化上相互影响颇深。但是，进入现代以后两国都在帝国主义列强的侵略和蹂躏中受尽磨难。中国站在同病相怜的立场上，面对逐步沦为殖民地的韩国，意识到了危机，中国人在憧憬积极抗日人物的同时，希望通过文学作品叫醒沉睡的中国民众。其中，话剧中也出现了不少韩国人，但与其他文学类型相比，研究者微乎其微。

直到现在，已发现的中国现代韩人题材的话剧剧本共十八部，其中十七部话剧剧本以日本侵略时期的韩国背景下的英雄人物为主或把焦点聚在了在侵略下生活艰难的人物身上，田汉的《朝鲜风云》则以朝鲜王朝末期的历史为中心展开了其故事。在中国现代韩人题材的话剧剧本范畴内，本文将针对这两种形式的作品分别进行研究。

第二章，考虑到按照时间发展的顺序对中国现代文坛上出现的十八部韩人题材的作者和作品创作背景以及其梗概进行研究，将这些作品分为萌芽期（1919 年以前）、发展期（1919—1936）、成熟期（1937—1944）、质优量少期（1945—1949），按照时代背景、作者、作品的顺序进行了研究。萌芽期因话剧流入中国不久，均以幕表式上演，目前剧本尚不存在。发展期虽出现了十三部作品，但都是表演给文化水平不高的农民看，因此其内容大部分比较单调。而且，这一时期是中国话剧奠定基础的时期，虽然优秀的剧本极为罕见，但在出现话剧的同时，韩人题材的剧本也登上舞台，具有很重要的意义。成熟期共出现三部韩人题材的剧本。与发展期相比，表现得更为成熟，在剧中人物塑造上费尽了心思，再加上以不同的现实主义手法描绘当时韩国人艰难的生活，具有丰富的视觉效果。

质优量少期虽然仅存在一部剧本作品，但为了能生动地描述出中国清朝末期的历史和朝鲜王朝末期的历史，结合了多种艺术手法，使作品形成了独一无二的风格。

第三章，针对除《朝鲜风云》外，带有类似形式的十七部剧本进行了进一步的研究。首先对十七部剧本的主题和人物以及艺术特征进行研究并分析得出其与大部分其他类型的中国现代韩人题材文学作品较为类似这一结论。从中国现代韩人题材剧本中可以看出，邻国韩国陷入亡国状态让中国人知晓并感受到了危机，认识到拯救腐败社会的办法只有积极参与抗日斗争并团结全体中国人的力量。剧作家为了加强观众对话剧的理解，结合了不同的艺术手法，分层次的结构让故事变得更加有味道。还有，以现实主义手法描绘出的韩国人的现实生活，为中国人提供了了解韩国文化的机会。

第四章，分析了田汉的《朝鲜风云》的结构特征。这部作品形成了表层结构和深层结构的非线性结构方式。虽然完全看不出统一性，但相互交错的关系确实存在。表层结构中罗列了壬午兵变、甲申政变、中法战争、天津条约、东学农民运动的开始和这些历史事件发生的原因。与表层结构对应的深层结构中，提示了李昰应和闵氏一家的矛盾，激进开化派与稳健开化派之间的矛盾等，并说明了因朝鲜内政外交冲突而产生的矛盾。而且深层结构中的朝鲜内部的矛盾决定了表层结构上的外交矛盾，若朝鲜亲清，则不产生任何摩擦，但若亲日则引起清和日之间的摩擦，若亲俄、亲美、亲英时，清政府与日本的外交问题则无法摆脱。当时，朝鲜内政不自己解决而想靠外来势力，不可避免地酿成了清政府的外交摩擦。即作者认为中法战争的起因是朝鲜的内讧。

第五章，对《朝鲜风云》的主题思想进行了分析。作家田汉将各政变的导火索指向了朝鲜的政治派系，批判了朝鲜王室内部矛盾，揭露了当时不断发展着的列强们欺压弱小国家的侵略野心，并批判了并不友好的帝国主义，而且批判了较长时间支配中国社会的封建思想和官僚主义，指责了因贪官污吏和腐败的政权而停滞不前的时期清朝的弊病。另外，对反抗清朝封建统治而发起的太平天国并未以否定的态度看待，也没有从宗教方面出发，而是把焦点对准了以农民作为革命的主力上。虽然在当时太平天国遭到镇压并最终失败，但田汉从未对类似太平天国性质的东学农民势力评价过低。

第六章，利用比较文学形象学理论对《朝鲜风云》的人物进行了分析。伊藤博文推进了日本的近代化也引导了日本走向列强之路，针对此功绩，作者一方面对近代化表达出了憧憬的态度，另一方面站在坚持闭关锁国政策，致力于朝鲜内部改革的李昰应的视角，记述了朝鲜末期的历史，并表达了对李昰应的友好态度，还表现出对开化政策失败导致清政府受到影响的闵妃和闵氏一家的憎恶态度。作者如此表达对朝鲜王室的负面印象的原因是：第一，以李昰应的视角记述朝鲜王室历史；第二，批判当时与美国帝国主义携手先发制人的国民党，以及被美国的友好姿态所骗，使韩民族承受分裂之痛的韩国，指出开化政策的错误。另外，历史文献的局限起到了一定的作用，作者创作时可能参考了负面记述朝鲜王室的陈恭禄的《中国近代史》。

第七章，对《朝鲜风云》的艺术特点进行了分析研究。作者田汉并没有对在中国奠定基础的戏剧进行完全否定的评价，而是用将近六年的时间，具有逻辑性地整理出了戏剧中常使用的快节奏和开放式结构。时间和空间跨度都比较大的《朝鲜风云》中结合了场景切换法较为成熟的电影技术，向观众提供了自在的场所和时间变化，并注入了当时流行的现实主义手法，以通俗的语言和讨论式对话增加了作品的活力。

中国现代韩人题材剧本超越了文化与文学的境界，更具重大意义。虽然是虚构的作品占大多数，但可以看出一百年前中国人对韩国以及韩国人的认知，并且在重新审视20世纪初韩国人的艰难生活上也有重要意义。在韩人题材的作品中发现并研究类似于《朝鲜风云》以独特的素材记述韩国的作品，打开了韩人题材文学作品的新局面，虽然目前研究内容欠缺，但希望以此为契机，推进韩人题材文学戏剧作品的研究。

（韩国外国语大学比较文学专业博士
学位论文，朴宰雨指导，2018年2月）

留学日本期间郭沫若的国家意识及其转变

——以《牧羊哀话》为中心

吴　辰

1919 年，郭沫若在《新中国》杂志上发表了以朝鲜为故事背景的小说《牧羊哀话》，这是其第一次公开发表小说。郭沫若一生创作过许多域外题材的文学作品，但是，这些作品大多与其长期居住过的日本相关，如《残春》《未央》等，而以朝鲜为背景的小说仅此一篇。那么，《牧羊哀话》这篇小说为什么会出现且出现在郭沫若文学生涯的开端，则成为一个值得研究的问题。

长期以来，学术界对《牧羊哀话》这篇小说的关注相对较少，而且研究多集中在对小说文本结构和情感模式的分析上[1]；虽然有学者曾经进行过一些与小说相关的历史钩沉，但是其主要目的也是通过更清楚地交代一件"本事"来追溯小说主题的来源[2]。"朝鲜"在小说中的意义并未被充分发掘，而实际上，"朝鲜"在这篇小说中不仅仅是一个故事背景，更是中国的一个镜像。在作为镜像的朝鲜背后，隐藏着的是郭沫若于 1919 年前后正在转变的国家意识。

一　难以言说的中国

如果对郭沫若留学日本期间的小说创作题材进行考察，就会发现，其在小说中所重点书写的对象是中国留日学生的生活，无论是那篇早先被他自己付之一炬的《骷髅》，还是后来问世的《鼠灾》《残春》《万引》等，其背景都是日本或中国，而且均明显带有其本人生活和学习的影子。可以说，在这一时期郭沫若的小说创作中，"留学生"不仅仅是一个写作视角，更是一种写作策略，通过"留学生"这个身份，郭沫若将自己的心路历程和小说的情节发展融为一体，形成了其独特的"自叙传"风格。

而在《牧羊哀话》中，郭沫若却刻意地回避"留学生"这个元素，转而去书写一个与自己的生活完全无关的故事，其中的原因是耐人寻味的。

《牧羊哀话》的故事发生在朝鲜，这一地点显然是不为郭沫若所熟悉的，在此之前，他仅仅是于1914年在赴日途中乘火车短暂地经过此地而已。郭沫若"在纵贯朝鲜的铁路上虽是跑了一天一夜"，但是他并不曾去过小说中提到的"金刚山"，他对小说中风景的描写也只是由"一些照片和日本文士大町桂月的《金刚山游记》"而生成的想象；不仅"小说里面所写的背景，完全是出于想象"，其中的"全部情节"也是作者"幻想出来的"。[3]这样一部虚构色彩很重的作品放在郭沫若这一时期以"自叙传"为创作特色的文学序列中显得十分突兀。郭沫若曾经这样回顾《牧羊哀话》的创作："我只利用了我在一九一四年的除夕由北京乘京奉铁路渡日本时，途中经过朝鲜的一段经验，便借朝鲜为舞台，把排日的感情移到了朝鲜人的心里。"[4]郭沫若这样的做法十分不合情理：在留学日本期间他曾经因为中日签订"二十一条"等事件在家信中不止一次地詈骂日本为"鬼国""倭奴"[5]，也曾因为"当时岌岌有开战之势"而被迫从东京逃亡上海[6]，就其本人的情感和经历来看，创作出一篇寄托其"排日的感情"的"自叙传"风格的小说是绰绰有余的，因此，郭沫若移情于朝鲜主人公的背后一定有其深层的原因。

第一，这与郭沫若的留学生身份有关。按照当时的留学章程，作为一名官费留日学生，郭沫若是不能公开发表涉及中日关系的言论的。早年间，由于在留日学生群体中发生过吴敬恒、孙揆均等人因围噪使馆而被东京警视厅驱逐出境的事件[7]，中国政府对留日学生的管理和惩戒一直比对其他地区的留学生更为严格。受"吴孙事件"的影响，清政府早在1903年就曾颁布《约束游学生章程》来限制留学生在日本的活动，其中有明文规定："学生在学堂时，应以所修学业为本分当为之事，如妄发议论，刊布干预政治之报章，无论所言是否，均属背其本分，应由学堂随时考察防范，不准犯此禁令。如经中国大臣总监督查访留学生中有犯此令之人，随时知会该学堂，应即剀切诚谕学生，立即停辍。如有不遵，即行退学。"[8]这一规定极大地限制了留日学生除了学习既定学业之外的思想文化活动。从晚清到民国，虽然有关留日学生的规章制度时常有所调整，但是"不得干预政治"作为一条"禁令"，则被每一任监督或者经理员继承了下来。这种对留日学生的规诫与惩罚在郭沫若身边也真实地上演过：1918 年，留日学生因反对"中日军事协定"而"闹过一次很剧烈的全体罢课的风潮"，进而约定"全体回国"，在风潮平息后，虽然参与者在国内受到了段祺瑞等政府领导人的嘉奖，并要求其回到日本"安心求学"，但是当这些留学生回到日本之后，所受到的冲击却是巨大的。郭沫若的同学张资平就因"排日回国"而留级，预科班负责人认为"你们又要爱国，又要诳文凭，二者是不可得兼的"[9]，不允许其参加补考。可见，对于包括郭沫若在内的官费留学生来说，发表政治言论是有可能影响其留学进程的。

留学进程的顺利与否对郭沫若来说则十分重要，其最根本的一点就是关系到留学官费是否能按时发放。郭沫若出身于一个"中等地主家庭"，其经济条件并不算特别宽裕。据与郭沫若有相似留学经历的郑伯奇回忆，"一般来说，留日学生既不像留美学生那样多属于达官富商的子弟，也不像留法学生的勤工俭学那样经过劳动锻炼，绝大多数是没落地主和城市小资产阶级出身。他们到日本留学无非利用少花钱少跑路等便利条件来求得些新知识为祖国效劳"[10]。郭沫若的家庭条件正属于郑伯奇所概括的那种情况。而在郭沫若留学日本之前，曾经作为家庭重要经济支柱之一的大哥郭橙坞由于上司尹昌衡在政治斗争中的失利而失去了工作[11]，因为"家中、手中均甚枯窘"[12]，郭橙坞甚至还曾经打算推迟女儿的婚期。在这种情况下，留学官费对郭沫若就显得十分重要，甚至其选择就读学校的一个主要衡量标准就是能否获得官费[13]，在郭沫若寄给弟弟郭开运的信件中，也数次提到"考取官费"是赴日留学的必要条件。所以，已经获得留学官费的郭沫若在创作文学作品时自然不会为了抒发自己的情感而去冒被停发官费乃至被勒令退学的风险。

第二，此时的郭沫若也不愿意去设想中日交战之后的场景。由于自己留学日本的官费是由中华民国政府来拨款支持的，一个统一稳定的民族国家对郭沫若而言就显得至关重要，因此，此时的郭沫若在思想上始终坚持和国家站在同一条阵线上。1915 年，由于日本借扶植袁世凯称帝之机出兵东北，中日交恶。关于这一事件，郭沫若在写给父母的信中称"此次交恶本属险恶，然使便至交战或恐未必"。他认为虽然中华民国的陆军、海军均无法与日本军队相比拟，但日本还是"未必遽有战意"，而究其原因，则是"以吾国古兵法言之，所谓兵骄必败"，而"日本鬼国，其骄横可谓绝顶矣"[14]。这种分析自然是没有什么道理可言的一厢情愿，郭沫若关于两国关系的分析与其说是宽慰其父母，倒不如说是在宽慰自己。在中日之间的紧张局势随着袁世凯签订"二十一条"而缓解之后，郭沫若并未对这个丧权辱国的条约有任何微词，反之，郭沫若还不断试图为袁世凯政府辩解："此次交涉之得和平解决，国家之损失实属不少。然处此均势破裂之际，复无强力足供御卫，至是数百年积弱之敝有致。""将来尚望天保不替，民自图强，则国其庶可救也。"[15]在此时郭沫若的眼中，虽然不平等的条约使中国蒙受了极大的损失，但是至少在形式上，那个"想象的共同体"还是稳定的。

郭沫若自幼成长于四川，辛亥革命之后四川省内风起云涌的政治局势让他意识到国家的意义在于统一。孙中山二次革命失败后，袁世凯在形式上重新统一了中华民国，郭沫若认为："正式大总统业已举定袁世凯，欧美各国俱各承认矣。似此则吾中华民国尚有一线生机矣，无任庆幸。"袁世凯的执政使环伺于中华民国四周的列强在国家层面上承认了这个新生政权，故而郭沫若称之为"福星照临"[16]。郭沫若清楚地知道此时的中华民国积贫积弱，其生存和发展的关键则在于与周边列强之间关系的融洽，郭沫若也知道"果使万不得已而真至于开战，则祖国存亡至堪悬念，个人身事所不敢问矣"[17]，这更使得他不愿意看到正在支持自己学业的国家与日本开战。他固执地认为中日如果开战将对中方不利，为此，他甚至专门请家人从四川寄《北魏书》《元史》等以供查考来佐证自己的观点。[18]故而，在《牧羊哀话》中，中日关系就成为一个他不愿意去触碰的伤疤。

正因如此，"中国"这一本应该在《牧羊哀话》里出现的元素成为一个难以言说的存在。1919 年，山东半岛的主权问题使中日关系再度紧张，此时身在日本的郭沫若虽然为之所触动，却因为其留学生身份而不能将之以文学的形式表现出来。郭沫若并非一个会将自己情感深藏的人[19]，既然无法去言说中国，那么他必然要为其文学创作寻找一个新的背景。这时，朝鲜就成为其文本故事发展的绝佳舞台。

二 作为镜像的朝鲜

在《牧羊哀话》中，作者将故事的背景设置在"朝鲜"这一特定地点并非偶然。在郭沫若眼中，朝鲜沦为日本殖民地的命运更像是中国的一个镜像，这个镜像所映射出的内容不单是文化领域中广义上的"中国"，更是"中华民国"这个特定的"想象的共同体"。

　　《牧羊哀话》之所以将朝鲜作为故事背景，是因为 20 世纪初中国和朝鲜之间有相似的社会文化语境，这种"曲笔"的运用并不影响郭沫若试图对中日关系发声的意图。长期以来，中朝两国都面对着日本这样一个虎视眈眈的邻国，明治维新之后，军国主义的崛起使两国都不同程度地受到了日本的威胁与侵害，这也将两国的命运紧紧地捆绑在一起。1894 年，日本发动甲午战争入侵朝鲜，中国作为朝鲜的宗主国出兵驰援却惨败，中日《马关条约》使得中国主权进一步丧失；朝鲜则被日本鲸吞蚕食，最后于 1910 年正式被吞并，沦为殖民地。甲午战争给中国带来了巨大的心理阴影，叶志超等在朝鲜作战的中方将领不战而逃的丑态更是对中国长期以来形成的"天朝上国"的心态造成了极大的冲击。中国知识分子一方面已经看到中国"一自珠崖弃，纷纷各效尤。瓜分唯客听，薪尽向予求"[20]的岌岌可危，另一方面却仍对大清帝国在蕞尔小国面前的不堪一击耿耿于怀，并情愿沉浸在老大帝国的迷梦之中，幻想着"中日既立商约之后，共敦和睦。中国深耻为倭所败，乃将各政事大修，参以西法，又开芦沟铁路，创立银行，设办邮政，政治一新，四方民人皆享升平之世，至今外邦犹未敢犯，想必将来益加强盛，威震五洲矣。识者谓中国不有此败，未必鼎新革故，改章变通，此亦天假日人以成中国自强之道也"[21]。正是这种矛盾的心态，使得中国知识分子在言及有关甲午战争的内容时，常常以朝鲜来作为中国的隐喻，例如在清朝末年李芝圃所著的《朝鲜亡国史》一书中，就将朝鲜亡国的因素归结于其政体与文化落后于时代，并称："试问此劣等国家，有不随潮流而淘汰者乎？"[22]其意在借分析朝鲜来为中国寻找一条赖以生存的道路。而"朝鲜亡国"作为一个重要元素在此时文学作品中也常有出现，黄遵宪就曾有描写甲午战争清军惨败的《悲平壤》一诗；而从《马关条约》签订后不久出现的《说倭传》开始，以《亡国泪》《朝鲜痛史：亡国影》《三韩亡国史演义》《朝鲜亡国演义》为代表的一系列演义体小说也纷纷将目光聚焦于这一题材，并多点明其创作目的是借朝鲜警示中国，并提醒国人"为爱国救亡者当警枕"[23]。在晚清以降的中国知识界，凡写到中日关系的内容时，以"朝鲜亡国"来隐喻中国可被视作一个言论传统。《牧羊哀话》所要涉及的对象实际上是中日之间因"山东问题"而剑拔弩张的关系，郭沫若沿用了这一言论传统，将故事的背景设定在亡国之后的朝鲜。

与早先出现的相关题材的作品不同，《牧羊哀话》的笔触并未简单停留在描写朝鲜亡国之后的惨状上，而是重点讨论了一个充满"可能性"的话题。郭沫若在小说文本中设置了一个"我"的角色，从而特别强调了所描写的朝鲜是一个"中华民国国民"视域中的朝鲜，从这个视角出发，他越过这些现象意义上的"惨"与"痛"，将目光直接投向作为封建王朝的朝鲜在亡国之后人民将何去何从的问题上。

民国初年，大多数有关朝鲜的作品的基本创作动机，都是防止中国步朝鲜亡国的后尘，如《三韩亡国史演义》的序言中就曾经明言其创作目的是"切望全国同胞毅力坚持，要剥离政府，由和会直接交还青岛。废一受人胁迫之条约，不达目的不止，庶几不步三韩后尘，时则余今日所以刊本书之微意云尔"[24]。在这些作者心中，由于与日方签订了诸多不平等条约，使得"不识不知、无声无色而主权即为他人所有"，中华民国是极有可能被"所定条约而灭"的。[25] 在他们眼中，新诞生的中华民国和已经灭亡的大清帝国一样，只不过是日本等侵略者案板上的鱼肉，并没有本质区别，而对于那些已经签订的条约，他们除了呼吁和抵制之外是完全无能为力的。《牧羊哀话》则不同，在小说中，作为镜像本体的"中华民国"之意义被凸显出来，它不再是一个空洞无物的符号，而是寄托了现代民族国家的丰富内涵。在郭沫若眼中，中国之所以没有走上和朝鲜一样的亡国道路，最根本的原因就在于此时的中国已经推翻清政府的统治，建立了中华民国。自这个以"民"为号的国家诞生以来，郭沫若就对其怀有极大的信任和热情，民国甫一建立，郭沫若就借咏牡丹之机来讴歌民国，称"花国于今非帝制，花王名号应图新"[26]，在赴日本留学前，又许下"愿我学归来，仍见国旗鲜"[27]的心愿。郭沫若在川内求学之时就接受过带有进化论色彩的思想影响[28]，认为先进的民国取代落后的清政府之后，必然会一振颓风；他认为目前的中华民国"国基伤未坚"[29]，在他看来，新生的政府正力图在清王朝留下的烂摊子上一步步更新。他一直对中华民国政府的政治主张抱有希望，甚至在面对袁世凯称帝这样的问题时，仍坚持站在国家意识形态的一方。[30] 由于郭沫若认为朝鲜的亡国惨史绝不会在中华民国上演，所以，《牧羊哀话》呈现出了与同时期朝鲜题材作品截然不同的特点。

首先，《亡国泪》《朝鲜痛史：亡国影》等作品多是将重大历史事件中的细节加以演义而成，一些回目如"惨事传来闵妃遭戮，虚词掩去西报见讯"[31]就是以日本浪人谋杀朝鲜王后闵氏的乙未事变为原型的。而在《牧羊哀话》中，闵崇华子爵虽然退隐山林，但仍衣食无忧，闵、尹两家的悲剧虽然惨烈，但仍属个人经验，与国仇家恨并不直接相关。由此可见，朝鲜亡国这一事件本身以及朝鲜人民在日本统治下的悲惨生活并非郭沫若关注的重点。第二，在同时期其他朝鲜题材的文学作品中，故事中的人物都亲身参与到朝鲜亡国前后的历史事件中，《亡国影》在涉及乙未事变时就写到"两人看了都生出且惊且喜的感情来，喜的是谋弑闵妃的事情自己虽没做到，已有日人替他代做；惊的是闵妃虽然弑却，那日人的势力又要膨胀起来，国家的前途急急可危"[32]。而郭沫若却有意将重大历史事件从故事主体中抹去，仅留下"李朝""合邦条约"[33]等蛛丝马迹，小说中的"我"来到朝鲜的原因也是倾慕"金刚山万二千峰的山灵"[34]。第三，与其他表现同一题材的作品相比，《牧羊哀话》在人物形象的塑造上更为复杂，《朝鲜亡国演义》等作品中的人物描写多有大忠大奸的脸谱化倾向，如其称大院君"不是个正派人物，性情骄纵，心中既无见识，又无把握，却很欢喜自作聪明，遇有事端，全不管做的做不得，一味鲁莽前去，任意播弄吾辈，不识大体"[35]。相比之下，《牧羊哀话》对反面人物李氏夫人的刻画则显得复杂而生动，"李氏夫人也是名门小姐，从小时便到日本留学，毕业之后，又曾经游历过纽约、伦敦、巴黎、维也纳"，正是这样的经历造就了其性格中难以"自甘淡泊，久受这山村生活的辛苦"的一面[36]，也为后来李氏夫人向日本宪兵队告发闵崇华写反诗埋下了伏笔。在很大程度上，李氏夫人的恶行并不完全是由日本侵占朝鲜造成的，而是深植于其生活经历与性格特点之中。

从以上特点可以看出，《牧羊哀话》对朝鲜背景的选择虽然映射了中日关系，但此时的郭沫若并不想着重向读者展示战争的残酷与殖民者的暴虐；在他心中，由于中华民国的建立，中国重蹈朝鲜亡国覆辙的可能性并不存在。此时的朝鲜在郭沫若眼中并非用来直接警示中国的平面镜，而是一个被扭曲了的镜面，其镜像所呈现出的正好是在"中国不曾建立民国而被日本殖民"的假设下所会发生的人性悲剧。其背后是郭沫若对中华民国这样一个现代民族国家的强烈认同和对中华民国政府的极大信心。

三　转变中的国家意识

虽然在这一时期，出于对"国家"这样一个想象共同体的信任，郭沫若对诞生不久的中华民国仍抱有厚望，但其国家意识却悄悄地发生了转变。在《牧羊哀话》中，他开始注意到"民"之于中华民国的重要意义和建构作用，这和其在民国初期对民国政府单纯地亦步亦趋有很大区别。

郭沫若在中华民国初期对国家的认知主要集中在"国中之民"上，也就是说，作为中华民国的国民，对国家最好的支持就是完全服从于官方话语，这种国家意识的形成与其早年在四川的求学经历有很大关系。在19世纪晚期以来中国现代民族国家觉醒的过程中，四川局势一直不甚稳定，在保路运动兴起以后，"全省大中小资产阶级乃至无产者可以说七千万人都全部参加了"，"各地保路同志会的暴动，攻打各地的府县城池，围攻成都，有一个时期把成都围得来几乎水泄不通"[37]；直到"反正"之后，蒲殿俊、尹昌衡等大汉四川军政府领导人之间仍然互相攻讦，轮番坐殿，四川在事实上一度长期处于一种无政府状态。目睹川内乱象，曾经幻想在辛亥革命之后就能"蜀道传光复，豺狼庆划除"的郭沫若开始感慨于"群鹜趋逐势纷纭"造成的"岌岌醒狮尚倒悬"。[38]在四分五裂的地方政权的衬托下，国家统一的意义就凸显了出来，他期待一个更加强势的力量来整合各方面的势力，维持一个国家在形式上的完整。这在他看来，则是中华醒狮得以崛起的前提。所以，在很长一段时间里，无论是袁世凯还是段祺瑞，无论是洪宪称帝还是驱逐张勋[39]，只要是一个足够强势、能够在形式上统一国家的执政者，郭沫若对其都赞赏有加。此时，他虽然看到了"现在国家弱到如此地步"[40]，但是其心中仍然认为自己应当学习"苏武使匈奴，牧羊十九年，饥馑龁冰雪"，以期"思习一技，长一艺，以期自糊口腹，并藉报效国家"[41]。郭沫若认为，国家的建设，自有政府和军队来保障，而作为一名留学日本的学生，他所能做的，就是服从于国家的安排，励志学习，在维持自己的生计的闲暇中再图促进国家的发展。也就是说，在这一时期，郭沫若认为作为国中之"民"，只需被动地接受国家的安排即可。

在《牧羊哀话》中，他开始认识到自己不但是"民"，更是"民国"

之"民",进而,站在"民国"的时代语境下,其对"民"如何能动地参与到国家建构之中这一问题进行了思考。小说中尹子英在舍生取义之前给其母亲留下了一封信:"儿今已决意救我子爵、蔓妹、父亲。儿不忍我父亲犯出这样大不义的罪行。"[42] 尹子英是闵子爵府中司事尹石虎的儿子,其以牺牲自己来拯救子爵的行为不但显示了其对主家的忠心,更在文本中构成了一种有关个人与国家关系的隐喻。在文中,闵氏子爵虽然已经归隐田园,其子爵的头衔却显明了其"官"的身份,他实际上是民族国家的象征,其所作的《怨日行》一诗在结尾处署名"大韩遗民"更是直接点明了这一点;而尹子英在闵子爵府中虽然名为仆从,但是由于子爵的喜爱,得以"僭分",也就是说,尹子英是闵府中一名相对自由的"民",并且,他的"自由"是直接来自闵子爵,也就是民族国家的。这个隐喻中包含两个问题:其一,在一个独立的民族国家中,"民"有充分的自由;其二,作为一名"民",如果想要得到其自由,其背后需要有"国"的存在。这样,尹子英舍身救闵子爵的行动便可被视作个人主动参与进国家构建之中的象征。尹子英在捡到李氏夫人写给尹石虎的密信后,并没有选择去告知闵子爵,而是用一种更为直接的方式去面对威胁闵子爵生命安全的尹石虎,这意味着此时的郭沫若已经认识到中华民国作为一个"民的国","民"是国家的重要主体,对国家的构建有不可推卸的责任,因此,在面对可能威胁到国家利益的事情时,国民是可以越过官方话语来直接担负起其应尽之义务的。

郭沫若在《牧羊哀话》中所呈现的对"国"与"民"之间关系的反思并非孤例,在他同时期的其他文学作品中,这种国家意识的转变也同样有所体现。《牧羊哀话》创作于 1919 年,这一时期正值郭沫若诗歌创作的爆发期,虽然由于留学制度等种种原因,诗集《女神》中并没有太多直接涉及中日关系的篇什[43],但在他"不容你写诗的人有一毫的造作"[44] 的诗歌观念下,那些寄托民族国家情感的诗歌则多出现在此时的诗中,这些诗于字里行间透露着作者对日本在中国殖民行径的厌恶与愤懑。如在《风》一诗中,诗人就直接指责台风说:"风!你为甚么如此怒号?你莫非忌这岛邦横暴,你要把他吹倒?你为何先吹倒台东,死人不少?"[45] 虽然郭沫若在 1915 年中日"山东事件"时也写过旨在排日报国的古体诗,称"男儿投笔寻常事,归作沙场一片泥",但是引起诗人"冲冠怒气"的是"哀的美顿书",其书自东向西[46],明言其怒火指向的是日本，而非签订"二十一条"的袁世凯政府，在其家信中，郭沫若更是立场鲜明地站在政府一侧，称"近日，过激者流竟欲归罪政府，思图破坏，殊属失当"[47]。基于对政府的信任，他虽心中有不满，但是也只能服从于官方的决定。然而，四年后的1919年，郭沫若在其所创作的另一首古体诗歌中称："万事请从隗始耳，神州是我我神州！"[48]其中所寄托的"国""民"一体的国家意识和《牧羊哀话》是完全一致的。作为民的"我"与作为国的"神州"在诗中合为一体，地理意义上的中国和现代民族国家意义上的中华民国也紧密地联系起来，作为中华民国的一部分肢体，每一位国民都有权利也有义务直接担负起建构国家的重任。

这一时期郭沫若国家意识的转变与他20世纪20年代初期在文化选择上向曾琦、林灵光等国家主义者靠近有很大的关联，甚至很多时候，他表现得要比在法理上提倡"国家主义"的《孤军》杂志同人们更加激进。他曾在《孤军》杂志上发表《黄河与扬子江的对话》一诗，借由黄河和扬子江之口说道："人们哟！醒！醒！醒！你们非如北美独立战争一样，自行独立，拒税抗粮；你们非如法兰西大革命一样，男女老幼各取直接行动，把一大群的路易十四弄到断头台上；你们非如俄罗斯产业大革命一样，把一切的陈根旧蒂合盘推翻，另外在人类史上吐放一片新光。人们哟，中华大陆的人们哟！你们永莫有翻身的希望！"其鼓吹革命的激进使《孤军》同人在选用此诗的时候不得不在文后添加一条"同人附注"，提醒读者"切勿'以辞害意'"。[49]在其眼中，曾经建立中华民国的北洋军阀政权体系在20年代的时代语境下已经丧尽其能动性，成为中国社会动乱的根源；曾经期望"天佑中华，使段氏得安于位者十年"令"国家其庶几有起色"[50]的他此时却认为"我们的祖国已不是古时春花烂漫的祖国，我们的祖国只是冢中枯骨的祖国了"[51]，他认为改变时下中国社会的唯一途径是唤起每一位国民对自身与国家之间关系的认知，发起一场民众们能够广泛参与进来的革命，而文学则是这场暴力革命的催化剂和宣传工具。在对国家主义思想进行"奥伏赫变"的过程中，郭沫若选择了共产主义，乃至后来将其作为自己的终身信仰，这一系列思想变化也都能在其以《牧羊哀话》为中心而对国家意识进行的反思中找到来龙去脉。

可以说，《牧羊哀话》是郭沫若小说发表的起点，更是他国家意识转型的起点，郭沫若从朝鲜镜像中看到了中国的出路在于人民的觉醒，进而获得了有关"民国"含义的进一步认知和理解。也正因此，从日本留学归来之后的郭沫若才能在文学乃至社会的各个领域都展示出其充沛的热情和主体意识，不断与时代进行对话，成为文学史上独特的"球形天才"。

参考文献

［1］如马文美《〈狂人日记〉和〈牧羊哀话〉叙述模式比较》，《郭沫若学刊》2016年第4期；吴耀宗《郭沫若的杀子意识与小说现代性》，《郭沫若学刊》2011年第1期；等等。

［2］〔日〕藤田梨那：《关于郭沫若〈牧羊哀话〉的背景及创作意图之考察梗概》，《郭沫若学刊》2003年第1期。

［3］［4］［9］［28］郭沫若：《创造十年》《我的童年》，《郭沫若文集》第12卷《文学编》，人民文学出版社，1992，第62—63、39—50页。

［5］［6］［11］［12］［13］［14］［15］［16］［17］［30］［38］［39］［40］［41］［47］［50］郭沫若：《致父母（1915年3月17日）》《致父母、元弟（1915年4月12日）》《致父母（1915年6月1日）》《致父母（1914年3月14日）》《致父母（1914年6月21日）》《致父母（1915年5月末）》《致父母（1913年10月17日）》《致父母（1916年1月9日）》《感时（八首）》《致父母（1917年7月16日）》《致父母（1916年9月16日）》，《敝帚集与游学家书》，中国社会科学出版社，2012，第208、210、214、185、188、213、175、226、115—120、247、231页。

［7］王云五主编，杨恺龄撰编《民国吴稚晖先生敬恒年谱》，台湾：商务印书馆，1985，第24—27页。

［8］舒新城：《近代中国留学史》，上海中华书局，1927年，第155页。

［10］郑伯奇《忆创造社》，《郑伯奇文集》第三卷，陕西人民出版社，1988，第1227页。

［18］沫若：《致父母（1919年11月9日）》，《敝帚集与游学家书》，第260页；另见郭沫若诗歌《箱崎吊古》。

［19］［44］田寿昌、宗白华、郭沫若：《三叶集》，上海亚东图书馆，1920，第8页。

［20］黄遵宪：《书愤》，《黄遵宪诗选注》，上海古籍出版社，1986，第67页。

［21］洪兴全撰，陈书良整理《说倭传》，中国国际广播出版社，2013，第130页。

［22］［25］李芝圃：《朝鲜亡国史》，北京直隶教育图书局印书处，1911，第2—

4、1 页。

［23］倪轶池、庄病骸：《朝鲜痛史：亡国影》（上），爱国社，1915，第 1 页。

［24］卢天牧：《三韩亡国史演义》，杞忧社，1919，第 2 页。

［26］郭沫若：《咏牡丹》，《敝帚集与游学家书》，第 108 页。

［27］［29］郭沫若：《代友人答舅氏劝阻留学之作》，《敝帚集与游学家书》，第 111 页。

［31］［32］《朝鲜痛史：亡国影》（下），第 1—3 页，"急急"两字原文如此。

［33］［34］［36］［42］郭沫若：《牧羊哀话》，《郭沫若文集》第 9 卷《文学编》，第 3、7—8 页。

［35］广文书局编译所：《朝鲜亡国演义》，上海世界书局，1921，第 19 页。

［37］郭沫若：《反正前后》，《郭沫若全集》第 11 卷《文学编》，第 230 页。

［43］只有《巨炮之教训》中借托尔斯泰之口略有涉及。

［45］［46］［48］郭沫若：《风》《冲冠有怒》《少年忧患》，《〈女神〉及佚诗》，人民文学出版社，2008，第 155、238、251 页。

［49］沫若：《黄河与扬子江的对话》，《孤军》1923 年第 1 卷第 4、5 期合刊。

［51］郭沫若：《致台湾青年 S 君（1922 年 10 月 3 日）》，《郭沫若书信集》（上），中国社会科学出版社，1992，第 242 页。

（载《新文学史料》2018 年第 3 期"郭沫若专辑"。
本文的注释较繁复，收入本书时保持原貌）

韩国作家评介韩国现代文坛

文学上的集团意识与个人意识

廉想涉 著 柳 絮 译

一

　　一个蚂蚁找见甜蜜的食物，吃饱了之后，回到蚁穴告诉朋友们食物所在的地方，那么顷刻之间，许多蚁群猬集起来，运搬到蚁穴而贮藏起来。一粒的营养料使蚁群，在不期之中，秩序井然的共同工作而为集团的行为。一首优秀良好的诗和一篇小说，由一个读者传播到十个人，十传百千人，这种爱读的脍炙，正如蚁群为一粒甘味的食物而云集，若是属于别的部门的智的所产之著作，那么勿论怎样千秋万世可传的良著，只限于满足其专门家或其局部人的知识欲，然而就文学而论，他是情的所产，所以不问男女老少，智愚贵贱，专门非专门，而网罗各阶级人的读者，好的文学所给的美意识与感铭，虽依各人的感受力而生出差别，但它所诱发的万人的共鸣和同感，正如蚁群对于甘味食物，依其食量的大小，味觉的利钝与食性的嗜恶，而生其差度，但在感觉甜蜜的一点上，却很一致的。所以一个文艺品能够动万人的情意，诱发共鸣同感，正如蚁群的集团行为，所以一个作品能够使人的行为与生活状况，适合于某种规范与理想，而使万人自由结束集团的共同行为。因此文学即以作者自身的创造的喜悦与读者共乐的一点上，愈是良好的作品，愈丰富同化力与教化力，这个同化力与教化力，就是集团的第一条件。

　　但，这样一个作品使万人的情意与行为一致集团的，却不是由作品自身的意识的作用而来的，宝玉的美能给万人，以恍惚的美观，而看出人的心情的集团行为，但这不是宝玉自身之意识的作用，而是宝玉所有的美，便成为使众人的意识一致的原动力。所以在文学作品的场合上也是这样的。作品上所有的艺术美能够动观者的主观，遂为共鸣同感，同化，亲和，一致对集团的意识。那么艺术美是作者的集团意识的产生品么？文艺里面以意识为其心，这是不可能的。作者的集团的意识，怎能够产生艺术呢？甚至成为产生艺术的要素与一部分的力量都是不可能的，所以意识即是文艺制作上的禁止品。诗（文学）是由本能的冲动流露出来的，那里没灵魂的命脉是不行的，就是生命的自然的（无意识的）脉搏，人格的表白，所以也就是个性的发现。若不是灵魂的天然的流露，便没有力量能够动人的心琴。

假使否认作品的实在美（标准美）而不认美是客观的存在，认为是主观的创造——即依观者的生活环境与意识状态的如何而决定，那么，所谓集团意识更不成为问题了。因为美的标准与美的意识是依各个人而不同的，只在同一的生活环境与同阶级的人里，才能发见一致而已。但这也不在作品以前的，而在作品以后的。换言之，不是作者的集团意识活动在作品上，而传达其意识于读者的，只不过从作品直接所得的各自的感兴与印象，在同一环境，同一意识与同一认识之下，一致到某种程度而已。

二

然而将集团意识一句话，不取用于作品上的共鸣同感和一致亲和的意味，积极的在社会的意义之下，加以解释，则指为什么呢？共有同一目的之意识状态——先把它这样解释罢！既是社会的集团，那么，必有一种政治的现象现显着，其最显著的，就是党派意识与支配欲，而且既是形成集团的群众，却必要其组织与训练，不论何时事实上所谓群众心理作其副作用。次之，既有一定的目的意识，而其目的意识并着党派意识，定会没入于斗争。那么，在社会的意味上看来，集团意识便是目的意识，党派意识，支配意识综合起来的名词，其最善最后的表现虽是在斗争方面，但决定其斗争的，却在集合性的意志，在这场合上，个人性被集团性压倒蹂躏。在无产阶级文艺运动里面，高唱集团意识，而排击个人性的理由也就在此。但这是政治的现象，或是社会的事态，决不是文艺的常道。文艺（虽然有许多要件与使命）是出发于个人性，而个人性的自由与集合性的妥当，互相调和的社会为其理想，并为伦理的使命才行。我们的现实是在集合性的威压之下，个人性呻吟在不自然不合理的窒息中，所以为求光明而自由的天地而飞跃起见，便跑到文学的世界来。甚至在这文学的世界上，得不到自由的个性，不能解放我们的生命之时，那么，只有自杀之一途罢了。我们的一层高的理想是连这现实的政治或社会现象也如同在我们所守护的艺术的世界之表现一样，将这世界改造为个人性与集团性没有矛盾反拨的社会。所以斗争是接续不断的。如此为正道而斗争的人，蹂躏了别的正道，还能梦想胜利么？并不是否定斗争和集合性，只为斗争，为集团，而不要剥夺个性的自由，教你们不要封锁保全个性的自由天地。

再进一步，集合性于群众心理为其副作用的时候，它不但压迫蹂躏个性，忘却真理与正义，理想与目标，甚至于常识。所谓"德模［谟］克拉西"思想是"万人的总意"都能表现的时候才能完成的。然而有时候热狂的盲目的集合性，肆行猪突的暴威，这就是所谓群众心理，所以集团性成为变态的，它敢作非人道的，非人间的行为，结果心醉于党派热或狂喜在斗争挑战的行为。

但这是煽动政治家的事，而不是文艺道上应取的，文艺家是文艺家，并不是什么政治家。同样的一个人，文艺家而又为政治家的时候，也应该别有文艺家与政治家的立场才行。文艺家是没有策略，也没有权道的，而况是煽动哩！文艺家的本分是静观，观照，批判与指示。捕捉真正的人间性，为获得正义感起见，鼓吹或要求，匡正非违，明示道义之所在而已。

三

其次，集团意识如能表现于作品上，则如何表现出来呢？即如前述集团意识是随着目的意识的斗争意识之前提，那么，要把作者的集团意识忠实的反映于作品，则那就不是阶级斗争史便是阶级斗争术了，即以现代式的六韬三略，著成小说式的记述而已。封锁了人生生活的一切部门而专表白阶级斗争的文艺——这是可能的么？固然人生是苦斗的连［链］锁，在食欲，爱欲，荣誉欲——欲望上随着痛苦而展开斗争。虽说是阶级斗争，但其结局，也不过是这三大欲望罢了。文艺既是生活史，指示生命成长的途程与其进路的，那么，过去的一切作品也不是描写这三大欲望的矛盾与纠纷苦闷与不平而何？但过去的一切杰作是特别不以集团意识来描写的。《黑奴吁天录》或《猎人日记》并不是以集团意识描写的，这样的作品，在文学上只有这一个，所以很宝贵而且有力量的，若再生第二，那就为平凡化了。

人生是苦斗的连［链］锁。然而人生的目的，并不是苦斗，同之，文艺并不是始终于斗争上面的。文艺是依照美的意识，有熏陶心性的伦理使命。慰安人生苦与生活苦，而使恢复生命力的萎缩，也有这样快乐的成分。假使竟做出一贯于斗争方面的作品，那么，我们在那杀伐之威力之下，只有被压死而已。我们的情绪愈形枯干而已。人生永远是成为沙哈拉沙漠一样而已。

人生是苦斗的链锁。然而苦斗并不是人生的全体，性格，遗传，运命，天然，自然的不可抗力，人情机微之投合离散的不可解的现象……这种不能以任何力量避免的，不易救的人生的百般事与情理，我们拿什么去解决呢？这些都不是文学的泛漠的境域么？这些东西还要以集团意识——斗争意识来解决么？就个人的生活而论，也不是竟要斗争的，虽有炽烈的集团意识的人，在做公人是一个凄惨悲痛的斗士，然在私人亦可以经验着做人丈夫的幸福，或有为父的自夸，同时集团的一员而为拥护个性的自由，也可以斗争的。要而言之，集团意识在文艺道上，可以说是无用的东西。反之集团意识脱出于正轨的时候，文艺之道有匡正它的使命，在社会生活上，文艺有缓和协调个人意识与集团意识之冲突的功利的使命。

再从制作的过程上，要考察作者所有的个性与集团性，影响于作品之如何。

写实主义——受了科学洗礼而传给我们的表现的手段便是这个。将来的事是不晓得的，然而文艺思潮上，不问是那种流派，除了写实主义之外，再没有别的手段，明承认赤裸裸地表现生活的"真"是文艺道上永远的铁则。那么，我们在此就有写实主义的坚固的基础。然而那个"真"是作家所看的"真"，即是作家的主观，写实主义并不是主观主义，然而也不是纯粹的客观主义，假若写实主义是不问何时始终忠实于客观的，那我就不取用它了。客与主浑然为一体之时，便生妙味，生命的跃动，活动着泼刺的个性。固着于客观，而没却主观之时，自己就不在其内了。这样的作品是照相家要做的事，既找不见个性，同时就没有生命的了。拿镜片而看的街上，只见走动的人而已。对象（客体）的内部内，因为有自己的生命——自己的个性活跃着，所以把对象生命化，再将自己的心境客观化，则对象与自己有密接的关系之时，便可产出写实的生动的作品。主观与客体的融合，自己生命（自己个性）与客体的合体——此外没有别的副作用，我们是这样想。

在这里所谓集团意识，斗争意识云云者，简直没有出入的间隙。愈将个人意识，个人性，分明地说出来，使自己的灵魂之率直的要求恢复起来的时候，集团性与斗争欲，可以表现或不现出来的，集团意识与斗争意识在政治上是占其第一义，但在文艺道上为第二义。同之，文艺道上艺术美与个性是占第一义，集团意识与斗争欲为第二义，这算是当然的分域了。

（译自《文艺公论》创刊号）

（载上海《群众月刊》第 1 卷第 6 号，1929 年 10 月）

朝鲜文学的现状[*]

张赫宙作　罗　嘉译

　　张赫宙（Chan Hjokchu），朝鲜的新兴文学作家；他的杰作《被压迫的人们》乃用日文写出，并有世界语的译本。

　　在朝鲜的新兴文学底运动萌芽于 1909 年，而从那时以后，不过十四到十五年的时候，经过遍了所有的文学的阶段，欧洲许多先进着的国家底文学差不多在一世纪延续的时期中所经历的那些阶段，它很快地各个地体验过了。就是，它个别地经过了古典主义，浪漫主义，自然主义等等一般的和顺的文学的阶段；当它才染上了观念主义底色彩的时候，它立刻相应地在那文学者运动底一角里开始出现了踏踏主义底倾向。并且似乎那作家们底同着由充分的人道主义的倾向面向踏踏主义底水流底开始出现，这一倾向底除去了许多朝鲜民族的苦难是正如同除去了在黑暗的统治下的民族的许多苦难一样；由于急剧的要求生存的斗争，给与了朝鲜文学以永远的前进。

　　但是从世界大战以后，共同的呼唤："夺回我们祖国的自由！"年青的朝鲜人牺牲了他们的强有力的内心的反抗的情绪给与了民族主义的运动，而很短促地开始和结束了拼命的战争，而在这以后，在民族主义的组织下的青年们相信他们民族的自由将永不会由民族主义得到解放，只有××主义能给与她以充实的自由。在运动开始的时候，多数的跑向了安那其主义，但是渐渐的，马克思主义获得了朝鲜的社会运动的领导的地位。而被宣传的已经是第四个康闵尼斯脱的政党了，当地的被宣传的

---

　　*　本文和后面张镜秋译《朝鲜文艺近态》系同一篇文章的不同译文，两篇译文均收录，以备参照比较。此文又以《朝鲜文学近状》为题，载上海《客观》半月刊第 1 卷第 7 期（马士译），已收入《"中国现代文学与韩国"资料丛书》⑩。——本书编者。

政党仅仅按照自己的记忆计算起来已经有了三个或者四个了。

而即刻，我们自己的力量很可能地使这运动在文学上也表现出来。在 1923 年有了普罗列塔利亚文学的运动，而在 1925 年，成立了朝鲜普罗列塔利亚艺术同盟（Kap.）。

跟着普罗列塔利亚文学的兴起表现了在那时的人道主义者的，民族主义者的，快乐主义者的作家们是被屏逐着；在这种趋势之中有很少数的作家们直到现在还不被屏逐而且是写作着的。在他们之中仅仅可以找到朝鲜文坛的老作家黎光舒（Ri-Kuhanau），齐通女士（Kim-Ton'in）以及其他自然主义的快乐主义的作家们。由于美的文学曾堕落过的：郁桑述（Jum-Sansup），乔脱孔（Choi-To-kkjum），潘英孔（Pan-Inkum）他们发表他们的作品在各种不同的日报的副刊上面。

在最近，朝鲜的普罗列塔利亚文学在理论上和作品上都有了很大的进步，当资产阶级文学尚未能达到国际文学的水准的时候，它从它自身表现了在某一个时期将必然地会达到那个水准。然而，这是真实的，大的缺憾就是在专门对于殖民地的强大的压迫之下，使它的一些优秀的作家们都停留着而不能依着他们的愿望去活动。现在，我以为，那末，它们的作品是必然地一般地都停留在大众化进行的阶段上。在有充实的称许的作家们之中，我们找到的是同志郁炯（Jn-ghun'o），韩树亚（Han-Snlja），李基勇（Li-Kijun），宋勇（Son-Jun），郁朗穹（Jnm-Namchun）等等。此外他们一年年发现了许多新的作家们还有月刊的数目值得注意地增加了，而我相信，只要他们充实地意识着永远的斗争和勇敢的不断的努力和坚持地反对那检查印刷品以及经济的手段底强大的障碍，他们的工作是必然带给他们以光荣的成功。

然而朝鲜普罗列塔利亚文学，也完全和日本普罗列塔利亚文学一样地，因着形式主义和机械主义而受着理论上的过分的评价和生气的缺乏底苦痛，但是，为着完成艺术（belarto）底本身的任务，唯有艺术底历史底更多的批判，会引导了它的工作继续的走向那正确的方向的。

1933，12，18

（载南京《新野》第 1 卷第 1 期"论文"，1934 年 4 月 10 日）

朝鲜影艺运动史 ［节录］*

金光洲

序　言

中国的同志们，多次付托我介绍朝鲜的电影艺术运动，但我没有勇气去执笔了。这原因是笔者对于电影艺术运动没有什么深远的研究，并且朝鲜的电影艺术运动是贫弱的，朝鲜文化运动当中处在最沉滞状里的，所以对于电影艺术的工作方面，无论过去或现在，没有敢发表于中国的报纸。

但中国方面日常持着特别的关心，虽然它是一个弱小民族，但比任何国更谅解着朝鲜民族，所以我在这里无踌躇的试一篇简单的介绍。朝鲜的电影艺术运动，当然是无甚可取。但是我们应该去研究列强诸国的巨大的艺术运动，同时如果要了解一弱小民族的社会的处境和民族的感情的时候，不能轻视它的艺术运动的过程及动向。那就是因为艺术是一民族及一个社会的（或是全人类的）反映并且一个民族的生活与感情的赤裸裸的表现。这不过是关心于艺术运动的一般人的极其平凡的一种常识而已。

换句话说，一个弱小民族的艺术运动，多么的落后他国，在怎样的社会条件底下前进着，又与社会相表现着若何的反映，我想这种问题，对于一个文化社会的人，并不是一种完全无意义的事吧。

下面就是朝鲜电影艺术运动的简略的史的考察。

---

* 本文收入本书时，略去文中对朝鲜电影状况及演员的介绍，尽量保留能体现作者文艺观点的文字。——本书编者

运动的变迁的过程

因为材料不充分的关系和朝鲜的电影人是处在特殊的环境里的缘故，他们的电影艺术运动便也是散漫的，所以一时无法去指摘出他们在运动上的业迹［绩］。在这里只依据一九三三年《朝鲜日报》所登载的《朝鲜映画史》一文为参考材料，简略的列举他们的运动的过去情势及一般作品罢。

…………①

关于几篇重要作品及其他

在上面所说的概括的顺序叙述里面，我们很容易窥见朝鲜的电影艺术的程度的贫弱。可是总虽然不过几百篇，但比较朝鲜的其他部门的文化运动的时候，在量的方面，这些作品也决不算少了。因篇幅的限制，关于这许多作品的每一个故事的内容或技术方面及作品的社会影响等诸问题，不能作详细的检讨及批评。我在这里不过是简单的介绍几篇比较重要些的作品，并且想论及朝鲜电影艺术的现在状况而已。

为了叙述的便利，以《哀梨岭》一片为中心，分前后两期而考察。在前期值得举出的作品有《春香传》《非恋的曲》《蔷花红莲传》《海的悲曲》等数篇。然而这几篇作品所说大都是不过朝鲜电影运动的创始期的习作的作品。在这一时期，一般观众是除了对于电影的一种好奇心以外，没有何等的理解力，并且电影制作人他们自身也没有电影在社会上的价值的正当的了解和技巧的把握。这时期的电影制作人们仅仅是由很漠然而且没有消化外来文化的一种好奇心而去从事电影制作，这也许不是一种过言罢。正因为这个缘故，作品里所表现的意识也不过是很朦胧的反封建的倾向与幼稚的自由恋爱的提倡罢了。

这一期的作品中，《春香传》是属于朝鲜古代文学作品的一篇。有许多的人说：中国有《红楼梦》，朝鲜有《春香传》。这一篇就是描写朝鲜

---

① 此处略去分五个时段（1922—1925 年、1925—1926 年、1927—1929 年、1930—1932 年、1933 年）对影片制作等的简介。——本书编者

封建时代的一个妓女的女儿的一片丹心，永古不灭的恋情。但这作品在电影上的价值是没有什么可论的了。

事实虽然如此，但至少移植了电影艺术的新形态，我们不能完全轻视这创始时期的诸电影人们的功绩了。

后来，在这创始时期得到的对于电影的一般社会人和电影人的关心与热情是呈现了渐渐的进步，同时在一方面进展到第二期的习作时代了。这一时期可以说是朝鲜电影艺术运动的长成期。《开拓者》《长恨梦》《双玉泪》《山寨王》《红莲悲恋》《不忘曲》等数篇，就可算是这时期的比较优秀的作品。

《开拓者》是朝鲜现代小说作家第一人李光洙所写的小说。在朝鲜把现代文艺作品整个的搬到银幕上来电影化是以这篇为嚆矢。但这篇作品在小说的本身上，不过是描写了一个女性为了自由恋爱而自杀去表现一种恋爱至上主义的倾向而已。由此这篇小说虽然有一时受了抱着封建思想的盲目的反抗和漠然的赞美自由主义的当时代的青年们的狂热欢迎，但至于电影化的作品，无论故事或技巧哪一方面都免不了失败的。这原因可说是电影从业员的技术磨练的不足。

要而言之，在这第二个时期，还是除了千篇一律的自由恋爱的讴歌与反封建意识的很畸形的表现以外，无论技巧方面或内容方面都处在很幼稚的程度了。这可以说，陷在外来思潮的畸形的吸收里的当代朝鲜社会状态的一种反映。

在这时期，把握比较优秀的表现方法而出现的作品就是《笼中鸟》了。这篇作品的故事亦是到无甚可取的青春男女的恋爱苦闷里去取题材的，并且作品里充满着的是一个女性对于顽固的父母的反抗与灰色的消沉。这里有些模仿日本电影的地方，但对于观众给予一种特别的兴趣了。虽然作品意识上没有什么值得注意的，并且它的在艺术作品上的程度也幼稚些，然而为唤起观众的对于朝鲜电影作品的关心与兴趣，不妨说这作品是获得了相当的效果。

无论中国或日本，在他们的电影运动的创始时期，因为感染于舶来文化的华丽性并且崇尚"西洋风"的缘故，轻视了他们自己的电影作品而陶醉于外国作品。这是谁都不会否认的事实。同样在朝鲜也是，我们很容易看得出一般观众有重视欧美各国的作品轻视自国作品的倾向了。

在这样的过程时期，打破了这种偏曲的见解而且呈现了朝鲜电影的健全的进步的作品就是《哀梨岭》。这一篇作品是获得了朝鲜电影史上最大的盛行价值，并且介绍到日本电影界去的。无论作品的内容或技巧及意识的各方面，不妨说占领了从前的朝鲜电影界不曾有过的优秀的地位。这篇作品描写了由现实的压迫与苦痛而发疯的一个狂人的片面生涯，并且是一篇很浓厚地充满朝鲜乡土色调的，在某一程度上很努力地去计划了朝鲜现实社会状态的表现［作品］。虽然有许多地方的表现意识是很漠然而且很朦胧的，但可以说这篇是表现了朝鲜民众一般的阶级意识。至于这篇作品的出现，朝鲜的观众们才感觉到自国电影的艺术的感兴与必要性了。

拿《哀梨岭》一篇的发表为契机，好像雨后春笋似的继续出现了《金鱼》《失掉了两角的黄牛》《风云儿》《野鼠》等数篇。这时期可说是朝鲜电影艺术的萌芽期的黄金时代了，然而这许多作品，无论技巧或内容，大部分是不能超过《哀梨岭》所获得的水准范围的了。

在这时期的前后，在电影界的另一方面，呈现了新兴电影艺术运动的萌芽，属于这一类作品，有《流浪》《昏街》《暗路》《火轮》等几篇。但这些作品都陷进了新兴艺术的难免的阶级意识的注入与轻视艺术的价值的新兴艺术很容易陷落的诸缺点里面，所以获不到何等伟大的成功。

打开了这样极其沉滞与混乱的电影界而出现的作品就是排击了都市的虚荣的文化为题材的《无主之路》。这篇作品所获得的重要地方是电影的技术的把握与故事的单纯化，并且在这篇作品里面，我们可以看得到从前的朝鲜电影里所不曾有过的新的导演的手法与编辑手法及优秀的摄影技术。这一篇是曾经输出到日本电影界，虽然因为种种环境的不利不能公开的映出，但日本的导演除铃木重吉外多数的重要电影人们都在日文报上发表了赞美这作品的文字。

当然这作品也并不是表现在帝国主义压迫之下的朝鲜民众的全般的生活感情的伟大作品，可是在某一种程度上具备着电影的艺术的完美的形态。这一点是值得我们注意的。

最近的作品，我们可以举出《可爱的牺牲》与《钟路》两篇，但不过因导演的未成熟的手法及其他种种检阅制度的威胁，使我们对于这作品不能认为满意。

到了一九三四年，朝鲜的电影界是完全陷入了沉滞状态里。在几个月以前，据说现代作家李无影的小说《转着地轴的人们》的有声电影化，但到现在还没有完成的消息。那么，朝鲜的电影艺术运动为什么不可避免这样的沉滞状态呢？举出它的重要的沉滞原因如下：

（一）经济的限制。

电影艺术的制作是比任何种艺术运动更需要经济的力量，这是不用多说的。无论把握着怎样优秀的技术的导演或演员，如果没有经济的基础，当然不能获得制作上的完美的效果。朝鲜的电影人们比世界上哪一国的艺术家，更是处在经济的苦境。据说曾经观察了朝鲜电影界的日本某导演说过："处在这样为［的］苦境并且拿这样的不充分的设备，却继续不断的制作出品，我不禁表示同情，同时我们日本的电影人感到惭愧的了。"这决不是值得朝鲜电影人自矜的地方，不过为了叙述经济的原因而引用罢了。我在这里不愿多讲，只呐喊着如下面的两句罢：

——给予朝鲜的电影人一个设备完善的摄影场！

——给予朝鲜的电影人一个完全的 Camera！

（二）检查制度的苛酷。

哪一国都有检查制度的，但朝鲜的电影检查制度的苛酷是局外人所不能推测的。假使一个作品背离了帝国主义下的殖民地政策，那作品是不能不受检查员的残忍的无理的 Cut，所以有撮影前的作品与检查后的作品比较起来，变成两种完全不同的作品，甚至有时候虚费了莫大的经济力和努力而结果不能公演的。"怎样才可巧妙的避免这苛酷的检查制度，并且充分地表现出所计划的思想和意识呢？"这问题就是使朝鲜的电影人们要费最大的苦心的，然而这问题是依朝鲜社会的根本的改革与民族的环境的革新而才可避免的难关了。

（三）一般观众的电影理解力的幼稚。

朝鲜的文化发达是很畸形的。在一方面有向时代的尖端走着的青年，但在另一方面，到现在还有陈腐的封建思想的残余势力留存着，并且他们持着一种错误的观念，以为电影人都是可笑的狂人。这种错误的观念当然相当的阻碍了朝鲜的电影运动的发展，朝鲜的电影人们应该去打倒这些陈腐的观念的！

（四）电影人自身的修养问题。

有许多人想艺术家尤其是电影艺术家没有艺术的天才是做不成的。这种说法也有一部分不能不肯定的地方。但无论哪一国，哪一个民族，他们的艺术的建设并不是仅依着几个天才的闪烁的影星的一时的力量而得到的。电影人自己的不断地自我检讨与百折不屈的忍耐及技术的彻底的研究，这样朝鲜的电影人才才能够期待进展到完美的艺术运动的区域里了。

重要电影人介绍 ［略］①

结 论

我在这里重复的说，如果要理解一个民族与他的民族的社会状态或生活感情的时候，非准备着艺术的力量不可。虽然一般的人重视着一个民族的社会运动及政治运动的动向，反轻视着民族的艺术运动，这不能不说是一种错误的观念，而且电影艺术比任何的艺术含蓄着的特殊的感铭的表现形态与强大的煽动性，也是不可淹没的事实。

从上面看来，朝鲜的电影艺术运动好像是没有什么可论的价值，也没有一篇作品值得介绍到中国的。所以很难得到他们的运动的各方面的同情。然而到了现在我们还是听到"朝鲜也有电影吗？"云云的质问。笔者对于这点实在是很遗憾的。这话绝不是以我个人的民族的自矜心来说的，是平心的客观的说出罢了。

中国与朝鲜的电影界，不能互相理解彼此的电影运动的第一个原因，当然是因为过去或现在彼此没有交换过作品的缘故。（虽然中国的作品介绍到朝鲜的也有，但那不过是《三国志》《太湖船》等数篇属于很久以前的作品。）

所以最后简单的几句，就是希望在将来中国与朝鲜的电影界。作品的交换盛行起来，并且依靠它我们彼此去认识互相的社会环境与共同的民众的压迫状态。友人也许说这是一种不可实现的空想，但是我想假使中国的电影作品运到朝鲜去的话，受朝鲜青年们的热烈欢迎是无疑的，至于作品的优劣恐怕是第二个问题吧。

（载上海《晨报》1934 年 9 月 5—11 日 "每日电影"）

---

① 本节分别介绍了尹白南、李庆孙、金幽影、李圭焕、全昌根、罗云奎、李庆善、姜弘植、南宫云（金兑镇）、申一仙女士、金莲实女士、文艺峰女士等演员。——本书编者

弱小民族的文学近况 ［节录］*

金光洲

无论任何一国，一个弱少民族①的社会，它的政治的动向及社会状态等，时常被先进的国家注目，可是，在他们的文学方面，却被人等闲观。当然，他们弱少民族的社会，因于他们的特殊环境以及在政治上的种种原因，各种的文化上的进展落后于先进的诸国是很自然的现象。不过，他们像处在社会上的特殊环境一样，在文学方面亦有着在先进诸国的文学作品中找不到的特质以及倾向。这一点是我们所不会否认的地方吧。在这样的意义之下，我以为简单的观察他们弱少民族在文学上的动向亦有些某种的意义了。为了叙述的便利起见，先把他们的文学分为南部欧洲和北部欧洲两方面。

第一，在南部欧洲方面。使他们值得注目的是西班牙的文学活动。……总之，他们的文学作品里流露着的思想的根本，以时代的苦闷和对于不公平的政治的诅咒和讽刺为最重要的了。

其次，在北部欧洲方面。文学活动最为热烈的地方，可以举出丁抹②和挪威。……简单的说，他们北部欧洲的作家们的特色即是对于乡土的热烈的爱和险峻的北极探险生活的赞美罢了。

除了上面所举的诸国以外，墨西哥的文学运动亦有使我们不能忽视的地方。……他们的作品所共通的特色是西班牙传统的脱离和对于乡土的世界主义的口热。

最后，在东方。我们应该说到朝鲜的文坛。他们的古代文学可以说是不少的受了中国文学的影响而在现代的新文学方面就是受了日本文学

---

* 本文中的三处省略号为编者所加，系本书收录时略去的原作文字。——本书编者
① 本文正文均作"弱少民族"。——本书编者
② "丁抹"即"丹麦"。——本书编者

的影响。他们开始了新文学运动月以后，已有了十几年的历史。不过到了现在还看不见何等世界文坛的伟大的进展。这当然有着他们的特殊的原因和理由。然而，我在这里不必说到这个地方，只举出李无影、俞镇午、李箕永等较为活跃着的作家的名字而作为这篇短文的结束吧。

（载上海《晨报》1935 年 11 月 8 日"晨曦"）

朝鲜文艺近态

张赫宙 作　张镜秋 译

朝鲜新文学的运动，萌于一九〇九年，虽则从那时起始，可是到了目前这十四五年来，才经历了欧洲各先进国家百余年赓续演变的文学上各种的阶段，而得到迅速的开展。即是它穿过了古典主义，浪漫主义，自然主义和其他一切文学各种的阶段；当时它也自己带上了一层理想主义的色彩。在文学家运动的角落里面，也呈现着"大大主义"（一九一六年创于瑞士的 Znrioh 在艺术与文学中表现未来派的极顶，大半关于虚无主义）的新倾向。似乎作家们的表现，都充分具有人道主义和大大主义的影响。这样的影响，会消失了朝鲜被压迫民族的种种痛苦，凭着暂时愉快的享受，使朝鲜的文学，没有一点出路。

但是自从欧战以后，带来了一个"回复祖国自由"的呼声。朝鲜的青年界对于民族运动，曾贡献了自己坚强的反抗精神，并且开展了生存危机的斗争。从此以后，一般青年们在民族主义者组织之下，相信他们民族的自由，将会得救，或不由于民族主义而是由于社会主义，将会给与他们充分的自由。在这项运动的开端，许多人都跑向安那其主义。可是不久，马克思主义者在朝鲜竟取得了社会运动的领导地位。

自然可以知道，这一切的运动，也反映到文学的上面。在一九二三年普罗文艺运动诞生，到了一九二五年，才成立了朝鲜普罗艺术联合会的组织。

自从普罗文学兴起以后，给人们暗示到那时的古典主义者，国家主义者，享乐主义者的作家们，都被推翻了，很少的作家，在这样的倾向当中，到这时还不被推翻而且仍然工作着的。在他们里面，只有李光舒（Li-Kuhanau）他是朝鲜的老练作家，戚东英（Kim-Ton'in）和别的自然主义的，享乐主义的作家几人而已。欧美文学当中的一些颓废【作家】，如像郁山堂（Gnm-Sunfoh），乔托忠（Coi-Tonkkjon），庞云谷（Pan-goknn）等人，他们在各种日报上所作的副刊文字，也还可见一斑的。

近年以来，朝鲜的普罗文学在理论上和在创作上都有了很大的进步。并且当布尔乔亚文学没有达到国际水准的时候，普罗文学便有了要努力达到国际文学水准的表示。可是终究，面前摆着极大的悲痛，因为压迫的势力对于殖民地特别强大，因之一般品质很好的作家们，也便不能如他们的愿望尽量的写作了。在这个时期，确是无可避免的，可是他们的作品，通常保持着前进的阶段。在负有声誉的作者当中，这类前进的作家我们所发觉的是岳金珂（Gn Gitnjo），韩书雅（Han Snlja），李齐云（Li Kijun），苏云（Son Gitn），郁南中（Jum Nam chun）等人可为代表。除了他们以外，一年一年的新作家露了头角，并且月刊的名目，最近以来，也令人注意的加多了，然而我相信，他们也完全知道，只有在积极的斗争，和勇往前进，坚决反抗检查的阻碍，和经济的资力当中，他们的工作定会带给他们光明的成功的。

然而朝鲜的普罗文学也不免在理论上估量过高和生动的缺乏，为了形式主义和机械主义的重视，完全和日本的普罗文学相同。但是为要保全美术上的特质，只有重视美术的历史性，向适当的方向，引导他们文学的工作。

（载昆明《文艺季刊》第 1 卷第 4 期，1939 年 7 月）

朝鲜文艺家的苦闷

——并评"朝鲜文人协会"

李斗山

文艺家，用尽种种的描写方法，表现自己的理想和感情，拿出来在人们面前展示，这是最高的任务。或用珍珠似的文字来表现；或用华美的彩色的线成串来表现；或用嘹亮的五线谱来表现。在朝鲜文艺家们面前，陈列着丰富的材料；朝鲜的自然风景的优美暂且不论，人所想不到的稀奇材料，也是太多，朝鲜文艺家们的眼福，真可谓好极了。至其朝鲜文字构成的巧妙而论，在世界学者间，已公认为完整，比世界上任何国文字，毫无逊色，而反驾于其上。这样完整的文字，这样丰富的材料，怎不给朝鲜文艺家们自由自在的活用，而创造出世界的伟大作品呢？这点，是今日朝鲜文艺家所苦闷的中心问题。

古来素称为隐士国的朝鲜，在春天，你试走到郊野，红的花，绿的草，蓝碧的天空，温和的轻风，一幅活画展现在你面前；在夏天，那汉江江畔的沙滩，那鸭绿江的清凉水，朴渊的瀑布，海印寺的绿荫，都给你用不着拍拍的扇而凉快；号称"世界公园"的金刚山，尤其是外金刚的九月丹枫，那从白头山上纷飞来的雪花，东海的碧浪白波，这些朝鲜的大自然的一切底一切，无非给我们朝鲜文艺家摄取描写的最好材料。

不但这些大自然的材料，丰富得很，也从三十余年以来的朝鲜的流血，朝鲜的悲愤，朝鲜遍地的狼烟烽火，朝鲜遍野的嗷嗷哀鸿，一大屠场，一大地狱，断头台，十字架，饥饿眼泪，铁的枷锁，钢的枪弹，怒吼的声浪，呜咽的凄泣……这些朝鲜实社会所酿造出来的活材料，都陈列在朝鲜文艺家们面前，而给他们任意采择的。

离不开朝鲜社会的朝鲜文艺家，就不能不有政治的意念。一切文艺，是该时代的反映，朝鲜的作品，当然为朝鲜时代的反映才有价值的。那离开现实的和朝鲜实际生活无关的一切作品，便不是文艺。朝鲜是日本的殖民地，为着打断这殖民地枷锁，又为着争取朝鲜民族的生存自由，须把朝鲜民族解放旗帜高揭起来，努力奋斗，这是朝鲜文艺家对朝鲜的政治意念。朝鲜文艺家一定对这不满意的朝鲜社会，想法子干起来，要推动它底前进。但是你一动手，你的敌人就把"出版法违反"的笼子来关你，你一描写，就把"文字狱"来束缚你；你的苦闷是在"有冤无处诉"气闷的呻吟，从你的阴郁的心坎里，发泄出来的。如果你跑到外国去，你当然失去拥护朝鲜文字的大众基础，而无从发挥你的文字描写的天才。如果你只吟风咏月，那就失去文艺的意义，而被摈于朝鲜大众之外。如果你采苟安的奴颜婢膝的态度，当然，那"反动份子"的丑名加于你的头上。

最近，倭总督府，网罗朝鲜的反动文士，组成一个"朝鲜文人协会"，于去年十月三十日在京城府民馆，举行结成式，并发表一反动的声明书，其主要人物如下：李光洙，朴英熙，郑寅燮，朱耀翰，金东焕，李箕永等辈。其声明书中之要点是结成"朝鲜文人协会"，完成"兴亚"之大业，创造"皇国"的新文化，誓以勇往迈进云云。或者，一时因敌人的威迫，而出此丑态，但其发表的既然是声明书，他们的意志的薄弱，气节的泯灭，由此可见了。

朝鲜文艺家的苦闷，是这样的深刻，但，这些苦闷是一个试金石，勿论如何，朝鲜文艺家们，打开这闷葫芦克服恶劣环境，而喷出时代的火焰，使敌人发抖，这是不可回避的重大责任。

（载《救亡日报》1940 年 2 月 23 日 "文化岗位"）

在满鲜系文学

高在骐

满洲是否有鲜系文学存在，这一点或者会成其他各民族的一个疑问，致成疑问的原因，当不外没有人肯去介绍。

往昔高句丽，曾在这块土地上建立过国，至今犹有一些艺术文化的遗迹，任凭考古的史家们发掘考证。

距现在七十年前，我们移住的同胞，已不下百五十万，他们创造文化来获得生活，曾倾注过他们全副的力量。但实际说起来，我们的祖先，是个吟风咏月尚文轻武的种族，这无论是新罗文化，无论是李朝文化，全含有这种成分的。在对朝鲜文化有相当理解的读者，受了前述历史的影响，或者要毫不踌躇的引证出在满洲鲜系文学的存在，不过，抱歉得很，那是不中肯的。

在日系，有所谓满洲文学，如此看来，关于鲜系文学，也可以做若干的记述。

如以满洲地理的政治的诸特殊性中育成之某种特殊理念的具体化为前提时，或者尚有相当距离，如与日系之满洲文学相比，倒还可以有所云云；当然它比日系的满洲文学出发较晚，所以它是属于将来的，对于它的展望，我们是超出悲观与乐观，只是随着要求向前进展，这非论理的推察，也可说是一个遗憾。

本稿所谓满洲鲜系文学，是指住满洲的鲜系作家用鲜语写的文字，余者除外。此种见解是否正确，固有议论的余地；但我却以为满洲鲜系文学的运命，亦即是在满的朝鲜语的运命，故对于母土朝鲜的言语问题的推移，不能不考虑的。在这个国家的言语问题，是规定满文学概念最重要的一个要素，因非本稿题内事，姑不赘论。

前文曾提及创造文化来获得生活，现在再把它详细重复一下。

按渡满的鲜民，初期是自由移民，其次是政治亡命者，再其次便是建国后的大量的开拓民，他们奔忙于衣食，尚感不足，当然无暇去修礼乐。朝鲜的新文学史，虽有三十年的过去，而流浪在这块土地上的鲜人，距离文化生活，似尚辽远，所说在满的鲜系文学，只是从六七年以前才渐萌动，但也不是在满受教育的鲜人，而是新渡来的一些文学人们所促成的动机，起初颇不振，最近二三年来，渐渐认识了鲜系文学的当然性，多以真挚的态度从事写作。

康德二年十月由住间岛一些文学人，出现一个叫《北乡》的同人杂志，虽是一个不满三十页的小刊物，还可代表出文学机运的成熟，出到三号便告终了，至于杂志的旗帜和一般的倾向，倒没有什么可以指摘的，只是侨满鲜系，大部分是农民，所以有农民文学的彩色，又该〔杂〕志中千青松的《农民文学以前》和鲁迅的《故乡》译文，颇引人注意；但并没有明显的目标，就是一些热情的文学人们，向文学一种热烈的憧憬，一方是出发于人本主义的愤慨。兹引用《创刊辞》如次：

> ……我等公布文学之力于天下，宣言奋斗，执着比武力还伟大之笔的人们呀，君等之胸，会涌出清新之乳……我等将向彷徨于荒野而不得吸文化之乳的白衣大众绝叫，快快醒来，快快由幻想、错觉醒来，聚集在明朗的旗帜之下，快从彷徨踌躇觉醒，走向堂堂的阵营……

该〔杂〕志对于满洲鲜系文学，不啻是一个温床。当时文笔人们的发表机关，在外有《间岛日报》和《满鲜日报》前身的《满蒙日报》，后来《北乡》废刊，《间岛日报》与《满蒙日报》合并，只有《满鲜日报》与《在满鲜人通信》（去年五月发刊）还肯提供一点地盘给文笔人用，缺少发表机关，这确是鲜系文学的一大障碍，一大苦闷。实际说来，满洲的鲜系文学，尚未脱离摇篮时期，所谓文坛，也不是完全形成的东西，最近二三年来的创作界，登场作家约三十名之谱，作品已达相当多数，比之在鲜的作家四十，作品百篇，在满鲜系文学活动，差堪自慰。这里所说的作家，非如日系作家，每人一年间亦不过写短篇一两篇或四五篇而已。

同时差不多都是在朝鲜文坛相当知名之士，此如朴荣濬、玄卿骏、全镇寿、安寿吉等，全可说是现役的中坚作家了。他们的作品，多是取材于满洲，内容新颖，很得好评。近年来的活动，逐渐减退，作品的技巧，却大见进步。去年虽有几个新人的活动，但作品方面，仅能保持从来的水准，没有什么值得大书特书的。

此等作家的一般倾向，可说是"写实主义"，与在鲜作家，步调相同，只是不能产生明朗的建设的作品，确是一件憾事。

朝鲜文坛的耆宿，功劳可比之中国鲁迅的廉想燮氏，早已折笔停写，过去的中坚作家金水人氏，迩来也沉默起来，虽然两氏全尚健在。

其次是诗坛，如丽水朴八阳，白石，柳致环，全朝奎等，全都是出过诗集的中坚诗人，不过现在似乎都不常写了，间岛图们的同人志《诗现实》如李琇馨等，曾大发表过属于超现实主义的诗文，今已气息奄奄。

满洲写诗的虽然不少却很少诗的评论，只是一种原始的热情流露。

鲜内作家，以满洲为题材的主要作品，有李箕永的《大地之子》，李泰俊的《农军》，尹白南的《事变前后》等等。此地的文学人，和其他各国的文学人同样，也是在奔的时势之流中，无舵船一般的不知所之。一切新人，虽有热情，但缺文学的教养，对满洲的现实，更不能深思熟考，他们生活的浮动性，使他们怀疑了文学，渐渐转向生活的途上，因为现在的文学路上，要比过去，还要艰难困苦的多呢。

曩者弘报处发表《艺文指导要纲》，这对于其他各系的作家，当有很大的帮助；在鲜系作家，勿用说稿费，即唯一发表机关的《满鲜日报》，还一再减少文艺的篇幅。

应在满洲开花结实协力复合文化的鲜系艺文，今后须走如何途径，虽是艺文人自身的问题，但文化自体，是与政治有着鱼水的关系，一切也只好依存于政治了。（笔者·朝鲜每日新闻社新京特派员·在满鲜系评论家）

（载《新满洲》第 4 卷第 6 期
"在满日鲜系文学介绍特辑"，1942 年 6 月）

《朝鲜新体诗选》序

天　均

　　朝鲜底艺术之花，远在一千数百年前，特别在新罗时代，便已灿烂地开发［放］了！其间几经变乱，至于今日，在新罗底旧部（庆都）及其他地方，还残存着表现新罗文化底优美的建筑和雕刻，在《三国遗事》《均如传》等书里，收留着当日数千首美丽的诗篇。至真圣女王时代（一四一五年前），更有名叫《三代目》的敕选歌集。

　　自高丽建号以后，朝鲜国内，对于汉文学之研究，兴盛一时，曾博得中土人士所称赞的文化和诗人先后辈出，对于他们朝鲜语的朝鲜文学，反置之不顾。可是，到了李朝第四代，即世宗大王的时候，那很好的谚文（即韩国文字）产生出来了，自此以后，时会所趋，遂形成一种潮流，用朝鲜语来，自由写作。那位大王曾亲自用纯粹谚文作出了《一龙飞御天歌》《月印千江曲》等等伟大的叙事诗篇，永垂朝鲜文学底典范。反之，那些沉酣于中国文学的朝鲜学者，却无复有人能够写出与一民族相适应的文学来，他们仅仅残留了数百篇所谓诗调的国风诗歌和数十篇小说戏曲故事罢了，此等诗篇现收留在《歌曲源流》《青邱永完》《海东歌谣》等书里面。至是汉文学兴盛的高潮，便告退落。

　　至于现代朝鲜文学的发展，大概可以说，一九〇四年日俄战争的时候，是它底发轫的时期。战争的结果，日俄两国订立了朴茨茅斯条约，当时称为韩国的朝鲜，便成了日本的保护国，到一九一〇年更被日本灭亡了。其间仅仅七年，这七个年头，在朝鲜人底心里，比诸七百年还予以更大的变化。那时代，就是爱国诗歌时代，因为当时以爱国为主题的叙情诗歌，不下数千百首之多，曾风靡于整个朝鲜（这些诗歌，大部分是手写本，小部分用誊写版印，至于活字印刷的极少，现在差不多一篇也没有留存了！）。一般诗人最喜欢用的主题，就是关于祖国古代光荣的回顾，和对于中国的东北以及西伯利亚太平洋那方面的憧憬。这等诗歌有力地激动了当时的人心，许多志士和青年都吟咏着这等诗歌。事实上，他们被帝国主义者淫威的压迫，因而飘流于东北西伯利亚和太平洋那方面去的，当在万人以上。

继承这爱国诗歌时代的主要时代，就是崔南善底散文诗歌时代。崔南善是韩政府派往东京去的第一届留学生之一，曾肄业于东京府立一中及早稻田大学文科，在韩国被日本灭亡的两年前，驱于爱国热情，抛弃学业回国，发行《少年》月刊。那是一九〇八年的事。当时他不过是十八岁的少年。他在杂志上，发表了很多散文诗。他底诗形大约是模仿屠格涅夫（Turgenev）底散文诗，但内容方面，完全是出于创作的，多属于表现同族爱，希望，力，自己牺牲，这一类。这比起爱国诗歌时代的诗歌，更加深刻，更加复杂，更加洗练。自崔南善介导散文诗以来，朝鲜的新体诗便由此产生出来。

约言之，爱国诗歌俱用那单纯的"四四调"（这是朝鲜原有的）和七五调（这是日本输入的），千篇一律，不知变通，因而起了反响，散文便产生了崔南善底散文诗；及后因不满意这种诗太过散文了，便又产生了比较整齐比较拘束的新体诗（这种诗体和中国的白话诗相同）。

稍后，崔南善却由散文诗转而采用时调的形式，发表了数十篇的作品，所谓时调，如上所述，曾做了朝鲜古文学底根干的诗形。这位崔南善，在旧的形式上，纳以新的内容，把它复活起来，影响所及，它便成了朝鲜新文学底另一种形式了。

经过了这样的路径，于是朝鲜诗歌底新形式筑成了两个基础：一是新体诗，一是时调。于新体诗方面，产生了朱耀翰、金岸曙、朴月滩、金巴人、金素月诸诗人；于时调方面，产生了崔南善、李惊山、郑寅、李秉岐诸诗人。

朝鲜底诗歌显然现在已到了百花开放的时期，它底主要的内在的思潮，也已经显露了一个新的动向，一班诗人们，不但为着他们底民族的解放而有热情的叫喊，磅礴的呼声，与乎忧郁的吐露，且能进一步，超越了偏狭的民族思想，走向那人类解放的大道，为着爱、和平、自由和光明而有更深刻的表现了。

固然，朝鲜的文学，对于世界文坛，尚无重大的影响可言，盖不论作家及其作品，于数量上或于本质上，均尚未达到一个有历史地位的民族底文学以提供于世界的程度，我们对此，不无怅惜。但是这二千七百万的一个被迫害的民族，他们底日在进展而前途无限的一种新文学，也许还有介绍给我们认识的一点价值吧。且我国对于朝鲜文学尚未注意，那么，这诗集的介绍，想不是全无意义的。

我们从朝鲜各作家底诗集，各杂志，各报，选择了这五十二首"新体诗"，辑为一册，文体并不拘于一格，也没有因作家派别的不同而有所去取，我们所选译的，只求诗的本身确含有一点艺术的意味而已。

这些诗歌都从朝鲜语直接译出的，朝鲜语的文法和汉语迥不相同，故翻译时虽费了几番心血，但谬误之处，自知难免。

我们觉得，这诗集自是朝鲜烂熳的新诗坛上一束鲜花，倘不因我们译笔的劣拙，还能活鲜鲜地显露出它本来的美色，缤纷地散放着它原有的芬芳，那是我们底奢望了。

（载上海《中韩文化》月刊创刊号，1945 年 12 月 1 日）

◎ 索　引

著译及评介系年索引

创　作
译　作
评　介

著译及评介系年索引

【篇名前有＊号者本书未收录原文】

·创 作·

大江东去次均［韵］赠界氏由朝鲜归国 （旧体诗）　　　　　　　　　　　梅　园

载东京留日学生总会《民彝》第 3 号，1917 年 2 月 15 日。

箕子镜 （文言小说）　　　　　　　　　　　　　　　　　　　　　　　洪叔道

载天津《大公报》1917 年 2 月 23、24 日"报余丛载·短篇小说"。
又载东京《中国实业杂志》第 8 年第 4 期"小说"，1917 年 4 月 1 日。

按：《大公报》发表时作者署"洪叔道投稿"。

朝鲜烈士╱亡国泪 （散文）　　　　　　　　　　　　　　　　　　　　红　冰

载马来西亚槟榔屿《南洋华侨杂志》第 1 卷第 1 期"签载·秋爽斋
笔记"，1917 年 3 月 15 日。

记高丽女子 （文言小说）　　　　　　　　　　　　　　　　　　　　　瘦　鸥

载上海《新民报》1917 年 4 月 11 日"格致博物门"，作者署"瘦鸥
新闻"。又载天津《大公报》1917 年 9 月 14、15 日"小说"，题作《记
高丽女子》，作者署"瘦鸥"。

按：两报所载文字有个别改动。

赠朝鲜刺客 （二首）（旧体诗）　　　　　　　　　　　　　　　　　汪笑侬

载《寸心》第 5 期"好诗"，1917 年 5 月 10 日。

送别朝鲜金起虞先生 （旧体诗）　　　　　　　　　　　　　　　　　李　骧

载浙江温州《瓯海潮》第 13 期"艺文·诗录"，1917 年 7 月 1 日。
又载南京《国学丛刊》第 1 卷第 3 期"诗录"，1923 年 9 月。

按：本诗载《国学丛刊》时改题《赠别朝鲜金宗亮起虞》，首句的
"一身"改作"十年"。

参观朝鲜皮革工场实习笔记 [节录]（游记）　　　　　　　　　**史浩然**

载《安徽视野杂志》第 3、4、5 期，1917 年 7 月 15 日、8 月 15 日、9 月 15 日。

和鲜人金允植先生锓刊著述纪念之作（旧体诗）　　　　　　　　**云　僧**

载《文友社杂志》第 1 集"文苑"，1917 年 8 月。

对于朝鲜灭亡之感言（散文）　　　　　　　　　　　　　　　　**吴芳荪**

载《江苏省立第一女子师范学校校友会杂志》第 2 期"文萃"，1917 年 8 月。

论荆轲与安重根（散文）　　　　　　　　　　　　**本科三年级 程汉卿**

载《江苏省立第一女子师范学校校友会杂志》第 2 期"文萃"，1917 年 8 月。

论荆轲与安重根（散文）　　　　　　　　　　　　**本科三年级 周组民**

载《江苏省立第一女子师范学校校友会杂志》第 2 期"文萃"，1917 年 8 月。

与高丽吴小坡女士饮于市楼（旧体诗）　　　　　　　　　　**廉南湖**（泉）
赠高丽音乐家吴小坡女士次南湖韵/其二（旧体诗）　　　　　　　**吕碧城**

作于 1917 年。载吕碧城著《信芳集》，中华书局，1925 年 10 月；《吕碧城集》卷二《诗》，中华书局，1929 年 9 月。收入李保民笺注《吕碧城诗文笺注》卷二《诗》，上海古籍出版社，2007 年 8 月；李保民校笺《吕碧城集》（上），上海古籍出版社，2015 年 10 月。

哀韩篇（旧体诗）　　　　　　　　　　　　　　　　　　　　　　**惰　公**

载北京《乐群杂志》第 1 期"文苑·诗"，1918 年 1 月 30 日。

高丽金宗亮起汉过访求诗因赠（旧体诗）　　　　　　　　　　　　**散　原**

载《小说月报》第 9 卷第 2 号"文苑·诗"，1918 年 2 月 25 日。

杂　感（三首）（旧体诗）　　　　　　　　　　　　　　　**严修**（范孙）

作于 1918 年 4 月。载严仁曾增编，王承礼辑注，张平宇参校《严修先生自订年谱辑注》，《严修年谱》，齐鲁书社，1990 年 1 月。又载杨传庆整理《严范孙先生古近体诗存稿》卷三《国外杂诗·东游杂诗》，"津沽名家诗文丛刊第二种"，天津古籍出版社，2015 年 7 月。

按：作者癸巳年（1893）曾写《赠朝鲜徐相国四绝句》。

日　记 [1918 年 4 月 8—9 日]（游记）　　　　　　　　　　**严修**（范孙）

载严仁曾增编、王承礼辑注、张平宇参校《严修先生自订年谱辑注》，载《严修年谱》，齐鲁书社，1990 年 1 月，第 376、377 页。

考察日韩江浙教育笔记 [节录]（游记） 曹恕伯（鸿年）

北京直隶书局，1918 年 4 月。收入李景文、马小泉主编《民国教育史料丛刊》（498）《各国教育事业》，影印本，大象出版社，2015 年 4 月。

哀朝鲜辞序略·义州至釜山途次稿（旧体诗） 无 名

载《民铎》杂志第 1 卷第 4 号"诗录"，1918 年 5 月 7 日。

按：本诗在卷首"目录"中题作《无名氏哀朝鲜辞一首》。《民铎》由中国留日学生的"学术研究会"主办，1916 年 6 月创刊于东京，1918 年 12 月 1 日第 1 卷第 5 号起迁至上海。

*江浙日韩旅行记（游记） 曹恕伯

载天津《大公报》1918 年 5 月 30 日至 6 月 3 日"游记"。

按：本文系作者《考察日韩江浙教育笔记》一书中 9 月 25 日至 11 月 14 日部分内容的压缩稿。正文文前写道："民国六年九月，余曾赴奉天、朝鲜、日本、江苏、浙江等处一游，除将到处见闻汇印，托北马路直隶书局及商务中华新华等书局代售外，今再抽象录之，以资阅者猛省而励进行。"

过朝鲜海望济州岛口占（旧体诗） 我 一

载江苏《武进月报》第 1 卷第 7 号"东游剩草"，1918 年 7 月 15 日。

朝鲜领馆设立两等小学校校歌（旧体诗） 云 僧

载《文友社杂志》第 1 集"杂俎"，1918 年 8 月。

送朝鲜前政大夫金泽荣归国/其二（旧体诗） 几 道

载上海《新闻报》1918 年 10 月 26 日"报余·文苑"。

安重根（旧体诗） 朱荣泉

载上海《约翰声》第 29 卷第 8 号"文苑·咏史"，1918 年 11 月。

勇敢的高丽女童（散文）

载上海《福幼报》第 4 卷第 11 期"拾遗"，1918 年 11 月。未署作者名。

读朝鲜见闻录有感（旧体诗） 黄日贵

载菲律宾马尼拉《华铎》周刊第 2 卷第 4 号"文苑"，1919 年 1 月 27 日。

安重根外传（文言小说） 资 弼

载上海《小说新报》第 5 年第 1 期"说汇·爱国小说"，1919 年 1

月。收入于润琦主编《清末民初小说书系·爱国卷》，中国文联出版公司，1997年7月。

奴隶痛（文言小说）　　　　　　　　　　　　　　　　绮缘（吴惜）

载上海《小说新报》第5年第4期"说汇·爱国小说"，1919年4月。收入于润琦主编《清末民初小说书系·爱国卷》，中国文联出版公司，1997年7月。

追忆游朝鲜新义州事（游记）　　　　　　　　　　　　　　莘禄钟

载《南开思潮》第4期"游记"，1919年6月23日。

亡国恨（文言小说）　　　　　　　　　　　　　　　　　　辛文锜

载北平《癸亥级刊》"杂俎·小说"，1919年6月。

民国八年日鲜旅行记 [节录]（游记）　　　　　　　　　　　　张　援

南京共和书局，1919年6月。收入姚祝萱编《国外游记汇刊》第一册卷之三《日本附朝鲜》，上海中华书局，1924年10月；《近代域外游记丛刊》12，影印本，凤凰出版社，2016年8月。

叹高丽亡国受虐待（旧体诗）　　　　　　　　　　　　　　杨宇清

载上海《通问报·耶稣教家庭新闻》第857期"词林"，1919年7月。

赠朝鲜申睨观（旧体诗）　　　　　　　　　　　　　　　　顷　波

载太仓《蠡言》第9期"文艺"，1919年9月。

观朝鲜女乐（散文）　　　　　　　　　　　　　　　　　　王炳成

载上海《广仓学会杂志》第4期"广仓学会会友丛刊"，1919年9月。

按：本文发表时作者署"钱唐王炳成雪庵"。

观高丽伎舞有作（旧体诗）　　　　　　　　　　　　　　　徐　珂

载《小说月报》第10卷第11号"文苑·诗"，1919年11月10日。

高丽伎歌（旧体诗）　　　　　　　　　　　　　　　　　　夏敬观

载上海《东方杂志》第16卷第12号"诗"，1919年12月10日。

题杨石然竹石菊花图杨韩国人也（旧体诗）　　　　　镜花水月轩主

载《亦社》第3年第3期"诗"，1919年12月10日。

日鲜游记 [节录]（游记）　　　　　　　　　　　　　　　梁鸿耀

上海民立中学校，1919年12月。

按：本书封面题《最近日鲜游记》，正文首页题《民国八年（夏时己未）日鲜游记》，逐页和版权页题为《日鲜游记》。文内含途中所作旧体诗 10 首，即《过下关—名马关》《过朝鲜海峡》《山居朝鲜农人多结庐山中自成村落》《雨中车行》《其二朝鲜南部皆山岭蜿蜒其色不—》《秋风岭》《明月馆》《景福宫》《平壤箕子都此，有墓在兔山》《贺赵君秉泽六秩寿辰》。

可怜的亡国少年（新小说）　　　　　　　　　　　　　　　　**夏芬佩**

　　载上海《通俗丛刊》第 3 期"小说"，1920 年 1 月 15 日。

做亡国奴，不如做冢中骨（散文）　　　　　　　　　　　　**百　砺**

　　载小吕宋（菲律宾）《教育周报》第 1 卷第 3 期"余墨"，1920 年 2 月 29 日。

安重根遗事（纪实）　　　　　　　　　　　　　　　　　　　**张九如**

　　载上海《心报》第 19 期"传记"，1920 年 3 月 15 日。

　　按：未见该刊第 18 期，本文缺前一部分。

朝鲜行记（游记）

　　载北京《市政通告》第 27 期"专件"，1920 年 4 月 30 日。无署名。

　　按：《市政通告》28 期以后未见续刊此文，原因不详。

游朝鲜日记（游记）　　　　　　　　　　　　　　　　　　　**钱文选**

　　载钱文选著《环球日记·游日本日记》，未署出版者，1920 年 4 月。收入钱文选著《士青全集》"第五集　游记　卷一　环球日记　四"，商务印书馆，1939 年 8 月。

绘图朝鲜亡国演义（《爱国英雄泪》）（章回小说）　　　　　**杨尘因**

　　上海益新书局，1920 年 4 月。

　　按：本书有两个版本，出版时间都是 1920 年 4 月，一为益新书社印行的 16 开本，平装二册；一为上海大成书局印行的 32 开本，线装六册。两书扉页都有篆书阳文印章"毋忘国耻"，回目、正文的文字和每一回的插图相同，仅书名、开本、印行书局不同，当为同一出版者所为。16 开本封面署"谯北杨尘因著　爱国英雄泪　益新书社印行"，内封及目录署"绘图爱国英雄泪"，版权页署"印刷兼总发行　益新书局"。32 开本封面署"绘图朝鲜亡国演义"，内封署"杨尘因先生著　朝鲜亡国演义"，版权页署"上海大成书局"。两书正文皆手写楷体，16 开本字号较大，32 开本字号较小。32 开本当为 16 开本的缩印本。

亡国恨（戏曲）　　　　　　　　　　　　　　　　　　　　　**城东女学社**

　　载上海《俭德储蓄会月刊》第 1 卷第 3、4 期"剧本·警世新剧"，

1920 年 4、5 月。

亡国恨（话剧）　　　　　　　　　　　　　　　老　枢　髯　公 合编

　　载小吕宋（菲律宾）《教育周报》第 20、21、22、23、24、25 期
"新剧"，1920 年 7 月 5、12、19、26 日，8 月 2、9 日。

　　　　按：《教育周报》现存件缺佚第 20、21 期，故本剧仅见载于第 22—
25 期的第三幕《逼婚》、第四幕《密议》、第五幕《行刺》、第六幕《脱
险》、第七幕《同仇》，第一、二幕缺。

朝鲜京城观察记（游记）　　　　　　　　　　　　　　佚　名

　　载天津《大公报》1920 年 8 月 24 日。

祝《震坛》报出版（旧体诗）　　　　　　　　　中华工业协会

　　载《震坛》周报创刊号，1920 年 10 月 10 日。

《震坛》报社祝词（旧体诗）　　　　　　　　　　　孙洪伊

　　载《震坛》周报创刊号，1920 年 10 月 10 日。

《震坛》报发刊祝词（旧体诗）　　　　　　　　　　吕志伊

　　载《震坛》周报创刊号，1920 年 10 月 10 日。

《震坛》周报祝词（旧体诗）　　　　　　　　　　　景梅九

　　载《震坛》周报创刊号，1920 年 10 月 10 日。

《震坛》报颂辞（旧体诗）　　　　　　　　　　　　吴敏於

　　载《震坛》周报创刊号，1920 年 10 月 10 日。

《震坛》报出版颂词（旧体诗）　　　　　　　　　　朱剑芒

　　载《震坛》周报创刊号，1920 年 10 月 10 日。

是我们的事（散文）　　　　　　　　　　　　　　　姚作宾

　　载《震坛》周报创刊号，1920 年 10 月 10 日。

朝鲜人该怎样努力（散文）　　　　　　　　　　　　玄　庐

　　载《震坛》周报第 3 号，1920 年 10 月 24 日。

为什么要赞助韩人（散文）　　　　　　　　　　　　记　者

　　载《震坛》周报第 4 号，1920 年 10 月 31 日。

祝《震坛》丛报（旧体诗）　　　　　　　　　　　　尹琦燮

　　载《震坛》周报第 5 号 "祝词"，1920 年 11 月 7 日。

《震坛》出世志庆（旧体诗）　　　　　　　　　　　尹海莘

　　载《震坛》周报第 5 号 "祝词"，1920 年 11 月 7 日。

祝《震坛》报发刊（旧体诗）　　　　　中华青年维德会　廉道扬

载《震坛》周报第 5 号"祝词",1920 年 11 月 7 日。

我对于韩人之感想（散文） 冥　飞

载《震坛》周报第 6 号,1920 年 11 月 14 日。

吊安重根义士并告两国人民（散文） 同　人

载《震坛》周报第 9 号,1920 年 12 月 5 日。

悼大韩义士安重根示汕庐（旧体诗） 林景澍

载《震坛》周报第 14 号"文艺",1921 年 1 月 9 日。

挽韩义士安重根先生（旧体诗） 周霁光

载《震坛》周报第 14 号"文艺",1921 年 1 月 9 日。

《天鼓》发刊志颂（旧体诗） 黄延洵

载《天鼓》创刊号,1921 年 1 月。

祝《天鼓》（旧体诗） 林之山

载《天鼓》创刊号,1921 年 1 月。

祝《天鼓》（旧体诗） 白　醉

载《天鼓》创刊号,1921 年 1 月。

自由钟八年四月作记韩人之运动独立也（旧体诗） 胡怀琛

作于 1919 年 3 月。载上海《新声杂志》第 2 期"大江集",1921 年
2 月 8 日。收入《大江集》,四马路崇文书局,1921 年 3 月初版,1933 年
8 月再版。又载上海《兴华》第 22 卷第 29 期,1925 年 7 月 29 日。收入
汪静之、吴雪帆选注《爱国诗选》第四册,商务印书馆,1938 年 9 月。

﹡《新韩青年》创刊（散文） 张东荪

载《新韩青年》第 1 号,1921 年 3 月 1 日。

题　词（旧体诗） 徐约翰

载《新韩青年》第 1 号,1921 年 3 月 1 日。

《新韩青年》创刊（旧体诗） 陈相因

载《新韩青年》第 1 号,1921 年 3 月 1 日。

敬祝《震坛》报出世（旧体诗） 旅墨徐铉宇

载《震坛》周报第 21 期,1921 年 3 月 20 日。

按:本诗发表时署"墨旅徐铉宇"。

登南山有序（旧体诗） 康白情

载上海《学艺》第 2 卷第 10 期,1921 年 4 月 1 日。收入《草儿》,
亚东图书馆,1922 年 3 月。收入《河上集》,亚东图书馆,1924 年 7 月。

海上赠睨观，即题其《汕庐图》（旧体诗） 柳亚子

作于 1921 年 5 月。收入《柳亚子文集·磨剑室诗词集·诗集·第二辑（1913—1922 年）·磨剑室诗二集卷九（1921 年）》，上海人民出版社，1985 年 1 月。

按：柳亚子在自撰的年谱"中华民国十年　辛酉（一九二一年）三十五岁"条"五月"后写道："晤朝鲜革命志士申观睨，赠以二律。"（载柳亚子文集编辑委员会主编《柳亚子文集 自传·年谱·日记》"自撰年谱"，上海人民出版社，1986 年 11 月，第 19 页。）据此，该诗写作时间当为 5 月。

资本家与劳动者（散文） T. S.
——日本与韩人

载《光明》第 1 卷第 1 号"随感录"，1921 年 12 月 1 日。

朝鲜金居士赴至年八十七矣哀而歌之（旧体诗） 张　謇

作于 1922 年 1 月 26 日。收入《张謇全集》第五卷"艺文"（下）江苏古籍出版社，1994 年；徐乃为校点《张謇诗集下》卷七"自民国八年己未讫十年辛酉"，上海古籍出版社，2014 年 12 月。

朝鲜烈女（文言小说） 懒　公

载《礼拜六》第 15 卷第 151 期，1922 年 3 月 4 日。

塔硐公园口号（旧体诗） 康白情

载《草儿》，亚东图书馆，1922 年 3 月。

夜过朝鲜海峡（旧体诗） 力　三

载上海《学艺杂志》第 4 卷第 6 期"诗"，1922 年 12 月 1 日。

汉城恨并序（四首）（旧体诗） 李述庚

载《南开周刊》第 51 期，1922 年 12 月 25 日。

哀韩国诗/其二/其三（旧体诗） 向　英

载北京《洞庭波杂志》第 1 卷第 1 期"文艺"，1923 年 4 月 1 日。

按：本诗发表时作者署"练达向英女士"。

扶桑印影 [节录]（游记） 庐　隐

载上海《学艺》杂志第 4 卷第 4 号，1923 年 4 月 1 日。收王国栋编《庐隐全集》卷一，福建教育出版社，2015 年 9 月。

按：《扶桑印影》先后收入 10 余种书籍。如，钱虹编《庐隐集外集 1920—1934》，"中国作家研究资料丛书"，书目文献出版社，1989 年 5

月；钱虹编《庐隐散文选集》，"百花散文书系"，百花文艺出版社，2009年 6 月；李卫华、樊松波编《中国现代四大才女散文全集 张爱玲 石评梅 萧红 庐隐》，"现代文学经典"，中原农民出版社，1996 年 2 月；《秋声》"民国美文典藏文库 庐隐卷"，中国文史出版社，2016 年 1 月。

题笠伯朝鲜金刚山游记（旧体诗）　　　　　　　　　　　江　瀚

载山西《来复报》第 248 号"诗录"，1923 年 4 月 22 日。

＊赠别朝鲜金宗亮起虞（旧体诗）　　　　　　　　　　　李　骧

载南京《国学丛刊》第 1 卷第 3 期"诗录"，1923 年 9 月。

按：本诗发表时作者署"李骧仲骞"。

朝鲜英雄传（文言小说）　　　　　　　　　　胡寄尘（怀琛）

载《侦探世界》第 14 期，1923 年 11 月 15 日。

亡国泪并序（旧体诗）　　　　　　　　　　　　　　　国　人

载苏州《江苏省立第一师范学校年刊》第 1 卷第 1 期"诗词"，1923 年。

亡国之苦（散文）　　　　　　　　　　　　　　　　周瘦鸥

载《紫罗兰华片》（周瘦鸥个人的小杂志）第 17 期，1924 年 8 月。

旅行日韩日记［节录］（游记）　　　　　　　　　　　刘崇本

载姚祝萱编《国外游记汇刊》第一册"卷之三日本附朝鲜"，上海中华书局，1924 年 10 月。

泠　泠（文言小说）　　　　　　　　　　　　　　　养　庵

载天津《大公报》1924 年 12 月 23 日。

韩国游记（游记）　　　　　　　　　　　　　　　张钟山

载上海《道路月刊》第 12 卷第 1 号"游记"，1925 年 1 月 15 日。

朝鲜纪游诗六首［朝鲜劝业模范场／朝鲜京城之日本人售报／朝鲜京城工业专门学校之石镜／朝鲜京城工业专门学校试验室之门额／高丽牛黄清心丸／谒靖武祠］（旧体诗）　　　　　　　　　　　　　曹恕伯

载天津《明德报》第 2 号"国粹"，1925 年 3 月。

按：原题为《纪游诗十八首》。其序曰："民国六年秋，历游奉天、高丽、日本、江苏、浙江等处，就途中所见共成诗十八首"。这里选录的是其中二、三、四、五、六、七。题目系本书编者所拟。这些诗初见于作者《考察日韩江浙教育笔记》，北京直隶书局，1918 年 4 月。

日本女王方子嫁朝鲜王子（旧体诗）　　　　　　　　　阿　南

载杭州《兵事杂志》第 131 期 "文艺·诗录"，1925 年 3 月。

读朝鲜亡国史有感（旧体诗）　　　　　　　　　　　　　云南化一子

载上海《五九》月刊第 6 期 "词苑"，1925 年 5 月。

满洲朝鲜旅行日记［节录］（游记）　　　　　　　　　　　　林国华

载《山东公立农业专门学校校友会杂志》第 7 期 "杂俎"，1925 年 5 月。

平壤即景乙丑四月上浣日本海军航空队作横须贺至北京之长途飞行余奉令赴平壤检查入境事

宜闲且作山水游览物伤情感而赋之（旧体诗）　　　　　　　　　韦北海

载北京《航空月刊》第 2 期 "空中世界·诗草"，1925 年 6 月 15 日。

初入朝鲜/过鸭绿江大桥/平壤月夜/浮碧楼即事/朝鲜王故宫（旧体诗）

颖　人

载北京《铁路协会会报》第 154—155 期 "文苑·诗录"，1925 年 8 月 25 日。

韩京纪游（游记）　　　　　　　　　　　　　　　　　　　　胡友斐

载天津《大公报》1925 年 9 月 20、21 日 "游记"。

朝鲜恨（话剧）

载北京师范附属小学《红庙教育》第 1 卷第 2 号 "文艺"，1925 年 10 月 1 日。未署作者名。

按：本剧部分内容表现韩国人。

朝鲜道中/朝鲜铁路局户田代表来平壤置酒欢迎/浴釜山东莱温泉/过朝鲜海（旧体诗）　　　　　　　　　　　　　　　　　　　　　　　鍊　人

载长沙《交通丛报》第 29 卷第 119—120 期 "文苑·七绝"，1926 年 7 月。

游朝鲜所感（游记）　　　　　　　　　　　　　　　　　　　陈后生

载台北《台湾民报》第 132 号 "杂录"，1926 年 11 月 25 日。

安重根（旧体诗）　　　　　　　　　　　　　　　　　　　　胡蕴山

载上海《五九》月刊第 15 期 "词苑·池都草堂笔记"，1927 年 2 月。

高丽海口占丙午（旧体诗）　　　　　　　　　　　　　　　　周组堪

载上海《约翰声》第 38 卷第 1 期 "诗"，1927 年 3 月。

朝鲜道中（四首）（旧体诗）　　　　　　　　　　　燕子材（咫材）

载杭州《海潮音》第 8 年第 8 期 "诗林"，1927 年 9 月 15 日。又载

《四川保安季刊》第 3 期"文艺"，1937 年 3 月 15 日，题《朝鲜道中杂诗》。

朝鲜京城书事（旧体诗）　　　　　　　　　　　　　　　　　　燕咫材（子材）

　　载杭州《海潮音》第 8 年第 8 期"诗林"，1927 年 9 月 15 日。

朝鲜道中七首＋六年十月二十一日（旧体诗）　　　　　　　　　　　黄炎培

　　载大连《辽东诗坛》第 29 号"摘藻扬芬"，1927 年 11 月 5 日。收入《苞桑集》卷一，开明书店，1946 年 11 月。收入《黄炎培诗集》，中国文史出版社，1987 年 6 月。

金刚山杂咏十二首／又三首（旧体诗）　　　　　　　　　　　黄越川（广）

　　载大连《辽东诗坛》第 30 号"摘藻扬芬·金刚山集"，1927 年 12 月 15 日。

游金刚山记（游记）　　　　　　　　　　　　　　　　　　　越川（黄广）

　　载大连《辽东诗坛》第 30 号"摘藻扬芬·金刚山集"，1927 年 12 月 15 日。

平壤谒箕子陵记（游记）　　　　　　　　　　　　　　　　　越川（黄广）

　　载大连《辽东诗坛》第 30 号"摘藻扬芬·金刚山集"，1927 年 12 月 15 日。

哀朝鲜（旧体诗）　　　　　　　　　　　　　　　　　　　　　　汪企张

　　载上海《医药学》第 5 卷第 3 期"艺文·蓬窗独啸"，1928 年 3 月。

高丽纸歌（旧体诗）　　　　　　　　　　　　　　　　　　　　　毕子扬

　　载苏州《水荇》第 1 卷第 1 期，1928 年 5 月。

朝鲜道中率成（二首）（旧体诗）　　　　　　　　　　　　　　　　孤　桐

　　载上海《国闻周报》第 5 卷第 22 期"采风录"，1928 年 6 月 10 日。

仁川汉城之一瞥（游记）　　　　　　　　　　　　　　　　　　　　某

　　载北京《电友》第 4 卷第 6 期"乐园"，1928 年 6 月。

亡国泪（新小说）　　　　　　　　　　　　　　　　　　　　　　刘蛰叟

　　载北平《三民半月刊》第 1 卷第 2 期，1928 年 9 月 16 日。

朝鲜金一浩先生以笺纸索书赋赠长句（旧体诗）　　　　　　　　　　黄洪冕

　　作于 1928 年。载黄洪冕撰《谷孙诗稿》，成都维新公司，1928 年。收入《二十世纪诗词文献汇编》第 2 辑第 3 册，巴蜀书社，2009 年 4 月。

高丽城感作丁卯（旧体诗）　　　　　　　　　　　　　　　　　　王丕烈

　　载沈阳《东北大学周刊》第 64 期"文艺"，1929 年 1 月 15 日。

断头台上的两个韩国烈士（纪实）

载南京《东方民族》半月刊第 1 卷第 1 期，1929 年 4 月 1 日。未署作者名。

赠朝鲜的友人（新诗）　　　　　　　　　　　　　　　　　　白　萍

载成都《资声》第 14—16 期合刊，1929 年 6 月 10 日。

题高丽美人舞剑小影（旧体诗）　　　　　　　　　　　　　胡怀琛

载上海持志大学《持志年刊》第 4 集 "杂俎·诗" 1929 年 7 月；南洋中学校友会会刊《南洋》第 9 期 "文艺"，1929 年 9 月。

由朝鲜女性革命团连想到中国女子（散文）　　　　　　　征鸿女士

载重庆《正声》第 12 期 "时事短评"，1929 年 9 月 10 日。

游朝鲜昌庆苑（旧体诗）　　　　　　　　　　　　　　　陈宝銮

载北平《实报增刊》"诗"，1929 年 12 月。

*归途游记 [节录]（游记）　　　　　　　　　　　章仲和（宗祥）

载章仲和《任阙斋东游漫录》，出版者不详，1929 年。

记朝鲜侠士安重根（散文）　　　　　　　　　　　　　　黄心邨

载《上海画报》第 547 期，1930 年 1 月 15 日。

釜山览胜（旧体诗）　　　　　　　　　　　　　　　　　圆　瑛

载宁波《观宗弘法社刊》第 14 期 "文苑"，1930 年 4 月。

题赠朝鲜佛教大会并祝词（旧体诗）　　　　　　　　　　圆　瑛

载宁波《观宗弘法社刊》第 14 期 "文苑"，1930 年 4 月。

朝鲜杂诗录三（旧体诗）　　　　　　　　　　　　　　　阎稻农

载大连《辽东诗坛》第 57 号 "摘藻扬芬"，1930 年 7 月 15 日。

朝鲜游行布道记（游记）　　　　　　　　　　　　　　　张凤鸣

载上海《通问报：耶稣教家庭新闻》第 1410、1411 回 "游记"，1930 年 8 月 13、21 日。

题朝鲜南原郡广寒楼步朝鲜贵爵朴多山韵（旧体诗）　　　吴贯因

载沈阳《东北大学周刊》第 102 期 "文艺"，1930 年 10 月 4 日。又载《燕大周刊》第 8—9 期合刊 "诗"，1933 年 1 月。

高丽山（旧体诗）　　　　　　　　　　　　　　　　　鲸海醉侯

载大连《辽东诗坛》第 62 期 "诗词"，1930 年 12 月 15 日。

送女生朴景仁归朝鲜并序（旧体诗）　　　　　　　　　　钟惺吾

载上海《真光杂志》第 30 卷第 1 号，1931 年 1 月。

按：本诗发表时作者署 "钟惺吾来稿"。

过朝鲜半岛有感（旧体诗） 　　　　　　　　　　　　　　　**林钧宝**

　　载东京《同泽月刊》第 3 卷第 2 期"海外风采录"，1931 年 1 月。

齐天乐高丽纸（旧体诗） 　　　　　　　　　　　　　　　**紫　荷**

　　载北平《八师校刊》第 2 号"诗"，1931 年 1 月。

朝　鲜（游记） 　　　　　　　　　　　　　　　　　　　**王勤堉**

　　载王勤堉《世界一周》"第二篇 东游朝鲜日本南北美洲之部　一"，商务印书馆，"百科小丛书"，1931 年 4 月；中印集团数字印务有限公司，"民国籍粹"，影印本，2016 年。

黄海环游记［节录］（游记） 　　　　　　　　　　　　　　**黄炎培**

　　载上海《申报·自由谈》1931 年 5 月 13 日至 6 月 13 日。上海生活书店，1931 年 5 月。

明月楼即席题壁／一妓名珊瑚珠，强我题诗为写一绝（旧体诗）　　**黄炎培**

　　载上海《申报·自由谈》1931 年 5 月 21 日。见《黄海环游记》，上海生活书店，1931 年 5 月。

读朝鲜烈士安重根传（旧体诗） 　　　　　　　　　　　　**张　磊**

　　载河南《矿大学生》第 1 期"文艺·诗六首"，1931 年 6 月。

东朝鲜湾歌（旧体诗） 　　　　　　　　　　　　　　　　**于右任**

　　载上海《新亚细亚》第 2 卷第 4 期"亚洲园地"，1931 年 7 月 1 日。

游韩漫谈（游记） 　　　　　　　　　　　　　　　　　　**寄　萍**

　　载《申报·自由谈》第 20928—20930、20932—20938 期，1931 年 7 月 10—12 日、14—20 日。

汉城之初夜（游记） 　　　　　　　　　　　　　　　　　**王小隐**

　　载天津《北洋画报》第 14 卷第 669 期，1931 年 8 月 27 日。

舟出东朝鲜湾（旧体诗） 　　　　　　　　　　　　　　　**于右任**

　　载上海《新亚细亚》第 2 卷第 6 期"亚洲园地"，1931 年 9 月 1 日；又载《民族诗坛》第 1 辑"诗录"，1938 年 5 月；第 3 辑，1938 年 7 月。选入陈汉平编注《抗战诗史》，团结出版社，1995 年 7 月。

平壤七星门哭左忠壮公宝贵（旧体诗） 　　　　　　　　　**王小隐**

　　载天津《北洋画报》第 14 卷第 671 期，1931 年 9 月 1 日。

念奴娇渡鸭绿江（旧体诗） 　　　　　　　　　　　　　　**陈可大**

　　载东京《同泽月刊》第 3 卷第 1 期"海外采风录"，1931 年 9 月。

赠朝鲜女郎（八首）（旧体诗） 　　　　　　　　　　　　**辽东漫郎**

载东京《同泽月刊》第 3 卷第 1 期"海外采风录"，1931 年 9 月。

箕封黍离（游记）　　　　　　　　　　　　　　　　　　　**潘仰尧**

载潘仰尧《从辽宁到日本·箕封黍离》，上海新声通讯社出版部，1931 年 9 月。

偕任之问渔二公游朝鲜京城吴武壮祠/游朝鲜京城王宫（旧体诗）**潘仰尧**

载潘仰尧《从辽宁到日本·途次闲韵》，上海新声通讯社出版部，1931 年 9 月。

野　祭（一名《韩民血史》）（戏曲）　　　　　　　　　　　**周癸叔**

作于 1928 年 4 月。载安庆《塔铃》半月刊第 7—8 期合刊、第 9—10 期合刊，1931 年 10 月 25 日、1932 年 5 月 22 日。

按：剧本后有作者《附记》，简述剧中曲调源流。

奸　细（新小说）　　　　　　　　　　　　　　　**周裕之（郑伯奇）**

载《北斗》第 1 卷第 3 期，1931 年 11 月 20 日。

记和朝鲜侨胞的一席凄凉话（散文）　　　　　　　　　　　　**定　明**

载上海《中华》第 7 期，1931 年 11 月。

敬献给我们底东北青年（散文）　　　　　　　　　　　　　　**杨春天**

——韩国志士的擂鼓声

载北平《新东方》第 2 卷第 7—12 期合刊"最近远东问题专号"，1931 年 12 月。

木公见赠宣纸高丽贡笺皆咸同间旧制赋谢（旧体诗）　　　　　**映　庵**

载上海《国闻周报》第 9 卷第 2 期"采风录"，1932 年 1 月 4 日。

中国安重根安在？（散文）　　　　　　　　　　　　　　　　**坚　忍**

载上海《人民周报》第 1 期，1932 年 1 月 15 日。

韩国的张良 万古名扬李奉昌（散文）　　　　　　　　　　　　**毅　盦**

载上海《新社会》第 2 卷第 4 号"随便谈谈"，1932 年 2 月 16 日。

游韩三月回想录（游记）　　　　　　　　　　　　　　　　　**钱在天**

载《金陵神学志》第 14 卷第 2 期，1932 年 2 月。

蛮　语（旧体诗）　　　　　　　　　　　　　　　　　　　　　**玄**

载天津《海事》第 6 卷第 3 期"星罗"，1932 年 3 月。

随日人旅行团考察东北朝鲜记 [节录]（游记）　　　　　　　　**留东生**

载广州《西南国民半月刊》第 8 期，1932 年 4 月。

平壤恨（旧体诗）　　　　　　　　　　　　　　　　　　　　**王　水**

载南京《军事杂志》第 44 期 "诗集"，1932 年 5 月 1 日。

可钦可佩的韩国青年（散文）　　　　　　　　　　　　憬　之

载镇江《社会与青年》第 2 期，1932 年 5 月 11 日。

韩人一炸弹后底感想（散文）　　　　　　　　　　　　汪席丰

载成都《社员生活》第 6 期，1932 年 5 月 20 日。

高丽叹（旧体诗）　　　　　　　　　　　　　　　　　翁铜士

载浦口《铁路月刊》（津浦线）第 2 卷第 4—5 期合刊 "杂俎·诗录"，1932 年 5 月 31 日。

壮士行（旧体诗）　　　　　　　　　　　　　　　　　友　苓

载浦口《铁路月刊》（津浦线）第 2 卷第 4—5 期合刊 "杂俎·诗录"，1932 年 5 月 31 日。

赠尹奉吉（旧体诗）　　　　　　　　　　　　　　　　隐　庵

载上海《枕戈》第 10 期 "艺林"，1932 年 6 月 21 日。

朝鲜民心从此可见一般（散文）　　　　　　　　　　　哑　子

载安徽徽州《抗日半月刊》第 2 期 "论著"，1932 年 6 月。未署作者名。

同胞其亦知取法于韩人也否?（散文）　　　　　　　　筱　枝

载安徽徽州《抗日半月刊》第 2 期，1932 年 6 月。

朝鲜遗恨（章回小说）　　　　　　　　沈桑红 著　蓝剑青 评

发行：青浦郁道庵，总发行所：上海沪报馆，1932 年 6 月。

悼英魂（八首）（旧体诗）　　　　　　　　　　　　　商生才

载北平《县村自治》第 2 卷第 7 期 "附录"，1932 年 9 月 1 日。

从安重根说到尹奉吉（散文）　　　　　　　　　　　　自　哀

载北平《九一八周报》第 1 卷第 10 期，1932 年 9 月 15 日。

赠韩人柳庆泰君（旧体诗）　　　　　　　　　　　　　张江树

载南京《国风半月刊》第 2 期 "诗录"，1932 年 9 月 16 日。

"樱田门之一弹"（散文）　　　　　　　　　　　　　　周天冲

　　——悼大韩壮士李奉昌并勖中国青年

载上海《民声周报》第 38 期，1932 年 10 月 30 日。

金九《李奉昌》前记（散文）　　　　　　　　　《尚志周刊》编者

载四川三台《尚志周刊》第 2 卷第 4—5 期合刊 "谈荟"，1932 年 12 月 10 日。

朝鲜儿歌 哀安重根刺伊藤博文也 己酉作（旧体诗） 陈嘉会

载长沙《船山学刊》壬申第 1 册，1932 年 12 月。

按：本诗发表时作者署"湘阴陈嘉会"。

尹奉吉（旧体诗） 沈卓然

载上海《学生文艺丛刊》第 7 卷第 3 期《九一八纪念日志感四首》，1932 年 12 月。

韩义士歌（旧体诗） 王 越

载《学衡》第 77 期"风沙集"，1932 年，有小序；又载南京《国风》第 2 卷第 3 期，1933 年 2 月 1 日，无序。

虹口炸案感怀（旧体诗） 徐际恒

载南京《国风》半月刊第 2 卷第 3 期，1933 年 2 月 1 日。

朝鲜布道随笔（游记） 王德仁

载上海《兴华》周刊第 30 卷第 5 期"教讯"，1933 年 2 月 15 日。

韩国的女儿（新小说） 敏 子

载《空军》第 25 期，1933 年 4 月 30 日。

夫复何言（釜山）（散文） 韩玉璞

载《礼拜六》第 503 期，1933 年 5 月 13 日。

为国牺牲的安重根（散文） 文 浩

载无锡《新民众》第 2 卷第 19 期，1933 年 5 月 18 日。

韩国女英雄（旧体诗） 清 癯

载上海《新闻报·新园林》1933 年 6 月 14 日。又载浦口《铁路月刊》（津浦线）第 3 卷第 6 期"补白"，1933 年 6 月 30 日。又载上海《小世界》（图画半月刊）第 3 卷第 6 期，1933 年 8 月 15 日。未署作者名。

国难无难的国人对高丽人羞死（散文） 髡 谩

载上海《新社会》第 4 卷第 12 期"时事评论"，1933 年 6 月 16 日。

朝鲜惨杀华侨案（旧体诗）

载上海《朔望半月刊》第 6 期，1933 年 7 月 15 日。未署作者名。

朝鲜游记（游记） 胡石青

载胡石青《三十八国游记·第一朝鲜》，开封中华书局，1933 年 10 月。

闻上海韩人投掷炸弹事旧作（旧体诗） 瘦 冰

载福州《协大学生》第 9 期"诗三首"，1933 年。

高丽童子（歌剧）

载上海《敬业附小周刊》第 5 期"高级组知耻中心做学教专号·音乐科"，1934 年 3 月 19 日。未署作者名。

按：本剧即徐学文、陈伯吹所作二幕话剧《高丽童子》，只是为主角白坚的六段话谱曲，使之作为歌词演唱。

吊韩义士李奉昌（旧体诗）　　　　　　　　　　　　　　　侯学富

载南京《大侠魂》第 3 卷第 1—2 期合刊"文艺"，1934 年 3 月 30 日。

东北印象记 [节录]（游记）　　　　　　　　　　　　　　　王雨亭

实现社，1934 年 3 月再版。

游韩国故宫（旧体诗）　　　　　　　　　　　　　　　　　问　渔

载上海《人文月刊》第 5 卷第 4 期，1934 年 5 月 15 日。

釜山即事（二首）/**釜京车中**/**韩京杂咏**（八首）/**谒箕子陵**（旧体诗）

邹　鲁

1929 年 8 月作。载《澄庐文集》第七集·诗卷四《朝鲜集》，国立中山大学出版部，1934 年 9 月。又收入张掖编《澄庐诗集》卷四，广州，1935 年，1939 年，线装本；文海出版社，影印本，1970 年。

按：《釜山即事》第一首，初载广州《文学杂志》第 5 期（松山专号）"文学杂志甲"，1933 年 9 月，题《釜山即目》，作者署"邹海滨"。《釜京车中》初载辽宁《屯垦》第 1 卷第 2 期，1929 年 2 月，题《朝鲜釜京车中见民舍》。

《釜山即事》又题《釜山》，《釜京车中》又题《釜京火车上》，《韩京杂咏》又题《朝鲜京城八首》《朝鲜京城杂咏》，《谒箕子陵》又题《箕子陵前记感》。《釜京车中》《朝鲜京城杂咏》《谒箕子陵》后录入作者《祝朝鲜复国的回顾》（《中央日报》1945 年 10 月 25 日）一文中，各本的诗句有改动。

***朝鲜金刚山奇人**（文言小说）

——效伯夷叔齐心不忘汉

载天津《新生活周刊》第 1 卷　第 26 期"社会花絮"，1934 年 10 月 22 日。无署名。

按：本文作者当与 1934 年 12 月 19 日上海《新闻报》所载《朝鲜金刚山之奇人》同为董云裳。此文是下一篇《新闻报》所载文的初版本，作者当同为董云裳。本书未收录。两文内容语句相近。相异处有三点。
第一，副题有异，题目下有"隐居古庵 世人鲜知 青灯佛号 生活安适 老
母赋诗 悲壮慷慨 少女工书 立志不屈"32 字提要。第二，文内有四个小
标题："金刚胜地，景物幽美""志士金某，家世略历""日人往访，亲
谒面谈""能诗工书，各有千秋"。第三，内容的主要差异为，主人金某
数年前已病故，女儿年二十二，另有儿子已去美国多年。母女俩与庵中
一老尼一稚尼四人共度禅门生活，耕地自给。

韩国志士之一（纪实）

　　——安重根狙击伊藤博文的故事

　　载上海《敬业附小周刊》第 28 期"复仇故事"，1934 年 10 月 22 日。
未署作者名。

韩国志士之二（纪实）

　　——姜宇奎爆炸斋藤的故事

　　载上海《敬业附小周刊》第 29 期"复仇故事"，1934 年 10 月 29 日。
未署作者名。

百字令（旧体诗）　　　　　　　　　　　　　　　　　　　**曾仲鸣**

　　载上海《词学季刊》第 2 卷第 1 期"近人词录"，1934 年 10 月。

朝鲜金刚山之奇人（文言小说）　　　　　　　　　　　　　**董云裳**

　　——现代之伯夷、叔齐

　　载上海《新闻报·新园林》1934 年 12 月 19 日。又载北京《京报图
画周刊》第 8 卷第 11 期，1935 年 8 月 11、18 日，作者署"云裳"。

＊和朝鲜朴荣喆韵　甲戌作（旧体诗）　　　　　　　　　　**郑孝胥**

　　作于 1934 年。初收入《海藏楼诗胥乙丑至丙子所作》，郑孝胥自刻，
1936 年。现收入郑孝胥《海藏楼诗集》（黄坤、杨晓波校点）卷十三，
上海古籍出版社，2003 年 8 月，增订本 2014 年 5 月。

**苻伊出示朝鲜闵妃小像静女其姝蜕出尘外袁忠节尝叹为美人第一良非虚
说元秘史注卷一文芸阁识语谓有元重高丽女子如妃方为不负感其惨死有
同杨玉环而熏莸迥异因作诗索苻伊和焉**（旧体诗）　　　　　　**钱锺书**

　　载苏州《文艺捃华》第 2 卷第 1 册，1935 年 3 月 15 日。

　　按：本诗发表时作者署"无锡 钱钟书"。

题朝鲜闵妃小象（旧体诗）　　　　　　　　　　　　　　　**万云骏**

　　载上海《光华大学半月刊》第 3 卷第 7 期，1935 年 3 月 25 日。

悼韩国革命志士金在天先生（散文） 朱芳春

　　载北平《存诚月刊》第 1 卷第 6 期，1935 年 4 月。

朝鲜民族英雄安重根（散文） 罗总金

　　载南京《遗族校刊》第 2 卷第 4—5 期合刊"民族英雄专号"，1935 年 6 月 8 日。

[《啼鹃集》诗选（四题七首）] 一击歌为李昌奉作**/挽李壮士/赠尹奉吉义士（四首）/吊安重根// [《苦笑集》诗选（二题二首）] 朝鲜排华与胡蝶离林之搭题诗/奉吉**（旧体诗） 王敖溪

　　载上海《社会月报》第 1 卷第 9 期"纪念爱国诗人王敖溪特辑"，1935 年 6 月 15 日。

五四初度距幽囚之岁十五年矣感而赋此并赠韩友圆明仍用廿五狱中初度原韵（旧体诗） 老梅（景梅九）

　　载南京《革命公论》第 1 卷第 6 期，1935 年 6 月 20 日。

韩国志士姜宇奎（散文）

　　载南京《民鸣周刊》第 2 卷第 28—29 期"民族英雄志"，1936 年 1 月 17 日。未署作者名。

再用叉字韵感赋并寄朝鲜权海槎枢院（旧体诗） 项毋意

　　载上海《交行通信》第 8 卷第 4 期，1936 年 4 月 30 日。

韩国故宫辟为公园（旧体诗） 孙傅舟

　　载上海《人文》月刊第 7 卷第 4 期，1936 年 5 月 15 日。

四月一日故韩国汉城见七日并出如连珠，感赋长句 己未（旧体诗）

黄季刚（侃）

　　载苏州《制言》半月刊第 19 期，1936 年 6 月。收入湖北省人民政府文史研究馆校订《黄季刚诗文钞》"劳者自歌·诗钞"，湖北人民出版社，1985 年 9 月。

　　按：本诗发表时作者署"蕲春黄先生遗诗"，诗题署"三月朔故韩国汉城见七日并出入连珠感赋长句"。诗末注"世扬按：以上四首皆己未年寄示者"。本书诗题及正文据《黄季刚诗文钞》。

为祖国复仇的安重根（散文） 孟 嘉

　　载南昌《知行月刊》第 1 卷第 6 期"话匣子"，1936 年 6 月。

高丽海湾舟中作（旧体诗） 谢廊晋

　　载东京《留东学报》第 2 卷第 5 期，1936 年 10 月 20 日。

按：本诗发表时作者署"衡阳谢廊晋书"。

朝鲜京城有序（二首）（旧体诗）　　　　　　　　　　燕子材（咫材）

载成都《四川保安季刊》第 2 期"文艺"，1936 年 10 月。

饯别李君仲刚赴朝鲜总领事馆任职（旧体诗）　　　　　　　毛振凤

载山东《进德月刊》第 2 卷第 2 期"文苑·诗录"，1936 年 10 月。

呈高丽金禹镛先生五言古诗二首（旧体诗）　　　　　　　　李国平

载《国立中山大学日报》第 2340 期，1937 年 1 月 15 日。

日本朝鲜之行（游记）　　　　　　　　　　　　　　　　　盛永堃

载上海《光启中学》第 2 号，1937 年 1 月 15 日。

朝鲜学者李瑞林氏特访记（纪实）　　　　　　　　　　　　徐朋武

　　——我们的精神决不会被人家奴化

载《礼拜六》第 682 期"留东访问记之四十一"，1937 年 3 月 20 日。

高丽小姐（散文）

载《万影》第 8 期"社会现形记"，1937 年 3 月 20 日。未署作者名。

春天的怅惘（新小说）　　　　　　　　　　　　　　　　　孙　陵

载《中流》第 2 卷第 2 期，1937 年 4 月 5 日。收入孙陵《女诗人》，台北成文出版社，1980 年 7 月。选入中国社会科学院文学研究所现代文学研究室编《中国现代短篇小说钩沉》第二卷，北岳文艺出版社，1999年 1 月。

好太王碑（散文）　　　　　　　　　　　　　　　　　　　厔尘居士

载上海《正风文学院丛刊》第 1 期"杂俎·秋平云室随笔"，1937年 5 月。

七哀·哀高丽同骊支均［韵］（旧体诗）　　　　　　　　　谷倩梅

载《南社湘集》第 8 期"诗录"，长沙湘鄂印刷公司，1937 年 8 月。

哀韩人（散文）　　　　　　　　　　　　　　　　　　　　焕　尧

载汉口《路向》第 5 卷第 8 期，1937 年 10 月 16 日。

水调歌头赠朝鲜志士（旧体诗）　　　　　　　　　　　　　夏承焘

作于 1937 年。收入夏承焘《天风阁词集》（吴无闻注），"百花诗词丛书"，百花文艺出版社，1984 年 7 月。

亡国恨（新诗）　　　　　　　　　　　　　　　　　　　　谷　望

载兰州《老百姓》第 1 卷第 5—6 期合刊"大家看"，1938 年 2 月21 日。

韩人自述一字一泪 我们对此作何感想（散文） 君 弼

　　载如皋《现代民众》第 2 期"伤心语"，1938 年 10 月 20 日。

　　按：本文作者假托自己既是韩人又是中国人。

朝鲜人民的吼声（纪实） 子 冈

　　载重庆《大公报》1939 年 3 月 2 日"本报特写"。

"三一"纪念在桂林（纪实） 刘金镛

　　载《朝鲜义勇队通讯》第 6 期，1939 年 3 月 11 日。

良辰美景遇嘉宾（纪实） 刘金镛

　　载《朝鲜义勇队通讯》第 10 期，1939 年 4 月 21 日。

人生自古谁无死 留取丹心照青史（纪实） 刘金镛

　　载《朝鲜义勇队通讯》第 12 期"陈一平、郑如海二同志追悼专页"，1939 年 5 月 11 日。

活跃前线的朝鲜义勇队（纪实） 秋 江

　　——战地通讯

　　载香港《星岛周报》第 2 期，1939 年 5 月 21 日。

东行赴日道经朝鲜赋感（旧体诗） 张剑英

　　载上海《康健杂志》第 61 期"诗坛"，1939 年 6 月 15 日。

朝鲜俘虏上前线（纪实） 子 冈

　　载重庆《大公报》1939 年 9 月 10 日。

赠金尤史三叠韩韵（旧体诗） 周癸叔（岸登）

　　载《国立四川大学校刊》"文艺"，1939 年 10 月 21 日。

花子的哀怨（新小说） 碧 野

　　——一个女俘虏的遭遇

　　载香港《大公报·文艺》第 724 期，1939 年 10 月 27 日。

朝鲜女人（新小说） 田 鲁

　　载《防空军人》第 2 卷第 5 期，1940 年 3 月 1 日。

《韩民月刊》创刊祝词（旧体诗） 康 泽

　　载《韩民月刊》第 1 卷第 1 期，1940 年 3 月 1 日。

《韩民月刊》创刊纪念（旧体诗） 张荫梧

　　载《韩民月刊》第 1 卷第 1 期，1940 年 3 月 1 日。

　　按：本诗发表时署"桐轩张荫梧"。

汪兆铭与李完用（散文）

　　载《韩民月刊》第1卷第1期，1940年3月1日。未署作者名。

欢迎韩国青年大会（纪实）　　　　　　　　　　　　　元　立

　　载西安《黄河》第2期，1940年3月25日。

平壤一日记（游记）　　　　　　　　　　　　　　　　姚　鉴

　　载北平《朔风》第18—25期合刊"随笔"，1940年4月15日。

《韩民月刊》祝词（旧体诗）　　　　　　　　　　　　桂永清

　　载《韩民月刊》第1卷第2期，1940年4月25日。

朝鲜京城谒吴武壮公长庆**祠堂**（旧体诗）　　　　　运　之

　　载南京《国艺》月刊第1卷第4期"采风新录"，1940年5月25日。

贺新郎（旧体诗）　　　　　　　　　　　　　　　　　黄介民

　　载《韩民月刊》第1卷第3—4期合刊，1940年8月25日。

恭祝《韩民月刊》万岁（旧体诗）　　　　　　　　　　李梦庚

　　载《韩民月刊》第1卷第3—4期合刊，1940年8月25日。

亡了国的人（新诗）　　　　　　　　　　　　　　　　杜衡之

　　载《文艺月刊》第5卷第1期"诗歌特辑"，1940年9月10日。

朝鲜少女吟（旧体诗）　　　　　　　　　　　　　　　王季思

　　载王季思《越风》，金华国民出版社，1940年9月。收入《王季思诗词录·翠叶庵乐府》，浙江人民出版社，1981年3月。现收入《王季思全集》第六卷《韵文集》，河北教育出版社，2005年12月。

　　按：本诗已收入《"中国现代文学与韩国"资料丛书》⑤。

朝鲜义士尹奉吉歌（旧体诗）　　　　　　　　　　　　陈伯君

　　载西安《舆论》第1卷第1期，1940年10月1日。

北行者（新诗）　　　　　　　　　　　　　　　　　　雪　原

　　载《韩国青年》第1卷第2期，1940年10月15日。

献给小明弟弟（新诗）　　　　　　　　　　　　　　　毓　华

　　载《韩国青年》第1卷第2期，1940年10月15日。

某韩人（散文）

　　载永安《改进》第4卷第2期，1940年10月15日。未署作者名。

朝鲜一瞥（游记）　　　　　　　　　　　　　　　　　阮蔚村

　　节自阮蔚村《日本游记》，1940年12月初版发行。非卖品。

吊安重根（旧体诗）　　　　　　　　　　　　　　　　　　　智　蔚

　　载巴达维亚（印尼万隆）《华侨公会月刊》第 2 卷第 1 期 "茶余酒后"，1941 年 1 月 5 日。

哀悼我们亲密的战友叶鸿德同志（旧体诗）　　　　　　　　　王　菲

　　载《朝鲜义勇队通讯》第 41 期，1941 年 3 月 1 日。

朝鲜的儿女们在西安（纪实）　　　　　　　　　　　　　　　白　洁

　　　——记妇慰会难童保育募捐游艺大会

　　载西安《战时妇女》第 1 卷第 10 期 "特写"，1941 年 3 月 8 日；《韩国青年》第 1 卷第 3 期转载，1941 年 6 月 1 日，正题改为《韩国的儿女们在西安》。

韩青班巡礼（纪实）　　　　　　　　　　　　　　　　　　　陈　旧

　　载《韩国青年》第 1 卷第 3 期，1941 年 6 月 1 日。

干四团欢迎韩国革命青年同学入团受训大会记（纪实）　　　张东化

　　载西安军委会战干第四团政治部编辑室《战干》第 141 期，1941 年；《韩国青年》1941 年 6 月 1 日第 1 卷第 3 期转载。

义士行一　咏李奉昌义士东京炸案／**义士行二**　咏尹奉吉义士虹口炸案／**义士行三**

咏崔柳二李诸义士大连炸案（旧体诗）　　　　　　　　　老　梅（景梅九）

　　载韩国光复军总司令部政训处《光复》第 1 卷第 4 期 "光复艺林"，1941 年 6 月 20 日。

亚细亚之黎明（歌剧）　　　　　　　　　　　　　　　　　　任　侠

　　载兰州《新西北月刊》第 3 卷第 5—6 期合刊，1941 年 6 月。收入郭淑芬整理，沈宁编注《亚细亚之黎明：常任侠戏剧集》，台北，秀威资讯，2012 年 2 月。

　　按：本剧部分内容表现韩国人。

《亚细亚之黎明》前记（序跋）　　　　　　　　　　　　　常任侠

　　载《新文学史料》1993 年第 2 期。收入郭淑芬、常法韫、沈宁编《常任侠文集》卷六，安徽教育出版社，2002 年 2 月；郭淑芬整理，沈宁编注《亚细亚之黎明：常任侠戏剧集》，台北，秀威资讯，2012 年 2 月。

　　按：本文作于 1990 年 3 月 19 日，据手稿整理。

光复之歌（新诗）　　　　　　　　　　　　　　　　　　　　陈　旧

　　载《韩国青年》第 1 卷第 4 期，1942 年 9 月 1 日。

朝鲜郑寅普君寄所作李耕斋先生伤词赋此慰之（旧体诗）　　　王芃生

　　载南京《生力》第 6 期"时人诗文选"，1943 年 4 月 1 日。

致韩国友人（散文）　　　　　　　　　　　　　　　　　　陈澄之

　　载西安《读者导报》第 26 期，1943 年 9 月 11 日。

"檀君子孙"在西北（散文）　　　　　　　　　　　卜宁（无名氏）

　　——记韩国光复军第二支队

　　载重庆《联合画报》第 22 期，1944 年 4 月 9 日。

*敌随军营妓调查（纪实）　　　　　　　　　　　　　　　潘世征

　　——腾冲城内的一群可怜虫

　　作于 1944 年 9 月 18 日。载昆明《扫荡报》、重庆《大公报》，1944
年；又载腾冲《腾越日报》、昆明《省中校报》，1946 年 9 月 14 日。收
潘世征著报告文学集《战怒江》，昆明扫荡报社，"远征军滇西反攻战"，
1945 年 3 月；上海文江图书文具股份有限公司，"远征军滇西反攻战"，
1945 年 12 月。全文重载《华夏人文地理》，2003 年第 2 期，题为《一个
战地记者的报道——日本营妓在腾冲》。收入陈祖梁主编《江山作证》，
云南人民出版社，"滇印缅战场实录系列"，2005 年 7 月；收入杨奎松主
编《抗日战争战时报告初编 战役记闻之十一 远征军在前线 战怒江》，上
海三联书店，2015 年 10 月。

　　《战怒江》，云南人民出版社，2015 年简体横排重版。《战怒江》，中
印集团数字印务有限公司，1945 年版影印本，2016 年。

　　按：本书编者未查到《扫荡报》刊载的具体日期；查《大公报》重
庆版、香港版，均未发现此文。

关于《槿花之歌》的创作和演出（散文）　　　　　　　　　阳翰笙

　　——阳翰笙日记摘抄（1943—1945）

　　载《阳翰笙日记选》，四川文艺出版社，1985 年 2 月。

　　按：本书编者摘自阳翰笙 1943 年 1 月 1 日至 1945 年 11 月 18 日的日
记。题目是本书编者加的。

安重根先生传（纪实）　　　　　　　　　　　　　　　　　张益弘

　　载上海《中韩文化》月刊创刊号，1945 年 12 月 1 日。

送韩国临时政府金九主席一行赴国（旧体诗）　　　　　　　吴景洲

　　载《中韩会讯》第 5 期，1946 年 1 月。

*可怜虫！大批营妓集中（纪实）　　　　　　　　　　　陆　中

载上海《文饭》第 5 号，1946 年 3 月 28 日。

营 妓（旧体诗）　　　　　　　　　　　　　　　　　　　　　大　狂

载上海《风光》第 9 期，1946 年 5 月 6 日。

营 妓（旧体诗）　　　　　　　　　　　　　　　　　　　　　虎　痴

载上海新生杂志社《万象》第 1 年第 3 期，1946 年 6 月 10 日。

游朝鲜故宫/游日本朝鲜归国车过鸭绿江口上见滑冰船口占（旧体诗）

姜丹书

载《镇丹金扬联合月刊》第 3 期"诗词·丹枫红叶室诗草（三）"，
1946 年 11 月。

按：本诗发表时作者署"溧阳姜丹书敬庐"。

阿里朗（散文）　　　　　　　　　　　　　　　　　　　　　陈宏绪
　　——抗战回忆之一

载西安《雍华》第 2 期，1947 年 1 月 1 日。

韩国十年（纪实）　　　　　　　　　　　　　　　　　　　　徐　盈

载镇江《正论》第 9 期，1947 年 11 月 1 日。

南朝鲜纪行（游记）　　　　　　　　　　　　　　　　　　　白　莲

载香港《自由丛刊》第 10 期"欺弱必须揭穿"，1948 年 1 月 1 日。

**[《抗战诗史》诗选·九一八之部] 万宝山案/所谓中村事件/朝鲜惨杀华
侨// [一二八之部] 壮烈哉尹奉吉（二首）// [太平洋之部] 日议提高
台湾朝鲜政治待遇（二首）/台鲜获得日贵族院议员十名/高丽重见天日/
重庆韩国临时政府/热烈欢迎李将军/台湾收复高丽独立日本投降有感/四
国协助高丽独立/中韩澳苏菲占领日本/高丽党争激烈/日统治朝鲜自食其
果/小杉削发为僧/金九返国后之新表示/三外长会议决定东方问题有感
[（四）四国托治朝鲜五年/（五）管制日本托治朝鲜中国俱有资格参加
而本身问题却被莫斯科会议列入议程并决定解决之原则如实行统一等等
精神上所受之打击痛苦非可言宣]/朝鲜亟宜重建新临时政府/韩文复活
矣/韩国独立纪念日/苏军又搬移北韩工业**（旧体诗）　　　　　姚伯麟

载三原姚伯麟《九一八、一二八、七七、八一三、太平洋 抗战诗
史》，上海改造与医学社，1948 年 3 月。上海书店出版社 ，"现代文学名
著原版珍藏"，2015 年 7 月。《壮烈哉尹奉吉》选入陈汉平编注《抗战诗
史》，团结出版社，1995 年 7 月。

题旧有朝鲜笔（旧体诗）　　　　　　　　　　　　　　　　　遐　翁

载上海《子曰丛刊》第 2 辑，1948 年 6 月 10 日。

按：本诗发表时为作者手迹。

·译 作·

高丽民歌（诗歌） 刘 复 译

载《语丝》第 77 期"国外民歌二首"，1926 年 5 月 3 日。

披霞娜（小说） 玄镇健 作 龙 骚 译

载中华全国电政同人公益会《会报》第 57、58 期"世界语"，1930 年 2、3 月。

*台湾（六幕八景剧） 牛步（闵泰瑗）

载《拓荒者》第 1 卷第 4—5 期合刊，1930 年 5 月 10 日。

按：《拓荒者》编者称："诗歌戏剧方面，有特别指出必要的，是朝鲜的作家牛步的《台湾》很深刻的表现了朝鲜的革命运动的浪潮。"（《编辑室消息》，载《拓荒者》第 1 卷第 4—5 期合刊，1930 年 5 月 10 日。）据此介绍，该剧作者当为朝鲜作家闵泰瑗。闵泰瑗（민태원，1894 – 1935）号牛步，出生于忠南道瑞山。小说家、翻译家。主要作品有《铁反面》《西游记》《浮萍草》《哀史》等。

《拓荒者》第 1 卷第 4—5 期合刊出版后被国民党政府查禁，《台湾》全剧共六幕八景，该期只刊出第一幕（一景）、第二幕（二景），其中没有韩国人出场，也无有关韩国革命运动的情节和对白。

荒芜地（小说） 张赫宙 原著 叶君健 译

载上海《大众知识》第 1 卷第 2、3 期，1935 年 3 月 1 日、4 月 20 日。

按：《大众知识》止于 1935 年 4 月 20 日第 1 卷第 3 期，小说只载到第四节，未能载完。

乞 丐（小说） 金东仁 作 叶泰逦 译

载上海《绿野》第 2 期，1936 年 6 月 1 日。

新时代的青年（诗歌） Mr. Sin 作 明 夷 译

载上海《绿野》第 2 期，1936 年 6 月 1 日。诗末署"明夷译自《世界》"。

新时代的青年（诗歌） Mr. Sin 作 庄 栋 译

载延安《中国青年》半月刊第 1 卷第 9 期，1939 年 9 月，诗末署

"自世界语译"。

　　按：庄栋，在华的朝鲜学生。《中国青年》第 10 期"刊正"称："《新时代的青年》一诗'自世界语译'应作'原文系朝鲜文，自世界语转译'，均此更正。"以上两首译诗系同一原作，出自世界语杂志《远东使者》月刊。

韩国进行曲（弱小民族进行曲）（诗歌）　　　　　　里，凡，西
　　——《啊哩朗》歌剧插曲
　　载《韩国青年》第 1 卷第 2 期，1940 年 10 月 15 日。

富亿女（小说）　　　　　　　　　　　安吉寿 作　绿　漠 译
　　载《新满洲》第 3 卷第 11 期"在满日满鲜俄各系作家展特辑"，1941 年 11 月。

思故乡（译韩国民歌）（诗歌）　　　　　　　　沙　坪　悠　韩 译
　　载沙评《漳河曲》，普益图书公司，1942 年 12 月。

***给满洲青年**（散文）　　　　　　　　　　　　　　张赫宙
　　载长春《青年文化》第 1 卷第 5 期，1944 年 5 月。

·评　介·

介绍新书出版
　　载天津《益世报》1918 年 5 月 10 日"介绍新书出版"。收入郭凤岐、陆行素主编《〈益世报〉天津资料点校汇编》（一）（天津地方志丛书）"新闻出版"，天津社会科学院出版社，1999 年 12 月。

编余琐语 ［节录］　　　　　　　　　　　　　　　茗　狂
　　载《侦探世界》第 14 期，1923 年 11 月 15 日。
　　按：本文评介同期所载胡寄尘的小说《朝鲜英雄传》。

编者附言　　　　　　　　　　　　　　《生活》编者（邹韬奋）
　　载《生活》第 3 卷第 16 期，1927 年 3 月 4 日。
　　按：本文评介同期所载廖世承的散文《游东杂感》。

编　后 ［节录］　　　　　　　　　　　　　　　　光　慈
　　载《新流月报》第 1 期，1929 年 3 月 1 日。
　　按：本文评介同期所载萍川（郑伯奇）的小说《流浪人》。

文学上的集团意识与个人意识　　　　　廉想涉 作　柳　絮 译
　　载上海《群众月刊》第 1 卷第 6 号，1929 年 10 月。

*《朝鲜》 君

　　载北平《新东方》第 1 卷 第 8 期 "书评"，1930 年 8 月 1 日。

　　按：本文评介黄炎培的游记《朝鲜》。

编辑室里 《新亚细亚》编者

　　载上海《新亚细亚》第 2 卷第 6 期，1931 年 9 月 1 日。

　　按：本文评介于右任的《东朝鲜湾歌》等旧体诗诗作。

朝鲜文学的现状 张赫宙 作　罗 嘉 译

　　载南京《新野》第 1 卷第 1 期 "论文"，1934 年 4 月 10 日。

　　按：原刊将作者名译为 "张厚宙"。

朝鲜影艺运动史 ［节录］ 金光洲

　　载上海《晨报》1934 年 9 月 5—11 日 "每日电影"。

编　后 ［节录］ 《大众知识》编者

　　载上海《大众知识》第 1 卷第 3 期，1935 年 4 月 20 日。

　　按：本文介绍叶君健所译张赫宙的小说《荒芜地》的发表情况等。

弱小民族的文学近况 ［节录］ 金光洲

　　载上海《晨报》1935 年 11 月 8 日 "晨曦"。

《山灵》（胡风译） 杨善同

　　载太原《众生》半月刊第 6 号 "书坛"，1938 年 8 月 1 日。

朝鲜文艺近态 张赫宙 作　张镜秋 译

　　载昆明《文艺季刊》第 1 卷第 4 期，1939 年 7 月。

　　按：本译文与前面的《朝鲜的文学现状》（罗嘉译）系同一篇文章的不同译文。

朝鲜文艺家的苦闷 李斗山

　　——并评 "朝鲜文人协会"

　　载《救亡日报》1940 年 2 月 23 日 "文化岗位"。

*满怀兴奋看《啊哩朗》 建　民①

　　载西安《西北文化日报》1940 年 5 月 24 日。

《啊哩朗》 松　江

　　载西安《工商日报》1940 年 5 月 23、24、25 日。《韩国青年》第 1 卷第 1 期《关于〈阿哩朗〉的公演》转载，1940 年 7 月 15 日。

_____

　　①　本文已收入《"中国现代文学与韩国"资料丛书》④。

看了《啊哩朗》后的印象　　　　　　　　　　　　　　　　　　诚

　　载西安《西北文化日报》1940 年 5 月 25 日。《韩国青年》第 1 卷第 1 期《关于〈阿哩朗〉的公演》转载，1940 年 7 月 15 日。

《啊哩朗》观后感　　　　　　　　　　　　　　　　　　　　　　雁

　　载西安《西京日报》1940 年 6 月 3 日。《韩国青年》第 1 卷第 1 期《关于〈阿哩朗〉的公演》转载，1940 年 7 月 15 日。

　　按：《西京日报》标题误植为《〈啊哩朗〉后观感》。

＊附录　关于《阿哩朗》的演出

　　1.《韩国青年》编者：写在前面，载《韩国青年》第 1 卷第 1 期《关于〈阿哩朗〉的公演》，1940 年 7 月 15 日。收杨昭全等编《关内地区朝鲜人反日独立运动资料汇编（1919—1945 年）》下册，辽宁民族出版社，1987 年 5 月。

　　2.《阿哩朗》公演说明书，载《韩国青年》第 1 卷第 1 期《关于〈阿哩朗〉的公演》，1940 年 7 月 15 日。收杨昭全等编《关内地区朝鲜人反日独立运动资料汇编（1919—1945 年）》下册，辽宁民族出版社，1987 年 5 月。

　　大会职员/舞台工作人员//前言//剧目：第一剧《国境之夜》（韩国青年战地工作队集体创作，演员表，剧情）/第二剧《韩国一勇士》（朴东云、韩悠韩编剧，演员表，剧情）/第三剧《啊哩朗》（韩悠韩作曲编剧，《啊哩朗》歌剧中的歌曲，演员表，剧情，乐队名单，伴唱队）

　　3. 赵定明摄：韩国青年战地工作队劳军公演韩国民间歌剧《啊哩朗》，载上海《中华》第 93 期，1940 年 8 月。

　　前言//照片七幅。文字说明：【图一】韩国的老百姓为了不愿做日本的顺民，扶老携幼逃亡，誓为复国运动努力。（台右为《啊哩朗》乐队）【图二】牧童（韩悠韩饰）、村女（沈承珩女士饰）仰望云端，凝想他们的将来。【图三】村女和牧童在啊哩朗山上的一段缠绵悱恻的表演。【图四】他们找到了报国的机会，加入韩国革命军。【图五】已届暮年的牧童、村女和他们的同志，在敌人的炮火中做了壮烈的牺牲，于是韩国革命军冲过鸭绿江，回到数十年前的老地方，经过猛烈的搏斗，又把这片血腥的屠场，变成自由的国土。【图六】化妆室里的韩国革命青年。【图七】女主角沈承珩化装采花村女的特写。

　　4.《朝鲜的女儿》（剧照），载香港《今日中国》第 1 卷第 3 期"附录"，1939 年 9 月。

　　按：本篇为一幅演出剧照。文字说明为："在战时中国戏剧中，还有一个异彩的存在，这就是革命的朝鲜青年所组织的朝鲜义勇队里的戏剧组，他们在桂林举行过公演，这是《朝鲜的女儿》的一幕。"

朝鲜短篇小说　　　　　　　　　　　　　　　　　　　　　　　克　名

　　载长春《大同报》1941 年 8 月 5、8 日 "读书杂记"。

朝鲜文学略评　　　　　　　　　　　　　　　　　　　　　　　陈　因

　　——《朝鲜短篇小说选》

　　载《盛京时报·文学》1941 年 10 月 1、8、22 日。

在满鲜系文学　　　　　　　　　　　　　　　　　　　　　　　高在骐

　　载《新满洲》第 4 卷第 6 号 "在满日鲜系文学介绍特辑"，1942 年
6 月。

《朝鲜春》读后　　　　　　　　　　　　　　　　　　　　　　　萧叔明

　　载《申报·自由谈》第 24729 期，1943 年 2 月 11 日。

一年来大东亚各地文艺动态 ［节录］　　　　　　　　　　　　　苏吉甫

　　载《申报月刊》第 1 卷第 12 期，1943 年 12 月。

太阳！太阳！太阳！　　　　　　　　　　　　　　　　　　　　渝　客

　　——介绍韩国歌剧《啊哩朗》

　　载西安《华北新闻》1944 年 3 月 1 日。

记韩国歌剧《阿里朗》　　　　　　　　　　　　　　　卜乃夫（无名氏）

　　载重庆《联合画报》第 76 期，1944 年 4 月 21 日。

《朝鲜新体诗选》序　　　　　　　　　　　　　　　　　　　　天　均

　　载上海《中韩文化》月刊创刊号，1945 年 12 月 1 日。

　　按：本期卷首 "目次" 题为《朝鲜新体诗译序》，现据正文题目。

*《北极风情画》　　　　　　　　　　　　　　　　　　　　　　莹　心

　　载《宁波日报》1948 年 5 月 28 日，第 4 版。

北朝鲜的文学和艺术　作家·诗人·艺人　　　　　　　　　　　叶　菲

　　载上海《时代杂志》第 8 卷第 8 期，1948 年 8 月。

*异族、"他者"：战时中国文学的一种寻求　　　　　　　　　黄万华

　　载黄万华著《中国和海外：20 世纪汉语文学史论》第二编战时八年
文学研究，百花文艺出版社，2006 年 1 月。

*韩悠韩的歌剧《阿里郎》　　　　　　　　　　　　　　　　　梁茂春

——一部特殊的韩国歌剧

载《中央音乐学院学报》2006 年第 1 期。

﹡韩中近代诗里的他者意象研究　　　　　　　　　　朴南用

载《中国学研究》第 37 辑，中国学研究会，2006 年 9 月。

《朝鲜短篇小说选》小考　　　　　　　　　　　　　金长善

载金长善《满洲文学研究》，首尔，亦乐，2009 年 4 月。

﹡韩悠韩与歌剧《阿里郎》　　　　　　　　　　　　王建宏

《韩国青年战地工作队研究》，广西师范大学硕士学位论文，崔凤春指导，2010 年。

近代中国人的朝鲜亡国著述研究 ［节录］　　　　徐　丹

复旦大学硕士学位论文，孙科志、李宏图、顾云深、张翔、冯玮指导，2011 年。

按：本论文全文目录为：一、选题意义与研究现状；二、朝鲜亡国史书籍（一）历史著作，1. 历史著作内容概述，2. 写作目的与亡国原因，3. 亡国后的惨状，4. 亡国时间与条约灭国，5. 对朝鲜民族性的认识；（二）小说演义；三、报刊上的朝鲜亡国评论；四、结语。

旅朝中国人对日本殖民统治下的朝鲜半岛的认识　　孙科志

——以 20 世纪 20 年代中期前后为中心

载《东北亚学刊》2012 年第 5 期 "历史文化"。

按：本文以《从旅朝中国人的视角看到的殖民统治下的朝鲜——以旅朝中国人的视角为中心》为题，载《首尔学研究》第 50 号（韩文）首尔市立大学首尔学研究所，2013 年 2 月。以《日本殖民统治下朝鲜京城印象——中国人的视角》为题，载《安徽史学》2014 年第 5 期（中文）。内容和文字略有差别。

﹡从历史叙事向文学叙事　　　　　　〔韩国〕柳昌辰　丁海里

——"万宝山事件" 题材韩中小说研究

载《中国人文科学》第 53 辑，中国人文学会，2013 年 4 月。

﹡无名氏小说与战时重庆文学界　　　　　　　　　熊飞宇

载《重庆三峡学院学报》2013 年第 5 期。

﹡无名氏小说的情感叙事与形象塑造　　　　　　　黄　健

——以《北极风情画》为例

载《徐州工程学院学报》（社会科学版）2014 年第 6 期。

《亚细亚狂人》的跨国族同理心　　　　　　　　　　　　　　唐　睿

　　载《杭州师范大学学报》2014 年第 6 期。

*话说无名氏与《露西亚之恋》之修辞格（提要）　　　　　　王翡翠

　　载《全球背景下的修辞与写作研究——2014 年第三届国际修辞传播学研讨会论文摘要集》，湖北武汉，2014 年 11 月。

*再现、变形、再解释　　　　　　　　　　　　　　　〔韩国〕柳昌辰

　　——"万宝山事件"题材韩中日小说的文化分化研究

　　载《中国人文科学》第 58 辑，中国人文学会，2014 年 12 月。

韩国现代文学在中国的传播与接受研究（1926—1949）[摘要]　赵颖秋

　　南京大学硕士学位论文，崔昌笏指导，2014 年。

　　按：本文原题《解放前韩国现代文学在中国的传播与接受研究》，《摘要》收入本书。

*中国近代小说里表现的韩国和韩国人　　　　　　　〔韩国〕武鼎明

　　——以 1920 年代韩人题材小说为中心

　　韩国仁荷大学硕士学位论文，洪廷善指导，2014 年。

伪满洲国《作风》杂志及朝鲜文学翻译　　　　　　　　　　谢　琼

　　载《杭州师范大学学报》2015 年第 1 期。

《"中国现代文学与韩国"资料丛书》出版学术座谈会在京举行

　　　　　　　　　　　　　　　　　延边大学跨文化研究中心

　　载延边大学官网，2015 年 1 月 20 日。

《"中国现代文学与韩国"资料丛书》出版学术座谈会在京召开　曾　江

　　载中国社会科学网，2015 年 1 月 30 日。

《"中国现代文学与韩国"资料丛书》出版学术座谈会综述　　崔　一

　　载《东疆学刊》2015 年第 2 期。

韩国学界对中国近、现、当代作品中韩国人形象的发掘与研究

　　　　　　　　　　　　　　　　　〔韩〕朴宰雨　尹锡珉

　　载《外国文学研究》2015 年第 3 期。

韩国与鲁迅及其弟子们　　　　　　　　　　　　　　〔韩国〕洪昔杓

　　载《不应该被遗忘的鲁迅》，《东方历史评论》第 8 辑，东方出版社，2015 年 6 月。

浅谈中国现代作家笔下的朝鲜女性形象　　　　　　　金　哲　金娇玲

　　——基于现代文学中的朝鲜女性相关作品梳理

载《当代韩国》2015 年第 4 期。

《亚细亚狂人》及其世界主义精神 唐　睿

　　载《中国现代文学研究丛刊》2015 年第 6 期。

*流亡者书写流亡者 周雨霏

　　——舒群小说中的朝鲜叙事

　　载《安徽文学·下半月》2015 年第 11 期。

*《阿里郎》主创韩悠韩的中国抗战 王晓华

　　载《名人传记》（上半月）2015 年第 11 期。

*20 世纪前半期中国对张赫宙作品的翻译接受 金长善

　　载《韩中人文学研究》第 51 辑，韩中人文学会，2016 年 6 月。

*以尹奉吉义举为题材的中国现代文学作品及其特点 〔韩国〕金宰旭

　　载《韩国独立运动史研究》第 55 辑，韩国独立运动史研究所，2016
年 8 月。

珍贵的史料大全 常　彬

　　——《"中国现代文学与韩国"资料丛书》简评

　　载《吉林日报·理论评论》2016 年 9 月 23 日。

1930 年代民族主义文艺运动中的韩人题材作品研究 张　琳

　　载《中国文学研究》第 65 辑，韩国中文学会，2016 年 11 月。

*中国现代文学作品中的韩人"慰安妇" 韩　晓　牛林杰

　　载《亚细亚文化研究》第 42 辑，韩国嘉泉大学亚细亚文化研究所，
2016 年 12 月。

中国现代作家塑造的韩国"慰安妇"形象 李存光　〔韩国〕金宰旭

　　——舒群、碧野的小说和王季思的叙事诗

　　载《当代韩国》2018 年第 4 期。

*中国文人卜乃夫与韩国独立运动 〔韩国〕韩才恩

　　载《韩国近现代史研究》第 77 辑，韩国近现代史学会，2016 年。

*国家认同和世界意识：东北抗日戏剧的新解读 黄万华

　　载《社会科学辑刊》2017 年第 2 期。

　　按：本文论及徐韬、夏伯改编的三幕话剧《没有祖国的孩子》，破锣
改编的两幕话剧《没有祖国的孩子》，胡春冰的八场话剧《突破》和外文
所译张赫宙的《春香传》。

*他对土地和人民怀有深长的情义 　　　　　　　　　　　李晓晨
　　——骆宾基百年诞辰纪念座谈会在京举行
　　载《文艺报》2017 年 6 月 21 日。

*骆宾基——他的根深扎在时代和人民中间 　　　　　　　铁　凝
　　载《人民日报》（海外版）2017 年 6 月 28 日。

*叙事与再叙事：《荒漠里的人》与《篝火》的比较研究 　　崔昌笏
　　载《大东文化研究》第 98 辑，韩国成均馆大学东亚学术院，2017 年
6 月。

*卜乃夫韩国叙事的意义：从《荒漠里的人》看极地想象与文化融合
　　　　　　　　　　　　　　　　　　　　　　　　　　　崔昌笏

　　载《民族文学史研究》第 64 辑，韩国民族文学史学会·民族文学史
研究所，2017 年 8 月 30 日。

阳翰笙的戏剧《槿花之歌》分析与其教学活用 ［中文摘要］ 〔韩国〕梁茶英
　　韩国外国语大学硕士学位论文，朴宰雨指导，2017 年 8 月。
　　按：本文《中文摘要》收入本书。

从《没有祖国的孩子》看舒群的早期创作 　　　　　　　吕乃鹏
　　载《文艺报》2017 年 9 月 18 日。

中国现代文学中的韩国民族主义书写 ［摘要］ 　　　　　王秋硕
　　延边大学硕士学位论文，温兆海指导，2017 年。
　　按：本文《摘要》收入本书。

*在中国现代韩人题材诗歌所展现的"抗日"与"独立"的状态研究
　　　　　　　　　　　　　　　　　　　　　　〔韩国〕文大一

　　载《世界文学比较研究》第 59 辑，韩国世界文学比较学会，2017 年。

中韩近现代文学关系研究的历史与现状 　　　　　　　　崔　一
　　载《中国现代文学研究》2017 年第 12 期。

*对于有关朝鲜义勇队抗日叙事的文化考察 　　　　　　金柄珉
　　——以《火线上的朝鲜义勇队》为中心
　　载《统一人文学》第 72 辑，韩国建国大学人文学研究院，2017 年
12 月。

*东亚现代文学里的韩国抗日英雄叙事 　　　　　牛林杰　汤　振
　　载《亚细亚文化研究》第 45 辑，韩国嘉泉大学亚细亚文化研究所，
2017 年 12 月。

*中国作家对安重根叙事之变迁 　　　　　　　　　　〔韩国〕李腾渊

　　载《延安大学学报》2018 年第 1 期。

*鲁迅与韩国现代诗人李陆史的文学精神 　　　　　　〔韩国〕洪昔杓

　　载《东疆学刊》2018 年第 2 期。

*"新韩国人"的反日活动与中国作家的对韩叙事 　　〔韩国〕金宰旭

　　——观察中国现代韩人题材文学创作的视角之一

　　载《中国文学》第 94 辑，韩国中国语文学会，2018 年 2 月。

中国现代韩人题材剧本研究［中文摘要］ 　　　　　　　　　　金艺善

　　——以田汉的《朝鲜风云》为中心

　　韩国外国语大学比较文学专业博士学位论文，朴宰雨指导，2018 年
2 月。

　　按：本文《中文摘要》收入本书。

*"中国现代文学与韩国"新文献扫描 　　　　　　　　　　李存光

　　载《现代中国文化与文学》第 24 辑，2018 年 5 月。

*历史性、政治性的复原及克服 　　　　　　　　　〔韩国〕金宰旭

　　——韩中日中国现代韩人题材诗歌研究考察

　　载《中国语文学志》第 63 辑，韩国中国语文学会，2018 年 6 月。

留学日本期间郭沫若的国家意识及其转变 　　　　　　　　吴　辰

　　——以《牧羊哀话》为中心

　　载《新文学史料》2018 年第 3 期"郭沫若专辑"。

中国现代作家塑造的韩国"慰安妇"形象 　　李存光　〔韩国〕金宰旭

　　——舒群、碧野的小说和王季思的叙事诗

　　载《当代韩国》2018 年第 4 期。

*朝鲜镜鉴与五四中国 　　　　　　　　　　　　　　　韩　琛

　　——现代东亚视角中的《牧羊哀话》

　　载《中国现代文学研究丛刊》2019 年第 7 期。

◎ 附　录

《"中国现代文学与韩国"资料丛书》目录

附录 《"中国现代文学与韩国" 资料丛书》目录

一 总 目

①创作编·小说卷 Ⅰ

　　短篇小说

②创作编·小说卷 Ⅱ

　　中长篇小说（上）

③创作编·小说卷 Ⅲ

　　中长篇小说（下）

④创作编·散文　纪实　诗歌　剧本卷 Ⅰ

　　散文　通讯、纪实文学

⑤创作编·散文　纪实　诗歌　剧本卷 Ⅱ

　　诗歌　剧本

⑥翻译编·小说　诗歌　散文　剧本卷

　　小说　诗歌　散文　剧本

⑦翻译编·民间故事　童话　神话传说卷

⑧评论及资料编·评论卷 Ⅰ

　　综合评论中国现代文学大家与韩国

　　作家作品论（上）

⑨评论及资料编·评论卷 Ⅱ

　　作家作品论（下）

⑩评论及资料编·评论卷 Ⅲ

　　韩国现代文坛评介

［附］韩国作家评介韩国现代文坛

评论及资料编·资料卷

二　各卷目录

①创作编·小说卷 I

短篇小说

骆宾基 混 沌［节选］
　　　　　──姜步畏家史
无名氏 野兽、野兽、野兽［节选］
无名氏 金色的蛇夜·上［节选］

④创作编·散文 纪实 诗歌 剧本卷 Ⅰ

只 眼（陈独秀） 随感三篇
孟 真（傅斯年） 朝鲜独立运动中之新教训
穗 庭（陈兆畴） 朝鲜独立运动感言
楚 僧 可敬可佩的朝鲜人
玄 庐（沈定一） 朝鲜人该怎样努力
王桐龄 游朝鲜杂记
允 臧 为东京被杀朝鲜人一哭
岂 明（周作人） 李完用与朴烈
李芾甘（巴金） 一封公开的信
露存女士 南满铁路旅行记
仲景堂 游朝鲜教会记
天 行（魏建功） 侨韩琐谈［一 崇祯后三庚子/二 中华高等料理
　　　　　　　　　　/三 清云巫舞/四 雅 乐/五"杭──蒿"/六
　　　　　　　　　　"麻将"与"妓生"/七 两朱子/八 华韩之间
　　　　　　　　　　的爱恶/九 大韩国碑/十 油纸扇青苔纸/十一
　　　　　　　　　　考试官梁启超/十二 朝鲜汉字谜/十三 龙喜咏
　　　　　　　　　　春/十四 韩国时代"各官房结代钱册"/十五
　　　　　　　　　　蝇的迷信（朝鲜风俗）］
廖世承 游东杂感二·朝鲜之一瞥
天 行（魏建功） 榛子店养闲的
天 行（魏建功） 姜女庙之朝鲜人记录
天 行（魏建功） 鲜史拾零
沙 子 朝鲜人排斥中国人吗
天 行（魏建功）《朝鲜女俗考节录》前言 附言
秋 水 记高丽一奇僧
天 行（魏建功）《朝鲜景教史料钞》前记 后记

方　行　　送八百战友

雷石榆　　朋友，你去吧

　　　　　　　——赠别朝鲜义勇队吴民声同志

沈芷静等　我们永恒地携起手

　　　　　　　——献给朝鲜义勇军的同志们

天　风　　广州市朝鲜兵反战（鼓词）

逢　美　　记一位朝鲜同志的谈话

万　众　　我怀念着你的祖国

　　　　　　　——给朝鲜金昌满同志

高汉强　　我们紧拉着手

王季思　　朝鲜少女吟

穆木天　　赠朝鲜战友李斗山先生

静　霞　　献给韩国青年

王　门　　握手，朝鲜义勇队的弟兄

艾　青　　悼　词

　　　　　　　——为朝鲜独立同盟追悼殉难的朝鲜烈士们而作

剧　本

侯　曜　　山河泪（三幕七场话剧）

张子余（赵为容）　　万宝山前（独幕话剧）

翟汝云（赵为容）　　韩人排华（独幕话剧）

朴　园　　亡国恨（独幕话剧　依《山河泪》改作）

谷　深　　野　嚎（短剧）

谷　深　　逼　税（短剧）

谷　深　　杀　婴（短剧）

赵光涛　　战壕中（独幕话剧）

孙俍工　　复　仇（独幕话剧）

胡春冰　　突　变（八场话剧）

夏家祺　　尹奉吉（儿童剧本）

陈　适　　尹奉吉（现代的两幕史剧）

徐韬、夏伯　　没有祖国的孩子（三幕话剧）

徐学文、陈伯吹　　高丽童子（二幕话剧）

舒群原作　破锣改编　　没有祖国的孩子（两幕话剧）

　　　　　——五九·雪耻与兵役扩大宣传

　　　　　　周演出剧本之一

老　舍　　大地龙蛇（三幕话剧歌舞混合剧）［节选］

阳翰笙　　槿花之歌（五幕话剧）（附：《槿花之歌》题记）

田　汉　　朝鲜风云（十三场话剧）

　　　　　——甲午之战三部曲之一

⑥翻译编·小说　散文　诗歌　剧本卷

小　说

朴怀月作　翠　生译　　战　斗

金永八作　深吟枯脑译　　黑　手

宋　影作　白　斌译　　熔矿炉

崔署海作　白　斌译　　我的出亡

张赫宙作　王　笛译　　被驱逐的人们

朴　能作　突　微译　　你们不是日本人，是兄弟！

赵碧岩作　李剑青译　　猫

张赫宙作　叶君健译　　被驱逐的人们

张赫宙作　黄　源译　　姓权的那个家伙

张赫宙作　马　荒（胡风）译　　山　灵［存目，文见短篇小说集《山灵》］

张赫宙作　胡　风译　　上坟去的男子［存目，文见短篇小说集《山灵》］

李北鸣作　胡　风译　　初　阵［存目，文见短篇小说集《山灵》］

张赫宙作　马耳（叶君健）译　　流　荡［存目，文即叶君健译《被驱逐
　　　　　　　　　　　　　　　　　的人们》］

胡　风编译　　山　灵（朝鲜台湾短篇小说集）

王　赫编　　朝鲜短篇小说选

诗　歌

秋　山（胡怀琛）　　高丽俗歌之一脔（九首）

胡怀琛译　　高丽俗歌二首并跋

莫雪汉录　　韩国自由歌

尹奉吉作　金　光译　　流浪离乡的人

秋　子译　　雄鸡传说
　　　　　　——朝鲜的天鹅处女型故事
秋　子译　　处女祭蛇传说
　　　　　　——朝鲜民间故事
秋　子译　　女山神和龙王
　　　　　　——朝鲜民间传说
秋　子译　　阿弥陀佛十十万遍
　　　　　　——朝鲜民间故事
秋　子译　　狐妹妹和三兄弟
　　　　　　——朝鲜民间故事
秋　子译　　恶运的少年和神僧
　　　　　　——朝鲜民间传说
秋　子译　　孝女和降雨仙官
　　　　　　——朝鲜民间传说
秋　子译　　龙王的女儿及其它
　　　　　　——朝鲜民间故事
秋　子译　　孝子和猴子及其它
　　　　　　——朝鲜民间传说
秋　子　　朝鲜俗信钞
孙晋泰著　秋子女士译　　朝鲜民谭
秋　子译　　朝鲜民间故事
秋子女士辑　　"朝鲜民间文艺专号"
凡　人　　日食月食的来源
　　　　　　——朝鲜神话之一
凡　人　　老獭稚传说
　　　　　　——朝鲜民间传说之一
　　　　　朝鲜童话
朱子容　　朝鲜的神话和传说

清野编译　　朝鲜传说
刘小蕙译　　朝鲜民间故事
吴藻溪编译　　朝鲜童话

⑩评论及资料编·评论卷 Ⅲ

作家作品论（下）

李台雨作　共　鸣译　　现代朝鲜文学论
张赫宙　　我们文学的实体与方向
　　　　　　——朝鲜之部
张赫宙作　范　泉译　　朝鲜文学界的现状
张赫宙作　范　泉译　　朝鲜文坛的代表作家
张赫宙作　范　泉译　　今日的朝鲜文学
张赫宙作　范　泉译　　明日的朝鲜文学

资料卷

资　料

一　文学作品分类题录
二　文学作品题录系年索引

三　文学译作分类题录
四　文学译作题录系年索引

五　中韩评介研究分类题录
六　评介研究题录系年索引

图书在版编目（CIP）数据

"中国现代文学与韩国"文献补编：全 2 册／李存
光，（韩）金宰旭编． -- 北京：社会科学文献出版社，
2020.6

（中国社会科学院老年学者文库）

ISBN 978 - 7 - 5201 - 6142 - 8

Ⅰ.①中…　Ⅱ.①李…②金…　Ⅲ.①中国文学 - 现
代文学 - 作品综合集②文学 - 作品综合集 - 朝鲜半岛 - 现
代　Ⅳ.①I216.1②I312.15

中国版本图书馆 CIP 数据核字（2020）第 026373 号

·中国社会科学院老年学者文库·

"中国现代文学与韩国"文献补编（上、下册）

编　　者／李存光　〔韩〕金宰旭

出 版 人／谢寿光
责任编辑／高明秀
文稿编辑／程丽霞

出　　版／社会科学文献出版社·国别区域分社（010）59367078
　　　　　地址：北京市北三环中路甲 29 号院华龙大厦　邮编：100029
　　　　　网址：www.ssap.com.cn
发　　行／市场营销中心（010）59367081　59367083
印　　装／三河市尚艺印装有限公司

规　　格／开　本：787mm × 1092mm　1/16
　　　　　印　张：78　字　数：1302 千字
版　　次／2020 年 6 月第 1 版　2020 年 6 月第 1 次印刷
书　　号／ISBN 978 - 7 - 5201 - 6142 - 8
定　　价／298.00 元（全 2 册）

本书如有印装质量问题，请与读者服务中心（010 - 59367028）联系